EDUGORILLA
PUBLICATION

IBPS RRB SO

ऑफिसर स्केल-III (वरिष्ठ प्रबंधक)

नवीनतम संस्करण
अभ्यास किट

10 टेस्ट्स
10 मॉक टेस्ट्स

वास्तविक परीक्षा प्रारूप पर आधारित टेस्ट

✓ पूर्णतः संशोधित और अद्यतन

✓ सभी बहुविकल्पीय प्रश्नो का विस्तृत विश्लेषण

शीर्षक	: **IBPS RRB SO ऑफिसर स्केल-III (वरिष्ठ प्रबंधक)**
लेखक का नाम	: **Mr. Rohit Manglik**
प्रकाशक	: **EduGorilla Community Pvt. Ltd.**
प्रकाशक का पता	: 12/651 प्रथम तल, अरविन्दो पार्क के सामने, निकट जामा मस्जिद, इंदिरा नगर लखनऊ, उत्तर प्रदेश, 226016, भारत।

कॉपीराइट EduGorilla

अस्वीकरण EduGorilla

Compiled and created by EduGorilla Community Pvt. Ltd

EduGorilla Community Pvt. Ltd. द्वारा मुद्रित

रोहित मांगलिक
सीईओ, EduGorilla

प्रिय छात्रों,

एक बहुत ही प्रचलित कहावत है कि "सफलता उन्हीं को मिलती है जो उसके लिए कड़ी मेहनत करते हैं।" लेकिन मैंने लोगों को उनकी परीक्षाओं के लिए दिन-रात एक करके मेहनत करते हुए देखा है, पर फिर भी वे सफल नहीं हो पाते। तो वहीं दूसरी ओर, कुछ लोग बस आधी मेहनत करके परीक्षा में सफलता प्राप्त करते हैं। तो, क्या वे किस्मत वाले हैं? नहीं मेरा मानना है, कि ऐसा इसलिए है क्योंकि वे सिर्फ कड़ी नहीं बल्कि कुशल तरीके से अपनी तैयारी करते हैं। इसी तरह आपको भी अपनी परीक्षाओं की तैयारी के लिए अपनी योजना बनानी चाहिए, ताकि आपकी भी सफलता की संभावना बढ़ सके। तो तैयार हो जाइये EduGorilla के साथ अपनी परीक्षा में चयन होने की संभावना को 16 गुना बढ़ाने के लिए।

EduGorilla आपको न केवल कड़ी मेहनत करने में मदद करता है, बल्कि एक स्मार्ट और योजनाबद्ध तरीके से तैयारी करने में भी सहायता प्रदान करता है। EduGorilla की तैयारी पैकेज के साथ आप अपने परीक्षा में चयन होने के रास्ते को सहज और मनोरंजक बना सकते हैं। अपनी तैयारी के लिए सही रास्ता खोजना मुश्किल हो सकता है, यदि आप ये नहीं जानते कि आपको किस दिशा में जाना है। चिंता न करें हम आपके साथ खड़े हैं! EduGorilla आपकी सफलता में आपका मार्गदर्शक बनेगा। हमारे तैयारी पैकेज के साथ आप रणनीतिक रूप से तैयारी कर, अपनी परीक्षा में सिर्फ एक ही प्रयास में सफल हो सकते हैं।

EduGorilla के तैयारी पैकेज में शामिल हैं-

- टेस्ट सीरीज़
- किताबें

हमारे तैयारी पैकेज को सभी तरह के नये बदलवों, विशेषज्ञों की राय एवं छात्रों के प्रतिक्रिया के अनुसार तैयार किया गया है। जो आपको परीक्षा के प्रत्येक चरण की चयन प्रक्रिया को पार करने के योग्य बनाता है।

हमारी किताबें शिक्षकों और विशेषज्ञों द्वारा आपकी परीक्षा के लिए तैयार की गई हैं, 150+ वर्षों के अनुभव के साथ; ताकि आपको आसान, कुशल और प्रभावी शिक्षण प्रदान किया जा सके। हमारी स्मार्ट किताबें न सिर्फ आपको प्रश्नों के उत्तर देने की समझ देती हैं, अपितु आपके अभ्यास के लिए समान रूप के प्रश्न भी प्रदान करती हैं।

EduGorilla की सक्षम टेस्ट सीरीज आपको वास्तविक अनुभव और आत्मविश्वास प्रदान करती हैं, जिसके माध्यम से आप केवल एक प्रयास में अपनी ऑफलाइन अथवा ऑनलाइन परीक्षा पास कर सकते हैं। वर्तमान में हम 83,000+ मॉक टेस्ट्स और 1,440+ प्रतियोगी एवं शैक्षणिक परीक्षाओं की तैयारी कराते हैं।

अर्थात, EduGorilla आपकी तैयारी में आपकी सहायता करने का कोई भी मौका नहीं छोड़ता है और परीक्षा के सभी चरणों को कवर करता है, ताकि परीक्षा की तैयारी के लिए आपको कहीं और भटकना ना पड़े।

हम आपको डिफेन्स, बैंकिंग, टीचिंग और अन्य राष्ट्रीय एवं राज्य स्तरीय परीक्षाओं के लिए सम्पूर्ण तैयारी पैकेज प्रदान करते हैं। अत: इससे कोई फर्क नहीं पड़ता कि आप किस परीक्षा के लिए तैयारी कर रहे हैं, क्योंकि आप सफलता हासिल करेंगे।

आपको परीक्षा की शुभकामनाएं!

रोहित मांगलिक,
संस्थापक और मुख्य कार्यकारी अधिकारी, EduGorilla

प्रस्तावना

EduGorilla छात्रों को उनकी परीक्षा में सफल होने के लिए मार्गदर्शन प्रदान करता है। जिसको ध्यान में रखते हुए हमारे कुल 150+ वर्षों का अनुभव रखने वाले प्रतिष्ठित विशेषज्ञों ने कड़े प्रयासों के द्वारा "IBPS RRB SO : ऑफिसर स्केल-III (वरिष्ठ प्रबंधक)" को तैयार किया है। इस किताब के प्रश्नों को हाल ही में परीक्षा के पाठ्यक्रम और पैटर्न में हुए सभी बदलावों को ध्यान में रखकर बनाया गया है। वो प्रश्न जिनकी IBPS RRB SO ऑफिसर स्केल-III (वरिष्ठ प्रबंधक) परीक्षा में आने कि संभवना काफी प्रबल है, उनको इस किताब मे रखा गया है। आप EduGorilla की "IBPS RRB SO : ऑफिसर स्केल-III (वरिष्ठ प्रबंधक)" के माध्यम से अपनी सफलता की संभावना को 16 गुना बढ़ा सकते हैं।

EduGorilla ये अपनी संपूर्ण तैयारी पैकेज के माध्यम से साकार करता है। इस किट में आपको प्रश्न अच्छी तरह अवधारित एवं संरचित रूप मे मिलेंगे जिन्हे आपकी जरूरतों के अनुसार बनाया गया है। इसके माध्यम से आपको स्मार्ट तरीके से परीक्षा के लिए अभ्यास करने में मदद मिलेगी। साथ ही आपको सहायक, समाधान और स्मार्ट उत्तर पत्रिका भी प्रदान की जायेंगी। जिससे आप अपना मूल्यांकन स्वयं कर सकते हैं। आप स्वयं की समीक्षा कर, उन सभी बिन्दुओं पर खुद को बेहतर तरीके से तैयार कर सकते हैं।

EduGorilla आपको अपनी परीक्षा में सफ़लता दिलाने और आपके लक्ष्य को हासिल करने में आपकी सहायता करने का वादा करता हैं। हम अपने प्रतिभागियों पर पूरा भरोसा करते हैं और उन्हें मेरिट सूची के शीर्ष पर देखते हैं। शीर्ष स्थान की ओर आपका पहला कदम है हमारे साथ तैयारी शुरू करना। EduGorilla की "IBPS RRB SO : ऑफिसर स्केल-III (वरिष्ठ प्रबंधक)" की विशेषताएं कुछ इस प्रकार हैं।

➤ अच्छी तरह से शोध किया हुआ पाठ्यक्रम

➤ उच्च गुणवत्ता

➤ विस्तृत उत्तर और विश्लेषण

➤ स्मार्ट उत्तर पत्रिका

➤ परीक्षा सुसंगत प्रश्न

इस प्रकार EduGorilla आपकी तैयारी को मजबूत और आपको परीक्षा में सफल होने के योग्य बनाता है।

IBPS RRB SO ऑफिसर स्केल-III (वरिष्ठ प्रबंधक)
परीक्षा की योग्यता, परीक्षा पैटर्न, विषय को जानने
के लिए **QR** कोड को स्कैन करें।

Book ID: 1127

विषय-सूची

Reasoning

Q.1 निम्न प्रश्न में एक कथन और उसके बाद दो तर्क I. और II दिए गये हैं। आपको तय करना है कि, निम्नलिखित तर्कों में से कौन से तर्क सबल हैं और कौन से तर्क दुर्बल हैं।

कथन:

इंट्रोवर्ट्स (अंतर्मुखियों) के लिए सबसे बड़ी चुनौती अपनी संस्कृति में परायों की तरह महसूस करना है।

तर्क:

I. उनके लिए मिल-जुलकर रहना बहुत ही कठिन काम है।

II. अपने परिवार और दोस्तों के समर्थन से, वे यह कर सकते हैं।

A. सिर्फ तर्क I. सबल है।

B. सिर्फ तर्क II. सबल है।

C. या तो तर्क I. या फिर तर्क II. सबल है।

D. ना तो तर्क I. और ना ही तर्क II. सबल है।

E. तर्क I. और तर्क II. दोनों सबल हैं।

Ques (2-3):निर्देश: नीचे दिए गए प्रश्न में, कुछ चिन्हों का उपयोग निम्नलिखित अर्थों के साथ किया जाता है।

P @ Q का अर्थ है कि P, Q से ज्यादा है।

P # Q का अर्थ है कि P, Q से कम है।

P $ Q का अर्थ है कि P, Q के बराबर है।

P % Q का अर्थ है कि P या तो Q से ज्यादा है या उसके बराबर है।

P + Q का अर्थ है कि P या तो Q से कम है या उसके बराबर है।

निम्नलिखित प्रश्न में दिए गए कथनों को सत्य मानकर, तय कीजिये कि दिए गए निष्कर्षों में से कौनसा/कौनसे निष्कर्ष निश्चित रूप से सत्य है/हैं और उसके अनुसार उत्तर दीजिये।

Q.2 कथन:

X # Y; Z % W; W $ X; U @ Z

निष्कर्ष:

I. Y @ Z

II. W # U

III. X $ U

IV. Y % U

A. केवल I. अनुसरण करता है

B. केवल II. अनुसरण करता है

C. केवल III. अनुसरण करता है

D. केवल IV. अनुसरण करता है

E. इनमें से कोई नहीं

Q.3 कथन:

P % Q; R $ Q; S @ R; T # S

निष्कर्ष:

I. P $ R

II. P @ R

III. Q # S

IV. R $ T

A. केवल III. अनुसरण करता है

B. केवल I. और III. अनुसरण करते हैं

C. केवल III. और या तो I. या II. अनुसरण करते हैं

D. केवल III. और IV. अनुसरण करते हैं

E. इनमें से कोई नहीं

Ques (4-5):निर्देश: नीचे दिए गए प्रश्न में एक प्रश्न और उसके नीचे तीन कथन क्रमांक I., II. और III. दिए गए हैं। आपको यह तय करना है कि कथनों में दिया गया डेटा प्रश्न का उत्तर देने के लिए पर्याप्त है या नहीं।

Q.4 सात व्यक्ति रमेश, कार्तिक, पियूष, राहुल, मोहन, अक्षित और आर्यन ने सात अलग-अलग शहर: अहमदाबाद, दिल्ली, बंगलौर, पुणे, कोलकाता, गोवा और जयपुर में अपने प्रदर्शन किये, लेकिन जरूरी नहीं कि उसी क्रम में हों। सप्ताह सोमवार से शुरू होता है। कार्तिक का प्रदर्शन पियूष और राहुल के प्रदर्शन से पहले गोवा में है। मंगलवार को प्रदर्शन करने वाला कोलकाता में है। पियूष के प्रदर्शन से तीन दिन पहले रमेश का प्रदर्शन है। दिल्ली में किसका प्रदर्शन रहा?

कथन I: मोहन का प्रदर्शन, आर्यन के प्रदर्शन से ठीक बाद में है, जिन्होंने बंगलौर में प्रदर्शन किया। अक्षित ने गुरूवार को प्रदर्शन किया, लेकिन मोहन के प्रदर्शन के बाद किया।

कथन II: जयपुर में प्रदर्शन रविवार को है। पियूष का प्रदर्शन जयपुर में नहीं है। रमेश का प्रदर्शन कोलकाता में नहीं है।

कथन III: आर्यन का प्रदर्शन सोमवार को है लेकिन कोलकाता में नहीं। कोलकाता में प्रदर्शन दिल्ली में प्रदर्शन से चार दिन पहले है। अक्षित ने अहमदाबाद में प्रदर्शन किया।

A. प्रश्न का उत्तर देने के लिए किन्हीं दो कथनों में दी गई जानकारी पर्याप्त है

B. कथन I., II. या III. में दी गई जानकारी प्रश्न का उत्तर देने के लिए पर्याप्त है

C. कथन II. और III. में दी गई जानकारी प्रश्न का उत्तर देने के लिए पर्याप्त है और कथन I. में दी गई जानकारी प्रश्न का उत्तर देने के लिए आवश्यक नहीं है

D. प्रश्न का उत्तर देने के लिए तीनों कथनों में दी गई जानकारी एक साथ आवश्यक है

E. सभी कथनों में दी गई एकत्रित जानकारी भी प्रश्न का उत्तर देने के लिए पर्याप्त नहीं है

Q.5 चार गाड़ियाँ A, B, C और D एक मैदान खड़ी हैं। गाड़ी A, गाड़ी C से 7 मीटर दूर पश्चिम दिशा में है। गाड़ी B, गाड़ी D के उत्तर-पूर्व दिशा में है और गाड़ी C के उत्तर में है। गाड़ी C और गाड़ी D के मध्य दूरी 6 मीटर है। गाड़ी C और गाड़ी D के मध्य की दूरी क्या है?

कथन I. गाड़ी D, गाड़ी A के दक्षिण-पूर्व दिशा में खड़ी है।

कथन II. गाड़ी C और एक अन्य गाड़ी E के मध्य की दूरी 4 मीटर जो गाड़ी C के दक्षिण दिशा में खड़ी है और गाड़ी D के पूर्व दिशा में खड़ी है।

कथन III. गाड़ी C और एक अन्य गाड़ी E के मध्य की दूरी 4 मीटर जो गाड़ी C के दक्षिण दिशा में खड़ी है और गाड़ी D के पूर्व दिशा में खड़ी है।

A. कथन I. और II. दोनों में दी गयी जानकारी प्रश्न के उत्तर के लिए पर्याप्त है और कथन III. में दी गयी जानकारी प्रश्न के उत्तर के लिए आवश्यक नहीं है

B. कथन I. और III. दोनों में दी गयी जानकारी प्रश्न के उत्तर के लिए पर्याप्त है और कथन II. में दी गयी जानकारी प्रश्न के उत्तर के लिए आवश्यक नहीं है

C. कथन II. और III. दोनों में दी गयी जानकारी प्रश्न के उत्तर के लिए पर्याप्त है और कथन I. में दी गयी जानकारी प्रश्न के उत्तर के लिए आवश्यक नहीं है

D. तीनों कथनों में दी गयी जानकारी एकसाथ प्रश्न के उत्तर के लिए पर्याप्त

है

E. सभी कथनों में दी गयी जानकारी एकसाथ भी प्रश्न के उत्तर के लिए पर्याप्त नहीं है

Ques (6-7):निर्देश: निम्न प्रश्न में कुछ कथन और उसके बाद कुछ निष्कर्ष दिए गये हैं। आपको दिए गये कथन को सत्य मानना है, भले ही वे ज्ञात तथ्यों से अलग प्रतीत होते हों। सभी निष्कर्षों को पढ़िए और फिर निर्णय कीजिए कि दिये गये निष्कर्षों में से कौन सा निष्कर्ष ज्ञात तथ्यों को नजरअंदाज करने पर कथनों का तार्किक रूप से अनुसरण करता है।

Q.6 कथन:

सभी शर्ट पैंट हैं।

कोई भी ट्राउजर शर्ट नहीं है।

कोई शॉर्ट्स पैंट नहीं है।

निष्कर्ष:

I. कोई शर्ट शॉर्ट्स नहीं है।

II. कोई शर्ट ट्राउजर नहीं है।

III. सभी ट्राउजर शॉर्ट्स हैं।

[IDBI Bank Executive, 2021]

A. केवल I अनुसरण करता है

B. केवल I और II अनुसरण करते हैं

C. केवल III अनुसरण करता है

D. केवल I और III अनुसरण करते हैं

E. सभी अनुसरण करते हैं

Q.7 कथन:

कुछ बैंड रिबन हैं।

कुछ स्कार्फ बैंड बैंड हैं।

कोई स्कार्फ प्लास्टिक नहीं है।

निष्कर्ष:

I. कुछ रिबन स्कार्फ हैं।

II. कुछ बैंड प्लास्टिक हैं।

III. कुछ प्लास्टिक स्कार्फ नहीं हैं।

IV. कुछ बैंड प्लास्टिक नहीं हैं।

A. I और IV अनुसरण करता है

B. III और IV अनुसरण करता है

C. केवल III अनुसरण करता है

D. केवल IV अनुसरण करता है

E. या तो II या IV और III अनुसरण करता है

Ques (8-12):निर्देश: निम्नलिखित जानकारी का ध्यानपूर्वक अध्ययन कीजिए और उन पर आधारित प्रश्नों के उत्तर दीजिए:

एक सूची में मुंबई हवाई अड्डे से रवाना वाली कुछ उड़ानों का विवरण है। सूची में पहली उड़ान पूर्वाह्न 06.00 बजे है। क्रमागत दो उड़ानों के बीच 60 मिनट का अंतराल है। सभी उड़ानें अलग-अलग एयरलाइनों की हैं और उनका अलग-अलग गंतव्य हैं।

आगे यह दिया गया है कि

1. गंगटोक के लिए उड़ान अंतिम उड़ान नहीं है और अहमदाबाद के लिए उड़ान पहली उड़ान नहीं है।

2. अहमदाबाद के लिए उड़ान, दिल्ली के लिए उड़ान से 3 घंटे पहले है, जो पूर्वाह्न 10.00 बजे रवाना होगी।

3. एयर इंडिया एक्सप्रेस की उड़ान दिल्ली नहीं जाएगी।

4. पूर्वाह्न 08:00 बजे की उड़ान डेक्कन चार्टर्स की है और सूची में उसके बाद चार से अधिक उड़ानें निर्धारित नहीं हैं।

5. सूची में मध्य में एक गोवा के लिए उड़ान है।

6. पुणे के लिए उड़ान एयर इंडिया की उड़ान से ठीक पहले है।

7. विस्तारा की उड़ान दिल्ली के लिए उड़ान के बाद है, लेकिन दिल्ली के लिए उड़ान के तत्काल बाद नहीं है और दिल्ली के लिए उड़ान और स्पाइस जेट की उड़ान के बीच में तीन उड़ानें हैं।

8. एयर इंडिया की उड़ान, इक्सिगो की उड़ान के बाद है लेकिन गैंगटोक के लिए उड़ान से पहले है।

Q.8 मुंबई से अहमदाबाद जाने लिए कौन सी उड़ान उपलब्ध है?

A. डेक्कन चार्टर्स

B. इक्सिगो

C. एयर इंडिया

D. स्पाइस जेट

E. निर्धारित नहीं किया जा सकता

Q.9 गंगटोक के लिए उड़ान किस समय रवाना होगी?

A. 09:00   B. 11:00   C. 10:00   D. 12:00

E. 07:00

Q.10 विस्तारा की उड़ान और पुणे के लिए उड़ान के बीच में कितनी उड़ानें हैं?

A. दो   B. चार

C. पाँच   D. तीन

E. उपरोक्त में से कोई नहीं

Q.11 गंगटोक के लिए उड़ान के ठीक बाद कौन सी उड़ान रवाना होती है?

A. एयर इंडिया की उड़ान

B. अहमदाबाद के लिए उड़ान

C. दिल्ली के लिए उड़ान

D. विस्तारा की उड़ान

E. निर्धारित नहीं किया जा सकता है

Q.12 यदि कोलकाता के लिए उड़ान, पुणे के लिए उड़ान से पहले निर्धारित की जाती है, तो कौन सी एयरलाइन कोलकाता के लिए उड़ान प्रदान करेगी?

A. इक्सिगो   B. स्पाइस जेट

C. एयर इंडिया एक्सप्रेस   D. विस्तारा

E. डेक्कन चार्टर्स

Ques (13-17):निर्देश: दी गई जानकारी का ध्यानपूर्वक अध्ययन करें और नीचे दिए गए निम्नलिखित प्रश्न का उत्तर दीजिए।

आठ किताबें: इतिहास, अंग्रेजी, हिंदी, भूगोल, संस्कृत, राजनीति, अर्थशास्त्र और बंगाली भाषा की किताब एक अलमारी के 8 अलग-अलग रैक में रखी हैं। प्रत्येक किताब में पृष्ठों की संख्या 60, 61, 62, 63, 64, 65, 66, और 67 में से अलग-अलग है, लेकिन इसी क्रमांक में हो, यह जरूरी नहीं है। रैक को एक के ऊपर एक व्यवस्थित किया गया है और किताबों को रैक में उसी विशिष्ट क्रमांक में व्यवस्थित नहीं किया गया है। प्रत्येक रैक को इस तरह से क्रमांकित किया गया है कि सबसे ऊपर वाले रैक को क्रमांक 1 और सबसे नीचे वाले रैक को 8 से क्रमांकित किया गया है।

भूगोल की किताब न तो हिंदी और न ही अंग्रेजी के ठीक बगल में है। अर्थशास्त्र की किताब, जिसमें 67 पृष्ठ हैं, उसे संस्कृत की किताब और 65 पृष्ठों वाली एक किताब के बीच में रखा जाता है। बंगाली भाषा की किताब को इतिहास की किताब के नीचे रखा जाता है। बंगाली भाषा की किताब में 66 पृष्ठ नहीं हैं। इतिहास की किताब में 61 पृष्ठ नहीं हैं। 61 पृष्ठों की किताब और 62 पृष्ठों की किताब के बीच में दो किताबें हैं। जिस किताब में 64 पृष्ठ हैं, उसे इतिहास की किताब और 66 पृष्ठ की किताब के बीच में रखा जाता है। बंगाली भाषा की किताब को भूगोल की किताब के ठीक नीचे रखा जाता है। 65 पृष्ठों की किताब सम-संख्यांकित रैक में रखी जाती हैं लेकिन न तो वह उस रैक में रखी जाती है जिस रैक को क्रमांक 4 या क्रमांक 6 दिया गया है।

संस्कृत की किताब और 66 पृष्ठ की किताब उनके बीच दो किताबें हैं। हिंदी की किताब में 63 पृष्ठ नहीं हैं। 67 पृष्ठों की किताब और 60 पृष्ठों की किताब के बीच में कोई किताब नहीं है। 62 पृष्ठों की किताब, 60 पृष्ठों की किताब और 66 पृष्ठों की किताब के बीच में है लेकिन पूर्ण रूप से उनके बीच में नहीं।

Q.13 किताबों की कौन सी जोड़ी के बीच केवल दो किताबें हैं?

A. भूगोल और संस्कृत   **B.** अंग्रेजी और अर्थशास्त्र

C. अर्थशास्त्र और भूगोल   **D.** बंगाली और हिंदी

E. भूगोल और बंगाली

Q.14 राजनीति की किताब की क्रमांक क्या है?

A. 5   **B.** 6   **C.** 4   **D.** 7

E. 8

Q.15 बंगाली भाषा की किताब में कितने पृष्ठ हैं?

A. 64   **B.** 63   **C.** 66   **D.** 61

E. 65

Q.16 उस जोड़ी का चयन करें जिसमें उस किताब का नाम और उसकी पृष्ठ संख्या का गलत संयोजन है।

A. इतिहास - 62   **B.** अंग्रेज़ी - 63

C. भूगोल - 64   **D.** हिंदी - 65

E. संस्कृत - 60

Q.17 किस किताब में पृष्ठों की अधिकतम संख्या है?

A. राजनीति   **B.** अंग्रेज़ी   **C.** भूगोल   **D.** अर्थशास्त्र

E. हिंदी

Ques (18-19):निर्देश: ये प्रश्न निम्न जानकारी पर आधारित हैं।

R $ S का अर्थ है कि R, S की बेटी है।

R % S का अर्थ है कि R, S का बेटा है।

R & S का अर्थ है कि R, S की बहन है।

R @ S का अर्थ है कि R, S का भाई है।

R * S का अर्थ है कि R, S का पिता है।

R + S का अर्थ है कि R, S की माँ है।

R # S का अर्थ है कि R, S की पत्नी है।

Q.18 निम्न में से कौन सा व्यंजक यह दर्शाता है कि M, S की पत्नी है?

A. Q * M + N & J % S

B. Q + M & J * N @ S

C. Q @ M + J @ N & S

D. N & M + Q @ S % J

E. इनमें से कोई नहीं

Q.19 व्यंजक 'M & N * O ? P * R' में यह सिद्ध करने के लिए कि N, P का ससुर है प्रश्न चिह्न के स्थान पर क्या आना चाहिए?

A. %   **B.** *

C. &   **D.** #

E. या तो * या $

Ques (20-21):निर्देश: निम्नलिखित जानकारी का ध्यानपूर्वक अध्ययन कीजिये और उसपर आधारित प्रश्नों के उत्तर दीजिये:

जानकारी कूटित रूप में दी गयी है। दिए गए प्रश्नों का उत्तर देने के लिए जानकारी का विसंकेतन कीजिये।

A # B का अर्थ है कि A, B के पूर्व में 3 किमी की दूरी पर है।

A % B का अर्थ है कि A, B के पश्चिम में 3 किमी की दूरी पर है।

A @ B का अर्थ है कि A, B के उत्तर में 4 किमी की दूरी पर है।

A < B का अर्थ है कि A, B के दक्षिण में 4 किमी की दूरी पर है।

Q.20 यदि यह दिया गया है कि L @ P # Q @ R; S # R; S % O; N < M; N @ O, तो N और P के बीच की दूरी क्या है?

A. 4 किमी   **B.** 10 किमी   **C.** 6 किमी   **D.** 5 किमी

E. 3 किमी

Q.21 यदि यह दिया गया है कि L @ P # Q @ R; S # R; S % O; N < M; N @ O, तो निम्नलिखित में से कौन सा/कौन से कथन सत्य है/हैं?

i) L, N के उत्तर-पूर्व में है।

ii) P और O के बीच की दूरी 5 किमी है।

iii) M, R के दक्षिण-पश्चिम में है।

A. केवल i) सत्य है

B. i) और ii) दोनों सत्य हैं

C. केवल ii) सत्य है

D. केवल iii) सत्य है

E. ii) और iii) दोनों सत्य हैं

Ques (22-26):निर्देश: निम्न जानकारी को ध्यानपूर्वक पढ़िए और प्रश्नों के उत्तर दीजिये।

अनिश्चित संख्या में लोग एक पंक्ति में बैठे हैं। एक पंक्ति में लगातार दो खाली सीटें नहीं हैं। ऋषभ और नलिनी के बीच पांच से अधिक सीटें हैं जो एक अंतिम छोर से तीसरे स्थान पर बैठी है। गीता और कुणाल के बीच तीन व्यक्ति बैठे हैं जो सुषमा के दाएँ बैठा हैं। कार्तिक, खुशी के निकटतम दाएँ बैठा है जो कुणाल की पड़ोसी नहीं है। कार्तिक और ऋषभ के बीच एक व्यक्ति बैठा है। गीता, सुषमा के निकटतम बाएँ बैठी है जो ऋषभ के बाएँ किसी एक स्थान पर बैठी है। मालिनी और खुशी के बीच चार से कम सीटें नहीं हैं। सुषमा और मल्हार के बीच चार सीटें हैं जो कुणाल के दाएँ बैठा हैं। गीता और मालिनी के बीच कम से कम तीन सीटें हैं जो नलिनी के निकट नहीं बैठी हैं।

Q.22 कार्तिक और मल्हार के बीच कितने व्यक्ति बैठे हैं?

A. 1   **B.** 2   **C.** 3   **D.** 4

E. कोई नहीं

Q.23 यदि व्यक्तियों के रिक्त सीट में बदलाव किए बिना बाएँ से दाएँ वर्णानुक्रम के क्रम के अनुसार व्यवस्था की है, तो नलिनी के निकटतम दाएँ कौन बैठा होगा?

A. ऋषभ   **B.** गीता   **C.** सुषमा   **D.** कोई नहीं

E. मालिनी

Q.24 पंक्ति में कितने व्यक्ति हैं?

A. दस   **B.** बारह   **C.** आठ   **D.** नौ

E. सात

Q.25 नलिनी के दाएँ से दूसरे स्थान पर कौन बैठा है?

A. मालिनी   **B.** कुणाल

C. मल्हार   **D.** गीता

E. या तो (A) या (D)

Q.26 एक पंक्ति में कितनी रिक्त सीटें हैं?

A. एक   **B.** दो

C. तीन   **D.** चार

E. कोई रिक्त सीट नहीं

Ques (27-31):निर्देश: निम्नलिखित जानकारी का अध्ययन कीजिये और उस पर आधारित प्रश्नों के उत्तर दीजिये।

आठ व्यक्ति A, B, C, D, E, F, G और H एक गोलाकार व्यवस्था में केंद्र के सम्मुख होकर बैठे हैं। उनमें से प्रत्येक आईपीएल की विभिन्न टीम जैसे CSK, DD, KKR, KXIP, MI, SRH, RCB और RR को पसंद करते हैं। उनके बीच की दूरी इस प्रकार है कि एक दूरी को छोड़कर अन्य प्रत्येक दूरी पिछली दो दूरियों का योग है।

आगे यह दिया गया है कि,

1. पहली दो न्यूनतम दूरियां 3 इकाई और 5 इकाई हैं। साथ ही, MI और CSK पसंद करने वाले व्यक्तियों के बीच की दूरी सभी में न्यूनतम है।

2. MI पसंद करने वाले व्यक्ति के निकटतम दायें A बैठा है।

3. A और B के बीच की दूरी B और G के बीच की दूरी के समान है।

4. RCB पसंद करने वाला व्यक्ति G और D के बीच में बैठा है।

5. RCB और DD पसंद करने वाले व्यक्तियों के बीच दो व्यक्ति बैठे हैं और DD और KXIP पसंद करने वाले व्यक्तियों के बीच भी व्यक्तियों की संख्या समान है।

6. C, KXIP पसंद करता है और व्यक्ति G तथा D, DD या MI पसंद नहीं करते हैं।

7. RR पसंद करने वाले व्यक्ति के निकटतम बाएं E बैठा है।

8. व्यक्ति A और F एक दूसरे के विपरीत बैठे हैं।

9. MI और SRH पसंद करने वाले व्यक्तियों के बीच बैठे व्यक्तियों की संख्या तीन नहीं है।

10. KKR पसंद करने वाले व्यक्ति और H के बीच बैठे व्यक्तियों की संख्या तीन है।

11. RCB पसंद करने वाला व्यक्ति और RR पसंद करने वाला व्यक्ति दोनों पड़ोसी नहीं हैं।

Q.27 निम्नलिखित में से कौन RR पसंद करता है?

A. C
B. B
C. G
D. H
E. ज्ञात नहीं किया जा सकता है

Q.28 RCB और KXIP पसंद करने वाले व्यक्तियों के बीच की न्यूनतम दूरी क्या है?

A. 34
B. 55
C. 89
D. 35
E. उपरोक्त में से कोई नहीं

Q.29 MI पसंद करने वाले व्यक्ति के बाएं पांचवें स्थान पर कौन बैठा है?

A. B
B. D
C. H
D. G
E. C

Q.30 निम्नलिखित में से कौन CSK पसंद करता है?

A. E
B. F
C. C
D. B
E. उपरोक्त में से कोई नहीं

Q.31 A के दायीं ओर से गणना करने पर B और A के बीच कितने व्यक्ति बैठे हैं?

A. दो
B. एक
C. पांच
D. तीन
E. चार

Q.32 निर्देश: नीचे दिए गए कथन को पढ़िए और सही विकल्प का चयन कीजिये।

कथन: 70 के दशक के दौरान भारत में जनसंख्या की वृद्धि दर 2.22% प्रति वर्ष थी। मध्य 80 के दशक से 90 के दशक के दौरान वृद्धि में बदलाव होता है और 1996-2001 के लिए इसके 1.62% होने की उम्मीद है। इसके 2006-2011 के दौरान 1.50 प्रतिशत तक पहुंचने की उम्मीद है। इसी प्रकार, जीवनकाल की उम्मीद, जो वर्तमान में महिला के लिए लगभग 65 और पुरुष आबादी के लिए 62 है, महिला के लिए 68 और पुरुष के लिए 66 हो जाएगी। पूर्ण रूप से, भारत की जनसंख्या सदी के अंत तक एक अरब का आंकड़ा पार कर जाएगी और वर्ष 2011 तक बढ़कर 1179 मिलियन हो जाएगी।

धारणा: 2001 से अगले 10 वर्षों तक जनसंख्या प्रति वर्ष 1.79% की दर से बढ़ती रहेगी।

A. यदि धारणा निश्चित रूप से सत्य है।
B. यदि धारणा संभवतः सत्य है।
C. यदि धारणा निश्चित रूप से असत्य है।
D. यदि धारणा संभवतः असत्य है।
E. यदि जानकारी अपर्याप्त है।

Ques (33-37):निर्देश: इनपुट के रूप में संख्याओं की एक श्रृंखला दी गई है। आगे दिए गए चरण एक निश्चित तर्क का प्रयोग कर प्राप्त किये गये हैं। प्रत्येक चरण पिछले चरण का केवल परिणाम है।

Q.33 निम्नलिखित जानकारी का ध्यानपूर्वक अध्ययन कीजिए और नीचे दिए गए प्रश्नों के उत्तर दीजिए।

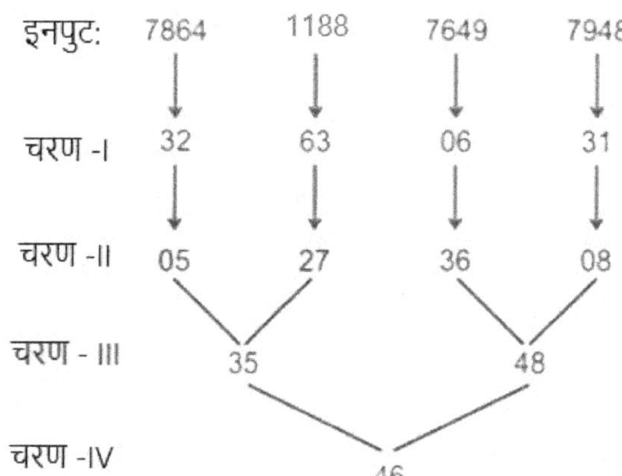

उपरोक्त चरणों में उपर्युक्त तर्क के अनुसार, दिए गए इनपुट के लिए एक उपयुक्त चरण ज्ञात कीजिए:

इनपुट 3689 9878 2289 2178

चरण III में संख्याओं का योग क्या है?

A. 145
B. 136
C. 134
D. 123
E. 117

Q.34 निम्नलिखित जानकारी का ध्यानपूर्वक अध्ययन कीजिए और नीचे दिए गए प्रश्नों के उत्तर दीजिए।

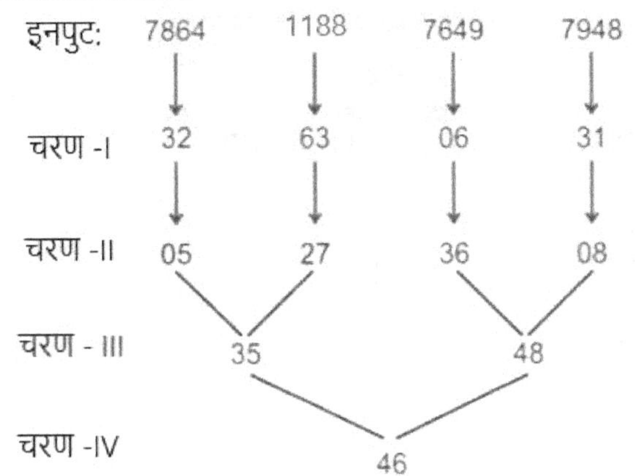

उपरोक्त चरणों में उपर्युक्त तर्क के अनुसार, दिए गए इनपुट के लिए एक उपयुक्त चरण ज्ञात कीजिए:

| इनपुट | 3689 | 9878 | 2289 | 2178 |

चरण IV में निम्नलिखित में से कौन सा अंतिम आउटपुट है?

A. 45
B. 36
C. 74
D. 12
E. इनमें से कोई नहीं

Q.35 निम्नलिखित जानकारी का ध्यानपूर्वक अध्ययन कीजिए और नीचे दिए गए प्रश्नों के उत्तर दीजिए।

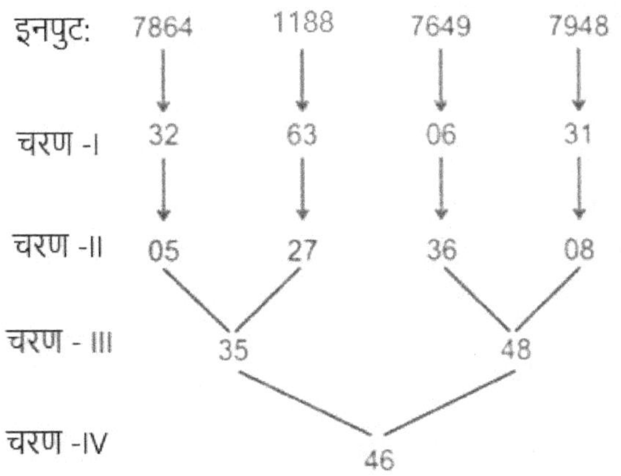

उपरोक्त चरणों में उपर्युक्त तर्क के अनुसार, दिए गए इनपुट के लिए एक उपयुक्त चरण ज्ञात कीजिए:

| इनपुट | 3689 | 9878 | 2289 | 2178 |

चरण I में सभी संख्याओं के अंकों का योग क्या होगा?

A. 54
B. 23
C. 39
D. 28
E. इनमें से कोई नहीं

Q.36 निम्नलिखित जानकारी का ध्यानपूर्वक अध्ययन कीजिए और नीचे दिए गए प्रश्नों के उत्तर दीजिए।

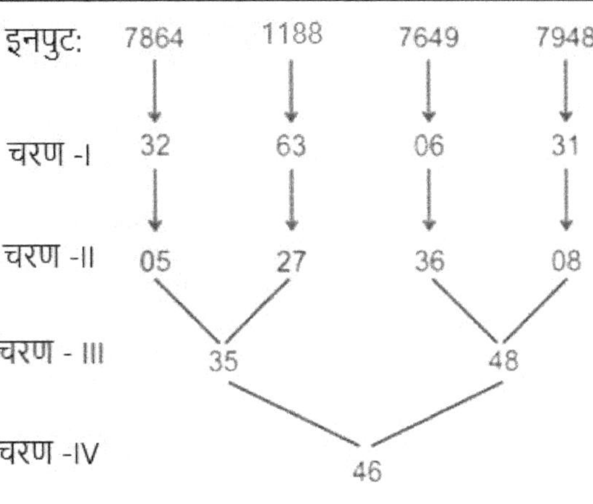

उपरोक्त चरणों में उपर्युक्त तर्क के अनुसार, दिए गए इनपुट के लिए एक उपयुक्त चरण ज्ञात कीजिए:

| इनपुट | 3689 | 9878 | 2289 | 2178 |

चरण III में न्यूनतम संख्या के अंकों के वर्ग का अंतर क्या होगा?

A. 15
B. 55
C. 21
D. 09
E. इनमें से कोई नहीं

Q.37 निम्नलिखित जानकारी का ध्यानपूर्वक अध्ययन कीजिए और नीचे दिए गए प्रश्नों के उत्तर दीजिए।

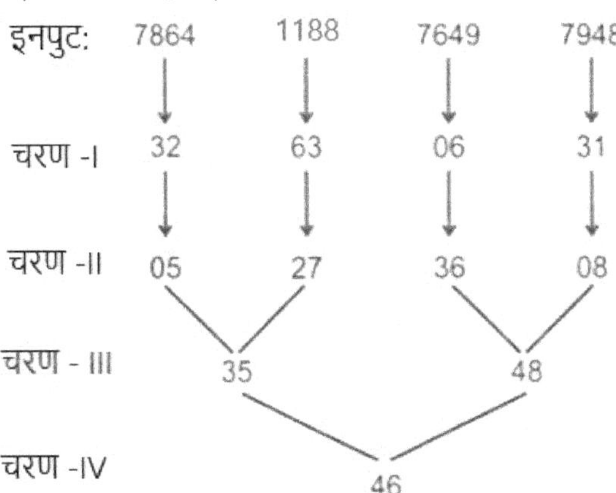

उपरोक्त चरणों में उपर्युक्त तर्क के अनुसार, दिए गए इनपुट के लिए एक उपयुक्त चरण ज्ञात कीजिए:

| इनपुट | 3689 | 9878 | 2289 | 2178 |

चरण II में अधिकतम से न्यूनतम संख्या का अंतर क्या होगा?

A. 21
B. 28
C. 26
D. 32
E. इनमें से कोई नहीं

Q.38 यदि 'FANTASTIC' शब्द के अक्षर वर्णमाला क्रम में बाएं से दाएं व्यवस्थित किये गये हैं, तो व्यवस्था के बाद बनाए गए शब्द के तीसरे, पांचवें, छठवें और आठवें अक्षर का उपयोग करके बनाए गए सार्थक अंग्रेजी शब्द का तीसरा अक्षर क्या होगा? (यदि कोई शब्द नहीं बनाया जाता है तो अपने उत्तर के रूप में 'L' चिह्नित करे और यदि एक से अधिक शब्द बनाए गए हैं तो अपने उत्तर के रूप में 'M' चिह्नित करें)

A. R
B. N
C. S
D. L
E. M

Q.39 'HIMALAYAN' शब्द में ऐसे कितने जोड़े हैं, जिनमें से प्रत्येक में शब्द (आगे और पीछे दोनों दिशाओं में) के बीच उतने ही अक्षर हैं जितने उनके बीच अंग्रेजी वर्णमाला में हैं?

A. एक   B. दो   C. तीन   D. चार
E. कोई नहीं

Q.40 एक नृत्य प्रतियोगिता के दौरान, ओलिव बाएँ से 12वें स्थान पर था जबकि तरण दाएँ छोर से 11वें स्थान पर था। यदि चारु, ओलिव और तरण के ठीक बीच में और पंक्ति के बाएँ छोर से 16वें स्थान पर थी, तो पंक्ति में छात्रों की कुल संख्या क्या थी?

A. 32   B. 30   C. 35   D. 38
E. 39

Computer Knowledge

Q.41 निम्नलिखित में से कौन सा सॉफ्टवेयर का प्रकार है जिसमें सेल्फ-रेप्लिकेटिंग सॉफ्टवेयर होता है जो फाइलों और सिस्टम को नुकसान पहुंचाता है?

A. वायरस   B. ट्रोजन हॉर्सेज
C. बॉट   D. वर्म्स
E. बैकडोर

Q.42 अन्य कंप्यूटरों द्वारा प्रेषित नेटवर्क से छोटे पैकेटों को कैप्चर करने और किसी भी प्रकार की जानकारी की तलाश में डेटा सामग्री को पढ़ने पर केंद्रित अटैक______ है।

A. फ़िशिंग   B. ईव्सड्रॉपिंग
C. स्कैम्स   D. एक्सप्लॉइट
E. डिनायल ऑफ़ सर्विसेज

Q.43 पहला बूट सेक्टर वायरस क्या है?

A. ब्रेन   B. एल्क क्लोनर
C. माइंड   D. क्रीपर
E. डेंजुको

Q.44 इस प्रकार के हैकर्स कम्युनिटी में सबसे कुशल हैकर्स होते हैं। वे कौन हैं?

A. व्हाइट हैट हैकर्स
B. एलीट हैकर्स
C. लाइसेंस पेनेट्रेशन टेस्टर्स
D. रेड हैट हैकर्स
E. इनमे से कोई नहीं

Q.45 ______ वे व्यक्ति हैं जो किसी फर्म या संगठन में आईटी सुरक्षा को बनाए रखते हैं और संभालते हैं।

A. आईटी सिक्योरिटी इंजिनियर
B. साइबर सिक्योरिटी इंटर्न
C. सॉफ्टवेयर सिक्योरिटी स्पेशलिस्ट
D. सिक्योरिटी ऑडिटर
E. इनमें से कोई नहीं

Q.46 EPROM और ROM के बीच क्या अंतर है?

A. EPROM एक प्रकार का रैम है और ROM एक मेमोरी नहीं हैं|
B. EPROM कारखानों में बना है लेकिन ROM व्यक्तिगत हार्डवेयर इंजीनियरों द्वारा डिजाइन किया जा सकता है|
C. EPROM मिटाने योग्य और प्रोग्राम करने योग्य है लेकिन ROM केवल पढ़ सकते हैं|
D. EPROM एक ठोस अवस्था डिवाइस नहीं है लेकिन ROM निश्चित रूप से है|
E. इनमें से कोई नहीं

Q.47 कप्यूटर के मेन सिस्टम बोर्ड को ______ कहते हैं।

[RBI Assistant, 2020]

A. इंटेग्रेटेड सर्किट   B. मदरबोर्ड
C. प्रोसेसर   D. माइक्रोचिप
E. ड्राइव बोर्ड

Q.48 वह प्रोसेस जो सॉफ्टवेयर डेवलपमेंट के टेक्निकल और मैनेजमेंट इश्यूज को डील करता है ______ कहलाता है।

[RBI Assistant, 2020]

A. डिलीवरी प्रोसेस   B. कन्ट्रोल प्रोसेस
C. सॉफ्टवेयर प्रोसेस   D. टेस्टिंग प्रोसेस
E. मॉनिटरिंग प्रोसेस

Q.49 जब एक प्रोटोकॉल निर्दिष्ट करता है कि प्रेषक का एड्रेस सबसे हाल का प्रेषक है और मूल स्रोत नहीं है, इसका क्या अर्थ है?

A. सिंटेक्स   B. टाइमिंग
C. सेमांटिक्स   D. डुप्लेक्स
E. इनमे से कोई भी नहीं

Q.50 एक ISP एक ऐसी कंपनी है जो आपको अपने सर्वर के माध्यम से इंटरनेट से जुड़ने की अनुमति देती है। ISP का पूर्ण रूप है:

A. इंटरनेट सर्विस प्रोवाइडर
B. इंटरनेशनल सर्विस प्रोवाइडर
C. इंडियन सर्विस प्रोवाइडर
D. (A) और (B) दोनों
E. इनमें से कोई नहीं

Q.51 एक वेब पेज पर आइकॉन या इमेज जो कि किसी अन्य वेब पेज से संबंधित है, उसे कहा जाता है-

A. यूआरएल   B. हाइपरलिंक
C. प्लगिन   D. (A) और (B) दोनों
E. इनमें से कोई नहीं

Q.52 निम्नलिखित में से कौन नेटवर्क इंट्रूजन डिटेक्शन और रियल-टाइम ट्रैफ़िक एनालिसिस से संबंधित है?

A. जॉन द रिपर   B. एलऑफ़ क्रैक
C. स्नॉर्ट   D. नेसस
E. इनमें से कोई भी नहीं

Q.53 निम्नलिखित में से कौन-सा अटैक-बेस्ड टेस्टिंग वेबइंस्पेक्ट नहीं कर सकता है?

A. क्रॉस-साइट स्क्रिप्टिंग   B. डायरेक्टरी ट्रैवर्सल
C. पैरामीटर इंजेक्शन   D. इंजेक्शन शेलकोड
E. जांच पैरामीटर

Q.54 VIRUS का पूर्ण रूप है-

A. वाइटल इन्फॉर्मेशन रिकॉर्स अंडर सिस्टम
B. वाइटल इन्फॉर्मेशन रिकॉर्स अंडर सीज
C. वाइटल इन्फॉर्मेशन रिकॉर्स अंडर सिक्योर
D. वेरी इन्फॉर्मेशन रिकॉर्स अंडर सिस्टम
E. इनमें से कोई नहीं

Q.55 MIPS का पूर्ण रूप क्या है?

A. मिलियन इंस्ट्रक्शंस प्रति सेकेंड
B. मेनी इंस्ट्रक्शंस प्रति सेकेंड
C. मंथली इंस्ट्रक्शंस प्रति सेकेंड
D. मिलियन इनपुट पर सेकंड्स
E. इनमें से कोई नहीं

Q.56 HDD के संचालन के आधार पर DEFRAG का पूर्ण रूप क्या है?
A. डिफ्रैगाइल
B. डीफ्रैग्मेंट
C. डीफ्रैक्चर
D. ऊपर के सभी
E. इनमें से कोई नहीं

Q.57 निम्नलिखित में से कौन सा RDBMS है?
A. जावा बीन्स
B. फॉक्स प्रो
C. ओरेकल
D. डीबेस IV
E. ऊपर के सभी

Q.58 एक पारदर्शी (ट्रांसपेरेंट) DBMS _________ है।
A. उपयोगकर्ताओं से संवेदनशील जानकारी को नहीं छुपा सकता है।
B. अपने लॉजिकल स्ट्रक्चर को उपयोगकर्ताओं से छुपा कर रखता है।
C. अपने फिजिकल स्ट्रक्चर को उपयोगकर्ताओं से छुपा कर रखता है।
D. (A) और (B) दोनों
E. इनमें से कोई नहीं

Q.59 एक डेटाबेस में संग्रहीत डेटा डेटाबेस तक पहुंचने वाले एप्लीकेशन से स्वतंत्र होना चाहिए। इस नियम को _________ कहा जाता है।
A. लॉजिकल डेटा इंडिपेंडेंसी
B. फिजिकल डेटा इंडिपेंडेंसी
C. डेटा निर्भरता
D. (A) और (B) दोनों
E. इनमें से कोई नहीं

Q.60 निम्नलिखित में से आपको अपने कंप्यूटर पर म्यूजिक सुनने के लिए किस की आवश्यकता होगी?
A. वीडियो कार्ड
B. सॉउन्ड कार्ड
C. माउस
D. जॉय स्टिक
E. ऊपर के सभी

Q.61 निम्नलिखित में से कौन रिलेशनल डेटाबेस मॉडल की विशेषता नहीं है?
A. टेबल
B. ट्रीलाइक स्ट्रक्चर
C. काम्प्लेक्स लॉजिकल रिलेशनशिप
D. रिकॉर्ड
E. इनमे से कोई भी नहीं

Q.62 स्काइलेक क्या है ?
A. सुपर कंप्यूटर
B. हाइब्रिड कंप्यूटर
C. कोर प्रोसेसर
D. वेब ब्राउज़र
E. इनमें से कोई नहीं

Q.63 एक्सेल में किसी संख्या को भाजक द्वारा विभाजित करने के बाद शेषफल को वापस करने के लिए हम _________ फंक्शन का उपयोग करते हैं।
A. ROUND( )
B. FACT( )
C. MOD( )
D. DIV( )
E. इनमें से कोई नहीं

Q.64 पावरपॉइंट एलिप्स में, मोशन को _________ के रूप में पूर्वनिर्धारित किया जाता है।
A. एनिमेशन स्कीम
B. डिजाइन टेम्पलेट
C. कलर स्कीम
D. (B) और (C) दोनों
E. इनमें से कोई नहीं

Q.65 एक्सेल शीट पर एक्टिव सेल को निम्न में से किसके द्वारा दर्शाया जाता है?
A. रेड बॉर्डर
B. डॉटेड बॉर्डर
C. ब्लिंकिंग बॉर्डर
D. डार्क वाइड बॉर्डर
E. इनमें से कोई भी नहीं

Q.66 नया डॉक्यूमेंट बनाने का शॉर्टकट ____ है।
A. Ctrl + F
B. Ctrl + N
C. Ctrl + O
D. Ctrl + S
E. इनमें से कोई नहीं

Q.67 माइक्रोसॉफ्ट वर्ड, पावरपॉइंट, एक्सेस, एक्सेल आदि को बंद करने का शॉर्टकट ____ है।
A. Ctrl + W
B. Ctrl + Q
C. Alt + F4
D. Alt + Q
E. इनमें से कोई नहीं

Q.68 अगले विकल्प या विकल्पों के समूह पर जाने के लिए _____ का उपयोग करते है।
A. Alt+tab
B. Ctrl+tab
C. Tab
D. Ctrl+right arrow
E. इनमें से कोई नहीं

Q.69 सोर्स प्रोग्राम को एक इंटरमीडिएट फॉर्म में कम्पाईल्ड किया जाता है जिसे _________ कहा जाता है।
A. बाइट कोड
B. स्मार्ट कोड
C. एक्सेक्यूटबल कोड
D. मशीन कोड
E. इनमें से कोई नहीं

Q.70 _________ एक इमेजिनरी आर्किटेक्चर के लिए असेंबली लैंग्वेज है।
A. बाइट कोड
B. मशीन कोड
C. नेटिव कोड
D. एक्सेक्यूटबल कोड
E. स्मार्ट कोड

Q.71 पास्कलाइन का आविष्कार कब हुआ था?
A. 1617
B. 1620
C. 1642
D. 1837
E. 1963

Q.72 निम्नलिखित में से कौन सा 4GL के बारे में सही है?
A. एक कंप्यूटर ब्रांड
B. एक सॉफ्टवेयर ब्रांड
C. एक सॉफ्टवेयर प्रोग्राम
D. एक प्रोग्रामिंग भाषा
E. इनमे से कोई भी नहीं

Q.73 पहली पीढ़ी के कंप्यूटर में किस लैंग्वेज का प्रयोग किया जाता था?
A. मशीन लैंग्वेज
B. असेंबली लैंग्वेज
C. हाई लेवल लैंग्वेज
D. बेसिक
E. इनमे से कोई भी नहीं

Q.74 स्टेट-स्पेस सर्च में किन बातों का ध्यान रखा जाता है?
A. पोस्टकंडीशन
B. प्रीकंडिशन
C. इफेक्ट
D. दोनों (B) और (C)
E. इनमें से कोई नहीं

Q.75 वीएलआईडब्ल्यू की महत्वपूर्ण फीचर _________ है।
A. आईएलपी
B. परफॉरमेंस
C. कॉस्ट-इफेक्टिवनेस
D. डिले
E. इनमें से कोई नहीं

Q.76 इंटर प्रोसेसर कम्युनिकेशन के लिए मिस एरेज को कहा जाता है:
A. हिट रेट
B. कोहेरेंस मिसेस
C. कमिट मिसेस
D. पैरलल प्रोसेसिंग
E. सिंगल रेट

Q.77 तीन प्रकार के आईपी एड्रेस हैं:
A. नेटवर्क एड्रेस, होस्ट एड्रेस, लोकल एड्रेस
B. नेटवर्क एड्रेस, होस्ट एड्रेस, ब्रॉड कास्ट एड्रेस
C. नेटवर्क एड्रेस, होस्ट एड्रेस, पैकेट एड्रेस
D. नेटवर्क एड्रेस, होस्ट एड्रेस, फ्रेम एड्रेस
E. इनमें से कोई नहीं

Q.78 उस नेटवर्क को हम क्या कहते हैं, जिसके अवयवों को कुछ दूरी से अलग किया जा सकता है, इसमें आम तौर पर दो या दो से अधिक छोटे नेटवर्क और उच्च गति टेलीफोन लाइन शामिल होती हैं?
A. यूआरएल
B. लैन
C. वैन
D. डब्लूडब्लूडब्लू
E. मैन

Q.79 यदि नेटवर्क पर एक कंप्यूटर दूसरे के उपयोग के लिए संसाधनों को साझा करता है, तो इसे ________कहा जाता है
A. सर्वर
B. क्लाइंट
C. मेनफ्रेम
D. (A) और (B) दोनों
E. ऊपर के सभी

Q.80 किस इनपुट पद्धति में डेटा पहले से ही मशीन पठनीय रूप में है?
A. डायरेक्ट इनपुट विधि
B. इनडायरेक्ट इनपुट विधि
C. स्टोर्ड इनपुट विधि
D. नेटवर्क इनपुट विधि
E. इनमें से कोई नहीं

Financial Awareness

Q.81 दिसंबर 2021 में किस देश ने सरको नाम की एक 'सुसाइड मशीन' को मंजूरी दी है?
A. जर्मनी
B. स्पेन
C. स्विट्जरलैंड
D. चीन
E. भारत

Q.82 भारतीय रिजर्व बैंक के उपभोक्ताओं के बैंकनोट सर्वेक्षण के निष्कर्षों से पता चला है कि रुपये ______ सबसे पसंदीदा बैंक नोट था।
A. 50 रुपये
B. 100 रुपये
C. 200 रुपये
D. 500 रुपये
E. 2000 रुपये

Q.83 केंद्रीय मंत्री जितेंद्र सिंह ने किस शहर में 21 अगस्त 2022 को "भारत की पहली स्वदेशी रूप से विकसित हाइड्रोजन ईंधन सेल बस" लॉन्च की है?

[RBI Assistant, 2020]

A. पुणे
B. मुंबई
C. अहमदाबाद
D. कोलकाता
E. इंदौर

Q.84 स्वतंत्र भारत का पहला केंद्रीय बजट आरके षणमुखन चेट्टी द्वारा कब प्रस्तुत किया गया था?
A. 26 नवंबर 1947
B. 26 अक्टूबर 1947
C. 26 मई 1947
D. 26 दिसंबर 1947
E. इनमें से कोई नहीं

Q.85 आप जोखिम की पहचान कब करते हैं?
A. एक परियोजना की शुरुआत में।
B. परियोजना योजना के दौरान।
C. एक परियोजना के पूरे जीवनकाल के दौरान।
D. परियोजना निष्पादन के दौरान।
E. उपर्युक्त सभी

Q.86 जोखिम भरी गतिविधियों के स्तर को कम करने की प्रक्रिया सबसे पहले नुकसान की आवृत्ति को प्रभावित करती है ________ की रणनीति है।
A. जोखिम से बचाव
B. प्रतिधारण
C. प्रतिरक्षा
D. अन्य संविदात्मक जोखिम हस्तांतरण
E. इनमें से कोई नहीं

Q.87 जो जोखिम व्यक्ति की आय अर्जित करने की क्षमता को सीधे प्रभावित करता है उसे ______ कहा जाता है।
A. व्यक्तिगत जोखिम
B. जोखिम वित्तपोषण
C. जोखिम प्रतिधारण
D. जोखिम बांटना
E. मौलिक जोखिम

Q.88 लंबी अवधि की फसलों के लिए किसी भी ऋण को एनपीए के रूप में वर्गीकृत किया जाता है, जब मूलधन या ब्याज की किस्त ____ फसल मौसम के लिए अतिदेय रहती है।
A. एक
B. चार
C. तीन
D. दो
E. पांच

Q.89 एक खाते को ______ के रूप में माना जाना चाहिए यदि बकाया राशि लगातार स्वीकृत सीमा/आहरण शक्ति से अधिक है।
A. सीमा से बाहर
B. अनियमित
C. ड्राइंग से बाहर
D. रेखा से बाहर
E. इनमें से कोई नहीं

Q.90 निम्नलिखित में से किस प्रकार के बैंकों पर प्राथमिकता-प्राप्त क्षेत्र को उधार देने के दिशानिर्देश लागू नहीं होते हैं?
A. भूमि विकास बैंक
B. विदेशी बैंक
C. आरआरबी
D. सहकारी बैंक
E. इनमें से कोई नहीं

Q.91 पर्सनल लोन के लिए अधिकतम लोन अवधि क्या है?
A. 1 – 5 वर्ष
B. 5 वर्ष
C. 1 – 8 वर्ष
D. 1 – 10 वर्ष
E. 1 – 15 वर्ष

Q.92 भारत में पर्सनल लोन के तहत अनुमत अधिकतम लोन राशि क्या है?
A. उधारकर्ता की आय पर निर्भर करता है
B. उनकी मासिक आय का 30 गुना तक
C. असीमित
D. (A) और (B) दोनों
E. इनमें से कोई नहीं

Q.93 हम उस ऋण को क्या कहते हैं जो 12 महीने से कम या उसके बराबर अवधि के लिए एनपीए बना रहता है?
A. संदिग्ध संपत्ति
B. उप-मानक संपत्ति
C. नुकसान
D. A और B दोनों
E. इनमें से कोई नहीं

Q.94 एक परिसंपत्ति को संदिग्ध के रूप में वर्गीकृत किया जाता है यदि वह निम्न अवधि के लिए घटिया श्रेणी में बनी हुई है:
A. 6 महीने
B. 12 महीने
C. 18 महीने
D. 24 महीने
E. 36 महीने

Q.95 पेगासस एसेट रिकंस्ट्रक्शन प्राइवेट लिमिटेड के निदेशक मंडल में कितने सदस्य हैं?
A. 10
B. 7
C. 9
D. 9

E. 11

Q.96 आरबीआई द्वारा गठित सुदर्शन सेन समिति में कितने सदस्य हैं?

A. 6   **B.** 5   **C.** 12   **D.** 8

E. 9

Q.97 ओटीआर का फुल फॉर्म क्या है?

A. वन टाइम रिस्ट्रक्चरिंग

B. वन टाइम रिक्विरेमेंट

C. वन टाइम रिस्क

D. ऑब्जेक्टिव ऑफ़ टाइम रिस्क

E. इनमें से कोई नहीं

Q.98 बैंक ऑफ बड़ौदा (BoB) ने एमएसएमई ग्राहकों को एकमुश्त पुनर्गठन (ओटीआर) के लिए ऑनलाइन आवेदन करने में सक्षम बनाने के लिए सिडबी के साथ एक समझौता ज्ञापन (एमओयू) पर हस्ताक्षर किए हैं। बैंक ऑफ बड़ौदा की टैगलाइन क्या है?

A. बैंक के साथ अच्छे लोग

B. आपके भरोसे का सम्मान

C. भारत का अंतर्राष्ट्रीय बैंक

D. एक ऐसा नाम जिस पर आप भरोसा कर सकते हैं

E. इनमें से कोई नहीं

Q.99 बैंकिंग पर्यवेक्षण (बीसीबीएस) के लिए बेसल समिति के सचिवालय की मेजबानी कौन कर रहा है?

A. डब्ल्यूईएफ   **B.** बीसीएसबीआई

C. बीआईएस   **D.** डब्लूटीओ

E. इनमें से कोई नहीं

Q.100 बेसल-द्वितीय दिशानिर्देशों के अनुसार, बैंकों को अपने आरडब्ल्यूए की ___ की न्यूनतम पूंजी पर्याप्तता आवश्यकता बनाए रखनी होगी।

A. 7%   **B.** 8%   **C.** 9%   **D.** 10.5%

E. 11.5%

Q.101 भारत में बेसल ||| कार्यान्वयन के संबंध में निम्नलिखित में से कौन सा कथन सही नहीं है?

A. न्यूनतम टियर 1 पूंजी अनुपात 8% होना चाहिए

B. अधिकतम टियर 2 पूंजी 2% होनी चाहिए

C. न्यूनतम कुल पूंजी अनुपात 9% होना चाहिए

D. न्यूनतम कुल पूंजी अनुपात प्लस पूंजी संरक्षण बफर 11.5% होना चाहिए

E. इनमें से कोई नहीं

Q.102 किस नियामक ने एआरएम-एमएसएमई नामक एमएसएमई के लिए एक परिसंपत्ति पुनर्गठन वेब मॉड्यूल लॉन्च किया है?

A. आरबीआई   **B.** नाबार्ड   **C.** एनएचबी   **D.** सिडबी

E. सेबी

Q.103 निम्नलिखित में से किस अंतर्राष्ट्रीय संगठन के सदस्य विशेष आहरण अधिकार (एसडीआर) प्राप्त कर सकते हैं?

1) विश्व बैंक

2) आईएमएफ

3) डब्ल्यूटीओ

4) बिम्सटेक

A. केवल 1   **B.** केवल 1 और 3

C. केवल 2   **D.** केवल 4

E. 1 और 4

Q.104 सेबी अपने कार्यकारी कार्य में _____ और _____ कार्रवाई करता है और यह अपनी न्यायिक क्षमता में निर्णय और आदेश पारित करता है।

A. दक्ष एवं प्रभावी   **B.** जांच और प्रवर्तन

C. विनियमन और नेतृत्व   **D.** न्यायिक और सहायक

E. इनमें से कोई नहीं

Q.105 विश्व व्यापार संगठन के तहत एसपीएस समझौता निम्नलिखित में से किससे संबंधित है?

A. पादप आनुवंशिक सामग्री का व्यापार

B. पादप स्वच्छता उपाय

C. व्यापार में तकनीकी बाधा

D. उर्वरकों में व्यापार

E. जानवरों का व्यापार

Q.106 बाह्य निष्कर्षण वाणिज्यिक बैंक पर किस प्रकार का प्रभाव छोड़ते हैं?

A. बैंक के भंडार को कम करता है

B. आगे जमा बढ़ाता है

C. क्रेडिट सृजन बढ़ाता है

D. मांग जमा बनाता है

E. क्रेडिट सृजन घटाता है

Q.107 राष्ट्रीय आवास बैंक ने अपना संचालन कब शुरू किया?

A. जुलाई, 1982   **B.** जुलाई, 1988

C. अप्रैल, 1980   **D.** मार्च, 1971

E. इनमें से कोई नहीं

Q.108 भारतीय एक्ज़िम बैंक के प्रमुख कार्यक्रमों के हिस्से के रूप में 'निर्यातक कंपनियों के लिए वित्त' में शामिल नहीं है:

A. कार्यशील पूंजी   **B.** पोस्ट-शिपमेंट क्रेडिट

C. विदेशी निवेश वित्त   **D.** सावधि ऋण

E. (A) और (B) दोनों

Q.109 आवर्ती जमा किस जमा का एक प्रकार है?

A. व्यपगत जमा   **B.** मांग जमा

C. सावधि जमा   **D.** मियादी जमा

E. इनमें से कोई नहीं

Q.110 क्षेत्रीय ग्रामीण बैंकों के लिए नियामक प्राधिकरण है:

A. नाबार्ड   **B.** प्रायोजक बैंक

C. राज्य सरकार   **D.** केन्द्रीय सरकार

E. उपरोक्त सभी

Q.111 स्थिर कीमतों की केनेसियन धारणा के तहत टेलर नियम के अनुसार निर्धारित मौद्रिक नीति को (A) _____ और (B) _____ के ध्रुवीय मामलों के बीच एक समझौता के रूप में वर्णित किया जा सकता है।

A. (A) एक पूरी तरह से लचीली ब्याज दर नीति; (B) एक पूरी तरह से लचीली मुद्रा आपूर्ति नीति

B. (A) एक पूरी तरह से लचीली ब्याज दर नीति; (B) उत्पादन की अंतर्निहित प्रवृत्ति वृद्धि दर पर मुद्रा आपूर्ति के बढ़ने का एक नियम

C. (A) एक निरंतर ब्याज दर नीति नियम; (B) एक पूरी तरह से लचीली मुद्रा आपूर्ति नीति

D. (A) एक स्थिर ब्याज दर नीति नियम;B) उत्पादन की अंतर्निहित प्रवृत्ति वृद्धि दर पर मुद्रा आपूर्ति के बढ़ने का एक नियम

E. इनमें से कोई नहीं

Q.112 केनेसियन धारणा एक सुविधाजनक विश्लेषणात्मक शॉर्ट कट है और वास्तविकता का एक परिशुद्ध विवरण बन जाती है। यह क्या मानती है?

A. स्थिर कीमतें

B. फर्म फिक्स कॉस्ट को कम नहीं कर सकती हैं

C. आउटपुट पूर्व निर्धारित है

D. ब्याज दर वृद्धि को प्रोत्साहित करती है

E. इनमें से कोई नहीं

Q.113 केंद्रीय बजट 2022-23 के अनुसार, 2022-23 में कुल व्यय अनुमानित है ______________

A. रु. 34.83 लाख करोड़   B. रु. 37.70 लाख करोड़
C. रु. 39.45 लाख करोड़   D. रु. 48.55 लाख करोड़
E. रु. 84.00 लाख करोड़

Q.114 राज्य सरकार के कर्मचारियों के एनपीएस खाते में नियोक्ता के योगदान पर कर कटौती की सीमा 10 प्रतिशत से बढ़ाकर ______ प्रतिशत कर दी गई है।

A. 11%   B. 12%   C. 13%   D. 14%
E. 15%

Q.115 900,000 किसानों को लाभ पहुंचाने के लिए ________ की लागत से केन-बेतवा नदी लिंक परियोजना लागू की जाएगी।

A. 11,000 करोड़ रुपये   B. 22,000 करोड़ रुपए
C. 33,000 करोड़ रुपये   D. 44,000 करोड़ रुपए
E. 55,000 करोड़ रुपए

Q.116 कितने भारतीय स्टार्ट-अप ने यूनिकॉर्न का दर्जा हासिल किया है?
A. 77   B. 83   C. 44   D. 92
E. 102

Q.117 चालू वित्त वर्ष में सेवा क्षेत्र के ___ तक बढ़ने का अनुमान है।
A. 9.1%   B. 9.2%
C. 3.9%   D. 8.2%
E. इनमें से कोई नहीं

Q.118 जनवरी 2022 से कपड़े, परिधान और जूते पर समान वस्तु और सेवा कर (GST) की दर क्या है?
A. 5   B. 8
C. 12   D. 18
E. इनमें से कोई नहीं

Q.119 मार्च 2022 तक, बाजार पूंजीकरण के मामले में वैश्विक सूची में भारत का स्थान क्या है?
A. तीसरा   B. पांचवां
C. छठा   D. सातवां
E. इनमें से कोई नहीं

Q.120 एक चेक को वैध चेक माना जाता है यदि चेक पर दर्ज की गई तारीख वास्तविक तारीख के ______ के भीतर है जिस पर इसे प्रस्तुत किया गया है।
A. 6 महीने   B. 3 महीने   C. 9 महीने   D. 1 महीने
E. 5 महीने

English Language

Ques (121-123):Direction: Read the following information carefully and answer the question given below.

In the following question, there are four sentences or parts of sentences that form a paragraph. Identify the sentence(s) or part(s) of sentence(s) that is/are correct in terms of grammar and usage (including spelling, punctuation and logical consistency). Then choose the most appropriate option.

Q.121 A. Air India and Jet Airways have cancelled their flights to Hong Kong on Sunday.

B. Due to inclement weather in Hong Kong, the flights of September 16 to and from Hong Kong stand cancelled.

C. AI and Jet Airways is the only two Indian carriers flying to Hong Kong.

D. Jet Airways is on the brink of being declared bankrupt as the domestic competition heats up.

A. A and B   B. B and D
C. A and C   D. B and C
E. None of these

Q.122 A. Experts point out that diabetes in young adults is assuming alarming proportions and obesity is a front-runner for diabetes.

B. Children as old as 22-year-olds develop diabetes and then obesity as a teenager.

C. The mean age of diabetes in India has gone down drastically in the last two decades.

D. Our genes were made to lead an agriculture field and being active on the field instead of the luxury.

A. A and B   B. B and D
C. A and C   D. B and C
E. None of these

Q.123 A. The opposition separately urged the state election commission to reschedule the ongoing assembly elections in the state.

B. The Party has won unopposed 96 percent of the Gram Panchayat and Panchayat Samiti seats.

C. The seats are occupied following large-scale resignations of elected representations of the previous regime.

D. Some of the three-tier Panchayat seats were lying vacant also due to the death of those representing them.

A. A and B   B. B and D
C. A and C   D. B and C
E. None of these

Ques (124-125):Direction: In the given sentence, one phrase has been printed in bold. Select the correct meaning of the phrase from the options given below.

Q.124 The Competition Commission's inquiry into the government's land-based transport market comes **not a moment too soon**, as a succession of petitions describe the sad state of the country's public transport system.
A. Before needed   B. Just in time
C. Too late   D. Hesitating
E. None of the above

Q.125 The National Human Rights Commission is **all bark and no bite** as it lacks the authority to penalize those guilty of human rights violations.
A. Impressive action   B. Intimidating action
C. Low on action   D. Threatening action
E. None of the above

Ques (126-127):Direction: In this question, a sentence has been divided into four parts marked as I, II, III, IV. You need to find which part/parts does not/do not have an error in terms of grammatical and contextual usage. If the sentence is contextually correct, mark "No Error" as your answer.

Q.126 I - He was hiding in the Karnal

II - and were dropped at the bypass

III - by another associates on a bike,

IV - just 10 minutes before his arrest.

A. I   **B.** II   **C.** III   **D.** IV

E. No Error

Q.127 I - Net zero emissions means that

II - any new greenhouse gas

III - emission are balanced by absorbing

IV - a equivalent amount from the atmosphere.

A. I   **B.** II   **C.** III   **D.** IV

E. No Error

Ques (128-132):Direction: Below, a passage is given with five blanks labelled (A)-(E). Below the passage, five options are given for each blank. Choose the word that fits each blank most appropriately in the context of the passage, and mark the corresponding answer.

Companies in India are side-stepping the anti-dumping measures imposed by the government by deliberately misclassifying items imported from China, according to a report tabled by the Parliamentary Standing Committee on Commerce. The report also notes that the government has been ___(A)___ to review the effectiveness of its anti-dumping measures. "The anti-dumping framework also suffers with ___(B)___ implementation," the report on the impact of Chinese goods on the Indian economy said. "The ___(C)___ elements are able to import the Chinese goods by ___(D)___ the goods, put them under the anti-dumping framework through misclassification of products." "This mis-declaration while importing the goods which otherwise have been put under anti-dumping measures ___(E)___ the whole effort to protect the domestic industry from unfair trade practices," the report added.

Q.128 Which of the following is the most appropriate for given blank (A)?

A. Agreeing   **B.** Requited

C. Contemplated   **D.** Antipathetic

E. Clandestine

Q.129 Which of the following is the most appropriate for given blank (B)?

A. Strict   **B.** Opposing

C. Belligerent   **D.** Lax

E. Noxious

Q.130 Which of the following is the most appropriate for given blank (C)?

A. Unscrupulous   **B.** Ethical

C. Conduit   **D.** Permitted

E. Vilified

Q.131 Which of the following is the most appropriate for given blank (D)?

A. Boycotting   **B.** Navigating

C. Circumventing   **D.** Accepting

E. Augmenting

Q.132 Which of the following is the most appropriate for given blank (E)?

A. Pressurizing   **B.** Kicking

C. Dwindling   **D.** Drubbing

E. Nullify

Ques (133-135):Direction: You are required to match statement from column 1 and 2 and find which of the following pair of statement make sense meaningfully and grammatically.

Q.133

Column (1)	Column (2)
A. Through this initiative, teachers at elementary level will be able to acquire scientific temperament	D. Google has shut down its travel planning app, Trips.
B. In favour of steering users more towards its Maps,	E. the waves crashing onto the shore.
C. The mother is about to take her son	F. and knowledge of other important educational aspects and transfer it to students.

A. Only C-E   **B.** Only B-D

C. Only A-F, B-D   **D.** A-F, B-D, C-E

E. None of these

Q.134

Column (1)	Column (2)
A. External Commercial Borrowing is an instrument used in India to	D. take a year or more to finish.
B. The elephant has been sedated	E. facilitate Indian companies to raise money outside the country in foreign currency.
C. All these processes can	F. mildly burnt taste.

A. Only B-F   **B.** Only A-E

C. Only A-E, C-D   **D.** Only C-D

E. None of these

Q.135

Column (1)	Column (2)
A. When done in an orderly fashion, the tissue is restored	D. video caption is a blessing from people with hearing issues.
B. I feel a pain in the back	E. to normal and no scarring occurs.
C. Those of us who can hear well may not realize that	F. pack needed replacement

A. Only A-E   **B.** Only B-F

C. Only A-E, C-D   **D.** Only A-E, B-F, C-D

E. None of these

Ques (136-140):Direction: Rearrange the following eight sentences/ group of sentences (A), (B), (C), (D), (E), (F), (G) and (H) in the proper sequence to form a meaningful paragraph; then answer the question given below them.

(A) Kentucky Fried Chicken, popularly known as KFC, was born.

(B) He left Kentucky and travelled to different states to try to sell his recipe for free, just asking for a small percentage of money on the items sold.

(C) With that one success, Colonel Harland Sanders changed the way Americans eat chicken.

(D) Once, there was an old man, who was broke, who lived in a tiny house and owned a beat up car.

(E) Unfortunately, he got rejected 1009 times before he heard his first yes.

(F) At 65 years of age, he decided things had to change.

(G) He decided that this was his best shot at making a change.

(H) The only thing he was good at was a unique chicken recipe which his friends loved and constantly appreciated.

Q.136 Which of the following should be the **THIRD** sentence after rearrangement?

A. (G) **B.** (F) **C.** (H) **D.** (A)
E. (B)

Q.137 Which of the following is **FIRST** sentence in the sequence after rearrangement?

A. (A) **B.** (D) **C.** (B) **D.** (G)
E. (C)

Q.138 Which of the following is the **FIFTH** sentence in the passage after rearrangement?

A. (B) **B.** (C) **C.** (E) **D.** (G)
E. (F)

Q.139 Which of the following sentences comes after sentence (B) after rearrangement?

A. (A) **B.** (C) **C.** (E) **D.** (F)
E. (D)

Q.140 Which of the following is the LAST sentence in the passage after rearrangement?

A. (A) **B.** (B) **C.** (C) **D.** (D)
E. (E)

Ques (141-143):Direction: In the following question, a short passage with one of the lines in the passage missing and represented by a blank is given. Select the best option given, to make the passage logically complete.

Q.141 The rate of conviction in SC and ST atrocity cases in the State has reached 22 percent from 10 percent last year due to the proper investigations done by the departments concerned and the increased awareness that enabled the aggrieved persons to get justice. The government has been appointing special public prosecutors in 'most sensational' and long-pending cases and has issued guidelines to increase people's understanding of the SC/ST (Prevention of Atrocities) Act

__________.

A. the people's representatives should now acquaint people with the legal remedies available for them.

B. the Act has been implemented in letter and spirit.

C. the Police Department acts swiftly on complaints of atrocities.

D. these measures facilitated speedy disposal of SC and ST atrocity cases.

E. investigations have paved the way for speedy delivery of justice.

Q.142 Recognizing the need to address disorders from growing an addiction to smartphones and video games, the All India Institute of Medical Science has recently set up a special psychiatry OPD for people hooked to their screens. This Behavioral Addiction Clinic reports that many of their patients are school and college students. The obvious fallout from the internet and social media addiction for students is a drastic drop in academic attention, interest and performance. __________. Young developing minds are seriously susceptible to what is proving to be a social and societal malaise. Here's where parents may step in to steer their children gently towards the real.

A. As virtual technology becomes increasingly engaging and 'real' in feel, it wields greater and greater power to pull us into its grip.

B. The most extreme fallout of their addiction was that they'd begun to urinate and defecate in their pants, while gaming.

C. The effect of screen addiction touched a new low when in February 2017 the media reported a case of two brothers hooked to social media and gaming.

D. Both (A) and (B)

E. None of these

Q.143 Take a photo or point the camera on a flower and Google will tell what flower is that. Hover the camera over a restaurant and it will show you reviews and options to book a table. Scan business cards, receipts, connect to Wi-Fi, book movie tickets by pointing the camera at the posters, do it all. Google Lens will be integrated into the Google Assistant.

____

A. The audience can pay to prioritize their comments on YouTube streams.

B. The devices definitely have the processing power required to run just about any mobile VR application.

C. Right now Google isn't planning to start hosting its own job listings.

D. It is a new recognition engine which can understand both texts and images and come up with relevant smart answers.

E. It is a new recognition engine which can understand both texts and images and come up with relevant smart answers.

Ques (144-145):Direction: Read the following information carefully and answer the question given below in the following sentences, there is a blank space, followed by possible words given in options. You have to determine which one of these words fits well in all the sentence making them meaningful and grammatically correct. The word can be modified according to the tense of the sentence keeping the meaning of root word intact.

Q.144 I. It is a narrative of the _______ and the consequences of unlawful love.

II. The evaporation of water must necessarily go on with immensely greater rapidity in the hotter zones than in the colder zones, and all the water which is taken up must, of _______, again come down.

III. The accumulated mass of waters would rush with great force and violence down the central valley of the desert, which forms their only outlet, if the passage were narrow, and if it made any considerable descent in its _______ to the sea.

A. track	**B.** course
C. shadow	**D.** round
E. None of these	

Q.145 I. When the _______ was approaching in which Cleopatra appeared upon the stage, Rome was perhaps the only city that could be considered as the rival of Alexandria.

II. Caesar was in the ascendency at Rome at the _______ that Ptolemy made his application for an alliance.

III. In process of _______bshe thought that her position would be strengthened by a marriage with a royal prince from some neighbouring realm.

A. schedule	**B.** line up
C. time	**D.** vigour
E. None of these	

Ques (146-150):Direction: Read the passage given below and then answer the questions given below the passage. Some words may be highlighted for your attention. Read carefully.

Bioengineering combines the design and problem-solving techniques of engineering with biological and medical sciences to improve health-related and medical problems. Bioengineers have made many positive changes in many lives today. It has become a growing field over the past couple of years. The new advances and research that stem from biomedical engineers can solve problems that would have never been able to be solved before. Many great inventions have been made through research in biomedical engineering, for example, genetic engineering, cloning, and insulin. After insulin had been invented, there were still a lot of problems with the purity and the quantity of the insulin produced. Biomedical engineering **devised** a way to produce large quantities of insulin with a higher level of purity, which has saved a lot of human lives. Engineers have been working on new technology that will **utilise** stem cells in order to save lives and treat diseases. By designing life-saving objects such as artificial hearts, dialysis machines, and surgical lasers bioengineers have helped save many lives. Biomedical engineers can be traced back to over 3000 years with the Egyptians. The Egyptians created a wooden prosthesis to replace the big toe. Since then, bioengineering has developed a great deal. A big improvement this century has been the development of artificial lungs. When polio hit the states, many patients were put into a respirator made of two vacuum cleaners and an iron box. This invention, designed by Philip Drinker and Louis Agassiz Shaw, was nicknamed the "iron lung". The iron lung pumped air in and out of the patient, allowing the patient to breathe. Iron lungs are replaced today with artificial lungs, which are more advanced and are put inside the patient, allowing him or her to be mobile and enjoy life to a fuller extent.

Q.146 Why does bio-engineering combine techniques of engineering with biological and medical sciences?

A. To improve health-related and medical problems
B. To improve financial problems
C. To make life easier for the poor
D. To solve medical problems in developing countries
E. More intelligent people were needed to come up with new inventions

Q.147 Since how long has bio-engineering been a growing field?

A. Since 3000 years back
B. Since the Egyptians came into being
C. Over the past couple of years
D. Since Philip Drinker made the iron lung
E. It is not exactly sure when it started growing

Q.148 How was the problem of purity and quantity of insulin handled?

A. Bioengineers got the help of medical sciences
B. Bio-engineers came up with a way to make high quantities of pure insulin
C. Bio-engineers were stumped at the problem
D. Bio-engineers had to seek the help of other professionals
E. There was nothing anyone could do in this matter

Q.149 When did biomedical engineers first come into existence?

A. Around 3000 years ago
B. During the past couple of years
C. The exact time is not known
D. After the demise of the Egyptian empire
E. In 1500 AC

Q.150 Which of the following is CORRECT in the context of the paragraph?

A. Egyptians created a wooden prosthesis to replace the big toe
B. The first biomedical engineers were Africans
C. Iron lungs cannot be replaced with anything
D. Only Philip Drinker designed the "iron lung"
E. Biomedical engineers were unable to design artificial heart

Ques (151-155):Direction: Choose the correct antonyms for the given words.

Q.151 Forbid

A. Permit	**B.** Celebrate
C. Appreciate	**D.** Provoke
E. Dull	

Q.152 Podgy

A. Thin	**B.** Slim	**C.** Weak	**D.** Short
E. Often			

Q.153 Seldom

A. Never	**B.** Daily	**C.** Often	**D.** Rarely
E. Secular			

Q.154 Degenerate

A. Create	**B.** Restore
C. Progress	**D.** Reproduce
E. Competitor	

Q.155 Seethe

A. Chill	**B.** Cool	**C.** Plumb	**D.** Freeze
E. Fresh			

Ques (156-160):Direction: Given below are sentences with three blanks. Identify the correct order of words which can be used to fill the given blanks.

Q.156 There must be some _____ even to the _____ of a _____ for doing harm.

(A). Demon

(B). Limit

(C). Capabilities

(D). Situation

(E). Prances

(F). Fiddle

A. (A), (B) and (C)   **B.** (D), (F) and (A)

C. (F), (C) and (B)   **D.** (E), (F) and (D)

E. (B), (C) and (A)

Q.157 The British occupiers of India and Japan were _____ during World War II, but political _____ between the two nations have remained _____ since India's independence.

(A). Enemies

(B). Contradictory

(C). Allies

(D). Relations

(E). Warm

(F). Terms

A. (C), (A) and (D)   **B.** (A), (D) and (F)

C. (B), (D) and (F)   **D.** (D), (E) and (C)

E. (A), (D) and (E)

Q.158 China has made _____ advances in areas such as education, infrastructure, high-tech manufacturing, academic publishing, _____, and commercial applications and is now in some areas and in some _____, a world leader.

(A). Assertive

(B). Grants

(C). Rapid

(D). Patents

(E). Stoic

(F). Measure

A. (A), (E) and (D)   **B.** (B), (C) and (A)

C. (C), (D) and (F)   **D.** (E), (C) and (D)

E. (D), (E) and (C)

Q.159 Capitalism is_____ as an economic system in which a country's trade, _____, and profits are controlled by private companies, instead of the people whose time and labor _____ those companies.

(A) Designed

(B) Defined

(C) Industry

(D) Rammed

(E) Poached

(F) Powers

A. (A), (B) and (F)   **B.** (C), (D) and (A)

C. (B), (C) and (F)   **D.** (A), (B) and (C)

E. (F), (D) and (E)

Q.160 A keen _____ insight will not fail to recognize that _____ the manifold variety in India, there is a fundamental _____.

(A). Penetrating

(B). Diversity

(C). Integrity

(D). Beneath

(E). Unity

(F). Spirit

A. (F), (D), and (C)   **B.** (A), (D), and (F)

C. (A), (D), and (E)   **D.** (B), (F), and (C)

E. (D), (E), and (F)

Hindi Language

Q.161 'सिर सहलाए भेजा खाए' लोकोक्ति का अर्थ है:

A. एकदम निकट आकर शोरगुल करना

B. किसी के सिर पर सवार हो जाना

C. दोस्त बनकर हानि पहुँचाना

D. चापलूसों के कहने को करना

E. लड़ाई-झगड़े वाली बात करना

Q.162 'नौ दिन चले अढाई कोस' लोकोक्ति का अर्थ है:

A. बहुत धीमी गति से काम करना

B. बहुत धीमी गति से चलना

C. अधिक समय में कम काम करना

D. हरामखोरी करना

E. खूब धन लाभ होना

Ques (163-164):निर्देश: निम्नलिखित प्रत्येक प्रश्न में एक शब्द और साथ में पांच विकल्प भी दिए गए हैं। बताइये की इन विकल्पों से कौन-सा विकल्प दिए गए शब्द का विलोम शब्द होगा?

Q.163 अधिमूल्यन

A. अवमूल्यन   **B.** अगवानी

C. अनाक्रांत   **D.** अजेय

E. इनमें से कोई नहीं

Q.164 अत्याधिक

A. अग्रणी   **B.** जलचर

C. स्वल्प   **D.** जिजीविषु

E. इनमें से कोई नहीं

Q.165 निम्नलिखित में से कौन सा शब्द "हरि" का अनेकार्थी नहीं है?

A. मेढ़क   **B.** घोड़ा

C. सर्प   **D.** कामदेव

E. इनमें से कोई नहीं

Q.166 कौन सा शब्द "जया" का अनेकार्थी शब्द नहीं है?

A. दुर्गा   **B.** ध्वजा

C. वस्त्र   **D.** पार्वती

E. इनमें से कोई नहीं

Q.167 वे प्रत्यय जो क्रिया में जुड़े होते हैं उन्हें कहते हैं:

A. कृदंत प्रत्यय   **B.** तद्धित प्रत्यय

C. तुमुन् प्रत्यय   **D.** अनीयर् प्रत्यय

E. इनमें से कोई भी नहीं

Q.168 संस्कार शब्द में किस उपसर्ग का प्रयोग हुआ है?

A. सम्   **B.** सन्   **C.** सम्स   **D.** सन्स

E. संस्

Ques (169-170):निर्देश: दिए गए विकल्पों में से सही विकल्पों का चयन करके रिक्त स्थानों की पूर्ति कीजिये।

Q.169 प्रेमचंद्र ने __________ की भाषा को अपने उपन्यासों के __________ पर उभारने का कार्य किया।

A. जन, फलक   **B.** लोगों, पृष्ठों

C. अपनी, पृष्ठ   **D.** (A) और (B) दोनों

E. उपरोक्त सभी

Q.170 यह एक ऐसी __________ है जो हमारे अंतःकरण को बहुत __________ तक प्रभावित करती है।

A. पीड़ा, गहराई   **B.** दुःख, गहराई

C. दुःख, अंदर   **D.** (B) और (C) दोनों

E. इनमे से कोई नहीं

Ques (171-175):निर्देश: निम्नलिखित गद्यांश का ध्यानपूर्वक अध्ययन करें तथा दिए गए प्रश्न के सही उत्तर दें।

नागरिकता का तात्पर्य वोट देने, कर चुकाने, न्यायसभा में निर्णय करने तथा उन अन्याय कर्तव्यों को पूरा करने से कहीं अधिक है, जिनकी अपेक्षा कोई राष्ट्र अपने सदस्यों से करता है। ठीक-ठीक समझने पर इसके अन्तर्गत मनुष्य के वे सम्पूर्ण क्रिया-कलाप समाविष्ट हो जाते हैं, जिनका सम्बन्ध उसके साथी नागरिकों से है तथा जिनका प्रभाव राज्य के स्वास्थ्य एवं कल्याण पर पड़ता है। प्रकारांतर से इस भावना का विस्तार अपने पड़ोसी के प्रति कर्तव्य-निर्वाह तक माना जा सकता है। इसमें कानून द्वारा विदित सभी बातें तो अन्तर्निहित हैं ही, साथ ही कुछ ऐसे कर्तव्य भी समाविष्ट हैं; जिनके विषय में कानून चुप है और जिन्हें व्यक्ति के विवेक पर छोड़ दिया गया है। यह भावना निष्क्रिय नहीं है। इसका अभिप्राय अभद्र आचरण से निवृत्ति मात्र नहीं है, यह एक सक्रिय भावना है। सार्वजनिक कर्त्तव्यों से दूर रहने वाले मनुष्य को हम शांतिप्रिय नहीं, बल्कि निकम्मा मनुष्य समझते हैं। सार्वजनिक जीवन में शक्ति और ऊर्जा की स्थिति निर्मित होती है समय चूकने वाला मनुष्य तथा शत्रु का साथ देने वाला मनुष्य, दोनों ही अपने कर्तव्यों का अतिक्रमण करते हैं।

आदर्श राज्य वही हैं जहाँ प्रत्येक नागरिक अपने समुदाय का अंग बने रहने के लिए कृत-संकल्प हो, जो राज्य का भार कम करना चाहता हो, जो अपने स्वार्थ के सामने राज्य के स्वार्थ को वरीयता देता हो तथा आवश्यकता होने पर जो अपनी आकांक्षाओं, सुविधाओं, समय और धन को भी त्याग देने के लिए उद्यत रहता हो। ऐसा मनुष्य उस मशीन की भाँती कार्यशील रहता है, जिसका कोई पुर्जा न तो व्यर्थ होता है और न अक्षम, न तो घिसा-पिटा होता है और न टूटा-फूटा, अथवा अनुपयुक्त। ऐसी मशीन की एक-एक 'पुली' तथा 'दाँता उसका सारा भार धारण करते हैं तथा मशीन के वेगपूर्ण सुचारु संचालन में पूरा योग देते हैं जो मनुष्य अपना कर चुकाने में टालमटोल करता हो, वह तो घटिया नागरिक है ही, उसी प्रकार वह मनुष्य भी घटिया नागरिक है जो लोकसभा के लिए मतदान करते समय केवल अपने व्यक्तिगत स्वार्थ का ध्यान रखता है अथवा जो उदासीनता या आलस्य के कारण मतदान ही नहीं करता। उसी प्रकार वह घटिया नियोजक है जो अपने कर्मचारियों के प्रति व्यवहार करते समय न केवल नैतिक कानून का उल्लंघन करता है, बल्कि देश की सामाजिक समस्याओं को भी बढ़ाता है। इसी श्रेणी में 'काला बाजार' के मुनाफाखोर, व्यापारी लोग तथा उनके अनुयायी भी सम्मिलित होंगे। इसी श्रेणी में वे श्रमिक-कारीगर सम्मिलित होंगे जो वैयक्तिगत स्वार्थों के लिए ऐसे समय हड़ताल आयोजित करते हैं, जब उनके देश का अस्तित्व दाँव पर लगा हो।

Q.171 आदर्श नागरिक से लेखक का क्या अभिप्राय है?

A. जहाँ के नागरिक सिर्फ मतदान देने जाये ओर अपने मनपसंद उम्मीदवार को जिताने में मदद करते हो।

B. ऐसे समय हड़ताल आयोजित करे चाहे देश की स्थिति कुछ भी हो, उनको अपनी आवाज रखनी चाहिये।

C. जहाँ के नागरिक अपने स्वार्थ के लिये राज्य के हित के विरुद्ध भी जाना पड़े फिर भी पीछे ना हटे।

D. जहाँ के नागरिक अपने हितों को अनदेखा कर राज्य के हितों को सर्वाधिक महत्व दे, तथा अपना समय, धन देकर राज्य के कल्याण के बारे में सोचे।

E. उपरोक्त सभी

Q.172 सक्रिय नागरिकता का सटिक उदाहरण दिए गए विकल्पों में कौन दर्शाता है?

A. अपने व्यक्तिगत हितों के लिये कार्य करना तथा अपने में मशगूल रहना।

B. मनपसंद उम्मीदवार का चयन अथवा उसे विजयी बनाने की कोशिश करना।

C. राज्य के हित में कम करना तथा ऐसा कार्य करना जो कानून के दायरे में हो।

D. अभद्र आचरण का उदाहरण प्रस्तूत करें, और दूसरे को भी करने को बोलें।

E. इनमें से कोई नहीं

Q.173 लेखक के अनुसार घटिया नागरिक कौन है?

A. जो समाजिक कार्यों में सम्मिलित होता हो तथा अपना कर्तव्य निर्वहन करता हो।

B. जो लोकसभा के लिए मतदान करते समय केवल अपने व्यक्तिगत स्वार्थ का ध्यान रखता है।

C. जो अपने स्वार्थ के सामने राज्य के स्वार्थ को वरीयता देता हो।

D. जो राज्य के हित में कार्य करता हो।

E. (B) और (C) दोनों

Q.174 कोई राज्य अपने नागरिकों से किन कर्तव्यों की अपेक्षा करता है?

A. जो व्यक्तिगत मुनाफों के लिये देश के अस्तित्व को दाव पर लगा दे

B. जो अपने दायित्वों को निर्वहन कभी-कभी करे

C. कुछ निर्णय कानून के विरुध्द भी लेना पड़े तो बेझिझक लें

D. आपात के समय देश का साथ दें तथा कर समय पर चुकाएं

E. (A) और (C) दोनों

Q.175 गद्यांश में प्रयुक्त वाक्यांश "वह घटिया नियोजक है जो अपने कर्मचारियों के प्रति व्यवहार करते समय न केवल नैतिक कानून का उल्लंघन करता है, बल्कि देश की सामाजिक समस्याओं को भी बढ़ाता है", इस कथन का तात्पर्य क्या है?

A. नियोजक मानसिक तौर पर बिमार है।

B. कर्मचारीगण की कार्यशैली शिथिल है।

C. नियोजक घटिया नागरिक है।

D. नियोजक कार्य के प्रति सख्त है।

E. (B) और (D) दोनों

Q.176 'अंबुनिधि' किसका पर्यायवाची है?

A. जल   **B.** कमल   **C.** सागर   **D.** मेघ

E. उरग

Q.177 'नर्तकप्रिय' किसका पर्यायवाची शब्द है?

A. मोर   **B.** मधु   **C.** मृग   **D.** मृत्यु

E. मोक्ष

Q.178 "अभी तो मुकुट बंधा था माथ,
हुए कल ही हल्दी के हाथ,
खुले भी न थे लाज के बोल,
खिले थे चुंबन-शून्य कपोल, जानी चाहिए।

हाय रुक गया यहीं संसार बना सिन्दूर अनल अंगार वातहत लतिका वह सुकुमार पड़ी है छिन्नाधार।" में निहित रस है:

A. संयोग श्रृंगार
B. वियोग श्रृंगार
C. शान्त
D. करुण
E. वीर

Q.179 "सोभित कर नवनीत लिए" में कौन-सा रस है?

A. वीभत्स
B. वात्सल्य
C. श्रृंगार
D. करुण
E. वीर

Q.180 सर्वश्रेष्ठ रस किसे माना जाता है?

A. करूण रस
B. वीर रस
C. श्रृंगार रस
D. रौद्र रस
E. शान्त रस

Q.181 काव्य में कितने रस माने जाते हैं?

A. 6
B. 7
C. 9
D. 10
E. 5

Q.182 'अनुराग' किस रस का स्थायी भाव है?

A. शान्त रस
B. वात्सल्य रस
C. वीर रस
D. रौद्र रस
E. करूण रस

Q.183 "हिमाद्रि तुंग श्रृंग से, प्रबुद्ध शुद्ध भारती। स्वयंप्रभा समुज्ज्वला, स्वतंत्रता पुकारती॥" उपरोक्त पंक्तियों में कौन-सा रस है?

A. भयानक
B. हास्य
C. वीर
D. श्रृंगार
E. करूण

Q.184 निम्नलिखित में से कौन सा वाक्य अशुद्ध है?

A. जो कुछ भी होगा देखा जाएगा।
B. सोमवार के दिन घूमने जाएंगे।
C. एक इंसान सब कुछ नहीं कर सकता।
D. मुझे तुमसे कोई परेशानी नहीं है।
E. तुम बहुत अच्छी लड़की हो।

Q.185 निर्देश : निम्न वाक्य के जिस भाग में त्रुटि हो, उसका चयन करें।

मोहन जानता है की/ शायद उसका/ मित्र बीमार है/ इसीलिए वह यहाँ नहीं आया।/ कोई त्रुटि नहीं है।

A. मोहन जानता है की
B. शायद उसका
C. मित्र बीमार है
D. इसीलिए वह यहाँ नहीं आया।
E. कोई त्रुटि नहीं है।

Q.186 निम्नलिखित में से 'तद्भव' शब्द है:

A. चतुर्दश
B. चतुर्थ
C. चौदह
D. चत्वारि
E. अगम्य

Q.187 'आभ्यंतर' का तद्भव शब्द है:

A. अंदर
B. भीतर
C. बाहर
D. गहरा
E. इनमें से कोई नहीं

Ques (188-189):निर्देश: दिए गए वाक्यांश के लिए एक शब्द बताएं।

Q.188 'जो सबके मन की बात जानता हो'

A. अन्तर्भेदी
B. अन्वेषक
C. अन्तर्यामी
D. अंतर्देशीय
E. अतीन्द्रिय

Q.189 'आदि से लेकर अन्त तक'

A. आद्योपान्त
B. सर्वांग
C. अनादि
D. आजीवन

E. अनन्त

Q.190 कौन सा शब्द जातिवाचक संज्ञा नहीं है।

A. जवान
B. बालक
C. सुंदर
D. मनुष्य
E. इनमें से कोई नहीं

Q.191 कौन सा शब्द स्त्रीलिंग है।

A. सहारा
B. सूचीपत्र
C. सियार
D. परिषद
E. इनमें से कोई नहीं

Q.192 निश्चयवाचक सर्वनाम कौन सा है।

A. क्या
B. कुछ
C. कौन
D. यह
E. इनमें से कोई नहीं

Q.193 चिड़िया आकाश में उड़ रही है-- इस वाक्य में ' उड़ रही ' क्रिया किस प्रकार की है।

A. अकर्मक
B. सकर्मक
C. समापिका
D. असमापिका
E. इनमें से कोई नहीं

Q.194 निम्न शब्दों में सदा स्त्रीलिंग वाला शब्द कौन सा है।

A. पक्षी
B. बाज
C. मकड़ी
D. गैंडा
E. इनमें से कोई नहीं

Q.195 निर्देश: निम्न अनुच्छेद में रिक्त स्थानों की पूर्ति कीजिये।

आवश्यकता इस बात की है कि हमारी शिक्षा का माध्यम भारतीय भाषा हो, जिसमें राष्ट्र के हृदय-मन-प्राण की सूक्ष्मतम और ___(1)___ संवेदना मुखरित हो और हमारा पाठ्यक्रम यूरोप तथा अमेरिका के ___(2)___ पर आधारित ना होकर हमारी अपनी ___(3)___ परम्पराओं एवं आवश्यकताओं का ___(4)___ करे। भारतीय भाषाओं, भारतीय इतिहास, भारतीय दर्शन, भारतीय धर्म और भारतीय समाजशास्त्र को हम ___(5)___ स्थान दें।

दिए गए अनुच्छेद में (1) से प्रदर्शित रिक्त स्थान पर निम्न में से कौन-सा शब्द प्रयोग होगा?

A. कठिन
B. सरल
C. गंभीरतम
D. आसान
E. इनमें से कोई नहीं

Q.196 निर्देश: निम्न अनुच्छेद में रिक्त स्थानों की पूर्ति कीजिये।

आवश्यकता इस बात की है कि हमारी शिक्षा का माध्यम भारतीय भाषा हो, जिसमें राष्ट्र के हृदय-मन-प्राण की सूक्ष्मतम और ___(1)___ संवेदना मुखरित हो और हमारा पाठ्यक्रम यूरोप तथा अमेरिका के ___(2)___ पर आधारित ना होकर हमारी अपनी ___(3)___ परम्पराओं एवं आवश्यकताओं का ___(4)___ करे। भारतीय भाषाओं, भारतीय इतिहास, भारतीय दर्शन, भारतीय धर्म और भारतीय समाजशास्त्र को हम ___(5)___ स्थान दें।

दिए गए अनुच्छेद में (2) से प्रदर्शित रिक्त स्थान पर निम्न में से कौन-सा शब्द प्रयोग होगा?

A. इतिहास
B. पाठ्यक्रम
C. साहित्य
D. दर्शन
E. इनमें से कोई नहीं

Q.197 निर्देश: निम्न अनुच्छेद में रिक्त स्थानों की पूर्ति कीजिये।

आवश्यकता इस बात की है कि हमारी शिक्षा का माध्यम भारतीय भाषा हो, जिसमें राष्ट्र के हृदय-मन-प्राण की सूक्ष्मतम और ___(1)___ संवेदना मुखरित हो और हमारा पाठ्यक्रम यूरोप तथा अमेरिका के ___(2)___ पर

आधारित ना होकर हमारी अपनी ___(3)___ परम्पराओं एवं आवश्यकताओं का ___(4)___ करे। भारतीय भाषाओं, भारतीय इतिहास, भारतीय दर्शन, भारतीय धर्म और भारतीय समाजशास्त्र को हम ___(5)___ स्थान दें।

दिए गए अनुच्छेद में (3) से प्रदर्शित रिक्त स्थान पर निम्न में से कौन-सा शब्द प्रयोग होगा?

A. सांस्कृतिक   **B.** साहित्यिक
C. मनोवैज्ञानिक   **D.** भौगोलिक
E. इनमें से कोई नहीं

Q.198 निर्देश: निम्न अनुच्छेद में रिक्त स्थानों की पूर्ति कीजिये।

आवश्यकता इस बात की है कि हमारी शिक्षा का माध्यम भारतीय भाषा हो, जिसमें राष्ट्र के हृदय-मन-प्राण की सूक्ष्मतम और ___(1)___ संवेदना मुखरित हो और हमारा पाठ्यक्रम यूरोप तथा अमेरिका के ___(2)___ पर आधारित ना होकर हमारी अपनी ___(3)___ परम्पराओं एवं आवश्यकताओं का ___(4)___ करे। भारतीय भाषाओं, भारतीय इतिहास, भारतीय दर्शन, भारतीय धर्म और भारतीय समाजशास्त्र को हम ___(5)___ स्थान दें।

दिए गए अनुच्छेद में (4) से प्रदर्शित रिक्त स्थान पर निम्न में से कौन-सा शब्द प्रयोग होगा?

A. प्रतिनिधित्व   **B.** पूर्ति
C. वाहन   **D.** दहन
E. इनमें से कोई नहीं

Q.199 निर्देश: निम्न अनुच्छेद में रिक्त स्थानों की पूर्ति कीजिये।

आवश्यकता इस बात की है कि हमारी शिक्षा का माध्यम भारतीय भाषा हो, जिसमें राष्ट्र के हृदय-मन-प्राण की सूक्ष्मतम और ___(1)___ संवेदना मुखरित हो और हमारा पाठ्यक्रम यूरोप तथा अमेरिका के ___(2)___ पर आधारित ना होकर हमारी अपनी ___(3)___ परम्पराओं एवं आवश्यकताओं का ___(4)___ करे। भारतीय भाषाओं, भारतीय इतिहास, भारतीय दर्शन, भारतीय धर्म और भारतीय समाजशास्त्र को हम ___(5)___ स्थान दें।

दिए गए में अनुच्छेद (5) से प्रदर्शित रिक्त स्थान पर निम्न में से कौन-सा शब्द प्रयोग होगा?

A. उच्चतम   **B.** न्यूनतम
C. सर्वोपरि   **D.** मध्यम
E. इनमें से कोई नहीं

Q.200 'दिग्गज' का सन्धि विच्छेद निम्न में से कौन सा है?

A. दिक् + गज   **B.** दीक + गज
C. दिक् + कज   **D.** दिग + गज
E. इनमें से कोई नहीं

Quantitative Aptitude & Data Interpretation

Q.201 दो वर्षों के बाद एक निश्चित मूलधन पर, एक निश्चित दर से साधारण ब्याज और चक्रवृद्धि ब्याज का मान क्रमशः 2400 रुपए और 2544 रुपए है। मूलधन का मान ज्ञात कीजिए।

A. 12000 रुपए   **B.** 8000 रुपए
C. 9000 रुपए   **D.** 10000 रुपए
E. 15000 रुपए

Q.202 एक कमरे में 2 हरी कुर्सियाँ, 3 पीली कुर्सियाँ और 4 नीली कुर्सियाँ हैं। राज 3 कुर्सियों को कितने तरीकों से चुन सकता है ताकि कम से कम एक पीली कुर्सी शामिल हो?

A. 3   **B.** 30
C. 64   **D.** 84

E. इनमें से कोई नहीं

Ques (203-207):निर्देश: नीचे दी गयी जानकारी का ध्यानपूर्वक अध्ययन कीजिए और प्रश्न का उत्तर दीजिए।

निम्नलिखित बार ग्राफ विभिन्न देशों द्वारा किए गए कार्बन उत्सर्जन को वैश्विक स्तर पर किए गए कुल कार्बन उत्सर्जन के प्रतिशत के रूप में दर्शाता है। वर्ष 2015 में वैश्विक स्तर पर किया गया कुल कार्बन उत्सर्जन 3.6 करोड़ किलोटन था। निम्नलिखित तालिका प्रत्येक देश द्वारा किये गए प्रति व्यक्ति के द्वारा उत्सर्जन किये गए कार्बन (टन में) को दर्शाता है।

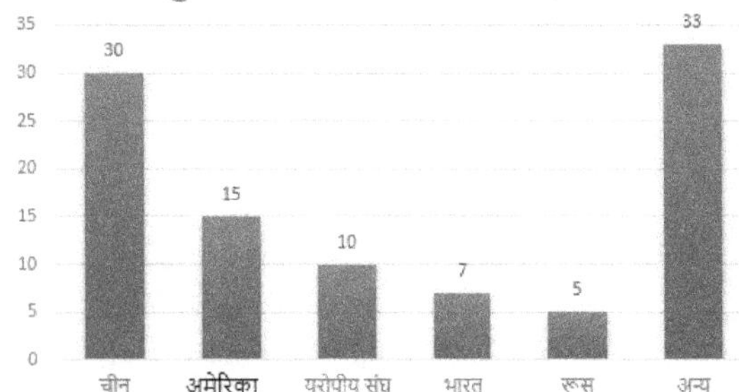

देश	प्रति व्यक्ति कार्बन उत्सर्जन (टन में)
चीन	7.5
अमेरिका	16
यूरोपीय संघ	7
भारत	2
रूस	12.5

प्रति व्यक्ति कार्बन उत्सर्जन = (देश का कुल कार्बन उत्सर्जन) / (देश की आबादी)

Q.203 दी गयी जानकारी के अनुसार यूरोपीय संघ की अनुमानित आबादी क्या है?

A. 54.45 करोड़   **B.** 50.57 करोड़
C. 51.42 करोड़   **D.** 56.65 करोड़
E. 55.55 करोड़

Q.204 दी गयी जानकारी के अनुसार चीन और भारत की आबादी का अंतर क्या है?

A. 18 करोड़   **B.** 22 करोड़   **C.** 16 करोड़   **D.** 20 करोड़
E. 26 करोड़

Q.205 दी गयी जानकारी के अनुसार अमेरिका और रूस की आबादी का अनुपात क्या है?

A. 45: 24   **B.** 75: 32   **C.** 65: 32   **D.** 45: 16
E. 75: 16

Q.206 2015 में वैश्विक स्तर पर प्रति व्यक्ति कार्बन उत्सर्जन 5 टन था और जापान की आबादी विश्व की आबादी का 1.75% है, तो जापान की आबादी ज्ञात कीजिए।

A. 12.96 करोड़   **B.** 12.80 करोड़
C. 12.44 करोड़   **D.** 12.6 करोड़
E. 12.50 करोड़

Q.207 दी गयी जानकारी के अनुसार चीन की अनुमानित आबादी क्या है?

A. 544 करोड़   **B.** 144 करोड़
C. 244 करोड़   **D.** 146 करोड़
E. 145 करोड़

Ques (208-210):निर्देश: निम्नलिखित प्रश्न में I और II से अंकित दो समीकरण दिए गये हैं। आपको दोनों समीकरणों को हल करना है और उनका उत्तर देना है।

Q.208 I. $10x^2 - 23x + 12 = 0$

II. $35y^2 - 73y + 36 = 0$

A. x > y

B. y ≤ x

C. y ≥ x

D. x < y

E. x = y या x और y के बीच संबंध स्थापित नहीं किया जा सकता है।

Q.209 I. $49x^2 + 49x + 12 = 0$

II. $49y^2 + 77y + 18 = 0$

A. x > y

B. y ≤ x

C. y ≥ x

D. x < y

E. x = y या x और y की बीच संबंध स्थापित नहीं किया जा सकता है।

Q.210 I. $x^2 - 25x + 156 = 0$

II. $y^2 - 19y + 84 = 0$

A. x > y

B. y ≤ x

C. y ≥ x

D. x < y

E. x = y या x और y के बीच संबंध स्थापित नहीं किया जा सकता है।

Q.211 तीन अंकों की एक संख्या में इकाई के स्थान का अंक सैकड़े के स्थान के अंक का चार गुना होता है। यदि इकाई के स्थान और दहाई के अंक को आपस में बदल दिया जाता है, तो इस प्रकार बनी नई संख्या मूल संख्या से 18 अधिक होती है। यदि सैकड़े के स्थान पर अंक दहाई के अंक का एक तिहाई है, तो मूल संख्या का 50% क्या होगा?

A. 204   B. 342   C. 134   D. 804

E. 891

Q.212 एक कार्यालय में कुछ व्यक्ति अधिकारी होते हैं और कुछ गैर-अधिकारी होते हैं। अधिकारियों की संख्या 30 है। अधिकारियों का औसत वेतन 1040 रुपये है और गैर-अधिकारियों का 400 रुपए है। यदि कार्यालय में पूरे स्टाफ (अधिकारी + गैर-अधिकारी) का औसत वेतन 500 रुपए प्रति माह है, तो कार्यालय में कर्मचारियों की औसत कुल संख्या (अधिकारी + गैर-अधिकारी) क्या है?

A. 49   B. 89

C. 92   D. 96

E. इनमें से कोई नहीं

Q.213 एक कंपनी में 50 कर्मचारी 23 दिनों में एक कार्य पूरा कर सकते हैं। वे एक साथ कार्य करना शुरू करते हैं और प्रत्येक 5 दिनों के बाद 5 कर्मचारी उनसे जुड़ते हैं। तो कितने समय में कार्य पूरा होगा?

A. 25 दिन   B. 15 दिन   C. 20 दिन   D. 30 दिन

E. 40 दिन

Q.214 दो श्रमिकों सम्राट और कमलेश ने एक साथ कार्य करना शुरू किया और 18 दिनों में कार्य पूरा किया और जब सम्राट ने तिगुनी कुशलता से कार्य किया और फिर कमलेश ने अपनी आधी दक्षता के साथ कार्य किया तो कार्य खत्म होने में भी समान समय लगेगा। अकेले कार्य खत्म करने के लिए सम्राट द्वारा लिए गए समय की गणना कीजिये।

A. 45   B. 80   C. 90   D. 70

E. 50

Q.215 यदि 8544 रुपये को A, B और C के बीच 6: 11: 15 के अनुपात में विभाजित किया जाता है। यदि B धनराशि में 50% की वृद्धि करता है और A अपनी धनराशि का 20% व्यय करता है। धनराशि का नया अनुपात ज्ञात कीजिये।

A. 16 : 55 : 50   B. 17 : 58 : 49

C. 18 : 55 : 50   D. जानकारी अपर्याप्त है

E. इनमें से कोई नहीं

Q.216 तीन साझेदार राम, मोहन और जोहान 5 : 7 : 11 के अनुपात में पूंजी के साथ एक साझेदारी व्यवसाय में प्रवेश करते हैं। तीन महीने के बाद राम, मोहन और जोहान ने क्रमश: 3000 रुपये, 5000 रुपये और 8000 रुपये जोड़े। इसके तीन महीने बाद राम और जोहान ने क्रमशः 2000 रुपये और 6000 रुपये निकाले और इसके बाद मोहन ने 3000 रुपये कमाए। दो नए व्यक्ति क्रांति और सोमू ने एक व्यवसाय में प्रवेश किया। क्रान्ति ने मोहन ने पहले तीन महीनों के लिए जितना निवेश किया उससे 12000 रुपये अधिक का निवेश किया और सोमू ने जोहान के पहले तीन महीनों के निवेश से 8000 रुपये अधिक का निवेश किया। यदि क्रांति और सोमू को 10 : 13 के अनुपात में एक वर्ष के बाद लाभ का हिस्सा मिला, तो अंतिम तीन महीनों के लिए मोहन का निवेश ज्ञात कीजिये?

A. 32000 रुपये   B. 36000 रुपये

C. 30000 रुपये   D. 35000 रुपये

E. 33000 रुपये

Q.217 दो दुकान A और B ने एक ही कीमत पर कंपनी से एक ही उत्पाद खरीदा। दुकान A ने उत्पाद की कीमत को उसकी लागत मूल्य से 50% अधिक अंकित किया और उत्पाद के अंकित मूल्य पर 15% और 10% के दो क्रमिक छूट दी, जबकि दुकान B ने उत्पाद की कीमत अपनी लागत मूल्य से 60% अधिक अंकित किया और उत्पाद के अंकित मूल्य पर 15% और 12% के दो क्रमिक छूट दी। अगर कोई ग्राहक दुकान B से उत्पाद खरीदता है, तो उसे दुकान A की तुलना में 986 रु. अधिक देने होंगे, दो दुकानों ने किस कीमत पर कंपनी से उत्पाद खरीदा?

A. 15000 रु.   B. 20000 रु.   C. 25000 रु.   D. 30000 रु.

E. 35000 रु.

Q.218 एक कार 6 किमी/घंटा से आगे बढ़ते हुए सड़क पर एक व्यक्ति को पार करता है। व्यक्ति 2 मिनट तक कार को देख पाया। यदि कार के ओझल होने के समय व्यक्ति की कार से दूरी 1.2 किमी थी, तो कार की गति ज्ञात कीजिए।

A. 42 किमी/घंटा   B. 36 किमी/घंटा

C. 32 किमी/घंटा   D. 45 किमी/घंटा

E. 50 किमी/घंटा

Q.219 कमल एक महीने में सरसों के तेल की खपत को पिछले महीने के 62.5% तक कम करना चाहता है। यदि वह व्यय सरसों के तेल के समान करना चाहता है, तो सरसों के तेल के मूल्य में प्रतिशत परिवर्तन क्या है?

A. 5%   B. 6.67%   C. 7.14%   D. 6.75%

E. 6.5%

Ques (220-224):निर्देश: निम्नलिखित दिए गए आंकड़ों का अध्ययन करें और निम्नलिखित प्रश्न के उत्तर दें।

रौनक सोमवार से शुक्रवार तक डोंगी से धारा के विपरीत और धारा के साथ यात्रा करता है। नीचे दिए गए चार्टस् से पता चलता है कि सप्ताह के विभिन्न दिनों में उसके धारा के विपरीत और धारा के साथ तय की गई दूरी है।

धारा के विपरीत में तय की गई कुल दूरी 257 किमी है। धारा के साथ में तय की गई कुल दूरी 330 किमी है

धारा के विपरीत

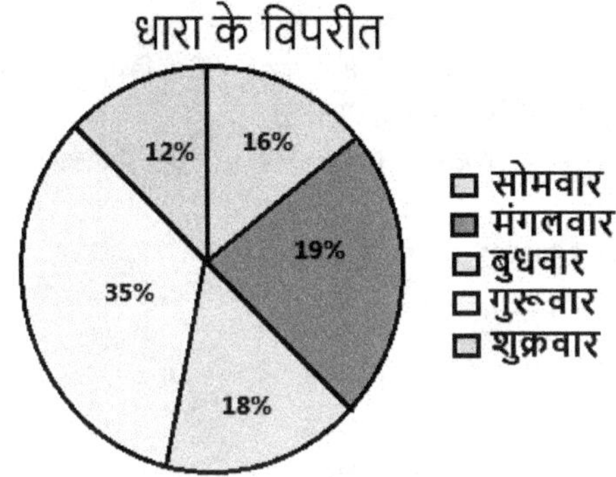

धारा के साथ

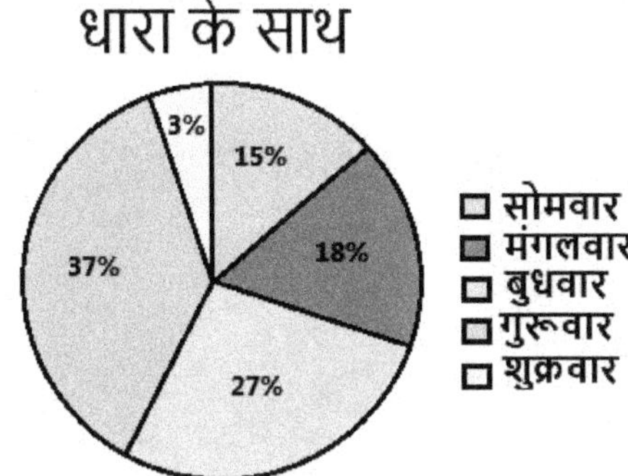

Q.220 सोमवार को धारा की गति 20 किमी / घंटा है। यदि धारा के साथ यात्रा को पूरा करने में एक घंटा लगता है, तो सोमवार को धारा के विपरीत यात्रा को पूरा करने में लगभग कितना समय लगेगा?

A. 1 घंटा   **B.** 8 घंटा   **C.** 4.3 घंटा   **D.** 2 घंटा
E. 9 घंटा

Q.221 बुधवार को धारा की गति के लिए डोंगी की गति का अनुपात ज्ञात करें यदि यह बहाव की यात्रा को पूरा करने में 2 घंटे और धारा के विपरीत यात्रा को पूरा करने के लिए 3 घंटे का समय लेती है।

A. 3 : 2   **B.** 29.985 : 14.565
C. 32.675 : 90.245   **D.** 31.235 : 41.455
E. 3 : 1

Q.222 यदि मंगलवार को धारा की गति 3 किमी / घंटा और अभी भी पानी में डोंगी की गति 10 किमी / घंटा थी, तो धारा के साथ और धारा के विपरीत यात्रा को पूरा करने में लगने वाला कुल समय क्या है।

A. 4.56 घंटे   **B.** 5.9 घंटे   **C.** 12 घंटे   **D.** 20 घंटे
E. 11.53 घंटे

Q.223 रौनक ने शुक्रवार को 3 घंटे में धारा के साथ यात्रा पूरी की और डोंगी की गति और धारा की गति का अनुपात 3 : 2 था, फिर शुक्रवार को धारा के विपरीत यात्रा को पूरा करने में उन्हें कितना समय लगा?

A. 59.90 घंटे   **B.** 46.72 घंटे
C. 4.5 घंटे   **D.** 14.60 घंटे
E. 3 घंटे

Q.224 यदि सोमवार को धारा के साथ यात्रा को पूरा करने के लिए एक घंटे और बुधवार को 2 घंटे लगते हैं, तो सोमवार को धारा के साथ यात्रा की गति का अनुपात ढूंढें, बुधवार को धारा के साथ यात्रा की गति।

A. 49.5 : 44.55   **B.** 29.98 : 14.47
C. 5 : 9   **D.** 10 : 16
E. 33 : 25

Q.225 निर्देश: निम्न प्रश्न में '?' का अनुमानित मान ज्ञात कीजिये। (आपको सटीक मान ज्ञात करने की आवश्यकता नहीं है।)

$$2159.9 \div \sqrt{729} + 24.04 \text{ का } 37.5\% + ? = 42.83 \times 12.93$$

A. 370   **B.** 470   **C.** 485   **D.** 415
E. 394

Q.226 निर्देश: निम्न प्रश्न में '?' का अनुमानित मान ज्ञात कीजिये। (आपको सटीक मान ज्ञात करने की आवश्यकता नहीं है।)

$$\sqrt{1155.91} + \sqrt{730} + (44.99 \div 8.97 - 0.99)^{0.49} = ?$$

A. 37   **B.** 41   **C.** 49   **D.** 57
E. 61

Q.227 निम्नलिखित प्रश्न में 'x' का अनुमानित मान ज्ञात कीजिए। (आपको सटीक मान ज्ञात करने की आवश्यकता नहीं है)

$$\left(\frac{40}{4.5}\right) \text{ का } \left(\frac{6749.96}{15.02}\right) \text{ का } x\% - 122.02 \times 126.23 = 114.96 - 649.93 \text{ का } 24.08\%$$

A. 412   **B.** 400   **C.** 376   **D.** 384
E. 370

Q.228 निम्नलिखित प्रश्न में 'x' का अनुमानित मान ज्ञात कीजिए। (आपको सटीक मान ज्ञात करने की आवश्यकता नहीं है)

$$4859.83 \text{ का } x\% - 4058.91 \text{ का } 19.11\% + 1351 \text{ का } 25.89\% = 2566 - \sqrt{360.81} \times 3.98$$

A. 66   **B.** 55   **C.** 60   **D.** 65
E. 75

Q.229 निम्नलिखित प्रश्न में 'x' का अनुमानित मान ज्ञात कीजिए। (आपको सटीक मान ज्ञात करने की आवश्यकता नहीं है)

$$\left(\frac{1104.89}{12.94}\right) - 249.88 \text{ का } 4.8\% - (35.01 \times 9.98) \text{ का } 7.81\% = 299.89 \text{ का } x\%$$

A. 15   **B.** 20   **C.** 10   **D.** 5
E. 25

Q.230 एकसमान 5 कमरों की दीवारें (छतों और फर्शों को छोड़कर) जिनकी लम्बाई, चौड़ाई और ऊँचाई क्रमशः 6 मीटर, 4 मीटर और 2.5 मीटर हैं, पेन्ट की जानी हैं। पाँच कमरों में से, दो कमरों में प्रत्येक में एक वर्गाकार खिड़की है जिसकी प्रत्येक भुजा 2.5 मीटर है। पेन्ट केवल 1 लीटर के डिब्बों में ही उपलब्ध हैं और 1 लीटर पेन्ट में 20 वर्ग मीटर क्षेत्रफल पेन्ट किया जा सकता है। पेन्ट करने के लिए आवश्यक डिब्बों की संख्या कितनी है?

[Indian Military Academy (IMA), 2018]

A. 10   **B.** 12   **C.** 13   **D.** 14
E. 16

Q.231 एक वृत्तीय भूखंड जिसका क्षेत्रफल 144π मी ^{2} है, के चारों ओर 5 मी चौड़ाई का एक वृत्तीय पथ है। चारो ओर के पथ को सम्मिलित करके वृत्तीय भूखंड का कुल क्षेत्रफल कितना है?

[Indian Military Academy (IMA), 2018]

A. 349π मी ^{2} **B.** 289π मी ^{2}
C. 209π मी ^{2} **D.** 149π मी ^{2}

E. 170π मी ^{2}

Q.232 अमित समुद्री मार्ग से मुंबई से कोलकाता जाता है। शांत जल में नाव की गति 60 किमी/घंटा है और धारा की गति 15 किमी/घंटा है। कोलकाता पहुंचने के बाद वह वहां 20 मिनट रुके और उसके बाद उसी नाव से वापस आ गए। इस यात्रा में उसके द्वारा लिया गया समय 19 घंटे 32 मिनट है, उसके द्वारा एक तरफ की यात्रा की दूरी ज्ञात कीजिए।

A. 450 किमी
B. 360 किमी
C. 540 किमी
D. 600 किमी
E. इनमें से कोई नहीं

Ques (233-237):निर्देश: निम्नलिखित वृत्तीय आरेख और तालिका का ध्यानपूर्वक अध्ययन कीजिये और नीचे दिए गए प्रश्नों के उत्तर दीजिये:

कर्मचारियों की कुल संख्या: 45000

एक कंपनी के कर्मचारियों को विभिन्न विभागों में विभाजित किया गया है।

विभिन्न विभागों में कर्मचारियों का प्रतिशत

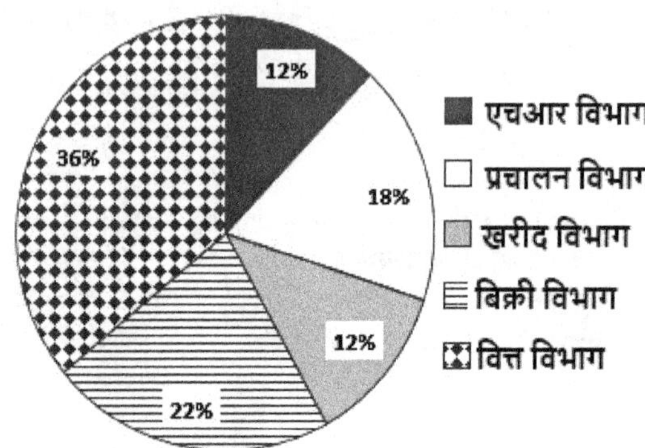

नीचे दी गई तालिका में, एक कंपनी के विभिन्न विभागों में महिला कर्मचारियों का प्रतिशत दर्शाया गया है।

विभाग का नाम	महिला कर्मचारियों का प्रतिशत
एचआर विभाग	49%
प्रचालन विभाग	16%
खरीद विभाग	35%
बिक्री विभाग	50%
वित्त विभाग	20%

Q.233 एचआर विभाग के पुरुष कर्मचारियों की संख्या और सभी विभागों में पुरुष कर्मचारियों की कुल संख्या का संबंधित अनुपात क्या है?

A. 231 : 131
B. 143 : 341
C. 153 : 1721
D. 341 : 1561
E. 176 : 1451

Q.234 खरीद विभाग में पुरुष कर्मचारियों की कुल संख्या और वित्त विभाग में पुरुष कर्मचारियों की कुल संख्या के बीच अंतर क्या है?

A. 1450
B. 9450
C. 8900
D. 2300
E. 7500

Q.235 प्रचालन विभाग में महिला कर्मचारियों की कुल संख्या और वित्त विभाग में महिला कर्मचारियों की कुल संख्या का संबंधित अनुपात क्या है?

A. 1 : 5
B. 1 : 6
C. 1 : 7
D. 2 : 5
E. 3 : 4

Q.236 वित्त विभाग में महिला कर्मचारियों की संख्या, कर्मचारियों की कुल संख्या के कितने प्रतिशत है?

A. 2.7%
B. 5.6%
C. 8.9%
D. 7.2%

E. 2.5%

Q.237 विभिन्न विभागों में महिलाओं की कुल संख्या, विभिन्न विभागों में पुरुष कर्मचारियों की कुल संख्या के कितने प्रतिशत है?

A. 45.26%
B. 23.56%
C. 67.89%
D. 17.89%
E. 17.23%

Q.238 अनुक्रम में गलत पद ज्ञात कीजिए।

$$20, 21, 17, 25, 10, 35$$

A. 20
B. 35
C. 25
D. 10
E. 17

Ques (239-240):श्रृंखला में गलत पद ज्ञात कीजिए।

Q.239 $32, 180, 1024, 2048, 2048$

A. 2048
B. 180
C. 32
D. 1024
E. इनमें से कोई नहीं

Q.240 $12, 24, 144, 300, 1728, 3456$

A. 300
B. 24
C. 1728
D. 144
E. 3456

// स्मार्ट उत्तर पुस्तिका //

सही उत्तर उन छात्रों का प्रतिशत जिन्होंने प्रश्नों का सही उत्तर दिया था।   **छोड़ दिया** उन छात्रों का प्रतिशत जिन्होंने प्रश्नों को छोड़ दिया था।

प्रश्न संख्या	उत्तर	सही उत्तर / छोड़ दिया	प्रश्न संख्या	उत्तर	सही उत्तर / छोड़ दिया	प्रश्न संख्या	उत्तर	सही उत्तर / छोड़ दिया	प्रश्न संख्या	उत्तर	सही उत्तर / छोड़ दिया	प्रश्न संख्या	उत्तर	सही उत्तर / छोड़ दिया
1	E	54.48 % / 33.49 %	17	D	60.35 % / 38.09 %	33	E	49.56 % / 42.79 %	49	C	41.37 % / 50.17 %	65	D	82.15 % / 14.6 %
2	B	58.65 % / 31.0 %	18	A	19.87 % / 73.77 %	34	D	43.78 % / 32.01 %	50	A	52.32 % / 41.07 %	66	B	81.34 % / 15.77 %
3	C	56.45 % / 39.09 %	19	D	47.09 % / 45.61 %	35	C	62.3 % / 35.27 %	51	B	54.72 % / 31.02 %	67	C	87.11 % / 12.6 %
4	C	53.19 % / 43.38 %	20	E	61.86 % / 37.33 %	36	D	56.96 % / 30.86 %	52	C	42.83 % / 49.52 %	68	C	56.49 % / 33.35 %
5	C	19.2 % / 79.44 %	21	C	43.76 % / 38.92 %	37	C	64.5 % / 33.19 %	53	D	49.92 % / 41.25 %	69	A	63.69 % / 34.82 %
6	B	50.71 % / 38.52 %	22	B	13.83 % / 69.5 %	38	D	53.52 % / 44.62 %	54	B	78.28 % / 21.46 %	70	A	47.31 % / 41.59 %
7	B	14.97 % / 79.93 %	23	A	26.54 % / 68.47 %	39	D	42.49 % / 47.77 %	55	A	54.41 % / 44.74 %	71	C	53.61 % / 33.86 %
8	B	31.98 % / 67.32 %	24	D	25.3 % / 72.67 %	40	B	57.95 % / 35.22 %	56	B	66.92 % / 32.1 %	72	D	60.71 % / 37.77 %
9	B	10.96 % / 81.7 %	25	D	12.7 % / 80.49 %	41	D	48.15 % / 40.77 %	57	C	77.27 % / 11.71 %	73	A	64.17 % / 33.74 %
10	D	27.47 % / 71.57 %	26	B	20.87 % / 71.86 %	42	B	64.82 % / 31.33 %	58	C	63.99 % / 31.57 %	74	D	47.72 % / 38.1 %
11	D	27.77 % / 72.09 %	27	B	30.03 % / 69.9 %	43	B	84.95 % / 14.11 %	59	B	61.85 % / 32.92 %	75	A	57.94 % / 32.63 %
12	B	16.4 % / 69.43 %	28	C	28.94 % / 69.37 %	44	B	40.12 % / 32.65 %	60	B	84.27 % / 13.07 %	76	B	65.16 % / 32.59 %
13	A	57.62 % / 41.67 %	29	A	16.12 % / 75.06 %	45	D	43.19 % / 55.14 %	61	B	16.02 % / 69.63 %	77	B	29.34 % / 67.54 %
14	B	57.44 % / 35.46 %	30	E	30.11 % / 68.61 %	46	C	50.97 % / 47.72 %	62	C	56.85 % / 34.41 %	78	C	50.86 % / 44.4 %
15	D	59.83 % / 38.18 %	31	B	26.98 % / 67.83 %	47	B	41.49 % / 50.89 %	63	C	55.87 % / 33.76 %	79	A	58.54 % / 30.9 %
16	C	44.08 % / 51.0 %	32	C	67.69 % / 30.74 %	48	C	62.26 % / 30.94 %	64	A	48.8 % / 38.51 %	80	A	80.5 % / 14.93 %

प्रश्न संख्या	उत्तर	सही उत्तर / छोड़ दिया	प्रश्न संख्या	उत्तर	सही उत्तर / छोड़ दिया	प्रश्न संख्या	उत्तर	सही उत्तर / छोड़ दिया	प्रश्न संख्या	उत्तर	सही उत्तर / छोड़ दिया	प्रश्न संख्या	उत्तर	सही उत्तर / छोड़ दिया
81	C	31.16 % / 68.8 %	97	A	60.4 % / 30.34 %	113	C	53.01 % / 33.06 %	129	D	56.63 % / 40.5 %	145	C	53.2 % / 40.58 %
82	B	46.15 % / 37.98 %	98	C	43.31 % / 37.78 %	114	D	53.02 % / 33.12 %	130	A	47.25 % / 46.47 %	146	A	47.49 % / 43.39 %
83	A	76.74 % / 15.86 %	99	C	63.88 % / 33.86 %	115	D	44.95 % / 47.98 %	131	C	61.95 % / 32.3 %	147	C	49.01 % / 43.22 %
84	A	57.63 % / 30.72 %	100	B	63.51 % / 31.53 %	116	E	57.14 % / 37.29 %	132	E	59.49 % / 33.49 %	148	B	59.83 % / 33.07 %
85	C	88.3 % / 10.27 %	101	A	17.76 % / 80.34 %	117	D	47.91 % / 49.75 %	133	C	48.0 % / 41.91 %	149	A	48.72 % / 42.35 %
86	A	65.59 % / 30.2 %	102	D	67.64 % / 31.08 %	118	C	60.53 % / 33.79 %	134	C	32.33 % / 67.41 %	150	A	46.36 % / 41.4 %
87	A	88.14 % / 10.92 %	103	C	45.45 % / 53.03 %	119	B	63.64 % / 31.14 %	135	A	53.95 % / 37.41 %	151	A	50.67 % / 48.96 %
88	A	79.89 % / 10.75 %	104	B	27.99 % / 71.15 %	120	B	48.44 % / 42.89 %	136	C	64.58 % / 33.1 %	152	A	84.49 % / 14.43 %
89	B	68.34 % / 31.52 %	105	B	10.6 % / 79.95 %	121	A	49.69 % / 30.63 %	137	B	64.85 % / 34.41 %	153	C	32.79 % / 67.12 %
90	A	50.67 % / 39.25 %	106	A	42.99 % / 55.66 %	122	C	62.38 % / 32.11 %	138	A	60.96 % / 31.12 %	154	C	62.91 % / 36.05 %
91	B	47.27 % / 37.32 %	107	B	46.75 % / 49.4 %	123	B	44.23 % / 39.39 %	139	C	46.64 % / 38.02 %	155	B	76.02 % / 17.27 %
92	B	81.61 % / 15.96 %	108	B	57.98 % / 38.36 %	124	B	89.09 % / 10.67 %	140	A	53.08 % / 38.12 %	156	E	57.71 % / 33.38 %
93	B	61.91 % / 35.23 %	109	C	66.45 % / 31.41 %	125	C	66.36 % / 32.35 %	141	D	32.21 % / 67.73 %	157	E	58.88 % / 38.39 %
94	B	49.15 % / 44.03 %	110	A	41.61 % / 56.69 %	126	D	46.94 % / 41.45 %	142	A	43.16 % / 33.34 %	158	C	45.16 % / 36.09 %
95	B	56.21 % / 31.73 %	111	D	48.28 % / 44.84 %	127	B	40.52 % / 54.35 %	143	E	63.25 % / 31.81 %	159	C	67.83 % / 30.17 %
96	A	19.2 % / 74.39 %	112	A	11.98 % / 85.96 %	128	D	44.59 % / 50.84 %	144	B	42.8 % / 36.88 %	160	C	64.16 % / 31.95 %

प्रश्न संख्या	उत्तर	सही उत्तर / छोड़ दिया	प्रश्न संख्या	उत्तर	सही उत्तर / छोड़ दिया	प्रश्न संख्या	उत्तर	सही उत्तर / छोड़ दिया	प्रश्न संख्या	उत्तर	सही उत्तर / छोड़ दिया	प्रश्न संख्या	उत्तर	सही उत्तर / छोड़ दिया
161	C	69.69 % / 30.16 %	177	A	52.69 % / 46.02 %	193	A	54.04 % / 36.0 %	209	E	61.82 % / 34.57 %	225	B	53.2 % / 41.86 %
162	A	76.62 % / 23.37 %	178	D	44.47 % / 49.85 %	194	A	43.68 % / 49.42 %	210	B	43.82 % / 50.64 %	226	C	64.01 % / 35.68 %
163	A	15.05 % / 81.11 %	179	B	57.66 % / 32.33 %	195	C	53.3 % / 31.34 %	211	C	17.54 % / 81.87 %	227	D	68.08 % / 30.37 %
164	C	85.72 % / 11.2 %	180	C	42.81 % / 54.97 %	196	B	40.28 % / 59.58 %	212	D	46.98 % / 36.91 %	228	C	40.4 % / 33.37 %
165	D	62.52 % / 34.22 %	181	C	56.08 % / 43.68 %	197	A	48.35 % / 51.27 %	213	C	29.48 % / 67.88 %	229	A	46.64 % / 34.43 %
166	C	55.26 % / 43.12 %	182	B	88.75 % / 10.93 %	198	A	47.68 % / 50.41 %	214	C	59.06 % / 38.61 %	230	B	61.5 % / 36.65 %
167	B	58.21 % / 40.72 %	183	C	57.4 % / 35.66 %	199	C	59.65 % / 33.4 %	215	A	17.46 % / 76.37 %	231	B	47.45 % / 33.06 %
168	A	47.34 % / 43.54 %	184	B	49.52 % / 31.33 %	200	A	79.98 % / 19.74 %	216	B	57.4 % / 32.63 %	232	C	63.14 % / 32.62 %
169	D	31.09 % / 67.07 %	185	A	18.82 % / 72.69 %	201	D	27.96 % / 67.46 %	217	B	50.12 % / 36.42 %	233	C	57.3 % / 34.04 %
170	A	43.27 % / 32.32 %	186	C	57.22 % / 40.07 %	202	C	44.05 % / 53.7 %	218	A	56.74 % / 33.73 %	234	B	51.48 % / 35.21 %
171	D	58.34 % / 35.01 %	187	B	48.52 % / 41.49 %	203	C	59.07 % / 37.14 %	219	B	29.36 % / 67.15 %	235	D	57.77 % / 37.39 %
172	C	43.7 % / 50.9 %	188	C	45.08 % / 31.98 %	204	A	50.76 % / 47.58 %	220	C	61.25 % / 36.76 %	236	D	52.45 % / 38.12 %
173	B	44.78 % / 49.02 %	189	A	57.17 % / 40.27 %	205	B	65.56 % / 32.63 %	221	B	60.61 % / 38.71 %	237	A	66.67 % / 32.37 %
174	D	49.82 % / 39.09 %	190	C	61.88 % / 32.5 %	206	D	89.77 % / 10.16 %	222	E	41.67 % / 55.99 %	238	C	55.2 % / 34.78 %
175	C	52.33 % / 38.09 %	191	D	64.51 % / 34.74 %	207	B	21.79 % / 69.63 %	223	B	64.58 % / 35.29 %	239	B	40.66 % / 30.66 %
176	C	13.18 % / 82.22 %	192	D	81.31 % / 18.0 %	208	E	65.85 % / 33.27 %	224	A	58.48 % / 38.86 %	240	A	51.15 % / 31.0 %

//संकेत और समाधान//

1. चूंकि इंट्रोवर्ट्स (अंतर्मुखियों) के लिए सबसे बड़ी चुनौती बाहरी संस्कृतियों की तरह महसूस नहीं करना है, इसलिए उनके लिए मिल-जुलकर रहना बहुत मुश्किल काम है। इसके अलावा, अपने परिवार और दोस्तों के समर्थन से, वे अवरोधों को तोड़ सकते हैं इसलिए, दोनों तर्क मजबूत हैं।

अतः विकल्प (E) सही है।

2. दिए गए कथन: X # Y; Z % W; W $ X; U @ Z

X # Y का अर्थ है कि X < Y

Z % W का अर्थ है कि Z ≥ W

W $ X का अर्थ है कि W = X

U @ Z का अर्थ है कि U > Z

इसे इस प्रकार संयोजित किया जा सकता है U > Z ≥ W = X < Y

निष्कर्ष:

I. Y @ Z → Y @ Z का अर्थ है कि Y > Z → असत्य (चूंकि Z ≥ W = X < Y → संभव लेकिन निश्चित नहीं है)

II. W # U → W # U का अर्थ है कि W < U → सत्य (चूंकि U > Z ≥ W → U > W)

III. X $ U → X $ U का अर्थ है कि X = U → असत्य (चूंकि U > Z ≥ W = X)

IV. Y % U → Y % U का अर्थ है कि Y ≥ U → असत्य (चूंकि U > Z ≥ W = X < Y)

इसलिए, केवल कथन II अनुसरण करता है।

अतः विकल्प (B) सही है।

3. दिए गए कथन: P % Q; R $ Q; S @ R; T # S

P % Q का अर्थ है कि P ≥ Q

R $ Q का अर्थ है कि R = Q

S @ R का अर्थ है कि S > R

T # S का अर्थ है कि T < S

इसे इस प्रकार संयोजित किया जा सकता है P ≥ Q = R < S > T

निष्कर्ष:

I. P $ R → P $ R का अर्थ है कि P = R → असत्य (चूंकि P ≥ Q = R → संभव लेकिन निश्चित नहीं है)

II. P @ R → P @ R का अर्थ है कि P > R → असत्य (चूंकि P ≥ Q = R → संभव लेकिन निश्चित नहीं है)

III. Q # S → Q # S का अर्थ है कि Q < S → सत्य (चूंकि Q = R < S → Q < S)

IV. R $ T → R $ T का अर्थ है कि R = T → असत्य (चूंकि R < S > T → R और T के बीच कोई निश्चित संबंध निर्धारित नहीं किया जा सकता है)

यहाँ I. और II. पूरक जोड़ी हैं। दिए गये कथनों से हम जानते हैं कि P ≥ Q।

अतः या तो P > R या P = R। जिसका अर्थ यह है कि जब I अनुसरण करेगा, तब II अनुसरण नहीं करेगा और या तो इसका विपरीत होगा।

इसलिए, या तो I. या II अनुसरण करते हैं।

इसलिए, केवल कथन III और या तो I. या II अनुसरण करते हैं।

अतः विकल्प (C) सही है।

4. 1. कार्तिक का प्रदर्शन पियूष और राहुल के प्रदर्शन से पहले गोवा में है।

2. मंगलवार को प्रदर्शन करने वाला कोलकाता में है।

3. पियूष के प्रदर्शन से तीन दिन पहले रमेश का प्रदर्शन है।

कथन I: मोहन का प्रदर्शन, आर्यन के प्रदर्शन से ठीक बाद में है, जिन्होंने बंगलौर में प्रदर्शन किया। अक्षित ने गुरूवार को प्रदर्शन किया, लेकिन मोहन के प्रदर्शन के बाद किया।

दिन	व्यक्ति	शहर
सोमवार	आर्यन	बंगलौर
मंगलवार	मोहन	कोलकाता
बुधवार	रमेश	
गुरूवार	अक्षित	
शुक्रवार	कार्तिक	गोवा
शनिवार	पियूष	
रविवार	राहुल	

कथन II: जयपुर में प्रदर्शन रविवार को है। पियूष का प्रदर्शन जयपुर में नहीं है। रमेश का प्रदर्शन कोलकाता में नहीं है।

स्थिति: 1

दिन	व्यक्ति	शहर
सोमवार	आर्यन	बंगलौर
मंगलवार	मोहन	कोलकाता
बुधवार	रमेश	
गुरूवार	अक्षित	
शुक्रवार	कार्तिक	गोवा
शनिवार	पियूष	
रविवार	राहुल	

स्थिति: 2

दिन	व्यक्ति	शहर
सोमवार	आर्यन	बंगलौर
मंगलवार	मोहन	कोलकाता
बुधवार	रमेश	
गुरूवार	अक्षित	
शुक्रवार	कार्तिक	गोवा
शनिवार	पियूष	
रविवार	राहुल	

कथन III: आर्यन का प्रदर्शन सोमवार को है लेकिन कोलकाता में नहीं। कोलकाता में प्रदर्शन दिल्ली में प्रदर्शन से चार दिन पहले है। अक्षित ने अहमदाबाद में प्रदर्शन किया।

दिन	व्यक्ति	शहर
सोमवार	आर्यन	
मंगलवार		कोलकाता
बुधवार		
गुरूवार		
शुक्रवार		
शनिवार		दिल्ली
रविवार		

कथन I और III से, पियूष का प्रदर्शन दिल्ली में है।

इसलिए, कथन II और III में दी गई जानकारी प्रश्न का उत्तर देने के लिए पर्याप्त है और कथन I में दी गई जानकारी प्रश्न का उत्तर देने के लिए आवश्यक नहीं है।

अतः विकल्प (C) सही है।

5. 1. गाड़ी A, गाड़ी C से 7 मीटर दूर पश्चिम दिशा में है।

2. गाड़ी B, गाड़ी D के उत्तर-पूर्व दिशा में है और गाड़ी C के उत्तर में है।

3. गाड़ी C और गाड़ी D के मध्य में दूरी 6 मीटर है।

कथन I. गाड़ी D, गाड़ी A के दक्षिण-पूर्व दिशा में खड़ी है।

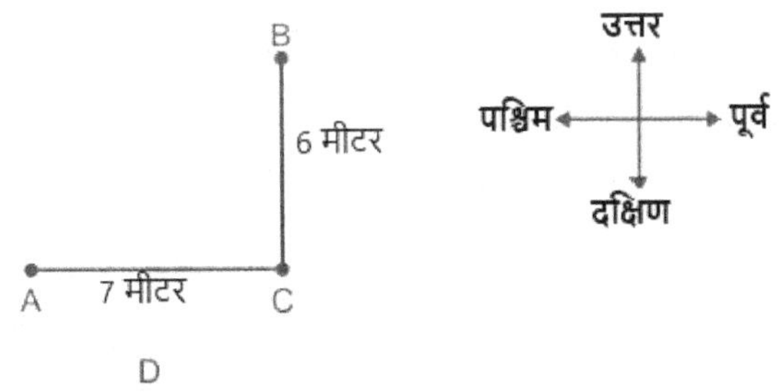

कथन II. गाड़ी C और एक अन्य गाड़ी E के मध्य की दूरी 4 मीटर जो गाड़ी C के दक्षिण दिशा में खड़ी है और गाड़ी D के पूर्व दिशा में खड़ी है।

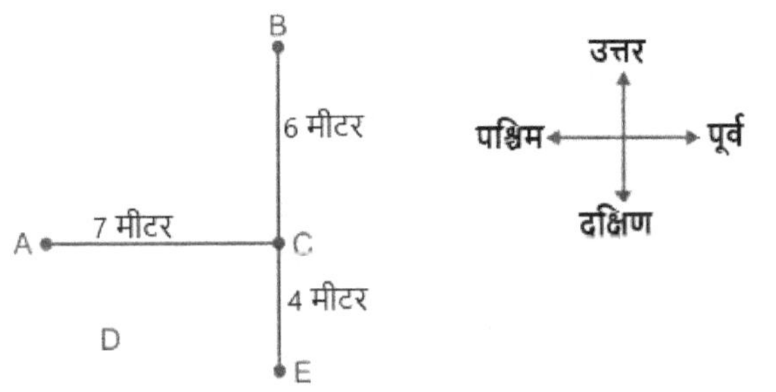

कथन III. गाड़ी D और एक अन्य गाड़ी E के मध्य की दूरी 3 मीटर है। गाड़ी E, गाड़ी D के पूर्व में खड़ी है।

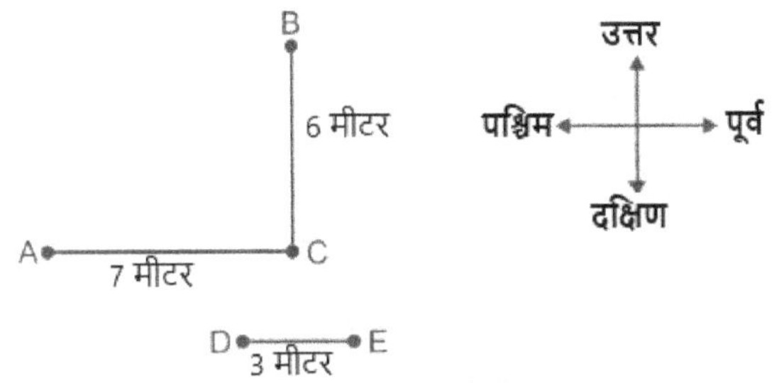

कथन I. और II. का संयोजन:

कथन I. गाड़ी D, गाड़ी A के दक्षिण-पूर्व दिशा में खड़ी है।

कथन II. गाड़ी C और एक अन्य गाड़ी E के मध्य की दूरी 4 मीटर जो गाड़ी C के दक्षिण दिशा में खड़ी है और गाड़ी D के पूर्व दिशा में खड़ी है।

यहाँ हम कार D और कार E के बीच की दूरी नहीं जानते हैं, इसलिए यह पर्याप्त नहीं है।

कथन I. और III. का संयोजन:

कथन I. गाड़ी D, गाड़ी A के दक्षिण-पूर्व दिशा में खड़ी है।

कथन III. गाड़ी C और एक अन्य गाड़ी E के मध्य की दूरी 4 मीटर जो गाड़ी C के दक्षिण दिशा में खड़ी है और गाड़ी D के पूर्व दिशा में खड़ी है।

यहाँ हम कार C और कार E के बीच की दूरी नहीं जानते हैं, इसलिए यह पर्याप्त नहीं है।

कथन II. और III. का संयोजन:

कथन II. गाड़ी C और एक अन्य गाड़ी E के मध्य की दूरी 4 मीटर जो गाड़ी C के दक्षिण दिशा में खड़ी है और गाड़ी D के पूर्व दिशा में खड़ी है।

कथन III. गाड़ी C और एक अन्य गाड़ी E के मध्य की दूरी 4 मीटर जो गाड़ी C के दक्षिण दिशा में खड़ी है और गाड़ी D के पूर्व दिशा में खड़ी है।

यहाँ, कार D और E के बीच की दूरी 3 मी है और D, E के पश्चिम में है।

कार C और E के बीच की दूरी 4 मी है और E, C के दक्षिण में है।

$(CD)^2 = (CE)^2 + (ED)^2$

$(CD)^2 = (4)^2 + (3)^2 = 16 + 9 = 25$

CD = 5 मी

इसलिए, कथन II और III दोनों में दी गयी जानकारी प्रश्न के उत्तर के लिए पर्याप्त है और कथन I में दी गयी जानकारी प्रश्न के उत्तर के लिए आवश्यक नहीं है।

अतः विकल्प (C) सही है।

6. दिए गए कथनों के लिए न्यूनतम संभावित वेन आरेख निम्नानुसार है,

निष्कर्ष:

I. कोई कमीज शॉर्ट्स नहीं है → सही है, क्योंकि कोई पैंट शॉर्ट्स नहीं है।

II. कोई कमीज ट्राउजर नहीं है → सही है, कोई ट्राउजर कमीज नहीं है।

III. सभी ट्राउजर शॉर्ट्स हैं → गलत है, यह संभव है किंतु निश्चित नहीं है।

इसिलए, केवल निष्कर्ष I. और II. अनुसरण करता है।

अतः विकल्प (B) सही है।

7. दिए गए कथनों के लिए न्यूनतम संभव वेन आरेख इस प्रकार है,

निष्कर्ष:

I. कुछ रिबन स्कार्फ हैं → असत्य (यह संभव है लेकिन निश्चित नहीं है)

II. कुछ बैंड प्लास्टिक हैं→ असत्य (यह संभव है लेकिन निश्चित नहीं है)

III. कुछ प्लास्टिक स्कार्फ नहीं हैं→ सत्य (क्योंकि कोई स्कार्फ प्लास्टिक नहीं है)

IV. कुछ बैंड प्लास्टिक नहीं हैं →सत्य (क्योंकि कोई स्कार्फ प्लास्टिक है और कुछ स्कार्फ बैंड हैं)

इसलिए , निष्कर्ष III. और IV. अनुसरण करता है।

अतः विकल्प (B) सही है।

Ques (8-12):1) सूची में पहली उड़ान पूर्वाह्न 06.00 बजे है।

2) पूर्वाह्न 08:00 बजे की उड़ान डेक्कन चार्टर्स की है और सूची में उसके बाद चार से अधिक उड़ानें निर्धारित नहीं हैं।

3) अहमदाबाद के लिए उड़ान, दिल्ली के लिए उड़ान से 3 घंटे पहले है, जो पूर्वाह्न 10.00 बजे रवाना होगी।

प्रस्थान समय	एयरलाइन	गंतव्य
06.00		
07: 00		अहमदाबाद
08:00	डेक्कन चार्टर्स	
09: 00		
10:00		दिल्ली
11:00		
12:00		

4) विस्तारा की उड़ान दिल्ली के लिए उड़ान के बाद है, लेकिन दिल्ली के लिए उड़ान के तत्काल बाद नहीं है और दिल्ली के लिए उड़ान और स्पाइस जेट की उड़ान के बीच में तीन उड़ानें हैं।

5) सूची में मध्य में एक गोवा के लिए उड़ान है।

6) एयर इंडिया एक्सप्रेस की उड़ान दिल्ली नहीं जाएगी।

प्रस्थान समय	एयरलाइन	गंतव्य
06.00	स्पाइस जेट	
07: 00		अहमदाबाद
08:00	डेक्कन चार्टर्स	
09: 00		गोवा
10:00		दिल्ली
11:00	एयर इंडिया एक्सप्रेस	
12:00		विस्तारा

7) पुणे के लिए उड़ान एयर इंडिया की उड़ान से ठीक पहले है।

पुणे के लिए 2 विकल्प हैं:

केस 1:

प्रस्थान समय	एयरलाइन	गंतव्य
06.00	स्पाइस जेट	
07: 00	एयर इंडिया	अहमदाबाद
08:00	डेक्कन चार्टर्स	
09: 00		गोवा
10:00		दिल्ली
11:00	एयर इंडिया एक्सप्रेस	
12:00		विस्तारा

केस 2:

प्रस्थान समय	एयरलाइन	गंतव्य
06.00	स्पाइस जेट	
07: 00		अहमदाबाद
08:00	डेक्कन चार्टर्स	पुणे
09: 00	एयर इंडिया	गोवा
10:00		दिल्ली
11:00	एयर इंडिया एक्सप्रेस	
12:00		विस्तारा

8) एयर इंडिया की उड़ान, इक्सिगो की उड़ान के बाद है लेकिन गैंगटोक के लिए उड़ान से पहले है।

अतः स्थिति 1 को ख़ारिज कर दिया जाता है।

9) गंगटोक के लिए उड़ान अंतिम उड़ान नहीं है।

प्रस्थान समय	एयरलाइन	गंतव्य
06.00	स्पाइस जेट	
07: 00	इक्सीगो	अहमदाबाद
08:00	डेक्कन चार्टर्स	पुणे
09: 00	एयर इंडिया	गोवा
10:00		दिल्ली
11:00	एयर इंडिया एक्सप्रेस	गंगटोक
12:00	विस्तारा	

8. इक्सिगो की उड़ान मुंबई से अहमदाबाद जाने लिए उपलब्ध है।

अतः विकल्प (B) सही है।

9. गंगटोक के लिए उड़ान पूर्वाह्न 11:00 बजे रवाना होगी।

अतः विकल्प (B) सही है।

10. विस्तारा की उड़ान और पुणे के लिए उड़ान के बीच में गोवा, दिल्ली और गंगटोक के लिए उड़ानें रवाना होती हैं।

अतः विकल्प (D) सही है।

11. विस्तारा की उड़ान गंगटोक के लिए उड़ान के ठीक बाद रवाना होती है।

अतः विकल्प (D) सही है।

12. सुबह 06:00 बजे उपलब्ध स्पाइस जेट की उड़ान कोलकाता के लिए उड़ान प्रदान करेगी।

अतः विकल्प (B) सही है।

Ques (13-17):दिया है:

आठ किताबें: इतिहास, अंग्रेजी, हिंदी, भूगोल, संस्कृत, राजनीति, अर्थशास्त्र और बंगाली भाषा की किताब

पृष्ठों की संख्या: 60, 61, 62, 63, 64, 65, 66 और 67

(प्रत्येक खाने को इस तरह से क्रमांकित किया गया है कि सबसे ऊपर वाले रैक का क्रमांक 1 और सबसे नीचे वाले रैक का क्रमांक 8 है।)

किताब	पृष्ठ	रैक का क्रमांक
		1
		2
		3
		4
		5
		6
		7
		8

(हम इस पहेली को क्रमशः हल कर सकते हैं।)

1) 65 पृष्ठों की किताब सम-संख्यांकित रैक में रखी जाती हैं लेकिन न तो वह उस रैक में रखी जाती है जिस रैक को क्रमांक 4 या क्रमांक 6 दिया गया है।

2) अर्थशास्त्र की किताब, जिसमें 67 पृष्ठ हैं, उसे संस्कृत की किताब और 65 पृष्ठों वाली एक किताब के बीच में रखा जाता है।

स्थिति-1			स्थिति-2		
किताब	पृष्ठ	रैक का क्रमांक	किताब	पृष्ठ	रैक का क्रमांक
		1			1
	65	2			2
अर्थशास्त्र	67	3			3
संस्कृत		4			4

किताब	पृष्ठ	रैक का क्रमांक	किताब	पृष्ठ	रैक का क्रमांक
		5			5
		6	संस्कृत		6
अर्थशास्त्र	67	7			7
		8		65	8

3) संस्कृत की किताब और 66 पृष्ठ की किताब के बीच दो किताबें हैं।

4) 67 पृष्ठों की किताब और 60 पृष्ठों की किताब के बीच में कोई किताब नहीं है (इसलिए संस्कृत की किताब में 60 पृष्ठ हैं)।

स्थिति-1 (i)			स्थिति-1 (ii)			स्थिति-2		
किताब	पृष्ठ	रैक का क्रमांक	किताब	पृष्ठ	रैक का क्रमांक	किताब	पृष्ठ	रैक का क्रमांक
	66	1			1			1
	65	2		65	2			2
अर्थशास्त्र	67	3	अर्थशास्त्र	67	3		66	3
संस्कृत	60	4	संस्कृत	60	4			4
		5			5			5
		6			6	संस्कृत	60	6
		7		66	7	अर्थशास्त्र	67	7
		8			8		65	8

5) 62 पृष्ठों की किताब, 60 पृष्ठों की किताब और 66 पृष्ठों की किताब के बीच में है लेकिन पूर्ण रूप से उनके बीच में नहीं (इसलिए स्थिति-1 (i) पर आगे विचार नहीं किया जा सकता)।

6) 61 पृष्ठों की किताब और 62 पृष्ठों की किताब के बीच में दो किताबें हैं।

स्थिति-1 (ii)			स्थिति-2 (i)			स्थिति-2 (ii)		
किताब	पृष्ठ	रैक का क्रमांक	किताब	पृष्ठ	रैक का क्रमांक	किताब	पृष्ठ	रैक का क्रमांक
		1			1		61	1
	65	2		61	2			2
अर्थशास्त्र	67	3		66	3		66	3
संस्कृत	60	4			4		62	4
	62	5		62	5			5
		6	संस्कृत	60	6	संस्कृत	60	6
	66	7	अर्थशास्त्र	67	7	अर्थशास्त्र	67	7
	61	8		65	8		65	8

7) जिस किताब में 64 पृष्ठ हैं, उसे इतिहास की किताब और 66 पृष्ठ की किताब के बीच में रखा जाता है।

8) इतिहास की किताब में 61 पृष्ठ नहीं हैं। (इसलिए स्थिति-2 (ii) पर आगे विचार नहीं किया जा सकता है)।

स्थिति-1 (ii)			स्थिति-2 (i)		
किताब	पृष्ठ	रैक का क्रमांक	किताब	पृष्ठ	रैक का क्रमांक
	63	1		63	1
	65	2		61	2

अर्थशास्त्र	67	3		66	3
संस्कृत	60	4		64	4
इतिहास	62	5	इतिहास	62	5
	64	6	संस्कृत	60	6
	66	7	अर्थशास्त्र	67	7
	61	8		65	8

9) बंगाली भाषा की किताब को भूगोल की किताब के ठीक नीचे रखा जाता है।

10) बंगाली भाषा की किताब को इतिहास की किताब के नीचे रखा जाता है और बंगाली भाषा की किताब में 66 पृष्ठ नहीं हैं। (इसलिए स्थिति-2 (i) पर आगे विचार नहीं किया जा सकता है।)

स्थिति-1 (ii)		
किताब	पृष्ठ	रैक का क्रमांक
	63	1
	65	2
अर्थशास्त्र	67	3
संस्कृत	60	4
इतिहास	62	5
	64	6
भूगोल	66	7
बंगाली	61	8

11) हिंदी की किताब में 63 पृष्ठ नहीं हैं।

12) भूगोल की किताब न तो हिंदी और न ही अंग्रेज़ी के ठीक बगल में है।

किताब	पृष्ठ	रैक का क्रमांक
अंग्रेज़ी	63	1
हिंदी	65	2
अर्थशास्त्र	67	3
संस्कृत	60	4
इतिहास	62	5
राजनीति	64	6
भूगोल	66	7
बंगाली	61	8

13. इसलिए, भूगोल की किताब और संस्कृत की किताब के बीच में दो किताबें हैं।

अतः विकल्प (A) सही है।

14. इसलिए, राजनीति की किताब क्रमांक 6 वाले रैक में रखी है।

अतः विकल्प (B) सही है।

15. इसलिए, बंगाली भाषा की किताब में 61 पृष्ठ हैं।

अतः विकल्प (D) सही है।

16. इसलिए, भूगोल की किताब में उसकी पृष्ठ संख्या का गलत संयोजन है।

अतः विकल्प (C) सही है।

17. इसलिए, अर्थशास्त्र की किताब में 67 पृष्ठ हैं, जो कि अधिकतम हैं।

अतः विकल्प (D) सही है।

Ques (18-19): चिह्नों और उनके अर्थों को दर्शाती हुई तालिकाएँ बनाई गई हैं।

चित्र में प्रतीक	अर्थ
◯	स्त्री
▢	पुरुष
═	विवाहित जोड़ा
—	भाई/बहन
│	पीढ़ी का अंतर

R है						
चिह्न	$	%	&	@	*	+	#
अर्थ	बेटी	बेटा	बहन	भाई	पिता	माँ	पत्नी
S का/की						

18. 1) Q * M + N & J % S

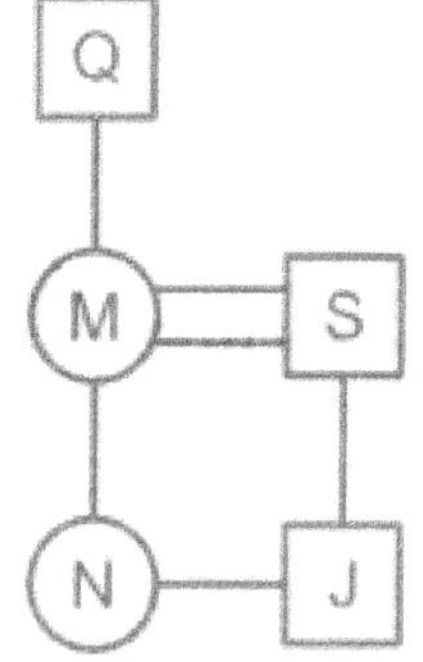

यहाँ, M, S की पत्नी है।

2) Q + M & J * N @ S

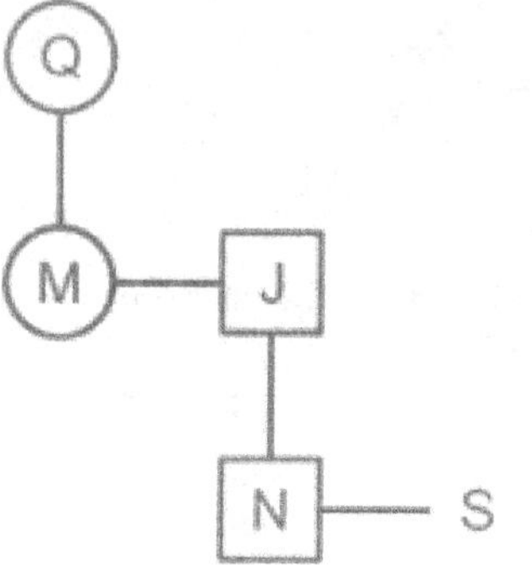

यहाँ M, S की बुआ है।

3) Q @ M + J @ N & S

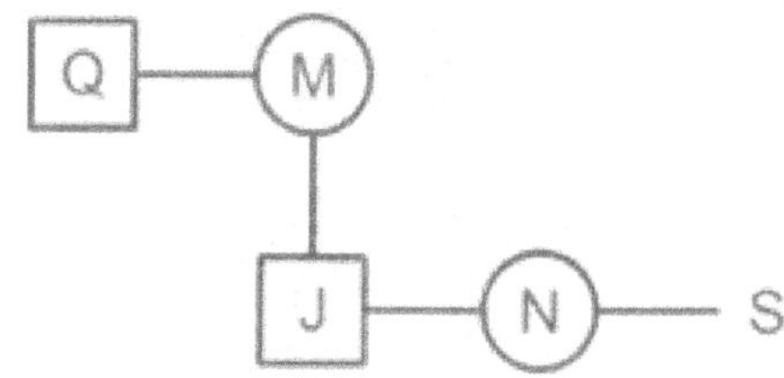

यहाँ M, S की माँ है।

4) N & M + Q @ S % J

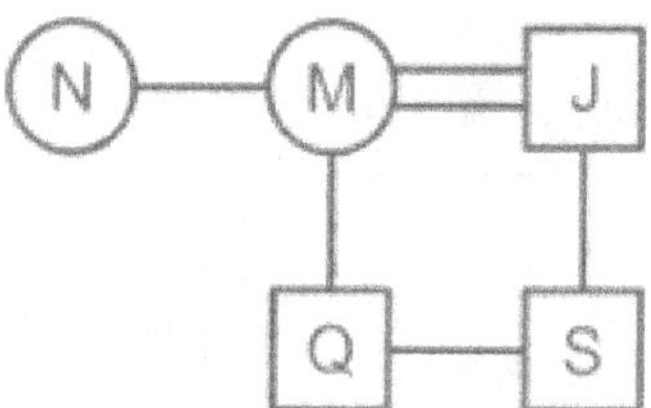

यहाँ M, S की माँ है।

इसलिए, Q * M + N & J % S दर्शाता है कि M, S की पत्नी है।

अतः विकल्प (A) सही है।

19. दिया गया व्यंजक: M & N * O ? P * R

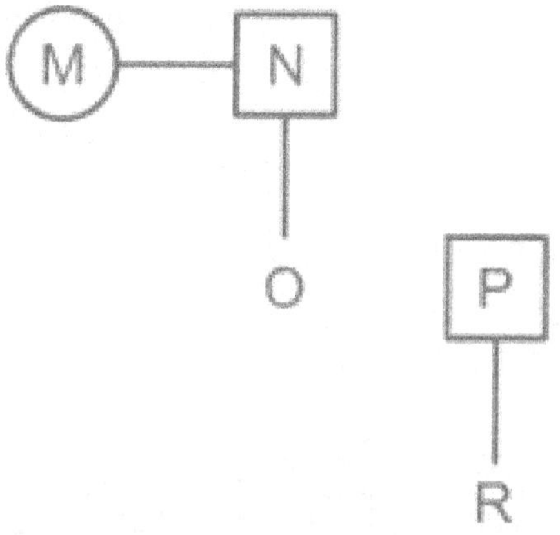

यदि O, P की पत्नी हो तो N, P का ससुर होगा।

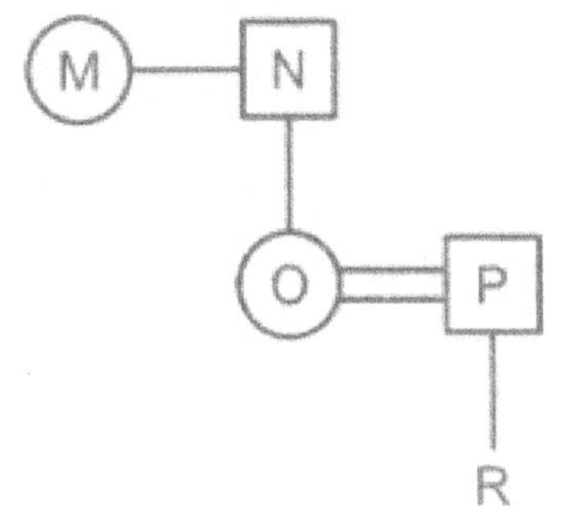

इसलिए, व्यंजक में '#' को प्रश्न चिह्न के स्थान पर आना चाहिए।

अतः विकल्प (D) सही है।

Ques (20-21):दिया है:

	A है			
चिह्न	#	%	@	<
अर्थ	3 किमी पूर्व	3 किमी पश्चिम	4 किमी उत्तर	4 किमी दक्षिण
	B का			

20. उपरोक्त जानकारी से हमें निम्न आरेख प्राप्त होगा:

'L @ P # Q @ R; S # R; S % O; N < M; N @ O' का अर्थ है कि 'L, P के उत्तर में 4 किमी की दूरी पर है, P, Q के पूर्व में 3 किमी की दूरी पर है; Q, R के उत्तर में 4 किमी की दूरी पर है, S, R के पूर्व में 3 किमी की दूरी पर है, S, O के पश्चिम में 3 किमी की दूरी पर है, N, M के दक्षिण में 4 किमी की दूरी पर है, N, O के उत्तर में 4 किमी की दूरी पर है'

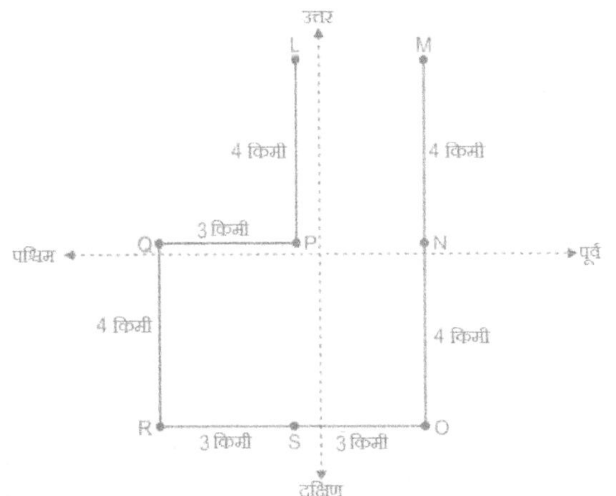

इसलिए, N और P के बीच की दूरी 3 किमी है।

अतः विकल्प (E) सही है।

21. 'L @ P # Q @ R; S # R; S % O; N < M; N @ O' का अर्थ है कि 'L, P के उत्तर में 4 किमी की दूरी पर है। P, Q के पूर्व में 3 किमी की दूरी पर है; Q, R के उत्तर में 4 किमी की दूरी पर है। S, R के पूर्व में 3 किमी की दूरी पर है। S, O के पश्चिम में 3 किमी की दूरी पर है। N, M के दक्षिण में 4 किमी की दूरी पर है। N, O के उत्तर में 4 किमी की दूरी पर है'।

उपरोक्त जानकारी से हमें निम्न आरेख प्राप्त होगा:

i) L, N के उत्तर-पूर्व में है → असत्य (L, N के उत्तर-पश्चिम में है)

ii) P और O के बीच की दूरी 5 किमी है → सत्य (पाइथागोरस प्रमेय से)

iii) M, R के दक्षिण-पश्चिम में है → असत्य (M, R के उत्तर-पूर्व में है)

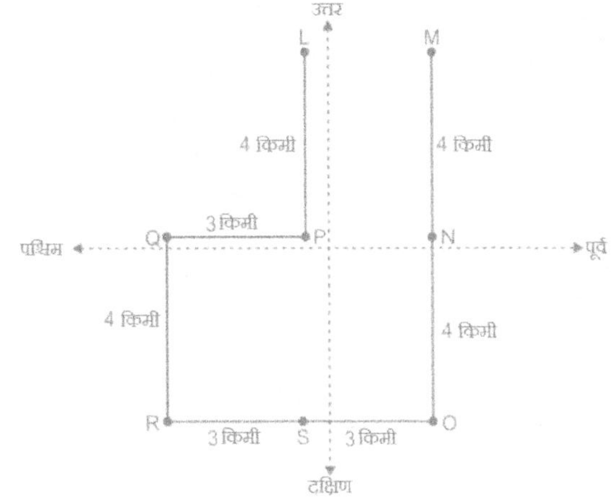

इसलिए, केवल कथन ii) सत्य है।

अतः विकल्प (C) सही है।

Ques (22-26):1) गीता और कुणाल के बीच तीन व्यक्ति बैठे हैं जो सुषमा के दाएँ बैठा हैं।

2) गीता, सुषमा के निकटतम बाएँ बैठी है जो ऋषभ के बाएँ किसी एक स्थान पर बैठी हैं।

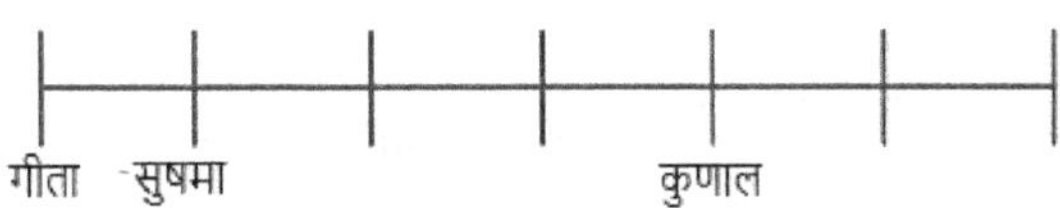

3) सुषमा और मल्हार के बीच चार सीटें हैं जो कुणाल के दाएँ बैठा हैं।

4) गीता और मालिनी के बीच कम से कम तीन सीटें हैं जो नलिनी के निकट नहीं बैठी हैं।

5) कार्तिक, ख़ुशी के निकटतम दाएँ बैठा है जो कुणाल की पड़ोसी नहीं है।

6) मालिनी और ख़ुशी के बीच चार से कम सीटें नहीं हैं।

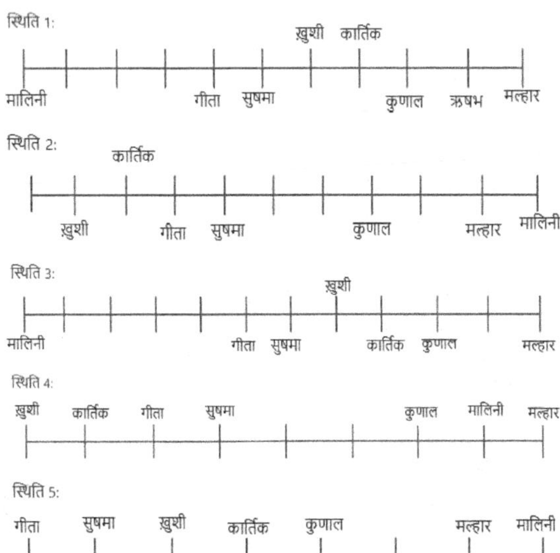

7) कार्तिक और ऋषभ के बीच एक व्यक्ति बैठा है।

कथन 2 के अनुसार, सुषमा जो कि ऋषभ के बाएँ किसी एक स्थान पर बैठी हैं।, इसलिए ऋषभ कुणाल के निकटतम दाएँ बैठा है।

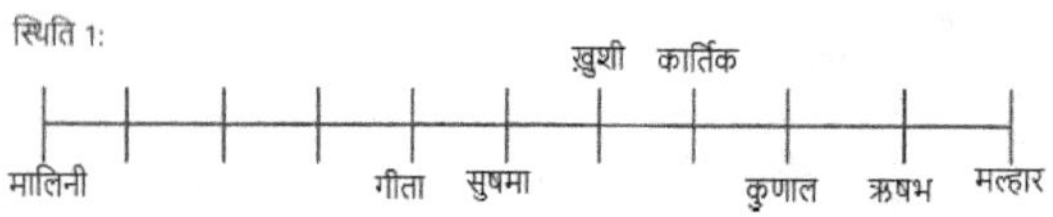

स्थिति 2 और स्थिति 4 रद्द हो जाती है क्योंकि सुषमा ऋषभ के बाएँ किसी एक स्थान पर बैठी हैं।

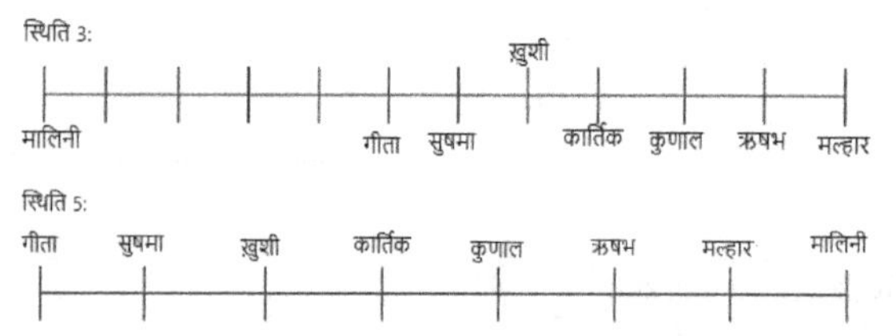

8) ऋषभ और नलिनी, जो किसी एक छोर से तीसरे स्थान पर बैठी है, के बीच पाँच से अधिक सीटें है।

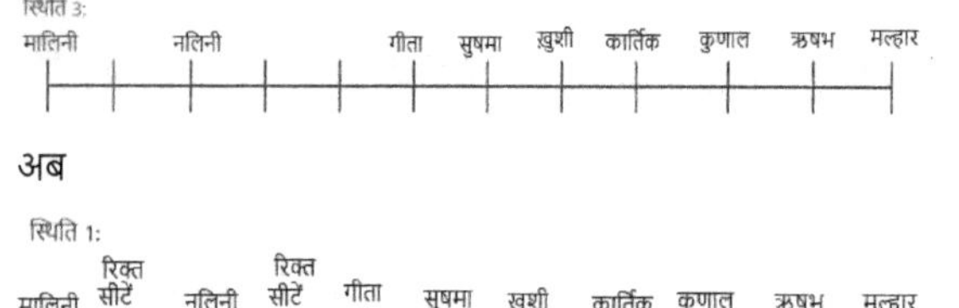

अब

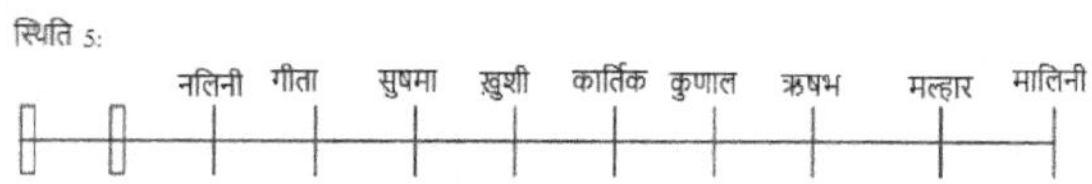

स्थिति 3 और स्थिति 4 रद्द हो जाती है क्योंकि दो संलग्न सीटें रिक्त नहीं होनी चाहिए।

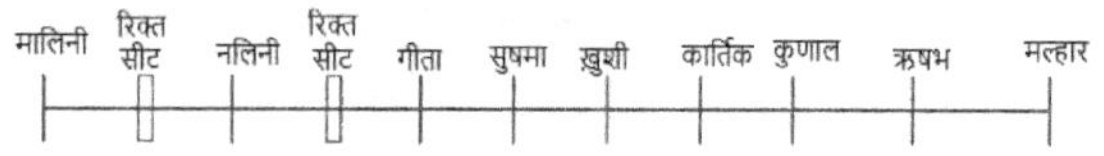

तो अंतिम व्यवस्था इस प्रकार है,

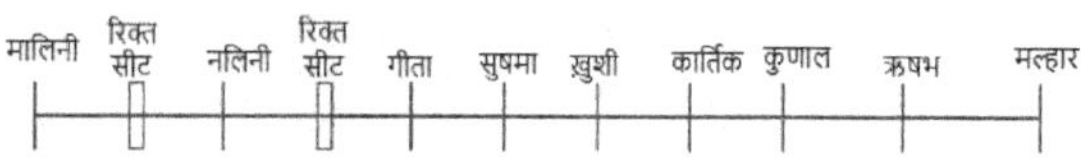

22. इसलिए उत्तर दो है।

अतः विकल्प (B) सही है।

23. रिक्त सीट में बदलाव किए बिना बाएँ से दाएँ वर्णानुक्रम के क्रम के अनुसार व्यवस्था करने के बाद हमें मिलता है-

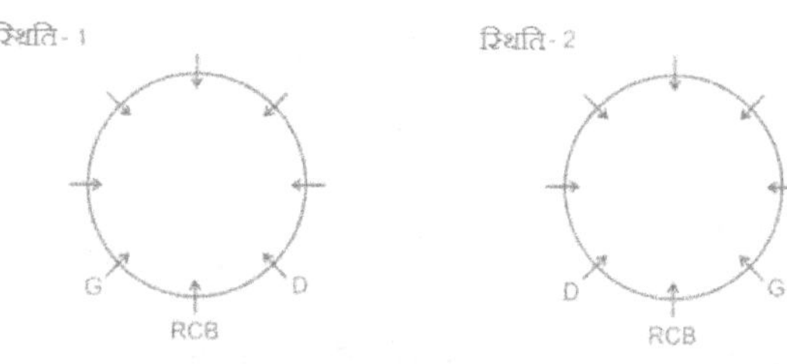

इसलिए उत्तर ऋषभ है।

अतः विकल्प (A) सही है।

24. इसलिए उत्तर नौ है।

अतः विकल्प (D) सही है।

25. इसलिए उत्तर गीता है।

अतः विकल्प (D) सही है।

26. इसलिए उत्तर दो है।

अतः विकल्प (B) सही है।

Ques (27-31):RCB पसंद करने वाला व्यक्ति G और D के बीच में बैठा है।

तो स्थिति 1 और स्थित 2 निम्न प्रकार हैं:

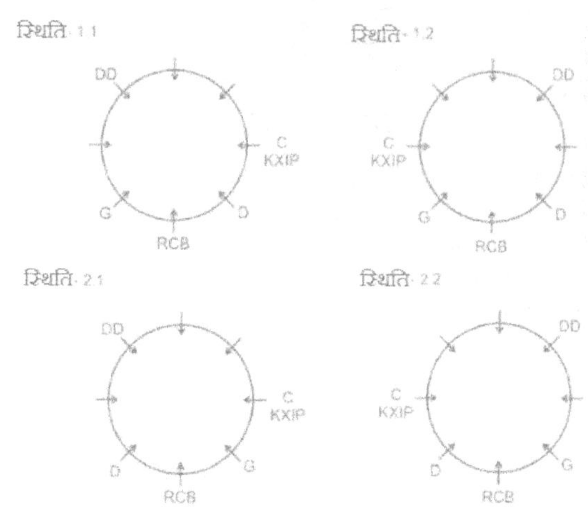

RCB और DD पसंद करने वाले व्यक्तियों के बीच दो व्यक्ति बैठे हैं और DD और KXIP पसंद करने वाले व्यक्तियों के बीच भी व्यक्तियों की संख्या समान है।

C, KXIP पसंद करता है।

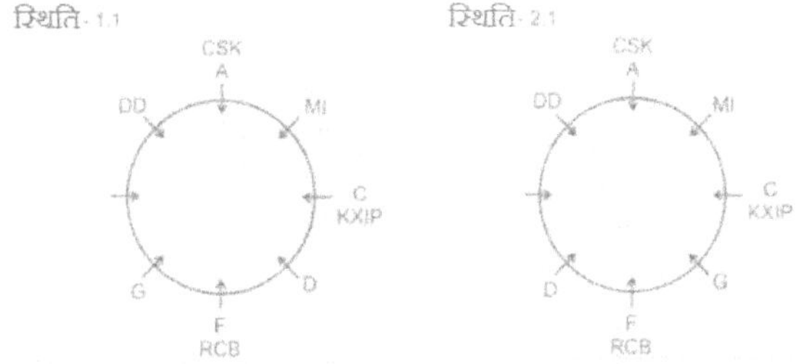

व्यक्ति A और F एक दूसरे के विपरीत बैठे हैं।

व्यक्ति G और D, DD या MI पसंद नहीं करते हैं।

MI पसंद करने वाले व्यक्ति के निकटतम दायें A बैठा है।

MI और CSK पसंद करने वाले व्यक्तियों के बीच की दूरी सभी में न्यूनतम है। अर्थात् CSK और MI पड़ोसी हैं।

स्थिति 1.2 और 2.2 रद्द हो जाती है क्योंकि DD और MI पसंद करने वाले व्यक्तियों के स्थान अतिच्छेदित करते हैं।

इसलिए स्थिति 1.1 और 2.1 हैं:

RCB पसंद करने वाला व्यक्ति और RR पसंद करने वाला व्यक्ति दोनों पड़ोसी नहीं हैं।

RR पसंद करने वाले व्यक्ति के निकटतम बाएं E बैठा है।

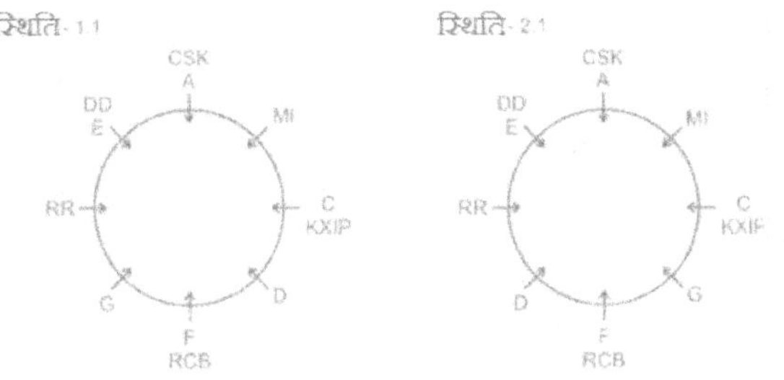

MI और SRH पसंद करने वाले व्यक्तियों के बीच बैठे व्यक्तियों की संख्या तीन नहीं है।

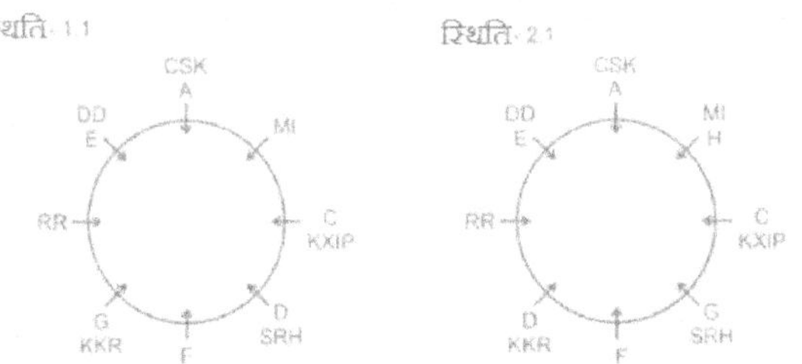

KKR पसंद करने वाले व्यक्ति और H के बीच बैठे व्यक्तियों की संख्या तीन है।

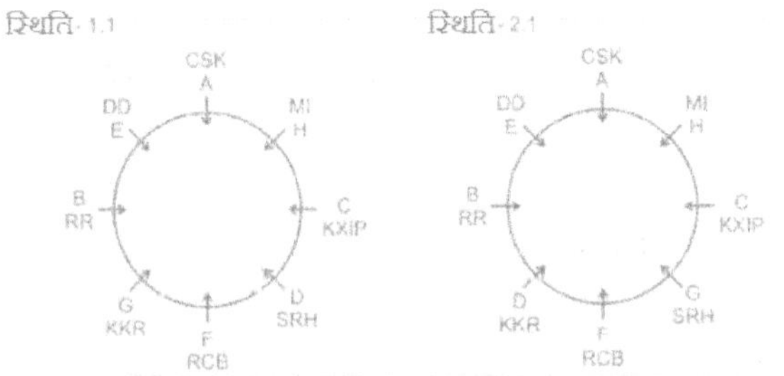

पहली दो न्यूनतम दूरियां 3 इकाई और 5 इकाई हैं। साथ ही, MI और CSK पसंद करने वाले व्यक्तियों के बीच की दूरी सभी में न्यूनतम है।

प्रत्येक व्यक्ति के बीच की दूरी इस प्रकार है कि एक को छोड़कर अन्य सभी दूरियां पहले वाली दो दूरियों का योग हैं।

इसलिए उपरोक्त कथन से हमारे पास चार उप-स्थितियां अर्थात् स्थिति 1.1.1, 1.1.1, 2.1.1 और 2.1.2 हैं

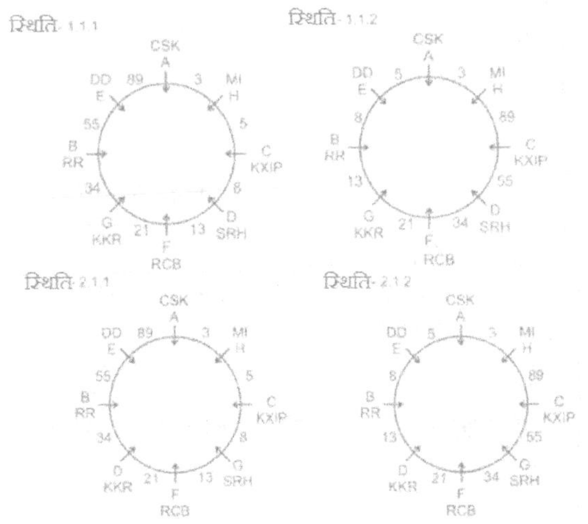

A और B के बीच की दूरी B और G के बीच की दूरी के समान है।

इसलिए स्थिति 1.1.1, 2.1.1, 2.1.2 रद्द हो जाती हैं क्योंकि A और B के बीच की दूरी B और G के बीच की दूरी के समान नहीं है।

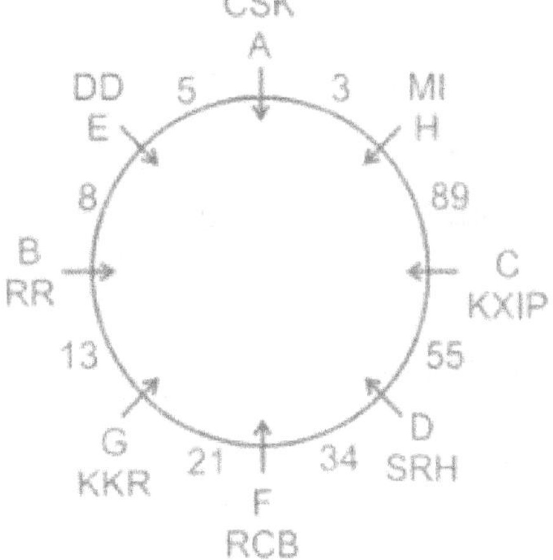

27. B, RR पसंद करता है।

अतः विकल्प (B) सही है।

28. RCB और KXIP पसंद करने वाले व्यक्तियों के बीच की न्यूनतम दूरी 89 है।

अतः विकल्प (C) सही है।

29. MI पसंद करने वाले व्यक्ति के बाएं पांचवें स्थान पर B बैठा है।

अतः विकल्प (A) सही है।

30. इसलिए, 'उपरोक्त में से कोई नहीं' सही उत्तर है।

अतः विकल्प (E) सही है।

31. इसलिए, A के दायीं ओर से गणना करने पर B और A के बीच केवल एक व्यक्ति बैठा है।

अतः विकल्प (B) सही है।

32. विकल्प (C) सही उत्तर है। जैसा कि हम लेखांश में देखते हैं कि भारत की जनसंख्या की वृद्धि दर प्रत्येक दशक में बदलती है और 2001 में जनसंख्या का अनुमान एक बिलियन था और 2011 में यह 1179 मिलियन होगी। इसलिए यहाँ ऐसा कोई उल्लेख नहीं है कि यह 1.79% की दर से बढ़ेगी। इसलिए, धारणा निश्चित रूप से असत्य है।

अतः विकल्प (C) सही है।

33.

इनपुट: 7864   2398   7649   7948

चरण I: इस चरण में निम्नलिखित तर्क लागू होते हैं:

$$\text{चरण -I} \quad 7864$$

$$(7 \times 8 = 56) \quad \downarrow \quad (6 \times 4) = 24$$

$$32$$

स्पष्ट रूप से, चरण I का परिणाम उपरोक्त परिणामों के परिणाम द्वारा निर्धारित किया जा सकता है।

परिणाम = (56 − 24) = 32

चरण ॥: इस चरण में निम्न तर्क लागू किये जाते हैं:

चरण -॥ 32

$$(3^2 - 2^2 = 05)$$

05

स्पष्ट रूप से, चरण ॥ में परिणाम अंकों के वर्ग के अंतर से निर्धारित किया जा सकता है।

परिणाम= (09 - 04) = 05

चरण ॥॥: इस चरण में निम्नलिखित तर्क लागू होते हैं:

चरण -॥॥ 05 27

$(0×2 = 0)$ $(7×5 = 35)$

35

स्पष्ट रूप से, चरण ॥॥ में परिणाम, परिणामों के अंतर से निर्धारित किया जा सकता है।

परिणाम = (35 – 0) = 35

चरण ।V: इस चरण में निम्नलिखित तर्क लागू होते हैं:

चरण -।V 35 48

$(3^2 + 5^2 = 34)$ $(4^2 + 8^2 = 80)$

46

स्पष्ट रूप से, चरण ।V में परिणाम परिणामों के अंतर से निर्धारित किया जा सकता है। इस प्रकार, अंतिम आउटपुट है:

परिणाम = (80 – 34) = 46

उपरोक्त तार्किक चरणों से हमें दिए गए इनपुट के लिए निम्नलिखित परिणाम मिलते हैं:

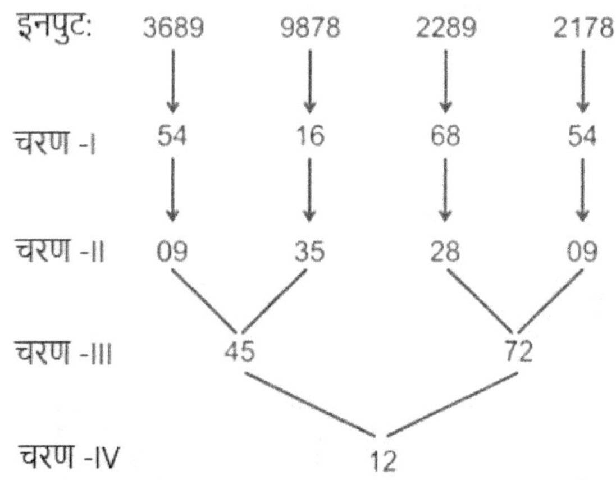

चरण ॥॥ में संख्या 45 और 72 है

योग = 45 + 72 = 117

अतः विकल्प (E) सही है।

34.

इनपुट: 7864 2398 7649 7948

चरण I: इस चरण में निम्नलिखित तर्क लागू होते हैं:

चरण -। 7864

$(7×8= 56)$ $(6×4) = 24)$

32

स्पष्ट रूप से, चरण । का परिणाम उपरोक्त परिणामों के परिणाम द्वारा निर्धारित किया जा सकता है।

परिणाम = (56 – 24) = 32

चरण ॥: इस चरण में निम्न तर्क लागू किये जाते हैं:

चरण -॥ 32

$$(3^2 - 2^2 = 05)$$

05

स्पष्ट रूप से, चरण ॥ में परिणाम अंकों के वर्ग के अंतर से निर्धारित किया जा सकता है।

परिणाम= (09 - 04) = 05

चरण ॥॥: इस चरण में निम्नलिखित तर्क लागू होते हैं:

चरण -॥॥ 05 27

$(0×2 = 0)$ $(7×5 = 35)$

35

स्पष्ट रूप से, चरण ॥॥ में परिणाम, परिणामों के अंतर से निर्धारित किया जा सकता है।

परिणाम = (35 – 0) = 35

चरण ।V: इस चरण में निम्नलिखित तर्क लागू होते हैं:

चरण -।V 35 48

$(3^2 + 5^2 = 34)$ $(4^2 + 8^2 = 80)$

46

स्पष्ट रूप से, चरण ।V में परिणाम परिणामों के अंतर से निर्धारित किया जा सकता है। इस प्रकार, अंतिम आउटपुट है:

परिणाम = (80 – 34) = 46

उपरोक्त तार्किक चरणों से हमें दिए गए इनपुट के लिए निम्नलिखित परिणाम मिलते हैं:

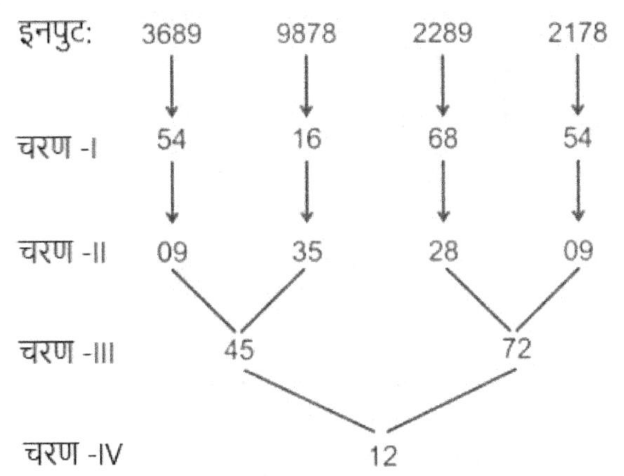

स्पष्ट रूप से, चरण IV में वांछित आउटपुट = 12

इसलिए, 12 सही उत्तर है।

अतः विकल्प (D) सही है।

35.

इनपुट: 7864   2398   7649   7948

चरण I: इस चरण में निम्नलिखित तर्क लागू होते हैं:

$$\text{चरण -I} \quad 7864$$
$$(7\times8= 56) \quad \downarrow \quad (6\times4) = 24$$
$$32$$

स्पष्ट रूप से, चरण I का परिणाम उपरोक्त परिणामों के परिणाम द्वारा निर्धारित किया जा सकता है।

परिणाम = (56 – 24) = 32

चरण II: इस चरण में निम्न तर्क लागू किये जाते हैं:

$$\text{चरण -II} \quad 32$$
$$\downarrow (3^2 - 2^2 = 05)$$
$$05$$

स्पष्ट रूप से, चरण II में परिणाम अंकों के वर्ग के अंतर से निर्धारित किया जा सकता है।

परिणाम= (09 - 04) = 05

चरण III: इस चरण में निम्नलिखित तर्क लागू होते हैं:

$$\text{चरण -III} \quad 05 \qquad 27$$
$$(0\times2 = 0) \diagdown \diagup (7\times5 = 35)$$
$$35$$

स्पष्ट रूप से, चरण III में परिणाम, परिणामों के अंतर से निर्धारित किया जा सकता है।

परिणाम = (35 – 0) = 35

चरण IV: इस चरण में निम्नलिखित तर्क लागू होते हैं:

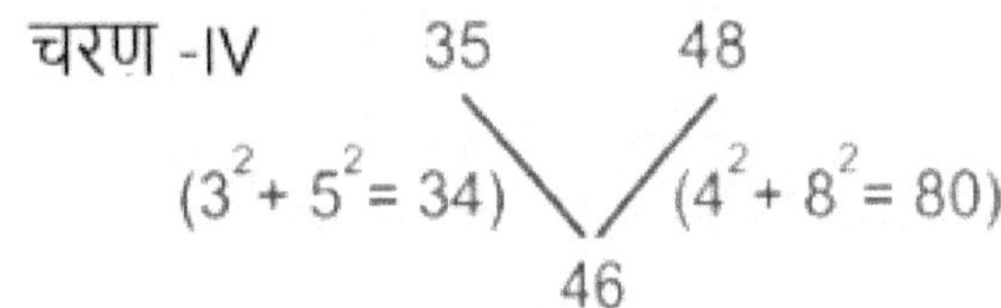

$$\text{चरण -IV} \quad 35 \qquad\qquad 48$$
$$(3^2 + 5^2 = 34) \diagdown \diagup (4^2 + 8^2 = 80)$$
$$46$$

स्पष्ट रूप से, चरण IV में परिणाम परिणामों के अंतर से निर्धारित किया जा सकता है। इस प्रकार, अंतिम आउटपुट है:

परिणाम = (80 – 34) = 46

उपरोक्त तार्किक चरणों से हमें दिए गए इनपुट के लिए निम्नलिखित परिणाम मिलते हैं:

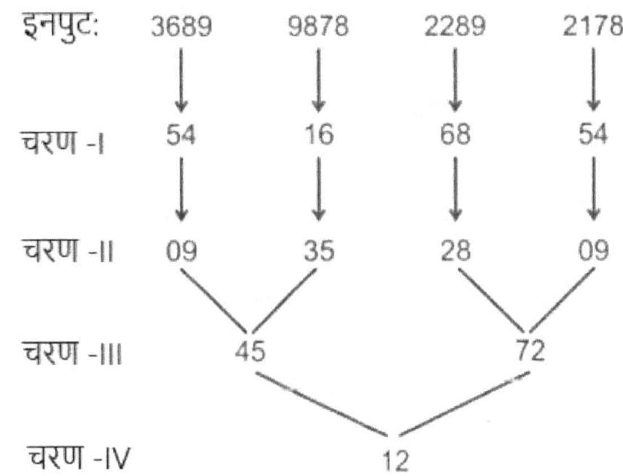

स्पष्टतः अभीष्ट योग = (5 + 4 + 1+ 6 + 6 + 8 + 5 + 4) = 39

इसलिए, 39 सही उत्तर है।

अतः विकल्प (C) सही है।

36.

इनपुट: 7864   2398   7649   7948

चरण I: इस चरण में निम्नलिखित तर्क लागू होते हैं:

$$\text{चरण -I} \quad 7864$$
$$(7\times8= 56) \quad \downarrow \quad (6\times4) = 24$$
$$32$$

स्पष्ट रूप से, चरण I का परिणाम उपरोक्त परिणामों के परिणाम द्वारा निर्धारित किया जा सकता है।

परिणाम = (56 – 24) = 32

चरण II: इस चरण में निम्न तर्क लागू किये जाते हैं:

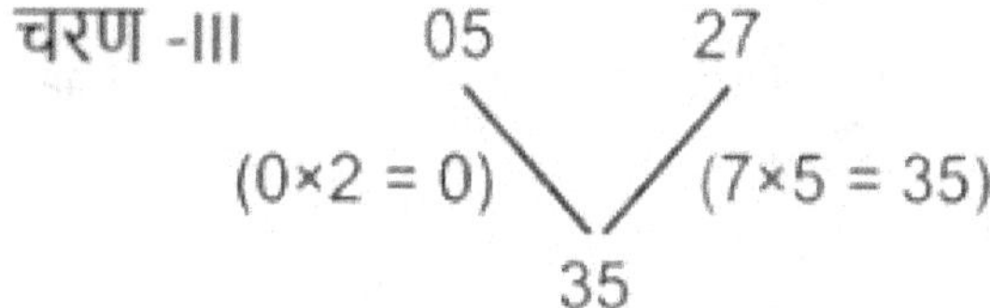

चरण -II

$$32$$

$$(3^2 - 2^2 = 05)$$

$$05$$

स्पष्ट रूप से, चरण II में परिणाम अंकों के वर्ग के अंतर से निर्धारित किया जा सकता है।

परिणाम = (09 - 04) = 05

चरण III: इस चरण में निम्नलिखित तर्क लागू होते हैं:

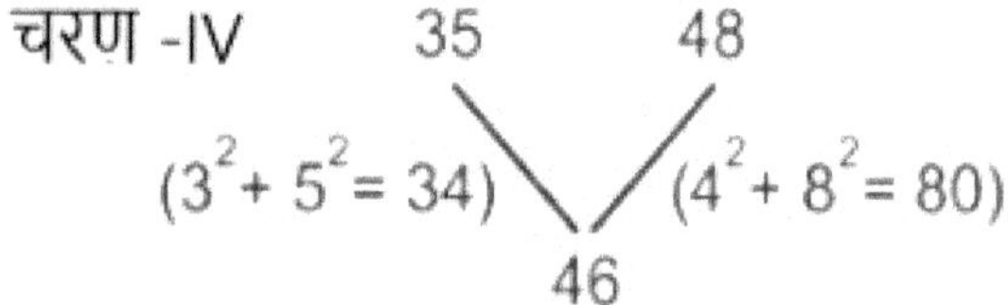

चरण -III

$$05 \qquad 27$$

$$(0 \times 2 = 0) \qquad (7 \times 5 = 35)$$

$$35$$

स्पष्ट रूप से, चरण III में परिणाम, परिणामों के अंतर से निर्धारित किया जा सकता है।

परिणाम = (35 – 0) = 35

चरण IV: इस चरण में निम्नलिखित तर्क लागू होते हैं:

चरण -IV

$$35 \qquad 48$$

$$(3^2 + 5^2 = 34) \qquad (4^2 + 8^2 = 80)$$

$$46$$

स्पष्ट रूप से, चरण IV में परिणाम परिणामों के अंतर से निर्धारित किया जा सकता है। इस प्रकार, अंतिम आउटपुट है:

परिणाम = (80 – 34) = 46

उपरोक्त तार्किक चरणों से हमें दिए गए इनपुट के लिए निम्नलिखित परिणाम मिलते हैं:

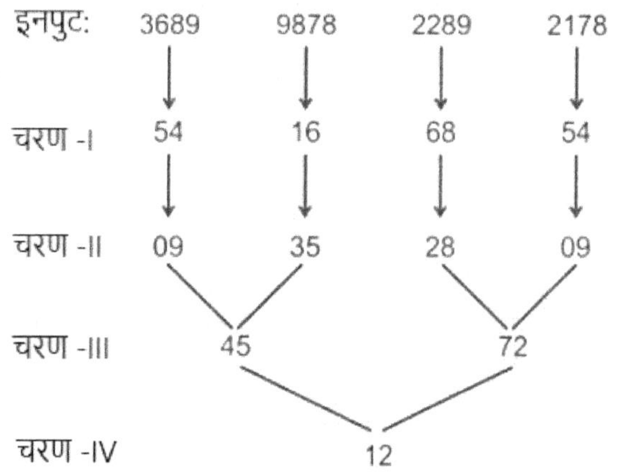

इनपुट:	3689	9878	2289	2178
चरण -I	54	16	68	54
चरण -II	09	35	28	09
चरण -III		45		72
चरण -IV			12	

स्पष्ट रूप से, चरण III में सबसे न्यूनतम संख्या 45 है, इस प्रकार अभीष्ट अंतर = (25 – 16) = 09

इसलिए, 09 सही उत्तर है।

अतः विकल्प (D) सही है।

37.

इनपुट: 7864   2398   7649   7948

चरण I: इस चरण में निम्नलिखित तर्क लागू होते हैं:

चरण -I

$$7864$$

$$(7 \times 8 = 56) \qquad (6 \times 4) = 24$$

$$32$$

स्पष्ट रूप से, चरण I का परिणाम उपरोक्त परिणामों के परिणाम द्वारा निर्धारित किया जा सकता है।

परिणाम = (56 – 24) = 32

चरण II: इस चरण में निम्न तर्क लागू किये जाते हैं:

चरण -II

$$32$$

$$(3^2 - 2^2 = 05)$$

$$05$$

स्पष्ट रूप से, चरण II में परिणाम अंकों के वर्ग के अंतर से निर्धारित किया जा सकता है।

परिणाम = (09 - 04) = 05

चरण III: इस चरण में निम्नलिखित तर्क लागू होते हैं:

चरण -III

$$05 \qquad 27$$

$$(0 \times 2 = 0) \qquad (7 \times 5 = 35)$$

$$35$$

स्पष्ट रूप से, चरण III में परिणाम, परिणामों के अंतर से निर्धारित किया जा सकता है।

परिणाम = (35 – 0) = 35

चरण IV: इस चरण में निम्नलिखित तर्क लागू होते हैं:

चरण -IV

$$35 \qquad 48$$

$$(3^2 + 5^2 = 34) \qquad (4^2 + 8^2 = 80)$$

$$46$$

स्पष्ट रूप से, चरण IV में परिणाम परिणामों के अंतर से निर्धारित किया जा सकता है। इस प्रकार, अंतिम आउटपुट है:

परिणाम = (80 – 34) = 46

उपरोक्त तार्किक चरणों से हमें दिए गए इनपुट के लिए निम्नलिखित परिणाम मिलते हैं:

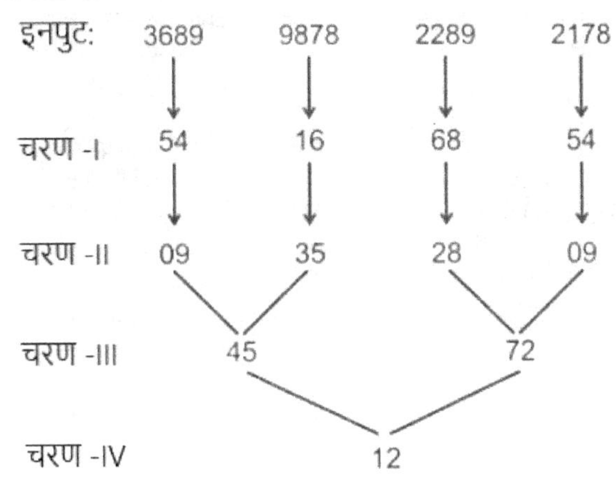

स्पष्ट रूप से, अधिकतम से निम्नतम संख्या का अंतर = (35 – 09) = 26

इसलिए, सही उत्तर 26 है।

अतः विकल्प (C) सही है।

38. दिया गया शब्द:

FANTASTIC

शब्द के अक्षरों को बाएं से दाएं वर्णानुक्रम में व्यवस्थित करने के बाद, हम प्राप्त करते हैं:

AACFINSTT

अब, शब्द 'AACFINSTT' के तीसरे, पांचवें, छठे और आठवें अक्षर C, I, N और T हैं।

C, I, N और T का प्रयोग करके कोई अर्थपूर्ण अंग्रेजी शब्द नहीं बनाया जा सकता है।

अतः विकल्प (D) सही है।

39.

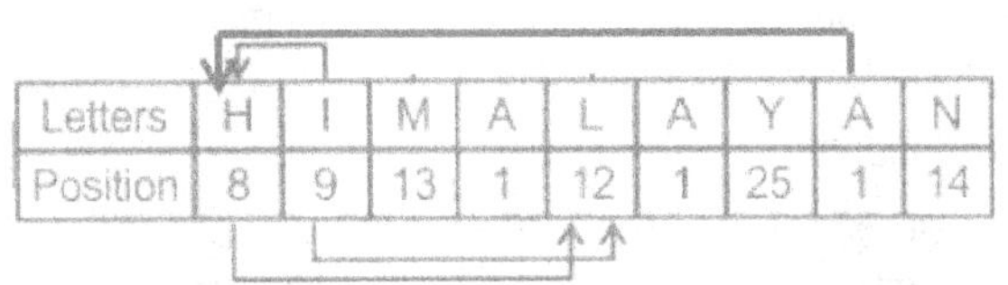

इसलिए, 'HIMALAYAN' शब्द में चार जोड़े हैं, जिनमें से प्रत्येक में शब्द (आगे और पीछे दोनों दिशाओं में) के बीच उतने ही अक्षर हैं जितने उनके बीच अंग्रेजी वर्णमाला में हैं।

अतः विकल्प (D) सही है।

40. यहां ओलिव बाएँ छोर से 12वें स्थान पर और तरण दाएँ छोर से 11वें स्थान पर था।

क्रम और श्रेणी निम्नानुसार दर्शाई गई है:

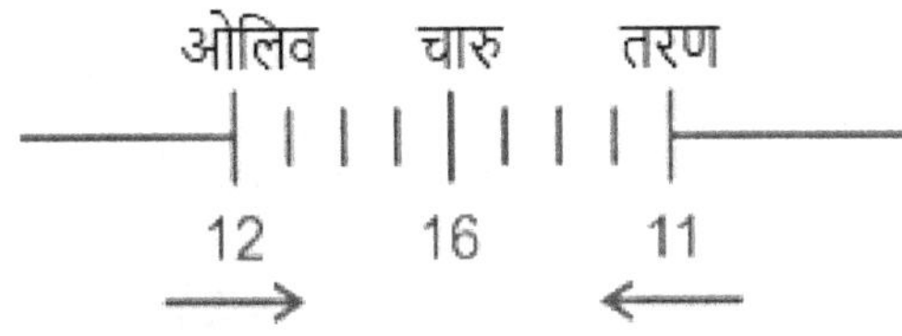

$16 + 11 + 1 + 1 + 1 = 30$ छात्र

∴ पंक्ति में 30 छात्र हैं।

अतः विकल्प (B) सही है।

41. वर्म एक प्रकार का वायरस है जो आपके कंप्यूटर के माध्यम से अन्य ड्राइव, सिस्टम और नेटवर्क पर डुप्लिकेट बनाकर फैलता है। कंप्यूटर स्वयं की कार्यात्मक प्रतियों को दोहराते हैं और उसी प्रकार की क्षति का कारण बन सकते हैं। वायरस के विपरीत, इनके लिए एक संक्रमित होस्ट फ़ाइल के प्रसार की आवश्यकता होती है, वर्म स्टैंडअलोन सॉफ्टवेयर होते हैं और उन्हें प्रचार करने के लिए एक होस्ट प्रोग्राम या मानव सहायता की आवश्यकता नहीं होती है

अतः सही विकल्प (D) है।

42. नेटवर्क ईव्सड्रॉपिंग एक नेटवर्क लेयर अटैक है जो अन्य कंप्यूटरों द्वारा प्रेषित नेटवर्क से छोटे पैकेट को कैप्चर करने और किसी भी प्रकार की जानकारी की तलाश में डेटा सामग्री को पढ़ने पर केंद्रित है।

इस प्रकार का नेटवर्क हमला आम तौर पर सबसे प्रभावी में से एक है क्योंकि इसमें एन्क्रिप्शन सेवाओं की कमी का उपयोग किया जाता है। यह मेटाडेटा के संग्रह से भी जुड़ा हुआ है।

अतः विकल्प (B) सही है।

43. रिचर्ड स्केरेंटा ने 1981 में एल्क क्लोनर नामक पहला बूट सेक्टर वायरस बनाया। जब यह बूट होता है या फ्लॉपी ड्राइव में संक्रमित फ्लॉपी डिस्क तक पहुंचता है तो वे कंप्यूटर को संक्रमित करते हैं। यानी एक बार जब कोई सिस्टम बूट-सेक्टर वायरस से संक्रमित हो जाता है, तो इस सिस्टम द्वारा एक्सेस की गई कोई भी नॉन-राइट-प्रोटेक्टेड डिस्क संक्रमित हो जाएगी।

अतः विकल्प (B) सही है।

44. टैग "एलीट हैकर्स" को सबसे प्रतिष्ठित हैकरों में गाना जाता है, जिनके पास हैकिंग और सुरक्षा कौशल हैं। हैकर्स कम्युनिटी में उनके साथ अत्यधिक सम्मान के साथ व्यवहार किया जाता है। ज़ीरो डे वुलनेराबिलिटीज, क्रिटिकल हैकिंग टूल और नए पेश किए गए बग उनके द्वारा खोजे और विकसित किए जाते हैं।

अतः विकल्प (B) सही है।

45. सिक्योरिटी ऑडिटर वे व्यक्ति होते हैं जो किसी भी फर्म या संगठन में आईटी सुरक्षा को बनाए रखते हैं और संभालते हैं। यह किसी संगठन या फर्म में किसी व्यक्ति की स्थिति का एक इंटरमीडिएट लेयर है, जो उस फर्म या संगठन के विभिन्न प्रणालियों और उससे जुड़े सिक्योरिटी डिवाइस का निर्माण और संरक्षण करता है, जिससे वह संबंधित है।

अतः विकल्प (D) सही है।

46. EPROM और ROM दोनों हार्डवेयर फैक्ट्री में बने हैं। एक फैक्ट्री में EPROM मिटाया जा सकता है और पुन: प्रोग्राम किया जा सकता है। ROM को केवल एक बार प्रोग्राम किया जा सकता है और इसका डेटा बदला नहीं जा सकता है।

अतः विकल्प (C) सही है।

47. कप्यूटर के मेन सिस्टम बोर्ड को मदरबोर्ड कहते हैं।

मदरबोर्ड कंप्यूटर सिस्टम के सबसे आवश्यक भागों में से एक है। यह कंप्यूटर के कई महत्वपूर्ण घटकों को एक साथ रखता है, जिसमें सेंट्रल प्रोसेसिंग यूनिट (सीपीयू), मेमोरी और इनपुट और आउटपुट डिवाइस के लिए कनेक्टर शामिल हैं।

मदरबोर्ड के आधार में गैर-प्रवाहकीय सामग्री की एक बहुत ही दृढ़ शीट होती है, आमतौर पर किसी प्रकार का कठोर प्लास्टिक।

अतः विकल्प (B) सही है।

48. सॉफ्टवेयर विकास के तकनीकी और प्रबंधन मुद्दों से संबंधित प्रक्रिया सॉफ्टवेयर प्रक्रिया हैं।

सॉफ्टवेयर प्रक्रियाओं में वे गतिविधियाँ, विधियाँ, प्रथाएँ और परिवर्तन शामिल हैं जिनका उपयोग सॉफ्टवेयर उत्पादों को बनाने और बनाए रखने के लिए किया जाता है।

अतः विकल्प (C) सही है।

49. सीमेन्टिक से तात्पर्य बिट्स या क्षेत्रों के प्रत्येक खंड की व्याख्या या अर्थ से है। यह निर्दिष्ट करता है कि कौन सा क्षेत्र किस क्रिया को परिभाषित करता है। यह परिभाषित करता है कि बिट्स या पैटर्न के एक विशेष खंड की व्याख्या कैसे की जा सकती है, और क्या कार्रवाई की जानी चाहिए। इसमें समन्वय और त्रुटि प्रबंधन के लिए नियंत्रण जानकारी शामिल है।

अतः विकल्प (C) सही है।

50. ISP का अर्थ "इंटरनेट सर्विस प्रोवाइडर" है। एक ISP इंटरनेट तक पहुंच प्रदान करता है। 1990 के दशक के अंत में, ISP ने DSL और केबल मोडेम के माध्यम से तेजी से ब्रॉडबैंड इंटरनेट का उपयोग शुरू किया।

अतः विकल्प (A) सही है।

51. हाइपरलिंक, या केवल एक लिंक, डेटा का एक संदर्भ है जिसे पाठक सीधे क्लिक करके या टैप करके अनुसरण कर सकता है। हाइपरलिंक किसी संपूर्ण दस्तावेज़ या किसी दस्तावेज़ के भीतर किसी विशिष्ट अंश को इंगित करता है। हाइपरटेक्स्ट हाइपरलिंक वाला टेक्स्ट है।

अतः विकल्प (B) सही है।

52. स्नॉर्ट नेटवर्क इंट्रूजन डिटेक्शन एप्लिकेशन और रियल-टाइम ट्रैफ़िक एनालिसिस से संबंधित है। स्नॉर्ट एक पॉवरफुल ओपन-सोर्स इंट्रूजन डिटेक्शन सिस्टम (आईडीएस) और इंट्रूजन प्रिवेंशन सिस्टम (आईपीएस) है जो रीयल-टाइम नेटवर्क ट्रैफिक एनालिसिस और डेटा पैकेट लॉगिंग प्रदान करता है। स्नॉर्ट नियमों की एक सीरीज बनाता है जो मैलीसियस नेटवर्क एक्टिविटी को परिभाषित करता है, मैलीसियस पैकेट की पहचान करता है और यूजर को अलर्ट करता है।

अतः विकल्प (C) सही है।

53. वेबइंस्पेक्ट क्रॉस-साइट स्क्रिप्टिंग, डायरेक्टरी ट्रैवर्सल और पैरामीटर इंजेक्शन जैसे सामान्य अटैक का प्रयास करके जांच कर सकता है कि वेब सर्वर ठीक से कॉन्फ़िगर किया गया है या नहीं। लेकिन यह सर्वर में मालिसियस शेलकोड को इंजेक्ट नहीं कर सकता है।

अतः विकल्प (D) सही है।

54. VIRUS का पूर्ण रूप ' 'Vital Information Resource Under Seige' है। यह एक कंप्यूटर प्रोग्राम में अवैध रूप से लगाए गए स्व-प्रतिकृति कोड का एक हिस्सा है, जो अक्सर सिस्टम या नेटवर्क को नुकसान या बंद करने के लिए होता है।

अतः विकल्प (B) सही है।

55. एक मिलियन इंस्ट्रक्शन प्रति सेकंड (MIPS) कंप्यूटर के प्रोसेसर की स्पीड को मापने की एक विधि है, लेकिन पूरे सिस्टम की नहीं। 1 MIPS का अर्थ 10,00,000 इंस्ट्रक्शन प्रति सेकंड है।

अतः विकल्प (A) सही है।

56. डीफ्रैग्मेन्टेशन डेटा के असंत्रिकट फ्रैगमेन्ट्स का पता लगाने की प्रक्रिया है जिसमें एक कंप्यूटर फ़ाइल को विभाजित किया जा सकता है क्योंकि इसे हार्ड डिस्क पर संग्रहीत किया जाता है, और टुकड़ों को पुन: व्यवस्थित करके उन्हें कम टुकड़ों में या पूरी फ़ाइल में पुनस्थापित किया जाता है।

अतः विकल्प (B) सही है।

57. RDBMS में ओरेकल डेटाबेस , MySQL, माइक्रोसॉफ्ट SQL सर्वर और IBM DB2 शामिल हैं। इनमें से कुछ प्रोग्राम नॉन -रिलेशनल डेटाबेस का समर्थन करते हैं, लेकिन वे मुख्य रूप से रिलेशनल डेटाबेस प्रबंधन के लिए उपयोग किए जाते हैं।

अतः विकल्प (C) सही है।

58. एक DBMS जो अपनी भौतिक संरचना को उपयोगकर्ता से छिपा कर रखता है, एक पारदर्शी (ट्रांसपेरेंट) DBMS के रूप में जाना जाता है। एक DBMS ट्रांसपेरेंसी के विभिन्न स्तर प्रदान कर सकता है। हालांकि, वे सभी एक ही समग्र उद्देश्य में भाग लेते हैं: वितरित डेटाबेस का उपयोग, एक केंद्रीकृत डेटाबेस के बराबर करने के लिए।

हम DBMS में चार मुख्य प्रकार की पारदर्शिता की पहचान कर सकते हैं:

- वितरण पारदर्शिता
- लेन-देन पारदर्शिता
- प्रदर्शन पारदर्शिता;
- डीबीएमएस पारदर्शिता।

अतः विकल्प (C) सही है।

59. एक डेटाबेस में संग्रहीत डेटा डेटाबेस तक पहुंचने वाले एप्लीकेशन से स्वतंत्र होना चाहिए। डेटाबेस की भौतिक संरचना में किसी भी परिवर्तन का बाहरी एप्लीकेशन द्वारा डेटा तक पहुंचने के तरीके पर कोई प्रभाव नहीं होना चाहिए। इस नियम को फिजिकल डेटा इंडिपेंडेंसी कहा जाता है। यह DBMS का पहला बड़ा नियम है।

अतः विकल्प (B) सही है।

60. एक साउंड कार्ड (एक ऑडियो कार्ड के रूप में भी जाना जाता है) एक आंतरिक विस्तार कार्ड है जो कंप्यूटर प्रोग्राम के नियंत्रण में कंप्यूटर से ऑडियो सिग्नल का इनपुट और आउटपुट प्रदान करता है। साउंड कार्ड शब्द पेशेवर ऑडियो अनुप्रयोगों के लिए उपयोग किए जाने वाले बाहरी ऑडियो इंटरफेस पर भी लागू होता है।

अतः विकल्प (B) सही है।

61. रिलेशनल मॉडल का बेसिक बिल्डिंग ब्लॉक टेबल या रिलेशन है। एक टेबल रो (रिकॉर्ड्स) से बना होता है और कॉलम (एट्रिब्यूट्स) रिलेटेड टेबल दोहराए गए कॉलम का उपयोग करके एक दूसरे से जुड़ी होती हैं। रिलेशनल डेटाबेस मॉडल को टेबल के रूप और उनके बीच रिलेशन लिंक का प्रतिनिधित्व किया जा सकता है।

अतः विकल्प (B) सही है।

62. स्काईलेक इंटेल की छठी पीढ़ी का कोर प्रोसेसर है। स्काईलेक एक प्रोसेसर माइक्रोआर्किटेक्चर के लिए इंटेल द्वारा इस्तेमाल किया जाने वाला कोडनेम है जिसे ब्रॉडवेल माइक्रोआर्किटेक्चर के बाद अगस्त 2015 में लॉन्च किया गया था।

अतः विकल्प (C) सही है।

63. एक्सेल में किसी संख्या को भाजक द्वारा विभाजित करने के बाद शेषफल को वापस करने के लिए हम MOD( ) फ़ंक्शन का उपयोग करते हैं।

एक्सेल MOD( ) फ़ंक्शन विभाजन के बाद शेष में दो नंबर देता है। उदहारण के लिए, MOD(16,3) = 1, मोड का परिणाम विभाजक के समान चिन्ह को कैरी करता है। विभाजन के बाद शेष प्राप्त करने के लिए मोड फ़ंक्शन का उपयोग करें।

अतः विकल्प (C) सही है।

64. पावरपॉइंट एलिप्स में, मोशन को एनिमेशन स्कीम के रूप में पूर्वनिर्धारित किया जाता है।

पावर प्वाइंट एलिप्स में, एक एनीमेशन स्कीम सिर्फ एक पूर्वनिर्धारित स्लाइड ट्रांज़िशन है और स्लाइड ऑब्जेक्ट्स पर लागू एनिमेटिक इफेक्ट का संग्रह है। सबसे बुनियादी प्रकार की एनीमेशन योजनाओं में से एक "अप्पेअर" है। यह

केवल एक बार में एक प्रदर्शित होने के लिए टेक्स्ट के पैराग्राफ को परिभाषित करता है। एक एनीमेशन इफेक्ट एक स्पेशल विसुअल या साउंड इफेक्ट है जो किसी स्लाइड या चार्ट पर किसी टेक्स्ट या ऑब्जेक्ट में जोड़ा जाता है।

अत: विकल्प (A) सही है।

65. एक्सेल शीट पर, एक्टिव सेल को डार्क वाइड बॉर्डर द्वारा दर्शाया जाता है।

एक्सेल वर्कशीट में एक्टिव सेल की पहचान करने के लिए न तो डॉटेड बॉर्डर या ब्लिंकिंग बॉर्डर का उपयोग किया जाता है क्योंकि दोनों ही किसी भी सेल को हाइलाइट नहीं कर सकते हैं जैसा कि डार्क वाइड बॉर्डर करता है। यहां, एक्टिव सेल की पहचान बॉर्डर के चारों ओर एक डार्क आउटलाइन द्वारा की जाती है। एक्सेल शीट के ऊपरी बाएँ हाथ पर "नेम बॉक्स" में एक्टिव सेल नाम देख सकते हैं।

अत: विकल्प (D) सही है।

66. वैकल्पिक रूप से Control+N और C-n के रूप में संदर्भित, Ctrl+N एक कीबोर्ड शॉर्टकट है जिसका उपयोग अक्सर एक नया डॉक्यूमेंट, विंडो, वर्कबुक, या किसी अन्य प्रकार की फाइल बनाने के लिए किया जाता है।

नया डॉक्यूमेंट बनाने का शॉर्टकट Ctrl + N है।

अत: विकल्प (B) सही है।

67. Alt+F4 कीबोर्ड शॉर्टकट वर्तमान सक्रिय विंडो को बंद कर देता है। हालाँकि, यदि इसका उपयोग एप्लिकेशन के आधार पर एप्लिकेशन विंडो को बंद करने के लिए किया जाता है।

माइक्रोसॉफ्ट वर्ड, पावरपॉइंट, एक्सेस, एक्सेल आदि को बंद करने का शॉर्टकट Alt + F4 है।

अत: सही विकल्प (C) है।

68. एक कीबोर्ड पर टैब कुंजी टैब (टैब्युलेटर कुंजी या टेबुलर कुंजी का संक्षिप्त नाम) का उपयोग कर्सर को अगले टैब स्टॉप पर ले जाने के लिए किया जाता है।

अगले विकल्प पर जाएँ या विकल्प समूह Tab का उपयोग करें।

अत: विकल्प (C) सही है।

69. सोर्स प्रोग्राम को एक इंटरमीडिएट फॉर्म में कम्पाईल्ड किया जाता है जिसे बाइट कोड कहा जाता है। प्रत्येक सपोर्टेड प्लेटफ़ॉर्म के लिए, एक "वर्चुअल मशीन" एमुलेटर राइट जो बाइट कोड पढ़ता है और इसके निष्पादन का अनुकरण करता है।

अत: विकल्प (A) सही है।

70. बाइट कोड एक इमेजिनरी आर्किटेक्चर के लिए असेंबली लैंग्वेज है। बाइटकोड, असेंबली लैंग्वेज के समान है, क्योंकि यह हाई-लेवल लैंग्वेज नहीं है, लेकिन मशीनी लैंग्वेज के विपरीत, यह अभी भी कुछ हद तक रीडेबल है। दोनों को "इंटरमीडिएट लैंग्वेज" माना जा सकता है जो स्रोत कोड और मशीन कोड के बीच आती है। दोनों के बीच प्राथमिक अंतर यह है कि वर्चुअल मशीन (सॉफ्टवेयर) के लिए बाइटकोड उत्पन्न होता है, जबकि असेंबली लैंग्वेज सीपीयू (हार्डवेयर) के लिए बनाई जाती है।

अत: विकल्प (A) सही है।

71. पास्कलाइन या अंकगणित मशीन एक फ्रांसीसी मौद्रिक (नॉनडेसिमल) कैलकुलेटर था जिसे ब्लेज़ पास्कल द्वारा लगभग 1642 में डिज़ाइन किया गया था। पहियों को दक्षिणावर्त घुमाकर (मशीन के नीचे स्थित) संख्याओं को जोड़ा जा सकता था और पहियों को वामावर्त घुमाकर घटाया जा सकता था।

अत: विकल्प (C) सही है।

72. 4GL का मतलब चौथी पीढ़ी की प्रोग्रामिंग भाषा। चौथी पीढ़ी की प्रोग्रामिंग भाषा (4GL) कोई भी प्रोग्रामिंग भाषा है जो तीसरी पीढ़ी की प्रोग्रामिंग भाषाओं (3GL) पर उन्नति के रूप में परिकल्पित भाषाओं के वर्ग से संबंधित है।

अत: विकल्प (D) सही है।

73. पहली पीढ़ी (प्रोग्रामिंग) लैंग्वेज (1GL) प्रोग्रामिंग लैंग्वेज का एक समूह है जो मशीन स्तर की भाषाएँ हैं जिनका उपयोग पहली पीढ़ी के कंप्यूटरों को प्रोग्राम करने के लिए किया जाता है। मूल रूप से, पहली पीढ़ी की लैंग्वेज को कम्पाइल या असेंबल करने के लिए किसी भी अनुवादक का उपयोग नहीं किया गया था। पहली पीढ़ी के प्रोग्रामिंग निर्देश कंप्यूटर सिस्टम के फ्रंट पैनल स्विच के माध्यम से दर्ज किए गए थे।

अत: विकल्प (A) सही है।

74. किसी समस्या को हल करने के लिए स्टेट-स्पेस सर्च प्रीकंडिशन और इफ़ेक्ट दोनों को ध्यान में रखती है। इसे कभी-कभी प्रोग्रेशन प्लानिंग कहा जाता है क्योंकि यह आगे की दिशा में आगे बढ़ता है। यह स्टार्ट और गोल स्टेट सहित स्टेट का एक कम्पलीट सेट है, जहां समस्या का उत्तर सर्च किया जाना है।

अत: विकल्प (D) सही है।

75. वीएलआईडब्ल्यू की महत्वपूर्ण फीचर आईएलपी है। यह पैरलल में कई ऑपरेशन करने के लिए डिज़ाइन किया गया आर्किटेक्चर है। आईएलपी का मतलब इंस्ट्रक्शन लेवल पैरेललिज्म है। चूंकि कंपाइलर केवल निष्पादन का शेड्यूल तय करता है, इसलिए यहां शेड्यूल की आवश्यकता नहीं है। वीएलआईडब्ल्यू (वेरी लॉन्ग इंस्ट्रक्शन वर्ड) एक सीपीयू आर्किटेक्चरल स्टाइल है जो कंट्रोल के सिंगल फ्लो के अंदर कई मशीन-लेवल ऑपरेशन के निष्पादन को ओवरलैप करके बड़ी मात्रा में इर्रेगुलर इंस्ट्रक्शन-लेवल परलेलिज्म (आईएलपी) प्रदान करता है।

अत: विकल्प (A) सही है।

76. इंटरप्रोसेसर कम्युनिकेशन के लिए, मिसेस एरेज को कोहेरेंस मिसेस कहा जाता है। कोहेरेंस मिसेस तब होती है जब डेटा के ब्लॉक कई प्रोसेसर के बीच साझा किए जाते हैं।

- टू शेयरिंग: एक प्रोसेसर द्वारा निर्मित कैश ब्लॉक में एक शब्द दूसरे प्रोसेसर द्वारा उपयोग किया जाता है।
- फॉल्स शेयरिंग: विभिन्न प्रोसेसर द्वारा एक्सेस किए गए शब्दों को एक ही ब्लॉक में रखा जाता है।

अत: विकल्प (B) सही है।

77. होस्ट एड्रेस, होस्ट और नेटवर्क एड्रेस की पहचान करने के लिए उपयोग किए जाने वाले एड्रेस का एक हिस्सा, दूरसंचार नेटवर्क के नोड या नेटवर्क इंटरफेस के लिए एक पहचानकर्ता है। ब्रॉडकास्ट एड्रेस नेटवर्क के सभी उपकरणों का प्रतिनिधित्व करता है। यदि एक IP पैकेट एक ब्रॉडकास्ट एड्रेस पर भेजा जाता है, तो यह उस नेटवर्क के सभी उपकरणों के लिए है।

अत: विकल्प (B) सही है।

78. वैन नेटवर्क को कुछ दूरी से अलग किया जा सकता है, इसमें आमतौर पर दो या दो से अधिक छोटे नेटवर्क और उच्च गति वाली टेलीफोन लाइनें शामिल होती हैं। टीसीपी/आईपी का उपयोग राउटर, स्विच, फायरवॉल और मोडेम जैसे उपकरणों के संयोजन में किया जाता है।

अत: विकल्प (C) सही है।

79. सर्वर उस सर्वर से जुड़े क्लाइंट द्वारा उपयोग किए जाने वाले नेटवर्क में कंप्यूटर के संसाधनों को साझा करने की अनुमति देता है। क्लाइंट सर्वर को उसके अनुरोध के अनुसार सेवाओं के लिए अनुरोध देता है, सर्वर प्रतिक्रिया देता है और संसाधनों को साझा करता है और क्लाइंट को नेटवर्क में सेवाएं प्रदान करता है। क्लाइंट कंप्यूटर की तुलना में सर्वर का प्रोसेसर अधिक शक्तिशाली होता है क्योंकि यह बहुत सारे अनुरोधों को संभालता है। यदि सर्वर क्रैश हो जाता है तो कुछ भी नहीं किया जा सकता।

अत: विकल्प (A) सही है।

80. इनडायरेक्ट इनपुट विधिपहले से ही मशीन पठनीय रूप में है।

मशीन-पठनीय डेटा, या कंप्यूटर-पठनीय डेटा, एक प्रारूप में डेटा है जिसे कंप्यूटर द्वारा संसाधित किया जा सकता है। मशीन-पठनीय डेटा संरचित डेटा होना चाहिए।

अतः विकल्प (A) सही है।

81. स्विट्जरलैंड ने कथित तौर पर सरको कैप्सूल नामक एक 'सुसाइड मशीन' के उपयोग को मंजूरी दे दी है।

यह उपयोगकर्ताओं को हाइपोक्सिया और हाइपोकेपनिया (ऊतक स्तर पर अपर्याप्त ऑक्सीजन की आपूर्ति की स्थिति और रक्त में कार्बन डाइऑक्साइड की कमी, जिससे मृत्यु हो जाती है) देकर अपेक्षाकृत दर्द रहित तरीके से खुद को मारने की अनुमति देता है। इच्छामृत्यु उपकरण, इसके अन्दर जाने वाले व्यक्ति को कांच के कैप्सूल के अंदर ऑक्सीजन के स्तर को एक महत्वपूर्ण स्तर तक नीचे लाने में सक्षम बनाता है।

अतः विकल्प (D) सही है।

82. भारतीय रिजर्व बैंक के उपभोक्ताओं के बैंकनोट सर्वेक्षण के निष्कर्षों से पता चला है कि 100 रुपये सबसे पसंदीदा बैंक नोट था जबकि रुपये। 2,000 सबसे कम पसंदीदा मूल्यवर्ग था।

अतः विकल्प (B) सही है।

83. केंद्रीय मंत्री जितेंद्र सिंह ने 21 अगस्त 2022 को पुणे में "भारत की पहली स्वदेशी रूप से विकसित हाइड्रोजन ईंधन सेल बस" का शुभारंभ किया।

- बस को वैज्ञानिक और औद्योगिक अनुसंधान परिषद (सीएसआईआर) और निजी फर्म केपीआईटी लिमिटेड द्वारा विकसित किया गया है।
- ईंधन सेल बस को बिजली देने के लिए बिजली उत्पन्न करने के लिए हाइड्रोजन और वायु का उपयोग करता है।

अतः विकल्प (A) सही है।

84. सर रामासामी चेट्टी कंदासामी षणमुखम चेट्टी केसीआईई (17 अक्टूबर 1892 - 5 मई 1953) एक भारतीय वकील, अर्थशास्त्री और राजनीतिज्ञ थे, जिन्होंने 1947 से 1949 तक स्वतंत्र भारत के पहले वित्त मंत्री के रूप में कार्य किया।

26 नवंबर 1947 को स्वतंत्र भारत का पहला केंद्रीय बजट आरके षणमुखन चेट्टी द्वारा प्रस्तुत किया गया था।

अतः विकल्प (A) सही है।

85. जोखिम की पहचान एक परियोजना के पूरे जीवनकाल के दौरान की जाती है।

जोखिम की पहचान तकनीक परियोजना की जानकारी का विश्लेषण करने और खतरों और अवसरों की खोज करने के लिए स्थापित तरीके हैं। परियोजना जोखिम प्रबंधन में सबसे लोकप्रिय तकनीकें हैं मंथन, साक्षात्कार, दस्तावेज़ विश्लेषण, जाँच सूची (जोखिम श्रेणियां), मूल कारण विश्लेषण, अनुमान विश्लेषण।

अतः विकल्प (C) सही है।

86. जोखिम भरी गतिविधियों के स्तर को कम करने की प्रक्रिया सबसे पहले नुकसान की आवृत्ति को प्रभावित करती है जो जोखिम से बचने की रणनीति है।

जोखिम से बचाव खतरों, गतिविधियों और जोखिमों का उन्मूलन है जो किसी संगठन की संपत्ति को नकारात्मक रूप से प्रभावित कर सकता है। जबकि जोखिम प्रबंधन का उद्देश्य खतरनाक घटनाओं के नुकसान और वित्तीय परिणामों को नियंत्रित करना है, जोखिम से बचाव पूरी तरह से समझौता करने वाली घटनाओं से बचने का प्रयास करता है।

अतः विकल्प (A) सही है।

87. वह जोखिम जो व्यक्ति की आय अर्जित करने की क्षमता को सीधे प्रभावित करता है, व्यक्तिगत जोखिम कहलाता है।

व्यक्तिगत जोखिम वह है, जो आपको कुछ मूल्यवान खोने के जोखिम के बारे में बताता है। आमतौर पर, व्यक्तिगत जोखिम आपके वित्तीय निवेश और बीमा से जुड़ा होता है। ये निवेश शेयर बाजार, म्युचुअल फंड या दूसरों को दिए गए कर्ज में हो सकते हैं।

अतः विकल्प (A) सही है।

88. लंबी अवधि की फसलों के लिए किसी भी ऋण को एनपीए के रूप में वर्गीकृत किया जाता है, जब मूलधन या ब्याज की किस्त एक फसल के मौसम के लिए अतिदेय रहती है।

लंबी अवधि की फसलों के लिए दिए गए ऋण को एनपीए के रूप में माना जाएगा यदि मूलधन की किस्त या उस पर ब्याज नियत तारीख के बाद एक फसल सीजन के लिए बकाया रहता है।

अतः विकल्प (A) सही है।

89. एक खाते को 'अनियमित' माना जाना चाहिए यदि बकाया राशि लगातार स्वीकृत सीमा/आहरण शक्ति से अधिक रहती है। ऐसे मामलों में जहां मूल परिचालन खाते में बकाया राशि स्वीकृत सीमा/आहरण शक्ति से कम है, लेकिन तुलन पत्र की तारीख को लगातार 90 दिनों तक कोई क्रेडिट नहीं है या क्रेडिट उसी के दौरान डेबिट किए गए ब्याज को कवर करने के लिए पर्याप्त नहीं हैं अवधि, इन खातों को 'अनियमित' माना जाना चाहिए।

अतः विकल्प (B) सही है।

90. भूमि विकास बैंक:

भारत में भूमि विकास बैंक अर्ध-व्यावसायिक प्रकार के हैं। यद्यपि वे सभी सहकारी समिति अधिनियम के तहत पंजीकृत हैं, वे सीमित देयता के सिद्धांत पर आयोजित उधारकर्ताओं के साथ-साथ गैर-उधारकर्ताओं के संघ हैं।

अतः विकल्प (A) सही है।

91. आमतौर पर, बैंकों जैसे ऋण देने वाले संस्थानों द्वारा अधिकतम पांच वर्ष के लिए व्यक्तिगत ऋण की पेशकश की जाती है। हालांकि, कार्यकाल ऋणदाता से ऋणदाता में भिन्न हो सकता है।

अतः विकल्प (B) सही है।

92. हालांकि अधिकांश बैंक और एनबीएफसी व्यक्तिगत ऋण को एक व्यक्ति के लिए 25 लाख रुपये तक सीमित करते हैं। ऋणदाता ऋण स्वीकृत करने से पहले ऋण आवेदकों की मासिक आय और उसमें संभावित वृद्धि का मूल्यांकन करते हैं। ज्यादातर मामलों में व्यक्ति अपनी मासिक आय के 30 गुना तक के व्यक्तिगत ऋण राशि के लिए पात्र होते हैं।

अतः विकल्प (B) सही है।

93. एक उप-मानक परिसंपत्ति एक ऐसी संपत्ति है जिसे 12 महीने से कम समय के लिए एनपीए के रूप में वर्गीकृत किया गया है।

उप-मानक परिसंपत्तियां बैंक, लेखा परीक्षक या निरीक्षक द्वारा पहचाने गए नुकसान वाले ऋण हैं जिन्हें पूरी तरह से बट्टे खाते में डालने की आवश्यकता है। उनके पास आम तौर पर गैर-भुगतान की विस्तारित अवधि होती है, और यह उचित रूप से माना जा सकता है कि इसे चुकाया नहीं जाएगा।

अतः विकल्प (B) सही है।

94. एक परिसंपत्ति को संदिग्ध के रूप में वर्गीकृत किया जाता है यदि वह 12 महीने की अवधि के लिए उप मानक श्रेणी में बनी हुई है।

वह संपत्ति जो इकाई के पास है लेकिन वह 12 महीने से अधिक समय से इकाई के उपयोग में प्रदर्शन नहीं कर रही है या नहीं कर रही है उसे एक संदिग्ध संपत्ति माना जाता है।

अतः विकल्प (B) सही है।

95. पेगासस एसेट्स रिकंस्ट्रक्शन प्राइवेट लिमिटेड में निदेशक मंडल में 7 सदस्य है। पेगासस एक पेशेवर रूप से प्रबंधित कंपनी है। बोर्ड में बैंकिंग और वित्त क्षेत्रों सहित विभिन्न क्षेत्रों के अत्यधिक प्रतिष्ठित नाम शामिल हैं। पेगासस एसेट रिकंस्ट्रक्शन प्राइवेट लिमिटेड के निदेशक विजय कुमार चोपड़ा, नंबी अयंगर रंगाचारी, असित कुमार बसु, सुरेंद्र कुमार टुटेजा, किशोर श्रीनिवासन, प्रकाश वसंतलाल मेहता, मनीष गुप्ता हैं।

अत: सही विकल्प (B) है।

96. भारतीय रिजर्व बैंक (आरबीआई) ने एसेट रिकंस्ट्रक्शन कंपनियों (ARCs) के कामकाज की व्यापक समीक्षा करने के लिए सुदर्शन सेन समिति का गठन किया है। यह छह सदस्यीय समिति है जिसकी अध्यक्षता आरबीआई के पूर्व कार्यकारी निदेशक सुदर्शन सेन करेंगे।

अत: सही विकल्प (A) है।

97. ओटीआर का फुल फॉर्म वन टाइम रिस्ट्रक्चरिंग है।

6 अगस्त, 2020 को, RBI ने ओटीआर योजना की घोषणा की, जिससे बैंकों को उन उधारकर्ताओं के ऋणों का पुनर्गठन करने की अनुमति मिली, जो उनके पुनर्भुगतान में नियमित थे और उनके परिसंपत्ति वर्गीकरण को गैर-निष्पादित संपत्ति में डाउनग्रेड किए बिना, 1 मार्च, 2020 तक 30 दिनों से अधिक का अतिदेय नहीं था। .

अत: सही विकल्प (A) है।

98. बैंक ऑफ बड़ौदा की टैगलाइन भारत का अंतर्राष्ट्रीय बैंक है। बैंक ऑफ बड़ौदा की स्थापना 20 जुलाई 1908 को हुई थी। संजीव चड्ढा बैंक ऑफ बड़ौदा के प्रबंध निदेशक (एमडी) और मुख्य कार्यकारी निदेशक अधिकारी (सीईओ) हैं। बैंक ऑफ बड़ौदा का मुख्यालय वडोदरा, गुजरात में है।

अत: सही विकल्प (C) है।

99. बीसीबीएस का सचिवालय बैंक फॉर इंटरनेशनल सेटलमेंट्स (बीआईएस) द्वारा प्रदान किया जाता है और समिति, अध्यक्ष और उन समूहों के काम का समर्थन करता है जिनके चारों ओर समिति अपना काम करती है।

अत: सही विकल्प (C) है।

100. बेसल-II दिशानिर्देशों के अनुसार, बैंकों को अपने आरडब्ल्यूए की 8% की न्यूनतम पूंजी पर्याप्तता आवश्यकता बनाए रखनी होगी।

बेसल II न्यूनतम नियामक पूंजी अनुपात की गणना के लिए दिशानिर्देश प्रदान करता है और नियामक पूंजी की परिभाषा की पुष्टि करता है और जोखिम-भारित परिसंपत्तियों (आरडब्ल्यूए) पर नियामक पूंजी के लिए 8% न्यूनतम गुणांक है।

अत: सही विकल्प (B) है।

101. बैंकों को निरंतर आधार पर न्यूनतम पिलर 1 कैपिटल टू रिस्क-वेटेड एसेट रेशियो (CRAR) 9% बनाए रखना आवश्यक है।

कैपिटल टू रिस्क (वेटेड) एसेट रेशियो (CRAR) को पूंजी पर्याप्तता अनुपात के रूप में भी जाना जाता है, जो बैंक की पूंजी का उसके जोखिम का अनुपात है। बैंकिंग नियामक यह सुनिश्चित करने के लिए बैंक के सीएआर को ट्रैक करता है कि बैंक उचित मात्रा में नुकसान को अवशोषित कर सकता है और वैधानिक पूंजी आवश्यकताओं का अनुपालन करता है।

अत: सही विकल्प (A) है।

102. सिडबी ने सूक्ष्म, लघु और मध्यम उद्यमों (एमएसएमई) के लिए एक परिसंपत्ति पुनर्गठन वेब मॉड्यूल लॉन्च किया है।

एआरएम-एमएसएमई नाम का मॉड्यूल एमएसएमई को आरबीआई के एमएसएमई पुनर्गठन दिशानिर्देश से लाभान्वित होने में सहायता करेगा। एमएसएमई केवल सबसे आवश्यक डेटा इनपुट करके पुनर्गठन प्रस्ताव तैयार करने में सक्षम होंगे। यह सेवा सिडबी द्वारा एमएसएमई को बिना किसी लागत के दी जा रही है।

अत: विकल्प (D) सही है।

103. विशेष आहरण अधिकार (एसडीआर) आईएमएफ में खाते की एक इकाई के रूप में कार्य करता है। इनका उपयोग केवल आईएमएफ सदस्य ही कर सकता है। विशेष आहरण अधिकार (एसडीआर) न तो मुद्रा है और न ही आईएमएफ पर दावा। बल्कि, यह आईएमएफ सदस्यों द्वारा स्वतंत्र रूप से प्रयोग करने योग्य मुद्राओं पर दावा किया जाता है। इन मुद्राओं के लिए विशेष आहरण अधिकार (एसडीआर) का आदान-प्रदान किया जा सकता है।

विशेष आहरण अधिकार (एसडीआर) का मुद्रा मूल्य, एसडीआर बास्केट की मुद्राओं के बाजार विनिमय दरों के आधार पर अमेरिकी डॉलर में मूल्यों को जोड़कर निर्धारित किया जाता है। विशेष आहरण अधिकार (एसडीआर) बास्केट मुद्रा में डॉलर, यूरो, येन, पाउंड और रॅन्मिन्बी शामिल हैं।

अत: विकल्प (C) सही है।

104. सेबी के पास एक निकाय में तीन शक्तियाँ हैं: अर्ध-विधायी, अर्ध-न्यायिक और अर्ध-कार्यकारी। यह अपनी विधायी क्षमता में नियमों का मसौदा तैयार करता है, अपने कार्यकारी कार्य में जांच और प्रवर्तन कार्रवाई करता है और यह न्यायिक क्षमता में निर्णय और आदेश पारित करता है।

अत: विकल्प (B) सही है।

105. स्वच्छता और पादप स्वच्छता उपायों के अनुप्रयोग पर समझौता - जिसे एसपीएस समझौते के रूप में भी जाना जाता है, विश्व व्यापार संगठन की एक अंतरराष्ट्रीय संधि है। टैरिफ और व्यापार पर सामान्य समझौते के उरुग्वे दौर के दौरान इस पर बातचीत की गई और यह 1995 की शुरुआत में विश्व व्यापार संगठन की स्थापना के साथ लागू हुआ।

अत: विकल्प (B) सही है।

106. बाह्य निष्कर्षण का तात्पर्य जनता द्वारा बैंकिंग प्रणाली से नकदी की निकासी से है। यह बैंकों के रिजर्व को कम करता है और क्रेडिट निर्माण को सीमित करता है। बाह्य निष्कर्षण ऋण निर्माण की एक सीमा हैं क्योंकि बैंकों के भंडार को जनता द्वारा समाप्त कर दिया जाता है इसलिए ऋण निर्माण कम हो जाता है।

अत: सही विकल्प (A) है।

107. राष्ट्रीय आवास बैंक, भारत में आवास वित्त की शीर्ष संस्था, भारतीय रिजर्व बैंक की पूर्ण स्वामित्व वाली सहायक कंपनी है। इसने जुलाई, 1988 से 450 करोड़ रुपये की अधिकृत चुकता पूंजी के साथ काम करना शुरू किया।

राष्ट्रीय आवास बैंक (एनएचबी), भारत में आवास वित्त कंपनियों के समग्र विनियमन और लाइसेंस के लिए शीर्ष नियामक निकाय है। यह वित्त मंत्रालय, भारत सरकार के अधिकार क्षेत्र में है।

अत: सही विकल्प (B) है।

108. भारतीय एक्ज़िम बैंक के प्रमुख कार्यक्रमों के हिस्से के रूप में 'निर्यात करने वाली कंपनियों के लिए वित्त' में पोस्ट-शिपमेंट क्रेडिट शामिल नहीं है।

उदारीकरण के बाद के युग में आयातकों और निर्यातकों को वित्तीय सहायता प्रदान करने के लिए, सरकार ने एक्ज़िम बैंक की स्थापना की है। भारतीय निर्यात और आयात बैंक, जिसे एक्ज़िम बैंक के नाम से जाना जाता है, 1982 में स्थापित किया गया था। यह विदेशी और अंतर्राष्ट्रीय व्यापार के लिए भारत में सर्वोच्च संस्थान है।

अत: सही विकल्प (B) है।

109. आवर्ती जमा एक प्रकार का सावधि जमा है। एक आवर्ती जमा खाता लोगों को पूर्व-निर्धारित अवधि के लिए निश्चित राशि का निवेश करके नियमित जमा करने में सक्षम बनाता है और सावधि जमा समान ब्याज अर्जित करता है।

एक सावधि जमा एक प्रकार का जमा खाता है जहां एक निश्चित अवधि के लिए एकमुश्त राशि ब्याज की सहमत दर पर जमा की जाती है।

अत: सही विकल्प (C) है।

110. भारत में क्षेत्रीय ग्रामीण बैंक का नियामक प्राधिकरण नाबार्ड है। 26 सितंबर 1975 को पारित एक अध्यादेश और आरआरबी अधिनियम 1976 के प्रावधानों के तहत, कृषि और अन्य ग्रामीण क्षेत्रों के लिए उपयुक्त बैंकिंग और ऋण सुविधाएं प्रदान करने के लिए क्षेत्रीय ग्रामीण बैंकों का गठन किया गया था।

नाबार्ड एक विकास बैंक है जिसे कृषि, लघु-स्तरीय विनिर्माण, कुटीर और ग्राम निर्माण, शिल्प और अन्य ग्रामीण शिल्प को बढ़ावा देने और विस्तार करने के लिए ऋण और अन्य सुविधाएं प्रदान करने और विनियमित करने का अधिकार है।

अत: सही विकल्प (A) है।

111. स्थिर कीमतों की केनेसियन धारणा के तहत टेलर नियम के अनुसार निर्धारित मौद्रिक नीति को (A) एक स्थिर ब्याज दर नीति नियम के ध्रुवीय मामलों के बीच एक समझौता के रूप में वर्णित किया जा सकता है; (B) पैसे की आपूर्ति के लिए उत्पादन की अंतर्निहित प्रवृत्ति वृद्धि दर पर बढ़ने का नियम।

टेलर नियम दो निश्चित नियमों के बीच एक समझौता है इसलिए आर्थिक स्थितियों में परिवर्तन के रूप में धन की मात्रा का एक स्वचालित समायोजन होता है। याद रखें कि केंद्रीय बैंक द्वारा प्राप्त संभावित परिणामों पर पैसे की मांग एक बाधा बनी हुई है।

अतः विकल्प (D) सही है।

112. केनेसियन धारणा एक सुविधाजनक विश्लेषणात्मक शॉर्ट कट है और वास्तविकता का एक सटीक विवरण साबित होता है। स्थिर कीमतें यह मानती हैं।

कीनेसियन धारणा अल्पावधि के विश्लेषण के साथ चलती है। जिस अवधि में कीमतें स्थिर रहती हैं उसे अक्सर अल्पावधि कहा जाता है।

अतः विकल्प (A) सही है।

113. सरकार का 2022-23 में 39,44,909 करोड़ रुपये खर्च करने का प्रस्ताव है, जो कि 4.6% अधिक है

2021-22 का संशोधित अनुमान। 2021-22 में कुल खर्च बजट अनुमान से 8.2 फीसदी ज्यादा रहने का अनुमान है।

अतः विकल्प (C) सही है।

114. राज्य सरकार के कर्मचारियों के एनपीएस खाते में नियोक्ता के योगदान पर कर कटौती की सीमा 10 प्रतिशत से बढ़ाकर 14 प्रतिशत कर दी गई है।

राज्य सरकारों के कर्मचारी वित्त वर्ष 2022-23 से अपने नियोक्ता, यानी राज्य सरकार द्वारा किए गए एनपीएस योगदान पर 14% के कर लाभ का दावा कर सकेंगे।

अतः विकल्प (D) सही है।

115. 900,000 किसानों को लाभान्वित करने के लिए 44,000 करोड़ रुपये की लागत से केन-बेतवा नदी लिंक परियोजना शुरू की जाएगी। इस परियोजना के तहत, केन नदी से पानी बेतवा नदी - यमुना नदी की दोनों सहायक नदियों में स्थानांतरित किया जाएगा। यह परियोजना बुंदेलखंड को कवर करेगी, जो सूखा प्रभावित क्षेत्र है, जो उत्तर प्रदेश और मध्य प्रदेश के 13 जिलों में फैला है। परियोजना का काम 8 साल में पूरा होने की उम्मीद है।

अतः विकल्प (D) सही है।

116. भारत अमेरिका और चीन के बाद दुनिया का तीसरा सबसे बड़ा स्टार्ट-अप इकोसिस्टम है। 2022 में छह महीने और भारत ने 16 स्टार्टअप को यूनिकॉर्न क्लब में प्रवेश करते देखा है। इसके साथ, अब तक यूनिकॉर्न क्लब में प्रवेश करने वाले भारतीय टेक स्टार्टअप की कुल संख्या 102 हो गई है। अधिकांश यूनिकॉर्न सेवा क्षेत्र में हैं।

अतः विकल्प (E) सही है।

117. आर्थिक सर्वेक्षण 2022 के अनुसार, चालू वित्त वर्ष में सेवा क्षेत्र के 8.2% बढ़ने का अनुमान है।

अतः विकल्प (D) सही है।

118. केंद्रीय अप्रत्यक्ष कर और सीमा शुल्क बोर्ड ने कपड़े, परिधान और जूते पर एक समान वस्तु और सेवा कर की दर 12 प्रतिशत अधिसूचित की है।

नई दर का उद्देश्य उल्टे शुल्क ढांचे को ठीक करना है और बदली हुई दरें 1 जनवरी, 2022 से लागू होंगी। पहले जीएसटी दर 5 प्रतिशत बिक्री मूल्य के लिए परिधानों के मामले में 1,000 रुपये प्रति पीस और प्रति जोड़ी के मामले में थी। जूते का मामला।

अतः विकल्प (C) सही है।

119. भारत का इक्विटी बाजार पहली बार बाजार पूंजीकरण के मामले में दुनिया की शीर्ष पांच सूची में शामिल हुआ है।

देश का कुल मार्केट कैप 3.21 ट्रिलियन अमेरिकी डॉलर है। पहले चार स्थानों पर अमेरिका (यूएसडी 47.32 ट्रिलियन), चीन (यूएसडी 11.52 ट्रिलियन), जापान (6 ट्रिलियन यूएसडी) और हांगकांग का कब्जा है। भारत के बाद यूके, सऊदी अरब, कनाडा, फ्रांस और जर्मनी का स्थान है।

अतः विकल्प (B) सही है।

120. एक चेक को वैध चेक माना जाता है यदि चेक पर दर्ज की गई तारीख उस वास्तविक तारीख से 3 महीने के भीतर होती है जिस पर इसे प्रस्तुत किया जाता है। उदाहरण के लिए, 10 जनवरी 2015 की तारीख वाला चेक वैध होगा यदि इसे 10 अप्रैल 2015 को या उससे पहले बैंक को प्रस्तुत किया जाता है।

अतः विकल्प (B) सही है।

121. Sentence D is concerned with Domestic flight services competition and is out of context when compared to other given sentences which relate to flight services between India and Hong Kong.

Sentence C is grammatically incorrect. Plural auxiliary verb 'are' will be used in place of 'is'.

Hence, the correct option is (A).

122. Sentence D is out of context and logically incorrect. Here 'field' will be replaced by 'life'. While the rest of the sentences are about diabetes statistics in India, D points towards a particular lifestyle.

Sentence B is both logically and grammatically incorrect. The correct phrase will be 'children as young as'.

Hence, the correct option is (C).

123. Sentence A is out of context compared to other given sentences as elections for Panchayat and Panchayat Samiti are being talked about here.

Sentence C is both logically and grammatically incorrect.

Hence, the correct option is (B).

124. Not a moment too soon: It means at the last possible moment before it is too late; just in the nick of time.

Example: The rescue arrived not a moment too soon.

From the meaning given above, option (B) is the best fit here.

Hence, the correct option is (B).

125. All bark and no bite: Full of talk that is more threatening or impressive than that which one can or will actually do, pretentious, often making cutting remarks, but having a gentle personality underneath.

Example: He always threatens to call the police if I don't stay off his lawn, but he's all bark and no bite.

From the meaning given above, option (C) is the best fit here.

Hence, the correct option is (C).

126. In part I, the error lies in the usage of article the.

- As this part states, a city named Karnal and according to the rules of usage of articles we use the article the before proper noun only when it is qualified by an adjective or a defining adjectival clause and hence, we will not use any article here.

In part II, the error lies in the usage of the helping verb were instead of was.

- As the subject of this sentence, He is singular; hence according to the Subject-Verb agreement rule, the singular helping verb was should follow it.

In part III, the error lies in the usage of the noun associates instead of associate.

- As this part states, a determiner another which refers to one more person or thing of the same kind and hence noun that follow it should be singular hence correct noun to be used here is associate

Correct sentence: He was hiding in Karnal and was dropped at the bypass by another associate on a bike, just 10 minutes before his arrest.

Hence, the correct option is (D).

127. In part I, the error lies in the usage of the verb means instead of mean.

- As this part states, a plural noun emissions; hence according to the Subject-Verb agreement rule, it should follow a singular verb mean.

In part III, the error lies in the usage of the noun emission instead of emissions.

- As this part states, a plural helping verb is after a noun; hence this noun should be plural, that is, emissions according to the Subject-Verb agreement rule.

In part IV, the error lies in the usage of article 'a' instead of 'an'.

- As this part states, an adjective equivalent that gives a vowel sound 'Ek' initially while pronouncing hence the correct article to be used here is an.

Correct sentence: Net zero emissions mean that any new greenhouse gas emissions are balanced by absorbing an equivalent amount from the atmosphere.

Hence, the correct option is (B).

128. Since, the passage is based upon anti-dumping measures. Let's discuss it first. If a company exports a product at a price lower than the price it normally charges on its own home market,

it is said to be "dumping" the product. But many governments take action against dumping in order to defend their domestic industries. This leads to extra import duty of such products. So, it is called anti-dumping duty. Now, the passage focuses on how companies in India are finding ways to hide from anti-dumping duties. Under this, the steel industry has been mostly affected. Thus, strict measures should be taken by the ministry to get safe from any unfortunate results of dumping Chinese steel in India.

Let's find out the meaning of following words :-

Agreeing - have the same opinion about something; concur; to accept a proposal.

Requited - return a favor to someone; avenge.

Contemplated - to look thoughtfully for a long time at.

Antipathetic - showing or feeling a strong aversion; opposed; hostile; refrain.

Clandestine - to keep secret or done secretively, especially because illicit.

Since, the context explains that companies in India are deliberately misclassifying items imported from China. The next statement is followed by adverb 'also', it means this statement also shows opposing meaning to anti-dumping measures. So, options (A) & (C) is eliminated. Now, options (B) & (E) are out of context.

Hence, the correct option is (D).

129. Let's find out the meaning of following words :-

Belligerent - hostile and aggressive.

Lax - not sufficiently strict, severe, or careful.

Noxious - harmful, poisonous, or very unpleasant.

Clearly, there are not strict implementations of anti-dumping duty, that's why anti-dumping framework is suffering now.

Hence, the correct option is (D).

130. Let's find out the meaning of following words :-

Unscrupulous - having or showing no moral principles; not honest or fair.

Ethical - morally good or correct.

Conduit - a person or organization that acts as a channel for the transmission of something.

Permitted - officially allow someone to do something.

Vilified - speak or write about in an abusively disparaging manner; abuse; insult.

Since, despite having anti-dumping duty, this framework is not implemented properly. Clearly, this is not due to ethical elements. Also, options (C), (D) & (E) are out of the context.

Hence, the correct option is (A).

131. Let's find out the meaning of following words :-

Boycotting - withdraw from commercial or social relations with a country, organization, or person as a punishment or protest.

Navigating - plan and direct the course of a ship, aircraft, or other form of transport, especially by using instruments or maps.

Circumventing - overcome a problem or difficulty in a clever and surreptitious way.

Augmenting - make something greater by adding to it; increase.

If we look at the context, it says that the unfair elements are able to import Chinese goods, it means they overcome the difficulty of anti-dumping framework and put them under this framework through misclassification of products.

Hence, the correct option is (C).

132. Let's find out the meaning of following words :-

Dwindling - diminish gradually in size, amount, or strength.

Drubbing - a beating; a thrashing.

Nullify - make legally null and void; invalidate.

Clearly, since these Chinese products come into the domestic market without paying anti-dumping duty. So, it completely voids the measures to protect the domestic market.

Hence, the correct option is (E).

133. Checking A-F:

Through this initiative, teachers at elementary level will be able to acquire scientific temperament and knowledge of other important educational aspects and transfer it to students.

The above sentence is correct both grammatically and contextually.

Checking B-D:

In favour of steering users more towards its Maps, Google has shut down its travel planning app, Trips.

The above sentence too is correct both grammatically and contextually.

Checking C-E:

The mother is about to take her son the waves crashing onto the shore.

The sentence doesn't make any sense contextually. The pair C-E is invalid.
Hence, the correct option is (C).

134. Checking A-E:

External Commercial Borrowing is an instrument used in India to facilitate Indian companies to raise money outside the country in foreign currency.

The above sentence is correct both grammatically and contextually.

Checking C-D:

All these processes can take a year or more to finish.

The above sentence is also correct both grammatically and contextually

Checking B-F:

The elephant has been sedated mildly burnt taste.

The sentence doesn't make any sense contextually. The pair B-F is hence invalid.
Hence, the correct option is (C).

135. Checking A-E:

When done in an orderly fashion, the tissue is restored to normal and no scarring occurs.

The above sentence is correct both grammatically and contextually.

Checking B-F:

I feel a pain in the back pack needed replacement.

The sentence doesn't make any sense contextually. The pair B-F is hence invalid.

Checking C-D:

Those of us who can hear well may not realize that video caption is a blessing from people with hearing issues.

The above sentence is contextually incorrect because of the usage of the preposition 'from' before people. Instead, 'for' should have been used.
Hence, the correct option is (A).

136. In order to answer this question, we must first try to rearrange the sentences meaningfully.

The first sentence in a passage often introduces the main subject or protagonist. Sentence (D) introduces us to an old man who seems to be the protagonist of the story. **Therefore, sentence (D) must be the first in the sequence.**

Our claim is confirmed by the fact that the sentence starts with the word 'once' which is here used to the same effect as the phrase 'once upon a time'. Such phrases always occur in the very first line. The first sentence gives us information about two things. First, that the protagonist is an old man and second, that his economic condition is deplorable.

Sentence (F) continues along the same lines. It tells us the old man's exact age and talks about his decision to change things. This change is definitely a change in economic status. **Therefore, sentence (F) logically follows sentence (D).**

The rest of the passage seems to talk about a recipe. A sentence that introduces the recipe must be antecedent to all the rest. **Sentence (H) introduces the recipe, therefore, it must be third in sequence. The sequence so far is DFH.**

Hence, the correct option is (C).

137. The first sentence in a passage often introduces the main subject or protagonist. Sentence (D) introduces us to an old man who seems to be the protagonist of the story. Therefore, **sentence (D) must be the first in the sequence.** Our claim is confirmed by the fact that the sentence starts with the word 'once' which is here used to the same effect as the phrase 'once upon a time'. Such phrases always occur in the very first line.

Hence, the correct option is (B).

138. The first sentence in a passage often introduces the main subject or protagonist. Sentence (D) introduces us to an old man who seems to be the protagonist of the story. **Therefore, sentence (D) must be the first in the sequence.** Our claim is confirmed by the fact that the sentence starts with the word 'once' which is here used to the same effect as the phrase 'once upon a time'. Such phrases always occur in the very first line.

The first sentence gives us information about two things. First, that the protagonist is an old man and second, that his economic condition is deplorable. Sentence (F) continues along the same lines. It tells us the old man's exact age and talks about his decision to change things. This change is definitely a change in economic status. **Therefore, sentence (F) logically follows sentence (D).**

The rest of the passage seems to talk about a recipe. A sentence that introduces the recipe must be antecedent to all the rest. Sentence (H) introduces the recipe, therefore, it must be third in sequence. **Sentence (H) mentions that the much-loved chicken recipe is the only thing the old man is good at.**

Sentence (G) says 'this was his best shot at making a change'. The 'this' must be a reference to the chicken recipe. **Therefore, sentence (G) follows sentence (H).** Now that we know the old man wishes to use this recipe to help his economic condition, we must look for a sentence that tells us exactly how he does the aforementioned. **Sentence (B) tells us this, so, it is the fifth sentence.** We are told about how the old man plans to capitalise the recipe.

Hence, the correct option is (A).

139. The first sentence in a passage often introduces the main subject or protagonist. Sentence (D) introduces us to an old man who seems to be the protagonist of the story. **Therefore, sentence (D) must be the first in the sequence.** Our claim is confirmed by the fact that the sentence starts with the word 'once' which is here used to the same effect as the phrase 'once upon a time'. Such phrases always occur in the very first line.

The first sentence gives us information about two things. First, that the protagonist is an old man and second, that his economic condition is deplorable. Sentence (F) continues along the same lines. It tells us the old man's exact age and talks about his decision to change things. This change is definitely a change in economic status. **Therefore, sentence (F) logically follows sentence (D).**

The rest of the passage seems to talk about a recipe. A sentence that introduces the recipe must be antecedent to all the rest. **Sentence (H) introduces the recipe, therefore, it must be third in sequence.** Sentence (H) mentions that the much-loved chicken recipe is the only thing the old man is good at. Sentence (G) says 'this was his best shot at making a change'. The 'this' must be a reference to the chicken recipe. **Therefore, sentence (G) follows sentence (H).**

Now that we know the old man wishes to use this recipe to help his economic condition, we must look for a sentence that tells us exactly how he does the aforementioned. **Sentence (B) tells us this.** We are told about how the old man plans to capitalise the recipe. **(E) Logically follows (B) since after knowing the offer we are told about how it was rejected many times.**

Hence, the correct option is (C).

140. The first sentence in a passage often introduces the main subject or protagonist. Sentence (D) introduces us to an old man who seems to be the protagonist of the story. **Therefore, sentence (D) must be the first in the sequence.** Our claim is confirmed by the fact that the sentence starts with the word 'once' which is here used to the same effect as the phrase 'once upon a time'. Such phrases always occur in the very first line.

The first sentence gives us information about two things. First, that the protagonist is an old man and second, that his economic condition is deplorable. Sentence (F) continues along the same lines. It tells us the old man's exact age and talks about his decision to change things. This change is definitely a change in economic status. **Therefore, sentence (F) logically follows sentence (D).** The rest of the passage seems to talk about a recipe. A sentence that introduces the recipe must be antecedent to all the rest. **Sentence (H) introduces the recipe, therefore, it must be third in sequence.**

Sentence (H) mentions that the much-loved chicken recipe is the only thing the old man is good at. Sentence (G) says 'this was his best shot at making a change'. The 'this' must be a reference to the chicken recipe. **Therefore, sentence (G) follows sentence (H).** Now that we know the old man wishes to use this recipe to help his economic condition, we must look for a sentence that tells us exactly how he does the aforementioned. **Sentence (B) tells us this.** We are told about how the old man plans to capitalise the recipe.

(E) Logically follows (B) since after knowing the offer we are told about how it was rejected many times. The sentence ends by telling us about one success and **sentence (C) starts by mentioning the same success. This must be the next line. The only sentence left is (A) and therefore it is the last sentence in the sequence.** Our claim is confirmed by the fact that sentence (A) contains the culmination point of the success story of KFC.

Hence, the correct option is (A).

141. The rate of conviction in SC and ST atrocity cases in the State has reached 22 percent from 10 percent last year due to the proper investigations done by the departments concerned and the increased awareness that enabled the aggrieved persons to get justice. The government has been appointing special public prosecutors in 'most sensational' and long-pending cases and has issued guidelines to increase people's understanding of the SC/ST (Prevention of Atrocities) Act **these measures facilitated speedy disposal of SC and ST atrocity cases.**

The paragraph states the increased conviction rates and the factors that led to this increase.

Hence, the correct option is (D).

142. Recognizing the need to address disorders from growing an addiction to smartphones and video games, the All India Institute of Medical Science has recently set up a special psychiatry OPD for people hooked to their screens. This Behavioral Addiction Clinic reports that many of their patients are school and college students. The obvious fallout from the internet and social media addiction for students is a drastic drop in academic attention, interest and performance. **As virtual technology becomes increasingly engaging and 'real' in feel, it wields greater and greater power to pull us into its grip.** Young developing minds are seriously susceptible to what is proving to be a social and societal malaise. Here's where parents may step in to steer their children gently towards the real.

The passage preceding the blank talks about the consequences of the internet addiction. The part latter to the blank suggests the parents taking measures to steer the kids back to the real life. Only option (A) talks about the reel and real lives.

Hence, the correct option is (A).

143. Take a photo or point the camera on a flower and Google will tell what flower is that. Hover the camera over a restaurant and it will show you reviews and options to book a table. Scan business cards, receipts, connect to Wi-Fi, book movie tickets by pointing the camera at the posters, do it all. Google Lens will be integrated into the Google Assistant. **It is a new recognition engine which can understand both texts and images and come up with relevant smart answers.**

The above passage talks about a new smart image processing and recognition engine.

Hence, the correct option is (E).

144. It is a narrative of the **track** and the consequences of unlawful love.

The evaporation of water must necessarily go on with immensely greater rapidity in the hotter zones than in the colder zones, and all the water which is taken up must, of **track**, again come down.

The accumulated mass of waters would rush with great force and violence down the central valley of the desert, which forms their only outlet, if the passage were narrow, and if it made any considerable descent in its **track** to the sea.

Course is used as a verb in (I)&(II) and as a noun in (III). In (I), a 'narrative' is a story or an account of a series of events and here 'course' refers to the way in which something progresses or develops. In (II), a phrase of course 'of course' which is used to introduce an idea or action as being obvious or to be expected (in this case, the cycle of water). In (III) it the route or direction followed (by a ship, aircraft, road, or river).

Hence, the correct option is (B).

145. When the **time** was approaching in which Cleopatra appeared upon the stage, Rome was perhaps the only city that could be considered as the rival of Alexandria.

Caesar was in the ascendency at Rome at the **time** that Ptolemy made his application for an alliance.

In process of **time** she thought that her position would be strengthened by a marriage with a royal prince from some neighbouring realm.

Vigour- physical strength and good health. None of the options except C would make any of the sentences grammatically or contextually correct. As a subordinating conjunction, 'when' can be placed at the start of a sentence as in (I) indicating 'at or during the time' making 'time' as an appropriate option.' At the

time' is the correct phrase to be used in (II) 'time' meaning 'at a particular moment or period in the past when something happened'. In (III) a phrase of process 'in process of time' meaning 'as time goes on' is to be used.

Hence, the correct option is (C).

146. Bio-engineering is another term for genetic engineering.

It applies engineering principles of design and analysis to biological systems and biomedical technologies.

As stated in the above paragraph, bio-engineering combines the design and problem-solving techniques of engineering with biological and medical sciences to improve health-related and medical problems.

Hence, the correct option is (A).

147. Bio-engineering is another term for genetic engineering and bio-engineers have made many positive changes in many lives today.

As stated in the above paragraph it has become a growing field over the past couple of years.

Hence, the correct option is (C).

148. In general, biological engineers attempt to either mimic biological systems to create products or modify and control biological systems so that they can replace, sustain, or predict chemical and mechanical processes.

After insulin was invented, there were a lot of problems with the purity and the quantity of the insulin produced.

As stated in the above paragraph, biomedical engineering devised a way to produce large quantities of insulin with a higher level of purity, which has saved a lot of human lives.

Hence, the correct option is (B).

149. As stated in the above paragraph, bio-engineering or biomedical engineering first came into being 3000 years ago.

Egyptians are known as the first to dabbled in it.

Hence, the correct option is (A).

150. As stated in the above paragraph, bio-engineering can be traced back to over 3000 years with the Egyptians.

As stated in the above paragraph, they created a wooden prosthesis to replace the big toe. Since then, bio-engineering has developed a great deal.

Hence, the correct option is (A).

151. The antonym of forbid is permit.

Forbid: to not allow something

Permit: to allow somebody to do something or to allow something to happen
Hence, the correct option is (A).

152. The antonym of podgy is thin.

Podgy: (of a person or part of their body) rather fat; chubby.

Thin: having very little fat on the body; not fat
Hence, the correct option is (A).

153. The antonym of seldom is often.

Seldom: not often; rarely

Often: in many cases; commonly
Hence, the correct option is (C).

154. The antonym of degenerate is progress.

Degenerate: to become worse, lower in quality, etc.

Progress: to become better
Hence, the correct option is (C).

155. The antonym of seethe is cool.

Seethe: to be very angry

Cool: calm; not excited or angryHence, the correct option is (B).

156. 'Demon' means 'the devil'.

'Limit' means 'boundary'.

'Capabilities' means 'abilities'.

'Situation' means 'condition'.

'Prances' means 'dances'.

'Fiddle' means 'fraud'.

When the blanks are filled with words in the order given by option (E), the sentence is 'There must be some limit even to the capabilities of a demon for doing harm', which is both grammatically as well as contextually correct.

Hence, the correct option is (E).

157. The meanings of the words are:

Contradictory=> opposed.

Allies=> associates.

Warm=> friendly.

It should read as:

The British occupiers of India and Japan were enemies during World War II, but political relations between the two nations have remained warm since India's independence.

Hence, the correct option is (E).

158. The meanings of the words are:

Assertive=> having or showing a confident and forceful personality.

Grants=> a sum of money given by a government or other organization for a particular purpose.

Rapid=> fast.

Patents=> copyright; balance.

Stoic=> having no feelings.

Measures=> standards.

It should read as:

China has made rapid advances in areas such as education, infrastructure, high-tech manufacturing, academic publishing, patents, and commercial applications and is now in some areas and in some measure, a world leader.

Hence, the correct option is (C).

159. The above lines talk about capitalism. The first half of the sentence explains the meaning of the word 'capitalism'. Therefore, the first blank should have the word 'defined' to explain the meaning.

Since 'capitalism' talks about an economic system, 'trade' and 'industry' will go hand in hand. The third blank will be filled in by the word 'powers' which means 'to give power to'.

Since the other options sound vague, they can be easily omitted.

Therefore, the complete lines are-

Capitalism is defined as an economic system in which a country's trade, industry, and profits are controlled by private companies, instead of by the people whose time and labor powers those companies.

Hence, the correct option is (C).

160. When the blanks are filled with the words in the order given in option (C), the sentence is, 'A keen penetrating insight will not fail to recognize that beneath the manifold variety in India, there is a fundamental unity', which is grammatically and contextually correct.

All other options give us sentences that are grammatically or contextually incorrect.

Hence, the correct option is (C).

161. जब कोई पूरा कथन किसी प्रसंग विशेष में उद्धृत किया जाता है तो लोकोक्ति कहलाता है।

'सिर सहलाए भेजा खाए' लोकोक्ति का अर्थ दोस्त बनकर हानि पहुँचाना है।

वाक्य प्रयोग: शहर में इन दिनों एक ऐसा गिरोह आया हुआ है जो लोगों से दोस्ती करता है और सुनसान में ले जाकर लूटता है, ये तो सिर सहलाए भेजा खाए वाली बात है।

अतः विकल्प (C) सही है।

162. जब कोई पूरा कथन किसी प्रसंग विशेष में उद्धृत किया जाता है तो लोकोक्ति कहलाता है।

'नौ दिन चले अढाई कोस' लोकोक्ति का अर्थ बहुत धीमी गति से काम करना है।

वाक्य प्रयोग: राजू ने दस महीने में मात्र एक पाठ याद किया है। यह तो वही बात हुई – 'नौ दिन चले अढ़ाई कोस'।

अतः विकल्प (A) सही है।

163. 'अधिमूल्यन' अर्थात साधारण मूल्य से अधिक मूल्यवाला।

'अवमूल्यन' अर्थात किसी वस्तु के मूल्य के कम होने या घटने की अवस्था।

'अगवानी' अर्थात आगे बढ़कर स्वागत करना।

'अनाक्रांत' अर्थात जिस पर आक्रमण न किया गया हो।

'अजेय' अर्थात जिसे जीता न जा सके।

उपरोक्त प्रत्येक शब्द के अर्थ के अध्ययन से ज्ञात होता है कि दिए गए शब्द 'अधिमूल्यन' का सही विलोम शब्द 'अवमूल्यन' है।

अतः विकल्प (A) सही है।

164. 'अत्याधिक' अर्थात भरपूर मात्रा।

'अग्रणी' अर्थात जो सबसे आगे रहता हो।

'जलचर' अर्थात जल में विचरने वाले जीव।

'स्वल्प' अर्थात कम।

'जिजीविषु' अर्थात अधिक समया तक जीते रहने को इच्छुक।

उपरोक्त प्रत्येक शब्द के अर्थ के अध्ययन से ज्ञात होता है कि दिए गए शब्द 'अत्याधिक' का सही विलोम शब्द 'स्वल्प' है।

अतः विकल्प (C) सही है।

165. ऐसे शब्द, जिनके अनेक अर्थ होते है, अनेकार्थी शब्द कहलाते है। दूसरे शब्दों में- जिन शब्दों के एक से अधिक अर्थ होते हैं, उन्हें 'अनेकार्थी शब्द' कहते है।

"कामदेव" शब्द "हरि" का अनेकार्थी नहीं है।

'हरि' के अनेकार्थक शब्द हैं - हाथी, विष्णु, पहाड़, सिंह, इन्द्र, घोड़ा, सर्प, बन्दर, वानर, मेढक, यमराज, शिव, कृष्ण, किरण, कोयल, हंस।

अत: विकल्प (D) सही है।

166. ऐसे शब्द, जिनके अनेक अर्थ होते है, अनेकार्थी शब्द कहलाते है। दूसरे शब्दों में- जिन शब्दों के एक से अधिक अर्थ होते हैं, उन्हें 'अनेकार्थी शब्द' कहते है।

"जया" का अनेकार्थी पार्वती, दुर्गा, हरी दूब, पताका, त्रयोदशी, ध्वजा, हरड़ है।

अतः विकल्प (C) सही है।

167. वे प्रत्यय जो क्रिया में जुड़े होते हैं उन्हें तद्धित प्रत्यय कहते हैं। जो प्रत्यय धातुओं को छोड़कर अन्य सभी शब्दों (संज्ञा, सर्वनाम, विशेषण आदि) के अंत में जोड़े जाते हैं। उन्हें तद्धित प्रत्यय (तद्धितांत प्रत्यय) प्रत्यय भी कहते हैं।

अतः विकल्प (B) सही है।

168. "सम्" संस्कृत का उपसर्ग है। "सम्" का अर्थ उत्तम,साथ एवं पूर्ण होता है। "सम्" उपसर्ग से संस्कार शब्द बना है।

अतः विकल्प (A) सही है।

169. उपरोक्त दिए गए विकल्पों में से यदि हम विकल्प (A) के शब्दों का प्रयोग दिए गए वाक्य के रिक्त स्थानों के स्थान पर प्रयोग करते है तो हमे यह ज्ञात होता है कि दोनों ही शब्द वाक्य का अर्थपूर्ण आशय व्यक्त कर रहे है, साथ ही साथ व्याकरण के दृष्टिकोण से भी त्रुटिरहित है। यदि हम विकल्प (B) के शब्दों का प्रयोग दिए गए वाक्य के रिक्त स्थानों के स्थान पर प्रयोग करते है तो हमे यह ज्ञात होता है कि दोनों ही शब्द वाक्य का अर्थपूर्ण आशय व्यक्त कर रहे है, साथ ही साथ व्याकरण के दृष्टिकोण से भी त्रुटिरहित है।

अतः पूर्ण सार्थक वाक्य- प्रेमचंद ने जन/लोगों की भाषा को अपने उपन्यासों के फलक/पृष्ठों पर उभारने का कार्य किया।

अतः विकल्प (D) सही है।

170. विकल्प (A) के शब्दों का प्रयोग दिए गए वाक्य में करने पर दोनों ही शब्द वाक्य का अर्थपूर्ण आशय तो व्यक्त कर रहे है, साथ ही साथ व्याकरण के दृष्टिकोण से भी पूर्णतः शुद्ध है।

पूर्ण सार्थक वाक्य- यह एक ऐसी पीड़ा है जो हमारे अंतःकरण को बहुत गहराई तक प्रभावित करती है।

विकल्प (B) और (C) के शब्दों का प्रयोग दिए गए वाक्य में करने पर दोनों ही शब्द वाक्य का अर्थपूर्ण आशय तो व्यक्त कर रहे है, परन्तु यदि हम वाक्य के प्रथम भाग में दिए गए विकल्प के शब्दों का प्रयोग करते है तो हमे वाक्य के प्रथम भाग में शब्द-समूह "ऐसी दुःख" प्राप्त होता है ,जो कि लिंग चयन के दृष्टिकोण से एक गलत शब्द-समूह है।

अतः विकल्प (A) सही है।

171. उपरोक्त गद्यांश के अध्ययन से यह ज्ञात होता है कि आदर्श नागरिक का कर्तव्य सिर्फ मतदान करना नहीं होता या मनपसंद उम्मीदवार चुनना नहीं होता, आदर्श नागरिक वो है जो अपने सुखों तथा स्वार्थ को दाव पर लगाकर राज्य हित के बारे में सोचे अथवा राज्य को आगे बढ़ाने में सहायता करे। अतः विकल्प A में दिया गया निष्कर्ष गलत है। विकल्प B में दिया गया निष्कर्ष यह दर्शाता है कि आदर्श नागरिक देश के आपात के समय भी हड़ताल करे जो की बिल्कुल गलत है क्योंकि जब देश ही नहीं रहेगा तो वो अपने नागरिकों की मदद नहीं कर सकता। अतः विकल्प B भी गलत है। विकल्प C के अध्ययन से नागरिक में निहित स्वार्थ की भावना झलक रही है। फलस्वरूप विकल्प C भी गलत है। विकल्प D के अध्ययन से यह ज्ञात होता है कि आदर्श नागरिक वह होता है जो अपने स्वार्थ तथा हितों को अनदेखा कर राज्य के उत्थान में अपनी निष्ठा का परिचय देता हो।

अत: विकल्प (D) सही है।

172. दिए गए विकल्पों के अध्ययन से यह ज्ञात कि, विकल्प A में स्वार्थ निहित भावना प्रतीत हो रहा है जो की निष्क्रिय तथा संकुचित विचार है, जिसमें अपनी तरक्की को देश से आगे रखा गया है। विकल्प B और D नागरिकों के अभद्र तथा अमानवीय व्यवहार का परिचय प्रस्तुत कर रहा है जो की एक गलत विकल्प है। विकल्प C इस वाक्य में अपने देश की उन्नति को अपनी महत्वाकांक्षा से परे दर्शाया गया है जो की एक सक्रिय नागरिक का कर्तव्य है इसलिये विकल्प C सही चयन है।

अत: विकल्प (C) सही है।

173. सभी विकल्पों के अध्ययन से यह ज्ञात होता है कि विकल्प A, C, D में एक जिम्मेदार नागरिक में निहित गुणों का उल्लेख किया गया है, जो की प्रश्नानुसार सही विकल्प नहीं है। जबकि विकल्प B सही चुनाव है क्योंकि इसमें नागरिक अपने व्यक्तिगत लाभ के लिये अपने मनपसंद उम्मीदवार को चुन रहा है जो की राज्य की प्रगति तथा उसके हित के लिये गलत साबित होगा।

अत: विकल्प (B) सही है।

174. विकल्प A मे देशहित को व्यक्तिगत लाभ के लिये उसकी गरिमा और अखंडता को दाव पर लगने की बात कही गयी है जो की गलत विकल्प है। विकल्प B में नागरिक का दायित्व कभी-कभार निभाने को बोला गया है जो की गलत चयन है क्योंकि कर्तव्य निर्वहन समय देख कर नहीं बल्कि देश हित को ध्यान में रखते हुए करना चाहिये। अत: विकल्प B सही चयन नहीं है। विकल्प C इस वाक्य में नागरिक को कानून के विरुध्द कार्य करने को कहा जा रहा है जो की असंवैधानिक तथा दंडनीय है। फलस्वरूप यह एक गलत चयन है। तथा विकल्प D इस वाक्य में एक आदर्श नागरिक होने के साथ साथ देश के प्रति अपनी सच्ची निष्ठा दिखाना एक जिम्मेदार नागरिक का कर्तव्य है कोई भी देश अपने नागरिको से यही अपेक्षा रखता है। इसलिय यह एक सही चुनाव है।

अत: विकल्प (D) सही है।

175. नैतिकता आचरण/व्यवहार की एक शाखा है जो समाज के भीतर सही और गलत की अवधारणा को परिभाषित करता है। विभिन्न समाजों द्वारा परिभाषित नैतिकता बहुत हद तक समान है। यह अवधारणा सरल है क्योंकि प्रत्येक इंसान एक-दूसरे से अलग है इसलिए कई बार यह संघर्ष का कारण भी हो सकता है। अत: विकल्प C में दिया गया निष्कर्ष कि "नियोजक एक घटिया नागरिक है" इस अर्थ को दर्शाता है।

अत: विकल्प (C) सही है।

176. 'अंबुनिधि' 'सागर' का पर्यायवाची है। 'अंबुनिधि' के अन्य पर्यायवाची शब्द 'समुंदर, सिंधु, जलधि, उदधि, जलेश' आदि हैं। अन्य विकल्प अनुचित हैं। अत: सही विकल्प 'सागर' है।

पर्यायवाची - एक ही अर्थ में प्रयुक्त होने वाले शब्द, जो बनावट में भले ही अलग हों। 'पर्यायवाची-शब्द' को 'समानार्थी-शब्द' भी कहा जाता है।

जैसे - **आग** - अनल, पावक, दहन, वह्नि, कृशानु, हुताशन आदि।

शब्द	पर्यायवाची
जल	अंबु, पानी, नीर, क्षीर, सलिल
कमल	अंबुज, पंकज, नीरज, वारिज
मेघ	अंबुद, बादल, घन, घनश्याम
उरग	सर्प, नाग, विषधर, व्याल

अत: विकल्प (C) सही है।

177. 'नर्तकप्रिय' मोर का पर्यायवाची शब्द है।

शहद - मधु

हिरण - मृग

मरण - मृत्यु

मुक्ति - मोक्ष

अत: विकल्प (A) सही है।

178. प्रिय व्यक्ति या वस्तु के विनष्ट होने से हृदय में उत्पन्न शोक स्थायी भाव करुण रस के रूप में व्यक्त होता है। उपर्युक्त पंक्तियों में करुण रस है। स्थायी भाव- शोक; आलम्बन- पति की अकाल मृत्यु; उद्दीपन-मुकुट और हल्दी लगे हाथों को देखना; अनुभाव- रुदन, संचारी भाव- स्मृति, चिन्ता और विषाद।

किसी प्रकार की दुख से संबंधित अनुभूति से प्रेरित काव्य रचना को पढ़ने से करुण रस उत्पन्न होता हैं। प्रिय वस्तु या इष्ट वस्तु के नाश से जो दुःख की अनुभूति होती है, उसे शोक कहते हैं। यही शोक नामक स्थायी भाव जब विभाव, अनुभाव और संचारी विभाव के संयोग से रस रूप में परिणत होता है तो उसे करुण ररा कहतो हैं।

अत: विकल्प (D) सही है।

179. "सोभित कर नवनीत लिए" में वात्सल्य रस है।

जो भाव 'शिशु संबंधी प्रेम' या 'संतान प्रेम' अर्थात वात्सल्य नामक स्थायी भाव को जाग्रत करता है, उसे 'वात्सल्य रस' माना जाता है। इसमें शिशु के पालने से उत्पन्न प्रेम की अभिव्यक्ति होती है।

अत: विकल्प (B) सही है।

180. सर्वश्रेष्ठ रस श्रृंगार रस को माना जाता है।

सर्वश्रेष्ठ रस श्रृंगार रस को माना जाता है। श्रृंगार रस की परिभाषा के अनुसार – जहां काव्य में 'रति' नामक स्थायी भाव, विभाव, अनुभाव और संचारी भावों से पुष्ट होकर रस में परिणत होता है वहां श्रृंगार रस होता है। श्रृंगार रस के दो प्रकार के भेद (i) संयोग श्रृंगार (ii) वियोग श्रृंगार होते हैं।

अत: विकल्प (C) सही है।

181. काव्य में रस मुख्यतः 9 माने जाते हैं: श्रृंगार रस, हास्य रस, करुण रस, रौद्र रस, वीर रस, भयानक रस, वीभत्स रस, अद्भुत रस एवं शांत रस।

भरत ने नाट्यशास्त्र में मूलतः नौ रसों को ही मान्यता दी। भक्ति को भाव माना जाय या रस इस पर काव्यशास्त्रियों ने किंचित् विवेचन किया। मम्मट ने सर्वप्रथम "काव्य-प्रकाश" में भगवद्-विषयक रति को स्वतंत्र भाव की संज्ञा दी। आगे चलकर पंडितराज जगन्नाथ ने "रस गंगाधर" में इस मान्यता पर प्रश्नचिह्न लगाया। हालाँकि परवर्ती साहित्य परंपरा में वात्सल्य रस और भक्ति रस को नौ-रसों के विस्तार के रूप में स्वीकृत कर लिया गया।

अत: विकल्प (C) सही है।

182. 'अनुराग' वात्सल्य रस का स्थायी भाव है। माता का पुत्र के प्रति प्रेम, बड़ों का बच्चों के प्रति प्रेम, गुरुओं का शिष्य के प्रति प्रेम, बड़े भाई का छोटे भाई के

प्रति प्रेम आदि भाव स्नेह कहलाता है यही स्नेह का भाव परिपुष्ट होकर वात्सल्य रस कहलाता है।

अत: विकल्प (B) सही है।

183. "हिमाद्रि तुंग श्रृंग से, प्रबुद्ध शुद्ध भारती। स्वयंप्रभा समुज्ज्वला, स्वतंत्रता पुकारती॥" इन पंक्तियों में वीर रस है। इन पंक्तियों के माध्यम से पाठक के हृदय में चित्त में जोश, वीरता, उल्लास आदि की भावना उत्पन्न करने का प्रयास किया गया है। वीर रस का स्थायी भाव उत्साह होता है, युद्ध अथवा कठिन कार्य को करने के लिए मन में जो उत्साह की भावना विकसित होती है उसे ही वीर रस कहते हैं।

जब काव्य में उमंग, उत्साह और पराक्रम से संबंधित भाव का उल्लेख होता हैं तब वहां वीर रस की उत्पत्ति होती हैं। जिस प्रसंग अथवा काव्य में वीरता युक्त भाव प्रकट हो, जिसके माध्यम से उत्साह का प्रदर्शन किया गया हो वहां वीर रस होता हैं।

अत: विकल्प (C) सही है।

184. 'सोमवार के दिन घूमने जाएंगे।' वाक्य में संज्ञा संबंधी अशुद्धि है। इस वाक्य में अनावश्यक संज्ञा का प्रयोग किया गया है।

'सोमवार के दिन' के स्थान पर सिर्फ 'सोमवार' ही उचित है क्योंकि 'वार' शब्द का अर्थ 'दिन' होता है। इसलिए यहाँ पर अनावश्यक संज्ञा का इस्तेमाल किया गया है जो कि अनुचित है।

अत: विकल्प (B) सही है।

185. उपर्युक्त वाक्य में "मोहन जानता है की" में की के स्थान पर कि का प्रयोग सही होगा।

सही वाक्य है "मोहन जानता है कि शायद उसका मित्र बीमार है इसीलिए वह यहाँ नहीं आया।"

वाक्य शुद्धि: वाक्य भाषा की अत्यंत महत्वपूर्ण इकाई है। इसलिए लिखने या बोलने के समय यह ध्यान रखना चाहिए कि वह स्पष्ट और व्याकरणिक दृष्टि से शुद्ध हो। वाक्यों के विभिन्न अंग यथास्थान होने चाहिए।

अत: विकल्प (A) सही है।

186. दिए गए विकल्पों में 'चौदह' शब्द तद्भव है। चौदह शब्द तद्भव है क्योंकि इसकी उत्पत्ति संस्कृत शब्द चतुर्दश से हुई है। चौदह का अर्थ है जो दस से चार अधिक हो। चत्वारि और चतुर्थ का अर्थ चार होता है और अगम्य का अर्थ है जहाँ जाने योग्य न हो।

ऐसे शब्द जो संस्कृत से हिंदी में आने पर उनका रूप बदल गया हो तद्भव शब्द कहलाते हैं, जैसे - आग, खीर, छत आदि।

अत: विकल्प (C) सही है।

187. भीतर यहाँ सही विकल्प है, अन्य सभी विकल्प यहाँ असंगत है।

आभ्यंतर एक तत्सम शब्द है जबकि इसका तद्भव भीतर होता है।

अत: विकल्प (B) सही है।

188. दिए गए वाक्य के लिए उपयुक्त एक शब्द अन्तर्यामी है।

अन्तर्भेदी - अंदर का भेद लेने वाला।

अन्वेषक - शोधकर्ता, खोजबीन करके तथ्यों का पता लगाने वाला।

अंतर्देशीय - किसी देश के अन्दर होने वाला।

अतीन्द्रिय - वह जो इन्द्रियों के अनुभव के परे हो।

अत: विकल्प (C) सही है।

189. दिए गए वाक्य के लिए उपयुक्त एक शब्द आद्योपान्त है।

सर्वांग - जो अपंग न हो।

अनादि - जिसका आदि या आरंभ न हो।

आजीवन - जीवन के आरम्भ से लेकर अंतिम समय तक।

अनन्त - जिसका कोई अन्त न हो।

अतः विकल्प (A) सही है।

190. सुंदर जातिवाचक संज्ञा नहीं है जो संज्ञा शब्द एक प्रकार के प्राणी अथवा वस्तु का बोध कराते हैं। उन्हें जातिवाचक संज्ञा कहते हैं।

अतः विकल्प (C) सही है।

191. परिषद शब्द स्त्रीलिंग नहीं है।

जिन शब्दों से स्त्री जाति का बोध होता है उन्हें स्त्रीलिंग शब्द कहते हैं। जैसे - माता, बहन, यमुना, गंगा, कुरसी, छड़ी, नारी बुआ, लड़की, लक्ष्मी, गाय आदि।

अतः विकल्प (D) सही है।

192. निश्चयवाचक सर्वनाम शब्द यह है।

निश्चयवाचक सर्वनाम की परिभाषा: जिन सर्वनाम शब्दों से किसी दर के या समीप वस्तु, व्यक्ति प्राणियों या स्थान, घटना-व्यापार की निश्चितता का जिक्र हो, उन शब्दों को निश्चयवाचक सर्वनाम कहा जाता हैं। जैसे- यह, ये, उस, इस, वे आदि।

अतः विकल्प (D) सही है।

193. चिड़िया आकाश में उड़ रही है- इस वाक्य में 'उड़ रही' क्रिया अकर्मक क्रिया है।

क्रिया का वह रूप जिसमें क्रिया द्वारा होने वाले व्यापार का फल कर्म पर न पड़कर कर्ता पर पड़ता हो उसे अकर्मक क्रिया कहते हैं। अकर्मक का अर्थ कर्म रहित होता है, अर्थात जिस वाक्य में अकर्मक क्रिया होगी उस वाक्य में कर्म अनुपस्थित होगा। अकर्मक क्रिया में कर्म का प्रयोग किए बिना ही वाक्य का पूर्ण भाव स्पष्ट हो जाता है। जैसे:-

लड़का चलता है। इस वाक्य में 'चलता है' क्रिया व्यापार और उसका फल वाक्य के कर्ता 'लड़का' पर पड़ रहा है; इसलिए 'चलता है। क्रिया अकर्मक क्रिया है।'

अतः विकल्प (A) सही है।

194. सदा स्त्रीलिंग वाला शब्द पक्षी है।

जिन शब्दों से स्त्री जाति का बोध होता है उन्हें स्त्रीलिंग शब्द कहते हैं। जैसे - माता, बहन, यमुना, गंगा, कुरसी, छड़ी, नारी बुआ, लड़की, लक्ष्मी, गाय आदि।

अतः विकल्प (A) सही है।

195. प्रस्तुत अवतरण में भारतीय भाषाओं की बात की गयी है और पाठ्यक्रम में भाषाओं का इस्तेमाल किस प्रकार होना चाहिए इसकी चर्चा की गयी है। पाठ्यक्रम और भाषा के सन्दर्भ में 'कठिन' का प्रयोग उचित नहीं है, 'सरल' और 'आसान' समानार्थी शब्द हैं और इनका प्रयोग भी दोनों की अर्थवत्ता को उजागर नहीं करता। अतः 'गंभीर' एक मात्र ऐसा शब्द है जो पाठ्यक्रम और भाषा दोनों की अर्थवत्ता का वहन करता है।

अतः विकल्प (C) सही है।

196. निम्न विकल्पों में पाठ्यक्रम उचित है क्योंकि इतिहास, दर्शन और साहित्य यह तीनों इसी के भाग हैं और भाषा किसी एक विषय के अधीन नहीं होती। अतः उचित विकल्प होगा पाठ्यक्रम।

अतः विकल्प (B) सही है।

197. किसी भी भाषा की स्वीकृति सबसे पहले उसकी संस्कृति से आरम्भ होती है। अतः अवतरण के अनुसार भाषा किसी पाठ्यक्रम पर आधारित ना होकर सांस्कृतिक परम्पराओं पर आधारित होती है। साहित्यिक, मनोवैज्ञानिक और

भौगोलिक क्षेत्र वह स्वयं प्रयोग कर लेगी अगर वह संस्कृति से होकर गुजरेगी। अतः सांस्कृतिक सही विकल्प है।

अतः विकल्प (A) सही है।

198. भाषा किसी भी संस्कृति की 'पूर्ति' नहीं करती, नायह किसी 'वाहन' के समान कार्य करती है और ना ही भाषा से किसी का 'दहन' होता है बल्कि भाषा अपनी 'संस्कृति' का प्रतिनिधित्व करती है। अतः प्रतिनिधि सही विकल्प है।

अतः विकल्प (A) सही है।

199. भारतीय समाजशास्त्र के अनुसार भारतीय धर्म को सबसे ऊपर माना गया है और उच्चतम, न्यूनतम या मध्यम के स्थान पर यहाँ सर्वोपरि का प्रयोग उचित है।

अतः विकल्प (C) सही है।

200. 'दिग्गज' का सन्धि विच्छेद दिक् + गज होता है यहाँ व्यंजन सन्धि है।

यदि प्रथम वर्ण + घोष वर्ण (पंचम वर्ण को छोड़कर) आये तो प्रथम वर्ण अपने वर्ग के तृतीय वर्ण में रूपांतरित हो जाएगा। जैसे – वाक् + दान = वाग्दान, उत् + अय = उदय। व्यंजन संधि के नियम के अनुसार किसी भी वर्ग का पहला वर्ण (क, च, त आदि) + घोष वर्ण (तीसरा या चौथा वर्ण, स्वर तथा अन्तस्थ (य, र, ल, व)) आये तो पहला वर्ण अपने वर्ग के तीसरे वर्ण में रूपांतरित हो जाता है।

अतः विकल्प (A) सही है।

201. दिया है:

2 वर्षों के बाद साधारण ब्याज = 2400

2 वर्षों के बाद चक्रवृद्धि ब्याज = 2544

अवधारणा:

यदि मूलधन और ब्याज की दर स्थिर है तो प्रत्येक वर्ष के लिए साधारण ब्याज का मान हमेशा समान है।

प्रयोग किया गया सूत्र:

साधारण ब्याज = $\dfrac{PrT}{100}$

जहाँ P = मूलधन

r = प्रति वर्ष ब्याज की दर

T = समय

गणना:

माना कि मूलधन P है और ब्याज की दर r है।

पहले वर्ष का साधारण ब्याज = $\dfrac{2400}{2}$ = 1200

2 वर्षों के लिए चक्रवृद्धि ब्याज = 2 वर्षों के लिए साधारण ब्याज + पहले वर्ष के साधारण ब्याज का r%

⇒ 2544 = 2400 + r% of 1200

⇒ 12r = 144

⇒ r = 12

अब,

$2400 = \dfrac{(P \times 12 \times 2)}{100}$

∴ मूलधन (P) = 10000 रुपए

अतः विकल्प (D) सही है।

202. दिया गया है,

हरी कुर्सियों की संख्या $= 2$

पीली कुर्सियों की संख्या $= 3$

नीली कुर्सियों की संख्या $= 4$

कुर्सियों की कुल संख्या $= 9$

कुल 9 कुर्सियों में से 3 कुर्सियों का चयन करने के कुल तरीके $= {}^9C_3$

$$= \frac{9 \times 8 \times \times 7 \times 6!}{3 \times 2 \times 1 \times 6!}$$

$$= 84$$

अब हमें एक पीली कुर्सी भी नहीं चाहिए।

तो, अब, हमें 6 कुर्सियों में से 3 कुर्सियों का चयन करना चाहिए (2 हरी और 4 नीली) $= {}^6C_3$

$$= \frac{6 \times 5 \times \times 4 \times 3!}{3 \times 2 \times 1 \times 3!}$$

$$= 20$$

कम से कम 1 पीली कुर्सी चुनने के तरीके = कुल तरीके - कोई पीली कुर्सी नहीं

$$= 84 - 20$$

$$= 64$$

अत. विकल्प (C) सही है।

203. दिया गया है,

देश यूरोपीय संघ द्वारा प्रति व्यक्ति कार्बन उत्सर्जन = 7 टन

वर्ष 2015 में वैश्विक स्तर पर किया गया कुल कार्बन उत्सर्जन = 3.6 करोड़ किलोटन

देश यूरोपीय संघ द्वारा कुल कार्बन उत्सर्जन का प्रतिशत = 10%

जैसा कि हम जानते हैं,

1 किलोटन = 1000 टन

यूरोपीय संघ का कुल कार्बन उत्सर्जन $= (3.6 \text{ करोड़}) \times \dfrac{10}{100}$

= (3.6 करोड़) × 0.1

= 0.36 करोड़ किलोटन

= 360 करोड़ टन

दिया गया है,

प्रति व्यक्ति कार्बन उत्सर्जन = (देश का कुल कार्बन उत्सर्जन) / (देश की आबादी)

$\therefore$ यूरोपीय संघ की अनुमानित आबादी $= \left[\dfrac{360}{7}\right]$ करोड़

= 51.42 करोड़

अतः विकल्प (C) सही है।

204. दिया गया है,

देश चीन द्वारा प्रति व्यक्ति कार्बन उत्सर्जन = 7.5 टन

वर्ष 2015 में वैश्विक स्तर पर किया गया कुल कार्बन उत्सर्जन = 3.6 करोड़ किलोटन

देश चीन द्वारा कुल कार्बन उत्सर्जन का प्रतिशत = 30%

देश भारत द्वारा प्रति व्यक्ति कार्बन उत्सर्जन = 2 टन

देश भारत द्वारा कुल कार्बन उत्सर्जन का प्रतिशत = 7%

जैसा कि हम जानते हैं,

1 किलोटन = 1000 टन

चीन का कुल कार्बन उत्सर्जन $= (3.6 \text{ करोड़}) \times \dfrac{30}{100}$

= (3.6 करोड़) × 0.3 किलोटन

= 1.08 करोड़ किलोटन

= 1080 करोड़ टन

दिया गया है,

प्रति व्यक्ति कार्बन उत्सर्जन = (देश का कुल कार्बन उत्सर्जन) / (देश की आबादी)

$\therefore$ चीन की आबादी $= \left[\dfrac{1080}{7.5}\right]$ करोड़

= 144 करोड़

भारत का कुल कार्बन उत्सर्जन $= (3.6 \text{ करोड़}) \times \dfrac{7}{100}$

= (3.6 करोड़) × 0.07 किलोटन

= 0.252 करोड़ किलोटन

= 252 करोड़ टन

$\therefore$ भारत की आबादी $= \left[\dfrac{252}{2}\right]$ करोड़

= 126 करोड़

$\therefore$ चीन और भारत के आबादी का अंतर = 144 – 126

= 18 करोड़

अतः विकल्प (A) सही है।

205. दिया गया है,

वर्ष 2015 में वैश्विक स्तर पर किया गया कुल कार्बन उत्सर्जन = 3.6 करोड़ किलोटन

देश अमेरिका द्वारा प्रति व्यक्ति कार्बन उत्सर्जन = 16 टन

देश अमेरिका द्वारा कुल कार्बन उत्सर्जन का प्रतिशत = 15%

देश रूस द्वारा प्रति व्यक्ति कार्बन उत्सर्जन = 12.5 टन

देश रूस द्वारा कुल कार्बन उत्सर्जन का प्रतिशत = 5%

जैसा कि हम जानते हैं,

1 किलोटन = 1000 टन

अमेरिका का कुल कार्बन उत्सर्जन $= (3.6 \text{ करोड़}) \times \dfrac{15}{100}$

= (3.6 करोड़) × 0.15

= 0.54 करोड़ किलोटन

= 540 करोड़ टन

दिया गया है,

प्रति व्यक्ति कार्बन उत्सर्जन = (देश का कुल कार्बन उत्सर्जन) / (देश की आबादी)

$\therefore$ अमेरीका में आबादी $= \left[\dfrac{540}{16}\right]$ करोड़

= 33.75 करोड़

रूस का कुल कार्बन उत्सर्जन = (3.6 करोड़) $\times \dfrac{12.5}{100}$

= (3.6 करोड़) × 0.05 किलोटन

= 0.18 करोड़ किलोटन

= 180 करोड़ टन

$\therefore$ रूस की आबादी $= \left[\dfrac{180}{12.5}\right]$ करोड़

= 14.4 करोड़

$\therefore$ आवश्यक अनुपात = 33.75 : 14.4

= 75 : 32

अतः विकल्प (B) सही है।

206. दिया गया है,

वर्ष 2015 में वैश्विक स्तर पर किया गया कुल कार्बन उत्सर्जन = 3.6 करोड़ किलोटन

जैसा कि हम जानते हैं,

1 किलोटन = 1000 टन

$\therefore$ वर्ष 2015 में वैश्विक स्तर पर किया गया कुल कार्बन उत्सर्जन = 3600 करोड़ टन

और वैश्विक स्तर पर प्रति व्यक्ति कार्बन उत्सर्जन = 5 टन

दिया गया है,

प्रति व्यक्ति कार्बन उत्सर्जन = (देश का कुल कार्बन उत्सर्जन) / (देश की आबादी)

$\therefore$ विश्व की आबादी $= \left[\dfrac{3600}{5}\right]$ करोड़

= 720 करोड़

चूँकि जापान की आबादी विश्व की आबादी का 1.75% है।

$\therefore$ जापान की आबादी = 720 करोड़ $\times \dfrac{1.75}{100}$

= 720 करोड़ × 0.0175

= 12.6 करोड़

अतः विकल्प (D) सही है।

207. दिया गया है,

देश चीन द्वारा प्रति व्यक्ति कार्बन उत्सर्जन = 7.5 टन

वर्ष 2015 में वैश्विक स्तर पर किया गया कुल कार्बन उत्सर्जन = 3.6 करोड़ किलोटन

देश चीन द्वारा कुल कार्बन उत्सर्जन का प्रतिशत = 30%

जैसा कि हम जानते हैं,

1 किलोटन = 1000 टन

चीन का कुल कार्बन उत्सर्जन = (3.6 करोड़) $\times \dfrac{30}{100}$

= (3.6 करोड़) × 0.3 किलोटन

= 1.08 करोड़ किलोटन

= 1080 करोड़ टन

दिया गया है,

प्रति व्यक्ति कार्बन उत्सर्जन = (देश का कुल कार्बन उत्सर्जन) / (देश की आबादी)

$\therefore$ चीन की आबादी $= \left[\dfrac{1080}{7.5}\right]$ करोड़

= 144 करोड़

अतः विकल्प (B) सही है।

208. I. $10x^2 - 23x + 12 = 0$

$\Rightarrow 10x^2 - 15x - 8x + 12 = 0$

$\Rightarrow 5x(2x - 3) - 4(2x - 3) = 0$

$\Rightarrow (5x - 4)(2x - 3) = 0$

$\Rightarrow x = \dfrac{4}{5}$ या $x = \dfrac{3}{2}$

II. $35y^2 - 73y + 36 = 0$

$\Rightarrow 35y^2 - 45y - 28y + 36 = 0$

$\Rightarrow 5y(7y - 9) - 4(7y - 9) = 0$

$\Rightarrow (5y - 4)(7y - 9) = 0$

$\Rightarrow y = \dfrac{4}{5}$ या $y = \dfrac{9}{7}$

इस प्रकार, x और y के बीच संबंध स्थापित नहीं किया जा सकता है।

x	Y	संबंध
$\dfrac{4}{5}$	$\dfrac{4}{5}$	x = y
$\dfrac{4}{5}$	$\dfrac{9}{7}$	y > x
$\dfrac{3}{2}$	$\dfrac{4}{5}$	x > y
$\dfrac{3}{2}$	$\dfrac{9}{7}$	x > y

अतः विकल्प (E) सही है।

209. I. $49x^2 + 49x + 12 = 0$

$\Rightarrow 49x^2 + 28x + 21x + 12 = 0$

$\Rightarrow 7x(7x + 4) + 3(7x + 4) = 0$

$\Rightarrow (7x + 3)(7x + 4) = 0$

$\Rightarrow x = -\dfrac{3}{7}$ या $x = -\dfrac{4}{7}$

II. $49y^2 + 77y + 18 = 0$

$\Rightarrow 49y^2 + 63y + 14y + 18 = 0$

$\Rightarrow 7y(7y + 9) + 2(7y + 9) = 0$

$\Rightarrow (7y + 2)(7y + 9) = 0$

$\Rightarrow y = -\frac{2}{7}$ या $y = -\frac{9}{7}$

$x = -\frac{3}{7}, \; y = -\frac{2}{7}$

$x = -\frac{4}{7}, \; y = -\frac{9}{7}$

इस प्रकार, x और y की बीच संबंध स्थापित नहीं किया जा सकता है।

x	Y	संबंध
$\frac{-3}{7}$	$\frac{-2}{7}$	y > x
$\frac{-3}{7}$	$\frac{-9}{7}$	y < x
$\frac{-4}{7}$	$\frac{-2}{7}$	y > x
$\frac{-4}{7}$	$\frac{-9}{7}$	y < x

अतः विकल्प (E) सही है।

210. I. $x^2 - 25x + 156 = 0$

$\Rightarrow x^2 - 13x - 12x + 156 = 0$

$\Rightarrow x(x - 13) - 12(x - 13) = 0$

$\Rightarrow (x - 12)(x - 13) = 0$

$\Rightarrow x = 12$ या $x = 13$

II. $y^2 - 19y + 84 = 0$

$\Rightarrow y^2 - 12y - 7y + 84 = 0$

$\Rightarrow y(y - 12) - 7(y - 12) = 0$

$\Rightarrow (y - 7)(y - 12) = 0$

$\Rightarrow y = 7$ या $y = 12$

$x = 12, \; y = 7$

$x = 13, \; y = 12$

x	Y	संबंध
12	7	x > y
12	12	y = x
13	7	x > y
13	12	x > y

इस प्रकार, y ≤ x

अतः विकल्प (B) सही है।

211. माना सैकड़े के स्थान का अंक x है।

तब इकाई का अंक $= 4x$

और दहाई का अंक $= 3x$

तो, संख्या $= 100x + 30x + 4x$

$= 134x$

जैसा कि दिया गया है, यदि इकाई के स्थान और दहाई के स्थान के अंक को आपस में बदल दिया जाता है, तो

सैकड़े के स्थान का अंक $= x$

दहाई का अंक $= 4x$

और इकाई का अंक $= 3x$

इस प्रकार बनी नई संख्या $= 100x + 40x + 3x$

$= 143x$

प्रश्न के अनुसार,

$143x - 134x = 18$

$\therefore x = 2$

मूल संख्या $= 134 \times 2$

$= 268$

$\therefore$ मूल संख्या का 50% $= 268$ का 50%

$= 134$

अतः विकल्प (C) सही है।

212. दिया गया है:

अधिकारियों की संख्या = 30

अधिकारियों का औसत वेतन = 1040 रुपए

गैर-अधिकारियों का औसत वेतन = 400

कार्यालय में पूरे स्टाफ का औसत वेतन (अधिकारी + गैर-अधिकारी) प्रति माह = 500 रुपए

माना कार्यालय में गैर-अधिकारियों की संख्या = x

अब, प्रश्न के अनुसार:

$\Rightarrow 400x + 1040 \times 30 = 500(30 + x)$

$\Rightarrow 400x + 1040 \times 30 = 500 \times 30 + 500x$

$\Rightarrow 100x = 30(1040 - 500)$

$\Rightarrow 100x = 30(540)$

$\Rightarrow x = 162$

आवश्यक औसत $= \frac{30 + 162}{2}$

$= 96$

अतः विकल्प (D) सही है।

213. दिया है:

कुल कर्मचारी = 50

कार्य पूरा करने के लिए 50 कर्मचारियों द्वारा समय लिया जाता है = 23 दिन

प्रत्येक 5 दिनों के बाद, 5 कर्मचारी अधिक जुड़ते हैं।

सूत्र:

कुल कार्य = कुल कर्मचारी × कुल समय

गणना:

कुल कर्मचारी = 50

कार्य पूरा करने के लिए 50 कर्मचारियों द्वारा लिया गया समय = 23 दिन

तो कुल कार्य = 50 × 23 = 1150 इकाई

तो 50 कर्मचारियों द्वारा पहले 5 दिनों में किया गया कार्य = 5 × 50 = 250 इकाई

प्रत्येक 5 दिनों के बाद, 5 कर्मचारी अधिक जुड़ते हैं।

5 दिनों के बाद कुल कर्मचारी = 50 + 5 = 55

तो 55 कर्मचारियों द्वारा अगले 5 दिनों में किया गया कार्य = 5 × 55 = 275 इकाई

5 दिनों के बाद फिर से कुल कर्मचारी = 55 + 5 = 60

इसलिए 60 कर्मचारियों द्वारा अगले 5 दिनों में कार्य किया जाए = 5 × 60 = 300 इकाई

5 दिनों के बाद फिर से कुल कर्मचारी = 60 + 5 = 65

तो 65 कर्मचारियों द्वारा अगले 5 दिनों में किया गया कार्य = 5 × 65 = 325 इकाई

कुल किया गया कार्य = 250 + 275 + 300 + 325 = 1150 इकाई

इस प्रकार कुल कार्य होता है।

अब कर्मचारियों को कार्य पूरा करने में समय लगेगा = 5 + 5 + 5 + 5 = 20 दिन

∴ 20 दिन में काम पूरा हो जाएगा

अतः विकल्प (C) सही है।

214. दिया है:

सम्राट और कमलेश को एक साथ कार्य करने में समय लगा = 18 दिन

गणना:

माना, सम्राट और कमलेश ने अकेले कार्य करने के लिए क्रमशः x और y समय लिया।

तो, सम्राट और कमलेश का 1 दिन का कार्य क्रमशः $\dfrac{1}{x}$ और $\dfrac{1}{y}$ के बराबर है।

कुल कार्य $\left(\dfrac{1}{x}\right) + \left(\dfrac{1}{y}\right) = \dfrac{1}{18}$ ----(i)

सम्राट ने तिगुनी दक्षता के साथ कार्य किया और कमलेश ने अपनी आधी दक्षता के साथ काम किया और कार्य खत्म होने में उतना ही समय लगेगा।

सम्राट का 1 दिन का कार्य = $\dfrac{3}{x}$

कमलेश का 1 दिन का कार्य = $\dfrac{1}{2y}$

कार्य खत्म करने के लिए उनके द्वारा लिया गया समय = 18 दिन

कुल कार्य $\dfrac{3}{x} + \dfrac{1}{2y} = \dfrac{1}{18}$ ----(ii)

(i) को 3 से गुणा करने और (ii) को (i) से घटाने पर,

$$\dfrac{3}{x} + \dfrac{3}{y} - \dfrac{3}{x} - \dfrac{1}{2y} = \dfrac{3}{18} - \dfrac{1}{18}$$

$$\Rightarrow \dfrac{3}{y} - \dfrac{1}{2y} = \dfrac{1}{9}$$

$$y = \dfrac{45}{2}$$

y का मान (ii) में रखने पर, हमें प्राप्त होता है

$$\Rightarrow \dfrac{3}{x} + \dfrac{1 \times 2}{2 \times 45} = \dfrac{1}{18}$$

$$\Rightarrow \dfrac{3}{x} = \dfrac{1}{18} - \dfrac{1}{45}$$

$$\Rightarrow \dfrac{3}{x} = \dfrac{5-2}{45}$$

$$\Rightarrow \dfrac{3}{x} = \dfrac{3}{90}$$

$$\Rightarrow x = 90$$

∴ सम्राट द्वारा अकेले कार्य खत्म करने के लिए लिया गया समय 90 दिन है।

अतः विकल्प (C) सही है।

215. दिया है:

कुल धनराशि = 8544 रुपये

माना अनुपात x है

अवधारणा:

हमेशा ध्यान रखिए कि अनुपात उस संख्या का निम्नतम अंक होता है

सूत्र:

प्रतिशत = (वास्तविक मान/मूल मान) × 100

तो संख्या अनुपात 6x, 11x और 15x है

प्रश्नानुसार,

⇒ 6x + 11x + 15x = 8544

⇒ 32x = 8544

⇒ x = 267

इसलिए,

A की धनराशि = 6 × 267 = 1602

A का व्यय = 20% × 1602 = 320.4

A की शेष धनराशि = 1281.6

B की धनराशि = 11 × 267 = 2937

B धनराशि में 50% की वृद्धि करता है = 50% × 2937 = 1468.5

B की धनराशि 4405.5 हो जाती है

C की धनराशि = 15 × 267 = 4005

C की धनराशि में कोई परिवर्तन नहीं हुआ है

⇒ A, B और C की नयी धनराशि का अनुपात = 1281.6 : 4405.5 : 4005

⇒ 12816 : 44055 : 40050

∴ A, B और C की धनराशि का अनुपात = 12816 : 44055 : 40050 = 16 : 55 : 50

अतः विकल्प (A) सही है।

216. मान लीजिये राम, मोहन और जोहान का निवेश क्रमशः 5x 7x और 11x है

⇒ 5x × 3 + (5x + 3000) × 3 + (5x + 3000 − 2000) × 6 : 7x × 3 + (7x + 5000) × 3 + (7x + 5000 + 3000) × 6 : 11x × 3 + (11x + 8000) × 3 + (11x + 8000 − 6000) × 6

⇒ 60x + 15000 : 84x + 63000: 132x + 36000

क्रांति का निवेश = 7x + 12000 (पहले तीन महीनों के लिए मोहन का निवेश + 12000)

सोमू का निवेश = 11x + 8000 (पहले तीन महीनों के लिए जोहान का निवेश + 8000)

प्रश्नानुसार,

$$\frac{(7x+12000)\times 12}{(11x+8000)\times 12} = \frac{10}{13}$$

⇒ 91x + 156000 = 110x + 80000

⇒ 110x − 91x = 15600 − 80000

⇒ 19x = 76000

⇒ x = 4000 रुपये

∴ मोहन ने पिछले तीन महीने का निवेश किया – (7x + 5000 + 3000)

⇒ (28000 + 5000 + 3000) = 36000 रुपये

अतः विकल्प (B) सही है।

217. जब किसी उत्पाद पर x% और y% के दो क्रमिक छूट दिए जाते हैं, तो कुल छूट = $\left(\frac{x+y-xy}{100}\right)$%

इसके अलावा, जब मूल्य लागत मूल्य से P% अधिक अंकित होता है और q% की छूट पर बेचा जाता है, तो लाभ% = $\left(\frac{p-q-pq}{100}\right)$%

अभी,

दुकान A ने लागत मूल्य से 50% अधिक अंकित किया और अंकित मूल्य पर 15% और 10% के दो क्रमिक छूट दी

⇒ दुकान A द्वारा दी जाने वाली कुल छूट = $\left(\frac{15+10-150}{100}\right)$ = 25 - 1.5 = 23.5%

⇒ दुकान A का लाभ% = $\left(\frac{50-23.5-1175}{100}\right)$ = 50 - 35.25 = 14.75%

इसी प्रकार,

दुकान B ने लागत मूल्य पर 60% अधिक अंकित किया और 15% और 12% के क्रमिक छूट पर बेचा,

⇒ दुकान B द्वारा दी गई कुल छूट = $\left(\frac{15+12-180}{100}\right)$ = 27 - 1.8 = 25.2%

⇒ दुकान B का लाभ% = $\left(\frac{60-25.2-1512}{100}\right)$ = 60 - 40.32 = 19.68%

लेकिन, ग्राहक को दुकान B के यहाँ 986 रु. अधिक देना पड़ा

⇒ दुकान B का लाभ - दुकान A का लाभ = 986

⇒ उत्पाद की लागत मूल्य का (19.68 - 14.75)% = 986

⇒ उत्पाद की लागत मूल्य का 4.93% = 986

⇒ उत्पाद की लागत मूल्य = $\frac{98600}{4.93}$ = 20000 रु.

∴ दुकानों ने कंपनी से 20000 रुपये में उत्पाद खरीदा।

अतः विकल्प (B) सही है।

218. हम जानते हैं कि,

दूरी = गति × समय

2 मिनट में व्यक्ति द्वारा तय की गई दूरी = 6 × $\frac{2}{60}$

= 0.2 किमी

= 200 मीटर   ; [1 किमी = 1000 मीटर]

चूंकि कार के ओझल होने के समय व्यक्ति की कार से दूरी 1.2 किमी थी।

∴ 2 मिनट में कार द्वारा तय की गई दूरी = 200 + 1200

= 1400 मीटर

= 1.4 किमी

∴ कार की गति = $\frac{1.4}{\left(\frac{2}{60}\right)}$

= 42 किमी/घंटा

अतः विकल्प (A) सही है।

219. दिया है:

चीनी के मूल्य में 12.5% प्रति किलो की वृद्धि हुई है

चीनी पर व्यय में 5% की वृद्धि हुई है

सूत्र से:

व्यय = मूल्य × खपत

माना कि प्रति किलो चीनी का मूल्य x रु है

सुरेश के परिवार ने प्रति माह y किलो चीनी का सेवन किया।

⇒ चीनी का मासिक व्यय xy था

अब, चीनी के मूल्य में 12.5% प्रति किलो की वृद्धि हुई है

चीनी का नया मूल्य हो जाता है = x + (12.5% × x)

⇒ x + $\frac{x}{8} = \frac{9x}{8}$

यदि सुरेश मासिक व्यय में 5% वृद्धि करता है, तो मासिक व्यय हो जाता है

⇒ xy + (5% × xy)

⇒ xy + $\frac{xy}{20}$

$$\Rightarrow \frac{21xy}{20}$$

चीनी की नई खपत = व्यय/बढ़ा हुआ मूल्य

$$\Rightarrow \frac{21xy \times 8}{9x \times 20} = \frac{14y}{15}$$

तो, चीनी की खपत को उसके परिवार द्वारा कम किया जाना चाहिए $= \left(y - \frac{14y}{15}\right) = \frac{y}{15}$

$\therefore$ खपत में प्रतिशत परिवर्तन $= \frac{y}{15y} \times 100 = 6.67\%$

अतः विकल्प (B) सही है।

220. सोमवार को धारा के साथ तय की गई दूरी $= 330$ का $15\% = 49.5$ किमी

सोमवार को धारा के विपरीत तय की गई दूरी $= 257$ का $16\% = 41.12$ किमी

धारा के साथ गति $= \frac{49.5}{1} = 49.5$ किमी / घंटे

डोंगी की गति = धारा के साथ गति - धारा की गति $= 49.5 - 20 = 29.5$ किमी / घंटे

धारा के विपरीत गति $= 29.5 - 20 = 9.5$ किमी / घंटे

धारा के विपरीत यात्रा पूरी करने में समय लगा $= \frac{41.12}{9.5} = 4.3$ घंटे

अतः विकल्प (C) सही है।

221. बुधवार को धारा के साथ तय की गयी दूरी $= 330$ का $27\% = 89.1$ किमी

बुधवार को धारा के विपरीत तय की गयी दूरी $= 257$ का $18\% = 46.26$ किमी

धारा के साथ गति = दूरी / समय $= \frac{89.1}{2} = 44.55$ किमी / घंटा

धारा के विपरीत गति = दूरी / समय $= \frac{46.26}{3} = 15.42$ किमी / घंटा

अब, माना पानी में डोंगी की गति x है और धारा की गति y है।

धारा के साथ गति $= x + y = 44.55 \ldots (1)$

धारा के विपरीत गति $= x - y = 15.42 \ldots (2)$

समीकरण (1) और (2) को जोड़ने पर,

$$2x = 44.55 + 15.42$$

$$\Rightarrow x = 29.985$$

x का मान समीकरण (1) में रखने पर,

$$29.985 + y = 44.55$$

$$\Rightarrow y = 14.565$$

$\therefore$ आवश्यक अनुपात $= 29.985 : 14.565$

अतः विकल्प (B) सही है।

222. मंगलवार को धारा के साथ तय की गयी दूरी $= 330$ का $18\% = 59.4$ किमी

मंगलवार को धारा के विपरीत तय की गयी दूरी $= 257$ का $19\% = 48.83$ किमी

धारा के साथ गति = पानी में डोंगी की गति + धारा की गति $= 10 + 3 = 13$ किमी / घंटा

धारा के विपरीत गति = अभी भी पानी में डोंगी की गति - धारा की गति $= 10 - 3 = 7$ किमी / घंटा

धारा के साथ यात्रा का समय = दूरी / समय $= \frac{59.4}{13} = 4.56$ घंटे

धारा के विपरीत यात्रा का समय = दूरी / समय $= \frac{48.83}{7} = 6.97$ घंटे

यात्रा का कुल समय $= 4.56 + 6.97 = 11.53$ घंटे

अतः विकल्प (E) सही है।

223. शुक्रवार को धारा के साथ तय की गयी दूरी $= 330$ का $3\% = 9.9$ किमी

शुक्रवार को धारा के विपरीत तय की गयी दूरी $= 257$ का $12\% = 30.84$ किमी

धारा के साथ गति = दूरी / समय $= \frac{9.9}{3} = 3.3$ किमी / घंटा

अभी भी पानी में डोंगी की गति $= 3.3 \times \frac{3}{5} = 1.98$ किमी / घंटा

धारा की गति $= 1.32$ किमी / घंटा

धारा के विपरीत डोंगी की गति $= 1.98 - 1.32 = 0.66$ किमी / घंटा

धारा के विपरीत यात्रा के लिए लिया गया समय $= \frac{30.84}{0.66} = 46.72$ घंटा

अतः विकल्प (B) सही है।

224. सोमवार को धारा के साथ दूरी $= 330$ का $15\% = 49.5$ किमी

बुधवार को धारा के साथ दूरी $= 330$ का $27\% = 89.1$ किमी

सोमवार को धारा के साथ गति = दूरी / समय $= \frac{49.5}{1} = 49.5$ किमी / घंटा

बुधवार को धारा के साथ गति = दूरी / समय $= \frac{89.1}{2} = 44.55$ किमी / घंटा

$\therefore$ आवश्यक अनुपात $= 49.5 : 44.55$

अतः विकल्प (A) सही है।

225. दिया है:

$2159.9 \div \sqrt{729} + 24.04$ का $37.5\% + ? = 42.83 \times 12.93$

$\Rightarrow 2160 \div 27 + 24$ का $37.5\% + ? = 559$

$\Rightarrow 80 + \frac{3}{8} \times 24 + ? = 559$

$\Rightarrow 89 + ? = 559$

$\therefore ? = 470$

अतः विकल्प (B) सही है।

226. दिया है:

$(?)^2 + 34.98\%$ of $1998 + 26.98\%$ of $402 = 3208.359$

$\Rightarrow (?)^2 = 3208.3 - (699.3 + 108.54)$

$\Rightarrow (?)^2 = 2400.46$

$\Rightarrow (?)^2 = (49)^2$

$? = 49$

अतः विकल्प (C) सही है।

227. दिया है:

$\left(\frac{40}{4.5}\right)$ का $\left(\frac{6749.96}{15.02}\right)$ का $x\% - 122.02 \times 126.23 = 114.96 - 649.93$ का 24.08%

$\Rightarrow \left(\frac{40}{4.5}\right)$ का 450 का $x\% - 122.02 \times 126.23 = 114.96 - 649.93$ का 24.08%

$\Rightarrow 40x - 122.02 \times 126.23 = 114.96 - 156$

$\Rightarrow 40x - 15400 = 114.96 - 156$

$\Rightarrow 40x = 15360$

$\Rightarrow x = 384$

अतः विकल्प (D) सही है।

228. दिया है:

4859.83 का $x\% - 4058.91$ का $19.11\% + 1351$ का $25.89\% = 2566 - \sqrt{360.81} \times 3.98$

$\Rightarrow 48.60x - 775.60 + 350 = 2566 - \sqrt{360.81} \times 3.98$

$\Rightarrow 48.60x - 775.60 + 350 = 2566 - 76$

$\Rightarrow 48.60x = 2915.6$

$\Rightarrow x = 60$

अतः विकल्प (C) सही है।

229. दिया है:

$\left(\frac{1104.89}{12.94}\right) - 249.88$ का $4.8\% - (35.01 \times 9.98)$ का $7.81\% = 299.89$ का $x\%$

$\Rightarrow 85 - 249.88$ का $4.8\% - 350$ का $7.81\% = 3x$

$\Rightarrow 85 - 12 - 27.30 = 3x$

$\Rightarrow 45.7x = 3x$

$\Rightarrow x = 15$

अतः विकल्प (A) सही है।

230. दिया गया है:

कमरे की लंबाई $= 1 = 6$ मीटर

कमरे की चौड़ाई $= b = 4$ मीटर

कमरे की ऊंचाई $= h = 2.5$ मीटर

1 कमरे की दीवारों का कुल क्षेत्रफल $= 2lh + 2bh = 30 + 20 = 50$ मीटर 2

5 समान कमरों में दीवारों का कुल क्षेत्रफल $= 5(50) = 250$ मीटर 2

अब, दो कमरों में एक चौकोर खिड़की है, की भुजा 2.5 मीटर है।

दो खिड़ियों का क्षेत्रफल $= 2 \times (2.5)^2 = 12.5$ मीटर 2

पेंटिंग किया जाने वाला कुल क्षेत्र $= 250 - 12.5 = 237.5$ मीटर 2

20 मीटर 2 के क्षेत्र को 1 कैन में चित्रित किया जा सकता है,

$\therefore$ कुल आवश्यक डिब्बों की संख्या $= \frac{237.5}{20} = 11.875 \cong 12$

अतः विकल्प (B) सही है।

231. दिया गया है:

वृत्ताकार भूखंड का क्षेत्रफल $= 144\pi$ मी 2

जैसा कि हम जानते हैं, वृत्त का क्षेत्रफल $= \pi \times$ त्रिज्या 2

$\Rightarrow 144\pi m^2 = \pi \times$ त्रिज्या 2

त्रिज्या $= \sqrt{144} = 12$ मी

अभी,

पथ की चौड़ाई $= 5$ मी

वृत्ताकार भूखंड की त्रिज्या इसके आसपास के पथ सहित $= 12 + 5 = 17$ मी

$\therefore$ आवश्यक क्षेत्र $= \pi \times (17)^2 = 289\pi$ मी 2

अतः विकल्प (B) सही है।

232. दिया गया,

शांत जल में नाव की गति 60 किमी/घंटा है और धारा की गति 15 किमी/घंटा है।

यात्रा में उनके द्वारा लिया गया समय $= 19$ घंटे 32 मिनट - 20 मिनट $= 19$ घंटे 12 मिनट

माना, की दूरी $= x$ घंटे

प्रश्न के अनुसार,

$$\frac{x}{60+15} + \frac{x}{60-15} = 19\frac{12}{60}$$

$$\Rightarrow \frac{x}{75} + \frac{x}{45} = \frac{96}{5}$$

$$\Rightarrow \frac{5x+3x}{225} = \frac{96}{5}$$

$$\Rightarrow \frac{8x}{225} = \frac{96}{5}$$

$$x = 540 \text{ घंटे}$$

अतः विकल्प (C) सही है।

233. दिया गया है:

एचआर विभाग में पुरुष कर्मचारियों की संख्या: 45000 के 51% का 12%

$$= 2754$$

प्रचालन विभाग में पुरुष कर्मचारियों की संख्या: 45000 के 84% का 18%

$$= 6804$$

वित्त विभाग में पुरुष कर्मचारियों की संख्या: 45000 के 80% का 36%

$$= 12960$$

बिक्री विभाग में पुरुष कर्मचारियों की संख्या: 45000 के 50% का 22%

$$= 4950$$

खरीद विभाग में पुरुष कर्मचारियों की संख्या: 45000 के 65% का 12%

$$= 3510$$

सभी विभागों में पुरुष कर्मचारियों की कुल संख्या: $2754 + 6804 + 12960 + 4950 + 3510$

$$= 30978$$

अपेक्षित अनुपात: $2754 : 30978$

$$= 153 : 1721$$

अतः विकल्प (C) सही है।

234. खरीद विभाग में पुरुष कर्मचारियों की कुल संख्या $= 45000 \times \frac{12}{10} \times \frac{65}{100} = 3510$

वित्त विभाग में पुरुष कर्मचारियों की कुल संख्या $= 45000 \times \frac{36}{100} \times \frac{80}{100} = 12960$

अपेक्षित अंतर $= 12960 - 3510$

$$= 9450$$

∴ अपेक्षित अंतर 9450 है।

अतः विकल्प (B) सही है।

235. दिया गया है:

प्रचालन विभाग में महिला कर्मचारियों की संख्या $= 45000$ का 16% का $18\% = 1296$

वित्त विभाग में महिला कर्मचारियों की कुल संख्या 45000 का 20% का $36\% = 1296$

अपेक्षित अनुपात: $1296 : 3240$

$$= 2 : 5$$

अत: विकल्प (D) सही है।

236. दिया गया है:

वित्त विभाग में महिला कर्मचारियों का प्रतिशत: 20%

विभाग	कर्मचारियों की संख्या		
	पुरुष कर्मचारी	महिला कर्मचारी	कर्मचारियों की कुल संख्या
एचआर	2754	2646	5400
प्रचालन विभाग	6804	1296	8100
खरीद विभाग	3510	1890	5400
बिक्री विभाग	4950	4950	9900
वित्त विभाग	12960	3240	16200
कुल	30978	14022	45000

अपेक्षित प्रतिशत:

$$\frac{3240}{45000} \times 100 = 7.2\%$$

अत: विकल्प (D) सही है।

237. दिया गया है:

विभिन्न विभागों में महिलाओं का प्रतिशत एचआर में 46%; प्रचालन विभाग में 16%; खरीद विभाग में 35%; बिक्री विभाग में 50% और वित्त विभाग में 20% है।

विभाग	कर्मचारियों की संख्या		
	पुरुष कर्मचारी	महिला कर्मचारी	कर्मचारियों की कुल संख्या
एचआर	2754	2646	5400
प्रचालन विभाग	6804	1296	8100
खरीद विभाग	3510	1890	5400
बिक्री विभाग	4950	4950	9900
वित्त विभाग	12960	3240	16200
कुल	30978	14022	45000

∴ अपेक्षित प्रतिशत $= \frac{14022}{30978} \times 100 = 45.26\%$

अत: विकल्प (A) सही है।

238. श्रृंखला में निम्न स्वरुप का अनुसरण किया गया है:

$$\Rightarrow 20 + 1^2 = 21$$

$$\Rightarrow 21 - 2^2 = 17$$

$\Rightarrow 17 + 3^2 = 26$

$\Rightarrow 26 - 4^2 = 10$

$\Rightarrow 10 + 5^2 = 35$

$\therefore$ श्रृंखला में गलत संख्या 25 है और श्रृंखला के लिए सही संख्या 26 है।

अत: विकल्प (C) सही है।

239. दी गई श्रृंखला का पैटर्न है:

$\Rightarrow 32 \times 8 = 256$

$\Rightarrow 256 \times 4 = 1024$

$\Rightarrow 1024 \times 2 = 2048$

$\Rightarrow 2048 \times 1 = 2048$

$\therefore$ गलत पद 180 है।

अत: विकल्प (B) सही है।

240. तर्क:

$12 \times 2 = 24$

$\Rightarrow 24 \times 6 = 144$

$\Rightarrow 144 \times 2 = 288 \, not \, 300$

$\Rightarrow 288 \times 6 = 1728$

$\Rightarrow 1728 \times 2 = 3456$

$\therefore$ गलत पद 300 है।

अत: विकल्प (A) सही है।

Reasoning

Ques (1-2):निर्देश: निम्नलिखित प्रश्न में, प्रतीक, @, %, #, & और $ का उपयोग निम्न अर्थ के साथ किया जाता है जिन्हें नीचे दिखाया गया है:

'A @ B' का अर्थ है 'A, B से न तो बड़ा है और न ही छोटा है'।

'A % B' का अर्थ है 'A, B से बड़ा नहीं है'।

'A # B' का अर्थ है 'A, B से न तो छोटा है और न ही बराबर है'।

'A & B' का अर्थ है 'A, B से छोटा नहीं है'।

'A $ B' का अर्थ है 'A, B से न तो बड़ा है और न ही बराबर है'।

अब दिए गए प्रत्येक प्रश्न में दिए गए कथनों को सत्य मानते हुए, ज्ञात कीजिए कि नीचे दिए गए निष्कर्षों में से कौन-सा/से निष्कर्ष निश्चित रूप से सत्य है और तदनुसार अपना उत्तर दीजिए।

Q.1 कथन:

J # K, K @ P, P $ R

निष्कर्ष:

I. J # R

II. R $ J

A. केवल निष्कर्ष I सत्य है

B. केवल निष्कर्ष II सत्य है

C. निष्कर्ष I और II दोनों सत्य हैं

D. या तो निष्कर्ष I या II सत्य है

E. न तो निष्कर्ष I और न ही II सत्य है

Q.2 कथन:

P # R, R @ L, L & T

निष्कर्ष:

I. L $ P

II. P # T

A. केवल निष्कर्ष I सत्य है

B. केवल निष्कर्ष II सत्य है

C. निष्कर्ष I और II दोनों सत्य हैं

D. या तो निष्कर्ष I या II सत्य है

E. न तो निष्कर्ष I और न ही II सत्य है

Q.3 निर्देश: निम्नलिखित प्रश्न में, उस शब्द का चयन करें जो दिए गए शब्द के अक्षरों का उपयोग करके नहीं बनाया जा सकता है।

MRINEATIWARPLAL

A. WATER **B.** WARRIER

C. IMPERIAL **D.** RAWMATERIAL

E. इनमे से कोई भी नहीं

Ques (4-5):निर्देश: निम्नलिखित प्रश्न में, दिए गए प्रश्न के बाद तीन कथनों में जानकारी दी गई है। आपको यह तय करना होगा कि कौन सा कथन प्रश्न का उत्तर देने के लिए पर्याप्त है/हैं और तदनुसार अपना उत्तर चिह्नित करें।

Q.4 एक परिवार में सात व्यक्ति A, B, C, D, E, F और G हैं। इनमें से प्रत्येक की आयु एक-दूसरे से अलग है। परिवार में तीसरा सबसे युवा व्यक्ति कौन है?

I. तीन व्यक्ति E से छोटे लेकिन A से बड़े हैं जो C से बड़ा है।

II. F, D से बड़ा लेकिन G से छोटा है।

III. कम से कम पांच व्यक्ति B से छोटे हैं, जो E से बड़ा है।

A. सभी कथन आवश्यक हैं

B. केवल I और II पर्याप्त हैं

C. केवल II और III पर्याप्त हैं

D. केवल I और III पर्याप्त हैं

E. जानकारी अपर्याप्त है

Q.5 आठ व्यक्ति A, B, C, D, E, F, G और H एक गोलाकार मेज़ के चारों ओर केंद्र के सम्मुख होकर बैठे हैं। G के दायें तीसरे स्थान पर कौन बैठा है?

I. G के बाएं तीसरे स्थान पर D बैठा है, जो E का निकटतम पड़ोसी है।

II. A और C एक दूसरे के विपरीत बैठे हैं और C, H के बाएं दूसरे स्थान पर है।

III. H, B के निकटतम दायें बैठा है, जो F के विपरीत बैठा है।

A. सभी कथन आवश्यक हैं

B. केवल I और II पर्याप्त हैं

C. केवल II और III पर्याप्त हैं

D. केवल I और III पर्याप्त हैं

E. जानकारी अपर्याप्त है

Ques (6-7):निर्देश: नीचे दिए गए प्रश्न में, तीन कथन और उसके बाद I और II से अंकित दो निष्कर्ष दिए गए हैं। आपको दिए गए कथनों को सत्य मानना है भले ही वे ज्ञात तथ्यों से अलग प्रतीत होते हों। सभी निष्कर्षों को पढ़िए और फिर निर्णय कीजिए कि कौन-सा निष्कर्ष ज्ञात तथ्यों को नजरंदाज करने पर कथनों का तार्किक रूप से अनुसरण करता है।

Q.6 कथन:

केवल कुछ आम वृक्ष हैं।

कोई वृक्ष केला नहीं है।

सभी केले सेब हैं।

निष्कर्ष:

I. कम से कम कुछ आम केले हैं।

II. कुछ सेब वृक्ष नहीं हैं।

A. केवल I अनुसरण करता है।

B. केवल II अनुसरण करता है।

C. या तो I या II अनुसरण करता है।

D. I और II दोनों अनुसरण करते हैं।

E. न तो I और न ही II अनुसरण करता है।

Q.7 कथन:

सभी कम्प्यूटर फोन हैं।

केवल कुछ फोन आईडिया हैं।

कुछ एयरटेल फोन हैं।

निष्कर्ष:

I. कम से कम कुछ फोन कम्प्यूटर नहीं हैं।

II. कम से कम कुछ आईडिया कम्प्यूटर हैं।

A. केवल I अनुसरण करता है।

B. केवल II अनुसरण करता है।

C. या तो I या II अनुसरण करता है।

D. I और II दोनों अनुसरण करते हैं।

E. न तो I और न ही II अनुसरण करता है।

Ques (8-12):निर्देश: निम्नलिखित जानकारी का ध्यानपूर्वक अध्ययन कीजिए और दिए गए प्रश्नों के उत्तर दीजिए।

आठ व्यक्ति- अभि, ध्यान, लिपि, करण, रघु, शाम, टीना और प्रेम 10 सीटों वाली एक वृत्ताकार मेज के चारों ओर बैठे हैं, जिसमें से दो सीटें रिक्त हैं। वे सभी केंद्र के सम्मुख हैं। उनमें से प्रत्येक अलग-अलग स्थानों से संबंधित हैं, अर्थात- असम, चेन्नई, दिल्ली, केरल, गोवा, पंजाब, सूरत और मुंबई लेकिन आवश्यक नहीं कि इसी क्रम में हों। उनमें से प्रत्येक अलग-अलग रंग पसंद करते हैं, जिसमें से एक रंग हरा है।

लिपि, सूरत से संबंधित व्यक्ति के दाएं से दूसरे स्थान पर बैठी है। पंजाब से संबंधित व्यक्ति न तो काला और न ही नारंगी रंग पसंद करता है। जो व्यक्ति काला रंग पसंद करता है, वह रिक्त सीट के निकटस्थ नहीं बैठा है। केरल से संबंधित व्यक्ति, गुलाबी रंग पसंद करने वाले व्यक्ति का निकटतम पड़ोसी है। दिल्ली से संबंधित व्यक्ति, केरल से संबंधित व्यक्ति के दाएं से तीसरे स्थान पर बैठा है। असम से संबंधित व्यक्ति, भूरा रंग पसंद करने वाले व्यक्ति के बाएं से दूसरे स्थान पर बैठा है। प्रेम, लाल रंग पसंद करने वाले व्यक्ति के निकटतम दाएं बैठा है। शाम, ध्यान के बाएं से चौथे स्थान पर बैठा है, जो रिक्त सीट के बाएं से दूसरे स्थान पर बैठा है। अभि, असम से संबंधित व्यक्ति और गोवा से संबंधित व्यक्ति के निकटस्थ बैठा है। करण किसी भी व्यक्ति के निकटस्थ नहीं बैठा है। टीना नारंगी रंग पसंद करती है। सफेद रंग पसंद करने वाला व्यक्ति और भूरा रंग पसंद करने वाला व्यक्ति एक-दूसरे के निकटस्थ बैठे हैं, लेकिन उनमें से कोई भी शाम के निकटस्थ नहीं बैठा है। रघु, करण के बाएं से चौथे स्थान पर बैठा है। न तो रघु और न ही उसके पड़ोसी सफेद रंग पसंद करते हैं। गोवा से संबंधित व्यक्ति नीला रंग पसंद करता है। चेन्नई से संबंधित व्यक्ति न तो रिक्त सीट के निकटस्थ और न ही ध्यान के निकटस्थ बैठा है। केरल से संबंधित व्यक्ति रिक्त सीट के बाएं से चौथे स्थान पर बैठा है।

Q.8 निम्नलिखित में से कौन रघु के निकटतम दाएं बैठा है?

A. ध्यान **B.** लिपि **C.** प्रेम **D.** अभि
E. शाम

Q.9 निम्नलिखित में से कौन हरा रंग पसंद करता है?

A. रघु **B.** टीना **C.** करण **D.** प्रेम
E. अभि

Q.10 पाँच में से चार एक निश्चित तरीके से एक समान हैं और इस प्रकार एक समूह बनाते हैं। निम्नलिखित में से कौन समूह से संबंधित नहीं है?

A. लिपि - पंजाब **B.** ध्यान - केरल
C. रघु - सूरत **D.** प्रेम - असम
E. शाम – चेन्नई

Q.11 निम्नलिखित में से कौन प्रेम के निकटतम पड़ोसी हैं?

A. रघु और करण **B.** टीना और शाम
C. रघु और अभि **D.** अभि और टीना
E. ध्यान और लीपी

Q.12 निम्नलिखित में से कौन सा कथन सत्य है?

A. टीना, लाल रंग पसंद करने वाले व्यक्ति के निकटतम बाएं बैठी है
B. टीना, करण के निकटतम बाएं बैठी है
C. रघु, केरल से संबंधित व्यक्ति के निकटतम बाएं बैठा है
D. लिपि, केरल से संबंधित व्यक्ति के निकटतम बाएं बैठा है
E. रघु, काला रंग पसंद करने वाले व्यक्ति के निकटतम बाएं बैठा है

Ques (13-17):निर्देश: निम्न जानकारी को ध्यानपूर्वक पढ़िए और निम्नलिखित प्रश्न का उत्तर दीजिये:

एक इमारत में निश्चित संख्या में मंज़िलें हैं। मंज़िलों को क्रमागत रूप से पूर्णांक अंक के अनुसार निचली मंज़िल से आरंभ करके अंकित किया गया है, निचली मंज़िल को 1 अंकित किया गया है और आगे अन्य मंज़िलों को भी इसी प्रकार अंकित किया गया है।

जिस मंज़िल पर पॉटर परिवार रहता है, उसके ऊपर पाँच मंज़िलें हैं। अय्यर परिवार और त्रिपाठी परिवार के मध्य दो मंज़िलें हैं। पादुकोण परिवार विषम संख्या अंकित मंज़िल पर रहता है जो कि गुप्ता परिवार और अय्यर परिवार के ठीक मध्य में है। पॉटर परिवार और गुप्ता परिवार के मध्य में एक मंज़िल है। शर्मा परिवार, गुप्ता परिवार की मंज़िल से चार मंज़िल ऊपर रहता है। जिस मंज़िल पर त्रिपाठी परिवार रहता है वह शर्मा परिवार की मंज़िल के न तो ठीक ऊपर और न ही नीचे है। भल्ला परिवार की मंज़िल के नीचे मंज़िलों की संख्या, गुप्ता परिवार की मंज़िल के ऊपर मंज़िलों की संख्या से एक कम है। भल्ला परिवार जिस मंज़िल पर रहता है वह पॉटर परिवार के या तो ठीक ऊपर या फिर नीचे है। त्रिपाठी परिवार जिस मंज़िल पर रहता है वह भल्ला परिवार की मंज़िल से दो मंज़िल दूर है। ग्रंगेर परिवार, अय्यर परिवार की मंज़िल के ठीक नीचे वाली मंज़िल पर रहता है। कपूर परिवार, शर्मा परिवार की मंज़िल के ऊपर विषम संख्या से अंकित मंज़िल पर रहता है लेकिन वह निकटतम पड़ोसी नहीं हैं। कुमार परिवार, लोधा परिवार की मंजिल के ऊपर वाली मंजिल पर रहता है।

Q.13 इमारत में कुल कितनी मंज़िलें हैं।

A. 14 **B.** 11 **C.** 13 **D.** 15
E. 12

Q.14 निम्नलिखित में से कौन सा/कौन से कथन सही हैं?

I. कपूर परिवार दसवीं मंज़िल पर रहता है।
II. कुमार परिवार, भल्ला परिवार के नीचे रहता है।
III. पॉटर परिवार छठी मंज़िल पर रहता है।

A. केवल कथन I. सही है।
B. केवल कथन II. सही है।
C. केवल कथन III. सही है।
D. कथन I. और III. दोनों सही हैं।
E. कथन I. और II. दोनों सही हैं।

Q.15 नौवीं मंज़िल पर कौन रहता है?

A. लोधा परिवार **B.** भल्ला परिवार
C. गुप्ता परिवार **D.** शर्मा परिवार
E. कुमार परिवार

Q.16 लोधा परिवार और पादुकोण परिवार के मध्य मंज़िलों की संख्या ज्ञात कीजिये।

A. 3 **B.** 4 **C.** 6 **D.** 5
E. 2

Q.17 अय्यर परिवार किस मंज़िल पर रहता है?

A. तीसरी मंज़िल **B.** चौथी मंज़िल
C. दूसरी मंज़िल **D.** पाँचवीं मंज़िल
E. छठी मंज़िल

Q.18 निर्देश: नीचे दिए गए प्रश्न में एक कथन दिया गया है जिसके बाद दो निष्कर्ष I, II दिए गए हैं। आपको दिए गए कथनों को सत्य मानना है, भले ही वे सर्वज्ञात तथ्यों से भिन्न प्रतीत होते हों। सभी निष्कर्षों को पढ़ें और फिर तय करें कि दिए गए निष्कर्षों में से कौन सा निष्कर्ष सामान्य रूप से ज्ञात तथ्यों की परवाह किए बिना दिए गए कथनों का तार्किक रूप से अनुसरण करता है।

कथन: भारत आज अपने जनसांख्यिकीय लेन-देन की मझधार में है। पिछले 60 वर्षों में, मृत्यु दर में लगभग निरंतर गिरावट आई है; जबकि प्रजनन क्षमता में पिछले 20 वर्षों में गिरावट आई है। परिणाम यह है कि पिछले 50 वर्षों में जनसंख्या में तेजी से वृद्धि हुई है।

निष्कर्ष:

I. भारत इस उम्र में बढ़ती आबादी के साथ समाप्त हो सकता है।

II. वर्तमान दर पर जनसंख्या वृद्धि के निहितार्थ पर प्रकाश डालते हुए सरकार को मास मीडिया के माध्यम से एक बड़े पैमाने पर शिक्षा कार्यक्रम शुरू करना चाहिए।

A. केवल I अनुसरण करता है
B. केवल II अनुसरण करता है
C. उया यो I या II अनुसरण करता है
D. ना तो I न ही तो II अनुसरण करता है
E. दोनों I और II अनुसरण करते है

Ques (19-20):निर्देश: निम्नलिखित जानकारी का अध्ययन कीजिए और नीचे दिए गए प्रश्नों के उत्तर दीजिए।

छह व्यक्तियों A, B, C, D, E और F का एक परिवार है। वे प्रधानाचार्य, नृतक, न्यायाधीश, संगीतकार, व्यवसायी और कलाकार हैं। परिवार में दो विवाहित जोड़े हैं। B, E और F की माता है। व्यवसायी F का ग्रैंडफादर है, जो एक प्रधानाचार्य है। नृतक D का विवाह व्यवसायी से हुआ है। C, न्यायाधीश, महिला कलाकार से विवाहित है। F, C का पुत्र है।

Q.19 यदि K, D की पुत्री है, तब F, K से किस प्रकार संबंधित है?

A. आंटी
B. अंकल
C. नेफ्यू
D. नीस
E. निर्धारित नहीं किया जा सकता है

Q.20 परिवार में दो विवाहित जोड़े कौन-से हैं?

A. E, B और F, C
B. A, D और B, C
C. E, F और C, B
D. A, B और C, D
E. निर्धारित नहीं किया जा सकता है

Ques (21-22):निर्देश: नीचे दी गई जानकारी का ध्यानपूर्वक अध्ययन कीजिए और प्रश्न के उत्तर दीजिये।

दो व्यक्ति X और Y एक बिंदु G से चलना शुरू करते हैं। X, बिंदु G से उत्तर दिशा में 12 मीटर चलता है। वह फिर बिंदु F से बाई ओर मुड़ता है और 6 मीटर चलता है। फिर वह बिंदु E से दक्षिण-पश्चिम दिशा की ओर बढ़ता है और बिंदु D तक 10 मीटर चलता है, जो बिंदु A के दक्षिण दिशा में है। X फिर बिंदु D से 5 मीटर पश्चिम दिशा की ओर बढ़ता है और फिर बिंदु C से दाई ओर मुड़ता है और 8 मीटर चलता है। फिर वह बिंदु B से दाई ओर मुड़ता है और बिंदु A तक 5 मीटर चलता है। बिंदु C, बिंदु K के उत्तर दिशा में है। Y, बिंदु G से पश्चिम दिशा में 12 मीटर चलता है। फिर वह बिंदु H से बाई ओर मुड़ता है और 4 मीटर चलता है। फिर वह बिंदु I से दाई ओर मुड़ता है और 5 मीटर चलता है। फिर वह बिंदु J से दाई ओर मुड़ता है और 4 मीटर चलता है। फिर वह बिंदु K से बाई ओर मुड़ता है और बिंदु L तक 5 मीटर चलता है।

Q.21 D और H के मध्य की सबसे न्यूनतम दूरी क्या है?

A. 4 मीटर
B. 8 मीटर
C. 2 मीटर
D. 5 मीटर
E. उपरोक्त में से कोई भी नहीं है।

Q.22 बिंदु A और बिंदु E के मध्य की सबसे न्यूनतम दूरी क्या है?

A. 7 मीटर
B. 5 मीटर
C. 8 मीटर
D. 6 मीटर
E. 4 मीटर

Ques (23-27):निर्देश: नीचे दी गई जानकारी को पढ़िये और नीचे दिए गए प्रश्न का उत्तर दीजिये।

नौ व्यक्ति E, F, G, H, I, J, K, L और M एक पंक्ति में बैठे हैं जो आवश्यक नहीं इसी क्रम में बैठे हैं। सभी दक्षिण दिशा की ओर सम्मुख हैं। K के बाईं ओर बैठे व्यक्तियों की संख्या। के दाई ओर बैठे व्यक्ति की संख्या के समान है। H, K का पड़ोसी नहीं है। J और F के बीच केवल एक व्यक्ति बैठा है, जो J के दाई ओर बैठा है और F और K के बीच दो व्यक्ति बैठे हैं। G और J के बीच दो व्यक्ति बैठे हैं। J, E के बायें से चौथे स्थान पर बैठा है, जो किसी एक अंतिम छोर पर बैठा है। M, J के दाई ओर किसी एक स्थान पर बैठा है। M, G का पड़ोसी नहीं है।

Q.23 चार एक निश्चित तरीके से समान हैं और इस प्रकार एक समूह बनाते हैं। निम्नलिखित में से कौन समूह से संबंधित नहीं है?

A. MF
B. IJ
C. KL
D. GH
E. EI

Q.24 K के बायें से दूसरे स्थान पर कौन बैठा है?

A. K
B. L
C. G
D. H
E. I

Q.25 किसी एक अंतिम छोर पर कौन बैठा है?

A. M
B. F
C. I
D. J
E. E

Q.26 M के बायें कितने व्यक्ति बैठे हैं?

A. 7
B. 6
C. 8
D. 4
E. 5

Q.27 M और I के मध्य कौन बैठा है?

A. F
B. E
C. J
D. K
E. G

Ques (28-32):निर्देश: निम्नलिखित जानकारी का ध्यानपूर्वक अध्ययन कीजिए और दिए गए प्रश्न के उत्तर दीजिये।

जब एक अक्षर/संख्या/ प्रतीक व्यवस्था मशीन को अक्षर/संख्या/ प्रतीक की एक इनपुट पंक्ति दी जाती है, तो यह एक निश्चित नियम का पालन करके उन्हें व्यवस्थित करता है। निम्नलिखित इनपुट और पुनर्व्यवस्था का एक चित्रण है।

निम्नलिखित जानकारी को पढ़िए और निम्नलिखित अनुसरित प्रश्नों के उत्तर दीजिये:

इनपुट: J @ 4 F # 5 V $ 3 S % 8 L & 3 M) 9 X (3 S ≤ 2

चरण 1: J @ 5 F # 4 V $ 8 S % 3 L & 9 M) 3 X (2 S ≤ 3

चरण 2: J # 5 F @ 4 V % 8 S $ 3 L) 9 M & 3 X ≤ 2 S (

चरण 3: F # 5 J @ 4 S % 8 V $ 3 M) 9 L & 3 S ≤ 2 X (

चरण 4: F J S V M L S X # @ % $) & ≤ (5 4 8 3 9 3 2 3

चरण 5: F J L M S S V X # @ % $) & ≤ (2 3 3 3 4 5 8 9

और इसी प्रकार।

उपरोक्त इनपुट में अनुसरित नियमों के अनुसार, निम्नलिखित इनपुट के लिए चरणों को ज्ञात कीजिए:

इनपुट: K (3 S) 4 B % 7 M @ 9 F $ 2 Z Ω 1 A # 5 Q £ 8

Q.28 पहले चरण में निम्नलिखित में से कौन '7' की स्थिति को दर्शाता है?

A. बाएं से चौदहवां
B. दाएं से सोलहवां
C. बाएं से सोलहवां
D. दाएं से तेरहवां
E. दायें से पन्द्रहवां

Q.29 चरण IV में बाएं से पन्द्रहवें स्थान पर कौन सा तत्त्व है?

A.)　　　**B.** (　　　**C.** @　　　**D.** £
E. S

Q.30 आउटपुट के दूसरे चरण में, 'S' और '9' के बीच कितने तत्व (प्रतीक, शब्द या संख्या) उपस्थित हैं ?

A. छः　　　**B.** चार　　　**C.** एक　　　**D.** तीन
E. कोई नहीं

Q.31 निम्नलिखित आउटपुट कौन सा संख्यात्मक चरण है?

S) 4 K (3 M @ 9 B % 7 Z Ω 1 F $ 2 Q £ 8 A # 5

A. चरण I　　　**B.** चरण IV　　　**C.** चरण V　　　**D.** चरण II
E. चरण III

Q.32 चरण V में पहले और पांचवें अक्षरों के बीच सामान्य वर्णमाला श्रृंखला में कितने अक्षर हैं?

A. 11　　　**B.** 10　　　**C.** 8　　　**D.** 12
E. 13

Q.33 निर्देश: नीचे दिए गए एक कथन के बाद दो अनुमान I और II दिए गए हैं। आपको यह तय करना होगा कि कथन में कौन सी धारणाएँ निहित हैं/है।

कथन: कोरोनावायरस ने लोगों को अनावश्यक एकत्र होने से बचने और सामाजिक दूरी बनाए रखने की आदत डाल दी है।

पूर्वधारणाएं:

i) कोरोनावायरस महामारी के समाप्त होने के बाद भी लोग सामाजिक दूरी रखना पसंद करेंगे।

ii) लोग इस सामाजिक दूरी से तंग आ चुके हैं, और बेसब्री से वैक्सीन का इंतजार कर रहे हैं जिससे कि वे जितना हो सके उतने एकत्र हो सकें।

A. केवल i) अंतर्निहित है
B. केवल ii) अंतर्निहित है
C. या तो i) या ii) अंतर्निहित है
D. कोई नहीं
E. दोनों अंतर्निहित हैं

Q.34 निर्देश: महत्वपूर्ण प्रश्न के बारे में निर्णय करने के लिए, 'सबल' और 'दुर्बल' तर्कों में फर्क करना जरुरी है। 'सबल' तर्क आवश्यक और प्रश्न से संबंधित है। 'दुर्बल' तर्क कम आवश्यक और प्रश्न से प्रत्यक्ष रूप से संबंधित हो सकते हैं या नहीं भी हो सकते। निम्न प्रश्न में एक कथन और उसके बाद दो तर्क I और II दिए गये हैं। आपको तय करना है कि, निम्नलिखित तर्कों में से कौन से तर्क सबल हैं और कौन से तर्क दुर्बल हैं।

कथन: क्या भारत में रेलवे का अन्य सार्वजनिक क्षेत्र के उद्यमों की तरह चरणबद्ध तरीके से निजीकरण किया जाना चाहिए?

तर्क:

I. हाँ, यह प्रतिस्पर्धा लाने और जनता को बेहतर सेवा प्रदान करने का एकमात्र तरीका है।

II. नहीं, यह हमारे देश की राष्ट्रीय सुरक्षा के लिए खतरा पैदा करेगा क्योंकि बहुराष्ट्रीय कंपनियां मैदान में उतरेंगी।

A. यदि केवल तर्क I सबल है।
B. यदि केवल तर्क II सबल है।
C. यदि या तो I या II सबल है।
D. यदि न तो I और न ही II सबल है।
E. यदि दोनों I और II सबल हैं।

Ques (35-39):निर्देश: निम्नलिखित जानकारी का ध्यानपूर्वक अध्ययन कीजिये और निम्नलिखित प्रश्नों के उत्तर दीजिये:

एक मिठाई की दुकान में आठ व्यक्तियों रतन, लतिका, दिनेश, नरपत, लक्ष्मी, तनवी, दीपक और रूपल के द्वारा ऑर्डर किए गए मिठाई के डिब्बो को ढेर में एक के ऊपर एक रखा जाता है, लेकिन जरूरी नहीं कि इसी क्रम में हों। इन आठ व्यक्तियों ने हलवा, पेड़ा, घेवर, जलेबी, काजू कतली,

रसगुल्ला, मक्खन बड़ा और गुलाब जामुन का ऑर्डर दिया है लेकिन जरूरी नहीं है कि इसी क्रम में हो।

रूपल ने काजू कतली का ऑर्डर दिया। मक्खन बड़े के डिब्बे के ऊपर दो डिब्बे हैं। दीपक के ऑर्डर को दिनेश द्वारा दिए गए ऑर्डर के ठीक ऊपर रखा गया है। लक्ष्मी का ऑर्डर घेवर था और इसे शीर्ष से दूसरे स्थान पर रखा गया था। तन्वी ने रसगुल्ले का ऑर्डर दिया और इसे ढेर के ऊपर से चौथा स्थान नहीं दिया गया। रूपल और लक्ष्मी के ऑर्डर के बीच दो बक्से हैं।

घेवर के डिब्बे और गुलाब जामुन के डिब्बे के बीच तीन डिब्बे थे, गुलाब जामुन जो नरपत द्वारा ऑर्डर किए गए थे। हलवा और मक्खन बड़ा के डिब्बे के बीच की संख्या गुलाब जामुन और जलेबी के बीच डब्बे की संख्या के बराबर है। न तो जलेबी का डिब्बा और न ही हलवा का डिब्बा काजू कतली के डिब्बे के ठीक ऊपर या नीचे रखा जाता है। रतन का ऑर्डर ढेर के शीर्ष पर रखा गया है और यह जलेबी नहीं है।

Q.35 पेड़े का ऑर्डर किसने दिया?

A. दिनेश　　　**B.** नरपत　　　**C.** तन्वी　　　**D.** लक्ष्मी
E. दीपक

Q.36 लतिका ने किस मिठाई का ऑर्डर दिया था?

A. रसगुल्ला　　　**B.** हलवा　　　**C.** घेवर　　　**D.** जलेबी
E. पेड़ा

Q.37 रूपल द्वारा ऑर्डर की गई मिठाई का डिब्बा किस स्थान में रखा गया है?

A. नीचे से चौथा　　　　　**B.** ऊपर से तीसरा
C. शीर्ष से पांचवां　　　　**D.** दोनों (A) और (C)
E. दोनों (A) और (B)

Q.38 अगर तन्वी द्वारा ऑर्डर की गई मिठाई के डिब्बे के साथ मक्खन बडा के डिब्बे को बदल दिया जाता है तो रतन और तन्वी द्वारा ऑर्डर किये गए डिब्बे के बीच कितने डिब्बे रखे हैं?

A. तीन　　　**B.** एक　　　**C.** चार　　　**D.** कोई नहीं
E. दो

Q.39 कौन सा डिब्बा नीचे से दूसरे स्थान पर रखा गया है?

A. रसगुल्ला　　　**B.** पेड़ा　　　**C.** घेवर　　　**D.** हलवा
E. जलेबी

Q.40 छह वस्तुओं में से F, G, H, J, K और L:

i. H, K से दो गुना भारी है, और J, F से डेढ़ गुना भारी है।

ii. G, J से आधा भारी है।

iii. F और J मिलकर H से कम भारी हैं।

iv. J और L मिलकर F से दो गुना भारी हैं।

यदि वस्तुओं को उनके भार के अवरोही क्रम में व्यवस्थित किया जाए, तो कौन-सी वस्तु नीचे से दूसरी होगी?

A. K　　　**B.** L　　　**C.** F　　　**D.** G
E. H

Computer Knowledge

Q.41 _______ को पहचानना मुश्किल है क्योंकि वे अपना प्रकार और हस्ताक्षर बदलते रहते हैं।

A. नॉन रेजिडेंट वायरस　　　**B.** बूट सेक्टर वायरस
C. पॉलीमॉर्फिक वायरस　　　**D.** मल्टीपार्टइट वायरस
E. ओवरराइट वायरस

Q.42 _______ एक्ज़ीक्यूटेबल्स के साथ-साथ बूट सेक्टर को भी संक्रमित करता है।

A. नॉन रेजिडेंट वायरस　　　**B.** बूट सेक्टर वायरस

C. पॉलीमॉर्फिक वायरस   D. मल्टीपार्टाइट वायरस
E. स्पेस-फिलर वायरस

Q.43 _________ वायरस अक्सर फ्लॉपी ड्राइव में छोड़ी गई फ़्लॉपी डिस्क द्वारा प्रेषित होते हैं।
A. ट्रोजन हॉर्स   B. बूट सेक्टर
C. स्क्रिप्ट   D. लॉजिक बॉम्ब
E. इनमें से कोई नहीं

Q.44 वे नेफरियस हैकर हैं, और उनका मुख्य उद्देश्य साइबर अपराध करके वित्तीय लाभ प्राप्त करना है। यहाँ "वे" किसे संदर्भित किया गया है?
A. ग्रे हैट हैक   B. व्हाइट हैट हैकर्स
C. हैक्टिविस्ट   D. ब्लैक हैट हैकर्स
E. इनमें से कोई नहीं

Q.45 _________ हैकिंग एप्रोच है जहां साइबर क्रिमिनल एडिशनल ट्रैफिक को ट्रिक या गेन करने के लिए फेक वेबसाइट या पेज डिजाइन करते हैं।
A. साइबर-रेप्लिकेशन   B. मिमिकिंग
C. वेबसाइट-डुप्लीकेशन   D. फार्मिंग
E. इनमें से कोई नहीं

Q.46 निम्न में से किसका उपयोग वेब पेज बनाने के लिए किया जाता है?
[UGC NET Hindi, 2019]
A. HTML   B. C
C. JVM   D. DTD
E. इनमें से कोई नहीं

Q.47 यूनिवर्सिटी लाइब्रेरी के वेबसाइट के एड्रेस (URL) में कौन सा डोमेन मौजूद होना चाहिए?
A. .org   B. .gov
C. .edu   D. .com
E. इनमें से कोई नहीं

Q.48 निम्न में से कौन सा कनेक्टिविटी का एक उदाहरण है?
A. सी.डी   B. फ्लॉपी डिस्क
C. इंटरनेट   D. डेटा
E. इनमें से कोई नहीं

Q.49 एक कंप्यूटर में इनपुट के लिए कोडित वर्णों में हस्तलिखित इंप्रेशन और स्थिति निर्देशांक में परिवर्तित करने के लिए एक उपकरण है -
A. टच पैनल   B. माउस
C. वंड   D. राइटिंग टेबलेट
E. इनमें से कोई नहीं

Q.50 निम्नलिखित में से कौनसा एप्लीकेशन सॉफ्टवेयर है?
A. लाइनेक्स
B. यूनिक्स
C. माइक्रोसॉफ्ट पावर प्वाइंट
D. मैक्रोस
E. विंडोज़

Q.51 छोटी मात्रा में डेटा के लिए एक स्टोरेज सिस्टम है-
A. मैग्नेटिक कार्ड   B. मैग्नेटिक टेप
C. ऑप्टिकल मार्क रीडर   D. पंचेड कार्ड
E. इनमें स कोई नहीं

Q.52 निम्नलिखित में से कौन एक कंप्यूटर सिस्टम में एक पेरिफेरल हार्डवेयर डिवाइस नहीं है?
A. कीबोर्ड   B. ऑप्टिकल ड्राइव
C. एचडीडी   D. प्रिंटर

E. इनमे से कोई भी नहीं

Q.53 _________ एक पायथन लिपि है जिसे वायरलेस सुरक्षा ऑडिटिंग को सरल बनाने के लिए डिज़ाइन किया गया है।
A. किस्मेट   B. वाइफाइटे
C. वाइफाईफ़िशर   D. वायरशार्क
E. एयरजैक

Q.54 निम्नलिखित में से कौन से मैलवेयर के ऑब्जेक्टिव हैं?
A. एक संक्रमित मशीन का उपयोग करने के लिए एक अटैकर के लिए रिमोट कंट्रोल प्रदान करें
B. संक्रमित उपयोगकर्ता के स्थानीय नेटवर्क की जाँच करें
C. संवेदनशील डेटा चोरी
D. संक्रमित मशीन से अनसस्पेक्टिंग टारगेट को स्पैम भेजना
E. उपरोक्त सभी

Q.55 क्वांटम कंप्यूटिंग क्लासिकल कंप्यूटिंग की तुलना में अपेक्षाकृत _________ है।
A. धीमा   B. तेज
C. औसत   D. छोटा
E. इनमें से कोई नहीं

Q.56 एक साथ मल्टीपल स्टेट में रहने की क्षमता को _________ कहा जाता है।
A. सुपरस्टेशन   B. सबपोजिशन
C. सुपरपोजिशन   D. सुपरप्रोग्राम
E. सबप्रोग्राम

Q.57 जब एक क्यूबिट पेयर के दो मेंबर एक ही क्वांटम अवस्था में मौजूद होते हैं, तो इसे _________ के रूप में जाना जाता है।
A. इंगेजमेंट   B. सुपरपोज़िशन
C. एंटेंगलमेंट   D. दोनों (A) और (B)
E. इनमें से कोई नहीं

Q.58 DBMS और RDBMS के बीच का अंतर यह है कि-
A. DBMS में हेरफेर किया जा सकता है लेकिन RDBMS में हेरफेर नहीं किया जा सकता है।
B. DBMS एक वाणिज्यिक प्रकार का डेटाबेस है जो RDBMS इंजीनियरों का डेटा है।
C. DBMS विभिन्न फाइलों को एक दूसरे के साथ नहीं जोड़ सकता है जबकि एक RDBMS कर सकता है।
D. (A) और (B) दोनों
E. इनमे से कोई नहीं

Q.59 उस डेटाबेस का नाम बताइए जो उस एप्लिकेशन से इंडिपेंडेंट हो एवं जो इसका उपयोग करता है।
A. इंटीग्रिटी रुल   B. लॉजिकल रुल
C. लॉजिकल रिलेशनशिप   D. इंटीग्रिटी इंडिपेंडेंसी
E. इनमें से कोई नहीं

Q.60 एट्रिब्यूट ID , CITY और NAME पर विचार करें| इनमें से किसे एक सुपर को (Super Key) के रूप में माना जा सकता है?
A. NAME   B. ID
C. CITY   D. CITY , ID
E. इनमें से कोई नहीं

Q.61 पीएसयू का पूर्ण रूप क्या है, जो पावर सप्लाई के लिए उपयोग किया जाने वाला एक आंतरिक घटक है?
A. पावर सप्लाई यूनिट
B. परमानेंट सप्लाई यूनिट

C. प्लेसमेंट सप्लाई यूनिट
D. प्रोग्रामेबल सप्लाई यूनिट
E. इनमें से कोई नहीं

Q.62 निम्नलिखित में से कौन एक समय में एक से अधिक प्रोग्राम का समर्थन नहीं करता है?

A. डॉस
B. लिनक्स
C. विंडो
D. यूनिक्स
E. इनमें से सभी

Q.63 डेटा लिंक पर एक पैकेट को _______ के रूप में जाना जाता है।

A. पाथ
B. फ्रेम
C. ब्लॉक
D. ग्रुप
E. इनमें से कोई नहीं

Q.64 CPU का पूर्ण रूप क्या है?

A. सेंट्र प्रोसेसिंग यूनिट
B. सेंट्रल प्रोसेसिंग यूनिट
C. सेंट्रल पब्लिकेशन यूनिट
D. सेंट्रल प्रोग्रामिंग यूनिट
E. इनमें से कोई नहीं

Q.65 DIP का पूर्ण रूप क्या है?

A. डोमेन इन्वर्जन प्रिंसिपल
B. डायोडिक इन्वर्जन प्रिंसिपल
C. डिपेंडेंसी इन्वर्जन प्रिंसिपल
D. (A) और (B)
E. ऊपर के सभी

Q.66 LAN का पूर्ण रूप क्या है?

A. लोकल एरिया नोड्स
B. लार्ज एरिया नेटवर्क
C. लार्ज एरिया नोड्स
D. लोकल एरिया नेटवर्क
E. इनमें से कोई नहीं

Q.67 उस प्रोग्रामिंग भाषा का नाम बताएं जिसमें माइक्रोसॉफ्ट वर्ड लिखा गया है?

A. Java
B. C++
C. C
D. Html
E. इनमें से कोई भी नहीं

Q.68 गटर मार्जिन क्या है?

A. वह मार्जिन, जो प्रिंट करते समय बायें मार्जिन में जोड़ा जाता है।
B. वह मार्जिन, जो प्रिंट करते समय दायें मार्जिन में जोड़ा जाता है।
C. वह मार्जिन, जो प्रिंट करते समय पेज की बाइंडिंग साइड में जोड़ा जाता है।
D. वह मार्जिन, जो प्रिंट करते समय पेज के बाहर की ओर जोड़ा जाता है।
E. इनमें से कोई नहीं

Q.69 किसी डॉक्यूमेंट का रूप बदलना _______ कहलाता है।

A. प्रूफिंग
B. एडिटिंग
C. फोर्मेटिंग
D. उपरोक्त सभी
E. इनमें से कोई नहीं

Q.70 किसी सलेक्टेड श्रेणी के डेटा को किसी अन्य वर्कशीट में समान कार्यपुस्तिका (वर्कबुक) में ड्रैग करने के लिए ____ का उपयोग करते हैं।

A. Tab कुंजी
B. Alt कुंजी
C. Shift कुंजी
D. Ctrl कुंजी
E. function कुंजी

Q.71 फ़ील्ड कोड प्रदर्शित करने के लिए शॉर्टकट कुंजी क्या है?

A. Alt + F9
B. Ctrl + F9
C. शिफ्ट + F9
D. स्पेस + F9
E. स्पेस + F11

Q.72 F1 कुंजी का उपयोग _______ के लिए किया जाता है।

A. हेल्प
B. प्रिंट
C. व्यू
D. सेव
E. इनमें से कोई नहीं

Q.73 ऐसे कौन से इंस्ट्रक्शंस हैं जो असेंबलर को बताते हैं कि क्या करना है?

A. एक्सेक्यूटबल इंस्ट्रक्शंस
B. सुडो-ऑप्स
C. लॉजिकल इंस्ट्रक्शंस
D. मैक्रोस
E. इनमे से कोई भी नहीं

Q.74 _______ MS .Net प्लेटफॉर्म द्वारा सपोर्टेड एक लैंग्वेज है।

A. C
B. C++
C. Java
D. C#
E. C@

Q.75 सुपरकंप्यूटिंग के जनक के रूप में किसे जाना जाता है?

A. डेविड जे ब्राउन
B. जीन अमदहल
C. एडम डंकल्स
D. सीमोर क्रे
E. इनमें से कोई नहीं

Q.76 प्रथम पीढ़ी के कंप्यूटरों का मुख्य घटक था:

A. ट्रांजिस्टर
B. वैक्यूम ट्यूब और वॉल्व
C. इंटीग्रेटेड सर्किट
D. (A) और (B) दोनों
E. इनमें से कोई नहीं

Q.77 एमएस-डॉस एक _______ ऑपरेटिंग सिस्टम है।

A. यूजर फ्रेंडली ग्राफिकल
B. ग्राफिकल यूज़र इंटरफ़ेस
C. रियल टाइम जीयूआई
D. कमांड लाइन इंटरफेस
E. A और B दोनों

Q.78 जटिल नेटवर्क आज सैकड़ों और कभी-कभी हजारों _______ से बने होते हैं।

A. डॉक्यूमेंट
B. कंपोनेंट्स
C. एंटिटीज
D. सर्वर
E. इनमें से कोई नहीं

Q.79 ऑप्टिकल फाइबर केबल की अधिकतम डेटा क्षमता कितनी है?

A. 10 मेगाबिट्स प्रति सेकेंड
B. 100 मेगाबिट्स प्रति सेकेंड
C. 1000 मेगाबिट्स प्रति सेकेंड
D. 10000 मेगाबिट्स प्रति सेकेंड
E. इनमें से कोई नहीं

Q.80 टीडीएम में:

A. कई सिग्नलों को एक बार में एक चैनल पर स्लॉट मोड में भेजा जाता है
B. कई सिग्नलों को एक समय में अलग-अलग चैनलों पर भेजा जाता है
C. एक सिग्नल कई उपयोगकर्ताओं को भेजा जाता है
D. (A) और (B) दोनों
E. ऊपर के सभी

Financial Awareness

Q.81 2022-23 के बजट में प्रस्तावित सी-पेस का उद्देश्य है:

A. 2030 तक 50% से अधिक तिलहन आयात करना

B. 2022-23 वित्तीय वर्ष में एक त्वरित कॉर्पोरेट निकास प्रक्रिया को लागू करना

C. 2025 तक विनिर्माण क्षेत्र में 30% की वृद्धि हासिल करना

D. MSME क्षेत्र में प्रतिस्पर्धा को बढ़ावा देना

E. इनमें से कोई नहीं

Q.82 केंद्रीय बजट 2022-23 के अनुसार स्थानीय व्यवसायों और आपूर्ति श्रृंखलाओं (रेलवे) की मदद करने के लिए कौन सी अवधारणा है।

A. एक स्टेशन एक उत्पाद

B. एक स्टेशन दो उत्पाद

C. एक स्टेशन अनेक उत्पाद

D. दो स्टेशन दो उत्पाद

E. उपरोक्त में से कोई नहीं

Q.83 आरबीआई ने एचडीएफसी बैंक के साथ सेंचुरियन बैंक के समामेलन को मंजूरी दी:

A. 23 मई 2008

B. 13 अगस्त 2008

C. 30 जून 2009

D. 31 मार्च 2009

E. 30 मार्च, 2006

Q.84 निम्नलिखित में से कौन सी नरसिम्हन समिति, 1991 की सिफारिश नहीं है?

A. सीआरआर और एसएलआर में कमी

B. निर्देशित ऋण कार्यक्रम को चरणबद्ध तरीके से समाप्त करना

C. पूंजी पर्याप्तता अनुपात में कमी

D. एआरएफ फंड की स्थापना

E. सार्वजनिक क्षेत्र के बैंक को स्वायत्तता

Q.85 नरसिम्हम समिति (I) की स्थापना निम्न में सुधार के लिए कुछ सिफारिशें करने के लिए की गई थी:

A. वित्तीय संस्थान की दक्षता और उत्पादकता

B. बैंकिंग सुधार प्रक्रिया

C. आईटी क्षेत्र का निर्यात

D. राजकोषीय सुधार प्रक्रिया

E. इनमें से कोई नहीं

Q.86 सरफेसी अधिनियम, 2002 किस प्रकार के ऋण पर लागू नहीं होता है?

A. अवसंरचना ऋण

B. कृषि ऋण

C. व्यापार ऋण

D. गृह ऋण

E. शिक्षा ऋण

Q.87 आरबीआई कुछ मापदंडों पर बैंकों का आकलन करता है और उन बैंकों पर सुधारात्मक कार्रवाई करता है जो आर्थिक रूप से स्वस्थ नहीं हैं। निम्नलिखित में से कौन सा पैरामीटर उनमें से एक नहीं है?

A. जोखिम भारित संपत्ति अनुपात के लिए पूंजी

B. पूंजी पर्याप्तता अनुपात

C. शुद्ध गैर निष्पादित संपत्तियां

D. संपत्ति पर वापसी

E. वैधानिक तरल अनुपात

Q.88 सुरक्षा रसीदें किसके द्वारा जारी की जाती हैं:

A. पुनर्निर्माण कंपनी

B. शेयरधारक

C. लेनदार

D. देनदार

E. इनमें से कोई नहीं

Q.89 दृष्टिबंधक में परिभाषित किया गया है:

A. सरफेसी अधिनियम, 2002

B. भारतीय अनुबंध अधिनियम, 1872

C. एनआई अधिनियम, 1881

D. आरबीआई अधिनियम

E. इनमें से कोई नहीं

Q.90 सीडीआर का फुल फॉर्म क्या है?

A. कॉर्पोरेट डोमेस्टिक रिस्ट्रक्चरिंग

B. कॉर्पोरेट डेब्ट रिस्ट्रक्चरिंग

C. कमीशन ऑन डेब्ट रिस्ट्रक्चरिंग

D. कमीशन ऑन डोमेस्टिक रिस्ट्रक्चरिंग

E. इनमें से कोई नहीं

Q.91 भारत में सीडीआर प्रणाली किस स्तर की संरचना पर टिकी हुई है?

A. तीन   **B.** चार   **C.** पांच   **D.** सात

E. छह

Q.92 भारत ने बेसल-I दिशानिर्देशों को किस वर्ष अपनाया था?

A. 1999   **B.** 1995   **C.** 1993   **D.** 1988

E. 1989

Q.93 निम्नलिखित में से कौन सा बेसल-II ढांचे के अनुसार परिचालन जोखिम की गणना के दृष्टिकोणों में से एक नहीं है?

A. बुनियादी संकेतक दृष्टिकोण

B. मानकीकृत दृष्टिकोण

C. उन्नत मापन दृष्टिकोण

D. फाउंडेशन आंतरिक रेटिंग-आधारित दृष्टिकोण

E. उपरोक्त सभी

Q.94 बेसल-III ढांचे के अनुसार बैंकों को न्यूनतम टियर-I पूंजी क्या बनाए रखनी है?

A. 3%   **B.** 4%   **C.** 5%   **D.** 6%

E. 7%

Q.95 निम्नलिखित में से किसमें निवेश भारतीय रिजर्व बैंक के दिशानिर्देशों के अनुसार बैंक की सबसे अधिक जोखिम-मुक्त संपत्ति है?

A. गृह ऋण

B. सरकार द्वारा अनुमोदित प्रतिभूतियां

C. उद्यम पूंजी निवेश

D. ज्वैलरी पर ऋण

E. शिक्षा पर ऋण

Q.96 वैश्विक प्रतिस्पर्धात्मकता रिपोर्ट ____ द्वारा प्रकाशित की जाती है।

A. विश्व बैंक

B. अंतर्राष्ट्रीय मुद्रा कोष

C. विश्व आर्थिक मंच

D. विश्व व्यापार संगठन

E. इनमें से कोई नहीं

Q.97 राष्ट्रीय आवास बैंक (एनएचबी) की स्थापना 9 जुलाई, 1988 को निम्नलिखित में से किस अधिनियम के तहत की गई थी?

A. राष्ट्रीय आवास बैंक अधिनियम, 1985

B. राष्ट्रीय आवास बैंक अधिनियम, 1986

C. राष्ट्रीय आवास बैंक अधिनियम, 1987

D. राष्ट्रीय आवास बैंक अधिनियम, 1988

E. उपरोक्त में से कोई भी नहीं

Q.98 अब अंतर्राष्ट्रीय मुद्रा कोष ______ देशों का एक संगठन है।

A. 180

B. 185

C. 188

D. 190

E. इनमे से कोई भी नहीं

Q.99 इंडिया इंफ्रास्ट्रक्चर फाइनेंस कंपनी लिमिटेड (आईआईएफसीएल) 2006 में स्थापित एक पूर्ण स्वामित्व वाली ______ कंपनी है।

A. नाबार्ड	**B.** सेबी
C. आरबीआई	**D.** वित्त मंत्रालय
E. भारत सरकार	

Q.100 वह जोखिम जिसके लाभ की संभावना के साथ तीन परिणाम होते हैं _______ है।

A. शुद्ध	**B.** परिकल्पी
C. स्थिर	**D.** गतिशील
E. इनमें से कोई नहीं	

Q.101 एक फर्म में कार्मिक जोखिम _______ की क्षमता अखंडता और उत्साह पर निर्भर करता है।

A. लेनदार	**B.** देनदार
C. सरकार	**D.** प्रबंधन और कर्मचारी
E. इनमें से कोई नहीं	

Q.102 दूसरे पक्ष को जोखिम का हस्तांतरण _______ के माध्यम से किया जाता है।

A. कमी	**B.** नियंत्रण
C. प्रतिधारण	**D.** बीमा
E. उपर्युक्त सभी	

Q.103 रियल-टाइम ग्रॉस सेटलमेंट (RTGS) और नेशनल इलेक्ट्रॉनिक फंड्स ट्रांसफर (NEFT) सिस्टम के जरिए निधि हस्तांतरण 1 जुलाई 2019 से सस्ता हो गए। NEFT प्रणाली _______ लाख रुपये तक के फंड ट्रांसफर के लिए है।

[SBI Apprentice, 2021]

A. 1	**B.** 1.5
C. 2	**D.** 2.5
E. कोई ऊपरी सीमा नहीं।	

Q.104 इम्पीरियल बैंक ऑफ इंडिया वर्ष _______ में भारतीय स्टेट बैंक में बदल गया ।

[SBI Apprentice, 2021]

A. 1921	**B.** 1955
C. 1935	**D.** 1926
E. इनमें से कोई भी नहीं	

Q.105 आर्थिक सर्वेक्षण 2021-22 का केंद्रीय विषय "_______" है।

A. जीवन और आजीविका बचाना
B. त्वरित दृष्टिकोण
C. समर्थक व्यापार
D. डिजिटल परिवर्तन
E. इनमें से कोई नहीं

Q.106 आर्थिक सर्वेक्षण 2021-22 के अनुसार, भारत में दुनिया का _______ सबसे बड़ा वन क्षेत्र है।

A. 1	**B.** 2	**C.** 3	**D.** 10
E. 7			

Q.107 वर्ष 2021-22 में भारत के जीवीए में किस क्षेत्र का सर्वाधिक योगदान है?

A. औद्योगिक क्षेत्र	**B.** सेवा क्षेत्र
C. सामाजिक अवसंरचना	**D.** कृषि क्षेत्र
E. सतत विकास	

Q.108 किस बैंक ने वरिष्ठ नागरिकों के लिए अपने मोबाइल बैंकिंग प्लेटफॉर्म पर 'वर्ल्ड गोल्ड' नामक एक नई सुविधा शुरू की है?

A. स्टेट बैंक ऑफ इंडिया	**B.** पंजाब नेशनल बैंक
C. इंडियन बैंक	**D.** बैंक ऑफ बड़ौदा
E. एचडीएफसी बैंक	

Q.109 सेबी ने बाजार डेटा पर अपनी सलाहकार समिति का पुनर्गठन किया है जो दिसंबर 2021 में नीतिगत उपायों की सिफारिश करती है। सलाहकार पैनल के प्रमुख के रूप में किसे नियुक्त किया गया है?

A. नितिन बजाज	**B.** रश्मि सिंह
C. सतीश गुप्ता	**D.** एमएस साहू
E. माधबी पुरी बुच	

Q.110 अस्थायी दर वाले बॉन्ड के संबंध में निम्नलिखित कथनों पर विचार कीजिए।

1. अस्थायी दर वाले बॉन्ड एक ऋण के साधन है जिसमें एक निश्चित कूपन दर नहीं होती है, लेकिन इसकी ब्याज दर में मानदंड के आधार पर उतार-चढ़ाव होता है।

2. अस्थायी दर वाले बॉन्ड भारतीय बॉन्ड बाजार का एक महत्वपूर्ण हिस्सा हैं और प्रमुख रूप से सरकार द्वारा जारी किए जाते हैं।

3. सरकारी प्रतिभूतियों की नीलामी में गैर-प्रतिस्पर्धी बोली सुविधा के लिए योजना के अनुसार पात्र व्यक्तियों और संस्थानों को प्रतिभूतियों की बिक्री की अधिसूचित राशि का 5% तक आवंटित किया जाएगा।

ऊपर दिए गए कथनों में से कौन-सा/से सही है/हैं?

A. केवल 1 और 2	**B.** केवल 2 और 3
C. केवल 1 और 3	**D.** 1, 2, और 3
E. 3 केवल	

Q.111 02 अप्रैल 2022 को, भारत और निम्नलिखित में से किस देश ने आर्थिक सहयोग और व्यापार समझौते पर हस्ताक्षर किए?

A. ऑस्ट्रेलिया	**B.** चीन
C. जापान	**D.** रूस
E. अमेरिका	

Q.112 अप्रैल 2022 में, केंद्रीय मंत्रिमंडल ने निम्नलिखित में से किस भुगतान बैंक को 820 करोड़ रुपये की वित्तीय सहायता को मंजूरी दी है?

A. एयरटेल पेमेंट्स बैंक
B. जियो पेमेंट्स बैंक
C. इंडिया पोस्ट पेमेंट्स बैंक
D. फिनो पेमेंट्स बैंक
E. NSDL पेमेंट्स बैंक

Q.113 निम्नलिखित में से कौन सा शब्द सरकार को ऋण प्रदान करने के लिए वाणिज्यिक बैंकों द्वारा उपयोग किए जाने वाले तंत्र को इंगित करता है?

A. नकद ऋण अनुपात
B. ऋण सेवा दायित्व
C. चलनिधि समायोजन सुविधा
D. वैधानिक तरलता अनुपात
E. इनमें से कोई नहीं

Q.114 RBI मौद्रिक नीति का प्राथमिक उद्देश्य क्या बनाए रखना है?

A. धन	**B.** विनिमय दर
C. आय समानता	**D.** मूल्य स्थिरता
E. क्षेत्रीय असमानता	

Q.115 _______ सरकार के कराधान और व्यय निर्णयों से संबंधित है।

A. मौद्रिक नीति	**B.** श्रम बाजार नीतियां
C. व्यापार नीति	**D.** राजकोषीय नीति
E. इनमें से कोई नहीं	

Q.116 म्युचुअल फंड देश में _______ द्वारा नियंत्रित किए जाते हैं।

[Punjab National Bank Clerk, 2021], [Punjab And Sind Bank Clerk, 2021], [Union Bank of India Clerk, 2021]

A. आईआरडीए
B. एसोसिएशन ऑफ म्युचुअल फंड्स ऑफ इंडिया (एएमएफआई)
C. नाबार्ड
D. सिक्योरिटीज एंड एक्सचेंज बोर्ड ऑफ इंडिया
E. भारतीय रिजर्व बैंक

Q.117 भारत में एनबीएफसी के संबंध में कौन से कथन सही हैं?
(A) सभी एनबीएफसी को आरबीआई के साथ पंजीकृत होना चाहिए।
(B) एनबीएफसी मागं जमा स्वीकार नहीं कर सकते।
(C) एनबीएफसी भुगतान और निपटान प्रणाली का हिस्सा नहीं बनते हैं और स्वयं ही चेक जारी नहीं कर सकते हैं।
(D) जमा बीमा और क्रेडिट गारंटी निगम की जमा बीमा सुविधा एनबीएफसी के जमाकर्ताओं के लिए उपलब्ध नहीं है।
नीचे दिए गए विकल्पों में से सही चुनिए:
A. केवल (A), (B), (C)
B. केवल (A), (B), (C), (D)
C. केवल (A), (B), (D)
D. केवल (A), (D)
E. इनमें से कोई नहीं

Q.118 भारत में, मुद्रास्फीति को मापा जाता है
A. थोक मूल्य सूचकांक संख्या
B. उपभोक्ता मूल्य सूचकांक
C. कृषि श्रमिकों के लिए उपभोक्ता मूल्य सूचकांक
D. राष्ट्रीय आय अपस्फीति
E. इनमें से कोई नहीं

Q.119 धन-शोधन निवारण अधिनियम , 2002 प्रभावी हो गया है, जिसमें से निम्नलिखित में से एक तारीख है?
A. जुलाई 2002　　**B.** अगस्त 2003
C. जुलाई 2004　　**D.** जुलाई 2005
E. अगस्त 2005

Q.120 भारत सरकार द्वारा गैर-निष्पादित आस्तियों से निपटने के लिए उनके आरोही क्रम में निम्नलिखित पहलों को व्यवस्थित करें:
(A) कॉर्पोरेट ऋण पुनर्गठन
(B) समझौता समझौता
(C) ऋण वसूली न्यायाधिकरण (डीआरटी)
(D) क्रेडिट सूचना ब्यूरो
(E) SARFAFSI अधिनियम
नीचे दिए गए विकल्पों में से सही उत्तर चुनिए:
A. (C), (D), (A), (B), (E)
B. (A), (B), (E), (C), (D)
C. (C), (D), (B), (E), (A)
D. (D), (C), (B), (E), (A)
E. इनमें से कोई नहीं

English Language

Ques (121-125):Directions: The following sentences form a paragraph. The first and fourth sentences of the paragraph are given. The rest are numbered as P, Q, R, S and T. These five parts are not given in their proper order. Arrange them in the correct order to make the paragraph meaningful and then answer the questions given below.

1. Alaska's national parks offer a unique opportunity to explore glacial environments.

P. The part that once connected the two land masses is now underwater, beneath the Bering Strait.

Q. It used to connect East Asia and North America.

4. This bridge was the primary pathway used by the original colonists of the Americas some 15,000 to 20,000 years ago.

R. And hence the name 'Bering Land Bridge'.

S. They are nestled in a wilderness so wild you'll need to arrange for a boat or a plane to get there.

T. The Bering Land Bridge National Preserve, located in northwestern Alaska, near Nome, is one of the most popular of these parks.

Q.121 Which of the following should be the SEVENTH or the last sentence in the correct order?
A. Q　　**B.** S　　**C.** R　　**D.** T
E. P

Q.122 Which of the following should be the SIXTH sentence in the correct order?
A. Q　　**B.** S　　**C.** R　　**D.** T
E. P

Q.123 Which of the following should be the FIFTH sentence in the correct order?
A. Q　　**B.** S　　**C.** R　　**D.** T
E. P

Q.124 Which of the following should be the THIRD sentence in the correct order?
A. Q　　**B.** S　　**C.** R　　**D.** T
E. P

Q.125 Which of the following should be the SECOND sentence in the correct order?
A. Q　　**B.** S　　**C.** R　　**D.** T
E. P

Ques (126-127):Direction: In the question below, a statement has been given with a blank. In the options are some idioms/phrases, which may or may not fit in meaningfully in the blank. You are required to choose from the options, the one that provides the correct combination of the idioms/phrases which fit in the blanks grammatically and contextually.

Q.126 Both the Centre and States must __________ on ending the special treatment for sugar by letting market signals dictate crop prospects and prices.
I. bark up the wrong tree
II. burn the bridges
III. bite the bullet
A. Only II　　　　**B.** Only III
C. Only I and II　　**D.** Only II and III
E. None of the above

Q.127 In the race to garner a larger share of the pie, the airlines seem to be __________ in training, supervision and safety – adopting a grow-now-fix-later attitude.
I. cutting corners

II. all ears

III. call a spade a spade

A. Only I	**B.** Only II
C. Only I and III	**D.** Only III
E. Only II and III	

Ques (128-129):Directions: Read the sentence to find out whether there is any grammatical error in it. The error, if any will be in one part of the sentence. The number of that part is the answer. If there is no error, the answer is (E). i.e. no error. (Ignore the errors of punctuation if any).

Q.128 Collaboration is key (A)/ and inter-department teamwork (B) can only be fostered (C)/ through strong communication (D)./ No Error (E)

A. (A)	**B.** (B)	**C.** (C)	**D.** (D)
E. (E)			

Q.129 Many companies are (A)/ also factoring in individual (B)/ aspirations and aligning them to (C)/organization goals as well (D)/. No Error (E)/

A. (A)	**B.** (B)	**C.** (C)	**D.** (D)
E. (E)			

Q.130 Direction: Select the phrase/connector from the given three options which can be used to form a single sentence from the two sentences given below, implying the same as expressed in the statement sentence.

The beginning of the Industrial Revolution in Britain. Water was the main source of power for new inventions.

1. And water was

2. At the beginning

3. When water was

A. Only 1	**B.** Only 2
C. Only 3	**D.** Both 1 and 2
E. Both 2 and 3	

Q.131 Direction: In the following question, two columns are given containing three phrases each. In the first column, phrases are A, B, and C, and in the second column, the phrases are D, E, and F. A phrase from the first column may or may not connect with a phrase from the second column to make a grammatically and contextually correct sentence. There are five options, four of which display the sequence(s) in which the phrases can be joined to form a grammatically and contextually correct sentence. If, none of the options given forms a correct sentence after combination, select 'None of these' as your answer.

Column (1)	Column (2)
A. He heard other students	D. that had been ignored by ancient Greeks.
B. Romans valued certain types of innovations	E. discussion it.
C. She prefers that he spend his time	F. on another project.

A. A-E and B-F	**B.** B-D and C-F
C. B-F and C-D	**D.** A-D and B-F
E. None of these	

Q.132 Direction: In the following question, two columns are given containing three phrases each. In the first column, phrases are A, B, and C, and in the second column, the phrases are D, E, and F. A phrase from the first column may or may not connect with a phrase from the second column to make a grammatically and contextually correct sentence. There are five options, four of which display the sequence(s) in which the phrases can be joined to form a grammatically and contextually correct sentence. If, none of the options given forms a correct sentence after combination, select 'None of these' as your answer.

Column (1)	Column (2)
A. They were following an	D. the original inhabitants of Rome.
B. Romans valued sea power as did the Latins,	E. who have fallen behind in their course work.
C. Warning letters is sent to students	F. moving food supply.

A. A-E, B-F and C-D	**B.** B-D
C. A-D, B-F and C-E	**D.** C-F
E. None of these	

Ques (133-137):Direction: In the passage given below there are 5 blanks, each followed by a word given in bold. Each blank has four alternative words given in options (A), (B), (C) and (D). You have to tell which word will best suit the respective blank. Mark (E) as your answer if the word given in bold after the blank is your answer. i.e., No Change Required.

As the economic role of multinational, global corporations expands, the international economic __(A)__ **[nature]** will be shaped increasingly not by governments or international institutions, but by the __(B)__ **[formalities]** between governments and global corporations, especially in the United States, Europe, and Japan. A significant factor in this shifting world economy is the __(C)__ **[fiend]** toward regional trading blocs of nations, which has a potentially large effect on the evolution of the world trading system. Two examples of this trend are the United States-Canada Free Trade Agreement and Europe 1992, the move by the European Community to dismantle __(D)__ **[remedies]** to the free flow of goods, services, capital, and labor among member states by the end of 1992. However, although numerous political and economic factors were __(E)__ **[operative]** in launching the move to integrate the EC's markets, concern about protectionism within the EC does not appear to have been a major consideration.

Q.133 Which of the following words most appropriately fits the blank labelled (A)?

A. Environment

B. Revolution

C. Revelation

D. Institution

E. No Change Required

Q.134 Which of the following words most appropriately fits the blank labelled (B)?

A. Elocution

B. Interaction

C. Gratification

D. Articulation

E. No Change Required

Q.135 Which of the following words most appropriately fits the blank labelled (C)?

A. Pretext

B. Pretense

C. Intend

D. Trend

E. No Change Required

Q.136 Which of the following words most appropriately fits the blank labelled (D)?

A. Ratification

B. Sentiments

C. Impediments

D. Reprimands

E. No Change Required

Q.137 Which of the following words most appropriately fits the blank labelled (E)?

A. Cooperative

B. Remunerative

C. Prerogative

D. Innovative

E. No Change Required

Ques (138-140):Direction: In the following question a short passage is given with one of the lines in the passage missing and represented by a blank. Select the best out of the five answer choices given, to make the passage complete and coherent (coherent means logically complete and sound).

Q.138 According to Clayton Christensen's theory of "disruptive innovation", an industry becomes ripe for disruption once it begins super- serving its best, most affluent customers and ignoring the rest. Each stage in the maturation of a company or industry inevitably pushes it to embrace its best, most profitable customers. However, in the process, the companies fighting over the 'best' customers generally cede the low end of the market to new entrants. __________.

A. Overtime, new technologies introduced for the low end of the market climb the price-performance curve and start to surpass the technologies at the high end.

B. So, it's game over for the market leaders for ever.

C. They are too big to react quickly to a new era of innovation.

D. This should be a clear sign that the industry is headed for a period of peak disruption.

E. The result is a more stable market scenario.

Q.139 India's tax-to-GDP ratio is far lower than the 21 percent average of its emerging market peers; its public spending-to-GDP ratio is also the lowest among BRICS nations. ____________________________. About 85 percent of the economy is outside the tax net. Even among those who pay taxes, the number of individuals who earn more than Rs.1 crore a year or pay tax in the 30 percent tax bracket is unrealistically low.

A. The country cannot scale up necessary infrastructure and social spending without widening its tax base.

B. The government had promised to adopt non-intrusive methods and employ information technology to widen the tax base.

C. As a target, rough or otherwise, it is an ambitious goal for a country where the direct tax base has grown at a snail's pace over six decades.

D. It is not clear why there is such panic about the number, especially if it was a mere statement of intent.

E. According to recent economic survey, it said India needs to increase its tax-GDP ratio, and spend more on health and education.

Q.140 While individual companies adapt to the new political economy in the West, it does not diminish New Delhi's responsibility to make a case for more open immigration policies for India's skilled workers. ____________________________. This, as economists from David Ricardo to Jagdish Bhagwati have pointed out, increases the size of global economic output despite the costs. It is obvious that the tightening of immigration is likely to have a net negative effect on the global economy.

A. Also, investment in advanced technologies itself, such as by Infosys, could be a measure to deal with high labour costs in the U.S.

B. Not surprisingly, there is now increasing speculation that many Indian IT giants will refrain from sponsoring H-1B visas for junior engineers.

C. Sadly, since the benefits of globalisation are diffused among billions of people while its costs are concentrated on a smaller but organised group, such adjustments often end up validating populist, protectionist policies.

D. The economic rationale behind the free movement of labour is that it promotes economic efficiency.

E. Other Indian outsourcing firms have recruited in the United States, but Infosys is the first to give concrete hiring numbers and a timeline for its plans, following Trump's visa review.

Q.141 Find the sentence that is grammatically correct.

A. When Rahul completed his time, others already left the ground.

B. When Rahul had completed his time, others already left the ground.

C. When Rahul has completed his time, others had already left the ground.

D. When Rahul completed his time, others had already left the ground.

E. When Rahul completed his time, others have already left the ground.

Q.142 Find the sentence that is grammatically correct.

A. A number of soldiers was injured during the war.

B. A pride of lions is approaching the camp.

C. Killing are not always considered a bad thing.

D. There is many students in section B.

E. They have complete his work.

Ques (143-147):Direction: The comprehension given below consists of 5 questions which has 5 alternatives given to it, of which only one alternative is correct. Read the following passage carefully and choose the correct answer for the respective questions.

Former prime minister and economist Manmohan Singh /(1) it would be prudent to watch out /(2) has cautioned that while India is not yet /(3) for increased risks of such an event occurring /(4) in stagflation territory, /(5).

What is stagflation? A combination of simultaneously rising inflation and unemployment is called stagflation. The term was _____ by Paul Samuelson, the first American to win the Nobel Prize in economics, to describe the simultaneously rising inflation and unemployment rates in the US in the 1970s and 80s. During 1973, the US inflation rate more than doubled, reaching 8.7% in December. It climbed to 14% by 1980. Through this period of soaring inflation, /(1) unemployment remains stubbornly high, /(2) just as Chicago economist Milton Friedman, /(3) who received the Nobel in economics in 1976, had warned of. /(4)

Among the most _____ episodes of stagflation is the one in the US that began in 1974 and ended in the early 80s. It was set off by a series of supply shocks, /(1) led by surging oil prices, /(2) and an excessive expansionary monetary policy, especially in 1972-73, /(3) which allowed expectations of inflation to become entrenched./(4) This led to a breakdown of the inverse relationship between inflation and unemployment, as suggested by the Phillips Curve. The appearance of stagflation proved Friedman's prediction that over the long run there is no trade-off between inflation and unemployment.

Describing the economy as one that is perched in a _____ state, Singh noted that incomes are not growing, household consumption is slowing, and people are dipping into their savings, while food inflation has risen sharply. The risk of stagflation will set in only if inflation becomes uncontrollable. It is very hard for large economies to recover from it.

Real GDP goes up with higher demand. Firms employ more workers and unemployment falls. As the economy gets closer to full capacity, inflationary pressures go up. But with lower unemployment, workers can still demand higher wages, causing wage inflation. Firms can still raise prices as demand is strong. In this situation, unemployment falls, but inflation increases. LSE professor Alban Phillips explained this relationship /(1) both low inflation and low unemployment/(2) suggesting policymakers can't target /(3) with the Philips Curve. /(4)

The stagflation of 1970s in the US and the UK led many economists to say that the Phillips Curve had broken down. Friedman and Ed Phelps said the Phillips Curve inverse relationship only existed in the short run due to 'money illusion', where workers are slow to anticipate the inflation in the next year. In the long run, expectations are adjusted, and there is no trade-off. After the 2008 crisis, US unemployment fell from 10% to 4.4%, while inflation was 1-2%.

Q.143 Which of the following is closest in meaning to the word 'illusion?'

A. Delusion **B.** Recognition
C. Formation **D.** Component

Q.144 Which of the following is the correct meaning of the emboldened word or phrase in the given sentence?

This led to a breakdown of the **inverse** relationship between inflation and unemployment, as suggested by the Phillips Curve.

A. A relationship which is inelastic in nature.
B. A relation which is inert or not reactive.
C. A relationship which is opposite in order, nature or effect.
D. A relation in which both parts rise or decline together.
E. A relationship in which if one part rises, the other part rises by double the quantum of the first part.

Q.145 Fill the blank in the following sentence with the most appropriate word.

Among the most _____ episodes of stagflation is the one in the US that began in 1974 and ended in the early 80s.

A. Coercive **B.** Inert
C. Analysed **D.** Sanguine
E. Insipid

Q.146 The following sentence may or may not contain an error in any of its parts. Identify the part containing the error. If the sentence is correct, select 'no error' as your answer.

It was set off by a series of supply shocks, /(1) led by surging oil prices, /(2) and an excessive expansionary monetary policy, especially in 1972-73, /(3) which allowed expectations of inflation to become entrenched./(4)

A. (1) **B.** (2) **C.** (3) **D.** (4)
E. No error

Q.147 Fill in the blank in the following sentence with the most appropriate word.

Describing the economy as one that is perched in a _____ state, Singh noted that incomes are not growing, household consumption is slowing, and people are dipping into their savings, while food inflation has risen sharply.

A. Sterile **B.** Pecuniary
C. Tranquil **D.** Precarious
E. Tumultuous

Q.148 Direction: The given question has three blanks, each blank followed by a word given in the brackets. If the given word suits the blank, mark 'No correction required' as the answer. If the given word doesn't suit the blank, choose the set of words that would fit in the respective blanks to make the sentence grammatically meaningful and contextually correct.

The rainfall patterns, with their _____ (seasonal) variations, have major _____ (effect) for agriculture and groundwater _____ (recharge) as well.

A. spatial, implications, recharge
B. differing, impact, supply
C. convectional, hints, supply
D. erratic, indications, recharge
E. No correction required

Ques (149-152):Directions: In the given question, a sentence is given with a part of it missing and represented by a blank. Choose the phrase that can be placed in the given blank to make a meaningful and grammatically correct sentence.

Q.149 The ease with which data sharing has occurred in the pandemic might signal ________.

A. a shift in direction
B. a shift in education
C. development of science
D. a shift in perceptions
E. None of these

Q.150 He perceives his desire to explore the world ________human trait.

A. as an useful
B. as a mellifluous
C. as a fundamental
D. as a deceitful
E. None of these

Q.151 This sensitivity to public services and responsiveness to hold government accountable ________ behind the improvement of South Korea's public services for the past 20 years.

A. has been the spur
B. has been the shriek
C. has the reason
D. has been adapted
E. None of these

Q.152 The Seoul metro system is world ________ cheap fares and efficiency, making it one of the top five underground systems.

A. notorious for its
B. renowned for its
C. remarkable for its
D. enhanced for its
E. None of these

Ques (153-157):Direction: Identify the correct pair of synonyms or antonyms from the given table

Q.153

A. Exhort	D. Repartee
B. Espionage	E. Push
C. Concurrence	F. Coarse

A. B-F   **B.** B-E   **C.** C-F   **D.** A-E
E. C-D

Q.154

A. Gruelling	D. Vain
B. Hoard	E. Abject
C. Conceivable	F. Squander

A. B-F   **B.** B-E   **C.** C-F   **D.** A-E
E. C-D

Q.155

(A) Quintessential	(D) Gullible
(B) Bigotry	(E) Prejudice
(C) Desolation	(F) Quagmire

A. B-F   **B.** B-E   **C.** C-F   **D.** A-E
E. C-D

Q.156

A. Bulwark	D. Dictum
B. Bipartisan	E. Moribund
C. Vociferous	F. Clamorous

A. B-F   **B.** B-E   **C.** C-F   **D.** A-E
E. C-D

Q.157

(A) Ingress	(D) Incessant
(B) Malicious	(E) Retreat
(C) Petrified	(F) Gape

A. B-F   **B.** B-E   **C.** C-F   **D.** A-E
E. C-D

Ques (158-160):Directions: In this question, a part of the sentence is made bold. Below are given alternatives to the bold part at (A), (B), (C), and (D) which may improve the sentence. Choose the correct alternative. In case no replacement is needed, mark (E) as your answer.

Q.158 Researchers have developed a process **to using magnetic** with brain-like networks to program and teach devices.

A. to using magnetical
B. to use magnetics
C. for using magnetic
D. to be used magnetic
E. No correction required

Q.159 Poverty is too much with us and its presence across vast stretches of our country **disturbed our conscious.**

A. disturbed our consciousness
B. disturb its conscience
C. disturbs our conscious
D. disturbs our conscience
E. No correction required

Q.160 For **decade company which** make soap, lotions and perfumes have relied on a chemical called Bourgeonal.

A. decades company that
B. decade companies which
C. decades companies that
D. decade the company which
E. No correction required

Hindi Language

Q.161 किस विकल्प में मुहावरे का भावार्थ सही नहीं है?

A. अंडे का शाहजादा - अनुभवहीन
B. अड़ियल टट्टू - रूक-रूक कर काम करना
C. अन्धों में काना राजा - अज्ञानियों में अल्पज्ञान वाले का सम्मान होना
D. अलादीन का चिराग - कल्पनाएँ करना
E. कपास ओटना - सांसरिक काम-धन्धों में लगे रहना

Q.162 किस विकल्प में मुहावरे का भावार्थ सही है?

A. ऊँट के गले में बिल्ली बाँधना - व्यर्थ कार्य करना
B. ऊँट के मुँह में जीरा - अपमान करना
C. ऊँच-नीच समझाना - सबके साथ एक जैसा व्यवहार करना
D. ऊसर में बीज बोना - व्यर्थ कार्य करना
E. ओर का ओर हो जाना - तंग करना

Q.163 'परिमित' किसका पर्यायवाची शब्द है?

A. लघु   B. क्षीर   C. दंगा   D. समूह
E. दुर्दशा

Q.164 निम्न में से कौन 'क्षितिज' का पर्यायवाची शब्द नहीं है?

A. केंचुआ   B. खमध्य   C. वियत   D. कुलिश
E. दिगंत

Ques (165-166):निर्देश: दिए गए विकल्पों में से सही विकल्पों का चयन करके रिक्त स्थानों की पूर्ति कीजिये।

Q.165 आज के छात्र, छात्राओं को तकनीकी प्रबंधन का तुलनात्मक __________ प्रदान करना बेहद __________ है।

A. अध्ययन, जरुरी   B. अध्ययन, मुश्किल
C. ज्ञान, जरुरी   D. अनुभव, मुश्किल
E. (A) और (C) दोनों

Q.166 किसी __________ के व्यवहार में वह बदलाव जिससे वह, उसका परिवार और समाज तीनो ही लाभान्वित हो, उसे सकारात्मक __________ कहते है।

A. बालक, प्रभाव   B. मनुष्य, प्रभाव
C. व्यक्ति, प्रभाव   D. (A) और (B) दोनों
E. उपरोक्त सभी

Q.167 कौन सा "कौशिक" का अनेकार्थी शब्द नही है?

A. शिव   B. विश्वामित्र
C. सँपेरा   D. नेवला
E. इनमें से कोई नहीं

Q.168 कौन सा "जर" का अनेकार्थी शब्द नही है?

A. जरा   B. जल
C. जमीन   D. जड़
E. इनमें से कोई नहीं

Ques (169-170):निर्देश: निम्नलिखित प्रत्येक प्रश्न में एक शब्द और साथ में पांच विकल्प भी दिए गए हैं। बताइये की इन विकल्पों से कौन-सा विकल्प दिए गए शब्द का विलोम शब्द होगा?

Q.169 आगामी

A. चाक्षुष   B. विगत
C. जारज   D. दुराग्रह
E. इनमें से कोई नहीं

Q.170 नीरस

A. भविष्यचेत्ता   B. अवाच्य
C. दशानन   D. सरस
E. इनमें से कोई नहीं

Q.171 'चिरायु' शब्द में कौन-सा उपसर्ग है?

A. चि   B. चिर   C. यु   D. आयु
E. चिरा

Q.172 सु - उपसर्ग से बना शब्द निम्न में से कौन सा है?

[MP Jail Prahari, 2018]

A. सुफल   B. सोफल   C. सूफल   D. सफल
E. सूराज

Ques (173-174):निर्देश: दिए गए वाक्यांश के लिए एक शब्द बताएं।

Q.173 'वह जो किए हुए उपकार को न माने'

A. कृतज्ञ   B. कृतघ्न   C. कृतकार्य   D. कृतार्थ
E. कृमिघ्न

Q.174 'रास्ते में खाने के लिए भोजनादि'

A. नाश्ता   B. पाथेय   C. अल्पाहार   D. निराहार
E. खाद्य

Q.175 निम्न पंक्तियों में कौन-सा छंद है?
"नहिं पराग नहिं मधुर मधु, नहिं विकास यही काल,
अली कली ही सौ बंध्यो, आगे कौन हवाल ॥"

A. दोहा   B. सोरठा   C. बरवै   D. छप्पय
E. सोरठा

Q.176 निम्न पंक्तियों में कौन-सा छंद है-
"रावनु रथी विरथ रघुवीरा, देखी विभीषण भयऊ अधीरा।
अधिक प्रीति मन भा संदेहा, बंदि चरन कह सहित सनेहा।।"

A. चौपाई   B. बरवै   C. सोरठा   D. रोला
E. दोही

Q.177 वर्ण, मात्रा, गति, यति आदि से नियन्त्रित रचना को क्या कहते हैं?

A. छन्द   B. समास
C. अलंकार   D. रस
E. इनमें से कोई नहीं

Ques (178-182):निर्देश: निम्नलिखित गद्यांश का ध्यानपूर्वक अध्ययन करें तथा दिए गए प्रश्न के सही उत्तर दें।

पिछले सप्ताह अमेरिकी विदेश मंत्रालय की ओर से जारी 'ट्रैफिकिंग इन पर्सन्स' रिपोर्ट-2020 भारत में मानव तस्करी को लेकर कुछ अहम तथ्यों की ओर ध्यान खींचती है। रेटिंग के हिसाब से देखा जाए तो भारत को पिछले साल की तरह इस बार भी टियर-2 श्रेणी में ही रखा गया है। आधार यह कि सरकार ने 2019 में इस बुराई को मिटाने की अपनी तरफ से कोशिश जरूर की लेकिन मानव तस्करी रोकने से जुड़े न्यूनतम मानक फिर भी हासिल नहीं किए जा सके।

ध्यान रहे, सरकारी कोशिशों के इसी पैमाने पर रिपोर्ट ने पाकिस्तान को पहले से एक दर्जा नीचे लाते हुए टियर-2 वॉच लिस्ट में रखा है, जबकि चीन को और भी नीचे टियर-3 में। रिपोर्ट के मुताबिक चीन की सरकार अपनी तरफ से इस समस्या को खत्म करने की कोशिश भी नहीं कर रही। बरहाल, भारत के बारे में रिपोर्ट कहती है कि यह आज भी वर्ल्ड ह्यूमन ट्रैफिकिंग के नक्शे पर एक अहम ठिकाना बना हुआ है। इसके उलट अगर हम नेशनल क्राइम रेकॉर्ड ब्यूरो के आंकड़ों पर नजर डालें तो स्थिति लगातार बेहतर होती दिख रही है।

एनसीआरबी के मुताबिक साल 2016 में भारत में आईपीसी के तहत ह्यूमन ट्रैफिकिंग के 5217 मामले दर्ज किए गए थे। 2017 में यह संख्या घट कर 2,854 हो गई और इसके अगले साल यानी 2018 में और कम हो कर 1830 पर आ गई। दिक्कत यह है कि इन आंकड़ों से इस बात का पता नहीं चलता कि यह बेहतरी आखिर कैसे हासिल की जा रही है। वहीं हमारा सामना इस संदेह से होता है कि कहीं इसके पीछे यह कड़वी हकीकत तो नहीं कि किन्हीं कारणों से मानव तस्करी के मामले दर्ज ही कम हो पा रहे हैं। परिस्थितिजन्य साक्ष्य इस संदेह को मजबूती देते हैं।

देश-विदेश के लोगों की मानसिकता नहीं बदली है। श्रम शोषण और यौन शोषण की स्थितियां ज्यों की त्यों हैं। बेशक, एक राज्य सरकार ने पिछले साल मुजफ्फरपुर शेल्टर हाउस कांड जैसे चर्चित मामले में चुस्ती दिखाई, लेकिन मामला उजागर करने में उसकी कोई भूमिका नहीं थी। भारत में कमजोर तबकों के शोषण को लेकर यहां की कानून-व्यवस्था की सक्रियता का अंदाजा इस बात से मिलता है कि 1976 से अब तक सरकारी तौर पर करीब 3 लाख 13 हजार बंधुआ मजदूरों की ही पहचान हो पाई है जबकि इस काम में लगे स्वयंसेवी संगठनों के मुताबिक देश में ह्यूमन ट्रैफिकिंग के पीड़ितों की संख्या कम से कम 80 लाख है, जिनका बड़ा हिस्सा बंधुआ मजदूरों का है।

रिपोर्ट में मामले का एक और पहलू यह उभर कर आया है कि पुलिस अक्सर पीड़ितों के खिलाफ उन कार्यों में भी मुकदमा दर्ज कर कार्रवाई शुरू कर देती है, जो ट्रैफिकर उनसे जबरन करवाते हैं। इससे एक तरफ पीड़ितों के कानून-व्यवस्था की शरण में आने की संभावना कम होती है, दूसरी तरफ ट्रैफिकर्स का शिकंजा उन पर और कस जाता है।

Q.178 वर्ष 2016 में ट्रैफिकिंग के कितने मामले दर्ज थे?

A. 5217 **B.** 2851 **C.** 2815 **D.** 256
E. 6027

Q.179 रिपोर्ट के अनुसार भारत में ट्रैफिकिंग की कम मामले दर्ज होने का मूल कारण क्या है?

A. भारत में कम ट्रैफिकर्स का होना
B. भारत की कठोर कानून-व्यवस्था
C. लोगो द्वारा रिपोर्ट दर्ज करना
D. लोगो में जागरूकता
E. उपरोक्त सभी

Q.180 गद्यांश में "एनसीआरबी" द्वारा दी गयी रिपोर्ट में भारत में ह्यूमन-ट्रैफिकिंग में आयी कमी का मूल कारण क्या है?

A. सक्रीय कानून व्यव्स्था
B. लोगो में जागरूकता
C. ट्रैफिकर्स की संख्या में आई भारी गिरावट
D. ट्रैफिकर्स की देख-रेख में काम कर रहे NGO की कुशल कार्य-शैली
E. इनमें से कोई नहीं

Q.181 दिए गए रिपोर्ट में चीन को किस श्रेणी में रखा गया है?

A. टियर-3 **B.** टियर-2 **C.** टियर-1 **D.** टियर-4
E. टियर-5

Q.182 गद्यांश में दिया गया शब्द "संभावना" में कौन सा उपसर्ग है?

A. सं **B.** सम
C. भावना **D.** सम्
E. (B) और (D) दोनों

Q.183 निम्नलिखित में से एक 'तद्भव' शब्द है:

A. आँसू **B.** एकत्र **C.** वानर **D.** उच्च
E. वार्ता

Q.184 निर्देश: दिए गए शब्द का तद्भव शब्द बताइए।
शर्करा

A. शर्कर **B.** शरकृ
C. शक्कर **D.** शककर
E. इनमें से कोई नहीं

Q.185 निम्नलिखित में से किस वाक्य में व्याकरण दोष नहीं है?

A. मैं यह काम नहीं किया हूँ।
B. गीता आई और कहा।
C. वह धीमी स्वर में बोला।
D. राम और सीता वन को गए।
E. सब लोग अपना काम करो।

Q.186 निम्नलिखित में से किस वाक्य में व्याकरण दोष नहीं है।

A. मैं जाऊँगा इलाहाबाद
B. सेठ ने एक धर्मशाला बनवाई
C. तुम बहुत बोलता है
D. घोडा बीच में ही डट गया
E. दस हजार रूपए खो गया।

Ques (187-191):निर्देश: नीचे दिए गए गद्यांश में 5 रिक्त स्थान हैं। प्रत्येक रिक्त स्थान में विकल्प (A), (B), (C), (D) और (E) में पांच वैकल्पिक शब्द दिए गए हैं। आपको यह बताना है कि संबंधित रिक्त स्थान के लिए कौन सा शब्द सबसे उपयुक्त होगा।

हृदय पर नित्य प्रभाव रखनेवाले रूपों और व्यापारों को भावना के सामने लाकर कविता बाह्य प्रकृति के साथ मनुष्य की अंत:प्रकृति का_______(1)

घटित करती हुई उसकी_______(2) सत्ता के प्रसार का प्रयास करती है। यदि अपने भावों को समेटकर मनुष्य अपने हृदय को शेष_______(3) से किनारे कर ले या स्वार्थ की पशुवृत्ति में ही लिप्त रखे तो उसकी मनुष्यता कहाँ रहेगी? यदि वह लहलहाते हुए खेतों और जंगलों, हरी घास के बीच घूम-घूमकर बहते हुए नालों, काली चट्टानों पर चाँदी की तरह ढलते हुए झरनों, मंजरियों से लदी हुई अमराइयों और पटपर के बीच खड़ी झाड़ियों को देख क्षण भर लीन न हुआ, यदि कलरव करते हुए पक्षियों के आनंदोत्सव में उसने योग न दिया, यदि खिले हुए फूलों को देख वह न खिला, यदि सुंदर रूप सामने पाकर अपनी भीतरी कुरूपता का उसने_______(4) न किया, यदि दीन दु:खी का_______(5) सुन वह न पसीजा, यदि अनाथों और अबलाओं पर अत्याचार होते देख क्रोध से न तिलमिलाया, यदि किसी बेढब और विनोदपूर्ण दृश्य या उक्ति पर न हँसा तो उसके जीवन में रह क्या गया?

Q.187 दिए गए विकल्पों में से रिक्त स्थान (1) के लिए उचित शब्द का चयन कीजिए।

A. अनुप्रशस्य **B.** अमानस्य
C. सामंजस्य **D.** आमनस्य
E. (A) और (B)

Q.188 दिए गए विकल्पों में से रिक्त स्थान (2) के लिए उचित शब्द का चयन कीजिए।

A. घनात्मक **B.** भावात्मक
C. द्रयात्मक **D.** तारात्मक
E. इनमें से कोई नहीं

Q.189 दिए गए विकल्पों में से रिक्त स्थान (3) के लिए उचित शब्द का चयन कीजिए।

A. दृष्टि **B.** वृष्टि
C. आकृष्टि **D.** सृष्टि
E. आकाशगंगा

Q.190 दिए गए विकल्पों में से रिक्त स्थान (4) के लिए उचित शब्द का चयन कीजिए।

A. आवर्जन **B.** उत्सर्जन
C. विसर्जन **D.** अतिसर्जन
E. इनमें से कोई नहीं

Q.191 दिए गए विकल्पों में से रिक्त स्थान (5) के लिए उचित शब्द का चयन कीजिए।

A. अंतर्नाद **B.** अन्नाद
C. उन्नाद **D.** दुर्नाद
E. (C) और (D)

Q.192 माला फेरत जग गया, फिरा न मन का फेर। कर का मनका डारि दे, मन का मनका फेर। में कौन सा अलंकार है।

A. रूपक अलंकार **B.** यमक अलंकार
C. उपमा अलंकार **D.** मानवीकरण अलंकार
E. इनमें से कोई नहीं

Q.193 निम्नलिखित पंक्तियों में कौन-सा अलंकार होगा?
पायो जी मैंने राम रतन धन पायो।

A. रूपक अलंकार **B.** अनुप्रास अलंकार
C. उपमा अलंकार **D.** उत्प्रेक्षा अलंकार
E. इनमें से कोई नहीं

Q.194 करि विलाप सब रोबहिं रानी। महाविपति किमि जाइ बखानी।। सुनि विलाप दुखद दुख लागा। धीरज छूकर धीरज भागा। में कौन सा रस है?

A. भयानक रस **B.** करूण रस
C. रौद्र रस **D.** अदभुत रस
E. इनमें से कोई नहीं

Q.195 "बिहसि लखन बोले मृदु बानी। अहो मुनीसु महाभर यानी। पुनि पुनि मोहि देखात कुहारु। चाहत उड़ावन कुंकी पहारू।" काव्य पंक्ति में कौन सा रस है?

A. श्रृंगार रस   **B.** वीर रस
C. हास्य रस   **D.** वीभत्स रस
E. इनमें से कोई नहीं

Q.196 निम्नलिखित शब्दों में किसमें विसर्ग संधि है?

A. दुर्गम   **B.** राजेंद्र
C. निश्चल   **D.** उज्ज्वल
E. इनमें से कोई नहीं

Q.197 यण स्वर संधि से निर्मित शब्द नहीं है:

A. अभ्यावेदन   **B.** स्वाधीन
C. स्वागत   **D.** इनमें से कोई नहीं
E. ऊपर के सभी

Q.198 इनमे से कौन सा शब्द पुल्लिंग का सूचक है?

A. पानी   **B.** नदी
C. मिट्टी   **D.** टोपी
E. इनमें से कोई नहीं

Q.199 निम्नलिखित में से कौन-सा शब्द स्त्रीलिंग है?

A. कृपा   **B.** मित्र
C. कार्य   **D.** त्योहार
E. इनमें से कोई नहीं

Q.200 किस विकल्प में क्रिया के "सातप्यबोधक पक्ष" का प्रयोग हुआ है?

A. अली पुस्तक पढ़ चूका है।
B. मोहन अपनी कक्षा में पढ़ रहा है।
C. वह अब तक काफी खेल चूका है।
D. चुपचाप बैठ जाओ।
E. इनमें से कोई नहीं

Quantitative Aptitude & Data Interpretation

Q.201 एक व्यक्ति ने बैंक A में 10% प्रति वर्ष साधारण ब्याज की दर से x वर्षों के लिए 8800 रु और बैंक B में 20% प्रति वर्ष साधारण ब्याज की दर से बैंक A से 3 वर्ष कम में 8200 रु का निवेश किया और दोनों बैंकों से समान ब्याज प्राप्त किया। बैंक A में निवेशत की गयी राशि का समय (लगभग) ज्ञात कीजिये।

A. 6 वर्ष   **B.** 7 वर्ष   **C.** 5.5 वर्ष   **D.** 7.5 वर्ष
E. 6.5 वर्ष

Q.202 एक धनराशि को दो भागों में 2:3 के अनुपात में चक्रवृद्धि ब्याज पर उधार दिया जाता है, पहला 2 वर्ष के लिए 20% की दर से और दूसरा 10% की दर से 2 वर्ष के लिए 5859 रुपये है, राशि ज्ञात कीजिए?

A. 5000   **B.** 1500   **C.** 8000   **D.** 4500
E. 2000

Ques (203-207):निर्देश: नीचे दी गयी जानकारी का ध्यानपूर्वक अध्ययन कीजिए और प्रश्न का उत्तर दीजिए।

निम्नलिखित बार ग्राफ 6 अलग-अलग गाँवों में प्याज और आलू के कुल उत्पादन (टन में) को दर्शाता है। नीचे दी गई तालिका विदेश से आयातित प्याज और आलू की कुल मात्रा को उनके संबंधित कुल उत्पादन के प्रतिशत के रूप में दर्शाती है।

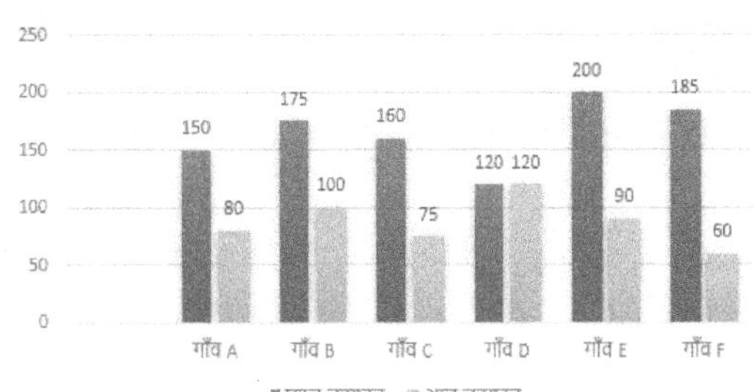

गाँव	आयात की गयी प्याज का प्रतिशत	आयात की गयी आलू का प्रतिशत
A	20%	15%
B	12%	18%
C	15%	16%
D	25%	20%
E	8%	30%
F	10%	25%

टिप्पणी: प्याज या आलू की कुल खपत = प्याज या आलू का उत्पादन + प्याज या आलू की आयात की गयी मात्रा

Q.203 गाँव D में प्याज और आलू की कुल खपत, गाँव B और C में प्याज की एक साथ खपत का लगभग कितने प्रतिशत है?

A. 73.33%   **B.** 75.5%   **C.** 72.66%   **D.** 79.16%
E. 77.36%

Q.204 यदि गाँव E में कुल 18 परिवार हैं और गाँव F में कुल 11 परिवार हैं, तो गाँव F में प्याज की प्रति परिवार खपत, गाँव E में प्याज की प्रति परिवार खपत से कितनी अधिक है?

A. 8 टन   **B.** 4 टन   **C.** 6 टन   **D.** 10 टन
E. 5 टन

Q.205 गाँव B, D और E में आयात की गयी आलू की कुल औसत मात्रा और गाँव B, C और F में आयात की गयी प्याज की कुल औसत मात्रा के बीच अंतर क्या है?

A. 2 टन   **B.** 1.5 टन   **C.** 1 टन   **D.** 2.5 टन
E. 3 टन

Q.206 गाँव A, B और C में प्याज की एक साथ कुल खपत, उन गाँवों में प्याज के कुल उत्पादन से x टन अधिक है और सभी 6 गाँवों में आलू की एक साथ कुल खपत, उन 6 गाँवों में आलू की एक साथ कुल उत्पादन से y टन अधिक है, तो $\sqrt{x}:\sqrt{y}$ का मान क्या है?

A. 5 : 4   **B.** 4 : 5   **C.** 7 : 6   **D.** 5 : 6
E. 3 : 5

Q.207 यदि गाँव G में, आलू का कुल उत्पादन, सभी 6 गाँवों में आलू के औसत उत्पादन के बराबर है और गाँव G में आलू का उत्पादन, उस गाँव में आलू की कुल खपत का 70% है। यदि गाँव G में कुल 50 परिवार हैं, तो उस गाँव में आलू की प्रति परिवार खपत कितनी है?

A. 1.5 टन   **B.** 2 टन   **C.** 3 टन   **D.** 2.5 टन
E. 4.5 टन

Q.208 20 रबर बेचने के बाद, एक दुकानदार 6 पेंसिलों के विक्रय मूल्य के बराबर लाभ कमाता है। 20 पेंसिलों की बिक्री करते समय, एक दुकानदार 8 रबर के विक्रय मूल्य के बराबर हानि प्राप्त करता है। लाभ और हानि % का संख्यात्मक मान बराबर है और रबर का क्रय मूल्य, पेंसिल के क्रय मूल्य का आधा है। पेंसिल और रबर के विक्रय मूल्य का अनुपात ज्ञात कीजिए।

A. 4 : 1   **B.** 3 : 2

C. 1 : 2 **D.** 2 : 1

E. इनमें से कोई नहीं

Q.209 एक तकिए को बिक्री के लिए 700 रु. के मूल्य से अंकित किया गया। यदि कोई 100 रु. की कीमत की तकिये की खोली उसके साथ खरीदता है तो पूरे सौदे पर 24% छूट दी जाती है। जॉन केवल तकिया खरीदना चाहता है। इसलिए जॉन ने इस सौदे का लाभ प्राप्त किया और क्रिस को तकिये की खोली 90 रु. में बेच दी। उसने तकिये पर कितनी प्रभावी छूट प्राप्त की?

A. 34% **B.** 26% **C.** 28% **D.** 36%

E. 33%

Q.210 एक व्यक्ति बिंदु S से T तक जाता है और वापस आता है। पूरी यात्रा में उसकी औसत चाल 70 किमी/घंटा है। यदि T से S तक वापस आने में उसकी चाल 80 किमी/घंटा है, तो S से T तक जाने में व्यक्ति की चाल (किमी/घंटा में) क्या होगी?

A. 58.13 **B.** 62.22 **C.** 60 **D.** 65

E. 70

Q.211 दस साल पहले, शक्तिमान की उम्र किलविश से तीन गुना थी। दस वर्षों बाद, शक्तिमान की उम्र किलविश से दोगुनी होगी। शक्तिमान की वर्तमान उम्र _______ वर्ष है। तो 15 वर्ष बाद किल्विष की उम्र _______ है।

A. 72, 40 **B.** 74, 25

C. 70, 45 **D.** 56, 20

E. इनमें से कोई नहीं

Q.212 दो नावें बिंदु X से बिंदु Y तक नीचे की ओर जाती हैं। तेज नाव धीमी नाव की तुलना में X से Y तक की दूरी 1.5 गुना तेज तय करती है। यह ज्ञात है कि प्रत्येक घंटे के लिए धीमी नाव तेज नाव से 8 किमी पीछे रह जाती है। हालांकि, यदि वे धारा के प्रतिकूल जाते हैं तो तेज नाव धीमी नाव के रूप में Y से X की दूरी आधे समय में तय करती है। शांत जल में धीमी नाव की चाल ज्ञात कीजिए?

A. 8 किमी/घंटा **B.** 10 किमी/घंटा

C. 14 किमी/घंटा **D.** 12 किमी/घंटा

E. 15 किमी/घंटा

Q.213 A, 24 दिनों में एक कार्य कर सकता है, B वही कार्य 48 दिनों में कर सकता है और C वही कार्य 72 दिनों में कर सकता है। दुर्भाग्य से, B कार्य का हिस्सा नहीं बन सका, इसलिए कार्य केवल A और C द्वारा पूरा किया गया, इसलिए इस स्थिति में A द्वारा पिछली स्थिति की तुलना में कितना अधिक धन अर्जित किया गया, यदि दोनों स्थितियों में उन्हें कुल 4400 रुपये की राशि वितरित की गयी थी।

A. 600 रुपये **B.** 700 रुपये

C. 800 रुपये **D.** 900 रुपये

E. 1000 रुपये

Ques (214-215):निर्देश: निम्न प्रश्न में, I और II से अंकित दो समीकरण दिए गए हैं। आपको दोनों समीकरणों को हल करना है और सही उत्तर को चिन्हित करना है।

Q.214 I. $x = \sqrt{441}$

II. $y^2 - 5y + 6 = 0$

A. x > y

B. x < y

C. x ≥ y

D. x ≤ y

E. x = y या x और y के बीच संबंध स्थापित नहीं किया जा सकता है

Q.215 I. $x^2 + 7x + 12 = 0$

II. $y^2 + 3y + 2 = 0$

A. x > y

B. x < y

C. x ≥ y

D. x ≤ y

E. x = y या x और y के बीच संबंध स्थापित नहीं किया जा सकता है

Q.216 दो उम्मीदवारों के बीच एक चुनाव में, 30% मतदाताओं ने अपना मत नहीं दिया, 500 मतों को अवैध घोषित किया गया, विजेता को वैध मतों के 60% प्राप्त हुए, और उसने 2000 वोटों के अंतर से जीत हासिल की। मतदान सूची में कुल मतों की संख्या ज्ञात कीजिए।

A. 20000 **B.** 17000 **C.** 16000 **D.** 14000

E. 15000

Ques (217-221):निर्देश: निम्नलिखित जानकारी को ध्यानपूर्वक पढ़िए और निम्नलिखित प्रश्नों के उत्तर दीजिये।

राजस्थान के तीन अलग-अलग शहर - जयपुर, बीकानेर और जोधपुर में एक ही प्रशिक्षण केंद्र की तीन शाखाएँ हैं, जिनमें क्रिकेट, कबड्डी और बेसबॉल का प्रशिक्षण दिया जाता है।

I. जयपुर में क्रिकेट खेलने वाले खिलाड़ियों की संख्या 750 है। तीनों शहरों में क्रिकेट खेलने वाले खिलाड़ियों की संख्या 2255 है।

II. कबड्डी खेलने वाले कुल खिलाड़ियों की संख्या, बेसबॉल खेलने वाले कुल खिलाड़ियों से $33\frac{1}{3}\%$ कम है।

III. बीकानेर में कबड्डी खेलने वाले खिलाड़ियों की संख्या, बीकानेर में क्रिकेट खेलने वाले खिलाड़ियों से 100 से अधिक है।

IV. जयपुर में बेसबॉल खेलने वाले खिलाड़ी, जयपुर में कबड्डी खेलने वालों की तुलना में 220 अधिक हैं।

V. जोधपुर में बेसबॉल खेलने वाले खिलाड़ी, बीकानेर में बेसबॉल खेलने वाले खिलाड़ियों से 70% कम हैं।

VI. जोधपुर में क्रिकेट खेलने वाले खिलाड़ियों की संख्या, बीकानेर में वही खेल खेलने वाले खिलाड़ियों की संख्या से 15% अधिक है।

VII. बीकानेर में क्रिकेट और जयपुर में बेसबॉल खेलने वाले खिलाड़ियों की संख्या समान है।

Q.217 जयपुर में कबड्डी खेलने वाले खिलाड़ियों की संख्या, बीकानेर में कबड्डी खेलने वाले खिलाड़ियों की संख्या का कितना प्रतिशत है? (प्रतिशत में)

A. 60 **B.** 50 **C.** 48 **D.** 72

E. 66.66

Q.218 जोधपुर में बेसबॉल खेलने वाले खिलाड़ियों और जयपुर में कबड्डी खेलने वाले खिलाड़ियों का अनुपात 13:8 है, तो जोधपुर में कबड्डी खेलने वाले खिलाड़ियों की संख्या कितनी होगी?

A. 1440 **B.** 1320 **C.** 1560 **D.** 1344

E. 1480

Q.219 बीकानेर में क्रिकेट खेलने वाले खिलाड़ी, बीकानेर में कबड्डी खेलने वाले खिलाड़ियों से कितने प्रतिशत कम हैं?

A. 11.11 **B.** 12.5 **C.** 15 **D.** 9.09

E. 10

Q.220 यदि कबड्डी खेलने वाले खिलाड़ियों की कुल संख्या 2720 है, तो जोधपुर में कबड्डी और बेसबॉल खिलाड़ियों का अनुपात क्या होगा?

A. 13 : 48 **B.** 24 : 13 **C.** 36 : 23 **D.** 96 : 19

E. 144 : 79

Q.221 जयपुर में बेसबॉल खेलने वाले खिलाड़ियों की कुल संख्या ज्ञात कीजिए।

A. 600   **B.** 800   **C.** 480   **D.** 700

E. 750

Ques (222-224):निर्देश: निम्नलिखित प्रश्न में तीन कथन I और II दिए गए हैं। आपको यह निर्धारित करना है कि प्रश्नों का उत्तर देने के लिए कौन सा/कौन से कथन पर्याप्त है/हैं/आवश्यक है/हैं।

Q.222 पुल की लंबाई ज्ञात कीजिए।

कथन:

I. 100 मीटर/सेकंड की गति से चलने वाली ट्रेन अपनी लंबाई की 3 गुना लंबे पुल को 10 सेकंड में पार करती है।

II. पुल की लंबाई 100 मीटर बढ़ जाती है जिससे पुल को पार करने में ट्रेन को 10 सेकंड अधिक लगते हैं।

A. कथन I प्रश्न का उत्तर देने के लिए पर्याप्त हैं, लेकिन केवल कथन II पर्याप्त नहीं है।

B. कथन II प्रश्न का उत्तर देने के लिए पर्याप्त हैं, लेकिन केवल कथन I पर्याप्त नहीं है।

C. प्रश्न का उत्तर देने के लिए एक साथ I और II दोनों कथनों की आवश्यकता है।

D. या तो कथन I या कथन II अकेले प्रश्न का उत्तर देने के लिए पर्याप्त है।

E. प्रश्न का उत्तर देने के लिए न तो कथन I अकेला या केवल कथन II पर्याप्त है

Q.223 कुछ लीटर के एक मिश्रण में क्रमशः 7 : 5 के अनुपात में दूध और पानी होता है। दूध वाले ने 36 लीटर मिश्रण बेचा। प्रारंभिक मिश्रण में दूध की मात्रा ज्ञात कीजिये।

कथन:

I. यदि शाम शेष मिश्रण में 15 लीटर शुद्ध दूध और 5 लीटर पानी मिलाता है, तो अंतिम मिश्रण में दूध और पानी का अनुपात क्रमशः 5 : 3 हो जाता है।

II. यदि शाम ने शेष मिश्रण का 24 लीटर बेचा और शेष मिश्रण में 3 लीटर पानी मिलाता है, तो अंतिम मिश्रण में दूध और पानी का अनुपात क्रमशः 7: 6 हो जाता है।

A. यदि कथन I अकेले प्रश्न का उत्तर देने के लिए पर्याप्त है, लेकिन कथन II अकेले पर्याप्त नहीं है।

B. यदि कथन II अकेले प्रश्न का उत्तर देने के लिए पर्याप्त है, लेकिन कथन I अकेले पर्याप्त नहीं है।

C. यदि या तो कथन I अकेले या कथन II अकेले प्रश्न का उत्तर देने के लिए पर्याप्त है।

D. यदि आपको कथन I और II से एक साथ उत्तर नहीं मिल सकता है, लेकिन और अधिक आंकड़े की आवश्यकता है।

E. यदि न तो अकेले कथन I या अकेले कथन II प्रश्न का उत्तर देने के लिए पर्याप्त है।

Q.224 I. एक व्यक्ति पुल पर खड़ा है। वह पुल के शुरुआती बिंदु से 250 मीटर दूर है और पुल के अंत से 330 मीटर दूर है।

II. यदि किसी ट्रेन को 2 मीटर/सेकंड की चाल से पूरे पुल को पार करने में 5 मिनट लगते हैं।

ट्रेन की लंबाई ज्ञात कीजिये?

[Punjab National Bank Clerk, 2021], [Punjab And Sind Bank Clerk, 2021], [Union Bank of India Clerk, 2021]

A. प्रश्न का उत्तर देने के लिए केवल कथन I पर्याप्त है।

B. प्रश्न का उत्तर देने के लिए केवल कथन II पर्याप्त है।

C. कथन I और कथन II मिलकर पर्याप्त हैं, लेकिन दोनों में से कोई भी अकेले प्रश्न का उत्तर देने के लिए पर्याप्त नहीं है।

D. प्रश्न का उत्तर देने के लिए या तो कथन I या कथन II पर्याप्त है।

E. प्रश्न का उत्तर देने के लिए न तो कथन I और न ही कथन II पर्याप्त है।

Ques (225-226):निर्देश: निम्नलिखित प्रश्न में (?) के स्थान पर कौन सा लगभग मान होना चाहिए?

Q.225 159.8 का 34.85% + 179.9 का ?% = 309.91 का 49.79%

A. 50   **B.** 55   **C.** 45   **D.** 60

E. 40

Q.226

$$\sqrt{143.92} \times 183.94 \div 22.93 + 25.86 - 73.21 = ? + 2.09$$

A. 53   **B.** 41   **C.** 47   **D.** 39

E. 59

Ques (227-230):निर्देश: निम्नलिखित संख्या श्रृंखला में, कोई एक संख्या गलत है। गलत संख्या ज्ञात कीजिए।

Q.227 84, 155, 258, 399, 584, 820

A. 155   **B.** 258   **C.** 399   **D.** 584

E. 820

Q.228 21, 31.5, 63, 160, 472.5, 1653.75, 6615

A. 63   **B.** 6615   **C.** 31.5   **D.** 21

E. 160

Q.229 304, 305, 310, 340, 404, 529, 745

A. 310   **B.** 305   **C.** 529   **D.** 404

E. 745

Q.230 7, 12.5, 30, 56.5, 95, 144.5, 205

A. 70   **B.** 205   **C.** 30   **D.** 144.5

E. 95

Q.231 125 रूपए प्रति किलो वाले चाय और 136 रूपए प्रति किलो वाले चाय को एक अधिक मूल्य वाले तीसरे किस्म के साथ 1 : 1 : 2 के अनुपात में मिलाया गया। यदि मिश्रण की कीमत 154 रूपए प्रति किलो है, तो तीसरे किस्म का प्रति किलो मूल्य क्या होगा?

A. 169.50 रूपए

B. 180.65 रूपए

C. 177.50 रूपए

D. 188.50 रूपए

E. निर्धारित नहीं किया जा सकता

Ques (232-236):निर्देश: एक जिले के 5 कस्बों के 20000 परिवारों की जानकारी को एकत्र किया गया है। निम्न पाई चार्ट में सरकारी सब्सिडी के लाभों को प्राप्त करने वाले कुल परिवारों के प्रतिशत को दर्शाया गया है। बार-ग्राफ में प्रत्येक परिवार द्वारा प्राप्त चावल और गेहूँ की किग्रा में मात्रा को दर्शाया गया है।

दिए गये ग्राफ का ध्यानपूर्वक अध्ययन कीजिये और निम्नलिखित प्रश्नों के उत्तर दीजिये।

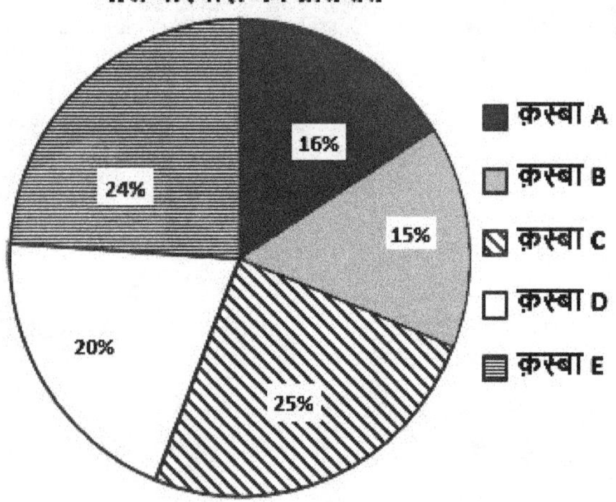

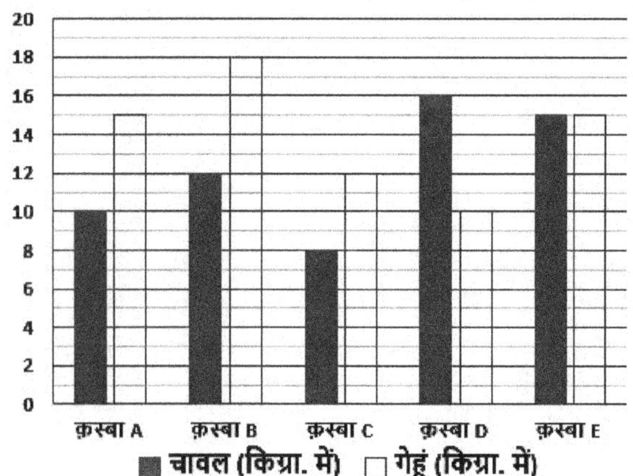

Q.232 कस्बे B, C और D के परिवारों को दी गयी चावल की कुल मात्रा को ज्ञात कीजिये।

A. 135000 किग्रा

B. 120000 किग्रा

C. 140000 किग्रा

D. 125000 किग्रा

E. 150000 किग्रा

Q.233 कस्बे E में वितरित किये गये गेहूँ की मात्रा कस्बे A में वितरित किये गये चावल की मात्रा से कितने प्रतिशत है?

A. 250%   **B.** 225%   **C.** 150%   **D.** 175%

E. 200%

Q.234 यदि सरकार किसानों से चावल और गेहूँ को क्रमशः 25 रुपए/किग्रा और 18 रुपए/किग्रा की दर से खरीदती है तब कस्बे D से सरकार की हानि की धनराशी ज्ञात कीजिये। (सब्सिडी के तहत चावल की कीमत 3 रुपए प्रति किग्रा और गेहूँ की कीमत 2 रुपए प्रति किग्रा है।)

A. 21.6 लाख रुपए की हानि

B. 18.96 लाख रुपए की हानि

C. 22.56 लाख रुपए की हानि

D. 20.88 लाख रुपए की हानि

E. इनमें से कोई नहीं

Q.235 कस्बे B और C से एकत्र की गयी कुल धनराशी में अंतर ज्ञात कीजिये यदि चावल की कीमत 3 रुपए प्रति किग्रा और गेहूँ की कीमत 2 रुपए प्रति किग्रा है।

A. 24000 रुपए   **B.** 18000 रुपए

C. 30000 रुपए   **D.** 16000 रुपए

E. इनमें से कोई नहीं

Q.236 पाँचों कस्बों के लिए वितरित किये गये चावल और गेहूँ की औसत मात्रा को ज्ञात कीजिये।

A. 44600 किग्रा और 52800 किग्रा

B. 48800 किग्रा और 54800 किग्रा

C. 52800 किग्रा और 44600 किग्रा

D. 54800 किग्रा और 48800 किग्रा

E. इनमें से कोई नहीं

Q.237 निम्नलिखित प्रश्न में I और II से संख्यांकित दो समीकरण दिए गए हैं। समीकरण को हल कीजिये और प्रश्न का उत्तर दीजिये।

I. $x^2 + 53x + 102 = 0$

II. $y^2 + 54y + 200 = 0$

A. $x > y$

B. $x < y$

C. $x \leq y$

D. $x \geq y$

E. $x = y$ या x और y के बीच संबंध स्थापित नहीं किया जा सकता है।

Q.238 7 पुरुषों और 6 महिलाओं के समूह से पाँच व्यक्तियों को एक समिति का गठन इस प्रकार किया जाना है; ताकि उस समिति में कम से कम 3 पुरुष हो। ऐसा कितने तरीकों से किया जा सकता है?

A. 645   **B.** 564   **C.** 735   **D.** 756

E. 700

Q.239 अजय, रोहित और रोहन ने क्रमशः ₹ 35000, ₹ 28000 और ₹ 56000 का निवेश करके एक व्यवसाय शुरू किया, लेकिन छह महीने के बाद रोहित और रोहन ने अपनी पूंजियों का आधा हिस्सा वापस ले लिया और वर्ष के अंत में उन्होंने ₹ 154000 का लाभ अर्जित किया। कुल लाभ में रोहित का लाभ क्या है?

A. ₹ 33000   **B.** ₹ 55000   **C.** ₹ 66000   **D.** ₹ 77000

E. ₹ 88000

Q.240 ∆ABC का क्षेत्रफल 63 वर्ग इकाई है। दो समांतर रेखाएँ DE, FG, इस तरह बनाई जाती हैं कि वे रेखाखण्ड AB और AC को तीन भाग में विभाजित करती हैं। चतुर्भुज DEGF का क्षेत्रफल क्या है?

A. 28 वर्ग इकाई   **B.** 35 वर्ग इकाई

C. 21 वर्ग इकाई   **D.** 48 वर्ग इकाई

E. 50 वर्ग इकाई

// स्मार्ट उत्तर पुस्तिका //

सही उत्तर — उन छात्रों का प्रतिशत जिन्होंने प्रश्नों का सही उत्तर दिया था। **छोड़ दिया** — उन छात्रों का प्रतिशत जिन्होंने प्रश्नों को छोड़ दिया था।

प्रश्न संख्या	उत्तर	सही उत्तर / छोड़ दिया
1	E	45.41 % / 52.01 %
2	C	69.45 % / 30.1 %
3	B	44.14 % / 43.14 %
4	A	62.48 % / 33.08 %
5	A	13.93 % / 82.42 %
6	B	56.47 % / 40.48 %
7	E	48.57 % / 32.81 %
8	A	17.13 % / 79.45 %
9	C	17.5 % / 70.15 %
10	E	32.21 % / 67.14 %
11	C	23.84 % / 75.07 %
12	C	26.08 % / 69.9 %
13	B	48.06 % / 39.41 %
14	C	65.85 % / 33.43 %
15	A	42.42 % / 34.88 %
16	D	47.11 % / 47.2 %

प्रश्न संख्या	उत्तर	सही उत्तर / छोड़ दिया
17	C	56.52 % / 42.67 %
18	A	57.93 % / 39.34 %
19	C	43.24 % / 46.33 %
20	B	62.11 % / 33.56 %
21	A	60.09 % / 34.54 %
22	D	68.13 % / 30.47 %
23	E	54.8 % / 36.85 %
24	C	51.26 % / 30.27 %
25	E	41.88 % / 56.25 %
26	A	67.41 % / 30.42 %
27	A	52.09 % / 34.2 %
28	D	61.74 % / 31.8 %
29	D	61.39 % / 33.03 %
30	B	50.26 % / 47.9 %
31	E	13.13 % / 86.33 %
32	A	87.91 % / 10.2 %

प्रश्न संख्या	उत्तर	सही उत्तर / छोड़ दिया
33	E	50.65 % / 32.46 %
34	A	66.54 % / 31.08 %
35	A	50.47 % / 42.16 %
36	D	25.99 % / 71.54 %
37	D	47.28 % / 35.96 %
38	B	15.78 % / 72.41 %
39	A	62.26 % / 33.61 %
40	D	57.05 % / 38.57 %
41	C	79.94 % / 14.03 %
42	D	63.71 % / 30.39 %
43	B	44.66 % / 53.17 %
44	D	89.4 % / 10.46 %
45	D	41.56 % / 49.52 %
46	A	47.36 % / 33.98 %
47	C	48.15 % / 38.2 %
48	C	44.84 % / 47.38 %

प्रश्न संख्या	उत्तर	सही उत्तर / छोड़ दिया
49	D	53.28 % / 39.61 %
50	C	60.46 % / 36.95 %
51	A	42.73 % / 53.26 %
52	C	66.72 % / 30.84 %
53	B	40.3 % / 42.6 %
54	E	31.56 % / 67.16 %
55	B	78.05 % / 11.23 %
56	C	88.63 % / 11.08 %
57	C	68.62 % / 30.54 %
58	C	86.08 % / 11.02 %
59	D	54.89 % / 32.95 %
60	B	41.07 % / 53.88 %
61	A	63.98 % / 33.31 %
62	A	51.75 % / 47.12 %
63	B	45.46 % / 49.31 %
64	B	81.2 % / 11.05 %

प्रश्न संख्या	उत्तर	सही उत्तर / छोड़ दिया
65	C	28.46 % / 68.56 %
66	D	86.77 % / 10.99 %
67	B	79.14 % / 17.29 %
68	C	64.04 % / 32.71 %
69	C	89.71 % / 10.19 %
70	D	66.85 % / 32.31 %
71	A	48.81 % / 48.75 %
72	A	61.29 % / 36.49 %
73	A	47.43 % / 33.87 %
74	D	76.12 % / 15.42 %
75	D	60.84 % / 35.42 %
76	B	66.51 % / 31.08 %
77	D	43.26 % / 40.29 %
78	B	52.81 % / 41.99 %
79	C	65.51 % / 30.53 %
80	A	68.35 % / 31.08 %

प्रश्न संख्या	उत्तर	सही उत्तर / छोड़ दिया	प्रश्न संख्या	उत्तर	सही उत्तर / छोड़ दिया	प्रश्न संख्या	उत्तर	सही उत्तर / छोड़ दिया	प्रश्न संख्या	उत्तर	सही उत्तर / छोड़ दिया	प्रश्न संख्या	उत्तर	सही उत्तर / छोड़ दिया
81	B	42.78 % / 55.39 %	97	C	60.82 % / 30.31 %	113	D	50.65 % / 43.37 %	129	D	46.52 % / 44.77 %	145	C	51.36 % / 34.08 %
82	A	65.45 % / 34.39 %	98	D	87.21 % / 10.85 %	114	D	67.37 % / 30.19 %	130	B	46.69 % / 46.1 %	146	C	66.99 % / 32.55 %
83	A	42.94 % / 56.05 %	99	E	88.0 % / 11.11 %	115	D	40.32 % / 57.53 %	131	B	64.65 % / 31.82 %	147	D	48.17 % / 40.13 %
84	A	31.73 % / 67.27 %	100	B	86.32 % / 11.59 %	116	D	66.41 % / 31.28 %	132	B	58.27 % / 38.79 %	148	A	54.61 % / 45.28 %
85	A	10.75 % / 82.12 %	101	D	49.4 % / 33.91 %	117	B	21.87 % / 67.46 %	133	A	49.94 % / 49.76 %	149	D	56.46 % / 33.65 %
86	B	81.37 % / 11.2 %	102	D	41.99 % / 32.1 %	118	B	48.76 % / 38.38 %	134	B	62.91 % / 36.45 %	150	C	69.57 % / 30.12 %
87	E	54.07 % / 42.65 %	103	E	44.48 % / 52.47 %	119	D	47.36 % / 41.1 %	135	D	62.88 % / 30.03 %	151	A	47.87 % / 38.43 %
88	A	27.6 % / 69.71 %	104	B	14.62 % / 80.22 %	120	A	21.4 % / 77.08 %	136	C	67.42 % / 32.04 %	152	B	41.51 % / 47.96 %
89	A	48.59 % / 47.41 %	105	B	41.6 % / 38.92 %	121	C	32.87 % / 67.08 %	137	E	42.67 % / 57.24 %	153	D	41.18 % / 37.49 %
90	B	40.98 % / 42.33 %	106	D	76.08 % / 13.44 %	122	E	54.45 % / 38.88 %	138	A	28.04 % / 69.39 %	154	A	55.88 % / 42.8 %
91	A	40.49 % / 51.19 %	107	B	51.04 % / 42.73 %	123	A	67.88 % / 30.45 %	139	A	49.09 % / 34.42 %	155	B	69.45 % / 30.06 %
92	A	55.48 % / 44.35 %	108	D	52.51 % / 41.3 %	124	D	43.07 % / 39.6 %	140	D	58.98 % / 38.69 %	156	C	62.63 % / 34.83 %
93	D	69.06 % / 30.32 %	109	D	57.11 % / 32.45 %	125	B	65.98 % / 30.65 %	141	D	41.55 % / 48.1 %	157	D	50.4 % / 31.51 %
94	D	65.3 % / 34.34 %	110	B	13.56 % / 85.87 %	126	B	57.07 % / 34.77 %	142	B	51.3 % / 32.51 %	158	B	59.89 % / 36.53 %
95	B	80.13 % / 13.98 %	111	A	51.77 % / 32.82 %	127	A	63.61 % / 30.14 %	143	A	44.9 % / 42.15 %	159	D	50.54 % / 30.61 %
96	C	44.76 % / 39.29 %	112	C	46.29 % / 35.72 %	128	A	68.85 % / 30.58 %	144	C	58.68 % / 38.05 %	160	C	50.72 % / 38.94 %

प्रश्न संख्या	उत्तर	सही उत्तर / छोड़ दिया	प्रश्न संख्या	उत्तर	सही उत्तर / छोड़ दिया	प्रश्न संख्या	उत्तर	सही उत्तर / छोड़ दिया	प्रश्न संख्या	उत्तर	सही उत्तर / छोड़ दिया	प्रश्न संख्या	उत्तर	सही उत्तर / छोड़ दिया
161	B	48.75 % / 43.3 %	177	A	76.77 % / 21.45 %	193	A	57.95 % / 32.88 %	209	B	47.84 % / 50.1 %	225	B	62.75 % / 33.1 %
162	D	67.44 % / 30.45 %	178	A	82.54 % / 13.49 %	194	B	66.63 % / 30.43 %	210	B	64.97 % / 31.77 %	226	C	67.61 % / 30.36 %
163	A	64.29 % / 32.8 %	179	C	66.53 % / 30.14 %	195	C	68.41 % / 31.56 %	211	C	32.62 % / 67.33 %	227	E	64.92 % / 30.85 %
164	D	50.05 % / 42.27 %	180	E	62.31 % / 30.12 %	196	A	55.66 % / 34.39 %	212	D	69.41 % / 30.31 %	228	E	51.43 % / 47.13 %
165	E	56.2 % / 33.24 %	181	A	48.86 % / 35.23 %	197	B	63.05 % / 36.59 %	213	D	49.26 % / 49.68 %	229	A	66.9 % / 30.62 %
166	E	81.9 % / 17.79 %	182	D	87.55 % / 10.7 %	198	C	22.96 % / 76.38 %	214	A	88.26 % / 10.03 %	230	C	18.22 % / 75.86 %
167	A	62.48 % / 34.59 %	183	A	82.05 % / 14.87 %	199	A	56.69 % / 32.58 %	215	B	10.89 % / 79.76 %	231	C	58.91 % / 32.39 %
168	C	81.79 % / 17.81 %	184	C	48.0 % / 41.29 %	200	B	60.2 % / 36.95 %	216	E	62.42 % / 33.0 %	232	C	68.94 % / 30.02 %
169	B	59.97 % / 30.3 %	185	D	58.61 % / 39.7 %	201	E	30.9 % / 68.7 %	217	A	46.74 % / 35.54 %	233	B	59.93 % / 37.31 %
170	D	40.27 % / 59.62 %	186	B	86.8 % / 13.11 %	202	D	47.09 % / 32.56 %	218	A	66.41 % / 31.04 %	234	E	32.92 % / 67.08 %
171	B	82.57 % / 16.07 %	187	C	41.93 % / 41.67 %	203	E	58.79 % / 39.3 %	219	B	51.03 % / 32.73 %	235	A	29.25 % / 67.12 %
172	A	63.45 % / 35.78 %	188	B	44.14 % / 42.13 %	204	C	49.92 % / 41.01 %	220	B	68.68 % / 30.57 %	236	B	24.74 % / 73.85 %
173	B	56.81 % / 37.22 %	189	D	46.03 % / 32.17 %	205	A	49.15 % / 33.11 %	221	D	51.92 % / 38.9 %	237	E	64.81 % / 32.84 %
174	B	68.49 % / 30.49 %	190	C	53.41 % / 38.37 %	206	D	24.43 % / 73.6 %	222	A	48.91 % / 43.98 %	238	D	61.24 % / 30.08 %
175	A	42.38 % / 50.38 %	191	A	63.83 % / 31.2 %	207	D	13.42 % / 69.86 %	223	C	21.24 % / 68.05 %	239	A	67.23 % / 31.7 %
176	A	23.76 % / 69.86 %	192	B	60.0 % / 30.61 %	208	B	49.23 % / 44.65 %	224	C	68.31 % / 30.1 %	240	C	52.74 % / 44.72 %

//संकेत और समाधान//

1. दी गई जानकारी के अनुसार,

	A है				
प्रतीक	@	%	#	&	$
अर्थ	=	≤	>	≥	<
	B के लिए				

दिए गए कथन: J # K, K @ P, P $ R

बदलने पर: J > K, K = P, P < R

संयोजन करने पर: J > K = P < R

निष्कर्ष:

I. J # R → J > R → असत्य (चूँकि J > K = P < R, J और R के बीच स्पष्ट संबंध निर्धारित नहीं किया जा सकता है)

II. R $ J → R < J → असत्य (चूँकि J > K = P < R, J और R के बीच स्पष्ट संबंध निर्धारित नहीं किया जा सकता है)

इसलिए, न तो निष्कर्ष I और न ही II सत्य है।

अतः विकल्प (E) सही है।

2. दी गई जानकारी के अनुसार,

	A है				
प्रतीक	@	%	#	&	$
अर्थ	=	≤	>	≥	<
	B के लिए				

दिए गए कथन: P # R, R @ L, L & T

बदलने पर: P > R, R = L, L ≥ T

संयोजन करने पर: P > R = L ≥ T

निष्कर्ष:

I. L $ P → L < P → सत्य (चूँकि P > R = L → P > L, यहाँ हम प्रतीक > को प्राथमिकता देंगे)

II. P # T → P > T → सत्य (चूँकि P > R = L ≥ T → P > T, यहाँ हम प्रतीक > को प्राथमिकता देंगे)

इसलिए, निष्कर्ष I और II दोनों सत्य हैं।

अतः विकल्प (C) सही है।

3. दिए गए शब्द के अक्षरों से **WARRIER** शब्द नहीं बनाया जा सकता है।

MRINEATIWARLAL शब्द में 'R' केवल दो बार उपस्थित है। इसलिए, **WARRIER** शब्द नहीं बनाया जा सकता है।

अतः विकल्प (B) सही है।

4. कथन I: तीन व्यक्ति E से छोटे लेकिन A से बड़े हैं जो C से बड़ा है।

(जैसा कि हम जानते हैं कि A, C से बड़ा है, यह दर्शाता है कि E या सबसे बड़ा या दूसरा सबसे बड़ा व्यक्ति है)।

कथन III: कम से कम पांच व्यक्ति B से छोटे हैं, जो E से बड़ा है।

(स्पष्ट रूप से, यदि B, E से बड़ा है, यह दर्शाता है कि B सबसे बड़ा व्यक्ति है और E दूसरा सबसे बड़ा व्यक्ति है)।

कथन II: F, D से बड़ा लेकिन G से छोटा है।

(दर्शाता है कि, G तीसरा सबसे बड़ा और D तीसरा सबसे छोटा व्यक्ति है। साथ ही, F के लिए केवल एक स्थान शेष है, इसलिए, इसे हम यहाँ, अर्थात् चौथे स्थान पर रख सकते हैं)।

आयु (अवरोही)
B
E
G
F
D
A
C

इसलिए, प्रश्न का उत्तर देने के लिए सभी कथन आवश्यक हैं।

अतः विकल्प (A) सही है।

5. कथन I: G के बाएं तीसरे स्थान पर D बैठा है, जो E का निकटतम पड़ोसी है।

(चूंकि यह एक गोलाकार व्यवस्था है, हम G के लिए यादृच्छिक रूप से एक स्थान चुन सकते हैं और तदनुसार D को रख सकते हैं। E, G के या तो निकटतम दायें या निकटतम बाएं बैठा है)।

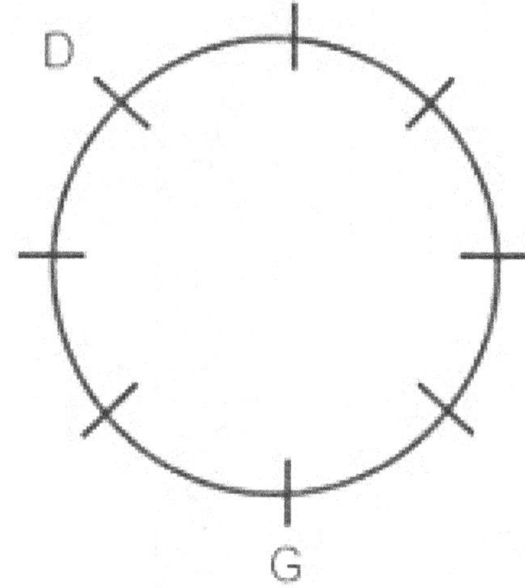

कथन II: A और C एक दूसरे के विपरीत बैठे हैं और C, H के बाएं दूसरे स्थान पर है।

कथन III: H, B के निकटतम दायें बैठा है, जो F के विपरीत बैठा है।

(मानते हैं कि E, G के निकटतम बाएं बैठा है, तब यहाँ भरने के लिए विपरीत स्थानों का केवल एक युग्म शेष रहेगा। लेकिन हम दो विपरीत युग्मों अर्थात् AC और FB को जानते हैं। दर्शाता है कि E, G के निकटतम दायें है। साथ ही, चूंकि AC, FB और DE तीन विपरीत युग्म हैं, यह दर्शाता है कि H, G के विपरीत बैठा है)।

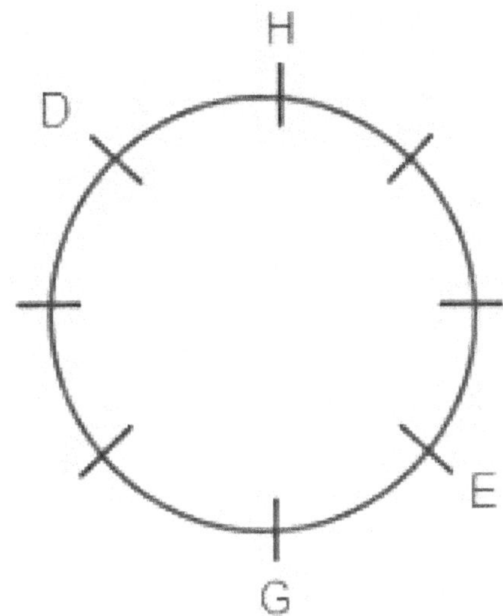

(अब, चूंकि यह दिया गया है कि C, H के बाएं दूसरे स्थान पर है। दर्शाता है कि A, D के निकटतम दायें है।

साथ ही, H, B के निकटतम दायें बैठा है, दर्शाता है कि, F, G के निकटतम बाएं बैठा है)।

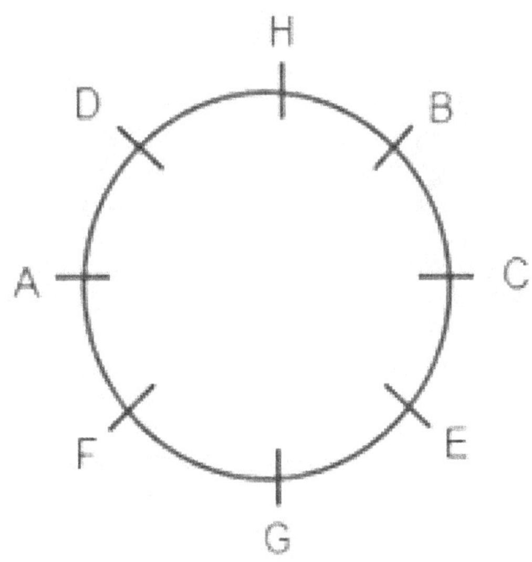

यह दर्शाता है कि B, G के दायें तीसरे स्थान पर बैठा है।

इसलिए, प्रश्न का उत्तर देने के लिए सभी कथन आवश्यक हैं।

अतः विकल्प (A) सही है।

6. दिए गए कथनों के लिए न्यूनतम संभावित वेन आरेख इस प्रकार है:

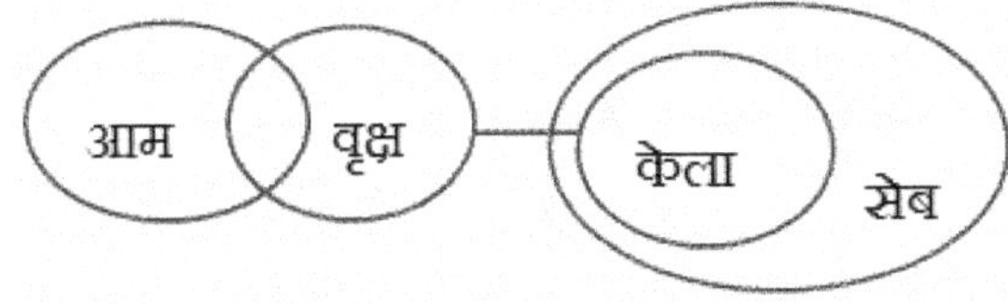

निष्कर्ष:

कम से कम कुछ आम केले हैं → असत्य (चूंकि कुछ आम वृक्ष हैं और कोई वृक्ष केला नहीं है)।

कुछ सेब वृक्ष नहीं हैं → सत्य (चूंकि सभी केले सेब हैं और कोई वृक्ष केला नहीं है)।

इसलिए, केवल ॥ अनुसरण करता है।

अतः विकल्प (B) सही है।

7. दिए गए कथनों के लिए न्यूनतम संभावित वेन आरेख इस प्रकार है:

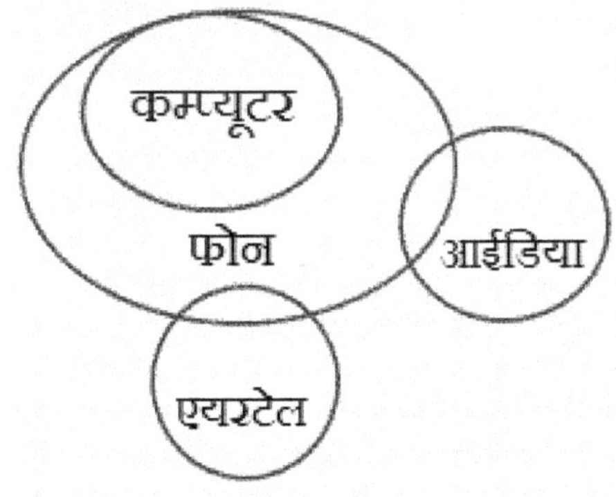

निष्कर्ष:

कम से कम कुछ फोन कम्प्यूटर नहीं हैं → असत्य चूंकि यह संभव है लेकिन निश्चित नहीं है।

कम से कम कुछ आईडिया कम्प्यूटर हैं → असत्य चूंकि यह संभव है लेकिन निश्चित नहीं है।

इसलिए, न तो । और न ही ॥ अनुसरण करता है।

अतः विकल्प (E) राही है।

Ques (8-12):1) करण किसी भी व्यक्ति के निकटस्थ नहीं बैठा है।

2) शाम, ध्यान के बाएं से चौथे स्थान पर बैठा है, जो रिक्त सीट के बाएं से दूसरे स्थान पर बैठा है।

3) रघु, करण के बाएं से चौथे स्थान पर बैठा है।

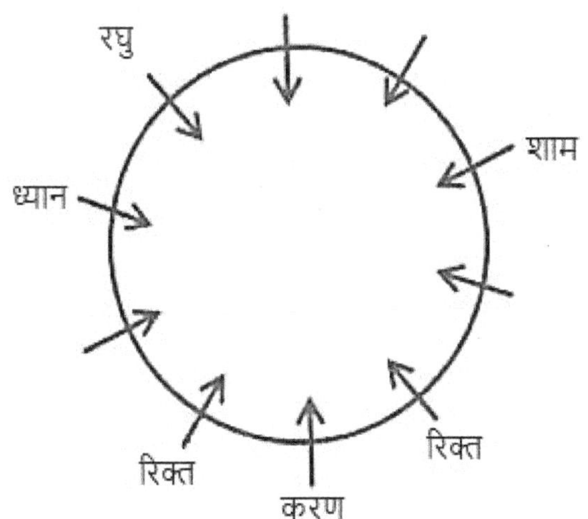

4) सफेद रंग पसंद करने वाला व्यक्ति और भूरा रंग पसंद करने वाला व्यक्ति एक-दूसरे के निकटस्थ बैठे हैं, लेकिन उनमें से कोई भी शाम के निकटस्थ नहीं बैठा है।

5) न तो रघु और न ही उसके पड़ोसी सफेद रंग पसंद करते हैं।

6) असम से संबंधित व्यक्ति, भूरा रंग पसंद करने वाले व्यक्ति के बाएं से दूसरे स्थान पर बैठा है।

7) अभि, असम से संबंधित व्यक्ति और गोवा से संबंधित व्यक्ति के निकटस्थ बैठा है।

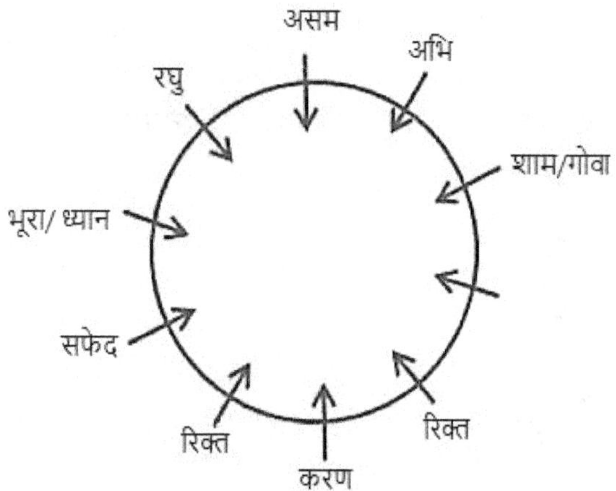

8) गोवा से संबंधित व्यक्ति नीला रंग पसंद करता है।

9) प्रेम, लाल रंग पसंद करने वाले व्यक्ति के निकटतम दाएं बैठा है।

10) टीना नारंगी रंग पसंद करती है।

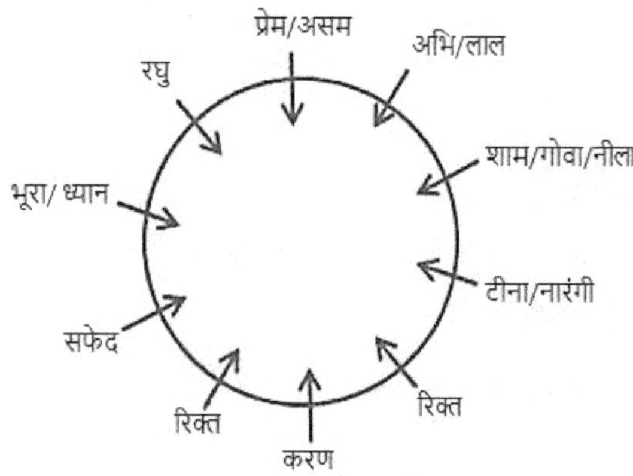

11) चेन्नई से संबंधित व्यक्ति न तो रिक्त सीट के निकटस्थ और न ही ध्यान के निकटस्थ बैठा है।

12) केरल से संबंधित व्यक्ति रिक्त सीट के बाएं से चौथे स्थान पर बैठा है।

13) केरल से संबंधित व्यक्ति, गुलाबी रंग पसंद करने वाले व्यक्ति का निकटतम पड़ोसी है।

14) जो व्यक्ति काला रंग पसंद करता है, वह रिक्त सीट के निकटस्थ नहीं बैठा है।

15) दिल्ली से संबंधित व्यक्ति, केरल से संबंधित व्यक्ति के दाएं से तीसरे स्थान पर बैठा है। (सभी व्यक्तियों को स्थान दिया जा चुका है, इसलिए, लिपि सफेद रंग पसंद करती है)

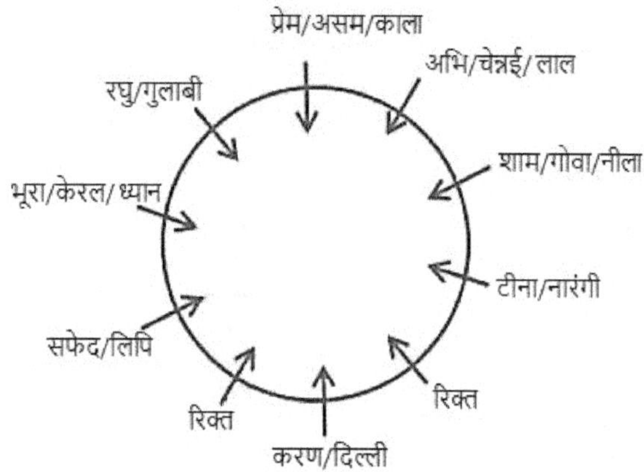

16) लिपि, सूरत से संबंधित व्यक्ति के दाएं से दूसरे स्थान पर बैठी है।

17) पंजाब से संबंधित व्यक्ति न तो काला और न ही नारंगी रंग पसंद करता है।

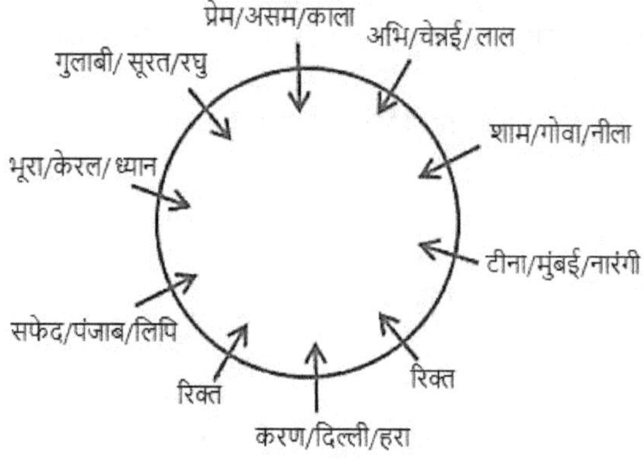

8. इसलिए, ध्यान, रघु के निकटतम दाएं बैठा है।

अतः विकल्प (A) सही है।

9. इसलिए, करण हरा रंग पसंद करता है।

अतः विकल्प (C) सही है।

10. कथन 5 के अलावा अन्य सभी में उल्लेखित स्थानों का नाम प्रत्येक व्यक्ति के अनुरूप है, जबकि कथन 5 में शाम के अनुरूप स्थान गोवा है।

इसलिए, शाम - चेन्नई समूह से संबंधित नहीं है।

अतः विकल्प (E) सही है।

11. इसलिए, रघु और अभि प्रेम के निकटतम पड़ोसी हैं।

अतः विकल्प (C) सही है।

12. इसलिए, रघु, केरल से संबंधित व्यक्ति के निकटतम बाएं बैठा है, यह कथन सत्य है।

अतः विकल्प (C) सही है।

Ques (13-17): दी गई जानकारी के अनुसार,

1) जिस मंज़िल पर पॉटर परिवार रहता है, उसके ऊपर पाँच मंज़िलें हैं।

2) पॉटर परिवार और गुप्ता परिवार के मध्य में एक मंज़िल है।

3) शर्मा परिवार, गुप्ता परिवार की मंज़िल से चार मंज़िल ऊपर रहता है।

मंज़िल	परिवार

	शर्मा
	पॉटर
	गुप्ता

4) भल्ला परिवार जिस मंज़िल पर रहता है वह पॉटर परिवार के या तो ठीक ऊपर या फिर नीचे है।

5) भल्ला परिवार की मंजिल के नीचे मंज़िलों की संख्या, गुप्ता परिवार की मंज़िल के ऊपर मंज़िलों की संख्या से एक कम है।

स्थिति 1		स्थिति 2	
मंज़िल	परिवार	मंज़िल	परिवार
	शर्मा		शर्मा
	भल्ला		
	पॉटर		पॉटर
			भल्ला
	गुप्ता		गुप्ता

6) चूँकि, गुप्ता परिवार की मंज़िल के ऊपर 7 मंज़िलें हैं, भल्ला परिवार की मंज़िल के नीचे 6 मंज़िलें होंगी।

7) त्रिपाठी परिवार जिस मंज़िल पर रहता है वह भल्ला परिवार की मंज़िल से दो मंज़िल दूर है।

8) जिस मंज़िल पर त्रिपाठी परिवार रहता है वह शर्मा परिवार की मंज़िल के न तो ठीक ऊपर और न ही नीचे है।

स्थिति 1		स्थिति 2	
मंज़िल	परिवार	मंज़िल	परिवार
11		13	
10		12	
9		11	
8	शर्मा	10	शर्मा
7	भल्ला	9	
6	पॉटर	8	पॉटर
5	त्रिपाठी	7	भल्ला
4	गुप्ता	6	गुप्ता
3		5	त्रिपाठी
2		4	
1		3	
		2	
		1	

9) अय्यर परिवार और त्रिपाठी परिवार के मध्य दो मंज़िलें हैं।

10) ग्रंगेर परिवार, अय्यर परिवार की मंज़िल के ठीक नीचे वाली मंज़िल पर रहता है।

स्थिति 1		स्थिति 2	
मंज़िल	परिवार	मंज़िल	परिवार
11		13	
10		12	
9		11	
8	शर्मा	10	शर्मा
7	भल्ला	9	
6	पॉटर	8	पॉटर
5	त्रिपाठी	7	भल्ला
4	गुप्ता	6	गुप्ता
3		5	त्रिपाठी
2	अय्यर	4	
1	ग्रंगेर	3	
		2	अय्यर
		1	ग्रंगेर

11) पादुकोण परिवार विषम संख्या वाली मंज़िल पर रहता है जो कि गुप्ता परिवार और अय्यर परिवार के ठीक मध्य में है।

यह शर्त स्थिति 2 को हटा देगी।

स्थिति 1	
मंज़िल	परिवार
11	
10	
9	
8	शर्मा
7	भल्ला
6	पॉटर
5	त्रिपाठी
4	गुप्ता
3	पादुकोण
2	अय्यर
1	ग्रंगेर

12) कपूर परिवार, शर्मा परिवार की मंज़िल के ऊपर विषम संख्या अंकित मंज़िल पर रहता है लेकिन वह निकटतम पड़ोसी नहीं हैं।

13) कुमार परिवार, लोधा परिवार की मंज़िल के ऊपर वाली मंज़िल पर रहता है।

स्थिति 1	
मंज़िल	परिवार
11	कपूर
10	कुमार
9	लोधा
8	शर्मा
7	भल्ला
6	पॉटर
5	त्रिपाठी
4	गुप्ता

3	पादुकोण
2	अय्यर
1	ग्रंगेर

13. उपर्युक्त व्यवस्था, अंतिम व्यवस्था है।

इसलिए, इमारत में 11 मंज़िलें हैं।

अतः विकल्प (B) सही है।

14. इसलिए, कथन ।।। सही है।

अतः विकल्प (C) सही है।

15. इसलिए, लोधा परिवार नौवीं मंज़िल पर रहता है।

अतः विकल्प (A) सही है।

16. इसलिए, लोधा परिवार और पादुकोण परिवार के मध्य 5 मंज़िलें हैं।

अतः विकल्प (D) सही है।

17. इसलिए, अय्यर परिवार दूसरी मंज़िल पर रहता है।

अतः विकल्प (C) सही है।

18. मृत्यु दर और प्रजनन क्षमता में गिरावट से लोगों की उम्र बढ़ सकती है।

इसलिए, यह निष्कर्ष निकालना सुरक्षित है कि यदि गिरावट जारी रहती है, तो भारत की बढ़ती उम्र की आबादी खत्म हो सकती है।

इस प्रकार, निष्कर्ष। अनुसरण करता है।

निष्कर्ष।। में कथन कार्रवाई का एक परिणाम है जिसे भारत सरकार को दिए गए हालात के मद्देनजर लेने की आवश्यकता होगी।

इसलिए, इसे दी गई जानकारी के अनुसार एक निष्कर्ष नहीं माना जा सकता है।

इस प्रकार, निष्कर्ष।। अनुसरण नहीं करता है।

इसलिए, केवल। अनुसरण करता है।

अतः विकल्प (A) सही है।

Ques (19-20):छह व्यक्ति: A, B, C, D, E और F

छह पेशे: प्रधानाचार्य, नृतक, न्यायाधीश, संगीतकार, व्यवसायी और कलाकार

1) परिवार में दो विवाहित जोड़े हैं।

2) B, E और F की माता है।

3) व्यवसायी F का ग्रैंडफादर है, जो एक प्रधानाचार्य।

4) नृतक D का विवाह व्यवसायी से हुआ है।

5) C, न्यायाधीश, महिला कलाकार से विवाहित है।

6) F, C का पुत्र है। इसलिए, E, C की पुत्री है।

अब निम्नलिखित अंकन का उपयोग करके वंश वृक्ष को बनाने पर,

चित्र में प्रतीक	अर्थ
◯	स्त्री
▢	पुरुष
=	विवाहित जोड़ा
—	भाई/बहन
│	पीढ़ी का अंतर

19.

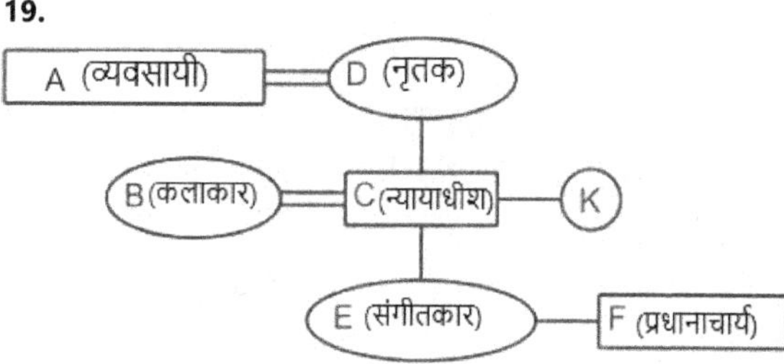

इसलिए F, K का नेफ्यू है।

अतः विकल्प (C) सही है।

20.

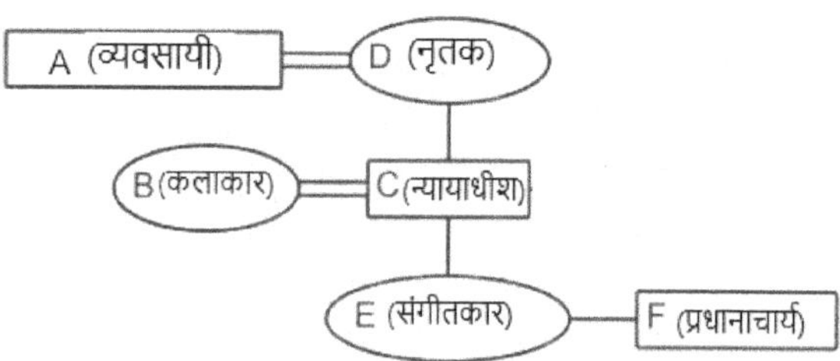

इसलिए A, D और B, C दो विवाहित जोड़े हैं।

अतः विकल्प (B) सही है।

Ques (21-22):दिया है,

दो व्यक्ति X और Y एक बिंदु G से चलना शुरू करते हैं।

X, बिंदु G से उत्तर दिशा में 12 मीटर चलता है।

वह फिर बिंदु F से बाई ओर मुड़ता है और 6 मीटर चलता है।

फिर वह बिंदु E से दक्षिण-पश्चिम दिशा की ओर बढ़ता है और बिंदु D तक 10 मीटर चलता है, जो बिंदु A के दक्षिण दिशा में है।

X फिर बिंदु D से 5 मीटर पश्चिम दिशा की ओर बढ़ता है और फिर बिंदु C से दाई ओर मुड़ता है और 8 मीटर चलता है।

फिर वह बिंदु B से दाई ओर मुड़ता है और बिंदु A तक 5 मीटर चलता है।

बिंदु C, बिंदु K के उत्तर दिशा में है।

Y, बिंदु G से पश्चिम दिशा में 12 मीटर चलता है।

फिर वह बिंदु H से बाई ओर मुड़ता है और 4 मीटर चलता है।

फिर वह बिंदु I से दाई ओर मुड़ता है और 5 मीटर चलता है।

फिर वह बिंदु J से दाई ओर मुड़ता है और 4 मीटर चलता है।

फिर वह बिंदु K से बाई ओर मुड़ता है और बिंदु L तक 5 मीटर चलता है।

दी गई जानकारी के अनुसार, हम निम्नलिखित आकृति प्राप्त होती है,

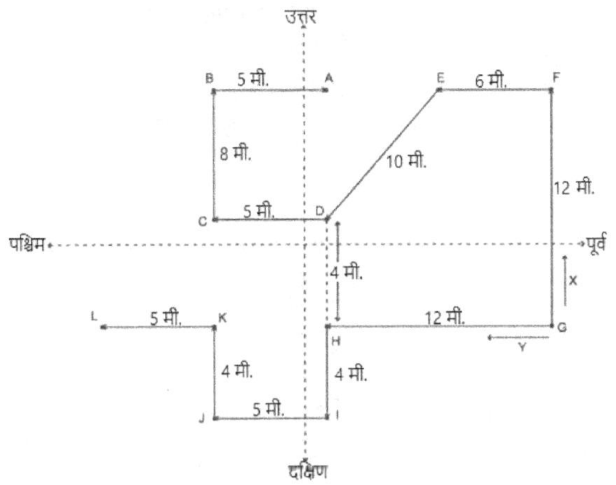

21. D और H के मध्य की सबसे न्यूनतम दूरी = FG – BC = 12 – 8 = 4 मी

अतः विकल्प (A) सही है।

22. A और E के मध्य की सबसे न्यूनतम दूरी $= \sqrt{(10^2 - 8^2)} = \sqrt{(100 - 64)} = \sqrt{36} = 6$मी

अतः विकल्प (D) सही है।

Ques (23-27):नौ व्यक्ति: E, F, G, H, I, J, K, L और M

1) J, E के बायें से चौथे स्थान पर बैठा है, जो किसी एक अंतिम छोर पर बैठा है।

स्थिति 1:

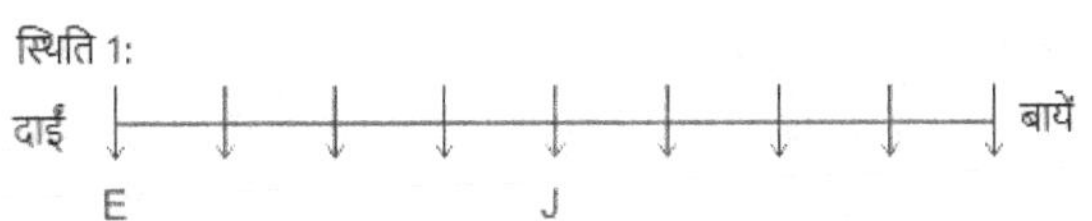

2) G और J के बीच दो व्यक्ति बैठे हैं।

यहाँ दो स्थितियाँ बनती हैं, स्थिति 1: G, J के दाई ओर बैठा है। स्थिति 2: G, J के बाई ओर बैठा है।

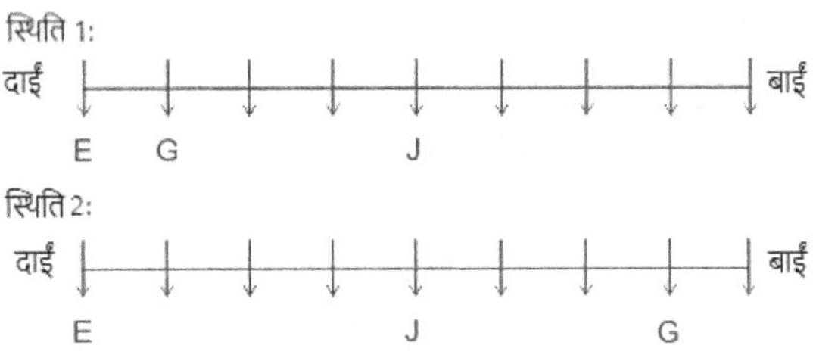

3) J और F के बीच केवल एक व्यक्ति बैठा है, जो J के दाई ओर बैठा है और F और K के बीच दो व्यक्ति बैठे हैं।

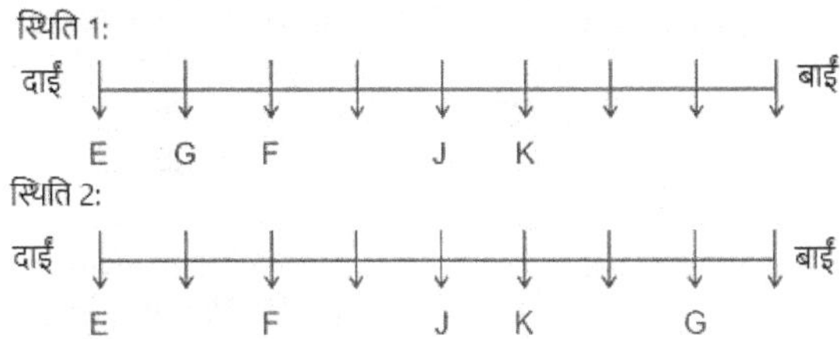

4) K के बाई ओर बैठे व्यक्तियों की संख्या I के दाई ओर बैठे व्यक्ति की संख्या के समान है।

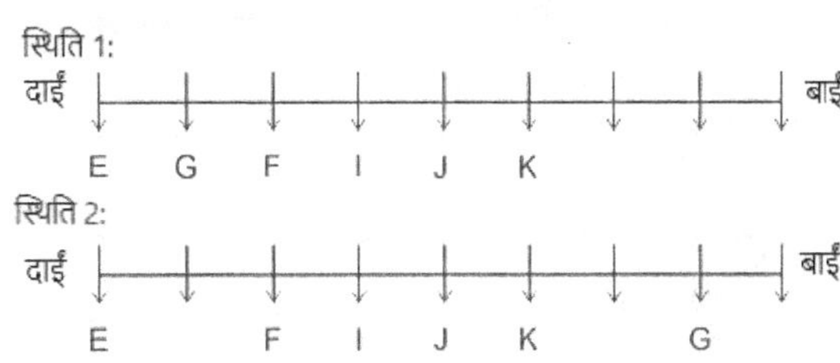

5) H, K का पड़ोसी नहीं है।

6) M, J के दाई ओर किसी एक स्थान पर बैठा है। M, G का पड़ोसी नहीं है।

यहाँ स्थिति 1 रद्द हो जाती है क्योंकि उनका J के दाई ओर कोई रिक्त स्थान नहीं है।

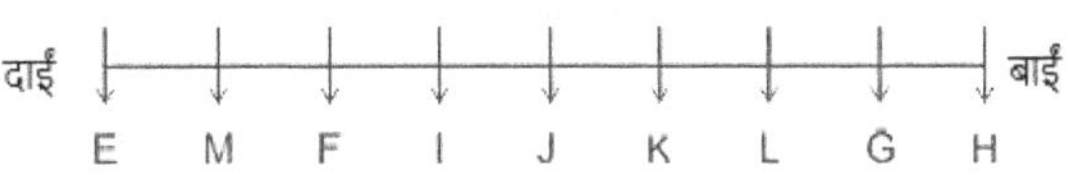

अंतिम व्यवस्था है:

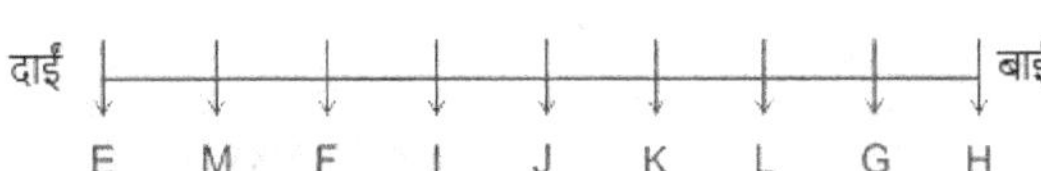

23. इसलिए, EI समूह से संबंधित नहीं है।

अतः विकल्प (E) सही है।

24. इसलिए G, K के बायें से दूसरे स्थान पर बैठा है।

अतः विकल्प (C) सही है।

25. इसलिए E किसी एक अंतिम छोर पर बैठा है।

अतः विकल्प (E) सही है।

26. इसलिए 7 व्यक्ति M के बायें बैठे हैं।

अतः विकल्प (A) सही है।

27. इसलिए, F , M और I के बीच में बैठा है।

अतः विकल्प (A) सही है।

Ques (28-32):चरण 1: बाएं छोर से पहली संख्या को, दूसरी संख्या के साथ परस्पर प्रतिस्थापित किया जा रहा है। बाएं छोर की तीसरी संख्या को, चौथी संख्या के साथ परस्पर प्रतिस्थापित किया जा रहा है। बाएं छोर की पांचवी संख्या को, छठवीं संख्या के साथ परस्पर प्रतिस्थापित किया जा रहा है। बाएं छोर की सातवीं संख्या को, आठवीं संख्या के साथ परस्पर प्रतिस्थापित किया जा रहा है।

चरण 2: बाएं छोर से पहले प्रतीक को, दूसरे प्रतीक के साथ परस्पर प्रतिस्थापित किया जा रहा है। बाएं छोर से तीसरे प्रतीक को, चौथे प्रतीक के साथ परस्पर प्रतिस्थापित किया जा रहा है। बाएं छोर से पांचवें प्रतीक को,

छठवें प्रतीक के साथ परस्पर प्रतिस्थापित किया जा रहा है। बाएं छोर से सातवें प्रतीक को, आठवें प्रतीक के साथ परस्पर प्रतिस्थापित किया जा रहा है।

चरण 3: बाएं छोर से पहले अक्षर को, दूसरे अक्षर के साथ परस्पर प्रतिस्थापित किया जा रहा है। बाएं छोर से तीसरे अक्षर को, चौथे अक्षर के साथ परस्पर प्रतिस्थापित किया जा रहा है। बाएं छोर से पांचवें अक्षर को, छठवें अक्षर के साथ परस्पर प्रतिस्थापित किया जा रहा है। बाएं छोर से सातवें अक्षर को, आठवें अक्षर के साथ परस्पर प्रतिस्थापित किया जा रहा है।

चरण 4: सभी अक्षरों को एक साथ (उसी क्रम में जैसा कि पिछले चरण में) सभी प्रतीकों के बाद रखा गया है और सभी प्रतीकों को सभी संख्याओं के बाद रखा गया है।

चरण 5: सभी अक्षर वर्णानुक्रम में व्यवस्थित होते हैं। सभी संख्याओं को आरोही क्रम में व्यवस्थित किया गया है।

इनपुट: K (3 S) 4 B % 7 M @ 9 F $ 2 Z Ω 1 A # 5 Q £ 8

चरण I: K (4 S) 3 B % 9 M @ 7 F $ 1 Z Ω 2 A # 8 Q £ 5

चरण II: K) 4 S (3 B @ 9 M % 7 F Ω 1 Z $ 2 A £ 8 Q # 5

चरण III: S) 4 K (3 M @ 9 B % 7 Z Ω 1 F $ 2 Q £ 8 A # 5

चरण IV: S K M B Z F Q A) (@ % Ω $ £ # 4 3 9 7 1 2 8 5

चरण V: A B F K M Q S Z) (@ % Ω $ £ # 1 2 3 4 5 7 8 9

28. इसलिए, पहले चरण में '&' का स्थान दाएं से सोलहवां हैं।

अतः विकल्प (D) सही है।

29. इसलिए, चरण IV में बाएं से पन्द्रहवें स्थान पर '£' है।

अतः विकल्प (D) सही है।

30. इसलिए, आउटपुट के दूसरे चरण में, 'S' और '9' के बीच चार तत्व उपस्थित हैं।

अतः विकल्प (B) सही है।

31. इसलिए, S) 4 K (3 M @ 9 B % 7 Z Ω 1 F $ 2 Q £ 8 A # 5 दिए गए इनपुट का चरण III है।

अतः विकल्प (E) सही है।

32.

वर्ण माला	A	B	C	D	E	F	G	H	I	J	K	L	M
स्था नीय मान	1	2	3	4	5	6	7	8	9	10	11	12	13
स्था नीय मान	26	25	24	23	22	21	20	19	18	17	16	15	14
वर्ण माला	Z	Y	X	W	V	U	T	S	R	Q	P	O	N

पहला अक्षर: A

दूसरा अक्षर: M

इसलिए, चरण V में पहले और पांचवे अक्षर के बीच सामान्य वर्णमाला श्रृंखला में 11 अक्षर हैं।

अतः विकल्प (A) सही है।

33. i) कोरोनावायरस महामारी के समाप्त होने के बाद भी लोग सामाजिक दूरी रखना पसंद करेंगे: अंतर्निहित है

यहाँ, कुछ लोग जो अपने स्वास्थ्य के बारे में बहुत सावधान हैं, वे वैक्सीन के विकास के बाद भी सामाजिक दूरी पसंद करेंगे। वे मास्क पहने रहेंगे और सैनिटाइज़र का उपयोग करेंगे।

ii) लोग इस सामाजिक दूरी से तंग आ चुके हैं, और बेसब्री से वैक्सीन का इंतजार कर रहे हैं जिससे कि वे जितना हो सके उतने एकत्र हो सकें: अंतर्निहित है

कुछ लोग, विशेष रूप से बहिर्मुखी, इस सामाजिक दूरी से तंग आ चुके हैं। वे सभाओं और पार्टियों को करना चाहते हैं लेकिन इस महामारी के कारण करने में असमर्थ हैं।

वे सिर्फ वैक्सीन का इंतजार कर रहे हैं।

अतः विकल्प (E) सही है।

34. जैसा कि हम कथन में देखते हैं, यह रेलवे के निजीकरण के बारे में बात करता है। यदि भारत में रेलवे का निजीकरण किया जाता है, तो सेवाओं, कीमतों और सुविधाओं में बहुत सारे बदलाव होंगे।

तर्क। सबल है क्योंकि "प्रतिस्पर्धा" और "बेहतर सेवा" वांछनीय हैं। इसलिए, तर्क। सबल है। तर्क II दुर्बल है क्योंकि इस तर्क में एक त्रुटिपूर्ण धारणा है कि बहुराष्ट्रीय कंपनियां राष्ट्रीय सुरक्षा के लिए खतरा हैं।

अतः विकल्प (A) सही है।

Ques (35-39):व्यक्ति: रतन, लतिका, दिनेश, नरपत, लक्ष्मी, तन्वी, दीपक और रूपल

मिठाइयाँ: हलवा, पेड़ा, घेवर, जलेबी, काजू कतली, रसगुल्ला, मक्खन बड़ा और गुलाब जामुन

i) लक्ष्मी का ऑर्डर घेवर था और इसे शीर्ष से दूसरे स्थान पर रखा गया था।

ii) घेवर के डिब्बे और गुलाब जामुन के डिब्बे के बीच तीन डिब्बे थे, गुलाब जामुन जो नरपत द्वारा ऑर्डर किए गए थे।

संख्या	व्यक्ति	मिठाइयाँ
8		
7	लक्ष्मी	घेवर
6		
5		
4		
3	नरपत	गुलाब जामुन
2		
1		

iii) रूपल और लक्ष्मी के ऑर्डर के बीच दो डिब्बे हैं।

iv) मक्खन बड़ा के डिब्बे के ऊपर दो बॉक्स हैं।

v) रूपल ने काजू कतली का ऑर्डर दिया।

संख्या	व्यक्ति	मिठाइयाँ
8		
7	लक्ष्मी	घेवर
6		मक्खन बडा
5		
4	रूपल	काजु कतली
3	नरपत	गुलाब जामुन
2		
1		

vi) हलवा और मक्खन बड़ा के डिब्बे के बीच की संख्या गुलाब जामुन और जलेबी के बीच डब्बे की संख्या के बराबर है।

स्थिति 1.

संख्या	व्यक्ति	मिठाइयाँ
8		जलेबी
7	लक्ष्मी	घेवर
6		मक्खन बडा
5		
4	रूपल	काजु कतली
3	नरपत	गुलाब जामुन
2		
1		हलवा

स्थिति 2.

संख्या	व्यक्ति	मिठाइयाँ
8		हलवा
7	लक्ष्मी	घेवर
6		मक्खन बडा
5		
4	रूपल	काजु कतली
3	नरपत	गुलाब जामुन
2		
1		जलेबी

स्थिति 3.

संख्या	व्यक्ति	मिठाइयाँ
8		
7	लक्ष्मी	घेवर
6		मक्खन बडा
5		हलवा
4	रूपल	काजु कतली
3	नरपत	गुलाब जामुन
2		जलेबी
1		

स्थिति 4.

संख्या	व्यक्ति	मिठाइयाँ
8		हलवा
7	लक्ष्मी	घेवर
6		मक्खन बडा
5		जलेबी
4	रूपल	काजु कतली
3	नरपत	गुलाब जामुन
2		
1		

vii) न तो जलेबी का डिब्बा और न ही हलवा का डिब्बा काजू कतली के डिब्बे के ऊपर या नीचे रखा जाता है। इसलिए, स्थिति 3 और स्थिति 4 को हटा दिया जाता है।

ix) रतन का ऑर्डर ढेर के शीर्ष पर रखा गया है और यह जलेबी नहीं है।

इसलिए, स्थिति 1 को हटा दिया जाता है।

स्थिति 2.

संख्या	व्यक्ति	मिठाइयाँ
8	रतन	हलवा
7	लक्ष्मी	घेवर
6		मक्खन बडा
5		

संख्या	व्यक्ति	मिठाइयाँ
4	रूपल	काजु कतली
3	नरपत	गुलाब जामुन
2		
1		जलेबी

x) तन्वी ने रसगुल्ले का ऑर्डर दिया और इसे ढेर के ऊपर से चौथा स्थान नहीं दिया गया।

इसका तात्पर्य यह भी है कि पेड़ा के डिब्बे को मक्खन बडा और काजू कतली के डिब्बे के बीच रखा जाता है।

स्थिति 2.

संख्या	व्यक्ति	मिठाइयाँ
8	रतन	हलवा
7	लक्ष्मी	घेवर
6		मक्खन बडा
5		पेड़ा
4	रूपल	काजु कतली
3	नरपत	गुलाब जामुन
2	तन्वी	रसगुल्ला
1		जलेबी

xi) दीपक के ऑर्डर को दिनेश द्वारा दिए गए ऑर्डर के ठीक ऊपर रखा गया है।

इसका यह भी अर्थ है कि लतिका ने जलेबी का ऑर्डर दिया था।

स्थिति 2.

संख्या	व्यक्ति	मिठाइयाँ
8	रतन	हलवा
7	लक्ष्मी	घेवर
6	दीपक	मक्खन बडा
5	दिनेश	पेड़ा
4	रूपल	काजु कतली
3	नरपत	गुलाब जामुन
2	तन्वी	रसगुल्ला
1	लतिका	जलेबी

35. इसलिए, दिनेश ने पड़े का ऑर्डर दिया।

अत: विकल्प (A) सही है।

36. इसलिए, जलेबी का ऑर्डर लतिका ने दिया था।

अत: विकल्प (D) सही है।

37. इसलिए, रूपल द्वारा ऑर्डर की गई मिठाई का डिब्बा नीचे से चौथा और ऊपर से पांचवां रखा गया है।

अत: विकल्प (D) सही है।

38. इसलिए, अगर तन्वी द्वारा ऑर्डर की गई मिठाई के डिब्बे के साथ मक्खन बड़ा का डिब्बा बदल दिया जाता है, तो एक डिब्बा रतन और तन्वी द्वारा ऑर्डर किये गए डिब्बे के बीच रखा जाता है।

अत: विकल्प (B) सही है।

39. इसलिए, रसगुल्ले के डिब्बे को नीचे से दूसरे स्थान पर रखा गया है।

अत: विकल्प (A) सही है।

40. छह वस्तुएँ: F, G, H, J, K, L

i. H, K से दोगुना भारी है, और J, F से डेढ़ गुना भारी है।

$\Rightarrow$ H = 2K, J = 1.5F

⇒ K < H, F < J

ii. G, J से आधा भारी है।

⇒ G = 0.5J

⇒ G < J

⇒ F, G < J

iii. F और J मिलकर H से कम भारी हैं।

⇒ H > F + J

⇒ K > H > F + J

iv. J और L मिलकर F से दोगुना भारी है।

⇒ J + L = 2F

I. J, F से डेढ़ गुना भारी है। माना कि F का भार = 10x और J = 15x है।

J > F

II. F और J दोनों मिलकर H से कम भारी हैं। F + J = 25x, अतः, H > 25x का भार

H > J > F

III. G, J का आधा है। J, F से डेढ़ गुना भारी है। इसलिए, G का भार = 7.5x

H > J > G > F

IV. J और L मिलकर F से दोगुना भारी है। J + L = 2F, 15x + L = 2(10x), L = 20x - 15x = 5x

H > J > G > F > L

V. यदि भार H > 25x H, K से दोगुना भारी है, तो K > 12.5x का संभावित भार है।

अवरोही क्रम में अंतिम व्यवस्था इस प्रकार होगी:

H > K/J > J/K > F > G > L

अतः विकल्प (B) सही है।

41. पॉलीमॉर्फिक वायरस की पहचान करना मुश्किल है क्योंकि वे अपना प्रकार और हस्ताक्षर बदलते रहते हैं। वे पारंपरिक एंटीवायरस द्वारा आसानी से पता लगाने योग्य नहीं होते हैं। जब भी यह खुद को दोहराता है तो यह आमतौर पर हस्ताक्षर पैटर्न को बदल देता है।

अतः सही विकल्प (C) है।

42. एक मल्टीपार्टाइट वायरस एक तेजी से बढ़ने वाला वायरस है जो बूट सेक्टर और एक्ज़ीक्यूटेबल्स योग्य फाइलों पर एक साथ अटैक करने के लिए फाइल इंफेक्टर या बूट इंफेक्टर का उपयोग करता है। यह कंप्यूटर को संक्रमित करता है या कई माध्यमों से किसी भी सिस्टम में प्रवेश करता है और इसे निकालना मुश्किल होता है। अधिकांश वायरस या तो बूट सेक्टर, सिस्टम या प्रोग्राम फाइलों को प्रभावित करते हैं।

अतः सही विकल्प (D) है।

43. बूट सेक्टर वायरस अक्सर फ्लॉपी ड्राइव में छोड़ी गई फ्लॉपी डिस्क द्वारा प्रेषित होते हैं।

बूट सेक्टर वायरस एक प्रकार का वायरस है जो फ्लॉपी डिस्क के बूट सेक्टर या हार्ड डिस्क के मास्टर बूट रिकॉर्ड (एमबीआर) को संक्रमित करता है (कुछ एमबीआर के बजाय हार्ड डिस्क के बूट सेक्टर को संक्रमित करते हैं)। जबकि बूट सेक्टर वायरस एक BIOS स्तर पर संक्रमित होते हैं, वे अन्य फ्लॉपी डिस्क में फैलने के लिए डॉस कमांड का उपयोग करते हैं।

बूट सेक्टर आपके कंप्यूटर पर लोड किया गया पहला सॉफ्टवेयर है। बूट सेक्टर वायरस का एक उदाहरण पैरिटी बूट है। इस वायरस का पेलोड पैरिटी चेक संदेश प्रदर्शित करता है और ऑपरेटिंग सिस्टम को फ्रीज कर देता है, जिससे कंप्यूटर बेकार हो जाता है।

बूट सेक्टर एक हार्ड डिस्क, फ्लॉपी डिस्क, ऑप्टिकल डिस्क या अन्य डेटा स्टोरेज डिवाइस का एक क्षेत्र है जिसमें कंप्यूटर सिस्टम के अंतर्निर्मित फर्मवियर द्वारा रैंडम-एक्सेस मेमोरी (रैम) में लोड करने के लिए मशीन कोड होता है।

अतः सही विकल्प (B) है।

44. ब्लैक हैट हैकर्स नेफरियस हैकर हैं, और उनका मुख्य उद्देश्य साइबर अपराध करके वित्तीय लाभ प्राप्त करना है। ब्लैक हैट हैकर्स को 'क्रैकर्स' भी कहा जाता है और ये एक प्रमुख प्रकार के साइबर अपराधी हैं जो उपयोगकर्ता के खातों या सिस्टम तक अनधिकृत एक्सेस लेते हैं और संवेदनशील डेटा चुराते हैं या अपने लाभ के लिए या संगठन को नुकसान पहुंचाने के लिए सिस्टम में मैलवेयर इंजेक्ट करते हैं।

अतः सही विकल्प (D) है।

45. फार्मिंग हैकिंग का तरीका है जहाँ साइबर क्रिमिनल एडिशनल ट्रैफिक को ट्रिक या गेन करने के लिए फेक वेबसाइट या पेज डिजाइन करते हैं। फार्मिंग ऑनलाइन धोखाधड़ी का एक रूप है जिसमें मालिसियस कोड और धोखाधड़ी वाली वेबसाइटें शामिल हैं। साइबर क्रिमिनल आपके कंप्यूटर या सर्वर पर मालिसियस कोड इंस्टॉल कराते हैं। ये कोड आपकी जानकारी या सहमति के बिना स्वचालित रूप से आपको फर्जी वेबसाइटों पर ले जाता है।

अतः विकल्प (D) सही है।

46. हाइपर टेक्स्ट मार्कअप लैंग्वेज (HTML) वेब पेज और वेब एप्लिकेशन बनाने के लिए मानक मार्कअप लैंग्वेज है। कैस्केडिंग स्टाइल शीट्स (CSS) और जावास्क्रिप्ट के साथ, यह वर्ल्ड वाइड वेब के लिए आधारशिला प्रौद्योगिकियों का एक समूह बनाता है।

अतः विकल्प (A) सही है।

47. .edu डोमेन किसी यूनिवर्सिटी के पुस्तकालय के वेबसाइट एड्रेस (URL) में मौजूद होना चाहिए। डोमेन नेम edu इंटरनेट के डोमेन नेम सिस्टम में एक प्रायोजित टॉप-लेवल डोमेन (sTLD) है। शिक्षा पर ध्यान देने वाले संगठनों के लिए डोमेन नाम हायरार्की बनाने के उद्देश्य से 1985 में डोमेन को लागू किया गया था।

अतः विकल्प (C) सही है।

48. इंटरनेट कनेक्टिविटी का एक उदाहरण है जो वैश्विक स्तर पर सभी को एक दूसरे से जोड़ता है। यह एक वैश्विक कंप्यूटर नेटवर्क है जो विभिन्न प्रकार की सूचना और संचार सुविधाएं प्रदान करता है, जिसमें मानकीकृत संचार प्रोटोकॉल का उपयोग करके परस्पर जुड़े नेटवर्क शामिल होते हैं।

अतः विकल्प (C) सही है।

49. एक राइटिंग टैबलेट (जिसे डिजिटाइज़र, ड्राइंग टैबलेट, ड्राइंग पैड, ग्राफिक टैबलेट, डिजिटल ड्राइंग टैबलेट, पेन टैबलेट या डिजिटल आर्ट बोर्ड के रूप में भी जाना जाता है) एक कंप्यूटर इनपुट डिवाइस है जो उपयोगकर्ता को छवियों, एनिमेशन और ग्राफिक्स को हाथ से खींचने में सक्षम बनाता है। एक विशेष कलम की तरह की लेखनी के साथ, जिस तरह से एक व्यक्ति पेंसिल और कागज के साथ चित्र बनाता है। इन टैबलेट का उपयोग डेटा या कोडित वर्णों में हस्तलिखित इंप्रेशन को कैप्चर करने के लिए भी किया जा सकता है। इसका उपयोग कागज के एक टुकड़े से एक छवि का पता लगाने के लिए भी किया जा सकता है जिसे टेप किया गया है या अन्यथा टैबलेट की सतह पर सुरक्षित किया गया है। रैखिक पॉली-लाइन या आकृतियों के कोनों को ट्रेस करके या दर्ज करके डेटा को इस तरह से कैप्चर करना डिजिटाइज़िंग कहलाता है।

अतः विकल्प (D) सही है।

50. माइक्रोसॉफ्ट पावर प्वाइंट एप्लीकेशन सॉफ्टवेयर है।

एप्लिकेशन सॉफ्टवेयर एक प्रोग्राम या प्रोग्राम्स का ग्रुप है जो एंड-यूजर्स के लिए बनाया गया है। एप्लिकेशन सॉफ्टवेयर यूजर इनपुट से निपटने में सक्षम है और यूजर को कार्य पूरा करने में मदद करता है।

माइक्रोसॉफ्ट पावर प्वाइंट एक प्रेजेंटेशन प्रोग्राम है जिसे रॉबर्ट गैस्किन्स और डेनिस ऑस्टिन द्वारा बनाया गया था।

अतः विकल्प (C) सही है।

51. कम मात्रा में डेटा के लिए स्टोरेज सिस्टम एक मैग्नेटिक कार्ड है। एक मैग्नेटिक कार्ड एक प्रकार का कार्ड है जो कार्ड पर मैग्नेटिक स्टोरिंग के एक बैंड पर आयरन पर आधारित छोटे मैग्नेटिक स्ट्राइप के मैग्नेटिक को संशोधित करके डेटा संग्रहीत करने में सक्षम है। मैग्नेटिक स्ट्रिप, जिसे कभी-कभी स्वाइप कार्ड या मैगस्ट्रिप कहा जाता है, को मैग्नेटिक रीडिंग हेड के पिछले हिस्से को स्वाइप करके पढ़ा जाता है।

अत: विकल्प (A) सही है।

52. एचडीडी एक डाटा स्टोरेज डिवाइस है जो कंप्यूटर के अंदर रहता है। इसके अंदर स्पिनिंग डिस्क होती है जहां डेटा चुंबकीय रूप से संग्रहीत होता है। एचडीडी में कई "हेड" (ट्रांसड्यूसर) के साथ एक हाथ होता है जो डिस्क पर डेटा पढ़ता और लिखता है।

पेरिफेरल डिवाइस, जिसे पेरिफेरल कंप्यूटर पेरिफेरल, इनपुट-आउटपुट डिवाइस या इनपुट/आउटपुट डिवाइस के रूप में भी जाना जाता है, विभिन्न डिवाइसों (सेंसर सहित) में से कोई भी है जो स्टोरेज या प्रोसेसिंग के लिए कंप्यूटर में सूचना और निर्देश दर्ज करने और संसाधित डेटा को एक तक पहुंचाने के लिए उपयोग किया जाता है। मानव ऑपरेटर या, कुछ मामलों में, कंप्यूटर द्वारा नियंत्रित मशीन। उदाहरण के लिए:

- मॉनिटर
- कीबोर्ड
- माउस
- माइक्रोफ़ोन
- डिस्क ड्राइव
- यूएसबी ड्राइव
- ऑप्टिकल ड्राइव
- स्कैनर
- प्रिंटर

अत: विकल्प (C) सही है।

53. वाईफाईटे एक पायथन लिपि है जिसे वायरलेस सुरक्षा ऑडिटिंग को आसान बनाने के लिए डिज़ाइन किया गया है। यह आपके लिए मौजूदा वायरलेस हैकिंग टूल चलाता है, याद रखने की आवश्यकता को समाप्त करता है और विभिन्न टूल को उनके विभिन्न विकल्पों के साथ सही ढंग से उपयोग करता है।

अत: विकल्प (B) सही है।

54. हालांकि विभिन्न प्रकार और क्षमताओं में, मैलवेयर का आमतौर पर निम्नलिखित ऑब्जेक्टिव में से एक होता है: एक संक्रमित मशीन का उपयोग करने के लिए एक अटैकर के लिए रिमोट कंट्रोल प्रदान करें, संक्रमित मशीन अनसस्पेक्टिंग टारगेट को स्पैम भेजना, संक्रमित उपयोगकर्ता के स्थानीय नेटवर्क की जांच करें और संवेदनशील डेटा चोरी करें।

अत: विकल्प (E) सही है।

55. क्वांटम कंप्यूटिंग क्लासिकल कंप्यूटिंग की तुलना में अपेक्षाकृत तेज है। गूगल ने घोषणा की कि उसके पास एक क्वांटम कंप्यूटर है जो उसकी प्रयोगशाला में किसी भी क्लासिकल कंप्यूटर से 100 मिलियन गुना तेज है। हर दिन, हम 2.5 एक्साबाइट डेटा का उत्पादन करते हैं। एमहर्स्ट विश्वविद्यालय में प्रोफेसर कैथरीन मैकगोच के अनुसार, एक क्वांटम कंप्यूटर एक पारंपरिक कंप्यूटर की तुलना में "हजारों गुना" तेज होता है।

अतः विकल्प (B) सही है।

56. एक साथ मल्टीपल स्टेट में रहने की क्षमता को सुपरपोजिशन कहा जाता है। सुपरपोजिशन एक क्वांटम सिस्टम की क्षमता है जो एक ही समय में मल्टीपल स्टेट में मापा जाता है जब तक कि इसे मापा नहीं जाता। क्योंकि कांसेप्ट को समझना मुश्किल है, क्वांटम मैकेनिक्स के इस आवश्यक सिद्धांत को अक्सर 1801 में अंग्रेजी फिजिसिस्ट, थॉमस यंग द्वारा किए गए एक प्रयोग से स्पष्ट किया जाता है।

अत: विकल्प (C) सही है।

57. जब एक क्यूबिट पेयर के दो मेंबर एक ही क्वांटम अवस्था में मौजूद होते हैं तो इसे एंटेंगलमेंट के रूप में जाना जाता है। एक एंटेंगलमेंट एक पहनावा में दो या दो से अधिक सिस्टम का करेलेशन होता है। उदाहरण के लिए दो क्यूबिट्स पर विचार करें:

प्रत्येक स्टेट जो फॉर्म का नहीं है (a|0> +b|1>)(c|0> +b|1>) एंटेंगल हुआ है (किसी भी a,b,c,d के लिए)। फ्रांसिस के रूप में एंटेंगल स्टेट का उदाहरण |00> +|11> एक्सपोज्ड हुआ।

अत: विकल्प (C) सही है।

58. RDBMS में एक "की" होती है जो RDBMS के भीतर कई डेटाबेस फ़ाइलों के लिए सामान्य होती है। इस "कॉमन की" की सहायता से, RDBMS प्रोग्राम कुछ ही समय में एक फ़ाइल से दूसरी फ़ाइल में जा सकता है और इस प्रकार आसानी से डेटा एकत्र कर सकता है। यह सुविधा DBMS में उपलब्ध नहीं है।

अत: विकल्प (C) सही है।

59. एक डेटाबेस उस एप्लिकेशन से इंडिपेंडेंट होना चाहिए जो इसका उपयोग करता है। एप्लीकेशन में किसी भी बदलाव किये बिना इसकी सभी प्रामाणिकता बाधाओं को स्वतंत्र रूप से संशोधित किया जा सकता है। यह नियम एक डेटाबेस को फ्रंट-एंड एप्लिकेशन और उसके इंटरफेस से स्वतंत्र बनाता है।

अत: विकल्प (D) सही है।

60. "सुपर की" उन keys का सेट है जिनके द्वारा हम किसी रो या फिर टपल को युनिकली प्राप्त कर सकते हैं। सुपर की एक key की श्रेष्ठता को दर्शाता है। इस प्रकार, एक सुपर key, keys का सुपरसेट है जिसे कैंडीडेट की के रूप में भी जाना जाता है यहाँ ID एकमात्र ऐसा एट्रिब्यूट है, जिसे सुपर की (Super Key) के रूप में लिया जा सकता है। अन्य एट्रिब्यूट विशिष्ट नहीं है।

अत: विकल्प (B) सही है।

61. पीएसयू का पूर्ण रूप पावर सप्लाई यूनिट है। एक पावर सप्लाई यूनिट (पीएसयू) कंप्यूटर के आंतरिक घटकों के लिए मेन एसी को कम वोल्टेज रेगुलेटेड डीसी पावर में परिवर्तित करती है। मॉडर्न पर्सनल कंप्यूटर सार्वभौमिक रूप से स्विच-मोड पावर सप्लाई का उपयोग करते हैं।

अत: विकल्प (A) सही है।

62. डॉस डिस्क ऑपरेटिंग सिस्टम का एक हिस्सा है। डॉस में मुख्य रूप से एमएस-डॉस और एक रीब्रांडेड होता है। एक समय में केवल एक प्रोग्राम ही उनका उपयोग कर सकता है और डॉस के पास एक समय में एक से अधिक प्रोग्राम को निष्पादित करने की अनुमति देने के लिए कोई कार्यक्षमता नहीं है।

अत: विकल्प (A) सही है।

63. डेटा लिंक पर एक पैकेट को फ्रेम के रूप में जाना जाता है। पैकेट स्विचिंग कंप्यूटर नेटवर्किंग के ओएसआई मॉडल में, डेटा लिंक लेयर पर एक फ्रेम प्रोटोकॉल डेटा इकाई है। फिजिकल लेयर पर डेटा प्रसारित होने से पहले फ्रेम्स एनकैप्सुलेशन की अंतिम लेयर का परिणाम है।

अत: विकल्प (B) सही है।

64. सेंट्रल प्रोसेसिंग यूनिट (CPU) वह इकाई है जो कंप्यूटर के अंदर अधिकांश प्रोसेसिंग करती है। कंप्यूटर के अन्य भागों से निर्देश और डेटा प्रवाह को

नियंत्रित करने के लिए, सीपीयू एक चिपसेट पर निर्भर रहता है, जो कि मदरबोर्ड पर स्थित माइक्रोचिप्स का एक समूह है।

अत: विकल्प (B) सही है।

65. ऑब्जेक्ट-ओरिएंटेड डिज़ाइन में, एक डिपेंडेंसी इनवर्शन प्रिंसिपल (निर्भरता व्युक्रम सिद्धांत) डीकपलिंग सॉफ़्टवेयर मॉड्यूल का एक विशिष्ट रूप है। इस सिद्धांत का पालन करते समय, उच्च-स्तरीय, नीति-सेटिंग मॉड्यूल से निम्न-स्तर, निर्भरता मॉड्यूल तक स्थापित पारंपरिक निर्भरता संबंध विपरीत हो जाते हैं, इस प्रकार निम्न-स्तरीय मॉड्यूल कार्यान्वयन विवरण से स्वतंत्र उच्च-स्तरीय मॉड्यूल प्रदान करते हैं।

अत: विकल्प (C) सही है।

66. LAN का पूर्ण रूप लोकल एरिया नेटवर्क है। यह कंप्यूटरों के बीच संचार के लिए एक स्थानीय कंप्यूटर नेटवर्क है, कार्यालयों के बीच संचार प्रणाली बनाने के लिए विशेष रूप से एक नेटवर्क जो कंप्यूटर और वर्ड प्रोसेसर और अन्य इलेक्ट्रॉनिक कार्यालय उपकरणों को जोड़ता है।

अत: विकल्प (D) सही है।

67. C ++ प्रोग्रामिंग भाषा व्यापक रूप से माइक्रोसॉफ्ट में उपयोग किया जाता है। C ++ में सामान्य-उद्देश्य, ऑब्जेक्ट-ओरिएंटेड और जेनेरिक प्रोग्रामिंग सुविधाएँ हैं, जो निम्न-स्तरीय मेमोरी मैनिपुलेशन के लिए सुविधाएं प्रदान करती है।

अत: विकल्प (B) सही है।

68. गटर मार्जिन एक टाइपोग्राफिक शब्द है जिसका उपयोग पेज लेआउट में जोड़े गए अतिरिक्त मार्जिन को निर्दिष्ट करने के लिए किया जाता है। यह वह मार्जिन होता है जिसे प्रिंट करते समय पेज की बाइंडिंग साइड में जोड़ा जाता है। बाइंडिंग प्रक्रिया द्वारा अनुपयोगी बनाये गये कागज़ के हिस्से की भरपाई के लिए प्रयोग में लाया जाता है।

अत: विकल्प (C) सही है।

69. किसी डॉक्यूमेंट के रूप रंग/ दिखावट को बदलना फोर्मेटिंग कहलाता है। टेक्स्ट फॉर्मेट करने के लिए होम टैब पर उपलब्ध फॉर्मेटिंग विकल्पों का उपयोग किया जा सकता है।

अत: विकल्प (C) सही है।

70. किसी सलेक्टेड श्रेणी के डेटा को किसी अन्य वर्कशीट में समान कार्यपुस्तिका (वर्कबुक) में ड्रैग के करने के लिए Ctrl कुंजी का उपयोग करते है। आप सेल सामग्री को स्थानांतरित या कॉपी करने या सेल से विशिष्ट सामग्री की प्रतिलिपि बनाने के लिए कट, कॉपी और पेस्ट का उपयोग कर सकते हैं।

अत: विकल्प (D) सही है।

71. Alt + F9 फ़ील्ड कोड प्रदर्शित करने के लिए शॉर्टकट कुंजी है। Ctrl + F9 एक्सेल वर्कशीट की कार्यपुस्तिका को मिनीमाइज कर देगा या एक्सेल की विंडो मिनीमाइज हो जाएगी।

अत: विकल्प (A) सही है।

72. F1 का उपयोग लगभग हर प्रोग्राम में सहायता कुंजी के रूप में किया जाता है। इस कुंजी को दबाने पर यह एक हेल्प स्क्रीन खोलता है।

अत: विकल्प (A) सही है।

73. एक्सेक्यूटबल इंस्ट्रक्शंस या सिंपल इंस्ट्रक्शंस प्रोसेसर या असेंबलर को बताते हैं कि क्या करना। प्रत्येक इंस्ट्रक्शंस में एक ऑपरेशन कोड (ओपकोड) होता है। प्रत्येक एक्सेक्यूटबल इंस्ट्रक्शंस एक मशीनी लैंग्वेज इंस्ट्रक्शंस उत्पन्न करता है।

अत: विकल्प (A) सही है।

74. C# MS .Net प्लेटफॉर्म द्वारा सपोर्टेड एक लैंग्वेज है। C# एक जनरल पर्पज, मल्टी-पैराडिज्म प्रोग्रामिंग लैंग्वेज है जिसमें स्थैतिक टाइपिंग, स्ट्रांग टाइपिंग, लैक्सिकली स्कोप, इम्प्रेटिव, डेक्लेरेटिव, फंक्शनल, जेनेरिक, ऑब्जेक्ट ओरिएंटेड (क्लास-बेस्ड), और कॉम्पोनेन्ट-ओरिएंटेड प्रोग्रामिंग विषय शामिल हैं।

प्रोग्रामिंग लैंग्वेज जो Microsoft द्वारा डिज़ाइन और विकसित की गई हैं:

- C#.NET
- VB.NET
- C++.NET
- J#.NET
- F#.NET
- JSCRIPT.NET
- WINDOWS POWERSHELL
- IRON RUBY
- IRON PYTHON
- C OMEGA
- ASML (Abstract State Machine Language)

अत: विकल्प (D) सही है।

75. सीमोर रोजर क्रे एक अमेरिकी इलेक्ट्रिकल इंजीनियर और सुपरकंप्यूटर आर्किटेक्ट थे, जिन्होंने दशकों तक दुनिया में सबसे तेज कंप्यूटरों की एक श्रृंखला तैयार की थी। सीमोर क्रे को सुपरकंप्यूटिंग के जनक के रूप में जाना जाता है। यह लेख सुपरकंप्यूटिंग में क्रे के कई योगदानों का वर्णन करता है क्योंकि उन्होंने 1951 से अपनी मृत्यु तक पांच अलग-अलग कॉर्पोरेट वातावरण में काम किया था।

अत: विकल्प (D) सही है।

76. पहली पीढ़ी के कंप्यूटरों ने सीपीयू (सेंट्रल प्रोसेसिंग यूनिट) के लिए मेमोरी और सर्किट्री के लिए मूल घटकों के रूप में वैक्यूम ट्यूब का इस्तेमाल किया। पहली पीढ़ी के कम्प्यूटरों में वैक्यूम ट्यूब और वॉल्व का उपयोग उनके मुख्य इलेक्ट्रॉनिक घटक के रूप में किया गया था। वैक्यूम ट्यूबों का आविष्कार 1908 में ली डी फॉरेस्ट द्वारा किया गया था।

अत: विकल्प (B) सही है।

77. एमएस-डॉस, माइक्रोसॉफ्ट डिस्क ऑपरेटिंग सिस्टम का संक्षिप्त रूप है। यह आईबीएम संगत कंप्यूटर के लिए बनाए गए 86-डॉस से व्युत्पन्न, एक गैर-ग्राफिकल कमांड लाइन ऑपरेटिंग सिस्टम है। यह एक कमांड-लाइन-आधारित प्रणाली है, जहां सभी कमांड टेक्स्ट फॉर्म में दर्ज किए जाते हैं और कोई ग्राफिकल यूजर इंटरफेस नहीं होता है।

अत: विकल्प (D) सही है।

78. जटिल नेटवर्क आज सैकड़ों और कभी-कभी हजारों कंपोनेंट्स से बने होते हैं। इन हजारों कंपोनेंट्स के प्रभावी कामकाज के लिए अच्छे नेटवर्क प्रबंधन की आवश्यकता है।

अत: विकल्प (B) सही है।

79. ऑप्टिकल फाइबर केबल की अधिकतम डेटा क्षमता 1000 मेगाबिट्स प्रति सेकेंड है।ऑप्टिकल फाइबर पतले कांच या प्लास्टिक से बना एक तार होता है, जिसके माध्यम से सूचना प्रकाश की गति से प्रवाहित होती है।

अत: विकल्प (C) सही है।

80. टाइम-डिवीजन मल्टीप्लेक्सिंग (टीडीएम) ट्रांसमिशन लाइन के प्रत्येक छोर पर सिंक्रनाइज़ किए गए स्विच के माध्यम से एक सामान्य सिग्नल पथ पर स्वतंत्र सिग्नल प्राप्त करने और भेजने की एक विधि है, ताकि एक प्रत्यावर्ती पैटर्न में समय के केवल एक अंश में ही प्रत्येक सिग्नल दिखाई दें।

अत: विकल्प (A) सही है।

81. त्वरित कॉर्पोरेट निकास प्रसंस्करण केंद्र (C-PACE)

- केंद्रीय बजट 2022-23 में कंपनियों के त्वरित समापन के लिए सेंटर फॉर प्रोसेसिंग एक्सेलरेटेड कॉर्पोरेट एग्जिट (C-PACE) स्थापित करने का प्रस्ताव है।
- वित्त मंत्री ने प्रस्ताव दिया कि इन कंपनियों के स्वैच्छिक समापन को वर्तमान में आवश्यक 2 साल से 6 महीने से कम करने के लिए प्रक्रिया पुन: इंजीनियरिंग के साथ त्वरित कॉर्पोरेट निकास केंद्र (C-PACE) की स्थापना की जाएगी।
- नई कंपनियों के त्वरित पंजीकरण के लिए "कई सूचना प्रौद्योगिकी आधारित प्रणालियां" स्थापित की गई हैं।

C-PACE की आवश्यकता

- दिवाला और शोधन अक्षमता संहिता, 2016 (IBC) द्वारा देश में दिवाला परिदृश्य को महत्वपूर्ण रूप से बदलने के बावजूद, ऐसे मामलों को स्वीकार करने और समाधान करने की समय-सीमा अपेक्षाओं से बहुत कम हो गई है।
- भारतीय दिवाला और शोधन अक्षमता बोर्ड (IBBI) के दिसंबर 2021 के आंकड़ों से पता चलता है कि 30 सितंबर तक कॉर्पोरेट दिवाला समाधान प्रक्रिया (CIRP) के 73 प्रतिशत में 270 दिनों से अधिक का समय लगा - अधिकतम अनुमेय अवधि में भारी वृद्धि हुई।

अतः विकल्प (B) सही है।

82. केंद्रीय बजट सूक्ष्म-आर्थिक स्तर के सर्व-समावेशी कल्याण पर ध्यान केंद्रित करते हुए सूक्ष्म-आर्थिक स्तर के विकास को पूरक बनाना चाहता है। केंद्रीय वित्त और कॉर्पोरेट मामलों की मंत्री श्रीमती निर्मला सीतारमण ने आज संसद में केंद्रीय बजट 2022-23 पेश किया।

बजट की मुख्य बातें इस प्रकार हैं:

- सभी बड़ी अर्थव्यवस्थाओं में भारत की आर्थिक वृद्धि 9.2% होने का अनुमान है।
- उत्पादकता से जुड़ी प्रोत्साहन योजना के तहत 14 क्षेत्रों में 60 लाख नए रोजगार सृजित होंगे।
- PLI योजनाओं में 30 लाख करोड़ रुपये का अतिरिक्त उत्पादन सृजित करने की क्षमता है।
- अमृत काल में प्रवेश करते हुए, भारत के लिए 25 साल की लंबी लीड @ 100, बजट चार प्राथमिकताओं के साथ विकास को गति प्रदान करता है:
    - PM गति शक्ति
    - समावेशी विकास
    - उत्पादकता वृद्धि और निवेश, सूर्योदय के अवसर, ऊर्जा संक्रमण और जलवायु कार्रवाई
    - निवेश का वित्तपोषण

अतः विकल्प (A) सही है।

83. आरबीआई ने 23 मई, 2008 को एचडीएफसी बैंक के साथ सेंचुरियन बैंक के एकीकरण को मंजूरी दी।

एचडीएफसी बैंक लिमिटेड एक भारतीय बैंकिंग और वित्तीय सेवा कंपनी है, जिसका मुख्यालय मुंबई, महाराष्ट्र में है। एचडीएफसी बैंक अप्रैल 2021 तक संपत्ति और बाजार पूंजीकरण के हिसाब से भारत का सबसे बड़ा निजी क्षेत्र का बैंक है। यह भारतीय स्टॉक एक्सचेंजों पर बाजार पूंजीकरण के हिसाब से तीसरी सबसे बड़ी कंपनी है। यह भारत में पंद्रहवां सबसे बड़ा नियोक्ता भी है।

अतः सही विकल्प (A) है।

84. सीआरआर और एसएलआर में कमी नरसिम्हन समिति, 1991 की सिफारिश नहीं है। नकद आरक्षित अनुपात (सीआरआर) कुल जमा का

अनुपात है जिसे बैंकों को नकदी के रूप में आरबीआई के पास रिजर्व के रूप में रखने की आवश्यकता होती है। वैधानिक तरलता अनुपात (एसएलआर) जमा के अनिवार्य अनुपात का अनुपात है जिसे बैंक को नकदी, सोना, आरबीआई द्वारा निर्धारित अन्य प्रतिभूतियों के रूप में बनाए रखना होता है।

अत: सही विकल्प (A) है।

85. वित्तीय संस्थान की दक्षता और उत्पादकता में सुधार के लिए कुछ सिफारिशों का सुझाव देने के लिए नरसिम्हन समिति (I) की स्थापना की गई थी। नरसिम्हन समिति- का उद्देश्य वित्तीय प्रणालियों की संरचना, संगठन, कार्यों और प्रक्रियाओं से संबंधित सभी पहलुओं का अध्ययन करना और उनकी दक्षता और उत्पादकता में सुधार की सिफारिश करना था।

अत: सही विकल्प (A) है।

86. सरफेसी अधिनियम कृषि ऋण (या कृषि ऋण) पर लागू नहीं होता है।

सरफेसी अधिनियम, 2002 (वित्तीय संपत्तियों का प्रतिभूतिकरण और पुनर्निर्माण और सुरक्षा ब्याज का प्रवर्तन अधिनियम) वित्तीय संस्थानों को संपार्श्विक संपत्ति का कब्जा लेने, संपत्ति का प्रबंधन करने, बेचने, या एक हिस्सा, या उधारकर्ता के सभी व्यवसाय को पट्टे पर देने का अधिकार देता है।

यह अधिनियम केवल सुरक्षित उधारकर्ताओं को कवर करता है। गैर-निष्पादित सुरक्षित उधारकर्ताओं को दी गई नोटिस अवधि (60 दिन) समाप्त होने के बाद, बैंक स्वयं कार्रवाई का निर्णय ले सकते हैं।

यह अधिनियम उन मामलों पर लागू होता है जहां किसी भी वित्तीय संपत्ति के पुनर्भुगतान को सुरक्षित करने के लिए सुरक्षा ब्याज 1 लाख रुपये से अधिक है।

अत: विकल्प (B) सही है।

87. आरबीआई कुछ मापदंडों पर बैंकों का आकलन करता है और उन बैंकों पर सुधारात्मक कार्रवाई करता है जो आर्थिक रूप से स्वस्थ नहीं हैं। वैधानिक तरल अनुपात उनमें से एक नहीं है।

शीघ्र सुधारात्मक कार्रवाई (पीसीए) ढांचा उन मानदंडों या स्तर को निर्दिष्ट करता है जिसमें आरबीआई सुधारात्मक कार्रवाई में हस्तक्षेप करेगा। ये ट्रिगर बिंदु बैंकों के लिए मापदंडों के संदर्भ में व्यक्त किए जाते हैं।

पूंजी पर्याप्तता अनुपात की गणना बैंक की पूंजी को उसकी जोखिम-भारित परिसंपत्तियों (ज्यादातर ऋण) से विभाजित करके की जाती है।

संपत्ति पर वापसी (आरओए) एक संकेतक है कि कंपनी अपनी कुल संपत्ति के सापेक्ष कितनी लाभदायक है। आरओए एक प्रबंधक, निवेशक, या विश्लेषक को एक विचार देता है कि कंपनी का प्रबंधन कमाई उत्पन्न करने के लिए अपनी संपत्ति का उपयोग करने में कितना कुशल है।

अत: विकल्प (E) सही है।

88. सरफेसी अधिनियम के अनुसार, सुरक्षा रसीद एक रसीद या अन्य सुरक्षा है, जो किसी विशेष योजना के लिए किसी भी योग्य संस्थागत खरीदारों (क्यूआईबी) को एक पुनर्निर्माण कंपनी (या उस मामले में एक प्रतिभूतिकरण कंपनी) द्वारा जारी की जाती है। सुरक्षा रसीद धारक (क्यूआईबी) को एआरसी द्वारा खरीदी गई वित्तीय संपत्ति में एक अधिकार, शीर्षक या ब्याज देती है।

अत: सही विकल्प (A) है।

89. दृष्टिबंधक को सरफेसी अधिनियम, 2002 में परिभाषित किया गया है। दृष्टिबंधक बैंकिंग में, ऋण सुरक्षित करने के लिए संपत्ति की प्रतिबद्धता को संदर्भित करता है। ऋणदाता के बिना संपार्श्विक के कब्जे के बिना एक संपत्ति को संपार्श्विक के रूप में गिरवी रखना।

अत: सही विकल्प (A) है।

90. सीडीआर का पूर्ण रूप कॉर्पोरेट डेब्ट रिस्ट्रक्चरिंग है।

कॉर्पोरेट डेब्ट रिस्ट्रक्चरिंग एक व्यथित कंपनी के अपने लेनदारों के लिए बकाया दायित्वों के पुनर्गठन को संदर्भित करता है। कॉर्पोरेट डेब्ट रिस्ट्रक्चरिंग

का उद्देश्य किसी कंपनी को तरलता बहाल करना है ताकि वह दिवालियापन से बच सके।

अत: सही विकल्प (B) है।

91. कॉर्पोरेट ऋण पुनर्गठन ("सीडीआर") आम तौर पर एक स्वैच्छिक ढांचा है, जिसके तहत वित्तीय संस्थान और बैंक ऐसे व्यवसायों के लिए सही समय पर सहायता प्रदान करने के लिए विभिन्न कारकों के कारण वित्तीय कठिनाइयों का सामना करने वाली कंपनियों के ऋण का पुनर्गठन करते हैं।

भारत में सीडीआर तंत्र तीन स्तरीय संरचना के बल पर टिका है:

- सीडीआर स्टैंडिंग फोरम
- सीडीआर अधिकार प्राप्त समूह
- सीडीआर सेल

अत: सही विकल्प (A) है।

92. भारत ने 1999 में बेसल-I दिशानिर्देशों को अपनाया।

बेसल I, बैंक पर्यवेक्षण (बीसीबीएस) पर बेसल समिति द्वारा बनाए गए अंतरराष्ट्रीय बैंकिंग नियमों के एक सेट को संदर्भित करता है, जो बेसल, स्विट्जरलैंड में स्थित है। समिति क्रेडिट जोखिम को कम करने के प्राथमिक लक्ष्य के साथ वित्तीय संस्थानों के लिए न्यूनतम पूंजी आवश्यकताओं को परिभाषित करती है। बेसल I बीसीबीएस द्वारा परिभाषित नियमों का पहला सेट है और बेसल समझौते के नाम से जाना जाने वाला एक हिस्सा है, जिसमें अब बेसल II और बेसल III शामिल हैं।

अत: सही विकल्प (A) है।

93. फाउंडेशन आंतरिक रेटिंग-आधारित दृष्टिकोण बेसल-II ढांचे के अनुसार परिचालन जोखिम की गणना के दृष्टिकोणों में से एक नहीं है।

बेसल ढांचा परिचालन जोखिम के लिए पूंजी प्रभार के मापन के लिए तीन दृष्टिकोण प्रदान करता है। ये बुनियादी संकेतक दृष्टिकोण (बीआईए), मानकीकृत दृष्टिकोण और उन्नत मापन दृष्टिकोण हैं।

अतः सही विकल्प (D) है।

94. बेसल III में टियर 1 पूंजी की आवश्यकता 6% है। 6% में सामान्य इक्विटी टियर 1 का 4.5% और अतिरिक्त टियर 1 पूंजी का अतिरिक्त 1.5% शामिल है। 2-19 में, बेसल III आवश्यकताओं को पूरी तरह से लागू किया जाएगा, और बैंकों को बैंक की जोखिम-भारित संपत्ति के 2.5% के अनिवार्य "पूंजी संरक्षण बफर" की आवश्यकता होगी, जो कुल न्यूनतम CET1 को 7% (4.5% प्लस 2.5) लाता है। %)।

अतः सही विकल्प (D) है।

95. आरबीआई के दिशानिर्देशों के अनुसार सरकार द्वारा अनुमोदित प्रतिभूतियों में निवेश बैंक की सबसे जोखिम मुक्त संपत्ति है।

भारत में, केंद्र सरकार ट्रेजरी बिल और बांड या दिनांकित प्रतिभूतियां दोनों जारी करती है जबकि राज्य सरकारें केवल बांड या दिनांकित प्रतिभूतियां जारी करती हैं, जिन्हें राज्य विकास ऋण (एसडीएल) कहा जाता है। सरकारी प्रतिभूतियों में व्यावहारिक रूप से डिफॉल्ट का कोई जोखिम नहीं होता है और इसलिए, जोखिम मुक्त गिल्ट-धारित समूह कहलाते हैं।

अतः विकल्प (B) सही है।

96. विश्व आर्थिक मंच वार्षिक रूप से वैश्विक प्रतिस्पर्धा रिपोर्ट प्रकाशित करता है।

विश्व आर्थिक मंच सार्वजनिक-निजी सहयोग के लिए अंतरराष्ट्रीय संगठन है। फोरम वैश्विक, क्षेत्रीय और उद्योग एजेंडा को आकार देने के लिए सबसे प्रमुख राजनीतिक, व्यावसायिक, सांस्कृतिक और समाज के अन्य नेतृत्वकर्ताओं को समाहित करता है।

अतः विकल्प (C) सही है।

97. राष्ट्रीय आवास बैंक (एनएचबी) की स्थापना 9 जुलाई, 1988 को राष्ट्रीय आवास बैंक अधिनियम, 1987 के तहत की गई थी।

राष्ट्रीय आवास बैंक (एनएचबी), भारत में आवास वित्त कंपनियों के समग्र विनियमन और लाइसेंस के लिए सर्वोच्च नियामक निकाय है। यह वित्त मंत्रालय, भारत सरकार के अधिकार क्षेत्र में है। आवास के लिए एनएचबी शीर्ष वित्तीय संस्थान है।

अतः विकल्प (C) सही है।

98. अंतर्राष्ट्रीय मुद्रा कोष (आईएमएफ) 190 देशों का एक संगठन है, जो वैश्विक मौद्रिक सहयोग को बढ़ावा देने, वित्तीय स्थिरता को सुरक्षित करने, अंतरराष्ट्रीय व्यापार को सुविधाजनक बनाने, उच्च रोजगार और सतत आर्थिक विकास को बढ़ावा देने और दुनिया भर में गरीबी को कम करने के लिए काम कर रहा है।

अतः विकल्प (D) सही है।

99. इंडिया इंफ्रास्ट्रक्चर फाइनेंस कंपनी लिमिटेड (आईआईएफसीएल) भारत सरकार की एक पूर्ण स्वामित्व वाली कंपनी है, जिसकी स्थापना 2006 में भारत इंफ्रास्ट्रक्चर फाइनेंस कंपनी लिमिटेड (आईआईएफसीएल) जिसे सिफ्टी के रुप में जाना जाता है, नामक एक विशेष प्रयोजन वाहन के माध्यम से व्यवहार्य अवसंरचना परियोजनाओं के वित्तपोषण के लिए योजना के माध्यम से व्यवहार्य बुनियादी ढांचा परियोजनाओं को दीर्घकालिक वित्त प्रदान करने के लिए की गई थी।

अतः विकल्प (E) सही है।

100. वह जोखिम जिसमें लाभ की संभावना के साथ तीन परिणाम होते हैं, परिकल्पी जोखिम है।

परिकल्पी जोखिम, जोखिम की एक श्रेणी है, जब किया जाता है, तो लाभ या हानि की अनिश्चित डिग्री होती है। विशेष रूप से, परिकल्पी जोखिम यह संभावना है कि एक निवेश मूल्य में सराहना नहीं करेगा। परिकल्पी जोखिम को सचेत विकल्प के रूप में बनाया जाता है और यह केवल अनियंत्रित परिस्थितियों का परिणाम नहीं होता है। चूंकि जोखिम के उच्च स्तर के बावजूद बड़े लाभ की संभावना है, परिकल्पी जोखिम एक शुद्ध जोखिम नहीं है, जिसमें केवल नुकसान की संभावना है और लाभ की कोई संभावना नहीं है।

अत: विकल्प (B) सही है।

101. एक फर्म में कार्मिक जोखिम प्रबंधन और कर्मचारियों की क्षमता अखंडता और उत्साह पर निर्भर करता है।

प्रबंधन और कर्मचारियों को संगठनात्मक नैतिकता को आकार देने में अपनी भूमिका को स्वीकार करना चाहिए और इस अवसर का उपयोग एक ऐसा माहौल बनाने के लिए करना चाहिए जो उन रिश्तों और प्रतिष्ठा को मजबूत कर सके जिन पर उनकी कंपनियों की सफलता निर्भर करती है। नैतिकता की उपेक्षा करने वाले कार्यकारी आज के तेजी से कठिन कानूनी वातावरण में व्यक्तिगत और कॉर्पोरेट दायित्व का जोखिम उठाते हैं।

अत: विकल्प (D) सही है।

102. दूसरे पक्ष को जोखिम का हस्तांतरण बीमा के माध्यम से किया जाता है।

जोखिम का हस्तांतरण एक व्यावसायिक समझौता है जिसमें एक पक्ष दूसरे पक्ष को विशिष्ट नुकसान को कम करने की जिम्मेदारी लेने के लिए भुगतान करता है, जो हो सकता है या नहीं हो सकता है। जोखिमों को व्यक्तियों के बीच, व्यक्तियों से बीमा कंपनियों को, या बीमाकर्ताओं से पुनर्बीमाकर्ताओं को हस्तांतरित किया जा सकता है।

अत: विकल्प (D) सही है।

103. रियल-टाइम ग्रॉस सेटलमेंट (RTGS) और नेशनल इलेक्ट्रॉनिक फंड्स ट्रांसफर (NEFT) सिस्टम के जरिए निधि हस्तांतरण 1 जुलाई 2019 से सस्ता हो गए।

लेनदेन की लागत में दो घटक होते हैं - RBI का शुल्क और बैंकों द्वारा खर्च किये गए आधारभूत शुल्क के अनुसार सेवा शुल्क|

RGTS प्रणाली बड़े मूल्य वाले निधि हस्तांतरण के लिए है|

NEFT का कोई ऊपरी सीमा नहीं है।

अतः विकल्प (E) सही है।

104. इम्पीरियल बैंक ऑफ इंडिया वर्ष 1955 में भारतीय स्टेट बैंक में बदल गया ।

- 1921 में सभी प्रेसीडेंसी बैंकों को एक एकल बैंक, इंपीरियल बैंक ऑफ इंडिया में मिला दिया गया था।
- प्रेसीडेंसी बैंक बैंक ऑफ बंगाल, बैंक ऑफ बॉम्बे और बैंक ऑफ मद्रास थे।
- इंपीरियल बैंक 80% था जबकि शेष राज्य के स्वामित्व में था।
- जॉन मेनार्ड कीन्स को इंपीरियल बैंक ऑफ इंडिया के संस्थापक के रूप में जाना जाता है।

अतः विकल्प (B) सही है।

105. आर्थिक सर्वेक्षण 2021-22 का केंद्रीय विषय "त्वरित दृष्टिकोण" है।

- आर्थिक सर्वेक्षण अर्थव्यवस्था का वार्षिक रिपोर्ट कार्ड होता है।
- यह बजट से एक दिन पहले प्रत्येक क्षेत्र के प्रदर्शन की जांच करता है और फिर भविष्य के कदमों का सुझाव देता है।
- 1964 के बजट से आर्थिक सर्वेक्षण को अलग कर दिया गया था।
- और बाद का संदर्भ प्रदान करने के लिए अग्रिम रूप से अनावरण किया गया।
- पिछले साल इसका विषय सेविंग लाइव्स एंड लाइवलीहुट थी।
- इस आर्थिक सर्वेक्षण में प्रकाश डाला गया एक अन्य विषय अत्यधिक अनिश्चितता की स्थिति में नीति-निर्माण की कला और विज्ञान से संबंधित है।

अतः विकल्प (B) सही है।

106. आर्थिक सर्वेक्षण 2021-22 के अनुसार, भारत में दुनिया का 10वां सबसे बड़ा वन क्षेत्र है।

आर्थिक सर्वेक्षण 2021-22 में कहा गया है कि 2021 में भारत का कुल वन क्षेत्र 7,13,789 वर्ग किमी था, जो 2011 की तुलना में 3.14 प्रतिशत की वृद्धि को दर्शाता है, जबकि यह विश्व में वन क्षेत्र का दसवां सबसे बड़ा देश बना हुआ है।

अतः विकल्प (D) सही है।

107. सेवा क्षेत्र ने भारत के सकल घरेलू उत्पाद में 50% से अधिक का योगदान दिया, आर्थिक सर्वेक्षण 2021-22 पर प्रकाश डाला, जिसे केंद्रीय वित्त और कॉर्पोरेट मामलों के मंत्री श्रीमती श्रीमती द्वारा पेश किया गया था। 31 जनवरी 2022 को संसद में निर्मला सीतारमण।

अतः विकल्प (B) सही है।

108. बैंक ऑफ बड़ौदा ने वरिष्ठ नागरिकों के लिए अपने मोबाइल बैंकिंग प्लेटफॉर्म पर एक नई सुविधा 'bob वर्ल्ड गोल्ड' लॉन्च की है। बैंक के 'bob वर्ल्ड' मोबाइल बैंकिंग प्लेटफॉर्म पर नई सुविधा में आसान नेविगेशन, बड़े फॉन्ट और अतिरिक्त सुविधाओं के साथ स्पष्ट मेन्यू हैं जैसे कि रेडी-टू-असिस्ट वॉयस बेस्ड सर्च सर्विस आदि। लॉगिन डैशबोर्ड और जमा नवीनीकरण आदि जैसी सेवाओं पर अधिक जोर दिया गया है।

अतः विकल्प (D) सही है।

109. भारतीय प्रतिभूति और विनिमय बोर्ड (SEBI) ने बाजार डेटा पर अपने पैनल का पुनर्गठन किया है जो प्रतिभूति बाजार डेटा पहुंच और गोपनीयता जैसे क्षेत्रों से संबंधित नीतिगत उपायों की सिफारिश करता है। पैनल की अध्यक्षता

अब एम एस साहू, पूर्व चेयरपर्सन, इन्सॉल्वेंसी एंड बैंकरप्सी बोर्ड ऑफ इंडिया (IBBI) करेंगे। 20 सदस्यीय समिति की अध्यक्षता पहले SEBI के पूर्व पूर्णकालिक सदस्य माधबी पुरी बुच ने की थी।

अतः विकल्प (D) सही है।

110. भारत सरकार ने अस्थायी दर वाले बॉन्ड, 2028 की बिक्री (पुनः जारी) की घोषणा की है। सरकारी प्रतिभूतियों की नीलामी में गैर-प्रतिस्पर्धी बोली सुविधा के लिए योजना के अनुसार पात्र व्यक्तियों और संस्थानों को प्रतिभूतियों की बिक्री की अधिसूचित राशि का 5% तक आवंटित किया जाएगा। अतः कथन 3 सही है। नीलामी के लिए प्रतिस्पर्धी और गैर-प्रतिस्पर्धी दोनों बोलियां भारतीय रिजर्व बैंक कोर बैंकिंग सॉल्यूशन (ई-कुबेर) प्रणाली पर इलेक्ट्रॉनिक प्रारूप में प्रस्तुत की जानी चाहिए।

बॉन्ड

- बॉन्ड निवेश प्रतिभूतियां हैं जहां एक निवेशक नियमित ब्याज भुगतान के बदले में एक निश्चित अवधि के लिए किसी कंपनी या सरकार को ऋण देता है।
- आम तौर पर, बॉन्ड एक निश्चित कूपन या ब्याज दर के साथ आते हैं। उदाहरण के लिए, आप 5% की कूपन दर के साथ 10,000 रुपये का बॉन्ड खरीद सकते हैं।
- एक बार जब बॉन्ड परिपक्वता तक पहुंच जाता है, तो बॉन्ड जारीकर्ता निवेशक के पैसे वापस कर देता है।
- निश्चित आय एक शब्द है जिसका उपयोग अक्सर बॉन्ड का वर्णन करने के लिए किया जाता है, क्योंकि आपका निवेश बॉन्ड के जीवन पर निश्चित भुगतान अर्जित करता है।

बॉन्ड क्यों जारी किए जाते हैं?

- कंपनियां चल रहे संचालन, नई परियोजनाओं या अधिग्रहण के वित्तपोषण के लिए बॉन्ड बेचती हैं।
- सरकारें फंडिंग उद्देश्यों के लिए बॉन्ड बेचती हैं, और करों से राजस्व को पूरक करने के लिए भी।

अस्थायी दर वाले बॉन्ड

- अस्थायी दर वाले बॉन्ड एक ऋण के साधन है जिसमें एक निश्चित कूपन दर नहीं होती है, लेकिन इसकी ब्याज दर उस मानदंड के आधार पर उतार-चढ़ाव होती है, जो बॉन्ड को खींचा जाता है। अतः कथन 1 सही है।
- मानदंड बाजार के साधन हैं जो समग्र अर्थव्यवस्था को प्रभावित करते हैं।
- उदाहरण के लिए, रेपो रेट या रिवर्स रेपो रेट को फ्लोटिंग रेट बॉन्ड के लिए मानदंड के रूप में सम्मुचयित किया जा सकता है।
- अस्थायी दर वाले बॉन्ड भारतीय बॉन्ड बाजार का एक महत्वपूर्ण हिस्सा हैं और प्रमुख रूप से सरकार द्वारा जारी किए जाते हैं। अतः कथन 2 सही है।
- उदाहरण के लिए, RBI ने 2020 में हर छह महीने में देय ब्याज के साथ एक अस्थायी दर वाले बॉन्ड जारी किया। छह महीने के बाद, RBI द्वारा ब्याज दर फिर से तय की जाती है।

अतः विकल्प (B) सही है।

111. वाणिज्य और उद्योग मंत्री श्री पीयूष गोयल और व्यापार मंत्री श्री डैन तेहान ने 02 अप्रैल 2022 को भारत-ऑस्ट्रेलिया आर्थिक सहयोग और व्यापार समझौते पर हस्ताक्षर किए। इस समझौते में द्विपक्षीय आर्थिक और वाणिज्यिक संबंधों के पूरे क्षेत्र में सहयोग शामिल है। ECTA दोनों देशों के बीच व्यापार को प्रोत्साहित करने और सुधारने के लिए एक संस्थागत तंत्र प्रदान करता है।

- भारत-ऑस्ट्रेलिया ECTA एक दशक से अधिक समय के बाद एक विकसित देश के साथ भारत का पहला व्यापार समझौता है।

- इस समझौते में माल के व्यापार, उत्पत्ति के नियम, सेवाओं में व्यापार, व्यापार के लिए तकनीकी बाधाएं (TBT), स्वच्छता और पादप स्वच्छता (SPS) उपाय, विवाद निपटान, प्राकृतिक व्यक्तियों की आवाजाही, दूरसंचार, सीमा शुल्क प्रक्रिया, फार्मास्युटिकल उत्पाद, और जैसे क्षेत्रों को शामिल किया गया है। अन्य क्षेत्रों में सहयोग।

- समझौते के हिस्से के रूप में द्विपक्षीय आर्थिक सहयोग के विभिन्न पहलुओं को शामिल करते हुए आठ विषय-विशिष्ट पक्ष पत्र भी संपन्न किए गए।

- भारत और ऑस्ट्रेलिया के बीच ECTA क्रमशः भारत और ऑस्ट्रेलिया द्वारा निपटाए गए लगभग सभी टैरिफ लाइनों को कवर करता है।

- भारत को अपनी 100% टैरिफ लाइनों पर ऑस्ट्रेलिया द्वारा प्रदान की जाने वाली तरजीही बाजार पहुंच से लाभ होगा।

- इसमें रत्न और आभूषण, कपड़ा, चमड़ा, जूते, फर्नीचर, भोजन, कृषि उत्पाद, इंजीनियरिंग उत्पाद, चिकित्सा उपकरण और ऑटोमोबाइल जैसे भारत में निर्यात हित के सभी श्रम प्रधान क्षेत्र शामिल हैं।

- दूसरी ओर, भारत ऑस्ट्रेलिया को अपनी 70% से अधिक टैरिफ लाइनों पर तरजीही पहुंच की पेशकश करेगा, जिसमें ऑस्ट्रेलिया को निर्यात ब्याज की लाइनें शामिल हैं जो मुख्य रूप से कच्चे माल और बिचौलिये जैसे कोयला, खनिज अयस्क और वाइन आदि हैं।

अतः विकल्प (A) सही है।

112. केंद्रीय मंत्रिमंडल ने इंडिया पोस्ट पेमेंट्स बैंक के लिए 820 करोड़ रुपये की वित्तीय सहायता को मंजूरी दी है। समर्थन भुगतान बैंक को देश में, विशेष रूप से ग्रामीण क्षेत्र में गहराई से प्रवेश करने और वित्तीय समावेशन की दिशा में काम करने में मदद करेगा। वर्तमान में IPPB के पांच करोड़ से अधिक खाते हैं और यह 1.36 लाख शाखाओं के माध्यम से संचालित होता है। इसके लगभग 48 प्रतिशत खाताधारक महिलाएं हैं।

अतः विकल्प (C) सही है।

113. वैधानिक तरलता अनुपात (एसएलआर):

- वाणिज्यिक बैंक सरकारी प्रतिभूतियों में अपने धन का निवेश करके और राजकोषीय (ट्रेजरी) बिलों को खरीदकर अल्पकालिक वित्त द्वारा सरकार को दीर्घकालिक ऋण प्रदान करते हैं। यह एसएलआर के अंतर्गत आता है।

नकद आरक्षित अनुपात (सीआरआर):

- सीआरआर कुल जमा का एक विशिष्ट हिस्सा है जिसे आरबीआई द्वारा अनिवार्य वाणिज्यिक बैंकों द्वारा रिजर्व के रूप में रखा जाता है।

- यह रिजर्व नकद या नकद समकक्ष में आरक्षित होना चाहिए।

चलनिधि समायोजन सुविधा:

- तरलता समायोजन सुविधा (एलएएफ) मौद्रिक नीति में उपयोग किया जाने वाला एक उपकरण है, मुख्य रूप से भारतीय रिजर्व बैंक (आरबीआई) द्वारा जो बैंकों को पुनर्खरीद समझौतों के माध्यम से धन उधार लेने या रिवर्स रेपो समझौतों के माध्यम से आरबीआई को ऋण देने की अनुमति देता है।

ऋण सेवा दायित्व:

- ऋण सेवा वह नकद है, जो किसी विशेष अवधि के लिए ऋण पर ब्याज और मूलधन के पुनर्भुगतान के लिए आवश्यक है।

अतः विकल्प (D) सही है।

114. मौद्रिक नीति अधिनियम में निर्दिष्ट लक्ष्यों को प्राप्त करने के लिए अपने नियंत्रण में मौद्रिक साधनों के उपयोग के संबंध में केंद्रीय बैंक की नीति को संदर्भित करती है। भारतीय रिजर्व बैंक (RBI) मौद्रिक नीति के संचालन की जिम्मेदारी के साथ निहित है। यह जिम्मेदारी भारतीय रिजर्व बैंक अधिनियम, 1934 के तहत स्पष्ट रूप से अनिवार्य है।

अतः विकल्प (D) सही है।

115. राजकोषीय नीति सरकार के कराधान और व्यय निर्णयों से संबंधित है।

मौद्रिक नीति और राजकोषीय नीति:

- मौद्रिक नीति और राजकोषीय नीति दो अलग-अलग उपकरण हैं जिनका किसी देश की आर्थिक गतिविधि पर प्रभाव पड़ता है।

- मौद्रिक नीतियां किसी देश के केंद्रीय बैंकों द्वारा बनाई और प्रबंधित की जाती हैं और ऐसी नीति का संबंध अर्थव्यवस्था में मुद्रा आपूर्ति और ब्याज दरों के प्रबंधन से है।

- राजकोषीय नीति, सरकार के खर्च और कराधान के पहलुओं के प्रबंधन के तरीकों से संबंधित है।

- यह अर्थव्यवस्था को स्थिर करने और अर्थव्यवस्था के विकास में मदद करने का सरकार का तरीका है।

- अर्थव्यवस्था के राजकोषीय घाटे को नियंत्रित करने के लिए कर दरों में बदलाव और उपायों को प्रयोग कर सरकारें राजकोषीय नीति को संशोधित कर सकती हैं।

अतः विकल्प (D) सही है।

116. म्युचुअल फंड देश में सिक्योरिटीज एंड एक्सचेंज बोर्ड ऑफ इंडिया द्वारा नियंत्रित किए जाते हैं।

एक म्यूचुअल फंड एक प्रकार का निवेश कंपनी है जो कई निवेशकों से पैसा जमा करता है और स्टॉक, बॉन्ड, मनी मार्केट उपकरण, अन्य प्रतिभूतियों या नकदी में पैसा निवेश करता है। म्यूचुअल फंड सहित सभी एसेट मैनेजमेंट कंपनियों (एएमसी) को सेबी द्वारा विनियमित किया जाता है।

अतः विकल्प (D) सही है।

117. एक गैर-बैंकिंग वित्तीय कंपनी (एनबीएफसी) कंपनी अधिनियम, 1956 के तहत पंजीकृत एक कंपनी है जो ऋण के व्यवसाय और अग्रिमों, शेयरों / स्टॉक्स / बॉन्ड / ऋणपत्र / सिक्योरिटी के अधिग्रहण में लगी है, जो सरकार या स्थानीय प्राधिकरण या समान प्रकृति के अन्य विपणन योग्य प्रतिभूतियों, पट्टे, किराया-खरीद, बीमा व्यवसाय, चिट व्यवसाय, के द्वारा जारी किया गया है, परंतु किसी भी संस्था को शामिल नहीं करता है जिसका प्रमुख व्यवसाय कृषि गतिविधि, औद्योगिक गतिविधि, किसी सामान की खरीद या बिक्री (प्रतिभूतियों के अलावा) है या किसी भी सेवा और अचल संपत्ति की बिक्री / खरीद / निर्माण प्रदान करता है।

एनबीएफसी को कंपनी अधिनियम, 2013 और आरबीआई अधिनियम 1934 के तहत धारा 45-IA के तहत पंजीकृत कंपनी के रूप में परिभाषित किया गया है। इस प्रकार की कंपनियां बिना किसी बैंकिंग लाइसेंस के बैंकिंग सेवाएं प्रदान करती हैं।

एनबीएफसी उधार देते हैं और निवेश करते हैं और इसलिए उनकी गतिविधियाँ बैंकों के समान हैं; हालाँकि, नीचे कुछ अंतर दिए गए हैं:

i. एनबीएफसी मांग जमा स्वीकार नहीं कर सकता;

ii. एनबीएफसी भुगतान और निपटान प्रणाली का हिस्सा नहीं बनते हैं और स्वयं पर आहरित चेक जारी नहीं कर सकते हैं;

iii. जमा बीमा और क्रेडिट गारंटी निगम की जमा बीमा सुविधा एनबीएफसी के जमाकर्ताओं के लिए उपलब्ध नहीं है, बैंकों के मामले के विपरीत।

अतः विकल्प (B) सही है।

118. कई विकासशील देश उपभोक्ता मूल्य सूचकांक (सीपीआई) में परिवर्तन का उपयोग मुद्रास्फीति के केंद्रीय उपाय के रूप में करते हैं।

- भारत में, मुद्रास्फीति को मापने के लिए CPI (संयुक्त) को नए मानक के रूप में घोषित किया गया है (अप्रैल 2014)।
- CPI(सीपीआई) नंबर आम तौर पर मासिक रूप से मापा जाता है और एक महत्वपूर्ण अंतराल के साथ, उन्हें नीति उपयोग के लिए अनुपयुक्त बना देता है।
- अर्थव्यवस्था में लंबी अवधि में वस्तुओं और सेवाओं की औसत कीमतों में मुद्रास्फीति को मापा जाता है।
- यह एक वृहद अवधि है जिसमें वस्तुओं की एक बड़ी टोकरी पर मुद्रास्फीति का प्रभाव देखा जाता है।
- जैसे ही धन का मूल्य कम होता है, मुद्रा की क्रय शक्ति कम हो जाती है, मुद्रास्फीति का संचयी प्रभाव बताया जाता है।

अतः विकल्प (B) सही है।

119. काले धन को वैध बनाना निरोधक अधिनियम 2002 काले धन को वैध बनाना को रोकने और नियंत्रित करने के लिए भारत की संसद का एक अधिनियम है। इसे जनवरी 2003 में अधिनियमित किया गया था। धन शोधन निवारण अधिनियम, 2002 1 जुलाई 2005 को प्रभावी हो गया।

- अधिनियम सार्वजनिक प्राधिकरण को अवैध रूप से प्राप्त आय से अर्जित संपत्ति को जब्त करने में सक्षम बनाता है।
- अधिनियम में धन शोधन के अपराध को परिभाषित किया गया है, जो प्रत्यक्ष या अप्रत्यक्ष रूप से अप्रत्यक्ष रूप से या जानबूझकर सहायता करने का प्रयास करता है या जानबूझकर एक पक्ष है या वास्तव में किसी भी प्रक्रिया या गतिविधि में शामिल है जो अपराध की आय से जुड़ा हुआ है और अकल्पित संपत्ति के रूप में पेश करना धनशोधन के अपराध का दोषी होगा।
- हवाला, थोक नकद तस्करी, काल्पनिक ऋण, जुआ, और नकली चालान काले धन को वैध बनाना के कुछ सामान्य तरीके हैं।
- प्रवर्तन निदेशालय पीएमएलए के तहत धन शोधन के अपराधों की जांच के लिए जिम्मेदार है।
- धन शोधन निवारण अधिनियम, 2002 में वर्ष 2005, 2009 और 2012 में संशोधन किया गया।

अतः विकल्प (D) सही है।

120. एक गैर-निष्पादित परिसंपत्ति (एनपीए) एक ऋण या अग्रिम है जिसके लिए मूलधन या ब्याज भुगतान 90 दिनों की अवधि के लिए अतिदेय है।

भारत सरकार द्वारा गैर-निष्पादित आस्तियों से उनके आरोही क्रम में निपटने के लिए निम्नलिखित पहल की गई हैं:

1. ऋण वसूली न्यायाधिकरण (डीआरटी) -1993

- मामलों को निपटाने के लिए आवश्यक समय को कम करना।
- वे बैंकों और वित्तीय संस्थानों के कारण ऋण की वसूली अधिनियम, 1993 के प्रावधानों द्वारा शासित होते हैं।
- हालांकि, उनकी संख्या पर्याप्त नहीं है इसलिए वे भी समय अंतराल से पीड़ित हैं और कई क्षेत्रों में मामले 2-3 साल से अधिक समय से लंबित हैं।

2. क्रेडिट सूचना ब्यूरो - 2000

- ऋणों को खराब हाथों में पड़ने से रोकने के लिए और इसलिए एनपीए की रोकथाम के लिए एक अच्छी सूचना प्रणाली की आवश्यकता है। यह व्यक्तिगत डिफॉल्टरों और विलफुल डिफॉल्टरों के डेटा को बनाए रखने और साझा करके बैंकों की मदद करता है।

3. समझौता समझौता -2001

- यह रुपये से कम के अग्रिमों के लिए एनपीए की वसूली के लिए एक सरल तंत्र प्रदान करता है। 10 करोड़।

- इसमें अदालतों और डीआरटी (ऋण वसूली न्यायाधिकरण) के मुकदमों को शामिल किया गया है, हालांकि जानबूझकर चूक और धोखाधड़ी के मामलों को बाहर रखा गया है।

4. सरफेसी अधिनियम - 2002

- वित्तीय आस्तियों का प्रतिभूतिकरण और पुनर्निर्माण और सुरक्षा हित का प्रवर्तन (सरफेसी) अधिनियम, 2002 - यह अधिनियम बैंकों/वित्तीय संस्थानों को एनपीए खातों में सुरक्षित परिसंपत्तियों के अधिग्रहण और निपटान के माध्यम से अदालत की भागीदारी के बिना अपने एनपीए को पुनर्प्राप्त करने की अनुमति देता है। रुपये की बकाया राशि 1 लाख और उससे अधिक।
- बैंकों को पहले नोटिस जारी करना होता है। फिर, उधारकर्ता के चुकाने में विफलता पर, वे कर सकते हैं:

सुरक्षा का स्वामित्व लें और/या
उधार लेने वाली संस्था के प्रबंधन पर नियंत्रण रखें।
चिंता का प्रबंधन करने के लिए एक व्यक्ति को नियुक्त करें।

5. कॉर्पोरेट ऋण पुनर्गठन - 2001

- यह भुगतान की गई दरों को कम करके कंपनी पर कर्ज के बोझ को कम करने और कंपनी को दायित्व वापस करने के समय को बढ़ाने के लिए है।

अतः विकल्प (A) सही है।

121. The first sentence of a paragraph introduces a topic. The second sentence usually provides more information about the first.

Here, the first sentence talks about Alaska's national parks. Only sentence S refers to them with the pronoun 'they', suggesting it must directly follow the first sentence.

So, S must be the second sentence.

The fourth sentence is given; so the third must be a preamble to it. Here, the fourth sentence uses the phrase 'this bridge', indicating that the third sentence must have introduced some bridge.

This is only given by sentence T. So, T must be the third sentence.

The fifth must follow further from the fourth sentence. This is only given by sentence Q, which uses the pronoun 'it' to refer to the bridge.

So, Q must be the fifth sentence.

Sixth and seventh sentences would follow the earlier sentences, with the last giving some kind of conclusion to the above.

Out of the remaining sentences P and R, P refers to 'the two land masses' given earlier in Q. R seems like a fitting conclusion.

So, P must be the sixth sentence while R is the last sentence of the paragraph.

The correct order is: STQPR or 1ST4QPR.

The ordered paragraph is: Alaska's national parks offer a unique opportunity to explore glacial environments. They are nestled in a wilderness so wild you'll need to arrange for a boat or a plane to get there. The Bering Land Bridge National Preserve, located in northwestern Alaska, near Nome, is one of the most popular of these parks. This bridge was the primary pathway used by the original colonists of the Americas some 15,000 to 20,000 years ago. It used to connect East Asia and North America. The part that once connected the two land masses is now underwater, beneath the Bering Strait. And so the name 'Bering Land Bridge'.

Hence, the correct option is (C).

122. The first sentence of a paragraph introduces a topic. The second sentence usually provides more information about the first.

Here, the first sentence talks about Alaska's national parks. Only sentence S refers to them with the pronoun 'they', suggesting it must directly follow the first sentence.

So, S must be the second sentence.

The fourth sentence is given; so the third must be a preamble to it. Here, the fourth sentence uses the phrase 'this bridge', indicating that the third sentence must have introduced some bridge.

This is only given by sentence T. So, T must be the third sentence.

The fifth must follow further from the fourth sentence. This is only given by sentence Q, which uses the pronoun 'it' to refer to the bridge.

So, Q must be the fifth sentence.

Sixth and seventh sentences would follow the earlier sentences, with the last giving some kind of conclusion to the above.

Out of the remaining sentences P and R, P refers to 'the two land masses' given earlier in Q. R seems like a fitting conclusion.

So, P must be the sixth sentence while R is the last sentence of the paragraph.

The correct order is: STQPR or 1ST4QPR.

The ordered paragraph is: Alaska's national parks offer a unique opportunity to explore glacial environments. They are nestled in a wilderness so wild you'll need to arrange for a boat or a plane to get there. The Bering Land Bridge National Preserve, located in northwestern Alaska, near Nome, is one of the most popular of these parks. This bridge was the primary pathway used by the original colonists of the Americas some 15,000 to 20,000 years ago. It used to connect East Asia and North America. The part that once connected the two land masses is now underwater, beneath the Bering Strait. And so the name 'Bering Land Bridge'.

Hence, the correct option is (E).

123. The first sentence of a paragraph introduces a topic. The second sentence usually provides more information about the first.

Here, the first sentence talks about Alaska's national parks. Only sentence S refers to them with the pronoun 'they', suggesting it must directly follow the first sentence.

So, S must be the second sentence.

The fourth sentence is given; so the third must be a preamble to it. Here, the fourth sentence uses the phrase 'this bridge', indicating that the third sentence must have introduced some bridge.

This is only given by sentence T. So, T must be the third sentence.

The fifth must follow further from the fourth sentence. This is only given by sentence Q, which uses the pronoun 'it' to refer to the bridge.

So, Q must be the fifth sentence.

Sixth and seventh sentences would follow the earlier sentences, with the last giving some kind of conclusion to the above.

Out of the remaining sentences P and R, P refers to 'the two land masses' given earlier in Q. R seems like a fitting conclusion.

So, P must be the sixth sentence while R is the last sentence of the paragraph.

The correct order is: STQPR or 1ST4QPR.

The ordered paragraph is: Alaska's national parks offer a unique opportunity to explore glacial environments. They are nestled in a wilderness so wild you'll need to arrange for a boat or a plane to get there. The Bering Land Bridge National Preserve, located in northwestern Alaska, near Nome, is one of the most popular of these parks. This bridge was the primary pathway used by the original colonists of the Americas some 15,000 to 20,000 years ago. It used to connect East Asia and North America. The part that once connected the two land masses is now underwater, beneath the Bering Strait. And so the name 'Bering Land Bridge'.

Hence, the correct option is (A).

124. The first sentence of a paragraph introduces a topic. The second sentence usually provides more information about the first.

Here, the first sentence talks about Alaska's national parks. Only sentence S refers to them with the pronoun 'they', suggesting it must directly follow the first sentence.

So, S must be the second sentence.

The fourth sentence is given; so the third must be a preamble to it. Here, the fourth sentence uses the phrase 'this bridge', indicating that the third sentence must have introduced some bridge.

This is only given by sentence T. So, T must be the third sentence.

The fifth must follow further from the fourth sentence. This is only given by sentence Q, which uses the pronoun 'it' to refer to the bridge.

So, Q must be the fifth sentence.

Sixth and seventh sentences would follow the earlier sentences, with the last giving some kind of conclusion to the above.

Out of the remaining sentences P and R, P refers to 'the two land masses' given earlier in Q. R seems like a fitting conclusion.

So, P must be the sixth sentence while R is the last sentence of the paragraph.

The correct order is: STQPR or 1ST4QPR.

The ordered paragraph is: Alaska's national parks offer a unique opportunity to explore glacial environments. They are nestled in a wilderness so wild you'll need to arrange for a boat or a plane to get there. The Bering Land Bridge National Preserve, located in northwestern Alaska, near Nome, is one of the most popular of these parks. This bridge was the primary pathway used by the original colonists of the Americas some 15,000 to 20,000 years ago. It used to connect East Asia and North America. The part that once connected the two land masses is now underwater, beneath the Bering Strait. And hence the name 'Bering Land Bridge'.

Hence, the correct option is (D).

125. The first sentence of a paragraph introduces a topic. The second sentence usually provides more information about the first.

Here, the first sentence talks about Alaska's national parks. Only sentence S refers to them with the pronoun 'they', suggesting it must directly follow the first sentence.

So, S must be the second sentence.

The fourth sentence is given. So the third must be a preamble to it. Here, the fourth sentence uses the phrase 'this bridge', indicating that the third sentence must have introduced some bridge.

This is only given by sentence T. So, T must be the third sentence.

The fifth must follow from the fourth sentence. This is only given by sentence Q, which uses the pronoun 'it' to refer to the bridge.

So, Q must be the fifth sentence.

Sixth and seventh sentences would follow the earlier sentences, with the last giving some kind of conclusion to the above.

Out of the remaining sentences P and R, P refers to 'the two land masses' given earlier in Q. R seems like a fitting conclusion.

So, P must be the sixth sentence while R is the last sentence of the paragraph.

The correct order is: STQPR or 1ST4QPR.

The ordered paragraph is: Alaska's national parks offer a unique opportunity to explore glacial environments. They are nestled in a wilderness so wild you'll need to arrange for a boat or a plane to get there. The Bering Land Bridge National Preserve, located in northwestern Alaska, near Nome, is one of the most popular of these parks. This bridge was the primary pathway used by the original colonists of the Americas some 15,000 to 20,000 years ago. It used to connect East Asia and North America. The part that once connected the two land masses is now underwater, beneath the Bering Strait. And hence the name 'Bering Land Bridge'.

Hence, the correct option is (B).

126. Bite the bullet: To force yourself to do something unpleasant or difficult or to be brave in a difficult situation.

Example: I hate going to the dentist, but I'll just have to bite the bullet.

Clearly, I and II do not fit in at all. Only III fits in as it shows the government needs to let markets decide sugar prices.

Hence, the correct option is (C).

127. Cut corners: Do something perfunctorily so as to save time or money.

Example: There is always a temptation to cut corners when time is short.

As per the meaning of the idiom above, it is clear that the only one fitting meaningfully is the first idiom 'cut corners'. It talks about how airlines have been taking the shortcut route in terms of quality.

Hence, the correct option is (A).

128. Definite article 'the' will be used. The correct sentences will be:

Collaboration is the key and inter-department team work can only be fostered through strong communication.

Hence, the correct option is (A).

129. In this case, it will be 'organization's goal' and not 'organization goal'.

The correct sentences will be:

Many companies are also factoring in individual aspirations and aligning them to organization's goals as well.

Hence, the correct option is (D).

130. The phrase which we should choose to connect both the sentences are **only 2**.

'**At**' is used to express the position of something or to indicate a particular period of time. So the phrase would connect both the sentences appropriately.

'**and**' is used to join sentences or words which should be written together. We cannot form a meaningful sentence with '**and**'. Therefore, the phrase is incorrect.

'**When**' is used to express 'during the time that'. Clearly, the phrase is not correct.

The sentence after using the phrase is: At the beginning of the Industrial Revolution in Britain, water was the main source of power for new inventions.

Hence, the correct option is (B).

131. B-D: Romans valued certain types of innovations that had been ignored by ancient Greeks.

C-F: She prefers that he spend his time on another project.

We need to join each sentence part given in column (1) to their correct counterparts given in column (2). The sentences should not only be conceptually correct but also grammatically error free. This would allow us to come at the correct solution.

Part B talks about how the Romans valued certain innovations. **Part D** which talks about how something has been ignored by the Greeks is the correct ending for **part B**. Joining them presents a comparative picture of two different cultures regarding innovation. So, **B-D.**

Part C talks about how the subject (she) has a preference regarding how someone spends their time. Conceptually it should join with **part F** which points out on what that time should be spent (another project). So, **C-F.**

Combining the rest of the parts do not make sense.

The correct combinations are reflected in **option (B)**, making it the correct answer.

Hence, the correct option is (B).

132. B-D: Romans valued sea power as did the Latins, the original inhabitants of Rome.

We need to join each sentence part given in column (1) to their correct counterparts given in column (2). The sentences should not only be conceptually correct but also grammatically error free. This would allow us to come at the correct solution.

Part B talks about how Romans and Latins valued sea power. Conceptually it should join with **part D** which talks about someone being the original inhabitants of Rome. 'Latins' is preceded by the phrase 'as did' which establishes the fact that the 'Latins' were the original inhabitants with whom the Romans are being compared. So, **B-D**.

Combining the rest of the parts do not make sense.

The correct combination is reflected in **option (B)**, making it the correct answer.

Hence, the correct option is (B).

133. The correct word here is "environment." When we say environment it doesn't only mean forests and tress etc. It can be used in different contexts. Economic environment means economic state of a country.

Revolution: Rebellion

Revelation: Disclosure

Institution: Establishment

Hence, the correct option is (A).

134. The correct word here is "interaction." It means "a situation where two or more people or things communicate with each other or react to each another." What the sentence is trying to say is that 'for a conducive economic environment, governments and corporate houses need to communicate with each other." So option (B) is correct. Formalities means 'the rigid observance of convention or etiquette'.

Elocution, Articulation both mean the skill of clear and expressive speech.

Gratification means pleasure, especially when gained from the satisfaction of a desire.

Hence, the correct option is (B).

135. The correct word here is "trend." It means 'a general direction in which something is developing or changing.' This totally fits in the context of the sentence. What doesn't fit is "fiend" which means 'an evil spirit'.

Pretext: a reason given in justification of a course of action that is not the real reason.

Pretense: an attempt to make something that is not the case appear true

Intent: Purpose

Hence, the correct option is (D).

136. The correct word here is "impediments" which means "a hindrance or obstruction in doing something." Dismantling any hindrance to free flow of trade makes sense. So option 3 is correct. Remedies means 'cure or treatment' which doesn't fit in the context.

Ratification: the action of signing or giving formal consent to a treaty, contract, or agreement, making it officially valid.

Sentiments : a view or opinion that is held or expressed.

Reprimands: a formal expression of disapproval.

Hence, the correct option is (C).

137. The word "operative" is correct here. It means 'functioning or having effect.' It makes the sentence meaningful.

Cooperative: collective

Remunerative: Well Paid

Prerogative: Right

Innovative: featuring new methods; advanced and original.

Hence, the correct option is (E).

138. According to Clayton Christensen's theory of "disruptive innovation", an industry becomes ripe for disruption once it begins super- serving its best, most affluent customers and ignoring the rest. Each stage in the maturation of a company or industry inevitably pushes it to embrace its best, most profitable customers. However, in the process, the companies fighting over the 'best' customers generally cede the low end of the market to new entrants. **Overtime, new technologies introduced for the low end of the market climb the price-performance curve and start to surpass the technologies at the high end.**

The passage talks about the theory that when companies start super-servicing the best customers, they give up the low-end customers to new entrants in the long run.

Hence, the correct option is (A).

139. India's tax-to-GDP ratio is far lower than the 21 per cent average of its emerging market peers; its public spending-to-GDP ratio is also the lowest among BRICS nations. **The country cannot scale up necessary infrastructure and social spending without widening its tax base.** About 85 percent of the economy is outside the tax net. Even among those who pay taxes, the number of individuals who earn more than Rs.1 crore a year or pay tax in the 30 percent tax bracket is unrealistically low.

The opening statement of the paragraph states concern over India's low tax to GDP ratio in comparison to its market peers and the statement following the blank asserts how much percent of the economy is outside the tax net. Clearly, the statement that centers around the same idea would fit the blank.

Clearly, statement given as option (A) fits the blank appropriately.

Hence, the correct option is (A).

140. While individual companies adapt to the new political economy in the West, it does not diminish New Delhi's responsibility to make a case for more open immigration policies for India's skilled workers. **The economic rationale behind the free movement of labour is that it promotes economic efficiency.** This, as economists from David Ricardo to Jagdish Bhagwati have pointed out, increases the size of global economic output despite the costs. It is obvious that the tightening of immigration is likely to have a net negative effect on the global economy.

Out of the rest of the choices, option (D) would be the best pick for the blank as it evidently discusses the reason for free movement of labour.

Hence, the correct option is (D).

141. When Rahul completed his time, others had already left the ground, is the correct sentence.

If two actions take place in the past in succession, the structure is given below:

1st action - Past perfect tense i.e., Subject + had +V_3 + object.

2nd action - Simple past tense i.e., Subject + V_2 + object.

Hence, the correct option is (D).

142. The subject 'A pack of lions' is a collective noun, so the verb should be singular as well.

Therefore, the helping verb 'is' is used.

Hence, the correct option is (B).

143. The word illusion means something that deceives or misleads intellectually.

The word similar to 'illusion' is a delusion.

Delusion means something that is falsely or delusively believed.

Hence, the correct option is (A).

144. Inverse means that is opposite in order, nature, or effect.

Option (C) gives the correct meaning as the sentence says that the opposite relationship that inflation and unemployment have broken down.

Hence, the correct option is (C).

145. The issue is clearly about stagflation in the USA between 1974 and the early 1980s.

The correct word that should come in the blank would be Analysed.

Analysed means to have subjected to scientific or grammatical analysis.

Hence, the correct option is (C).

146. The sentence states that stagflation was set off for a variety of reasons including an excessively expansionary monetary policy.

The adverb excessively is to be used instead of excessive since an adjective expansionary is being modified.

Adverbs modify adjectives, verbs, and other adverbs while adjectives modify nouns.

Thus, the adjective excessive is incorrect and the correct form is the adverb excessively.

The correct sentence is:

It was set off by a series of supply shocks, led by surging oil prices, and an excessively expansionary monetary policy, especially in 1972-73, which allowed expectations of inflation to become entrenched.

Hence, the correct option is (C).

147. The following sentence states that incomes are not growing, household consumption is slowing, and people are dipping into their savings, while food inflation has risen sharply.

This implies that the economy is in a bad or dangerous state.

So, the correct word that should fill the blank is precarious which means dangerous or hazardous.

Hence, the correct option is (D).

148. Option (A): Spatial is used to describe things relating to areas. Implication refers to a possible future effect or result. Groundwater recharge or deep drainage is a hydrologic process where water moves downward from surface water to groundwater. Recharge is the primary method through which water enters an aquifer.

Option (B): 'Differing variations' is redundant; thus makes no sense.

Option (C): Convectional means a process of heat transfer through a gas or liquid by the bulk motion of hotter material into a cooler region. 'Convectional variations' makes no sense.

Option (D): We say 'erratic patterns,' not 'erratic variations.'

Hence, the correct option is (A).

149. The unique way of data sharing is discussed in this sentence.

Option (A) cannot be chosen because it is not making the sentence meaningful and complete.

Option (B) cannot be chosen because the method of data sharing has nothing to do with education.

Option (C) cannot be chosen because only this method cannot hint at the development of science.

Option (D) is the best fit. The word perception means awareness and this is suitable for this sentence.

Hence, the correct option is (D).

150. The given sentence is about a person's opinion about the desire of world exploration.

Option (A) cannot be chosen because it is not making the sentence grammatically correct.

Option (B) cannot be chosen. The word mellifluous means soothing/to describe something that sounds sweet and smooth and it is not making the sentence meaningful.

Option (C) is the best fit. The meaning of the word fundamental is basically and it is making the sentence meaningful and grammatically correct.

Option (D) cannot be chosen. The meaning of the word deceitful is untruthful and it is not suitable for the sentence.

Hence, the correct option is (C).

151. The given sentence is about the improvement of the public service of South Korea.

Option (A) is the best fit. The meaning of the word spur is stimulus/a thing that prompts or encourages someone and it is suitable for the sentence.

Option (B) cannot be chosen. The meaning of the word shriek is to scream and it is not making the sentence meaningful.

Option (C) cannot be chosen because it is not making the sentence grammatically correct.

Option (D) cannot be chosen. The meaning of the word adapted is modified and it is not suitable for the sentence.

Hence, the correct option is (A).

152. The given sentence is describing the metro system of Seoul.

Option (A) cannot be chosen. The word notorious means ill-famed and efficiency can not make a system ill-famed.

Option (B) is the best fit. The word renowned means famous and it is suitable for the sentence.

Option (C) cannot be chosen. The word remarkable means amazing or exceptional is not making the sentence grammatically correct.

Option (D) cannot be chosen. The word enhanced means to intensify and it is not suitable for the sentence.

Hence, the correct option is (B).

153. The meaning of pair A-E is

- Exhort- strongly encourage or urge (someone) to do something.
    - *He exhorted his people to take back their land.*
- Push-exert force on (someone or something)
    - *However, it is hard to push the analysis of the random process to the very end using differential equations.*

Let's see the meaning of other words:

- Espionage-the practice of spying or of using spies.
    - *The couple were charged with conspiracy to commit espionage.*
- Concurrence- the fact of two or more events or circumstances happening or existing at the same time.
    - *This is accounted for by a concurrence of circumstances.*
- Repartee- conversation or speech characterized by quick, witty comments or replies.
    - *Their repartee set the tone for the evening.*
- Coarse- rough or loose in texture or grain.
    - *His coarse habits have gradually fined away.*

Hence, the correct option is (D).

154. The meanings of the given words are:

- Hoard: accumulate money or valued objects and hide or store away
- Squander: waste (something, especially money or time) in a reckless and foolish manner

Hoard and Squander are antonyms.

- Grueling: extremely tiring and demanding
- Conceivable: capable of being imagined or grasped mentally
- Vain: producing no result; useless
- Abject: (of something bad) experienced or present to the maximum degree

Hence, the correct option is (A).

155. The meaning of the given words are:

Bigotry: intolerance towards those who hold different opinions from oneself.

Prejudice: dislike, hostility, or unjust behavior deriving from preconceived and unfounded opinions.

Quintessential: representing the most perfect or typical example of a quality or class.

Quagmire: a soft boggy area of land that gives way underfoot.

Desolation: a state of complete emptiness or destruction.

Gullible: easily persuaded to believe something; credulous.

Bigotry and Prejudice are synonyms.

Hence, the correct option is (B).

156. Let us look at the meaning of the pair C-F.

- Vociferous: expressing or characterized by vehement opinions; loud and forceful
- Clamorous: making a loud and confused noise
- Since the meanings are similar, *they form a synonym pair.*

Let us look at the meanings of the other options:

- Bulwark: a defensive wall
- Bipartisan: involving the agreement or cooperation of two political parties that usually oppose each other's policies
- Moribund: (of a person) at the point of death; (of a thing) in terminal decline; lacking vitality or vigour
- Dictum: a formal pronouncement from an authoritative source

Hence, the correct option is (C).

157. The meaning of the given words are:

Ingress: the action or fact of going in or entering; the capacity or right of entrance.

Retreat: withdraw; retire.

Malicious: characterized by malice; intending or intended to do harm.

Incessant: continuing without pause or interruption.

Petrified: so frightened that one is unable to move.

Gape: stare with one's mouth open wide in amazement or wonder.

Ingress and retreat are antonyms.

Hence, the correct option is (D).

158. The original sentence is incorrect.

Reason: There are two errors in the bold phrase.

1st. Instead of 'to using', the infinitive 'to use' should be used here.

2nd. In the sentence, the writer refers to the subject 'magnetics' and not the adjective 'magnetic'. Therefore, 'magnetic' should be replaced by 'magnetics' to make it a meaningful sentence.

Therefore, among the given choices option (B) replaces the bold part most appropriately.

The correct sentence:

Researchers have developed a process to use magnetics with brain-like networks to program and teach devices.

Hence, the correct option is (B).

159. The original sentence is incorrect.

Reason:

1st. As we can observe that the sentence is made in the present tense, the usage of the past form 'disturbed' is erroneous here. Instead of 'disturbed', 'disturbs' (because the subject is singular) should be used here.

2nd. 'Conscious' means 'aware of and responding to one's surroundings' and the word doesn't make any sense in the context of the sentence. Instead of it, the noun 'conscience' which means 'a person's moral sense of right and wrong, viewed as acting as a guide to one's behaviour' should be used here.

Ex. He had a guilty conscience about his desires.

Therefore, among the given choices option (D) replaces the bold part most appropriately.

The correct sentence:

Poverty is too much with us and its presence across vast stretches of our country disturbs our conscience.

Hence, the correct option is (D).

160. The original sentence is incorrect.

Reason:

1st. The phrase 'For decades' and not 'for decade' is used to denote a very long time. Therefore, 'decade' must be replaced by 'decades' here.

2nd. As the verb 'make' is used in its plural form, it's clear that the subject has to be plural too. Therefore, the noun 'company' must be replaced by 'companies' here.

3rd. As we need a restrictive relative pronoun in the given case, 'that' should be used in place of 'which' here.

Therefore, among the given choices option (C) replaces the bold part most appropriately.

The correct sentence:

For decades companies that make soap, lotions and perfumes have relied on a chemical called Bourgeonal.

Hence, the correct option is (C).

161. मुहावरा: अड़ियल टट्टू

मुहावरे का हिंदी में अर्थ: जिद्दी

वाक्य प्रयोग: लाला हरदयाल का नौकर भोलु एकदम अड़ियल टट्टू है, चाहे जितना डांट लो, काम करेगा अपनी ही मर्जी से।

अतः विकल्प (B) सही है।

162. मुहावरा: ऊसर में बीज बोना

मुहावरे का हिंदी में अर्थ: व्यर्थ कार्य करना

वाक्य प्रयोग: मैंने कौशिक से कहा कि अपने घर में दुकान खोलना तो ऊसर में बीज डालना हैं।

अतः विकल्प (D) सही है।

163. दिए गए विकल्पों में 'परिमित' शब्द 'लघु' का पर्यायवाची शब्द है। परिमित के अन्य पर्यायवाची शब्द 'स्वल्प, अल्प, किंचित' हैं।

क्षीर - दूध, पय, गोरस

दंगा - उपद्रव, उत्पात, शोरगुल

समूह - दस्ता, टुकड़ी, दल

दुर्दशा - बुरी दशा, खराब, दुर्गति

अतः विकल्प (A) सही है।

164. 'क्षितिज' का पर्यायवाची शब्द 'कुलिश' नहीं है। अन्य सभी विल्कप 'क्षितिज' के पर्यायवाची शब्द हैं। 'कुलिश' हीरा का पर्यायवाची शब्द है।

हीरा - मणिवर, वज्रमणि, हीरक, कुलिश।

क्षितिज - केंचुआ, खमध्य, वियत, दिगंत।

अतः विकल्प (D) सही है।

165. दिए गए विकल्पों में से विकल्प (A) और (C) के शब्दों का प्रयोग वाक्य के रिक्त-स्थानों के स्थान पर करते है तो हमे ज्ञात होता है कि विकल्पों में दिए गए शब्द वाक्य का पूर्ण आशय प्रकट करने में सक्षम है तथा व्याकरण के दृष्टिकोण से भी त्रुटिरहित है।

पूर्ण सार्थक वाक्य- आज के छात्र, छात्राओं को तकनीकी प्रबंधन का तुलनात्मक अध्ययन/ज्ञान प्रदान करना बेहद जरुरी है।

अतः विकल्प (E) सही है।

166. यदि हम दिए गए सभी विकल्पों के शब्दों का प्रयोग वाक्य के रिक्त-स्थानों के स्थान पर करते है तो हमे ज्ञात होता है कि विकल्पों में दिए गए सभी

शब्द वाक्य का पूर्ण आशय प्रकट करने में सक्षम है तथा व्याकरण के दृष्टिकोण से भी त्रुटिरहित है। अन्य विकल्प असंगत है।

पूर्ण सार्थक वाक्य- किसी बालक/मनुष्य/व्यक्ति के व्यवहार में वह बदलाव जिससे वह, उसका परिवार और समाज तीनो ही लाभान्वित हो, उसे सकारात्मक प्रभाव कहते है।

अतः विकल्प (E) सही है।

167. ऐसे शब्द, जिनके अनेक अर्थ होते है, अनेकार्थी शब्द कहलाते है। दूसरे शब्दों में- जिन शब्दों के एक से अधिक अर्थ होते हैं, उन्हें 'अनेकार्थी शब्द' कहते है।

कौशिक के अनेकार्थी शब्द – विश्वामित्र, नेवला, उल्लू, सँपेरा, इन्द्र हैं।

शिव के अनेकार्थी शब्द - मंगल, महादेव, वेद हैं।

अतः विकल्प (A) सही है।

168. ऐसे शब्द, जिनके अनेक अर्थ होते है, अनेकार्थी शब्द कहलाते है। दूसरे शब्दों में- जिन शब्दों के एक से अधिक अर्थ होते हैं, उन्हें 'अनेकार्थी शब्द' कहते है।

जर के अनेकार्थी शब्द है- जल, जरा, जड़।

जमीन का अर्थ- पृथ्वी का धरातल धरती, भूमि।

अतः विकल्प (C) सही है।

169. 'आगामी' अर्थात अगला।

'चाक्षुष' अर्थात जो आँखों से सम्बंधित हो।

'विगत' अर्थात पिछला।

'जारज' अर्थात जो अवैध संतान हो।

'दुराग्रह' अर्थात अनुचित बात के लिए आग्रह।

उपरोक्त प्रत्येक शब्द के अर्थ के अध्ययन से ज्ञात होता है कि दिए गए शब्द 'आगामी' का सही विलोम शब्द 'विगत' है।

अतः विकल्प (B) सही है।

170. 'नीरस' अर्थात उबानेवाला, फीका।

'भविष्यचेत्ता' अर्थात जो आगे की बात सोचता है।

'अवाच्य' अर्थात जो पढ़ा न जा सके।

'दशानन' अर्थात जिसके दस मुख (आनन) हो।

'सरस' अर्थात रसयुक्त, जायकेदार।

उपरोक्त प्रत्येक शब्द के अर्थ के अध्ययन से ज्ञात होता है कि दिए गए शब्द 'नीरस' का सही विलोम शब्द 'सरस' है।

अतः विकल्प (D) सही है।

171. चिर शब्द के प्रयोग से चिरायु शब्द का निर्माण हुआ है।

'चिर' उपसर्ग से तात्पर्य है- 'लम्बा, अधिक समय तक'।

'चिर' उपसर्ग से बनने वाले अन्य शब्द -चिरकाल, चिरंजीवी, चिरकुमार

अन्य विकल्प अनुचित हैं।

अतः विकल्प (B) सही है।

172. दिए गए विकल्पों में से 'सु' उपसर्ग से बना शब्द सुफल है।

उपसर्ग: जो शब्दांश के आरम्भ में लगकर उसके अर्थ में परिवर्तन करते है, उन्हें उपसर्ग कहते है अर्थात भाषा के वे छोटे से छोटा सार्थक खंड, जो शब्द के आरंभ में लगकर नए शब्द का निर्माण करता है, उसे उपसर्ग कहते है।

उदाहरण: प्र, सु, अति, अधि, अनु, नि आदि।

अतः विकल्प (A) सही है।

173. दिए गए वाक्य के लिए उपयुक्त एक शब्द कृतघ्न है।

कृतज्ञ - अपने साथ किया हुआ उपकार मानने वाला।

कृतकार्य - जो अपना कार्य कर चुका हो।

कृतार्थ - किसी की कृपा अथवा उपकार से संतुष्ट।

कृमिघ्न - वह जो कीटाणुओं को मारे।

अतः विकल्प (B) सही है।

174. दिए गए वाक्य के लिए उपयुक्त एक शब्द पाथेय है।

नाश्ता - सुबह या शाम आदि को किया जाने वाला थोड़ा और हल्का भोजन

अल्पाहार - थोड़ी मात्रा में किया जाने वाला भोजन

निराहार - जो कुछ (अन्न आदि) खाया पीया न हो

खाद्य - जिसे खाया जा सके

अतः विकल्प (B) सही है।

175. "नहिं पराग नहिं मधुर मधु, नहिं विकास यही काल, अली कली ही सौ बंध्यो, आगे कौन हवाल ॥" पंक्तियाँ दोहा छंद का उदाहरण है। दोहे के चार चरण होते हैं। इसके विषम चरणों (प्रथम तथा तृतीय) में 13-13 मात्राएँ और सम चरणों (द्वितीय तथा चतुर्थ) में 11-11 मात्राएँ होती हैं।

अतः विकल्प (A) सही है।

176. "रावनु रथी विरथ रघुवीरा, देखी विभीषण भयउ अधीरा। अधिक प्रीति मन भा संदेहा, बंदि चरन कह सहित सनेहा।।" में चौपाई छंद है। चौपाई मात्रिक सम छन्द का एक भेद है। प्राकृत तथा अपभ्रंश के 16 मात्रा के वर्णनात्मक छन्दों के आधार पर विकसित हिन्दी का सर्वप्रिय और अपना छन्द है। चौपाई में चार चरण होते हैं, प्रत्येक चरण में 16-16 मात्राएँ होती हैं तथा अन्त में गुरु होता है।

अतः विकल्प (A) सही है।

177. वर्ण, मात्रा, गति, यति आदि से नियन्त्रित रचना को छंद कहते हैं।

छन्द की परिभाषा वर्णों या मात्राओं के नियमित संख्या के विन्यास से यदि आहाद पैदा हो, तो उसे छंद कहा जाता है। दूसरे शब्दों में-अक्षरों की संख्या एवं क्रम, मात्रागणना तथा यति-गति से सम्बद्ध विशिष्ट नियमों से नियोजित पद्यरचना 'छन्द' कहलाती है।

अतः विकल्प (A) सही है।

178. "एनसीआरबी के मुताबिक साल 2016...." गद्यांश के इस भाग के अध्ययन से यह ज्ञात होता कि वर्ष 2016 में भारत में कुल 5217 मामले दर्ज किये गए थे।

अतः विकल्प (A) सही है।

179. "रिपोर्ट में मामले का एक और पहलू यह उभर कर आया है..." उपरोक्त गद्यांश के इस भाग के अध्ययन से यह ज्ञात होता कि भारत में पीड़ित कानून-व्यवस्था की शरण में बहुत कम आते है, जिसके कारण दर्ज किये गए रिपोर्टों की संख्या कम होती है।

अतः विकल्प (C) सही है।

180. "एनसीआरबी के मुताबिक साल 2016 में ...." गद्यांश के इस भाग के अध्ययन से यह ज्ञात होता है कि रिपोर्ट में आई मामलो में कमी का मूल कारण गद्यांश में वर्णित नहीं है, अपितु गद्यांश में वर्णित निष्कर्ष खुद भारत और भारत की व्यवस्था पर सवालिया निशान खड़ा करता है।

अतः विकल्प (E) सही है।

181. "ध्यान रहे, सरकारी कोशिशों के इसी पैमाने। ..." गद्यांश के इस भाग के अध्ययन से यह ज्ञात होता है कि दिए गए रिपोर्टों में चीन को टियर-3 की श्रेणी में रखा गया है।

अत: विकल्प (A) सही है।

182. गद्यांश में प्रयुक्त शब्द "संभावना" का मूल शब्द भावना तथा उपसर्ग "सम्" है।

संभावना = "सम् + भावना"

अत: विकल्प (D) सही है।

183. आँसू तन्द्रव शब्द है इसका तत्सम शब्द अश्रु होता है।

तत्सम दो शब्दों से मिलकर बना है – तत् + सम, जिसका अर्थ होता है – उसके (संस्कृत के) समान।

अत: विकल्प (A) सही है।

184. दिए गए विकल्पों में से 'शर्करा' शब्द का उचित तन्द्रव शब्द 'शक्कर' होगा।

अन्य विकल्प अनुचित हैं।

शक्कर विदेशज शब्द है जिसे चीनी, खांड भी कहते हैं।

अत: विकल्प (C) सही है।

185. 'राम और सीता वन को गए।' व्याकरणिक रूप से शुद्ध वाक्य है।

विकल्प (A) में विभक्ति संबंधी अशुद्धि है। 'यह काम' की जगह 'मैंने यह काम' उचित होगा।

विकल्प (B) में सर्वनाम संबंधी अशुद्धि है। 'और कहा' के स्थान पर 'और उसने कहा' उचित होगा।

विकल्प (C) में लिंग संबंधी अशुद्धि है। 'धीमी' के स्थान पर 'धीमे' उचित होगा।

विकल्प (E) में विशेषण संबंधी अशुद्धि है। 'अपना' के स्थान पर 'अपना-अपना' उचित होगा।

अत: विकल्प (D) सही है।

186. 'सेठ ने एक धर्मशाला बनवाई।' व्याकरणिक रूप से शुद्ध वाक्य है।

विकल्प (C) में वचन संबंधी अशुद्धि है। 'बोलता' की जगह 'बोलते' उचित होगा।

विकल्प (A) में अंग्रेजी जैसा पदक्रम संबंधी अशुद्धि है। 'मैं जाऊँगा इलाहाबाद।' के स्थान पर 'मैं इलाहाबाद जाऊँगा। ' उचित होगा।

विकल्प (D) में क्रिया संबंधी अशुद्धि है। 'डट' के स्थान पर 'अड़ ' उचित होगा।

विकल्प (E) में वचन संबंधी अशुद्धि है। 'गया' के स्थान पर 'गए ' उचित होगा।

अत: विकल्प (B) सही है।

187. 'सामंजस्य' का अर्थ: औचित्य

पूर्ण वाक्य: हृदय पर नित्य प्रभाव रखने वाले रूपों और व्यापारों को भावना के सामने लाकर कविता बाह्य प्रकृति के साथ मनुष्य की अंत:प्रकृति का 'सामंजस्य' घटित करती हुई।

अन्य विकल्प:

शब्द	अर्थ
अनुप्रशस्य	परती, बिना बोया
अमानस्य	पीड़ा, दुःख
आमनस्य	अनमनापन, रंज

अत: विकल्प (C) सही है।

188. उपरोक्त गद्यांश में रिक्त स्थान (2) की पूर्ति के लिए उचित शब्द 'भावात्मक' है।

'भावात्मक' का अर्थ: भावमय, अनुराग

पूर्ण वाक्य: हृदय पर नित्य प्रभाव रखनेवाले रूपों और व्यापारों को भावना के सामने लाकर कविता बाह्य प्रकृति के साथ मनुष्य की अंत:प्रकृति का सामंजस्य घटित करती हुई उसकी 'भावात्मक' सत्ता के प्रसार का प्रयास करती है।

अन्य विकल्प:

शब्द	अर्थ
घनात्मक	जिसकी लंबाई, चौड़ाई और मोटाई, बराबर हो
द्वयात्मक	दो स्वभाव की राशियाँ
तारात्म	आकाश में क्रंतिवृत्त के उत्तर और दक्षिण ओर के तारों का समूह जिनमें अश्विनी, भरणी आदि हैं।

अत: विकल्प (B) सही है।

189. उपरोक्त गद्यांश में रिक्त स्थान (3) की पूर्ति के लिए उचित शब्द 'सृष्टि' है।

'सृष्टि' का अर्थ: संसार

पूर्ण वाक्य: यदि अपने भावों को समेटकर मनुष्य अपने हृदय को शेष सृष्टि से किनारे कर ले या स्वार्थ की पशुवृत्ति में ही लिप्त रखे तो उसकी मनुष्यता कहाँ रहेगी?

अन्य विकल्प:

शब्द	अर्थ
दृष्टि	देखना, देखने की वृत्ति
वृष्टि	बारिश
आकृष्टि	खिंचाव

अत: विकल्प (D) सही है।

190. उपरोक्त गद्यांश में रिक्त स्थान (4) की पूर्ति के लिए उचित शब्द 'विसर्जन' है।

'विसर्जन' का अर्थ: परित्याग

पूर्ण वाक्य: यदि वह लहलहाते हुए खेतों और जंगलों, हरी घास के बीच घूम-घूमकर बहते हुए नालों, काली चट्टानों पर चाँदी की तरह ढलते हुए झरनों, मंजरियों से लदी हुई अमराइयों और पटपर के बीच खड़ी झाड़ियों को देख क्षण भर लीन न हुआ, यदि कलरव करते हुए पक्षियों के आनंदोत्सव में उसने योग न दिया, यदि खिले हुए फूलों को देख वह न खिला, यदि सुंदर रूप सामने पाकर अपनी भीतरी कुरूपता का उसने विसर्जन न किया।

अन्य विकल्प:

शब्द	अर्थ
आवर्जन	आकृष्ट, संतुष्ट करना
उत्सर्जन	दान, उत्सर्ग
अतिसर्जन	अधिक दान

अत: विकल्प (C) सही है।

191. उपरोक्त गद्यांश में रिक्त स्थान (5) की पूर्ति के लिए उचित शब्द 'अंतर्नाद' है।

'अंतर्नाद' का अर्थ: हृदय की आवाज

पूर्ण वाक्य: यदि दीन दुःखी का अंतर्नाद सुन वह न पसीजा, यदि अनाथों और अबलाओं पर अत्याचार होते देख क्रोध से न तिलमिलाया, यदि किसी बेढब और विनोदपूर्ण दृश्य या उक्ति पर न हँसा तो उसके जीवन में रह क्या गया?

अन्य विकल्प:

शब्द	अर्थ

अन्नाद	वह जो सबको ग्रहण करे
उन्नाद	उत्कर्ष, विकास
दुर्नाद	अप्रिय ध्वनि

अतः विकल्प (A) सही है।

192. 'माला फेरत जग गया, फिरा न मन का फेर। कर का मनका डारि दे, मन का मनका फेर।' पंक्ति में यमक अलंकार है।

उपर्युक्त पद्य में 'मनका' शब्द का दो बार प्रयोग किया गया है। पहली बार 'मनका' का आशय माला के मोती से है और दूसरी बार 'मनका' से आशय है मन की भावनाओ से।

अतः 'मनका' शब्द का दो बार प्रयोग और भिन्नार्थ के कारण उक्त पंक्तियों में यमक अलंकार की छटा दिखती है।

अतः विकल्प (B) सही है।

193. 'पायो जी मैंने राम रतन धन पायो।' इस काव्य पंक्ति में 'राम' नाम में 'रतन धन' का आरोप होने से रूपक अलंकार है।

जहाँ गुण की अत्यंत समानता के कारण उपमेय में ही उपमान का अभेद आरोप कर दिया हो, वहाँ रूपक अलंकार होता है।

अतः विकल्प (A) सही है।

194. 'करि विलाप सब रोबहिं रानी। महाविपति किमि जाइ बखानी।।

सुनि विलाप दुखद दुख लागा। धीरज छूकर धीरज भागा।' काव्य पंक्ति में 'करूण रस' है।

इन पंक्तियों में रानियाँ आश्रय, राजा दशरथ की मृत्यु की सूचना उद्दीपन हैं। आँसू बहाना, रोना, विलाप करना, अनुभाव और विषाद, दैन्य, बेहोशी आदि संचारी भाव हैं। अतः यहाँ करूण रस है।

अतः विकल्प (B) सही है।

195. "बिहसि लखन बोले मृदु बानी। अहो मुनीसु महाभर यानी।

पुनि पुनि मोहि देखात कुहारु। चहत उड़ावन कुंकी पहारू।" काव्य पंक्ति में 'हास्य रस' है।

इन पंक्तियों में लक्ष्मण – परशुराम का मूर्खता को इंगित करते हुए उन पर हंसते हुए कहते हैं, बिहसि लखन बोले मृदु बानी। अहो मुनीसु महाभर यानी।

पुनि पुनि मोहि देखात कुहारु। चहत उड़ावन कुंकी पहारू। अतः यहाँ हास्य रस है।

अतः विकल्प (C) सही है।

196. यदि विसर्ग के पहले अ, आ को छोड़कर कोई स्वर हो और बाद में पांचों वर्गों का तीसरा, चौथा, पांचवां वर्ण या य, र, ल, व, ह या कोई स्वर हो तो विसर्ग के स्थान पर र् हो जाता है।

जैसे दुः + गुण = दुर्गुण, दुः + जन = दुर्जन

इसी प्रकार, दुः + गम = दुर्गम

अतः विकल्प (A) सही है।

197. अभ्यावेदन व स्वागत ये दोनों ही शब्द 'यण' संधि के उदाहरण है।

स्व+अधीन-स्वाधीन अर्थात स्वयं के अधीन। यहाँ 'दीर्घ संधि' संधि है।

अतः विकल्प (B) सही है।

198. जिस शब्द के द्वारा किसी विकारी शब्द की पुरुष जाति का बोध होता है, उसे पुल्लिंग कहते हैं। जैसे- शेर, आदमी, हिमालय, ज्येष्ठ, सोमवार, भारत, मंगल, सोना, मिट्टी, तेल, दिन आदि।

अतः विकल्प (C) सही है।

199. उपरोक्त विकल्पो में कृपा शब्द स्त्रीलिंग है। अन्य विकल्प असंगत है।

पं. कामताप्रसाद गुरु ने संस्कृत स्त्रीलिंग शब्दों को पहचानने के कुछ नियम बताये है। जिसमें आकारान्त संज्ञाएँ जैसे- दया, माया, कृपा, लज्जा, क्षमा, शोभा इत्यादि स्त्रीलिंग शब्द होते है।

अतः विकल्प (A) सही है।

200. दिए गए विकल्पों में से 'मोहन अपनी कक्षा में पढ़ रहा है' वाक्य में क्रिया के 'सातप्यबोधक पक्ष' का प्रयोग हुआ है। अन्य सभी विकल्प असंगत है। इसलिए, इसका सही उत्तर विकल्प (B) 'मोहन अपनी कक्षा में पढ़ रहा है' है।

मोहन अपनी कक्षा में पढ़ रहा है। वाक्य में मोहन के पढ़ने की प्रक्रिया का चालू रहने का बोध है।

इसलिए, यह क्रिया का सातप्यबोधक पक्ष है।

अतः विकल्प (B) सही है।

201. माना की व्यक्ति ने बैंक A में x वर्ष और बैंक B में (x - 3) वर्षों के लिए निवेश किया

$$S.I. = \frac{PRT}{100}$$

प्रश्नानुसार:

$$\frac{(8800 \times 10 \times x)}{100} = \frac{(8200 \times 20 \times (x-3))}{100}$$

$$\Rightarrow 88x = 164x - 492$$

$$\Rightarrow 164x - 88x = 492$$

$$\Rightarrow 76x = 492$$

$$\Rightarrow x = 6.47$$

∴ व्यक्ति ने बैंक A में लगभग 6.5 वर्षों के लिए निवेश किया।

अतः विकल्प (E) सही है।

202. दिया हुआ:

भागों का अनुपात = 2 : 3

पहले भाग के लिए ब्याज दर = 20%

दूसरे भाग के लिए ब्याज दर = 10%

समय = 2 वर्ष

माना कि ऋण दी गई राशि क्रमशः 2x और 3x है,

प्रश्न के अनुसार,

$$2x \times \left(1 + \frac{20}{100}\right)^2 + 3x \left(1 + \frac{10}{100}\right)^2 = 5859$$

$$2x \times \left(\frac{120}{100}\right)^2 + 3x \left(\frac{110}{100}\right)^2 = 5859$$

उपर दिए गए समीकरण को हल करने पर, हम प्राप्त करते हैं,

$$\Rightarrow x = 900$$

राशि (2x + 3x) = 5x है

$$\Rightarrow 5 \times 900 = 4500 \text{ रुपये}$$

इसलिए, राशि 4500 रुपये है।

अतः विकल्प (D) सही है।

203. दिया गया है,

प्याज या आलू की कुल खपत = प्याज या आलू का उत्पादन + प्याज या आलू की आयात की गयी मात्रा

हम निम्न तालिका तैयार कर सकते हैं:

गाँव	प्याज का उत्पादन (टन में)	आलू का उत्पादन (टन में)	प्याज की आयात की गयी मात्रा	आलू की आयात की गयी मात्रा	प्याज की खपत	आलू की खपत
A	150	80	$\frac{20}{100} \times 150 =$ $0.2 \times 150 = 30$	$\frac{15}{100} \times 80 =$ $0.15 \times 80 = 12$	150 + 30 = 180	80 + 12 = 92
B	175	100	$\frac{12}{100} \times 175 =$ $0.12 \times 175 = 21$	$\frac{18}{100} \times 100 =$ $0.18 \times 100 = 18$	175 + 21 = 196	100 + 18 = 118
C	160	75	$\frac{15}{100} \times 160 =$ $0.15 \times 160 = 24$	$\frac{16}{100} \times 75 =$ $0.16 \times 75 = 12$	160 + 24 = 184	75 + 12 = 87
D	120	120	$\frac{25}{100} \times 120 =$ $0.25 \times 120 = 30$	$\frac{20}{100} \times 120 =$ $0.2 \times 120 = 24$	120 + 30 = 150	120 + 24 = 144
E	200	90	$\frac{8}{100} \times 200 =$ $0.08 \times 200 = 16$	$\frac{30}{100} \times 90 =$ $0.3 \times 90 = 27$	200 + 16 = 216	90 + 27 = 117
F	180	60	$\frac{10}{100} \times 180 =$ $0.1 \times 180 = 18$	$\frac{25}{100} \times 60 =$ $0.25 \times 60 = 15$	180 + 18 = 198	60 + 15 = 75

इस प्रकार,

गाँव D में प्याज और आलू की कुल खपत

= 150 + 144

= 294 टन

गाँव B और C में प्याज की एक साथ खपत

= 196 + 184

= 380 टन

इस प्रकार,

अभीष्ट प्रतिशत = $\left[\frac{294}{380}\right] \times 100$

= 77.36%

अतः विकल्प (E) सही है।

204. दिया गया है,

प्याज या आलू की कुल खपत = प्याज या आलू का उत्पादन + प्याज या आलू की आयात की गयी मात्रा

गाँव E में कुल परिवार = 18

गाँव F में कुल परिवार = 11

हम निम्नलिखित तालिका तैयार कर सकते हैं:

गाँव	प्याज	आलू का	प्याज की	आलू की	प्याज	आलू

इस प्रकार,

गाँव F में प्याज की प्रति परिवार खपत = गाँव F में प्याज की खपत / गाँव F में कुल परिवार

$= \frac{198}{11}$

= 18 टन

गाँव E में प्याज की प्रति परिवार खपत = गाँव E में प्याज की खपत / गाँव E में कुल परिवार

$= \frac{216}{18}$

= 12 टन

इस प्रकार, अभीष्ट अंतर = 18 – 12

= 6 टन

अतः विकल्प (C) सही है।

205. दिया गया है,

प्याज या आलू की कुल खपत = प्याज या आलू का उत्पादन + प्याज या आलू की आयात की गयी मात्रा

हम निम्न तालिका तैयार कर सकते हैं:

गाँव	प्याज का उत्पादन (टन में)	आलू का उत्पादन (टन में)	प्याज की आयात की गयी मात्रा	आलू की आयात की गयी मात्रा	प्याज की खपत	आलू की खपत

गाँव	प्याज का उत्पादन (टन में)	आलू का उत्पादन (टन में)	प्याज की आयात की गयी मात्रा	आलू की आयात की गयी मात्रा	प्याज की खपत	आलू की खपत
A	150	80	$\frac{20}{100} \times 150 = 0.2 \times 150 = 30$	$\frac{15}{100} \times 80 = 0.15 \times 80 = 12$	150 + 30 = 180	80 + 12 = 92
B	175	100	$\frac{12}{100} \times 175 = 0.12 \times 175 = 21$	$\frac{18}{100} \times 100 = 0.18 \times 100 = 18$	175 + 21 = 196	100 + 18 = 118
C	160	75	$\frac{15}{100} \times 160 = 0.15 \times 160 = 24$	$\frac{16}{100} \times 75 = 0.16 \times 75 = 12$	160 + 24 = 184	75 + 12 = 87
D	120	120	$\frac{25}{100} \times 120 = 0.25 \times 120 = 30$	$\frac{20}{100} \times 120 = 0.2 \times 120 = 24$	120 + 30 = 150	120 + 24 = 144
E	200	90	$\frac{8}{100} \times 200 = 0.08 \times 200 = 16$	$\frac{30}{100} \times 90 = 0.3 \times 90 = 27$	200 + 16 = 216	90 + 27 = 117
F	180	60	$\frac{10}{100} \times 180 = 0.1 \times 180 = 18$	$\frac{25}{100} \times 60 = 0.25 \times 60 = 15$	180 + 18 = 198	60 + 15 = 75

इस प्रकार,

गाँव B, D और E में आयात की गयी आलू की कुल औसत मात्रा

$$= \frac{[18+24+27]}{3}$$

$$= \frac{69}{3}$$

$$= 23 \text{ टन}$$

गाँव B, C और F में आयात की गयी प्याज की कुल औसत मात्रा

$$= \frac{[21+24+18]}{3}$$

$$= \frac{63}{3}$$

$$= 21 \text{ टन}$$

इस प्रकार, अभीष्ट अंतर $= 23 - 21$

$$= 2 \text{ टन}$$

अतः विकल्प (A) सही है।

206. दिया गया है,

प्याज या आलू की कुल खपत = प्याज या आलू का उत्पादन + प्याज या आलू की आयात की गयी मात्रा

गाँव A, B और C में प्याज की एक साथ कुल खपत, उन गाँवों में प्याज के कुल उत्पादन से x टन अधिक है और सभी 6 गाँवों में आलू की एक साथ कुल खपत, उन 6 गाँवों में आलू की एक साथ कुल उत्पादन से y टन अधिक है।

हम निम्न तालिका तैयार कर सकते हैं:

गाँव	प्याज का उत्पादन (टन में)	आलू का उत्पादन (टन में)	प्याज की आयात की गयी मात्रा	आलू की आयात की गयी मात्रा	प्याज की खपत	आलू की खपत
A	150	80	$\frac{20}{100} \times 150 =$	$\frac{15}{100} \times 80 =$	150 + 30 =	80 + 12 = 92

जैसा कि दिया गया है:

प्याज या आलू की कुल खपत – प्याज या आलू का उत्पादन = प्याज या आलू की आयात की गयी मात्रा

इस प्रकार,

$x = [30 + 21 + 24]$

$= 75$ टन

और

$y = [12 + 18 + 12 + 24 + 27 + 15]$

$= 108$ टन

इस प्रकार,

$$\sqrt{x} : \sqrt{y} = \sqrt{75} : \sqrt{108}$$

$$= \sqrt{25} : \sqrt{36}$$

$$= 5 : 6$$

अतः विकल्प (D) सही है।

207. दिया गया है,

प्याज या आलू की कुल खपत = प्याज या आलू का उत्पादन + प्याज या आलू की आयात की गयी मात्रा

हम निम्न तालिका तैयार कर सकते हैं:

गाँव	प्याज का उत्पादन (टन में)	आलू का उत्पादन (टन में)	प्याज की आयातित मात्रा	आलू की आयातित मात्रा	प्याज की खपत	आलू की खपत
A	150	80	$\frac{20}{100} \times 150 = 0.2 \times 150 = 30$	$\frac{15}{100} \times 80 = 0.15 \times 80 = 12$	150 + 30 = 180	80 + 12 = 92

B	175	100	$\frac{12}{100} \times 175 = 0.12 \times 175 = 21$	$\frac{18}{100} \times 100 = 0.18 \times 100 = 18$	175 + 21 = 196	100 + 18 = 118
C	160	75	$\frac{15}{100} \times 160 = 0.15 \times 160 = 24$	$\frac{16}{100} \times 75 = 0.16 \times 75 = 12$	160 + 24 = 184	75 + 12 = 87
D	120	120	$\frac{25}{100} \times 120 = 0.25 \times 120 = 30$	$\frac{20}{100} \times 120 = 0.2 \times 120 = 24$	120 + 30 = 150	120 + 24 = 144
E	200	90	$\frac{8}{100} \times 200 = 0.08 \times 200 = 16$	$\frac{30}{100} \times 90 = 0.3 \times 90 = 27$	200 + 16 = 216	90 + 27 = 117
F	180	60	$\frac{10}{100} \times 180 = 0.1 \times 180 = 18$	$\frac{25}{100} \times 60 = 0.25 \times 60 = 15$	180 + 18 = 198	60 + 15 = 75

इस प्रकार,

गाँव G में आलू का कुल उत्पादन $= \dfrac{(80+100+75+120+90+60)}{6}$

$= \dfrac{525}{6}$

$= 87.5$ टन

और, गाँव G में आलू की कुल खपत $= 87.5 \times \left(\dfrac{100}{70}\right)$

$= 125$ टन

इस प्रकार, गाँव G में आलू की प्रति परिवार खपत $= \dfrac{125}{50}$

$= 2.5$ टन

अतः विकल्प (D) सही है।

208. 20 रबर बेचने के बाद, एक दुकानदार 6 पेंसिलों के विक्रय मूल्य के बराबर लाभ कमाता है।

20 पेंसिलों की बिक्री करते समय, एक दुकानदार 8 रबर के विक्रय मूल्य के बराबर हानि प्राप्त करता है।

लाभ और हानि % का संख्यात्मक मान बराबर है और रबर का क्रय मूल्य, पेंसिल के क्रय मूल्य का आधा है।

माना कि रबर का क्रय मूल्य x है, तो पेंसिल का क्रय मूल्य 2x होगा

और रबर और पेंसिल का विक्रय मूल्य क्रमशः a और b है।

अब, प्रश्नानुसार,

20 रबर का क्रय मूल्य = 20x और लाभ = 6b

लाभ% $= \left(\dfrac{6b}{20x}\right) \times 100 = \dfrac{30b}{x}$

इसी प्रकार, 20 पेंसिलों का क्रय मूल्य 40x और हानि = 8a

हानि % $= \left(\dfrac{8a}{40x}\right) \times 100 = \dfrac{20a}{x}$

चूँकि संख्यात्मक मान समान है

$\therefore \dfrac{30b}{x} = \dfrac{20a}{x}$

$\dfrac{a}{b} = \dfrac{3}{2}$

अभीष्ट अनुपात = 3 : 2

अतः विकल्प (B) सही है।

209. तकिये और तकिये की खोली का कुल अंकित मूल्य = 700 रु. + 100 रु. = 800 रु.

हम जानते हैं, विक्रय मूल्य = अंकित मूल्य × (1 - (प्रतिशत छूट)/100)

⇒ 24% छूट के बाद विक्रय मूल्य = 800 रु. × (1 − 24/100) = 608 रु.

जॉन ने इस सौदे का लाभ प्राप्त किया और क्रिस को तकिये की खोली 90 रु. में बेच दी।

⇒ जॉन के लिए तकिये की प्रभावी विक्रय मूल्य = 608 रु. – 90 रु. = 518 रु.

⇒ जॉन 700 रु. की कीमत का तकिया 518 रु. में खरीदता है

छूट प्रतिशत ज्ञात करने के लिए,

518 = 700 × (1 – छूट प्रतिशत/100)

⇒ छूट प्रतिशत = 100 × (1 – 0.74) = 26

∴ प्रभावी छूट 26% होगी।

अतः विकल्प (B) सही है।

210. हम जानते हैं,

यदि S से T तक की चाल 'x' किमी/घंटा है और T से S तक की चाल 'y' किमी/घंटा है तब,

औसत चाल $= \dfrac{2xy}{(x + y)}$

दिया है:

औसत गति = 70

T से S तक की चाल = 80 किमी/घंटा

माना, S से T तक की चाल = x किमी/घंटा

प्रश्नानुसार,

⇒ $70 = \dfrac{(2 \times x \times 80)}{(x+80)}$

⇒ 35(x + 80) = 80x

⇒ 45x = 35 × 80

⇒ $x = \dfrac{35 \times 80}{45}$

⇒ x = 62.22 किमी/घंटा

∴ S से T तक जाने में व्यक्ति की चाल 62.22 किमी/घंटा है।

अतः विकल्प (B) सही है।

211. 10 वर्ष पहले, शक्तिमान की उम्र किल्विष के उम्र का तीन गुना था। अर्थात् किल्विष की उम्र x थी और शक्तिमान की उम्र 3x थी।

वर्तमान में: शक्तिमान की उम्र (3x + 10) है और किल्विष की उम्र (x + 10) है

दस वर्ष बाद: शक्तिमान की उम्र (3x + 10) +10 होगी और किल्विष की उम्र (x + 10) + 10 होगी। दिया गया है कि, दस वर्ष बाद शक्तिमान की उम्र किल्विष के उम्र का दोगुना है।

(3x + 10) +10 = 2 [(x + 10) + 10]

(3x + 20) = 2[x + 20]

समीकरण को हल करने पर, हमें प्राप्त होता है x = 20

शक्तिमान की वर्तमान उम्र = 3 × 20 + 10 = 70 वर्ष

15 वर्ष बाद किल्विष की उम्र = 20 + 10 + 15 = 45 वर्ष

अतः विकल्प (C) सही है।

212. दिया गया,

तेज नाव धीमी नाव की तुलना में X से Y तक की दूरी 1.5 गुना तेज तय करती है।

इसलिए

तेज नाव की अनुप्रवाह गति का धीमी नाव की अनुप्रवाह गति से अनुपात $= 3 : 2$

प्रश्न के अनुसार,

$$3x - 2x = 8$$

$$\Rightarrow x = 8$$

इस प्रकार, तेज नाव की अनुप्रवाह गति $= 24$ किमी/घंटा

इस प्रकार, धीमी नाव की अनुप्रवाह गति $= 16$ किमी/घंटा

माना, शांत जल में तेज नाव की गति ' a ' किमी/घंटा है

तो, शांत जल में धीमी नाव की गति ' $a - 8$ ' किमी/घंटा है

साथ ही, माना धारा की गति 'b' किमी/घंटा है

तो हमारे पास $= a + b = 24 \dots (i)$

$$\frac{D}{a-b} = \frac{1}{2}\left(\frac{D}{a-8-b}\right)$$

$$\Rightarrow 2a - 16 - 2b = a - b$$

$$\Rightarrow a - b = 16 \dots (ii)$$

समीकरण (i) और (ii) से, हम प्राप्त करते हैं

$$a = 20 \text{ किमी/घंटा}$$

तो, धीमी नाव की गति $= a - 8$

$$= 12 \text{ किमी/घंटा}$$

अतः विकल्प (D) सही है।

213. दिया है:

A, 24 दिनों में एक कार्य कर सकता है, B वही कार्य 48 दिनों में कर सकता है और C वही कार्य 72 दिनों में कर सकता है।

गणना:

पहली स्थिति में

A, 24 दिनों में कार्य कर सकता है

B, 48 दिनों में कार्य कर सकता है

C, 72 दिनों में कार्य कर सकता है

⇒ उनकी क्षमता का अनुपात होगा A : B : C $= \frac{1}{24} : \frac{1}{48} : \frac{1}{72} = 6 : 3 : 2$

⇒ A कुल राशि का $\frac{6}{(6+3+2)} = \frac{6}{11}$ प्राप्त करेगा जो 2400 रुपये के बराबर होगा

लेकिन दूसरी स्थिति में केवल A और C कार्य करते हैं

⇒ A : C का क्षमता $= \frac{1}{24} : \frac{1}{72} = 3 : 1$

इसलिए A को अब कुल राशि का $\frac{3}{(1+3)} = \left(\frac{3}{4}\right)$वां भाग प्राप्त होगा जो 3300 रुपये है

∴ A द्वारा अर्जित अतिरिक्त धन = (3300 - 2400) रुपये = 900 रुपये

अतः विकल्प (D) सही है।

214. I. $x = \sqrt{441}$

⇒ x = +21

II. y² – 5y + 6 = 0

⇒ y² – 3y – 2y + 6 = 0

⇒ y(y – 3) – 2(y – 3) = 0

⇒ (y – 3)(y – 2) = 0

⇒ y = 3, 2

x का मान	y का मान	संबंध
+21	3	x > y
+21	2	x > y

इस प्रकार, x > y

अत: विकल्प (A) सही है।

215. I. x² + 7x + 12 = 0

⇒ x² + 4x + 3x + 12 = 0

⇒ x(x + 4) + 3(x + 3) = 0

⇒ (x + 4)(x + 3) = 0

⇒ x = – 4, – 3

II. y² + 3y + 2 = 0

⇒ y² + 2y + y + 2 = 0

⇒ y(y + 2) + 1(y + 2) = 0

⇒ (y + 2)(y + 1) = 0

⇒ y = – 2, – 1

x का मान	y का मान	संबंध

– 4	– 2	y > x
– 4	– 1	y > x
	– 3	– 2	y > x
	– 3	– 1	y > x

$\therefore x < y$

अत: विकल्प (B) सही है।

216. दिया है:

उन मतदाताओं का% जिन्होंने अपना मत नहीं दिया = 30%

अवैध मत = 500

विजेता का हिस्सा = वैध मतों का 60%

अंतर = 2000 मत

माना सूची में मतदाताओं की संख्या x है।

दिए हुए मत = x का = 70% $\Rightarrow \frac{7}{10} \times x$

वैध मत $= \frac{7}{10} \times x - 500$

विजेता का हिस्सा $= 60\%$ हारने वाले का हिस्सा $= 40\%$

मार्जिन = वैध मत का $= 20\%$

$\therefore \frac{1}{5} \times \left[\frac{7}{10} \times x - 500\right] = 2000$

$\Rightarrow x = 15000$

अतः विकल्प (E) सही है।

Ques (217-221): मान लीजिए कि बीकानेर और जोधपुर शहरों में क्रिकेट खेलने वाले खिलाड़ियों की संख्या क्रमशः 20x और 23x है।

$\Rightarrow$ तीनों शहरों में क्रिकेट खेलने वाले खिलाड़ियों की संख्या = 750 + 20x + 23x = 2255

43x = 1505

x = 35

क्रिकेट खिलाड़ी: जयपुर = 750, बीकानेर = 700, जोधपुर = 805

बीकानेर में कबड्डी खेलने वाले खिलाड़ियों की संख्या: 700 + 100 = 800

जयपुर में बेसबॉल खेलने वाले खिलाड़ी: 700

जयपुर में कबड्डी खेलने वाले खिलाड़ी: 700 - 220 = 480

बीकानेर और जोधपुर में बेसबॉल खेलने वाले खिलाड़ियों का अनुपात: 10a : 3a

कबड्डी खेलने वाले सभी और बेसबॉल खेलने वाले सभी खिलाड़ियों का अनुपात: 2b : 3b

शहर	क्रिकेट	कबड्डी	बेसबॉल
जयपुर	750	480	700
बीकानेर	700	800	10a
जोधपुर	805		3a
	2255	2b	3b

217. $\frac{480}{800} \times 100 = 60$

$\therefore$ जयपुर में कबड्डी खेलने वाले खिलाड़ियों की संख्या, बीकानेर में कबड्डी खेलने वाले खिलाड़ियों की संख्या का 60% है।

अत: विकल्प (A) सही है।

218. $3a = \frac{480}{8} \times 13 = 780$

$10a = \frac{780}{3} \times 10 = 2600$

कुल बेसबॉल खिलाड़ी = 700 + 2600 + 780 = 4080

कुल कबड्डी खिलाड़ी $= \frac{4080}{3} \times 2 = 2720$

जोधपुर में कबड्डी खिलाड़ी = 2720 – (480 + 800) = 1440

$\therefore$ जोधपुर में कबड्डी खेलने वाले खिलाड़ियों की संख्या 1440 है।

अत: विकल्प (A) सही है।

219. $\Rightarrow 800 - 700 = 100$

$\Rightarrow \frac{100}{800} \times 100 = 12.5\%$

$\therefore$ आवश्यक अनुपात = 12.5%

अत: विकल्प (B) सही है।

220. जोधपुर में कबड्डी खिलाड़ी हैं: 2720 – (480 + 800) = 1440

कुल बेसबॉल खिलाड़ी: $\frac{2720}{2} \times 3 = 4080$

जोधपुर में बेसबॉल खिलाड़ी हैं : 4080 - (13a + 700)

13a = 3380

a = 260

जोधपुर में बेसबॉल खिलाड़ी = 780

$\therefore$ जोधपुर में कबड्डी और बेसबॉल खिलाड़ियों का अनुपात = 1440 : 780 = 24 : 13

अत: विकल्प (B) सही है।

221. $\therefore$ जयपुर में बेसबॉल खेलने वाले खिलाड़ियों की संख्या 700 है।

अत: विकल्प (D) सही है।

222. हम जानते हैं कि:

$L_t + L_b =$ ट्रेन की गति × पुल को पार करने में लगा समय

$\Rightarrow$ ट्रेन की लंबाई $= L_t$

$\Rightarrow$ पुल की लंबाई $= L_b$

कथन I:

ट्रेन की लंबाई $= L_t$

पुल की लंबाई $(L_b) = 3 \times L_t$

ट्रेन की गति $= 100$ मीटर/सेकंड

पुल को पार करने में लगा समय = 10 सेकंड

$L_t + L_b =$ ट्रेन की गति × पुल को पार करने में लगा समय

$L_t + 3 \times L_t = 100 \times 10$

$4 \times L_t = 1000$

$L_t = 250$ मीटर

पुल की लंबाई $(L_b) = 3 \times L_t = 3 \times 250 = 750$ मीटर

पुल की लंबाई $(L_b) = 750$ मीटर

कथन ॥:

ट्रेन की गति $= S_t$

ट्रेन की लंबाई $= L_t$

पुराने पुल की लंबाई $= L_b$

पुल की नई लंबाई $= L_b + 100$ मीटर

पुराने पुल को पार करने में लगा समय $= T$

पुल की नई लंबाई को पार करने में लगा समय $= T + 10$

$\dfrac{(L_t + L_b + 100\ m)}{S_t} - \dfrac{(L_t + L_b)}{S_t} = 10$ से

सूत्र में हल करने के लिये एक से अधिक चर हैं, जिसका अर्थ हैं अधिक सूत्रों की आवश्यकता हैं। इसलिए, हम उत्तर ज्ञात नही कर सकते।

∴ कथन I प्रश्न का उत्तर देने के लिए पर्याप्त हैं, लेकिन केवल कथन ॥ पर्याप्त नहीं है।

अत: विकल्प (A) सही है।

223. माना मिश्रण की प्रारंभिक मात्रा y लीटर है।

प्रारंभिक मिश्रण में दूध की मात्रा $= \dfrac{7y}{12}$

प्रारंभिक मिश्रण में पानी की मात्रा $= \dfrac{5y}{12}$

शेष मिश्रण में दूध की मात्रा $= \dfrac{7y}{12} - \dfrac{7}{12} \times 36 = \dfrac{7y}{12} - 21$

शेष मिश्रण पर पानी की मात्रा $= \dfrac{5y}{12} - \dfrac{5}{12} \times 36 = \dfrac{5y}{12} - 15$

I से:

$\dfrac{\frac{7y}{12} - 21 + 15}{\frac{5y}{12} - 15 + 5} = \dfrac{5}{3}$

$\Rightarrow \dfrac{\frac{7y}{12} - 6}{\frac{5y}{12} - 10} = \dfrac{5}{3}$

$\Rightarrow 3 \times \left(\dfrac{7y}{12} - 6\right) = 5 \times \left(\dfrac{5y}{12} - 10\right)$

$\Rightarrow \dfrac{7y}{4} - 18 = \dfrac{25y}{12} - 50$

$\Rightarrow \dfrac{25y}{12} - \dfrac{7y}{4} = 50 - 18$

$\Rightarrow \dfrac{(25y - 21y)}{12} = 32$

$\Rightarrow \dfrac{4y}{12} = 32$

$\Rightarrow \dfrac{y}{3} = 32$

$\Rightarrow y = 96$ लीटर

प्रारंभिक मिश्रण में दूध की मात्रा $= \dfrac{7}{12} \times 96 = 56$ लीटर

॥ से:

$\dfrac{\frac{7y}{12} - 21 - \frac{7}{12} \times 24}{\frac{5y}{12} - 15 - \frac{5}{12} \times 24 + 3} = \dfrac{7}{6}$

$\Rightarrow \dfrac{\frac{7y}{12} - 21 - 14}{\frac{5y}{12} - 1510 + 3} = \dfrac{7}{6}$

$\Rightarrow \dfrac{\frac{7y}{12} - 35}{\frac{5y}{12} - 22} = \dfrac{7}{6}$

$\Rightarrow 6 \times \left(\dfrac{7y}{12} - 35\right) = 7 \times \left(\dfrac{5y}{12} - 22\right)$

$\Rightarrow \dfrac{42y}{12} - 210 = \dfrac{35y}{12} - 154$

$\Rightarrow \dfrac{7y}{12} = 56$

$\Rightarrow y = 56 \times \dfrac{12}{7}$

$\Rightarrow y = 96$ लीटर

प्रारंभिक मिश्रण में दूध की मात्रा $= \dfrac{7}{12} \times 96 = 56$ लीटर

इसलिए, यदि या तो कथन I अकेले या कथन ॥ अकेले प्रश्न का उत्तर देने के लिए पर्याप्त है।

अत: विकल्प (C) सही है।

224. कथन I:

पुल की कुल लंबाई = 250 + 330 = 580 मीटर

∴ प्रश्न का उत्तर देने के लिए अकेला कथन I पर्याप्त नहीं है।

कथन ॥:

ट्रेन द्वारा तय की गई कुल दूरी = 5 × 60 × 2 = 600 मीटर

ट्रेन की लंबाई = 600 - 580 = 20 मीटर

केवल कथन ॥ पर्याप्त नहीं है।

∴ कथन I और कथन ॥ मिलकर पर्याप्त हैं, लेकिन दोनों में से कोई भी अकेले प्रश्न का उत्तर देने के लिए पर्याप्त नहीं है।

अतः विकल्प (C) सही है।

225. दिया गया व्यंजक है:

159.8 का 34.85% + 179.9 का ?% = 309.91 का 49.79%

⇒ 160 का 35% + 180 का ?% = 310 का 50%

⇒ 0.35 × 160 + ?% × 180 = 0.5 × 310

⇒ 56 + ?% × 180 = 155

⇒ ?% × 180 = 155 − 56

$\Rightarrow ? = \dfrac{99}{180} \times 100 = 55$

अतः विकल्प (B) सही है।

226. दिया गया व्यंजक है:

$$\sqrt{143.92} \times 183.94 \div 22.93 + 25.86 - 73.21 = ? + 2.09$$

$$\Rightarrow \sqrt{144} \times 184 \div 23 + 26 - 73 = ? + 2$$

$$\Rightarrow ? + 2 = 12 \times 184 \div 23 + 26 - 73$$

$$\Rightarrow ? + 2 = 12 \times \frac{184}{23} + 26 - 73$$

$$\Rightarrow ? + 2 = 12 \times 8 + 26 - 73$$

$$\Rightarrow ? + 2 = 96 + 26 - 73$$

$$\Rightarrow ? = 47$$

अतः विकल्प (C) सही है।

227. दी गई श्रृंखला है:

84, 155, 258, 399, 584, 820

पैटर्न है:

$$4^3 + 4^2 + 4 = 84$$

$$5^3 + 5^2 + 5 = 155$$

$$6^3 + 6^2 + 6 = 258$$

$$7^3 + 7^2 + 7 = 399$$

$$8^3 + 8^2 + 8 = 584$$

$$9^3 + 9^2 + 9 = 819$$

इसलिए गलत संख्या 820 है।

अतः विकल्प (E) सही है।

228. दी गई श्रृंखला है:

21, 31.5, 63, 160, 472.5, 1653.75, 6615

पैटर्न है:

$21 \times 1.5 = 31.5$

$31.5 \times 2 = 63$

$63 \times 2.5 = 157.5$

$157.5 \times 3 = 472.5$

$472.5 \times 3.5 = 1653.75$

$1653.75 \times 4 = 6615$

इसलिए गलत संख्या 160 है।

अतः विकल्प (E) सही है।

229. दी गई श्रृंखला है:

304, 305, 310, 340, 404, 529, 745

पैटर्न है:

$$304 + 1^2 \times 1 = 305$$

$$305 + 2^2 \times 2 = 313$$

$$313 + 3^2 \times 3 = 340$$

$$340 + 4^2 \times 4 = 404$$

$$404 + 5^2 \times 5 = 529$$

$$529 + 6^2 \times 6 = 745$$

इसलिए गलत संख्या 310 है।

अतः विकल्प (A) सही है।

230. दी गई श्रृंखला है:

7, 12.5, 30, 56.5, 95, 144.5, 205

पैटर्न है:

$7 + 0.5 \times 11 = 12.5$

$12.5 + 1.5 \times 11 = 29$

$29 + 2.5 \times 11 = 56.5$

$56.5 + 3.5 \times 11 = 95$

$95 + 4.5 \times 11 = 144.5$

$144.5 + 5.5 \times 11 = 205$

इसलिए गलत संख्या 30 है।

अतः विकल्प (C) सही है।

231. चूँकि पहले और दूसरे किस्म के चाय को समान अनुपात में मिलाया गया है, तो उनका औसत कीमत निम्न होगा।

पहले और दूसरे किस्म के मिश्रण के 1 किलो की कीमत $= \frac{125+136}{2} = \frac{261}{2} = 130.50$

अब हम कह सकते हैं कि मिश्रण को 130.50 रूपए प्रति किलो वाले चाय को x रूपए प्रति किलो (माना कि) वाले अन्य किस्म के साथ मिलाकर बनाया गया है। और उनका अनुपात (1 + 1) : 2 या 2 : 2 या 1 : 1 होगा।

अब आवश्यक मात्राओं को जानने के लिए हम दिए गए मात्रा का उपयोग उन्हें सूत्र में रख कर सकते हैं।

तीसरे किस्म के चाय के 1 किलो की कीमत = महंगे वस्तु की कीमत = d = x रूपए

पहले और दूसरे किस्म के मिश्रण के 1 किलो की कीमत = सस्ते वस्तु की कीमत = 130.50 रूपए

माना कि सभी तीनों किस्मों के मिश्रण के 1 किलो की कीमत = औसत कीमत = m = 154 रूपए

आवश्यक दर = (सस्ती वस्तु की कीमत)/(महंगी वस्तु की कीमत) $= \frac{d-m}{m-c}$

$$\Rightarrow 11 = \frac{x-154}{154-130.50} = \frac{x-154}{23.50}$$

$\Rightarrow x - 154 = 23.50$

$\Rightarrow x = 23.50 + 154$

$\Rightarrow x = 177.50$ रूपए प्रति किलो

अतः विकल्प (C) सही है।

232. सर्वेक्षण में कुल परिवारों की संख्या = 20000

∴ कस्बे B से परिवारों की संख्या = 20000 × 0.15 = 3000

कस्बे C से परिवारों की संख्या = 20000 × 0.25 = 5000

कस्बे D से परिवारों की संख्या = 20000 × 0.2 = 4000

∴ कस्बे B, C और D के परिवारों को दी गयी चावल की कुल मात्रा = 3000 × 12 + 5000 × 8 + 4000 × 16

= 36000 + 40000 + 64000

= 140000 किग्रा

अतः विकल्प (C) सही है।

233. कस्बे E में वितरित किये गये गेहूँ की मात्रा $= 20000 \times 0.24 \times 15 = 72000$

कस्बे A में वितरित किये गये चावल की मात्रा $= 20000 \times 0.16 \times 10 = 32000$

∴ आवश्यक प्रतिशत $= \dfrac{72000}{32000} \times 100 = 225\%$

अतः विकल्प (B) सही है।

234. सर्वेक्षण में परिवारों की कुल संख्या = 20000

∴ कस्बे D से परिवारों की संख्या = 20000 × 0.20 = 4000

बार-ग्राफ के अनुसार, प्रत्येक परिवार को 16 किग्रा चावल और 10 किग्रा गेहूँ प्राप्त होता है;

सरकार के लिए कीमत = 4000 × (16 × 25 + 10 × 18)

⇒ 4000 × 580 = 2320000 रुपए

कस्बे D से एकत्र धनराशी = 4000 × (16 × 3 + 10 × 2)

⇒ 4000 × 68 = 272000 रुपए

∴ कस्बे D से सरकार की हानि की धनराशी = 2320000 – 272000 = 2048000 रुपए

अतः विकल्प (E) सही है।

235. सर्वेक्षण में कुल परिवारों की संख्या = 20000;

∴ कस्बे B से परिवारों की संख्या = 20000 × 0.15 = 3000

कस्बे C से परिवारों की संख्या = 20000 × 0.25 = 5000

चूँकि चावल की कीमत 3 रुपए प्रति किग्रा और गेहूँ की कीमत 2 रुपए प्रति किग्रा है;

∴ कस्बे B से एकत्र की गयी धनराशी = 3000 × (12 × 3 + 18 × 2)

⇒ 3000 × 72 = 216000 रुपए

और

कस्बे C से एकत्र की गयी धनराशी = 5000 × (8 × 3 + 12 × 2)

⇒ 5000 × 48 = 240000 रुपए

∴ कस्बे B और C से एकत्र की गयी कुल धनराशी में अंतर = 240000 – 216000 = 24000 रुपए

अतः विकल्प (A) सही है।

236. कस्बे A को वितरित की गयी चावल की मात्रा = 20000 × 0.16 × 10 = 32000 किग्रा

कस्बे A को वितरित की गयी गेहूँ की मात्रा = 20000 × 0.16 × 15 = 48000 किग्रा

कस्बे B को वितरित की गयी चावल की मात्रा = 20000 × 0.15 × 12 = 36000 किग्रा

कस्बे B को वितरित की गयी गेहूँ की मात्रा = 20000 × 0.15 × 18 = 54000 किग्रा

कस्बे C को वितरित की गयी चावल की मात्रा = 20000 × 0.25 × 8 = 40000 किग्रा

कस्बे C को वितरित की गयी गेहूँ की मात्रा = 20000 × 0.25 × 12 = 60000 किग्रा

कस्बे D को वितरित की गयी चावल की मात्रा = 20000 × 0.20 × 16 = 64000 किग्रा

कस्बे D को वितरित की गयी गेहूँ की मात्रा = 20000 × 0.20 × 10 = 40000 किग्रा

कस्बे E को वितरित की गयी चावल की मात्रा = 20000 × 0.24 × 15 = 72000 किग्रा

कस्बे E को वितरित की गयी गेहूँ की मात्रा = 20000 × 0.24 × 15 = 72000 किग्रा

∴ चावल की कुल मात्रा = 32000 + 36000 + 40000 + 64000 + 72000 = 244000 किग्रा

गेहूँ की कुल मात्रा = 48000 + 54000 + 60000 + 40000 + 72000 = 274000 किग्रा

∴ पाँचों कस्बों के लिए वितरित किये गये चावल की औसत मात्रा $= \dfrac{244000}{5} = 48800$ किग्रा

पाँचों कस्बों के लिए वितरित किये गये गेहूँ की औसत मात्रा $= \dfrac{274000}{5} = 54800$ किग्रा

अतः विकल्प (B) सही है।

237. दिया है:

I. $x^2 + 53x + 102 = 0$

II. $y^2 + 54y + 200 = 0$

गणना:

I. $x^2 + 53x + 102 = 0$

$\Rightarrow x^2 + 51x + 2x + 102 = 0$

$\Rightarrow x(x + 51) + 2(x + 51) = 0$

$\Rightarrow (x + 51)(x + 2) = 0$

$\Rightarrow x = (-51), (-2)$

II. $y^2 + 54y + 200 = 0$

$\Rightarrow y^2 + 50y + 4y + 200 = 0$

$\Rightarrow y(y + 50) + 4(y + 50) = 0$

$\Rightarrow (y + 50)(y + 4) = 0$

$\Rightarrow y = (-50), (-4)$

'x' का मान	'y' का मान	संबंध
-51	-50	x < y
-51	-4	x < y
-2	-50	x > y
-2	-4	x > y

जब हम ऊपर दी गई तालिका में 'x' और 'y' के मानों की तुलना करते है, तब हमे ज्ञात होता है कि x और y के बीच दों संबंध हैं अर्थात $>$ और $<$ तो, एक संबंध को परिभाषित नहीं किया जा सकता है।

$\therefore x = y$ या x और y के बीच संबंध स्थापित नहीं किया जा सकता है।

अत: विकल्प (D) सही है।

238. दिया है:

(7 पुरुष + 6 महिलाएं) 5 व्यक्तियों को एक समिति के लिए चुना जाना है।

सूत्र:

$${}^{n}C_{r} = \dfrac{n!}{(n-r)!\, r!}$$

गणना:

वह तरीके जिनसे कम से कम 3 पुरुषों का चयन किया जाता है;

$\Rightarrow$ 3 पुरुष $+2$ महिलाएं

$\Rightarrow$ 4 पुरुष $+1$ महिला

$\Rightarrow$ 5 पुरुष $+0$ महिला

तरीकों की संख्या $= {}^{7}C_{3} \times {}^{6}C_{2} + {}^{7}C_{4} \times {}^{6}C_{1} + {}^{7}C_{5} \times {}^{6}C_{0}$

$\Rightarrow \dfrac{7!}{(3!\times 4!)} \times \dfrac{6!}{(2!\times 4!)} + \dfrac{7!}{(4!\times 3!)} \times \dfrac{6!}{(1!\times 5!)} + \dfrac{7!}{(5!\times 2!)} \times \dfrac{6!}{(6!\times 0!)}$

$\Rightarrow 35 \times 15 + 35 \times 6 + 21$

$\Rightarrow 735 + 21 = 756$

$\therefore$ अभीष्ट तरीकों की संख्या = 756

अत: विकल्प (D) सही है।

239. दिया है:

अजय का प्रारंभिक निवेश = ₹ 35000

रोहित का प्रारंभिक निवेश = ₹ 28000

रोहन का प्रारंभिक निवेश = ₹ 56000

कुल लाभ = ₹ 154000

प्रयुक्त अवधारणा:

लाभ = निवेश × समयावधि

गणना:

अजय ने 12 महीनों के लिए 35000 का निवेश किया,

अजय का कुल निवेश = (35000 × 12)

= 420000

रोहित ने 6 महीनों के लिए 28000 और अगले 6 महीनों के लिए $\frac{1}{2} \times (28000)$ का निवेश किया,

रोहित का कुल निवेश = [(28000 × 6) + (14000 × 6)]

= 252000

रोहन ने 6 महीनों के लिए 56000 और अगले ने 6 महीनों के लिए $\frac{1}{2} \times$ (56000) का निवेश किया,

रोहन का कुल निवेश = [(56000 × 6) + (28000 × 6)]

= 504000

लाभ का अनुपात = 420000 : 252000 : 504000

$\Rightarrow$ 5x : 3x : 6x = 14x

$\Rightarrow$ 14x = 154000

$\Rightarrow$ x = 11000

रोहित का लाभ = 3x = 3 × 11000

$\therefore$ रोहित का लाभ ₹ 33000 है।

अत: विकल्प (D) सही है।

240.

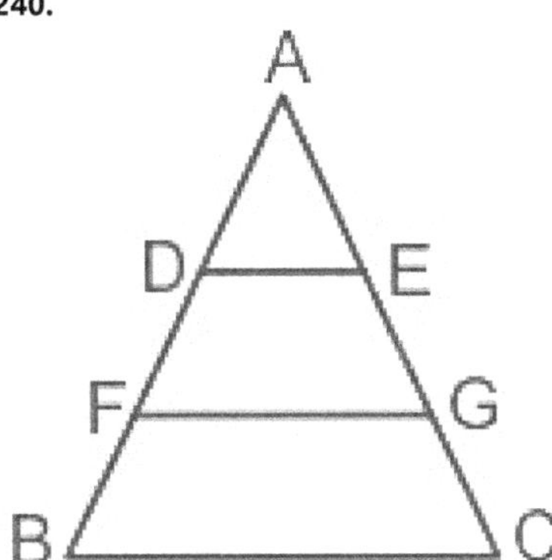

माना कि AD = DF = FB = x इकाई और AE = EG = GC = y इकाई

प्रश्नानुसार,

$\Rightarrow$ ΔADE का क्षेत्रफल/ΔABC का क्षेत्रफल $= \left(\dfrac{AD}{AB}\right)^{2}$

$\Rightarrow$ ΔADE का क्षेत्रफल $/63 = \left(\dfrac{x}{3x}\right)^{2}$

$\Rightarrow$ ΔADE का क्षेत्रफल $= 63 \times \dfrac{1}{9}$

$\Rightarrow$ ΔADE का क्षेत्रफल = 7

प्रश्नानुसार,

$\Rightarrow$ ΔAFG का क्षेत्रफल/ΔABC का क्षेत्रफल $= \left(\dfrac{AF}{AB}\right)^{2}$

$\Rightarrow$ ΔAFG का क्षेत्रफल $/63 = \left(\dfrac{2x}{3x}\right)^{2}$

$\Rightarrow$ ΔAFG का क्षेत्रफल $= 63 \times \dfrac{4}{9}$

⇒ ΔAFG का क्षेत्रफल = 28

∴ चतुर्भुज DEGF का क्षेत्रफल = (ΔAFG - ΔADE) का क्षेत्रफल = (28 - 7) = 21 वर्ग इकाई

अत: विकल्प (C) सही है।

Reasoning

Q.1 निर्देश: नीचे दिए गए प्रश्न में एक कथन दिया गया है, जिसका तीन तर्क I, II और III अनुसरण करते हैं। आपको यह बताना है कि कौन सा तर्क 'मजबूत' तर्क है और कौन सा तर्क 'कमजोर' तर्क है और तदनुसार प्रत्येक प्रश्न के नीचे दिए गए विकल्पों के आधार पर अपने उत्तर का चयन करना है।

कथन: गौतम अडानी के नेतृत्व वाला समूह केएसके महानदी सहित सात परियोजनाओं में से तीन तनावयुक्त बिजली परियोजनाओं का अधिग्रहण करने के लिए सर्वोत्तम बोली लगाने वाले समूह के रूप में उभरा था, जो कि इनसॉल्वेंसी कोड के बाहर प्रस्तावित थे। लेकिन एक नए विकास में, केएसके महानदी से उत्पन्न बिजली का एक तिहाई हिस्सा खरीदने वाली कंपनी यूपीपीसीएल प्रतिबद्ध धनापूर्ति पर विचार कर रही है, जो बाद में 1 फरवरी से 32 पैसे प्रति यूनिट की छूट के बदले अपनी वित्तीय प्रतिबद्धताओं को पूरा करने में मदद करेगी।

निम्नलिखित में से कौन सा तर्क सर्वोत्तम रूप में उपरोक्त कथन को कमजोर करता है?

तर्क:

I. तनावग्रस्त-केएसके महानदी विद्युत कंपनी को आकस्मिक सफलता मिल सकती है क्योंकि उत्तर प्रदेश विद्युत वितरण कंपनी खरीदी गई बिजली की कीमत पर छूट के बदले कंपनी को प्रतिबद्ध नकद भुगतान पर विचार कर रही है; लेकिन विकास संभावित रूप से पूर्व के आवेदक, अडानी समूह के लिए एक अवरोधक हो सकता है।

II. केएसके महानदी ने यूपीपीसीएल को बताया कि उनके द्वारा भुगतान न किए जाने के परिणामस्वरूप, विद्युत उत्पादक पावर ग्रिड कॉर्पोरेशन ऑफ इंडिया के साथ अपने भुगतान आबंध को पूरा करने में असमर्थ था, जो ट्रांसमिशन लाइनों को संचालित करती है और पर्याप्त कोयला खरीदने में असमर्थ थी।

III. यूपीपीसीएल ने इस बात पर सहमति जताई कि पर्याप्त धनापूर्ति प्रदान करने की आवश्यकता है जिसके द्वारा संयंत्र अपने संचालन, अर्थात पीजीसीआईएल को हस्तांतरण शुल्क और कोयला एवं संचालन और रखरखाव भुगतान आबंध को पूरा कर सकता है जो कि प्रेषण में बाधा थी, हालांकि संयंत्र तकनीकी रूप से उपलब्ध था।

A. सभी प्रबल हैं।

B. III और II को छोड़कर सभी प्रबल हैं।

C. II और I को छोड़कर सभी प्रबल हैं।

D. केवल II प्रबल है।

E. कोई प्रबल नहीं है।

Ques (2-3):निर्देश: निम्नलिखित प्रश्नों में, चिह्नों @, $, *, © और # का प्रयोग नीचे दर्शाए गए अर्थों के साथ किया गया है:

'M @ N' का अर्थ है कि 'M, N से बड़ा है'।

'M $ N' का अर्थ है कि 'M, N से छोटा है'।

'M * N' का अर्थ है कि 'M, या तो N से बड़ा या बराबर है'।

'M © N' का अर्थ है कि 'M, या तो N से छोटा या बराबर है'।

'M # N' का अर्थ है कि 'M, N के बराबर नहीं है'।

अब निम्नलिखित प्रत्येक प्रश्न में, दिए गए कथनों को सत्य मानते हुए, ज्ञात कीजिये कि दिए गए निष्कर्षों में से कौन सा/कौन से निष्कर्ष निश्चित रूप से सत्य है/हैं?

Q.2 कथन:

A © B, E $ F, C # B, E $ D, C * D,

निष्कर्ष:

I. C @ F

II. C $ E

III. A @ D

A. केवल निष्कर्ष II सत्य है

B. निष्कर्ष II और III दोनों सत्य हैं

C. या तो निष्कर्ष I या फिर II सत्य है

D. केवल निष्कर्ष I सत्य है

E. कोई निष्कर्ष सत्य नहीं है

Q.3 कथन:

E @ F, H $ G, F * G, H # I, K © I

निष्कर्ष:

I. H $ E

II. K © H

III. E @ G

A. केवल निष्कर्ष II सत्य है

B. निष्कर्ष I और II दोनों सत्य हैं

C. निष्कर्ष I और III दोनों सत्य हैं

D. सभी निष्कर्ष सत्य हैं

E. कोई निष्कर्ष सत्य नहीं है

Ques (4-5):निर्देश: नीचे दिए गए प्रश्न में एक प्रश्न और उसके नीचे I, II और III से अंकित तीन कथन दिए गए हैं। आपको यह तय करना है कि कथनों में दिए गए आँकड़ें प्रश्न का उत्तर देने के लिए पर्याप्त है या नहीं।

Q.4 आठ सदस्य - A, B, C, D, E, F, G और H एक वृत्ताकार मेज़ के चारों ओर मध्य के सम्मुख होकर बैठे हैं और सभी अलग-अलग व्यवसायों जैसे कि वकील, चिकित्सक, गायक, इंजिनीयर, क्लर्क, प्रबंधक, टाइपिस्ट और वेटर से संबंधित हैं।

इंजिनीयर के विपरीत बैठे व्यक्ति का व्यवसाय ज्ञात कीजिये?

I. क्लर्क, F (गायक) के विपरीत बैठता है जो कि वकील और इंजिनीयर के बगल में बैठता है।

II. C टाइपिस्ट है और वह डॉक्टर जो कि उसके बाएँ ओर बैठता है और क्लर्क के मध्य बैठता है।

III. क्लर्क, प्रबंधक के बगल में और वेटर, इंजिनीयर के विपरीत नहीं बैठता है।

A. सभी कथन आवश्यक हैं

B. केवल कथन II ही पर्याप्त है

C. केवल I या II और III पर्याप्त हैं

D. I और III दोनों

E. इनमें से कोई भी नहीं

Q.5 एक पंक्ति में पांच व्यक्ति: P, Q, R, S और T उत्तर के सम्मुख बैठे हैं। ज्ञात कीजिये कि पंक्ति के मध्य में कौन बैठा है।

कथन I: P और Q एक दूसरे के आसन्न बैठे हैं। T, P के दायीं ओर से दूसरे स्थान पर बैठा है।

कथन II: Q और R के मध्य व्यक्तियों की संख्या, P और T के मध्य व्यक्तियों की संख्या के समान है।

कथन III: S, P के दायीं ओर से तीसरे स्थान पर बैठा है जो Q के निकटतम बाएं है।

A. प्रश्न का उत्तर देने के लिए कोई भी दो कथन पर्याप्त हैं

B. प्रश्न का उत्तर देने के लिए सभी कथन एकसाथ आवश्यक हैं

C. प्रश्न का उत्तर देने के लिए कथन I और II एकसाथ पर्याप्त हैं

D. प्रश्न का उत्तर देने के लिए कथन II और III एकसाथ पर्याप्त हैं

E. प्रश्न का उत्तर देने के लिए कथन I और III एकसाथ पर्याप्त हैं

Ques (6-7):निर्देश: नीचे प्रश्न में तीन कथन और उसके बाद I, II और III से अंकित तीन निष्कर्ष दिए गये हैं। आपको दिए गये कथनों को सत्य मानना है, भले ही वे ज्ञात तथ्यों से अलग प्रतीत होते हों। सभी निष्कर्षों को पढ़िए और निर्णय कीजिए कि दिये गये निष्कर्षों में से कौन-सा/कौन-से निष्कर्ष ज्ञात तथ्यों को नजरंदाज करने पर कथनों का तार्किक रूप से अनुसरण करता है/करते हैं।

Q.6 कथन:

कुछ कबूतर मोर हैं

केवल कुछ मोरनी मोर हैं

सभी मोरनी पेंगवीन है

निष्कर्ष:

I. सभी मोर के मोरनी होने की संभावना है

II. कुछ पेंगवीन कबूतर हैं

III. कुछ कबूतर के पेंग्विन होने की संभावना है

A. केवल I अनुसरण करता है।

B. केवल II अनुसरण करता है।

C. केवल III अनुसरण करता है।

D. केवल I और III अनुसरण करता है।

E. केवल I और II अनुसरण करता है।

Q.7 कथन:

कुछ चॉकलेट कैंडीज हैं

केवल कुछ कोयले कैडबरी हैं

कोई कैडबरी कैंडीज नहीं है

निष्कर्ष:

I. कुछ कोला के कैंडीज होने की संभावना है

II. सभी चॉकलेट के कैंडीज होने की संभावना है

III. कुछ कैडबरी कैंडीज हैं

A. केवल I अनुसरण करता है।

B. केवल I और II अनुसरण करता है।

C. केवल II अनुसरण करता है।

D. केवल I और III अनुसरण करता है।

E. इनमें से कोई अनुसरण नहीं करता है।

Q.8 निर्देश: नीचे दिए गए एक प्रश्न के बाद एक पैसेज है। उस विकल्प का चयन कीजिये जो प्रश्न का सबसे अच्छा उत्तर देता है।

कोचिंग संस्थान में पढ़ने वाले 68% छात्रों ने अपने एसएससी बोर्डों में 9.0 सीजीपीए से ऊपर का स्कोर किया, जबकि कोचिंग संस्थान B में पढ़ने वाले केवल 37% छात्रों ने अपने एसएससी बोर्डों में 9.0 सीजीपीए से ऊपर का स्कोर किया। यह इंगित करता है कि संस्थान A में शैक्षिक सुविधाएं संस्थान B में उन लोगों से बेहतर हैं। निम्नलिखित में से कौन सा कथन लेखक द्वारा तैयार निष्कर्ष को चुनौती देता है?

A. एसएससी बोर्डों के लिए संस्थान B ने दिए गए पाठ्यक्रम का 5% कवर नहीं किया था।

B. संस्थान A योग्यता आधारित प्रवेश प्रणाली का अनुसरण करता है।

C. संस्थान A में शिक्षकों को शिक्षण क्षेत्र में न्यूनतम 6 वर्ष का अनुभव है।

D. संस्थान A ने छात्रों के लिए नियमित मॉक टेस्ट आयोजित किए।

E. इनमें से कोई नहीं

Ques (9-13):निर्देश: इस प्रश्न में निम्न कूट प्रणाली के आधार पर A, B, C, D से अंकित शब्दों को अंकों/चिह्नों के समूह द्वारा प्रदर्शित किया गया है।

समूह (शब्द- अंक/चिह्न) जो दी गई शर्तों को पूरा करते हों, उन्हें अपने उत्तर के रूप में अंकित कीजिए। यदि अंक/चिह्न के चारों सयोंजनों में से कोई भी शब्द के सही रूप को न दर्शाता हो, तब अपने उत्तर के रूप में (E) यानी कि 'इनमें से कोई नहीं' अंकित कीजिए।

वर्णों में सभी स्वर छोड़े गए हैं और शेष व्यंजन को निम्न प्रकार से कूट किया गया है:

B को 1, C को 2, D को 3, इसी तरह से 5 तक, और फिर से 1, 2,... 5 से आरम्भ करते हुए, 1, 2 ..... Z तक कूट किया गया है।

शर्तें:

I. यदि शब्द, स्वर से आरम्भ और व्यंजन से समाप्त हों, तब दोनों का कूट ¥ होगा।

II. यदि शब्द, व्यंजन से आरम्भ और स्वर से समाप्त हों, तब दोनों का कूट € होगा।

III. यदि शब्द, या व्यंजन से आरम्भ और समाप्त या फिर स्वर से आरम्भ और समाप्त हों (यानी दोनों व्यंजन या दोनों स्वर होने चाहिए) तब दोनों का कूट % होगा।

IV. यदि पहले और अंतिम शब्द के बीच में स्वर विद्यमान हो और उस स्वर के बाद आने वाला व्यंजन M से पहले आए तब, स्वर का कूट & होगा और व्यंजन का कूट + होगा।

V. यदि पहले और अंतिम शब्द के बीच में स्वर विद्यमान हो और उस स्वर के बाद आने वाला व्यंजन M के बाद आए, तब स्वर का कूट # होगा और व्यंजन का कूट $ होगा।

Q.9 निम्न में से कौन-सा विकल्प सत्य है?

A. SPRING = %25&+%

B. KING = %#$%

C. PLANT = %4#+%

D. WASTE = €#$1€

A. B और C

B. A और B

C. B और D

D. A, B और C

E. इनमें से कोई नहीं

Q.10 निम्न में से कौन सा विकल्प असत्य है?

A. HISTORY = %#$1#$%

B. SUFO= €&+€

C. CART = %#$%

D. MONTH = %#$2%

A. B

B. A, B और C

C. C और D

D. D

E. इनमें से कोई नहीं

Q.11 निम्न में से कौन सा/से विकल्प असत्य है/हैं?

A. LADY = %&+%

B. WORK = %#$%

C. WATCH = €#$2€

D. ROCK = %$+%

A. A और B

B. C और D

C. A, B और C

D. B, C और D

E. इनमें से कोई नहीं

Q.12 निम्न में से कौन सा/से विकल्प सत्य है/हैं?

A. LIST = %$+%

B. LIGHT = €1$€

C. STORY = %1#$%

D. JACK = €$4%

A. C

B. A और D

C. B और C

D. A, C और D

E. इनमें से कोई नहीं

Q.13 निम्न में से कौन सा सत्य है?

A. GLORY = %4#$%

B. FIVE = €#$€

C. ELSE = %42%

D. TILE = €&+€

A. A और D

B. B और D

C. A, B और D

D. A

E. इनमें से कोई नहीं

Ques (14-18):निर्देश: निम्नलिखित जानकारी का ध्यानपूर्वक अध्ययन कीजिए और दिए गए प्रश्नों के उत्तर दीजिए:

एक गोलाकार मेज के चारों ओर सभी आठ छात्र इस प्रकार बैठे हैं जिससे 3 छात्र केंद्र के सम्मुख हैं और शेष छात्र केंद्र के विपरीत सम्मुख हैं लेकिन जरुरी नहीं है कि क्रम समान हो।

O और T के बीच दो छात्रों का अंतराल है और दोनों विपरीत दिशा के सम्मुख हैं। P, O के दायीं ओर से तीसरे स्थान पर बैठा है। Q, T के विपरीत बैठा है और T के समान दिशा के सम्मुख है। M ना तो T और ना ही P का पड़ोसी है। M और P के बीच तीन छात्रों का अंतराल है और दोनों एक-दूसरे के विपरीत दिशा के सम्मुख हैं। M उस दिशा के विपरीत दिशा के सम्मुख है जिस दिशा के सम्मुख Q है। N और S के बीच तीन छात्रों का अंतराल है और दोनों केंद्र से विपरीत सम्मुख हैं। R, N के दायीं ओर से दूसरे स्थान पर बैठा है और R के दोनों पड़ोसी R के विपरीत दिशा के सम्मुख हैं। R केंद्र के सम्मुख है।

Q.14 N के दायीं ओर से तीसरे स्थान पर कौन बैठा है?

A. R

B. P

C. T

D. Q

E. उपरोक्त में से कोई नहीं

Q.15 Q, T के किस दिशा में बैठा है?

A. दायें से चौथा

B. बाईं ओर चौथा

C. दायीं ओर तीसरा

D. बाएँ से तीसरा

E. (A) और (B) दोनों

Q.16 यदि N, R से उसी तरीके से संबंधित है जिस तरीके से T, P से संबंधित है, तो Q निम्न में से किस व्यक्ति से संबंधित है?

A. P

B. N

C. M

D. S

E. इनमें से कोई नहीं

Q.17 M के बायीं ओर से दूसरे स्थान पर कौन बैठा है?

A. Q

B. O

C. R

D. T

E. इनमें से कोई नहीं

Q.18 O के विपरीत कौन बैठा है?

A. R

B. S

C. T

D. Q

E. इनमें से कोई नहीं

Ques (19-23):निर्देश: दिए गए प्रश्न का ध्यानपूर्वक अध्ययन कीजिये और प्रश्न का उत्तर दीजिये।

आठ मित्र - मनोज, मणि, मोहन, मनु, मंजू मीना, मधु और महेश एक पंक्ति में बैठे हैं और वे सभी उत्तर दिशा के सम्मुख हैं। उनका इसी क्रम में बैठना आवश्यक नहीं है।

मंजू और मनु के बीच चार व्यक्ति बैठे हैं, लेकिन उनमें से कोई भी पंक्ति के किसी भी अंतिम छोर पर नहीं बैठा है। मंजू और मोहन, जो मीना के निकटतम दाएं बैठा है, के बीच दो व्यक्ति बैठे हैं। मीना और मधु, जो पंक्ति के किसी भी अंतिम छोर पर नहीं बैठी है, के बीच केवल एक व्यक्ति बैठा है। मणि, मोहन और मनोज के ठीक बीच में बैठा है। मधु, महेश के बाएं दूसरे स्थान पर बैठी है।

Q.19 मणि और मोहन के ठीक बीच में कौन बैठा है?

A. मंजू   B. मनोज   C. मीना   D. मनु

E. महेश

Q.20 मनु के निकटतम पड़ोसी कौन हैं?

A. मधु और महेश

B. महेश और मोहन

C. मीना और मोहन

D. मणि और मोहन

E. उपरोक्त में से कोई नहीं

Q.21 मोहन के बाएं दूसरे स्थान पर कौन बैठा है?

A. मीना   B. मधु   C. महेश   D. मणि

E. मनोज

Q.22 मंजू के निकटतम बाएं कौन बैठा है?

A. मणि   B. मनोज   C. मीना   D. मोहन

E. महेश

Q.23 पंक्ति के अंतिम दाएं छोर पर कौन बैठा है?

A. मनु   B. मनोज   C. मधु   D. मीना

E. महेश

Ques (24-25):निर्देश: निम्नलिखित जानकारी का ध्यानपूर्वक अध्ययन कीजिये और निचे दिए गए प्रश्न का उत्तर दीजिये:

यदि 'T @ U' का अर्थ है 'U, T का पिता है'

यदि 'T # U' का अर्थ है 'U, T की मां है'

यदि 'T $ U' का अर्थ है 'U, T की पत्नी है'

यदि 'T + U 'का अर्थ है 'U, T की बहन है'

यदि 'T% U' का अर्थ है 'U, T का पुत्र है'

Q.24 दिए गए व्यंजकों में से कौन-सा दर्शाता है कि T, S की की भाभी है?

A. T % C @ U % R + S

B. U + T % R @ C # S

C. S @ C % R $ T + U

D. T + U % C @ R % S

E. इनमें से कोई नहीं

Q.25 निम्नलिखित में से कौन सा विकल्प असत्य है यदि व्यंजक 'R + E % M @ K # H' निश्चित रूप से सत्य है?

A. H, M की दादी है

B. K, R का साला है

C. H, E की सास है

D. M, R का भतीजा है

E. R, K की भाभी है

Ques (26-30):निर्देश: निम्न जानकारी का ध्यानपूर्वक अध्ययन कीजिये और निम्नलिखित प्रश्न का उत्तर दीजिये।

दस व्यक्ति अलग-अलग वर्षों में इस प्रकार पैदा हुए थे कि सभी की उम्र अलग-अलग हैं। साथ ही, उनमें से प्रत्येक एक-दूसरे से संबंधित है। आयु की सभी गणना वर्ष 2019 के आधार पर की जानी है।

रितिका और लवली की उम्र का अंतर 9 वर्ष है जो तान्या और मीनाक्षी की उम्र के बीच के अंतर के समान है। नकुल 21 वर्ष का है। नकुल और मीनाक्षी की आयु का अंतर 4 का पूर्ण वर्ग है। केवल तीन व्यक्ति प्रतीक से छोटे हैं। तान्या और प्रतीक की उम्र के बीच का अंतर नकुल की उम्र के बराबर है। मीनाक्षी, प्रतीक से बड़ी है। सोनल, प्रतीक से 11 वर्ष छोटी है। जितने लोग सोनल से छोटे हैं, उतने ही लवली से भी बड़े हैं। रितिका और सोनल की उम्र का योग 91 वर्ष है। लवली और उर्वशी की उम्र का अंतर सोनल की उम्र के बराबर है। क़ामिश, उर्वशी से 24 वर्ष छोटा है। उर्वशी और क़ामिश की उम्र के बीच का अंतर क़ामिश और ओपल के उम्र के बीच के अंतर के समान है। रितिका, लवली से ठीक बड़ी है। प्रतीक की आयु एक वर्ग है। सबसे छोटे व्यक्ति का कोई भाई-बहन नहीं है।

Q.26 तान्या और प्रतीक के बीच कितने व्यक्ति पैदा हुए हैं?

A. तीन

B. पाँच

C. दो

D. जानकारी अपर्याप्त है

E. इनमें से कोई नहीं

Q.27 2019 के आधार पर रितिका और क़ामिश की कुल आयु क्या है?

A. 105 वर्ष

B. 107 वर्ष

C. 103 वर्ष

D. जानकारी अपर्याप्त है

E. इनमें से कोई नहीं

Q.28 उर्वशी और सोनल की कुल उम्र और सोनल और मीनाक्षी की कुल उम्र में कितना अंतर है?

A. 22 वर्ष

B. 27 वर्ष

C. 15 वर्ष

D. 17 वर्ष

E. इनमें से कोई नहीं

Q.29 निम्नलिखित में से कौन 1973 के ठीक पहले पैदा हुआ था?

A. उर्वशी

B. क़ामिश

C. सोनल

D. प्रतीक

E. इनमें से कोई नहीं

Q.30 निम्नलिखित पांच में से चार अपनी स्थिति के आधार पर एक निश्चित तरीके से समान हैं। निम्नलिखित में से कौन-सा उस समूह से संबंधित नहीं है?

A. उर्वशी

B. लवली

C. सोनल

D. रितिका

E. तान्या

Ques (31-35):निर्देश: निम्नलिखित जानकारी का ध्यानपूर्वक अध्ययन कीजिये और प्रश्नों के उत्तर दीजिये।

सात अलग-अलग बॉक्स A, B, C, D, E, F और G में सात अलग-अलग फल अर्थात् केले, अमरूद, अंगूर, सेब, पपीता, लीची और स्ट्रॉबेरी रखे गए हैं और उन्हें एक के ऊपर एक व्यवस्थित किया जाता है। व्यवस्था में सबसे नीचे स्थित बॉक्स को संख्या 1 और, उसके ऊपर के बॉक्स को संख्या 2 और इसी तरह आगे संख्याएं अंकित की गयी है। प्रत्येक डिब्बे का भार अलग होता है। दूसरा सबसे भारी बॉक्स शीर्ष पर रखा गया है जबकि दूसरा सबसे हल्का बॉक्स तल पर रखा गया है। जिस बॉक्स में सेब है वह A के ठीक नीचे है। केले के बॉक्स और F के बीच केवल एक बॉक्स रखा गया है। G लीची बॉक्स के ठीक ऊपर है। दो से अधिक बॉक्स उस बॉक्स के ऊपर हैं जिसमें केले हैं। बॉक्स C, बॉक्स D की तुलना में पांच गुना अधिक भारी है। अमरूद के बॉक्स और पपीते के बॉक्स के बीच केवल दो बॉक्स हैं। सेब के बॉक्स और केले के बॉक्स के बीच केवल दो बॉक्स हैं। B, E के ठीक ऊपर है। सबसे भारी बॉक्स उस बॉक्स से तीन गुना अधिक भारी है, जो उसके ठीक ऊपर रखा है और बॉक्स B से दो गुना अधिक भारी है। जिस बॉक्स में अंगूर है वह ना तो शीर्ष पर है और ना ही तल पर है। बॉक्स B में केला नहीं है। बॉक्स B और अमरूद के बॉक्स के बीच केवल एक बॉक्स है। बॉक्स E उस बॉक्स से तीन गुना अधिक भारी है जो शीर्ष से दूसरे स्थान पर है। B को अमरूद के बॉक्स के ऊपर रखा गया है। C को F के ठीक ऊपर रखा है जो सेब के बॉक्स से 3 किग्रा हल्का है। ना तो C और ना ही G में सेब है। बॉक्स A को केले के बॉक्स के नीचे एक सम संख्या वाले स्थान पर रखा जाता है। पपीते

के बॉक्स का भार 2 किग्रा है। लीची के बॉक्स का भार सेब और स्ट्रॉबेरी के भार के योगफल के बराबर है।

Q.31 लीची के बॉक्स का भार क्या है?

A. 30 किग्रा

B. 15 किग्रा

C. 6 किग्रा

D. 1 किग्रा

E. 5 किग्रा

Q.32 पहले, तीसरे और छठवें स्थान पर रखे बॉक्स के भारों का योगफल क्या है?

A. 15 किग्रा

B. 10 किग्रा

C. 17 किग्रा

D. 21 किग्रा

E. 12 किग्रा

Q.33 F और A के ठीक बीच में निम्नलिखित में से कौन है?

A. C

B. अंगूर का बॉक्स

C. B

D. G

E. केले का बॉक्स

Q.34 निम्नलिखित में से कौन-सी जोड़ी व्यवस्था में शीर्ष और तल के स्थान पर है?

A. AF

B. BF

C. ED

D. CD

E. CE

Q.35 निम्नलिखित में से कौन-सा युग्म सही है?

A. E – पपीता – 15 किग्रा

B. F – पपीता – 2 किग्रा

C. B – सेब – 6 किग्रा

D. D – लीची – 5 किग्रा

E. A – अमरुद – 10 किग्रा

Q.36 निर्देश: नीचे प्रश्न में एक कथन और उसके बाद I, II से अंकित दो निष्कर्ष दिए गये हैं। आपको दिए गये कथनों को सत्य मानना है, भले ही वे ज्ञात तथ्यों से अलग प्रतीत होते हों। सभी निष्कर्षों को पढ़िए और निर्णय कीजिए कि दिये गये निष्कर्षों में से कौनसा/कौनसे निष्कर्ष ज्ञात तथ्यों को नजरंदाज करने पर कथनों का तार्किक रूप से अनुसरण करता है/करते हैं।

कथन: केंद्र सरकार द्वारा सभी राज्यों में तत्काल प्रभाव से लॉटरी द्वारा खेले जाने वाले जुएँ पर प्रतिबंध लगाया गया है।

धारणाएँ:

I. यह निर्दोष नागरिकों को उनकी मेहनत की कमाई गँवाने से बचा सकता है।

II. यदि लॉटरी पर प्रतिबंध लगा दिया जाता है, तो नागरिक किसी अन्य तरीके से जुआ नहीं खेल सकते हैं।

A. यदि केवल धारणा I निहित है।

B. यदि केवल धारणा II निहित है।

C. यदि या तो धारणा I या धारणा II निहित है।

D. धारणा I और धारणा II दोनों निहित हैं।

E. यदि न तो धारणा I न ही धारणा II निहित है।

Ques (37-38):निर्देश: निम्नलिखित जानकारी का ध्यानपूर्वक अध्ययन कीजिये और नीचे दिए गए प्रश्नों का उत्तर दीजिये:

दो मित्र A और B एक पार्क में खेल रहे हैं। कुछ समय के बाद, A अपने घर और B अपने कार्यालय चला जाता है। A पार्क से उत्तर की ओर 8 मीटर चलता है और दायीं ओर मुड़ता है और 8 मीटर चलता है और फिर दायीं ओर मुड़ता है और मॉल पहुँचने के लिए 8 मीटर चलता है, फिर उत्तर-पूर्व दिशा में चलना प्रारंभ करता है और 13 मीटर की दूरी तय करता है, फिर दक्षिण की ओर चलना प्रारंभ करता है और बस स्टैंड पहुँचने के लिए 12 मीटर की दूरी तय करता है और अंततः बायीं ओर मुड़ता है और घर पहुँचने के लिए 6 मीटर चलता है। B पार्क से पूर्व की ओर 2 मीटर चलता है और बायीं ओर मुड़ता है और 6 मीटर चलता है, फिर दायीं ओर मुड़ता है और 2 मीटर चलता है, वह फिर दायीं ओर मुड़ता है और 9 मीटर चलता है और बायीं ओर मुड़ता है और 2 मीटर चलता है और फिर से दायीं ओर मुड़ता है और 2 मीटर चलता है और अंततः बायीं ओर मुड़ता है और कार्यालय पहुँचने के लिए 2 मीटर चलता है।

Q.37 B के प्रारंभिक स्थान के संबंध में B का कार्यालय किस दिशा में है?

A. दक्षिण-पूर्व **B.** दक्षिण-पश्चिम

C. दक्षिण **D.** उत्तर

E. पश्चिम

Q.38 A द्वारा पार्क से मॉल तक तय की गयी कुल दूरी क्या है?

A. 20 मीटर **B.** 24 मीटर **C.** 19 मीटर **D.** 16 मीटर

E. 12 मीटर

Q.39 निर्देश: निम्नलिखित जानकारी को ध्यान से पढ़िए और दिए गए प्रश्न के उत्तर दीजिए।

पांच व्यक्ति पवन, किरण, मेघा, अमोघ और पृथ्वी हैं। वे सभी काम करते हैं और उनका अलग-अलग वेतन है और उनकी आयु भी अलग है। मेघा को पृथ्वी से अधिक वेतन प्राप्त होता है, लेकिन अधिकतम वेतन प्राप्त नहीं होता है। पृथ्वी को किरण से कम वेतन प्राप्त होता है, लेकिन न्यूनतम वेतन प्राप्त नहीं होता है। न्यूनतम वेतन पाने वाला व्यक्ति समूह का सबसे बड़ा व्यक्ति भी है। पवन दूसरा सबसे छोटा व्यक्ति है और उसका वेतन मेघा के वेतन से अधिक है। किरण तीन व्यक्तियों से बड़ी है और मेघा सबसे छोटी नहीं है। किरण सबसे अधिक कमाई नहीं करती है।

सबसे छोटा व्यक्ति कौन है?

A. पृथ्वी

B. मेघा

C. पवन

D. किरण

E. निर्धारित नहीं किया जा सकता है

Q.40 निम्नलिखित में से कौन सा शब्द "MUSPOPAPOTIH" शब्द के अक्षरों का उपयोग करके बनाया जा सकता है।

A. METAMORPHIC

B. PHILANTHROPIST

C. HIPPOCAMPUS

D. HIPPOPOTAMUS

E. इनमें से कोई नहीं

Computer Knowledge

Q.41 वायरस _______ द्वारा अलग-अलग तरीकों से पता लगने से छिप जाता है।

A. 2 **B.** 3 **C.** 4 **D.** 5

E. 1

Q.42 _______ मास्टर बूट रिकॉर्ड को संक्रमित करता है और इस वायरस को हटाना चुनौतीपूर्ण और जटिल कार्य है।

A. बूट सेक्टर वायरस **B.** पॉलीमॉर्फिक

C. मल्टीपार्टाइट **D.** ट्रोजन्स

E. इनमें से कोई नहीं

Q.43 _______ इन्स्टॉल हो जाता है और आपके कंप्यूटर की मेमोरी में छिपा रहता है। यह विशिष्ट प्रकार की फाइलों से जुड़ा रहता है, जिन्हें यह संक्रमित करता है।

A. बूट सेक्टर वायरस

B. डायरेक्ट एक्शन वायरस

C. पॉलीमॉर्फिक वायरस

D. मल्टीपार्टाइट वायरस

E. इनमें से कोई नहीं

Q.44 _______ व्हाइट और साथ ही ब्लैक हैट हैकर्स दोनों का संयोजन है।

A. ग्रे हैट हैकर्स **B.** ग्रीन हैट हैकर्स

C. ब्लू हैट हैकर्स **D.** रेड हैट हैकर्स

E. ब्लैक हैट हैकर्स

Q.45 एथिकल हैकिंग के क्या फायदे हैं?

A. इसका उपयोग यह जांचने के लिए किया जाता है कि आपके नेटवर्क पर कितनी अच्छी सिक्योरिटी है।

B. इसका उपयोग खोई हुई जानकारी को पुनर्प्राप्त करने के लिए किया जाता है, खासकर जब आपने अपना पासवर्ड खो दिया हो।

C. इसका उपयोग कंप्यूटर और नेटवर्क की सिक्योरिटी बढ़ाने के और पेनेट्रेशन टेस्ट करने के लिए किया जाता है।

D. (A) और (B) दोनों

E. ऊपर के सभी

Q.46 डीएचसीपी (डायनामिक होस्ट कॉन्फ़िगरेशन प्रोटोकॉल) ग्राहक को _______ प्रदान करता है।

A. आईपी एड्रेस **B.** मैक एड्रेस

C. यूआरएल **D.** (A) और (B) दोनों

E. इनमें से कोई नहीं

Q.47 एक ई-मेल भेजते हैं, तो ____ लाइन संदेश के कंटेंट का वर्णन करती है।

A. टू **B.** सब्जेक्ट

C. कंटेन्ट **D.** सीसी

E. इनमें से कोई नहीं

Q.48 इंटरनेट में उपयोग किया जाने वाला मुख्य प्रोटोकॉल _______ है।

A. X.25 **B.** IPX/SPX

C. TCP/IP **D.** टोकन बस

E. इनमे से कोई भी नहीं

Q.49 निम्नलिखित में से किसका उपयोग कंप्यूटर माउस के डेटेक्टेबल मूवमेंट को डेनोट के लिए किया जाता है?

A. नोविट **B.** मिकी

C. स्निपा **D.** डेज़ी

E. इनमे से कोई नहीं

Q.50 कम्पाइलर क्या होता है?

A. हार्डवेयर

B. सॉफ्टवेयर

C. न तो हार्डवेयर और न ही सॉफ्टवेयर

D. कार्ड

E. इनमें से कोई नहीं

Q.51 एक सिंगल एप्लीकेशन जो कई प्रकार के एप्लीकेशन की प्रमुख विशेषताओं को जोड़ती है उसे _______ कहा जाता है?

A. इंटीग्रेटेड सॉफ्टवेर **B.** एक सूट

C. एक कॉम्बो पैकेज **D.** हाई एंड

E. इनमें से कोई नहीं

Q.52 जब यूजर ओपन-सोर्स सॉफ्टवेयर का उपयोग करते हैं तो उन्हें _______ शर्तों और समझौतों से सहमत होना चाहिए।

A. सिस्टम **B.** लाइसेंस

C. कम्युनिटी **D.** प्रोग्रामर

E. ऊपर के सभी

Q.53 एमडीआर एक विकसित सुरक्षा सेवा है:

A. एक साइबर सुरक्षा सेवा जो खतरे के शिकार, निगरानी और प्रतिक्रिया करने के लिए प्रौद्योगिकी पर काम करती है

B. एक साइबर सुरक्षा सेवा जो खतरे के शिकार, निगरानी और प्रतिक्रिया करने के लिए प्रौद्योगिकी और मानव विशेषज्ञता को जोड़ती है

C. एक साइबर सुरक्षा सेवा जो खतरे के शिकार, निगरानी और प्रतिक्रिया

करने के लिए प्रौद्योगिकी और मानव विशेषज्ञता को अलग करती है

D. एक साइबर सुरक्षा सेवा जहां मानव विशेषज्ञ खतरे का शिकार, निगरानी और प्रतिक्रिया करने के लिए काम करता है।

E. उपरोक्त सभी

Q.54 आरएटी का फुल फॉर्म क्या है?

A. रूटकिट्स एडमिनिस्ट्रेशन टूल्स

B. रिमोट एक्सेस टूल्स

C. रिमोट एडमिनिस्ट्रेशन टूल्स

D. रिमोट अटैक टूल्स

E. रिलोड अटैक टूल्स

Q.55 बीआईओएस का पूर्ण रूप क्या है?

A. बेसिक इंटरनेट ऑपरेटिंग सिस्टम

B. बेसिक इनपुट ऑपरेटिंग सिस्टम

C. बेसिक इनपुट आउटपुट सिस्टम

D. बेसिक इंटरनेट आउटपुट सिस्टम

E. इनमें से कोई नहीं

Q.56 एफएटी का पूर्ण रूप क्या है?

A. फ्रीकेंट एलोकेशन टेबल

B. फाइल अलोकेटेड टेबल

C. फाइल एलोकेशन टेबल

D. फाइल एलोकेशन थ्योरी

E. इनमें से कोई नहीं

Q.57 पीएसटीएन का पूर्ण रूप क्या है?

A. प्रक्रिया स्विच्ड टेलीफोन नेटवर्क

B. पब्लिक स्विच्ड टू नेटवर्क

C. पब्लिक सीरियल टेलीफोन नेटवर्क

D. पब्लिक स्विच्ड टेलीफोन नेटवर्क

E. इनमें से कोई नहीं

Q.58 DBMS में, एक परिभाषित क्षेत्र में______ हो सकती है।

A. एक निश्चित लंबाई

B. एक असीमित लंबाई

C. डेटा प्रकार द्वारा परिभाषित एक निश्चित लंबाई

D. प्रोग्रामर द्वारा परिभाषित असीमित लंबाई

E. इनमें से कोई नहीं

Q.59 एक्सप्रेशन बिल्डर एक एक्सेस टूल है जो एक्सप्रेशन ऐड करने के लिए एक्सप्रेशन___ को नियंत्रित करता है।

A. टेबल

B. बॉक्स

C. सेल

D. पैलेट

E. इनमें से कोई नहीं

Q.60 DML भाषा ___ करने के लिए इस्तेमाल होती है।

A. स्कीमा को डिफाइन

B. इंटरनल लेवल को डिफाइन

C. डेटा एक्सेस

D. (A) और (B) दोनों

E. इनमें से कोई नहीं

Q.61 एक बाइनरी संख्या को ______ द्वारा दर्शाया जाता है।

A. संख्या 0 तथा 1

B. 1, 2, 3, 4,......8 और A, B, C,.......

C. संख्या A,B, C,...

D. संख्या 1, 2, 3, 4, ..., 8

E. इनमे से कोई भी नहीं

Q.62 सुपर कंप्यूटर का आविष्कार किसने किया था?

A. चार्ल्स बैबेज

B. जेएच वान टैसेल

C. चार्ल्स गिन्सबर्ग

D. सेयमोर क्रे

E. इनमें से कोई नहीं

Q.63 एक वर्ड के अंदर उसके सिंगल बिट्स या स्माल ग्रुप्स की एग्जामिनेशन और अल्टरनेशन को कहा जाता है-

A. बिट

B. बाइट

C. बिट मैनीपुलेशन

D. बिट स्लाइस

E. ऊपर के सभी

Q.64 एमएस वर्ड में चार प्रकार के मेल मर्ज मुख्य डॉक्यूमेंट _________ हैं।

A. फॉर्म लैटर, डायरेक्टरी, कैटेलॉग और एन्वेलप

B. फॉर्म लैटर, एन्वेलप और मैलिंग लेबल, डायरेक्टरी और लिस्ट

C. बेसिक लैटर, एन्वेलप, लेबल और लिस्ट

D. फॉर्म लैटर, एन्वेलप, मैलिंग लेबल और डायरेक्टरी

E. इनमे से कोई भी नहीं

Q.65 मौजूदा प्रेजेंटेशन में नई स्लाइड बनाने के लिए क्या करना होगा?

A. फाइल, ऐड न्यू स्लाइड

B. होम, न्यू स्लाइड

C. फाइल, ओपन

D. फाइल, न्यू

E. इनमें से कोई नहीं

Q.66 एमएस एक्सल में चुना हुआ क्षेत्र जो B1 से शुरू होकर G-कॉलम की लाइन नम्बर 10 तक जायेगा, उसे कैसे लिखेंगे-

A. B1 - G10

B. B1. G10

C. B1 ; G10

D. B1:G10

E. इनमें से कोई नहीं

Q.67 Ctrl + H कीबोर्ड शॉर्टकट किसके लिए है?

A. फाइंड को ओपन करना और डायलॉग बॉक्स को एक्टिवेटिंग रिप्लेस टैब के साथ रिप्लेस करना

B. फॉर्मेट डायलॉग बॉक्स को ओपन करना इन्सर्ट हाइपर लिंक टैब को एक्टिवेट करना

C. इन्सर्ट डायलॉग बॉक्स को ओपन करना इन्सर्ट हाइपर लिंक टैब को एक्टिवेट करना

D. इन्सर्ट हाइपर लिंक डायलॉग बॉक्स को ओपन करना

E. इनमें से कोई नहीं

Q.68 एक फाइल या फोल्डर को कंप्यूटर से स्थायी रूप से डिलीट करने के लिए, हम प्रयोग करते हैं-

A. Ctrl +डिलीट

B. Alt + डिलीट

C. शिफ्ट + डिलीट

D. एंटर + डिलीट

E. Fn + डिलीट

Q.69 टेबल को विभाजित करने के लिए शॉर्टकट कुंजी क्या है?

A. Ctrl + Alt + एंटर

B. Ctrl + Shift + एंटर

C. Alt + Shift + एंटर

D. Alt + स्पेस + एंटर

E. Alt + एंटर

Q.70 फोरट्रान, में वेरिएबल्स की डिक्लेरेशन को ______ पैरामीटर का उपयोग करके संशोधित किया जा सकता है।

A. काइंड

B. मेक

C. सेलेक्ट

D. चेंज

E. इनमें से कोई नहीं

Q.71 निम्नलिखित में से कौन सा विकल्प जावा की पोर्टेबिलिटी और सुरक्षा की ओर ले जाता है?

A. बाइटकोड जेवीएम द्वारा निष्पादित किया जाता है

B. अप्लेट जावा कोड को सुरक्षित और पोर्टेबल बनाता है

C. एक्सेप्शन हैंडलिंग का उपयोग

D. ऑब्जेक्ट के बीच डायनामिक बिंडिंग

E. इनमें से कोई नहीं

Q.72 निम्नलिखित में से किसे भारत के पहले सुपरकंप्यूटर के रूप में माना जाता है?

A. आदित्य **B.** विक्रम-100

C. परम-8000 **D.** शस्त्र T

E. इनमें से कोई नहीं

Q.73 इनमें से कौन सा वर्ड प्रोसेसर का उदाहरण नहीं है?

A. आईबीएम लोटस सिम्फनी

B. माइक्रोसॉफ्ट एक्सेल

C. गूगल डॉक्स

D. माइक्रोसॉफ्ट वर्ड

E. नोटपैड

Q.74 आईबीएम 1401 किस पीढ़ी का कंप्यूटर है?

A. पहली पीढ़ी कंप्यूटर **B.** दूसरी पीढ़ी कंप्यूटर

C. तीसरी पीढ़ी कंप्यूटर **D.** चौथी पीढ़ी कंप्यूटर

E. पांचवीं पीढ़ी कंप्यूटर

Q.75 _________ फिक्स्ड एक्सक्यूशन टाइम पर टास्क के एक्सक्यूशन की लेटेंसी में थ्योरेटिकल स्पीड देता है।

A. अमदहल **B.** मूर

C. मेटकाफ **D.** गुस्ताफसन का नियम

E. इनमें से कोई नहीं

Q.76 अपने एनवायरनमेंट के साथ क्यूबिट की इंटरेक्शन जिससे उनके क्वांटम बेहेवियर का क्षय हो जाता है और अंततः गायब हो जाता है, _________ के रूप में जाना जाता है।

A. डेकोहेरेन्स **B.** सुपरपोजिशन

C. एंटेंगलमेंट **D.** सबपोजिशन

E. एन्कोहेरेन्स

Q.77 _________ वह बिंदु है जिस पर एक क्वांटम कंप्यूटर एक गणितीय गणना को पूरा कर सकता है जो कि सबसे शक्तिशाली सुपर कंप्यूटर की पहुंच से भी परे है।

A. क्वांटम एंटेंगलमेंट **B.** क्वांटम सुप्रीमेसी

C. क्वांटम एनर्जी **D.** क्वांटम सबपोजिशन

E. इनमें से कोई नहीं

Q.78 वैन का पूर्ण रूप है:

A. वैप एरिया नेटवर्क **B.** वाइड एरिया नेटवर्क

C. वाइड ऐरे नेटवर्क **D.** वायरलेस एरिया नेटवर्क

E. इनमें से कोई नहीं

Q.79 डीएचसीपी सर्वर आईपी एड्रेस का _________ प्रदान कर सकता है।

A. डायनामिक एलोकेशन **B.** आटोमेटिक एलोकेशन

C. स्टैटिक एलोकेशन **D.** लिंक्ड एलोकेशन

E. इनमें से कोई नहीं

Q.80 नेटवर्क बनाने के लिए कम से कम कितने सिस्टम की आवश्यकता होती है?

A. 2 **B.** 100 **C.** 10 **D.** 3

E. 8

Financial Awareness

Q.81 ईसीबी विदेशों से धन जुटाने का एक साधन है। इसका फुल फॉर्म क्या है?

A. एक्सटर्नल कमर्शियल बॉरोइंग

B. एससिएल कमोडिटीज बॉरोइंग

C. एक्सटर्नल क्रेडिट एंड बिज़नेस

D. एससिएल कमोडिटी बुयेर्स

E. एक्सटर्नल क्रेडिट बुयेर्स

Q.82 भारतीय वित्तीय प्रणाली कोड संख्या की पहचान कैसे की जा सकती है?

A. यह 11 अंकों का अल्फ़ान्यूमेरिक कोड है

B. यह किसी व्यक्ति की चेक बुक के चेक पन्ने पर उपलब्ध होता है

C. यदि पूछा जाए तो यह बैंक द्वारा प्रदान किया जाता है

D. (A) और (B) दोनों

E. सभी (A), (B) और (C)

Q.83 सरफेसी अधिनियम संशोधन विधेयक 2016 उन सुविधाओं को प्रदान करता है जो जिला मजिस्ट्रेट को सुरक्षित लेनदारों की वसूली प्रक्रिया में सहायता करनी होती है और पूरी प्रक्रिया_______ के भीतर होती है।

A. 10 दिन **B.** 30 दिन **C.** 45 दिन **D.** 50 दिन

E. 55 दिन

Q.84 आरबीआई के अनुसार, जिन ऋणों पर ब्याज या मूलधन की किस्त किसी विशेष तिमाही के अंत से 90 दिनों से अधिक की अवधि के लिए अतिदेय रहती है, उन्हें कहा जाता है:

A. आईएफएससी **B.** ईसीएस

C. एनपीए **D.** सीटीएस

E. एमआईसीआर

Q.85 _________ की अध्यक्षता में रिजर्व बैंक पैनल ने प्रायोरिटी सेक्टर लेंडिंग को उधार देने पर कुछ महत्वपूर्ण सिफारिशों की हैं।

A. एम वी नायर **B.** सुदर्शन सेन

C. नचिकेत मोर **D.** केएम चंद्रशेखर

E. एमबी शाह

Q.86 एक घटिया संपत्ति वह है, जो _________ से कम या उसके बराबर अवधि के लिए एनपीए बनी हुई है।

A. 6 महीने **B.** 12 महीने **C.** 18 महीने **D.** 24 महीने

E. 30 महीने

Q.87 एक _________ वह है जहां बैंक या आंतरिक या बाहरी लेखा परीक्षकों या आरबीआई निरीक्षण द्वारा नुकसान की पहचान की गई है, लेकिन राशि पूरी तरह से बट्टे खाते में नहीं डाली गई है।

A. मानक संपत्ति **B.** हानि संपत्ति

C. बाय-स्टैंड एसेट **D.** ऋण संपत्ति

E. इनमें से कोई नहीं

Q.88 निम्नलिखित में से कौन सी श्रेणी प्राथमिकता क्षेत्र के अंतर्गत आती है?

A. निर्यात ऋण

B. कृषि

C. सामाजिक बुनियादी ढांचा

D. नवीकरणीय ऊर्जा

E. उपरोक्त सभी

Q.89 ऋण प्राथमिकता क्षेत्र के दिशानिर्देशों के अनुसार, छोटे किसान वे हैं जिनके पास _________ भूमि है।

A. एक हेक्टेयर से अधिक और दो हेक्टेयर तक

B. एक एकड़ से अधिक और दो एकड़ तक

C. एक एकड़ से कम

D. एक हेक्टेयर से भी कम

E. तीन हेक्टेयर से कम

Q.90 प्राथमिकता प्राप्त क्षेत्र ऋण के तहत छोटे और सीमांत किसानों के लिए संशोधित लक्ष्य क्या हैं?

A. 10% एएनबीसी या सीईओबीई में से जो भी अधिक हो

B. 40% एएनबीसी या सीईओबीई में से जो भी अधिक हो

C. 8% एएनबीसी या सीईओबीई में से जो भी अधिक हो

D. 18% एएनबीसी या सीईओबीई में से जो भी अधिक हो

E. इनमें से कोई नहीं

Q.91 कितने फसल मौसमों के बाद, शेष बकाया अल्पकालिक कृषि ऋण को एनपीए कहा जाएगा?

A. एक फसल मौसम   **B.** दो फसल मौसम

C. तीन फसल मौसम   **D.** चार फसल मौसम

E. पांच फसल मौसम

Q.92 लंबी अवधि की फसलों के लिए दिए गए ऋण को एनपीए कहे जाने की समय सीमा क्या है?

A. एक फसल मौसम   **B.** दो फसल मौसम

C. तीन फसल मौसम   **D.** चार फसल मौसम

E. पांच फसल मौसम

Q.93 बैंकिंग पर्यवेक्षण (बीसीबीएस) पर बेसल समिति द्वारा अधिक लचीला बैंकों और बैंकिंग प्रणालियों के लिए वैश्विक नियामक ढांचे के रूप में बेसल III पूंजी विनियम कब जारी किए गए थे?

A. दिसंबर 2010   **B.** मार्च 2011

C. मार्च 2011   **D.** दिसंबर 2012

E. दिसंबर 2013

Q.94 बैंक ऑफ बड़ौदा (BoB) ने एमएसएमई ग्राहकों को एकमुश्त पुनर्गठन (ओटीआर) के लिए ऑनलाइन आवेदन करने में सक्षम बनाने के लिए सिडबी के साथ एक समझौता ज्ञापन (एमओयू) पर हस्ताक्षर किए हैं। बैंक ऑफ बड़ौदा के प्रबंध निदेशक (एमडी) और मुख्य कार्यकारी निदेशक अधिकारी (सीईओ) कौन हैं?

A. एस. एस. मल्लिकार्जुन राव

B. ए एस राजीव

C. पी. वी. भारती

D. संजीव चड्ढा

E. अतुल कुमार गोयल

Q.95 किस योजना के तहत पुनर्गठित ऋण को गैर-निष्पादित परिसंपत्ति (एनपीए) के रूप में नहीं माना जाएगा?

A. प्रधानमंत्री जन धन योजना

B. प्रधानमंत्री जीवन ज्योति बीमा योजना

C. अटल पेंशन योजना

D. रणनीतिक ऋण पुनर्गठन योजना

E. इनमें से कोई नहीं

Q.96 सरफेसी अधिनियम 2002 के प्रावधान के तहत सुरक्षा हित को लागू करने का क्या अर्थ है?

A. बैंक द्वारा उधार लेने वाले पक्ष की संपत्ति की बिक्री

B. डीआरटी के माध्यम से सुरक्षित लेनदार द्वारा चार्ज की गई संपत्ति की बिक्री

C. अदालत के हस्तक्षेप के बिना सुरक्षित लेनदार द्वारा चार्ज की गई संपत्ति की बिक्री

D. सेंट्रल रजिस्ट्री में बैंक चार्ज रजिस्टर कराना

E. इनमें से कोई नहीं

Q.97 सुदर्शन सेन समिति का पैनल अपनी पहली बैठक के कितने महीनों में अपनी रिपोर्ट प्रस्तुत करेगा?

A. 6 महीना   **B.** 8 महीना   **C.** 3 महीना   **D.** 9 महीना

E. 2 महीना

Q.98 किस प्रकार के जोखिम को मुख्य रूप से बेसल-I दिशानिर्देशों के तहत कवर किया गया था?

A. बाजार जोखिम

B. क्रेडिट जोखिम

C. परिचालन जोखिम

D. (A) और (B) दोनों

E. सभी (A), (B) और (C)

Q.99 निम्नलिखित में से कौन बेसल-II ढांचे के अनुसार बाजार जोखिम की गणना करने का एक दृष्टिकोण है?

A. मानकीकृत दृष्टिकोण

B. जोखिम-मूल्य

C. फाउंडेशन आंतरिक रेटिंग-आधारित दृष्टिकोण

D. उन्नत आंतरिक रेटिंग-आधारित दृष्टिकोण

E. इनमें से कोई नहीं

Q.100 अनिश्चितता की लागत जो एक बार फर्म द्वारा हानि नियंत्रण हानि वित्तपोषण और आंतरिक जोखिम में कमी का चयन और कार्यान्वित करने के बाद बनी रहती है, ______ कहलाती है।

A. अवशिष्ट अनिश्चितता की लागत

B. अपेक्षित नुकसान की लागत

C. मूल्य परिवर्तन की लागत

D. हानि नियंत्रण की लागत

E. इनमें से कोई नहीं

Q.101 सभी गतिशील जोखिम __________ हैं।

A. प्रत्याशित   **B.** अप्रत्याशित

C. संभावना   **D.** निर्णय

E. इनमें से कोई नहीं

Q.102 जोखिम वित्तपोषण का मुख्य उद्देश्य _______ है।

A. जोखिम को नियंत्रित करें

B. जोखिम से बचें

C. स्व-बीमा और बाह्य बीमा के बीच इष्टतम संतुलन

D. जोखिम का वित्तपोषण

E. इनमें से कोई नहीं

Q.103 आरबीआई अधिनियम, 1934 के अनुसार, निम्नलिखित कार्यों को केंद्रीय बैंक के कार्यों के रूप में वर्णित किया गया है:

(i) बैंकिंग कार्य

(ii) सलाहकार कार्य

(iii) पर्यवेक्षी कार्य

(iv) संवर्धनात्मक कार्य

सही संयोजन को चुनें:

A. (i), (iii) और (iv)

B. (i), (ii) और (iv)

C. (ii), (iii) और (iv)

D. केवल (i) और (iii)

E. सभी (i), (ii), (iii) और (iv)

Q.104 निम्नलिखित में से कौन देश का सबसे बड़ा संरक्षक और निक्षेपागार भागीदार है?

A. सिबिल   **B.** सेबी

C. नाबार्ड

D. एसएचसीआईएल

E. इनमें से कोई नहीं

Q.105 ब्रिक्स न्यू डेवलपमेंट बैंक के पहले अध्यक्ष कौन थे?

A. अरविंद पनगढ़िया

B. अमिताभ कांत

C. के. वी. कामत

D. विवेक देबराॅय

E. रघुराम राजन

Q.106 बीसीएसबीआई की स्थापना यह सुनिश्चित करने के लिए की गई थी कि बैंकिंग उद्योग से वित्तीय सेवाओं के उपभोक्ता के रूप में आम व्यक्ति किसी भी तरह से नुकसानदेह स्थिति में नहीं है और वास्तव में उसे वह मिलता है जिसका उससे वादा किया गया है। बीसीएसबीआई का पूर्ण रूप है:

A. बैंकिंग कोड्स एंड स्टैंडर्ड्स बोर्ड ऑफ़ इंडिया

B. बैंकिंग कोड्स एंड स्टेबिलिटी बोर्ड्स ऑफ़ इंडिया

C. बैंकिंग कोड्स एंड स्टैंडर्ड्स बैंक्स ऑफ़ इंडस्ट्री

D. बैंकिंग कोड्स एंड सोसाइटी बोर्ड ऑफ़ इन्वेस्टमेंट

E. बैंकिंग कोड्स एंड स्टैंडर्ड्स बोर्ड्स ऑफ़ इंडस्ट्री

Q.107 एक कंपनी द्वारा जारी किया गया एक असुरक्षित ऋण साधन जिसे स्टॉक में परिवर्तित किया जा सकता है, _______ के रूप में जाना जाता है।

[IDBI Bank Assistant Manager, 2019]

A. परिवर्तनीय डिबेंचर

B. गैर-परिवर्तनीय डिबेंचर

C. रिडीमेबल डिबेंचर

D. गैर-प्रतिदेय डिबेंचर

E. इनमें से कोई भी नहीं

Q.108 राष्ट्रीय आवास बैंक ऐसी संस्था को आकस्मिक वित्तीय और अन्य सहायता प्रदान करने के लिए और उससे जुड़े मामलों के लिए आवास वित्त संस्थान को बढ़ावा देने के लिए एक शीर्ष प्रमुख एजेंसी है। NHB की अधिकृत पूंजी _______ है।

[IDBI Bank Assistant Manager, 2019]

A. 1000 करोड़

B. 2000 करोड़

C. 3000 करोड़

D. 4000 करोड़

E. 5000 करोड़

Q.109 172.ईपीएफओ पेरोल डेटा के अनुसार फरवरी 2019 में औपचारिक क्षेत्र में शुद्ध रोजगार सृजन के आसपास था।

[IDBI Bank Assistant Manager, 2019]

A. 8.61 लाख

B. 7.43 लाख

C. 6.56 लाख

D. 5.33 लाख

E. 5.78 लाख

Q.110 यदि अर्थव्यवस्था मुद्रास्फीति के उत्पादन अंतराल से पीड़ित है, तो उत्पादन अंतराल को समायोजित करने के लिए वांछनीय मौद्रिक नीति होनी चाहिए:

A. विस्तारक मौद्रिक नीति

B. संविदात्मक मौद्रिक नीति

C. मौद्रिक नीति में कोई बदलाव नहीं

D. अपर्याप्त डेटा

E. इनमें से कोई नहीं

Q.111 मौद्रिक नीति समिति किस प्रकार की संस्था है?

A. वैधानिक

B. संवैधानिक

C. कार्यकारी अधिसूचित निकाय

D. न्यायिक निकाय

E. इनमें से कोई नहीं

Q.112 RBI ने किस श्रेणी के बैंकों को डोरस्टेप बैंकिंग सेवाएं प्रदान करने की मंजूरी दी है?

A. ग्रामीण सहकारी बैंक

B. भुगतान बैंक

C. स्थानीय क्षेत्र के बैंक

D. शहरी सहकारी बैंक

E. इनमे से कोई नहीं

Q.113 नाबार्ड ने लेह में "माई पैड माई राइट प्रोग्राम" लॉन्च किया है। नाबार्ड के अध्यक्ष कौन हैं?

A. प्रताप सिंह राणा

B. विनय दीक्षित

C. गिरीश कुमार

D. जीआर चिंताल

E. इनमे से कोई नहीं

Q.114 आर्थिक सर्वेक्षण 2022 ने वित्त वर्ष 23 के लिए जीडीपी वृद्धि का अनुमान ___ पर रखा।

A. 8-8.5% **B.** 9-9.2% **C.** 7.1-7.3% **D.** 3.9-4.2%

E. 5.9-6.2%

Q.115 आर्थिक सर्वेक्षण 2021-22 में वित्त वर्ष 2022-23 के लिए कितनी जीडीपी वृद्धि का अनुमान है?

A. 5-5.5 प्रतिशत

B. 6-6.5 प्रतिशत

C. 5-6 प्रतिशत

D. 8-8.5 प्रतिशत

E. 6-6 प्रतिशत

Q.116 आर्थिक सर्वेक्षण 2022 का रंग क्या है?

A. हरा रंग **B.** नीला रंग **C.** काला रंग **D.** लाल रंग

E. गुलाबी रंग

Q.117 17 मार्च 2022 को किस राज्य सरकार ने 2022-23 के लिए 26,893 करोड़ रुपये का कर-मुक्त बजट पेश किया?

A. असम **B.** मणिपुर **C.** मिजोरम **D.** त्रिपुरा

E. भूटान

Q.118 2022-23 के बजट में प्रस्तावित RAMP कार्यक्रम संबंधित है:

A. शौचालय तक पहुंच और ग्रामीण भारत में महिलाओं की सुरक्षा, सुविधा और स्वाभिमान

B. ऑनलाइन प्रशिक्षण के माध्यम से नागरिकों को कौशल प्राप्त करने, नए कौशल विकसित करने या अपने कर्मचारियों को कुछ नया सिखाने के लिए सशक्त बनाना

C. बच्चों, गर्भवती महिलाओं और स्तनपान कराने वाली माताओं के लिए पोषण संबंधी परिणामों में सुधार करना

D. MSME क्षेत्र में प्रतिस्पर्धात्मकता को बढ़ावा देना

E. इनमें से कोई नहीं

Q.119 केंद्रीय बजट 2022-23 के अनुसार, 2022-23 में राजकोषीय घाटा सकल घरेलू उत्पाद का _____ प्रतिशत होने का अनुमान है।

A. 3.8% **B.** 4.7% **C.** 5.6% **D.** 6.4%

E. 4.5%

Q.120 निम्नलिखित में से किस बैंक ने फरवरी 2022 में किफायती और हरित आवास खंड में विस्तार के लिए IIFL होम फाइनेंस को $68 मिलियन के वित्तपोषण की पेशकश की है?

A. एशियाई विकास बैंक

B. विश्व बैंक

C. एशियन इंफ्रास्ट्रक्चर इन्वेस्टमेंट बैंक

D. अंतर्राष्ट्रीय मुद्रा कोष

E. इनमें से कोई नहीं

English Language

Ques (121-123):Direction: Select the phrase/connector from the given three options which can be used to form a single sentence from the two sentences given below, implying the same as expressed in the statement sentences.

Q.121 These systems will be incredibly helpful extensions of how humans work. They will surpass humans in discrete parts of jobs.

1. and

2. notwithstanding

3. regardless

A. Only 1

B. Only 2

C. Only 3

D. Both 2 and 3

E. None of these

Q.122 The lack of appreciation of the unseen benefits of forests. Biodiversity-rich areas have been opened for mining.

1. is a reason why

2. is too common for

3. has been responsible

A. Only 1

B. Only 2

C. Only 3

D. Both 2 and 3

E. None of these

Q.123 The pharmaceutical industry offers a silver lining in these hard times. It wants candidates to join at the earliest.

1. despite

2. as

3. so

A. Only 1

B. Only 2

C. Both 1 and 2

D. Both 2 and 3

E. None of these

Ques (124-128):Direction: Read the following passage carefully and answer the questions given below it.

Generation Z has officially entered the workforce. Anyone in the workplace is aware of this, as publications continue to trumpet their arrival and the inevitable impact they'll have on how businesses operate. This generation grew up on Google Maps and Snapchat, and their expectations of employers vary more dramatically than perhaps any generational shift before. With an always-on mentality and a globally connected upbringing, it's no surprise that Gen Z expects the same easy access and instant gratification at work as they have in the rest of their lives. Gen Z likely expects AI to automate the daily grind of tedious tasks and streamline the necessary evils of the paper-pushing world because 88% believe it will improve their jobs. They have operated in a primarily paperless world throughout their education, and the notion of filling out a TPS report would raise eyebrows.

[A] Technology is crucial in order to transform your business into a place where Gen Z wants to work and would like to stay. [B] With Gen Z making up the bulk of new workers, it's not surprising that the vast majority want to work in the tech field. And regardless of which field a member of Generation Z enters, 80% of Gen Zers want to work with cutting-edge technology. When technology professionals searching for a job, they ask and consider what technology companies have adopted, which is why businesses need to constantly strive to meet and exceed the tech expectations of Gen Z.

Streamlining work and providing the most innovative technologies available is necessary in order to appeal to Gen Z. [C]Today, a fully integrated workplace means there is a

multitude of opportunities in tech prowess and prioritization from operations to culture-driven initiatives. The first thing you can do to attract (and keep) talent is by making sure you have a smart-enabled office. This means incorporating the internet of things (IoT) and machine learning technologies to help boost productivity and reduce energy consumption. Virtualized onboarding and digital benefits platforms would also be great additions to attract tech-savvy Gen Zers. [D]Chatbots and virtual teammates could also help alleviate frequent pain points and mundane administrative tasks, ultimately freeing up employee time, increasing productivity and a company's bottom line. And there is a connection between automating administrative workloads and a company's employee retention.

The truth is your company needs to implement new technology to recruit and retain new talent. Make the most of your employees, and give them the best tools to get their work done quickly. The right investments will pay for themselves in increased efficiency and employee retention. As the talent war continues, and Gen Z keeps demanding a great enterprise experience, a company that ignores tech tools in the workplace does so at great risk.

Q.124 Which of the following statements from the passage could infer the following?

Artificial intelligence (AI) designed to offer instant access to workplace information is not just a luxury but an expectation?

A. With an always-on mentality and a globally connected upbringing, it's no surprise that Gen Z expects the same easy access and instant gratification at work as they have in the rest of their lives.

B. Gen Z likely expects AI to automate the daily grind of tedious tasks and streamline the necessary evils of the paper-pushing world because 88% believe it will improve their jobs.

C. When technology professionals search for a job, they ask and consider what technology companies have adopted, which is why businesses need to constantly strive to meet and exceed the tech expectations of Gen Z.

D. Both A and B

E. All of the above

Q.125 What can be illustrated from the following statement [A] of the passage?

"Technology is crucial in order to transform your business into a place where Gen Z wants to work and would like to stay."

A. As members of Gen Z join your company, outdated technologies that might have been tolerated by previous workforce generations may quickly become a thorn in the side of younger staffers and, in turn, drain employee morale.

B. Businesses can no longer afford to sit on the sidelines when it comes to implementing technology in the workplace.

C. Outdated-technology could be a pain point for Gen Z.

D. Both A and B

E. Both B and C

Q.126 What can be inferred from statement [B], "With Gen Z making up the bulk of new workers, it's not surprising that the vast majority want to work in the tech field."?

A. Gen Zers are aspiring to work in tech — the majority of job applications from Gen Zers were for companies in the tech industry.

B. Gen Z is outnumbering millennials.

C. Technology-focused employment opportunities have seen a huge surge in recent years.

D. Tech occupations will increase by 626,000 jobs by 2026, with the total potential tech workforce reaching almost 1.2 million.

E. None of these

Q.127 The statement [C], "Today, fully integrated workplace means there is a multitude of opportunities in tech prowess and prioritization from operations to culture-driven initiatives" in the passage may not be grammatically or contextually correct.

Choose the most suitable alternative that will replace the statement to adhere to the grammatical syntax of the paragraph.

A. Today fully-integrated workplace means there are multitude of opportunities to show tech prowess and prioritisation, from operations to culture-driven initiatives.

B. Today's fully integrated workplace means there is a multitude of opportunities to show tech prowess and prioritisation, from operations to culture-driven initiatives.

C. Today's fully-integrated workplace means there are numerous opportunities from operations to culture-driven initiatives to become tech prowess and prioritisation.

D. Today's fully-integrated workplace means there is a multitude of opportunity for operations to culture-driven initiatives to show tech prowess and prioritisation.

E. None of these

Q.128 According to the author, in reference to the statement [D] "Chatbots and virtual teammates could also help alleviate frequent pain points and mundane administrative tasks, ultimately freeing up employee time, increasing productivity and a company's bottom line", what is a company's bottom line?

A. Workers

B. Net profit

C. Employee's efficiency

D. Company's employee retention

E. None of these

Ques (129-130):Direction: In the question below, a statement has been given with a blank. In the options are some idioms/phrases, which may or may not fit in meaningfully in the blank. You are required to choose from the options, the one that provides the correct combination of the idioms/phrases which fit in the blanks grammatically and contextually.

Q.129 The company __________ that the project will take at least another six months to conclude given that none of the managers have a better grip on the work.

I. took on

II. stands to reason

III. came down with

A. Only I

B. Only II

C. Only I and III

D. Only II and III

E. All I, II and III

Q.130 Within 24 hours of announcing a meeting between the External Affairs Ministers' of the two nations, India __________ citing the recent attacks in Jammu and Kashmir by Pakistan-based groups.

I. hit pay dirt

II. drew a blank

III. called it off

A. Only II

B. Only III

C. Only I and II

D. Only II and III

E. None of the above

Ques (131-132):Direction: Which of the phrases given below the sentence should replace the word/phrase that is underlined in the sentence to make it grammatically correct? If the sentence is correct as it is given and no correction is required, mark 'No correction required' as the answer.

Q.131 I was <u>fascinated off</u> the new beyblade that came to the market.

A. Fascinated upon

B. Fascinated by

C. Fascinated with

D. Both 2 and 3

E. No correction required

Q.132 I am sorry to say this but <u>neither my brother nor my friends is</u> going to attend your wedding.

A. Neither my brother or my friends

B. Either my brother nor my friends

C. Not my brother neither my friends are

D. Neither my brother nor my friends are

E. No correction required

Ques (133-134):Directions: In the following question, out of the given alternatives, select the one which best expresses the meaning of the underlined word.

Q.133 His words stamped him to be a <u>bigot</u>.

A. Narrow-minded

B. Broad-minded

C. Liberal

D. Conservative

E. None of these

Q.134 Watching Doncic means preparing yourself for a kaleidoscope of pure talent, each moment more <u>scintillating</u> than the last.

A. Mercurial

B. Perturb

C. Iridescent

D. Imperious

E. None of these

Ques (135-137):Direction: Below a single word with other four words to its meaning in different contexts is given. You have to select all those options that are antonyms of the word.

Q.135 Gaffe

A. Blunder

B. Restaurant

C. Error

D. Dine

A. Both B and D

B. Only A

C. Only A, B and D

D. Only B

E. Both A and C

Q.136 Infuriating
A. Encourage
B. Exasperating
C. Enraging
D. Admiring

A. Only B
B. Both B and C
C. Only B, C and D
D. Only A, C and D
E. All A, B, C and D

Q.137 Quirky
A. Silly
B. Unconventional
C. Unusual
D. Eccentric

A. Only A
B. B, C and D
C. B and D
D. C and D
E. All of the above

Ques (138-142):Direction: In the given question, a passage with seven blanks labeled (A) – (E) is given. You are required to fill the correct word in the blanks.

In 1648, the Treaty of Westphalia was signed, ending 30 years of war across Europe and bringing about the sovereignty of states. The rights of states to control and defend their own territory became the core __(A)__ of our global political order, and it has remained unchallenged since. In 2010, a delegation of countries – including Syria and Russia – came to an obscure agency of the United Nations with a strange request: to __(B)__ those same sovereign borders onto the digital world. "They wanted to allow countries to __(C)__ internet addresses on a country by country basis, the way country codes were originally assigned for phone numbers," says Hascall Sharp, an independent internet policy consultant.

After a year of negotiating, the __(D)__ came to nothing: creating such boundaries would have allowed nations to exert tight controls over their own citizens, __(E)__ the open spirit of the internet as a borderless space free from the dictates of any individual government.

Q.138 Which of the following fits the blank labeled (A)?
A. Auxiliary
B. Suspension
C. Foundation
D. Dictum
E. Axiom

Q.139 Which of the following fits the blank labeled (B)?
A. Prescribe
B. Inscribe
C. Embed
D. Falsify
E. Terrify

Q.140 Which of the following fits the blank labeled (C)?
A. Associate
B. Pogrom
C. Assign
D. Annihilate
E. Incite

Q.141 Which of the following fits the blank labeled (D)?
A. Dictum
B. Directive

C. Edict
D. Entreaty
E. Request

Q.142 Which of the following fits the blank labeled (E)?
A. Contravening
B. Regulating
C. Countermanding
D. Conforming
E. Confiscating

Ques (143-144):Directions: The sentence below has two blanks, each blank indicating that something has been omitted. Choose the set of words for each blank that best fits the meaning of the sentence as a whole.

Q.143 Each week, readers from France, Switzerland, the UK, Burkina Faso, Nigeria, Senegal, South Africa, Bangladesh, and India will _______ initiatives from around the world concerning women in different _______.
A. Unleash, Regions
B. Discover, Domains
C. Gather, Arenas
D. Start, Areas
E. Consider, Workspace

Q.144 Scripted by noted playwright Akella against the backdrop of a corporate hospital, it sought to _______ the plight of helpless commoners that pay heavily both financially and emotionally for the unscrupulous _______ in the name of expensive treatment.
A. Highlight, Practices
B. Show, Practise
C. Highlight, Measure
D. Show, Way
E. Give, Methods

Ques (145-147):Direction: Fill in the blanks with the correct words.

Q.145 The previous government _____ less on education but the current government is spending even _____.
A. Spent, least
B. Was spending, lesser
C. Spending, more lesser
D. Spend, less
E. Will spend, less

Q.146 The principal _______ the teacher to _______ his students that the holiday had been cancelled.
A. Asked, told
B. Asked, tell
C. Told, ask
D. Told, tell
E. Asked, ask

Q.147 Although he spoke English _______, his knowledge of the same was not _______.
A. Well, good
B. Good, well
C. Bad, well
D. Exquisite, well
E. Good, bad

Ques (148-149):Direction: Below a word is given followed by three sentences which make use of that word. Identify the sentences which best expresses the meaning of the word. Choose option 5 (None of the these) if the word is not suitable in any of the sentences.

Q.148 Clench

A. He staggered up the steps and confronted me, jaw clenched and eyes stony, as if he had seen a ghost.

B. She rolls her eyes and clenches with laughter when reminded of the incident.

C. Harry could feel his stomach beginning to clench up into knots.

A. Both A and C   **B.** Both A and B
C. Only B   **D.** A, B and C
E. None of these

Q.149 GRIMACE

A. Helen made a grimace of disgust when she saw the raw meat.

B. He caught a look at himself in the mirror, with the angry scowl on his face, and grimaced.

C. I was grimacing for air but couldn't get any.

A. Both A and C   **B.** Both A and B
C. Only A   **D.** Only C
E. None of these

Ques (150-154):Direction: Rearrange the following six sentences/ group of sentences (A), (B), (C), (D), (E), and (F) in the proper sequence to form a meaningful paragraph; then answer the questions given below them.

A. Most of the time I had been pacing up and down the platform, browsing at the book-stall

B. I think I was about twelve at the time and my parents considered me old enough to travel alone

C. Or feeding broken biscuits to stray dogs; trains came and went, and the platform would be quiet for a while and then

D. I had arrived by bus at Ambala early in the evening: now there was a wait till midnight before my train arrived

E. It was my second year at boarding-school, and I was sitting on platform no. 8 at Ambala station waiting for the northern bound train

F. When a train arrived, it would be an inferno of heaving, shouting, agitated human bodies

Q.150 Which of the following should be the SIXTH sentence after rearrangement?

A. E   **B.** F   **C.** C   **D.** A
E. B

Q.151 Which of the following should be the FOURTH sentence after rearrangement?

A. A   **B.** C   **C.** D   **D.** F
E. E

Q.152 Which of the following should be the FIRST sentence after rearrangement?

[SBI PO, 2021]

A. A   **B.** B   **C.** D   **D.** E
E. F

Q.153 Which of the following should be the SECOND sentence after rearrangement?

A. D   **B.** E   **C.** B   **D.** F
E. A

Q.154 Which of the following should be the THIRD sentence after rearrangement?

[SBI PO, 2021]

A. B   **B.** E   **C.** D   **D.** A
E. F

Ques (155-156):Directions: Below a statement has been divided into 5 parts. The one in bold is the fixed part, to which no changes can be made. Among the other parts (A), (B), (C) and (D), find the error-free part(s) and mark them as your answer. If there are no errors, then mark Option (E), viz, No error, as your answer.

Q.155 Post-1918, in the previous hundred years, humanity has grown leaps and bound./ Not only man has reached the moon but he also explored the lowest ebb in the sea. Science and spirituality have/ (A) made significant advances. Our lifestyles are much advanced to that/ (B) experienced by our great grandfathers. When I said, things will not be/ (C) the same again; the idea was to communicate what it will be a better future for each one of us. (D)

A. ABC   **B.** BCD   **C.** CD   **D.** ABD
E. No error

Q.156 NSA is a draconian preventive detention law meant to be used sparingly/ neither for ordinary crimes nor for punishing minorities but specifically in/ (A) case of threats to national security. Its inapplicability in such cases constitutes/ (B) a clear instance of abuse of power. It is also a sign that/ (C) India's two national parties mirror one another when in power. (D)

A. AB   **B.** ABC   **C.** BCD   **D.** CD
E. No error

Ques (157-159):Direction: In the following question, a short passage is given with one of the lines in the passage missing and represented by a blank. Select the best out of the five answer options given, to make the passage complete and coherent (coherent means logically complete and sound).

Q.157 One of South America's mysteries is Easter Island. Easter Island, also called Rapa Nui and Isla de Pascua, 3600 km (2237 mi) west to Chile, is a volcanic island with an interesting and partly unknown history. The island was named by the Dutch explorer Jacob Roggeveen because he encountered it on Easter Sunday 1722. ___________

A. The mysteries of the island are still unknown.
B. He was the first European to find that island.
C. Nobody knows why the island was abandoned.
D. Some statues were found on the island.
E. It is thought that the island was carved by the ancestors of modern Polynesian inhabitants.

Q.158 FPI typically has a shorter time frame for investment return than FDI. As with any equity investment, FPI investors usually expect to quickly realize a profit on their investments. Unlike FDI, FPI doesn't offer control over the business entity in which the investment is made. Because securities are easily traded, the liquidity of FPIs _______________.

A. makes them difficult to sell than FDI.

B. makes them less feasible option for investors.

C. makes them easier to sell than FDI.

D. makes them a better choice to investors.

E. does not make any significant effect.

Q.159 The first step in analyzing the problem of poverty is to be able to define it conceptually. The minimum standard of living is one criterion used to define the poverty line.________. One identifies a consumption basket that may be regarded as essential for an individual for sustenance. Then one finds the set of corresponding prices, which can be used to convert this basket to value terms. The minimum standard of living thus obtained may be regarded as the poverty line. An individual with consumption below this defined poverty line is regarded as poor.

A. The operational problem is to figure out what constitutes a minimum set of commodities, and their amounts.

B. This minimum standard includes both food and non-food components.

C. Prices of commodities are known to vary according to quality, space and time.

D. As stated earlier, poverty estimates in India, as is the case elsewhere, are an essential elements of designing and implementing poverty eradication programs.

E. The next step is the estimation of people below the poverty line in the country.

Q.160 Directions: In this question, a part of the sentence is made bold. Below are given alternatives to the bold part at (A), (B), (C), and (D) which may improve the sentence. Choose the correct alternative. In case no replacement is needed, mark (E) as your answer.

Nala pakam is a term **which originated from** King Nala's proficiency in cooking.

A. that originated of

B. which has been originated off

C. which has originated from

D. that has the origin off

E. No correction required

Hindi Language

Q.161 निम्नलिखित में से किस वाक्य में व्याकरण दोष नहीं है?

A. आपकी सौभाग्यशाली कन्या यही है।

B. आप भोजन खायेंगे।

C. दस हजार रूपए खो गया।

D. यह शिक्षित लोगों का समाज है।

E. मैं यह काम नहीं किया हूँ।

Q.162 निम्नलिखित में से कौन सा वाक्य में व्याकरण रूप से शुद्ध वाक्य है?

A. वह प्रातः काल के समय टहलता है।

B. अरावली पर्वतमाला अब हरी-भरी हो गई।

C. वह मंगलवार के दिन व्रत रखता है।

D. देश में अराजकता बढ़ गयी है।

E. घोड़ा बीच में ही डट गया।

Ques (163-164):निर्देश: दिए गए विकल्पों में से सही विकल्पों का चयन करके वाक्य पूर्ण करें।

Q.163 भाषा का प्रयोग दो रूपों में किया जा सकता है-एक तो सामान्य रूप, जिससे लोक में _________ होता है तथा दूसरा साहित्य रचना के लिए, जिसमें प्राय: ______ भाषा का प्रयोग किया जाता है।

A. कार्य, रचनात्मकता   **B.** विनिमय, काव्यात्मक

C. व्यवहार, आलंकारिक   **D.** संचालन, भावात्मक

E. इनमें से कोई नहीं

Q.164 यक्ष देवों की एक________ होती है।

A. प्रकार   **B.** कोटि

C. रूप   **D.** जाति

E. इनमें से कोई नहीं

Q.165 इसमें से कौन सा शब्द मधु का अनेकार्थी शब्द नहीं है?

A. मदिरा   **B.** एक दैत्य

C. बसंत   **D.** विश्वामित्र

E. इनमें से कोई नहीं

Q.166 कौन सा "कंदल" का अनेकार्थी शब्द नहीं है?

A. कोयल   **B.** कलह

C. सोना   **D.** कमल

E. इनमें से कोई नहीं

Q.167 'अठखेलियाँ सूझना' मुहावरे का अर्थ है:

A. व्यंग्य करना   **B.** युक्ति सफल होना

C. मजाक उड़ाना   **D.** ईर्ष्या करना

E. स्नेह से लिपटा लेना

Q.168 किस विकल्प में मुहावरे का भावार्थ सही है?

A. अलाउद्दीन का चिराग - अज्ञानियों में अल्पज्ञान वाले का सम्मान होना

B. अपनी राम कहानी सुनाना - किसी की न सुनना

C. अक्ल का अजीर्ण होना - आवश्यकता से अधिक अक्ल होना

D. अन्तर के पट खोलना - चकित होना

E. गाजर-मूली समझना - कष्टदायक होना

Q.169 शब्द "गरिमा" का विलोम शब्द क्या होगा ?

A. अंधकार   **B.** लघिमा

C. घृणा   **D.** नीचता

E. इनमें से कोई नहीं

Q.170 शब्द "सन्मुख" का विलोम शब्द क्या होगा ?

A. प्रमुख   **B.** उन्मुख   **C.** विमुख   **D.** अधिमुख

E. घृणा

Q.171 'कहावत' शब्द में प्रयुक्त प्रत्यय है:

A. हावत   **B.** वत   **C.** कह   **D.** आवत

E. त

Q.172 मानव शब्द में प्रत्यय है:

A. अ   **B.** व

C. अव   **D.** नव

E. इनमें से कोई भी नहीं

Q.173 'जंबुक' किसका पर्यायवाची शब्द है?

A. गरुड़   **B.** गधा   **C.** गीदड़   **D.** गेंद

E. कुत्ता

Q.174 निम्नलिखित में से किस समूह के सभी शब्द पर्यायवाची हैं?

A. शेर – हरि, केसरी, केशी, फणीश

B. शिकारी – लुब्धक, बहेलिया, अराति, आखेटक

C. वृक्ष – पेड़ , पादप, शाखी, गिरा

D. स्वर – शब्द, ध्वनि, निनाद, रव

E. हंस – चक्रांग, मानसौक, कलहंस, हिमाद्रि

Q.175 दोहा और चौपाई कैसे छन्द हैं?

A. मात्रिक छन्द

B. मुक्त छन्द

C. वर्णिक छन्द

D. दोनों (A) और (B)

E. इनमें से कोई नहीं

Q.176 चौपाई छंद के प्रत्येक चरण में कितनी मात्राएँ होती हैं?

A. 16

B. 14

C. 12

D. 18

E. 20

Q.177 'कर्पट' का तद्भव रूप है:

A. कपट

B. कारपेट

C. कपूर

D. कपड़ा

E. इनमें से कोई नहीं

Q.178 निम्नलिखित में से 'तत्सम' शब्द है:

A. उछाह

B. उजला

C. उल्लू

D. ओष्ठ

E. अगाड़ी

Ques (179-180):निर्देश: दिए गए वाक्यांश के लिए एक शब्द बताएं।

Q.179 जो दूसरों के सहारे जीवित हो वाक्य के लिए एक शब्द है:

A. पराधीन

B. आश्रित

C. परजीवी

D. स्वावलम्बी

E. पाक्षिक

Q.180 "कंजूसी से धन व्यय करने वाला"

[UPSSSC Rajasva Lekhpal, 2015]

A. अल्पव्ययी

B. कृपण

C. मसृण

D. मितव्ययी

E. अपव्ययी

Ques (181-185):निर्देश: नीचे दिए गए गद्यांश में 5 रिक्त स्थान हैं। प्रत्येक रिक्त स्थान में विकल्प (A), (B), (C), (D) और (E) में पांच वैकल्पिक शब्द दिए गए हैं। आपको यह बताना है कि संबंधित रिक्त स्थान के लिए कौन सा शब्द सबसे उपयुक्त होगा।

कार्य का महत्त्व और उसकी ....(1)... उसके समय पर संपादित किए जाने पर ही है। अत्यंत सुघड़ता से किया हुआ कार्य भी यदि ...(2)... के पूर्व न पूरा हो सके तो उसका किया जाना निष्फल ही होगा। चिड़ियों द्वारा खेत चुग लिए जाने पर यदि रखवाला उसकी सुरक्षा की व्यवस्था करे तो सर्वत्र ....(3)... का पात्र ही बनेगा।

उसके देर से किए गए उद्यम का कोई ....(4)... नहीं होगा। श्रम का गौरव तभी है जब उसका लाभ किसी को मिल सके। इसी कारण यदि बादलों द्वारा बरसाया गया जल कृषक की फ़सल को फलने-फूलने में मदद नहीं कर सकता तो उसका बरसना व्यर्थ ही है। अवसर का सदुपयोग न करने वाले व्यक्ति को इसी कारण ....(5)... करना पड़ता है।

Q.181 दिए गए विकल्पों में से रिक्त स्थान (1) के लिए उचित शब्द का चयन कीजिए।

A. भाषा

B. सुंदरता

C. रखवाली

D. पदक

E. इनमें से कोई नहीं

Q.182 दिए गए विकल्पों में से रिक्त स्थान (2) के लिए उचित शब्द का चयन कीजिए।

A. विलंब

B. विद्यालय

C. अभिप्राय

D. आवश्यकता

E. इनमें से कोई नहीं

Q.183 दिए गए विकल्पों में से रिक्त स्थान (3) के लिए उचित शब्द का चयन कीजिए।

A. संसार

B. विशाल

C. उपहास

D. बर्बादी

E. इनमें से कोई नहीं

Q.184 दिए गए विकल्पों में से रिक्त स्थान (4) के लिए उचित शब्द का चयन कीजिए।

A. अमूल्य

B. मूल्य

C. पछतावा

D. सदुपयोग

E. इनमें से कोई नहीं

Q.185 दिए गए विकल्पों में से रिक्त स्थान (5) के लिए उचित शब्द का चयन कीजिए।

A. इंतजार

B. वापस

C. समाहित

D. पश्चाताप

E. इनमें से कोई नहीं

Ques (186-190):निर्देश: निम्नलिखित गद्यांश को ध्यानपूर्वक पढ़िए व प्रश्नों के उत्तर दीजिये।

'गोदान' प्रेमचन्द जी की उन अमर कृतियों में से एक है, जिसमें ग्रामीण भारत की आत्मा का करुण चित्र साकार हो उठा है। इसी कारण कई मनीषी आलोचक इसे ग्रामीण भारतीय परिवेशगत समस्याओं का महाकाव्य मानते हैं, तो कई विद्वान इसे ग्रामीण - जीवन और कृषि संस्कृति का शोक गीत स्वीकारते हैं। कुछ विद्वान तो ऐसे भी हैं, जो इस उपन्यास को ग्रामीण भारत की आधुनिक 'गीता' तक स्वीकार करते हैं, जो कुछ भी हो, 'गोदान' वास्तव में मुंशी प्रेमचन्द का एक ऐसा उपन्यास है, जिसमें आचार - विचार, संस्कार और प्राकृतिक परिवेश, जो गहन करुणा से युक्त है, प्रतिबिंबित हो उठा है।

डॉ. गोपाल रॉय का कहना है कि - 'गोदान' ग्राम जीवन और ग्राम संस्कृति को उसकी सम्पूर्णता में प्रस्तुत करने वाला अद्वितीय उपन्यास है, न केवल हिन्दी के वरन किरी भी भारतीय भाषा के किरी भी उप-न्यारा में ग्रामीण समाज का ऐसा व्यापक यथार्थ और सहानुभूतिपूर्ण चित्रण नहीं हुआ है। ग्रामीण जीवन और संस्कृति के अंकन की दृष्टि से इस उपन्यास का वही महत्त्व है, जो आधुनिक युग में युग जीवन की अभिव्यक्ति की दृष्टि से महाकाव्यों का हुआ करता था। इस प्रकार डॉ. रॉय गोदान को आधुनिक युग का महाकाव्य ही नहीं स्वीकारते वरन सर्वश्रेष्ठ महाकाव्य भी स्वीकारते हैं। उनके इस कथन का यही, आशय है कि प्रेमचन्द जी ने ग्राम जीवन से सम्बद्ध सभी पक्षों का न केवल अत्यंत विशदता से चित्रण किया है, वरन उनकी गहराइयों में जाकर उनके सच्चे चित्र प्रस्तुत कर दिए हैं।

प्रेमचन्द जी ने जिस ग्राम जीवन का चित्र गोदान में प्रस्तुत किया है: उसका सम्बन्ध आज ग्राम - परिवेश से न होकर तत्कालीन ग्राम जीवन से है। ग्रामीण जीवन को वास्तविक आधार प्रदान करने के लिए प्रेमचन्द जी ने चित्र के अनुरूप ही कुछ ऐसे खाँचे अथवा चित्रफलक निर्मित किये हैं, जो चित्र को यथार्थ बनाने के लिए सहयोगी सिद्ध हुए हैं। ग्रामीण किसानो के घर - द्वार, खेत - खलिहान और प्राकृतिक दृश्यों का ऐसा वास्तविक चित्रण अन्यत्र दुर्लभ है।

Q.186 'गोदान' है:

A. काव्यग्रंथ

B. उपन्यास

C. कथाकृति

D. महाकाव्य

E. (A) और (B)

Q.187 'गोदान' को किसने महाकाव्य माना है?

A. डॉ. रामविलास शर्मा ने

B. डॉ. गोपाल रॉय ने

C. महादेवी वर्मा

D. उपरोक्त दोनों ने

E. इनमें से कोई नही

Q.188 गोदान को ग्रामीण जीवन का महाकाव्य कहने का क्या तात्पर्य है?

A. गोदान में ग्रामीण जीवन के सभी पहलुओं का विस्तृत चित्रण हुआ है।

B. गोदान ग्रामीण जीवन का काव्य - ग्रन्थ है।

C. गोदान ग्रामीण जीवन के सभी काव्य ग्रंथो में श्रेष्ठ है।

D. उपरोक्त में से कोई नही

E. उपरोक्त सभी

Q.189 'गोदान' के पक्ष में कौन सा कथन असत्य है?

A. गोदान ग्राम संस्कृति की सम्पूर्णता को उजागर करता है।

B. गोदान में चित्रित ग्राम - जीवन का सम्बन्ध आज के ग्राम परिवेश से न होकर तत्कालीन ग्राम जीवन से है।

C. गोदान में शहर की चकाचौंध से विमुख मनुष्यता का चित्रण किया गया है।

D. गोदान में ग्रामीण के घर - द्वार व आस - पास के परिवेश के चित्र खींचे गये है।

E. उपरोक्त सभी सही है

Q.190 'उपन्यास' में कौन सा उपसर्ग है?

A. उप   **B.** उ

C. आस   **D.** न्यास

E. इनमें से कोई नहीं

Q.191 'सच्छास्त्र' का उचित विच्छेद निम्न में से कौन-सा है?

A. सत् + छास्त्र   **B.** सच् + छास्त्र

C. सच् + शास्त्र   **D.** सत् + शास्त्र

E. इनमें से कोई नहीं

Q.192 'मरणानन्तरं' में कौन सी संधि है?

A. दीर्घ   **B.** गुण

C. वृद्धि   **D.** अयादि

E. (A) और (B)

Q.193 निम्नलिखित पंक्तियाँ किस रस का उदाहरण हैं?

"बतरस लालच लाल की, मुरली धरी लुकाय।

सौंह करे भैंहनि हँसै, देन कहै नटि जाय।"

A. श्रृंगार रस   **B.** वात्सल्य रस

C. भक्ति रस   **D.** करुण रस

E. इनमें से कोई नहीं

Q.194 "को तुम? हैं घनस्याम हम, तो बरसो कित जाय।

नहि मनमोहन हैं प्रिय, दिर क्यों पकरत पाँय।" में निम्न में से कौन सा अलंकार है?

[MP Jail Prahari, 2018]

A. रूपक अलंकार   **B.** अतिश्योक्ति अलंकार

C. वक्रोक्ति अलंकार   **D.** उत्प्रेक्षा अलंकार

E. इनमें से कोई नहीं

Q.195 देख लो साकेत नगरी है यही।

स्वर्ग से मिलने गगन में जा रही। - में निम्न में से कौन सा अलंकार है?

[MP Jail Prahari, 2018]

A. संदेह अलंकार   **B.** अतिशयोक्ति अलंकार

C. उपमा अलंकार   **D.** भ्रांतिमान अलंकार

E. वक्रोक्ति अलंकार

Q.196 निम्नलिखित में से कौन 'रस' निष्पत्ति से सम्बद्ध नहीं है?

A. विभाव   **B.** अभाव

C. अनुभाव   **D.** संचारी

E. इनमें से कोई नहीं

Q.197 'बालक इस पुस्तकालय में पढ़ रहा है।' वाक्य में कौन सी क्रिया है?

A. संयुक्त   **B.** सहायक

C. अकर्मक   **D.** सकर्मक

E. इनमें से कोई नहीं

Q.198 दिए गए विकल्पों में कौन-सा लिंग युग्म अनुचित है?

A. छात्र-छात्रा   **B.** शेर-शेरनी

C. प्रिय-प्रिया   **D.** शिष्य-शिष्यों

E. इनमें से कोई नहीं

Q.199 इनमें से कौन से शब्द का अर्थ स्त्रीलिंग और पुल्लिंग दोनों रूपों में समान होता है?

[UP Police Sub Inspector, 2017]

A. आशोक, आम   **B.** हिमालय, विंध्याचल

C. राष्ट्रपति, प्रधानमंत्री   **D.** रविवार, सोमवार

E. इनमें से कोई नहीं

Q.200 निम्न वाक्य किस अव्यय से पूरा होगा:

आज धन ___ कोई नहीं पूछता।

A. के बिना   **B.** साथ

C. तक को   **D.** कहाँ

E. इनमें से कोई नहीं

Quantitative Aptitude & Data Interpretation

Q.201 एक व्यक्ति 4600 रु पर 3.5 वर्ष में 644 रु प्राप्त करता है। यदि ब्याज दर 50% कम हो जाती है, और उस राशि को 4.5 वर्ष के लिए निवेश किया जाता है, तो प्राप्त साधारण ब्याज ज्ञात कीजिये।

A. 41.4 रु   **B.** 4140 रु

C. 414 रु   **D.** 322 रु

E. इनमें से कोई नहीं

Q.202 राज, सुमेश को पांच वर्ष के लिए 12% की दर से 50,000 रुपये की राशि ऋण देता है। लेकिन दो वर्ष बाद राज ने दर 20% तक बढ़ाने का फैसला किया। ब्याज में इस बढ़ोतरी के कारण सुमेश द्वारा भुगतान किये जाने वाली अतिरिक्त राशि ज्ञात कीजिए।

A. 8,000 रुपये   **B.** 10,000 रुपये

C. 12,000 रुपये   **D.** 14,000 रुपये

E. 16,000 रुपये

Ques (203-207):निर्देश: निम्नलिखित पाई-चार्ट और उसके नीचे दी गई तालिका का ध्यानपूर्वक अध्ययन करें और नीचे दिए गए प्रश्न के उत्तर दें:

प्रवक्ताओं की कुल संख्या 1600 में 6 विभिन्न विषयों में प्रवक्ताओं का प्रतिशत-वार वितरण।

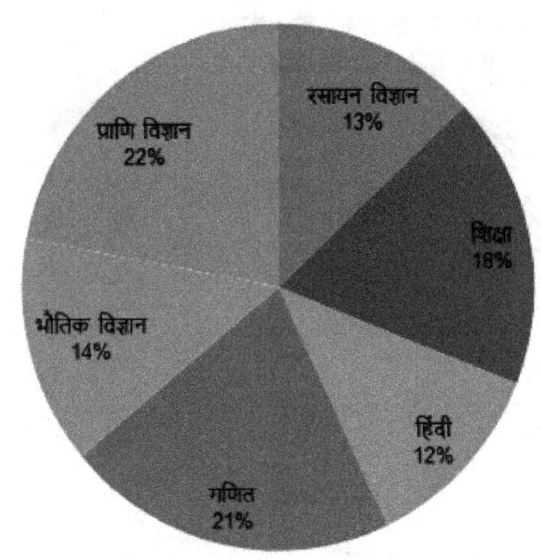

पुरुष से महिला प्रवक्ताओं का अनुपात

प्रवक्ता	पुरुष : महिला
गणित	3 : 4
शिक्षा	5 : 3
हिंदी	1 : 3
रसायन विज्ञान	1 : 7
भौतिक विज्ञान	9 : 5
प्राणि विज्ञान	7 : 9

Q.203 प्राणि विज्ञान के प्रवक्ता (पुरुष और महिला दोनों) की कुल संख्या और रसायन विज्ञान और शिक्षा में एक साथ पुरुष प्रवक्ता की कुल संख्या के बीच का अंतर कितना है?

A. 192

B. 182

C. 146

D. 136

E. इनमें से कोई नहीं

Q.204 विश्वविद्यालय में पुरुष प्रवक्ताओं की कुल संख्या कितनी है?

A. 696

B. 702

C. 712

D. 668

E. इनमें से कोई नहीं

Q.205 हिंदी में प्रवक्ता (पुरुष और महिला दोनों) की कुल संख्या गणित और रसायन विज्ञान में मिलाकर महिला प्रवक्ताओं की कुल संख्या का लगभग कितना प्रतिशत है?

A. 58%

B. 43%

C. 47%

D. 51%

E. 50%

Q.206 प्राणि विज्ञान में महिला प्रवक्ताओं की संख्या और हिंदी में पुरुष प्रवक्ताओं की संख्या के बीच का अंतर कितना है?

A. 156

B. 160

C. 150

D. 153

E. इनमें से कोई नहीं

Q.207 भौतिक विज्ञान में महिला प्रवक्ताओं की संख्या का गणित में पुरुष प्रवक्ताओं की संख्या से अनुपात कितना है?

A. 5:9

B. 2:9

C. 3:7

D. 5:3

E. इनमें से कोई नहीं

Q.208 शांत जल में नाव की गति 8 किमी/घंटा है और धारा की गति 2 किमी/घंटा है। नाव एक निश्चित दूरी तय करने के बाद धारा के अनुकूल नाव चला रही है, धारा की गति 2 किमी/घंटा बढ़ जाती है, और इसलिए नाव 10 मिनट पहले गंतव्य पर पहुंच जाती है। यदि नाव द्वारा तय की गई दूरी 15 किमी है, तो कितनी दूरी तय करने के बाद धारा की गति में परिवर्तन हुआ?

A. 4.5 किमी

B. 5.5 किमी

C. 3 किमी

D. 4 किमी

E. 5 किमी

Ques (209-211):निर्देश: निम्न प्रश्न में, I और II से अंकित दो समीकरण दिए गए हैं। आपको दोनों समीकरणों को हल करना है और सही उत्तर को चिन्हित करना है।

Q.209 I. $x^2 + 13x - 140 = 0$

II. $y^2 - 13y - 140 = 0$

A. x > y

B. y > x

C. x ≥ y

D. y ≥ x

E. x = y या x और y के बीच सम्बन्ध निर्धारित नहीं किया जा सकता

Q.210 I. $24x^2 + 38x + 15 = 0$

II. $54y^2 + 123y + 65 = 0$

A. x > y

B. y > x

C. x ≥ y

D. y ≥ x

E. x = y or relationship between x and y can not be established.

Q.211 I. $2x^2 + 23x + 56 = 0$

II. $12y^2 + 41y + 35 = 0$

A. x > y

B. y > x

C. x ≥ y

D. y ≥ x

E. x = y या x और y के बीच सम्बन्ध निर्धारित नहीं किया जा सकता

Q.212 दो व्यक्ति की आय का अनुपात 5 : 3 है और उनके व्यय का अनुपात 9 : 5 है। यदि वे क्रमशः 1300 रुपये और 900 रुपये मासिक बचत करते हैं, तब उनकी वार्षिक आय के बीच का अंतर ज्ञात कीजिये।

A. 80000 रुपए

B. 160000 रुपए

C. 16000 रुपए

D. 19200 रुपए

E. 192000 रुपए

Q.213 A, B, C, D और E पांच व्यक्ति हैं। A, B और C का वजन सभी पाँचों के औसत वजन का क्रमशः 90%, 112% और 94% है। D और E के वजन का अनुपात 6 : 11 है। D और E के वजन का अंतर 75 किग्रा है। सभी पांच व्यक्तियों का औसत वजन क्या है?

A. 84 किग्रा

B. 90 किग्रा

C. 76 किग्रा

D. 69 किग्रा

E. इनमें से कोई नहीं

Q.214 पानी से भरे 42 सेमी ऊंचाई और 30 सेमी त्रिज्या वाले एक बेलनाकार बर्तन में गलती से एक छोटा सा गोलाकार पदार्थ गिर गया था। 7 सेमी ऊंचाई और 5 सेमी त्रिज्या वाले एक छोटे से बेलनाकार गिलास का प्रयोग इसमें से थोड़ा सा पानी निकालने के लिए किया गया था। तो इसकी क्या प्रायिकता है कि छोटा सा गोलाकार पदार्थ गिलास से स्थानांतरित होता है?

A. $\frac{1}{6}$

B. $\frac{1}{36}$

C. $\frac{1}{216}$

D. $\frac{1}{24}$

E. $\frac{1}{30}$

Ques (215-219):निर्देश: निम्नलिखित परिच्छेद को ध्यान से पढ़िए और दिए गए प्रश्न के उत्तर दीजिए।

750 छात्रों के एक स्कूल में, प्रत्येक छात्र कम से कम 3 रंगों- लाल, हरा और नीला में से एक को पसंद करता है। 109 छात्र केवल लाल रंग पसंद करते हैं, 150 छात्र केवल हरा रंग पसंद करते हैं और 125 छात्र केवल नीला रंग पसंद करते हैं। केवल लाल और हरा रंग पसंद करने वाले छात्रों की संख्या केवल हरा रंग पसंद करने वाले छात्रों का 70% है। केवल लाल और नीला रंग पसंद करने वाले छात्रों की संख्या केवल नीला रंग पसंद करने वाले विद्यार्थियों का 60% है। 100 छात्रों को सभी रंग पसंद हैं।

Q.215 केवल हरे और नीले रंग पसंद करने वाले विद्यार्थियों की संख्या ज्ञात कीजिए।

[IBPS RRB Scale I, 2021]

A. 66   B. 76   C. 86   D. 96
E. 106

Q.216 केवल एक रंग पसंद करने वाले विद्यार्थियों की औसत संख्या ज्ञात कीजिए।

[IBPS RRB Scale I, 2021]

A. 128   B. 127   C. 126   D. 125
E. 124

Q.217 केवल लाल और हरा रंग पसंद करने वाले विद्यार्थियों की संख्या केवल लाल और नीले रंग पसंद करने वाले विद्यार्थियों की संख्या से कितना प्रतिशत अधिक है?

[IBPS RRB Scale I, 2021]

A. 35%   B. 40%   C. 45%   D. 50%
E. 42%

Q.218 केवल एक रंग पसंद करने वाले छात्रों की संख्या और केवल दो रंगों को पसंद करने वाले छात्रों की संख्या के बीच का अंतर कितना है?

[IBPS RRB Scale I, 2021]

A. 115   B. 116   C. 117   D. 118
E. 119

Q.219 तीनों रंग पसंद करने वाले छात्रों की संख्या का केवल हरा रंग पसंद करने वाले छात्रों की संख्या से अनुपात ज्ञात कीजिए।

[IBPS RRB Scale I, 2021]

A. 1 : 2   B. 2 : 1   C. 1 : 3   D. 4 : 3
E. 2 : 3

Ques (220-224):निर्देश: एक ट्रेन स्टेशन Q, R, S और T से होते हुए स्टेशन P से स्टेशन U तक की 600 किमी की कुल दूरी को तय करती है। दिए गये पाई चार्ट में दो आसन्न स्टेशनों के मध्य कुल दूरी के प्रतिशत को दर्शाया गया है। बार ग्राफ में दोनों आसन्न स्टेशनों के मध्य दूरी को पार करने में लगे समय (घंटों में) को दर्शाया गया है। दी गयी जानकारी का ध्यानपूर्वक अध्ययन कीजिये और प्रश्नों के उत्तर दीजिये।

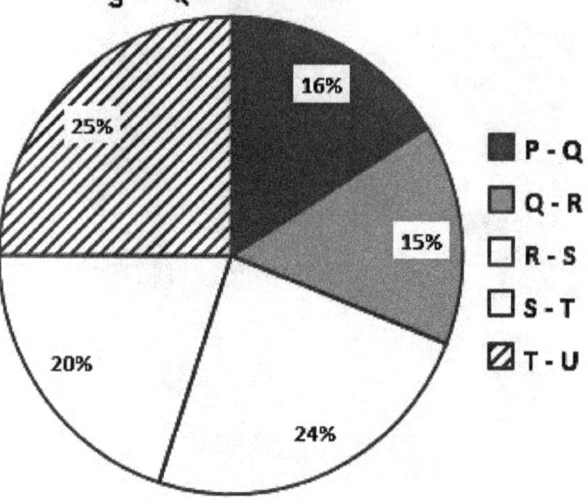

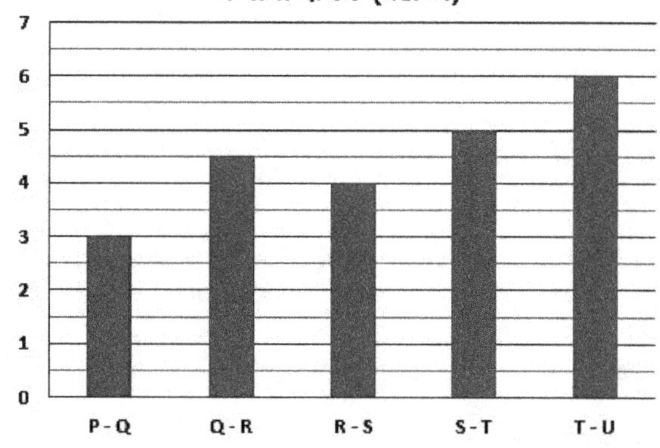

Q.220 स्टेशन R और U के मध्य ट्रेन की औसत गति को ज्ञात कीजिये।

A. 25 किमी/घंटे   B. 26.4 किमी/घंटे
C. 27.6 किमी/घंटे   D. 24.8 किमी/घंटे
E. इनमें से कोई नहीं

Q.221 स्टेशन P और Q की तुलना में स्टेशन Q और R के मध्य ट्रेन की गति में कितने प्रतिशत की कमी की गयी है?

A. 37.5%   B. 25%   C. 27.5%   D. 50%
E. 30%

Q.222 480 किमी को पार करने के पश्चात्, कुछ तकनीकी समस्या के कारण ट्रेन की गति में 20% की कमी हो जाती है। तब ट्रेन को स्टेशन U तक पहुंचने में कितने मिनट की दूरी होगी?

A. 80 मिनट   B. 60 मिनट   C. 120 मिनट   D. 72 मिनट
E. 84 मिनट

Q.223 स्टेशन R और S के मध्य ट्रेन की गति तथा स्टेशन S और T के मध्य ट्रेन की गति का अनुपात ज्ञात कीजिये।

A. 3 : 4   B. 2 : 3   C. 4 : 3   D. 5 : 4
E. 3 : 2

Q.224 स्टेशन R और S के मध्य में, ट्रेन स्वयं से दो गुनी लम्बाई के प्लेटफार्म को 90 सेकंड में पार करती है। प्लेटफार्म की लम्बाई ज्ञात कीजीए।

A. 150 मीटर   B. 600 मीटर   C. 300 मीटर   D. 450 मीटर
E. 900 मीटर

Q.225 आदित्य समान समय में राधिका से 50 प्रतिशत ज्यादा काम कर सकता है। राधिका अकेले एक कार्य को 30 घंटों में करती है। आदित्य एवं राधिका मिलकर वास्तविक कार्य के दुगुने कार्य को कितने समय में कर सकते हैं?

A. 24   **B.** 20
C. 22.5   **D.** 20.5
E. इनमें से कोई नहीं

Q.226 X और Y ने 3 : 5 के अनुपात में निवेश करके एक व्यवसाय शुरू किया। व्यवसाय के शुरू होने के 4 महीने बाद Z, X और Y के $\frac{1}{4}$ के बराबर राशि के साथ जुड़ जाता है। वर्ष के अंत में कुल लाभ ज्ञात कीजिये, यदि Y को 22,500 रुपये उसके हिस्से के रूप में प्राप्त हुए।

A. 40,000 रुपये   **B.** 42,000 रुपये
C. 32,000 रुपये   **D.** 48,000 रुपये
E. 58,000 रुपये

Ques (227-228):निर्देश: निम्नलिखित संख्या श्रृंखला में, कोई एक संख्या गलत है। गलत संख्या ज्ञात कीजिए।

Q.227 72, 74, 84, 110, 160, 244, 364

A. 364   **B.** 244   **C.** 160   **D.** 74
E. 72

Q.228 30, 42, 48, 54, 65, 81, 126

A. 42   **B.** 48   **C.** 126   **D.** 30
E. 65

Q.229 एक मिश्रण में, अल्कोहल और पानी का अनुपात 6 : 5 है। जब 22 लीटर मिश्रण को पानी से बदल दिया जाता है, तो अनुपात 9 : 13 हो जाता है। प्रतिस्थापन के बाद अल्कोहल की मात्रा ज्ञात कीजिये।

A. 40 लीटर   **B.** 42 लीटर
C. 36 लीटर   **D.** 34 लीटर
E. इनमें से कोई नहीं

Ques (230-231):निर्देश: निम्नलिखित प्रश्न में दो कथन I और II दिए गए हैं। आपको यह निर्धारित करना है कि प्रश्नों का उत्तर देने के लिए कौन सा/कौन से कथन पर्याप्त है/हैं /आवश्यक है/हैं।

Q.230 कार से संग्रहालय जाने वाले छात्रों की संख्या कितनी है? यदि तीन अलग-अलग माध्यम अर्थात बस, ट्रेन और कार से यात्रा करने वाले छात्रों का अनुपात 5 : 14 : 8 है?

कथन:

I. संग्रहालय जाने वाले छात्रों की संख्या, संग्रहालय में जाने वाली छात्राओं की संख्या से 45 अधिक है। सभी छात्राएं केवल ट्रेन से संग्रहालय गईं और केवल 30 पुरुष ट्रेन से गए।

II. बस और कार से संग्रहालय जाने वाले पुरुषों की कुल संख्या 195 है।

A. यदि प्रश्न का उत्तर देने के लिए केवल कथन I में दी गयी जानकारी पर्याप्त है जबकि प्रश्न का उत्तर देने के लिए केवल कथन II में दी गयी जानकारी पर्याप्त नहीं है।

B. यदि प्रश्न का उत्तर देने के लिए केवल कथन II में दी गयी जानकारी पर्याप्त है जबकि प्रश्न का उत्तर देने के लिए केवल कथन I में दी गयी जानकारी पर्याप्त नहीं है।

C. यदि प्रश्न का उत्तर देने के लिए या तो केवल कथन I या केवल कथन II में दी गयी जानकारी पर्याप्त है।

D. यदि कथन I और II दोनों में दी गयी जानकारी एक साथ प्रश्न का उत्तर देने के लिए आवश्यक है।

E. यदि डेटा न तो अकेले कथन I या अकेले कथन II में प्रश्न का उत्तर देने के लिए पर्याप्त है।

Q.231 टॉम, जेरी, और बॉब 2 वर्षों के लिए क्रमश 3 : 6 : 8 के अनुपात में एक साझेदारी की शुरुआत करते हैं। जेरी को लाभ के हिस्से के रूप में कितनी राशि प्राप्त हई है?

कथन:

I. टॉम, जेरी और बॉब द्वारा अर्जित औसत लाभ की राशि 17000 रूपये हैं।

II. तीनो का औसत निवेश 34000 रूपये हैं और 2 वर्ष के अंत में अर्जित किए गए लाभ का कुल निवेश का $\frac{1}{2}$ हैं।

A. कथन I अकेला प्रश्न का उत्तर देने के लिए पर्याप्त हैं, लेकिन केवल कथन II पर्याप्त नहीं है।

B. कथन II अकेला प्रश्न का उत्तर देने के लिए पर्याप्त हैं, लेकिन केवल कथन I पर्याप्त नहीं है।

C. प्रश्न का उत्तर देने के लिए एक साथ I और II दोनों कथनों की आवश्यकता है।

D. या तो कथन I या कथन II अकेले प्रश्न का उत्तर देने के लिए पर्याप्त है।

E. प्रश्न का उत्तर देने के लिए न तो कथन I अकेला या केवल कथन II पर्याप्त है।

Q.232 निर्देश: नीचे दिए गए प्रश्न में एक प्रश्न और तीन कथन संख्या I, II और III दिए गए हैं। आपको यह तय करना होगा कि कथन में दिए गए आंकड़े प्रश्न का उत्तर देने के लिए पर्याप्त हैं या नहीं।

मिश्रण में अशुद्धता का प्रतिशत ज्ञात कीजिए।

कथन:

I. एक डिस्काउंट विक्रेता अपनी लागत मूल्य पर बेचने के लिए और अशुद्धता के साथ मिश्रण करता है और इस तरह 25% प्राप्त करता है।

II. यदि 45 किलोग्राम मिश्रण में, $\frac{5}{2}$ गुना अशुद्धता पूरे मिश्रण की मात्रा के $\frac{2}{3}$ के 150% के बराबर है।

III. मिश्रण में शुद्ध गेहूं की मात्रा का मिश्रण की कुल मात्रा से अनुपात 3 : 5 में है। (मिश्रण शुद्ध गेहूं और अशुद्धता से बना है)

A. कथन I अकेले पर्याप्त है।
B. कथन II अकेले पर्याप्त है।
C. कथन III अकेले पर्याप्त है।
D. उनमें से कोई भी अकेले पर्याप्त है।
E. II और III दोनों पर्याप्त हैं

Q.233 निम्न प्रश्न में '?' का अनुमानित मान ज्ञात कीजिये। (आपको सटीक मान ज्ञात करने की आवश्यकता नहीं है।)

989.60 का 43.81% = 1024.94 का $?\%$ + 119.6 का 23.8%

A. 40   **B.** 30   **C.** 20   **D.** 10
E. 50

Q.234 निम्नलिखित दिये गये संख्या श्रृंखला में एक संख्या गलत दी गई है। आपको वह संख्या ढूंढनी है और मानना है कि उसी संख्या से, पुराने श्रृंखला के तरीके का पालन करते हुए, एक नई श्रृंखला शुरू होती है, तो नई श्रृंखला की तीसरी संख्या क्या है?

3 5 12 38 154 914 4634

A. 1636   **B.** 1222
C. 1834   **D.** 3312
E. इनमें से कोई नहीं

Q.235 निम्नलिखित गये संख्या श्रृंखला में एक संख्या गलत दी गई है। आपको वह संख्या ढूंढनी है और मानना है कि उसी संख्या से, पुराने श्रृंखला के तरीके का पालन करते हुए, एक नई श्रृंखला शुरू होती है, तो नई श्रृंखला की तीसरी संख्या क्या है?

3 5 12 38 154 914 4634

A. 22　　　**B.** 276　　　**C.** 72　　　**D.** 1374
E. 137

Q.236 निम्नलिखित प्रश्न में प्रश्नवाचक चिन्ह (?) के स्थान पर लगभग कितना मान आना चाहिए?

$$(8.97)^2 \times (15.05)^2 \div \sqrt{624.89} = 9^?$$

A. 3　　　**B.** -4　　　**C.** 4　　　**D.** 2
E. 5

Q.237 दी गयी आकृति में, समभुज त्रिभुज ∆ABC के किनारों को काटकर एक नियमित षट्भुज PQRSTU बनाया गया है। ∆ABC के प्रत्येक भुजा की लम्बाई $15\sqrt{7}$ सेमी है, तब ∆PQR का क्षेत्रफल (वर्ग सेमी में) क्या है?

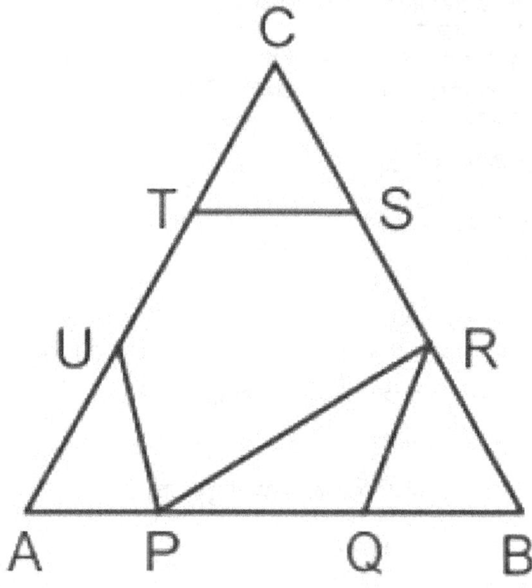

A. $\frac{175\sqrt{7}}{3}$　　　　　**B.** $\frac{175\sqrt{3}}{4}$

C. $\frac{172\sqrt{3}}{5}$　　　　　**D.** $\frac{179\sqrt{3}}{4}$

E. इनमें से कोई नहीं

Q.238 राम एक स्पोर्ट्स शॉप पर कैरम बोर्ड खरीदने गया और अंकित मूल्य पर लगातार दो छूट प्राप्त की। कैरम बोर्ड की अंकित कीमत 1500 रुपये थी और उसे वह 1200 रु में मिला। यदि पहली छूट 15% थी, तो दूसरी छूट % ज्ञात कीजिए।

A. $\frac{100}{17}$%　　　**B.** $\frac{200}{37}$%　　　**C.** $\frac{150}{43}$%　　　**D.** $\frac{100}{37}$%
E. $\frac{150}{33}$%

Q.239 एक व्यक्ति 3 किमी/घंटा, 4 किमी/घंटा और 5 किमी/घंटा की गति से बराबर दूरियां तय करता है और कुल 47 मिनट का समय लेता है। कुल दूरी (किमी में) है:

A. 3　　　**B.** 5　　　**C.** 4　　　**D.** 2
E. 7

Q.240 एक दुकानदार 6 रुपये प्रति दर्जन के हिसाब से 600 केले खरीदता है। वह सभी केलों को 2 रुपये प्रत्येक पर बेचता है। एक दुकानदार का लाभ/हानि प्रतिशत ज्ञात कीजिए।

A. 300%　　　**B.** 3%　　　**C.** 150%　　　**D.** 10%
E. 200%

// स्मार्ट उत्तर पुस्तिका //

सही उत्तर उन छात्रों का प्रतिशत जिन्होंने प्रश्नों का सही उत्तर दिया था। **छोड़ दिया** उन छात्रों का प्रतिशत जिन्होंने प्रश्नों को छोड़ दिया था।

प्रश्न संख्या	उत्तर	सही उत्तर / छोड़ दिया
1	E	67.74 % / 31.64 %
2	E	64.0 % / 34.23 %
3	C	63.75 % / 32.97 %
4	A	55.34 % / 36.33 %
5	D	61.29 % / 30.97 %
6	D	65.98 % / 30.4 %
7	B	51.5 % / 48.45 %
8	B	58.47 % / 40.0 %
9	C	69.8 % / 30.11 %
10	D	67.01 % / 31.83 %
11	B	49.21 % / 34.92 %
12	A	47.97 % / 31.96 %
13	C	53.37 % / 33.56 %
14	B	27.46 % / 67.17 %
15	E	32.72 % / 67.24 %
16	C	11.11 % / 78.09 %

प्रश्न संख्या	उत्तर	सही उत्तर / छोड़ दिया
17	D	27.56 % / 68.12 %
18	A	10.73 % / 78.79 %
19	C	59.71 % / 31.81 %
20	A	69.75 % / 30.22 %
21	D	65.95 % / 31.41 %
22	B	45.11 % / 44.17 %
23	E	50.66 % / 44.72 %
24	C	40.52 % / 41.38 %
25	E	76.75 % / 22.67 %
26	C	51.11 % / 33.62 %
27	B	62.45 % / 34.98 %
28	D	43.44 % / 33.11 %
29	A	66.65 % / 31.21 %
30	D	50.61 % / 30.12 %
31	A	44.89 % / 30.92 %
32	C	23.04 % / 73.68 %

प्रश्न संख्या	उत्तर	सही उत्तर / छोड़ दिया
33	E	61.58 % / 31.52 %
34	D	46.3 % / 52.77 %
35	B	50.2 % / 32.36 %
36	A	68.29 % / 30.05 %
37	A	26.92 % / 68.96 %
38	B	42.78 % / 42.77 %
39	A	62.81 % / 36.17 %
40	D	43.53 % / 47.23 %
41	B	59.23 % / 33.26 %
42	A	88.61 % / 10.43 %
43	B	57.7 % / 33.4 %
44	A	80.15 % / 15.61 %
45	E	60.59 % / 32.7 %
46	A	47.67 % / 36.24 %
47	B	44.55 % / 47.8 %
48	C	57.8 % / 35.43 %

प्रश्न संख्या	उत्तर	सही उत्तर / छोड़ दिया
49	B	59.28 % / 35.52 %
50	B	64.97 % / 31.66 %
51	A	61.5 % / 36.77 %
52	B	87.21 % / 10.48 %
53	B	58.48 % / 31.06 %
54	C	83.8 % / 10.09 %
55	C	86.44 % / 11.23 %
56	C	88.68 % / 10.53 %
57	D	83.8 % / 13.57 %
58	C	84.43 % / 13.66 %
59	B	66.99 % / 32.22 %
60	C	51.37 % / 40.7 %
61	A	83.12 % / 12.86 %
62	D	79.3 % / 18.78 %
63	C	16.5 % / 68.26 %
64	D	28.73 % / 67.18 %

प्रश्न संख्या	उत्तर	सही उत्तर / छोड़ दिया
65	B	89.26 % / 10.25 %
66	D	57.05 % / 33.71 %
67	A	69.78 % / 30.02 %
68	C	65.44 % / 34.3 %
69	B	46.84 % / 42.28 %
70	A	41.95 % / 55.77 %
71	A	49.89 % / 48.37 %
72	C	65.2 % / 30.38 %
73	B	42.0 % / 53.24 %
74	B	65.68 % / 31.57 %
75	D	47.43 % / 50.95 %
76	A	64.75 % / 33.51 %
77	B	21.66 % / 73.83 %
78	B	55.47 % / 44.25 %
79	D	68.7 % / 30.09 %
80	A	53.01 % / 39.16 %

प्रश्न संख्या	उत्तर	सही उत्तर / छोड़ दिया	प्रश्न संख्या	उत्तर	सही उत्तर / छोड़ दिया	प्रश्न संख्या	उत्तर	सही उत्तर / छोड़ दिया	प्रश्न संख्या	उत्तर	सही उत्तर / छोड़ दिया	प्रश्न संख्या	उत्तर	सही उत्तर / छोड़ दिया
81	A	15.17 % / 67.54 %	97	C	61.06 % / 32.41 %	113	D	68.6 % / 30.91 %	129	B	41.73 % / 38.7 %	145	B	41.3 % / 37.17 %
82	E	26.95 % / 72.85 %	98	B	40.87 % / 32.57 %	114	A	69.51 % / 30.25 %	130	B	53.68 % / 33.13 %	146	B	49.48 % / 35.92 %
83	B	49.86 % / 47.08 %	99	B	57.73 % / 40.57 %	115	D	58.97 % / 32.08 %	131	B	49.51 % / 39.78 %	147	A	49.6 % / 45.65 %
84	C	62.49 % / 32.95 %	100	A	18.29 % / 77.35 %	116	B	43.21 % / 30.44 %	132	D	60.58 % / 30.29 %	148	A	69.58 % / 30.08 %
85	A	23.85 % / 69.98 %	101	B	54.13 % / 30.67 %	117	D	41.55 % / 32.61 %	133	A	61.58 % / 34.48 %	149	B	65.79 % / 32.67 %
86	B	11.61 % / 80.55 %	102	C	53.86 % / 30.24 %	118	D	46.6 % / 50.81 %	134	C	60.33 % / 30.56 %	150	B	42.71 % / 50.93 %
87	B	55.26 % / 31.3 %	103	E	48.8 % / 42.39 %	119	D	69.85 % / 30.01 %	135	E	83.11 % / 16.56 %	151	A	48.51 % / 51.45 %
88	E	62.26 % / 33.27 %	104	D	56.71 % / 37.35 %	120	A	46.46 % / 38.8 %	136	B	49.37 % / 32.79 %	152	D	66.82 % / 32.13 %
89	A	44.12 % / 39.51 %	105	C	60.54 % / 30.68 %	121	A	58.02 % / 33.95 %	137	B	64.11 % / 35.8 %	153	C	45.48 % / 43.31 %
90	A	67.87 % / 30.59 %	106	A	23.65 % / 67.01 %	122	A	55.99 % / 43.87 %	138	C	12.87 % / 82.08 %	154	C	56.36 % / 31.55 %
91	B	56.5 % / 38.73 %	107	A	48.61 % / 45.37 %	123	B	61.45 % / 37.87 %	139	B	66.97 % / 31.19 %	155	A	67.37 % / 32.51 %
92	A	42.51 % / 45.9 %	108	B	66.88 % / 30.18 %	124	E	16.67 % / 80.07 %	140	C	63.84 % / 31.11 %	156	B	40.92 % / 46.46 %
93	A	19.79 % / 77.42 %	109	A	57.53 % / 32.12 %	125	A	25.82 % / 71.98 %	141	E	43.54 % / 43.51 %	157	A	87.98 % / 11.15 %
94	D	44.94 % / 31.97 %	110	B	40.92 % / 56.04 %	126	C	17.68 % / 79.91 %	142	A	60.18 % / 37.26 %	158	C	46.49 % / 52.8 %
95	D	49.06 % / 33.92 %	111	A	48.02 % / 46.11 %	127	B	30.73 % / 67.78 %	143	B	67.18 % / 31.21 %	159	B	15.17 % / 76.72 %
96	C	25.95 % / 72.71 %	112	D	67.0 % / 30.49 %	128	B	20.79 % / 72.36 %	144	A	46.01 % / 35.89 %	160	E	51.55 % / 43.06 %

प्रश्न संख्या	उत्तर	सही उत्तर	छोड़ दिया
161	D	23.63 %	71.78 %
162	D	13.13 %	86.2 %
163	C	16.97 %	80.76 %
164	D	77.92 %	11.1 %
165	D	57.82 %	38.72 %
166	D	44.27 %	43.47 %
167	C	81.42 %	12.49 %
168	C	48.29 %	51.39 %
169	B	64.93 %	30.52 %
170	C	88.75 %	11.06 %
171	D	88.25 %	10.39 %
172	A	89.47 %	10.07 %
173	C	69.14 %	30.72 %
174	D	55.67 %	37.27 %
175	A	76.06 %	22.83 %
176	A	65.72 %	32.92 %

प्रश्न संख्या	उत्तर	सही उत्तर	छोड़ दिया
177	D	69.08 %	30.36 %
178	D	60.9 %	34.83 %
179	C	77.21 %	12.18 %
180	B	78.83 %	20.2 %
181	B	69.07 %	30.48 %
182	D	51.7 %	45.18 %
183	C	52.42 %	44.64 %
184	B	46.27 %	37.85 %
185	D	54.42 %	35.38 %
186	B	61.56 %	37.37 %
187	B	54.68 %	30.6 %
188	A	48.26 %	40.62 %
189	C	18.2 %	71.24 %
190	A	65.56 %	33.7 %
191	D	61.27 %	30.1 %
192	A	51.5 %	40.65 %

प्रश्न संख्या	उत्तर	सही उत्तर	छोड़ दिया
193	A	41.4 %	38.91 %
194	C	15.33 %	72.23 %
195	B	88.77 %	11.16 %
196	B	40.93 %	50.9 %
197	D	54.4 %	44.89 %
198	D	41.82 %	35.31 %
199	C	56.03 %	39.92 %
200	A	56.0 %	35.1 %
201	C	23.5 %	73.93 %
202	C	66.83 %	31.58 %
203	C	47.32 %	43.58 %
204	A	60.0 %	35.8 %
205	D	40.39 %	53.62 %
206	C	54.94 %	39.74 %
207	A	77.74 %	12.13 %
208	E	59.88 %	36.98 %

प्रश्न संख्या	उत्तर	सही उत्तर	छोड़ दिया
209	E	52.59 %	44.22 %
210	C	56.98 %	36.3 %
211	B	67.92 %	31.39 %
212	D	43.06 %	56.87 %
213	E	59.9 %	37.13 %
214	C	45.23 %	51.91 %
215	C	14.45 %	76.87 %
216	A	18.79 %	68.71 %
217	B	45.49 %	39.04 %
218	D	55.24 %	41.32 %
219	E	80.0 %	14.86 %
220	C	60.32 %	38.65 %
221	A	44.5 %	41.35 %
222	D	23.93 %	70.43 %
223	E	62.3 %	34.95 %
224	B	57.81 %	31.84 %

प्रश्न संख्या	उत्तर	सही उत्तर	छोड़ दिया
225	A	47.21 %	38.4 %
226	B	49.04 %	37.43 %
227	B	51.28 %	34.15 %
228	E	45.86 %	38.74 %
229	C	67.09 %	31.39 %
230	D	63.07 %	34.52 %
231	D	58.99 %	35.87 %
232	D	20.93 %	74.97 %
233	A	59.61 %	40.06 %
234	C	65.52 %	31.23 %
235	C	40.27 %	50.78 %
236	A	49.24 %	43.49 %
237	B	69.87 %	30.1 %
238	A	67.07 %	31.67 %
239	A	52.19 %	36.72 %
240	A	58.3 %	40.14 %

//संकेत और समाधान//

1. हम कथन को पहले ध्यान से पढ़ना सुनिश्चित करते हैं और फिर देखते हैं कि हमारे पहले पढ़ने के आधार पर क्या तात्कालिक निष्कर्ष निकाला जा सकता है। अगला कदम विकल्पों में दिए गए तर्कों को देखना है, उनका विश्लेषण करना है और यह देखना है कि क्या वे हमारे द्वारा प्रदान की गई जानकारी/डेटा के संबंध में प्रासंगिक हैं। अंत में, प्रश्न का बारीकी से अध्ययन करना बहुत महत्वपूर्ण है।

प्रश्न में यह लिखा गया है कि निम्नलिखित में से कौन सा दिए गए कथन को 'कमजोर' करता है, हमें एक विकल्प विकल्प तलाशना चाहिए जो कथन के विचार को कमजोर करता हो।

उपरोक्त कदमों के बाद, हमें दिए गए कथन और संबंधित प्रश्न का बारीकी से विश्लेषण करना चाहिए।

कथन से, यह स्पष्ट है कि गौतम अडानी के नेतृत्व वाला समूह केएसके महानदी का अधिग्रहण करने के लिए सबसे अच्छा बोली लगाने वाला है, लेकिन यूपीपीसीएल केएसके महानदी के मुद्दे को हल करने की योजना बना रहा है, जो अदनान समूह के लिए एक समस्या पैदा कर सकता है। इस प्रकार, एक उपयुक्त तर्क जो जानकारी को कमजोर करता है, उसे ठोस सबूत देना होगा कि UPPCL अदानी समूह के लिए कोई समस्या नहीं होगी।

तर्क I जिसमें कहा गया है कि अंतिम पंक्ति से उपलब्ध कराई गई जानकारी के रूप में अस्वीकार कर दिया है 'विकास संभवतः एक हो सकता है अवरोध के पूर्व प्रेमी के लिए, अदानी समूह' का समर्थन करता है विचार इस UPPPC मदद करने के लिए कंपनी इस तरह के समर्थन में मदद मिलेगी कहा गया विचार।

तर्क II अप्रासंगिक है क्योंकि यह उस अतीत के बारे में बात करता है जिसके परिणामस्वरूप कंपनी की वर्तमान स्थिति जिसके परिणामस्वरूप बोली लगाई गई थी। जिससे इसे खारिज किया जाता है।

तर्क III अप्रासंगिक है और इसे अस्वीकार किया जा सकता है क्योंकि यह दिए गए कथन के दूसरे भाग का समर्थन करता है। यह उसी दिशा में है जिस तरह से दी गई जानकारी किसी भी अर्थ में बताई गई जानकारी को कमजोर नहीं करती है।

अतः विकल्प (E) सही है।

Ques (2-3): दी गई जानकारी के अनुसार,

M, N से				
चिह्न	@	$	*	©	#
अर्थ है	>	<	≥	≤	≠

2. कथन: A © B, E $ F, C # B, E $ D, C * D,

परिवर्तित करने पर: A ≤ B, E < F, C ≠ B, E < D, C ≥ D

संयोजन करने पर: A ≤ B ≠ C ≥ D > E < F

निष्कर्ष:

I. C @ F → C > F → असत्य (चूँकि C ≥ D > E < F → C और F के बीच स्पष्ट संबंध निर्धारित नहीं किया जा सकता है)

II. C $ E → C < E → असत्य (चूँकि C ≥ D > E → C > E)

III. A @ D → A > D → असत्य (चूँकि A ≤ B ≠ C ≥ D → A और D के बीच स्पष्ट संबंध निर्धारित नहीं किया जा सकता है)

इसलिए, कोई निष्कर्ष सत्य नहीं है।

अतः विकल्प (E) सही है।

3. कथन: E @ F, H $ G, F * G, H # I, K © I

परिवर्तित करने पर: E > F, H < G, F ≥ G, H ≠ I, K ≤ I

संयोजन करने पर: E > F ≥ G > H ≠ I ≥ K

निष्कर्ष:

I. H $ E → H < E → सत्य (चूँकि E > F ≥ G > H → E > H)

II. K © H → K ≤ H → असत्य (चूँकि H ≠ I ≥ K → क्योंकि, H ≠ I इसलिए H और K के बीच कोई संबंध नहीं है)

III. E @ G → E > G → सत्य (चूँकि E > F ≥ G → E > G)

इसलिए, निष्कर्ष I और III दोनों सत्य हैं।

अतः विकल्प (C) सही है।

4. दिया गया है कि आठ सदस्य - A, B, C, D, E, F, G और H एक वृत्ताकार मेज़ के चारों ओर मध्य के सम्मुख होकर बैठे हैं और सभी अलग-अलग व्यवसायों जैसे कि वकील, चिकित्सक, गायक, इंजिनियर, क्लर्क, प्रबंधक, टाइपिस्ट और वेटर से संबंधित हैं।

कथन I से,

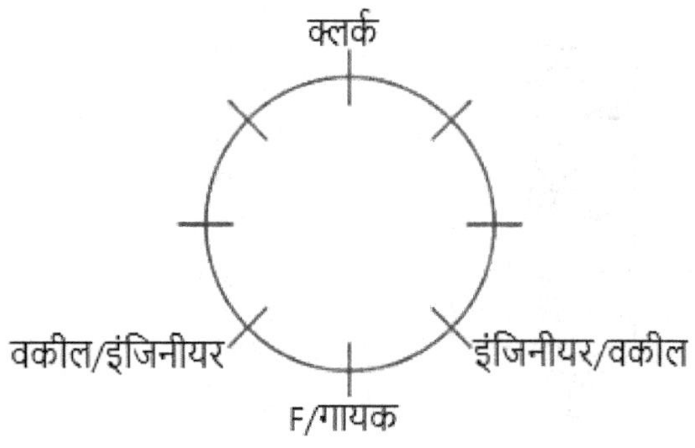

कथन II से,

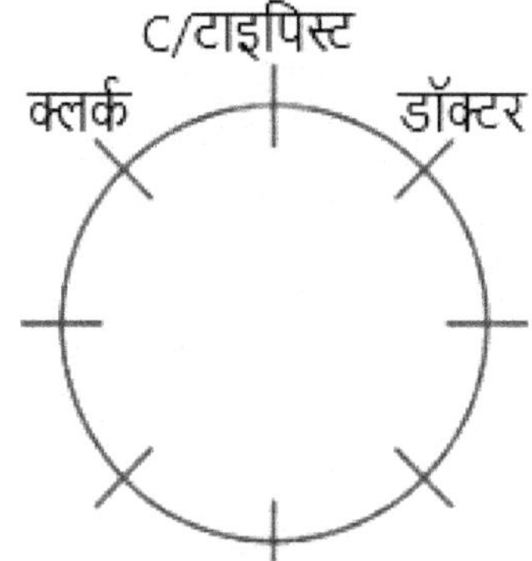

कथन I, II और III को संयोजित करने पर,

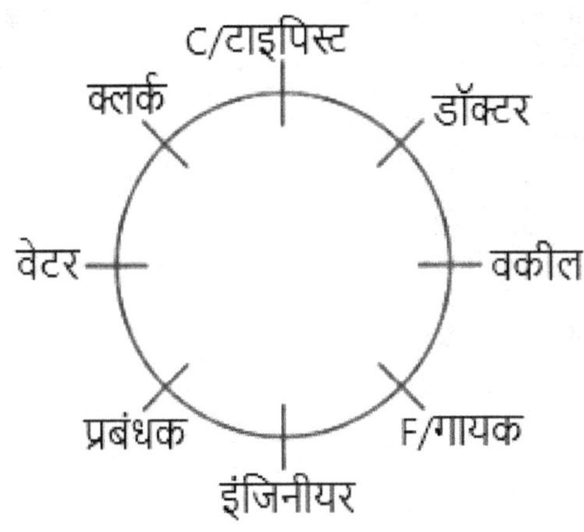

इसलिए, इंजिनीयर C के विपरीत बैठता है जोकि एक टाइपिस्ट है।

इसलिए तीनों कथन प्रश्न को हल करने के लिए पर्याप्त थे।

अतः विकल्प (A) सही है।

5. कथन I: P और Q एक दूसरे के आसन्न बैठे हैं। T, P के दायीं ओर से दूसरे स्थान पर बैठा है।

स्थिति: 1

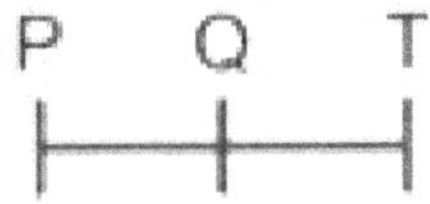

स्थिति: 2

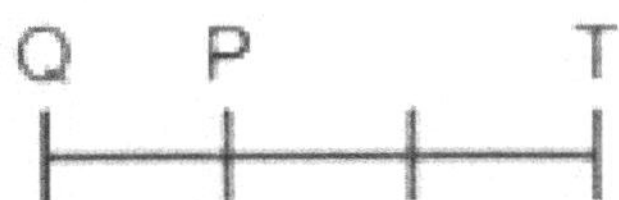

इसलिए प्रश्न का उत्तर देने के लिए केवल कथन I पर्याप्त नहीं है।

कथन II: Q और R के मध्य व्यक्तियों की संख्या, P और T के मध्य व्यक्तियों की संख्या के समान है।

यहाँ, दी गयी जानकारी बैठक व्यवस्था बनाने के लिए पर्याप्त नहीं है।

इसलिए प्रश्न का उत्तर देने के लिए केवल कथन II पर्याप्त नहीं है।

कथन III: S, P के दायीं ओर से तीसरे स्थान पर बैठा है जो Q के निकटतम बाएं है।

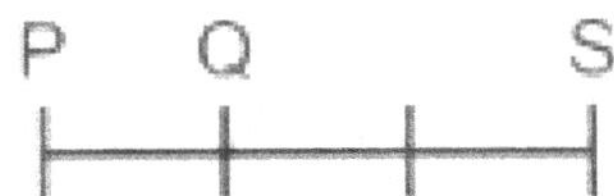

इसलिए प्रश्न का उत्तर देने के लिए केवल कथन III पर्याप्त नहीं है।

कथन I और II:

P और Q एक दूसरे के आसन्न बैठे हैं। T, P के दायीं ओर से दूसरे स्थान पर बैठा है।

Q और R के मध्य व्यक्तियों की संख्या, P और T के मध्य व्यक्तियों की संख्या के समान है।

स्थिति: 1.1

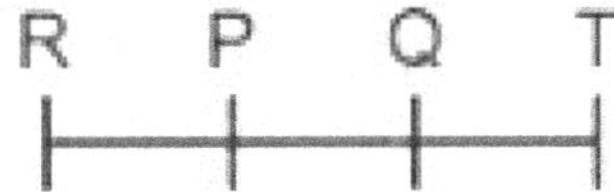

स्थिति: 1.2

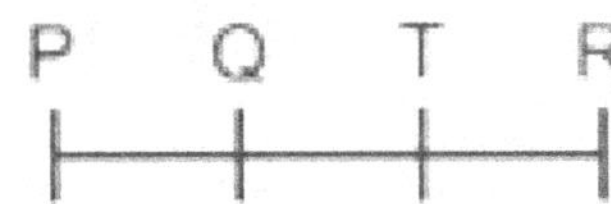

स्थिति: 2

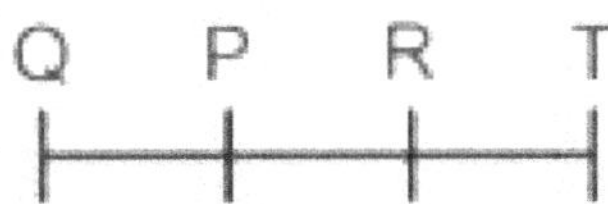

इसलिए प्रश्न का उत्तर देने के लिए कथन I और II एकसाथ पर्याप्त नहीं हैं।

कथन I और III:

P और Q एक दूसरे के आसन्न बैठे हैं। T, P के दायीं ओर से दूसरे स्थान पर बैठा है।

S, P के दायीं ओर से तीसरे स्थान पर बैठा है जो Q के निकटतम बाएं है।

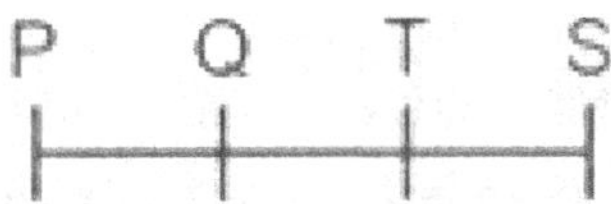

यहाँ, R के लिए कोई जानकारी नहीं दी गयी है।

इसलिए प्रश्न का उत्तर देने के लिए कथन I और III एकसाथ पर्याप्त नहीं हैं।

कथन II और III:

Q और R के मध्य व्यक्तियों की संख्या, P और T के मध्य व्यक्तियों की संख्या के समान है।

S, P के दायीं ओर से तीसरे स्थान पर बैठा है जो Q के निकटतम बाएं है।

यहाँ, दो संभव संयोजन हैं:

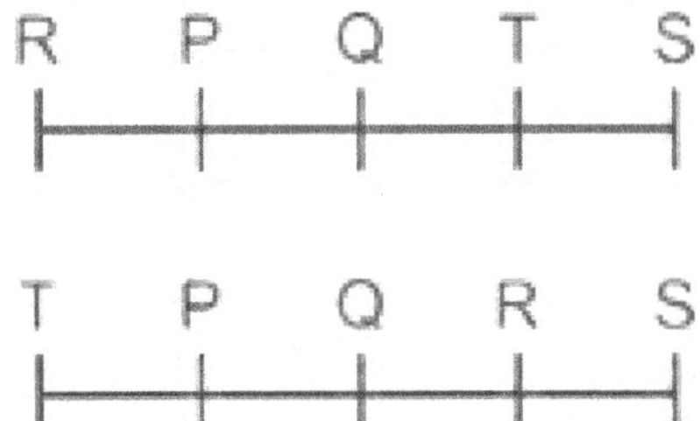

दोनों संयोजन में, Q पंक्ति में मध्य में है।

इसलिए प्रश्न का उत्तर देने के लिए कथन II और III एकसाथ पर्याप्त हैं।

अतः विकल्प (D) सही है।

6. दिए गए कथनों के लिए वेन आरेख निम्न प्रकार है:

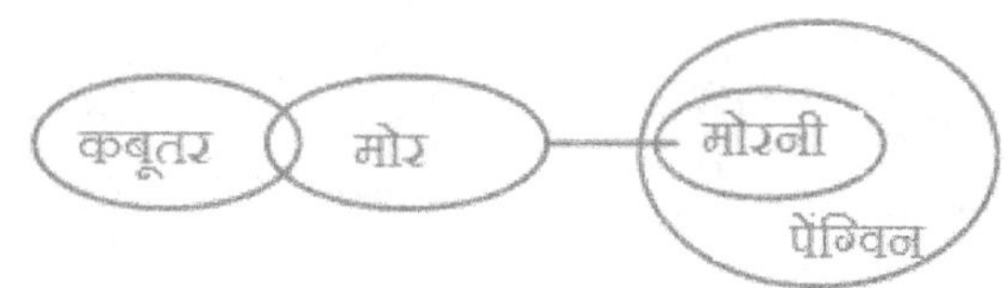

निष्कर्ष:

सभी मोर के मोरनी होने की संभावना है → सत्य (चूंकि कोई मोर मोरनी नहीं है असत्य है इसलिए सभी के सत्य होने की संभावना है)

कुछ पेंग्विन कबूतर है → असत्य (यह संभव है लेकिन निश्चित नहीं है)

कुछ कबूतर के पेंग्विन होने की संभावना है → सत्य (चूंकि कबूतर और पेंग्विन के बीच कोई निश्चित संबंध नहीं है, इसलिए, संभावना सत्य है)

इसलिए, केवल I और III अनुसरण करता है।

अतः विकल्प (D) सही है।

7. दिए गए कथनों के लिए वेन आरेख निम्न प्रकार है:

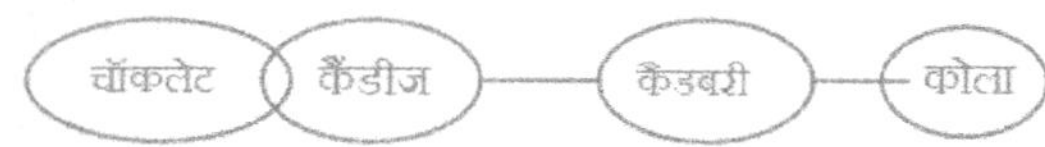

निष्कर्ष:

कुछ कोयले के कैंडीज होने की संभावना है → सत्य (चूंकि कोला और कैंडीज के बीच कोई सीधा संबंध नहीं है, इसलिए संभावना सत्य है)

सभी चॉकलेट के कैंडीज होने की संभावना है → सत्य (चूंकि यह निश्चित नहीं है की कोई चॉकलेट कैंडीज नहीं है, इसलिए, सभी के सत्य होने की संभावना है)

कुछ कैडबरी कैंडीज हैं → असत्य (चूँकि कोई कैडबरी कैंडीज नहीं हैं इसलिए, कुछ का संबंध संभव नही है)

इस प्रकार, केवल I और II अनुसरण करते हैं।

अतः विकल्प (B) सही है।

8. विकल्प (A), (C) और (D) लेखक के निष्कर्ष का समर्थन कर रहे हैं।

केवल विकल्प (B) इंगित करता है कि संस्थान A ने उन छात्रों का सबसे अच्छा चयन किया था जो योग्यता-आधारित प्रणाली के माध्यम से अध्ययन करने में कुशल थे। यह संस्थान के प्रदर्शन को एक धार देता है और इसलिए यह उच्च अंक प्राप्त करने वालों के उच्च प्रतिशत को दर्शाता है।

इसलिए, संस्थान A संस्थान B से बेहतर है इसका निष्कर्ष अंक प्राप्त करने वालों के प्रतिशत के आधार पर निर्धारित नहीं किया जा सकता है।

अतः विकल्प (B) सही है।

Ques (9-13):दी गई जानकारी के अनुसार:

B	C	D	F	G	H	J	K	L	M	N	P	Q	R	S	T	V	W	X	Y	Z
1	2	3	4	5	1	2	3	4	5	1	2	3	4	5	1	2	3	4	5	1

शर्तें:

भाग 1:

पहला अक्षर	अंतिम अक्षर	दोनों के कूट
स्वर	व्यंजन	¥
व्यंजन	स्वर	€
स्वर	स्वर	%
व्यंजन	व्यंजन	%

भाग 2:

पहले और अंतिम अक्षर के बीच में आने वाला अक्षर	स्वर के बाद आने वाला व्यंजन	स्वरों के कूट	व्यंजनों के कूट
स्वर	M से पहले आने वाला अक्षर	&	+
स्वर	M के बाद आने वाला अक्षर	#	$

9. प्रश्न में दिए गए शब्दों के कूट,

A. SPRING = %25&+% ≠ %24#$%

B. KING = %#$% = %#$%

C. PLANT = %4#+% ≠ %4#$%

D. WASTE = €#$1€ = €#$1€

इसलिए, B और D सत्य हैं।

अतः विकल्प (C) सही है।

10. प्रश्न में दिए गए शब्दों के कूट,

A. HISTORY = %#$1#$% = %#$1#$%

B. SUFO = €&+€ = €&+€

C. CART = %#$% = %#$%

D. MONTH = %#$2% ≠%#$1%

इसलिए, D असत्य है।

अतः विकल्प (D) सही है।

11. प्रश्न में दिए गए शब्दों के कूट,

A. LADY = %#+% = %&+%

B. WORK = %#$% = %#$%

C. WATCH = €#$2€ ≠ %#$2%

D. ROCK = %$+% ≠ %&+%

इसलिए, C और D असत्य हैं।

अतः विकल्प (B) सही है।

12. प्रश्न में दिए गए शब्दों के कूट,

A. LIST =%$+% ≠ %#$%

B. LIGHT = €1$€ ≠ %&+1%

C. STORY = %1#$% = %1#$%

D. JACK = €$4% ≠ %&+%

इसलिए, C सत्य है।

अतः विकल्प (A) सही है।

13. प्रश्न में दिए गए शब्दों के कूट,

A. GLORY = %4#$%=%4#$%

B. FIVE = €#$€ =€#$€

C. ELSE = %42% ≠%45%

D. TILE = €&+€=€&+€

इसलिए, A, B और D सत्य हैं।

अतः विकल्प (C) सही है।

Ques (14-18):व्यक्ति: M, N, O, P, Q, R, S, T

5 – केंद्र के विपरीत सम्मुख

3 – केंद्र के सम्मुख

1. O और T के बीच दो छात्रों का अंतराल है और दोनों विपरीत दिशा के सम्मुख हैं।

2. P, O के दायीं ओर से तीसरे स्थान पर बैठा है।

3. Q, T के विपरीत बैठा है और T के समान दिशा के सम्मुख है।

5. M और P के बीच तीन छात्रों का अंतराल है और दोनों एक-दूसरे के विपरीत दिशा के सम्मुख हैं।

6. M उस दिशा के विपरीत दिशा के सम्मुख है जिस दिशा के सम्मुख Q है।

स्थिति - 1

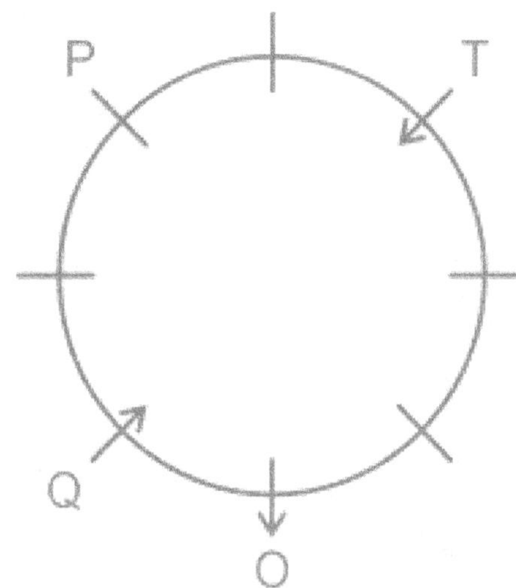

स्थिति-2

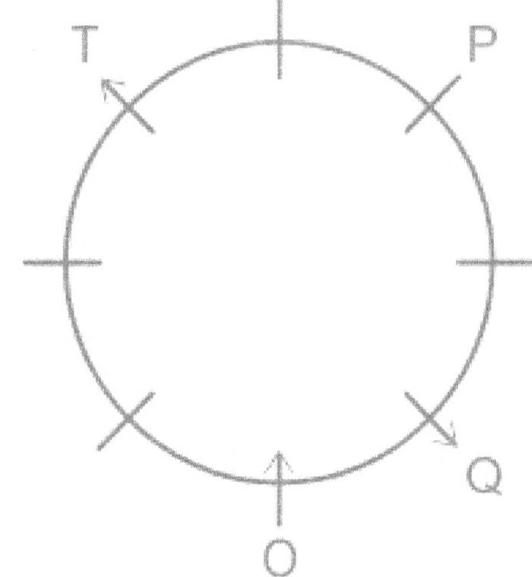

स्थिति - 1

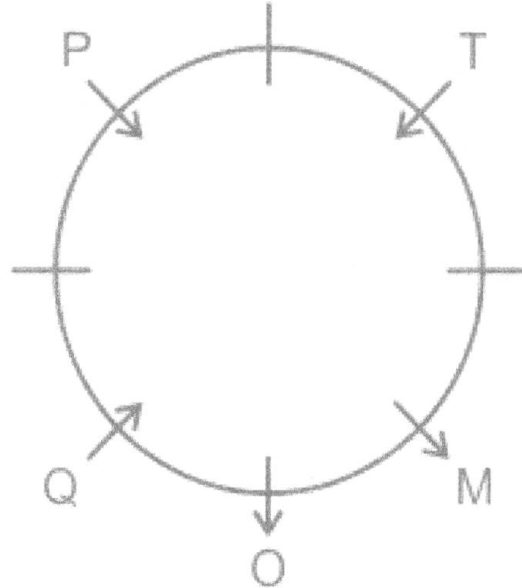

स्थिति-2

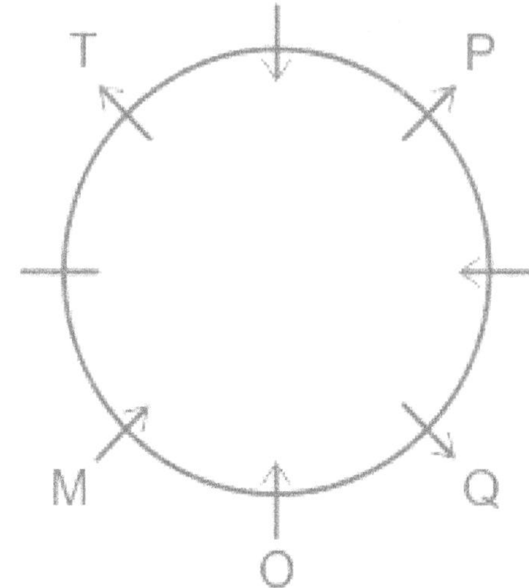

7. N और S के बीच तीन छात्रों का अंतराल है और दोनों केंद्र से विपरीत सम्मुख हैं।

8. R, N के दायीं ओर से दूसरे स्थान पर बैठा है और R के दोनों पड़ोसी R के विपरीत दिशा के सम्मुख हैं।

9. R केंद्र के सम्मुख है।

स्थिति (1) में P O के दायीं ओर से तीसरे स्थान पर बैठा है, यदि O केंद्र के सम्मुख है, तो हम P को O के दायीं ओर से तीसरे स्थान पर नहीं बैठा सकते हैं। उसी प्रकार स्थिति (2) में यदि O केंद्र के विपरीत सम्मुख है, तो हम P को O के दायीं ओर से तीसरे स्थान पर नहीं बैठा सकते हैं।

4. M ना तो T और ना ही P का पड़ोसी है।

स्थिति - 1

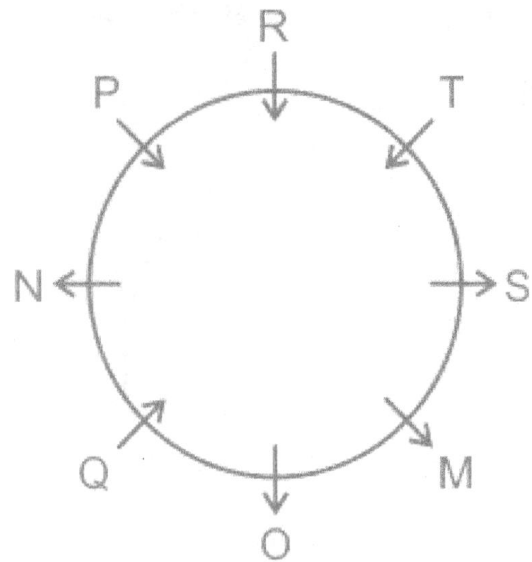

स्थिति - 2

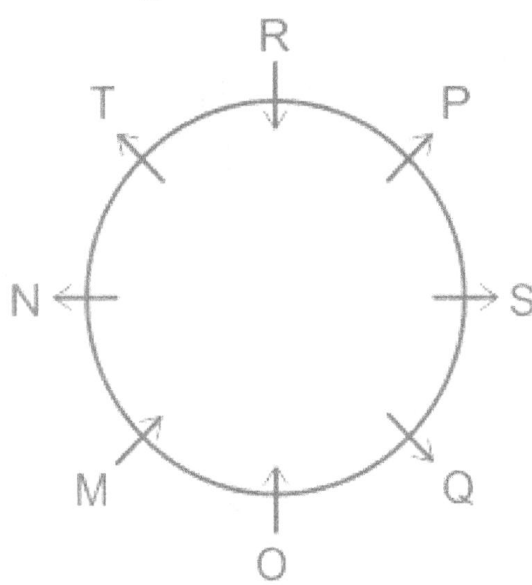

यहाँ स्थिति (1) रद्द हो जाती है क्योंकि यह स्पष्ट रूप से दिया गया है कि 3 व्यक्ति केंद्र के सम्मुख हैं और 5 केंद्र के विपरीत सम्मुख हैं, लेकिन स्थिति (1) में यदि R केंद्र के सम्मुख है, तो 4 व्यक्ति केंद्र के सम्मुख हैं, यह संभव नहीं है।

इसलिए हमारा अंतिम आरेख नीचे दिया गया है:

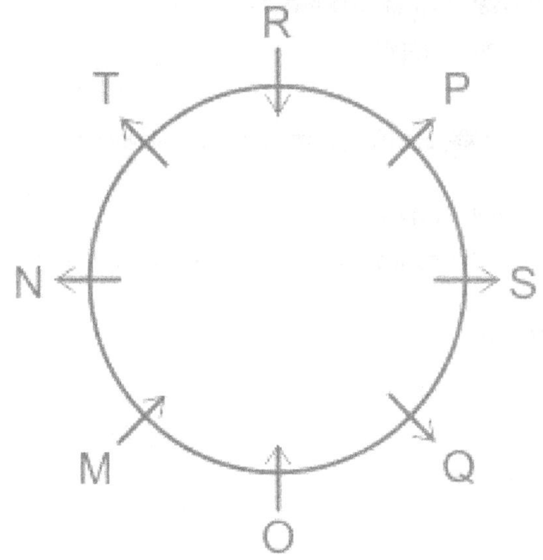

14. इसलिए, P, N के दायीं ओर से तीसरे स्थान पर बैठा है।

अतः विकल्प (B) सही है।

15. इसलिए, Q, T के बायीं ओर से चौथे स्थान पर बैठा है और साथ ही T के दायीं ओर से चौथे स्थान पर भी बैठा है।

अतः विकल्प (E) सही है।

16. N, R के दायीं ओर से दूसरे स्थान पर बैठा है।

P, T के दायीं ओर से दूसरे स्थान पर बैठा है।

उसीप्रकार,

M, Q के दायीं ओर से दूसरे स्थान पर बैठा है।

अतः विकल्प (C) सही है।

17. इसलिए, T, M के बायीं ओर से दूसरे स्थान पर बैठा है।

अतः विकल्प (D) सही है।

18. इसलिए, O, R के विपरीत बैठा है।

अतः विकल्प (A) सही है।

Ques (19-23):व्यक्तियों के नाम: मनोज, मणि, मोहन, मनु, मंजू, मीना, मधु और महेश।

सम्मुख दिशा: वे सभी उत्तर दिशा के सम्मुख हैं।

1. मंजू और मनु के बीच चार व्यक्ति बैठे हैं, लेकिन उनमें से कोई भी पंक्ति के किसी भी अंतिम छोर पर नहीं बैठा है।

(यहाँ दो स्थितियां मौजूद हैं, स्थिति -1: मनु, मंजू के दायीं ओर बैठा है और उनके बीच चार व्यक्ति बैठे हैं। स्थिति - 2: मनु, मंजू के बायीं ओर बैठा है और उनके बीच चार व्यक्ति बैठे हैं।)

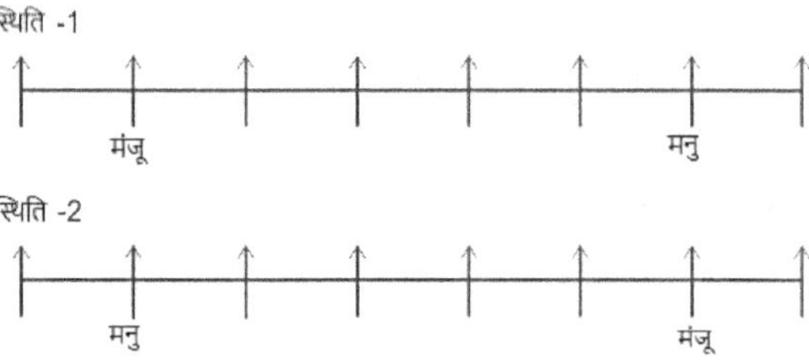

2. मंजू और मोहन, जो मीना के निकटतम दाएं बैठा है, के बीच दो व्यक्ति बैठे हैं।

स्थिति -1

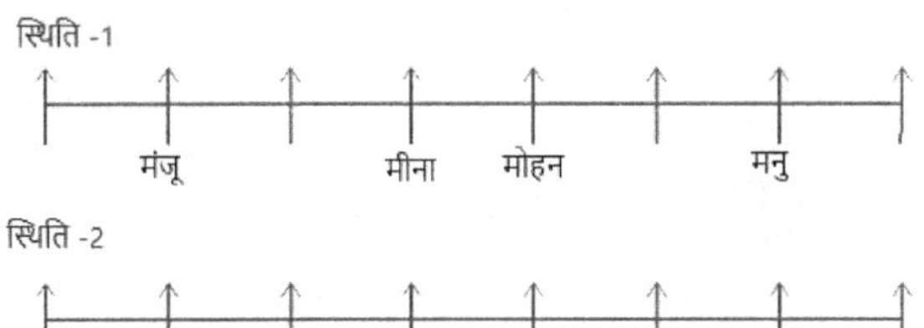

स्थिति -2

3. मीना और मधु, जो पंक्ति के किसी भी अंतिम छोर पर नहीं बैठी है, के बीच केवल एक व्यक्ति बैठा है।

स्थिति -1

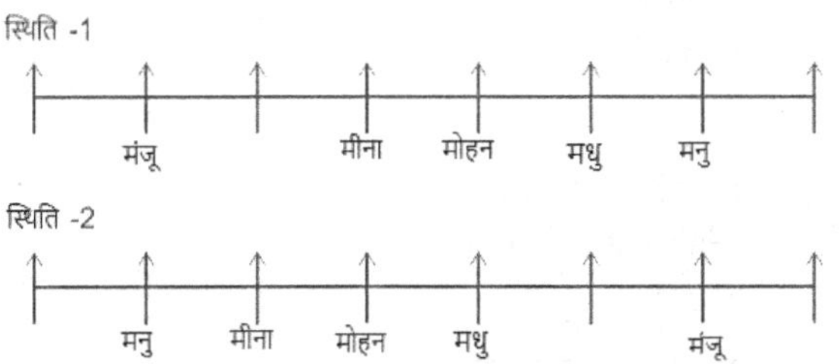

स्थिति -2

4. मणि, मोहन और मनोज के ठीक बीच में बैठा है।

स्थिति -1

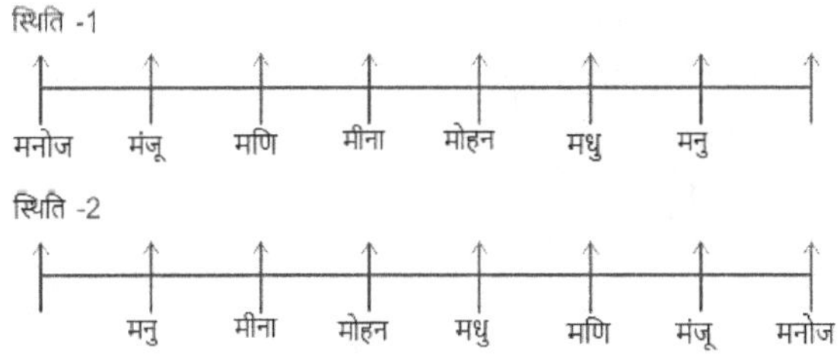

स्थिति -2

5. मधु, महेश के बाएं दूसरे स्थान पर बैठी है।

(यहाँ स्थिति - 2 निरस्त हो जाती है, क्योंकि मधु को महेश के बाएं दूसरे स्थान पर नहीं रखा जा सकता है।)

स्थिति -1

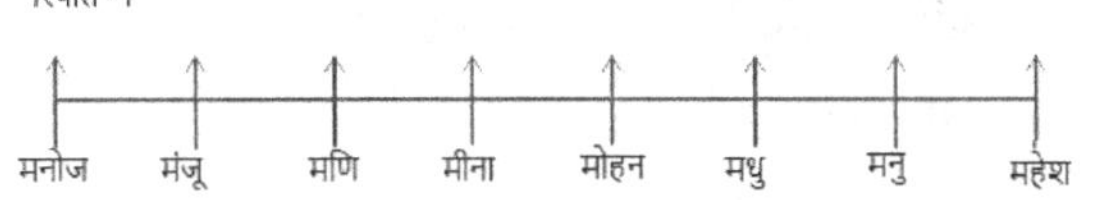

19. इसलिए, मीना, मणि और मोहन के ठीक बीच में बैठी है।

अतः विकल्प (C) सही है।

20. इसलिए, मधु और महेश, मनु के निकटतम पड़ोसी हैं।

अतः विकल्प (A) सही है।

21. इसलिए, मणि, मोहन के बाएं दूसरे स्थान पर बैठा है।

अतः विकल्प (D) सही है।

22. इसलिए, मनोज, मंजू के निकटतम बाएं बैठा है।

अतः विकल्प (B) सही है।

23. इसलिए, महेश पंक्ति के अंतिम दाएं छोर पर बैठा है।

अतः विकल्प (E) सही है।

24. दिए गए प्रतीकों को व्याख्या करते हैं और फिर वंश वृक्ष बनाते हैं।

U है

प्रतीक	@	#	$	+	%
अर्थ	पिता	माँ	पत्नी	बहन	पुत्र
T का/की					

निम्नलिखित संकेत चिन्ह का उपयोग करके एक वंश वृक्ष बनाते हैं

आरेख में प्रतीक	अर्थ
◯	महिला
▢	पुरुष
═	शादीशुदा जोड़ा
—	मां की संतान
│	एक पीढ़ी का अंतर

प्रत्येक विकल्प की जाँच कीजिये:

(A) 'T% C @ U% R + S' का अर्थ है C, T का पुत्र है, U, C का पिता है, R, U का पुत्र है और S, R की बहन है।

आरेख निम्न प्रकार है:

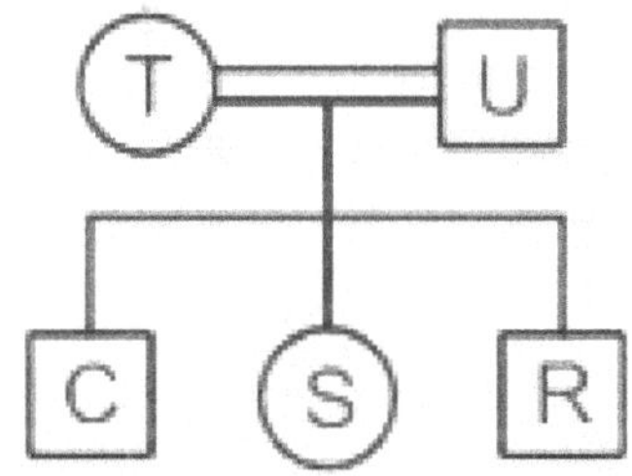

इसलिए, इस विकल्प में T, S की मां है।

(B) 'U + T % R @ C # S' का अर्थ है T, U की बहन है, R, T का पुत्र है, C, R का पिता है और S, C की मां है।

आरेख निम्न प्रकार है:

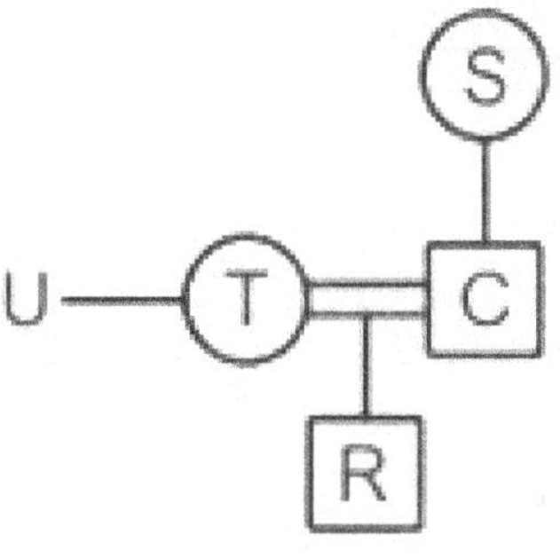

इसलिए, इस विकल्प में T, S की बहू है।

(C) 'S @ C% R $ T + U' का अर्थ है C, S का पिता है, R, C का पुत्र है, T, R की पत्नी है और U, T की बहन है।

आरेख निम्न प्रकार है,

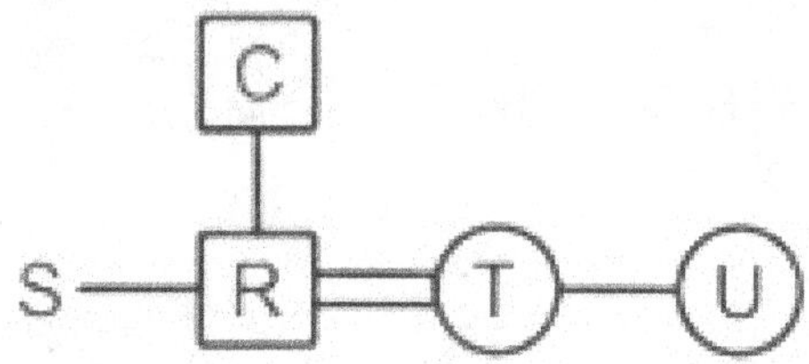

इसलिए, इस विकल्प में T, S की भाभी है।

(D) 'T + U % C @ R % S' का अर्थ है U, T की बहन है, C, U का पुत्र है, R, C का पिता है और S, R का पुत्र है।

आरेख इस प्रकार होगा:

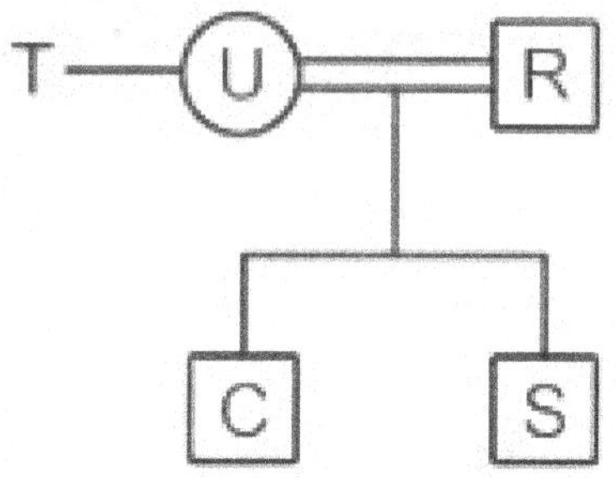

इसलिए, इस विकल्प में, T का लिंग परिभाषित नहीं है।

इसलिए, व्यंजक S @ C% R $ T + U दर्शाता है की T, S की भाभी है।

अतः विकल्प (C) सही है।

25. दिए गए प्रतीकों को व्याख्या करते हैं और फिर वंश वृक्ष बनाते हैं।

U है				
प्रतीक	@	#	$	+	%
अर्थ	पिता	माँ	पत्नी	बहन	पुत्र
T का / की					

निम्नलिखित संकेत चिन्ह का उपयोग करके वंश वृक्ष बनाते हैं:

आरेख में प्रतीक	अर्थ
◯	महिला
☐	पुरुष
═	शादीशुदा जोड़ा
—	मां की संतान
│	एक पीढ़ी का अंतर

'R + E % M @ K # H' अर्थात E, R की बहन है, M, E का पुत्र है, K, M का पिता है और H, K की माता है।

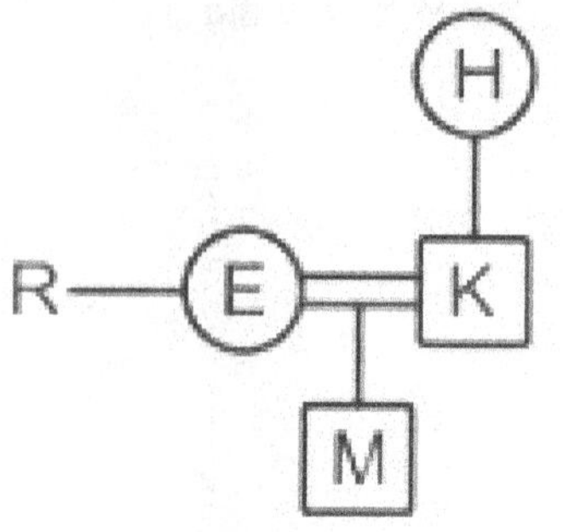

यहां, R, S की भाभी है के अतिरिक्त सभी विकल्प सत्य हैं।

इसलिए, R, K की भाभी है, असत्य है।

अतः विकल्प (E) सही है।

Ques (26-30): दी गई जानकारी के अनुसार-

1. रितिका और लवली की उम्र में 9 वर्ष का अंतर है जो तान्या और मीनाक्षी की उम्र के बीच के अंतर के समान है।

2. नकुल 21 वर्ष का हैं।

3. नकुल और मीनाक्षी की उम्र का अंतर 4 का पूर्ण वर्ग है।

4. केवल तीन व्यक्ति प्रतीक से छोटे हैं।

स्थिति- 1		
व्यक्ति	वर्ष	उम्र
नकुल	1998	21 वर्ष
मीनाक्षी	2014	5 वर्ष
तान्या	2005	14 वर्ष

इसलिए,

स्थिति- 2		
व्यक्ति	वर्ष	उम्र
नकुल	1998	21 वर्ष
मीनाक्षी	1982	37 वर्ष
तान्या	1973/1991	46/28 वर्ष

5. तान्या और प्रतीक की उम्र के बीच का अंतर नकुल की उम्र के बराबर है।

मीनाक्षी, प्रतीक से बड़ी है।

6. प्रतीक की उम्र एक पूर्ण वर्ग है।

इस प्रकार स्थिति-1 को रद्द हो जाती है क्योंकि प्रतीक की उम्र स्थिति-1 में 35 वर्ष या 7 वर्ष हो सकती है।

अब, स्थिति 2 के साथ।

तान्या - प्रतीक = नकुल

प्रतीक = 46 - 21 = 25

स्थिति- 2		
व्यक्ति	वर्ष	उम्र
नकुल	1998	21 वर्ष
मीनाक्षी	1982	37 वर्ष
तान्या	1973	46 वर्ष
प्रतीक	1994	25 वर्ष

7. सोनल, प्रतीक से 11 वर्ष छोटी है।

इसलिए, सोनल की उम्र 25 - 11 = 14 वर्ष है।

8. रितिका, लवली से बड़ी है।

9. जितने व्यक्ति सोनल से छोटे हैं, उतने ही लवली से बड़े हैं।

रितिका > लवली > > > > प्रतीक > नकुल > सोनल >

इस प्रकार सोनल 14 वर्ष की है और सबसे कम उम्र की है।

व्यक्ति	वर्ष	उम्र
नकुल	1998	21 वर्ष
मिनाक्षी	1982	37 वर्ष
तान्या	1973	46 वर्ष
प्रतीक	1994	25 वर्ष
सोनल	2005	14 वर्ष

10. रितिका और सोनल की उम्र का योग 91 वर्ष है।

रितिका + सोनल = 91

रितिका + 14 = 91

रितिका = 91 - 14 = 77 अर्थात रितिका का जन्म = 2019 - 77 = 1942

11. रितिका और लवली की उम्र में 9 वर्ष का अंतर है।

इसलिए, लवली का जन्म = 1942 + 9 = 1951 है। इसलिए, लवली की उम्र 77 - 9 = 68 है।

12. लवली और उर्वशी की उम्र का अंतर सोनल की उम्र के बराबर है।

लवली + उर्वशी की उम्र = सोनल

इसलिए, 68 + उर्वशी = 14

उर्वशी = 54 वर्ष अर्थात 1965

क़ामिश, उर्वशी से 24 वर्ष छोटा है।

क़ामिश का जन्म = 1965 + 24 = 1989 इसलिए, क़ामिश की उम्र 30 है।

13. उर्वशी और क़ामिश की उम्र के बीच का अंतर क़ामिश और ओपल के बीच के अंतर के समान है।

उर्वशी - क़ामिश = क़ामिश - ओपल

उर्वशी + ओपल = 2 क़ामिश

54 + ओपल = 60

ओपल = 6 वर्ष

इसलिए, ओपल ने 2013 में जन्म लिया।

अंतिम व्यवस्था नीचे दी गई है-

व्यक्ति	वर्ष	उम्र
रितिका	1942	77 वर्ष
लवली	1951	68 वर्ष
उर्वशी	1965	54 वर्ष
तान्या	1973	46 वर्ष
मीनाक्षी	1982	37 वर्ष
कामिश	1989	30 वर्ष
प्रतीक	1994	25 वर्ष
नकुल	1998	21 वर्ष
सोनल	2005	14 वर्ष
ओपल	2013	6 वर्ष

26. इसलिए, तान्या और प्रतीक के बीच दो व्यक्ति पैदा हुए हैं।

अतः विकल्प (C) सही है।

27. दी गई जानकारी के अनुसार-

रितिका की आयु = 77 वर्ष

क़ामिश की आयु = 30 वर्ष

कुल आयु = 77 + 30 = 107 वर्ष

इसलिए, रितिका और क़ामिश की कुल आयु 107 वर्ष है।

अतः विकल्प (B) सही है।

28. दी गई जानकारी के अनुसार-

उर्वशी और सोनल की कुल आयु = 54 + 14 = 68 वर्ष

सोनल और मीनाक्षी की कुल आयु = 14 + 37 = 51 वर्ष

उर्वशी और सोनल की कुल उम्र और सोनल और मीनाक्षी की कुल आयु के बीच का अंतर = 68 - 51 = 17 वर्ष

अतः विकल्प (D) सही है।

29. दी गई जानकारी के अनुसार-

इसलिए, केवल उर्वशी का जन्म 1973 से ठीक पहले हुआ है।

अतः विकल्प (A) सही है।

30. दी गई जानकारी के अनुसार-

रितिका को छोड़कर, सभी व्यक्ति एक विषम वर्ष में पैदा होते हैं।

अतः विकल्प (D) सही है।

Ques (31-35): बॉक्स - A, B, C, D, E, F और G

फल - केले, अमरूद, अंगूर, सेब, पपीता, लीची और स्ट्रॉबेरी

1. बॉक्स A को केले के बॉक्स के नीचे एक सम संख्या वाले स्थान पर रखा जाता है। (इसलिए, बॉक्स A, 6, 4 या 2 के स्थान पर हो सकता है)

2. सेब का बॉक्स A के ठीक नीचे है।

3. सेब के बॉक्स और केले के बॉक्स के बीच केवल दो बॉक्स हैं।

स्थिति 1				स्थिति 2				स्थिति 3			
संख्या	बॉक्स	फल	भार	संख्या	बॉक्स	फल	भार	संख्या	बॉक्स	फल	भार
7				7				7			
6				6		केला		6	A		
5				5				5		सेब	
4		सेब		4	A			4			
3				3		सेब		3			
2	A			2				2		केला	
1		सेब		1				1			

4. केले के बॉक्स और F के बीच केवल एक बॉक्स रखा गया है। केले के बॉक्स के ऊपर दो से अधिक बॉक्स हैं। (यहाँ स्थिति 2 निरस्त हो जाती है)

5. C को F के ठीक ऊपर रखा है।

6. बॉक्स B और अमरूद के बॉक्स के बीच केवल एक बॉक्स है।

7. B को अमरूद के बॉक्स के ऊपर रखा गया है।

8. बॉक्स B में केला नहीं है।

9. B, E के ठीक ऊपर है।

10. G लीची बॉक्स के ठीक ऊपर है।

स्थिति 1				स्थिति 2			
संख्या	बॉक्स	फल	भार	संख्या	बॉक्स	फल	भार
7	C			7	G		
6	F			6	A	लीची	
5	B			5	C	सेब	
4	E	केला		4	F		
3	G	अमरुद		3	B		
2	A	लीची		2	E	केला	
1		सेब		1		अमरुद	

11. ना तो C और ना ही G में सेब है। (यहाँ स्थिति 2 निरस्त हो जाती है)

12. अमरुद के बॉक्स और पपीते के बॉक्स के बीच केवल दो बॉक्स हैं।

13. जिस बॉक्स में अंगूर है वह ना तो शीर्ष पर है और ना ही तल पर है।

स्थिति 1			
संख्या	बॉक्स	फल	भार
7	C	स्ट्रॉबेरी	
6	F	पपीता	
5	B	अंगूर	
4	E	केला	
3	G	अमरुद	
2	A	लीची	
1		सेब	

14. पपीते के बॉक्स का भार 2 किग्रा है। (इसलिए, बॉक्स F का भार 2 किग्रा है)

15. F का भार सेब के बॉक्स से 3 किग्रा हल्का है। (इसलिए, सेब का बॉक्स अर्थात् D का भार 3 + 2 = 5 किग्रा है)

16. बॉक्स C, बॉक्स D की तुलना में पांच गुना अधिक भारी है। (इसलिए, C का भार 5 × 5 = 25 किग्रा है)

17. लीची के बॉक्स का भार सेब और स्ट्रॉबेरी के भार के योगफल के बराबर है। (सेब और स्ट्रॉबेरी के बॉक्स के भार क्रमशः 5 किग्रा और 25 किग्रा हैं। इसलिए, लीची के बॉक्स का भार 25 + 5 = 30 किग्रा है)

18. सबसे भारी बॉक्स उस बॉक्स से तीन गुना अधिक भारी है, जो उसके ठीक ऊपर रखा है और बॉक्स B से दो गुना अधिक भारी है। (सबसे भारी बॉक्स का भार 30 किग्रा है और उसके ऊपर G है इसलिए, G का भार $\frac{30}{3}$ = 10 किग्रा है और B का भार $\frac{30}{2}$ = 15 किग्रा है)

19. बॉक्स E उस बॉक्स से तीन गुना अधिक भारी है जो शीर्ष से दूसरे स्थान पर है।(शीर्ष से दूसरे स्थान पर रखे बॉक्स का भार 2 किग्रा है इसलिए, E का भार = 3 × 2 = 6 किग्रा है)

स्थिति 1			
संख्या	बॉक्स	फल	भार
7	C	स्ट्रॉबेरी	25 किग्रा
6	F	पपीता	2 किग्रा
5	B	अंगूर	15 किग्रा
4	E	केला	6 किग्रा
3	G	अमरुद	10 किग्रा
2	A	लीची	30 किग्रा
1	D	सेब	5 किग्रा

31. इसलिए, लीची के बॉक्स का भार 30 किग्रा है।

अतः विकल्प (A) सही है।

32. पहले, तीसरे और छठवें स्थान पर रखे बॉक्स के भार क्रमशः 5 किग्रा, 10 किग्रा, आए 2 किग्रा है।

इसलिए, भारों का योगफल = 5 + 10 + 2 = 17 किग्रा

अतः विकल्प (C) सही है।

33. इसलिए, F और A के ठीक बीच में केले का बॉक्स है।

अतः विकल्प (E) सही है।

34. इसलिए, C शीर्ष पर और D तल के स्थान पर है।

अतः विकल्प (D) सही है।

35. इसलिए, F में पपीता है और उसका भार 2 किग्रा है।

अतः विकल्प (B) सही है।

36. विकल्प (A) सही उत्तर है। कथन के अनुसार, केंद्र सरकार ने धोखाधड़ी के कारण लॉटरी द्वारा खेले जाने वाले जुएँ पर प्रतिबंध लगाने का आदेश दिया। यहाँ धारणा I निहित है, क्योंकि यह सच है कि निर्दोष नागरिकों के धोखाधड़ी की जाती है और सरकार आम तौर पर जनता के हितों की रक्षा करता है। 'किसी अन्य तरीके' के कारण धारणा II यहाँ निहित नहीं है। जुए के अन्य साधन हो सकते हैं जिन्हें सरकार लोगों के लिए हानिकारक नहीं मानती है। इसलिए, यहाँ धारणा I निहित है।

अतः विकल्प (A) सही है।

Ques (37-38):1) A पार्क से उत्तर की ओर 8 मीटर चलता है और दायीं ओर मुड़ता है और 8 मीटर चलता है और फिर दायीं ओर मुड़ता है और मॉल पहुँचने के लिए 8 मीटर चलता है, फिर उत्तर-पूर्व दिशा में चलना प्रारंभ करता है और 13 मीटर की दूरी तय करता है, फिर दक्षिण की ओर चलना प्रारंभ करता है और बस स्टैंड पहुँचने के लिए 12 मीटर की दूरी तय करता है और अंततः बायीं ओर मुड़ता है और घर पहुँचने के लिए 6 मीटर चलता है।

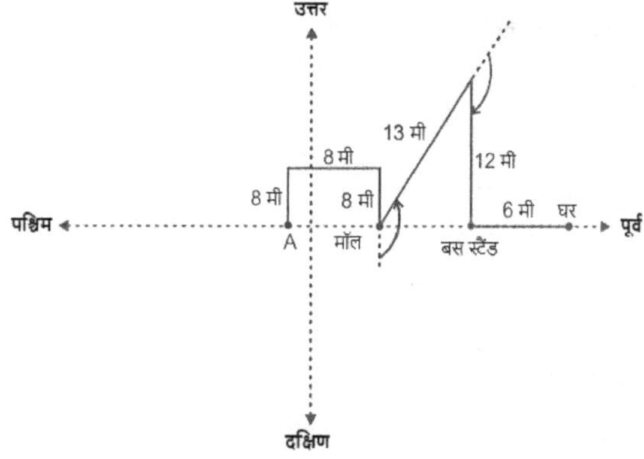

2) B पार्क से पूर्व की ओर 2 मीटर चलता है और बायीं ओर मुड़ता है और 6 मीटर चलता है, फिर दायीं ओर मुड़ता है और 2 मीटर चलता है, वह फिर दायीं ओर मुड़ता है और 9 मीटर चलता है और बायीं ओर मुड़ता है और 2 मीटर चलता है और फिर से दायीं ओर मुड़ता है और 2 मीटर चलता है और अंततः बायीं ओर मुड़ता है और कार्यालय पहुँचने के लिए 2 मीटर चलता है।

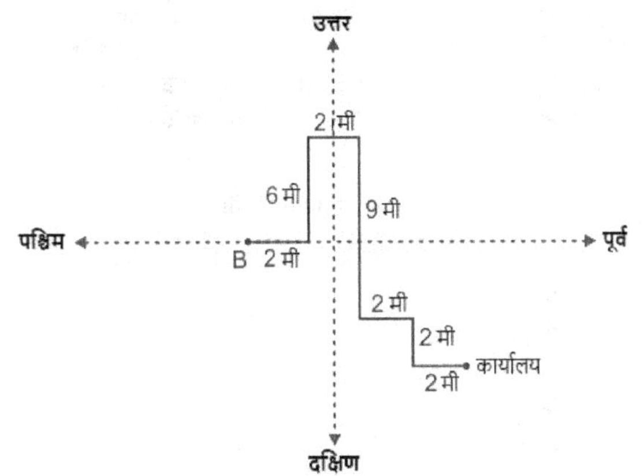

दोनों आरेखों को मिलाने पर अंतिम आरेख निम्न प्रकार होगा:

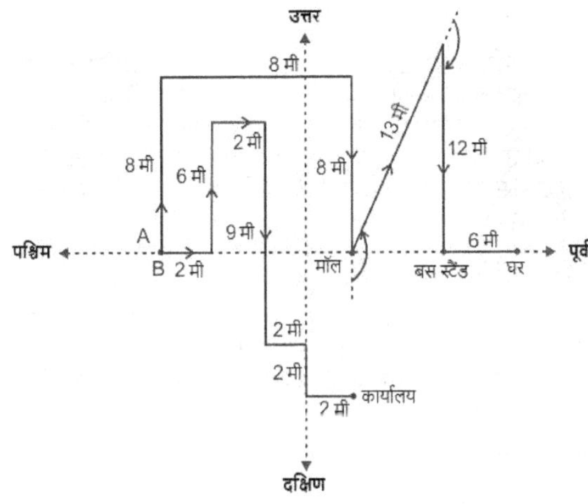

37. इसलिए, B के प्रारंभिक स्थान के संबंध में B का कार्यालय दक्षिण-पूर्व दिशा में है।

अत: विकल्प (A) सही है।

38. तय की गयी कुल दूरी = 8 मीटर + 8 मीटर + 8 मीटर = 24 मीटर

इसलिए, A द्वारा पार्क से मॉल तक तय की गयी कुल दूरी 24 मीटर है।

अत: विकल्प (B) सही है।

39. दी गई जानकारी के अनुसार,

1. मेघा को पृथ्वी से अधिक वेतन प्राप्त होता है, लेकिन अधिकतम वेतन प्राप्त नहीं होता है। पृथ्वी को किरण से कम वेतन प्राप्त होता है, लेकिन न्यूनतम वेतन प्राप्त नहीं होता है।

किरण सबसे अधिक कमाई नहीं करती है।

वेतन: ____ > मेघा > किरण > पृथ्वी > ____

आयु: ____ > ____ > ____ > ____ > ____

2. पवन दूसरा सबसे छोटा व्यक्ति है और उसका वेतन मेघा के वेतन से अधिक है।

वेतन: पवन > मेघा > किरण > पृथ्वी > ____

आयु: ____ > ____ > ____ > पवन > ____

3. न्यूनतम वेतन पाने वाला व्यक्ति समूह का सबसे बड़ा व्यक्ति भी है।

वेतन: पवन > मेघा > किरण > पृथ्वी > अमोघ

आयु: अमोघ > ____ > ____ > पवन > ____

4. किरण तीन व्यक्तियों से बड़ी है और मेघा सबसे छोटी नहीं है।

वेतन: पवन > मेघा > किरण > पृथ्वी > अमोघ

आयु: अमोघ > किरण > मेघ > पवन > पृथ्वी

इसलिए, पृथ्वी सबसे छोटा व्यक्ति है।

अत: विकल्प (A) सही है।

40. वह शब्द जो शब्द "MUSPOPAPOTIH" के अक्षरों का उपयोग करके बनाया जा सकता है।

(A) METAMORPHIC → MUSPOPAPOTIH → नहीं बनाया जा सकता क्योंकि कोई E, M, C नहीं है और एक और M की आवश्यकता है।

(B) PHILANTHROPIST → MUSPOPAPOTIH → नहीं बनाया जा सकता क्योंकि कोई L, N, R, T नहीं है और एक और H और I की आवश्यकता है।

(C) HIPPOCAMPUS → MUSPOPAPOTIH → C नहीं होने के कारण नहीं बनाया जा सकता है।

(D) HIPPOPOTAMUS → MUSPOPAPOTIH → बनाया जा सकता है।

इसलिए, सही उत्तर "HIPPOPOTAMUS" है।

अत: विकल्प (D) सही है।

41. वायरस 3 अलग-अलग तरीकों से पता लगाने से छिपता है। ये स्वयं को एन्क्रिप्ट करके, अतिरिक्त वायरस बाइट्स के साथ डिस्क निर्देशिका को बदलकर या डिस्क डेटा को पुननिर्देशित करने के लिए एक स्टील्थ एलोरिथम का उपयोग करते हैं।

अत: विकल्प (B) सही है।

42. बूट सेक्टर वायरस मास्टर बूट रिकॉर्ड को संक्रमित करता है और ऐसे वायरस को हटाना एक चुनौतीपूर्ण और जटिल कार्य है। ज्यादातर ऐसे वायरस रिमूवेबल डिवाइसेज से फैलते हैं।

अत: विकल्प (A) सही है।

43. डायरेक्ट एक्शन वायरस इंस्टाल हो जाता है और आपके कंप्यूटर की मेमोरी में छिपा रहता है। इस प्रकार का वायरस विशिष्ट प्रकार की फाइलों में शामिल रहता है जिसे वह संक्रमित करता है। डायरेक्ट एक्शन वायरस एक प्रकार का फाइल इंफेक्टर वायरस है जो इंस्टॉल या निष्पादित होने पर खुद को .exe या .com फाइल से जोड़कर काम करता है। एक बार ऐसा होने पर, वायरस अन्य मौजूदा फाइलों में फैल सकता है और उन्हें दुर्गम बना सकता है।

अत: विकल्प (B) सही है।

44. ग्रे हैट हैकर्स, व्हाइट और साथ ही ब्लैक हैट हैकर्स दोनों का संयोजन है। ग्रे हैट हैकर्स में एथिकल और अनएथिकल हैकर्स दोनों का मिश्रित कैरेक्टर होता है। वे मनोरंजन के लिए दूसरे के सिस्टम को हैक करते हैं लेकिन सिस्टम को नुकसान नहीं पहुंचाते हैं और एडिमिन या ओनर की जानकारी के बिना नेटवर्क में बग और कमजोरियों का फायदा उठाते हैं।

अत: विकल्प (A) सही है।

45. एथिकल हैकिंग का प्राइमरी बेनिफिट मालिसियस अटैकर द्वारा डेटा को चोरी और दुरुपयोग होने से रोकना है, साथ ही:

एक अटैकर के पीओवी से कमजोरियों की खोज करना ताकि कमजोर प्वाइंट्स को ठीक किया जा सके। एक सुरक्षित नेटवर्क लागू करना जो सिक्योरिटी ब्रांचेस को रोकता है। इसका उपयोग यह जांचने के लिए किया जाता है कि आपके नेटवर्क पर कितनी अच्छी सिक्योरिटी है। इसका उपयोग खोई हुई जानकारी को पुनर्प्राप्त करने के लिए किया जाता है, खासकर जब आपने अपना पासवर्ड खो दिया हो। इसका उपयोग कंप्यूटर और नेटवर्क की सिक्योरिटी बढ़ाने के और पेनेट्रेशन टेस्ट करने के लिए किया जाता है।

अतः विकल्प (E) सही है।

46. डीएचसीपी (डायनामिक होस्ट कॉन्फ़िगरेशन प्रोटोकॉल) ग्राहक को आईपी एड्रेस प्रदान करता है। आईपी एड्रेस डायनामिक कॉन्फ़िगरेशन प्रोटोकॉल (डीएचसीपी) एक क्लाइंट / सर्वर प्रोटोकॉल है जो कि स्वचालित रूप से अपने आईपी एड्रेस, सबनेट मास्क और डिफ़ॉल्ट गेटवे जैसे अन्य संबंधित कॉन्फ़िगरेशन जानकारी के साथ एक इंटरनेट प्रोटोकॉल (आईपी) होस्ट प्रदान करता है।

अतः विकल्प (A) सही है।

47. ई-मेल भेजते समय, सब्जेक्ट लाइन संदेश की सामग्री का वर्णन करती है।

सब्जेक्ट लाइन एक परिचय है जो ईमेल के इरादे की पहचान करता है। ईमेल उपयोगकर्ता या प्राप्तकर्ता को प्रदर्शित यह सब्जेक्ट लाइन जब वे अपने इनबॉक्स में संदेशों की सूची देखते हैं तो प्राप्तकर्ता को यह बताना चाहिए कि संदेश किस बारे में है, प्रेषक क्या बताना चाहता है।

अतः विकल्प (B) सही है।

48. इंटरनेट TCP/IP में उपयोग किया जाने वाला मुख्य प्रोटोकॉल है।

इसे आमतौर पर TCP/IP के रूप में जाना जाता है क्योंकि सूट में मूलभूत प्रोटोकॉल ट्रांसमिशन कंट्रोल प्रोटोकॉल (TCP) और इंटरनेट प्रोटोकॉल (IP) हैं। इंटरनेट प्रोटोकॉल सूट वैचारिक मॉडल और इंटरनेट और इसी तरह के कंप्यूटर नेटवर्क पर उपयोग किए जाने वाले संचार प्रोटोकॉल का सेट है। इसे आमतौर पर TCP/IP के रूप में जाना जाता है क्योंकि सूट में मूलभूत प्रोटोकॉल ट्रांसमिशन कंट्रोल प्रोटोकॉल (TCP) और इंटरनेट प्रोटोकॉल (IP) हैं।

TCP/IP, या ट्रांसमिशन कंट्रोल प्रोटोकॉल/इंटरनेट प्रोटोकॉल, संचार प्रोटोकॉल का एक सूट है जिसका उपयोग इंटरनेट पर नेटवर्क उपकरणों को आपस में जोड़ने के लिए किया जाता है। TCP/IP का उपयोग निजी नेटवर्क (इंट्रानेट या एक्स्ट्रानेट) में संचार प्रोटोकॉल के रूप में भी किया जा सकता है।

अतः विकल्प (C) सही है।

49. मिकी कंप्यूटर माउस की गति और मूवमेंट डायरेक्शन के लिए माप की एक इकाई है। इसका उपयोग कंप्यूटर माउस की गति को डेनोट के लिए किया जाता है। 1 मिकी एक कंप्यूटर माउस का सबसे छोटा मिजरेबल मूवमेंट है, जो आमतौर पर एक इंच के 1/200वें हिस्से के बराबर होता है, या सिर्फ 0.1 मिमी से अधिक होता है। कंप्यूटर माउस की सेंसिटिविटी इसी तरह मिकी-प्रति-इंच में मापी जाती है, जबकि इसकी गति मिकी-प्रति-सेकंड में मापी जाती है।

अतः विकल्प (B) सही है।

50. कंपाइलर एक सॉफ्टवेयर प्रोग्राम है जो एक प्रोग्रामिंग भाषा में लिखे गए कंप्यूटर कोड को दूसरी भाषा में अनुवादित करता है। इसका उपयोग उन प्रोग्रामों के लिए किया जाता है जो स्रोत कोड को उच्च-स्तरीय प्रोग्रामिंग भाषा से निम्न-स्तरीय भाषा में अनुवादित करते हैं।

कंप्यूटर सॉफ्टवेयर डेटा या कंप्यूटर निर्देशों का संग्रह है जो कंप्यूटर को काम करने का तरीका बताता है।

अतः विकल्प (B) सही है।

51. एक सिंगल एप्लीकेशन जो कई प्रकार के एप्लीकेशन की प्रमुख विशेषताओं को जोड़ती है उसे इंटीग्रेटेड सॉफ्टवेर कहा जाता है। इंटरग्रेटेड सॉफ्टवेयर पर्सनल कंप्यूटरों के लिए सॉफ्टवेयर है जो कई प्रोडक्टिविटी सॉफ्टवेयर प्रोग्रामों के सबसे अधिक उपयोग किए जाने वाले कार्यों को एक एप्लीकेशन में जोड़ता है। जैसे -एमएस ऑफिस।

अतः विकल्प (A) सही है।

52. ओपन-सोर्स सॉफ्टवेयर तक पहुंचने के लिए यूजर को लाइसेंस शर्तों और समझौते से सहमत होना चाहिए। ओएसएस की एक सीमा है कि यूजर किसी भी सॉफ्टवेयर के नियमों और शर्तों को संशोधित नहीं कर सकते हैं।

अतः विकल्प (B) सही है।

53. प्रबंधित पहचान और प्रतिक्रिया (एमडीआर) एक साइबर सुरक्षा सेवा है जो खतरे के शिकार, निगरानी और प्रतिक्रिया करने के लिए प्रौद्योगिकी और मानव विशेषज्ञता को जोड़ती है। एमडीआर का मुख्य लाभ यह है कि यह अतिरिक्त स्टाफिंग की आवश्यकता के बिना खतरों के प्रभाव को तेजी से पहचानने और सीमित करने में मदद करता है।

प्रबंधित पहचान और प्रतिक्रिया में निम्नलिखित विशेषताएं हैं:

- प्रबंधित पहचान और प्रतिक्रिया अनुपालन के बजाय खतरे का पता लगाने पर केंद्रित है।
- एमडीआर सुरक्षा घटना प्रबंधन और उन्नत विश्लेषण पर बहुत अधिक निर्भर करता है।
- जबकि कुछ स्वचलन का उपयोग किया जाता है, एमडीआर में हमारे नेटवर्क की निगरानी के लिए मनुष्य भी शामिल होते हैं।
- एमडीआर सेवा प्रदाता घटना सत्यापन और दूरस्थ प्रतिक्रिया भी करते हैं।

अतः विकल्प (B) सही है।

54. रिमोट एडमिनिस्ट्रेशन टूल्स (आरएटी): सॉफ्टवेयर जो रिमोट ऑपरेटर को सिस्टम को कंट्रोल करने की अनुमति देता है। आरएटी या रिमोट एडमिनिस्ट्रेशन टूल एक ऐसा सॉफ्टवेयर है जो किसी व्यक्ति को दूर से ही किसी तकनीकी उपकरण को पूरा कंट्रोल करता है। आरएटी उपयोगकर्ता को सिस्टम तक एक्सेस प्रदान करता है, जैसे कि उनके पास आपके डिवाइस तक फिजिकल एक्सेस थी।

अतः विकल्प (C) सही है।

55. बीआईओएस का पूर्ण रूप बेसिक इनपुट आउटपुट सिस्टम है। यह एक कंप्यूटर प्रोग्राम है जिसे आम तौर पर ईपीरोम में संग्रहीत किया जाता है और कंप्यूटर चालू होने पर सीपीयू द्वारा स्टार्ट-अप प्रक्रियाओं को करने के लिए उपयोग किया जाता है।

अतः विकल्प (C) सही है।

56. एफएटी का फुल फॉर्म फाइल एलोकेशन टेबल है। यह एक टेबल है जो एक हार्ड डिस्क पर ऑपरेटिंग सिस्टम को मेन्टेन करता है और जो क्लस्टर (हार्ड डिस्क पर लॉजिकल स्टोरेज की मूल इकाइयाँ) का मैप प्रदान करता है जिसमें फ़ाइल स्टोर की गई है।

अतः विकल्प (C) सही है।

57. पीएसटीएन का फुल फॉर्म पब्लिक स्विच्ड टेलीफोन नेटवर्क है। यह सर्किट-स्विच्ड टेलीफोन नेटवर्क का वैश्विक इंटरकनेक्ट है। इसमें टेलीफोन लाइनें, फाइबर ऑप्टिक केबल, माइक्रोवेव ट्रांसमिशन लिंक, सेलुलर नेटवर्क, संचार उपग्रह और अंडरसी टेलीफोन केबल शामिल हैं, जो सभी स्विचिंग केंद्रों से जुड़े हुए हैं, इस प्रकार दुनिया में किसी भी टेलीफोन को किसी अन्य के साथ संचार करने की अनुमति मिलती है।

अतः विकल्प (D) सही है।

58. DBMS में, एक परिभाषित क्षेत्र में डेटा प्रकार द्वारा परिभाषित एक निश्चित लंबाई हो सकती है। डेटाबेस सिस्टम में, एक फ़ील्ड में एक निश्चित या परिवर्तनशील लंबाई हो सकती है। निश्चित लंबाई का अर्थ है एक निर्धारित लंबाई जो कभी बदलती नहीं है। एक अनिश्चित -लंबाई फ़ील्ड वह है जिसकी लंबाई प्रत्येक रिकॉर्ड में भिन्न हो सकती है, यह इस बात पर निर्भर करता है कि फ़ील्ड में कौन सा डेटा संग्रहीत है।

अतः विकल्प (C) सही है।

59. एक्सप्रेशन प्रतीकों का एक वैध संयोजन है जिसके परिणामस्वरूप एक मान होता है। एक एक्सप्रेशन बिल्डर एक एक्सेस टूल है जो एक एक्सप्रेशन को प्रवेश करने के लिए एक्सप्रेशन बॉक्स को नियंत्रित करता है।

अतः विकल्प (B) सही है।

60. DML एक डेटाबेस के अंदर डेटा को जोड़ने, अपडेट और एक्सेस करने के लिए उपयोग किए जाने वाले डेटा को संदर्भित करता है, उदहारणस्वरुप संगीत का डेटाबेस जिसमें कलाकार, एल्बम जैसी चीजें शामिल होती हैं। DML वर्तमान SQL कमांड का एक वर्गीकरण है। DML कमांड में SELECT, INSERT, UPDATE और DELETE शामिल हैं।

अतः विकल्प (C) सही है।

61. एक बाइनरी संख्या बाइनरी अंक प्रणाली में व्यक्त की गई संख्या है जो दो अलग-अलग प्रतीकों 0 (शून्य) और 1 (एक) का उपयोग करके संख्यात्मक मानों का प्रतिनिधित्व करती है। कंप्यूटर बाइनरी में काम करते हैं, जिसका अर्थ है कि वे डेटा स्टोर करते हैं और केवल शून्य और एक का उपयोग करके गणना करते हैं।

अतः विकल्प (A) सही है।

62. सुपरकंप्यूटर का अविष्कार 1960 के दशक में सेयमोर क्रे द्वारा किया था, और सेयमोर क्रे द्वारा कंट्रोल डेटा कॉर्पोरेशन में बनाए गए सुपरकंप्यूटर थे, जो दशकों तक दुनिया में सबसे तेज़ सुपरकंप्यूटर थे।

एक सुपर कंप्यूटर एक जनरल -पर्पस वाले कंप्यूटर की तुलना में हाई लेवल के प्रदर्शन वाला कंप्यूटर है। सुपर कंप्यूटर के प्रदर्शन को मिलियन निर्देश प्रति सेकेंड (एमआईपीएस) के बजाय फ्लोटिंग-पॉइंट ऑपरेशंस प्रति सेकेंड (एफएलओपीएस) में मापा जाता है।

अतः विकल्प (D) सही है।

63. बिट मैनिपुलेशन: बिट मैनिपुलेशन एक शब्द से कम बिट्स या डेटा के अन्य टुकड़ों को एल्गोरिथमिक रूप से मैनिपुलेट करने का कार्य है। कंप्यूटर प्रोग्रामिंग कार्यों जिसमें बिट मैनिपुलेशन की आवश्यकता होती है, उनमें निम्न-स्तरीय डिवाइस नियंत्रण, त्रुटि का पता लगाने और सुधार एल्गोरिथ्म, डेटा संपीड़न, एन्क्रिप्शन एल्गोरिथ्म और अनुकूलन शामिल हैं।

अतः विकल्प (C) सही है।

64. चार प्रकार के मेल एमएस वर्ड में मुख्य डॉक्यूमेंट को मर्ज करते हैं, फॉर्म लेटर, एन्वेलप, मेलिंग लेबल और डायरेक्टरी होते हैं।

अतः विकल्प (D) सही है।

65. "होम" टैब पर क्लिक करने पर, एक "नई स्लाइड" विकल्प मिलेगा। उस विकल्प पर क्लिक करने के बाद मौजूदा प्रेजेंटेशन में एक नई स्लाइड बना सकते हैं।

अथवा ctrl+m शॉर्टकट कि क प्रयोग करके भी नई स्लायिड ब्रायि जा सकती है।

अतः विकल्प (B) सही है।

66. B1: G10, MS-एक्सेल में चयनित क्षेत्र को B1 से G-कॉलम लाइन में B1 से नंबर 10 तक लिखने का तरीका है।

अतः विकल्प (D) सही है।

67. Ctrl + H कीबोर्ड शॉर्टकट नोटपैड, माइक्रोसॉफ्ट वर्ड और वर्डपैड में फाइंड को ओपन करना और डायलॉग बॉक्स को एक्टिवेटिंग रिप्लेस टैब के साथ रिप्लेस करना है।

अतः विकल्प (A) सही है।

68. कंप्यूटर से किसी फ़ाइल या फ़ोल्डर को स्थायी रूप से हटाने के लिए, हम शिफ्ट + डिलीट का उपयोग करते हैं। शिफ्ट कुंजी को दबाकर रखें और फिर अपने कीबोर्ड पर डिलीट कुंजी दबाएं. चूंकि आप इसे पूर्ववत नहीं कर सकते, इसलिए आपसे यह पुष्टि करने के लिए कहा जाएगा कि आप फ़ाइल या फ़ोल्डर को हटाना चाहते हैं।

अतः विकल्प (C) सही है।

69. एक बार जब आपके पास Word में एक टेबल हो, तो आप उस तालिका को दो या अधिक टेबल में विभाजित करने का निर्णय ले सकते हैं। इसके लिए MS Word में टेबल को विभाजित करने के लिए Ctrl+Shift+Enter शॉर्टकट की है।

अतः विकल्प (B) सही है।

70. फोर्ट्रान, में वेरिएबल्स की डिक्लेरेशन को काइंड पैरामीटर का उपयोग करके संशोधित किया जा सकता है। इसका उपयोग अक्सर रियल एक्यूरेसी के लिए किया जा सकता है। यदि आप एक्यूरेसी को बदलना चाहते हैं, तो इस कोड की एक लाइन में उपयोग करके आसानी से किया जा सकता है।

अतः विकल्प (A) सही है।

71. जावा कंपाइलर का आउटपुट बाइटकोड है, जो जावा कोड की सुरक्षा और पोर्टेबिलिटी की ओर ले जाता है। यह निर्देशों का एक अत्यधिक विकसित सेट है जिसे जावा रनटाइम सिस्टम द्वारा निष्पादित करने के लिए डिज़ाइन किया गया है जिसे जावा वर्चुअल मशीन (जेवीएम) के रूप में जाना जाता है। जेवीएम द्वारा निष्पादित जावा प्रोग्राम जो कोड को पोर्टेबल और सुरक्षित बनाता है। क्योंकि जेवीएम कोड को इसके साइड इफेक्ट उत्पन्न करने से रोकता है। जावा कोड पोर्टेबल है, जबकि बाइट कोड किसी भी प्लेटफॉर्म पर चल सकता है।

अतः विकल्प (A) सही है।

72. सुपरकंप्यूटर परम -8000 (सेन्टर फॉर डेवलपमेंट ऑफ़ एडवांस्ड कंप्यूटिंग (सी-डैक) द्वारा बनाया गया) 1 जुलाई, 1991 को लॉन्च किया गया था जिसे भारत का पहला सुपरकंप्यूटर माना जाता है। 1990 में परम- 8000 भारत का पहला गीगा-स्केल सुपरकंप्यूटर था। 1998 में परम 10000, 100 गीगाफ्लॉप सुपरकंप्यूटर था।

अतः विकल्प (C) सही है।

73. इनमें से माइक्रोसॉफ्ट एक्सेल वर्ड प्रोसेसर का उदाहरण नहीं है।

माइक्रोसॉफ्ट एक्सेल एक स्प्रेडशीट प्रोग्राम है जो कॉलम और पंक्तियों के ग्रिड प्रारूप में संख्यात्मक डेटा को स्टोर और पुनर्प्राप्त करने के लिए उपयोग किया जाता है। एक्सेल बिक्री डेटा, बिक्री कर या कमीशन जैसे कंपनी डेटा दर्ज करने, गणना करने और विश्लेषण करने के लिए आदर्श है।

अतः विकल्प (B) सही है।

74. आईबीएम 1401 सेकेंड जेनरेशन कंप्यूटर है। आईबीएम 1401 एक वेरिएबल वर्ड लेंथ डेसीमल कंप्यूटर है आईबीएम 1401 एक वेरिएबल वर्ड लेंथ डेसीमल कंप्यूटर है जिसे आईबीएम द्वारा 5 अक्टूबर, 1959 को प्रारम्भ करने की घोषणा की गयी थी। 1401 को 8 फरवरी, 1971 को वापस ले लिया गया था। इसका उद्देश्य पंच कार्ड पर संग्रहीत डेटा को संसाधित करने के लिए यूनिट रिकॉर्ड उपकरण को बदलना और बड़े कंप्यूटरों के लिए परिधीय सेवाएं प्रदान करना था।

अतः विकल्प (B) सही है।

75. गुस्ताफसन का नियम फिक्स्ड एक्सक्यूशन टाइम पर किसी टास्क के एक्सक्यूशन की लेटेंसी में थ्योरेटिकल स्पीड देता है। ऐसी व्यवस्था से उम्मीद की जा सकती है जिसके रिसोर्सेज में इम्प्रोव्ड हो। इसका नाम कंप्यूटर वैज्ञानिक जॉन एल. गुस्ताफसन और उनके सहयोगी एडविन एच. बार्सिस के नाम पर रखा गया है, और इसे 1988 में अमदहल के कानून का पुनर्मूल्यांकन लेख में प्रस्तुत किया गया था।

अतः विकल्प (D) सही है।

76. अपने एनवायरनमेंट के साथ क्यूबिट्स की इंटरेक्शन के कारण उनके क्वांटम बेहेवियर का क्षय हो जाता है और अंततः गायब हो जाता है, जिसे डीकोहेरेंस के रूप में जाना जाता है। यह स्पष्ट रूप से केवल कुछ समय पहले की बात है जब क्वांटम कंप्यूटिंग एक स्टेपल टेक्नोलॉजी बन जाती है। ये त्रुटियां डीकोहेरेंस से उत्पन्न होती हैं, एक ऐसा प्रोसेस जिसमें एनवायरनमेंट क्यूबिट्स

के साथ इंटरैक्ट करता है, अनियंत्रित रूप से उनकी क्वांटम अवस्थाओं को बदल देता है और क्वांटम कंप्यूटर द्वारा स्टोर जानकारी को गायब कर देता है।

अतः विकल्प (A) सही है।

77. क्वांटम सुप्रीमेसी वह बिंदु है जिस पर एक क्वांटम कंप्यूटर एक गणितीय गणना को पूरा कर सकता है जो कि सबसे शक्तिशाली सुपर कंप्यूटर की पहुंच से भी परे है। क्वांटम कंप्यूटर किसी वस्तु की स्थिति को मापने से पहले उसकी संभावना के आधार पर गणना करते हैं - केवल 1 या 0 के बजाय - जिसका अर्थ है कि उनके पास क्लासिकल कंप्यूटरों की तुलना में तेजी से अधिक डेटा संसाधित करने की क्षमता है।

अतः विकल्प (B) सही है।

78. कंप्यूटर नेटवर्क के तीन अलग-अलग वर्ग हैं, लोकल एरिया नेटवर्क (लैन) जो एक छोटे भौगोलिक क्षेत्र, जैसे- कमरे, भवन या एक परिसर को कवर करता है; मेट्रोपॉलिटन एरिया नेटवर्क (मैन) जिसका एक शहरव्यापी कवरेज होता है, और वाइड एरिया नेटवर्क (वैन) जो पूरे विश्व को कवर करता है।

अतः विकल्प (B) सही है।

79. जब कोई होस्ट विभिन्न डीएचसीपी सर्वरों से आईपी एड्रेस के कई प्रस्ताव प्राप्त करता है, तो मेजबान उस सर्वर की पहचान करने के लिए एक डीएचसीपी अनुरोध प्रसारित करेगा, जिसका प्रस्ताव स्वीकार किया गया है।

अतः विकल्प (D) सही है।

80. एक कंप्यूटर नेटवर्क दो या दो से अधिक कंप्यूटर या कंप्यूटिंग डिवाइस के बीच एक इंटरकनेक्शन है। इस तरह का इंटरकनेक्शन कंप्यूटर को एक दूसरे के साथ डेटा और संसाधन साझा करने की अनुमति देता है। एक बुनियादी नेटवर्क एक कमरे में रखे कुछ कंप्यूटरों को जोड़ सकता है।

नेटवर्क का आकार छोटे से बड़े में भिन्न हो सकता है, यह कनेक्ट होने वाले कंप्यूटरों की संख्या पर निर्भर करता है। एक कंप्यूटर नेटवर्क में सर्वर, डेस्कटॉप, लैपटॉप, सेल्युलर फोन जैसे विभिन्न प्रकार के होस्ट (जिसे नोड्स भी कहा जाता है) शामिल हो सकते हैं।

अतः विकल्प (A) सही है।

81. ईसीबी का फुल फॉर्म एक्सटर्नल कमर्शियल बॉरोइंग है।

एक्सटर्नल कमर्शियल बॉरोइंग (ईसीबी) भारत में अनिवासी उधारदाताओं द्वारा विदेशी मुद्रा में भारतीय उधारकर्ताओं को 3 साल की न्यूनतम औसत परिपक्वता के साथ दिए गए ऋण हैं। भारतीय निगमों और सार्वजनिक उपक्रमों द्वारा विदेशी धन तक पहुंच की सुविधा के लिए उनका भारत में व्यापक रूप से उपयोग किया जाता है।

अतः विकल्प (A) सही है।

82. भारतीय वित्तीय प्रणाली कोड (IFSC) एक अद्वितीय 11-अंकीय अल्फान्यूमेरिक कोड है जो भारतीय रिजर्व बैंक (RBI) द्वारा विभिन्न बैंक शाखाओं की पहचान करने में मदद करता है। आमतौर पर, कोड बैंक द्वारा प्रदान की गई चेक बुक में पाया जा सकता है या यह खाताधारक की पासबुक के पहले पृष्ठ पर भी पाया जा सकता है।

अतः विकल्प (E) सही है।

83. सरफेसी अधिनियम संशोधन विधेयक 2016 उन सुविधाओं को प्रदान करता है जो जिला मजिस्ट्रेट को सुरक्षित लेनदारों की वसूली प्रक्रिया में सहायता करनी होती है और पूरी प्रक्रिया 30 दिनों के भीतर होती है।

वित्तीय संपत्तियों का प्रतिभूतिकरण और पुनर्निर्माण और सुरक्षा हितों का प्रवर्तन अधिनियम, 2002 या SARFAESI अधिनियम संशोधन 2016 में "सुरक्षा ब्याज का प्रवर्तन और ऋण कानूनों और विविध प्रावधान (संशोधन) अधिनियम, 2016 की वसूली" के कारण किया गया है।

अतः विकल्प (B) सही है।

84. आरबीआई के अनुसार, जिन ऋणों पर ब्याज या मूलधन की किस्त किसी विशेष तिमाही के अंत से 90 दिनों से अधिक की अवधि के लिए अतिदेय रहती है, उन्हें एनपीए कहा जाता है। गैर-निष्पादित आस्तियां (एनपीए) उधारकर्ता द्वारा लंबे समय तक भुगतान न करने के बाद बैंक की बैलेंस शीट पर दर्ज की जाती हैं।

अतः विकल्प (C) सही है।

85. एम वी नायर की अध्यक्षता में रिजर्व बैंक पैनल ने प्रायोरिटी सेक्टर लेंडिंग को उधार देने पर कुछ महत्वपूर्ण सिफारिशें की हैं।

प्रायोरिटी सेक्टर लेंडिंग से तात्पर्य उन सेक्टर्स से है, जिन्हें भारत सरकार और भारतीय रिजर्व बैंक देश की बुनियादी जरूरतों के विकास के लिए महत्वपूर्ण मानते हैं और उन्हें अन्य सेक्टरों की तुलना में प्राथमिकता दी जानी है। बैंकों को ऐसे क्षेत्रों के विकास को पर्याप्त और समय पर ऋण के साथ प्रोत्साहित करना अनिवार्य है।

अतः विकल्प (A) सही है।

86. एक घटिया संपत्ति वह है जो 12 महीने से कम या उसके बराबर की अवधि के लिए एनपीए बनी हुई है।

बैंकों को गैर-निष्पादित परिसंपत्तियों को तीन श्रेणियों में से एक में वर्गीकृत करने की आवश्यकता होती है, जिसके अनुसार परिसंपत्ति कितनी देर तक गैर-निष्पादित रही है: उप-मानक संपत्ति, संदिग्ध संपत्ति और हानि संपत्ति। एक उप-मानक परिसंपत्ति एक ऐसी संपत्ति है जिसे 12 महीने से कम समय के लिए एनपीए के रूप में वर्गीकृत किया गया है।

अतः विकल्प (B) सही है।

87. एक हानि संपत्ति वह है जहां बैंक या आंतरिक या बाहरी लेखा परीक्षकों या आरबीआई निरीक्षण द्वारा नुकसान की पहचान की गई है, लेकिन राशि पूरी तरह से बट्टे खाते में नहीं डाली गई है। दूसरे शब्दों में, ऐसी संपत्ति को असंग्रहणीय और इतने कम मूल्य का माना जाता है कि एक बैंक योग्य परिसंपत्ति के रूप में इसकी निरंतरता की गारंटी नहीं है, हालांकि कुछ बचाव या वसूली मूल्य हो सकता है।

अतः विकल्प (B) सही है।

88. प्राथमिकता क्षेत्र अर्थव्यवस्था के उन क्षेत्रों को संदर्भित करता है जिन्हें समय पर और पर्याप्त ऋण नहीं मिल सकता है। कुछ विशिष्ट क्षेत्रों को बैंक ऋण का एक निर्दिष्ट हिस्सा प्रदान करने के लिए भारतीय रिजर्व बैंक (RBI) द्वारा बैंकों को प्राथमिकता क्षेत्र ऋण एक महत्वपूर्ण भूमिका है।

ये क्षेत्र कृषि और संबद्ध गतिविधियाँ, सूक्ष्म और लघु उद्यम, आवास के लिए गरीब लोग, शिक्षा के लिए छात्र और अन्य निम्न-आय वर्ग और कमजोर वर्ग हो सकते हैं। यह अनिवार्य रूप से केवल वित्तीय क्षेत्र पर ध्यान केंद्रित करने के विरोध में अर्थव्यवस्था के सर्वांगीण विकास के लिए है।

2016 में जारी आरबीआई के परिपत्र के अनुसार, प्राथमिकता प्राप्त क्षेत्र को उधार देने की आठ व्यापक श्रेणियां हैं।

वे हैं:

1. कृषि
2. सूक्ष्म, लघु और मध्यम उद्यम
3. निर्यात ऋण
4. शिक्षा
5. आवास
6. सामाजिक अवसंरचना
7. नवीकरणीय ऊर्जा
8. अन्य

अन्य श्रेणी में कमजोर वर्ग को व्यक्तिगत ऋण, व्यथित व्यक्तियों को ऋण, अनुसूचित जाति/अनुसूचित जनजाति के लिए राज्य प्रायोजित संगठनों को ऋण शामिल हैं।

अतः विकल्प (E) सही है।

89. 8 प्रतिशत लक्ष्य की गणना के उद्देश्य से छोटे और सीमांत किसानों में निम्नलिखित शामिल होंगे:

1 हेक्टेयर तक की भूमि वाले किसानों को सीमांत किसान माना जाता है। 1 हेक्टेयर से अधिक और 2 हेक्टेयर तक की भूमि वाले किसान छोटे किसान माने जाते हैं। भूमिहीन खेतिहर मजदूर, काश्तकार किसान, मौखिक पट्टेदार और बटाईदार।

स्वयं सहायता समूहों (एसएचजी) या संयुक्त देयता समूहों (जेएलजी) को ऋण, अर्थात व्यक्तिगत छोटे और सीमांत किसानों के समूह जो सीधे कृषि और संबद्ध गतिविधियों में लगे हुए हैं, बशर्ते बैंक ऐसे ऋणों का अलग-अलग डेटा बनाए रखें। अलग-अलग किसानों की किसान उत्पादक कंपनियों और कृषि और संबद्ध गतिविधियों में सीधे तौर पर लगे किसानों की सहकारी समितियों को ऋण, जहां छोटे और सीमांत किसानों की सदस्यता संख्या के अनुसार 75 प्रतिशत से कम नहीं है और जिनकी भूमि का हिस्सा है भी कुल जोत के 75 प्रतिशत से कम नहीं है।

अतः विकल्प (A) सही है।

90. एएनबीसी या सीईओबीई का 10% जो भी अधिक हो, प्राथमिकता प्राप्त क्षेत्र के ऋण के तहत छोटे और सीमांत किसानों के लिए संशोधित लक्ष्य है।

रिजर्व बैंक ने स्टार्टअप फंडिंग को रुपये तक शामिल करने के लिए प्राथमिकता क्षेत्र को उधार देने के दायरे का विस्तार किया है। 50 करोड़ और किसानों को सौर संयंत्रों और संपीड़ित बायोगैस संयंत्रों की स्थापना के लिए ऋण। प्राथमिकता प्राप्त क्षेत्र को उधार (पीएसएल) दिशानिर्देशों की व्यापक समीक्षा की गई है और उन्हें उभरती हुई राष्ट्रीय प्राथमिकताओं के साथ संरेखित करने और समावेशी विकास पर अधिक ध्यान केंद्रित करने के लिए संशोधित किया गया है।

दिशानिर्देशों से छोटे और सीमांत किसानों को अधिक ऋण प्रवाह सक्षम करना चाहिए, जो बड़े पैमाने पर औपचारिक ऋण प्रणाली के दायरे से बाहर हैं और किसान-उत्पादक संगठनों और कंपनियों को भी ऋण को बढ़ावा देंगे। कृषि ऋण के भीतर 10 प्रतिशत अनिवार्य रूप से बैंकों द्वारा छोटे और सीमांत किसानों को अगले तीन वर्षों में 2020 − 21 से दिया जाना चाहिए।

कमजोर वर्गों के लिए अग्रिम अब अनुसूचित वाणिज्यिक बैंकों के ऋण का 12 प्रतिशत और लघु वित्त बैंकों के लिए 12 प्रतिशत होगा।

अतः विकल्प (A) सही है।

91. दो फसल मौसमों के बाद, शेष बकाया अल्पकालिक कृषि ऋण को एनपीए कहा जाएगा।

कम अवधि की फसलों के लिए दिए गए ऋण को एनपीए के रूप में माना जाएगा, यदि मूलधन की किस्त या उस पर ब्याज दो फसल मौसमों के लिए बकाया रहता है।

लंबी अवधि की फसलों के लिए दिए गए ऋण को एनपीए माना जाएगा, यदि मूलधन की किस्त या उस पर ब्याज एक फसल के मौसम के लिए अतिदेय रहता है।

अत: विकल्प (B) सही है।

92. लंबी अवधि की फसलों के लिए दिए गए ऋण को एनपीए माना जाएगा, यदि मूलधन की किस्त या उस पर ब्याज एक फसल के मौसम के लिए अतिदेय रहता है।

कम अवधि की फसलों के लिए दिया गया ऋण एनपीए माना जाएगा, यदि मूलधन की किस्त या उस पर ब्याज दो फसल मौसमों के लिए अतिदेय रहता है।

अत: विकल्प (A) सही है।

93. बेसल ⅠⅠⅠ पूंजी विनियमों को बैंकिंग पर्यवेक्षण (बीसीबीएस) पर बेसल समिति द्वारा दिसंबर 2010 को अधिक लचीला बैंकों और बैंकिंग प्रणालियों के लिए एक वैश्विक नियामक ढांचे के रूप में जारी किया गया था।

बैंकिंग पर्यवेक्षण पर बेसल समिति (बीसीबीएस) बैंकिंग विनियमन के मानकों को विकसित करने के लिए गठित एक अंतरराष्ट्रीय समिति है; 2019 तक, यह 28 क्षेत्राधिकारों के केंद्रीय बैंकों और अन्य बैंकिंग नियामक प्राधिकरणों से बना है। इसमें 45 सदस्य हैं।

अतः विकल्प (A) सही है।

94. बैंक ऑफ बड़ौदा (BoB) ने एमएसएमई ग्राहकों को एकमुश्त पुनर्गठन (ओटीआर) के लिए ऑनलाइन आवेदन करने में सक्षम बनाने के लिए सिडबी के साथ एक समझौता ज्ञापन (एमओयू) पर हस्ताक्षर किए हैं। संजीव चड्ढा बैंक ऑफ बड़ौदा के प्रबंध निदेशक (एमडी) और मुख्य कार्यकारी निदेशक अधिकारी (सीईओ) हैं। बैंक ऑफ बड़ौदा की स्थापना 20 जुलाई 1908 को हुई थी। बैंक ऑफ बड़ौदा का मुख्यालय वडोदरा, गुजरात में है।

अतः विकल्प (D) सही है।

95. रणनीतिक ऋण पुनर्गठन (एसडीआर) योजना के तहत पुनर्गठित ऋण को गैर-निष्पादित परिसंपत्ति (एनपीए) के रूप में नहीं माना जाएगा।

बढ़ते एनपीए के साथ, भारतीय रिजर्व बैंक ने जून 2015 में रणनीतिक ऋण पुनर्गठन (एसडीआर) योजना शुरू की थी ताकि बैंकों को बीमार कंपनियों से अपने ऋण की वसूली की जा सके। एसडीआर योजना बैंकों को ऋण चूक कंपनी के प्रबंधन में अधिक शक्ति प्रदान करेगी ताकि वे अपना बकाया वसूल कर सकें।

अतः विकल्प (D) सही है।

96. सुरक्षा ब्याज को लागू करने का मतलब सरफेसी अधिनियम 2002 के प्रावधान के तहत अदालत के हस्तक्षेप के बिना सुरक्षित लेनदार द्वारा चार्ज की गई संपत्ति की बिक्री है। सरफेसी अधिनियम एक ऐसा कानून है जो बैंकों और अन्य वित्तीय संगठनों को प्रभावी ढंग से खराब ऋण की वसूली करने की अनुमति देता है।

अतः विकल्प (C) सही है।

97. सुदर्शन सेन समिति का पैनल अपनी पहली बैठक के 3 महीने के भीतर अपनी रिपोर्ट सौंपेगा।

भारतीय रिजर्व बैंक (RBI) ने तनावग्रस्त ऋण समाधान में एसेट रिकंस्ट्रक्शन कंपनियों (ARCs) की भूमिका का मूल्यांकन करने और उनके व्यवसाय मॉडल की समीक्षा करने के लिए समिति का गठन किया। सुदर्शन सेन समिति इनसॉल्वेंसी एंड बैंकरप्सी कोड (IBC) के तहत स्ट्रेस्ड एसेट रिजॉल्यूशन में उनकी भूमिका की भी समीक्षा करेगी और सिक्योरिटी रिसीट्स की लिक्विडिटी और ट्रेडिंग में सुधार के उपाय सुझाएगी।

अतः विकल्प (C) सही है।

98. बेसल Ⅰ मुख्य रूप से क्रेडिट जोखिम और जोखिम-भारित संपत्ति (आरडब्ल्यूए) पर केंद्रित है, पूंजी की न्यूनतम राशि बनाए रखने से जोखिमों को कम करने में मदद मिलती है।

अतः विकल्प (B) सही है।

99. वीएआर (जोखिम - मूल्य) बेसल-ⅠⅠ ढांचे के अनुसार बाजार जोखिम की गणना करने का एक तरीका है। जोखिम - मूल्य (वीएआर) एक आँकड़ा है जो एक विशिष्ट समय सीमा में एक फर्म, पोर्टफोलियो या स्थिति के भीतर संभावित वित्तीय नुकसान की मात्रा निर्धारित करता है।

अतः विकल्प (B) सही है।

100. अनिश्चितता की लागत जो एक बार फर्म द्वारा हानि नियंत्रण हानि वित्तपोषण और आंतरिक जोखिम में कमी का चयन और कार्यान्वित करने के बाद बनी रहती है, अवशिष्ट अनिश्चितता की लागत कहलाती है।

अवशिष्ट अनिश्चितता जोखिम का वह स्तर है जो व्यक्तियों या संगठनों द्वारा अपनी जोखिम प्रबंधन योजनाओं को लागू करने के बाद भी बना रहता है। यह अवशिष्ट अनिश्चितता किसी व्यक्ति या संगठन के उन जोखिमों के व्यक्तिपरक दृष्टिकोण से भी प्रभावित होती है जिनसे वे उजागर होते हैं।

अत: विकल्प (A) सही है।

101. सभी गतिशील जोखिम अप्रत्याशित हैं।

एक गतिशील जोखिम अर्थव्यवस्था में अचानक और अप्रत्याशित परिवर्तनों द्वारा लाया गया जोखिम है। एक उदाहरण के रूप में, यह मूल्य निर्धारण, आय, ब्रांड वरीयता, या प्रौद्योगिकी में परिवर्तन के माध्यम से हो सकता है। ये परिवर्तन प्रभावित लोगों को अचानक व्यक्तिगत और व्यावसायिक वित्तीय नुकसान पहुंचा सकते हैं।

अत: विकल्प (B) सही है।

102. जोखिम वित्तपोषण का मुख्य उद्देश्य स्व-बीमा और बाह्य बीमा के बीच इष्टतम संतुलन बनाना है।

इसका उद्देश्य स्व-बीमा और बाह्य बीमा के बीच इष्टतम संतुलन प्राप्त करना है, जिसका उद्देश्य मुख्य रूप से एक विनाशकारी नुकसान के प्रभावों के खिलाफ परिषद की रक्षा करना और किसी एक अवधि में परिषद के वित्तीय जोखिम को सीमित करना है। रणनीति का उद्देश्य जोखिम की लागत को कम करना और लागत में साल-दर-साल उतार-चढ़ाव को कम करना है। दीर्घकालिक उद्देश्य उच्चतम संभव स्तरों तक स्वयं बीमा करना है जहां लागत-लाभ मामले को साबित किया जा सकता है, साथ ही वित्तीय निश्चितता का स्वीकार्य स्तर भी हासिल किया जा सकता है।

अत: विकल्प (C) सही है।

103. केंद्रीय बैंक एक शीर्ष बैंक है जो किसी देश की संपूर्ण बैंकिंग प्रणाली को नियंत्रित करता है। यह आरबीआई अधिनियम, 1934 के अनुसार निम्नलिखित कार्य करता है:

(i) बैंकिंग कार्य: रिजर्व बैंक भारत सरकार और राज्यों के बैंकर, एजेंट और सलाहकार के रूप में कार्य करता है। यह राज्य और केंद्र सरकार के सभी बैंकिंग कार्य करता है। यह अन्य वाणिज्यिक बैंकों के लिए वही कार्य करता है जो अन्य बैंक आमतौर पर अपने ग्राहकों के लिए करते हैं। आरबीआई देश के सभी वाणिज्यिक बैंकों को पैसा उधार देता है। और यह आर्थिक और मौद्रिक नीति से संबंधित मामलों पर सरकार को उपयोगी सलाह भी देता है। यह सरकार के सार्वजनिक ऋण का प्रबंधन भी करता है।

(ii) सलाहकारी कार्य: आरबीआई केंद्र और राज्य दोनों सरकारों को वित्तीय मामलों और सामान्य आर्थिक समस्याओं पर सलाहकारी कार्य करता है।

(iii) पर्यवेक्षी कार्य: यह अन्य बैंकों और सरकारों को विभिन्न आर्थिक स्थितियों में पर्यवेक्षण करता है और अर्थव्यवस्था में मुद्रास्फीति या अपस्फीति के समय उनका मार्गदर्शन करता है।

(iv) संवर्धनात्मक कार्य: केंद्रीय बैंक संवर्धनात्मक कार्य भी करता है जिसमें विश्व अर्थव्यवस्थाओं के साथ एकीकरण और विदेशी भंडार बनाए रखना शामिल है। वे अंतरराष्ट्रीय स्तर पर देश की अर्थव्यवस्था का प्रतिनिधित्व करते हैं।

अतः विकल्प (E) सही है।

104. एसएचसीआईएल भारत का सबसे बड़ा संरक्षक और निक्षेपागार भागीदार है।

एसएचसीआईएल मुंबई, महाराष्ट्र में स्थित एक भारती संरक्षकऔर निक्षेपागार प्रतिभागी है। एसएचसीआईएल की स्थापना 1986 में एक पब्लिक लिमिटेड कंपनी के रूप में हुई थी और यह आईएफसीआई की सहायक कंपनी है।

अत: विकल्प (D) सही है।

105. के. वी. कामत ब्रिक्स न्यू डेवलपमेंट बैंक के पहले अध्यक्ष थे। उन्होंने इंफोसिस लिमिटेड के अध्यक्ष और आईसीआईसीआई बैंक के गैर-कार्यकारी अध्यक्ष के रूप में भी काम किया है।

न्यू डेवलपमेंट बैंक, जिसे पहले ब्रिक्स डेवलपमेंट बैंक के रूप में जाना जाता था, ब्रिक्स राज्यों द्वारा स्थापित एक बहुपक्षीय विकास बैंक है।

अत: विकल्प (C) सही है।

106. बीसीएसबीआई का पूर्ण रुप बैंकिंग कोडस एंड स्टैंडर्ड्स बोर्ड ऑफ़ इंडिया है।

नवंबर 2003 में, भारतीय रिजर्व बैंक (आरबीआई) ने आम व्यक्ति को पर्याप्त बैंकिंग सेवाओं की उपलब्धता से संबंधित मुद्दों को संबोधित करने के लिए श्री एस.एस. तारापोर (पूर्व डिप्टी गवर्नर) की अध्यक्षता में लोक सेवाओं की प्रक्रियाओं और प्रदर्शन लेखा परीक्षा पर समिति का गठन किया। इसलिए, समिति ने बैंकिंग कोडस एंड स्टैंडर्ड्स बोर्ड ऑफ़ इंडिया (बीसीएसबीआई) की स्थापना की सिफारिश की।

अत: विकल्प (A) सही है।

107. परिवर्तनीय डिबेंचर आमतौर पर असुरक्षित बांड या ऋण होता है, जिसमें अक्सर कोई अंतर्निहित संपार्श्विक ऋण का समर्थन नहीं करता है। यह एक कंपनी द्वारा जारी किया गया एक दीर्घकालिक ऋण है।

अत: विकल्प (A) सही है।

108. राष्ट्रीय आवास बैंक (NHB) की अधिकृत पूंजी रु. जिसमें से 2,000 करोड़ रु. आरबीआई ने 1,450 करोड़ सब्सक्राइब किए हैं। वर्तमान में, पूंजी पूरी तरह से आरबीआई द्वारा अभिदानित है।

अत: विकल्प (B) सही है।

109. ईपीएफओ पेरोल डेटा के अनुसार, औपचारिक क्षेत्र में शुद्ध रोजगार सृजन फरवरी में लगभग 8.61 लाख था, जो पिछले साल के इसी महीने में 2.87 लाख था।

अत: विकल्प (A) सही है।

110. यदि अर्थव्यवस्था मुद्रास्फीति के उत्पादन अंतराल से पीड़ित है, तो उत्पादन अंतराल को समायोजित करने के लिए वांछनीय संविदात्मक मौद्रिक नीति होनी चाहिए। मुद्रास्फीति के उत्पादन में अंतर का मतलब है कि अर्थव्यवस्था संभावित क्षमता से अधिक काम कर रही है। मुद्रास्फीति उत्पादन अंतराल को समायोजित करने के लिए, कुल मांग को कम करना आवश्यक है।

अत: विकल्प (B) सही है।

111. मौद्रिक नीति समिति एक वैधानिक निकाय है।

मौद्रिक नीति समिति आरबीआई अधिनियम, 1934 की धारा 45ZB के तहत एक वैधानिक निकाय है। मौद्रिक नीति समिति एमएसएफ, रेपो दर, रिवर्स रेपो दर और एलएएफ दरों को तय करने के लिए जिम्मेदार है। भारतीय रिजर्व बैंक अधिनियम 1934 आरबीआई को मौद्रिक नीति बनाने का अधिकार देता है जो मौद्रिक नीति समिति द्वारा तय किए गए लक्ष्यों पर आधारित है।

अतः विकल्प (A) सही है।

112. शहरी सहकारी बैंकों (यूसीबी) को ग्राहकों, विशेष रूप से वरिष्ठ नागरिकों और विकलांग व्यक्तियों की जरूरतों को पूरा करने के लिए घर-घर बैंकिंग सेवाएं प्रदान करने की अनुमति दी गई थी।

अत: विकल्प (D) सही है।

113. राष्ट्रीय कृषि और ग्रामीण विकास बैंक (NABARD) के अध्यक्ष डॉ जीआर चिंताला ने लेह में "माई पैड माई राइट प्रोग्राम" लॉन्च किया है।

अतः विकल्प (D) सही है।

114. 2021-22 के लिए आर्थिक सर्वेक्षण ने अगले वित्त वर्ष 2022-23 (FY23) के लिए 8 - 8.5 प्रतिशत की सीमा में सकल घरेलू उत्पाद (जीडीपी) की वृद्धि दर का अनुमान लगाया है, जो गति में वृद्धि का संकेत देता है क्योंकि अर्थव्यवस्था वायरस की तीसरी लहर से अपेक्षाकृत सुरक्षित बच गई है।

आर्थिक सर्वेक्षण में कहा गया है कि चालू वित्त वर्ष में अर्थव्यवस्था के 9.2 प्रतिशत बढ़ने का अनुमान है।

अतः विकल्प (A) सही है।

115. 2021-22 के आर्थिक सर्वेक्षण ने अगले वित्त वर्ष 2022-23 (FY23) के लिए 8-8.5 प्रतिशत की सीमा में सकल घरेलू उत्पाद की वृद्धि दर का अनुमान लगाया है, जो गति में वृद्धि का संकेत देता है क्योंकि अर्थव्यवस्था वायरस की तीसरी लहर से अपेक्षाकृत सुरक्षित बच गई है।

अतः विकल्प (D) सही है।

116. भारत आर्थिक सर्वेक्षण 2022 ने भारतीय अर्थव्यवस्था में एक नया रंग जोड़ा। सर्वेक्षण "नीले आकाश की सोच" को प्रदर्शित करने के लिए नीले रंग में मुद्रित किया गया था। भारत के मुख्य आर्थिक सलाहकार, (सीईए) के वी सुब्रमण्यम, जिन्होंने सर्वेक्षण तैयार किया, ने कहा कि नीला रंग भारत की भावना का प्रतीक है।

अतः विकल्प (B) सही है।

117. त्रिपुरा के उपमुख्यमंत्री जिष्णु देव वर्मा ने 17 मार्च 2022 को 2022-23 के लिए 26,893 करोड़ रुपये का कर-मुक्त बजट पेश किया।

कुल बजट आवंटन 2021-22 के बजट की तुलना में 18.34 प्रतिशत की वृद्धि है।

पूंजीगत व्यय को 2021-22 में 2651 करोड़ रुपये से दोगुना कर 5285 करोड़ रुपये कर दिया गया है।

शिक्षा में आवंटन में 20.66 प्रतिशत की वृद्धि की गई है।

अतः विकल्प (D) सही है।

118. द रेजिंग एंड एक्सीलरेटिंग MSME परफॉर्मेंस (RAMP) कार्यक्रम

- प्रधानमंत्री नरेंद्र की अध्यक्षता में केंद्रीय मंत्रिमंडल ने एक नई योजना RAMP पर 808 मिलियन डॉलर (6,062.45 करोड़ रुपये) के विश्व बैंक सहायता कार्यक्रम को मंजूरी दी।
- इसके वित्तीय वर्ष 2022-23 में शुरू होने की उम्मीद है।

RAMP योजना के बारे में

- यह पंचवर्षीय अवधि (2021-22 से 2025-26) की नई केंद्रीय क्षेत्र योजना है, जिसमें कुल परियोजना लागत 6062.45 करोड़ रुपये है, जिसमें से विश्व बैंक का योगदान 3750 करोड़ रुपये (500 मिलियन अमेरिकी डॉलर) है और शेष भारत सरकार द्वारा वित्त पोषित है।
- RAMP यूके सिन्हा विशेषज्ञ समिति की रिपोर्ट के आधार पर तैयार किया गया एक हस्तक्षेप है जिसने मान्यता प्राप्त चुनौती क्षेत्रों में MSMEs को लक्षित हस्तक्षेप प्रदान करने के लिए विभिन्न विनियामक, वित्तीय और कार्यान्वयन सुधारों की सिफारिश की है।

लक्ष्य:

- बाजार और ऋण तक पहुंच में सुधार
- केंद्र और राज्य में संस्थानों और शासन को मजबूत करना
- केंद्र-राज्य संबंधों और भागीदारी में सुधार
- विलंबित भुगतान और MSMEs के कायाकल्प के मुद्दों को संबोधित करना

अतः विकल्प (D) सही है।

119. 2022-23 में राजकोषीय घाटा सकल घरेलू उत्पाद का 6.4 प्रतिशत होने का अनुमान है, जो पिछले साल घोषित राजकोषीय समेकन के व्यापक मार्ग के अनुरूप है, जो 2025-26 तक 4.5 प्रतिशत से नीचे के राजकोषीय घाटे के स्तर तक पहुंचने के लिए है। 2022-23 के लिए सरकार का राजकोषीय घाटा 16, 61,196 करोड़ रुपये होने का अनुमान है।

अतः विकल्प (D) सही है।

120. एशियाई विकास बैंक ने किफायती और हरित आवास खंड में विस्तार के लिए IIFL होम फाइनेंस को 6.8 करोड़ डॉलर के वित्तपोषण की पेशकश की है। वित्तपोषण में $58 मिलियन का प्रत्यक्ष ADB ऋण और कनाडाई जलवायु कोष से अन्य $10 मिलियन का रियायती ऋण शामिल है। ADB या किसी अन्य विकास वित्त संस्थान से IIFL होम फाइनेंस का यह पहला ऋण है।

- एशियाई विकास बैंक (ADB) ने 2021 में भारत को रिकॉर्ड USD 4.6 बिलियन का ऋण प्रदान किया, जिसमें कोरोनावायरस प्रतिक्रिया के लिए USD 1.8 बिलियन शामिल हैं।
- USD 1.5 बिलियन टीके की खरीद के लिए था और USD 300 मिलियन शहरी क्षेत्रों में प्राथमिक स्वास्थ्य देखभाल और देश की भविष्य की महामारी की तैयारियों को मजबूत करने के लिए था।
- एजेंसी ने 12 राज्य परियोजनाओं के लिए USD 2.2 बिलियन का समर्थन दिया।
- एशियाई विकास बैंक 19 दिसंबर 1966 को स्थापित एक क्षेत्रीय विकास बैंक है।
- एशियाई विकास बैंक:
    - मुख्यालय: मांडलुयोंग, फिलीपींस
    - राष्ट्रपति: मासत्सुगु असकावा (फरवरी 2022 के अनुसार)
    - सदस्यता: 68 देश
    - स्थापना: 19 दिसंबर 1966

अतः विकल्प (A) सही है।

121. The connector that can connect both the given sentences and imply the same meaning is only 1.

- 'And' can be used to join two phrases or sentences that are to be taken together. It can be used to connect the two given sentences.
- 'Notwithstanding' means although; in spite of the fact that. It cannot be used to connect the sentences.
- 'Regardless' means despite the prevailing circumstances. It is incorrect to use it here.

Clearly, only 'and' can be used. The sentence will be- These systems will be incredibly helpful extensions of how humans work and will surpass humans in discrete parts of jobs.

Hence, the correct option is (A).

122.

- The phrase that can connect both the given sentences and imply the same meaning is the first one.
- The other two statements are incorrect as they will make the sentence grammatically incorrect and meaningless.

The sentence after using the phrase is: The lack of appreciation of the unseen benefits of forests is a reason why biodiversity-rich areas have been opened for mining.

Hence, the correct option is (A).

123. The connector that connects both the given sentences and implies the same meaning is only 2.

'Despite' is used for saying that something happens even though something else might have prevented it. It is not an appropriate connector.

'As' can be used to give a reason for something. It can be used to join the sentences as it means that because the industry wants candidates to join at the earliest, it offers a silver lining.

- A silver lining is a sign of hope or a positive aspect in an otherwise negative situation.

'So' is used to say something that has occurred because of the fact that has been mentioned previously. It cannot be used to join the sentences as it changes the meaning of the sentence.

Clearly, only 2 is correct. The sentence is- The pharmaceutical industry offers a silver lining in these hard times as it wants candidates to join at the earliest.

Hence, the correct option is (B).

124. To infer means to indicate the truth or existence of something by suggestion rather than explicit reference. The given statement says that employees, specifically Gen Z, expect to have instant access to workplace information. They expect their office to be equipped with the latest technology. From all three options, the given statement can be inferred.

Hence, the correct option is (E).

125. 'Illustrate' means to serve as an example of something. The given statement states that Gen Z wants to work and would like to stay at a place that is equipped with technology.

The second paragraph also states "When technology professionals search for a job, they ask and consider what technology companies have adopted, which is why businesses need to constantly strive to meet and exceed the tech expectations of Gen Z."

Option (B) is simply rephrasing what is mentioned in the given statement. Option (C) can be considered as a conclusive statement. Option (A) serves as an example of the given statement.

Hence, the correct option is (A).

126. The passage states "With Gen Z making up the bulk of new workers, it's not surprising that the vast majority want to work in the tech field. And regardless as to which field a member of Generation Z enters, 80% of Gen Zers want to work with cutting-edge technology."

We can infer that Generation Z is making its first forays into the workforce. The number of Gen Z workers is increasing. They will soon dominate the workforce. The majority of them want to work in the tech field and with cutting-edge technology. This means they are seeking technology-focused employment opportunities. Thus, statement C can be inferred from the given sentence.

Hence, the correct option is (C).

127. "Tech prowess and prioritization" basically means expertise in technology and priority to technology. The given statement is ambiguous and grammatically incorrect. "Today" should be "Today's." "A multitude of opportunities" is singular. So, the verb should also be singular.

The fully integrated workplace presents a multitude of opportunities to a business or an organization to show that its expertise in technology and priority to technology. The opportunities can range from operations to culture-driven initiatives.

Among all the options, option (B) is grammatically and contextually correct.

Hence, the correct option is (B).

128. According to the author, in reference with the statement [D] "Chatbots and virtual teammates could also help alleviate frequent pain points and mundane administrative tasks, ultimately freeing up employee time, increasing productivity and a company's bottom line", the bottom line is a company's net income or net profit.

Hence, the correct option is (B).

129. Stands to reason: If you say it stands to reason that something is true or likely to happen, you mean that it is obvious.

From the meaning, it fits for the given sentence. Then the sentence is, "The company stands to reason that the project will take at least another six months to conclude given that none of the managers have a better grip on the work."

Hence, the correct option is (B).

130. Draw a blank: It means to fail to find, get no result or response or remember something. The expression draws a blank is derived from an Elizabethan practice.

From the meaning, it fits for the given sentence. Then the sentence is, "Within 24 hours of announcing a meeting between the External Affairs Ministers' of the two nations, India drew a blank citing the recent attacks in Jammu and Kashmir by Pakistan-based groups."

Hence, the correct option is (B).

131. Fascinated: strongly attracted and interested.

Fascinated by: strongly attracted by a thing.

For example: I was fascinated by the new movie that came into the theatre.

Fascinated with: strongly attracted by a person.

For example: I was strongly fascinated with the new girl that came to the party.

The context talks about the new beyblade that came to the market.

Therefore, the correct answer is: I was fascinated by the new beyblade that came to the market.

Hence, the correct option is (B).

132. Neither...nor is correlative conjunction.

Correlative conjunctions are always used in pairs.

In the case of neither...nor, the verb must always agree with the subject which is closest.

For example: Neither my friends nor I am coming to the party.

Thus, the correct answer is: I am sorry to say this but neither my brother nor my friends are going to attend your wedding.

Hence, the correct option is (D).

133. Let's look at the meanings of the given word:

The meaning of the word 'bigot' is 'a stubborn and narrow-minded person'.

Broad-minded means 'tolerant or liberal in one's views'.

Liberal means 'unrestrained', which is different from the given word's meaning.

Conservative means 'a person who favours things as they are'.

Hence, the correct option is (A).

134. The meanings of the given words are:

Scintillating: sparkling or shining brightly.

Iridescent: showing luminous colours that seem to change when seen from different angles.

Mercurial: subject to sudden or unpredictable changes of mood or mind.

Perturb: make someone anxious.

Imperious: arrogant and domineering.

Hence, the correct option is (C).

135. The synonym of gaffe is blunder and error.

Gaffe: a foolish mistake; error.

Blunder: a stupid mistake.

Error: a mistake or inaccuracy.
Hence, the correct option is (E).

136. The synonyms of Infuriating are exasperating and enraging.

Infuriating: making one extremely angry and impatient which is the same as 'exasperating' and 'enraging'.

Exasperating: intensely irritating and frustrating.

Enraging: make (someone) very angry.
Hence, the correct option is (B).

137. The Synonyms of quirky are unconventional, unusual and eccentric.

Quirky: to have very peculiar (strange) traits.

Unconventional: not based on or conforming to what is generally done or believed.

Unusual: not habitually or commonly occurring or done.

Eccentric: unconventional and slightly strange.
Hence, the correct option is (B).

138. 'Foundation' means 'a basis (such as a tenet, principle, or axiom) upon which something stands or is supported.'

'Auxiliary' means 'functioning in a subsidiary capacity.'

'Suspension' means 'temporary removal.'

'Dictum' means 'an observation intended or regarded as authoritative.'

'Axiom' means 'a statement accepted as true as the basis for argument or inference.'

It is clear from the sentence that the word 'foundation' is the correct word for the blank.

Hence, the correct option is (C).

139. 'Inscribe' means 'to write, engrave, or print as a lasting record.'

'Prescribe' means 'to lay down as a rule.'

'Embed' means 'to enclose closely in or as if in a matrix.'

'Falsify' means 'to prove or declare false.'

'Terrify' means 'to fill with fear.'

It is clear that the correct word for the blank is 'inscribe.'

Hence, the correct option is (B).

140. 'Assign' means 'to appoint as a duty or task.'

'Associate' means 'to bring together or into a relationship in any of various intangible ways (as in memory or imagination).'

'Pogrom' means 'an organized massacre of helpless people.'

'Annihilate' means 'to do away with entirely so that nothing remains.'

'Incite' means 'to move to action: stir up: spur on: urge on.'

It is clear from the meanings that 'assign' is the word most suited for the blank.

Hence, the correct option is (C).

141. 'Request' means 'the act or an instance of asking for something.'

'Dictum' means ''an observation intended or regarded as authoritative.'

'Directive' means 'an authoritative order or instrument issued by a high-level body or official.'

'Edict' means 'a proclamation having the force of law.'

'Entreaty' means 'a plea.'

It is clear that 'request' is the correct word for the blank.

Hence, the correct option is (E).

142. 'Contravening' means 'going or acting contrary to.'

'Regulating' means 'governing or directing according to rule.'

'Countermanding' means 'revoking (a command) by a contrary order.'

'Conforming' means 'acting in accordance with prevailing standards or customs.'

'Confiscating' means 'seizing by or as if by authority.'

It is clear from the above meanings that the correct word for the blank is 'contravening.'

Hence, the correct option is (A).

143. The context of the statement is that in the coming weeks, readers across the world will come to know about the initiatives concerning women in various realms. Therefore, in the first filler, suitable option as per the context is 'discover' and for the second is 'domains'. 'Unleash' means 'to become unrestrained.'

The complete sentence will be:

Each week, readers from France, Switzerland, the UK, Burkina Faso, Nigeria, Senegal, South Africa, Bangladesh and India will **discover** initiatives from around the world concerning women in different **domains**.

Hence, the correct option is (B).

144. The sentence is emphasizing on the plight of customers. So, in this case, 'highlight' will be correct to be used. 'Highlight' is used 'to draw special attention to.' 'Practice' means 'the actual application or use of an idea, belief, or method, as opposed to theories relating to it.' It is a noun whereas 'practise' is a verb that means 'to carry out or perform (a particular activity, method, or custom) habitually or regularly.' Therefore, in the first filler, a suitable option as per the context is 'highlight' and for the second is 'practices'.

The complete sentence will be:

Scripted by noted playwright Akella against the backdrop of a corporate hospital, it sought to **highlight** the plight of helpless commoners that pay heavily both financially and emotionally for the unscrupulous **practices** in the name of expensive treatment.

Hence, the correct option is (A).

145. The sentence is comparing the expenditure on education between the previous and the current government.

While the current government 'is spending' that is in present continuous' the previous government should be 'was spending' that is in past continuous'.

The comparative case of the adjective less should be used too.

'Even' indicates that the current government is spending lesser on education.

Hence, the correct option is (B).

146. We use 'ask' when making a request and 'tell' when issuing an order. So options (C), (D), and (E) are rejected.

Keeping the rules of tenses in mind, option (B) is the correct answer.

Option (A) is incorrect as the verb following 'to' cannot be in the Past tense.

Hence, the correct option is (B).

147. The sentence is comparing the ability to speak English with the knowledge of the language.

The sentence implies that while the speakers spoke better English, his knowledge in the language was not as good in comparison.

The first blank needs an adverb to define the verb 'spoke' which will be 'well'.

It could have been 'good' if the blank preceded 'English'. For eg., he spoke good English or he spoke English well.

Of the given words only 'well' is an adverb, so option (A) is the correct answer.

Hence, the correct option is (A).

148. He staggered up the steps and confronted me, jaw clenched and eyes stony, as if he had seen a ghost and Harry could feel his stomach beginning to clench up into knots both sentence are express meaning of given word.

When we 'clench' a part of our body (like jaws), we refer to the tightening or the contraction of the body part in response to anger, fear or irritation. So, the word is used correctly in sentence A.

A similar meaning is expressed when one says 'my stomach is clenched in a knot' - it refers to the tightening or closing into a tight ball. So, Sentence C is correct as it uses the highlighted word appropriately.

However, sentence B does not make sense - no one clenches with laughter. This sounds absurd.

Sentence B: She rolls her eyes and snorts with laughter when reminded of the incident.

(When people snort, they blow out air noisily out through their noses, especially to express amusement or disaporoval).

Hence, the correct option is (A).

149. Helen made a grimace of disgust when she saw the raw meat and he caught a look at himself in the mirror, with the angry scowl on his face, and grimaced is the correct answer.

A grimace refers to a twisted expression on one's face as a result of pain, amusement or disgust. So, the word is used in this context in sentence A.

The word is used in its verb form in sentence B- to make a twisted expression on one's face expressing disgust, pain or amusement.

However, the word does not make sense in sentence C. The best possible substitute is gasping which means to take a rapid and short breath through the mouth in order to get more air. Hence, the correct option is (B).

150. Finding first sentence itself in this passage might be tricky. But that sentence is E. If we read all the sentences individually, we come to know that the author is describing the atmosphere around a station. It is only sentence E that gives us the vital information of date, time venue etc. 'Second year serves as the time, Ambala station serves as the venue the last part of the sentence tells us the reason.' The second sentence should be B. Because naturally after reading the first sentence the first question that may come to a reader's mind is 'what is a boarding school student doing at the station alone?' So the author answers this question. Third sentence is D. Now the author is describing the whole scenario as to how he had reached the station and all such details. From here on it is quite easy to arrange the sentences. The fourth sentence must be A because it is the only sentence that starts a new subject i.e. what was the author doing during that long wait?' Next sentence is C which starts with C linking it to sentence A. And the last sentence is F.

Hence, the correct option is (B).

151. Finding first sentence itself in this passage might be tricky. But that sentence is E. If we read all the sentences individually, we come to know that the author is describing the atmosphere around a station. It is only sentence E that gives us the vital information of date, time venue etc. 'Second year serves as the time, Ambala station serves as the venue the last part of the sentence tells us the reason.' The second sentence should be B. Because naturally after reading the first sentence the first question that may come to a reader's mind is 'what is a boarding school student doing at the station alone?' So the author answers this question. Third sentence is D. Now the author is describing the whole scenario as to how he had reached the station and all such details. From here on it is quite easy to arrange the sentences. The fourth sentence must be A because it is the only sentence that starts a new subject i.e. what was the author doing during that long wait?' Next sentence Is C whIch starts with C linking it to sentence A. And the last sentence is F.

Hence, the correct option is (A).

152. Finding first sentence itself in this passage might be tricky. But that sentence is E. If we read all the sentences individually, we come to know that the author is describing the atmosphere around a station. It is only sentence E that gives us the vital information of date, time venue etc. 'Second year serves as the time, Ambala station serves as the venue the last part of the sentence tells us the reason.' The second sentence should be B. Because naturally after reading the first sentence the first question that may come to a reader's mind is 'what is a boarding school student doing at the station alone?' So the author answers this question. Third sentence is D. Now the author is describing the whole scenario as to how he had reached the station and all such details. From here on it is quite easy to arrange the sentences. The fourth sentence must be A because it is the only sentence that starts a new subject i.e. what was the author doing during that long wait?' Next sentence is C which starts with C linking it to sentence A. And the last sentence is F.

Hence, the correct option is (D).

153. Finding first sentence itself in this passage might be tricky. But that sentence is E. If we read all the sentences individually, we come to know that the author is describing the atmosphere around a station. It is only sentence E that gives us the vital information of date, time venue etc. 'Second year serves as the time, Ambala station serves as the venue the last part of the sentence tells us the reason.' The second sentence should be B. Because naturally after reading the first sentence the first

question that may come to a reader's mind is 'what is a boarding school student doing at the station alone?' So the author answers this question. Third sentence is D. Now the author is describing the whole scenario as to how he had reached the station and all such details. From here on it is quite easy to arrange the sentences. The fourth sentence must be A because it is the only sentence that starts a new subject i.e. what was the author doing during that long wait?' Next sentence is C which starts with C linking it to sentence A. And the last sentence is F.

Hence, the correct option is (C).

154. Finding first sentence itself in this passage might be tricky. But that sentence is E. If we read all the sentences individually, we come to know that the author is describing the atmosphere around a station. It is only sentence E that gives us the vital information of date, time venue etc. 'Second year serves as the time, Ambala station serves as the venue the last part of the sentence tells us the reason.' The second sentence should be B. Because naturally after reading the first sentence the first question that may come to a reader's mind is 'what is a boarding school student doing at the station alone?' So the author answers this question. Third sentence is D. Now the author is describing the whole scenario as to how he had reached the station and all such details. From here on it is quite easy to arrange the sentences. The fourth sentence must be A because it is the only sentence that starts a new subject i.e. what was the author doing during that long wait?' Next sentence is C which starts with C linking it to sentence A. And the last sentence is F.

Hence, the correct option is (C).

155. The correct answer is Option (A) i.e. 'parts (A), (B), and (C) are error-free.'

In Part (D) of the sentence, the usage of 'what' is incorrect Instead, use 'that'. 'What' is used without an antecedent and it refers to things only. But in the given sentence there is an antecedent which is 'communicate' so, use 'that' relative pronoun.

So the correct sentence is:

Post-1918, in the previous hundred years, humanity has grown leaps and bound. Not only man has reached the moon but he also explored the lowest ebb in the sea. Science and spirituality have made significant advances. Our lifestyles are much advanced to that experienced by our great grandfathers. When I said, things will not be the same again; the idea was to communicate that it will be a better future for each one of us.

Hence, the correct option is (A).

156. The correct answer is Option (B) i.e. 'parts (A), (B), and (C) of the sentence are error-free'

In part (D) of the sentence, the usage of 'one another' is incorrect Instead, use 'each other'. The latter is used for speaking of two persons or things and the former one is used for referring to more than two persons or things.

So the correct sentence is:

NSA is a draconian preventive detention law meant to be used sparingly – not for ordinary crimes or for punishing minorities but specifically in case of threats to national security. Its inapplicability in such cases constitutes a clear instance of abuse of power. It is also a sign that India's two national parties mirror each other when in power.

Hence, the correct option is (B).

157. One of South America's mysteries is Easter Island. Easter Island, also called Rapa Nui and Isla de Pascua, 3600 km (2237 mi) west to Chile, is a volcanic island with an interesting and partly unknown history. The island was named by the Dutch explorer Jacob Roggeveen because he encountered it on Easter Sunday 1722. **The mysteries of the island are still unknown.**

Option (A) is correct as it matches with the flow of the passage, it is only logical to end the para by not stating a misleading statement. It also keeps up with the tone and general subject of the passage.

Hence, the correct option is (A).

158. FPI typically has a shorter time frame for investment return than FDI. As with any equity investment, FPI investors usually expect to quickly realize a profit on their investments. Unlike FDI, FPI doesn't offer control over the business entity in which the investment is made. Because securities are easily traded, the liquidity of FPIs **makes them easier to sell than FDI.**

The passage talks about FPI, a type of investment which usually involves lesser capital than FDI. FPIs have more liquidity as compared to FDIs and hence this means they are easier to sell than FDIs.

Hence, the correct option is (C).

159. The first step in analyzing the problem of poverty is to be able to define it conceptually. The minimum standard of living is one criterion used to define the poverty line. **This minimum standard includes both food and non-food components.** One identifies a consumption basket that may be regarded as essential for an individual for sustenance. Then one finds the set of corresponding prices, which can be used to convert this basket to value terms. The minimum standard of living thus obtained may be regarded as the poverty line. An individual with consumption below this defined poverty line is regarded as poor.

The paragraph defines the concept and the meaning of poverty. Only option (B) talks about the minimum standard which is mentioned in the prior statement. It acts as the continuing statement to the prior sentence.

Hence, the correct option is (B).

160. The original sentence is absolutely correct and needs no correction.

Hence, the correct option is (E).

161. 'यह शिक्षित लोगों का समाज है।' व्याकरणिक रूप से शुद्ध वाक्य है।

विकल्प (A) में अनुपयुक्त विशेषण का प्रयोग संबंधी अशुद्धि है। 'सौभाग्यशाली' की जगह 'सौभाग्यकांक्षिणी' उचित होगा।

विकल्प (B) में अनुपयुक्त क्रिया संबंधी अशुद्धि है। 'खायेंगे ' के स्थान पर 'करेंगे ' उचित होगा।

विकल्प (C) में वचन संबंधी अशुद्धि है। 'गया' के स्थान पर 'गए ' उचित होगा।

विकल्प (E) में विभक्ति संबंधी अशुद्धि है। 'यह काम' की जगह 'मैंने यह काम' उचित होगा।

अत: विकल्प (D) सही है।

162. 'देश में अराजकता बढ़ गयी है।' व्याकरणिक रूप से शुद्ध वाक्य है।

विकल्प (A) में संज्ञा पदों का अनावश्यक प्रयोग हुआ है। 'समय' शब्द का प्रयोग अनावश्यक प्रयोग हुआ है।

विकल्प (B) में संज्ञा पदों का अनावश्यक प्रयोग हुआ है। 'पर्वतमाला' शब्द का प्रयोग अनावश्यक प्रयोग हुआ है।

विकल्प (C) में संज्ञा पदों का अनावश्यक प्रयोग हुआ है। 'दिन' शब्द का प्रयोग अनावश्यक प्रयोग हुआ है।

विकल्प (E) में क्रिया संबंधी अशुद्धि है। 'डट' के स्थान पर 'अड़' उचित होगा।

अत: विकल्प (D) सही है।

163. पूर्ण सार्थक वाक्य- भाषा का प्रयोग दो रूपों में किया जा सकता है-एक तो सामान्य रूप, जिससे लोक में व्यवहार होता है तथा दूसरा साहित्य रचना के लिए, जिसमें प्राय: आलंकारिक भाषा का प्रयोग किया जाता है।

उक्त वाक्य व्याकरणिक दृष्टि से शुद्ध और सार्थक है। इस प्रकार दिए गए विकल्पों में से सही विकल्प 'व्यवहार, आलंकारिक' होगा।

अत: विकल्प (C) सही है।

164. यक्ष देवों की एक जाति होती है। जाति शब्द यहाँ सार्थक और उचित विकल्प होगा। अन्य विकल्प असंगत है।

पूर्ण वाक्य- यक्ष देवों की एक जाति होती है।

अत: विकल्प (D) सही है।

165. ऐसे शब्द, जिनके अनेक अर्थ होते है, अनेकार्थी शब्द कहलाते है। दूसरे शब्दों में- जिन शब्दों के एक से अधिक अर्थ होते हैं, उन्हें 'अनेकार्थी शब्द' कहते है।

मधु के अनेकार्थी शब्द के उदाहरण जैसे- शराब, शहद, बसंत, दूध, मीठा मदिरा, चैत्र मास और एक दैत्य आदि हैं। ऊपर दिए गए विकल्पों में "विश्वामित्र" मधु का अनेकार्थी शब्द नहीं है।

विश्वामित्र के अनेकार्थी शब्द नेवला, उल्लू, सँपेरा आदि हैं।

अत: विकल्प (D) सही है।

166. ऐसे शब्द, जिनके अनेक अर्थ होते है, अनेकार्थी शब्द कहलाते है। दूसरे शब्दों में- जिन शब्दों के एक से अधिक अर्थ होते हैं, उन्हें 'अनेकार्थी शब्द' कहते है।

'कंदल' का अर्थ है- कलह, सोना, कोयल। कमल के समानार्थ शब्द है- कँवल, पंकज, नीरज, पंकजात, पंकजन्मा, पुष्कर।

अत: विकल्प (D) सही है।

167. दिए गए विकल्पों में से 'अठखेलियाँ सूझना' मुहावरे का अर्थ है: मज़ाक उड़ाना।

उदाहरण: तुझे अठखेलियँ सूझी है हम बेकार बैठे हैं।

अत: विकल्प (C) सही है।

168. मुहावरा: अक्ल का अजीर्ण होना

मुहावरे का हिंदी में अर्थ: आवश्यकता से अधिक अक्ल होना

वाक्य प्रयोग: सोहन किसी भी विषय में दूसरे को महत्व नही देता है, उसे अक्ल का अजीर्ण हो गया है।

अत: विकल्प (C) सही है।

169. शब्द "गरिमा" का अर्थ होता है "महिमा" अथवा दूसरे शब्दों में कहे तो "महत्व"। विकल्पों में दिए गए शब्द "लघिमा" का अर्थ होता है "लघुता" जो गरिमा के विपरीत अर्थ प्रकट करता है।

अतः विकल्प (B) सही है।

170. शब्द "सन्मुख" का अर्थ होता "सामने"। दिए गए "विमुख" का अर्थ होता है "मुँह फेरा हुआ"।

इसलिए "विमुख", "सन्मुख" के विपरीत अर्थ प्रकट कर रहा है।

अतः विकल्प (C) सही है।

171. 'कहावत' शब्द में प्रयुक्त प्रत्यय आवत है।

वे शब्दांश जो मूल शब्द के अन्त में जुड़कर एक नया अर्थपूर्ण शब्द बना देते हैं, प्रत्यय कहलाते है। जैसे- 'कह' शब्द में आवत प्रत्यय जोड़कर 'कहावत' तथा 'मह' शब्द में आवत प्रत्यय जोड़कर 'महावत' जैसे अर्थपूर्ण शब्द बनते हैं।

अतः विकल्प (D) सही है।

172. मनु + अ = मानव

अतः 'मानव' में 'अ' प्रत्यय और 'मनु' मूल शब्द है।

यहाँ पर मूल शब्द 'मनु' एक व्यक्तिवाचक संज्ञा है जिसमें तद्धित प्रत्यय (संस्कृत) 'अ' जुड़ने से बना शब्द 'मानव' तद्धितान्त व्यक्तिवाचक संज्ञा) शब्द कहा जाएगा। प्रत्यय वे शब्द हैं जो दूसरे शब्दों के अन्त में जुड़कर, अपनी प्रकृति के अनुसार, शब्द के अर्थ में परिवर्तन कर देते हैं।

अतः विकल्प (A) सही है।

173. दिए गए विकल्पों में 'जंबुक' शब्द 'गीदड़' का पर्यायवाची शब्द है। जंबुक के अन्य पर्यायवाची शब्द 'नचक, शिवां, सियार' हैं।

गरुड़ - खगेश, खगपति, नागांतक

गधा - खर, वैशाखनन्दन, गर्दभ

गेंद - कन्दुक, गिरिक, गेन्दुक

कुत्ता - सारमेय, सोनहा, शुनक

अतः विकल्प (C) सही है।

174. स्वर के पर्यायवाची शब्द 'शब्द, ध्वनि, निनाद, रव' है।

पर्यायवाची: एक ही अर्थ में प्रयुक्त होने वाले शब्द जो बनावट में भले ही अलग हों, पर्यायवाची या समानार्थी शब्द कहलाते हैं।

अतः विकल्प (D) सही है।

175. दोहा और चौपाई मात्रिक छन्द हैं।

जिन छंदों में मात्राओं की संख्या, लघु तथा गुरु स्वर, यति तथा गति के आधार पर पद रचना होती है, उन्हें मात्रिक छन्द कहते हैं।

अतः विकल्प (A) सही है।

176. चौपाई छंद के प्रत्येक चरण में 16 मात्राएँ होती हैं।

यह एक मात्रिक सम छन्द है। इसमें चार चरण होते हैं। इसके हर एक चरण में 16 मात्राएँ होती है। चरण के आखिर में जगण और तगण का आना वर्जित होता है। तुक पहले चरण की दूसरे और तीसरे चरण के चौथे से मिलती है। यति हर एक चरण के अन्त में होती है। चरण के आखिर में गुरु स्वर या लघु स्वर नहीं होते है लेकिन दो गुरु स्वर और दो लघु स्वर हो सकते हैं।

अतः विकल्प (A) सही है।

177. कपड़ा शब्द तद्भव शब्द है इसलिए, सही विकल्प कपड़ा होगा। अन्य विकल्प असंगत हैं।

ऐसे शब्द, जो संस्कृत और प्राकृत से विकृत होकर हिंदी में आये है, 'तद्भव' कहलाते है, जैसे दुग्ध - दूध, हस्त - हाथ, कुब्ज - कुबड़ा।

अतः विकल्प (D) सही है।

178. ओष्ठ यहाँ सही विकल्प है, क्योंकि ओष्ठ शब्द तत्सम शब्द है।

ओष्ठ का तद्भव - ओठ होगा।

अतः विकल्प (D) सही है।

179. परजीवी अर्थात जो दूसरों के सहारे जीवित हो।

कम से कम शब्दों में अधिकाधिक अर्थ को प्रकट करने के लिए 'वाक्यांश या शब्द समूह के लिए एक शब्द' का प्रयोग करने वाले शब्दों को वाक्यांश के लिए एक शब्द भी कहा जाता हैं।

अन्य विकल्प:

पराधीन - वह जो दूसरों के अधीन हो

आश्रित - वह जो अपनी जरूरतों के लिए दूसरों पर निर्भर हो

स्वावलम्बी - वह जो अपने आप पर निर्भर हो

पाक्षिक - पन्द्रह दिन में एक बार हो

अतः विकल्प (C) सही है।

180. 'कंजूसी से धन व्यय करने वाला' अर्थात 'कृपण'। वह व्यक्ति जो कंजूसी से खर्च करे उसे कंजूस या कृपण कहते हैं।

अन्य विकल्प:

मसृण अर्थत वह वस्तु जो चिकनी हो, मुलायम हो।

मितव्ययी और अल्पव्ययी समानार्थी हैं जिसका अर्थ है वह जो कम खर्च करता हो।

अपव्ययी का अर्थ है वह जो व्यर्थ खर्च करता है।

अतः विकल्प (B) सही है।

181. उपरोक्त अनुच्छेद में (1) से प्रदर्शित रिक्त स्थान पर सुंदरता शब्द सटीक होगा।

शब्द	अर्थ	वाक्य प्रयोग
सुंदरता	खूबसूरती	कश्मीर की सुंदरता देखते ही बनती है।

अतः विकल्प (B) सही है।

182. उपरोक्त अनुच्छेद में (2) से प्रदर्शित रिक्त स्थान पर आवश्यकता शब्द सटीक होगा।

शब्द	अर्थ	वाक्य प्रयोग
आवश्यकता	ज़रूरत	इस पद के लिए आवश्यकता से अधिक आवेदन पत्र प्राप्त हुए।

अतः विकल्प (D) सही है।

183. उपरोक्त अनुच्छेद में (3) से प्रदर्शित रिक्त स्थान पर उपहास शब्द सटीक होगा।

शब्द	अर्थ	वाक्य प्रयोग
उपहास	हंसी	अपनी ओछी हरकतों के कारण वह हर जगह सबके उपहास का पात्र बन जाता है।

अतः विकल्प (C) सही है।

184. उपरोक्त अनुच्छेद में (4) से प्रदर्शित रिक्त स्थान पर मूल्य शब्द सटीक होगा।

शब्द	अर्थ	वाक्य प्रयोग
मूल्य	कीमत	हीरे का मूल्य जौहरी ही जानता है।

अन्य विकल्प:

अमूल्य	जिसका मूल्य न हो
पछतावा	अफ़सोस
सदुपयोग	अच्छा और उत्तम उपयोग

अत: विकल्प (B) सही है।

185. उपरोक्त अनुच्छेद में (5) से प्रदर्शित रिक्त स्थान पर पश्चाताप शब्द सटीक होगा।

शब्द	अर्थ	वाक्य प्रयोग
पश्चाताप	पछतावा	उसका पश्चाताप महज़ एक दिखावा था।

अत: विकल्प (D) सही है।

186. गोदान 'उपन्यास' है।

गोदान ग्राम्य जीवन और आदि संस्कृति का महाकाव्य है सही नहीं है अपितु "गोदान ग्राम्य में जीवन और कृषि संस्कृति का महाकाव्य है।"

गोदान उपन्यास में कृषि जीवन को बताया गया है।

साथ ही इसमें कृषि में आने वाली समस्याएं जैसे सूदखोरी की समस्या, जमीन दारी शोषण का कृषकों पर प्रभाव, समकालीन समाज की समस्या आदि को बतलाया गया है।

अत: विकल्प (B) सही है।

187. 'गोदान' को डॉ. गोपाल रॉय ने 'महाकाव्य' माना है।

गद्यांश में आया हुआ उल्लेख: डॉ. गोपाल रॉय का कहना है कि - 'गोदान' ग्राम जीवन और ग्राम संस्कृति को उसकी सम्पूर्णता में प्रस्तुत करने वाला अद्वितीय उपन्यास है, न केवल हिन्दी के वरन किसी भी भारतीय भाषा के किसी भी उपन्यास में ग्रामीण समाज का ऐसा व्यापक यथार्थ और सहानुभूतिपूर्ण चित्रण नहीं हुआ है।

अत: विकल्प (B) सही है।

188. गोदान में ग्रामीण जीवन के सभी पहलुओं का विस्तृत वर्णन हुआ है।

गोदान, प्रेमचन्द का अंतिम और सबसे महत्वपूर्ण उपन्यास माना जाता है। कुछ लोग इसे उनकी सर्वोत्तम कृति भी मानते हैं। इसका प्रकाशन 1936 ई० में हिन्दी ग्रन्थ रत्नाकर कार्यालय, बम्बई द्वारा किया गया था। इसमें भारतीय ग्राम समाज एवं परिवेश का सजीव चित्रण है। गोदान ग्राम्य जीवन और कृषि संस्कृति का महाकाव्य है। इसमें प्रगतिवाद, गांधीवाद और मार्क्सवाद (साम्यवाद) का पूर्ण परिप्रेक्ष्य में चित्रण हुआ है।

गोदान हिंदी के उपन्यास-साहित्य के विकास का उज्जवलतम प्रकाशस्तंभ है। गोदान के नायक और नायिका होरी और धनिया के परिवार के रूप में हम भारत की एक विशेष संस्कृति को सजीव और साकार पाते हैं, ऐसी संस्कृति जो अब समाप्त हो रही है या हो जाने को है, फिर भी जिसमें भारत की मिट्टी की सोंधी सुबास भरी है। प्रेमचंद ने इसे अमर बना दिया है।

अत: विकल्प (A) सही है।

189. गोदान में शहर की चकाचौंध से विमुख मनुष्यता का चित्रण किया गया है। यह वर्णन हमें गोदान में नहीं देखने को मिलता है।

गोदान (1936 ई.):

- गोदान, प्रेमचन्द का अंतिम और सबसे महत्वपूर्ण उपन्यास माना जाता है।

- इसका प्रकाशन 1936 ई० में हिन्दी ग्रन्थ रत्नाकर कार्यालय, बम्बई द्वारा किया गया था।

- गोदान में भारतीय किसान का संपूर्ण जीवन - उसकी आकांक्षा और निराशा, उसकी धर्मभीरुता और भारतपरायणता के साथ स्वार्थपरता ओर बैठकबाजी, उसकी बेबसी और निरीहता- का जीता जागता चित्र उपस्थित किया गया है।

अत: विकल्प (C) सही है।

190. दिए गए विकल्पों में से 'उपन्यास' शब्द 'उप' उपसर्ग से बना है। अन्य विकल्प इसके उचित उत्तर नहीं हैं।

'उप' उपसर्ग से बनने वाले अन्य शब्द - उपवन, उपकूल, उपकार

'उप' का अर्थ है – सहायता

अत: विकल्प (A) सही है।

191. 'सच्छास्त्र' का संधि-विच्छेद सत् + शास्त्र होगा।

संधि का नियम (त् + श = च्छ) (व्यंजन संधि)

त् का मेल यदि श् से हो तो त् को च् और श् का छ बन जाता है।

जैसे - त् + श् = च्छ उत् + श्वास = उच्छ्वास

त् + श = च्छ उत् + शिष्ट = उच्छिष्ट

सही उत्तर सत् + शास्त्र है।

अत: विकल्प (D) सही है।

192. 'मरणानन्तरं' मे दीर्घ संधि है। 'मरण + अन्तरं' यहां "अकः सवर्णे दीर्घ:" सूत्र से दीर्घ एकादेश होता है अर्थात अक् (अ, इ, उ, ऋ, लृ) के आगे सवर्ण स्वर के रहने पर दीर्घ एकादेश होता है एक आदेश से यहां तात्पर्य है दो स्वरों के स्थान पर हीस्वर के आदेश होने से हैं। इ, उ, ऋ, लृ के आगे सवर्ण स्वर के रहने पर दीर्घ एकादेश होता है। एक आदेश से यहां तात्पर्य है दो स्वरों के स्थान पर एक ही स्वर के आदेश होने से हैं।

जैसे:

अ/आ+ अ/आ = आ

इ/ई+ इ/ई = ई

उ/ऊ + उ/ऊ = ऊ

ऋ/ॠ+ऋ/ॠ = ॠ

लृ +लृ = लृ (लृ का दीर्घ रूप नहीं होता)

अत: विकल्प (A) सही है।

193. "बतरस लालच लाल की, मुरली धरी लुकाय। सौंह करे भैंहनि हँसै, देन कहै नटि जाय।" पंक्तियों में 'श्रृंगार रस' है। श्रृंगार रस में नायक और नायिका के मन में संस्कार रूप में स्थित रति या प्रेम जब रस के अवस्था में पहुंच जाता है तो वह श्रृंगार रस कहलाता है। इसके अंतर्गत वसंत ऋतु, सौंदर्य, प्रकृति, सुंदर वन, पक्षियों श्रृंगार रस के अंतर्गत नायिकालंकार ऋतु तथा प्रकृति का वर्णन भी किया जाता है।

अत: विकल्प (A) सही है।

194. "को तुम? हैं घनस्याम हम, तो बरसो कित जाय।

नहि मनमोहन हैं प्रिय, दिर क्यों पकरत पाँय।" में वक्रोक्ति अलंकार है।

- जब सुनने वाला अर्थात श्रोता कहने वाला अर्थात वक्ता की बातों का गलत अर्थ निकाले तो, वहाँ वक्रोक्ति अलंकार होता है।

- इन पंक्तियों में बाहर से आने वाले कृष्ण को राधा के पूछने पर कृष्ण ने घनश्याम हूँ जवाब देने पर राधा कहती है कि घनश्याम (काला बादल) होतो कही जाकर बरसो यहाँ कृष्ण की कही बात का राधा ने गलत अर्थ निकाला, इसलिए यहाँ वक्रोक्ति अलंकार है।

अत: विकल्प (C) सही है।

195. देख लो साकेत नगरी है यही, स्वर्ग से मिलने गगन में जा रही। में अतिश्योक्ति अलंकार है।

अतिश्योक्ति अलंकार: जब किसी व्यक्ति या वस्तु का वर्णन बढ़ा चढ़ा किए जाए तो उसे अतिश्योक्ति अलंकार कहते है। 'देख लो साकेत नगरी है यही, स्वर्ग से मिलने गगन में जा रही।' इन पंक्तियों में एक नगरी की वर्णन किया गया है, इसलिए यहाँ अतिश्योक्ति अलंकार है।

अतः विकल्प (B) सही है।

196. 'रस' निष्पत्ति से सम्बद्ध अभाव का नहीं है।

श्रव्य काव्य के पठन एवं दृश्य काव्य के दर्शन में जो अलौकिक आनन्द प्राप्त होता है,वही काव्य में रस कहलाता है। रस का शाब्दिक अर्थ है-आनन्द। काव्य में जो आनन्द आता है, वह ही काव्य का रस है।

अतः विकल्प (B) सही है।

197. बालक इस पुस्तकालय में पढ़ रहा है, वाक्य में सकर्मक क्रिया है। अन्य विकल्प असंगत है।

कर्म की दृष्टि से क्रिया के निम्नलिखित दो भेद होते हैं:

- सकर्मक क्रिया
- अकर्मक क्रिया

अतः विकल्प (D) सही है।

198. उपर्युक्त विकल्पों में लिंग का अनुचित युग्म 'शिष्य-शिष्यों' है। यह वचन का उचित युग्म है। इसका उचित लिंग 'शिष्य-शिष्या' होगा।

लिंग: जिस संज्ञा शब्द से व्यक्ति की जाति का पता चलता है उसे लिंग कहते हैं। इससे यह पता चलता है कि वह पुरुष जाति का है या स्त्री जाति का। हिंदी में इसके दो भेद हैं:

पुल्लिंग: जिन संज्ञा शब्दों से पुरुष जाति का पता चलता है,पुल्लिंग होते हैं।

स्त्रीलिंग. जिन संज्ञा शब्दों से स्त्री जाति का पता चलता है, स्त्रीलिंग होते हैं।

अतः विकल्प (D) सही है।

199. राष्ट्रपति, प्रधानमंत्री यहाँ सही विकल्प होगा, अन्य विकल्प असंगत है। अतः सही विकल्प "राष्ट्रपति, प्रधानमंत्री" है।

अतः विकल्प (C) सही है।

200. आज धन के बिना कोई नहीं पूछता।

अव्यय उन्हें कहते हैं जिनमें लिंग, कारक, पुरुष, वचन, के कारण कोई विकार नहीं आता। यह शब्द सदा अपने मूल रूप में ही रहते हैं। दिए गए वाक्य में पहला विकल्प अर्थ की स्पष्टी कर रहा है और पहला विकल्प ही पूर्णतः अव्यय है।

अतः विकल्प (A) सही है।

201. दिया है:

मूलधन = 4600 रु

3.5 वर्ष में प्राप्त ब्याज = 644 रु

सूत्र:

साधारण ब्याज $= \dfrac{PRT}{100}$

जहाँ P = मूलधन

R = दर

T = समय

गणना:

साधारण ब्याज $= \dfrac{PRT}{100}$

3.5 वर्ष में,

$644 = \dfrac{(4600 \times R \times 3.5)}{100}$

$\Rightarrow 644 = 161R$

$\Rightarrow R = 4$

4.5 वर्ष में,

साधारण ब्याज $= \dfrac{(4600 \times 0.50R \times 4.5)}{100}$

$= \dfrac{(4600 \times 0.50(4) \times 4.5)}{100}$

$= 414$ रु

$\therefore$ 4.5 वर्ष में प्राप्त साधारण ब्याज 414 रु है।

अतः विकल्प (C) सही है।

202. 5 वर्ष के लिए 12% की ब्याज दर पर साधारण ब्याज $= 50,000 \times 5 \times \dfrac{12}{100}$

12% की ब्याज दर पर साधारण ब्याज = 30,000 रुपये

बढ़ी हुई दर पर 5 वर्ष के लिए साधारण ब्याज = 12% की दर से 2 वर्ष के लिए साधारण ब्याज + 20% की दर से 3 वर्ष के लिए साधारण ब्याज

बढ़ी हुई दर पर 5 वर्ष के लिए साधारण ब्याज $= 50,000 \times 2 \times \dfrac{12}{100} + 50,000 \times 3 \times \dfrac{20}{100}$

बढ़ी हुई दर पर 5 वर्ष के लिए साधारण ब्याज = 42,000 रुपये

वह अतिरिक्त राशि का जो सुमेश को भुगतान करना होगा = बढ़ी हुई दर पर 5 वर्ष के लिए साधारण ब्याज – प्रारंभिक दर पर साधारण ब्याज

वह अतिरिक्त राशि का जो सुमेश को भुगतान करना होगा = 42,000 – 30,000

वह अतिरिक्त राशि का जो सुमेश को भुगतान करना होगा =12,000 रुपये

अतः विकल्प (C) सही है।

203. विभिन्न विषयों में प्रवक्ताओं की संख्या हैं:

रसायन विज्ञान $\to \dfrac{13}{100} \times 1600 = 208$

शिक्षा $\to \dfrac{18}{100} \times 1600 = 288$

हिंदी $\to \dfrac{12}{100} \times 1600 = 192$

गणित $\to \dfrac{21}{100} \times 1600 = 336$

भौतिक विज्ञान $\to \dfrac{14}{100} \times 1600 = 224$

प्राणि विज्ञान $\to \dfrac{22}{100} \times 1600 = 352$

विषय	पुरुषों की संख्या	महिलाओं की संख्या
रसायन विज्ञान	$208 \times \dfrac{1}{8} = 26$	$208 - 26 = 182$
शिक्षा	$288 \times \dfrac{5}{8} = 180$	$288 - 180 = 108$

हिंदी	$192 \times \frac{1}{4} = 48$	$192 - 48 = 144$
गणित	$336 \times \frac{3}{7} = 144$	$336 - 144 = 192$
भौतिक विज्ञान	$224 \times \frac{9}{14} = 144$	$224 - 144 = 80$
प्राणि विज्ञान	$352 \times \frac{7}{16} = 154$	$352 - 154 = 198$

आवश्यक अंतर

$= 352 - (26 + 180)$

$= 352 - 206$

$= 146$

अतः विकल्प (C) सही है।

204. विभिन्न विषयों में प्रवक्ताओं की संख्या हैं:

रसायन विज्ञान $\rightarrow \frac{13}{100} \times 1600 = 208$

शिक्षा $\rightarrow \frac{18}{100} \times 1600 = 288$

हिंदी $\rightarrow \frac{12}{100} \times 1600 = 192$

गणित $\rightarrow \frac{21}{100} \times 1600 = 336$

भौतिक विज्ञान $\rightarrow \frac{14}{100} \times 1600 = 224$

प्राणि विज्ञान $\rightarrow \frac{22}{100} \times 1600 = 352$

विषय	पुरुषों की संख्या	महिलाओं की संख्या
रसायन विज्ञान	$208 \times \frac{1}{8} = 26$	$208 - 26 = 182$
शिक्षा	$288 \times \frac{5}{8} = 180$	$288 - 180 = 108$
हिंदी	$192 \times \frac{1}{4} = 48$	$192 - 48 = 144$
गणित	$336 \times \frac{3}{7} = 144$	$336 - 144 = 192$
भौतिक विज्ञान	$224 \times \frac{9}{14} = 144$	$224 - 144 = 80$
प्राणि विज्ञान	$352 \times \frac{7}{16} = 154$	$352 - 154 = 198$

विश्वविद्यालय में पुरुष प्रवक्ताओं की कुल संख्या

$= 26 + 180 + 48 + 144 + 144 + 154$

$= 696$

अतः विकल्प (A) सही है।

205. विभिन्न विषयों में प्रवक्ताओं की संख्या हैं:

रसायन विज्ञान $\rightarrow \frac{13}{100} \times 1600 = 208$

शिक्षा $\rightarrow \frac{18}{100} \times 1600 = 288$

हिंदी $\rightarrow \frac{12}{100} \times 1600 = 192$

गणित $\rightarrow \frac{21}{100} \times 1600 = 336$

भौतिक विज्ञान $\rightarrow \frac{14}{100} \times 1600 = 224$

प्राणि विज्ञान $\rightarrow \frac{22}{100} \times 1600 = 352$

विषय	पुरुषों की संख्या	महिलाओं की संख्या
रसायन विज्ञान	$208 \times \frac{1}{8} = 26$	$208 - 26 = 182$
शिक्षा	$288 \times \frac{5}{8} = 180$	$288 - 180 = 108$
हिंदी	$192 \times \frac{1}{4} = 48$	$192 - 48 = 144$
गणित	$336 \times \frac{3}{7} = 144$	$336 - 144 = 192$
भौतिक विज्ञान	$224 \times \frac{9}{14} = 144$	$224 - 144 = 80$
प्राणि विज्ञान	$352 \times \frac{7}{16} = 154$	$352 - 154 = 198$

आवश्यक $\% = \left(\frac{192}{192+182} \times 100 \right) \%$

$= \left(\frac{192}{374} \times 100 \right) \%$

$= \frac{9600}{187} \%$

$= 51.3\%$

$\approx 51\%$

अतः विकल्प (D) सही है।

206. विभिन्न विषयों में प्रवक्ताओं की संख्या हैं:

रसायन विज्ञान $\rightarrow \frac{13}{100} \times 1600 = 208$

शिक्षा $\rightarrow \frac{18}{100} \times 1600 = 288$

हिंदी $\rightarrow \frac{12}{100} \times 1600 = 192$

गणित $\rightarrow \frac{21}{100} \times 1600 = 336$

भौतिक विज्ञान $\rightarrow \frac{14}{100} \times 1600 = 224$

प्राणि विज्ञान $\rightarrow \frac{22}{100} \times 1600 = 352$

विषय	पुरुषों की संख्या	महिलाओं की संख्या
रसायन विज्ञान	$208 \times \frac{1}{8} = 26$	$208 - 26 = 182$
शिक्षा	$288 \times \frac{5}{8} = 180$	$288 - 180 = 108$
हिंदी	$192 \times \frac{1}{4} = 48$	$192 - 48 = 144$
गणित	$336 \times \frac{3}{7} = 144$	$336 - 144 = 192$
भौतिक विज्ञान	$224 \times \frac{9}{14} = 144$	$224 - 144 = 80$
प्राणि विज्ञान	$352 \times \frac{7}{16} = 154$	$352 - 154 = 198$

आवश्यक अंतर

$= 198 - 48$

$= 150$

अतः विकल्प (C) सही है।

207. विभिन्न विषयों में प्रवक्ताओं की संख्या हैं:

रसायन विज्ञान $\rightarrow \dfrac{13}{100} \times 1600 = 208$

शिक्षा $\rightarrow \dfrac{18}{100} \times 1600 = 288$

हिंदी $\rightarrow \dfrac{12}{100} \times 1600 = 192$

गणित $\rightarrow \dfrac{21}{100} \times 1600 = 336$

भौतिक विज्ञान $\rightarrow \dfrac{14}{100} \times 1600 = 224$

प्राणि विज्ञान $\rightarrow \dfrac{22}{100} \times 1600 = 352$

विषय	पुरुषों की संख्या	महिलाओं की संख्या
रसायन विज्ञान	$208 \times \dfrac{1}{8} = 26$	$208 - 26 = 182$
शिक्षा	$288 \times \dfrac{5}{8} = 180$	$288 - 180 = 108$
हिंदी	$192 \times \dfrac{1}{4} = 48$	$192 - 48 = 144$
गणित	$336 \times \dfrac{3}{7} = 144$	$336 - 144 = 192$
भौतिक विज्ञान	$224 \times \dfrac{9}{14} = 144$	$224 - 144 = 80$
प्राणि विज्ञान	$352 \times \dfrac{7}{16} = 154$	$352 - 154 = 198$

आवश्यक अंतर

$= 80 : 144$

$= 5 : 9$

अतः विकल्प (A) सही है।

208. दिया गया,

शांत जल में नाव की गति 8 किमी/घंटा है और धारा की गति 2 किमी/घंटा है

इसलिए

नीचे की ओर नाव की प्रारंभिक गति $= 8 + 2$

$= 10$ किमी/घंटा

माना 'd' की दूरी तय करने के बाद धारा की गति 2 किमी/घंटा बढ़ जाती है।

अब नाव की गति अनुप्रवाह में $= 8 + 4$

$= 12$ किमी/घंटा

प्रश्न के अनुसार,

$\dfrac{d}{10} + \dfrac{15-d}{12} + \dfrac{1}{6} = \dfrac{15}{10}$

$\Rightarrow d\left(\dfrac{1}{10} - \dfrac{1}{12}\right) = \dfrac{15}{10} - \left(\dfrac{15}{12} + \dfrac{1}{6}\right)$

$\Rightarrow d\,\dfrac{6-5}{60} = \dfrac{15}{10} - \left(\dfrac{15+2}{12}\right)$

$\Rightarrow \dfrac{d}{60} = \dfrac{3}{2} - \dfrac{17}{12}$

$\Rightarrow d = \dfrac{18-17}{12}$

$\Rightarrow d = \dfrac{60}{12}$

$\Rightarrow d = 5$ किमी

अतः विकल्प (E) सही है।

209. I. $x^2 + 13x - 140 = 0$

$\Rightarrow x^2 + 20x - 7x - 140 = 0$

$\Rightarrow x(x + 20) - 7(x + 20) = 0$

$\Rightarrow (x + 20)(x - 7) = 0$

$\Rightarrow x = -20, 7$

II. $y^2 - 13y - 140 = 0$

$\Rightarrow y^2 - 20y + 7y - 140 = 0$

$\Rightarrow y(y - 20) + 7(y - 20) = 0$

$\Rightarrow (y - 20)(y + 7)$

$\Rightarrow v = 20 - 7$

$\therefore$ x = y या x और y के बीच सम्बन्ध निर्धारित नहीं किया जा सकता।

अतः विकल्प (A) सही है।

210. I. $24x^2 + 38x + 15 = 0$

$\Rightarrow 24x^2 + 18x + 20x + 15 = 0$

$\Rightarrow 6x(4x + 3) + 5(4x + 3) = 0$

$\Rightarrow (6x + 5)(4x + 3) = 0$

$\Rightarrow x = -\dfrac{5}{6}, -\dfrac{3}{4}$

II. $54y^2 + 123y + 65 = 0$

$\Rightarrow 54y^2 + 78y + 45y + 65 = 0$

$\Rightarrow 6y(9y + 13) + 5(9y + 13) = 0$

$\Rightarrow (6y + 5)(9y + 13) = 0$

$\Rightarrow y = -\dfrac{5}{6}, -\dfrac{13}{9}$

$\therefore$ x $\geq$ y

Hence, the correct option is (C).

211. I. $2x^2 + 23x + 56 = 0$

$\Rightarrow 2x^2 + 16x + 7x + 56 = 0$

$\Rightarrow 2x(x + 8) + 7(x + 8) = 0$

$\Rightarrow (2x + 7)(x + 8) = 0$

$\Rightarrow x = -\frac{7}{2}, -8$

II. $12y^2 + 41y + 35 = 0$

$\Rightarrow 12y^2 + 21y + 20y + 35 = 0$

$\Rightarrow 3y(4y + 7) + 5(4y + 7) = 0$

$\Rightarrow (3y + 5)(4y + 7) = 0$

$\Rightarrow y = -\frac{5}{3}, -\frac{7}{4}$

$\therefore y > x$

अतः विकल्प (B) सही है।

212. दिया है:

आय का अनुपात = 5 : 3

माना व्यक्तियों की आय 5x और 3x है

व्यय का अनुपात = 9 : 5

वे क्रमशः 1300 रुपये और 900 रुपये मासिक बचत करते हैं

सिद्धांत:

व्यय = आय – बचत

प्रश्नानुसार,

व्यय = आय – बचत

$\Rightarrow \frac{9}{5} = \frac{(5x-1300)}{(3x-900)}$

$\Rightarrow 9 \times (3x - 900) = (5x - 1300) \times 5$

$\Rightarrow 2x = 1600$

$\Rightarrow x = 800$

$\therefore$ उनकी मासिक आय में अंतर = $(5x – 3x) = 2x$

$\Rightarrow$ उनकी मासिक आय में अंतर = $2 \times (800) = 1600$ रुपए

$\Rightarrow$ उनकी वार्षिक आय में अंतर = $12 \times (1600) = 19200$ रुपए

$\therefore$ उनकी वार्षिक आय में अंतर 19200 रुपए है।

अतः विकल्प (D) सही है।

213. दिया गया है:

A, B और C का वजन सभी पाँचों के औसत वजन का क्रमशः 90%, 112% और 94% है।

D और E के वजन का अनुपात = 6 : 11

D और E के वजन के बीच का अंतर = 75 किग्रा

माना कि सभी पांचों का औसत वजन $= 100k$

तो, A का वजन $= 90k$

$B = 112k$

$C = 94k$

माना D का वजन d है और E का वजन e है।

तब,

$100k = \frac{90k+112k+94k+d+e}{5}$

$d + e = 204k$

$d : e = 6 : 11$

$\Rightarrow d = \frac{6}{17} \times 204k$

$= 72k$

$\Rightarrow e = 132k$

अन्तर $= 132k - 72k$

$= 60k$

प्रश्न के अनुसार,

$60k = 75$

इसलिए, $k = \frac{75}{60}$

$= 1.25$

सभी पाँचो व्यक्तियों का औसत वजन $= 100 \times 1.25$

$= 125$ किग्रा

अतः विकल्प (E) सही है।

214. दिया गया है,

बेलनाकार बर्तन की ऊंचाई = 42 सेमी

बेलनाकार बर्तन की त्रिज्या = 30 सेमी

बेलनाकार कांच की ऊंचाई = 7 सेमी

बेलनाकार कांच की त्रिज्या = 5 सेमी

$\because$ बेलन का आयतन $= \pi r^2 h$

छोटे से गोलाकार पदार्थ के गिलास से स्थानांतरित होने की प्रायिकता = गिलास का आयतन/बर्तन का आयतन

= (गिलास की त्रिज्या/बर्तन की त्रिज्या) $^2 \times$ (गिलास की ऊंचाई/बर्तन की ऊंचाई)

$= \left(\frac{5}{30}\right)^2 \times \left(\frac{7}{42}\right)$

$= \frac{1}{36} \times \frac{1}{6}$

$= \frac{1}{216}$

$\therefore$ छोटे से गोलाकार पदार्थ के गिलास से स्थानांतरित होने की प्रायिकता $= \frac{1}{216}$

अतः विकल्प (C) सही है।

215. दिया है:

छात्रों की कुल संख्या $= 750$

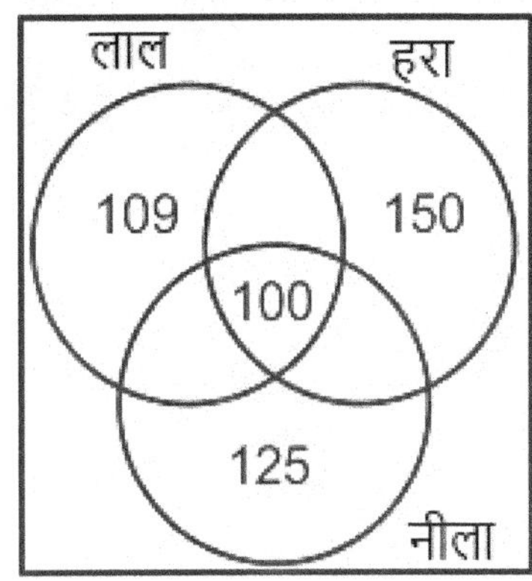

केवल लाल और हरे रंग पसंद करने वाले छात्रों की संख्या $= 150$ छात्र का 70%

और केवल लाल और नीले रंग पसंद करने वाले छात्रों की संख्या $= 125$ छात्र का 60%

माना की केवल हरा और नीला रंग पसंद करने वाले छात्रों की संख्या a है।

केवल लाल और हरे रंग पसंद करने वाले छात्रों की संख्या $=$

$\left(\dfrac{70}{100}\right) \times 150$

$= 105$ छात्र

केवल लाल और नीला रंग पसंद करने वाले छात्रों की संख्या $=$

$\left(\dfrac{60}{100}\right) \times 125$

$= 75$ छात्र

अब, छात्रों की कुल संख्या $= 750$

$\Rightarrow 109 + 150 + 125 + 100 + 105 + 75 + a = 750$

$\Rightarrow 664 + a = 750$

$\Rightarrow a = 750 - 664$

$\Rightarrow a = 86$ छात्र

$\therefore$ 86 छात्रों को केवल हरा और नीला दोनों रंग पसंद हैं।

अत: विकल्प (C) सही है।

216. दिया है:

छात्रों की कुल संख्या $= 750$

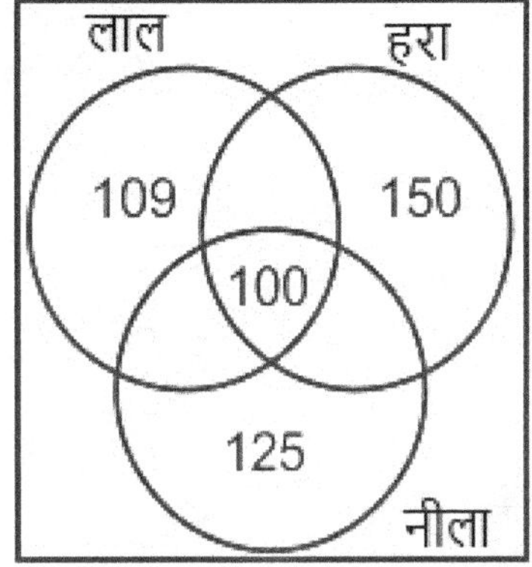

केवल लाल और हरे रंग पसंद करने वाले छात्रों की संख्या $= 150$ छात्र का 70%

और केवल लाल और नीले रंग पसंद करने वाले छात्रों की संख्या $= 125$ छात्र का 60%

हम जानते हैं कि:

औसत = (मूल्यों का योग)/(मूल्यों की संख्या)

केवल एक रंग पसंद करने वाले छात्रों की कुल संख्या $= 109 + 150 + 125$

$= 384$ छात्र

और मानों की संख्या $= 3$

अब, आवश्यक औसत $= \dfrac{384}{3}$

$= 128$

$\therefore$ केवल एक रंग पसंद करने वाले छात्रों की औसत संख्या 128 है।

अत: विकल्प (A) सही है।

217. दिया है:

छात्रों की कुल संख्या $= 750$

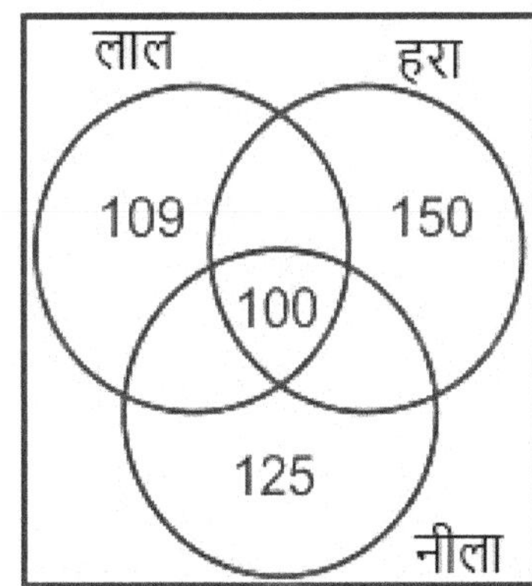

केवल लाल और हरे रंग पसंद करने वाले छात्रों की संख्या $= 150$ छात्र का 70%

और केवल लाल और नीले रंग पसंद करने वाले छात्रों की संख्या $= 125$ छात्र का 60%

हम जानते हैं कि:

प्रतिशत = (अनुकूल मूल्य/आधार मूल्य) $\times 100$

केवल लाल और हरे रंग पसंद करने वाले छात्रों की संख्या $=$
$\left(\frac{70}{100}\right) \times 150$

$= 105$ छात्र

केवल लाल और नीला रंग पसंद करने वाले विद्यार्थियों की संख्या $=$
$\left(\frac{60}{100}\right) \times 125$

$= 75$ छात्र

अब, आवश्यक प्रतिशत $= \left[\frac{(105-75)}{75}\right] \times 100$

$= \left(\frac{30}{75}\right) \times 100$

$= 40\%$

∴ केवल लाल और हरा रंग पसंद करने वाले विद्यार्थियों की संख्या केवल लाल और नीले रंग पसंद करने वाले विद्यार्थियों की संख्या से 40% अधिक है।

अत: विकल्प (B) सही है।

218. दिया है:

छात्रों की कुल संख्या $= 750$

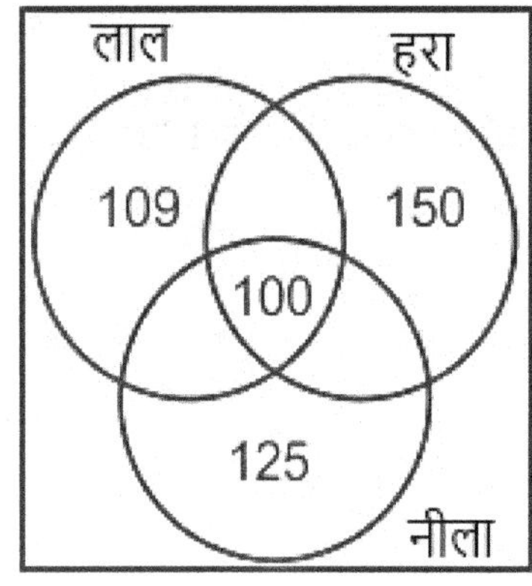

केवल लाल और हरे रंग पसंद करने वाले छात्रों की संख्या = 150 छात्र का 70%

और केवल लाल और नीले रंग पसंद करने वाले छात्रों की संख्या $= 125$ छात्र का 60%

हम जानते हैं कि:

माना की केवल हरा और नीला रंग पसंद करने वाले छात्रों की संख्या a है।

केवल लाल और हरे रंग पसंद करने वाले छात्रों की संख्या $=$
$\left(\frac{70}{100}\right) \times 150$

$= 105$ छात्र

केवल लाल और नीला रंग पसंद करने वाले छात्रों की संख्या $=$
$\left(\frac{60}{100}\right) \times 125$

$= 75$ छात्र

फिर, छात्रों की कुल संख्या $= 750$

$\Rightarrow 109 + 150 + 125 + 100 + 105 + 75 + a = 750$

$\Rightarrow 664 + a = 750$

$\Rightarrow a = 750 - 664$

$\Rightarrow a = 86$ छात्र

अब, केवल एक रंग पसंद करने वाले विद्यार्थियों की संख्या $= 109 + 150 + 125$

$= 384$ छात्र

और केवल दो रंग पसंद करने वाले विद्यार्थियों की संख्या $= 105 + 75 + 86$

$= 266$ छात्र

आवश्यक अंतर $= 384 - 266$

$= 118$

∴ 118 केवल एक रंग पसंद करने वाले छात्रों की संख्या और केवल दो रंग पसंद करने वाले छात्रों की संख्या के बीच का अंतर है।

अत: विकल्प (D) सही है।

219. दिया है:

छात्रों की कुल संख्या $= 750$

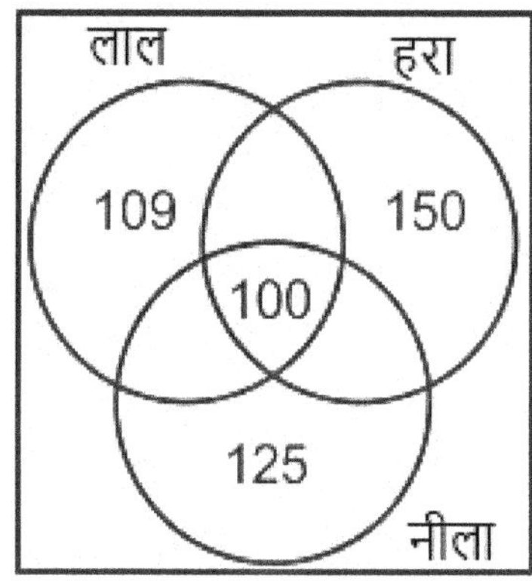

तीनों रंगों को पसंद करने वाले छात्रों की संख्या = 100 छात्र

केवल हरा रंग पसंद करने वाले छात्रों की संख्या = 150 छात्र

अब, आवश्यक अनुपात $= 100 : 150$

$= 2 : 3$

∴ तीनों रंग पसंद करने वाले छात्रों की संख्या का केवल हरा रंग पसंद करने वाले छात्रों की संख्या से अनुपात 2 : 3 है।

अत: विकल्प (E) सही है।

220. पाई चार्ट से:

स्टेशन R और U के मध्य तय की गयी दूरी $= 600 \times (0.24 + 0.2 + 0.25) = 600 \times 0.69 = 414$ किमी

बार ग्राफ से:

ट्रेन द्वारा लिया गया समय $= 4 + 5 + 6 = 15$

∴ स्टेशन R और U के मध्य ट्रेन की औसत गति $= \frac{414}{15} = 27.6$ किमी/घंटे

अत: विकल्प (C) सही है।

221. स्टेशन P और Q के मध्य ट्रेन की गति $= \frac{600 \times 0.16}{3} = \frac{96}{3} = 32$ किमी/घंटे

स्टेशन Q और R के मध्य ट्रेन की गति $= \frac{600 \times 0.15}{4.5} = \frac{90}{4.5} = 20$ किमी/घंटे

∴ गति में प्रतिशत कमी $= \frac{32-20}{32} = 37.5\%$

अत: विकल्प (A) सही है।

222. चूँकि 480 किमी को पार करने के पश्चात्, ट्रेन स्टेशन T और U के मध्य में होनी चाहिए

अत: अंतिम 120 किमी $(600 - 480)$ की दूरी तक ट्रेन की सामान्य गति $= \frac{600 \times 0.25}{6} = 25$ किमी/घंटे

⇒ ट्रेन द्वारा अंतिम 120 किमी की दूरी को सामान्य गति पर पार करने में लिया गया समय $= \frac{120}{25} = 4.8$ घंटे

चूँकि कुछ तकनीकी समस्या के कारण ट्रेन की गति में 20% की कमी हो जाती है,

⇒ गति में कमी $= 25 \times 0.8 = 20$ किमी/घंटे

⇒ 120 किमी की दूरी को पार करने में लिया गया समय $= \frac{120}{20} = 6$ घंटे

∴ ट्रेन के देर होने का समय $= 6 - 4.8 = 1.2$ घंटे $= 72$ मिनट

अत: विकल्प (D) सही है।

223. स्टेशन R और S के मध्य ट्रेन की गति $= \frac{600 \times 0.24}{4} = 36$ किमी/घंटे

स्टेशन S और T के मध्य में ट्रेन की गति $= \frac{600 \times 0.2}{5} = 24$ किमी/घंटे

∴ आवश्यक अनुपात $= 36 : 24 = 3 : 2$

अत: विकल्प (E) सही है।

224. माना ट्रेन की लम्बाई 'x' मीटर है और प्लेटफार्म की लम्बाई '2x' मीटर है

स्टेशन R और S के मध्य ट्रेन की गति $= \frac{600 \times 0.24}{4} = 36$ किमी/घंटे

∴ $\frac{x+2x}{36} = \frac{90}{3600}$

⇒ $\frac{x}{12} = \frac{1}{40}$

⇒ $x = 0.3$ किमी $= 300$ मीटर

∴ प्लेटफार्म की लम्बाई $= 600$ मीटर

अत: विकल्प (B) सही है।

225. दिया है:

आदित्य राधिका से समान समय में 50 प्रतिशत ज्यादा काम कर सकता है।

गणना:

⇒ आदित्य के कार्य करने की कार्यक्षमता राधिका से 1.5 गुना है।

राधिका अकेले पूरा कार्य 30 घंटों में करती है।

∴ राधिका द्वारा एक घंटे में पूरा किया गया कार्य का हिस्सा $= \frac{1}{30}$

∴ आदित्य द्वारा एक घंटे में पूरा किया गया कार्य का हिस्सा $= \frac{3}{2} \times \frac{1}{30} = \frac{1}{20}$

एक साथ काम करते हुए, दोनों द्वारा एक घंटे में पूरा किया गया कार्य का हिस्सा $= \frac{1}{30} + \frac{1}{20} = \frac{2+3}{60} = \frac{1}{12}$

∴ उन्हें पूरा कार्य ख़त्म करने में 12 घंटे लगेंगे।

⇒ वास्तविक कार्य के दुगुना कार्य करने में उन्हें $12 \times 2 = 24$ घंटे लगेंगे।

अत: विकल्प (A) सही है।

226. दिया है:

X और Y के निवेश का अनुपात $= 3 : 5$

Z का निवेश $= \frac{1}{4} \times$ (X का निवेश + Y का निवेश)

X के निवेश की समयावधि = Y के निवेश की समयावधि = 12 महीने

Z के निवेश की समयावधि = 8 महीने

Y का लाभ = 22500 रुपये

प्रयुक्त अवधारणा:

समय और निवेश के गुणनफल का अनुपात = लाभ का अनुपात

गणना:

माना X और Y का निवेश क्रमशः 3a और 5a है

Z का निवेश $= \frac{1}{4} \times (3a + 5a) = \frac{1}{4} \times 8a = 2a$

समय और निवेश के गुणनफल का अनुपात $= 3a \times 12 : 5a \times 12 : 2a \times 8$

⇒ $36a : 60a : 16a = 9 : 15 : 4$

समय और निवेश के गुणनफल का अनुपात = लाभ का अनुपात

लाभ का अनुपात $= 9 : 15 : 4$

Y का लाभ = 22500 रुपये (दिया है)

⇒ $\frac{15R}{28} = 22500$

$\Rightarrow \dfrac{R}{28} = 1500$

$\Rightarrow R = 1500 \times 28 = 42000$

∴ कुल लाभ = 42,000 रुपये

अत: विकल्प (B) सही है।

227. दी गई श्रृंखला है:

72, 74, 84, 110, 160, 244, 364

पैटर्न है:

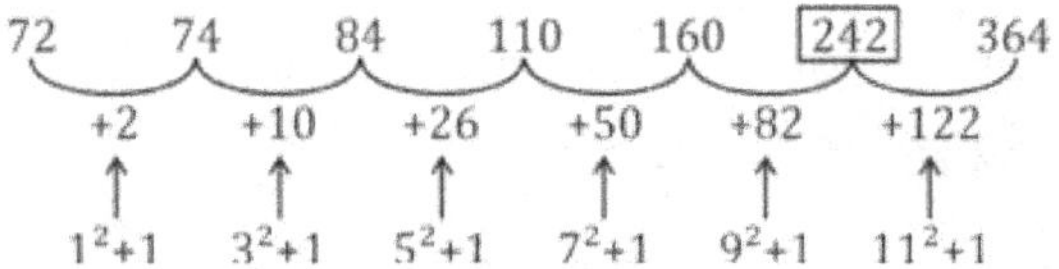

इसलिए, गलत संख्या 244 है।

अत: विकल्प (B) सही है।

228. दी गई श्रृंखला है:

30, 42, 48, 54, 65, 81, 126

पैटर्न है:

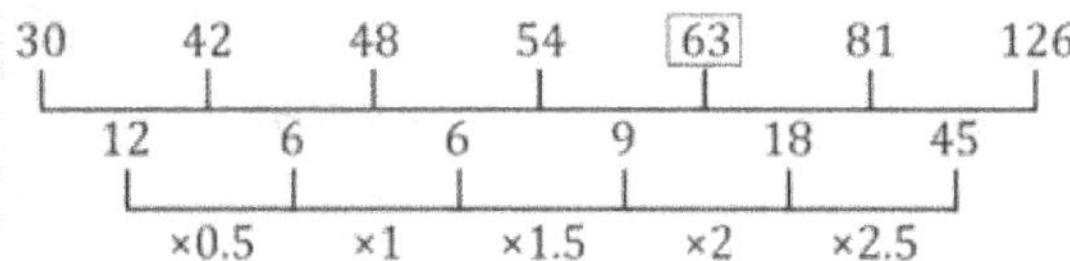

इसलिए, गलत संख्या 65 है।

अत: विकल्प (E) सही है।

229. दिया है:

अल्कोहल : पानी = 6 : 5

22 लीटर मिश्रण को पानी से बदल दिया जाता है।

माना अल्कोहल = 6x और पानी = 5x

21 लीटर मिश्रण में, अल्कोहल $= \left(\dfrac{6}{11}\right) \times 22 = 12$ लीटर

और पानी $= \left(\dfrac{5}{11}\right) \times 22 = 10$ लीटर

प्रश्नानुसार,

(6x - 12) : (5x - 10 + 22) = 9 : 13

$\Rightarrow 13(6x - 12) = 9(5x + 12)$

$\Rightarrow 78x - 156 = 45x + 108$

$\Rightarrow 78x - 45x = 108 + 156$

$\Rightarrow 33x = 264$

$\Rightarrow x = 8$

इस प्रकार, प्रतिस्थापन के बाद अल्कोहल = 6 × 8 -12 = 36 लीटर

∴ प्रतिस्थापन के बाद अल्कोहल की मात्रा 36 लीटर है।

अत: विकल्प (C) सही है।

230. माना कि बस, ट्रेन और कार से संग्रहालय जाने वाले छात्रों की संख्या 5x, 14x और 8x है।

कथन। का उपयोग करने पर:

माना छात्राओं की कुल संख्या y है।

छात्रों की कुल संख्या = y + 45

सभी छात्राएं केवल ट्रेन से संग्रहालय गईं और 30 पुरुष ट्रेन से गए।

∴ ट्रेन से संग्रहालय जाने वाले छात्रों की संख्या = y + 30

केवल कथन। में दी गई जानकारी प्रश्न का उत्तर देने के लिए पर्याप्त नहीं है।

कथन ॥ का उपयोग करने पर:

बस और कार से संग्रहालय जाने वाले पुरुषों की कुल संख्या 195 है।

केवल कथन ॥ में दी गई जानकारी प्रश्न का उत्तर देने के लिए पर्याप्त नहीं है।

कथन। और ॥ दोनों का मिलाकर उपयोग करने पर:

छात्रों की कुल संख्या = y + 45

30 छात्रों ने ट्रेन से यात्रा किया

∴ बस और कार से यात्रा करने वाले पुरुष छात्रों की संख्या

$\Rightarrow y + 45 - 30 = 195$

$\Rightarrow y = 180$

∴ ट्रेन से संग्रहालय जाने वाले छात्रों की संख्या = y + 30 = 180 + 30 = 210

$\Rightarrow 14x = 210$

$\Rightarrow x = 15$

कार द्वारा संग्रहालय जाने वाले छात्रों की संख्या = 8x = 8 × 15 = 120

∴ कथन। और ॥ दोनों में दी गयी जानकारी एक साथ प्रश्न का उत्तर देने के लिए आवश्यक है।

अत: विकल्प (D) सही है।

231. दिया है:

निवेश का अनुपात = 3 : 6 : 8

समय काल = 2 वर्ष

कथन I:

टॉम, जेरी, और बॉब द्वारा अर्जित औसत लाभ की राशि = 17000 रूपये

टॉम, जेरी, और बॉब का कुल लाभ = 17000 × 3 = 51000 रूपये

निवेश का अनुपात = 3 : 6 : 8

इसलिए, जेरी के हिस्से का लाभ $= \dfrac{51000}{17} \times 6 = 18000$

∴ जेरी द्वारा अर्जित लाभ = 18000 रूपये

कथन ॥:

तीनो का औसत निवेश = 34000 रूपये

कुल निवेश = 34000 × 3 = 102000 रूपये

2 वर्ष के अंत में अर्जित किया गया लाभ कुल निवेश का $\dfrac{1}{2}$ हैं।

कुल लाभ = 102000 × $\dfrac{1}{2}$ = 51000 रूपये

निवेश का अनुपात = 3 : 6 : 8

इसलिए, जेरी के हिस्से का लाभ $= \frac{51000}{17} \times 6 = 18000$

∴ जेरी द्वारा अर्जित लाभ = 18000 रूपये

इसलिए, या तो कथन I या कथन II अकेले प्रश्न का उत्तर देने के लिए पर्याप्त है।

अतः विकल्प (D) सही है।

232. कथन I से:

माना 1 किग्रा शुद्ध गेंहूं का लागत मूल्य = 1 रुपये

1 किग्रा मिश्रण का विक्रय मूल्य = 1 रुपये और लाभ = 25%

1 किग्रा मिश्रण का लागत मूल्य $= 1 \times \frac{100}{125} = $ Rs. $\frac{4}{5}$

गेंहूं से अशुद्धता का अनुपात $= \frac{4}{5} : \frac{1}{5} = 4 : 1$

अशुद्धता का प्रतिशत $= \frac{1}{(4+1)} \times 100 = 20\%$

इसलिए, केवल कथन I ही पर्याप्त है।

कथन II से:

मिश्रण की मात्रा = 45 किग्रा और अशुद्धता की मात्रा z किलो है।

दिया है:

$$\frac{5}{2} \times z = 150\% \text{ of } \frac{2}{3} \times 45$$

$$\Rightarrow z = \frac{(150 \times 2 \times 45 \times 2)}{(100 \times 3 \times 5)}$$

$$\Rightarrow z = 18$$

अशुद्धता $\% = \frac{18}{45} \times 100 = 40\%$

इसलिए, केवल कथन II ही पर्याप्त है।

कथन III से:

माना मिश्रण की कुल मात्रा = 5z और शुद्ध गेंहूं की मात्रा = 3z

मिश्रण में अशुद्धता की मात्रा = 5z – 3z = 2z

अशुद्धता $\% = \frac{2z}{5z} \times 100 = 40\%$

इसलिए, केवल कथन III पर्याप्त है।

अतः विकल्प (D) सही है।

233. इनका अनुमानित मान लेने पर;

990 का 44% = 1025 का ? % + 120 का 24%

$$\Rightarrow (0.44 \times 990) = \left[\frac{(? \times 1025)}{100}\right] + (0.24 \times 120)$$

$$\Rightarrow 435.6 = 10.25 \times ? + 28.8$$

$$\Rightarrow 435.6 - 28.8 = 10.25 \times ?$$

$$\Rightarrow 406.8 = 10.25 \times ?$$

$$\therefore ? = 39.69 \approx 40$$

∴ प्रश्न चिन्ह (?) के स्थान पर 40 आना चाहिए।

अत: विकल्प (A) सही है।

234. दिये गए श्रृंखला का तरीका:

→ 3,

→ 5 = 3 × 1 + 2

→ 12 = 5 × 2 + 2

→ 38 = 12 × 3 + 2

→ 154 = 38 × 4 + 2

→ 914 ≠ 154 × 5 + 2 = 772

→ 4634 = 772 × 6 + 2

∴ श्रृंखला में 914 गलत संख्या है और सही संख्या 772 होगी।

उपरोक्त तरीके पर आधारित हम निम्नलिखित श्रृंखला बना सकते हैं।

→ 914,

– 916 = 914 × 1 + 2

→ 1834 = 916 × 2 + 2

इसलिए, नई श्रृंखला की तीसरी संख्या 1834 है।

अत: विकल्प (C) सही है।

235. दिये गए श्रृंखला का तरीका:

→ 3

→ 4 = (3 + 1) × 1

→ 10 = (4 + 1) × 2

→ 34 ≠ (10 + 1) × 3 = 33

→ 136 = (33 + 1) × 4

→ 685 = (136 + 1) × 5

→ 4116 = (685 + 1) × 6

∴ श्रृंखला में 34 गलत संख्या थी और सही संख्या 33 होगी।

उपरोक्त तरीके पर आधारित हम निम्नलिखित श्रृंखला बना सकते हैं।

→ 34

→ 35 = (34 + 1) × 1

→ 72 = (35 + 1) × 2

अत: विकल्प (C) सही है।

236. दिया है:

$$(8.97)^2 \times (15.05)^2 \div \sqrt{624.89} = 9^?$$

$$\Rightarrow 9^? \approx (9)^2 \times (15)^2 \div \sqrt{625}$$

$$\Rightarrow 9^? \approx 81 \times 225 \div \sqrt{25^2}$$

$$\Rightarrow 9^? \approx \left\{\frac{(81 \times 225)}{25}\right\}$$

$$\Rightarrow 9^? \approx 9^3$$

$$\therefore ? = 3$$

अत: विकल्प (A) सही है।

237. दिया है:

ABC समभुज त्रिभुज

PQRSTU एक नियमित षट्भुज

AB = BC = CA = $15\sqrt{7}$ सेमी

सूत्र:

त्रिभुज का त्रिभुज का क्षेत्रफल $= \frac{1}{2} \times a \times b \times \sin\theta$

जहाँ a और b त्रिभुज की दो भुजाएं हैं और θ उनके बीच का कोण है।

गणना:

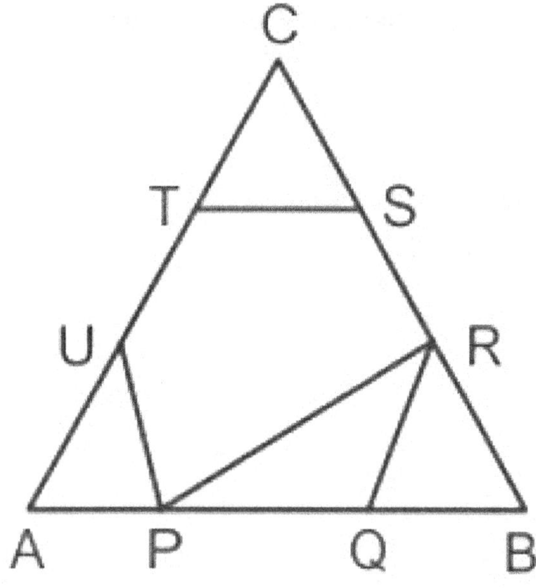

ΔABC में, ∠ABC = ∠BCA = ∠ACB = 60°

तब, AB = PQ = QB

P और Q, AB को तीन भागों में विभाजित कर देंगे

$$\Rightarrow PQ = \frac{15\sqrt{7}}{3} = 5\sqrt{7}$$ सेमी

इसलिए, PQ = QR = RS = ST = TU = UP = $5\sqrt{7}$ सेमी

षट्भुज का प्रत्येक कोण होता है,

$$\frac{n-2}{n} \times 180 = \frac{6-2}{6} \times 180 = 120°$$

$$\therefore \angle PQR = 120°$$

अब, ΔPQR का क्षेत्रफल $= \frac{1}{2} \times PQ \times QR \times \sin\angle PQR$

$$\Rightarrow ΔPQR \text{ का क्षेत्रफल} = \frac{1}{2} \times 5\sqrt{7} \times 5\sqrt{7} \times \sin 120°$$

ΔPQR का क्षेत्रफल $= \frac{1}{2} \times 25 \times 7 \times \frac{\sqrt{3}}{2}$

$$= \frac{175\sqrt{3}}{4}$$ सेमी ^{2}

अत: विकल्प (B) सही है।

238. दिया है:

अंकित मूल्य = 1500 रु

विक्रय मूल्य = 1200 रु

पहली छूट $= 15\%$

सूत्र:

विक्रय मूल्य = [(100 – छूट %)/100] × अंकित मूल्य

गणना:

अंकित मूल्य $= 1500$ रु

पहली छूट $= 15\%$

पहली छूट के बाद विक्रय मूल्य = [(100 – छूट %)/100] × अंकित मूल्य

$$= \left(\frac{85}{100}\right) \times 1500 \text{ रु}$$

$$= 1275 \text{ रु}$$

अंतिम विक्रय मूल्य $= 1200$ रु

दूसरी छूट $= (1275 - 1200)$ रु

$$= 75 \text{ रु}$$

दूसरी छूट की दर $= \left(\frac{75}{1275}\right) \times 100$

$$= \frac{100}{17}\%$$

∴ दूसरी छूट $\frac{100}{17}\%$ है।

अत: विकल्प (A) सही है।

239. दिया है:

एक व्यक्ति 3 किमी/घंटा, 4 किमी/घंटा और 5 किमी/घंटा की गति से बराबर दूरियां तय करता है।

कुल समय = 47 मिनट

सूत्र:

दूरी = गति × समय

औसत गति = कुल दूरी/समय

गणना:

माना तय की गयी कुल दूरी 3X है।

तो X किमी की प्रत्येक दूरी 3 किमी/घंटा, 4 किमी/घंट और 5 किमी/घंटा की गति से एकसाथ तय की जाएगी।

कुल समय $= 47$ मिनट, $\frac{47}{60}$ घंटे

3X किमी दूरी तय करने के लिए आवश्यक कुल समय $= \frac{X}{3} + \frac{X}{4} + \frac{X}{5}$

$$\Rightarrow \frac{X}{3} + \frac{X}{4} + \frac{X}{5} = \frac{47}{60}$$

$$\Rightarrow \frac{47X}{60} = \frac{47}{60}$$

$$\Rightarrow X = 1$$

कुल दूरी $= 3X = 3 \times 1 = 3$

∴ कुल दूरी 3 किमी है।

अत: विकल्प (A) सही है।

240. दिया है:

कुल केले = 600

प्रति दर्जन केले का क्रय मूल्य = 6 रुपये

प्रत्येक केले का विक्रय मूल्य = 2 रुपये

सूत्र:

लाभ% = लाभ/लागत मूल्य ×100

हानि% = हानि/लागत मूल्य×100

गणना:

हमारे पास है,

प्रति दर्जन केले का क्रय मूल्य = 6 रुपये

⇒ 12 केले का क्रय मूल्य = 6 रुपये

⇒ 1 केले का क्रय मूल्य = $\left(\frac{6}{12}\right)$ रुपये

⇒ 1 केले का क्रय मूल्य = 0.5 रुपये

यहाँ, प्रत्येक केले का विक्रय मूल्य = 2 रुपये

प्रत्येक केले पर दुकानदार द्वारा अर्जित लाभ/हानि = प्रत्येक केले का विक्रय मूल्य - प्रत्येक केले का क्रय मूल्य

⇒ प्रत्येक केले पर दुकानदार द्वारा अर्जित लाभ/हानि = 2 रुपये - 0.5 रुपये

⇒ प्रत्येक केले पर दुकानदार द्वारा अर्जित लाभ/हानि = 1.5 रुपये

प्राप्त मूल्य धनात्मक है, इसलिए, एक दुकानदार प्रत्येक केले को बेचने पर 1.5 रुपये का लाभ अर्जित करता है।

अब,

लाभ% = लाभ/लागत मूल्य ×100

$$\Rightarrow \text{लाभ } \% = \frac{1.5}{0.5} \times 100$$

⇒ लाभ% = 300%

इसलिए, एक दुकानदार का लाभ% 300% है।

अत: विकल्प (A) सही है।

Reasoning

Q.1 निर्देश: महत्वपूर्ण प्रश्न के बारे में निर्णय करने के लिए, 'सबल' और 'दुर्बल' तर्कों में फर्क करना जरुरी है। 'सबल' तर्क आवश्यक और प्रश्न से संबंधित है। 'दुर्बल' तर्क कम आवश्यक और प्रश्न से प्रत्यक्ष रूप से संबंधित हो सकते हैं या नहीं हो सकते। निम्न प्रश्न में एक कथन और उसके बाद दो तर्क I और II दिए गये हैं। आपको तय करना है कि, निम्नलिखित तर्कों में से कौनसे तर्क सबल हैं और कौनसे तर्क दुर्बल हैं।

कथन:

क्या राजस्थान को बेहतर शिक्षा प्रणाली की आवश्यकता है?

तर्क:

I. हां, इससे लोगों के ज्ञान में वृद्धि होगी और उनकी सोच व्यापक बनेगी।

II. नहीं, वास्तव में, भारत में प्रत्येक राज्य को बेहतर शिक्षा प्रणाली की आवश्यकता है।

- **A.** सिर्फ तर्क I सबल है
- **B.** सिर्फ तर्क II सबल है
- **C.** या तो तर्क I या फिर तर्क II सबल है
- **D.** न तो तर्क I और न ही तर्क II सबल है
- **E.** तर्क I और तर्क II दोनों सबल हैं

Ques (2-3):निर्देश: निम्नलिखित प्रश्न में दिए गए कथनों को सत्य मानते हुए, यह ज्ञात कीजिये कि दिए गए निष्कर्षों में से कौन-सा/कौन-से निष्कर्ष निश्चित रूप से सत्य है/हैं और तदनुसार अपने उत्तर दीजिये।

Q.2 कथन: A ≤ B ≥ C > D ; A ≥ E = F < G

निष्कर्ष:

I. B > F

II. B = F

- **A.** केवल I सत्य है
- **B.** केवल II सत्य है
- **C.** I और II दोनों सत्य हैं
- **D.** या तो I या II सत्य है
- **E.** न तो I और न ही II सत्य है

Q.3 कथन: D ≥ X = F ≤ G; Z < X ≥ E

निष्कर्ष:

I. D ≥ Z

II. G ≥ Z

- **A.** केवल निष्कर्ष I सत्य है
- **B.** केवल निष्कर्ष II सत्य है
- **C.** या तो I या II सत्य है
- **D.** न तो I और न ही II सत्य है
- **E.** I और II दोनों सत्य है

Ques (4-5):निर्देश: निम्नलिखित जानकारी को ध्यानपूर्वक पढ़ें और दिए गए प्रश्न का उत्तर दीजिये।

A @ B का अर्थ है कि A, B के उत्तर में 7 मी या 12 मी की दूरी पर है

A # B का अर्थ है कि A, B के पश्चिम दिशा में 5 मी या 14 मी की दूरी पर है

A $ B का अर्थ है कि A, B के दक्षिण दिशा में 7 मी या 12 मी की दूरी पर है

A & B का अर्थ है कि A, B के पूर्व दिशा में या तो 5 मी या 14 मी की दूरी पर है

A @ & B का अर्थ है कि A, B के उत्तर-पूर्व में है

A $& B का अर्थ है कि A, B के दक्षिण-पूर्व दिशा में है

कथन

A@B, B#C, C$D@&A, D#E@F@&C, F@G$&C, G&H$C

Q.4 G के संबंध में B किस दिशा में है?

[IBPS PO, 2019]

- **A.** उत्तर
- **B.** पूर्व
- **C.** उत्तर-पूर्व
- **D.** उत्तर-पश्चिम
- **E.** इनमें से कोई नहीं

Q.5 यदि B और C के बीच की दूरी, D और E के बीच की दूरी के समान है और यह दूरी A और B के बीच की दूरी से कम है, तो C और E के बीच की न्यूनतम दूरी क्या है?

[IBPS PO, 2019]

- **A.** 13 मी
- **B.** 28 मी
- **C.** या तो A या B
- **D.** 5 मी
- **E.** 14 मी

Ques (6-7):निर्देश: नीचे दिए गए प्रश्न में एक प्रश्न और उसके नीचे I और II से अंकित दो कथन दिए गए हैं। आपको यह तय करना है कि कथनों में दिए गए आँकड़े प्रश्न का उत्तर देने के लिए पर्याप्त है या नहीं।

Q.6 छह लोग - गिरीश, आयुष, श्रुति, प्रीतम, सागर और चंदन ने एक परीक्षा में अलग-अलग अंक प्राप्त किए। लेकिन जरूरी नहीं कि इसी क्रम में हो। सबसे कम अंक किसे प्राप्त हुए?

कथन I: न तो श्रुति और न ही प्रीतम को सबसे कम अंक मिले। सागर ने प्रीतम और चंदन से अधिक अंक प्राप्त किए, लेकिन आयुष से कम अंक प्राप्त किए। श्रुति ने गिरीश और आयुष से अधिक अंक प्राप्त किए, लेकिन आयुष ने गिरीश से अधिक अंक प्राप्त नहीं किए।

कथन II: आयुष ने केवल दो व्यक्तियों से कम अंक प्राप्त किए। प्रीतम ने आयुष और सागर से कम, लेकिन चंदन से अधिक अंक प्राप्त किए। गिरीश ने आयुष से अधिक लेकिन श्रुति से कम अंक प्राप्त किए।

- **A.** केवल कथन I में दिए गए आँकड़े प्रश्न का उत्तर देने के लिए पर्याप्त है, जबकि केवल कथन II में दिए गए आँकड़े प्रश्न का उत्तर देने के लिए पर्याप्त नहीं है
- **B.** केवल कथन II में दिए गए आँकड़े प्रश्न का उत्तर देने के लिए पर्याप्त है, जबकि केवल कथन I का दिए गए आँकड़े प्रश्न का उत्तर देने के लिए पर्याप्त नहीं है
- **C.** आँकड़े या तो केवल कथन I या केवल कथन II में प्रश्न का उत्तर देने के लिए पर्याप्त है
- **D.** कथन I और II दोनों के आँकड़े एक साथ प्रश्न का उत्तर देने के लिए पर्याप्त नहीं है
- **E.** प्रश्न का उत्तर देने के लिए कथन I और II दोनों के आँकड़े एक साथ आवश्यक है

Q.7 सात सदस्यों का परिवार है। G, Q से किस प्रकार संबंधित है?

कथन I: Q, W का भाई है, जो उसकी पत्नी Z से विवाहित है। P, Q से विवाहित है। D, W की भतीजी/भांजी है, जिसका एक पुत्र और एक पुत्री है। G और R, D के कजिन हैं।

कथन II: W, Q का भाई है, जो P का पति है। Z, Q की सिस्टर-इन-लॉ है, जिसकी पुत्री D है। R, Q की भतीजी/भांजी है और G, Q का भतीजा/भांजा है।

- **A.** केवल कथन I में दिए गए आँकड़े प्रश्न का उत्तर देने के लिए पर्याप्त है,

जबकि केवल कथन II में दिए गए आँकड़ें प्रश्न का उत्तर देने के लिए पर्याप्त नहीं है

केवल कथन II में दिए गए आँकड़ें प्रश्न का उत्तर देने के लिए पर्याप्त है,

B. जबकि केवल कथन I का दिए गए आँकड़ें प्रश्न का उत्तर देने के लिए पर्याप्त नहीं है

C. आँकड़ें या तो केवल कथन I या केवल कथन II में प्रश्न का उत्तर देने के लिए पर्याप्त है

D. कथन I और II दोनों के आँकड़ें एक साथ प्रश्न का उत्तर देने के लिए पर्याप्त नहीं है

E. प्रश्न का उत्तर देने के लिए कथन I और II दोनों के आँकड़ें एक साथ आवश्यक है

Q.8 निर्देश: नीचे प्रश्न में तीन कथन और उसके बाद I, II से अंकित तीन निष्कर्ष दिए गये हैं। आपको दिए गये कथनों को सत्य मानना है, भले ही वे ज्ञात तथ्यों से अलग प्रतीत होते हों। सभी निष्कर्षों को पढ़िए और निर्णय कीजिए कि दिये गये निष्कर्षों में से कौनसा/कौनसे निष्कर्ष ज्ञात तथ्यों को नजरंदाज करने पर कथनों का तार्किक रूप से अनुसरण करता है/करते हैं।

कथन: 'यह पुस्तक सभी के लिए लिखी गई है और इसके पाठकों के लिए कंप्यूटर चलाने का अनुभव होना जरुरी नहीं है।' - कंप्यूटर से सम्बंधित एक पुस्तक के लेखक।

धारणाएँ:

I. केवल एक पुस्तक की सहायता से कंप्यूटर सीखना संभव है।

II. किताब पढ़ने के बाद ही कंप्यूटर चलाने के लिए सीखना संभव है।

A. यदि केवल धारणा I निहित है

B. यदि केवल धारणा II निहित है

C. यदि या तो धारणा I या धारणा II निहित है

D. यदि न तो धारणा I न ही धारणा II निहित है

E. धारणा I और धारणा II दोनों निहित हैं

Ques (9-10):निर्देश: नीचे प्रश्न में कुछ कथन और उसके बाद कुछ निष्कर्ष दिए गये हैं। आपको दिए गये कथनों को सत्य मानना है, भले ही वे ज्ञात तथ्यों से अलग प्रतीत होते हों। सभी निष्कर्षों को पढ़िए और निर्णय कीजिए कि दिये गये निष्कर्षों में से कौन सा निष्कर्ष ज्ञात तथ्यों को नजरंदाज करने पर कथनों का तार्किक रूप से अनुसरण करता है।

Q.9 कथन:

केवल पुस्तक पौधे हैं।

कोई पुस्तक केक नहीं है।

केवल कुछ केक चॉकलेट हैं।

निष्कर्ष:

I. कुछ पुस्तक केक हैं।

II. कुछ पौधे चॉकलेट हो सकते हैं।

III. सभी केक चॉकलेट हो सकते हैं।

A. केवल निष्कर्ष I अनुसरण करता है।

B. केवल निष्कर्ष II अनुसरण करता है।

C. केवल निष्कर्ष III अनुसरण करता है।

D. कोई भी अनुसरण नहीं करता है।

E. सभी अनुसरण करते हैं।

Q.10 कथन:

कुछ मिट्टी वक्त हैं।

केवल कुछ घड़ी वक्त हैं।

कोई घड़ी मिट्टी नहीं है।

निष्कर्ष:

I. सभी घड़ी के वक्त होने की संभावना है।

II. सभी वक्त घड़ी होने की संभावना है।

III. कुछ वक्त घड़ी नहीं हैं।

A. केवल निष्कर्ष I अनुसरण करता है।

B. केवल निष्कर्ष III अनुसरण करता है।

C. केवल निष्कर्ष I और II अनुसरण करता है।

D. कोई भी अनुसरण नहीं करता है।

E. केवल निष्कर्ष I और III अनुसरण करते हैं।

Q.11 निर्देश: निम्नलिखित प्रत्येक प्रश्न में कथन के बाद I और II से अंकित दो निष्कर्ष दिए गए हैं। आपको कथन को सत्य मानना है, भले ही यह सामान्य रूप से ज्ञात तथ्यों से अलग प्रतीत होता है। आपको यह तय करना है कि दिए गए निष्कर्षों में से कौन-सा निष्कर्ष निश्चित रूप से कथन से निकाला जा सकता है।

कथन: भारत में बैंकिंग प्रणाली के चार स्तर हैं: (a) अनुसूचित वाणिज्यिक बैंक, (b) क्षेत्रीय ग्रामीण बैंक, (c) सहकारी बैंक, (d) भुगतान बैंक और छोटे वित्त बैंक।

निष्कर्ष:

I. अनुसूचित वाणिज्यिक बैंक भारत की बैंकिंग प्रणाली की सबसे महत्वपूर्ण श्रेणी हैं।

II. भारत अपने बैंकिंग नेटवर्क का विस्तार करने की योजना बना रहा है।

A. केवल I अनुसरण करता है।

B. केवल II अनुसरण करता है।

C. I और II दोनों अनुसरण करते हैं।

D. न तो I और न ही II अनुसरण करता है।

E. या तो I या II अनुसरण करता है।

Ques (12-16):निर्देश: दी गयी जानकारी का अध्ययन कीजिये और दिए गए प्रश्नों के उत्तर दीजिये।

एक निश्चित कूट भाषा में,

"google   goal   nexas   device" को
"H9#   O6$ H4@   E9#" के रुप में कूटबध्द किया गया है,

"android   ecosystem   open   plateform" को
"P4+   Q18©   B12&   F18©" के रुप में कूटबध्द किया गया है,

"facebook   uses   cortana   assistant" को
"V4$ D12?   G16%   B18*" के रुप में कूटबध्द किया गया है,

"microsoft   focus   windows   environment" को
"N18*   X10$ G6$ F28*" के रुप में कूटबध्द किया गया है।

(सूचना: सभी कूट तीन पदों वाले कूट हैं, जिसमें 1 अक्षर, 1 चिन्ह और 1 संख्या है)

Q.12 कूट भाषा में 'assistant' का संभव कूट क्या है?

A. B18?   **B.** D12?   **C.** B18*   **D.** G16%

E. B11?

Q.13 दी गयी कूट भाषा में '©' का अर्थ क्या है?

A. D   **B.** M   **C.** K   **D.** A

E. N

Q.14 "amazon has prime concept" का संभव कूट क्या है?

A. A9# H2$ P6# C10*

B. B7# I3$ Q6# D10*

C. B9+ I2$ Q6# D10*

D. B9? H2$ Q6# C10*

E. B9* I2# Q6$ D10?

Q.15 किस शब्द का कूट "D12?" हो सकता है?

A. cortana   **B.** assistant   **C.** uses   **D.** facebook

E. open

Q.16 "nexas" का कूट क्या है?

A. H9#   **B.** O6$ **C.** H4@   **D.** E9#

E. V4$

Q.17 निर्देश: जानकारी का ध्यानपूर्वक अध्ययन कीजिये और नीचे दिए गए प्रश्नों के उत्तर दीजिये:-

छह मंजिलों वाली इमारत में कुछ निश्चित संख्या में व्यक्ति रह रहे हैं। प्रत्येक मंजिल में दो फ्लैट हैं जैसे कि फ्लैट- 2, फ्लैट- 1 के पूर्व में है। सबसे नीचे की मंजिल को मंजिल -1 और सबसे ऊपर की मंजिल को मंजिल - 6 के रूप में दर्शाया गया है। मंजिल - 2 का फ्लैट - 1, मंजिल - 1 के फ्लैट - 1 के ठीक ऊपर है और मंजिल - 3 के फ्लैट - 1 के ठीक नीचे है और इसी तरह आगे भी। केवल जिन व्यक्तियों का उल्लेख नीचे किया गया है, वे इमारत में रहते हैं। प्रत्येक मंजिल पर अधिकतम 3 व्यक्ति रहते हैं।

जिस फ्लैट में E और U रहते हैं उनके बीच 5 फ्लैट का अंतर है। U और F समीपवर्ती फ्लैट में रहते हैं। M और P के बीच में दो व्यक्ति रहते हैं। जहाँ T और D रहते हैं उनमें 2 मंजिल का अंतर है और दोनों समान फ्लैट संख्या पर रहते हैं। E और O पड़ोसी नहीं हैं। कोई भी व्यक्ति उस मंजिल से ऊपर नहीं रहता है जहाँ D रहते हैं। K उस फ्लैट में रहता है जो D के फ्लैट के पश्चिम में है उसी तल पर। C, R से ऊपर वाली मंजिल पर रहता है लेकिन Q के नीचे रहता है समान फ्लैट संख्या पर। R सबसे नीचे वाली मंजिल पर नहीं रहता है। B अपने फ्लैट को किसी के साथ साझा नहीं करता है। S, B के ठीक ऊपर वाले फ्लैट संख्या 2 में रहता है और B सम संख्या वाली मंजिल पर रहता है। F एक विषम संख्या वाली मंजिल पर रहता है और अपने फ्लैट में अकेला रहता है। R और M के बीच 2 फ्लैट का अंतर है। O विषम संख्या वाली मंजिल पर रहता है। L और X अपने फ्लैट को साझा करते हैं लेकिन मंजिल संख्या 2 पर नहीं रहते हैं। E और K पड़ोसी हैं।

इमारत में कुल कितने व्यक्ति रहते हैं?

A. 15   **B.** 18   **C.** 16   **D.** 27

E. 19

Ques (18-22):निर्देश: निर्देशों को ध्यान से पढ़िए और नीचे दिए गए प्रश्न का उत्तर दीजिए।

A, B, C, D, E, F, G और H आठ पुरुष सदस्य हैं जो एक गोलाकार टेबल के चारों ओर बैठे हैं। उनमें से चार अंदर की दिशा के सम्मुख हैं और चार बाहर की दिशा के सम्मुख हैं। इन आठ लोगों की शादी L, M, N, O, P, Q, R और S जैसी आठ लड़कियों से होती है लेकिन जरूरी नहीं कि एक ही क्रम में हो। लगातार तीन लोग एक ही दिशा के सम्मुख नहीं हैं।

B और L के पति के बीच केवल एक व्यक्ति बैठा है। D के दोनों निकटतम पड़ोसी समान दिशा के सम्मुख हैं। या तो R या P, D की पत्नी है। Q का पति बाहर की दिशा के सम्मुख है और वह D के तत्काल दाएं बैठा है। B उस व्यक्ति के दाएं तीसरे स्थान पर बैठा है जो R का पति है और वे एक ही दिशा के सम्मुख हैं। P का पति और Q का पति एक ही दिशा के सम्मुख हैं। D की पत्नी F के बाएं से तीसरे स्थान पर बैठती है। न तो O और न ही P, B की पत्नी है। G, C के दाएं तीसरे स्थान पर है। L का पति, E के बाएं से तीसरे स्थान पर बैठा है। केवल एक व्यक्ति है F और M के पति के बीच में बैठता है और वे एक ही दिशा के सम्मुख हैं। S का पति, H के दाएं से तीसरे स्थान पर बैठा है। A, M के पति का एक तत्काल पड़ोसी है। M के पति के दाएं C तीसरा स्थान पर बैठा है और वे भिन्न दिशाओं का सामना कर रहे हैं।

Q.18 Q के पति के बाएं दूसरा कौन बैठा है?

A. D   **B.** G   **C.** B   **D.** C

E. E

Q.19 S का पति कौन है?

A. B   **B.** E   **C.** F   **D.** A

E. D

Q.20 P के पति के दाएं दूसरा कौन बैठा है?

A. B

B. C

C. D

D. A

E. निर्धारित नहीं किया जा सकता है

Q.21 D के तत्काल बाएं बैठे व्यक्ति की पत्नी कौन है?

A. M   **B.** L   **C.** R   **D.** S

E. Q

Q.22 N के पति के तत्काल दाएं कौन बैठा है?

A. D   **B.** C   **C.** E   **D.** B

E. H

Ques (23-27):निर्देश: निम्नलिखित जानकारी का ध्यानपूर्वक अध्ययन कीजिये और प्रश्नों के उत्तर दीजिये।

सात व्यक्ति – A, C, E, P, R, T और U एक पंक्ति में बैठे हैं (समान क्रम में होना आवश्यक नहीं है)। केवल तीन व्यक्ति उत्तर दिशा की ओर सम्मुख हैं शेष व्यक्ति दक्षिण दिशा की ओर सम्मुख हैं। उनमें से प्रत्येक को अलग-अलग रंग पसंद हैं- लाल, नीला, हरा, बैंगनी, भूरा, गुलाबी और सफेद। लाल रंग पसंद करने वाला व्यक्ति पंक्ति के दायें छोर से पांचवें स्थान पर बैठा है। R और लाल रंग पसंद करने वाले व्यक्ति के मध्य में केवल एक व्यक्ति बैठा है। हरा रंग पसंद करने वाला व्यक्ति R के बायें से तीसरे स्थान पर बैठा है। बैंगनी रंग पसंद करने वाला व्यक्ति हरा रंग पसंद करने वाले व्यक्ति का निकटतम पड़ोसी है। A लाल रंग पसंद नहीं करता है लेकिन बैंगनी रंग पसंद करने वाले व्यक्ति के दायें से दूसरे स्थान पर बैठा है। U, A का निकटतम पड़ोसी है और दोनों विपरीत दिशा की ओर सम्मुख हैं। नीला रंग पसंद करने वाला व्यक्ति U के बायें से चौथे स्थान पर बैठा है। E नीला रंग पसंद नहीं करता है। भूरा रंग पसंद करने वाला व्यक्ति E के बायें से चौथे स्थान पर बैठा है। E, C के दायें से तीसरे स्थान पर बैठा है। P सफेद रंग पसंद करने वाले व्यक्ति के दायें से चौथे स्थान पर बैठा है।

Q.23 निम्न पांच विकल्पों में से चार विकल्प एक प्रकार से समान हैं, भिन्न युग्म को ज्ञात कीजिये।

A. C और R   **B.** C और E   **C.** E और U   **D.** P और T

E. A और R

Q.24 निम्न में से कौन-सा व्यक्ति दक्षिण दिशा के सम्मुख नहीं है?

A. A

B. R

C. गुलाबी रंग पसंद करने वाला व्यक्ति

D. लाल रंग पसंद करने वाला व्यक्ति

E. हरा रंग पसंद करने वाला व्यक्ति

Q.25 निम्न में से कौन-सा/से व्यक्ति ठीक अंतिम छोर पर बैठा/बैठे है/हैं?

A. सफेद रंग पसंद करने वाला व्यक्ति

B. नीला रंग पसंद करने वाला व्यक्ति

C. R

D. (A) और (B)

E. (A) और (C)

Q.26 निम्नलिखित में से कौन हरा रंग पसंद करता है?

A. P

B. T

C. U

D. P के दायें से दूसरे स्थान पर बैठा व्यक्ति

E. E के ठीक दायें स्थान पर बैठा व्यक्ति

Q.27 निम्नलिखित में से कौन-सा युग्म सही नहीं है?

A. A, सफेद   **B.** C, नीला   **C.** E, बैंगनी   **D.** R, लाल

E. U, गुलाबी

Q.28 निर्देश: निम्नलिखित जानकारी का ध्यानपूर्वक अध्ययन कीजिये और निम्न प्रश्नों के उत्तर दीजिये:

M@N का अर्थ है कि M, N की पत्नी है।

M#N का अर्थ है कि M, N का पुत्र है।

M%N का अर्थ है कि M, N की बहन है।

M$N का अर्थ है कि M, N का पिता है।

व्यंजक "K%L#E$F" में L, F से किस प्रकार संबंधित है?

A. बहन   **B.** भाई
C. कजिन   **D.** ब्रदर-इन-लॉ
E. इनमें से कोई नहीं

Ques (29-33):निर्देश: निम्नलिखित जानकारी का ध्यानपूर्वक अध्ययन कीजिये और उसके आधार पर प्रश्नों के उत्तर दीजिये।

7 फिल्में हैं - पिकू, मुल्क, आर्टिकल 15, एवेंजर्स, तमाशा, अंधाधुन, और रांझणा वर्ष के विभिन्न महीनों में रिलीज़ होंगी हैं लेकिन जरूरी नहीं कि इसी क्रम में हो। अप्रैल से पहले के महीने में और अक्टूबर के बाद के महीने में कोई फिल्म रिलीज नहीं होगी।

फिल्म तमाशा, आर्टिकल 15 से 3 महीने पहले रिलीज होगी। अंधाधुन और रांझणा के बीच दो फिल्में रिलीज होंगी। मुल्क की रिलीज के बाद पिकू रिलीज होगी। अंधाधुन से पहले कोई भी फिल्म रिलीज नहीं होगी। एवेंजर्स, पिकू से पहले रिलीज नहीं होगी। आर्टिकल 15 के बाद केवल दो फिल्में ही रिलीज होंगी।

Q.29 इनमें से कौन सा संयोजन सही है?

A. आर्टिकल 15 - अप्रैल   **B.** पिकू - अगस्त
C. मुल्क – जून   **D.** एवेंजर्स - मई
E. तमाशा - जुलाई

Q.30 पिकू और एवेंजर्स के बीच में कितनी फिल्में रिलीज होंगी?

A. तीन   **B.** दो
C. एक   **D.** कोई नहीं
E. तीन से अधिक

Q.31 मई में कौन सी फिल्म रिलीज होगी?

A. तमाशा   **B.** मुल्क   **C.** एवेंजर्स   **D.** अंधाधुन
E. पिकू

Q.32 रांझणा के बाद कितनी फिल्में रिलीज होंगी?

A. एक   **B.** दो   **C.** तीन   **D.** चार
E. पांच

Q.33 पिकू किस माह में रिलीज होगी?

A. अप्रैल   **B.** अगस्त   **C.** अक्टूबर   **D.** सितम्बर
E. जुलाई

Ques (34-38):निर्देश: दिए गए प्रश्नों के उत्तर देने के लिए निम्नलिखित जानकारी का सावधानीपूर्वक अध्ययन करें।

छह व्यक्ति: राजीव, सुनील, किशन, पुनीत, गौरव और अर्जुन एक इमारत के आरम्भिक मंजिल 1 से मंजिल 6 तक छह अलग-अलग मंजिलों पर रहते हैं। उनमें से किसी भी दो व्यक्ति की आयु एक समान नहीं है। धनतेरस के अवसर पर उन्होंने मोबाइल, फ्रिज, बाइक, एलईडी टीवी, माइक्रोवेव और लैपटॉप छह विभिन्न चीजें खरीदी लेकिन आवश्यक नहीं कि इसी क्रम में खरीदी हों।

(i) जिस व्यक्ति ने बाइक खरीदी है, वह सम क्रमांकित मंज़िल के ऊपर वाली मंजिल पर रहता है।

(ii) जिस व्यक्ति ने फ्रिज खरीदा है, वह 22 वर्ष का है और शीर्ष मंजिल पर रहता है।

(iii) राजीव की आयु उस व्यक्ति की आयु के आधे से 2 वर्ष अधिक है जो उस से चार मंजिल नीचे रहता है।

(iv) न तो अर्जुन और न ही पुनीत ने एलईडी टीवी खरीदा है।

(v) गौरव, पुनीत से तीन मंजिल नीचे रहता है, दोनों ही चरम मंजिलों पर नहीं रहते हैं।

(vi) जिस व्यक्ति ने मोबाइल खरीदा है, वह 27 वर्षीय व्यक्ति से तीन मंजिल नीचे रहता है।

(vii) सुनील 25 वर्ष का है अर्थात उसके तीन मंजिल ऊपर वाले व्यक्ति से 10 वर्ष छोटा है।

(viii) जिस व्यक्ति ने माइक्रोवेव खरीदा है, वह 32 वर्षीय व्यक्ति से दो मंजिल नीचे रहता है।

Q.34 निम्न में से किसने बाइक खरीदी है?

A. किशन   **B.** सुनील   **C.** अर्जुन   **D.** राजीव
E. पुनीत

Q.35 जिसने लैपटॉप खरीदा है उस व्यक्ति से दो मंजिल नीचे कौन रहता है?

A. राजीव   **B.** किशन   **C.** पुनीत   **D.** सुनील
E. गौरव

Q.36 मोबाइल खरीदने वाले व्यक्ति की आयु क्या है?

A. 32   **B.** 22   **C.** 27   **D.** 25
E. 40

Q.37 तीसरी और पांचवीं मंजिल पर रहने वाले व्यक्तियों की आयु का योग क्या है?

A. 59   **B.** 48   **C.** 65   **D.** 40
E. 55

Q.38 दूसरी मंजिल पर कौन रहता है?

A. सुनील   **B.** राजीव   **C.** गौरव   **D.** अर्जुन
E. पुनीत

Ques (39-40):निर्देश: ये प्रश्न निम्न जानकारी पर आधारित हैं।

Q.39 R $ S का अर्थ है कि R, S की बेटी है।

R % S का अर्थ है कि R, S का बेटा है।

R & S का अर्थ है कि R, S की बहन है।

R @ S का अर्थ है कि R, S का भाई है।

R * S का अर्थ है कि R, S का पिता है।

R + S का अर्थ है कि R, S की माँ है।

R # S का अर्थ है कि R, S की पत्नी है।

निम्न में से कौन सा व्यंजक यह दर्शाता है कि M, S की पत्नी है?

A. Q * M + N & J % S
B. Q + M & J * N @ S
C. Q @ M + J @ N & S
D. N & M + Q @ S % J
E. इनमें से कोई नहीं

Q.40 R $ S का अर्थ है कि R, S की बेटी है।

R % S का अर्थ है कि R, S का बेटा है।

R & S का अर्थ है कि R, S की बहन है।

R @ S का अर्थ है कि R, S का भाई है।

R * S का अर्थ है कि R, S का पिता है।

R + S का अर्थ है कि R, S की माँ है।

R # S का अर्थ है कि R, S की पत्नी है।

व्यंजक 'M & N * O ? P * R' में यह सिद्ध करने के लिए कि N, P का ससुर है प्रश्न चिह्न के स्थान पर क्या आना चाहिए?

A. %

B. *

C. &

D. #

E. या तो * या $

Computer Knowledge

Q.41 नीचे दिए गए कारणों में से कौन सा कारण लोगों द्वारा कंप्यूटर वायरस बनाने के कारण को संतुष्ट नहीं करता है?

A. रिसर्च पर्पस

B. प्रैंक्स

C. आइडेंटिटी थेफ्ट

D. प्रोटेक्शन

E. स्टील डाटा

Q.42 जिसमें कोई उपयोगकर्ता एक पैकेट बनाता है जो देखने में कुछ और प्रतीत होता है उस अटैक को कहते है -

A. स्मर्फिंग

B. ट्रोजन

C. ई-मेल बॉम्बिंग

D. स्पूफिंग

E. इनमें से कोई नहीं

Q.43 आपके कंप्यूटर की हार्ड डिस्क में निम्न में से कौन सा वायरस का सबसे कॉमन सोर्स है?

A. इनकमिंग ईमेल

B. आउटगोइंग ईमेल

C. सीडी रोम

D. वेबसाइट

E. ऊपर के सभी

Q.44 एथिकल हैकर्स और सिक्योरिटी प्रोफेशनल के लिए प्रोग्रामिंग लैंग्वेज क्यों महत्वपूर्ण है?

A. केवल मैलवेयर लिखने के लिए

B. प्रॉब्लम को हल करने और टूल्स और प्रोग्रामों के निर्माण के लिए

C. प्रोग्रामिंग सिखाने के लिए

D. दूसरों को नुकसान पहुंचाने के लिए प्रोग्राम विकसित करना के लिए

E. इनमें से कोई नहीं

Q.45 ________ एक हैकर को प्रोग्राम या एप्लिकेशन का एक भाग खोलने और आगे की फीचर्स और कैपेबिलिटी के साथ इसे फिर से बनाने में सक्षम बनाता है।

A. सोशल इंजीनियरिंग

B. रिवर्स इंजीनियरिंग

C. प्लांटिंग मैलवेयर

D. इंजेक्शन कोड

E. इनमें से कोई नहीं

Q.46 कंप्यूटर पर मिसिंग स्लॉट कवर का कारण बन सकता है?

A. ओवरहीटिंग

B. प्रभाव में तेजी से व्रद्धि

C. ई.एम.आई.

D. ई.एस.डी. के लिए अधूरा रास्ता

E. इनमे से कोई भी नहीं

Q.47 IRQ 1 को आमतौर पर सौंपा जाता है:

A. यह आमतौर पर खुला रहता है।

B. सिस्टम टाइमर

C. रियल टाइम क्लॉक

D. कीबोर्ड

E. फ्लॉपी डिस्क कंट्रोलर

Q.48 ______ समग्र निगरानी और अनुदेश निष्पादन के समन्वय के लिए जिम्मेदार है।

[RBI Assistant, 2020]

A. सीपीयू

B. एएलयू

C. रेम

D. कंट्रोल यूनिट

E. इनमें से कोई नहीं

Q.49 निम्नलिखित में से कौन-सा कार्य कन्ट्रोल यूनिट का है?

[RBI Assistant, 2020]

A. निर्देशों को पढ़ना

B. निर्देशे का निष्पादन करना

C. निर्देशों की व्याख्या करना

D. ऑपरेशन को निर्देशित करना

E. इनमें से कोई नहीं

Q.50 इंटरनेट को सबसे सटीक ______ के रूप में वर्गीकृत किया गया है:

A. लैन

B. पैन

C. वैन

D. मैन

E. इनमें से कोई नहीं

Q.51 निम्नलिखित में से कौन सी टोपोलॉजी किसी नोड को जोड़ने/हटाने से सबसे कम प्रभावित होती है?

A. रिंग

B. बस

C. स्टार

D. मेष

E. ट्री

Q.52 HTTPS में 'S' का मतलब है:

A. सिंपल

B. सिक्योर्ड

C. सर्वर

D. स्पीड

E. इनमे से कोई नही

Q.53 ________ एक वेब एप्लीकेशन असेसमेंट सिक्योरिटी टूल है।

A. एलसी4

B. वेबइंस्पेक्ट

C. एटरकैप

D. कालिसगार्ड

E. उपरोक्त सभी

Q.54 वॉर्म्स के बारे में कौन सा सत्य है?

A. सेल्फ-रेप्लिकेटिंग वायरस जो सिक्योरिटी वुलनेराबिलिटीज़ का फायदा उठाते हुए कंप्यूटर और नेटवर्क पर अपने आप फैल जाते हैं।

B. मौजूदा प्रोग्राम पर वर्म्स केवल तभी सक्रिय हो सकते हैं जब कोई यूजर प्रोग्राम ओपन करता है।

C. ऑपरेटिंग सिस्टम में वर्म्स अलग-अलग होते हैं।

D. ऑपरेटिंग सिस्टम में वर्म्स छिप सकते हैं।

E. उपरोक्त सभी

Q.55 कार्यों की संख्या और आकार जिसमें कोई समस्या विघटित होती है, निर्धारित करती है:

A. फाइन ग्रैनुलरिटी

B. कोर्स ग्रैनुलरिटी

C. सब टास्क

D. ग्रैन्युलैरिटी

E. कोर्स टास्क

Q.56 क्वांटम कंप्यूटिंग क्या है?

A. क्वांटम कंप्यूटिंग कुछ समस्याओं को हल करने के लिए कम्प्यूटेशन में क्वांटम मैकेनिक की फिनामिना है।

B. क्वांटम कंप्यूटिंग एक पुरानी तकनीक है जिसका उपयोग कम्प्यूटेशन में किया जाता है।

C. क्वांटम कंप्यूटिंग का उपयोग केवल कुछ फिजिक्स समस्याओं को हल करने के लिए कम्प्यूटेशन में किया जाता है।

D. दोनों (B) और (C)

E. इनमें से कोई नहीं

Q.57 बिट्स के बजाय क्वांटम कंप्यूटर ________ का उपयोग करते हैं।

A. बाइट

B. किलो बाइट

C. क्वांटम बाइट   **D.** क्यूबिट

E. क्यूबाइट्स

Q.58 निम्नलिखित में से कौन संबंध में टुप्लेस की संख्या को संदर्भित करता है?

A. एंटिटी   **B.** कॉलम

C. कार्डिनलिटी   **D.** एग्रीगेशन

E. इनमें से कोई नहीं

Q.59 निम्नलिखित में से कौन एक प्रकार का डेटा मैनिपुलेशन कमांड है?

A. क्रिएट   **B.** अल्टर

C. डिलीट   **D.** इन्सर्ट

E. इनमें से सभी

Q.60 निम्नलिखित में से कौन सा टॉप-डाउन दृष्टिकोण है जिसमें इकाई के हायर-लेवल को दो लोअर सब-एंटिटीज में विभाजित किया जा सकता है?

A. एग्रीगेशन   **B.** जनरलाइजेशन

C. स्पेशलाइजेशन   **D.** रिलेशन

E. इनमें से सभी

Q.61 लिनक्स _______ ऑपरेटिंग सिस्टम है।

A. ओपन सोर्स   **B.** माइक्रोसॉफ्ट

C. विंडोज़   **D.** मैक

E. इनमें से कोई नहीं

Q.62 किसी भी प्रकार का स्टोरेज जो इसके प्रोसेस में चरणों के बीच इनफार्मेशन रखने के लिए उपयोग किया जाता है, _______ कहलाता है।

A. सीपीयू   **B.** प्राइमरी स्टोरेज

C. इंटरमीडिएट स्टोरेज   **D.** इंटरनल स्टोरेज

E. इनमें से कोई नहीं

Q.63 निम्नलिखित में से कौन मैग्नेटिक डिस्क स्टोरेज का लाभ नहीं है?

A. कोरेलेशन   **B.** कोरुटीन

C. डाइगोनलाइजेशन   **D.** क्रीन

E. इनमे से कोई भी नहीं

Q.64 एक्सएमएल का पूर्ण रूप क्या है?

A. एक्सटेंसिबल मेरिया लेटर्स

B. एक्सटेंसिबल मीडिया लैंग्वेज

C. स्टेन्सिबले मार्कअप लैंग्वेज

D. एक्सटेंसिबल मार्कअप लैंग्वेज

E. इनमें से कोई नहीं

Q.65 एनओएस का पूर्ण रूप क्या है?

A. न्यू ऑपरेटिंग सिस्टम

B. नेटवर्क ऑपरेटिंग सोर्स

C. नेटवर्क ऑपरेटिंग सिस्टम

D. नेटवर्क ओरिजिनल सिस्टम

E. इनमें से कोई नहीं

Q.66 ओएमआर का पूर्ण रूप क्या होता है?

A. ऑप्टिकल मार्क रजिस्टर

B. ऑप्टिकल मार्क रिकग्निशन

C. ऑप्टिकल मीटर रिकग्निशन

D. ओरल मार्क रिकग्निशन

E. इनमें से कोई नहीं

Q.67 एमएस पावर प्वाइंट आधिकारिक तौर पर कब शुरू किया गया था?

A. 22 मई,1990   **B.** 25 मई,1990

C. 27 मई,1990   **D.** 9 अप्रैल,1994

E. इनमें से कोई नहीं

Q.68 निम्न में से कौन सी श्रेणी एमएस पावर प्वाइंट 2007 के कस्टम एनिमेशन में पाई जाती है?

A. मास्टर स्लाइड   **B.** डिजाईन टेम्पलेट

C. एंट्रेंस   **D.** ट्रांजीशन

E. इनमें से कोई नहीं

Q.69 एक चार्ट को प्रेजेंटेशन में एक पार्ट के रूप में रखा जा सकता है-

A. इन्सर्ट → पिक्चर → चार्ट

B. इन्सर्ट → चार्ट

C. एडिट → चार्ट

D. व्यू → चार्ट

E. इनमें से कोई नहीं

Q.70 उपयोग की गई वर्तमान विंडो से _______ दबा कर अगली विंडो पर स्विच करते है।

A. Ctrl + Tab   **B.** Alt + Tab

C. Alt + Right arrow   **D.** End Key

E. इनमें से कोई नहीं

Q.71 स्क्रीन की एक तस्वीर को क्लिपबोर्ड पर कैप्चर और कॉपी करने के लिए _____ का उपयोग करें।

A. PrtSc   **B.** Ctrl+P

C. Ctrl+F9   **D.** Print Window

E. Ctrl+F7

Q.72 एक खुले डायलॉग बॉक्स से डॉक्यूमेंट पर वापस जाने के लिए व इस व्यवहार का समर्थन करने वाले डायलॉग बॉक्स जैसे फाइंड एंड रिप्लेस को _______ द्वारा सम्पन्न करतो है।

A. Ctrl+F7   **B.** Alt+Shift+F6

C. Alt+Left arrow   **D.** Alt+F6

E. इनमें से कोई नहीं

Q.73 निम्नलिखित में से कौन सी एक हाई-लेवल लैंग्वेज है जिसका उपयोग सॉफ्टवेयर अनुप्रयोगों को कॉम्पैक्ट, कुशल कोड में विकसित करने के लिए किया जाता है जिसे न्यूनतम परिवर्तन के साथ विभिन्न प्रकार के कंप्यूटरों पर चलाया जा सकता है?

A. FORTRAN   **B.** C

C. C++   **D.** ALGOL

E. COBOL

Q.74 जावा किस प्रकार की प्रोग्रामिंग लैंग्वेज है?

A. ऑब्जेक्ट -ओरिएंटेड प्रोग्रामिंग लैंग्वेज

B. रिलेशनल प्रोग्रामिंग लैंग्वेज

C. सिक्स-जनरेशन प्रोग्रामिंग लैंग्वेज

D. डेटाबेस मैनेजमेंट प्रोग्रामिंग लैंग्वेज

E. इनमें से कोई नहीं

Q.75 _______ पीढ़ी की अवधि 1952-1964 थी।

A. पहली   **B.** दूसरी   **C.** पाँचवी   **D.** चौथी

E. तीसरी

Q.76 हाल के दिनों में निम्नलिखित में से किसके लिए नॉलेज बेस्ड इनफार्मेशन प्रोसेसिंग सिस्टम शब्द का प्रयोग किया जा रहा है?

A. चौथी पीढ़ी के कंप्यूटर   **B.** पांचवीं पीढ़ी के कंप्यूटर

C. छठी पीढ़ी के कंप्यूटर   **D.** सुपर कंप्यूटर

E. इनमें से कोई नहीं

Q.77 पहला व्यावसायिक कंप्यूटर कौन सा था?

A. फेरेंटी मार्क 1   **B.** एनालिटिकल इंजन
C. डिफ्रेंस इंजन   **D.** कोलोसस
E. इनमे से कोई भी नहीं

Q.78 वितरित, सहयोगपूर्ण और हाइपरमीडिया सूचना प्रणाली के लिए कौन से प्रोटोकॉल का उपयोग किया जाता है?

[RBI Assistant, 2020]

A. वायरलेस एप्लिकेशन प्रोटोकॉल
B. हाइपरटेक्स्ट ट्रांसफर प्रोटोकॉल
C. फाइल ट्रांसफर प्रोटोकॉल
D. ट्रांसमिशन कंट्रोल प्रोटोकॉल
E. इनमें से कोई नहीं

Q.79 HTTP ______ प्रोटोकॉल है।

[RBI Assistant, 2020]

A. एप्लीकेशन लेयर   **B.** ट्रांसपोर्ट लेयर
C. नेटवर्क लेयर   **D.** लिंक लेयर
E. इनमें से कोई नहीं

Q.80 किस विधा से संचार सर्किट जो दोनों दिशाओं में डाटा संचारित करता है लेकिन एक ही समय में काम नहीं करता है।

[RBI Assistant, 2020]

A. सिंप्लेक्स विधा   **B.** आधा द्वैध विधा
C. पूर्ण द्वैध विधा   **D.** अतुल्यकालिक विधा
E. इनमें से कोई नहीं

Financial Awareness

Q.81 भारतीय बैंकिंग प्रणाली में नए सुधारों में शामिल हैं:
a) बैंक संचालन का डिजिटलीकरण
b) बैंकिंग समेकन
c) सरकार से उधार लेना
d) एजेंसी का काम
निम्नलिखित में से सही विकल्प चुनें:
A. (a) और (b)
B. (b), (c) और (d)
C. (c) और (d)
D. (a), (c) और (d)
E. उपरोक्त सभी

Q.82 निम्नलिखित में से कौन वाणिज्यिक बैंकों का निधि आधारित व्यवसाय नहीं है?
A. ओवरड्राफ्ट की सुविधा   **B.** साख पत्र जारी करना
C. जमा की स्वीकृति   **D.** आरटीजीएस लेनदेन
E. एनईएफटी लेनदेन

Q.83 अंतर्राष्ट्रीय धन हस्तांतरण के लिए निम्नलिखित में से किसका उपयोग किया जाता है?
A. आरटीजीएस   **B.** एनईएफटी
C. स्विफ्ट   **D.** डीडी
E. इनमें से कोई नहीं

Q.84 एक बैंक द्वारा बहुत छोटे उधारकर्ता को 10000 रुपये के ऋण की वित्तीय सहायता को कहा जाएगा:
A. बिजनेस फाइनेंस   **B.** गवर्नमेंट फाइनेंस
C. माइक्रो फाइनेंस   **D.** स्माल फाइनेंस
E. केवाईसी फाइनेंस

Q.85 मार्च और सितंबर तिमाहियों के बीच एनपीए 50 आधार अंक बढ़कर किस मूल्य पर पहुंच गया है?
A. 5.2%   **B.** 5.1%   **C.** 5%   **D.** 4.9%
E. 6%

Q.86 ______ वह है जहां बैंक, उधारकर्ता की वित्तीय कठिनाई से संबंधित आर्थिक या कानूनी कारणों से, उधारकर्ता को ऐसी रियायतें देता है जिस पर बैंक अन्यथा विचार नहीं करेगा।
A. पुनर्निर्मित खाता   **B.** फटकार खाता
C. अग्रिम खाता   **D.** पुनर्गठित खाता
E. इनमें से कोई नहीं

Q.87 प्राथमिकता प्राप्त क्षेत्र को उधार के वर्गीकरण के लिए एमएसएमई में प्रति उधारकर्ता की सीमा क्या है?
A. 10 लाख   **B.** 2 करोड़
C. 5 करोड़   **D.** 10 करोड़
E. कोई सीमा नहीं

Q.88 पर्सनल लोन को निम्नलिखित में से किस नाम से भी पुकारा जाता है?
A. हस्ताक्षर ऋण   **B.** असुरक्षित ऋण
C. उपभोक्ता ऋण   **D.** (A) और (B) दोनों
E. उपरोक्त सभी

Q.89 अगस्त 2020 में, भारतीय रिजर्व बैंक (RBI) ने स्टार्टअप्स को प्राथमिकता वाले क्षेत्र को ऋण देने के दायरे में लाया। निम्नलिखित में से कौन सी श्रेणी प्राथमिकता-प्राप्त क्षेत्र को उधार देने के अंतर्गत आती है?
A. कृषि
B. सूक्ष्म, लघु और मध्यम उद्यम
C. निर्यात ऋण
D. नवीकरणीय ऊर्जा
E. उपरोक्त सभी

Q.90 केंद्रीय बैंक के अनुसार गंभीर तनाव की स्थिति में, मार्च 2022 तक बैंकों में अशोध्य ऋण ______ प्रतिशत तक बढ़ सकता है।
A. 11.22 प्रतिशत   **B.** 7.48 प्रतिशत
C. 16.03 प्रतिशत   **D.** 13.5 प्रतिशत
E. 11 प्रतिशत

Q.91 अशोध्य ऋण राशि किस खाते में क्रेडिट की जानी चाहिए?
A. देनदार का खाता   **B.** अशोध्य ऋण खाता
C. विक्रय खाता   **D.** लेनदार का खाता
E. व्यय खाता

Q.92 पेगासस एसेट्स रिकंस्ट्रक्शन प्राइवेट लिमिटेड (पेगासस) साथ पंजीकृत है:
A. एसबीआई   **B.** आरबीआई
C. नाबार्ड   **D.** एनबीएफसी
E. इनमें से कोई नहीं

Q.93 निम्नलिखित में से कौन-सी संपत्ति पुनर्निर्माण कंपनी की भूमिका है?
A. उधारकर्ता के प्रबंधन / बिक्री या व्यवसाय के पट्टे में परिवर्तन या अधिग्रहण
B. ऋण का पुनर्निर्धारण
C. सुरक्षा हित का प्रवर्तन (सरफेसी अधिनियम, 2002 की धारा 13(4) के अनुसार)
D. उधारकर्ता द्वारा देय देय राशियों का निपटारा
E. उपरोक्त सभी

Q.94 भारतीय लघु उद्योग विकास बैंक (सिडबी) का मुख्यालय कहाँ है?
A. लखनऊ   **B.** मुंबई   **C.** चेन्नई   **D.** देहरादून

E. जयपुर

Q.95 ऋण पुनर्गठन के तहत, वित्तीय दबाव में आने वाले ग्राहकों को विकल्प दिए जा सकते हैं:

A. भुगतान का पुनर्निर्धारण

B. ऋण की शेष अवधि का विस्तार

C. किस्त/ब्याज अधिस्थगन

D. (A) और (B) दोनों

E. सभी (A), (B), और (C)

Q.96 बेसल-I ढांचे के अनुसार बैंकों को न्यूनतम पूंजी पर्याप्तता अनुपात कितना बनाए रखना था?

A. 6%   B. 7%   C. 8%   D. 9%

E. 10%

Q.97 निम्नलिखित में से कौन बेसल-II ढांचे के अनुसार क्रेडिट जोखिम की गणना के दृष्टिकोणों में से एक नहीं है?

A. जोखिम-मूल्य

B. मानकीकृत दृष्टिकोण

C. फाउंडेशन आंतरिक रेटिंग-आधारित दृष्टिकोण

D. उन्नत आंतरिक रेटिंग-आधारित दृष्टिकोण

E. इनमें से कोई नहीं

Q.98 पूंजी पर्याप्तता अनुपात की गणना करने के लिए, बैंकों को निम्नलिखित में से किस जोखिम को ध्यान में रखना आवश्यक है?

A. ऋण जोखिम

B. बाजार ज़ोखिम

C. परिचालनात्मक जोखिम

नीचे दिए गए विकल्पों में से सबसे उपयुक्त उत्तर चुनिए:

A. केवल A और C   B. केवल A और B

C. केवल B और C   D. केवल A, B, और C

E. इनमें से कोई नहीं

Q.99 पोर्टफोलियो सिद्धांत निम्नलिखित में से किस जोखिम को कम करने के लिए विविधीकरण को स्पष्ट करता है?

A. बाजार ज़ोखिम   B. वित्तीय जोखिम

C. अनियंत्रित जोखिम   D. व्यापार जोखिम

E. परिचालनात्मक जोखिम

Q.100 निम्नलिखित में से कौन सा सही है?

A. व्यवस्थित जोखिम प्रतिवर्ती है, लेकिन गुप्त जोखिम अपरिवर्तनीय है

B. व्यवस्थित जोखिम अपरिवर्तनीय है, लेकिन अस्थिर जोखिम प्रतिवर्ती है

C. व्यवस्थित और गैर-व्यवस्थित जोखिम दोनों परिवर्तनीय हैं

D. व्यवस्थित और गैर-व्यवस्थित जोखिम दोनों अपरिवर्तनीय हैं

E. इनमें से कोई नहीं

Q.101 एसआईडीओ (SIDO) निम्नलिखित में से किस उद्योग से संबंधित है?

A. लघु उद्योग   B. लौह उद्योग

C. स्टील उद्योग   D. साबुन उद्योग

E. इनमें से कोई नहीं

Q.102 आईसीआईसीआई बैंक को मूल रूप से एक भारतीय वित्तीय संस्थान आईसीआईसीआई लिमिटेड द्वारा ___ में पदोन्नत किया गया था, और यह इसकी पूर्ण स्वामित्व वाली सहायक कंपनी थी।

A. 1994   B. 1995

C. 1997   D. 1998

E. इनमें से कोई नहीं

Q.103 निम्नलिखित में से कौन विश्व बैंक समूह का भी हिस्सा है?

A. अंतर्राष्ट्रीय वित्त निगम (आईएफसी)

B. बहुपक्षीय निवेश गारंटी एजेंसी (एमआईजीए)

C. निवेश विवादों के निपटान के लिए अंतर्राष्ट्रीय केंद्र (आईसीएसआईडी)

D. अंतर्राष्ट्रीय विकास संघ (आईडीए)

E. ऊपर के सभी

Q.104 विकास वित्त संस्थानों के संबंध में निम्नलिखित में से कौन सा सही नहीं है?

A. विकास वित्त संस्थाओं का मुख्य उद्देश्य देश का आर्थिक विकास करना है।

B. ये बैंक विभिन्न क्षेत्रों को वित्तीय और तकनीकी सहायता प्रदान करते हैं।

C. विकास वित्त संस्थान लोगों से जमा स्वीकार करते हैं।

D. यह कंपनियों की ओर से बैंकों को गारंटी और शेयरों, डिबेंचर आदि की सदस्यता भी प्रदान करता है।

E. इनमें से कोई नहीं

Q.105 निम्नलिखित में से कौन भारत में अनुसूचित बैंकिंग संरचना का हिस्सा नहीं है?

A. साहूकार   B. सार्वजनिक क्षेत्र के बैंक

C. निजी क्षेत्र के बैंक   D. क्षेत्रीय ग्रामीण बैंक

E. राज्य सहकारी बैंक

Q.106 BASEL-III ढांचे के अनुसार काउंटर साइक्लिक बफर की सीमा क्या है?

A. 0% – 1%   B. 0% – 1.5%

C. 0% – 2%   D. 0% – 2.5%

E. इनमें से कोई नहीं

Q.107 भारत सरकार की FDI नीति (2012) के अनुसार, बैंकों में FDI ________ तक सीमित है।

A. राष्ट्रीयकृत बैंकों में 20% और निजी क्षेत्र के बैंकों में 74%

B. राष्ट्रीयकृत बैंकों में 20% और निजी क्षेत्र के बैंकों में 49%

C. राष्ट्रीयकृत बैंकों में 16 % और निजी क्षेत्र के बैंकों में 74%

D. राष्ट्रीयकृत बैंकों में 49% और निजी क्षेत्र के बैंकों में 51%

E. राष्ट्रीयकृत बैंकों में 15% और निजी क्षेत्र के बैंकों में 85%

Q.108 निम्नलिखित में से किसे गैर-बैंकिंग वित्तीय कंपनी (NBFC) माना जाता है?

A. इक्विपमेंट लीजिंग कंपनी

B. हायर परचेस कंपनी

C. लोन कंपनी

D. (A) और (B) दोनों

E. उपरोक्त सभी

Q.109 कॉल मनी क्या है?

A. यह 1 दिन का ऋण होता है

B. यह 100 से अधिक दिन का ऋण होता है

C. यह 15 दिनों से अधिक का ऋण होता है

D. यह 365 दिनों का ऋण होता है

E. यह 10 दिनों का ऋण होता है

Q.110 LAF का पूर्ण रूप क्या है?

A. लिक्विडिटी एडजस्टमेंट फैसिलिटी

B. लिक्विड एडजस्टमेंट फैसिलिटी

C. लिक्विडिटी अडजस्टेड फैसिलिटी

D. लिक्विड अडजस्टेड फैसिलिटी

E. इनमें से कोई नहीं

Q.111 SLR में, L का अर्थ है:

A. लिक्विडिटी **B.** लेवरेज
C. लाइसेंस **D.** लिबरल
E. इनमें से कोई नहीं

C. भारतीय स्टेट बैंक **D.** पंजाब नेशनल बैंक
E. एक्सिस बैंक

Q.112 पूर्वोत्तर क्षेत्र के विकास के लिए केंद्रीय बजट 2022-23 में निम्नलिखित में से किस योजना की घोषणा की गई है?

A. उत्तर-पूर्व के लिए प्रधानमंत्री की विकास पहल (PM-DevINE)

B. प्रधानमंत्री गति शक्ति मास्टर प्लान

C. पूर्वोत्तर के लिए प्रधानमंत्री की विस्तृत बुनियादी ढांचा योजना (PM-DevINE)

D. उत्तर-पूर्व के लिए प्रधानमंत्री की विस्तृत पहल (PM-DevINE)

E. इनमें से कोई नहीं

Q.113 केंद्रीय बजट 2022 के अनुसार, 2022-23 में राज्यों को अपने GSDP के कितने प्रतिशत के राजकोषीय घाटे की अनुमति दी जाएगी?

A. 2% **B.** 3% **C.** 3.5% **D.** 4%
E. 4.5%

Q.114 सरकार ने 2022-23 के बजट में स्टार्टअप इंडिया सीड फंड योजना के लिए कितने रुपये (करोड़ में) आवंटित किए हैं?

A. 237.5 **B.** 283.5 **C.** 313.5 **D.** 389.5
E. 425.5

Q.115 SBI की शोध रिपोर्ट के अनुसार, 2022-23 में भारत की अनुमानित सकल घरेलू उत्पाद (जीडीपी) वृद्धि क्या है?

A. 15 प्रतिशत **B.** 10.5 प्रतिशत
C. 7.6 प्रतिशत **D.** 5.5 प्रतिशत
E. 4 प्रतिशत

Q.116 2022 में क्रिप्टो एनालिटिक्स फर्म Chainalysis द्वारा जारी ग्लोबल क्रिप्टो एडॉप्शन इंडेक्स में भारत का रैंक क्या है?

A. 17 **B.** 21 **C.** 25 **D.** 29
E. 28

Q.117 केंद्र सरकार ने अप्रैल 2022 में अगरतला, त्रिपुरा में विकास परियोजनाओं को निधि देने के लिए 61 मिलियन अमेरिकी डॉलर के ऋण के लिए________ के साथ एक समझौता किया है।

A. न्यू डेवलपमेंट बैंक **B.** अंर्राष्ट्रीय मुद्रा कोष
C. एशियाई विकास बैंक **D.** विश्व बैंक
E. भारतीय स्टेट बैंक

Q.118 अप्रैल 2022 में किस नियामक संस्था ने गैर-बैंकिंग ऋणदाताओं के लिए कई नियामक परिवर्तनों की घोषणा की है?

A. भारतीय प्रतिभूति और विनिमय बोर्ड (SEBI)

B. भारतीय प्रतिस्पर्धा आयोग (CCI)

C. वित्त मंत्रालय

D. भारतीय रिजर्व बैंक (RBI)

E. इनमें से कोई नहीं

Q.119 पूंजी बाजार नियामक के अनुसार, जनवरी 2022 के अंत में पार्टिसिपेटरी (सहभागी) नोट्स (P-नोट्स) के माध्यम से भारतीय पूंजी बाजार में निवेश कितना गिर गया है?

A. 91,345 करोड़ रुपये **B.** 68,587 करोड़ रुपये
C. 87,989 करोड़ रुपये **D.** 68,999 करोड़ रुपये
E. 77,459 करोड़ रुपये

Q.120 निम्नलिखित में से किस बैंक ने हाल ही में अपने ग्राहकों के लिए 10 लाख रुपये और उससे अधिक के उच्च मूल्य के चेक के लिए एक सकारात्मक भुगतान प्रणाली (PPS) शुरू करने की घोषणा की है?

A. एचडीएफसी बैंक **B.** सेंट्रल बैंक ऑफ इंडिया

English Language

Ques (121-125):Direction: Rearrange the following six sentences 1, 2, 3, 4, 5 and 6 in the proper sequence to form a meaningful paragraph, then answer the question given below them.

1. The group desired to enhance the learning experience in schools with an interactive digital medium that can be used within and outside the classrooms.

2. Then the teacher can act on the downloaded data rather than collect it from each and every student and thereby save his time and effort.

3. Editor, decided by the group of engineers, all alumni of the Indian Institute of Technology when they founded Edutor Technologies in August 2009.

4. They can even take tests and submit them digitally using the same tablets and teachers in turn can download the tests using the company's cloud services.

5. With this desire they created a solution that digitalizes the school text books and other learning material so that students no longer need to carry as many books to school and back as before, but can access their study material on their touch screen tablets.

6. A mechanic works on motors and accountant has his computer. Likewise, if a student has to work on a machine of the device, what should it be called?

Q.121 Which of the following should be the first sentence after rearrangement?
A. 2 **B.** 1 **C.** 6 **D.** 3
E. 4

Q.122 Which of the following should be the second sentence after rearrangement?
A. 3 **B.** 1 **C.** 2 **D.** 6
E. 4

Q.123 Which of the following should be the third sentence after rearrangement?
A. 5 **B.** 6 **C.** 2 **D.** 1
E. 3

Q.124 Which of the following should be the fourth sentence after rearrangement?
A. 6 **B.** 3 **C.** 1 **D.** 2
E. 5

Q.125 Which of the following should be the sixth sentence after rearrangement?
A. 4 **B.** 6 **C.** 1 **D.** 2
E. 5

Ques (126-130):Direction: Read the passage given below and then answer the questions given below the passage. Some words may be highlighted for your attention.

The big fuss about consensus management is an issue that boils down to a lot of noise about not much. The consensus advocates are great **admirers** of the Japanese management style. Consensus is what Japan is famous for. Well, I know the Japanese fairly well: They still remember Douglas MacArthur with respect, and they still bow down to their Emperor. In my dealings with them, I found that they talk a lot about consensus, but there's always one guy behind the scenes who ends up making the tough decisions. It doesn't make sense to me to think that Mr. Toyoda or Mr. Morita of Sony sits around in committee meetings and says, "We've got to get everybody in this organization, from the janitor up, to agree with this move". The Japanese believe in their workers' involvement early on in the decision-making process and in feedback from employees. And they probably listen better than we do. But you can bet that **when the chips are down**, the yen stops at the top guy's desk. So, we're wasting time trying to **emulate something I don't think really exists.**

Business structures are microcosms of other structures. There were no corporations in the fifteenth century. But there were families. There were city governments, provinces, and armies. There was the Church. All of them had, for lack of a better word, a pecking order.

Why? Because that's the only way you can steer clear of **anarchy**. Otherwise, you'll have somebody come in one morning and tell you: "Yesterday I got tired of painting red convertibles, so today I switched to all baby-blues on my own". You'll never get anything done right that way.

What's to admire about consensus management anyway? By its very nature, it's slow. It can never be daring. There can never be real accountability - or flexibility. About the only plus that I've been able to figure out is that consensus management means consistency of direction and objectives. And so much consistency can become faceless, and that's a problem too. In any event, I don't think it can work in this country. The fun of business for entrepreneurs, big or small, lies in the free enterprise system, not in the greatest agreement by the greatest number.

Q.126 Which of the following rightly conveys the author's opinion about consensus management?

A. Impractical
B. Negative
C. Rigid
D. Cautious
E. All of the above

Q.127 In the phrase 'emulate something I don't think exists', what according to the author is that does 'not exist'?

A. Kings or Emperors
B. Consensus Management
C. Japan's cities and army
D. Business structures
E. None of the above

Q.128 Explain: 'when the chips are down'.

A. When a very serious situation arises
B. When all the moves in a game are finished
C. When all the plans are revealed
D. When the curtain is down

E. None of the above

Q.129 Which of the following is a positive trait of consensus management according to the author?

A. Accountability
B. Flexibility
C. Consistency
D. Impracticality
E. All of the above

Q.130 What according to the author is the problem with 'consistency'?

A. Too much consistency can become faceless
B. Too much consistency can become objectionable
C. Too much consistency can become undirected
D. Too much consistency can be more flexible
E. None of the above

Ques (131-133):Direction: Select the phrase/connector from the given option which can be used to form a single sentence from the two sentences given below, implying the same meaning as expressed in the statement sentences. Pick out the option which when used to start a sentence combines both the above sentences in one.

Q.131 Plastics play a major role in several industries, notably in the automotive, pharmaceutical, health care and construction sectors. It is the fast-moving consumer goods sector that poses a higher-order challenge.

I. Although
II. Despite the fact that
III. It is known that

A. Only I
B. Both I and II
C. Only III
D. Both I and III
E. All I, II and III

Q.132 Reservation aims at providing equitable access to opportunities, based on the degree of social, educational and the economic deprivation of different sections of population. There often has to be a trade-off between equity and merit, especially in the context of very limited opportunities.

I. While an affirmative action like
II. Speaking of
III. Considering the fact that

A. Only I
B. Both I and III
C. Only III
D. Both I and II
E. All I, II and III

Q.133 Socialists attribute the vast disparities in wealth to the private ownership of the means of production by a class of owners, creating a situation where a small portion of the population lives off unearned property income. The vast majority of the population is dependent on income in the form of a wage or salary.

I. While on the one hand
II As a matter of fact
III. And a small portion

A. Both I and II
B. Only II
C. Only I
D. Both II and III
E. None of these

Ques (134-135):Direction: In the given sentence, one phrase has been printed in bold. Select the correct meaning of the phrase from the options given below.

Q.134 Being a student with a technological background, the concepts of balance of payments, macro economics, statement of loss and profit, liability and assets are **all Greek to me.**
A. Complex
B. Alienated
C. Different
D. Extreme
E. Difficult

Q.135 He spoke with the fervor of discovery, unaware that he was **reinventing the wheel.**
A. Wasting time
B. Construct a wheel
C. Repeating thoughts
D. Growing continuously
E. None of these

Ques (136-138):Direction: In the following question, a short passage with one of the lines in the passage missing and represented by a blank is given. Select the best option given, to make the passage logically complete.

Q.136 Dark allegory describes the narrator's journey up the Congo River and his meeting with, and fascination by, Mr. Kurtz, a mysterious personage who dominates the unruly inhabitants of the region. Heart of Darkness is a masterly blend of adventure, character development, and psychological penetration. _______ The novella has been adapted for the screen numerous times, including Francis Ford Coppola's retelling, Apocalypse Now.
A. There is much material addressing the book's twin themes of imperialism and the darkness in the human soul.
B. On his journey, Marlow encounters scenes of torture, cruelty, and slavery.
C. Critics consider this to be Conrad's finest, most enigmatic story.
D. As such this book then becomes an exploration of hypocrisy, ambiguity, and moral confusion.
E. Such that Marlow is forced to align himself with either the hypocritical and malicious colonial bureaucracy or the openly tyrannical Kurtz.

Q.137 _______ It could give us a more optimistic, charitable and humble attitude of 'there but for the grace of God go I', whereby, in time, we let people truly disown their past conduct and redeem themselves. Of course, some crimes are so heinous as not to merit this charitable approach.
A. Using gentler language could also make us less harsh and hateful toward people who have committed a crime.
B. But potentially mischaracterising people is only one reason to dispense with reductive epithets.
C. Changing our language is a small but important step in overcoming a counterproductive prejudice toward people who have offended.
D. Consequently, we might set up the exact conditions for them to become the kind of person who offends.
E. The life stories of many people in prison are much bleaker than this.

Q.138 Soon, an English woman joined us and began to talk about her daughter studying philosophy at university. 'She's a deep thinker,' the woman said. After five minutes, they were gone _______. They were scoffing packets of crisps and stabbing at their smartphones.
A. the author now focuses on the woman and asks her about the life she lives.
B. the people surrounding me, main workers from nearby financial firms, were on their lunch break.
C. the English woman shows me the picture the picture of her daughter, who is in her early twenties.
D. the people in the room were mocking the woman for her talks and dress sense.
E. the woman orders packets of crisps and some cold drinks for lunch.

Ques (139-141):Directions: Which of the phrases (A), (B), (C) and (D) given below each sentence should replace the word/phrase printed in bold in the sentence to make it grammatically correct? If the sentence is correct as it is given and no correction is required, mark (E) as the answer.

Q.139 The **White House officials has privately predicted** for weeks that the summit could be cancelled once or twice before actually taking place.
A. White House officials have privately predicted
B. White House official have privately predicted
C. White House official were predicting
D. White House officials was predicting
E. No correction required

Q.140 The participants will understand **why One Pot One Shot (OPOS) pressure baking is nutritious,** as ingredients are cooked to perfection in their own juices, using less oil.
A. Why is One Pot One Shot (OPOS) pressure baking nutritious
B. Why was One Pot One Shot OPOS) pressure baking nutritious
C. Why One Pot One Shot (OPOS) pressure baking was nutritious
D. Why One Pot One Shot (OPOS) pressure baking were nutritious
E. No correction required

Q.141 Modern TVs are a good choice **for home theatres, and they are not** portable and can cost months of your salary for a good one.
A. For home theatres, but they are not
B. For home theatres, still they are not
C. For home theatres, also they are not
D. For home theatres, so they are not
E. No correction required

Ques (142-143):Directions: In the following question, some part of the sentence may have an error. Find out which part of the sentence has an error and select the appropriate option. If a sentence is free from errors, select option 'No error'.

Q.142 The later version of /(A) Google's plugin TV gadget /(B) is pretty much /(C) indispensable for Christmas. /(D) No error /(E)

A. (A)   **B.** (B)   **C.** (C)   **D.** (D)
E. (E)

Q.143 Astronomers are gearing up for a heavenly /(A) spectacles when Jupiter and Saturn /(B) huddle closer together in the /(C) evening sky than they have for nearly 400 years. /(D) No error /(E)

A. (A)   **B.** (B)   **C.** (C)   **D.** (D)
E. (E)

Ques (144-148):Direction: In the given question, a passage with seven blanks (A)-(E) is given. You are required to fill the correct word in the blanks.

Chandrayaan-2 mission was a highly ___(A) mission, which represented a significant technological ___(B) compared to the previous missions of ISRO, which brought together an Orbiter, Lander and Rover to explore the unexplored south pole of the Moon. Since the launch of Chandrayaan-2 on July 22, 2019, not only India but the whole world watched its progress from one phase to the next with great expectations and ___(C)__. The Orbiter has already been placed in its intended orbit around the Moon and shall __(D)__ our understanding of the moon's evolution and mapping of the minerals and water molecules in the Polar Regions, using its eight state-of-the-art scientific instruments. The Orbiter camera is the highest resolution camera (0.3m) in any lunar mission so far and shall provide high resolution images which will be immensely useful to the __(E)__ scientific community.

Q.144 Which of the following fits in the blank labelled (A)?
A. Assail   **B.** August   **C.** Complex   **D.** Candid
E. Tapering

Q.145 Which of the following fits in the blank labelled (B)?
A. Leap   **B.** Hurrah   **C.** Aura   **D.** Atrophy
E. Escape

Q.146 Which of the following fits in the blank labelled (C)?
A. Pithy   **B.** Apathy
C. Belligerence   **D.** Excitement
E. Triumph

Q.147 Which of the following fits in the blank labelled (D)?
A. Circumvent   **B.** Enrich
C. Decimate   **D.** Diffuse
E. Dispel

Q.148 Which of the following fits in the blank labelled (E)?
A. Reticent   **B.** Cosmopolitan
C. Culpable   **D.** Demonstrative
E. Global

Ques (149-154):Direction: The following question contains two sentences with one blank each. Choose the option that best fits both the blanks.

Q.149 After being hit by a car, the small dog's health ______ was not good.
According to the company's financial ______, we will probably be out of business in less than three months.
A. Caveat   **B.** Prognosis

C. Admonition   **D.** Stipulation
E. Preconception

Q.150 The women he remembered were ______ and silent.
The next morning she was very ______ but evidently homesick.
A. disobedient   **B.** wilful
C. errant   **D.** docile
E. rebellious

Q.151 Unless we ______, they'll marry you off sooner or later to somebody else.
I want to leave the surface of the earth, ______ to the moon!
A. elope   **B.** linger   **C.** cling   **D.** lodge
E. break

Q.152 When my mother watched me graduate, she had such a look of ______ on her face.
I hope my coworker finds much ______ in her new career.
A. dejection   **B.** misery   **C.** gloom   **D.** felicity
E. despair

Q.153 It's a ______ robbery asking such a high price for that old bicycle!
He was the most ______ liar I'd ever seen.
A. repentant   **B.** unclear
C. indistinct   **D.** barefaced
E. obvious

Q.154 The girl was ______ by the laughter of her classmates.
His boss's criticism left him feeling rather ______.
A. resolute   **B.** determined
C. audacious   **D.** abashed
E. daring

Ques (155-157):Direction: A sentence with an underlined word is given below. Select the most appropriate synonym for the underlined word from the given options

Q.155 The evolution of man from a selfish gene to a human filled with <u>munificence</u> is awe inspiring.
A. Grasping   **B.** Anomalous
C. Jaunty   **D.** Liberality
E. None of these

Q.156 Multidisciplinary studies on <u>kindred</u> topics are lacking in Indian universities.
A. Quixotic   **B.** Extraneous
C. Akin   **D.** Wonted
E. All of the above

Q.157 After the tense battle and a hard-earned victory, the players looked very <u>jaded</u>.
A. Ravished   **B.** Enervated
C. Zestful   **D.** Woebegone
E. None of these

Ques (158-160):Direction: Which of the following is opposite in meaning to the underlined word?

Q.158 The juice was <u>insipid</u> but it had to be consumed in order to take effect.

A. Incongruent   **B.** Despicable
C. Delicious   **D.** Insidious
E. None of these

Q.159 The children were very <u>gloomy</u> because the clown cancelled the birthday party.
A. Mirthful   **B.** Mirthless
C. Starved   **D.** Frank
E. None of these

Q.160 Sarita did not heed the <u>disdain</u> she had to bear at the hands of her step-mother.
A. Penitence   **B.** Humility
C. Love   **D.** Admiration
E. None of the above

Hindi Language

Q.161 'चूहे के चाम से नगाड़े नहीं मढ़े जाते' लोकोक्ति का अर्थ है:
A. कंजूसी करना
B. सीमित साधनों से काम चलाना
C. छोटे होकर बड़ा काम करना
D. सीमित साधनों से बड़े काम नहीं होते
E. बहुत छानबीन या तलाश करना

Q.162 'खरबूजे को देख खरबूजा रंग बदलता है' लोकोक्ति का अर्थ है:
A. संगति का प्रभाव अवश्य पड़ता है
B. प्रयत्न ज्यादा पर लाभ थोड़ा
C. कपटपूर्ण व्यवहार
D. किए का फल भोगना पड़ेगा
E. स्वाभाविक विरोध

Ques (163-164):निर्देश: दिए गए विकल्पों में से सही विकल्पों का चयन करके रिक्त स्थानों की पूर्ति कीजिये।

Q.163 21 वीं सदी में सारे विश्व में नारी __________ के अभूतपूर्व जागरण की __________ हो चुकी है।
A. भावना, अंत   **B.** सम्मान, शुरुआत
C. शक्ति, शुरुआत   **D.** (B) और (C) दोनों
E. इनमें से कोई नहीं

Q.164 समाज और वैचारिक दुनिया में __________ की जगह को लेकर चिंता और अध्ययन कोई नया __________ नहीं है।
A. स्त्री, हालत   **B.** औरत, विषय
C. अच्छा , विषय   **D.** (A) और (C) दोनों
E. इनमे से कोई नहीं

Q.165 कौन सा "छादन" का अनेकार्थी शब्द नहीं है?
A. आच्छादन   **B.** ढक्कन
C. वस्त्र   **D.** अपरस
E. इनमें से कोई नहीं

Q.166 'टीका' का अर्थ है:

[MP Sub Inspector (MPSI), 2017]

A. तिलक, निंदा, व्याख्या
B. तिलक, आभूषण, व्याख्या
C. तिलक, आभूषण, ठहरना
D. तिलक, टिका, व्याख्या
E. इनमें से कोई नहीं

Q.167 'धौंकनी' शब्द में कौन सा प्रत्यय प्रयुक्त हुआ है?
A. अनी   **B.** कनी
C. नी   **D.** ईय
E. इनमें से कोई भी नहीं

Q.168 अभि – उपसर्ग से बना शब्द निम्न में से कौन सा है?

[MP Jail Prahari, 2018]

A. अभीराम   **B.** अबिराम
C. अभीराम   **D.** अविराम
E. इनमें से कोई नहीं

Ques (169-170):निर्देश: दिए गए वाक्यांश के लिए एक शब्द ज्ञात कीजिये।

Q.169 'वह भूमि जिसमें लवणता के कारण कुछ भी नहीं उगता'
A. परती   **B.** कछार   **C.** बीहड़   **D.** ऊसर
E. अगम्य

Q.170 'जो अपने सीमित क्षेत्र या ज्ञान से बाहर न जाता हो'
A. कूपमंडूक   **B.** पूर्णकाम   **C.** विश्वस्त   **D.** अपव्ययी
E. अज्ञ

Q.171 शब्द "उदात्त" का विपरीतार्थक शब्द क्या होगा ?
A. अवदात   **B.** अनुदात्त   **C.** निदात   **D.** दात्त
E. लोक

Q.172 शब्द "गणतंत्र" का विलोम शब्द क्या होगा ?
A. स्वतंत्र   **B.** प्रजातंत्र
C. राजतंत्र   **D.** लोकतंत्र
E. इनमें से कोई नहीं

Ques (173-177):निर्देश: निम्नलिखित गद्यांश का ध्यानपूर्वक अध्ययन करें तथा दिए गए प्रश्न के सही उत्तर दें।

मनुष्य के जीवन में लक्ष्य का होना बहुत आवश्यक है। लक्ष्य के बिना जीवन दिशाहीन तथा व्यर्थ ही है। एक बार एक दिशाहीन युवा आगे बढ़े जा रहा था, राह में महात्मा जी की कुटिया देख रूककर महात्मा जी से पूछने लगा कि यह रास्ता कहाँ जाता है। महात्मा जी ने पूछा "तुम कहाँ जाना चाहते हो"। युवक ने कहा "मैं नहीं जानता मुझे कहाँ जाना है"। महात्मा जी ने कहा "जब तुम्हें पता ही नहीं है कि तुम्हें कहाँ जाना है, तो यह रास्ता कहीं भी जाए, इससे तुम्हें क्या फर्क पड़ेगा"। कहने का मतलब है कि बिना लक्ष्य के जीवन में इधर-उधर भटकते रहीये कुछ भी प्राप्त नहीं कर पाओगे। यदि कुछ करना चाहते तो पहले अपना एक लक्ष्य बनाओ और उस पर कार्य करो। अपनी राह स्वयं बनाओ, वास्तव में जीवन उसी का सार्थक है जिसमें परिस्थितियों को बदलने का साहस है।

गांधीजी कहते थे कुछ न करने से अच्छा है, कुछ करना। जो कुछ करता है वही सफल-असफल होता है। हमारा लक्ष्य कुछ भी हो सकता है, क्योंकि हर इंसान की अपनी-अपनी क्षमता होती है और उसी के अनुसार वह लक्ष्य निर्धारित करता है। जैसे विद्यार्थी का लक्ष्य है सर्वाधिक अंक प्राप्त करना तो नौकरी करने वालों का लक्ष्य होगा पदोन्नति प्राप्त करना, इसी तरह किसी महिला का लक्ष्य आत्मनिर्भर होना हो सकता है। ऐसा मानना है कि हर मनुष्य को बड़ा लक्ष्य बनाना चाहिए किन्तु बड़े लक्ष्य को प्राप्त करने के लिए छोटे-छोटे लक्ष्य बनाने चाहिए। जब हम छोटे लक्ष्य प्राप्त कर लेते हैं तो बड़े लक्ष्य को प्राप्त करने का हममें आत्मविश्वास आ जाता है।

स्वामी विवेकानंद ने कहा था कि जीवन में एक ही लक्ष्य बनाओ और दिन-रात उसी के बारे में सोचो। स्वप्न में भी तुम्हें वही लक्ष्य दिखाई देना चाहिए, उसे पूरा करने की एक धुन सवार हो जानी चाहिए, बस सफलता आपको मिली ही समझो। सच तो यह है कि जब आप कोई काम करते हैं तो यह जरूरी नहीं कि सफलता मिले ही लेकिन असफलता से भी घबराना नहीं चाहिए। इस बारे में स्वामी विवेकानंद जी कहते हैं कि हजार बार प्रयास

करने के बाद भी यदि आप हार कर गिर पड़ें तो एक बार पुनः उठें और प्रयास करें, हमें लक्ष्य प्राप्ति तक स्वयं पर विश्वास रखना चाहिए।

Q.173 जीवन में सही लक्ष्य का क्या महत्व है?

A. जीवन में सही लक्ष्य के बिना मनुष्य दिशाहीन होता है, बिना लक्ष्य के कोई भी कार्य सफल नहीं हो पाता।

B. लक्ष्य आसान चयन करना चाहिये जिससे कम से कम समय में धन अर्जित कर सकें।

C. लक्ष्य हमे संसारिक सुखो से परिचय करवाता है।

D. लक्ष्य हमे दूसरों से बदला लेने में सहायता प्रदान करता है।

E. इनमें से कोई नहीं

Q.174 स्वामी विवेकानंद जी लक्ष्य प्राप्ति के लिये क्या प्रेरणा देते है?

A. लक्ष्य का चयन जल्दी करना चाहिए।

B. लक्ष्य आसान चयन करना चाहिए।

C. बड़े-बड़े लक्ष्य को प्राप्त करने के लिये छोटे-छोटे लक्ष्य बनाना आवश्यक है।

D. हमें लक्ष्य प्राप्ति के लिये स्वयं पर विश्वास रखना चाहिए।

E. (B) और (D) दोनों

Q.175 "वास्तव में जीवन उसी का सार्थक है जिसमें परिस्थितियों को बदलने का साहस है" इस कथन के मध्धम से गान्धीजी हमें क्या समझाना चाहते है?

A. हमे परिस्थिति के अनुसार लक्ष्य में परिवर्तन करना चाहिये।

B. परिस्थिति को अपने अनुकूल होने की प्रतीक्षा करनी चाहिये।

C. परिस्थिति को बदलने की कोशिश करनी चाहिये।

D. लक्ष्य का परिस्थिति के अनुसार चयन करना चाहिये।

E. उपरोक्त सभी

Q.176 असफलता से हमें क्या सीख मिलती है?

A. असफलता हमे अपनी क्षमताओं का बोध कराती है

B. उस लक्ष्य को पाना असम्भव है

C. लक्ष्य का गलत चुनाव हमें असफल बनाती है

D. असफलता केवल यह सिद्ध करती है कि सफलता का प्रयास अच्छी तरह नहीं किया गया

E. इनमें से कोई नहीं

Q.177 सफल होना किस बात पर निर्भर करता है?

A. किसी जाति-विशेष पर

B. सुगम लक्ष्य पर

C. परिस्थितियों पर

D. दृढ-निश्चय पर

E. (B) और (C) दोनों

Q.178 निम्नलिखित में से किस समूह के सभी शब्द पर्यायवाची हैं?

A. झंडा- पताका, केतु, केतन, वैजयंती

B. सूर्य - सूरज, दिनकर, प्रभाकर, कलेवर

C. झरना- स्रोत, झर, प्रपात, रसना

D. डरावना- भयंकर, भीषण, करालै, कृपाण

E. तोता- कोर, दाडिमप्रिय, उड्डुगन, रक्ततुंड

Q.179 'उपासंग' किसका पर्यायवाची शब्द है?

A. तारक   B. तरकस   C. पद्माकर   D. रक्ततुंड

E. असि

Q.180 "केसव कहि न जाइ का कहिये। देखत तव रचना विचित्र अति समुझि मनहिं मन रहिये।" में निहित रस:

A. रौद्र रस

B. शान्त रस

C. भयानक रस

D. अद्भुत रस

E. करुण रस

Q.181 हास्य रस का स्थायी भाव क्या है?

A. हास

B. शोक

C. रौद्र

D. अनुराग

E. इनमें से कोई नहीं

Q.182 'परिवा' का तत्सम रूप है:

A. परवा

B. परेवा

C. प्रतिपदा

D. पड़ीवा

E. इनमें से कोई नहीं

Q.183 निम्नलिखित तत्सम-तद्भव शब्दों का संगत युग्म है:

A. खर्पट - खोपड़ी

B. सक्तु - सत्य

C. पर्यंक - पलंग

D. घोटक - घड़ा

E. इनमें से कोई नहीं

Q.184 निम्नलिखित में से किस वाक्य में व्याकरण दोष है?

A. मेरे घर के सामने महेश रहता है।

B. तुम्हारे घर को नज़र लग गया है।

C. स्कूल से घर आने में 20 मिनट लगते हैं।

D. किसी को भी लड़ना नहीं चाहिए।

E. रमेश बाजार जाता है।

Q.185 निम्नलिखित में से किस वाक्य में व्याकरण दोष नहीं है?

A. सिंह बड़ा भयानक होता है।

B. उसे भरी दुःख हुआ।

C. सब लोग अपना काम करो।

D. मैं दर्शन देने आया था।

E. भारत की लंबा नदी ब्रह्मपुत्र है।

Q.186 "मुझे आपके 'हस्ताक्षर' चाहिए" - इस वाक्य में 'हस्ताक्षर' शब्द क्या है?

A. बहुवचन

B. एकवचन

C. नित्य बहुवचन

D. नित्य एकवचन

E. इनमें से कोई नहीं

Q.187 कौन-सा शब्द हमेशा एकवचन में प्रयुक्त होता है?

A. रोम

B. लम्बाई

C. अश्रु

D. आशीर्वाद

E. इनमें से कोई नहीं

Q.188 निम्नलिखित में 'तपस्विनी' का उचित पुल्लिंग शब्द क्या होगा?

A. ताप

B. तप

C. तपस्वी

D. तपस्या

E. इनमें से कोई नहीं

Q.189 'कौवा' के स्त्रीलिंग के निर्धारण के लिए क्या किया जाता है?

[UPSSSC Junior Assistant, 2020]

A. कौवा के अंत में 'ई' लगाते हैं।

B. कौवा के अंत में 'आनी' लगाते हैं।

C. कौवा के पहले 'स्त्री' लगाते हैं।

D. कौवा के पहले 'मादा' लगाते हैं।

E. इनमें से कोई नहीं

Ques (190-194): निर्देश: अनुच्छेद में दिए गए रिक्त स्थानों की पूर्ति कीजिए।

सहचर्य________(1) रस के प्रभाव से सामान्य सीधे सादे चिर परिचित दृश्यों में कितने माधुर्य की________(2) होती है! पुराने कवि कालिदास ने वर्षा के प्रथम जल से________(3) तुरत की जोती हुई धरती तथा उसके पास बिखरी हुई भोली चितवनवाली ग्रामवनिताओं में, साफ सुथरे ग्रामचैत्यों और कथाकोविद ग्रामवृद्धों में इसी प्रकार के माधुर्य का अनुभव किया था। आज भी इसका अनुभव लोग करते हैं। बाल्य या कौमार अवस्था में जिस पेड़ के

नीचे हम अपनी मंडली के साथ बैठा करते थे, चिड़चिड़ी बुढ़िया की जिस झोपड़ी के पास से होकर हम आते जाते थे उनकी मधुर________(4) हमारी भावना को बराबर लीन किया करती है। बुढ़िया की झोपड़ी में न कोई चमक दमक थी, न कला कौशल का वैचित्रय। मिट्टी की दीवारों पर फूस का छप्पर पड़ा था, नीव के किनारे चढ़ी हुई मिट्टी पर सत्यानासी के________(5) हरित कटीले कटावदार पौधे खड़े थे जिनके पीले फूलों के गोल संपुटों के बीच लाल लाल बिंदियां झलकती थीं।

Q.190 दिए गए विकल्पों में से रिक्त स्थान (1) के लिए उचित शब्द का चयन कीजिए।

A. कर्थंभूत
B. वशीभूत
C. संभूत
D. स्वयंभूत
E. इनमें से कोई नहीं

Q.191 दिए गए विकल्पों में से रिक्त स्थान (2) के लिए उचित शब्द का चयन कीजिए।

A. विभूति
B. अनुभूति
C. प्रभूति
D. निभूति
E. इनमें से कोई नहीं

Q.192 दिए गए विकल्पों में से रिक्त स्थान (3) के लिए उचित शब्द का चयन कीजिए।

A. रिक्त
B. वृत्त
C. सिक्त
D. अतिरिक्त
E. अनुस्मृति

Q.193 दिए गए विकल्पों में से रिक्त स्थान (4) के लिए उचित शब्द का चयन कीजिए।

A. विस्मृति
B. संस्मृति
C. अनुस्मृति
D. स्मृति
E. इनमें से कोई नहीं

Q.194 दिए गए विकल्पों में से रिक्त स्थान (5) के लिए उचित शब्द का चयन कीजिए।

A. उपलाभ
B. नीलाभ
C. यथालाभ
D. भूरिलाभ
E. इनमें से कोई नहीं

Q.195 निम्नलिखित में कौन सा शब्द अव्यय है?

A. नीला
B. सुडौल
C. आगामी
D. तथा
E. इनमें से कोई नहीं

Q.196 और' किस प्रकार का अव्यय है?

A. क्रिया-विशेषण
B. संबंधबोधक
C. समुच्चयबोधक
D. विस्मयादिबोधक
E. इनमें से कोई नहीं

Q.197 'राज्यपाल' में संज्ञा ज्ञात कीजिये।

A. व्यक्तिवाचक
B. जातिवाचक
C. भाववाचक
D. समूहवाचक
E. द्रव्यवाचक

Q.198 'वह स्वतः ही जान जाएगा' में 'वह' में कौन सा सर्वनाम है:

A. सम्बन्धित वाचक सर्वनाम
B. अनिश्चयवाचक सर्वनाम
C. निजवाचक सर्वनाम
D. पुरुषवाचक सर्वनाम
E. इनमें से कोई नहीं

Q.199 "सोहत ओढ़े पीत पट, श्याम सलोने गात। मनहु नीलमणि शैल पर, आतप परयो प्रभात।।" में अलंकार ज्ञात कीजिये।

A. यमक
B. उत्प्रेक्षा
C. रूपक
D. श्लेष
E. अनुप्रास

Q.200 "मुख बाल-रवि-सम लाल होकर ज्वाल-सा बोधित हुआ।" में अलंकार ज्ञात कीजिये।

A. उपमा
B. उत्प्रेक्षा
C. श्लेष
D. रूपक
E. अनुप्रास

Quantitative Aptitude & Data Interpretation

Ques (201-205):निर्देश: निम्नलिखित ग्राफ और तालिका का अध्ययन करें और नीचे दिए गए प्रश्न का उत्तर दें।

वर्ष 1998 में राज्यों की जनसंख्या के संबंध में विभिन्न राज्यों के आंकड़े।

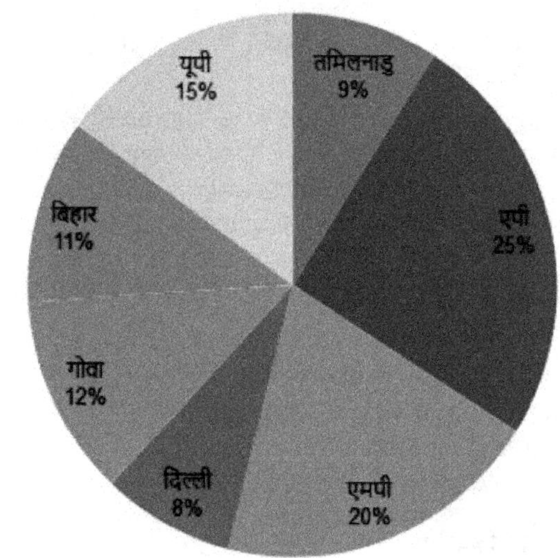

दिए गए राज्यों की कुल जनसंख्या = 3276000

| राज्य | लिंग और साक्षरता के अनुसार जनसंख्या अनुपात | | | |
| | लिंग | | साक्षरता | |
	पुरुष	महिला	साक्षर	निरक्षर
एपी	5	3	2	7
एमपी	3	1	1	4
दिल्ली	2	3	2	1
गोवा	3	5	3	2
बिहार	3	4	4	1
यूपी	3	2	7	2
तमिलनाडु	3	4	9	4

Q.201 सभी दिए गए राज्यों की कुल जनसंख्या में यूपी, एमपी और गोवा में पुरुषों की कुल संख्या का प्रतिशत कितना होगा?

A. 25%
B. 27.5%
C. 28.5%
D. 31.5%
E. 33.5%

Q.202 1998 में एपी और एमपी में निरक्षर लोगों की कुल संख्या कितनी थी?

A. 876040
B. 932170
C. 981550
D. 1161160
E. इनमें से कोई नहीं

Q.203 तमिलनाडु में महिलाओं की संख्या का दिल्ली में महिलाओं की संख्या से अनुपात कितना है?

A. 7:5   **B.** 9:7   **C.** 13:11   **D.** 15:14
E. 16:14

Q.204 वर्ष 1998 में यूपी में पुरुषों की संख्या कितनी थी?

A. 254650   **B.** 294840
C. 321470   **D.** 341200
E. इनमे से कोई भी नहीं

Q.205 यदि वर्ष 1998 में, पिछले वर्ष की तुलना में यूपी की जनसंख्या में 10% और एमपी की जनसंख्या में 12% की वृद्धि हुई थी, तो 1997 में यूपी और एमपी की जनसंख्या का अनुपात क्या था?

A. 42:55   **B.** 48:55   **C.** 7:11   **D.** 4:5
E. 10:15

Q.206 एक नाव 20 किमी की दूरी तक करने नदी में उतरी। यह फिर वापस मुड़ा और कुल 7 घंटे की यात्रा करने के बाद अपने शुरुआती बिंदु पर लौट आया। अपनी वापसी यात्रा पर, शुरुआती बिंदु से 12 किमी की दूरी पर, उसे एक लॉग का सामना करना पड़ा जो उस समय शुरुआती बिंदु से गुजर चुका था जिस समय नाव नीचे की ओर शुरू हुई थी। नाव की अनुप्रवाह गति है:

A. 10.5 किमी/घंटा   **B.** 12 किमी/घंटा
C. 8 किमी/घंटा   **D.** 10 किमी/घंटा
E. 15 किमी/घंटा

Q.207 अमन ने लागत मूल्य से 24% ऊपर अपने माल की कीमत को निर्धारित किया। उसने चिह्नित मूल्य पर आधा स्टॉक बेचा, चिह्नित मूल्य पर 30% की छूट पर एक चौथाई और बाकी को चिह्नित मूल्य पर 48% की छूट पर बेचा। तो उसका कुल लाभ है?

A. 2.34%   **B.** 2.00%   **C.** 3.82%   **D.** 2.82%
E. 7.80%

Q.208 दो दुकानदारों A और B ने एक ही कीमत पर एक वस्तु खरीदा, लेकिन A ने अपने लागत मूल्य से 40% ऊपर वस्तु की कीमत को चिह्नित किया और 16% की छूट दी। दूसरी ओर, B ने लागत मूल्य से 50% अधिक वस्तु की कीमत को चिह्नित किया और 20% की छूट दी। दोनों दुकानदारों ने चिह्नित मूल्य पर बिक्री कर की एक निश्चित और समान दर भी शामिल की, जैसे कि उनके अंतिम विक्रय मूल्य क्रमशः 42: 43 के अनुपात में हैं। वस्तु पर बिक्री कर की निश्चित दर ज्ञात कीजिए।

A. 4%   **B.** 5%   **C.** 6%   **D.** 7%
E. 8%

Q.209 निम्नलिखित प्रश्न में प्रश्न चिह्न '?' के स्थान पर क्या आएगा?

$17.01^2 + \sqrt{?} + 3.99^{2.99} = 8.03^2 + 19.09^2$

A. 5960   **B.** 6781   **C.** 5234   **D.** 5184
E. 4900

Q.210 निम्नलिखित प्रश्न में (?) के स्थान पर कौन सा लगभग मान होना चाहिए?

$851.99 - 12.93 \times 7.98 - 101.88 \times 2.93 - 0.91 = ?^2$

A. 17   **B.** 31   **C.** 21   **D.** 29
E. 19

Q.211 A और B एक वृत्ताकर मार्ग पर चलते हैं। A एक दिशा में जाता है और B अन्य दिशा में जाता है। A के $\frac{1}{4}$ दूरी तय करने के बाद B चलना प्रारम्भ करता है। B केवल $\frac{1}{5}$ दूरी तय करने पर वे एकदूसरे से मिलते हैं। B

को स्वयं की गति में कितनी वृद्धि करनी चाहिए, जिससे कि वे समान समय में चक्कर पूर्ण कर सकें?

A. 7   **B.** 9   **C.** 11   **D.** 13
E. 15

Q.212 दसवीं, ग्यारहवीं और बारहवीं कक्षा के छात्रों की कुल संख्या 280 है। ग्यारहवीं कक्षा के छात्रों की संख्या दसवीं कक्षा के छात्रों की संख्या का $\frac{9}{7}$ है और बारहवीं कक्षा के छात्रों की संख्या ग्यारहवीं कक्षा के छात्रों की संख्या का $\frac{4}{3}$ है। यदि, प्रत्येक कक्षा में 'a' छात्रों को बढ़ाया जाता है, तो अनुपात 9: 11: 14 में बदल जाता है, तो 'a' का मान ज्ञात कीजिए?

A. 10   **B.** 20   **C.** 15   **D.** 30
E. 25

Q.213 एक राज्य में 222 केंद्रों पर एक परीक्षा आयोजित की गई थी। प्रति केंद्र आवेदकों की औसत संख्या 1560 पाई गई। हालांकि, बाद में पता चला कि एक केंद्र में आवेदकों की संख्या 1747 के बजाय 1857 के रूप में गिना गया था। प्रति केंद्र आवेदकों की सही औसत संख्या (दशमलव के दो अंकों तक) क्या थी?

A. 1557.87   **B.** 1558.20   **C.** 1558.92   **D.** 1559.51
E. 1559.78

Q.214 एक ताश की गड्डी में से सभी चित्र वाले काले पत्ते निकाल लिये जाते हैं। शेष पत्तों को अच्छी तरह मिलाया जाता है और फिर उनमें से यादृच्छिक रूप से एक के बाद एक बिना बिना प्रतिस्थापन के दो पत्ते निकाले जाते हैं। निकाले गये दोनों पत्तों में से पहला काला व दूसरा लाल होने की प्रायिकता ज्ञात कीजिये।

A. $\frac{130}{529}$ **B.** $\frac{52}{207}$
C. $\frac{1}{4}$ **D.** $\frac{100}{529}$
E. इनमें से कोई नहीं

Q.215 12 पुरुष 10 दिनों में एक काम पूरा कर सकते हैं। 25 महिलाएं 6 दिनों में उसी काम को पूरा कर सकती हैं। एक साथ काम करने से 8 पुरुष और 4 महिलाएं कितने दिनों में उसी काम पूरा कर सकती हैं?

A. $10\frac{5}{7}$ दिन   **B.** $2\frac{3}{7}$ दिन
C. $4\frac{3}{7}$ दिन   **D.** $8\frac{5}{7}$ दिन
E. इनमें से कोई नहीं

Ques (216-217):निर्देश: दिए गए प्रश्न में, I और II से अंकित दो समीकरण दिए गए हैं। आपको दोनों समीकरणों को हल करना है और सही उत्तर चिह्नित करना है -

Q.216 I. $5x^2 + 1 = 6x$

II. $16y^2 + 1 = 8y$

A. x ≥ y
B. y ≥ x
C. x = y या x और y के बीच कोई संबंध स्थापित नहीं किया जा सकता है
D. x > y
E. x < y

Q.217 I. $5x^2 - 18x + 9 = 0$

II. $3y^2 + 5y - 2 = 0$

A. x > y
B. x ≥ y
C. x < y
D. x ≤ y
E. x = y या फिर संबंध स्थापित नहीं किया जा सकता

Ques (218-222):निर्देश: निम्नलिखित परिच्छेद को ध्यान से पढ़िए और दिए गए प्रश्न के उत्तर दीजिए।

एक विश्वविद्यालय की खेल प्रतियोगिता में, कुल 400 विद्यार्थियों ने आठ अलग-अलग खेलों में हिस्सा लिया। कुल विद्यार्थियों में से 15 प्रतिशत विद्यार्थियों ने क्रिकेट में हिस्सा लिया, कुल विद्यार्थियों में से $\frac{1}{5}$ भाग विद्यार्थियों ने फुटबॉल में हिस्सा लिया। कुल विद्यार्थियों में से $\frac{1}{10}$ भाग विद्यार्थियों ने बैडमिंटन में हिस्सा लिया, कुल विद्यार्थियों में से 12 प्रतिशत विद्यार्थियों ने बास्केटबॉल में हिस्सा लिया, कुल विद्यार्थियों में से 18 प्रतिशत विद्यार्थियों ने एथलेटिक्स में हिस्सा लिया, कुल विद्यार्थियों में से 11 प्रतिशत विद्यार्थियों ने हॉकी में हिस्सा लिया और शेष विद्यार्थियों ने 5 : 9 के अनुपात से क्रमशः टेनिस और बेसबॉल में हिस्सा लिया। कोई भी महिला विद्यार्थी क्रिकेट नहीं खेलती। फुटबॉल में पुरुष और महिला विद्यार्थियों का अनुपात 7 : 3 है। बैडमिंटन में महिला विद्यार्थियों की संख्या 12 है। बास्केटबॉल, एथलेटिक्स, हॉकी, टेनिस और बेसबॉल में क्रमशः पुरुष और महिला विद्यार्थियों का अनुपात 5 : 7, 4 : 5, 7 : 4, 3 : 2 और 1 : 1 है।

Q.218 फुटबॉल खेलने वाले पुरुष विद्यार्थियों की संख्या, बास्केटबॉल खेलने वाली महिला विद्यार्थियों की संख्या का कितना प्रतिशत है?

A. 75% **B.** 50.33% **C.** 200% **D.** 150.67%
E. 125.85%

Q.219 क्रिकेट खेलने वाले पुरुष विद्यार्थियों का हॉकी खेलने वाली महिला विद्यार्थियों से अनुपात ज्ञात कीजिये।

A. 15 : 2 **B.** 2 : 15 **C.** 4 : 15 **D.** 15 : 4
E. 10 : 2

Q.220 महिला विद्यार्थियों की कुल संख्या, कुल विद्यार्थियों का कितना प्रतिशत है?

A. 38% **B.** 34% **C.** 35% **D.** 37%
E. 36.5%

Q.221 पुरुष विद्यार्थियों की कुल संख्या का महिला विद्यार्थियों की कुल संख्या से अनुपात ज्ञात कीजिये।

A. 127 : 73 **B.** 73 : 127 **C.** 173 : 77 **D.** 27 : 173
E. 73 : 27

Q.222 हॉकी, बेसबॉल और एथलेटिक्स खेलने वाले पुरुष विद्यार्थियों की संख्या, फुटबॉल, टेनिस और बास्केटबॉल खेलने वाली महिला विद्यार्थियों की संख्या से कितना प्रतिशत अधिक है?

A. 35% **B.** 32% **C.** 28% **D.** 30%
E. 38%

Q.223 कमल ने 20000 रुपये के साथ एक व्यवसाय शुरू किया। कुछ समय बाद, पूर्णिमा 40000 रुपये के साथ शामिल हुई। वर्ष के अंत में, उनके बीच लाभ 6 : 7 के अनुपात में विभाजित किया गया। कितने महीनों के बाद पूर्णिमा व्यवसाय में शामिल हुई?

A. 2 महीने **B.** 3 महीने **C.** 5 महीने **D.** 4 महीने
E. 6 महीने

Ques (224-228):निर्देश: नीचे दी गयी जानकारी का ध्यानपूर्वक अध्ययन करें और दिए गए प्रश्न का उत्तर दें।

निम्नलिखित बार ग्राफ शहरी जनसंख्या को हजारों में दर्शाता है। नीचे दी गई तालिका शहर A, B, C, D और E में पुरुषों की संख्या का प्रतिशत दर्शाती है।

कुल जनसंख्या (हजारों में):

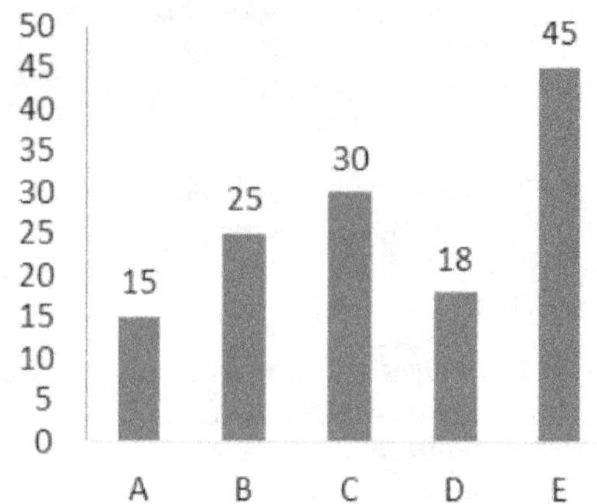

शहर	पुरुषों की संख्या का प्रतिशत
A	45%
B	55%
C	30%
D	60%
E	48%

Q.224 शहर C के पुरुषों की संख्या का शहर E से अनुपात कितना है?

A. 5 : 12 **B.** 4 : 7 **C.** 1 : 5 **D.** 2 : 7
E. 8 : 5

Q.225 शहर A, B और D से पुरुषों की अनुमानित औसत संख्या क्या है?

A. 10966 **B.** 10433 **C.** 11533 **D.** 12677
E. 13400

Q.226 शहर C में महिलाओं की संख्या, शहर D में पुरुषों की संख्या से कितना प्रतिशत अधिक/कम है?

A. 55.55% **B.** 66.67% **C.** 47.44% **D.** 94.44%
E. 37.5%

Q.227 शहर F की जनसंख्या, शहर E की जनसंख्या से 25% अधिक है। यदि F में पुरुषों का महिलाओं से अनुपात $7 : 8$ है, तो शहर F की महिलाएं, शहर A की महिलाओं का कितना प्रतिशत है?

A. 343.43%   **B.** 437.63%
C. 369.69%   **D.** 363.63%
E. 400%

Q.228 यदि शहर B में 70% पुरुष और 30% महिला जनसंख्या साक्षर हैं, तो शहर B में निरक्षर व्यक्तियों की कुल संख्या कितनी है?

A. 12000 **B.** 13000 **C.** 12750 **D.** 14250
E. 10500

Q.229 निर्देश: निम्नलिखित कथनों को पढ़िए और ज्ञात कीजिए कि वे दिए गए प्रश्न का उत्तर देने के लिए पर्याप्त हैं या नहीं हैं।

15 किलोग्राम मसूर दाल का विक्रय मूल्य क्या है?

I. 12 किलोग्राम मसूर दाल को 15 किलोग्राम अरहर की दाल के साथ मिलाया जाता है और मिश्रण को 20% लाभ अर्जित करके 36.66 रुपये/किलोग्राम पर बेचा जाता है।

II. मसूर दाल और अरहर की दाल के क्रय मूल्य का अनुपात 5 : 7 है।

A. यदि केवल कथन I में दिया गया विवरण प्रश्न का उत्तर देने के लिए पर्याप्त है, जबकि कथन II में दिया गया विवरण अकेले प्रश्न का उत्तर देने के लिए पर्याप्त नहीं है।

B. यदि केवल कथन ॥ में दिया गया विवरण प्रश्न का उत्तर देने के लिए पर्याप्त है, जबकि कथन । में दिया गया विवरण अकेले प्रश्न का उत्तर देने के लिए पर्याप्त नहीं है।

C. यदि विवरण अकेले कथन । या अकेले कथन ॥ में प्रश्न का उत्तर देने के लिए पर्याप्त है।

D. यदि कथन । और ॥ दोनों में भी विवरण एक साथ प्रश्न का उत्तर देने के लिए पर्याप्त नहीं है।

E. यदि प्रश्न का उत्तर देने के लिए कथन । और ॥ दोनों के विवरण की एक साथ आवश्यकता है।

Q.230 निर्देश: निम्नलिखित कथनों को पढ़िए और ज्ञात कीजिए कि वे दिए गए प्रश्न का उत्तर देने के लिए पर्याप्त हैं या नहीं हैं।

एक दुकान में तीन वस्तुओं का संयुक्त मूल्य 4200 रुपये है। दो वस्तुओं को 25% और 12.5% के लाभ पर बेचा जाता है और तीसरी वस्तु को इस प्रकार बेचा जाता है कि यहाँ 630 रुपये की हानि होती है। तीसरी वस्तु पर हुई हानि का प्रतिशत क्या है?

I. सबसे महँगी और सबसे सस्ती वस्तु के क्रय मूल्य के बीच का अंतर 600 रुपये है। सबसे महँगी वस्तु को हानि पर बेचा जाता है।

॥. सबसे सस्ती वस्तु को 25% के लाभ पर बेचा जाता है। उनमें से एक वस्तु का मूल्य सबसे सस्ती और सबसे महँगी वस्तु का औसत मूल्य है।

A. प्रश्न का उत्तर देने के लिए केवल कथन । में दी गयी जानकारी पर्याप्त है जबकि प्रश्न का उत्तर देने के लिए केवल कथन ॥ में दी गयी जानकारी पर्याप्त नहीं है।

B. प्रश्न का उत्तर देने के लिए केवल कथन ॥ में दी गयी जानकारी पर्याप्त है जबकि प्रश्न का उत्तर देने के लिए केवल कथन । में दी गयी जानकारी पर्याप्त नहीं है।

C. प्रश्न का उत्तर देने के लिए या तो केवल कथन । या केवल कथन ॥ में दी गयी जानकारी पर्याप्त है।

D. प्रश्न का उत्तर देने के लिए कथन । और कथन ॥ दोनों में दी गयी जानकारी अपर्याप्त है।

E. प्रश्न का उत्तर देने के लिए कथन । और ॥ दोनों की एकत्रित जानकारी की आवश्यकता है।

Q.231 निर्देश: निम्नलिखित कथनों को पढ़िए और ज्ञात कीजिए कि वे दिए गए प्रश्न का उत्तर देने के लिए पर्याप्त हैं या नहीं हैं।

सोसाइटी A में कितने पुरुष हैं?

I. सोसाइटी B में महिलाओं की संख्या सोसाइटी C में पुरुषों की संख्या से 56 अधिक है। सोसाइटी C की कुल जनसंख्या (पुरुष और महिला संयुक्त) 180 है।

॥. सोसाइटी C में सोसाइटी A की तुलना में 20% अधिक पुरुष हैं जो सोसाइटी A की कुल जनसंख्या का 60% है और सोसाइटी A में महिलाएं सोसाइटी B में पुरुषों के बराबर हैं।

A. यदि केवल कथन । में दिये गये आकड़े प्रश्न का उत्तर देने के लिए पर्याप्त है, जबकि कथन ॥ में दिये गये आकड़े अकेले प्रश्न का उत्तर देने के लिए पर्याप्त नहीं है।

B. यदि केवल कथन ॥ में दिये गये आकड़े प्रश्न का उत्तर देने के लिए पर्याप्त है, जबकि कथन । में दिये गये आकड़े अकेले प्रश्न का उत्तर देने के लिए पर्याप्त नहीं है।

C. यदि आकड़े अकेले कथन । या अकेले कथन ॥ में प्रश्न का उत्तर देने के लिए पर्याप्त है।

D. यदि कथन । और ॥ दोनों में आकड़े एक साथ प्रश्न का उत्तर देने के लिए पर्याप्त नहीं है।

E. यदि प्रश्न का उत्तर देने के लिए कथन । और ॥ दोनों में आकड़े की एक साथ आवश्यकता है।

Ques (232-234):निर्देश: निम्नलिखित संख्या श्रृंखला में, कोई एक संख्या गलत है। गलत संख्या ज्ञात कीजिए।

Q.232 $1500,1581,1664,1749,1833,1925,2016$

A. 1581 **B.** 1664 **C.** 1833 **D.** 1925
E. 1749

Q.233 $1,3,6,11,20,39,70$

A. 3 **B.** 39 **C.** 11 **D.** 20
E. 6

Q.234 $6,54,84,113,128,136,139$

A. 6 **B.** 54 **C.** 113 **D.** 84
E. 136

Q.235 निर्देश: निम्न प्रश्न में, । और ॥ से अंकित दो समीकरण दिए गए हैं। आपको दोनों समीकरणों को हल करना है और सही उत्तर को चिन्हित करना है।

I. $x^2 - 17x - 234 = 0$

॥. $y^2 - 29y + 210 = 0$

A. x > y
B. x ≤ y
C. x और y से x = y में कोई संबंध नहीं
D. x ≥ y
E. x < y

Q.236 3 वर्षों में एक धनराशि 27 गुणा हो जाती है। वह ब्याज दर ज्ञात कीजिए जिस पर वार्षिक रूप से लगाए गए चक्रवृद्धि ब्याज पर धनराशि दी जाती है।

A. 250% **B.** 200% **C.** 261% **D.** 245%
E. 271%

Q.237 दो अंकों की एक संख्या में, इकाई के स्थान पर अंक दहाई के अंक के दोगुने से 1 कम है। यदि इकाई और दहाई के अंकों को आपस में बदल दिया जाता है, तो नई और मूल संख्या के बीच का अंतर मूल संख्या से 20 कम हो जाता है। मूल संख्या है:

A. 59 **B.** 23 **C.** 35 **D.** 47
E. 50

Q.238 एक माला में 154 मनके होते हैं और सभी रंग लाल या नीले या हरे रंग के होते हैं। नीले रंग की संख्या लाल से तीन कम और हरे रंग से पांच अधिक है। लाल मोतियों की संख्या हैं:

A. 55 **B.** 47 **C.** 45 **D.** 52
E. 56

Q.239 एक गोले का व्यास दूसरे गोले के व्यास के बराबर है। पहले गोले का वक्र तल क्षेत्रफल और दूसरे गोले का आयतन, संख्यात्मक रूप से बराबर हैं। पहले गोले की त्रिज्या का संख्यात्मक मान क्या है?

A. 3 **B.** 34 **C.** 8 **D.** 16
E. 5

Q.240 एक गोले को चार समान भागों में काटा जाता है और सभी भागों को सभी तरफ से रंगा जाता है। गोले का आयतन 288π सेमी ^{3} है। यदि रंगाई का दर 14 रु. प्रति सेमी ^{2} है, तो गोले के सभी भागों की रंगाई का कुल मूल्य क्या है?

A. 12540 रु. **B.** 11880 रु.
C. 12672 रु. **D.** 11440 रु.
E. 11540 रु.

// स्मार्ट उत्तर पुस्तिका //

सही उत्तर — उन छात्रों का प्रतिशत जिन्होंने प्रश्नों का सही उत्तर दिया था। **छोड़ दिया** — उन छात्रों का प्रतिशत जिन्होंने प्रश्नों को छोड़ दिया था।

प्रश्न संख्या	उत्तर	सही उत्तर	छोड़ दिया
1	E	44.67 %	45.77 %
2	D	68.29 %	31.6 %
3	D	68.83 %	31.11 %
4	D	57.11 %	33.58 %
5	A	44.41 %	47.53 %
6	C	59.43 %	36.83 %
7	B	40.69 %	40.09 %
8	D	42.85 %	56.91 %
9	D	57.98 %	38.78 %
10	B	42.14 %	54.41 %
11	D	44.99 %	44.55 %
12	C	11.59 %	79.81 %
13	B	32.92 %	67.07 %
14	C	17.98 %	81.97 %
15	A	24.14 %	68.24 %
16	B	16.41 %	77.02 %
17	C	60.23 %	33.61 %
18	C	43.08 %	54.09 %
19	D	62.07 %	37.2 %
20	E	41.7 %	35.31 %
21	A	64.2 %	32.88 %
22	B	52.07 %	32.3 %
23	A	26.26 %	73.15 %
24	C	24.75 %	68.97 %
25	E	15.11 %	79.39 %
26	B	18.35 %	77.39 %
27	D	17.39 %	78.81 %
28	B	47.3 %	30.45 %
29	C	68.89 %	30.8 %
30	D	43.43 %	48.45 %
31	A	54.94 %	40.65 %
32	C	53.29 %	45.69 %
33	D	55.18 %	35.69 %
34	C	40.4 %	56.36 %
35	B	15.03 %	78.38 %
36	E	63.96 %	30.85 %
37	A	55.26 %	32.68 %
38	C	43.97 %	53.78 %
39	A	54.61 %	31.16 %
40	D	54.73 %	30.33 %
41	D	78.27 %	21.52 %
42	D	51.29 %	38.8 %
43	A	45.99 %	49.16 %
44	B	81.45 %	13.71 %
45	B	59.01 %	38.37 %
46	A	60.82 %	30.96 %
47	D	67.16 %	32.29 %
48	D	41.27 %	46.88 %
49	D	41.46 %	57.94 %
50	C	56.76 %	33.84 %
51	A	65.58 %	31.86 %
52	B	77.22 %	16.82 %
53	B	68.99 %	30.37 %
54	A	18.77 %	70.0 %
55	D	69.3 %	30.4 %
56	A	41.63 %	33.07 %
57	D	62.41 %	30.94 %
58	C	68.91 %	30.63 %
59	C	64.03 %	34.87 %
60	C	66.74 %	31.44 %
61	A	67.43 %	31.77 %
62	C	49.65 %	30.35 %
63	B	14.45 %	77.62 %
64	D	83.36 %	11.94 %
65	C	77.27 %	13.27 %
66	B	78.84 %	17.02 %
67	A	89.42 %	10.04 %
68	C	77.83 %	18.35 %
69	B	43.81 %	43.16 %
70	B	67.75 %	30.3 %
71	A	85.14 %	12.12 %
72	D	55.69 %	38.11 %
73	E	63.99 %	31.37 %
74	A	84.83 %	13.32 %
75	B	53.4 %	35.65 %
76	B	69.98 %	30.01 %
77	A	63.68 %	32.21 %
78	B	78.08 %	11.43 %
79	A	80.87 %	17.01 %
80	B	69.74 %	30.15 %

प्रश्न संख्या	उत्तर	सही उत्तर / छोड़ दिया	प्रश्न संख्या	उत्तर	सही उत्तर / छोड़ दिया	प्रश्न संख्या	उत्तर	सही उत्तर / छोड़ दिया	प्रश्न संख्या	उत्तर	सही उत्तर / छोड़ दिया	प्रश्न संख्या	उत्तर	सही उत्तर / छोड़ दिया
81	A	43.26 % / 45.52 %	97	A	14.51 % / 78.9 %	113	D	43.18 % / 32.46 %	129	C	69.86 % / 30.03 %	145	A	54.16 % / 40.83 %
82	B	59.03 % / 38.0 %	98	D	55.44 % / 38.46 %	114	B	43.28 % / 43.21 %	130	A	63.48 % / 32.52 %	146	D	69.93 % / 30.05 %
83	C	66.88 % / 30.75 %	99	C	41.05 % / 30.33 %	115	C	66.51 % / 30.01 %	131	B	63.68 % / 31.77 %	147	B	55.89 % / 32.06 %
84	C	44.06 % / 35.69 %	100	B	81.64 % / 13.41 %	116	B	28.3 % / 67.44 %	132	B	21.46 % / 73.34 %	148	E	61.2 % / 38.71 %
85	B	58.22 % / 32.84 %	101	A	40.46 % / 35.59 %	117	C	50.01 % / 30.35 %	133	C	64.09 % / 35.35 %	149	B	45.53 % / 40.98 %
86	D	80.95 % / 17.59 %	102	A	20.22 % / 77.82 %	118	D	58.27 % / 38.25 %	134	A	50.21 % / 31.28 %	150	D	45.26 % / 36.28 %
87	E	43.02 % / 49.75 %	103	E	50.58 % / 45.68 %	119	C	12.42 % / 83.52 %	135	A	67.24 % / 31.93 %	151	A	52.46 % / 47.28 %
88	A	82.05 % / 13.44 %	104	C	14.74 % / 72.1 %	120	D	23.89 % / 73.71 %	136	C	44.59 % / 40.61 %	152	D	63.81 % / 31.13 %
89	E	58.56 % / 37.14 %	105	A	88.77 % / 10.42 %	121	C	16.03 % / 72.12 %	137	A	78.82 % / 13.07 %	153	D	56.05 % / 38.07 %
90	A	51.89 % / 47.06 %	106	D	53.98 % / 42.65 %	122	A	46.22 % / 40.98 %	138	B	57.92 % / 41.88 %	154	D	57.64 % / 34.96 %
91	A	61.1 % / 31.07 %	107	A	30.65 % / 67.46 %	123	D	65.75 % / 32.88 %	139	A	40.39 % / 57.84 %	155	D	40.18 % / 35.02 %
92	B	83.68 % / 12.98 %	108	E	53.78 % / 38.97 %	124	E	41.45 % / 34.27 %	140	E	56.62 % / 38.08 %	156	C	69.31 % / 30.63 %
93	E	17.96 % / 75.64 %	109	A	50.51 % / 40.83 %	125	D	45.0 % / 48.15 %	141	A	65.78 % / 33.36 %	157	B	67.4 % / 32.11 %
94	A	82.13 % / 14.74 %	110	A	67.81 % / 31.33 %	126	E	45.49 % / 52.99 %	142	A	44.27 % / 47.92 %	158	C	62.93 % / 32.21 %
95	E	57.7 % / 36.73 %	111	A	78.86 % / 18.36 %	127	B	57.69 % / 38.24 %	143	B	68.77 % / 31.18 %	159	A	59.7 % / 36.91 %
96	C	10.91 % / 67.57 %	112	A	47.81 % / 51.18 %	128	A	45.49 % / 49.09 %	144	C	41.84 % / 49.22 %	160	D	52.39 % / 30.94 %

प्रश्न संख्या	उत्तर	सही उत्तर	छोड़ दिया
161	D	15.78 %	80.41 %
162	A	82.33 %	16.45 %
163	D	60.88 %	31.43 %
164	B	25.81 %	71.51 %
165	C	14.7 %	68.76 %
166	B	85.38 %	11.52 %
167	C	84.89 %	11.63 %
168	A	43.84 %	53.08 %
169	D	50.84 %	48.21 %
170	A	54.45 %	30.16 %
171	B	77.11 %	14.93 %
172	C	40.29 %	44.05 %
173	A	47.83 %	42.73 %
174	D	88.73 %	10.73 %
175	C	21.71 %	76.52 %
176	D	46.7 %	37.71 %
177	D	79.81 %	16.5 %
178	A	53.62 %	39.35 %
179	B	49.81 %	32.38 %
180	D	78.95 %	14.68 %
181	A	85.9 %	12.18 %
182	C	43.65 %	32.88 %
183	C	65.48 %	32.93 %
184	B	64.66 %	32.76 %
185	A	53.0 %	30.09 %
186	C	80.77 %	17.1 %
187	B	45.34 %	41.33 %
188	C	52.11 %	47.62 %
189	D	67.78 %	31.57 %
190	C	64.23 %	33.33 %
191	B	59.24 %	33.21 %
192	C	42.91 %	39.87 %
193	D	41.49 %	36.72 %
194	B	46.74 %	48.18 %
195	D	66.54 %	30.69 %
196	C	50.51 %	44.66 %
197	B	60.27 %	33.06 %
198	D	62.2 %	33.99 %
199	B	43.47 %	48.86 %
200	A	51.83 %	45.12 %
201	C	17.23 %	76.84 %
202	D	83.8 %	14.9 %
203	D	83.1 %	10.67 %
204	B	87.83 %	11.5 %
205	A	66.66 %	30.9 %
206	D	11.69 %	79.13 %
207	D	43.82 %	47.06 %
208	C	58.4 %	31.68 %
209	D	45.4 %	53.47 %
210	C	57.14 %	36.63 %
211	C	24.84 %	68.27 %
212	B	17.51 %	80.21 %
213	D	83.26 %	14.41 %
214	B	67.03 %	30.37 %
215	A	41.1 %	58.8 %
216	C	55.5 %	43.23 %
217	A	68.65 %	30.36 %
218	C	24.75 %	68.17 %
219	D	46.36 %	50.62 %
220	E	29.71 %	69.31 %
221	A	84.26 %	10.35 %
222	D	41.21 %	45.83 %
223	C	41.63 %	46.53 %
224	A	64.21 %	31.78 %
225	B	55.64 %	44.26 %
226	D	66.64 %	30.18 %
227	D	26.7 %	72.77 %
228	A	57.6 %	40.72 %
229	E	20.79 %	72.69 %
230	E	15.57 %	68.15 %
231	D	64.94 %	30.7 %
232	C	60.02 %	35.23 %
233	B	52.07 %	36.72 %
234	D	48.42 %	33.0 %
235	C	55.27 %	37.07 %
236	B	41.42 %	52.43 %
237	D	47.42 %	42.2 %
238	A	62.33 %	31.33 %
239	A	87.42 %	11.44 %
240	C	52.37 %	36.36 %

//संकेत और समाधान//

1. कथन में राजस्थान में शिक्षा की खराब स्थिति के बारे में कुछ भी विशेष उल्लेख नहीं किया गया है। और न ही अन्य राज्यों में शिक्षा की स्थिति के बारे में। एक बेहतर शिक्षा प्रणाली हर राज्य के लिए वरदान है और विशेष रूप से राजस्थान के लिए ही वरदान नहीं है। यह लोगों के ज्ञान को भी बढ़ाएगा। इसलिए, दोनों तर्क सही हैं क्योंकि उनमें से दोनों ही सबल हैं।

अतः विकल्प (E) सही है।

2. दिए गए कथन: A ≤ B ≥ C > D ; A ≥ E = F < G

संयोजन पर: D < C ≤ B ≥ A ≥ E = F < G

I. B > F → असत्य (जैसे B ≥ A ≥ E = F → इस प्रकार A और C के बीच स्पष्ट संबंध निर्धारित नहीं किया जा सकता है)

II. B = F → असत्य (जैसे B ≥ A ≥ E = F → इस प्रकार B और F के बीच स्पष्ट संबंध निर्धारित नहीं किया जा सकता है)

जब हम दोनों कथन यहाँ संयोजित करते हैं तो वे पूरक जोड़ी बन जाते हैं इसलिए उत्तर है: या तो I या II सत्य है।

अतः विकल्प (D) सही है।

3. दिया गया कथन: D ≥ X = F ≤ G; Z < X ≥ E

निष्कर्ष:

I. D ≥ Z → असत्य (क्यूंकि D ≥ X और Z < X → D > Z)

II. G ≥ Z → असत्य (क्यूंकि X = F ≤ G और Z < X → G > Z)

इसलिए न तो I और न ही II सत्य है।

अतः विकल्प (D) सही है।

Ques (4-5): दिया है,

A @ B का अर्थ है कि A, B के उत्तर में 7 मी या 12 मी की दूरी पर है

A # B का अर्थ है कि A, B के पश्चिम दिशा में 5 मी या 14 मी की दूरी पर है

A $ B का अर्थ है कि A, B के दक्षिण दिशा में 7 मी या 12 मी की दूरी पर है

A & B का अर्थ है कि A, B के पूर्व दिशा में या तो 5 मी या 14 मी की दूरी पर है

A @ & B का अर्थ है कि A, B के उत्तर-पूर्व में है

A $& B का अर्थ है कि A, B के दक्षिण-पूर्व दिशा में है

कथन: A@B, B#C, C$D@&A, D#E@F@&C, F@G$&C, G&H$C

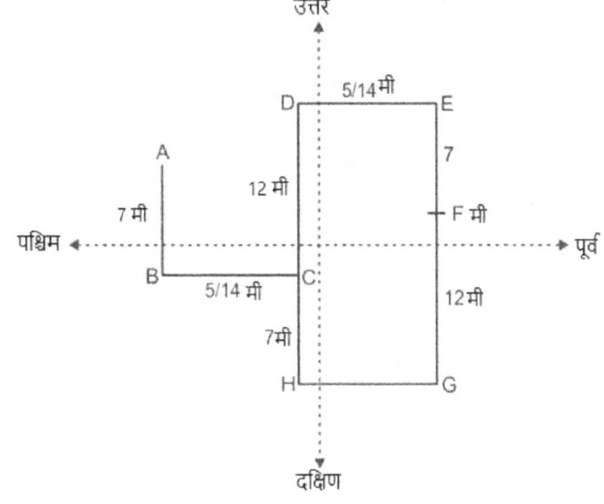

4. इसलिए, B, G के उत्तर - पश्चिम में है।

अतः विकल्प (D) सही है।

5. यदि B और C के बीच की दूरी AB से कम है तो यह 5 मी होगी, इसलिए BC = DE = 5 मी

इसलिए CE = 13 मी

अतः विकल्प (A) सही है।

6. दी गई जानकारी के अनुसार,

व्यक्ति के नाम: गिरीश, आयुष, श्रुति, प्रीतम, सागर और चंदन

कुल सदस्य: छह

कथन I: न तो श्रुति और न ही प्रीतम को सबसे कम अंक मिले। सागर ने प्रीतम और चंदन से अधिक अंक प्राप्त किए, लेकिन आयुष से कम अंक प्राप्त किए। श्रुति ने गिरीश और आयुष से अधिक अंक प्राप्त किए, लेकिन आयुष ने गिरीश से अधिक अंक प्राप्त नहीं किए।

1. सागर ने प्रीतम और चंदन से अधिक अंक प्राप्त किए, लेकिन आयुष से कम अंक प्राप्त किए।

आयुष > सागर > प्रीतम/चंदन > प्रीतम/चंदन

2. श्रुति ने गिरीश और आयुष से अधिक अंक प्राप्त किए, और आयुष ने गिरीश से अधिक अंक प्राप्त नहीं किए।

श्रुति > गिरीश > आयुष > सागर > प्रीतम/चंदन > प्रीतम/चंदन

3. न तो श्रुति और न ही प्रीतम को सबसे कम अंक मिले।

(यहां, हम यह निष्कर्ष निकाल सकते हैं कि प्रीतम के सबसे अंक नहीं है)

श्रुति > गिरीश > आयुष > सागर > प्रीतम > चंदन

इसलिए, चंदन को सबसे कम अंक मिले। केवल कथन I में दिए गए आँकड़े प्रश्न का उत्तर देने के लिए पर्याप्त है।

कथन II: आयुष ने केवल दो व्यक्तियों से कम अंक प्राप्त किए। प्रीतम ने आयुष और सागर से कम, लेकिन चंदन से अधिक अंक प्राप्त किए। गिरीश ने आयुष से अधिक लेकिन श्रुति से कम अंक प्राप्त किए।

1. आयुष ने केवल दो व्यक्तियों से कम अंक प्राप्त किए।

____ > ____ > आयुष > ____ > ____ > ____

2. गिरीश ने आयुष से अधिक लेकिन श्रुति से कम अंक प्राप्त किए।

श्रुति > गिरीश > आयुष > ____ > ____ > ____

3. प्रीतम ने आयुष और सागर से कम, लेकिन चंदन से अधिक अंक प्राप्त किए।

श्रुति > गिरीश > आयुष > सागर > प्रीतम > चंदन

इसलिए, चंदन ने सबसे कम अंक प्राप्त किए। केवल कथन II में दिए गए आँकड़े प्रश्न का उत्तर देने के लिए पर्याप्त है।

इसलिए, आँकड़े या तो केवल कथन I या केवल कथन II में प्रश्न का उत्तर देने के लिए पर्याप्त है।

अतः विकल्प (C) सही है।

7. दी गई जानकारी के अनुसार,

परिवार के कुल सदस्य: सात

कथन I: Q, W का भाई है, जो उसकी पत्नी Z से विवाहित है। P, Q से विवाहित है। D, W की भतीजी/भांजी है, जिसका एक पुत्र और एक पुत्री है। G और R, D के कजिन हैं।

1. Q, W का भाई है, जो उसकी पत्नी Z से विवाहित है।

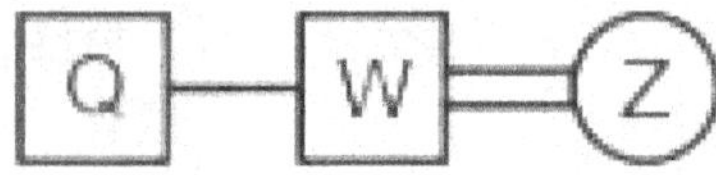

2. P, Q से विवाहित है।

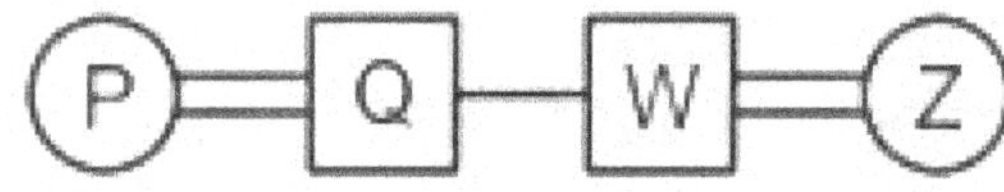

3. D, W की भतीजी/भांजी है, जिसका एक पुत्र और एक पुत्री है।

4. G और R, D के कजिन हैं।

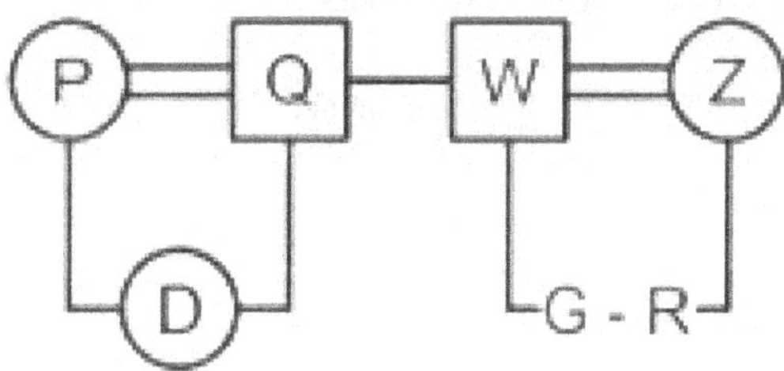

यहाँ G का लिंग निर्धारित नहीं किया जा सकता है। अतः कथन I अकेले यह ज्ञात करने के लिए पर्याप्त नहीं है कि G, Q से किस प्रकार संबंधित है।

कथन II: W, Q का भाई है, जो P का पति है। Z, Q की सिस्टर-इन-लॉ है, जिसकी पुत्री D है। R, Q की भतीजी/भांजी है और G, Q का भतीजा/भांजा है।

1. W, Q का भाई है, जो P का पति है।

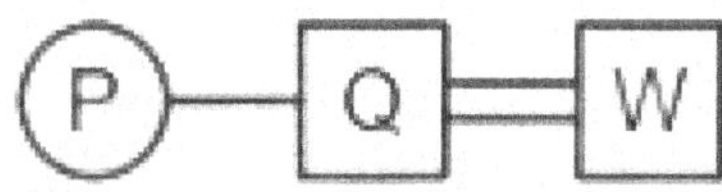

2. Z, Q की सिस्टर-इन-लॉ है, जिसकी पुत्री D है।

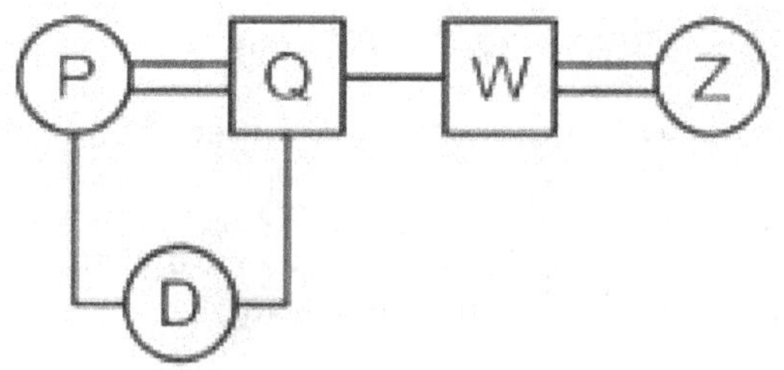

3. R, Q की भतीजी/भांजी है और G, Q का भतीजा/भांजा है।

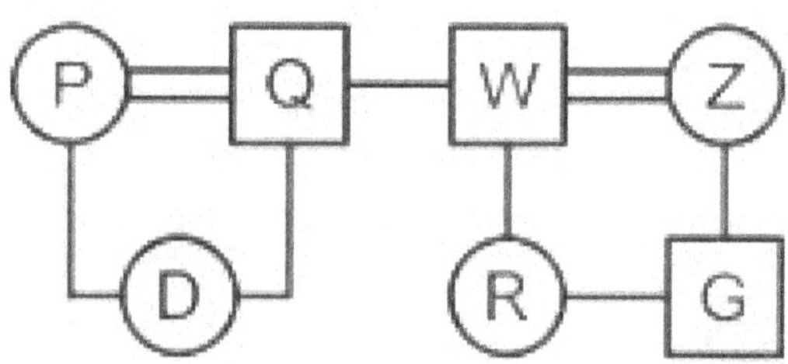

इसलिए, G, Q का भतीजा/भांजा है।

इसलिए, केवल कथन II में दिए गए आँकड़ें प्रश्न का उत्तर देने के लिए पर्याप्त है, जबकि केवल कथन I का दिए गए आँकड़ें प्रश्न का उत्तर देने के लिए पर्याप्त नहीं है।

अतः विकल्प (B) सही है।

8. विकल्प (D) सही उत्तर है। जैसा कि हम कथन को देखते हैं, यह एक कंप्यूटर पुस्तक के बारे में है जिसमें लेखक कहता है कि यह कंप्यूटर पुस्तक सभी के लिए है और इसके लिए कंप्यूटर को चलाने के किसी भी अनुभव की आवश्यकता नहीं है। दोनों धारणाएँ यहाँ अंतर्निहित नहीं हैं क्योंकि अभ्यास के बिना कंप्यूटर सीखना संभव नहीं है, पुस्तक केवल आपकी अवधारणाओं को स्पष्ट करने में मदद करती है।

अतः विकल्प (D) सही है।

9. न्यूनतम संभावित वेन आरेख नीचे दर्शाया गया है:

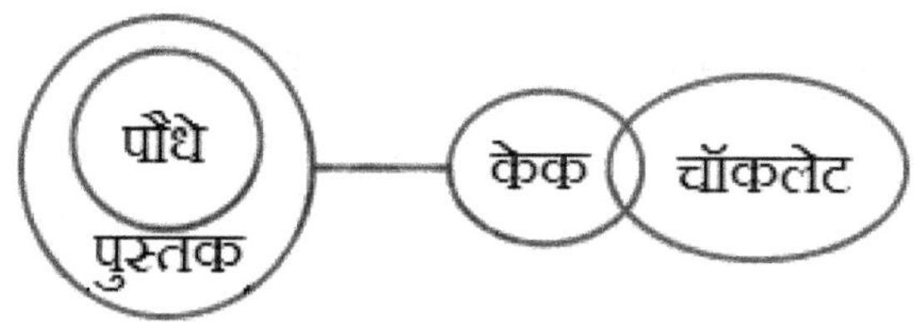

निष्कर्ष:

I. कुछ पुस्तक केक हैं → असत्य

II. कुछ पौधे चॉकलेट हो सकते हैं → असत्य. (जैसे कि केवल पुस्तक पौधा हैं अतःयह असत्य है)

III. सभी केक चॉकलेट हो सकते हैं → असत्य (जैसा कि दिया गया है केवल कुछ केक चॉकलेट है)

इसलिए, सही उत्तर है कोई भी अनुसरण नहीं करता है।

अतः विकल्प (D) सही है।

10. न्यूनतम संभावित वेन आरेख नीचे दर्शाया गया है:

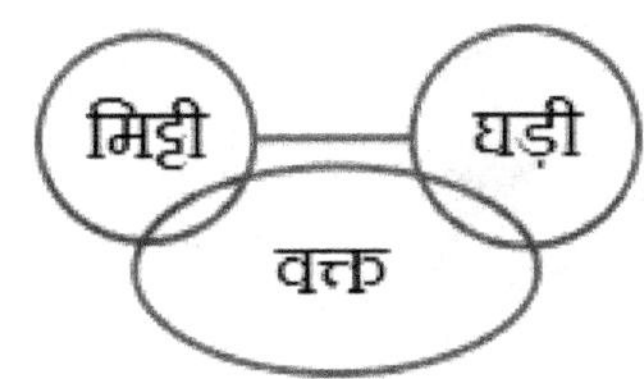

निष्कर्ष:

I. सभी घड़ी के वक्त होने की संभावना है। → असत्य (चूंकि कुछ समय मिट्टी है और मिट्टी और घड़ियों के बीच कोई संबंध नहीं है, इसलिए यहां यह गलत माना जाएगा।)

II. सभी वक्त के घड़ी होने की संभावना है → असत्य (जैसे कि कोई मिट्टी घड़ी नहीं है दिया गया है अत:,यह असत्य है)

III. कुछ वक्त घड़ी नहीं हैं → सत्य (चूंकि कुछ समय मिट्टी है और मिट्टी और घड़ियों के बीच कोई संबंध नहीं है, इसलिए यहां यह गलत माना जाएगा।)

इसलिए, सही उत्तर है केवल III अनुसरण करता है।

अतः विकल्प (B) सही है।

11. कथन में कहा गया है कि भारतीय बैंकिंग प्रणाली में कई प्रकार के बैंक हैं जिनमें विभिन्न प्रकार के बैंक शामिल हैं। हालांकि, कथन में श्रेणियों के महत्व पर चर्चा नहीं की गई है। इसलिए, कथन I अनुसरण नहीं करता है।

कथन में भारत के अपने बैंकिंग नेटवर्क के विस्तार की योजनाओं पर चर्चा नहीं की गई है। इस प्रकार, कथन II अनुसरण नहीं करता है।

इस प्रकार, "न तो I और न ही II अनुसरण करता है" सही उत्तर है।

अतः विकल्प (D) सही है।

Ques (12-16):तर्क:

यहाँ जैसा कि हम देख सकते हैं कि कूट तीन पदों वाला है जिसमें 1 अक्षर, 1 संख्या और 1 चिन्ह है।

1) **पहला पद:** पहला पद वह अक्षर है जो अंग्रेजी वर्णमाला के अनुसार शब्द के पहले अक्षर के ठीक बाद वाला अक्षर है।

2) **दूसरा पद:** दूसरा पद वह संख्या है जो शब्द में स्वर और व्यंजनों की संख्या का गुणनफल है।

3) **तीसरा पद:** तीसरा पद वह चिन्ह है जो शब्द के अंतिम अक्षर को दर्शाता है।

(किस अक्षर के लिए कौन सा चिन्ह उपयोग किया गया है यह नीचे दर्शाया गया है)

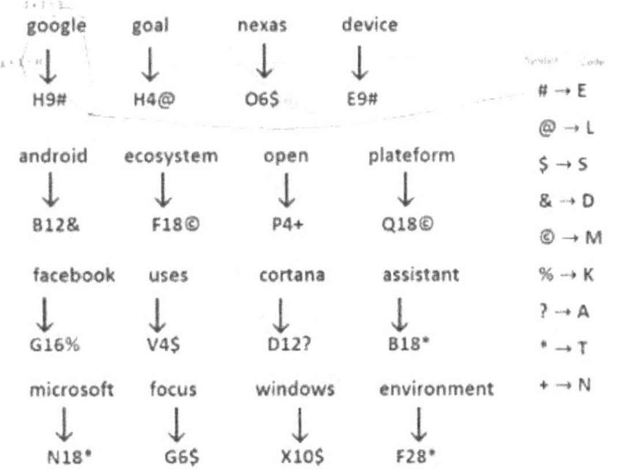

12. इसलिए, 'assistant' को "B18*" के रूप में कूटबध्द किया जायेगा।

अतः विकल्प (C) सही है।

13. इसलिए, इस कूट भाषा में '©' का अर्थ 'M' है।

अतः विकल्प (B) सही है।

14. ऊपर दिए गए तर्क के अनुसार,

"Amazon" को "B9+" के रूप में कूटबध्द किया जायेगा,

"has" को "I2$" के रूप में कूटबध्द किया जायेगा,

"prime" को "Q6#" के रूप में कूटबध्द किया जायेगा,

"concept" को "D10*" के रूप में कूटबध्द किया जायेगा,

इसलिए "amazon has prime concept" को "B9+ I2$ Q6# D10*" के रूप में कूटबध्द किया जायेगा।

अतः विकल्प (C) सही है।

15. इसलिए जैसा कि हम उपरोक्त चित्र में देख सकते हैं कि "cortana" का कूट "D12?" हो सकता है।

अतः विकल्प (A) सही है।

16. जैसा कि हम उपरोक्त चित्र में देख सकते हैं कि "nexas" को "O6$" के रूप में कूटबध्द किया जायेगा।

अतः विकल्प (B) सही है।

Q.17 1) जिस मंजिल पर D रहता है, उसके ऊपर कोई नहीं रहता है। इसका तात्पर्य है कि D फर्श नंबर 6 पर रहता है।

2) K एक फ्लैट में रहता है जो D के फ्लैट के पश्चिम में एक ही मंजिल पर है। इसका तात्पर्य है कि K, मंजिल 6 के फ्लैट 1 पर रहता है जो सबसे ऊपरी मंजिल है और D एक ही मंजिल पर फ्लैट 2 पर रहता है।

ध्यान दें, अब फर्श 6 पर केवल 1 और व्यक्ति रह सकता है।

3) 2-मंजिल का फासला है जहाँ T और D रहते हैं और दोनों एक ही फ्लैट नंबर पर रहते हैं। यहाँ T मंजिल 3 के फ्लैट 2 पर रहता है।

4) E और K पड़ोसी हैं। इसलिए E को फर्श 6 पर फ्लैट 2 में रहना चाहिए।

अब, फर्श 6 पर व्यवस्था पूरी हो गई है।

5) जहाँ E और U रहते हैं, उसके बीच में 5 फ्लैट गैप हैं। तो U ने अपने फ्लैट 3 पर फ्लैट 2 में T के साथ फ्लैट साझा किया।

6) F एक विषम संख्या वाली मंजिल पर रहता है और अपने फ्लैट में अकेला रहता है।

7) U और F समीपवर्ती फ्लैट में रहते हैं। इसका मतलब F 3 मंजिल पर फ्लैट 1 में रहता है।

अब फर्श संख्या 3 और 6 पर हमारी व्यवस्था पूरी हो गई है।

मंजिल	फ्लैट 1	फ्लैट 2
मंजिल 6	K	D, E
मंजिल 5		
मंजिल 4		
मंजिल 3	F	T, U
मंजिल 2		
मंजिल 1		

8) C, R से ऊपर एक मंजिल पर रहता है लेकिन उसी समतल संख्या पर Q से नीचे है। इसका तात्पर्य C फर्श 2 या फर्श 4 के फ्लैट पर रह सकता है।9) R भूतल पर नहीं रहता है। इसलिए R मंजिल 2 पर, C मंजिल 4 पर और Q

मंजिल 5 पर रहता है। इन लोगों के फ्लैट अभी तक तय नहीं किए गए हैं।10) S, B के ठीक ऊपर वाले फ्लैट नंबर 2 में रहता है, जो सम संख्या वाली मंजिल पर रहता है।तो B के लिए एक ही जगह पर फर्श के ऊपर एक के साथ एक खाली जगह फर्श 4 है।इसलिए, B, मंजिल 4 पर फ्लैट 2 में रहता है और S, मंजिल 5 पर फ्लैट 2 में रहता है।11) B अपने फ्लैट को किसी के साथ साझा नहीं करता है।चूँकि C भी मंजिल 4 पर रहता है। इसलिए C, मंजिल 4 के फ्लैट 1 में रहता है। R और Q भी अपने संबंधित फ्लोर 2 और 5 के फ्लैट 1 में रहते हैं।

मंजिल	फ्लैट 1	फ्लैट 2
मंजिल 6	K	D, E
मंजिल 5	Q	S
मंजिल 4	C	B
मंजिल 3	F	T, U
मंजिल 2	R	
मंजिल 1		

12) R और M के बीच में 2 फ्लैट का अंतर हैतो M, फर्श 1 पर फ्लैट 2 में रहता है, क्योंकि B फर्श 4 पर फ्लैट 2 में अकेला रहता है।13) L और X अपने फ्लैट को साझा करते हैं लेकिन मंजिल संख्या 2 पर नहीं रहते हैं। इसका मतलब L और X फ्लैट 1 पर फ्लैट 1 में रहते हैं।चूँकि केवल तल 2 को छोड़कर जो 2 लोगों L और X को समायोजित कर सकता है, मंजिल संख्या 1 है। एक मंजिल पर अधिकतम लोगों की संख्या 3 हैं।14) M और P के बीच में दो व्यक्ति रहते हैं। इसका मतलब है कि P मंजिल 1 पर फ्लैट 2 में रहता है।15) O एक विषम संख्या वाली मंजिल पर रहता है।16) E और O पड़ोसी नहीं हैं।इसलिए, O मंजिल 5 के फ्लैट 2 में रहता है।

मंजिल	फ्लैट 1	फ्लैट 2
मंजिल 6	K	D, E
मंजिल 5	Q	S, O
मंजिल 4	C	B
मंजिल 3	F	T, U
मंजिल 2	R	P
मंजिल 1	L, X	M

इसलिए, कुल 16 व्यक्ति इमारत में रहते हैं।

अतः विकल्प (C) सही है।

Ques (18-22):1) B उस व्यक्ति के दाएं तीसरे स्थान पर बैठा है जो R का पति है और वे एक ही दिशा के सम्मुख हैं।

(जैसा कि यह एक वृत्तीय व्यवस्था है, हम R के पति को किसी भी सीट पर अच्छे से बैठा सकते है और फिर हम R के पति के सम्मुख दिशा के अनुसार B को बैठा सकते है।)

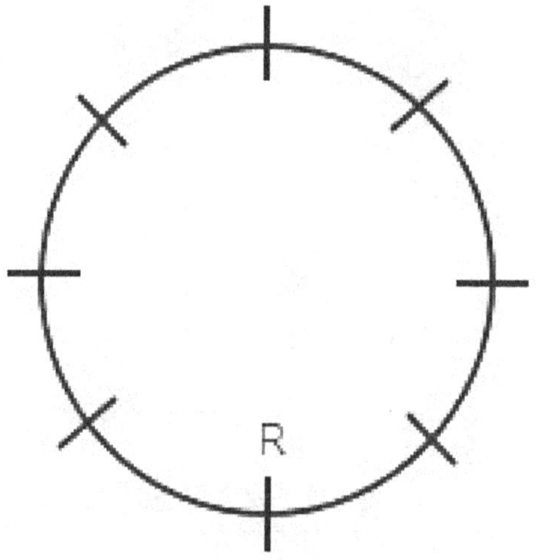

2) D के दोनों निकटतम पड़ोसी समान दिशा के सम्मुख है।

(तात्पर्य है, D के तत्काल पड़ोसी, D से भिन्न दिशा के सम्मुख हैं)

3) Q का पति बाहर की दिशा के सम्मुख है और वह D के तत्काल दाएं बैठा है।

(तात्पर्य है, D को अंदर की दिशा का सामना करना पड़ रहा होगा। इसका तात्पर्य यह भी है कि D के दूसरे पड़ोसी को भी बाहरी दिशा का सामना करना पड़ रहा है और B को अंदर की दिशा का सामना करना पड़ रहा है।)

4) या तो R या P, D की पत्नी है।

5) P का पति और Q का पति एक ही दिशा के सम्मुख हैं।

(तात्पर्य है, P का पति भी बहार की दिशा के सम्मुख है। इसका तात्पर्य है कि R, D की पत्नी है)

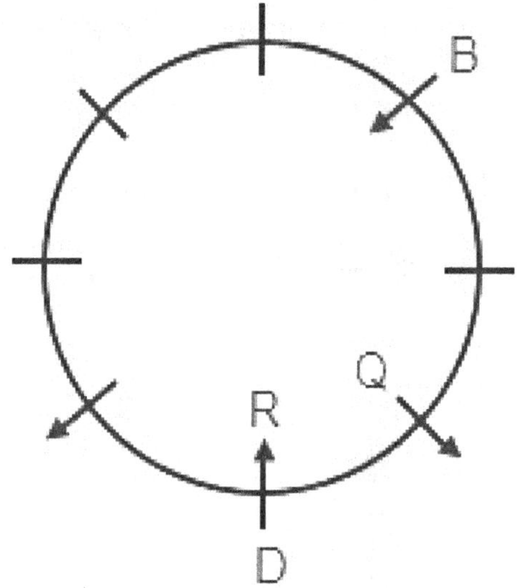

6) B और L के पति के बीच केवल एक व्यक्ति बैठा है।

(तात्पर्य है, L का पति B के दाएं से दूसरे स्थान पर बैठा है क्योंकि Q का पति B के बाएं से दूसरे स्थान पर बैठा है।)

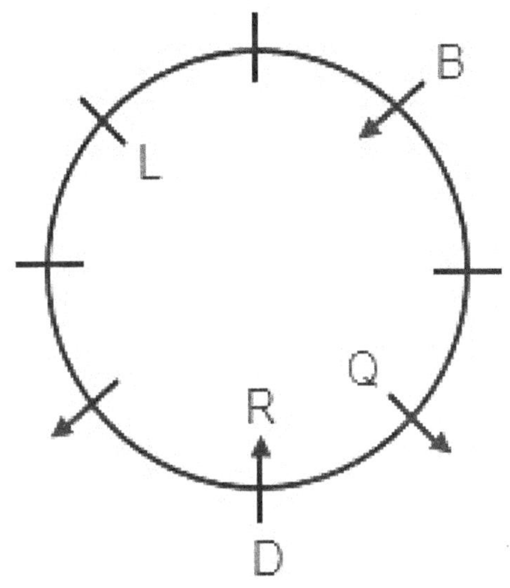

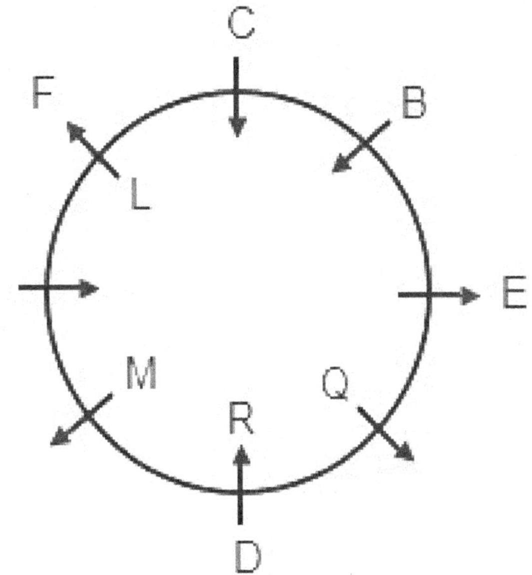

7) D की पत्नी F के बाएं से तीसरे स्थान पर है।

(यह तभी संभव है जब F, L का पति है और F बाहर की दिशा के सम्मुख है।)

8) F और M के पति के बीच केवल एक व्यक्ति बैठा है और वे एक ही दिशा के सम्मुख हैं।

(तात्पर्य है, M का पति F के बाएं से दूसरे स्थान पर बैठा है क्योंकि B अंदर की दिशा के सम्मुख है।)

11) A, M के पति का तत्काल पड़ोसी है।

(तात्पर्य है, A, F के तत्काल बाएं बैठे हैं)

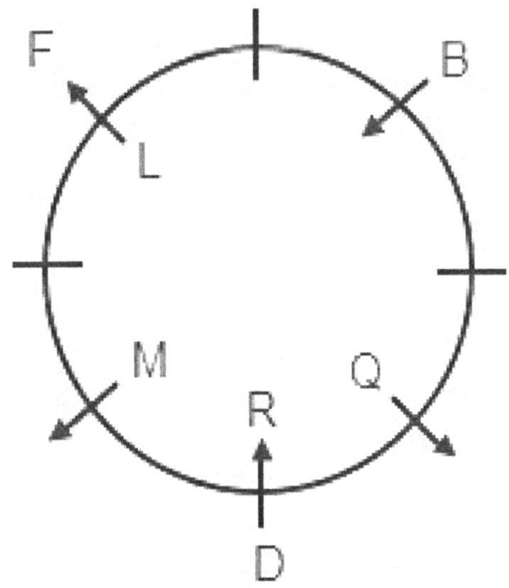

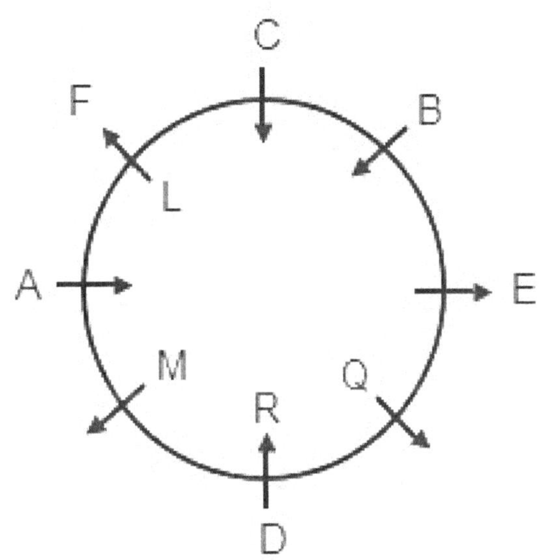

9) C, M के पति के दाएं तीसरे स्थान पर बैठा है और वे विभिन्न दिशाओं का सामना कर रहे हैं।

(तात्पर्य है, C, F और B के बीच में बैठा है। C, अंदर की दिशा के सम्मुख है, क्योंकि M का पति बहार की दिशा के सम्मुख है।)

10) L का पति E के बाएं से तीसरे स्थान पर बैठा है।

(तात्पर्य है, E, B के बाएं बैठा है और E, बाहर की दिशा के सम्मुख है क्योंकि यह एकमात्र संभावना है। इसके अलावा, अब जब हमने चार लोगों की पहचान कर ली है जो बाहर की दिशा के सम्मुख हैं, तो हम कह सकते हैं कि अन्य सभी लोग अंदर की दिशा के सम्मुख हैं।)

12) G, C के दाएं तीसरे स्थान पर बैठा है।

(तात्पर्य है, G, M का पति है,अब, वह केवल H का बैठना वाकी है, हम सुरक्षित रूप से कह सकते हैं कि H, D के तत्काल दाएं बैठा है)

13) S का पति H के दाएं तीसरा स्थान पर बैठा है।

(तात्पर्य है, A, S का पति हैं)

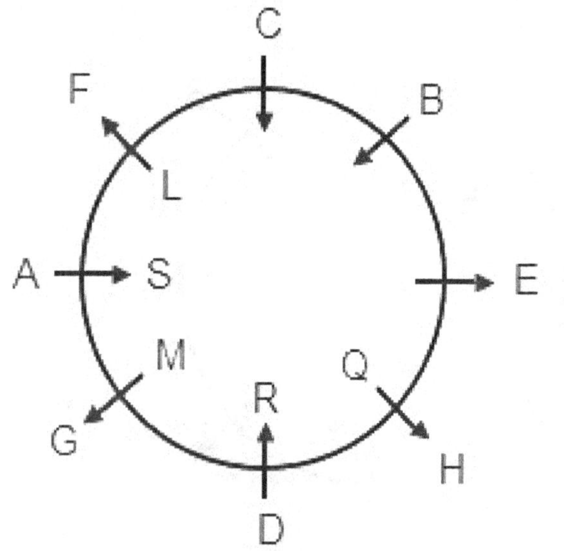

14) न तो O और न ही P, B की पत्नी है।

(तात्पर्य है, N, B की पत्नी है क्योंकि यह एकमात्र विकल्प बचा है। इसके अलावा O और P, C और E की पत्नियां हैं, लेकिन जरूरी नहीं कि उसी क्रम में हों।)

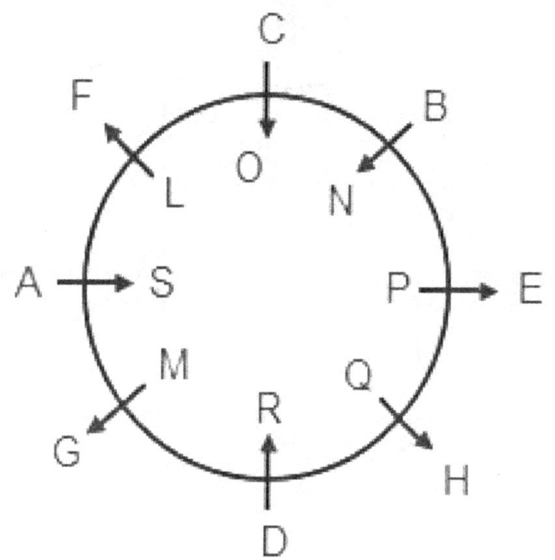

18. स्पष्ट है, B, H के बाएं दूसरा बैठा है जो Q का पति है।

अतः विकल्प (C) सही है।

19. स्पष्ट है, A, S का पति है।

अतः विकल्प (D) सही है।

20. स्पष्ट है, हम नहीं जानते कि P का पति कौन है और अतः हम उत्तर का निर्धारण नहीं कर सकते हैं।

अतः विकल्प (E) सही है।

21. स्पष्ट है, G, D के बाएं बैठा है और M, D की पत्नी है।

अतः विकल्प (A) सही है।

22. स्पष्ट है, C, B के तत्काल दाएं बैठा है, जो N का पति है।

अतः विकल्प (B) सही है।

Ques (23-27): 7 व्यक्ति: A, C, E, P, R, T और U

रंग: लाल, नीला, हरा, बैंगनी, भूरा, गुलाबी और सफेद

सम्मुख दिशाएं: उत्तर और दक्षिण

1) लाल रंग पसंद करने वाला व्यक्ति पंक्ति के दायें छोर से पांचवें स्थान पर बैठा है।

2) R और लाल रंग पसंद करने वाले व्यक्ति के मध्य में केवल एक व्यक्ति बैठा है।

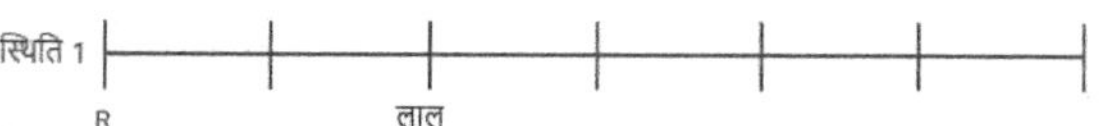

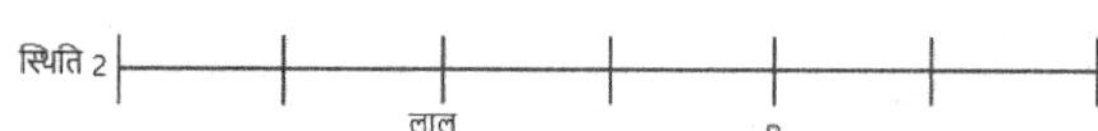

3) हरा रंग पसंद करने वाला व्यक्ति R के बायें से तीसरे स्थान पर बैठा है।

स्थिति 1 में, R दक्षिण दिशा के सम्मुख है।

स्थिति 2 में, R उत्तर दिशा के सम्मुख है।

4) बैंगनी रंग पसंद करने वाला व्यक्ति हरा रंग पसंद करने वाले व्यक्ति का निकटतम पड़ोसी है।

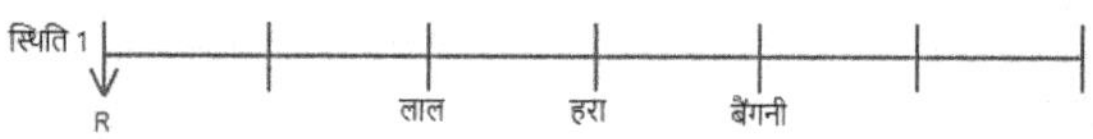

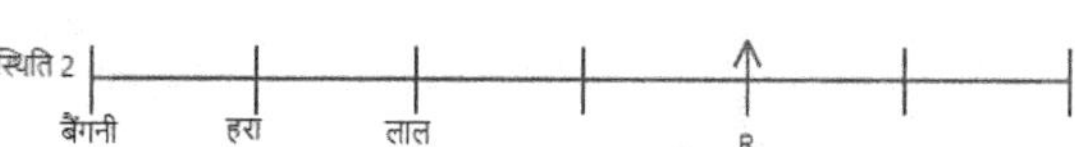

5) A लाल रंग पसंद नहीं करता है लेकिन बैंगनी रंग पसंद करने वाले व्यक्ति के दायें से दूसरे स्थान पर बैठा है।

इसलिए स्थिति 2 रद्द हो जाती है।

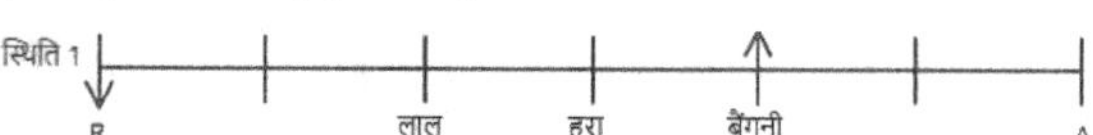

6) U, A का निकटतम पड़ोसी है और दोनों विपरीत दिशा की ओर सम्मुख हैं।

7) नीला रंग पसंद करने वाला व्यक्ति U के बायें से चौथे स्थान पर बैठा है।

U दक्षिण दिशा के सम्मुख नहीं हो सकता है इसलिए U उत्तर दिशा के सम्मुख है और A दक्षिण दिशा के सम्मुख है।

8) E नीला रंग पसंद नहीं करता है।

9) भूरा रंग पसंद करने वाला व्यक्ति E के बायें से चौथे स्थान पर बैठा है।

10) E, C के दायें से तीसरे स्थान पर बैठा है।

शर्त- 8), 9) और 10) को एकसाथ लेने पर, हमें E की केवल एक स्थिति प्राप्त होती है यानि कि वह U के ठीक बायें स्थान पर है।

इसलिए R भूरा रंग पसंद करता है और C, R के ठीक बायें स्थान पर बैठा है।

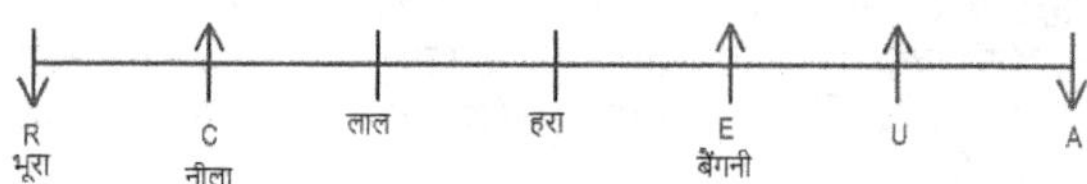

11) P सफेद रंग पसंद करने वाले व्यक्ति के दायें से चौथे स्थान पर बैठा है।

इसका अर्थ है कि P लाल रंग पसंद करता है और वह दक्षिण दिशा के सम्मुख है।

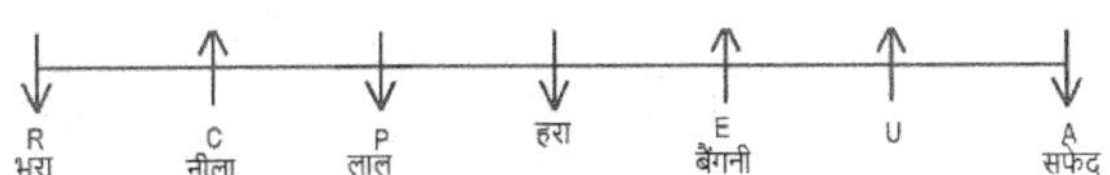

इसलिए अंतिम बैठक व्यवस्था इस प्रकार है:

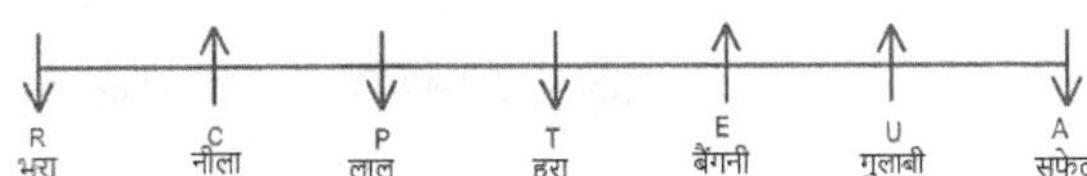

23. चूँकि, सभी विकल्प समान दिशा के ओर सम्मुख हैं लेकिन C और R विपरीत दिशा के ओर सम्मुख हैं।

इसलिए C और R भिन्न युग्म है।

अतः विकल्प (A) सही है।

24. इसलिए गुलाबी रंग पसंद करने वाला व्यक्ति दक्षिण दिशा के सम्मुख नहीं है।

अतः विकल्प (C) सही है।

25. इसलिए R और सफेद रंग पसंद करने वाला व्यक्ति ठीक अंतिम छोर पर बैठे हैं।

अतः विकल्प (E) सही है।

26. इसलिए T हरा रंग पसंद करता है।

अतः विकल्प (B) सही है।

27. इसलिए 'R, लाल' युग्म सही नहीं है।

अतः विकल्प (D) सही है।

आरेख में प्रतीक	अर्थ
○	महिला
□	पुरुष
═══	शादीशुदा जोड़ा
───	भाई बहन
│	पीढ़ी का अंतर

Q.28

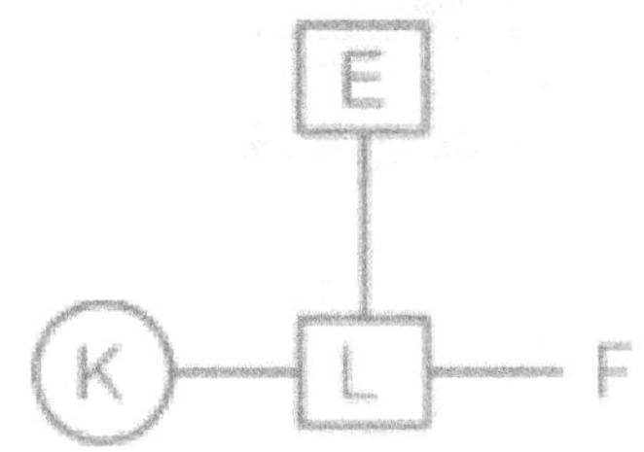

इसलिए, L, F का भाई है।

अतः विकल्प (B) सही है।

Ques (29-33): सात फिल्में: पिकू, मुल्क, आर्टिकल 15, एवेंजर्स, तमाशा, अंधाधुन, और रांझणा

1) अंधाधुन और रांझणा के बीच दो फिल्में रिलीज होंगी।

2) अंधाधुन से पहले कोई भी फिल्म रिलीज नहीं होगी।

क्रम संख्या	माह	फिल्म
1	अप्रैल	अंधाधुन
2	मई	
3	जून	
4	जुलाई	रांझणा
5	अगस्त	
6	सितम्बर	
7	अक्टूबर	

3) आर्टिकल 15 के बाद केवल दो फिल्में ही रिलीज होंगी।

क्रम संख्या	माह	फिल्म
1	अप्रैल	अंधाधुन
2	मई	
3	जून	
4	जुलाई	रांझणा
5	अगस्त	आर्टिकल 15
6	सितम्बर	
7	अक्टूबर	

4) तमाशा फिल्म, आर्टिकल 15 से 3 महीने पहले रिलीज होगी।

क्रम संख्या	माह	फिल्म
1	अप्रैल	अंधाधुन
2	मई	तमाशा
3	जून	
4	जुलाई	रांझणा
5	अगस्त	आर्टिकल 15
6	सितम्बर	
7	अक्टूबर	

5) मुल्क की रिलीज के बाद पिकू रिलीज होगी।

क्रम संख्या	माह	स्थिति 1 फिल्म	स्थिति 2 फिल्म
1	अप्रैल	अंधाधुन	अंधाधुन
2	मई	तमाशा	तमाशा
3	जून	मुल्क	
4	जुलाई	रांझणा	रांझणा
5	अगस्त	आर्टिकल 15	आर्टिकल 15

6	सितम्बर	पीकू	मुल्क
7	अक्टूबर		पीकू

6) एवेंजर्स, पीकू से पहले रिलीज नहीं हुई।

अर्थात एवेंजर्स पीकू के बाद रिलीज हुई। इसलिए, स्थिति 2 समाप्त हो जाती है।

क्रम संख्या	माह	फिल्म
1	अप्रैल	अंधाधुन
2	मई	तमाशा
3	जून	मुल्क
4	जुलाई	रांझणा
5	अगस्त	आर्टिकल 15
6	सितम्बर	पीकू
7	अक्टूबर	एवेंजर्स

29. इसलिए, 'मुल्क - जून' सही जोड़ा है।

अतः विकल्प (C) सही है।

30. इसलिए, पीकू और एवेंजर्स के बीच में कोई फिल्म रिलीज नहीं होगी।

अतः विकल्प (D) सही है।

31. इसलिए, तमाशा फिल्म, मई के महीने में रिलीज होगी।

अतः विकल्प (A) सही है।

32. इसलिए, रांझणा के बाद केवल 3 फिल्में रिलीज होंगी।

अतः विकल्प (C) सही है।

33. इसलिए, पीकू, सितम्बर में रिलीज होगी।

अतः विकल्प (D) सही है।

Ques (34-38):(1) गौरव, पुनीत से तीन मंजिल नीचे रहता है, दोनों ही अंतिम मंजिल पर नहीं रहते हैं।

(तात्पर्य है कि, पुनीत पांचवी मंजिल पर ही रहता है, यह तब ही संभव है।)

(2) सुनील 25 वर्ष का है अर्थात उसके तीन मंजिल ऊपर वाले व्यक्ति से 10 वर्ष छोटा है।

(3) जिस व्यक्ति ने फ्रिज खरीदा है, वह 22 वर्ष का है और शीर्ष मंजिल पर रहता है।

(अब सुनील को पहली मंजिल पर रखने की केवल एक ही संभावना है।)

छठा		22	फ्रिज
पांचवा	पुनीत		
चौथा		35	
तीसरा			
दूसरा	गौरव		
पहला	सुनील	25	

(4) जिस व्यक्ति ने मोबाइल खरीदा है, वह 27 वर्षीय व्यक्ति से तीन मंजिल नीचे रहता है।

(सुनील मोबाइल नहीं खरीद सकता क्योंकि उसके तीन मंजिल ऊपर रहने वाला व्यक्ति 35 वर्षीय है और न ही तीसरी मंजिल पर रहने वाला व्यक्ति मोबाइल खरीद सकता है, इसलिए गौरव ने मोबाइल खरीदा है।)

(5) जिस व्यक्ति ने बाइक खरीदी है, वह सम क्रमांकित मंजिल के ऊपर वाली मंजिल पर रहता है।

(क्योंकि दूसरी और छठवीं मंजिल के व्यक्ति ने क्रमशः मोबाइल और फ्रिज खरीदा है, इसका मतलब है कि चौथी मंजिल वाले व्यक्ति ने बाइक खरीदी है।)

छठा		22	फ्रिज

पांचवा	पुनीत		
चौथा		35	बाइक
तीसरा			
दूसरा	गौरव		मोबाइल
पहला	सुनील	25	

(6) जिस व्यक्ति ने माइक्रोवेव खरीदा है, वह 32 वर्षीय व्यक्ति से दो मंजिल नीचे रहता है।

(ऐसा संभव होने का केवल एक ही तरीका है, अर्थात यदि 32 वर्षीय व्यक्ति तीसरी मंजिल पर रहता है।)

(7) न तो अर्जुन और न ही पुनीत ने एलईडी टीवी खरीदा है।

(स्पष्ट रूप से तात्पर्य है कि किशन ने एलईडी टीवी खरीदा है।)

(8) राजीव की आयु उस व्यक्ति की आयु के आधे से 2 वर्ष अधिक है जो उस से चार मंजिल नीचे रहता है।

स्पष्ट रूप से राजीव चौथी मंजिल पर नहीं हो सकता है, जिसका अर्थ है कि वह छठी मंजिल पर है और गौरव की आयु 40 वर्ष है।

छठा	राजीव	22	फ्रिज
पांचवा	पुनीत	27	लैपटॉप
चौथा	अर्जुन	35	बाइक
तीसरा	किशन	32	एलईडी
दूसरा	गौरव	40	मोबाइल
पहला	सुनील	25	माइक्रोवेव

34. स्पष्ट रूप से अर्जुन ने बाइक खरीदी।

अत: विकल्प (C) सही है।

35. पुनीत के दो मंजिल नीचे किशन रहता है जिस ने धनतेरस पर एक लैपटॉप खरीदा।

अत: विकल्प (B) सही है।

36. गौरव ने मोबाइल खरीदा है और उसकी आयु 40 वर्ष है।

अत: विकल्प (E) सही है।

37. किशन की आयु = 32

पुनीत की आयु = 27

योग = 32 + 27 = 59

इसलिए, उत्तर 59 वर्ष है।

अत: विकल्प (A) सही है।

38. दूसरी मंजिल पर गौरव रहता है।

अत: विकल्प (C) सही है।

39. चिह्नों और उनके अर्थों को दर्शाती हुई तालिकाएँ बनाई गई हैं।

चित्र में प्रतीक	अर्थ
◯	स्त्री
☐	पुरुष
═	विवाहित जोड़ा
—	भाई/बहन
│	पीढ़ी का अंतर

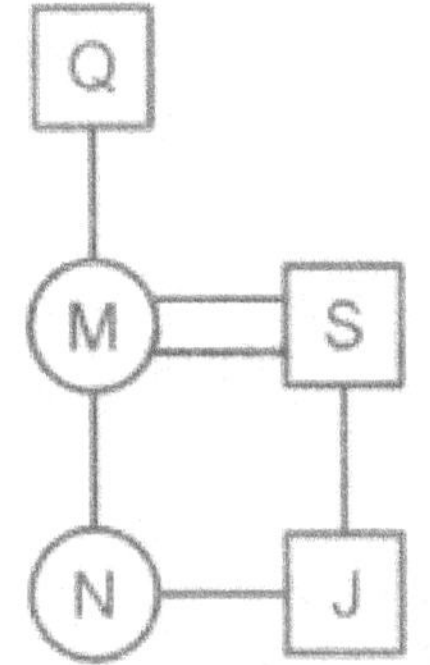

R है						
चिह्न	$	%	&	@	*	⊣	#
अर्थ	बेटी	बेटा	बहन	भाई	पिता	माँ	पत्नी

S का/की

1) Q * M + N & J % S

यहाँ, M, S की पत्नी है।

2) Q + M & J * N @ S

यहाँ M, S की बुआ है।

3) Q @ M + J @ N & S

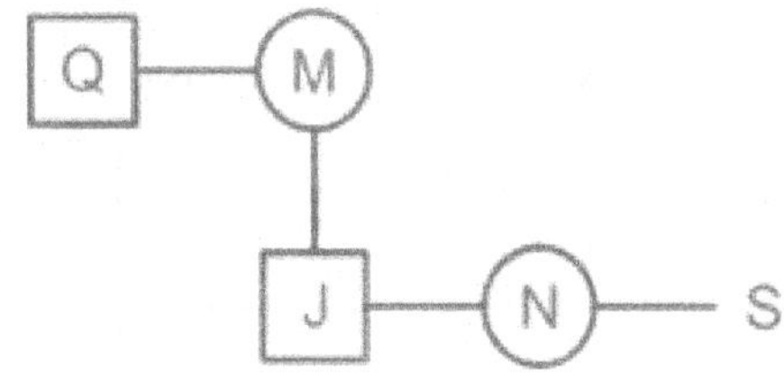

यहाँ M, S की माँ है।

4) N & M + Q @ S % J

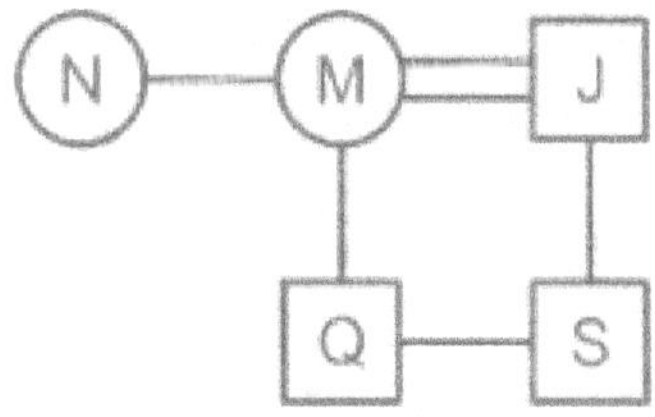

यहाँ M, S की माँ है।

इसलिए, Q * M + N & J % S दर्शाता है कि M, S की पत्नी है।

अतः विकल्प (A) सही है।

40. चिह्नों और उनके अर्थों को दर्शाती हुई तालिकाएँ बनाई गई हैं।

चित्र में प्रतीक	अर्थ
◯	स्त्री
□	पुरुष
═	विवाहित जोड़ा
—	भाई/बहन
│	पीढ़ी का अंतर

R है						
चिह्न	\$	%	&	@	*	+	#
अर्थ	बेटी	बेटा	बहन	भाई	पिता	माँ	पत्नी
S का/की						

दिया गया व्यंजक: M & N * O ? P * R

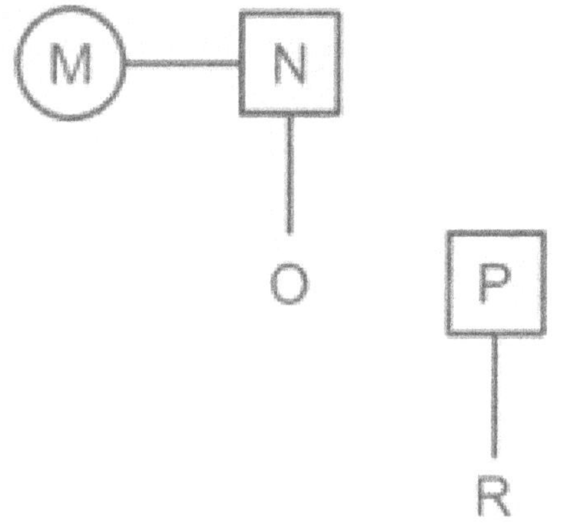

यदि O, P की पत्नी हो तो N, P का ससुर होगा।

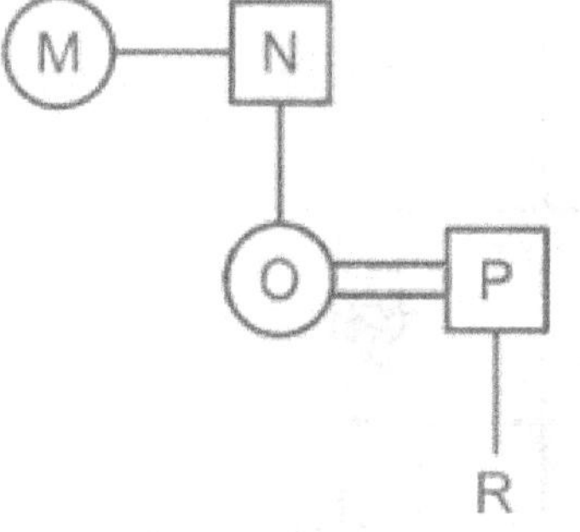

इसलिए, व्यंजक में '#' को प्रश्न चिह्न के स्थान पर आना चाहिए।

अतः विकल्प (D) सही है।

41. कंप्यूटर वायरस प्रोटेक्शन के लिए नहीं बनाया गया है। वायरस लेखकों के अन्य कारण हो सकते हैं जैसे रिसर्च पेपर्स, प्रैंक्स, वांडलिस्म, वित्तीय लाभ, आइडेंटिटी थेफ्ट, स्टील डाटा और कुछ अन्य मालिसियस पर्पज।

अतः सही विकल्प (D) है।

42. स्पूफिंग अटैक तब होता है जब कोई उपयोगकर्ता एक पैकेट बनाता है जो कुछ और या किसी और का प्रतीत होता है।

सूचना सुरक्षा और विशेष रूप से नेटवर्क सुरक्षा के संदर्भ में, एक स्पूफिंग हमला एक ऐसी स्थिति है जिसमें एक व्यक्ति या कार्यक्रम एक अवैध लाभ प्राप्त करने के लिए डेटा को गलत साबित करके सफलतापूर्वक दूसरे के रूप में पहचान करता है।

अतः सही विकल्प (D) है।

43. इनकमिंग ईमेल कंप्यूटर की हार्ड डिस्क में वायरस का सबसे कॉमन सोर्स हैं। कंप्यूटर पर अटैक करने के लिए हैकर्स ई-मेल का इस्तेमाल कर रहे हैं। इनकमिंग ईमेल सबसे कमजोर मेथड है। इनकमिंग ईमेल में वायरस में मालिसियस कोड होता है जो ईमेल संदेशों में वितरित किया जाता है, और इसे तब सक्रिय किया जा सकता है जब कोई उपयोगकर्ता किसी ईमेल संदेश में किसी लिंक पर क्लिक करता है, ईमेल अटैचमेंट खोलता है या संक्रमित ईमेल संदेश के साथ किसी अन्य तरीके से इंटरैक्ट करता है।

अतः सही विकल्प (A) है।

44. हैकर्स और सिक्योरिटी प्रोफेशनल के लिए एक प्रोग्रामिंग लैंग्वेज महत्वपूर्ण है ताकि वे किसी भी वायरस, रैंसमवेयर, या अन्य मैलवेयर के कार्य व्यवहार को समझ सकें, या किसी प्रॉब्लम को हल करने के लिए अपना स्वयं का डिफेंस कोड लिख सकें। आजकल, सिक्योरिटी टूल और मैलवेयर हाई स्किल्स और ज्ञान वाले सिक्योरिटी प्रोफेशनल द्वारा विकसित किए जाते हैं।

अतः विकल्प (B) सही है।

45. रिवर्स इंजीनियरिंग वह तकनीक है जिसका उपयोग हैकर को प्रोग्राम या एप्लिकेशन (आमतौर पर लौ-लेवल लैंग्वेज जैसे असेंबली लैंग्वेज में) का एक भाग खोलने और इसे और फीचर्स और कैपेबिलिटी के साथ फिर से बनाने में सक्षम बनाता है।

अतः विकल्प (B) सही है।

46. कंप्यूटर पर स्लॉट कवर करने से कंप्यूटर के अंदर धूल जम जाती है। तो स्लॉट कवर उचित जगह पर मौजूद होना चाहिए। मिसिंग कवर मामले के एयरफ्लो डिजाइन को बाधित कर सकते हैं और ओवरहीटिंग समस्याओं का कारण बन सकते हैं।

अतः विकल्प (A) सही है।

47. IRQ 1 आमतौर पर PS/2 पोर्ट पर कीबोर्ड को असाइन किया जाता है। IRQ एक हार्डवेयर सिग्नल है जो प्रोसेसर को भेजा जाता है जो अस्थायी रूप से चल रहे प्रोग्राम को रोकता है और इसके बजाय एक विशेष प्रोग्राम, एक इंटरए

हैंडलर को चलाने की अनुमति देता है। नीचे सामान्य .IRQ उपयोगों की एक टेबल है।

IRQ लेवल	कॉमन यूज
0	टाइमर
1	**कीबोर्ड**
2	कास्केड से IRQ 9
3	COM2 या COM4
4	COM1 या COM3
5	LPT$_2$
6	फ्लॉपी डिस्क कंट्रोलर
7	LPT$_1$
8	रियल टाइम क्लॉक
9	कास्केड टू .IRQ 2
10	अनसेड

अत: विकल्प (D) सही है।

48. कंट्रोल यूनिट समग्र निगरानी और अनुदेश निष्पादन के समन्वय के लिए जिम्मेदार है।

कंट्रोल यूनिट (सीयू) कंप्यूटर की सेंट्रल प्रोसेसिंग यूनिट (सीपीयू) का एक घटक है जो प्रोसेसर के संचालन को निर्देशित करता है। यह कंप्यूटर की मेमोरी, अंकगणित/तर्क इकाई, इनपुट और आउटपुट डिवाइस को प्रोग्राम के निर्देशों का जवाब देने का तरीका बताता है।

अत: विकल्प (D) सही है।

49. ऑपरेशन को निर्देशित करना कन्ट्रोल यूनिट का कार्य है।

कंट्रोल यूनिट (CU) कंप्यूटर की सेंट्रल प्रोसेसिंग यूनिट का एक घटक है जो प्रोसेसर के संचालन को निर्देशित करता है। यह कंप्यूटर की मेमोरी, अंकगणित/तर्क इकाई और इनपुट और आउटपुट डिवाइस को प्रोग्राम के निर्देशों का जवाब देने का तरीका बताता है।

अत: विकल्प (D) सही है।

50. इंटरनेट को सबसे सटीक वैन (वाइड एरिया नेटवर्क) के रूप में वर्गीकृत किया गया है। एक वाइड एरिया नेटवर्क (वैन) एक दूरसंचार नेटवर्क या कंप्यूटर नेटवर्क है जो एक बड़ी भौगोलिक दूरी / स्थान पर फैला हुआ है। वाइड एरिया नेटवर्क अक्सर लीज्ड पर दूरसंचार परिपथ के साथ स्थापित किए जाते हैं।

अत: विकल्प (C) सही है।

51. किसी नोड को जोड़ने/हटाने से रिंग टोपोलॉजी सबसे कम प्रभावित होती है। रिंग टोपोलॉजी एक सर्किल में एक दूसरे नोड से जुड़े होते है इस वजह से यह जोड़ने या हटाने पर सबसे कम प्रभावित होता है।

अत: विकल्प (A) सही है।

52. एचटीटीपीएस का अर्थ हाइपर टेक्स्ट ट्रांसफर प्रोटोकॉल सिक्योर है। हाइपर टेक्स्ट ट्रांसफर प्रोटोकॉल सिक्योर (HTTPS) HTTP का सुरक्षित वर्जन है, वह प्रोटोकॉल जिस पर आपके ब्राउजर और जिस वेबसाइट से आप जुड़े हैं, उसके बीच डेटा भेजा जाता है।

अत: विकल्प (B) सही है।

53. वेबइंस्पेक्ट एक पॉपुलर वेब एप्लिकेशन सिक्योरिटी टूल है जिसका उपयोग वेब एप्लिकेशन लेयर में रहने वाली ज्ञात वुलनेराबिलिटीज़ की पहचान करने के लिए किया जाता है। यह वेब सर्वरों के पेनेट्रेशन टेस्टिंग में भी मदद करता है। वेबइंस्पेक्ट एचपी द्वारा पेश किया जाने वाला एक वेब एप्लिकेशन सिक्योरिटी स्कैनिंग टूल है। यह सिक्योरिटी प्रोफेशनल को वेब एप्लिकेशन में पोटेंशियल सिक्योरिटी फ्लॉस का आकलन करने में मदद करता है। वेबइंस्पेक्ट मूल रूप से एक गतिशील ब्लैक-बॉक्स टेस्टिंग टूल है जो वास्तव में अटैक को अंजाम देकर वुलनेराबिलिटीज़ का पता लगाता है।

अत: विकल्प (B) सही है।

54. वॉर्म्स: सेल्फ-रेप्लिकेटिंग वायरस जो सिक्योरिटी वुलनेराबिलिटीज़ का फायदा उठाते हुए कंप्यूटर और नेटवर्क पर अपने आप फैल जाते हैं। कंप्यूटर वर्म एक प्रकार का मैलवेयर है जो कंप्यूटर से कंप्यूटर में अपनी कॉपीज स्प्रेड करता है। एक वर्म बिना किसी ह्यूमन इंटरेक्शन के खुद को दोहरा सकता है, और इसे नुकसान पहुंचाने के लिए खुद को किसी सॉफ्टवेयर प्रोग्राम से जोड़ने की आवश्यकता नहीं है।

अत: विकल्प (A) सही है।

55. कार्यों की संख्या और आकार जिनमें कोई समस्या विघटित होती है, ग्रैन्युलैरिटी निर्धारित करती है। किसी कार्य की ग्रैन्युलैरिटी (या अनाज का आकार) उस कार्य द्वारा किए गए कार्य (या गणना) की मात्रा का एक उपाय है। ग्रैन्युलैरिटी की एक और परिभाषा कई प्रोसेसर या प्रोसेसिंग एलिमेंट के बीच कम्युनिकेशन ओवरहेड को ध्यान में रखती है।

अत: विकल्प (D) सही है।

56. क्वांटम कंप्यूटिंग कुछ समस्याओं को हल करने के लिए कम्प्यूटेशन में क्वांटम मैकेनिक की फिनामिना है। आईबीएम ने क्वांटम कंप्यूटरों को जटिल समस्याओं को हल करने के लिए डिज़ाइन किया है जिन्हें आज के सबसे शक्तिशाली सुपर कंप्यूटर हल नहीं कर सकते हैं, और कभी नहीं करेंगे। क्वांटम कंप्यूटर एनपी-हार्ड समस्याओं को हल कर सकते हैं जिन्हें क्लासिकल कंप्यूटर हल करने में असमर्थ हैं।

अत: विकल्प (A) सही है।

57. क्वांटम कंप्यूटर बिट्स के बजाय क्यूबिट का उपयोग करते हैं। केवल चालू या बंद होने के बजाय 'सुपरपोजिशन' कहलाने वाले में भी हो सकते हैं, जहां वे दोनों एक ही समय में चालू और बंद होते हैं, या कहीं दोनों के बीच एक स्पेक्ट्रम पर होते हैं। एक क्यूबिट अनिश्चितता के लिए अनुमति देता है। क्यूबिट्स क्वांटम मैकेनिक के रहस्यमय नियमों के अनुसार काम करते हैं: यह सिद्धांत कि फिजिक्स एटॉमिक और सबएटॉमिक स्केल पर अलग-अलग तरीके से काम करती है।

अत: विकल्प (D) सही है।

58. कार्डिनैलिटी से तात्पर्य संबंध के टुप्लेस की संख्या से है, क्योंकि कार्डिनैलिटी एक संबंध में टुप्लेस की संख्या का प्रतिनिधित्व करती है।

इसे और अधिक विस्तार से समझने के लिए, निम्नलिखित दिए गए उदाहरण पर ध्यान दें:

मान लीजिए कि हमारे पास एक संबंध (या टेबल) है जिसमें 30 टुप्लेस (या रो) और चार कॉलम हैं, तो रिलेशनशिप की कार्डिनैलिटी 30 होगी।

अत: विकल्प (C) सही है।

59. डेटा मैनिपुलेशन लैंग्वेज में, सेलेक्ट, इंसर्ट, अपडेट और डिलीट जैसे कमांड का उपयोग सूचना (या डेटा, रिकॉर्ड) को मैनिपुलेट करने के लिए किया जाता है। उदाहरण के लिए, एक टेबल बनाना, टेबल को अपडेट करना, टेबल हटाना, आदि।

अत: विकल्प (C) सही है।

60. स्पेशलाइजेशन में, टॉप-डाउन दृष्टिकोण का उपयोग किया जाता है, और यह जनरलाइजेसन के लिए उपयुक्त है।

स्पेशलाइजेशन में, हायर-लेवल एन्टिटीज़ को सब लो लेवल एन्टिटीज़ में विभाजित किया जा सकता है। यह आम तौर पर एक एंटिटी सेट के सबसेट की पहचान करने के लिए उपयोग किया जाता है जो विशिष्ट विशेषताओं को साझा करता है।

इसे और स्पष्ट रूप से समझने के लिए, निम्नलिखित उदाहरण पर ध्यान दें:

मान लीजिए कि आपके पास एक एंटिटी है, उदाहरण के लिए, एक वाहन। तो स्पेशलाइजेशन के माध्यम से, आपको दोपहिया और चार पहिया वाहनों जैसे सब-एंटिटीज में विभाजित किया जा सकता है।

अतः विकल्प (C) सही है।

61. लिनक्स फ्री और ओपन-सोर्स सॉफ्टवेयर ऑपरेटिंग सिस्टम का एक हिस्सा है, जो लिनक्स कर्नेल के आसपास बनाया गया है। लिनक्स को डेस्कटॉप और सर्वर उपयोग दोनों के लिए लिनक्स डिस्ट्रीब्यूशन के रूप में जाना जाता है। एक ओपन सोर्स ऑपरेटिंग सिस्टम एक ऑपरेटिंग सिस्टम है जिसका कोड सार्वजनिक रूप से और किसी भी व्यक्ति के लिए स्वतंत्र रूप से उपलब्ध कराया गया है जो इसे देखना और संशोधित करना चाहता है।

अतः विकल्प (A) सही है।

62. किसी भी प्रकार का स्टोरेज जो इसके प्रोसेस में चरणों के बीच इनफार्मेशन रखने के लिए उपयोग किया जाता है, इंटरमीडिएट स्टोरेज कहलाता है। प्रोसेसिंग के सभी इंटरमीडिएट स्टोरेज, स्टोरेज में स्टोर हो जाते हैं जिसे मेमोरी यूनिट के रूप में भी जाना जाता है। सभी डेटा और सूचनाओं को स्टोरेज में स्टोर किया जाता है ताकि कंप्यूटर ऑपरेशन कर सके और मेमोरी यूनिट या स्टोरेज से वैल्यू ले सके।

अतः विकल्प (C) सही है।

63. एक प्रोग्राम घटक जो किसी प्रोग्राम को असामान्य तरीके से संरचित करने की अनुमति देता है उसे कोरुटीन (Coroutine) के रूप में जाना जाता है।

कोरुटीन: कोरुटीन कंप्यूटर-प्रोग्राम घटक हैं जो कुछ स्थानों पर निष्पादन को निलंबित करने और फिर से शुरू करने के लिए कई प्रवेश बिंदुओं की अनुमति देकर गैर-प्रीमेप्टिव मल्टीटास्किंग के लिए सबरूटीन को सामान्य बनाते हैं।

अतः विकल्प (B) सही है।

64. एक्सएमएल का पूर्ण रूप एक्स्टेंसिबल मार्कअप लैंग्वेज है। यह एक डॉक्यूमेंट फॉर्मेटिंग लैंग्वेज है, जिसका उपयोग कुछ वर्ल्ड वाइड वेब पेजों के लिए किया जाता है। एक्सएमएल का विकास 1990 के दशक में शुरू हुआ क्योंकि एचटीएमएल (हाइपरटेक्स्ट मार्कअप लैंग्वेज), वेब पेजों के लिए बेसिक फॉर्मेट, नए टेक्स्ट एलेमेंट्स की परिभाषा की अनुमति नहीं देता है; जो कि एक्स्टेंसिबल नहीं है।

अतः विकल्प (D) सही है।

65. एनओएस का फुल फॉर्म नेटवर्क ऑपरेटिंग सिस्टम है। यह सर्वर-साइड के लिए सबसे महत्वपूर्ण ऑपरेटिंग सिस्टम है। ऑपरेटिंग सिस्टम मुख्य रूप से कई सॉफ्टवेयर का एक संग्रह है जो हार्डवेयर का प्रबंधन करता है और अन्य कंप्यूटर प्रोग्राम के लिए सामान्य सेवाएं प्रदान करता है। एनओएस केवल सर्वर में चलता है और डेटा, एप्लिकेशन और अन्य नेटवर्क को प्रबंधित करने की शक्ति देता है। एनओएस एक नेटवर्क पर ग्राहकों को सेवाएं देता है।

अतः विकल्प (C) सही है।

66. ओएमआर का फुल फॉर्म ऑप्टिकल मार्क रिकग्निशन होता है। ओएमआर किसी डॉक्यूमेंट या परीक्षाओं, सर्वेक्षणों आदि में उपयोग किए जाने वाले विशेष रूप से मुद्रित पत्रों पर मनुष्यों द्वारा किए गए अंकों को पहचानता है। आमतौर पर इसका उपयोग किया जाता है जहां बड़ी संख्या में आवेदक आवेदन करते हैं और डेटा को तुरंत और सटीकता के साथ संसाधित किया जाना होता है। ओएमआर रीडर के साथ डॉक्यूमेंट से डेटा पढ़ा जाता है।

अतः विकल्प (B) सही है।

67. माइक्रोसॉफ्ट के पॉवरपॉइंट के संस्करण को आधिकारिक तौर पर माइक्रोसॉफ्ट ऑफिस सूट के एक भाग के रूप में 22 मई 1990 को लॉन्च किया गया था। पॉवरपॉइंट स्लाइड-आधारित प्रेजेंटेशन फॉर्मेट को विकसित करने में मदद करने के लिए उपयोगी है और वर्तमान में उपलब्ध सबसे अधिक उपयोग किए जाने वाले स्लाइड-आधारित प्रेजेंटेशन प्रोग्राम में से एक है।

अतः विकल्प (A) सही है।

68. पॉवरपॉइंट में सभी एनीमेशन को चार प्रकारों में विभाजित किया जा सकता है जैसे कि -

1) एंट्रेंस

2) एम्फेसिस

3) एग्जिट

4) मोशन पथ

किसी स्लाइड ऑब्जेक्ट को स्लाइड के अंदर प्रवेश करने के लिए एंट्रेंस एनिमेशन का उपयोग किया जाता है।

अतः विकल्प (C) सही है।

69. प्रेजेंटेशन में चार्ट को प्रदर्शित करने के लिए मेनू टैब में दिए गये "इन्सर्ट" मेनू का प्रयोग किया जाता है।

"इन्सर्ट" पर क्लिक करने के बाद, "चार्ट" विकल्प दबाएं और आप आसानी से एक चार्ट सम्मिलित कर सकते हैं।

अतः विकल्प (B) सही है।

70. Alt + Tab दबाने से आप अपने खुले हुए विंडोज़ के बीच स्विच कर सकते हैं। Alt कुंजी को दबाए जाने के साथ, विंडो के बीच फ्लिप करने के लिए Tab फिर से टैप करें, और फिर वर्तमान विंडो का चयन कर उसपर जाने के लिए Alt कुंजी को छोड़ दें।

उपयोग की गई वर्तमान विंडो Alt + Tab से अगली विंडो पर स्विच करते है।

अतः विकल्प (B) सही है।

71. प्रिंट स्क्रीन दबाने से आपकी पूरी स्क्रीन की एक इमेज कैप्चर हो जाती है और आपके कंप्यूटर की मेमोरी में क्लिपबोर्ड पर कॉपी हो जाती है। फिर आप इमेज को किसी दस्तावेज़, ईमेल संदेश या अन्य फ़ाइलों में पेस्ट (Ctrl+V) कर सकते हैं।

PrtSc का उपयोग स्क्रीन की तस्वीर को क्लिपबोर्ड पर कैप्चर करने और कॉपी करने के लिए किया जाता है।

अतः विकल्प (A) सही है।

72. एक खुले डायलॉग बॉक्स से दस्तावेज़ पर वापस जाने के लिए, इस व्यवहार का समर्थन करने वाले डायलॉग बॉक्स जैसे फाइंड और रिप्लेस या Alt+F6 शॉर्टकट का उपयोग किया जाता है।

अतः विकल्प (D) सही है।

73. COBOL एक हाई-लेवल लैंग्वेज है जिसका उपयोग सॉफ्टवेयर अनुप्रयोगों को कॉम्पैक्ट, कुशल कोड में विकसित करने के लिए किया जाता है जिसे न्यूनतम परिवर्तन के साथ विभिन्न प्रकार के कंप्यूटरों पर चलाया जा सकता है। यह व्यावसायिक उपयोग के लिए डिज़ाइन की गई कम्पाईल्ड अंग्रेजी जैसी कंप्यूटर प्रोग्रामिंग भाषा है। यह 2002 से ऑब्जेक्ट-ओरिएंटेड है।

अतः विकल्प (E) सही है।

74. जावा एक ऑब्जेक्ट-ओरिएंटेड, क्लास-बेस्ड, कंकरेंट, सिक्योर और जनरल -पर्पस वाली कंप्यूटर-प्रोग्रामिंग लैंग्वेज है। यह व्यापक रूप से इस्तेमाल की जाने वाली मजबूत तकनीक है। जावा एक प्रोग्रामिंग लैंग्वेज और एक प्लेटफॉर्म है। जावा को सन माइक्रोसिस्टम्स द्वारा वर्ष 1995 में विकसित किया गया था। जेम्स गोस्लिंग को जावा के पिता के रूप में जाने जाते है।

अतः विकल्प (A) सही है।

75. दूसरी पीढ़ी की अवधि 1952-1964 है। दूसरी पीढ़ी के कंप्यूटरों में ट्रांजिस्टर का उपयोग किया जाता था। दूसरी पीढ़ी के कंप्यूटरों के उदाहरण आईबीएम 1400 श्रृंखला, आईबीएम 7094 श्रृंखला और सीडीसी 164 आदि हैं।

अतः विकल्प (B) सही है।

76. पांचवीं पीढ़ी के कंप्यूटरों की दिशा में अपने प्रयासों के संदर्भ में जापानियों द्वारा हाल के दिनों में नॉलेज बेस्ड इनफार्मेशन प्रोसेसिंग सिस्टम (केआईपीएस) शब्द का उपयोग किया जा रहा है। पांचवीं पीढ़ी के कंप्यूटरों को आर्टिफिशियल इंटेलिजेंस (एआई) द्वारा संचालित किया जाना है।

अत: विकल्प (B) सही है।

77. फेरेंटी मार्क 1 पहला व्यावसायिक रूप से उपलब्ध सामान्य-उद्देश्य वाला कंप्यूटर था। फेरांति मार्क 1 के रूप में जाना जाने वाला एक थोड़ा बेहतर मॉडल - चुनाव परिणामों की भविष्यवाणी करने, मजदूरी की गणना करने और बीमांकिक तालिकाओं का उत्पादन करने में मदद करने के लिए इस्तेमाल किया गया था।

अत: विकल्प (A) सही है।

78. हाइपरटेक्स्ट ट्रांसफर प्रोटोकॉल का उपयोग वितरित, सहयोगी और हाइपरमीडिया सूचना प्रणाली के लिए किया जाता है।

हाइपरटेक्स्ट ट्रांसफर कंट्रोल प्रोटोकॉल वितरित, सहयोगी और हाइपरमीडिया पर आधारित सूचना प्रणाली के लिए एक आवेदन पत्र है। इसका उपयोग वेब सर्वर अनुप्रयोगों में किया जाता है।

वायरलेस एप्लीकेशन प्रोटोकॉल वायरलेस मोबाइल नेटवर्क से किसी भी जानकारी तक पहुंचने के लिए एक मानक प्रोटोकॉल है।

फ़ाइल ट्रांसफर प्रोटोकॉल किसी भी क्लाइंट और सर्वर के बीच किसी भी कंप्यूटर नेटवर्क में कंप्यूटर फ़ाइलों को स्थानांतरित करने के लिए एक नेटवर्क प्रोटोकॉल है।

ट्रांसमिशन कंट्रोल प्रोटोकॉल इंटरनेट की एक बुनियादी संचार भाषा या प्रोटोकॉल है। इसमें इंटरनेट प्रोटोकॉल चार और छह के दो संस्करण हैं।

अतः विकल्प (B) सही है।

79. HTTP एप्लीकेशन लेयर प्रोटोकॉल है।

हाइपरटेक्स्ट ट्रांसफर प्रोटोकॉल (HTTP) वितरित, सहयोगी, हाइपरमीडिया सूचना प्रणाली के लिए इंटरनेट प्रोटोकॉल सूट मॉडल में एक एप्लीकेशन लेयर प्रोटोकॉल है। HTTP वर्ल्ड वाइड वेब के लिए डेटा संचार की नींव है, जहां हाइपरटेक्स्ट दस्तावेज़ों में अन्य संसाधनों के लिए हाइपरलिंक शामिल होते हैं जिन्हें उपयोगकर्ता आसानी से एक्सेस कर सकता है, उदाहरण के लिए माउस क्लिक द्वारा या वेब ब्राउज़र में स्क्रीन को टैप करके।

अतः विकल्प (A) सही है।

80. आधा द्वैध डेटा ट्रांसमिशन का मतलब है कि सिंगल कैरियर पर डेटा दोनों दिशाओं में प्रसारित किया जा सकता है, लेकिन एक ही समय में काम नहीं करता है।

आधा द्वैध मोड में, प्रत्येक स्टेशन दोनों संचारित और प्राप्त कर सकता है, लेकिन एक ही समय में नहीं। जब एक डिवाइस भेज रहा है, तो दूसरा केवल प्राप्त कर सकता है, और इसके विपरीत। हाफ-डुप्लेक्स मोड का उपयोग उन मामलों में किया जाता है जहां एक ही समय में दोनों दिशाओं में संचार की आवश्यकता नहीं होती है। प्रत्येक दिशा के लिए चैनल की पूरी क्षमता का उपयोग किया जा सकता है।

उदाहरण: वॉकी-टॉकी जिसमें एक बार में एक संदेश भेजा जाता है और संदेश दोनों दिशाओं में भेजे जाते हैं।

अत: विकल्प (B) सही है।

81. भारतीय बैंकिंग प्रणाली में नए सुधारों में बैंक संचालन का डिजिटलीकरण और बैंकिंग समेकन शामिल हैं।

विमुद्रीकरण के मद्देनजर, डिजिटलीकरण पर जोर और सार्वजनिक क्षेत्र के बैंकों (PSB) के समेकन का प्रस्ताव ज्ञान संगम का शीर्ष एजेंडा था। सार्वजनिक क्षेत्र की बैंकिंग से तात्पर्य वाणिज्यिक बैंक के एक निश्चित वर्ग की बैंकिंग

गतिविधियों से है। शब्द का विशिष्ट उपयोग दुनिया के उस देश या क्षेत्र पर निर्भर करता है जहां इसका उपयोग किया जाता है।

अत: सही विकल्प (A) है।

82. साख पत्र जारी करना वाणिज्यिक बैंकों का निधि आधारित व्यवसाय नहीं है।

साख पत्र एक दस्तावेज है जो विक्रेताओं को खरीदार के भुगतान की गारंटी देता है। यह एक बैंक द्वारा जारी किया जाता है और विक्रेता को समय पर और पूर्ण भुगतान सुनिश्चित करता है। यदि खरीदार ऐसा भुगतान करने में असमर्थ है, तो बैंक खरीदार की ओर से पूरी या शेष राशि को कवर करता है।

अत: सही विकल्प (B) है।

83. स्विफ्ट का उपयोग अंतर्राष्ट्रीय धन हस्तांतरण के लिए किया जाता है।

सोसाइटी फॉर वर्ल्डवाइड इंटरबैंक फाइनेंशियल टेलीकम्युनिकेशंस (स्विफ्ट) एक विशाल मैसेजिंग नेटवर्क है जिसका उपयोग बैंकों और अन्य वित्तीय संस्थानों द्वारा धन हस्तांतरण निर्देश जैसी जानकारी को त्वरित, सटीक और सुरक्षित रूप से भेजने और प्राप्त करने के लिए किया जाता है। स्विफ्ट प्रत्येक सदस्य संस्थान को एक विशिष्ट आईडी कोड प्रदान करके काम करता है जो न केवल बैंक का नाम बल्कि देश, शहर और शाखा की पहचान करता है।

अत: सही विकल्प (C) है।

84. एक बैंक द्वारा बहुत छोटे उधारकर्ता को 10000 रुपये के ऋण की वित्तीय सहायता को माइक्रो फाइनेंस कहा जाएगा।

माइक्रो फाइनेंस, जिसे माइक्रोक्रेडिट भी कहा जाता है, एक प्रकार की बैंकिंग सेवा है जो बेरोजगार या कम आय वाले व्यक्तियों या समूहों को प्रदान की जाती है, जिनकी वित्तीय सेवाओं तक कोई अन्य पहुंच नहीं होती। माइक्रोफाइनेंस लोगों को उचित स्माल फाइनेंस ऋण सुरक्षित रूप से लेने की अनुमति देता है।

अत. सही विकल्प (C) है।

85. मार्च और सितंबर तिमाहियों के बीच, एनपीए मार्च और सितंबर तिमाहियों के बीच 50 आधार अंक बढ़कर 5.1% हो गया। मार्च 2015 में 5.1% से सितंबर तिमाही में सकल नैप्स बढ़कर 4.6% हो गया। आरबीआई द्वारा जारी वित्तीय स्थिरता रिपोर्ट के अनुसार, कुल शुद्ध अग्रिमों के प्रतिशत के रूप में शुद्ध एनपीए मार्च में 2.8% से बढ़कर 2.5% हो गया। कारपोरेट ऋण पुनर्रचना (सीडीआर) प्रकोष्ठ के अंत में, पुनर्रचित मानक अग्रिमों के कारण सकल अग्रिमों का प्रतिशत 6.4 से घटकर 6.2 रह गया, लेकिन दबावग्रस्त ऋण अनुपात इसी अवधि में 11.1 प्रतिशत से बढ़कर 11.3 हो गया। रिपोर्ट के अनुसार, सार्वजनिक क्षेत्र के ऋणदाताओं ने उच्चतम स्तर की स्ट्रेस्ड संपत्ति 14.1 प्रतिशत दर्ज की, इसके बाद निजी क्षेत्र के बैंकों ने 4.6 प्रतिशत और विदेशी बैंकों ने 3.4 प्रतिशत पर।

अतः विकल्प (B) सही है।

86. पुनगर्ठित खाता वह है जहां बैंक, उधारकर्ता की वित्तीय कठिनाई से संबंधित आर्थिक या कानूनी कारणों से, उधारकर्ता को ऐसी रियायतें देता है, जिस पर बैंक अन्यथा विचार नहीं करेगा।

पुनगर्ठित में आम तौर पर अग्रिमों/प्रतिभूतियों की शर्तों में संशोधन शामिल होता है, जिसमें आम तौर पर अन्य के साथ-साथ, चुकौती अवधि/प्रतिदेय राशि/किस्तों की राशि/ब्याज दर (प्रतिस्पर्धी कारणों के अलावा अन्य कारणों से) में परिवर्तन शामिल होता है।

अतः विकल्प (D) सही है।

87. पहले सूक्ष्म और लघु उद्यमों की सीमा 10 लाख से 2 करोड़ थी जबकि मध्यम उद्यमों की प्राथमिकता क्षेत्र ऋण के तहत वर्गीकरण के लिए 2 करोड़ से 5 करोड़ की सीमा थी। आरबीआई ने हाल ही में दोनों मामलों में प्रति उधारकर्ता ऋण सीमा को हटाने का फैसला किया है।

अतः विकल्प (E) सही है।

88. व्यक्तिगत ऋण असुरक्षित ऋण हैं क्योंकि ये ऋण बिना किसी सुरक्षा या संपार्श्विक के दिए जाते हैं। ये उधारकर्ता के क्रेडिट इतिहास और व्यक्तिगत आय से ऋण चुकाने की क्षमता के आधार पर उधारकर्ताओं को दिए जाते हैं, इसलिए इसे सिग्नेचर लोन भी कहा जाता है।

चुकौती आमतौर पर एक निश्चित अवधि में निश्चित राशि की किश्तों के माध्यम से होती है। व्यक्तिगत ऋण घरेलू वस्तु की खरीद के लिए भी दिया जाता है इसलिए इसे उस स्थिति में उपभोक्ता ऋण कहा जाता है।

अतः विकल्प (A) सही है।

89. प्राथमिकता क्षेत्र ऋण देने से तात्पर्य ऋण के प्रावधान या अर्थव्यवस्था के कुछ विशिष्ट क्षेत्रों जैसे कि कृषि, एमएसएमई, आवास, शिक्षा, आदि जैसे आरबीआई द्वारा प्राथमिकता वाले क्षेत्र के रूप में मान्यता प्राप्त बैंक ऋण के एक विशिष्ट हिस्से को संदर्भित करता है। रिजर्व बैंक ने दायरे का विस्तार किया है 50 करोड़ रुपये तक की स्टार्टअप फंडिंग और सौर संयंत्रों और संपीड़ित बायोगैस संयंत्रों की स्थापना के लिए किसानों को ऋण शामिल करने के लिए प्राथमिकता क्षेत्र ऋण।

बैंकों को कुछ लक्ष्य दिए जाते हैं जिनके अनुसार बैंकों को इन क्षेत्रों को प्राथमिकता के आधार पर ऋण उपलब्ध कराना चाहिए। यह अनिवार्य रूप से केवल वित्तीय क्षेत्र पर ध्यान केंद्रित करने के विरोध में अर्थव्यवस्था के सर्वांगीण विकास के लिए है।

रिजर्व बैंक इंडिया के अनुसार, प्राथमिकता वाले क्षेत्र में निम्नलिखित श्रेणियां शामिल हैं:

- कृषि
- सूक्ष्म, लघु और मध्यम उद्यम
- निर्यात ऋण
- शिक्षा
- आवास
- सामाजिक अवसंरचना
- नवीकरणीय ऊर्जा
- अन्य

अतः विकल्प (E) सही है।

90. केंद्रीय बैंक के अनुसार गंभीर तनाव की स्थिति में, मार्च 2022 तक बैंकों पर अशोध्य ऋण बढ़कर 11.22 प्रतिशत हो सकता है।

अशोध्य ऋणों को ऐसे ऋणों के रूप में परिभाषित किया जाता है जो एक निश्चित समय सीमा से अधिक बकाया हैं और जिसके लिए आर्थिक कारणों से संपार्श्विक का मूल्य नष्ट हो गया है या गायब हो गया है।

अतः विकल्प (A) सही है।

91. अशोध्य ऋण राशि देनदार के खाते में क्रेडिट की जानी चाहिए।

अप्राप्य राशि को खराब ऋण के रूप में माना जाता है। खराब ऋण संगठन के लिए एक नुकसान हैं और ग्राहक खाते को क्रेडिट करके लाभ और हानि खाते में डेबिट किया जाना चाहिए।

अतः विकल्प (A) सही है।

92. पेगासस एसेट्स रिकंस्ट्रक्शन प्राइवेट लिमिटेड (पेगासस) एक निजी क्षेत्र की कंपनी है जो भारतीय रिजर्व बैंक (आरबीआई) के साथ एक एसेट्स रिकंस्ट्रक्शन कंपनी (एआरसी) के रूप में वित्तीय परिसंपत्तियों के प्रतिभूतिकरण और पुनर्निर्माण और सुरक्षा ब्याज के प्रवर्तन (सरफेसी) अधिनियम, 2002 की धारा 3 के तहत पंजीकृत है।

अतः सही विकल्प (B) है।

93. एक परिसंपत्ति पुनर्निर्माण कंपनी की भूमिका है:

- वित्तीय परिसंपत्तियों का अधिग्रहण (सरफेसीअधिनियम, 2002 की धारा 2(एल) के तहत परिभाषित)
- उधारकर्ता के प्रबंधन / बिक्री या व्यवसाय के पट्टे में परिवर्तन या अधिग्रहण
- ऋणों का पुनर्निर्धारण
- सुरक्षा हित का प्रवर्तन (सरफेसी अधिनियम, 2002 की धारा 13(4) के अनुसार)
- उधारकर्ता द्वारा देय देय राशियों का निपटारा

अतः सही विकल्प (E) है।

94. भारतीय लघु उद्योग विकास बैंक (सिडबी) का मुख्यालय लखनऊ में है। भारतीय लघु उद्योग विकास बैंक (सिडबी) भारत में सूक्ष्म, लघु और मध्यम उद्यम वित्त कंपनियों के समग्र लाइसेंस और विनियमन के लिए शीर्ष नियामक निकाय है। यह वित्त मंत्रालय, भारत सरकार के अधिकार क्षेत्र में है।

अतः सही विकल्प (A) है।

95. ऋण पुनर्गठन के तहत, जो ग्राहक वित्तीय तनाव में हैं, उन्हें समाधान फ्रेमवर्क 2.0 पर आरबीआई के परिपत्र के अनुसार और ग्राहक की वित्तीय स्थिति के आधार पर भुगतान के पुनर्निर्धारण, ऋण के शेष अवधि का विस्तार, या किस्त/ब्याज अधिस्थगन आदि जैसे विकल्पों की पेशकश की जा सकती है।

अतः सही विकल्प (E) है।

96. बेसल-I ढांचे के लिए सभी बैंकों के लिए पूंजी का आरडब्ल्यूए से न्यूनतम पूंजी अनुपात 8% होना आवश्यक है।

बेसल I मुख्य रूप से क्रेडिट जोखिम और जोखिम-भारित संपत्ति (आरडब्ल्यूए) पर केंद्रित है। यह किसी परिसंपत्ति को उससे जुड़े जोखिम के स्तर के अनुसार वर्गीकृत करता है। वर्गीकरण जोखिम-मुक्त संपत्ति से लेकर 0% तक की जोखिम वाली संपत्ति से लेकर 100% तक है।

अतः सही विकल्प (C) है।

97. जोखिम मूल्य बेसल-II ढांचे के अनुसार ऋण जोखिम की गणना के दृष्टिकोणों में से एक नहीं है।

बेसल-II प्रत्येक प्रकार की परिसंपत्ति के जोखिम प्रोफाइल और विशिष्ट विशेषताओं को ध्यान में रखते हुए, क्रेडिट जोखिम के आधार पर पूंजी आवश्यकताओं की गणना करने के लिए बैंकों को अधिक सूचित दृष्टिकोण प्रदान करता है।

अतः सही विकल्प (A) है।

98. पूंजी पर्याप्तता अनुपात की गणना करने के लिए, बैंकों को निम्नलिखित सभी जोखिमों को ध्यान में रखना आवश्यक है।

पूंजी पर्याप्तता अनुपात (सीएआर) एक बैंक की पूंजी का अनुपात उसकी जोखिम-भारित संपत्ति और वर्तमान देनदारियों के संबंध में है। वाणिज्यिक बैंकों को अतिरिक्त लीवरेज लेने और प्रक्रिया में दिवालिया होने से रोकने के लिए केंद्रीय बैंकों और बैंक नियामकों द्वारा यह निर्णय लिया जाता है।

सीएआर को इस प्रकार मापा जाता है:
CAR = [Tier 1 + Tier 2 + Tier 3 (पूंजी निधि)] / जोखिमपूर्ण संपत्ति।

जोखिम-भारित परिसंपत्तियां क्रेडिट जोखिम, बाजार जोखिम, परिचालन जोखिम को ध्यान में रखती हैं।

इसलिए, पूंजी पर्याप्तता अनुपात की गणना करने के लिए, बैंकों को ऋण जोखिम, बाजार जोखिम, परिचालन जोखिम को ध्यान में रखना आवश्यक है।

अतः विकल्प (D) सही है।

99. पोर्टफोलियो सिद्धांत अनियंत्रित जोखिम को कम करने के लिए विविधीकरण को स्पष्ट करता है।

किसी कंपनी, उद्योग, बाजार, अर्थव्यवस्था या देश के लिए व्यवस्थित जोखिम विशिष्ट है। गैर-व्यवस्थित जोखिम के सबसे आम स्रोत व्यावसायिक जोखिम और वित्तीय जोखिम हैं। क्योंकि यह विविधतापूर्ण है, निवेशक विविधीकरण के माध्यम से अपने जोखिम को कम कर सकते हैं। इस प्रकार, उद्देश्य विभिन्न परिसंपत्तियों में निवेश करना है ताकि वे सभी बाजार की घटनाओं से उसी तरह प्रभावित न हों।

अतः विकल्प (C) सही है।

100. व्यवस्थित जोखिम अपरिवर्तनीय है, लेकिन अस्थिर जोखिम प्रतिवर्ती है सच है।

सुनियोजित जोखिम	अनियंत्रित जोखिम
व्यवस्थित जोखिम उस खतरे को संदर्भित करता है जो समग्र रूप से बाजार या बाजार खंड से जुड़ा होता है।	अनसिस्टमैटिक रिस्क से तात्पर्य किसी विशेष सुरक्षा, कंपनी या उद्योग से जुड़े जोखिम से है।
व्यवस्थित जोखिम प्रतिभूतियों पर रिटर्न में उतार-चढ़ाव है जो मैक्रोइकॉनॉमिक कारकों के कारण होता है।	गैर-व्यवस्थित जोखिम, जिसे गैर-व्यवस्थित जोखिम या विविध जोखिम भी कहा जाता है, सूक्ष्म आर्थिक कारकों के कारण उत्पन्न होने वाली कंपनी के रिटर्न में उतार-चढ़ाव है।
व्यवस्थित जोखिम बाजार या पूरे उद्योग क्षेत्र में बड़ी संख्या में संगठनों को परेशान करता है।	अनियंत्रित जोखिम किसी विशेष कंपनी को परेशान करता है।
प्राकृतिक आपदाओं जैसे अनियंत्रित कारकों के कारण व्यवस्थित जोखिम होता है। इस प्रकार, यह अपरिवर्तनीय है।	अनियंत्रित उत्पादों के उत्पादन जैसे नियंत्रणीय कारकों के कारण अनियंत्रित जोखिम होता है। इस प्रकार, यदि उचित प्रबंधन किया जाए तो यह प्रतिवर्ती है।
उदाहरण: मुद्रास्फीति, मंदी	उदाहरण: श्रमिक हड़ताल, प्रबंधकीय परिवर्तन

अतः विकल्प (B) सही है।

101. लघु उद्योग विकास संगठन (एसआईडीओ) भारत की राष्ट्रीय एसएमई विकास एजेंसी है। यह भारत सरकार के लघु उद्योग मंत्रालय का एक प्रमुख घटक है। 1954 में स्थापित, एसआईडीओ उद्यमिता विकास, टूल रूम सेवाओं, परीक्षण केंद्रों, विस्तार सेवाओं, अनुसंधान एवं विकास सेवाओं, आदि जैसी गतिविधियों और सेवाओं के एक व्यापक कार्यक्रम को लागू करके पूरे देश में छोटे उद्योगों को सेवाएं प्रदान करता है।

अतः विकल्प (A) सही है।

102. आईसीआईसीआई बैंक की स्थापना भारतीय औद्योगिक ऋण और निवेश निगम (आईसीआईसीआई), एक भारतीय वित्तीय संस्थान द्वारा 1994 में वडोदरा में पूर्ण स्वामित्व वाली सहायक कंपनी के रूप में की गई थी।

आईसीआईसीआई बैंक कॉर्पोरेट और खुदरा ग्राहकों के लिए बैंकिंग उत्पादों और वित्तीय सेवाओं की एक विस्तृत श्रृंखला प्रदान करता है।

अतः विकल्प (A) सही है।

103. विश्व बैंक समूह में पांच घटक संस्थान शामिल हैं: पुनर्निर्माण और विकास के लिए अंतर्राष्ट्रीय बैंक (आईबीआरडी), अंतर्राष्ट्रीय विकास संघ (आईडीए), अंतर्राष्ट्रीय वित्त निगम (आईएफसी), बहुपक्षीय निवेश गारंटी एजेंसी (एमआईजीए), और अंतर्राष्ट्रीय केंद्र निवेश विवादों का निपटारा (आईसीएसआईडी)।

अतः विकल्प (E) सही है।

104. विकास वित्त संस्थान लोगों से जमा स्वीकार नहीं करते हैं।

विकास वित्त संस्थान या विकास वित्त कंपनियां सरकार या धर्मार्थ संस्थान के स्वामित्व वाले संगठन हैं जो कम पूंजी वाली परियोजनाओं के लिए या जहां उनके उधारकर्ता वाणिज्यिक उधारदाताओं से इसे प्राप्त करने में असमर्थ होते हैं वहाँ धन उपलब्ध कराते हैं।

अतः विकल्प (C) सही है।

105. साहूकार भारत में अनुसूचित बैंकिंग संरचना का हिस्सा नहीं हैं।

आरबीआई देश में सर्वोच्च मौद्रिक और बैंकिंग प्राधिकरण है और भारत में बैंकिंग प्रणाली को नियंत्रित करता है। इसे रिजर्व बैंक कहा जाता है क्योंकि यह सभी वाणिज्यिक बैंकों के रिजर्व रखता है। अनुसूचित बैंक एक ऐसा बैंक है जो आरबीआई अधिनियम, 1934 की दूसरी अनुसूची के तहत सूचीबद्ध है।

अतः विकल्प (A) सही है।

106. BASEL-III ढांचे के अनुसार काउंटर साइक्लिक बफर की सीमा 0% - 2.5% है।

एक काउंटर साइक्लिक पूंजी बफर आर्थिक विस्तार के दौरान बैंकों की पूंजी आवश्यकताओं को बढ़ाएगा, जब अर्थव्यवस्था अच्छा प्रदर्शन कर रही हो और ऋण की मात्रा तेजी से बढ़ रही हो, तो बैंकों को उच्च पूंजी-से-संपत्ति अनुपात बनाए रखने की आवश्यकता होती है। काउंटर साइक्लिक पूंजी बफर जोखिम भारित आस्तियों के 0% से 2.5% तक होगा।

अतः सही विकल्प (D) है।

107. भारत सरकार की FDI नीति (2012) के अनुसार, बैंकों में FDI राष्ट्रीयकृत बैंकों में 20% और निजी क्षेत्र के बैंकों में 74% तक सीमित है।

भारत में प्रत्यक्ष विदेशी निवेश:

- विदेशी प्रत्यक्ष निवेश (FDI) एक देश में किसी अन्य देश में स्थित इकाई द्वारा किसी व्यवसाय में नियंत्रित स्वामित्व के रूप में एक निवेश है।

- इस प्रकार यह प्रत्यक्ष नियंत्रण की धारणा द्वारा एक विदेशी पोर्टफोलियो निवेश से अलग है।

अतः विकल्प (A) सही है।

108. NBFC अपने ग्राहकों को कई वित्तीय सेवाएँ प्रदान करते हैं। गैर-बैंकिंग वित्तीय सेवाओं के तहत सेवाओं के प्रकारों में निम्नलिखित शामिल हैं:

- इक्विपमेंट लीजिंग कंपनी

- हायर परचेस कंपनी

- लोन कंपनी

चूंकि वे जनता से जमा को आकर्षित करने के बुनियादी दोहरे कार्य करते हैं और ऋण दे रहे हैं, इसलिए NBFC आवश्यक बैंक हैं, हालांकि, वाणिज्यिक बैंकों के विपरीत, उन्हें बैंक के रूप में शामिल नहीं किया जाता है और बैंकिंग विनियमन अधिनियम, 1949 के प्रावधानों द्वारा नियंत्रित नहीं किया जाता है।

अतः विकल्प (E) सही है।

109. कॉल मनी बैंकों को 1 दिन के लिए दिया गया ऋण है।

इन ऋणों का उपयोग तरलता को पूरा करने के लिए बैंकों द्वारा किया जा सकता है। यह बैंकों, म्यूचुअल फंडों और निगमों जैसे विशाल वित्तीय संस्थानों के लिए इंटरबैंक दरों पर ऋण लेने और ऋण देने की सुविधा देता है।

अतः विकल्प (A) सही है।

110. LAF का पूर्ण रूप लिक्विडिटी एडजस्टमेंट फैसिलिटी है।

2000 के दशक की शुरुआत में, रिज़र्व बैंक ने बैंकिंग प्रणाली में दिन-प्रतिदिन की तरलता का प्रबंधन करने के लिए लिक्विडिटी एडजस्टमेंट फैसिलिटी (चलनिधि समायोजन सुविधा) अथवा (LAF) की स्थापना की। ये सुविधाएं मौजूदा मौद्रिक नीति रुख के अनुरूप चलनिधि के अवशोषण को सक्षम बनाती हैं।

LAF के तहत रेपो दर (जिस पर तरलता इंजेक्ट की जाती है) और रिवर्स रेपो दर (जिस पर तरलता अवशोषित होती है) भारतीय अर्थव्यवस्था में रिजर्व बैंक की ब्याज दर के संकेत के लिए मुख्य साधन के रूप में उभरे हैं।

अतः विकल्प (A) सही है।

111. SLR में L का अर्थ लिक्विडिटी है।

वैधानिक तरलता अनुपात या SLR जमा राशि का न्यूनतम प्रतिशत है जिसे एक वाणिज्यिक बैंक को तरल नकदी, सोना या अन्य प्रतिभूतियों के रूप में बनाए रखना होता है। यह मूल रूप से आरक्षित आवश्यकता है जो बैंकों से ग्राहकों को ऋण देने से पहले रखने की अपेक्षा की जाती है।

अतः विकल्प (A) सही है।

112. केंद्रीय वित्त मंत्री निर्मला सीतारमण ने 01 फरवरी 2022 को केंद्रीय बजट 2022-23 पेश करते हुए एक नई योजना, पूर्वोत्तर के लिए प्रधानमंत्री विकास पहल, PM-DevINE की घोषणा की है।

PM-DevINE को नॉर्थ-ईस्टर्न काउंसिल के जरिए लागू किया जाएगा। नई योजना के लिए 1,500 करोड़ रुपये का प्रारंभिक आवंटन किया जाएगा। यह प्रधानमंत्री गतिशक्ति की भावना में बुनियादी ढांचे और उत्तर-पूर्व की महसूस की गई जरूरतों के आधार पर सामाजिक विकास परियोजनाओं को वित्तपोषित करेगा।

अतः विकल्प (A) सही है।

113. राज्यों को अधिक से अधिक वित्तीय स्थान प्रदान करना: बजट 2022

- 'पूंजीगत निवेश के लिए राज्यों को वित्तीय सहायता योजना' के लिए बढ़ाया परिव्यय

- रुपये से बजट अनुमान में 10,000 करोड़ रु. चालू वर्ष के लिए संशोधित अनुमान में 15,000 करोड़

- रुपये का आवंटन अर्थव्यवस्था में समग्र निवेश को उत्प्रेरित करने में राज्यों की सहायता के लिए 2022-23 में 1 लाख करोड़: सामान्य उधार के अलावा पचास वर्षीय ब्याज मुक्त ऋण।

- 2022-23 में, राज्यों को GSDP के 4% के राजकोषीय घाटे की अनुमति दी जाएगी, जिसमें से 0.5% बिजली क्षेत्र के सुधारों से जुड़ा होगा।

अत: विकल्प (D) सही है।

114. सरकार ने 2022-23 के बजट में स्टार्टअप इंडिया सीड फंड योजना के लिए 283.5 करोड़ रुपये आवंटित किए हैं, जो लगभग 100 करोड़ रुपये के संशोधित अनुमान से अधिक है।

पेट्रोलियम तथा विस्फोटक सुरक्षा संगठन (PESO) का बजट भी बढ़ाकर 66.16 करोड़ रुपये कर दिया गया है।

उद्योग संवर्धन और आंतरिक व्यापार विभाग (DPIIT) के लिए संचयी आवंटन 8348 करोड़ रुपये था।

अत: विकल्प (B) सही है।

115. SBI रिसर्च रिपोर्ट ने अनुमान लगाया है कि 2022–23 में भारतीय अर्थव्यवस्था 7.6% की दर से बढ़ेगी।

FY 23 में वास्तविक सकल घरेलू उत्पाद में 1111 लाख करोड़ रुपये की वृद्धि होगी।

आधिकारिक आंकड़ों के अनुसार, FY22 में अर्थव्यवस्था में 8 प्रतिशत की वृद्धि हुई, जिससे शुद्ध रूप से वर्ष में ₹ 11.8 लाख करोड़ की वढ़ोतरी के साथ ₹ 147 लाख करोड़ हो गयी।

हालांकि यह वित्त वर्ष 2020 के पूर्व-महामारी वर्ष की तुलना में केवल 1.5 प्रतिशत अधिक था।

अत: विकल्प (C) सही है।

116. क्रिप्टो एनालिटिक्स फर्म Chainalysis द्वारा ग्लोबल क्रिप्टो एडॉप्शन इंडेक्स जारी किया गया था।

संयुक्त राज्य अमेरिका $ 49.95 बिलियन के अनुमानित वास्तविक लाभ के साथ चार्ट में सबसे ऊपर है, इसके बाद यूनाइटेड किंगडम (यूके) $ 8.16 बिलियन के अनुमानित वास्तविक लाभ के साथ। 1.85 अरब डॉलर के अनुमानित वास्तविक लाभ के साथ भारत 21वें स्थान पर था।

अत: विकल्प (B) सही है।

117. केंद्र सरकार ने अगरतला, त्रिपुरा में विकास परियोजनाओं को निधि देने के लिए 61 मिलियन अमेरिकी डॉलर (लगभग 454 करोड़ रुपये) के ऋण के लिए एशियाई विकास बैंक के साथ एक समझौता किया है।

यह अगरतला शहर में बढ़ती आबादी को समायोजित करने के लिए रहने की योग्यता, दोहन प्रौद्योगिकी में सुधार और नए विकास को बढ़ावा देने में मदद करेगा।

यह परियोजना 23 किलोमीटर की जलवायु-अनुकूल शहरी सड़कों का निर्माण करेगी।

अत: विकल्प (C) सही है।

118. भारतीय रिज़र्व बैंक ने स्केल-आधारित नियमों पर अक्टूबर 2021 के परिपत्रों में संशोधन करके गैर-बैंकिंग ऋणदाताओं के लिए कई नियामक परिवर्तनों की घोषणा की है।

इसने अप्रैल 2022 में NBFC के लिए बड़े एक्सपोजर ढांचे सहित चार परिपत्र जारी किए।

NBFC (गैर-बैंकिंग वित्तीय कंपनी) के एकल प्रतिपक्षकार को सभी एक्सपोजर मूल्य का योग हर समय उसके उपलब्ध पात्र पूंजी आधार के 20% से अधिक नहीं हो सकता है।

अत: विकल्प (D) सही है।

119. जनवरी के अंत में पार्टिसिपेटरी नोट्स (P-नोट्स) के माध्यम से भारतीय पूंजी बाजार में निवेश घटकर 87,989 करोड़ रुपये रह गया।

भारतीय प्रतिभूति और विनिमय बोर्ड (SEBI) के आंकड़ों के अनुसार, भारतीय बाजारों में P-नोट्स निवेश का मूल्य - इक्विटी, ऋण और हाइब्रिड सिक्योरिटीज (संकर प्रतिभूतियां) - जनवरी के अंत तक 87,989 करोड़ रुपये था, जबकि दिसंबर के अंत में यह 95,501 करोड़ रुपये था।

जनवरी 2022 तक इस मार्ग से निवेश किए गए कुल 87,989 करोड़ रुपये में से 78,271 करोड़ रुपये इक्विटी में, 9,485 करोड़ रुपये ऋण में और 232 करोड़ रुपये संकर प्रतिभूतियों में निवेश किए गए।

6,677 करोड़ रुपये की शुद्ध कमी के बाद, इक्विटी P-नोट्स का मूल्य गिरकर 78,271 करोड़ रुपये हो गया है, जो पिछली बार जनवरी 2021 में देखा गया था।

ऋण अनुभाग में भी P-नोट्स के मूल्य में करीब 9 फीसदी की कमी आई है।

FPIs की हिरासत में संपत्ति जनवरी के अंत में घटकर 52.12 लाख करोड़ रुपये रह गई, जो दिसंबर के अंत में 52.72 लाख करोड़ रुपये थी।

P-नोट्स पंजीकृत विदेशी पोर्टफोलियो निवेशकों (FPI) द्वारा उन विदेशी निवेशकों को जारी किए जाते हैं जो सीधे खुद को पंजीकृत किए बिना भारतीय शेयर बाजार का हिस्सा बनना चाहते हैं।

शोधकर्ताओं और विशेषज्ञों का मानना है कि यूक्रेन संकट के बीच विदेशी निवेशक अपने नकारात्मक रुख को जारी रखेंगे।

अत: विकल्प (C) सही है।

120. पंजाब नेशनल बैंक (PNB) ने घोषणा की कि 4 अप्रैल से सकारात्मक वेतन प्रणाली (PPS) के अंतर्गत जारीकर्ता के साथ पुन: पुष्टि के बाद 10 लाख रुपये और उससे अधिक के उच्च मूल्य के चेक को मंजूरी दे दी जाएगी।

इस कदम का उद्देश्य बैंक ग्राहकों को बड़े मूल्य के चेक धोखाधड़ी से बचाना है।

PPS में पंजीकृत चेक केवल विवाद समाधान तंत्र के अंतर्गत स्वीकार किए जाएंगे।

दिल्ली मुख्यालय वाले ऋणदाता ने RBI के दिशानिर्देशों के अनुसार 1 जनवरी, 2021 से CTS समाशोधन में प्रस्तुत 50,000 रुपये और उससे अधिक के चेक के लिए PPS की शुरुआत की।

सकारात्मक वेतन प्रणाली (PPS) के अनुसार उच्च मूल्य का चेक जारी करने वाले ग्राहक को कुछ आवश्यक विवरणों की पुन: पुष्टि करनी होती है।

भुगतान से पहले चेक को समाशोधन में प्रस्तुत करते समय विवरण को क्रॉस-चेक किया जाता है।

सकारात्मक वेतन प्रणाली (PPS) को भारतीय राष्ट्रीय भुगतान निगम (NPCI) द्वारा विकसित किया गया है।

अत: विकल्प (D) सही है।

Ques (121-125): The correct sequence is 631542.

First sentence: On glancing the jumbled passage, we find that it is based on a educational startup Edutor, the motive and details of which have been provided in the passage. The first sentence should be the principle declaration of the passage. A self-sufficient statement which is devoid of any pronoun or a connector. The opening statement should introduce the idea of the passage and perhaps the idea behind the evolution of Edutor. On analyzing the sentences, we find that sentences 6 and 3 are devoid of such pronouns and connectors. However, it must be noted that one of them must be the first and second sentence respectively. Now, a question is generally asked to seek a relevant answer. It asks what should be a student working on device or machine be called? Now, we know, rest of the statements provide description regarding Edutor, which IS the platform for students to work on the device or machine (answer to the question). Hence, statement 6 will be the first sentence.

Second sentence: The relevance of the second statement has been duly brought out in the previous description. This sentence should bring forth the relevant (specifications) details associated with Edutor. So, statement 3 will be the second sentence.

Third sentence: A group of engineers from IIT have been talked about in the second sentence. So, a sentence containing a description about 'the group' shall be used here. On analyzing the remaining sentences, we find that sentence 1 aptly describes the motive of 'the group' behind the development of Edutor i.e. to enhance the learning experience by an interactive machine interface. Hence, statement 1 shall be the third sentence.

Fourth sentence: Out of the remaining sentences, we find that the 'downloaded data' has not been introduced yet to us and hence, can be eliminated here. On further interrogation, we are left with sentences 4 and 5, each with pronoun 'they'. Here, it important to note the person(s) for whom 'they' has been used. Now, we are introduced neither to students nor to teachers and it is a obvious fact that 'they' used in sentence 4 (they can even take tests) shall be for the students. Similarly, 'they' in sentence 5 shall be used for the group of engineers, which have been duly discussed in the previous statement and thus, forms the chain. Moreover, students, too, have been introduced in this sentence, which makes sense to used pronoun for them in the next sentence. Hence, statement 5 is the fourth sentence.

Fifth sentence: This statement shall discuss the test taking facility for the students, as highlighted in the previous statement. Hence, statement 4 is the fifth sentence.

Sixth sentence: Now, it is a common-sense fact that the tests performed by the students need to be checked by the teachers. In Edutor, the tests are performed by students online, which can be 'downloaded' by the teachers as per their convenience, thereby, saving time. So, statement 2 shall be the sixth sentence.

121. Hence, the correct option is (C).

122. Hence, the correct option is (A).

123. Hence, the correct option is (D).

124. Hence, the correct option is (E).

125. Hence, the correct option is (D).

126. Reading the passage we find that:

Meanings of the given options are :

'Impractical' means 'not adapted for use or action; not sensible or realistic'.

'Negative' means 'not optimistic; gloomy'.

'Rigid' means 'not able to be changed or adapted'.

'Cautious' means 'wary; aware'.

All the given words have been used or implied by the author when describing consensus management. The author says: 'By its very nature, it's slow. It can never be daring. There can never be real accountability - or flexibility.'

By giving the example of Japan, the author tries to convey its impracticality.

Thus, all of the given options are correct.

Hence, the correct option is (E).

127. Reading the passage we find that:

Emulate' means imitate or copy.

The author is talking about consensus management which he considers to be a myth and an impractical concept that can only be found in books but cannot be practised in reality.

He talks about how the Japanese make it seem like they practise it when in actuality they don't.

Hence, the correct option is (B).

128. Reading the passage we find that:

When the author says: 'But you can bet that when the chips are down, the yen stops at the top guy's desk', he implies that when a difficult situation arises, the responsibility falls upon the person who is at the top/who has the most authority'.

Thus from the statement, we find that Option (A) perfectly explains the phrase.

Hence, the correct option is (A).

129. Reading the passage we find that:

The passage says: 'About the only plus that I've been able to figure out is that consensus management means consistency of direction and objectives.'

Consistency means 'consistent behavior or treatment; stability; constancy'.

Hence from the above statement and meaning, we find that the correct answer is Option (C) i.e., Consistency.

Hence, the correct option is (C).

130. Reading the passage we find that:

The passage says: "About the only plus that I've been able to figure out is that consensus management means consistency of direction and objectives. And so much consistency can become faceless, and that's a problem too".

Faceless means impersonal; anonymous; characterless and dull.

Hence, the correct option is (A).

131. The new sentences will be:

Although plastics play a major role in several industries, notably in the automotive, pharmaceutical, health care and construction sectors, it is the fast-moving consumer goods sector that poses a higher order challenge.

Despite the fact that plastics play a major role in several industries, notably in the automotive, pharmaceutical, health care and construction sectors, it is the fast-moving consumer goods sector that poses a higher order challenge.
Hence, the correct option is (B).

132. The new sentences will be:

While an affirmative action like reservation aims at providing equitable access to opportunities, based on the degree of social, educational and the economic deprivation of different sections of population, there often has to be a trade-off between equity and merit, especially in the context of very limited opportunities.

Considering the fact that reservation aims at providing equitable access to opportunities, based on the degree of social, educational and the economic deprivation of different sections of population, there often has to be a trade-off between equity and merit, especially in the context of very limited opportunities.
Hence, the correct option is (B).

133. The new sentences will be:

While on the one hand, socialists attribute the vast disparities in wealth to the private ownership of the means of production by a class of owners, on the other, the vast majority of the population is dependent on income in the form of a wage or salary.
Hence, the correct option is (C).

134. All Greek to me: When something is extremely difficult to understand due to being new and complex.

Example: Students of economics are often faced with a plethora of Greek symbols leading many to despair "it's all Greek to me".

From the meaning given above, option (A) is the best fit here.

Hence, the correct option is (A).

135. Reinventing the wheel: Waste a great deal of time or effort in creating something that already exists. If someone is trying to reinvent the wheel, they are trying to do something that has already been done successfully.

Example: The company is often criticized for trying to reinvent the wheel every time they bring a new product to market, adding gimmicks and innovations nobody wanted or asked for.

From the meaning given above, option (A) is the best fit here.

Hence, the correct option is (A).

136. Dark allegory describes the narrator's journey up the Congo River and his meeting with, and fascination by, Mr Kurtz, a mysterious personage who dominates the unruly inhabitants of the region. Heart of Darkness is a masterly blend of adventure, character development, and psychological penetration. **Critics consider this to be Conrad's finest, most enigmatic story.** The novella has been adapted for the screen numerous times, including Francis Ford Coppola's retelling, Apocalypse Now.

The line before the blank describes the various characteristics of the novella and the line after the blank shows the popularity and grandness of the novella that it has been adapted for the screen numerous times.

Hence, the correct option is (C).

137. Using gentler language could also make us less harsh and hateful toward people who have committed a crime. It could give us a more optimistic, charitable and humble attitude of 'there but for the grace of God go I', whereby, in time, we let people truly disown their past conduct and redeem themselves. Of course, some crimes are so heinous as not to merit this charitable approach.

The first sentence would be option (A) as if we are gentler towards criminals, then it may be useful for us to not hate them because of their crimes, and we would be more humble and charitable towards them.

Hence, the correct option is (A).

138. Soon, an English woman joined us and began to talk about her daughter studying philosophy at university. 'She's a deep thinker,' the woman said. After five minutes, they were gone **the people surrounding me, main workers from nearby financial firms, were on their lunch break.** They were scoffing packets of crisps and stabbing at their smartphones.

The context is a sarcastic comment on today's people. The last sentence talks about people eating chips and totally into their smartphones.

Hence, the correct option is (B).

139. In this sentence, the subject ' White house officials' is plural. Using the 'Subject-verb' agreement rule, we will have a plural verb with plural subject.

The correct sentence will be: The **White House officials have privately predicted** for weeks that the summit could be cancelled once or twice before actually taking place.

Hence, the correct option is (A).

140. The given sentence is correct in all aspects.

Hence, the correct option is (E).

141. In the given sentence, it can be observed that the first part talks about the benefits and the second talks about the negative effects of the same. In this case, 'but' will be the best possible conjunction.

The correct sentence will be: Modern TVs are a good choice **for home theatres, but they are not** portable and can cost months of your salary for a good one.

Hence, the correct option is (A).

142. In part A of the sentence, the usage of 'later' is incorrect Instead, use 'latest'

'Later' is an adverb that means 'situation that is after the one that you have been talking about or after the present one.' Whereas, 'Latest' is an adjective that means 'something that is the most recent thing of its kind.'

Let's see some examples-

Latest reports say another five people have been killed.

He resigned ten years later.

So the correct sentence is→ The latest version of Google's plugin TV gadget is pretty much indispensable for Christmas.

Hence, the correct option is (A).

143. In part B of the sentence, the usage of 'spectacles' is incorrect Instead, use 'spectacle'

'Spectacle' is a noun which means 'a visually striking performance or displays' whereas, 'Spectacles' is also a noun which means 'A pair of glasses'

Let's see some examples-

It was a spectacle not to be missed.

Adam pushed his spectacles up the bridge of his nose with a tiny smile.

So the correct sentence is→ Astronomers are gearing up for a heavenly spectacle when Jupiter and Saturn huddle closer together in the evening sky than they have for nearly 400 years.

Hence, the correct option is (B).

144. Let's look at the meanings of the given words:

Assail: To attack someone violently or criticize someone strongly.

August: Having great importance and especially of the highest social class.

Complex: A group of things that are connected in complicated ways.

Candid: Truthful and honest.

Tapering: Becoming gradually narrower at one end.

The passage talks about the importance and complexities of the Chandrayaan-2 mission.

Therefore, the word 'complex' fits most appropriately in blank A.

Hence, the correct option is (C).

145. The word 'leap' which means 'a huge step' fits here correctly meaning that the mission was a huge technological advancement.

The other words do not convey any meaning here.

Hence, the correct option is (A).

146. The sentence talks about the expectation and enthusiasm with which the whole world has looked up to the said mission.

It is understood that a word conveying a positive meaning should be used here.

The meanings of the words are:

- Pithy: (of speech or writing) expressing an idea cleverly in a few words
- Apathy: indifference
- Belligerence: aggressive or warlike behaviour
- Excitement: a feeling of being excited, or an exciting event
- Triumph: victory

Hence, the correct option is (D).

147. Let's look into the meanings of the words:

- Circumvent: escape; avoid
- Enrich: improve or enhance the quality or value of
- Declmate: destroy
- Diffuse: spread out over a large area; not concentrated
- Dispel: make (a doubt, feeling, or belief) disappear.

Thus option (B) is the only word that conveys a proper meaning here.

It means that the mission would provide us with more knowledge about the moon.

Hence, the correct option is (B).

148. The word here should be a suitable adjective for 'scientific community'.

Let's look into the meanings of the words:

- Reticent: not revealing one's thoughts or feelings readily.
- Cosmopolitan: urbane
- Culpable: blameworthy
- Demonstrative: show your feelings or behave in a way that shows your love:
- Global: worldwide

The sentence talks about how the mission will be immensely useful to the scientific community around the world and not just for a specific country.

Thus 'global' is the correct word to be used here.

Hence, the correct option is (E).

149. The context of the first sentence suggests that the blank should be filled with a noun meaning "medical opinion on the health."

Similarly, the 2nd blank should be filled with a noun meaning "speculation". The context of this sentence is different from the first.

Let's look at the meanings of the options given:

Caveat: a warning or proviso of specific stipulations, conditions, or limitations

Prognosis: an opinion, based on medical experience, of the likely course of a medical condition; a forecast of the likely outcome of a situation

Admonition: a firm warning or reprimand

Stipulation: a condition or requirement that is specified or demanded as part of an agreement

Preconception: a preconceived idea or prejudice

The only word that can make both sentences meaningful is "Prognosis".

Hence, the correct option is (B).

150. From the first sentence, we get to know that he remembers women as obedient and silent.

From the second sentence, we get to know that she was submissive(meekly obedient or passive) mostly due to homesickness.

In option (D), the word docile means ready to accept control or instruction; submissive.

Therefore, docile is the only word that fits here appropriately.

So, the correct sentences are:

The women he remembered were docile and silent.

The next morning she was very docile but evidently homesick.

Hence, the correct option is (D).

151. From the first sentence, we get to know that they had no choice but to run away secretly or else she will be married to someone else.

From the second sentence, we get to know that he wanted to leave earth and escape to the moon.

In option (A), the word elope means run away secretly in order to get married or to escape.

Therefore, elope is the only word that fits here appropriately.

So, the correct sentences are:

Unless we elope, they'll marry you off sooner or later to somebody else.

I want to leave the surface of the earth, elope to the moon!

Hence, the correct option is (A).

152. From the first sentence, we get to know that the mother was in a state of happiness when she saw her child graduate.

From the second sentence, we get to know that he is hoping that his coworker finds happiness in his new career.

In option (D), the word felicity means the quality or state of being happy especially.

Therefore, felicity is the only word that fits here appropriately.

So, the correct sentences are:

When my mother watched me graduate, she had such a look of felicity on her face.

I hope my coworker finds much felicity in her new career.

Hence, the correct option is (D).

153. From the first sentence, we get to know that it was a very shameless robbery that would ask a high price for an old bicycle.

From the second sentence, we get to know that he has never seen such a shameless liar.

In option (D), the word barefaced means shameless and undisguised.

Therefore, barefaced is the only word that fits here appropriately.

So, the correct sentences are:

It's a barefaced robbery asking such a high price for that old bicycle!

He was the most barefaced liar I'd ever seen.

Hence, the correct option is (D).

154. From the first sentence, we get to know that the girl was laughed at by her classmates which would have made her feel ashamed or embarrassed.

From the second sentence, we get to know that he would have felt ashamed after he was criticized by his boss.

In option (D), the word abashed means embarrassed, disconcerted, or ashamed.

Therefore, abashed is the only word that fits here appropriately.

So, the correct sentences are:

The girl was abashed by the laughter of her classmates.

His boss's criticism left him feeling rather abashed.

Hence, the correct option is (D).

155. The above sentence means that the evolution of man from a selfish gene to a human being filled with the quality of being generous is awe-inspiring.

Let's look at the meaning of the underlined word and the option:

- Munificence: The quality or action of being extremely generous.
- Liberality: The quality of giving or spending freely.

Here we find that both munificence and liberality have the same meaning.

Let's look at the meaning of other words:

- Grasping: Very greedy.
- Anomalous: Deviating from what is standard, normal or expected.
- Jaunty: Having or expressing a lively, cheerful, and self-confident manner.

Hence, the correct option is (D).

156. The above sentence means that multidisciplinary studies on related topics are lacking in Indian universities.

Let's look at the meaning of the underlined word and the option:

- Kindred: Similar in kind; related.
- Akin: Of similar character.

Here we find that both kindred and akin have the same meaning.

Let's look at the meaning of other words:

- Quixotic: Extremely idealistic; unrealistic and impractical.
- Extraneous: Irrelevant or unrelated to the subject.
- Wonted: Habitual; usual.

Hence, the correct option is (C).

157. The above sentence means that after the tense battle and victory the players looked very tired and exhausted.

Let's look at the meaning of the underlined word and the option:

- Jaded: Physically tired; exhausted.
- Enervated: Make (someone) feel drained of energy or vitality.

Here we find that both jaded and enervated have the same meaning.

Let's look at the meaning of other words:

- Ravished: fill (someone) with intense delight; enrapture.
- Zestful: Characterized by great enthusiasm and energy.
- Woebegone: Sad or miserable in appearance.

Hence, the correct option is (B).

158. The word 'insipid' refers to something that lacks flavor and is tasteless.

The word 'delicious' refers to something that is very tasty and very pleasant to the taste.

Thus, it is clear the 'insipid' and 'delicious' are opposite words.

Let's look at the meaning of other words:

- Incongruent: Refers to something that is not compatible
- Despicable: Refers to something that is disgusting and deserves dislike
- Insidious: Refers to something that proceeds in a gradual way but has very harmful effects

Hence, the correct option is (C).

159. The word 'gloomy' refers to someone that is very sad and upset about something.

The word 'mirthful' refers to someone that is full of joy and happiness.

Thus, it is clear that 'gloomy' and 'mirthful' are opposite words.

Let's look at the meaning of other words:

- Mirthless: Refers to someone that is completely without joy
- Starved: Refers to someone that is very hungry
- Frank: Refers to someone that is very honest and straightforward

Hence, the correct option is (A).

160. Disdain means the feeling that someone or something is unworthy of one's consideration or respect.

Admiration means respect and warm approval.

Hence, the correct option is (D).

161. जब कोई पूरा कथन किसी प्रसंग विशेष में उद्धत किया जाता है तो लोकोक्ति कहलाता है।

'चूहे के चाम से नगाड़े नहीं मढ़े जाते' लोकोक्ति का अर्थ सीमित साधनों से बड़े काम नहीं होते है।

वाक्य प्रयोग: वकील ने कहा कि सुधीर के चार सौ रुपये से मुकदमा नहीं लड़ा जा सकता-चूहे के चाम के चाम से नगाड़े नहीं मढ़े जाते।

अतः विकल्प (D) सही है।

162. जब कोई पूरा कथन किसी प्रसंग विशेष में उद्धत किया जाता है तो लोकोक्ति कहलाता है।

'खरबूजे को देख खरबूजा रंग बदलता है' लोकोक्ति का अर्थ संगति का प्रभाव अवश्य पड़ता है।

वाक्य प्रयोग: रोहन अन्य बालकों को देखकर बिगड़ गया है। सच ही है – 'खरबूजे को देखकर खरबूजा रंग बदलता है'।

अतः विकल्प (A) सही है।

163. विकल्प (A) के शब्दों का प्रयोग दिए गए वाक्य में करने पर दोनों ही शब्द वाक्य के प्रथम भाग का अर्थपूर्ण आशय तो व्यक्त कर रहा है परन्तु वाक्य के दूसरे भाग से प्राप्त शब्द-समूह "जागरण की अंत" लिंग चयन के दृष्टिकोण से त्रुटिपूर्ण है।

विकल्प (B) और (C) के शब्दों का प्रयोग दिए गए वाक्य में करने पर दोनों ही शब्द वाक्य का अर्थपूर्ण आशय तो व्यक्त कर रहे है, साथ ही साथ व्याकरण के दृष्टिकोण से भी पूर्णतः शुद्ध है।

पूर्ण सार्थक वाक्य- 21 वीं सदी में सारे विश्व में नारी सम्मान/शक्ति के अभूतपूर्व जागरण की शुरुआत हो चुकी है।

अतः विकल्प (D) सही है।

164. विकल्प (B) के शब्दों का प्रयोग दिए गए वाक्य में करने पर दोनों ही शब्द वाक्य का अर्थपूर्ण आशय व्यक्त करने में समर्थ है, साथ ही साथ व्याकरण के दृष्टिकोण से भी पूर्णतः त्रुटिरहित है।

पूर्ण सार्थक वाक्य- समाज और वैचारिक दुनिया में औरत की जगह को लेकर चिंता और अध्ययन कोई नया विषय नहीं है।

- विकल्प (A) के शब्दों का प्रयोग दिए गए वाक्य में करने पर दोनों ही शब्द वाक्य के प्रथम भाग का अर्थपूर्ण आशय तो व्यक्त कर रहे है परन्तु वाक्य के दूसरे भाग से प्राप्त शब्द-समूह "कोई नया

हालत नहीं" वाक्य के दूसरे भाग का अर्थपूर्ण आशय प्रकट करने में असमर्थ है।

- विकल्प (C) के शब्दों का प्रयोग दिए गए वाक्य में करने पर दोनों ही शब्द वाक्य का अर्थपूर्ण आशय तो व्यक्त करने में समर्थ है, परन्तु वाक्य के प्रथम भाग से प्राप्त शब्द-समूह "दुनिया में अच्छा की जगह" यह शब्द वाक्य का अर्थपूर्ण आशय प्रकट करने में असमर्थ है।

अतः विकल्प (B) सही है।

165. ऐसे शब्द, जिनके अनेक अर्थ होते है, अनेकार्थी शब्द कहलाते है। दूसरे शब्दों में- जिन शब्दों के एक से अधिक अर्थ होते हैं, उन्हें 'अनेकार्थी शब्द' कहते है।

छादन का अर्थ- ढकने की वस्तु, ढकना, वह वस्तु जिसको ऊपर डालने या रखने से कोई चीज़ दिखाई न पड़े, किसी व्यक्ति को चिढ़ाने, तुच्छ या मूर्ख सिद्ध करने के लिए कहा जाने वाला शब्द।

वस्त के अनेकार्थी शब्द- आकाश, कपास, अम्बर हैं।

अतः विकल्प (C) सही है।

166. ऐसे शब्द, जिनके अनेक अर्थ होते है, अनेकार्थी शब्द कहलाते है। दूसरे शब्दों में- जिन शब्दों के एक से अधिक अर्थ होते हैं, उन्हें 'अनेकार्थी शब्द' कहते है।

टीका का अर्थ - तिलक, आभूषण, व्याख्या है। अन्य विकल्प अनुचित उत्तर है।

तिलक का अर्थ - मस्तक पर बनाया हुआ विशेष आकार का चिह्न

आभूषण का अर्थ - गहने

व्याख्या का अर्थ - भावार्थ

अत: विकल्प (B) सही है।

167. 'धौंकनी' शब्द में 'नी' प्रत्यय प्रयुक्त हुआ है।

'नी' प्रत्यय वाले अन्य शब्द- 'चटनी, मथनी' आदि हैं।

प्रत्यय वे शब्द हैं जो दूसरे शब्दों के अन्त में जुड़कर, अपनी प्रकृति के अनुसार, शब्द के अर्थ में परिवर्तन कर देते हैं।

अतः विकल्प (C) सही है।

168. दिए गए विकल्पों में से 'अभि' उपसर्ग से बना शब्द अभिराम है।

उपसर्ग: जो शब्दांश के आरम्भ में लगकर उसके अर्थ में परिवर्तन करते है, उन्हें उपसर्ग कहते है अर्थात भाषा के वे छोटे से छोटा सार्थक खंड, जो शब्द के आरंभ में लगकर नए शब्द का निर्माण करता है, उसे उपसर्ग कहते है।

उदाहरण: प्र, सु, अति, अधि, अनु नि आदि।

अत: विकल्प (A) सही है।

169. दिए गए वाक्य के लिए उपयुक्त एक शब्द ऊसर है।

परती - जोतने बोने योग्य वह ज़मीन जो कुछ समय के लिए खाली पड़ी हो या जोती-बोई न गई हो।

कछार - समुद्र या नदी के किनारे की उपजाऊ नीची भूमि।

बीहड़ - वह क्षेत्र जो जंगली, पथरीली आदि होने के कारण एकांत, दुर्गम आदि हो।

अगम्य - वह स्थान जिस पर कोई जा न सके।

अत: विकल्प (D) सही है।

170. दिए गए वाक्य के लिए उपयुक्त एक शब्द कूपमंडूक है।

पूर्णकाम - जिसकी सारी इच्छाएं तृप्त हो गई हों।

विश्वस्त - जो विश्वास करने योग्य हो।

अपव्ययी - अधिक खर्च करने वाला।

अज्ञ - जो कुछ भी नहीं जानता हो।

अतः विकल्प (A) सही है।

171. शब्द "उदात्त" का अर्थ होता है महान अर्थात ऊँचा, अतः इसका विलोम अनुदात्त होगा।

अतः विकल्प (B) सही है।

172. शब्द "गणतंत्र" का अर्थ होता है "ऐसा राष्ट्र जिसकी सत्ता जनसाधारण में समाहित हो"। दिए गए विकल्पों में राजतंत्र, शब्द "गणतंत्र" का विलोम शब्द होगा, क्योंकि राजतंत्र में सत्ता राजा के पास समाहित होती है।

अतः विकल्प (C) सही है।

173. दिए गए विकल्पों से ज्ञात होता है कि,

विकल्प (A) में मनुष्य का जीवन एक ऐसी धारा है, जिसे लक्ष्य निर्धारण द्वारा उचित दिशा में मोड़ा जा सकता है। लक्ष्यहीन मनुष्य पशु तुल्य है, अतः विकल्प (A) सही चयन है।

विकल्प (B) में लक्ष्य को निर्धारित करते समय धन अर्जन करने की मंशा घातक सिद्ध हो सकती है, सफलता का कोई सुगम मार्ग नहीं होता, जो की गद्यांश के अनुसार एक सही कथन नहीं है। अत: विकल्प (B) एक गलत चयन है।

विकल्प (C) में लक्ष्य संसारिक सुखो का साधन नहीं हो सकता लक्ष्य हमे खुद से परिचय करने का मौका देता है, जो कि गद्यांश के अनुसार सही चयन नहीं है। अतः विकल्प (C) गलत चयन है।

विकल्प (D) में लक्ष्य का चयन किसी से बदला लेने की नियत से नहीं करना चाहिये क्योंकि बुरी नियत से किया गया कोई भी कार्य सफल नहीं हो पाता जो कि गद्यांश के अनुसार एक गलत निष्कर्ष है। अतः विकल्प (D) एक गलत चयन है।

अत: विकल्प (A) सही है।

174. स्वामी विवेकानंद ने कहा था कि जीवन में ......" इस पद से यह ज्ञात होता है कि,

विकल्प (A) तथा (B) में वर्णित निष्कर्ष किसी का कथित कथन नहीं है, इसीकारण दोनों विकल्प में से किसकी का भी चयन गलत है।

विकल्प (C) में दिया कथन गांधी जी द्वारा कहा गया है, इसलिये यह भी एक गलत चयन है।

विकल्प (D) एक सही चयन है जो कि स्वामी विवेकानंद जी ने कहा है।

अत: विकल्प (D) सही है।

175. दिए गए विकल्पों में,

विकल्प (C) में, जीवन में परिस्थिति सर्वदा हमारे अनुकुल नहीं रहती, हमे परिस्थितियो का सामना करना चाहिये और उसे बदलने की हरसंभव प्रयास करना चाहिये, तभी हम अपने लक्ष्य को अर्जित कर पायेंगे, यह आशय निहित है, इसलिये (C) एक सही चयन है।

विकल्प (A) में, परिस्थिति के अनुसार लक्ष्य में बदलाव करने से हम सर्वदा सफलता के मार्ग में भटकते रह जायेंगे। अतः यह एक गलत चयन है।

विकल्प (B) में, सही परिस्थिति के इन्तजार में हम अपना बहुमुल्य समय व्यतीत कर देंगे, जो असफलता का कारण बन सकता है, अत: यह भी एक गलत चयन है।

विकल्प (D) में, लक्ष्य कभी भी परिस्थिति अनुसार नहीं बल्कि अपने रुचि के अनुसार चयन करना चाहिये, अतः यह भी एक गलत चयन है।

अत: विकल्प (C) सही है।

176. दिए गए गद्यांश के अनुसार, स्वामी विवेकानंद का कहना था कि "तुम्हारा भाग्य दोष तुम्हारे ललाट के पसीने से धुलेगा" अर्थात भाग्यवादी मत बनो कर्म को प्रधानता दो, ललाट के पसीने का तात्पर्य ही कर्म है और ललाट को ही देखकर भाग्य का निर्णय लिया जाता है। यानि जो मेहनत करेगा उसे सफलता मिलेगी। असफलता कोई अभिशाप नहीं है बल्कि जो काम आपने नहीं किये उसके लिए चेतावनी मात्र है।

असफलता केवल यह सिद्ध करती है कि सफलता का प्रयास अच्छी तरह नहीं किया गया।

अत: विकल्प (D) सही है।

177. उपरोक्त गद्यांश के अध्ययन से ज्ञात होता है कि, जीवन के किसी भी क्षेत्र में सफलता का मूल मंत्र व्यक्ति की दृढ़ इच्छाशक्ति, अटूट विश्वास एवं एकनिष्ठ प्रयास है अन्य बातें समान होने पर भी अनेक व्यक्तियों में से वही सफल होता है, जिसकी इच्छाशक्ति सबसे प्रबल और अधिक होती है। सफलता का इतिहास लिखने वाले सभी व्यक्तियों ने इसी गुण के बल पर महान् सफलताएँ अर्जित कीं। उनमें भले ही अन्य गुण न रहे हों, चाहें उनमें कुछ दुर्बलताएँ भी क्यों न रही हों परंतु अटूट निश्चय एवं वढ़ इच्छाशक्ति द्वारा वे भीषण बाधाओं के बीच भी निरंतर संघर्ष करते रहे और अंतत: उन्नति के महान् शिखरों पर आरूढ़ हुए। इसलिये विकल्प D एक सही चयन है।

अन्य विकल्पों में, विकल्प A में मनुष्य की काबिलियत उसके कठोर परिश्रम पर निर्भर करता है ना की किसी जाति विशेष पर, इसलिये यह एक गलत चयन है। विकल्प B, C में परिस्थिति और लक्ष्य का चुनाव को जिम्मेदार ठहराना गलत है, व्यक्ति चाहे तो परिस्थितियों से लड़कर सफलता हासिल कर सकता है। इसलिये यह एक गलत चयन है।

अत: विकल्प (D) सही है।

178. झंडा के पर्यायवाची शब्द 'पताका, केतु, केतन, वैजयंती' है।

पर्यायवाची: एक ही अर्थ में प्रयुक्त होने वाले शब्द जो बनावट में भले ही अलग हों, पर्यायवाची या समानार्थी शब्द कहलाते हैं।

अत: विकल्प (A) सही है।

179. दिए गए विकल्पों में 'उपासंग' शब्द 'तरकस' का पर्यायवाची शब्द है। उपासंग के अन्य पर्यायवाची शब्द 'तूणीर, निषंग, तूणी' हैं।

तारक - नक्षत्र, तारिका, नखत

पद्माकर - तालाब, तड़ाग, सर

रक्ततुंड - तोता, शुक, सुआ

असि - तलवार, खड्ग, करवाल

अत: विकल्प (B) सही है।

180. "केसव कहि न जाइ का कहिये। देखत तव रचना विचित्र अति समुझि मनहिं मन रहिये।" में अद्भुत रस है। पंक्ति में आए "विचित्र" शब्द से भी पता चल रहा है की यहाँ अद्भुत रस है। अद्भुत रस का स्थायी भाव आश्चर्य होता है जब व्यक्ति के मन में विचित्र अथवा आश्चर्यजनक वस्तुओं को देखकर जो विस्मय आदि के भाव उत्पन्न होते हैं उसे ही अद्भुत रस कहा जाता है।

अत: विकल्प (D) सही है।

181. हास्य रस का स्थायी भाव हास होता है। इसके अंतर्गत वेशभूषा, वाणी आदि की विकृति को देखकर मन में जो विनोद का भाव उत्पन्न होता है उससे हास की उत्पत्ति होती है इसे ही हास्य रस कहते हैं।

अत: विकल्प (A) सही है।

182. प्रतिपदा ही परिवा का तत्सम रूप है। अन्य सभी विकल्प असंगत है।

अत: सही विकल्प प्रतिपदा ही होगा। प्रतिपदा हिन्दू महिने का प्रथम दिन होता है।

अत: विकल्प (C) सही है।

183. पर्यंक – पलंग यहाँ तत्सम और तद्भव शब्दों का सही युग्म है। अन्य विकल्प असंगत है,

पर्यंक और पलंग दोनों एक ही अर्थ वाले शब्द है।

अत: विकल्प (C) सही है।

184. 'तुम्हारे घर को नज़र लग गया है।' व्याकरणिक रूप से अशुद्ध है।

'तुम्हारे घर को नज़र लग गया है।' में क्रिया संबंधी दोष है क्योंकि 'लग गया है' के स्थान पर 'लग गयी है' उचित होगा। अन्य विकल्प व्याकरणिक रूप से शुद्ध हैं।

वाक्य को शुद्ध रूप में लिखने से ही उसके अर्थ का बोध होता है, यदि उसमें वर्तनीगत या व्याकरणिक अशुद्धियाँ होती हैं तो उसका सम्प्रेषण बाधित होता है। वाक्य में निम्न प्रकार की अशुद्धियाँ हो सकती है- संज्ञा, सर्वनाम, क्रिया, लिंग, वचन, विशेषण, अव्यय, पदक्रम, अधिकपदत्व, अव्यय, क्रिया-विशेषण, द्विरुक्ति, विभक्ति, शब्द-ज्ञान आदि।

अत: विकल्प (B) सही है।

185. सिंह बड़ा भयानक होता है।' व्याकरणिक रूप से शुद्ध वाक्य है।

विकल्प (B) में विशेषण संबंधी अशुद्धि है। 'भरी' की जगह 'बहुत' उचित होगा।

विकल्प (C) में विशेषण संबंधी अशुद्धि है। 'अपना' के स्थान पर 'अपना-अपना' उचित होगा।

विकल्प (D) में क्रिया संबंधी अशुद्धि है। 'देने' के स्थान पर 'करने' उचित होगा।

विकल्प (E) में वचन संबंधी अशुद्धि है। 'लंबा' के स्थान पर 'लंबी' उचित होगा।

अत: विकल्प (A) सही है।

186. "मुझे आपके 'हस्ताक्षर' चाहिए" - इस वाक्य में 'हस्ताक्षर' शब्द नित्य बहुवचन है।

हस्ताक्षर - [संज्ञा पुल्लिंग] पत्र, लेख आदि के नीचे लिखा गया अपना नाम

नित्य बहुवचन शब्द- हिन्दी के कुछ शब्द नित्य बहुवचन हैं, अर्थात् उनका प्रयोग सदैव बहुवचन में होता है।

जैसे-. दर्शन – मैंने दर्शन कर लिए।

अत: विकल्प (C) सही है।

187. 'लम्बाई' शब्द सदा एकवचन में प्रयुक्त होता है।

लम्बाई शब्द एकवचन है।

वाक्य - जगना की लम्बाई अधिक नहीं थी लेकिन उसका गठीला शरीर देखकर अच्छे-अच्छे डर जाते थे। यहाँ 'लम्बाईयां अधिक नहीं थी' उपयुक्त नहीं होगा, अत: लम्बाई शब्द एकवचन है।

अत: विकल्प (B) सही है।

188. दिए गए विकल्पों में से तपस्विनी का उचित पुल्लिंग शब्द तपस्वी होगा।

तपस्वी पुल्लिंग शब्द है जिसका अर्थ होता है तपस्या करने वाला।

अन्य विकल्प:

- ताप का अर्थ गर्मी
- तप का अर्थ तपस्या
- तपस्या का अर्थ साधना

अत: विकल्प (C) सही है।

189. 'कौवा' के स्त्रीलिंग के निर्धारण के लिए कौवा के पहले 'मादा' लगाते हैं।

कौवा (पुल्लिंग) - मादा कौवा (स्त्रीलिंग)

कौवा के पर्यायवाची शब्द हैं - काक, वायस, काग, करठ, पिशुन।

अत: विकल्प (D) सही है।

190. संभूत का अर्थ- एक साथ उत्पन्न

अन्य विकल्प:

शब्द	अर्थ
कथंभूत	कैसा, किस प्रकार का
वशीभूत	अधीन
स्वयंभूत	अपने आप पैदा होने वाला

अत: विकल्प (C) सही है।

191. 'अनुभूति' का अर्थ- इंद्रिय ज्ञान या बोध

अन्य विकल्प:

शब्द	अर्थ
विभूति	प्रतिष्ठा, उच्च पद
प्रभूति	उत्पत्ति, शक्ति
निभूति	अंतर्धान या गायब होना

अत: विकल्प (B) सही है।

192. 'सिक्त' का अर्थ- सिंचित या सींचा हुआ

अन्य विकल्प:

शब्द	अर्थ
रिक्त	खाली, शून्य
वृत्त	गोल, चरित्र
अतिरिक्त	सिवाय, अलावा, तय सीमा से अधिक

अत: विकल्प (C) सही है।

193. 'स्मृति' का अर्थ- स्मरण, याद

अन्य विकल्प:

शब्द	अर्थ
विस्मृति	भूल जाना
संस्मृति	पूर्ण स्मृति
अनुस्मृति	सँजोई हुई स्मृति

अत: विकल्प (D) सही है।

194. नीलाभ' का अर्थ- जिसमें नीले रंग की आभा या झलक हो.।

अन्य विकल्प:

शब्द	अर्थ
उपलाभ	ग्रहण
यथालाभ	जो मिले उसी के अनुसार
भूरिलाभ	वह जो बहुत लाभदायक हो

अत: विकल्प (B) सही है।

195. 'तथा' शब्द अव्यय का उदाहरण है।

शेष विकल्प "नीला,सुडौल तथा आगामी" विशेषण के उदाहरण है।

अव्यय की परिभाषा -किसी भी भाषा के वे शब्द अव्यय कहलाते हैं जिनके रूप में लिंग, वचन, पुरुष, कारक, काल इत्यादि के कारण कोई विकार उत्पन्न नहीं होता।

अत: विकल्प (D) सही है।

196. 'हमें सफलता मिलने तक प्रयास करना चाहिए' इस वाक्य में 'तक' 'सम्बन्धबोधक अव्यय' है।

सम्बन्धबोधक अव्यय: जो अव्यय किसी संज्ञा या सर्वनाम के बाद आकर उस संज्ञा या सर्वनाम का संबंध वाक्य के दूसरे शब्दों में बताता है, उन्हें संबंध बोधक अव्यय कहते हैं। जैसे – बाद, भर, के ऊपर, कारण आदि।

अत: विकल्प (C) सही है।

197. 'राज्यपाल' जातिवाचक संज्ञा शब्द है। जिन संज्ञाओं से एक ही प्रकार की वस्तुओं अथवा व्यक्तियों का बोध हो, उन्हें 'जातिवाचक संज्ञा' कहते हैं।

विभिन्न संबंधियों, व्यवसायों, पदों और कार्यों का नाम जातिवाचक संज्ञा होती है। जैसे- बहन, भाई, अध्यापक, मंत्री, चोर आदि।

अतः विकल्प (B) सही है।

198. 'वह स्वतः ही जान जाएगा' वाक्य में पुरुषवाचक सर्वनाम है।

पुरुषवाचक सर्वनाम की परिभाषा: जिन सर्वनाम शब्दों का प्रयोग वक्ता द्वारा दूसरों के लिए या खुद के लिए किया जाता है, उसे पुरुषवाचक सर्वनाम कहते हैं। जैसे – मैं, हम (वक्ता द्वारा खुद के लिए), तुम और आप (सुनने वाले के लिए) और यह, वह, ये, वे (किसी और के बारे में बात करने के लिए) आदि।

अतः विकल्प (D) सही है।

199. "सोहत ओढ़े पीत पट, श्याम सलोने गात। मनहु नीलमणि शैल पर, आतप परयो प्रभात।।" पद में उत्प्रेक्षा अलंकार है। उत्प्रेक्षा का अर्थ है संभावना या कल्पना अर्थात एक वस्तु को दूसरी वस्तु मान लिया जाना। जहां उपमेय में उपमान की संभावना या कल्पना की जाये, वहां उत्प्रेक्षा अलंकार होता है। इस उदाहरण में भगवान श्रीकृष्ण को नीलमणि पर्वत और पीत पट को प्रभात की किरण माना गया है।

अतः विकल्प (B) सही है।

200. "मुख बाल रवि-सम लाल होकर ज्वाल-सा बोधित हुआ।" इसमें उपमा अलंकार है। जहाँ किसी व्यक्ति या वस्तु की तुलना या समानता का वर्णन किसी अन्य व्यक्ति या वस्तु के स्वभाव, स्थिति, रूप और गुण से की जाए तो वहाँ उपमा अलंकार होता है।

अतः विकल्प (A) सही है।

201. यूपी में पुरुषों की संख्या $= \left[\dfrac{3}{5}\ \text{का}\ (15\%\ \text{का}\ N)\right] =$

$\dfrac{3}{5} \times \dfrac{15}{100} \times N = 9 \times \dfrac{N}{100}$

जहां $N = 3276000$

एमपी में पुरुषों की संख्या $= \left[\dfrac{3}{4}\ \text{का}\ (20\%\ \text{का}\ N)\right] =$

$\dfrac{3}{4} \times \dfrac{20}{100} \times N = 15 \times \dfrac{N}{100}$

गोवा में पुरुषों की संख्या $= \left[\dfrac{3}{8}\ \text{का}\ (12\%\ \text{का}\ N)\right] =$

$\dfrac{3}{8} \times \dfrac{12}{100} \times N = 4.5 \times \dfrac{N}{100}$

∴ इन तीन राज्यों में पुरुषों की कुल संख्या

$= 9 \times \dfrac{N}{100} + 15 \times \dfrac{N}{100} + 4.5 \times \dfrac{N}{100}$

$= (9 + 15 + 4.5) \times \dfrac{N}{100}$

$= \left(28.5 \times \dfrac{N}{100}\right)$

∴ आवश्यक प्रतिशत $= \left[\dfrac{\left(28.5 \times \frac{N}{100}\right)}{N} \times 100\right]\% = 28.5\%$

अतः विकल्प (C) सही है।

202. दिया हुआ है,

दिए गए राज्यों की कुल जनसंख्या $= 3276000$

ए.पी. में निरक्षर लोगों की संख्या $= \left[\frac{7}{9} \text{ का } (25\% \text{ का } 3276000)\right]$

$= \frac{7}{9} \times \frac{25}{100} \times 3276000$

$= 637000$

म.प्र. में निरक्षर लोगों की संख्या $= \left[\frac{4}{5} \text{ का } (20\% \text{ का } 3276000)\right]$

$= \frac{4}{5} \times \frac{20}{100} \times 3276000$

$= 524160$

$\therefore$ कुल संख्या $= (637000 + 524160)$

$= 1161160$

अतः विकल्प (D) सही है।

203. आवश्यक अनुपात $= ((3276000 \text{ का } 9\%) \text{ का } \frac{4}{7}) / ((3276000 \text{ का } 8\%) \text{ का } \frac{3}{5})$

आवश्यक अनुपात $= \dfrac{3276000 \times \frac{9}{100} \times \frac{4}{7}}{3276000 \times \frac{8}{100} \times \frac{3}{5}}$

$= \dfrac{\left(\frac{4}{7} \times 9\right)}{\left(\frac{3}{5} \times 8\right)}$

$= \left(\frac{4}{7} \times 9 \times \frac{5}{3} \times \frac{1}{8}\right)$

$= \frac{15}{14}$

अतः विकल्प (D) सही है।

204. यूपी में पुरुषों की संख्या $= \left[\frac{3}{5} \text{ का } 3276000 \text{ का } 15\%\right]$

$= \frac{3}{5} \times \frac{15}{100} \times 3726000$

$= 294840$

अतः विकल्प (B) सही है।

205. मान लीजिए 1997 में x उत्तर प्रदेश की जनसंख्या है, तो

यूपी की जनसंख्या $1998 = 110\% \text{ of } x = \frac{110}{100} \times x$

साथ ही, मान लीजिए कि 1997 में मध्य प्रदेश की जनसंख्या y है, तब

$y = \frac{112}{100} \times y$ के 1998 = 112% में एमपी की जनसंख्या।

यूपी और एमपी की आबादी का अनुपात $1998 = \dfrac{\left(\frac{110}{100} \times x\right)}{\left(\frac{112}{100} \times y\right)} = \frac{110x}{112y}$

पाई-चार्ट से, यह अनुपात $\frac{15}{20}$ है।

$\therefore \frac{110x}{112y} = \frac{15}{20} \Rightarrow \frac{x}{y} = \frac{15}{20} \times \frac{112}{110} = \frac{42}{55}$

इस प्रकार, 1997 में यूपी और एमपी की आबादी का अनुपात $= x:y = 42:55$

अतः विकल्प (A) सही है।

206. माना कि, नाव की गति शांत जल में है $= x$ किमी/घंटा

माना कि धारा की गति $= y$ किमी/घंटा

धारा के अनुकूल 20 किमी की दूरी तय करने में नाव द्वारा लिया गया समय $= \frac{20}{x+y}$

नाव द्वारा धारा के प्रतिकूल 8 किमी की दूरी तय करने में लगने वाला समय $= \frac{8}{x-y}$

लॉग द्वारा 12 किमी की दूरी तय करने में लिया गया समय $= \frac{12}{y}$

इसलिए, उनके लिए गए समय की तुलना करते हुए,

$\frac{20}{x+y} + \frac{8}{x-y} = \frac{12}{y}$

$\Rightarrow \frac{20(x-y)+8(x+y)}{(x+y)(x-y)} = \frac{12}{y}$

$\Rightarrow \frac{20x-20y+8x+8y}{x^2+y^2} = \frac{12}{y}$

$\Rightarrow \frac{28x-12y}{x^2-y^2} = \frac{12}{y}$

$\Rightarrow \frac{x}{y} = \frac{7}{3}$

माना कि, शांत जल में नाव की गति $= 7a$

और धारा की गति $= 3a$

इसलिए,

धारा के अनुकूल में लिया गया समय + धारा के प्रतिकूल में लिया गया समय = यात्रा में लिया गया कुल समय

$\frac{20}{x+y} + \frac{20}{x-y} = 7$

$\Rightarrow \frac{20}{7a+3a} + \frac{20}{7a-3a} = 7$

$\Rightarrow \frac{20}{10a} + \frac{20}{4a} = 7$

$\Rightarrow 140 = 140a$

$\Rightarrow a = 1$

नाव की धारा के अनुकूल गति $= 7a + 3a$

$= 10a$

$= 10$ किमी/घंटा

अतः विकल्प (D) सही है।

207. माना, माल की लागत मूल्य 100 रुपये है और कुल स्टॉक N है। तो,
सभी माल की कुल लागत $= 100\,N$

$\Rightarrow$ माल का अंकित मूल्य $= 100 + 100 \times \left(\dfrac{24}{100}\right) = 124$ रुपये

दिया हुआ, उसने माल का आधा हिस्सा 124 रुपये में बेच दिया

$\dfrac{N}{2}$ माल का कुल विक्रय मूल्य $= 130 \times \left(\dfrac{N}{2}\right) = 65N$

$\dfrac{N}{4}$ माल का विक्रय मूल्य $= 124$ का $(70)\% = 86.8$

$\dfrac{N}{4}$ माल का कुल विक्रय मूल्य $= 86.8 \times \left(\dfrac{N}{4}\right) = 21.7N$

$\dfrac{N}{4}$ माल का विक्रय मूल्य $= (124$ का $52\%) = 64.48$

$\dfrac{N}{4}$ माल का कुल विक्रय मूल्य $= 64.48 \times \left(\dfrac{N}{4}\right) = 16.12N$

कुल विक्रय मूल्य $= 65N + 21.7N + 16.12N = 102.82N$

लाभ प्रतिशत $= \left[\dfrac{(S.P - C.P)}{C.P}\right] \times 100$

$= \left[\dfrac{(102.82N - 100N)}{100N}\right] \times 100$

$= 2.82\%$

$\therefore$ उसके पास 2.82% लाभ है।

अतः विकल्प (D) सही है।

208. माना वस्तु पर बिक्री कर की दर 'x%' है और दोनों दुकानदारों ने लेख को 1000 रु. में खरीदा है।

दुकानदार A ने अपनी लागत मूल्य से 40% अधिक मूल्य पर वस्तु चिन्हित किया और 16% की छूट दी।

A का चिह्नित मूल्य = 1000 का 140 % = 1400 रु.

A द्वारा दी गई छूट =1400 का 16% = 224 रु.

A द्वारा बिक्री कर = 1400 का X% = 14x रु.

$\therefore$ अंतिम बिक्री मूल्य = अंकित मूल्य - छूट+ बिक्री कर

A का अंतिम बिक्री मूल्य= 1400 - 224 + 14x = Rs. (1176 + 14x)

इसी प्रकार,

दुकानदार B ने अपनी लागत मूल्य से 50% अधिक वस्तु की कीमत को चिह्नित किया और 20% की छूट दी,

B का चिह्नित मूल्य = 1000 का 150 % = 1500 रु.

B द्वारा दी गई छूट =1500 का 20% = 300 रु.

B द्वारा बिक्री कर = 1500 का X% = 15x रु.

$\therefore$ अंतिम बिक्री मूल्य = अंकित मूल्य - छूट+ बिक्री कर

$\Rightarrow$ A का अंतिम बिक्री मूल्य = 1500 - 300 + 15x = (1200 + 15x)रु.

अब,

उनके विक्रय मूल्यों का अनुपात = 42: 43

$\Rightarrow \dfrac{(1176 + 14x)}{(1200 + 15x)} = \dfrac{42}{43}$

$\Rightarrow 43 \times 14 \times (84 + x) = 42 \times (1200 + 15x)$

$\Rightarrow 43 \times (84 + x) = 3 \times (1200 + 15x)$

$\Rightarrow 3612 + 43x = 3600 + 45x$

$\Rightarrow 45x - 43x = 3612 - 3600$

$\Rightarrow x = \dfrac{12}{2} = 6\%$

$\therefore$ बिक्री कर की निश्चित दर = 6%

अतः विकल्प (C) सही है।

209. इस प्रश्न को हल करने के लिए BODMAS नियम का पालन नीचे दिए क्रम के अनुसार कीजिये,

B	Brackets in order (), {}, []	ब्रेकेट (), {}, [] क्रम मे
O	of	का
D	Division (÷)	विभाजन (÷)
M	Multiplication (×)	गुणा (×)
A	Addition (+)	जोड़ (+)
S	Subtraction (-)	घटाव (-)

दिया हुआ:

$17.01^2 + \sqrt{?} + 3.99^{2.99} = 8.03^2 + 19.09^2$

$\Rightarrow 17^2 + \sqrt{?} + 4^3 = 8^2 + 19^2$

$\Rightarrow \sqrt{?} + 289 + 64 = 64 + 361$

$\Rightarrow \sqrt{?} = 64 + 361 - 289 - 64$

$\Rightarrow \sqrt{?} = 72$

$\Rightarrow ? = 72^2$

$\Rightarrow ? = 5184$

$\therefore$ प्रश्न चिह्न के स्थान पर 5184 आएगा।

अतः विकल्प (D) सही है।

210. समीकरण को हल करने के लिए BODMAS नियम का अनुसरण कीजिये,

चरण -1: 'कोष्ठक' में बंद और 'कोष्ठक' वाले समीकरण के भाग को हमेशा पहले हल किया जाना चाहिए,

चरण -2: किसी भी गणितीय 'का' या 'घातांक' को उसके बाद हल किया जाना चाहिए,

चरण 3: उसके बाद, समीकरण का 'भाग' और 'गुणा' वाला भाग हल किया जाना चाहिए,

चरण 4: अंत में, समीकरण का 'जोड़' और 'घटाव' वाला भाग हल किया जाना चाहिए।

$851.99 - 12.93 \times 7.98 - 101.88 \times 2.93 - 0.91 = ?^2$

$\Rightarrow 852 - 13 \times 8 - 102 \times 3 - 1 = ?^2$

$\Rightarrow 852 - 104 - 306 - 1 = ?^2$

$\Rightarrow 441 = ?^2$

⇒ 21 = ?

अतः विकल्प (C) सही है।

211. माना तय की गयी कुल दूरी = x यूनिट्स

B द्वारा तय दूरी = $\dfrac{x}{5}$

चूँकि A के $\dfrac{1}{4}$ दूरी तय करने के बाद B चलना प्रारम्भ करता है

A द्वारा तय दूरी = x − $\dfrac{x}{5}$ − $\dfrac{x}{4}$ = $\dfrac{11x}{20}$

B और A द्वारा तय दूरियों के अनुपात = $\left(\dfrac{x}{5}\right) : \left(\dfrac{11x}{20}\right)$

= 4 : 11

जैसा कि हम जानते हैं,

दूरी = गति × समय

प्रश्नानुसार, दोनों द्वारा लिया गया समय समान है,

इसलिए,

B और A की गतियों का अनुपात = 4 : 11   ----(1)

B की शेष दूरी, जिससे कि वे समान समय में चक्कर पूर्ण कर लेंगे = x − $\dfrac{x}{5}$ = $\dfrac{4x}{5}$

A की शेष दूरी, जिससे कि वे समान समय में चक्कर पूर्ण कर लेंगे = $\dfrac{x}{5}$

B और A द्वारा तय दूरियों के अनुपात = $\left(\dfrac{4x}{5}\right) : \left(\dfrac{x}{5}\right)$ = 4 : 1

B और A की नगी गतियों का अनुपात = 4 : 1

A की गति समान करने के लिए दोनों अनुपातों को 11 से गुणा करने पर हमें प्राप्त होता है,

= 44 : 11   ---- (2)

कथन (1) और (2) से,

आवश्यक गुणनखंड जिसके द्वारा B को अपनी गति बढ़ानी चाहिए = $\dfrac{44}{4}$

= 11

अतः विकल्प (C) सही है।

212. मान लीजिये दसवीं कक्षा में छात्रों की संख्या 9k है, तो ग्यारहवीं कक्षा में छात्रों की संख्या 9k होगी और बारहवीं कक्षा में छात्रों की संख्या 12k है।

दी गई , छात्रों की कुल संख्या = 280

⇒ 7k + 9k + 12k = 280

⇒ 28k = 280

⇒ k = 10

दसवीं कक्षा में छात्रों की संख्या = 7k = 70

ग्यारहवीं कक्षा में छात्रों की संख्या। = 9k = 90

बारहवीं कक्षा में छात्रों की संख्या=12k = 120

प्रश्नानुसार,

$\dfrac{7a+a}{90+a} = \dfrac{9}{11}$

⇒ 770 + 11a = 810 + 9a

⇒ 11a − 9a = 810 − 770

⇒ 2a = 40

⇒ a = $\dfrac{40}{2}$

⇒ a = 20

∴ a का मान 20 है।

अतः विकल्प (B) सही है।

213. दिया गया है:

केंद्रों की कुल संख्या = 222

प्रति केन्द्र आवेदकों की औसत संख्या = 1560

आवेदकों की कुल संख्या = 222 × 1560

= 346320

अतिरिक्त गिने गए आवेदकों की संख्या = 1857 - 1747

= 110

आवेदकों की सही संख्या = 346320 - 110

= 346210

नया औसत = $\dfrac{346210}{222}$

= 1559.505

= 1559.51

अतः विकल्प (D) सही है।

214. दिया गया है,

सभी चित्र वाले काले पत्ते निकाल लिए गए हैं अर्थात् 3 चिड़ी और 3 हुकुम के पत्ते निकाल लिए गए हैं।

गड्डी में शेष पत्ते = 52 - 6

= 46

शेष काले पत्तों की संख्या = 20

पहले पत्ते के काला होने की प्रायिकता = $\dfrac{20}{46}$

= $\dfrac{10}{23}$

निकाला गया पहला पत्ता काला था, और उसे एक ओर रख दिया गया।

दूसरे पत्ते के लाल होने की प्रायिकता = $\dfrac{26}{45}$

∴ निकाला गया पहला पत्ता काला और दूसरा लाल होने की प्रायिकता

= $\dfrac{10}{23} \times \dfrac{26}{45}$

= $\dfrac{52}{207}$

अतः विकल्प (B) सही है।

215. दिया है:

12 पुरुष 10 दिन में एक काम पूरा कर सकते हैं। 25 महिलाएं 6 दिनों में उसी काम को पूरा कर सकती हैं।

गणना:

माना एक पुरुष और एक महिला की कार्य कुशलता क्रमशः M और W है।

हम जानते हैं कि,

कुल कार्य = दक्षता × दिन

प्रश्न के अनुसार,

कुल कार्य = 12 M × 10 = 25 W × 6

$\Rightarrow \dfrac{M}{W} = \dfrac{5}{4}$

कुल कार्य = 12 × 5 × 10 = 600 इकाई

तो, 8 पुरुष और 4 महिलाएं एक साथ काम करते हुए उसी काम को पूरा कर सकते हैं।

$$\dfrac{600}{(8 \times 5 + 4 \times 4)} = \dfrac{600}{56}$$

$\Rightarrow \dfrac{75}{7} = 10\dfrac{5}{7}$ दिन

अतः विकल्प (A) सही है।

216. I. $5x^2 + 1 = 6x$

$\Rightarrow 5x^2 - 6x + 1 = 0$

$\Rightarrow 5x^2 - 5x - x + 1 = 0$

मध्य पद का विच्छेद करने पर

$\Rightarrow 5x (x - 1) - 1 (x - 1) = 0$

$\Rightarrow (5x - 1) (x - 1) = 0$

$(5x - 1) = 0$

$\Rightarrow x = \dfrac{1}{5}$

या, $(x - 1) = 0$

$\Rightarrow x = 1$

II. $16y^2 + 1 = 8y$

$\Rightarrow 16y^2 - 8y + 1 = 0$

मध्य पद का विच्छेद करने पर,

$\Rightarrow 16y^2 - 4y - 4y + 1 = 0$

$\Rightarrow 4y (4y - 1) - 1 (4y - 1) = 0$

$\Rightarrow (4y - 1) (4y - 1) = 0$

अब, $y = \dfrac{1}{4}$

अतः जब $x = \dfrac{1}{5}, y = \dfrac{1}{4}$ के लिए $x < y$

और जब $x = 1, y = \dfrac{1}{4}$ के लिए $x > y$

∴ हम देख सकते हैं कि x और y के बीच कोई भी स्पष्ट संबंध नहीं है।

अतः विकल्प (C) सही है।

217. I. $5x^2 - 18x + 9 = 0$

$\Rightarrow 5x^2 - 15x - 3x + 9 = 0$

$\Rightarrow 5x(x - 3) - 3(x - 3) = 0$

$\Rightarrow (x - 3)(5x - 3) = 0$

अब हमारे पास है $x = + 3$ या $x = + \dfrac{3}{5}$

II. $3y^2 + 5y - 2 = 0$

$\Rightarrow 3y^2 + 6y - y - 2 = 0$

$\Rightarrow 3y(y + 2) - 1(y + 2) = 0$

$\Rightarrow (y + 2)(3y - 1) = 0$

अब हमारे पास है, $y = - 2$ या $y = + \dfrac{1}{3}$

x का मान	y का मान	संबंध
$\dfrac{3}{5}$	$\dfrac{1}{3}$	x > y
$\dfrac{3}{5}$	-2	x > y
3	$\dfrac{1}{3}$	x > y
3	-2	x > y

∴ हम स्पष्ट रूप से देख सकते हैं कि x > y

अतः विकल्प (A) सही है।

218. विद्यार्थियों की कुल संख्या = 400

क्रिकेट खेलने वाले विद्यार्थियों की संख्या = 400 का 15% = 60

फुटबॉल खेलने वाले विद्यार्थियों की संख्या = 400 का $\dfrac{1}{5}$ = 80

बैडमिंटन खेलने वाले विद्यार्थियों की संख्या = 400 का $\dfrac{1}{10}$ = 40

बास्केटबॉल खेलने वाले विद्यार्थियों की संख्या = 400 का 12% = 48

एथलेटिक्स खेलने वाले विद्यार्थियों की संख्या = 400 का 18% = 72

हॉकी खेलने वाले विद्यार्थियों की संख्या = 400 का 11% = 44

शेष विद्यार्थियों की संख्या = 400 – (60 + 80 + 40 + 48 + 72 + 44) = 400 – 344 = 56

टेनिस खेलने वाले विद्यार्थियों की संख्या = $\dfrac{5}{14} \times 56 = 20$

बेसबॉल खेलने वाले विद्यार्थियों की संख्या = $\dfrac{9}{14} \times 56 = 36$

खेल का नाम	खेल खेलने वाले विद्यार्थियों की संख्या	पुरुष खिलाड़ियों और महिला खिलाड़ियों का अनुपात	पुरुष	महिला
क्रिकेट	60	1 : 0	60	0
फुटबॉल	80	7 : 3	$\dfrac{7 \times (80)}{10} = 56$	$\dfrac{3 \times 80}{10} = 24$

बैडमिंटन	40	7 : 3	40 - 12 = 28	12	बैडमिंटन	40	7 : 3	40 - 12 = 28	12
बास्केटबॉल	48	5 : 7	$\dfrac{5 \times 48}{12} = 20$	$\dfrac{7 \times 48}{12} = 28$	बास्केटबॉल	48	5 : 7	$\dfrac{5 \times 48}{12} = 20$	$\dfrac{7 \times 48}{12} = 28$
एथलेटिक्स	72	4 : 5	$\dfrac{4 \times 72}{9} = 32$	$\dfrac{5 \times 72}{9} = 40$	एथलेटिक्स	72	4 : 5	$\dfrac{4 \times 72}{9} = 32$	$\dfrac{5 \times 72}{9} = 40$
हॉकी	44	7 : 4	$\dfrac{7 \times 44}{11} = 28$	$\dfrac{4 \times 44}{11} = 16$	हॉकी	44	7 : 4	$\dfrac{7 \times 44}{11} = 28$	$\dfrac{4 \times 44}{11} = 16$
टेनिस	20	3 : 2	$\dfrac{3 \times 20}{5} = 12$	$\dfrac{2 \times 20}{5} = 8$	टेनिस	20	3 : 2	$\dfrac{3 \times 20}{5} = 12$	$\dfrac{2 \times 20}{5} = 8$
बेसबॉल	36	1 : 1	$\dfrac{1 \times 36}{2} = 18$	$\dfrac{1 \times 36}{2} = 18$	बेसबॉल	36	1 : 1	$\dfrac{1 \times 36}{2} = 18$	$\dfrac{1 \times 36}{2} = 18$

∴ आवश्यक प्रतिशत = $\dfrac{56}{28} \times 100 = 200\%$

अत: विकल्प (C) सही है।

219. विद्यार्थियों की कुल संख्या = 400

क्रिकेट खेलने वाले विद्यार्थियों की संख्या = 400 का 15% = 60

फुटबॉल खेलने वाले विद्यार्थियों की संख्या = 400 का $\dfrac{1}{5}$ = 80

बैडमिंटन खेलने वाले विद्यार्थियों की संख्या = 400 का $\dfrac{1}{10}$ = 40

बास्केटबॉल खेलने वाले विद्यार्थियों की संख्या = 400 का 12% = 48

एथलेटिक्स खेलने वाले विद्यार्थियों की संख्या = 400 का 18% = 72

हॉकी खेलने वाले विद्यार्थियों की संख्या = 400 का 11% = 44

शेष विद्यार्थियों की संख्या = 400 – (60 + 80 + 40 + 48 + 72 + 44) = 400 – 344 = 56

टेनिस खेलने वाले विद्यार्थियों की संख्या = $\dfrac{5}{14} \times 56 = 20$

बेसबॉल खेलने वाले विद्यार्थियों की संख्या = $\dfrac{9}{14} \times 56 = 36$

∴ आवश्यक अनुपात = 60 : 16 = 15 : 4

अत: विकल्प (D) सही है।

220. विद्यार्थियों की कुल संख्या = 400

क्रिकेट खेलने वाले विद्यार्थियों की संख्या = 400 का 15% = 60

फुटबॉल खेलने वाले विद्यार्थियों की संख्या = 400 का $\dfrac{1}{5}$ = 80

बैडमिंटन खेलने वाले विद्यार्थियों की संख्या = 400 का $\dfrac{1}{10}$ = 40

बास्केटबॉल खेलने वाले विद्यार्थियों की संख्या = 400 का 12% = 48

एथलेटिक्स खेलने वाले विद्यार्थियों की संख्या = 400 का 18% = 72

हॉकी खेलने वाले विद्यार्थियों की संख्या = 400 का 11% = 44

शेष विद्यार्थियों की संख्या = 400 – (60 + 80 + 40 + 48 + 72 + 44) = 400 – 344 = 56

टेनिस खेलने वाले विद्यार्थियों की संख्या = $\dfrac{5}{14} \times 56 = 20$

बेसबॉल खेलने वाले विद्यार्थियों की संख्या = $\dfrac{9}{14} \times 56 = 36$

खेल का नाम	खेल खेलने वाले विद्यार्थियों की संख्या	पुरुष खिलाड़ियों और महिला खिलाड़ियों का अनुपात	पुरुष	महिला	खेल का नाम	खेल खेलने वाले विद्यार्थियों की संख्या	पुरुष खिलाड़ियों और महिला खिलाड़ियों का अनुपात	पुरुष	महिला
क्रिकेट	60	1 : 0	60	0	क्रिकेट	60	1 : 0	60	0
फुटबॉल	80	7 : 3	$\dfrac{7 \times (80)}{10} = 56$	$\dfrac{3 \times 80}{10} = 24$	फुटबॉल	80	7 : 3	$\dfrac{7 \times (80)}{10} = 56$	$\dfrac{3 \times 80}{10} = 24$

बैडमिंटन	40	7 : 3	40 - 12 = 28	12
बास्केटबॉल	48	5 : 7	$\dfrac{5 \times 48}{12} = 20$	$\dfrac{7 \times 48}{12} = 28$
एथलेटिक्स	72	4 : 5	$\dfrac{4 \times 72}{9} = 32$	$\dfrac{5 \times 72}{9} = 40$
हॉकी	44	7 : 4	$\dfrac{7 \times 44}{11} = 28$	$\dfrac{4 \times 44}{11} = 16$
टेनिस	20	3 : 2	$\dfrac{3 \times 20}{5} = 12$	$\dfrac{2 \times 20}{5} = 8$
बेसबॉल	36	1 : 1	$\dfrac{1 \times 36}{2} = 18$	$\dfrac{1 \times 36}{2} = 18$

महिला विद्यार्थियों की कुल संख्या $= 24 + 12 + 28 + 40 + 16 + 8 + 18 = 146$

$\therefore$ आवश्यक प्रतिशत = (कुल महिला विद्यार्थी) (कुल विद्यार्थी) $\times 100 = \dfrac{146}{400} \times 100 = 36.5\%$

अत: विकल्प (E) सही है।

221. विद्यार्थियों की कुल संख्या = 400

क्रिकेट खेलने वाले विद्यार्थियों की संख्या = 400 का 15% = 60

फुटबॉल खेलने वाले विद्यार्थियों की संख्या = 400 का $\dfrac{1}{5} = 80$

बैडमिंटन खेलने वाले विद्यार्थियों की संख्या = 400 का $\dfrac{1}{10} = 40$

बास्केटबॉल खेलने वाले विद्यार्थियों की संख्या = 400 का 12% = 48

एथलेटिक्स खेलने वाले विद्यार्थियों की संख्या = 400 का 18% = 72

हॉकी खेलने वाले विद्यार्थियों की संख्या = 400 का 11% = 44

शेष विद्यार्थियों की संख्या = 400 – (60 + 80 + 40 + 48 + 72 + 44) = 400 – 344 = 56

टेनिस खेलने वाले विद्यार्थियों की संख्या $= \dfrac{5}{14} \times 56 = 20$

बेसबॉल खेलने वाले विद्यार्थियों की संख्या $= \dfrac{9}{14} \times 56 = 36$

खेल का नाम	खेल खेलने वाले विद्यार्थियों की संख्या	पुरुष खिलाड़ियों और महिला खिलाड़ियों का अनुपात	पुरुष	महिला
क्रिकेट	60	1 : 0	60	0

फुटबॉल	80	7 : 3	$\dfrac{7 \times (80)}{10} = 56$	$\dfrac{3 \times 80}{10} = 24$
बैडमिंटन	40	7 : 3	40 - 12 = 28	12
बास्केटबॉल	48	5 : 7	$\dfrac{5 \times 48}{12} = 20$	$\dfrac{7 \times 48}{12} = 28$
एथलेटिक्स	72	4 : 5	$\dfrac{4 \times 72}{9} = 32$	$\dfrac{5 \times 72}{9} = 40$
हॉकी	44	7 : 4	$\dfrac{7 \times 44}{11} = 28$	$\dfrac{4 \times 44}{11} = 16$
टेनिस	20	3 : 2	$\dfrac{3 \times 20}{5} = 12$	$\dfrac{2 \times 20}{5} = 8$
बेसबॉल	36	1 : 1	$\dfrac{1 \times 36}{2} = 18$	$\dfrac{1 \times 36}{2} = 18$

महिला विद्यार्थियों की कुल संख्या = 24 + 12 + 28 + 40 + 16 + 8 + 18 = 146

पुरुष विद्यार्थियों की कुल संख्या = 400 – 146 = 254

$\therefore$ आवश्यक अनुपात = 254 : 146 = 127 : 73

अत: विकल्प (A) सही है।

222. विद्यार्थियों की कुल संख्या = 400

क्रिकेट खेलने वाले विद्यार्थियों की संख्या = 400 का 15% = 60

फुटबॉल खेलने वाले विद्यार्थियों की संख्या = 400 का $\dfrac{1}{5} = 80$

बैडमिंटन खेलने वाले विद्यार्थियों की संख्या = 400 का $\dfrac{1}{10} = 40$

बास्केटबॉल खेलने वाले विद्यार्थियों की संख्या = 400 का 12% = 48

एथलेटिक्स खेलने वाले विद्यार्थियों की संख्या = 400 का 18% = 72

हॉकी खेलने वाले विद्यार्थियों की संख्या = 400 का 11% = 44

शेष विद्यार्थियों की संख्या = 400 – (60 + 80 + 40 + 48 + 72 + 44) = 400 – 344 = 56

टेनिस खेलने वाले विद्यार्थियों की संख्या $= \dfrac{5}{14} \times 56 = 20$

बेसबॉल खेलने वाले विद्यार्थियों की संख्या $= \dfrac{9}{14} \times 56 = 36$

खेल का नाम	खेल खेलने वाले विद्यार्थियों	पुरुष खिलाड़ियों और महिला	पुरुष	महिला

	की संख्या	खिलाड़ियों का अनुपात		
क्रिकेट	60	1 : 0	60	0
फुटबॉल	80	7 : 3	$7 \times \dfrac{(80)}{10} = 56$	$3 \times \dfrac{80}{10} = 24$
बैडमिंटन	40	7 : 3	40 − 12 = 28	12
बास्केटबॉल	48	5 : 7	$5 \times \dfrac{48}{12} = 20$	$7 \times \dfrac{48}{12} = 28$
एथलेटिक्स	72	4 : 5	$4 \times \dfrac{72}{9} = 32$	$5 \times \dfrac{72}{9} = 40$
हॉकी	44	7 : 4	$7 \times \dfrac{44}{11} = 28$	$4 \times \dfrac{44}{11} = 16$
टेनिस	20	3 : 2	$3 \times \dfrac{20}{5} = 12$	$2 \times \dfrac{20}{5} = 8$
बेसबॉल	36	1 : 1	$1 \times \dfrac{36}{2} = 18$	$1 \times \dfrac{36}{2} = 18$

पुरुष छात्रों की संख्या जो हॉकी, बेसबॉल और एथलेटिक्स खेलते हैं = $28 + 18 + 32 = 78$

महिला छात्र जो फुटबॉल, टेनिस और बास्केटबॉल खेलती हैं = $24 + 8 + 28 = 60$

∴ आवश्यक प्रतिशत $= \dfrac{(78-60)}{60} \times 100 = \dfrac{18}{60} \times 100 = 30\%$

अतः विकल्प (D) सही है।

223. दिया गया है:

कमल का निवेश = 20000 रुपये

पूर्णिमा का निवेश = 40000 रुपये

लाभ का अनुपात = 6 : 7

गणना:

माना कि पूर्णिमा व्यवसाय में x महीनों के बाद शामिल हुई।

तो, पूर्णिमा ने धन (12 − x) महीने के लिए निवेश किया।

प्रश्नानुसार:

लाभ विभाजित अनुपात $= \dfrac{(20000 \times 12)}{[40000 \times (12-x)]} = \dfrac{6}{7}$

$\Rightarrow (20000 \times 12 \times 7) = 6[40000 \times (12 - x)]$

$\Rightarrow (20000 \times 12 \times 7) = 240000 \times (12 - x)$

$\Rightarrow 7 = 12 - x$

$\Rightarrow x = 5$ महीने

∴ पूर्णिमा 5 महीने बाद शामिल हुई।

अतः सही विकल्प (C) है।

224. दिया गया है,

शहर C में कुल जनसंख्या $= 30000$

शहर C में पुरुषों की संख्या का प्रतिशत $= 30\%$

शहर E में कुल जनसंख्या $= 45000$

घहर E में पुरुषों की संख्या का प्रतिशत $= 48\%$

शहर C में पुरुषों की संख्या $= 30000 \times \dfrac{30}{100}$

$= 9000$

शहर E में पुरुषों की संख्या $= 45000 \times \dfrac{48}{100}$

$= 21600$

∴ आवश्यक अनुपात $= \dfrac{9000}{21600}$

$= 5 : 12$

अतः विकल्प (A) सही है।

225. दिया गया है,

शहर A में कुल जनसंख्या $= 15000$

शहर A में पुरुषों की संख्या का प्रतिशत $= 45\%$

शहर B में कुल जनसंख्या $= 25000$

शहर B में पुरुषों की संख्या का प्रतिशत $= 55\%$

शहर D में कुल जनसंख्या $= 18000$

शहर D में पुरुषों की संख्या का प्रतिशत $= 60\%$

शहर A में पुरुषों की संख्या $= 15000 \times \dfrac{45}{100}$

$= 6750$

शहर B में पुरुषों की संख्या $= 25000 \times \dfrac{55}{100}$

$= 13750$

शहर D में पुरुषों की संख्या $= 18000 \times \dfrac{60}{100}$

$= 10800$

∴ शहर A, B और D से पुरुषों की अनुमानित औसत संख्या

$= \dfrac{6750+13750+10800}{3}$

$= 10433.33$

अतः विकल्प (B) सही है।

226. दिया गया है,

शहर C में कुल जनसंख्या $= 30000$

शहर C में पुरुषों की संख्या का प्रतिशत $= 30\%$

तब, शहर C में महिलाओं की संख्या का प्रतिशत $= 100\% - 30\%$ $= 70\%$

शहर D में कुल जनसंख्या $= 18000$

शहर D में पुरुषों की संख्या का प्रतिशत $= 60\%$

शहर C में महिलाओं की संख्या $= 30000 \times \dfrac{70}{100}$

$= 21000$

शहर D में पुरुषों की संख्या $= 18000$ का 60%

$= 18000 \times \dfrac{60}{100}$

$= 10800$

अंतर $= 21000 - 10800$

$= 10200$

आवश्यक प्रतिशत $= \dfrac{10200}{10800} \times 100$

$= 94.44\%$

अतः विकल्प (D) सही है।

227. दिया गया है,

शहर E में कुल जनसंख्या $= 45000$

घहर E में पुरुषों की संख्या का प्रतिशत $= 48\%$

शहर A में कुल जनसंख्या $= 15000$

शहर A में पुरुषों की संख्या का प्रतिशत $= 45\%$

तब, शहर A में महिलाओं की संख्या का प्रतिशत $= 100\% - 45\%$ $= 55\%$

शहर F की जनसंख्या $= 45000 + 45000 \times \dfrac{25}{100}$

$= 45000 \left(1 + \dfrac{25}{100}\right)$

$= 45000 \times \dfrac{125}{100}$

$= 56250$

F में पुरुष से महिलाओं का अनुपात $7:8$ है।

शहर F की महिलाएं $= 56250 \times \dfrac{8}{(7+8)}$

$= 56250 \times \dfrac{8}{15}$

$= 30000$

घहर A की महिलाएं $= 15000 \times \dfrac{55}{100}$

$= 8250$

आवश्यक $\%=\dfrac{30000}{8250} \times 100$

$= 363.63\%$

अतः विकल्प (D) सही है।

228. दिया गया है,

शहर B में कुल जनसंख्या $= 25000$

शहर B में पुरुषों की संख्या का प्रतिशत $= 55\%$

शहर B की महिलाओं की संख्या $= 100\% - 55\%$

$= 45\%$

शहर B में पुरुषों की संख्या $= 25000 \times \dfrac{55}{100}$

$= 13750$

दिया गया है, शहर B में 70% पुरुष और 30% महिला जनसंख्या साक्षर हैं।

साक्षर पुरुष $= 13750 \times \dfrac{70}{100}$

$= 9625$

शहर B की महिलाओं की संख्या $= 25000 \times \dfrac{45}{100}$

$= 11250$

साक्षर महिलाएं $= 11250 \times \dfrac{30}{100}$

$= 3375$

कुल साक्षर व्यक्ति $= 9625 + 3375$

$= 13000$

कुल निरक्षर व्यक्ति $= 25000 - 13000$

$= 12000$

अतः विकल्प (A) सही है।

229. कथन। का उपयोग करते हुए:

माना कि मसूर दाल और अरहर की दाल का मूल्य क्रमशः x और y है।

दाल का विक्रय मूल्य $= 36.66/$ किलोग्राम

20% का लाभ अर्जित किया जाता है।

$\therefore$ दाल का क्रय मूल्य $= 36.66 \times \dfrac{100}{120} = 30.56$

प्रश्नानुसार,

$$\frac{(12x+15y)}{27} = 30.56$$

$$\Rightarrow 12x + 15y = 30.56 \times 27 = 825.12 \approx 825$$

कथन। अकेले प्रश्न का उत्तर देने के लिए पर्याप्त नहीं है।

कथन ॥। का उपयोग करते हुए:

मसूर दाल और अरहर की दाल के क्रय मूल्य का अनुपात $5:7$ है।

मसूर दाल और अरहर की दाल का क्रय मूल्य क्रमशः $5x$ और $7x$ है।

कथन ॥ अकेले प्रश्र का उत्तर देने के लिए पर्याप्त नहीं है।

कथन। और कथन ॥ का एक साथ उपयोग करते हुए:

$$(12 \times 5x + 15 \times 7x) = 825$$

$$\Rightarrow 60x + 105x = 825$$

$$\Rightarrow x = \frac{825}{165} = 5$$

$\therefore$ मसूर दाल का क्रय मूल्य $= 5 \times 5 = 25$ रुपये/किलोग्राम

15 किग्रा मसूर दाल का क्रय मूल्य $= 25 \times 15 = 375$ रुपये

$\therefore$ प्रश्न का उत्तर देने के लिए कथन। और ।। दोनों के विवरण की एक साथ आवश्यकता है।

अतः विकल्प (E) सही है।

230. दिया है:

वस्तुओं का क्रय मूल्य $= 4200$ रुपये

वस्तुओं का विक्रय मूल्य $= 4200 - 630 = 3570$ रुपये

कथन। का उपयोग करते हैं,

माना सबसे सस्ती वस्तु का क्रय मूल्य x है।

तो, सबसे महँगी वस्तु का क्रय मूल्य $x + 600$ होगा।

$\therefore$ तीसरी वस्तु का क्रय मूल्य $= 4200 - x - (x + 600) = 3600 - 2x$

प्रश्न का उत्तर देने के लिए केवल कथन। पर्याप्त नहीं है।

कथन॥ का उपयोग करते हैं:

माना सबसे सस्ती और सबसे महँगी वस्तु का मूल्य क्रमशः x और y है।

तीसरी वस्तु का क्रय मूल्य $= \frac{(x+y)}{2}$

$\therefore$ वस्तुओं का विक्रय मूल्य

$$= x \times \left(\frac{125}{100}\right) + \left\{\frac{(x+y)}{2}\right\} \times \frac{9}{8} + y \times \left(\frac{z}{100}\right)$$

जहाँ $z \to$ हानि प्रतिशत

प्रश्न का उत्तर देने के लिए केवल कथन ॥ पर्याप्त नहीं है।

कथन। और कथन ॥ की एकत्रित जानकारी का उपयोग करते हैं:

तीसरी वस्तु का मूल्य सबसे सस्ती और सबसे महँगी वस्तु के मूल्य का औसत है।

$$\therefore \frac{(x+x+600)}{2} = 3600 - 2x$$

$$\Rightarrow x + 300 = 3600 - 2x$$

$$\Rightarrow x = 1100$$

सबसे सस्ती वस्तु का क्रय मूल्य $= 1100$

सबसे महँगी वस्तु का क्रय मूल्य $= 1100 + 600 = 1700$

तीसरी वस्तु का क्रय मूल्य $= \frac{(1100+1700)}{2} = 1400$

वस्तुओं का विक्रय मूल्य $= 1100 \times \frac{125}{100} + 1400 \times \frac{9}{8} + 1700 \times \frac{z}{100} \Rightarrow 3570 = 1375 + 1575 + 17z$

$$\Rightarrow 620 = 17z$$

$$\Rightarrow z = 36.47\%$$

$\therefore$ हानि $\% = 100 - 36.47 = 64.53\%$

$\therefore$ प्रश्न का उत्तर देने के लिए कथन। और ॥ दोनों की एकत्रित जानकारी की आवश्यकता है।

अतः विकल्प (E) सही है।

231. माना सोसाइटी A में पुरुषों की संख्या M_A है।

कथन। का उपयोग करने पर:

माना सोसाइटी B में महिलाएँ F_B है और सोसाइटी C में पुरुष और महिलाएँ M_C और F_C है।

तो, $F_B = 56 + M_C$ और $M_C + F_C = 180$

इसलिए, कथन। अकेले प्रश्न का उत्तर देने के लिए पर्याप्त नहीं है।

कथन ॥। का उपयोग करने पर:

सोसाइटी C में सोसाइटी A की तुलना में 20% अधिक पुरुष हैं।

$$M_C = \frac{120}{100} \times M_A = \frac{6}{5} \times M_A$$

पुरुष जनसंख्या सोसाइटी A की कुल जनसंख्या का 60% है।

यदि सोसाइटी A की कुल जनसंख्या x है।

$$M_A = \frac{60}{100} \times x$$

तो सोसाइटी A में महिला जनसंख्या:

$$F_A = \frac{40}{100} \times x$$

सोसाइटी A में महिलाएँ सोसाइटी B में पुरुषों के बराबर हैं।

$$F_A = M_B$$

इसलिए, कथन। अके ले प्रश्न का उत्तर देने के लिए पर्याप्त नहीं है।

कथन। और कथन ॥ का एक साथ उपयोग करने पर:

$$M_C = \frac{6}{5} \times \frac{6}{10} \times x$$

$$F_B = 56 + M_C$$

कोई संबंध स्थापित नहीं किया जा सकता।

$\therefore$ कथन । और ।। एक साथ प्रश्न का उत्तर देने के लिए पर्याप्त नहीं हैं।

अतः विकल्प (D) सही है।

232. दी गई श्रृंखला है:

1500,1581,1664,1749,1833,1925,2016

पैटर्न है:

$$1400 + (10)^2 = 1500$$
$$1500 + (9)^2 = 1581$$
$$1600 + (8)^2 = 1664$$
$$1700 + (7)^2 = 1749$$
$$1800 + (6)^2 = 1836$$
$$1900 + (5)^2 = 1925$$
$$2000 + (4)^2 = 2016$$

इसलिए गलत संख्या 1833 है।

अतः विकल्प (C) सही है।

233. दी गई श्रृंखला है:

1,3,6,11,20,39,70

पैटर्न है:

$$1 \times 2 + 1 = 3$$
$$3 \times 2 + 0 = 6$$
$$6 \times 2 - 1 = 11$$
$$11 \times 2 - 2 = 20$$
$$20 \times 2 - 3 = 37$$
$$37 \times 2 - 4 = 70$$

इसलिए गलत संख्या 39 है।

अतः विकल्प (B) सही है।

234. दी गई श्रृंखला है:

6,54,84,113,128,136,139

पैटर्न है:

$$54 - 6 = 48 = (7^2 - 1)$$
$$89 - 54 = 35 = (6^2 - 1)$$
$$113 - 89 = 24 = (5^2 - 1)$$
$$128 - 113 = 15 = (4^2 - 1)$$

इसलिए गलत संख्या 84 है।

अतः विकल्प (D) सही है।

235. I. $x^2 - 17x - 234 = 0$

$$\Rightarrow x^2 - (26 - 9)x - 234 = 0$$
$$\Rightarrow x^2 - 26x + 9x - 234 = 0$$
$$\Rightarrow x(x - 26) + 9(x - 26) = 0$$
$$\Rightarrow (x - 26)(x + 9) = 0$$
$$\Rightarrow x = 26, -9$$

II. $y^2 - 29y + 210 = 0$

$$\Rightarrow y^2 - (15 + 14)y + 210 = 0$$
$$\Rightarrow y^2 - 15y - 14y + 210 = 0$$
$$\Rightarrow y(y - 15) - 14(y - 15) = 0$$
$$\Rightarrow (y - 15)(y - 14) = 0$$
$$\Rightarrow y = 15,14$$

x और y के बीच तुलना (सारणीकरण के माध्यम से) :

x का मान	y का मान	संबंध
26	15	x > y
26	14	x > y
-9	15	x < y
-9	14	x < y

$\therefore$ x और y से x = y में कोई संबंध नहीं

अतः विकल्प (C) सही है।

236. दिया है:

3 वर्षों में एक धनराशि 27 गुणा हो जाती है।

मूलधन और मिश्रधन का अनुपात

$$P:A = \sqrt[3]{1}: \sqrt[3]{27}$$

$$P:A = 1:3$$

हम जानते हैं,

दर = अंतर / मूल × 100

$$दर = \frac{2}{1} \times 100$$

$$दर = 200\%$$

अतः विकल्प (B) सही है।

237. माना दहाई का अंक x हैं।

तब इकाई का अंक $2x - 1$ होता है।

मूल संख्या $= 10x + 2x - 1$

$$= 12x - 1$$

नई संख्या $= 10(2x - 1) + x$

$= 20x - 10 + x$

$= 21x - 10$

प्रश्न के अनुसार,

$(21x - 10) - (12x - 1) = (12x - 1) - 20$

$\Rightarrow 9x - 9 = 12x - 21$

$\Rightarrow 3x = 12$

$\Rightarrow x = 4$

मूल संख्या $= 12x - 1$

$= 12 \times 4 - 1$

$= 47$

अतः विकल्प (D) सही है।

238. दिया गया है,

एक माला में 154 मनके होते हैं और सभी रंग लाल या नीले या हरे रंग के होते हैं। नीले रंग की संख्या लाल से तीन कम और हरे रंग से पांच अधिक है।

माना लाल मोतियों की संख्या $= x$

तो, नीले मोती $= (x - 3)$

और हरे मोती $= (x - 8)$

योग के अनुसार,

$x + x - 3 + x - 8 = 154$

$\Rightarrow 3x - 11 = 154$

$\Rightarrow x = 55$

अतः विकल्प सही (A) है।

239. गोले का व्यास दूसरे गोले के व्यास के बराबर है।

माना कि पहले गोले की त्रिज्या x सेमी है और दूसरे गोले की त्रिज्या भी x सेमी होगी।

पहले गोले का वक्रतल क्षेत्रफल $= 4\pi r^2$ [जहाँ, $r =$ त्रिज्या] $= 4\pi \times (x)^2 = 4\pi x^2$ सेमी ^{2}

दूसरे गोले का आयतन $= \left(\frac{4}{3}\right) \times \pi \times r^3$ [जहाँ, $r =$ त्रिज्या] $= \left(\frac{4}{3}\right) \times \pi \times x^3$ सेमी ^{3}

पहले गोले का वक्रतल क्षेत्रफल और दूसरे गोले का आयतन, संख्यात्मक रूप से बराबर हैं।

$4\pi x^2 = \left(\frac{4}{3}\right) \times \pi \times x^3$

$x = 4 \times \left(\frac{3}{4}\right)$

$x = 3$

अतः विकल्प (A) सही है।

240. माना कि गोले की त्रिज्या $= r$ सेमी

चूँकि गोले का आयतन 288π त सेमी 3 है

$\Rightarrow \frac{4}{3} \times \pi \times r^3 = 288\pi$

$\Rightarrow r^3 = 216$

$r = 6$ सेमी

चूँकि गोले को चार समान भागों में काटा जाता है,

प्रत्येक भाग में वक्र पृष्ठ के साथ 2 अतिरिक्त पृष्ठ होंगे और प्रत्येक पृष्ठ का क्षेत्रफल $\frac{\pi r^2}{2}$ है।

प्रत्येक भाग के लिए πr^2 का एक अतिरिक्त क्षेत्रफल होता है, इसलिए 4 भागों के लिए अतिरिक्त

क्षेत्रफल $4\pi r^2$ होता है

चारों भागों का कुल सतही क्षेत्रफल $= 4\pi r^2 + 4\pi r^2 = 8\pi r^2$ सेमी ^{2}

कुल सतही क्षेत्रफल $= 8 \times \frac{22}{7} \times 6 \times 6$ सेमी ^{2}

चूँकि रंगाई की दर 14 रु. प्रति सेमी ^{2} है।

$\therefore$ रंगाई का कुल मूल्य $= 14 \times 8 \times \frac{22}{7} \times 6 \times 6 = 12672$ रु.

अतः विकल्प (C) सही है।

Reasoning

Q.1 निर्देश: महत्वपूर्ण सवाल का निर्णय लेने में, 'मजबूत ' तर्क और 'कमजोर' तर्कों के बीच भेद करने में सक्षम होने के लिए वांछनीय है। 'मजबूत ' तर्क महत्वपूर्ण है और सीधे प्रश्न से संबंधित हैं। 'कमजोर' तर्क कम महत्व के हैं और सीधे सवाल करने के लिए संबंधित नहीं किया जा सकता है या सवाल के तुच्छ पहलुओं से संबंधित हो सकता है। पहले तर्क बयान का विश्लेषण करें और मजबूत और मददगार विषय पर सबसे उचित राय बनाएँ।

कथन: वेतन और सार्वजनिक क्षेत्र के उपक्रम के कर्मचारियों की परिलब्धियों को निजी क्षेत्र के लोगों के बराबर कर दिया जाना चाहिए ?

तर्क :

I. हाँ, इससे सार्वजनिक क्षेत्र के उपक्रमों को आकर्षित करने में मदद मिलेगी और सक्षम कार्यबल बनाए रखना होगा। II. नहीं, सार्वजनिक क्षेत्र के उपक्रमों को निजी क्षेत्र के स्तर पर वेतन का भुगतान करने का जोखिम नहीं उठा सकते हैं।

III. हाँ, अन्यथा सार्वजनिक क्षेत्र के उपक्रम निजी क्षेत्र के संगठनों के साथ प्रतिस्पर्धा करने में सक्षम नहीं होगा।

A. कोई मजबूत नहीं है
B. केवल तर्क III मजबूत है
C. केवल तर्क I मजबूत है
D. केवल तर्क II मजबूत है
E. I और II मजबूत हैं

Ques (2-3):निर्देश: दिए गए प्रश्नों में दिए गए कथनों को सत्य मानते हुए, यह ज्ञात कीजिये कि कथन के नीचे दिए गए I, II और III निष्कर्षों में से कौन सा निष्कर्ष निश्चित रूप से सत्य है/हैं।

Q.2 कथन:

$A ≤ R, T < P, P = M, A ≤ T$

निष्कर्ष:

I. $M > A$

II. $T < M$

III. $R = T$

A. केवल I अनुसरण करता है।
B. केवल II अनुसरण करता है।
C. केवल I और II अनुसरण करते हैं।
D. कोई भी अनुसरण नहीं करता है।
E. सभी अनुसरण करते हैं।

Q.3 कथन:

$P > Q, M = K, K ≥ Q, V > M$

निष्कर्ष:

I. $K = Q$

II. $M > Q$

III. $P > K$

A. केवल I अनुसरण करता है।
B. केवल II अनुसरण करता है।
C. केवल I और II अनुसरण करते हैं।
D. कोई भी अनुसरण नहीं करता है।
E. सभी अनुसरण करते हैं।

Ques (4-5):निर्देश: दिए गए प्रश्नों का उत्तर देने के लिए निम्नलिखित जानकारी का अध्ययन कीजिए:

एक आदमी बिंदु J से चलना शुरू करता है, वह उत्तर दिशा में 9 मीटर चलता है और बिंदु D पर पहुंचता है, उसके बाद वह दाएं मुड़ता है और बिंदु F पर पहुंचने के लिए 8 मीटर चलता है। बिंदु F से, वह दाएं मुड़ता है और बिंदु M तक पहुंचने के लिए 9 मीटर चलता है और वह बाएं मुड़ता है और बिंदु X पर पहुंचने के लिए 12 मीटर चलता है। उसके बाद वह दायाँ मुड़ता है और बिंदु P पर पहुँचने के लिए 7 मीटर चलता है और फिर वह बाएँ मुड़ता है और बिंदु Z पर पहुंचने के लिए 5 मीटर चलता है और वह बाएँ मुड़ता है और बिंदु N पर पहुँचने के लिए 16 मीटर चलता है। अंत में वह दाएं मुड़ता है और बिंदु A पर पहुंचने के लिए 12 मीटर चलता है।

Q.4 यदि कोई व्यक्ति बिंदु X से उत्तर की ओर 9 मीटर चलता है और वह बाएं मुड़ता है और 20 मीटर तक चलता है, तो वह निम्नलिखित में से किस बिंदु पर पहुंचेगा?

A. M
B. F
C. N
D. D
E. इनमें से कोई नहीं

Q.5 A और Z के बीच की सबसे छोटी दूरी क्या है?

A. 17 मीटर
B. 28 मीटर
C. 20 मीटर
D. 22 मीटर
E. 24 मीटर

Q.6 निर्देश: निम्नलिखित प्रश्न में, एक शब्द चुनें जो दिए गए शब्द के अक्षरों से बनाया जा सकता है।

CONSTANTINOPLE

A. CONTINUE
B. CONSCIENCE
C. CONSTANCE
D. CONTENT
E. TUTOR

Ques (7-8):निर्देश: नीचे दिए गए प्रश्न में एक प्रश्न और उसके नीचे तीन कथन क्रमांक I, II और III दिए गए हैं। आपको यह तय करना है कि कथनों में दिया गया डेटा प्रश्न का उत्तर देने के लिए पर्याप्त है या नहीं।

Q.7 एक परिवार में 7 सदस्य A, B, C, D, E, F और G हैं। C, F का/की जीवनसाथी और B की दादी है। C के दो से अधिक बच्चे नहीं हैं। D, F का बेटा है और A से विवाहित नहीं है। B, G से कैसे संबंधित है?

कथन I: E, B का चाचा है। A परिवार की एक महिला सदस्य है।

कथन II: A, E की पत्नी है, जो B का चाचा है।

कथन III: B, A की भांजी/भतीजी है। G, E से विवाहित नहीं है।

A. कथन I और II में दी गई जानकारी प्रश्न का उत्तर देने के लिए पर्याप्त है और कथन III में दी गई जानकारी प्रश्न का उत्तर देने के लिए आवश्यक नहीं है

B. कथन I और III में दी गई जानकारी प्रश्न का उत्तर देने के लिए पर्याप्त है और कथन II में दी गई जानकारी प्रश्न का उत्तर देने के लिए आवश्यक नहीं है

C. कथन II और III में दी गई जानकारी प्रश्न का उत्तर देने के लिए पर्याप्त है और कथन I में दी गई जानकारी प्रश्न का उत्तर देने के लिए आवश्यक नहीं है

D. प्रश्न का उत्तर देने के लिए तीनों कथनों में दी गई जानकारी एक साथ आवश्यक है

E. सभी कथनों में दी गई एकत्रित जानकारी भी प्रश्न का उत्तर देने के लिए पर्याप्त नहीं है

Q.8 बिंदु A, बिंदु B के पश्चिम में है, जो बिंदु M के दक्षिण-पूर्व में है। बिंदु N, बिंदु M से 4 मीटर पश्चिम में है। बिंदु N, बिंदु A के उत्तर-पश्चिम में है। बिंदु A और बिंदु M के बीच की दूरी क्या है?

कथन I: बिंदु H, बिंदु A के उत्तर में और बिंदु M के पूर्व में है।

कथन II: बिंदु H और बिंदु A के बीच की दूरी 6 मीटर है। बिंदु H, बिंदु B के उत्तर-पश्चिम में है।

कथन III: बिंदु N और बिंदु H के बीच की दूरी 5 मीटर है। बिंदु H, बिंदु M के पूर्व में है।

A. कथन I और II में दी गई जानकारी प्रश्न का उत्तर देने के लिए पर्याप्त है और कथन III में दी गई जानकारी प्रश्न का उत्तर देने के लिए आवश्यक नहीं है

B. कथन I और III में दी गई जानकारी प्रश्न का उत्तर देने के लिए पर्याप्त है और कथन II में दी गई जानकारी प्रश्न का उत्तर देने के लिए आवश्यक नहीं है

C. कथन II और III में दी गई जानकारी प्रश्न का उत्तर देने के लिए पर्याप्त है और कथन I में दी गई जानकारी प्रश्न का उत्तर देने के लिए आवश्यक नहीं है

D. प्रश्न का उत्तर देने के लिए तीनों कथनों में दी गई जानकारी एक साथ आवश्यक है

E. सभी कथनों में दी गई एकत्रित जानकारी भी प्रश्न का उत्तर देने के लिए पर्याप्त नहीं है

Ques (9-10):निर्देश: नीचे प्रश्न में चार कथन और उसके बाद I, II, III और IV से अंकित चार निष्कर्ष दिए गये हैं। आपको दिए गये कथन को सत्य मानना है, भले ही वे ज्ञात तथ्यों से अलग प्रतीत होते हों। सभी निष्कर्षों को पढ़िए और फिर निर्णय कीजिए कि दिये गये निष्कर्षों में से कौन सा निष्कर्ष ज्ञात तथ्यों को नजरअंदाज करने पर कथनों का तार्किक रूप से अनुसरण करता है।

Q.9 कथन:

कोई पेस्ट्री केक नहीं है

सभी केक पार्टी है

कुछ पार्टी बिस्किट हैं

सभी बिस्किट कोल्ड ड्रिंक हैं

निष्कर्ष:

I. कुछ पेस्ट्री कोल्ड ड्रिंक हैं

II. कुछ पार्टी कोल्ड ड्रिंक हैं

III. कुछ केक कोल्ड ड्रिंक हैं

IV. कुछ बिस्किट केक हैं

A. सभी अनुसरण करते हैं

B. I और II दोनों अनुसरण करते हैं

C. केवल II अनुसरण करता है

D. केवल I अनुसरण करता है

E. I, II और III अनुसरण करते हैं

Q.10 कथन:

केवल कुछ कप भूरे हैं

केवल कुछ भूरे चाय हैं

100% चाय दूध हैं

कोई कप फली नहीं हैं

निष्कर्ष:

I. कुछ दूध भूरे हैं

II. कोई कप चाय नहीं हैं

III. कुछ कप चाय हैं

IV. कोई दूध फली नहीं हैं

A. केवल IV अनुसरण करता है

B. केवल I अनुसरण करता है

C. केवल I और या तो II या III अनुसरण करता है

D. केवल III अनुसरण करता है

E. कोई अनुसरण नहीं करता है

Ques (11-15):निर्देश: नीचे दी गई जानकारी का ध्यानपूर्वक अध्ययन कीजिये और उसके बाद प्रश्नों के उत्तर दीजिये।

स्टैक बनाने के लिए सात बॉक्स को एक दूसरे के ऊपर रखा जाता है। सबसे ऊपर वाले बॉक्स की संख्या 1 है जबकि सबसे निचले बॉक्स की संख्या 7 है। प्रत्येक बॉक्स में सेब, संतरा, चेरी, केला, खरबूजा, कीवी और आम में से अलग-अलग फल रखे हैं। प्रत्येक बॉक्स में विभिन्न संख्याओं 10, 20, 30, 40, 50, 60 और 70 में फल रखे हैं।

20 संतरे हैं। केले का बॉक्स खरबूजे के बॉक्स से दो बॉक्स ऊपर है। 70 खरबूजे हैं। क्रमशः सबसे ऊपर और सबसे निचले बॉक्स में 20 और 60 फल हैं। सेब का बॉक्स केले के बॉक्स के ठीक ऊपर है। कीवी का बॉक्स, आम के बॉक्स के ठीक ऊपर है। बॉक्स में 30 चेरी हैं। 50 फलों से युक्त बॉक्स 10 फलों से युक्त बॉक्स के ठीक ऊपर है।

Q.11 सबसे निचले बॉक्स में कौन सा फल है?

A. कीवी **B.** खरबूजा **C.** सेब **D.** केला

E. आम

Q.12 किसी एक बॉक्स में कितने केले हैं?

A. 10 **B.** 30 **C.** 70 **D.** 40

E. 20

Q.13 सेब के बॉक्स और कीवी के बॉक्स के बीच में कितने बॉक्स हैं?

A. दो **B.** एक **C.** तीन **D.** पांच

E. चार

Q.14 कीवी के बॉक्स के ठीक ऊपर किस फल का बॉक्स है?

A. चेरी **B.** खरबूजा **C.** सेब **D.** नारंगी

E. आम

Q.15 ___ सेब हैं।

A. 10 **B.** 20 **C.** 60 **D.** 50

E. 70

Ques (16-20):निर्देश: निम्न जानकारी का अध्ययन कीजिए और दिए गए प्रश्न का उत्तर दीजिए।

एक सात तल वाले भवन में, एक से सात तक अंकित तल हैं, कमल, रोहन, सोहन, बिलाल, मिंटू, वाहिद और अरशद प्रत्येक एक भिन्न तल पर रहता है। (भूतल को 1 से अंकित किया गया है, इसके ऊपर के तल की संख्या 2 है और इसी प्रकार आगे भी यह क्रम जारी है तथा सबसे ऊपरी तल को 7 से अंकित किया गया है।)

कमल पांचवें तल पर रहता है। अरशद पांचवे तल के ऊपर और सम संख्या से अंकित तल पर रहता है। मिंटू और वाहिद के बीच में केवल बिलाल रहता है। मिंटू विषम संख्या से अंकित तल पर नहीं रहता है। मिंटू सोहन के तल के ठीक नीचे या ठीक ऊपर वाले तल पर नहीं रहता है। रोहन सबसे नीचे वाले तल पर नहीं रहता है।

Q.16 निम्न में से कौन सबसे ऊपर वाले तल पर रहता है?

A. सोहन **B.** मिंटू **C.** रोहन **D.** बिलाल

E. अरशद

Q.17 सोहन निम्न में से कौन से तल पर रहता है?

A. पहले **B.** चौथे **C.** पांचवें **D.** दूसरे

E. सातवें

Q.18 कमल और सोहन के बीच में कितने व्यक्ति रहते हैं?

A. पाँच **B.** दो **C.** एक **D.** चार

E. तीन

Q.19 निम्न में से कौन तल संख्या 6 पर रहता है?

A. वाहिद **B.** कमल **C.** रोहन **D.** अरशद

E. मिंटू

Q.20 निम्न में से क्या सही है?

A. अरशद और सोहन के बीच दो व्यक्ति रहते हैं।

B. मिंटू तल संख्या 4 पर रहता है।

C. रोहन कमल के ठीक ऊपर रहता है।

D. सोहन तल संख्या 2 पर रहता है।

E. वाहिद तल संख्या 7 पर रहता है।

Q.21 निर्देश: एक कथन और उसके बाद दो निष्कर्ष I. और II. दिए गये हैं। आपको इन कथनों को सही मानना होगा, भले ही वे आमतौर पर ज्ञात तथ्यों से भिन्न प्रतीत होते हों। आपको यह तय करना होगा कि दिया गया कौनसा निष्कर्ष दिए गए कथन का अनुसरण करता है। उसी अनुसार अपना उत्तर चुनिए।

कथन:

1. अधिकांश प्रेरक या प्रेरणादायक वक्ता, व्यवसाय सलाहकार भी बन गए हैं।

2. वक्तव्य के पेशे में शुरुआत करना कठिन हो सकता है, लेकिन एक बार जब आप करते हैं, तो यह एक आकर्षक व्यवसाय हो सकता है।

निष्कर्ष:

I: कई प्रेरक वक्ता, व्यवसाय क्षेत्र से संबंधित कौशल सीखते हैं।

II: प्रेरक वक्ता अपने दर्शकों से सम्मान प्राप्त करते हैं।

A. केवल निष्कर्ष I. अनुसरण करता है।

B. केवल निष्कर्ष II. अनुसरण करता है।

C. निष्कर्ष I. और निष्कर्ष II. दोनों अनुसरण करते हैं।

D. निष्कर्ष I. या निष्कर्ष II. अनुसरण करता है।

E. न तो निष्कर्ष I. और न ही निष्कर्ष II. अनुसरण करता है।

Q.22 निर्देश: निम्नलिखित जानकारी का ध्यानपूर्वक अध्ययन कीजिये और नीचे दिए गए प्रश्नों के उत्तर दीजिये।

8 मित्र A, B, C, D, E, F, G और H हैं। वे एक शहर की आठ विभिन्न इमारतों P1, P2, P3, P4, P5, P6, P7 और P8 में रहते हैं लेकिन जरूरी नहीं कि इसी क्रम में हों। ये इमारतें शहर के विभिन्न क्षेत्रों L1, L2, L3, L4, L5, L6, L7 और L8 में हैं लेकिन जरूरी नहीं कि इसी क्रम में हों। इन इमारतों में विभिन्न मंजिल संख्या 8, 10, 11, 12, 14, 15, 16 और 17 है।

H इमारत P8 में रहता है जिसमें 16 मंजिल हैं। L3 क्षेत्र में इमारत की मंजिलों की संख्या 8 है। इमारत P7 क्षेत्र L2 में है और इस इमारत में मंजिलों की संख्या उस इमारत की मंजिलों की संख्या से 4 अधिक है जिसमें B रहता है। 15 मंजिलों वाली इमारत L1 क्षेत्र में है। इमारत P1 क्षेत्र L6 में है और इसमें C रहता है। इमारत P2 में मंजिलों की अधिकतम संख्या है और इसमें E रहता है। इमारत P5 और P4 में मंजिलों की संख्या का औसत 9 है। B, इमारत P5 में रहता है जो कि क्षेत्र L4 में है। F, L3 क्षेत्र में रहता है। A की इमारत में 14 मंजिलें हैं। D की इमारत में मंजिलों की संख्या P3 इमारत की मंजिलों की संख्या से 4 अधिक है। 11 मंजिलों वाली इमारत L8 क्षेत्र में है। H, L7 क्षेत्र में नहीं रहता है।

D की इमारत में कितनी मंजिलें हैं?

A. 12   **B.** 14   **C.** 16   **D.** 15

E. 17

Ques (23-24):निर्देश: निम्नलिखित जानकारी का ध्यानपूर्वक अध्ययन कीजिए और नीचे दिए गए प्रश्नों के उत्तर दीजिए:

13 व्यक्तियों का एक समूह यात्रा पर जा रहा था। नेहा केवल अपने पिता रोहित, अपनी माता प्रिया और अपने इकलौते भाई राहुल को जानती है। उन्हें छोड़कर वह समूह के अन्य सदस्यों से परिचित नहीं थी। नेहा को शेष सदस्यों से परिचय करने में मदद करने के लिए, सभी ने कुछ कथन कहने का निर्णय लिया जिससे की वह समूह के प्रत्येक व्यक्ति को पहचान सके। समूह में सभी का अपना पसंदीदा स्थान है

समूह के सदस्यों द्वारा कहे गए कथन इस प्रकार हैं:

1. विशाल: मैं उसका भाई हूँ, जिसका पसंदीदा स्थान नोएडा है।

2. आकाश: मै उसका पोता हूँ, जो अमित का भाई है।

3. रूचि: मैं रवि और श्वेता की पुत्री हूँ, जिसका पसंदीदा स्थान गोवा है।

4. कुसुम: मैं उसकी पुत्री हूँ, जिसका पसंदीदा स्थान जयपुर है।

5. श्वेता: मैं कुसुम की दादी हूँ और मेरा पसंदीदा स्थान गोवा है।

6. प्रिया: मैं उसकी सास हूँ जिसका पसंदीदा स्थान नोएडा है।

7. अंजली: मैं रूचि की भाभी हूँ और मेरा पसंदीदा स्थान मेघालय है।

8. अमित: मैं उसका चाचा हूँ, जिसका पसंदीदा स्थान पुणे है।

9. कोमल: मैं आकाश की बहन हूँ, जिसका पसंदीदा स्थान कोलकता है।

10. राहुल: मैं उस व्यक्ति का पिता हूँ, जिसका पसंदीदा स्थान नागपुर है और मेरी माँ का पसंदीदा स्थान शिमला है।

11. रवि: मैं राहुल का ससुर हूँ और मेरा पसंदीदा स्थान लखनऊ है।

12. रोहित: मैं कोमल का दादा हूँ और मेरा पसंदीदा स्थान दिल्ली है।

13. नेहा: मैं आकाश की पैतृक चाची हूँ और मेरा पसंदीदा स्थान बैंगलोर है।

नोट: समूह के किसी भी व्यक्ति के पास अपने स्वयं के दो से अधिक बच्चे नहीं हैं। जो गोवा से है वह उसकी ग्रैंड-मदर है जिसका पसंदीदा स्थान वाराणसी है।

Q.23 निम्नलिखित में वह किसकी भतीजी है, जिसका पसंदीदा स्थान पुणे है?

A. कोमल   **B.** रूचि   **C.** अंजलि   **D.** कुसुम

E. नेहा

Q.24 अमित का नेहा से क्या संबंध है?

A. ससुर   **B.** चाची   **C.** बहनोई   **D.** भतीजा

E. चाचा

Ques (25-29):निर्देश: निम्नलिखित जानकारी का ध्यानपूर्वक अध्ययन कीजिये और दिए गए प्रश्नों के उत्तर दीजिये।

जब एक संख्या/अक्षर/प्रतीक को व्यवस्थित करने वाली एक मशीन संख्या/अक्षर/प्रतीक की इनपुट लाइन दिए जाने पर, यह एक विशेष नियम और विशेष शर्तों का पालन करते हुए, उन्हें व्यवस्थित करती है। इनपुट और पुनर्व्यवस्था का उदाहरण दिया गया है।

निम्नलिखित जानकारी को पढ़िये और उसके बाद प्रश्नों के उत्तर दीजिये।

इनपुट: $ O 5 & M 9 % A 6 # K 4 * J 1 < L 3 > H 8 @ S 7

चरण 1: 7 O 5 & M 9 % A 6 # K 4 * J 1 < L 3 > H 8 @ S $

चरण 2: 7 S 5 & M 9 % A 6 # K 4 * J 1 < L 3 > H 8 @ O $

चरण 3: 7 S @ & M 9 % A 6 # K 4 * J 1 < L 3 > H 8 5 O $

चरण 4: 7 S @ 8 M 9 % A 6 # K 4 * J 1 < L 3 > H & 5 O $

चरण 5: 7 S @ 8 H 9 % A 6 # K 4 * J 1 < L 3 > M & 5 O $

और इसी तरह से...

निम्नलिखित इनपुट के लिए आउटपुट ज्ञात कीजिये:

इनपुट: L 1 E % 2 U 9 J # S H 5 O & 3 * X Q V Z

Q.25 दिए गए इनपुट को पूरा करने के लिए कितने चरणों की आवश्यकता है?

A. 10   **B.** 12   **C.** 14   **D.** 16
E. 08

Q.26 निम्नलिखित में से कौन सा कथन सही है?
A. चौथे चरण में 9, J और # के ठीक बीच में है।
B. पाचवें चरण में *, 2 के साथ बदलता है।
C. दूसरे चरण में 1, V के साथ बदलता है।
D. (B) और (C) दोनों विकल्प सही हैं।
E. इनमें से कोई नहीं

Q.27 यदि इनपुट 'Q @ 2 # E $ 4 & T > 6 < U 8' है तो चरण 4 है?
A. 8 @ 2 # E $ & 4 T > 6 < U Q
B. Q @ 2 # & T > E $ 4 6 < U 8
C. 8 U < 6 E $ 4 & T > # 2 @ Q
D. & T > 6 < U 8 4 Q @ 2 # E $
E. इनमें से कोई नहीं

Q.28 उपर्युक्त इनपुट में से कौन सा चरण अंतिम चरण होगा?
A. L 1 E % 2 U 9 J # S H 5 O & 3 * X Q V Z
B. Z V Q X * 3 & O 5 H S # J 9 U 2 % E 1 L
C. L 1 Q X * 3 & O # S H 5 J 9 U 2 % E V Z
D. Z V Q X * U 9 J # S H 5 O & 3 2 % E 1 L
E. इनमें से कोई नहीं

Q.29 निम्नलिखित में से कौन सा तत्व चरण 2 में दाएं छोर से पांचवें के बाएं से दूसरा है?
A. &   **B.** O   **C.** 3   **D.** %
E. 2

Ques (30-34):निर्देश: निर्देशों को ध्यानपूर्वक पढ़िए और नीचे दिए गए प्रश्न का उत्तर दीजिये ।

एक परिवार के बारह व्यक्ति , A, B, C, D, E, F, G, H, I, J, K और L उत्तर के सम्मुख तीन पंक्तियों में बैठे हैं। प्रत्येक पंक्ति में समान दूरी पर चार सीटें हैं। इन पंक्तियों की सीटों को इस तरह से व्यवस्थित किया गया है कि पहली पंक्ति की पहली सीट दूसरी पंक्ति की पहली सीट के सामने है और दूसरी पंक्ति की पहली सीट तीसरी की पहली सीट के ठीक सामने है। पंक्ति और इसी प्रकार। साथ ही, ये लोग इस प्रकार से बैठे हैं कि पहली पंक्ति में बैठे व्यक्तियों की आयु 20 साल से कम है, इसके ठीक बाद वाली पंक्ति में बैठे व्यक्ति अर्थात पंक्ति 2 की आयु 20 साल से अधिक है लेकिन 50 साल से कम आयु के हैं और पंक्ति 2 के ठीक पीछे पंक्ति में बैठे व्यक्ति 50 वर्ष से अधिक आयु के हैं। साथ ही, इनमें से प्रत्येक व्यक्ति की आयु एक प्राकृतिक संख्या है।

J, F से 6 वर्ष छोटा है लेकिन G से 30 वर्ष छोटा है। A और L की आयु में 47 वर्ष का अंतर है। B की आयु उस व्यक्ति की आयु की एक तिहाई है, जो E के ठीक पीछे बैठा है, लेकिन उस व्यक्ति की आधी आयु जो ठीक बाएं बैठे है। तीसरी पंक्ति के अंतिम छोर पर बैठे दो व्यक्तियों की आयु का अंतर 8 वर्ष है। H की आयु उसके पीछे बैठे व्यक्ति से 45 वर्ष कम है। L उस व्यक्ति की तुलना में 15 साल बड़ा है जो अपने बाएं से दूसरे स्थान पर बैठा है। J, F के ठीक सामने बैठा है। B, उस व्यक्ति के ठीक बाएं बैठा है, जो D के ठीक सामने बैठा है। E, C से दो सीट आगे बैठा है, जिसकी आयु संख्यात्मक रूप से सम संख्या है। H, J के बाएं से दूसरे स्थान पर बैठा है और H, J से 21 वर्ष छोटा है। A के ठीक पीछे बैठने वाले व्यक्ति की आयु A की आयु से 1 वर्ष कम है। K की आयु उस व्यक्ति की आयु से 1 वर्ष कम है जो उसके ठीक पीछे बैठा है। A उस व्यक्ति के बाएं से दूसरे स्थान पर बैठा है जो 39 वर्ष का है। K, E के दायें से तीसरे स्थान पर बैठा है और उनकी आयु 25 वर्ष है।

Q.30 दूसरी पंक्ति में सबसे छोटा व्यक्ति कौन है?
A. D   **B.** H   **C.** C   **D.** A
E. J

Q.31 जो व्यक्ति A के ठीक सामने बैठा है, उस ठीक दाएं कौन बैठा है?
A. K   **B.** B   **C.** C   **D.** F
E. G

Q.32 सबसे बड़ा व्यक्ति कौन है?
A. B   **B.** C   **C.** J   **D.** F
E. L

Q.33 जो व्यक्ति पहली पंक्ति की बाईं सीट पर बैठा है और जो व्यक्ति तीसरी पंक्ति की सबसे दाहिनी सीट पर बैठा है, के बीच क्या अंतर है?
A. 45 वर्ष   **B.** 71 वर्ष   **C.** 67 वर्ष   **D.** 55 वर्ष
E. 81 वर्ष

Q.34 निम्नलिखित में से चार एक समान हैं और इस प्रकार एक समूह बनाते हैं। निम्नलिखित में से कौन समूह से संबंधित नहीं है?
A. I   **B.** J   **C.** D   **D.** A
E. H

Ques (35-39):निर्देश: निम्नलिखित जानकारी का ध्यानपूर्वक अध्ययन कीजिए और नीचे दिए गए प्रश्नों के उत्तर दीजिए

एक नृत्य प्रतियोगिता में आठ लड़कियां P, Q, R, S, W, X, Y, Z स्टेज पर सामूहिक नृत्य कर रही हैं। उस प्रदर्शन में, एक स्टेप यह था कि दो संकेंद्रित वृत्तों का निर्माण इस तरह से किया जाए कि चार लड़कियां P, Q, R और S आंतरिक एक बना रही हैं और अन्य चार लड़कियां W, X, Y और Z बाहरी वृत्त बना रही हैं। आंतरिक वृत्त की सभी चार लड़कियां वृत्त के बाहर की तरफ मुंह करती हैं और बाहरी वृत्त की सभी चार लड़कियां वृत्त की तरफ मुंह करती हैं, इस तरह से आंतरिक वृत्त की लड़कियां बाहरी वृत्त की लड़कियों की तरफ मुंह करती हैं। X न तो Y के विपरीत है और न ही S की तरफ मुंह की है, जो R के दाई ओर दूसरे स्थान पर है। Z, W के ठीक दाई ओर है और उसका P की तरफ मुंह है। Y और Z निकटतम पड़ोसी नहीं है।

Q.35 R के ठीक दाई ओर कौन सी लड़की है?
A. Q   **B.** P
C. S   **D.** Z
E. इनमें से कोई नहीं

Q.36 जो Z के ठीक बायीं ओर है उसकी स्थिति क्या है?
A. सभी (B), (C) और (D) सही हैं
B. X के विपरीत
C. S की तरफ मुंह करके
D. Y के ठीक दाईं ओर
E. इनमें से कोई नहीं

Q.37 निम्नलिखित में से कौन सा कथन सही नहीं है?
A. P, Q के दाईं ओर दूसरे स्थान पर है
B. X, Y के ठीक बाईं ओर है
C. W का मुंह S की तरफ है
D. R का मुंह X की तरफ है
E. Z का मुंह W की तरफ है

Q.38 Q के ठीक बाई ओर कौन सी लड़की है?
A. P   **B.** R   **C.** W   **D.** S
E. Z

Q.39 यदि W और X अपनी स्थिति को बदलते हैं, तो R की तरफ किसका मुंह है?
A. P   **B.** W   **C.** X   **D.** S
E. Q

Q.40 निम्न प्रश्न में, एक कथन दिया गया हैं। धारणा एक मानी गई बात होती है। आपको दिए गये कथन और उनके बाद दी गयीं धारणाओं के आधार पर तय करना है कि कथन में निम्न में से कौन-सी धारणा कथन में निहित है।

कथन:

रेलवे बजट में भारत सरकार ने 2018-19 के दौरान 12,000 वैगन, 5,160 कोच और लगभग 700 इंजनों के अधिग्रहण का प्रावधान किया है। वित्त मंत्री ने कहा कि पूर्वी और पश्चिमी गलियारों पर समर्पित माल ढुलाई पर कार्य पूरी तरह से उछाल में था।

धारणाएँ:

1. भारतीय जनता पार्टी रेलवे को एक पूर्ण नवीनीकरण देकर 2019 का चुनाव जीतने की सोच रही है।

2. भारतीय सरकार विश्व गुणवत्ता वाला भारतीय रेलवे बनाने के लिए कार्य कर रही है।

3. रेलवे इंफ्रास्ट्रक्चर के लिए लगभग 1,50,000 करोड़ भारतीय रुपये मंजूर किए गए थे।

A. केवल I अनुसरण करता है
B. केवल II अनुसरण करता है
C. केवल III अनुसरण करता है
D. केवल I और II अनुसरण करते हैं
E. केवल I और III अनुसरण करते हैं

Computer Knowledge

Q.41 _________ कीबोर्ड पर लगी कीज़ को रिकॉर्ड करने की क्रिया है, आमतौर पर गुप्त रूप से, ताकि कीबोर्ड का उपयोग करने वाला व्यक्ति इस बात से अनजान हो कि उनके कार्यों की निगरानी की जा रही है।

A. डिनायल ऑफ़ सर्विस
B. एक्सप्लॉइट
C. स्कैम्स
D. कीलॉगिंग
E. स्पैमिंग

Q.42 _________ मैलवेयर का हिस्सा है जैसे कि वर्म्स या वायरस जो मालिसियस एक्शन करता है; डेटा हटाना, स्पैम भेजना या डेटा एन्क्रिप्ट करना।

A. एक्सप्लॉइट
B. स्कैम्स
C. डिनायल ऑफ़ सर्विस
D. पेलोड
E. स्पैमिंग

Q.43 डायरेक्ट एक्शन वायरस को _________ के रूप में भी जाना जाता है।

A. नॉन-रेजिडेंट वायरस
B. बूट सेक्टर वायरस
C. पॉलीमॉर्फिक वायरस
D. मल्टीपार्टइट वायरस
E. इनमें से कोई नहीं

Q.44 _________ करने के बाद एथिकल हैकर को कभी भी अन्य पक्षों को क्लाइंट की जानकारी का खुलासा नहीं करना चाहिए।

A. हैकिंग
B. क्रेकिंग
C. पेनेट्रेशन टेस्टिंग
D. एक्सप्लोइटिंग
E. एथिकल हैकर

Q.45 हैकिंग का कानूनी रूप कौन सा है जिसके आधार पर आईटी इंडस्ट्रीज और फर्मों में नौकरियां प्रदान की जाती हैं?

A. क्रैकिंग
B. नॉन-एथिकल हैकिंग
C. एथिकल हैकिंग
D. हैक्टिविज़म
E. इनमें से कोई नहीं

Q.46 निम्नलिखित में से कौन सा सॉफ्टवेयर और हार्डवेयर कंपोनेक्ट के पुन: उपयोग की अनुमति देता है?

A. प्लेटफॉर्म बेस्ड डिजाइन
B. मेमोरी डिजाइन
C. पेरीफेरल डिजाइन
D. इनपुट डिजाइन

E. उपरोक्त सभी

Q.47 'डॉट मैट्रिक्स' और 'सॉलिड फॉन्ट प्रिंटर' इसके उदाहरण हैं:

A. लाइन प्रिंटर
B. बैंड प्रिंटर
C. कैरेक्टर प्रिंटर
D. इंक प्रिंटर
E. ड्रम प्रिंटर

Q.48 निम्न में से कौन सा मॉनिटर हाईएस्ट लेवल का परफॉर्मेंस देता है?

A. वीजीए
B. एक्सजीए
C. सीजीए
D. एसवीजीए
E. इनमें से कोई भी नहीं

Q.49 _________ कंप्यूटर प्रोग्राम का एक सेट है जिसका उपयोग कंप्यूटर पर कार्यों को करने में मदद के लिए किया जाता है।

A. इंस्ट्रक्शन
B. सॉफ्टवेयर
C. मेमोरी
D. प्रोसेसर
E. इनमें से कोई नहीं

Q.50 इंटरनेट का मानक प्रोटोकॉल _________ है।

A. फ़्लैश
B. जावा
C. एचटीएमएल
D. टीसीपी /आइपी
E. इनमें से कोई नहीं

Q.51 जब एक ई-मेल भेजते हैं, तो ____ लाइन संदेश के कंटेंट का वर्णन करती है।

A. टू
B. सब्जेक्ट
C. कंटेंट
D. सीसी
E. इनमें से कोई नहीं

Q.52 एयरक्रैक-एनजी का उपयोग _________ के लिए किया जाता है।

A. फ़ायरवॉल बायपासिंग
B. वाई-फाई अटैक्स
C. पैकेट फ़िल्टरिंग
D. सिस्टम पासवर्ड क्रैकिंग
E. पैकेट डिटेक्टिंग

Q.53 _________ एक पॉपुलर आईपी एड्रेस और पोर्ट स्कैनर है।

A. कैन और एबल
B. स्नॉर्ट
C. एंग्री आईपी स्कैनर
D. एटरकैप
E. इनमें से कोई भी नहीं

Q.54 एआरपी का पूर्ण रूप क्या है?

A. एड्रेस रेजोल्यूशन प्रोटोकॉल
B. अलाइड रेजोल्यूशन प्रोटोकॉल
C. एड्रेस रेजोल्यूशन प्रोसेस
D. एड्रेस रेक्टिफिकेशन प्रोटोकॉल
E. इनमें से कोई नहीं

Q.55 कंप्यूटर का पूर्ण रूप क्या है?

A. कॉम्पीटेंट ऑपरेटेड मशीन पर्टिकुलरली यूज्ड फॉर टेक्निकल एजुकेशन एंड रिसर्च
B. कॉमनली ऑपरेटेड मशीन पर्टिकुलरली यूज्ड फॉर टेक्निकल एजुकेशन एंड रिसर्च
C. कॉमनली ऑपरेटेड मशीन पर्टिकुलरली यूज्ड फॉर ट्रेड एजुकेशन एंड रिसर्च
D. कॉमनली ऑपरेटेड मशीन पर्टिकुलरली यूज्ड फॉर टेक्निकल इलेक्ट्रान एंड रिसर्च
E. इनमें से कोई नहीं

Q.56 डीआरएएम का पूर्ण रूप क्या है?

A. डुओ रैंडम एक्सेस मेमोरी
B. डायनामिक रैंडम एक्सेस मेमोरी

C. डिफरेंट रैंडम एक्सेस मेमोरी

D. डेफेक्टो रैंडम एक्सेस मेमोरी

E. इनमें से कोई नहीं

Q.57 निम्नलिखित में से DBMS की पहचान कीजिये ।

A. PL/SQL

B. एमएस – पॉवरपॉइंट

C. एमएस – एक्सेस

D. एमएस – एक्सेल

E. इनमें से कोई नहीं

Q.58 एमएस ऑफिस 2007 का कौन सा पैकेज RDBMS का प्रबंधन करता है?

A. एमएस एक्सेल

B. एमएस एक्सेस

C. ग्रूव

D. वनोट

E. इनमें से कोई नहीं

Q.59 निम्नलिखित में से डीबीएमएस का उपयोग कौन नही करता हैं?

A. अल्टीमेट यूजर

B. एडमिनिस्ट्रेटर

C. डेटाबेस डिज़ाइनर

D. हार्डवेयर सपोर्ट टीम

E. इनमें से कोई नहीं

Q.60 फिजिकल या इलेक्ट्रॉनिक माध्यम से डेटा को एक स्थान से दूसरे स्थान पर भेजना है:

A. ईमेल

B. इंटरनेट

C. डाटा ट्रांसमिशन

D. डिस्ट्रिब्यूटेड प्रोसेसिंग

E. इनमे से कोई भी नहीं

Q.61 जब माउस को घुमाया जाता है, तो स्क्रीन पर एक पिक्चर को मूव करने का कारण बनता है जिसे ____कहा जाता है।

A. मेनू

B. आइकन

C. प्वाइंटर

D. टैब

E. इनमे से कोई भी नहीं

Q.62 निम्नलिखित में से कौन सी कंप्यूटर भाषा आर्टिफीसियल इंटेलिजेंसी के लिए प्रयोग की जाती है?

A. फोरट्रॉन

B. प्रोलॉग

C. C

D. कोबोल

E. इनमें से कोई नहीं

Q.63 एक रो और एक कॉलम के इंटरसेक्शन को क्या कहते हैं?

A. फॉर्म

B. कर्सर

C. सेल

D. रिकार्ड

E. इनमें से कोई नहीं

Q.64 पिछले कार्य को पूर्ववत करने के लिए, हम _________ दबाते हैं।

A. Ctrl+U

B. Ctrl+Y

C. Ctrl+Z

D. Ctrl+W

E. इनमें से कोई नहीं

Q.65 एमएस वर्ड 2007 में किस मेनू में 'ड्रॉप कैप' विकल्प मिलता है?

A. होम

B. इन्सर्ट

C. रिव्यू

D. रेफरेंस

E. इंटर

Q.66 माउस या एरो कुंजी के इस्तेमाल के बिना, स्प्रेडशीट में सेल A1 तक पहुंचने का सबसे तेज तरीका क्या है?

A. Ctrl +Home को दबाएँ

B. Home को दबाएँ

C. Shift + Home को दबाएँ

D. Alt + Home को दबाएँ

E. Alt + Window को दबाएँ

Q.67 यदि आप "पिछली प्रेजेंटेशन विंडो" पर जाना चाहते हैं तो आपको दबाना होगा-

A. Ctrl + शिफ्ट + F6

B. Ctrl + F6

C. Ctrl + Alt + F6

D. Alt + F6

E. इनमे से कोई भी नहीं

Q.68 प्री-सिलेक्टेड रेंज में पिछले सेल को एक्टिवेट करने के लिए कौन सी कुंजी दबाते है?

A. Alt कुंजी

B. टैब कुंजी

C. एंटर कुंजी

D. Ctrl कुंजी

E. इनमे से कोई भी नहीं

Q.69 लिंट क्या है?

A. सी कंपाइलर

B. इंटरएक्टिव डीबगर

C. एनालाइजिंग टूल

D. सी इंटरप्रेटर

E. इनमें से कोई नहीं

Q.70 प्योर ऑब्जेक्ट -ओरिएंटेड प्रोग्रामिंग लैंग्वेज बनने के लिए निम्नलिखित में से कौन सी विशेषता किसी भी प्रोग्रामिंग लैंग्वेज द्वारा सपोर्टेड होनी चाहिए?

A. इनकैप्सुलेशन

B. इन्हेरिटेंस

C. पॉलीमॉरफिस

D. (A), (B) और (C)

E. इनमें से कोई नहीं

Q.71 _________ कंप्यूटर की पीढ़ी मूल घटकों के रूप में वैक्यूम ट्यूबों का उपयोग करने के साथ शुरू हुई।

A. पहली

B. दूसरी

C. तीसरी

D. चौथी

E. पाँचवी

Q.72 किस जनरेशन में टाइम शेयरिंग, रियल टाइम, नेटतर्क्स, डिस्ट्रिब्यूटेड ऑपरेटिंग सिस्टम का इस्तेमाल किया जाता था?

A. पहली

B. दूसरी

C. तीसरी

D. चौथी

E. पाँचवी

Q.73 पहली पीढ़ी के कंप्यूटर ENIAC में कितने वैक्यूम ट्यूब का उपयोग किया जाता था?

A. 1800

B. 18000

C. 512

D. 1024

E. 2048

Q.74 निम्नलिखित में से कौन एक एक्सपर्ट सिस्टम का एक कॉम्पोनेन्ट है?

A. इनफरेंस इंजन

B. नॉलेज एक्यूसीजन

C. यूजर इंटरफ़ेस

D. केवल (A) और (C)

E. (A), (B) और (C)

Q.75 एक कंप्यूटर विज़न तकनीक जो इमेज टेम्पलेट पर निर्भर करती है, वह है:

A. एज डिटेक्शन

B. बाइनोकुलर विज़न

C. मॉडल-आधारित विज़न

D. रोबोट विज़न

E. ऑटोमेशन तकनीक

Q.76 स्टेट-स्पेस सर्च को हल करने के लिए कितने तरीके उपलब्ध हैं?

A. 1

B. 2

C. 3

D. 4

E. 5

Q.77 _______ टोपोलॉजी में नेटवर्क घटक एक ही केबल से जुड़े होते हैं।

A. स्टार

B. रिंग

C. बस

D. मैश

E. इनमें से कोई नहीं

Q.78 एक नेटवर्क जिसको मैन्युअल रूप से रूट सिग्नल भेजने के लिए मनुष्य की जरूरत होती है, उसे _____ कहा जाता है।

A. फाइबर ऑप्टिक नेटवर्क
B. बस नेटवर्क
C. टी-स्विचड नेटवर्क
D. रिंग नेटवर्क
E. इनमें से कोई नहीं

Q.79 एक नेटवर्क, जिसे डेटा, सॉफ़्टवेयर और हार्डवेयर साझा करने के लिए माइक्रो कंप्यूटर के कई उपयोगकर्ताओं के बीच उपयोग किया जाता है, इसे कहा जाता है-
A. वाइड एरिया नेटवर्क
B. मेट्रोपॉलिटन एरिया नेटवर्क
C. लोकल एरिया नेटवर्क
D. वैल्यू एडेड नेटवर्क
E. ऊपर के सभी

Q.80 वेब पेज में एक शब्द, जिस पर क्लिक करने पर दूसरा दस्तावेज़ खुलता है ----
A. ऐंकर
B. हाइपरलिंक
C. संदर्भ
D. यूआरएल
E. इनमें से कोई नहीं

Financial Awareness

Q.81 केंद्रीय बजट 2022 के अनुसार, कर लाभ प्राप्त करने के लिए पात्र स्टार्ट-अप के लिए निगमन की अवधि ______ तक बढ़ा दी गई है।
A. 31 जनवरी 2023 तक
B. 28 फरवरी 2023 तक
C. 31 मार्च 2023 तक
D. 30 अप्रैल 2023 तक
E. 31 मई 2023 तक

Q.82 डिजिटली ट्रांसफॉर्म लेंडिंग बिजनेस के लिए एक्सेंचर के साथ किस बैंक का संबंध है?
A. यस बैंक
B. आईसीआईसीआई बैंक
C. एचडीएफसी बैंक
D. ऐक्सिस बैंक
E. इनमे से कोई नहीं

Q.83 जोखिम प्रबंधक शायद __________ में शामिल नए उपक्रमों की पहचान करने में सक्षम हो सकता है।
A. शुद्ध जोखिम
B. समूह जोखिम
C. परिकल्पी जोखिम
D. विशेष जोखिम
E. इनमें से कोई नहीं

Q.84 जोखिम प्रबंधन की पूरी प्रक्रिया की सफलता इसके ______ पर निर्भर करती है।
A. पहचान
B. जोखिम विश्लेषण
C. जोखिम आँकना
D. जोखिम का मूल्यांकन
E. इनमें से कोई नहीं

Q.85 31 मार्च 22 को सार्वजनिक क्षेत्र के बैंकों के लिए सकल गैर-निष्पादित आस्तियों (सकल एनपीए) का प्रतिशत क्या है?
A. 3%   B. 5.17%   C. 8%   D. 9.3%
E. 8.5%

Q.86 भारत सरकार द्वारा गैर-निष्पादित परिसंपत्तियों से निपटने के लिए वर्ष 2000 में किसका गठन किया गया था?
A. सरफेसी अधिनियम
B. ऋण वसूली न्यायाधिकरण (डीआरटी)
C. कॉर्पोरेट ऋण पुनर्गठन
D. क्रेडिट सूचना ब्यूरो
E. इनमें से कोई नहीं

Q.87 बैंक किस पर ऋण नहीं देता है?
A. सोने के आभूषण
B. एलआईसी पॉलिसी
C. लॉटरी टिकट
D. एनएससी
E. B और C दोनों

Q.88 बेसल-III के तहत शुद्ध स्थिर वित्त पोषण अनुपात (एनएसएफआर) भारत में लागू किया गया था:
A. 1 जनवरी 2017
B. 1 अप्रैल 2017
C. 1 जनवरी 2018
D. 1 अप्रैल 2018
E. 1 अप्रैल 2019

Q.89 RBI ने OTR योजना की घोषणा कब की थी?
A. 6 अगस्त 2019
B. 5 मार्च 2021
C. 12 अप्रैल 2020
D. 6 अगस्त 2020
E. 8 सितंबर 2018

Q.90 कोविड -1 महामारी के कारण, भारतीय रिज़र्व बैंक (RBI) ने बैंकों को MSMEs के ओटीआर प्रस्तावों पर विचार करने की अनुमति दी है, जिसमें क्रेडिट एक्सपोजर है:
A. 25 करोड़ रु
B. 52 करोड़ रु
C. 20 करोड़ रु
D. 50 करोड़ रु
E. 30 करोड़ रु

Q.91 सरफेसी अधिनियम 2002 के प्रावधान के तहत प्रतिभूतिकरण का लेनदेन कहाँ पंजीकृत है?
A. कंपनियों के रजिस्ट्रार
B. आश्वासनों के रजिस्ट्रार
C. फर्मों के रजिस्ट्रार
D. केंद्रीय रजिस्ट्री के रजिस्ट्रार
E. इनमें से कोई भी नहीं

Q.92 एसेट रिकंस्ट्रक्शन कंपनी एक विशिष्ट वित्तीय संस्था है जो खरीदती है:
A. एनपीए या खराब संपत्ति
B. वस्तु
C. सेवा
D. (A) और (B) दोनों
E. सभी (A), (B) और (C)

Q.93 निम्नलिखित में से कौन सा एक प्रकार का बाजार जोखिम नहीं है?
A. ब्याज दर जोखिम
B. परिचालन जोखिम
C. विदेशी मुद्रा विनिमय दर (विदेशी मुद्रा) जोखिम
D. कमोडिटी मूल्य जोखिम
E. उपरोक्त सभी

Q.94 निम्नलिखित में से कौन-सा बेसल-II ढांचे के स्तंभों में से एक है?
A. पूंजी पर्याप्तता आवश्यकताएँ
B. पर्यवेक्षी समीक्षा
C. बाजार अनुशासन
D. (A) और (C) दोनों
E. सभी (A), (B) और (C)

Q.95 निवेशक के लिए बैंक जमा को प्राथमिकता देने का सबसे महत्वपूर्ण कारण है:
A. बैंक की ऋण पात्रता।
B. बैंक प्रतिभूतियों में निवेश नहीं करता है।
C. बैंक गारंटी प्रदान करता है।
D. (A) और (B) दोनों
E. सभी (A), (B) और (C)

Q.96 ईसीजीसी संबंधित है:

A. क्रेडिट

B. बीमा

C. यातायात

D. (B) और (C) दोनों

E. सभी (A), (B) और (C)

Q.97 भारतीय रिजर्व बैंक द्वारा लीड बैंक योजना किस वर्ष शुरू की गई थी?

A. 1964   B. 1969   C. 1973   D. 1975

E. 1987

Q.98 एटीएम खोलने वाला भारत का पहला बैंक कौन सा था?

A. एचएसबीसी बैंक   B. सिटी बैंक

C. एसबीआई बैंक   D. आईसीआईसीआई बैंक

E. एचडीएफसी बैंक

Q.99 भारत में पहला विमुद्रीकरण कब हुआ था?

A. 1978   B. 2016   C. 1948   D. 1946

E. 1952

Q.100 एशियाई विकास बैंक (एडीबी) किस राज्य में वित्त प्रबंधन के लिए 50 मिलियन अमरीकी डालर के नीति-आधारित ऋण का वित्तपोषण करेगा?

A. महाराष्ट्र   B. पश्चिम बंगाल

C. आंध्र प्रदेश   D. तमिलनाडु

E. ओडिशा

Q.101 अंतर्राष्ट्रीय विकास संघ (आईडीए), जिसने भारत को 400 मिलियन अमरीकी डालर का ऋण दिया है, किस संगठन का हिस्सा है?

A. संयुक्त राष्ट्र   B. विश्व बैंक

C. अंतर्राष्ट्रीय मुद्रा कोष   D. ब्रिक्स बैंक

E. इनमें से कोई नहीं

Q.102 कौन सा बैंक लगातार 3 महीनों के लिए इलेक्ट्रॉनिक्स और सूचना प्रौद्योगिकी मंत्रालय (MeitY) के डिजिटल भुगतान स्कोरकार्ड की सूची में सबसे ऊपर रहा है?

A. पंजाब नेशनल बैंक   B. भारतीय स्टेट बैंक

C. बैंक ऑफ बड़ौदा   D. एचडीएफसी बैंक

E. आईसीआईसीआई बैंक

Q.103 दीर्घावधि वित्त हब के विकास के लिए किस संस्थान ने एक विशेषज्ञ समिति का गठन किया है?

A. आरबीआई   B. सेबी

C. आईएफएससीए   D. नीति आयोग

E. सिडबी

Q.104 विश्व व्यापार संगठन के संबंध में निम्नलिखित में से कौन सा कथन सही नहीं है?

A. विश्व व्यापार संगठन बहुपक्षीय व्यापार समझौतों के कार्यान्वयन की सुविधा प्रदान करेगा।

B. विश्व व्यापार संगठन बौद्धिक संपदा अधिकारों के मुद्दों से नहीं निपटता है।

C. विश्व व्यापार संगठन विभिन्न बहुपक्षीय व्यापार समझौतों के संबंध में बातचीत के लिए एक मंच के रूप में कार्य करता है।

D. विश्व व्यापार संगठन एक खुली विश्व व्यापार प्रणाली के लिए काम करेगा।

E. इनमे से कोई भी नहीं

Q.105 मौद्रिक नीति समिति में भारत सरकार द्वारा कितने सदस्य नियुक्त किए जाते हैं?

A. 6   B. 2

C. 3   D. 4

E. उपरोक्त में से कोई नहीं

Q.106 निवल मांग और मीयादी देयताओं (एनडीटीएल) पर आरक्षित नकदी निधि अनुपात (सीआरआर) अनुरक्षित किया जाता है। इस प्रकार एसएलआर को ______ पर अनुरक्षित रखा जाना चाहिए?

A. कुल मांग और मीयादी देयताओं

B. निवल मांग और मीयादी देयताओं

C. कुल मांग और मीयादी परिसंपत्तियों

D. शुद्ध मांग और मीयादी परिसंपत्ति

E. उपरोक्त में से कोई नहीं

Q.107 नकद क्रेडिट खाता एनपीए (NPA) बन जाएगा यदि यह ______

[IDBI Bank Assistant Manager, 2021]

A. 90 दिनों से अधिक समय के लिए चालू नहीं रहता है

B. स्टॉक स्टेटमेंट 60 दिनों के लिए जमा नहीं किया गया

C. खाते की समीक्षा 3 महीने के लिए नहीं की गई

D. उपरोक्त सभी

E. इनमें से कोई भी नहीं

Q.108 एयू स्मॉल फाइनेंस बैंक टैगलाइन:

[IDBI Bank Assistant Manager, 2021]

A. योर ओन बैंक, बैंकिंग डेट इस ट्राइस एस गुड'

B. सभी के लिए समृद्धि

C. विश्वास और मैत्रीपूर्ण

D. बढ़ती का नाम जिंदगी

E. चलो आगे बढ़ें

Q.109 निम्नलिखित में से कौन 'पैरा बैंकिंग' सेवाओं को परिभाषित करता है?

[IDBI Bank Assistant Manager, 2021]

A. बैंकों द्वारा प्रदान की जाने वाली योग्य वित्तीय सेवाएं

B. व्यापार संवाददाताओं के माध्यम से प्रदान की जाने वाली सेवाएं

C. सशस्त्र बलों के कर्मियों को प्रदान की जाने वाली सेवाएँ

D. बैंकों द्वारा दी जाने वाली उपयोगिता सेवाएं

E. इनमे से कोई भी नहीं

Q.110 NPA (अनुपयोज्य संपत्ति) की निगरानी और अंतर लेनदार समझौते की सिफारिश के लिए किस समिति का गठन किया गया था?

[IBPS PO, 2019]

A. सक्षम समिति   B. शशक्त समिति

C. शक्ति समिति   D. शांति समिति

E. उपरोक्त में से कोई नहीं

Q.111 आर्थिक सर्वेक्षण 2020 के अनुसार, वर्ष 2019 को किस आयोजन की स्वर्ण जयंती के रूप में चिह्नित किया गया है?

A. पीएसयू निजीकरण   B. बैंक पूंजीकरण

C. बैंक का राष्ट्रीयकरण   D. सीपीएसई विनिवेश

E. इनमें से कोई नहीं

Q.112 सर्वेक्षण के अनुसार FY21 के लिए वास्तविक विकास दर क्या है?

A. 7.7% MoSPI   B. -7.7% MoSPI

C. 11.5% MoSPI   D. इनमे से कोई भी नहीं

E. उपरोक्त सभी

Q.113 वित्त वर्ष 2021-2022 में भारत की अनुमानित वास्तविक जीडीपी वृद्धि क्या है?

A. 9 प्रतिशत   B. 13 प्रतिशत

C. 14 प्रतिशत   **D.** 12.7 प्रतिशत
E. 15 प्रतिशत

Q.114 निम्नलिखित में से किस बैंक ने पैसालो डिजिटल को अपने राष्ट्रीय कॉर्पोरेट व्यापार संवाददाता के रूप में चुना है?
A. एसबीआई   **B.** पीएनबी
C. एचडीएफसी बैंक   **D.** यस बैंक
E. इनमें से कोई नहीं

Q.115 शहरी स्वच्छ भारत मिशन 2.0 को 2021 से 2026 तक 5 वर्षों की अवधि में ___ के परिव्यय के साथ लागू किया जाएगा।
A. 2.41 लाख करोड़   **B.** 1.41 लाख करोड़
C. 1.21 लाख करोड़   **D.** 2.21 लाख करोड़
E. 1.63 लाख करोड़

Q.116 बीमा में एफडीआई की सीमा 49 फीसदी से बढ़ाकर ___ करने का प्रस्ताव है।
A. 51%   **B.** 70%   **C.** 74%   **D.** 76%
E. 75%

Q.117 केंद्रीय बजट 2022 के अनुसार, कर लाभ प्राप्त करने के लिए पात्र स्टार्ट-अप के लिए निगमन की अवधि ______ तक बढ़ा दी गई है।
A. 31 जनवरी 2023 तक   **B.** 31 फरवरी 2023 तक
C. 31 मार्च 2023 तक   **D.** 31 अप्रैल 2023 तक
E. 31 मई 2023 तक

Q.118 वर्चुअल डिजिटल एसेट के हस्तांतरण के संबंध में किए गए भुगतान पर केंद्रीय बजट 2022 में प्रस्तावित टीडीएस की दर क्या है?
A. 1%   **B.** 2%   **C.** 2.25%   **D.** 2.50%
E. 2.75%

Q.119 केंद्रीय बजट 2021-22 में कितने नए सैनिक स्कूल स्थापित करने का प्रस्ताव है?
A. 150   **B.** 100   **C.** 120   **D.** 170
E. 160

Q.120 मूर्त निवल मूल्य की गणना इस प्रकार की जाती है:
A. पूंजी + भंडार - काल्पनिक संपत्ति और अमूर्त संपत्ति
B. पूंजी + भंडार
C. पूंजी + भंडार - अमूर्त संपत्ति
D. पूंजी + काल्पनिक संपत्ति + भंडार - अमूर्त संपत्ति
E. इनमें से कोई नहीं

English Language

Ques (121-125):Direction: The following sentences form a paragraph. The second and fifth sentences are given. The rest of the sentences are numbered as P, Q, R, S and T. These five parts are not given in their proper order. Read the sentences and choose the alternative that arranges them in the correct order.

P. This emergence was no doubt due to the increasing awareness in the 1960s of the effects that technology, industry, economic expansion and population growth were having on the environment.

2. While numerous philosophers have written on this topic throughout history, environmental ethics only developed into a specific philosophical discipline in the 1970s.

Q. The field of environmental ethics concerns human beings' ethical relationship with the natural environment.

R. Of course, pollution and the depletion of natural resources have not been the only environmental concerns since that time: dwindling plant and animal biodiversity, the loss of wilderness, the degradation of ecosystems, and climate change are all part of a raft of "green" issues that have implanted themselves into both public consciousness and public policy over subsequent years.

5. Rachel Carson's Silent Spring, first published in 1962, alerted readers to how the widespread use of chemical pesticides was posing a serious threat to public health and leading to the destruction of wildlife.

S. The development of such awareness was aided by the publication of two important books at this time.

T. Of similar significance was Paul Ehrlich's 1968 book, The Population Bomb, which warned of the devastating effects the spiraling human population has on the planet's resources.

Q.121 What should be the final sentence in the passage?
A. P   **B.** Q   **C.** R   **D.** S
E. T

Q.122 What should be the sixth sentence?
A. S   **B.** P   **C.** R   **D.** T
E. Q

Q.123 Which sentence should precede the given fifth one?
A. R   **B.** T   **C.** S   **D.** P
E. Q

Q.124 Since the second sentence is given, what should be the third?
A. P   **B.** Q   **C.** R   **D.** S
E. T

Q.125 What should be the opening line of the given passage?
A. P   **B.** Q   **C.** R   **D.** S
E. T

Ques (126-128):Direction: In the following sentence, a part of the sentence is underlined. Below are given alternatives to the underlined part, which may improve the sentence. Choose the correct alternative. In case no improvement is needed, choose the alternative that indicates 'No improvement'.

Q.126 The government has <u>called out</u> an independent inquiry into the scandal.
A. Called for
B. Called in
C. Called on
A. Both B and C   **B.** Only A
C. Only B   **D.** Both A and C
E. No improvement

Q.127 Yet this youthful or 'juvenescent' culture is not actually <u>doing worried young people</u> any favors since they are losing sustenance by being cut off from the past.
A. Worried young people doing

B. Young worried people doing

C. Doing young worried people

D. Doing worried people young

A. Only A	**B.** Only B
C. Only C	**D.** Only D

E. No improvement

Q.128 Hegel rejects the idea of independence or separation of powers <u>for the sake of</u> checks and balances, which destroy the unity of the state.

A. Having the sake in

B. Within the sake of

C. From the sake of

D. With the sake of

A. Only B	**B.** Both B and D
C. Only A	**D.** Both A and C

E. No improvement

Ques (129-130):Directions: In the following sentence, some parts have errors and some are correct. Find out which part has an error and mark it as your answer. If there is no error, mark 'No error' as your answer.

Q.129 You, he and I have done (A)/ many wrongs in the last few years (B)/ and now the time has come (C)/ to receive punishment. (D)

A. (A)	**B.** (B)	**C.** (C)	**D.** (D)

E. No error

Q.130 She is more efficient than me (A)/ in running the house (B)/ and taking care (C)/ of the garden. (D)

A. (A)	**B.** (B)	**C.** (C)	**D.** (D)

E. No error

Ques (131-133):Direction: In each of the questions below, a word is given, followed by four statements. From the options, choose the one that provides the combination of statements that can be joined using the given word.

Q.131 Since

A. Social media is a crucial part of digital marketing, and there's a lot to cover.

B. The course includes tools and skills specific to individual social media platforms.

C. His father doesn't talk to him.

D. They had an argument a couple of years ago.

A. AD only	**B.** AD and BC
C. AB and CD	**D.** AB only

E. CD only

Q.132 By

A. Laboratory personnel were trained in virus testing.

B. Extensive testing and contact tracing was implemented.

C. We prepared for the worst possible scenario — a 'hurricane' of cases.

D. Canceling elective procedures, expanding the intensive care unit (ICU), and acquiring equipment and supplies.

A. CD only	**B.** BD only
C. AB and CD	**D.** AB only

E. AC and BD

Q.133 Which

A. Scientists are racing to identify the source of the coronavirus.

B. The RBD is a crucial part of coronaviruses.

C. It allows them to latch on to and enter a cell.

D. It is causing havoc around the world.

A. CD only	**B.** AD and CD
C. AD only	**D.** AD and BC

E. BC only

Ques (134-135):Direction: The following question contains a sentence carrying an idiom/ phrase. The idiom/ phrase has been highlighted. The question is followed by five options, four of which try to explain the meaning of the phrase with reference to the context of the given sentence. Choose the alternative from the first four options that explains the meaning of the phrase correctly without altering the meaning of the sentence given in the question. If none of the sentences explains the meaning of the highlighted phrase, choose option (E), i.e., "None of these" as your answer.

Q.134 As everyone got ready to go on the adventure trip, the news of the bus getting canceled came as a **fly in the ointment**.

A. The cancellation of the bus came as a good news as everyone wanted to go on an adventure trip.

B. The cancellation of the bus made everyone worry about their adventure trip since everyone wanted to see the wild flies.

C. The news of the cancelled bus spoilt everyone's mood as they were all set to go on their adventure trip.

D. The energy of the adventure trip got catalyzed after the bus got cancelled.

E. None of these

Q.135 The fact that his 35-year-old brother was still living with his parents was a big **elephant in the room** at every family gathering.

A. Everyone appreciated the 35- year old son staying with his parents.

B. The 35- year old son staying with his parents was a recurring topic of discussion in every family gathering.

C. People unnecessarily made a huge issue out of the fact that the 35- year old son stayed with his parents.

D. It was obvious that people at every family gathering were uncomfortable with the 35- year- old brother still living with his parents, but they never discussed it outright.

E. None of these

Ques (136-140):Direction: Fill in the blanks with appropriate words.

Prior to 1991, India's economy and financial system were heavily regulated and ___(1)___ by the public sector. A complicated regulatory regime required firms to obtain licenses for most economic activities, and many industries were ___(2)___ for the public sector, including much of the financial system. Bank nationalizations in 1969 and 1980 increased the public sector share of deposits 5 to over 80 per cent, and further branch licensing was rigidly controlled. Primarily focused on financing government ___(3)___ and serving government priority sectors such as agriculture, India's public banks lacked proper lending ___(4)___ and exhibited a high number of non-performing loans. Following a balance of payments crisis in 1991, however, a number of structural ___(5)___ were implemented that greatly deregulated many economic growth, and in November 1991, a broad financial reform agenda was established in India by the Committee on the Financial System (CFS).

Q.136 What should come in the place of blank (1)?
A. Neglected
B. Dominated
C. Mismatched
D. Mismanaged
E. Followed

Q.137 What should come in the place of blank (2)?
A. Open
B. Unlocked
C. Unrolled
D. Reserved
E. Free

Q.138 What should come in the place of blank (3)?
A. Deficits
B. Surplus
C. Profit
D. Forward
E. Impassive

Q.139 What should come in the place of blank (4)?
A. Incentives
B. Deterrent
C. Disincentive
D. Warning
E. Prohibition

Q.140 What should come in the place of blank (5)?
A. Preserve
B. Maintain
C. Occupied
D. Attain
E. Reforms

Ques (141-143):Directions: In the following questions, a passage is given in which there is a blank. Choose the option which is coherent with the theme of the passage and is grammatically appropriate.

Q.141 Research by Bersin by Deloitte shows that the ability to attract the right people and retaining them will become one of the biggest differentiating factors for businesses. Recruiting, Retaining, Engaging continue to be the core functions of HR. However, the ways of doing these are changing by the day. _________________ Freed of these administrative tasks, HR has begun to focus on forecasting, identifying the skills that the organization may require and keeping the workforce engaged. Some of the best practices that companies such as Airtel have introduced include making the hiring process more efficient by crunching the time taken for recruitment of a candidate from weeks to days; moving acquisition teams close to where the talent is and identifying and creating a bench of talent standbys.

A. As digital transformation, automation and artificial intelligence sweep through organizations, the world of work and workforce is transforming.

B. Tech-based recruiting platforms based on analytics now handle everything from sourcing, screening, background verification to candidate relationship management.

C. The need to reinvent HR has never been more urgent as technology is altering all its core functions- be it recruiting, engaging, training or spurring performance.

D. Annual reviews and appraisals are passé.

E. None of the above

Q.142 Labour, a basic component of agriculture is becoming difficult. Last year, the Union Budget had an allocation of Rs. 48,000 crore for MNREGA. It is said that this year's budget may increase it to Rs. 60,000 crore. This scheme would provide long-term benefit if the labour force is tied up to assist farmers overcome scarcity in farm labour, the absence of which is forcing many to give up on agriculture altogether. The Budget announced that the minimum support price (MSP) is to be fixed at 1.5 times of all input costs to protect the farmer. Care should be taken not to give too drastic an increase, which will render the commodity uncompetitive in global markets and unaffordable to mill owners. ____________

A. This might affect the farmer adversely if prices have to be corrected in the future.

B. While it is a good measure, the amount allocated is quite meagre for a country of our size.

C. But surprisingly, there has been no mention of it in the 2018 Budget.

D. This, along with new policies that will be announced to address procurement, demand and forecast, will give the much-needed impetus to improve farmers' incomes.

E. None of the above

Q.143 The recently held U.S-India Trade Policy Forum (TPF) meeting in Washington DC concluded without both sides issuing a joint statement due to differences on several issues. On the joint statement not being issued after the TPF meeting, U.S. Department of Agriculture Under Secretary Ted McKinney said, "there was an agreement on the agriculture portion. It was non-agriculture issues that prevented it (joint statement)." This was Mr. McKinney's first international trip as Under Secretary for Trade and Foreign Agricultural Affairs. He led a delegation of nearly 50 business, trade associations and state government leaders who held over 500 meetings with trade partners from India, Bangladesh, and Sri Lanka. ________________

A. The U.S. will partner with India in this endeavour through technical information exchanges and supplementing food and feed needs through trade.

B. There was an agreement on the agriculture portion.

C. Issues such as IPR (including patenting of genetically modified crops in India), tariffs (reduction of 'high' tariffs on certain farm products in India) and subsidies (the alleged 'huge' farm subsidies of the US) did not figure in the talks.

D. The delegation aimed to develop collaborative partnerships, learn more about local market conditions, and jointly create business that will help to combat human and animal nutrient deficiencies in India.

E. None of the above

Ques (144-145):Direction: Fill in the blanks with the most appropriate word out of the five alternatives suggested below each question to make the sentence grammatically correct.

Q.144 That day they ____ the beach only after they ____ walking for hours .
A. Had been, reached
B. Reached, had been
C. Has been, reach
D. Reach, has been
E. Reached, are

Q.145 Mrs. Hindelberg has a prejudice ______ Muslims.

A. To   **B.** For   **C.** Against   **D.** Towards

E. In

Ques (146-150):Direction: Read the following passage carefully and answer the questions given below.

Music, like mathematics, is a ______ language. We can communicate a variety of emotions and themes that touch the very depths of our soul with the vigorous movement of air through a trumpet or the tender touch of fingers on a keyboard. Musicians are at a unique advantage because they not only have the opportunity to communicate universally but also to improve their brain health. Your brain will thank you for being a musician for five reasons:

1. Music training promotes neuroplasticity. Neuroplasticity is the brain's ______ to change throughout life. The more you engage (1)/ in any activity, (2)/ the more consistently neurons (3)/ are firing together, (4)/ which results in stronger connections. (5)/

2. Music training improves cognitive abilities. Studies have shown that music training improves cognitive abilities (e.g., working memory, attention and inhibition) across our life span. This has been shown with both short-term and long-term music training. Because playing an instrument requires many different areas of the brain, it strengthens a variety of neuronal connections. This allows for an increase in signal efficiency, which may be why musicians may perform better in cognitive tasks than non-musicians.

3. Music training may promote healthy aging of the brain. Studies show that musicians have an advantage in maintaining their cognitive abilities during the aging process. Older musicians have other advantages as well. One study showed that ability to filter out irrelevant environmental stimuli was more intact in older musicians, and their brain activity reflected this advantage. Another has shown older musicians are able to hear more clearly in the presence of background noise.

4. Music training is beneficial for overall health. to maintain physical (1) /and psychological health (2)/ musical activities are potential ways (3) / has shown that group (4) /a recent study (5) /. For example, a lowered risk of dementia has been associated with playing musical instruments. Other studies have shown that playing keyboard and drums could improve fine and gross motor skills in stroke patients. These benefits were ______ by increased brain activity and improved connectivity and function of brain areas responsible for controlling movement.

5. Music training is a rewarding activity. Most importantly, making music is something most people enjoy. Your brain is more apt to learn if an activity is inherently rewarding and motivating. activating brain structures (1) /is a rewarding experience in and of itself, (2)/ involved in reward processing (3)/ studies have shown (4)/ that listening to music (5) /. Scientists have even begin modulating music reward sensitivity in the brain with using transcranial magnetic stimulation. Sensitizing or desensitizing these (1)/ brain areas

showing causal (2)/ evidence that these circuits (3)/ are involved in the enjoyment and motivation of music. (4)/

In short, making music is truly a whole-brain workout. Although those who begin music training at a young age seem to display the greatest neuroplastic benefits, research shows it is never too late to learn to play an instrument. More research is needed to more fully understand the effect of music training on the brain throughout life; this is something the National Institutes of Health has recognized.

Q.146 Fill the blank in the following sentence with the most appropriate word.

Music, like mathematics, is a ______ language.

A. Original   **B.** Serene

C. Universal   **D.** Communal

E. Contagious

Q.147 Rearrange the jumbled sentence to make a grammatically correct and meaningful sentence

to maintain physical (1) /and psychological health (2)/ musical activities are potential ways (3) / has shown that group (4) /a recent study (5) /.

A. 12354   **B.** 12345   **C.** 54123   **D.** 54312

E. 34512

Q.148 The following sentence may or may not contain an error in one of its parts. Identify the part containing the error. If the sentence is correct, select 'no error' as your answer.

The more you engage (1)/ in an activity, (2)/ the more consistently neurons are firing (3)/ together, which results in stronger connections. (4)/

A. (1)   **B.** (2)   **C.** (3)   **D.** (4)

E. No error

Q.149 Which of these is opposite in meaning to 'vigorous'?

A. Robust   **B.** Thriving   **C.** Jaunty   **D.** Vital

E. Frail

Q.150 Fill the blank in the following sentence with the most appropriate word.

Neuroplasticity is the brain's ______ to change throughout life.

A. View   **B.** Opinion

C. Susceptibility   **D.** Ability

E. Sign

Ques (151-155):Direction: Below a word is given followed by three sentences that consist of that word. Identify the sentence/s which best expresses the meaning of the word. Choose option E (None of these) if the word is not suitable in any of the sentences.

Q.151 MENDACIOUS

A) As a politician, he was very adept at speaking mendaciously in public.

B) Dogged and ingenious interrogation of a mendacious suspect finally reveals the truth.

C) The form of government was borrowed largely from those prevailing in the mendacious orders.

A. Both A and C are correct

B. Both A and B are correct

C. Both B and C are correct

D. Only B is correct

E. None of these

Q.152 BRUIT

A) The news of the impending marriage was bruited abroad.

B) You should not resort to bruit force to solve a problem.

C) A film that captures the thunderous fury of medieval warfare and the bruit of a thousand clashing swords

A. Both A and C are correct

B. Only A is correct

C. Only B is correct

D. Both B and C are correct

E. None of these

Q.153 MINE

A. While musicians, jugglers, mine artists, and an occasional fire-eater provide the entertainment, the sun sinks slowly below the horizon.

B. The mine's like a thousand other holes in the ground—it's outlived its time.

C. So I say the horses and chickens are mine and Alex says the other animals are his.

A. Both A and B   **B.** Only B

C. Only C   **D.** Both B and C

E. None of these

Q.154 MYSTIQUE

A) John of the Cross Carmelite friar and priest of converso origin, is a major figure of the Spanish Counter-Reformation, a mystique and Roman Catholic saint.

B) As an artist committed to the mystique, Bowie doesn't share much about their upbringing.

C) Cold and white, this Midwestern state plays a unique role in the mystique of presidential campaigns

A. Both A and B are correct

B. Both B and C are correct

C. Both A and C are correct

D. Only C is correct

E. None of these

Q.155 MERCURIAL

A. Indeed, anyone who does not master this mercurial context will be mastered by it.

B. Nations are possessed with an insane ambition to mercurial the memory of themselves by the amount of hammered stone they leave.

C. The tournament is open to both amateurs and mercurials.

A. Only C   **B.** Both B and C

C. Both A and B   **D.** Only A

E. None of these

Ques (156-160):Direction: Given below is a paragraph containing three blanks. It is followed by six words. From the given options, choose the most suitable combination of words that would fit in the blanks to form a meaningful and grammatically correct paragraph. If none of the combinations

fill the blanks appropriately, mark option E, 'None of these', as the answer.

Q.156 According to Atlas Obscura, Lake Nyos has formed in a volcanic crater __________ 400 years ago. A lake of this kind is generally formed by the volcanic activities that take place deep _________ the surface of the earth, and ___________ have high levels of carbon dioxide in them. Usually, this gas is released over time as the lake water evaporates.

i) Around

ii) Below

iii) Beneath

iv) About

v) Therefore

vi) Thus

A. i, ii, iii   **B.** ii, iii, iv

C. i, iii, v   **D.** ii, iv, vi

E. None of these

Q.157 As _______ for having been ignored by an English Rolls Royce salesman in a London showroom, the king bought all the cars the showroom had on offer. He bought the cars on the _________ that the salesman would _________ him to India. Once there, the Maharaja ordered the cars to be used for garbage collection.

i) Revenge

ii) Condition

iii) Accompany

iv) Avenge

v) Warranty

vi) Statement

A. i, ii, iii   **B.** ii, iii, iv

C. i, iii, v   **D.** ii, iv, vi

E. None of these

Q.158 ________to the reporters, Air Vice Marshal RGK Kapoor said that the IAF fighters had been tasked with intercepting Pakistani aircraft and were successful in _______ them. He also said that _______ the Pakistan Air Force jets dropped bombs, they were not able to cause any damage.

i) Although

ii) Despite

iii) Thwarting

iv) Defeating

v) Speaking

vi) Announcing

A. i, ii, iii   **B.** ii, iii, iv

C. i, iii, v   **D.** ii, iv, vi

E. None of these

Q.159 When you think of a railway _______ in India, the first thing that comes to your mind is crowded _________. But the newly launched premier waiting for _______ at the Madurai Railway Station might just change your opinion.

i) Podium

ii) Station

iii) Area

iv) Platforms

v) Stage

vi) Lounge

A. i, ii, iii
B. ii, iii, iv
C. i, iii, v
D. ii, iv, vi
E. None of these

Q.160 The candidate's decision to contest from Wayanad, Kerala, is _______ one of the most sensational developments of this election. His move, political pundits contend, is a _______ for the Left Front. The candidate's decision also _______ the idea of opposition parties pooling their votes to vanquish the party currently in power.

i) Literally
ii) Arguably
iii) Setback
iv) Undermines
v) Milestones
vi) Weakens

A. i, ii, iii
B. ii, iii, iv
C. i, iii, v
D. ii, iv, vi
E. None of these

Hindi Language

Ques (161-170):निर्देश: अधोलिखित गद्यांश को ध्यानपूर्वक पढ़िए और प्रश्नों के उत्तर उपयुक्त विकल्पों के द्वारा दीजिये।

विज्ञान ने हमारे जीवन में कई बदलाव किए हैं। सबसे पहले परिवहन, विज्ञान की मदद से अब लंबी दूरी तय करना आसान हो गया है। इसके अलावा, यात्रा का समय भी कम हो जाता है। विभिन्न तीव्र-गति वाहन इन दिनों उपलब्ध हैं। ये वाहन पूरी तरह से हमारे समाज का रुप बदल दिए हैं। विज्ञान ने भाप इंजन को विद्युत इंजन में परिवर्तित किया है। पहले के समय में लोग साइकिल से यात्रा करते थे। लेकिन अब हर कोई मोटरसाइकिल और कारों पर यात्रा करता है। इससे समय और मेहनत बचती है। और यह सब विज्ञान की मदद से संभव है। विज्ञान ने हमें चाँद तक पहुँचाया। यह सिलसिला यहीं थमा नहीं है। इसने हमें मंगल की भी एक झलक दी। यह सबसे बड़ी उपलब्धियों में से एक है। यह केवल विज्ञान के कारण संभव हुआ। इन दिनों वैज्ञानिक कई उपग्रह बनाते हैं। जिसकी वजह से हम हाई-स्पीड इंटरनेट का इस्तेमाल कर पा रहे हैं। यहां तक कि हमें इसके बारे में जानकारी हुए बिना ही ये उपग्रह दिन-रात पृथ्वी की परिक्रमा करते रहते हैं। विज्ञान और प्रौद्योगिकी हमारे दिन-प्रतिदिन के जीवन का महत्वपूर्ण हिस्सा हैं। हम अपनी अलार्म घड़ियों के बजने से सुबह उठते हैं और रात को अपनी लाइट बंद करके बिस्तर पर चले जाते हैं। ये सभी विलासिता जो हम वहन करने में सक्षम हैं, विज्ञान और प्रौद्योगिकी का ही परिणाम हैं। सबसे महत्वपूर्ण बात, हम यह सब थोड़े समय में कर लेते हैं क्योंकि यह केवल विज्ञान और प्रौद्योगिकी की प्रगति के कारण संभव हुआ है। विज्ञान हमारे समाज की रीढ़ है। हमारे वर्तमान समय में विज्ञान ने हमें बहुत कुछ दिया है। इसके कारण, हमारे स्कूलों में शिक्षक कम उम्र से ही विज्ञान पढ़ाते हैं। विज्ञान के बिना आज के जीवन की कल्पना भी नहीं की जा सकती।

Q.161 'रीढ़ होना' मुहावरे का सही अर्थ है:
A. समान होना
B. आसमान होना
C. आधार होना
D. सापेक्ष होना
E. बराबर होना

Q.162 उपर्युक्त गद्यांश का उचित शीर्षक क्या होगा?
A. दैनिक जीवन में विज्ञान
B. समाज का बदलता स्वरुप
C. विज्ञान और परंपरा
D. मनुष्य का विज्ञान के प्रति दृष्टिकोण
E. वैज्ञानिकता का विरोध

Q.163 विज्ञान की मदद से संभव हुआ है:
A. मानव विवेक का नियंत्रण
B. मानवीय संवेदनाओं का सरलीकरण
C. परिवहन की सरलता
D. मानव की भावनाओं का पुष्टिकरण
E. परिवहन की कमी

Q.164 'लोकगीत' किस प्रकार का शब्द है?
A. रूढ़
B. यौगिक
C. योगरूढ़
D. विशुद्ध
E. इनमें से कोई नहीं

Q.165 'दिन-रात' शब्द में कौन सा समास है?
A. द्विगु
B. बहुव्रीहि
C. द्वंद्व
D. तत्पुरुष
E. अव्ययीभाव

Q.166 'परिक्रमा' शब्द में कौन सा उपसर्ग है?
A. परा
B. प्र
C. परि
D. प
E. प्रति

Q.167 'तीव्र-गति' में तीव्र शब्द क्या है?
A. संज्ञा
B. सर्वनाम
C. विशेषण
D. क्रिया विशेषण
E. क्रिया

Q.168 'प्रौद्योगिकी' का उचित अर्थ क्या है?
A. प्रावधान
B. प्रधान
C. प्राविधिकी
D. विकासशील
E. प्रचार

Q.169 'वर्तमान' शब्द का विलोम शब्द है:
A. पुरातन
B. भूत
C. प्राचीन
D. पुराना
E. कल

Q.170 'विज्ञान ने हमारे जीवन में कई बदलाव किए हैं।' वाक्य का कौन सा प्रकार है?
A. सरल
B. संयुक्त
C. मिश्र
D. रूढ़
E. आधुनिक

Q.171 'पर उपदेश कुशल बहुतेरे' लोकोक्ति का अर्थ है:
A. बिन माँगे सलाह देना
B. दूसरों को उपदेश देने को आसान समझना
C. बिना सोचे दूसरों की सलाह पर काम करना
D. दूसरों की बात को शीघ्र मान लेना
E. बेकार की बातें करना या गप मारना

Q.172 'घर का जोगी जोगड़ा, आन गाँव का सिद्ध' लोकोक्ति का अर्थ है:
A. घर के ज्ञानी को सम्मान नहीं
B. घर-घर में मिटटी की चूल्हे
C. घर की मुर्गी दाल बराबर
D. घर का भेदी लंका ढाए
E. घर का उजाला

Q.173 वनौषधि का संधि विच्छेद बताइये:
A. वने + औषधि
B. वन + औषध
C. वन + षधि
D. वन + औषधि
E. इनमें से कोई नहीं

Q.174 धनैषणा का संधि विच्छेद बताइये:

A. धन + एषणा
B. धन + षणा
C. धन + एषण
D. धन + एणा
E. इनमें से कोई नहीं

Ques (175-176):निर्देश: निम्नलिखित प्रत्येक प्रश्न में एक शब्द और साथ में पांच विकल्प भी दिए गए हैं। बताइये की इन विकल्पों से कौन-सा विकल्प दिए गए शब्द का विलोम शब्द होगा?

Q.175 जागरण
A. नारकीय
B. शयन
C. दावानल
D. थान
E. इनमें से कोई नहीं

Q.176 क्रूर
A. दुर्लभ
B. सदय
C. दावानल
D. ध्याता
E. इनमें से कोई नहीं

Q.177 'पतंग' शब्द किसका अनेकार्थी नहीं है ?
A. सूर्य
B. पक्षी
C. टिड्डी
D. वादक
E. इनमें से कोई नहीं

Q.178 कौन सा शब्द "रस" का अनेकार्थी नहीं है?
A. सार
B. सुख
C. अमृत
D. धर्म
E. इनमें से कोई नहीं

Q.179 'उन्मेष' में किस उपसर्ग का प्रयोग हुआ है?

[Super TET Paper - I, 2018]

A. उप
B. उत्
C. अभि
D. अपि
E. उन्

Q.180 निम्नलिखित शब्दों में से किसमें 'अन' प्रत्यय का प्रयोग हुआ है?
A. चढ़ान
B. मोहन
C. वेदना
D. झाड़न
E. इनमें से कोई भी नहीं

Q.181 दिए गए विकल्पों में तद्भव शब्द को पहचानिए।
A. बोतल
B. कलाई
C. झीना
D. दंड
E. इनमें से कोई नहीं

Q.182 निम्नलिखित में से कौन-सा शब्द तत्सम है?
A. हरख
B. कृपा
C. घड़ा
D. ऊँट
E. इनमें से कोई नहीं

Q.183 'झेंपना' का पर्यायवाची शब्द ____ नहीं है।
A. लज्जित होना
B. शरमाना
C. शर्मिन्दा होना
D. ढकेलना
E. संकोच करना

Q.184 'शिकारी' का पर्यायवाची क्या होगा?
A. अहेरी, व्याध
B. सतर्क, चौकस
C. तालिका, फेहरिस्त
D. तुषार, तुहिन
E. गंगा, जाह्नवी

Q.185 'नवल सुन्दर श्याम शरीर' में कौन सा अलंकार है?
A. उल्लेख
B. यमक
C. रूपक
D. श्लेष
E. विरोधाभास

Q.186 निम्नलिखित में से कौन-सा वाक्य अशुद्ध है?
A. आत्मविश्वास व्यक्तित्व का अभिन्न पहलू होता है।
B. मैं कविता में अपने आप को व्यक्त नहीं कर सकता।
C. रामचरितमानस तुलसी द्वारा रचित अद्भुत ग्रंथ है।
D. क्रोध में उसने सारे आभूषण उतार फेंका।
E. इनमें से कोई नहीं

Q.187 निम्नलिखित में से कौन सा वाक्य शुद्ध है?
A. मैंने तीन कुर्सी खरीदी।
B. मैंने तीन कुर्सियाँ खरीदीं।
C. मैंने तीन कुर्सी खरीदीं।
D. मैंने तीन कुर्सिया खरीदी।
E. मैंने तीन कुर्सियों खरीदी।

Ques (188-189):निर्देश: दिए गए वाक्यांश के लिए एक शब्द बताएं।

Q.188 'जिसे इन्द्रियों से अनुभव नहीं किया जा सके'
A. अव्यक्त
B. अज्ञेय
C. अज्ञात
D. अतीन्द्रिय
E. अदृश्य

Q.189 'जो कहने सुनने में लज्जापूर्ण या घिनौना हो'
A. अनुचित
B. अश्लील
C. आपत्तिजनक
D. निषिद्ध
E. अवैध

Q.190 'मेला' का बहुवचन शब्द है:
A. मेली
B. मेलों
C. मेले
D. मेलियाँ
E. इनमें से कोई नहीं

Q.191 "खूँटी" शब्द का बहुवचन बताइए।
A. खूँटिया
B. खूँटियौ
C. खूँटियाँ
D. खूँटियों
E. खूँटि

Q.192 "कवि" शब्द का स्त्रीलिंग रूप क्या है?
A. कवित्री
B. कवियत्री
C. कवियित्री
D. कवयित्री
E. इनमें से कोई नहीं

Q.193 निम्न में से कौन-सा शब्द पुल्लिंग है?
A. इच्छा
B. राष्ट्र
C. रक्षा
D. योग्यता
E. इनमें से कोई नहीं

Q.194 'मित्रता' भाववाचक संज्ञा किस संज्ञा से बना शब्द है?
A. व्यक्तिवाचक
B. जातिवाचक
C. भाववाचक
D. समूहवाचक
E. ये सभी

Q.195 सर्वनाम शब्द है
A. जीवम्
B. मनुष्य
C. माता
D. त्वं
E. ये सभी

Q.196 "कई दर्शकगण" विशेषण का उदाहरण है?
A. निश्चित संख्यावाचक विशेषण
B. अनिश्चित संख्यावाचक विशेषण
C. निश्चित परिमाणवाचक विशेषण
D. अनिश्चित परिमाणवाचक विशेषण

E. इनमें से कोई नहीं

Q.197 निम्नलिखित में किस वाक्य में सकर्मक क्रिया का प्रयोग हुआ है?

A. कुत्ता भौंकता है।　　　B. पेड़ से पत्ते गिर रहे हैं।
C. घर जाओ।　　　D. भूपेन्द्र दूध पी रहा है।
E. इनमें से कोई नहीं

Q.198 'मानो माई घनघन अंतर दामिनी।'घन दामिनी दामिनी घन अंतरा" काव्य पंक्ति में अलंकार है-

A. उत्प्रेक्षा अलंकार　　　B. उपमा अलंकार
C. अनुप्रास अलंकार　　　D. अतिशयोक्ति अलंकार
E. यमक अलंकार

Q.199 दादुर धुनि चहुँ दिशा सुहाई। बेद पढ़हिं जनु बटु समुदाई ।। काव्य पंक्ति में अलंकार है।

A. अतिशयोक्ति अलंकार　　　B. उत्प्रेक्षा अलंकार
C. उपमेयोपमा　　　D. रूपक
E. यमक

Q.200 एक कबूतर देख हाथ में, पूछा कहाँ अपर है।, उसने कहा अपर कैसा, वह उड़ गया सपर है।। काव्य पंक्ति में अलंकार है।

A. अतिशयोक्ति अलंकार　　　B. वक्रोक्ति अलंकार
C. उत्प्रेक्षा अलंकार　　　D. उल्लेख अलंकार
E. यमक अलंकार

Quantitative Aptitude & Data Interpretation

Q.201 एक निश्चित धनराशि पर 5% वार्षिक ब्याज की दर से 2 वर्ष के बाद चक्रवृद्धि ब्याज और साधारण ब्याज के बीच अंतर 15 रुपए है, धनराशि ज्ञात कीजिये।

A. 5000　　　B. 4500　　　C. 5500　　　D. 6000
E. 6500

Ques (202-204):निर्देश: दिए गए प्रश्न में, I और II से अंकित दो समीकरण दिए गए हैं। आपको दोनों समीकरणों को हल करना है और सही उत्तर चिह्नित करना है।

Q.202 I. $4x^2 - 7x + 3 = 0$

II. $16y^2 - 9 = 0$

A. $x > y$
B. $x < y$
C. $x \geq y$
D. $x \leq y$
E. x = y या x और y के बीच संबंध स्थापित नहीं किया जा सकता

Q.203 I. $2x^2 - 33x + 136 = 0$

II. $2y^2 - 37y + 171 = 0$

A. $x > y$
B. $x < y$
C. $x \geq y$
D. $x \leq y$
E. x = y या x और y के बीच सम्बन्ध स्थापित नहीं किया जा सकता

Q.204 I. $x^2 - 31x + 240 = 0$

II. $y^2 - 27y + 182 = 0$

A. $x > y$
B. $x < y$
C. $x \geq y$

D. $x \leq y$
E. x = y या x और y के बीच सम्बन्ध स्थापित नहीं किया जा सकता

Ques (205-207):निर्देश: दिए गए व्यंजक को सरल कीजिए।

Q.205 $3\frac{12}{67} \times 59\frac{32}{71} \times 16\frac{2}{7} + 3\frac{1}{2} = ?$

A. 3084.5　　　B. 3125.5　　　C. 3245.5　　　D. 3081.5
E. 3185.5

Q.206 $[(288)^2 \div 24 \times 36] \div 18 = \sqrt{?}$

A. 6912　　　B. 3456　　　C. 216　　　D. 6912^2
E. 2166

Q.207 $123 \times 8697 \div 223 = ?^2 + 36$

A. 67　　　B. 72　　　C. 85　　　D. 69
E. 83

Q.208 वस्तु A का क्रय मूल्य वस्तु B के क्रय मूल्य के बराबर है। यदि वस्तु A का अंकित मूल्य इसके क्रय मूल्य में 60% की वृद्धि के बाद _____ रुपये है और B का अंकित मूल्य इसके क्रय मूल्य में 50% की वृद्धि के बाद 600 रुपये है। वस्तु B और वस्तु A के विक्रय मूल्य के बीच का अंतर _____ रुपये है यदि दोनों वस्तुओं के अंकित मूल्य पर 10% की छूट दी गई है।

A. 680, 80　　　B. 640, 36　　　C. 540, 28　　　D. 720, 240
E. 480, 120

Q.209 नीचे दो मात्राएँ A और B दी गयी हैं। जानकारी के आधार पर, आपको दोनों मात्राओं के मध्य में सम्बन्ध निर्धारित करना है। आपको दी गयी जानकारी और अपने गणित के ज्ञान से सम्भावित उत्तरों में से सही उत्तर का चयन करना है।

मात्रा A: एक व्यापारी ने 10 कुर्सियों को 4000 रु. में बेचा और 2 कुर्सियों के क्रय मूल्य के बराबर लाभ अर्जित किया। 10 कुर्सियों को बेचने पर लाभ प्रतिशत क्या होगा?

मात्रा B: एक व्यापारी एक वस्तु का अंकित मूल्य उसके क्रय मूल्य से 20% अधिक पर अंकित करता है। 10% लाभ प्राप्त करने के लिए कितने प्रतिशत छूट देना होगा?

A. मात्रा A > मात्रा B
B. मात्रा A < मात्रा B
C. मात्रा A ≥ मात्रा B
D. मात्रा A ≤ मात्रा B
E. मात्रा A = मात्रा B या कोई संबंध नहीं है

Q.210 एक मोटरसाइकिल चालक 60 किमी/घंटा से चलना शुरू करता है और वह प्रत्येक 2 घंटे में अपनी गति 4 किमी/घंटा बढ़ाता है। तो 26 घंटे में उसके द्वारा तय की गई अधिकतम दूरी को ज्ञात कीजिए।

A. 1014 किमी　　　　　B. 2184 किमी
C. 1989 किमी　　　　　D. 1209 किमी
E. इनमें से कोई नहीं

Q.211 चार व्यक्तियों P, Q, R और S के समूह का औसत भार 67 किग्रा है। यदि Q को समूह से बाहर कर दिया जाता है और एक अन्य व्यक्ति T को समूह में शामिल कर लिया जाता है तो औसत भार 4 किग्रा कम हो जाता है। यदि T और P का औसत भार 58 किग्रा है और T का भार P के भार से 18 किग्रा अधिक है, तो Q और T का औसत भार ज्ञात कीजिए।

A. 77 किग्रा　　　B. 68 किग्रा　　　C. 79 किग्रा　　　D. 72 किग्रा
E. 75 किग्रा

Q.212 शांत जल में नाव की गति 40 किमी/घंटा है और धारा की गति 20 किमी/घंटा है। बिंदु A और बिंदु B के बीच की दूरी 480 किमी है। नाव नीचे के अनुकूल A से B तक जाने लगी। बीच रास्ते में ही उसमें एक इंजन लगा दिया जाता है, जिससे नाव की गति बढ़ गई। अब नाव बिंदु B पर

पहुँची और उसी इंजन की सहायता से बिंदु A पर वापस जाने लगी। पूरी यात्रा में 19 घंटे लगे। फिर इंजन की सहायता से नाव की गति में कितने किमी/घंटा की वृद्धि हुई?

A. 16 किमी/घंटा   B. 20 किमी/घंटा

C. 24 किमी/घंटा   D. 28 किमी/घंटा

E. 30 किमी/घंटा

Q.213 A, B और C ने एक साथ 3 दिन तक कार्य किया और 2034 रु. अर्जित किये, जबकि A और C ने एक साथ 2 दिन तक कार्य किया और 850 रु. अर्जित किये। B और C ने एक साथ 5 दिन तक कार्य किया और 2350 रु. अर्जित किये। C की दैनिक आय कितनी है?

A. 215 रु.   B. 217 रु.   C. 219 रु.   D. 221 रु.

E. 230 रु.

Q.214 तीन व्यक्ति A, B और C मिलकर 4.8 दिनों में एक कार्य कर सकते हैं और A और C एक साथ 6 दिनों में कार्य कर सकते हैं। B और D मिलकर उस कार्य को 16 दिनों में कर सकते हैं, फिर D कितने दिनों में अकेले उस कार्य को कर सकता है?

A. 48 दिन   B. 36 दिन   C. 40 दिन   D. 60 दिन

E. 70 दिन

Ques (215-219):निर्देश: आकड़ों को ध्यान से पढ़िये और निम्नलिखित प्रश्नों के उत्तर दीजिए:

निम्नलिखित रेखा आरेख वर्ष 2003 से वर्ष 2007 तक की समयावधि के लिए एलेक्सिस फाइनेंस लिमिटेड में प्रबंधक के रूप में काम करने वाले कुल कर्मचारियों का प्रतिशत दर्शाता है।

(नोट: कर्मचारियों की कुल संख्या = प्रबंधक + श्रमिक)

प्रबंधकों का प्रतिशत

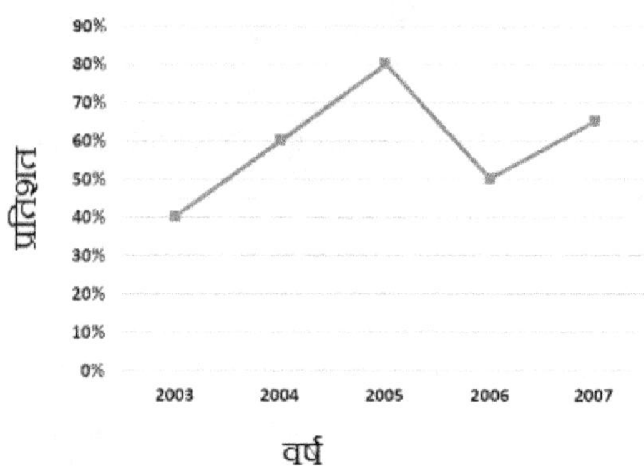

तालिका, कंपनी में पुरुष प्रबंधकों का महिला प्रबंधकों की संख्या से अनुपात दर्शाती है।

वर्ष	पुरुष : स्त्री
2003	3 : 2 3 : 2
2004	2 : 1 2 : 1
2005	5 : 3 5 : 3
20	2 : 3 2 : 3

06	
20 07	8:5 8:5

Q.215 यदि वर्ष 2005 और वर्ष 2006 में कुल श्रमिकों की संख्या समान है, तो इन दो वर्षों में पुरुष प्रबंधकों की कुल संख्या के बीच का अनुपात ज्ञात कीजिए।

[IBPS PO, 2021]

A. 32 : 125
B. 10 : 13
C. 13 : 10
D. 25 : 4
E. इनमें से कोई नहीं

Q.216 यदि वर्ष 2008 में श्रमिकों की संख्या 1400 है, और कंपनी में कुल श्रमिकों की संख्या 2007 के बाद से दोगुनी हो गई है; तो 2007 में कंपनी में प्रबंधकों की संख्या ज्ञात कीजिए।

[IBPS PO, 2021]

A. 1500
B. 1200
C. 1300
D. 1000
E. इनमें से कोई नहीं

Q.217 यदि वर्ष 2003 में पुरुष प्रबंधकों की संख्या 480 है, और वर्ष 2005 में महिला प्रबंधकों की संख्या 450 है। तो 2003 में कंपनी में कर्मचारियों की संख्या का वर्ष 2005 में कर्मचारियों की संख्या से अनुपात ज्ञात कीजिए।

[IBPS PO, 2021]

A. 3 : 2
B. 4 : 3
C. 2 : 3
D. 3 : 4
E. इनमें से कोई नहीं

Q.218 यदि 2005 में कंपनी में काम करने वाले कर्मचारियों की संख्या 1000 है। इसके अलावा, यह ज्ञात है कि 2005 में पुरुष श्रमिकों की संख्या महिला श्रमिकों की संख्या के बराबर है। तो वर्ष 2005 में महिला श्रमिकों की संख्या और महिला प्रबंधकों की संख्या के बीच क्या अंतर है?

[IBPS PO, 2021]

A. 400
B. 200
C. 100
D. 300
E. इनमें से कोई नहीं

Q.219 यदि यह ज्ञात हो कि कर्मचारियों की संख्या सभी पाँच वर्षों के लिए समान है। तो वर्ष 2005 से वर्ष 2006 तक पुरुष प्रबंधकों की संख्या में प्रतिशत कमी क्या होगी?

[IBPS PO, 2021]

A. 12%
B. 25%
C. 42%
D. 60%
E. 50%

Q.220 एक निश्चित उत्पाद R, 3 : 5 के अनुपात में दो अवयवों P और Q से बना है। Q की लागत P की $66\frac{2}{3}$% है। R की कुल लागत 6.70 रुपये प्रति किग्रा है जिसमें 2.90 रुपये प्रति किग्रा के श्रम शुल्क शामिल हैं। Q की प्रति किग्रा की लागत ज्ञात कीजिये?

A. 3.0 रुपये प्रति किग्रा
B. 3.5 रुपये प्रति किग्रा
C. 2.6 रुपये प्रति किग्रा
D. 3.2 रुपये प्रति किग्रा
E. 4.8 रुपये प्रति किग्रा

Q.221 राजू ने अपनी पत्नी को 25% राशि दी और शेष 10% चिकित्सा बीमा के लिए और फिर शेष राशि का 22.22% पुस्तकालय विकास को दिया। वह 3150 रुपये लेकर चला गया। प्रारंभ में धन कितना था?

A. 6000
B. 5600
C. 5000
D. 4500
E. 8000

Ques (222-224):निर्देश: निम्नलिखित कथनों को पढ़िए और ज्ञात कीजिए कि वे दिए गए प्रश्न का उत्तर देने के लिए पर्याप्त हैं या नहीं हैं।

Q.222 विकाश द्वारा तीन विषयों में प्राप्त औसत अंक ज्ञात कीजिए।

कथन I: विकास द्वारा अंग्रेजी में प्राप्त अंक, विज्ञान में प्राप्त अंकों के 80% हैं।

कथन II: उसके द्वारा अंग्रेजी, हिंदी और विज्ञान में प्राप्त अंकों का अनुपात 4 : 3 : 5 है।

कथन III: उसके द्वारा विज्ञान में प्राप्त अंक, हिंदी से 40 अधिक हैं।

A. कथन II अकेले प्रश्न का उत्तर देने के लिए पर्याप्त है।
B. कथन II और III दोनों प्रश्न का उत्तर देने के लिए आवश्यक हैं।
C. कथन I और III दोनों प्रश्न का उत्तर देने के लिए आवश्यक हैं।
D. कथन I अकेले प्रश्न का उत्तर देने के लिए पर्याप्त है।
E. कथन III अकेले प्रश्न का उत्तर देने के लिए पर्याप्त है।

Q.223 एक बेलन के आयतन का एक शंकु के आयतन से अनुपात ज्ञात कीजिए।

कथन I: बेलन की त्रिज्या और शंकु की त्रिज्या 1 : 2 के अनुपात में हैं।

कथन II: बेलन की ऊंचाई 21 सेमी है और शंकु की ऊंचाई बेलन की ऊंचाई से 7 सेमी कम है।

कथन III: उनकी ऊंचाई का योग 35 सेमी है।

A. कथन II और III दोनों प्रश्न का उत्तर देने के लिए आवश्यक हैं।
B. कथन I और II दोनों प्रश्न का उत्तर देने के लिए आवश्यक हैं।
C. कथन I और III दोनों प्रश्न का उत्तर देने के लिए आवश्यक हैं।

D. तीनों कथन उत्तर देने के लिए पर्याप्त नहीं हैं।

E. तीन में से कोई दो कथन उत्तर देने के लिए पर्याप्त हैं।

Q.224 राज और करण की वर्तमान आयु का योग ज्ञात कीजिए।

कथन I: तीन वर्ष पहले, राज और करण की आयु का अनुपात 5 : 3 था।

कथन II: उनकी वर्तमान आयु के बीच का अंतर 16 वर्ष है।

कथन III: 5 वर्ष बाद, राज और करण की आयु का अनुपात 3 : 2 होगा।

A. कथन II अकेले प्रश्न का उत्तर देने के लिए पर्याप्त है।

B. कथन III अकेले प्रश्न का उत्तर देने के लिए पर्याप्त है।

C. कोई भी कथन प्रश्न का उत्तर देने के लिए पर्याप्त नहीं है।

D. तीन में से कोई दो कथन प्रश्न का उत्तर देने के लिए पर्याप्त हैं।

E. प्रश्न का उत्तर देने के लिए तीनों कथनों की आवश्यकता है।

Ques (225-229):निर्देश: अगले 5 सवालों के जवाब देने के लिए निम्न पाई चार्ट और तालिका का उपयोग कीजिए। पाई चार्ट बारडोली तालुका कुल जनसंख्या 78,000 के 5 अलग-अलग गांवों में जनसंख्या का अनुपात देता है। तालिका पाँच गाँवों में साक्षर जनसंख्या का प्रतिशत देती है।

गाँव	साक्षर जनसंख्या का प्रतिशत
A	45%
B	50%
C	40%
D	60%
E	70%

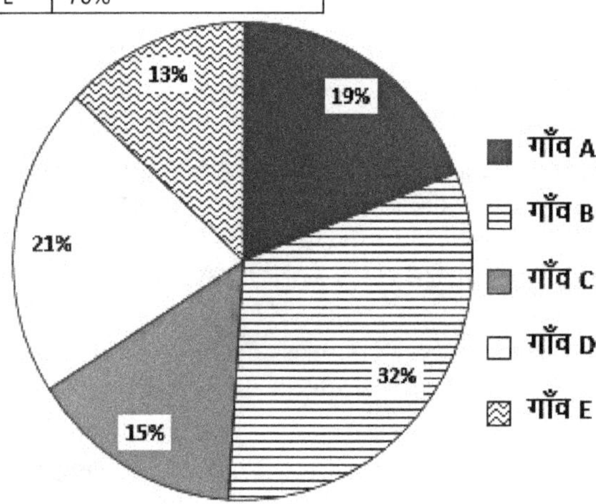

Q.225 गाँव C से साक्षर लोगों की संख्या कितनी है?

A. 4592

B. 4876

C. 4680

D. 8752

E. इनमें से कोई नहीं

Q.226 गाँव A से D की साक्षर जनसंख्या का अनुपात कितना है?

A. $\frac{19}{41}$

B. $\frac{28}{19}$

C. $\frac{19}{28}$

D. $\frac{41}{19}$

E. इनमें से कोई नहीं

Q.227 बारडोली में निरक्षर जनसंख्या का प्रतिशत कितना है?

A. 36.50%

B. 39.75%

C. 43.25%

D. 47.75%

E. इनमें से कोई नहीं

Q.228 गाँव E में निरक्षर लोगों की संख्या कितनी है?

A. 2048

B. 2556

C. 3042

D. 3672

Q.229 कितने प्रतिशत निरक्षर लोग गांव C में रहते है?

A. 12.24%

B. 15.76%

C. 18.84%

D. 21.92%

E. इनमें से कोई नहीं

Ques (230-234):निर्देश: नीचे दी गयी जानकारी के आधार पर प्रश्नों के उत्तर दीजिये।

दी गई तालिका किसी देश द्वारा 4 वर्षों की अवधि में चाय के निर्यात के बारे में जानकारी देती है। 1995 - 96 में देश के विभिन्न क्षेत्रों से निर्यात की गई चाय का आयतन के अनुसार प्रतिशत विभाजन प्रदान करती है। किसी भी वर्ष में चाय की औसत कीमत उस वर्ष के सभी क्षेत्रों में एक समान मानी जा सकती है। निर्यात की गई चाय की मात्रा और आयतन के बीच संबंध पूरे अवधि के दौरान सभी क्षेत्रों में स्थिर माना जा सकता है।

वर्ष	92 - 93	93 - 94	94 - 95	95 - 96
मात्रा ('000 तन)	1.89	1.92	2.55	3.5
मूल्य (मिलियन रूपये)	85.05	91.2	128.01	184.45

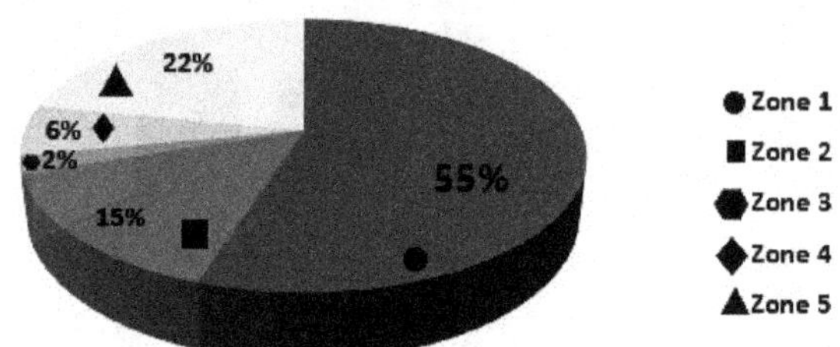

Q.230 कौन सा वर्ष पिछले वर्ष की तुलना में चाय के निर्यात की कुल मात्रा में अधिकतम वृद्धि को दर्शाता है?

A. 92 - 93

B. 93 - 94

C. 94 - 95

D. 95 - 96

E. इनमें से कोई नहीं

Q.231 चाय के निर्यातों में अधिकतम इकाई मूल्य (रूपये/किलो) कब देखा गया था?

A. 92 - 93

B. 93 - 94

C. 94 - 95

D. 96 - 95

E. 96 - 95

Q.232 95 - 96 में क्षेत्र - 5 द्वारा निर्यात की गयी चाय उसी वर्ष क्षेत्र - 2 द्वारा निर्यात की गयी चाय से कितने प्रतिशत अधिक थी?

A. 4%

B. 7%

C. 32%

D. 25%

E. 47%

Q.233 दी गयी अवधि में क्षेत्र - 2 से चाय निर्यातों से प्राप्त होने वाला कुल आय कितना था?

A. 1000

B. 1276

C. 1270

D. 1335

E. अनिश्चित

Q.234 1993 - 94 की तुलना में 1994 - 95 में चाय के औसत मूल्य (रू/किलो) में % वृद्धि कितनी है?

A. 3.2%

B. 7.3%

C. 5.3%

D. 8.33%

E. 10.5%

Q.235 एक राशि चक्रवृद्धि ब्याज पर निवेश करने पर 6 वर्षों में $2\frac{1}{2}$ गुना हो जाती है। 18 वर्षों के लिए निवेश करने पर राशि कितने गुना हो जाती है?

A. $\frac{5}{2}$ **B.** $\frac{25}{4}$ **C.** $\frac{125}{8}$ **D.** $\frac{625}{16}$

E. $\frac{725}{16}$

Ques (236-239):निर्देश : दी गई श्रृंखला में गलत पद ज्ञात कीजिए।

Q.236 7   16   73   500   5488   71314

A. 5488   **B.** 73   **C.** 500   **D.** 16

E. 71314

Q.237 9   20   52   100   159   226

A. 52   **B.** 100   **C.** 20   **D.** 226

E. 159

Q.238 1.21   2.69   4.25   5.98   7.61   9.41

A. 2.69   **B.** 7.61   **C.** 4.25   **D.** 9.41

E. 5.98

Q.239 1210   1584   2025   2548   3150   3840

A. 2025   **B.** 3840   **C.** 3150   **D.** 1584

E. 2548

Q.240 एक सम सप्तभुज के अन्तः कोणों के योग और बाह्य कोणों के योग के बीच अंतर ज्ञात कीजिये।

A. 360°   **B.** 540°   **C.** 720°   **D.** 900°

E. 920°

// स्मार्ट उत्तर पुस्तिका //

सही उत्तर — उन छात्रों का प्रतिशत जिन्होंने प्रश्नों का सही उत्तर दिया था।   **छोड़ दिया** — उन छात्रों का प्रतिशत जिन्होंने प्रश्नों को छोड़ दिया था।

प्रश्न संख्या	उत्तर	सही उत्तर	छोड़ दिया
1	C	51.37 %	42.44 %
2	C	66.44 %	31.15 %
3	D	54.81 %	41.53 %
4	D	61.81 %	37.06 %
5	C	29.31 %	69.84 %
6	D	41.27 %	47.72 %
7	E	61.46 %	38.54 %
8	D	12.57 %	77.38 %
9	C	58.02 %	30.82 %
10	C	68.74 %	30.13 %
11	E	25.99 %	67.97 %
12	A	63.91 %	30.63 %
13	C	44.02 %	50.12 %
14	B	58.68 %	30.84 %
15	D	59.01 %	38.65 %
16	C	66.48 %	30.11 %
17	A	58.54 %	34.09 %
18	E	47.49 %	36.9 %
19	D	48.66 %	48.77 %
20	B	66.96 %	31.75 %
21	C	46.34 %	38.83 %
22	D	16.31 %	79.67 %
23	D	11.31 %	71.58 %
24	E	20.08 %	67.06 %
25	A	15.51 %	82.92 %
26	D	44.97 %	38.05 %
27	C	66.95 %	30.64 %
28	B	42.87 %	56.05 %
29	A	41.24 %	44.14 %
30	B	26.58 %	71.33 %
31	B	21.93 %	75.6 %
32	E	32.53 %	67.39 %
33	C	17.8 %	72.89 %
34	A	16.44 %	79.08 %
35	B	76.52 %	16.71 %
36	A	77.56 %	15.48 %
37	E	81.74 %	17.24 %
38	D	87.28 %	10.65 %
39	B	86.1 %	10.89 %
40	B	48.95 %	46.37 %
41	D	41.77 %	38.54 %
42	D	67.95 %	30.21 %
43	A	84.91 %	14.71 %
44	C	62.16 %	31.13 %
45	C	84.52 %	14.06 %
46	A	48.06 %	50.51 %
47	C	65.48 %	30.86 %
48	D	65.72 %	33.26 %
49	B	40.11 %	54.19 %
50	D	77.01 %	14.93 %
51	B	51.82 %	36.75 %
52	B	56.03 %	39.96 %
53	C	68.14 %	30.98 %
54	A	84.54 %	14.25 %
55	B	78.19 %	14.33 %
56	B	87.85 %	11.18 %
57	C	81.07 %	16.17 %
58	B	63.13 %	35.87 %
59	D	60.21 %	34.22 %
60	C	54.42 %	35.86 %
61	C	77.68 %	15.48 %
62	A	50.4 %	31.45 %
63	C	67.93 %	31.25 %
64	C	78.94 %	21.05 %
65	B	80.62 %	17.38 %
66	D	41.27 %	50.76 %
67	A	69.17 %	30.13 %
68	E	68.37 %	31.34 %
69	C	67.25 %	30.64 %
70	D	19.94 %	73.58 %
71	A	56.82 %	36.38 %
72	D	61.37 %	31.81 %
73	B	60.01 %	30.57 %
74	E	66.59 %	31.29 %
75	C	16.43 %	81.63 %
76	B	47.81 %	45.75 %
77	C	82.04 %	12.16 %
78	C	59.23 %	39.97 %
79	C	46.36 %	46.49 %
80	B	66.52 %	31.78 %

प्रश्न संख्या	उत्तर	सही उत्तर / छोड़ दिया
81	C	81.82 % / 12.58 %
82	C	44.33 % / 45.99 %
83	A	61.8 % / 33.74 %
84	A	64.66 % / 34.64 %
85	B	40.68 % / 43.71 %
86	D	51.22 % / 37.41 %
87	C	62.75 % / 35.66 %
88	C	16.93 % / 67.36 %
89	D	65.78 % / 30.6 %
90	A	68.25 % / 30.5 %
91	D	46.75 % / 31.26 %
92	A	55.09 % / 40.85 %
93	B	84.51 % / 11.92 %
94	E	51.3 % / 46.99 %
95	A	59.14 % / 31.33 %
96	B	53.13 % / 33.87 %

प्रश्न संख्या	उत्तर	सही उत्तर / छोड़ दिया
97	B	63.01 % / 30.74 %
98	A	54.04 % / 38.39 %
99	D	69.21 % / 30.11 %
100	B	66.79 % / 32.91 %
101	B	56.51 % / 34.51 %
102	B	53.07 % / 45.42 %
103	C	78.76 % / 19.69 %
104	B	64.57 % / 31.94 %
105	C	56.72 % / 30.38 %
106	B	63.4 % / 34.62 %
107	A	57.38 % / 37.17 %
108	E	53.69 % / 36.47 %
109	D	42.82 % / 39.52 %
110	B	68.2 % / 31.55 %
111	C	67.05 % / 32.75 %
112	B	68.5 % / 31.19 %

प्रश्न संख्या	उत्तर	सही उत्तर / छोड़ दिया
113	A	58.54 % / 35.43 %
114	A	64.46 % / 35.38 %
115	B	26.97 % / 68.0 %
116	C	78.76 % / 10.45 %
117	C	59.5 % / 34.64 %
118	A	56.34 % / 42.06 %
119	B	49.63 % / 41.95 %
120	A	13.28 % / 86.24 %
121	C	50.58 % / 47.35 %
122	D	53.05 % / 36.44 %
123	C	45.82 % / 31.81 %
124	A	67.42 % / 30.94 %
125	B	62.28 % / 33.25 %
126	B	88.09 % / 10.81 %
127	E	17.82 % / 81.76 %
128	E	89.0 % / 10.12 %

प्रश्न संख्या	उत्तर	सही उत्तर / छोड़ दिया
129	A	47.59 % / 48.69 %
130	A	61.85 % / 30.9 %
131	C	55.95 % / 41.41 %
132	A	43.7 % / 46.14 %
133	D	63.58 % / 34.14 %
134	C	54.63 % / 40.24 %
135	D	58.05 % / 37.57 %
136	B	50.11 % / 38.83 %
137	D	63.59 % / 31.41 %
138	A	63.24 % / 33.95 %
139	A	43.78 % / 35.54 %
140	E	48.01 % / 32.91 %
141	B	59.12 % / 30.97 %
142	A	46.11 % / 46.16 %
143	D	41.58 % / 39.98 %
144	B	56.13 % / 33.74 %

प्रश्न संख्या	उत्तर	सही उत्तर / छोड़ दिया
145	C	63.49 % / 32.02 %
146	C	41.88 % / 50.75 %
147	D	67.62 % / 30.82 %
148	B	42.81 % / 51.72 %
149	E	64.57 % / 32.87 %
150	D	57.86 % / 40.57 %
151	B	55.63 % / 30.25 %
152	A	13.93 % / 74.6 %
153	D	49.98 % / 43.25 %
154	B	68.33 % / 30.13 %
155	D	43.13 % / 38.56 %
156	C	16.2 % / 77.53 %
157	A	18.81 % / 68.17 %
158	E	61.23 % / 31.66 %
159	D	10.01 % / 80.76 %
160	B	69.53 % / 30.13 %

प्रश्न संख्या	उत्तर	सही उत्तर / छोड़ दिया	प्रश्न संख्या	उत्तर	सही उत्तर / छोड़ दिया	प्रश्न संख्या	उत्तर	सही उत्तर / छोड़ दिया	प्रश्न संख्या	उत्तर	सही उत्तर / छोड़ दिया	प्रश्न संख्या	उत्तर	सही उत्तर / छोड़ दिया
161	C	46.58 % / 30.65 %	177	D	44.97 % / 41.48 %	193	B	63.45 % / 33.53 %	209	A	43.29 % / 48.1 %	225	C	29.05 % / 67.88 %
162	A	49.12 % / 35.17 %	178	D	67.18 % / 30.6 %	194	B	68.44 % / 30.95 %	210	B	29.26 % / 67.2 %	226	C	86.92 % / 12.82 %
163	C	56.19 % / 30.94 %	179	B	78.64 % / 10.69 %	195	D	67.9 % / 31.28 %	211	E	46.54 % / 46.01 %	227	D	19.7 % / 74.51 %
164	B	76.14 % / 12.23 %	180	B	43.04 % / 46.82 %	196	B	84.76 % / 12.52 %	212	B	30.89 % / 68.63 %	228	C	24.53 % / 72.37 %
165	C	87.07 % / 11.43 %	181	C	67.29 % / 31.61 %	197	D	78.56 % / 13.25 %	213	B	58.23 % / 36.84 %	229	C	11.7 % / 68.53 %
166	C	49.31 % / 47.37 %	182	B	44.34 % / 32.59 %	198	A	77.46 % / 17.19 %	214	A	55.54 % / 31.29 %	230	A	31.44 % / 68.32 %
167	D	60.97 % / 30.53 %	183	D	63.93 % / 31.56 %	199	B	21.65 % / 73.28 %	215	D	14.05 % / 81.45 %	231	D	11.17 % / 83.8 %
168	C	82.36 % / 16.78 %	184	A	60.52 % / 30.99 %	200	B	19.63 % / 68.75 %	216	C	24.56 % / 67.27 %	232	E	23.08 % / 73.99 %
169	B	42.31 % / 52.85 %	185	A	48.31 % / 39.48 %	201	D	14.65 % / 67.91 %	217	B	25.3 % / 70.86 %	233	E	14.41 % / 79.7 %
170	A	27.85 % / 71.19 %	186	D	53.19 % / 37.82 %	202	C	58.27 % / 37.83 %	218	B	29.82 % / 69.16 %	234	C	32.53 % / 67.08 %
171	B	54.98 % / 41.43 %	187	B	78.63 % / 10.74 %	203	B	62.59 % / 36.73 %	219	D	28.34 % / 68.86 %	235	C	19.12 % / 67.43 %
172	A	24.93 % / 72.92 %	188	D	49.14 % / 48.71 %	204	A	63.01 % / 31.92 %	220	D	57.88 % / 33.57 %	236	A	24.18 % / 73.23 %
173	D	40.27 % / 36.5 %	189	B	77.99 % / 11.46 %	205	D	22.58 % / 69.52 %	221	A	63.97 % / 30.72 %	237	D	14.75 % / 77.46 %
174	A	51.46 % / 33.67 %	190	C	56.07 % / 40.05 %	206	D	53.2 % / 44.82 %	222	B	53.44 % / 46.32 %	238	E	12.48 % / 72.9 %
175	B	78.76 % / 19.38 %	191	C	67.77 % / 31.11 %	207	D	28.24 % / 69.58 %	223	B	17.09 % / 68.67 %	239	A	13.14 % / 79.87 %
176	B	76.09 % / 15.96 %	192	D	49.35 % / 45.92 %	208	B	48.08 % / 45.44 %	224	D	50.97 % / 46.95 %	240	B	11.68 % / 83.69 %

//संकेत और समाधान//

1. तर्क :

I. हाँ, इससे सार्वजनिक क्षेत्र के उपक्रमों को आकर्षित करने में मदद मिलेगी और सक्षम कार्यबल बनाए रखना होगा। => कई निजी कंपनियों को अभी भी सक्षम कार्य बल को आकर्षित करने के लिए कर्मचारियों के लिए है, उच्च भुगतान नीति अपना रहे हैं क्योंकि। मजबूत है।

II. नहीं, सार्वजनिक क्षेत्र के उपक्रमों को निजी क्षेत्र के स्तर पर वेतन का भुगतान करने का जोखिम नहीं उठा सकते हैं। => चाहे सार्वजनिक या निजी एक कंपनी है, अपने कर्मचारियों को उनके उचित मजदूरी का भुगतान करने के लिए तरीके खोजने की जरूरत होगी क्योंकि सामर्थ्य एक मुद्दा नहीं हो सकता, II कमजोर है।

III. हाँ, अन्यथा सार्वजनिक क्षेत्र के उपक्रम निजी क्षेत्र के संगठनों के साथ प्रतिस्पर्धा करने में सक्षम नहीं होगा॥ => यह कमजोर है। निजी क्षेत्र के लिए वेतन तुलनीय बना हुआ है एक दूसरे के साथ प्रतिस्पर्धा के साथ से कुछ नहीं होगा । तर्क अप्रासंगिक है।

अतः विकल्प (C) सही है।

2. संयोजित करने पर: M = P > T ≥ A ≤ R

निष्कर्ष:

I. M > A – सत्य है क्योंकि M = P > T ≥ A → M > A

II. T < M – सत्य है क्योंकि M = P > T → T < M

III. R = T – असत्य है क्योंकि R और T में स्पष्ट सम्बन्ध स्थापित नहीं किया जा सकता है।

अतः विकल्प (C) सही है।

3. संयोजित करने पर: V > M = K ≥ Q < P

निष्कर्ष:

I. K = Q –असत्य है। (संभव है किंतु निश्चित नहीं)

II. M > Q – असत्य है। (संभव है किंतु निश्चित नहीं)

III. P > K – असत्य है।

अतः विकल्प (D) सही है।

4. प्रश्न में दी गई जानकारी के अनुसार आकृति,

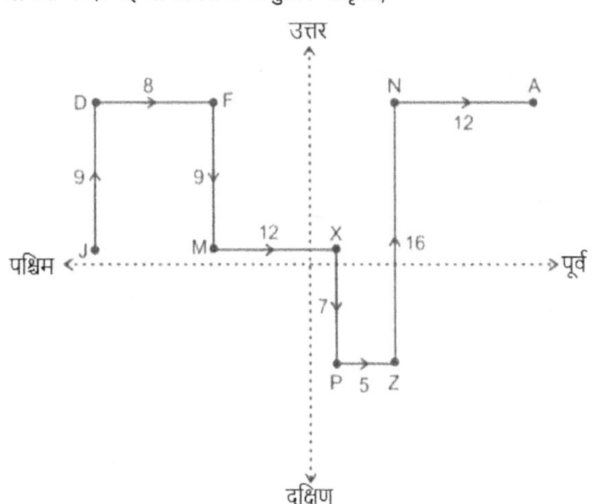

उपरोक्त आकृति से, व्यक्ति बिंदु D पर पहुंच जाएगा।

अतः विकल्प (D) सही है।

5. प्रश्न में दी गई जानकारी के अनुसार आकृति,

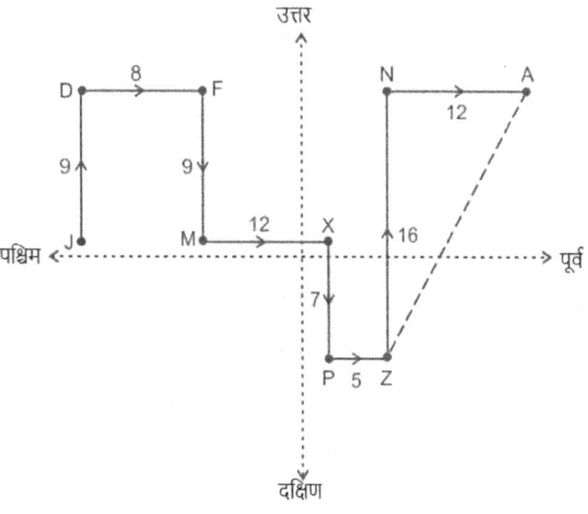

उपरोक्त आकृति से,

A और N के बीच की दूरी = 12 मीटर

N और Z के बीच की दूरी = 16 मीटर

पाइथागोरस के प्रमेय द्वारा,

$AZ^2 = AN^2 + NZ^2 = 12^2 + 16^2$

$AZ^2 = 144 + 256 = 400$

$AZ = \sqrt{400}$

$AZ = 20$

इसलिए, A और Z के बीच सबसे छोटा = 20 मीटर

अतः विकल्प (C) सही है।

6. दिए गए शब्द से **CONTENT** शब्द बनाया जा सकता है।

दिए गए शब्द में कोई 'U' अक्षर नहीं है। इसलिए, **CONTINUE** शब्द नहीं बनाया जा सकता है।

दिए गए शब्द में केवल एक 'C' अक्षर है। इसलिए, **CONSCENCE** और **CONSTANCE** शब्दों को नहीं बनाया जा सकता है।

दिए गए शब्द में कोई 'RU' अक्षर नहीं है। इसलिए, **TUTOR** शब्द नहीं बनाया जा सकता है।

अतः विकल्प (D) सही है।

7. 1. एक परिवार में 7 सदस्य A, B, C, D, E, F और G हैं।

2. C, F का/की जीवनसाथी है और B की दादी है।

3. C के दो से अधिक बच्चे नहीं हैं।

4. D, F का बेटा है और A से विवाहित नहीं है।

कथन I: E, B का चाचा है। A परिवार की एक महिला सदस्य है।

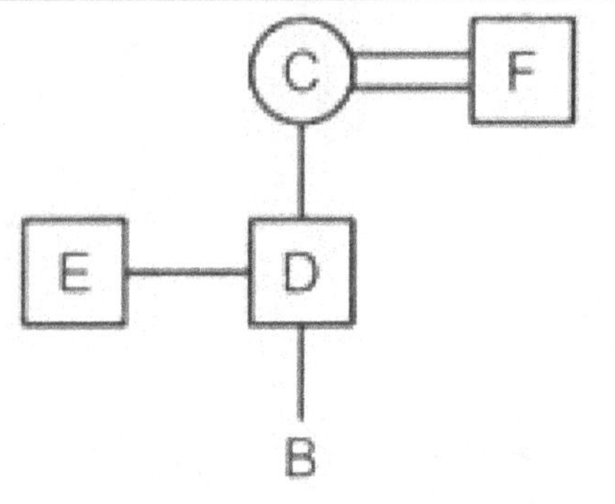

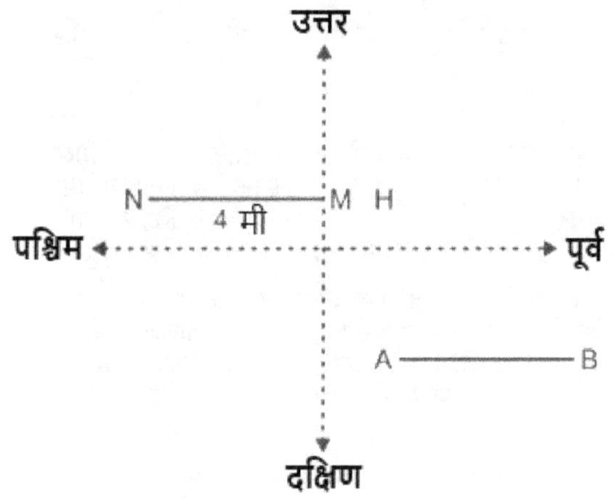

कथन II: A, E की पत्नी है, जो B का चाचा है।

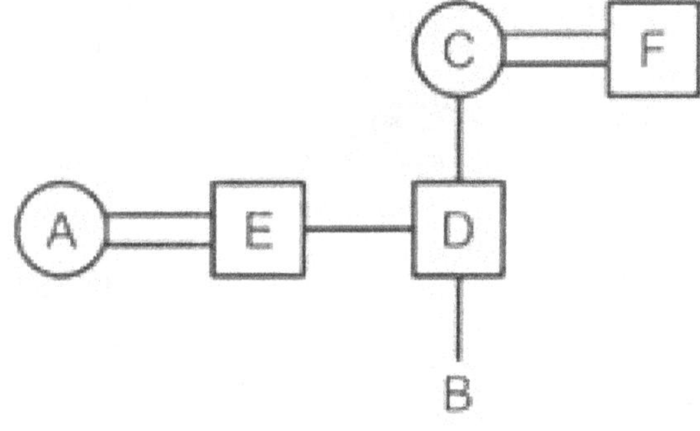

कथन III: B, A की भांजी/भतीजी है। G, E से विवाहित नहीं है।

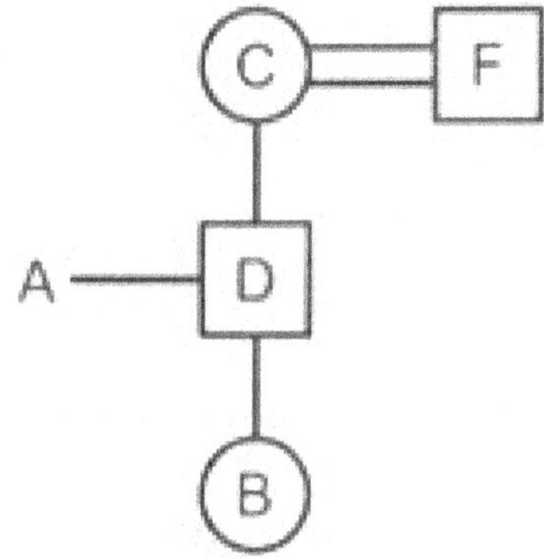

G किसी भी पीढ़ी से हो सकता/सकती है। G के बारे में कोई स्पष्ट जानकारी नहीं है। इसलिए, G और B के बीच सम्बन्ध निर्धारित नहीं किया जा सकता है।

इसलिए, सभी कथनों में दी गई एकत्रित जानकारी भी प्रश्न का उत्तर देने के लिए पर्याप्त नहीं है।

अतः विकल्प (E) सही है।

8. 1. बिंदु A, बिंदु B के पश्चिम में है, जो बिंदु M के दक्षिण-पूर्व में है।

2. बिंदु N, बिंदु M से 4 मीटर पश्चिम में है।

3. बिंदु N, बिंदु A के उत्तर-पश्चिम में है।

कथन I: बिंदु H, बिंदु A के उत्तर में और बिंदु M के पूर्व में है।

कथन II: बिंदु H और बिंदु A के बीच की दूरी 6 मीटर है। बिंदु H, बिंदु B के उत्तर-पश्चिम में है।

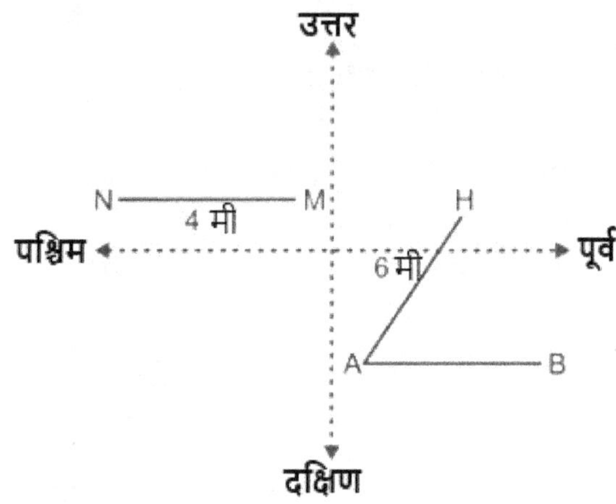

कथन III: बिंदु N और बिंदु H के बीच की दूरी 5 मीटर है। बिंदु H, बिंदु M के पूर्व में है।

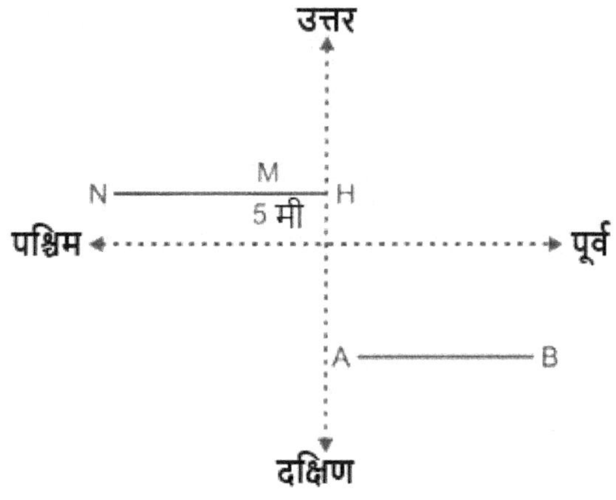

कथन I, II और III एक साथ:

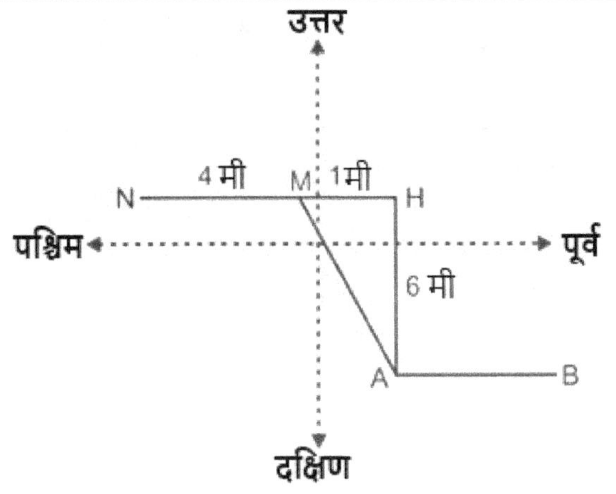

इसलिए, प्रश्न का उत्तर देने के लिए तीनों कथनों में दी गई जानकारी एक साथ आवश्यक है।

अतः विकल्प (D) सही है।

9. दिए गए कथनों के लिए न्यूनतम संभावित वेन आरेख निम्नानुसार है;

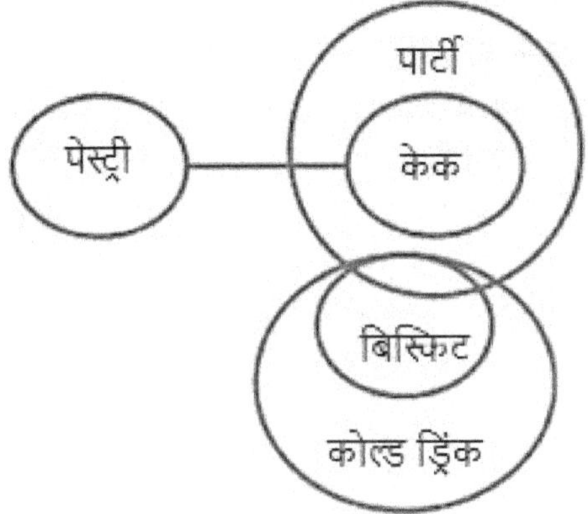

निष्कर्ष:

I. कुछ पेस्ट्री कोल्ड ड्रिंक हैं → (यह संभव है किंतु निश्चित नहीं है)

II. कुछ पार्टी कोल्ड ड्रिंक हैं → (यह संभव है और निश्चित है)

III. कुछ केक कोल्ड ड्रिंक हैं → (यह संभव है किंतु निश्चित नहीं है)

IV. कुछ बिस्किट केक हैं → (यह संभव है किंतु निश्चित नहीं है)

स्पष्ट: कुछ पार्टी हमेशा कोल्ड-ड्रिंक होगी।

इसलिए, II अनुसरण करता है।

अतः विकल्प (C) सही है।

10. न्यूनतम संभावित वेन आरेख नीचे दर्शाया गया है:

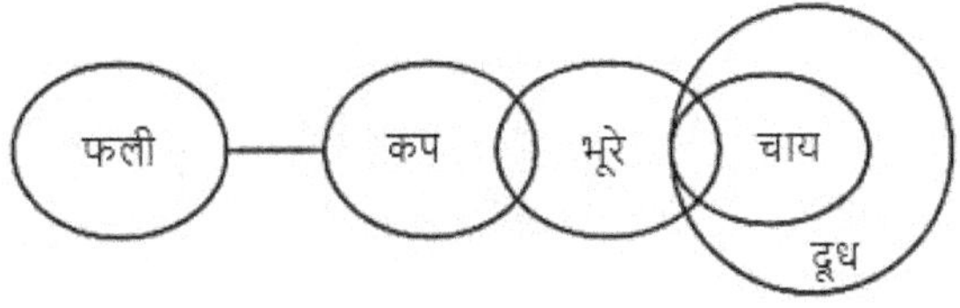

I. कुछ दूध भूरे नहीं हैं → सत्य

II. कोई कप चाय नहीं है → असत्य (संभावना सत्य है लेकिन निश्चित नहीं है)।

III. कुछ कप चाय हैं → संदेहजनक → असत्य (संभावना सत्य है लेकिन निश्चित नहीं हैं)।

IV. कोई दूध फली नहीं हैं → असत्य (यह संभव है लेकिन निश्चित नहीं है)

निष्कर्ष II और III एक पूरक जोड़ी बनाते हैं।

इसलिए, उत्तर केवल I और या तो II या III अनुसरण करते हैं।

अतः विकल्प (C) सही है।

Ques (11-15):विभिन्न फल - सेब, संतरा, चेरी, केला, खरबूजा, कीवी और आम

फलों की संख्या – 10, 20, 30, 40, 50, 60 और 70.

1. 20 संतरे हैं।

2. केले का बॉक्स खरबूजे के बॉक्स से दो बॉक्स ऊपर है।

3. 70 खरबूजे हैं।

4. क्रमशः सबसे ऊपर और सबसे निचले बॉक्स में 20 और 60 फल हैं।

5. सेब का बॉक्स केले के बॉक्स के ठीक ऊपर है।

बॉक्स	स्थिति 1		स्थिति 2	
1	संतरा	20	संतरा	20
2	सेब			
3	केला		सेब	
4			केला	
5	खरबूजा	70		
6			खरबूजा	70
7		60		60

6. कीवी का बॉक्स, आम के बॉक्स के ठीक ऊपर है। इसप्रकार, स्थिति 2 खारिज हो जाएगी।

7. बॉक्स में 30 चेरी हैं।

8. 50 फलों से युक्त बॉक्स 10 फलों से युक्त बॉक्स के ठीक ऊपर है।

बॉक्स	फल	फलों की संख्या
1	संतरा	20
2	सेब	50
3	केला	10
4	चेरी	30
5	खरबूजा	70
6	कीवी	40
7	आम	60

11. सबसे निचले बॉक्स में आम है।

इसलिए, आम सही उत्तर है।

अतः विकल्प (E) सही है।

12. किसी एक बॉक्स में से 10 केले हैं।

इसलिए, 10 सही उत्तर है।

अतः विकल्प (A) सही है।

13. सेब के बॉक्स और कीवी के बॉक्स के बीच में तीन बॉक्स हैं।

इसलिए, तीन सही उत्तर है।

अतः विकल्प (C) सही है।

14. खरबूजे का बॉक्स कीवी के बॉक्स के ठीक ऊपर है।

इसलिए, खरबूजा सही उत्तर है।

अतः विकल्प (B) सही है।

15. 50 सेब हैं।

इसलिए, सही उत्तर 50 है।

अतः विकल्प (D) सही है।

Ques (16-20): दिया है:

व्यक्ति: कमल, रोहन, सोहन, बिलाल, मिंटू, वाहिद और अरशद।

1) कमल पांचवें तल पर रहता है।

2) अरशद पांचवे तल के ऊपर और सम संख्या से अंकित तल पर रहता है।

तल	स्थिति-1
7	
6	अरशद
5	कमल
4	
3	
2	
1	

3) मिंटू और वाहिद के बीच में केवल बिलाल रहता है। मिंटू विषम संख्या से अंकित तल पर नहीं रहता है।

4) मिंटू सोहन के तल के ठीक नीचे या ठीक ऊपर वाले तल पर नहीं रहता है।

5) रोहन सबसे नीचे वाले तल पर नहीं रहता है।

तल	स्थिति-1
7	रोहन
6	अरशद
5	कमल
4	मिंटू
3	बिलाल
2	वाहिद
1	सोहन

16. इस प्रकार, सबसे ऊपरी तल पर रोहन रहता है।

अतः विकल्प (C) सही है।

17. इस प्रकार, सोहन पहले तल पर रहता है।

अतः विकल्प (A) सही है।

18. कमल और सोहन के बीच में तीन व्यक्ति रहते हैं।

अतः विकल्प (E) सही है।

19. इस प्रकार, अरशद तल संख्या 6 पर रहता है।

अतः विकल्प (D) सही है।

20. इस प्रकार, मिंटू तल संख्या 4 पर रहता है।

अतः विकल्प (B) सही है।

21. दोनों कथन इस तथ्य पर प्रकाश डालते हैं कि आज प्रेरक वक्तव्य सबसे लाभदायक व्यवसाय में से एक हैं। पहला बयान अन्य पेशों की व्याख्या करता है जो वे इन दिनों कर रहे हैं।

दूसरे कथन में कहा गया है कि यह वक्तव्य उद्योग एक आकर्षक व्यवसाय में बदल गया है।

चूंकि कई प्रेरक वक्ता व्यवसाय परामर्श करते हैं, इसलिए यह निष्कर्ष निकालना सुरक्षित है कि वक्तव्य के पेशे के माध्यम से आवश्यक कौशल सीखे जाते हैं।

इसी तरह, दूसरा निष्कर्ष इस तथ्य पर जोर देता है कि सिर्फ मौद्रिक लाभ के अलावा, यह नौकरी बहुत सम्मान भी प्रदान करती है।

यहां, प्रेरक वक्ताओं का उद्देश्य प्रेरणा देना है और इसलिए प्राप्त प्रेरणा वक्ताओं के लिए दर्शकों के दिलों में सम्मान पैदा करती है।

इसलिए, निष्कर्ष II अनुसरण करता है।

इसलिए, दोनों निष्कर्ष अनुसरण करते हैं।

अतः विकल्प (C) सही है।

Q.22 आठ मित्र: A, B, C, D, E, F, G और H

इमारतें: P1, P2, P3, P4, P5, P6, P7 और P8

क्षेत्र: L1, L2, L3, L4, L5, L6, L7 और L8

मंजिलों की संख्या: 8, 10, 11, 12, 14, 15, 16 और 17

1) H इमारत P8 में रहता है जिसमें 16 मंजिल हैं।

2) इमारत P1 क्षेत्र L6 में है और इसमें C रहता है।

3) इमारत P2 में मंजिलों की अधिकतम संख्या है और इसमें E रहता है।

इसका अर्थ है कि E की इमारत में मंजिलों की संख्या 17 है।

मित्र	इमारत	क्षेत्र	मंजिल
A			
B			
C	P1	L6	
D			
E	P2		17
F			
G			
H	P8		16

4) B, इमारत P5 में रहता है जो कि क्षेत्र L4 में है।

5) F, L3 क्षेत्र में रहता है।

6) A की इमारत में 14 मंजिलें हैं।

मित्र	इमारत	क्षेत्र	मंजिल
A			14
B	P5	L4	
C	P1	L6	
D			
E	P2		17
F		L3	
G			
H	P8		16

7) इमारत P5 और P4 में मंजिलों की संख्या का औसत 9 है।

औसत 9 के साथ केवल संभावित संख्याएं 8 और 10 हैं।

इसलिए, P4 और P5 में या तो 8 या 10 मंजिल हैं।

8) L3 क्षेत्र में इमारत की मंजिलों की संख्या 8 है।

इसलिए, क्षेत्र L4 में B की इमारत में 10 मंजिलें होंगी और क्षेत्र L3 में इमारत P4 में 8 मंजिलें है।

मित्र	इमारत	क्षेत्र	मंजिलें
A			14
B	P5	L4	10
C	P1	L6	
D			
E	P2		17
F	P4	L3	8
G			
H	P8		16

9) इमारत P7 क्षेत्र L2 में है और इस इमारत में मंजिलों की संख्या उस इमारत की मंजिलों की संख्या से 4 अधिक है जिसमें B रहता है।

क्योंकि B की 10 मंजिल हैं, 14 मंजिलों (= 10 + 4) वाली इमारत P7 है।

मित्र	इमारत	क्षेत्र	मंजिल
A	P7	L2	14
B	P5	L4	10
C	P1	L6	
D			
E	P2		17
F	P4	L3	8
G			
H	P8		16

10) D की इमारत में मंजिलों की संख्या P3 इमारत की मंजिलों की संख्या से 4 अधिक है।

केवल विकल्प बचे हैं: 11, 12 और 15। इसलिए, D की इमारत में 15 मंजिलें और P3 में 11 मंजिलें होनी चाहिए।

11) 15 मंजिलों वाली इमारत L1 क्षेत्र में है।

मित्र	इमारत	क्षेत्र	मंजिल
A	P7	L2	14
B	P5	L4	10
C	P1	L6	
D		L1	15
E	P2		17
F	P4	L3	8
G	P3		11
H	P8		16

12) 11 मंजिलों वाली इमारत L8 क्षेत्र में है।

13) H, L7 क्षेत्र में नहीं रहता है।

मित्र	इमारत	क्षेत्र	मंजिल
A	P7	L2	14
B	P5	L4	10
C	P1	L6	12
D	P6	L1	15
E	P2	L7	17
F	P4	L3	8
G	P3	L8	11
H	P8	L5	16

इसलिए, D की इमारत P6 में 15 मंजिलें हैं।

अतः विकल्प (D) सही है।

Ques (23-24): 1. नेहा केवल अपने पिता रोहित, अपनी माँ प्रिया और अपने इकलौते भाई राहुल को जानती है।

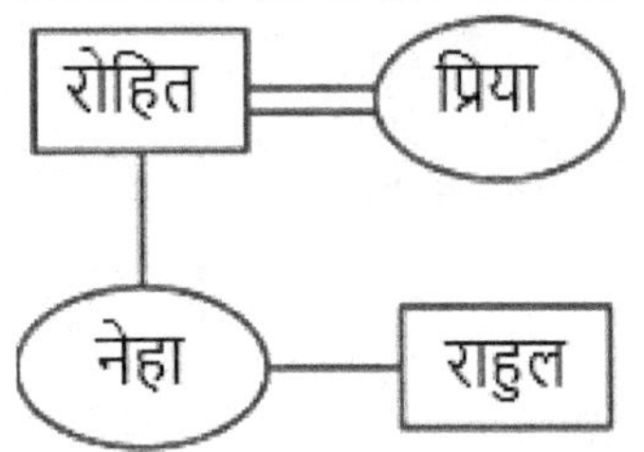

2. नेहा: मैं आकाश की पैतृक चाची हूँ और मेरा पसंदीदा स्थान बैंगलोर है।

3. कोमल: मैं आकाश की बहन हूँ, जिसका पसंदीदा स्थान कोलकता है।

4. रवि: मैं राहुल का ससुर हूं और मेरा पसंदीदा स्थान लखनऊ है।

5. रोहित: मैं कोमल का दादा हूँ और मेरा पसंदीदा स्थान दिल्ली है।

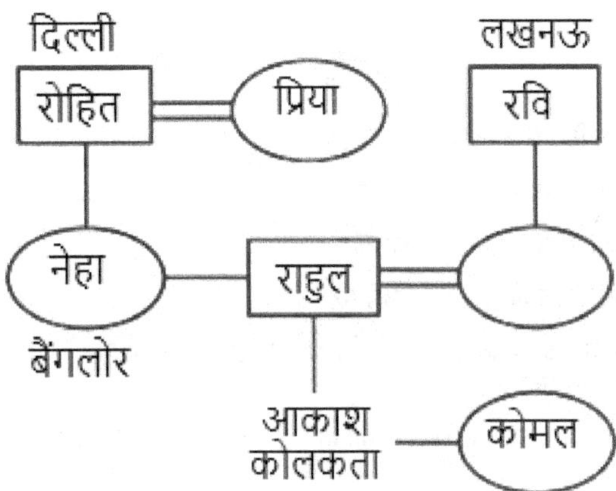

6. प्रिया: मैं उसकी सास हूँ जिसका पसंदीदा स्थान नोएडा है।

7. विशाल: मैं उसका भाई हूँ, जिसका पसंदीदा स्थान नोएडा है।

8. रूचि: मैं रवि और श्वेता की पुत्री हूँ, जिनका पसंदीदा स्थान गोवा है।

स्थिति-1

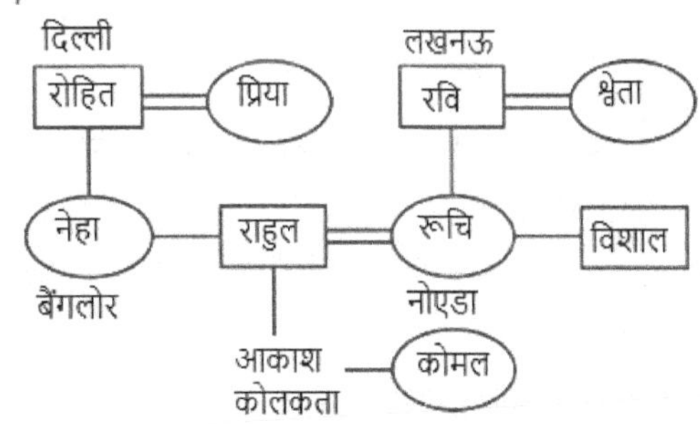

स्थिति- 2

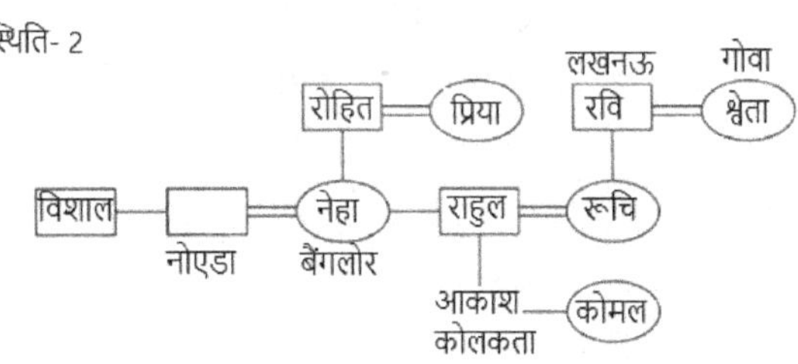

9. अंजली: मैं रूचि की भाभी हूँ और मेरा पसंदीदा स्थान मेघालय है।

10. श्वेता: मैं कुसुम की दादी हूँ और मेरा पसंदीदा स्थान गोवा है।

स्थिति-1

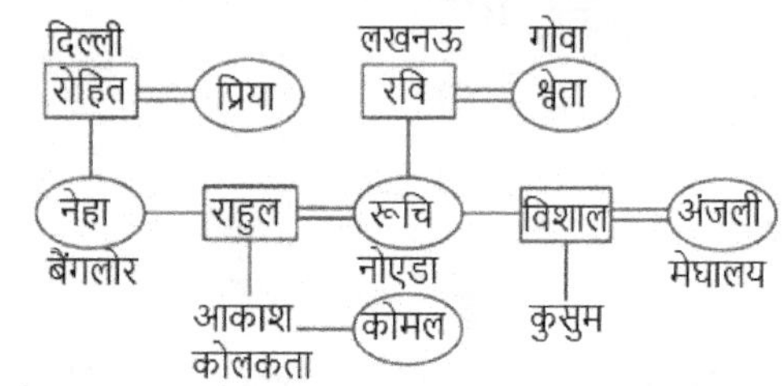

स्थिति-2

2 रद्द हो जाती है क्योंकि व्यक्तियों की संख्या 13 से अधिक है।

11. अमित: मैं उसका चाचा हूँ, जिसका पसंदीदा स्थान पुणे है।

12. आकाश: मैं उसका पोता हूँ, जो अमित का भाई है।

13. कुसुम: मैं उसकी पुत्री हूँ, जिसका मनपसंद स्थान जयपुर है।

14. राहुल: मैं उस व्यक्ति का पिता हूँ, जिसका पसंदीदा स्थान नागपुर है और मेरी माँ का पसंदीदा स्थान शिमला है।

15. जिसका पसंदीदा स्थान गोवा है, वह दादी है उसकी जिसका पसंदीदा स्थान वाराणसी है।

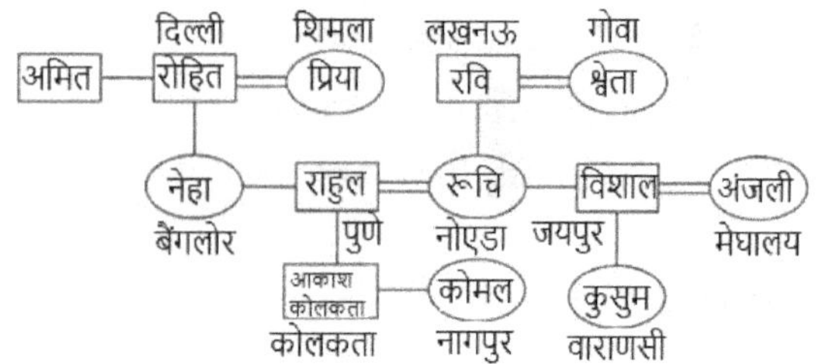

23. इसलिए, कुसुम राहुल की भतीजी है, जीसका पसंदीदा स्थान पुणे है।

अतः विकल्प (D) सही है।

24. इसलिए, अमित नेहा के चाचा है।

अतः विकल्प (E) सही है।

Ques (25-29): निम्नलिखित तर्क निम्नानुसार है,

चरण 1 में, बाएं से पहला तत्व दाएं से पहले तत्व के साथ परस्पर बदलता है।

चरण 2 में, बाएं से दूसरा तत्व दाएं से दूसरे तत्व के साथ परस्पर बदलता है।

और इसी तरह से...

दिए गए इनपुट पर समान नियम लागू करने पर, हमें मिलता है,

इनपुट: L 1 E % 2 U 9 J # S H 5 O & 3 * X Q V Z

चरण 1: Z 1 E % 2 U 9 J # S H 5 O & 3 * X Q V L

चरण 2: Z V E % 2 U 9 J # S H 5 O & 3 * X Q 1 L

चरण 3: Z V Q % 2 U 9 J # S H 5 O & 3 * X E 1 L

चरण 4: Z V Q X 2 U 9 J # S H 5 O & 3 * % E 1 L

चरण 5: Z V Q X * U 9 J # S H 5 O & 3 2 % E 1 L

चरण 6: Z V Q X * 3 9 J # S H 5 O & U 2 % E 1 L

और इसी तरह से...

25. इसलिए, दिए गए इनपुट को पूरा करने के लिए 10 चरण हैं।

अतः विकल्प (A) सही है।

26. इसलिए, (B) और (C) कथन सही हैं।

अतः विकल्प (D) सही है।

27. इसलिए, '8 U < 6 E $ 4 & T > # 2 @ Q' दिए गए इनपुट का चरण 4 है।

अतः विकल्प (C) सही है।

28. इसलिए, 'Z V Q X * 3 & O 5 H S # J 9 U 2 % E 1 L' दिए गए इनपुट का अंतिम चरण है।

अतः विकल्प (B) सही है।

29. इसलिए, '&' चरण 2 में दाएं छोर से पांचवें के बाएं से दूसरा है।

अतः विकल्प (A) सही है।

Ques (30-34): 1) A 39 वर्ष के व्यक्ति के बाएं से दूसरे स्थान पर बैठा है।

(अर्थात्, A और 39 वर्ष की आयु के व्यक्ति दोनों दूसरी पंक्ति में बैठे हैं। इसके अलावा, केवल दो संभावनाएँ हैं अर्थात A या तो पहली सीट या दूसरी पंक्ति की दूसरी सीट पर बैठा है।)

2) A के ठीक पीछे बैठे व्यक्ति की आयु A की आयु से दोगुने से 1 वर्ष कम है।

(मान लें कि A की आयु X है, इसका अर्थ है, उसके ठीक पीछे बैठे व्यक्ति की आयु 2X - 1 है)

3) E, C से दो सीट आगे बैठा है जिसकी उम्र संख्यात्मक रूप से सम संख्या है।

4) K, E के दायें से तीसरे स्थान पर बैठा है और उनकी आयु 25 वर्ष है।

(अर्थात, E, पहली पंक्ति की पहली सीट पर बैठा है और K सबसे दाहिनी सीट पर बैठा है, जबकि C, चौथी पंक्ति की पहली सीट पर बैठा है। जैसा कि हम जानते हैं कि A के ठीक पीछे बैठे व्यक्ति की आयु A की आयु के दोगुने से 1 वर्ष कम है (जो संख्यात्मक रूप से एक विषम संख्या होगी), इसका अर्थ है, A दूसरी पंक्ति में दूसरी सीट पर बैठा है। इसके अलावा, इसका अर्थ है कि D दूसरी पंक्ति में सबसे दाहिनी सीट पर बैठा है।)

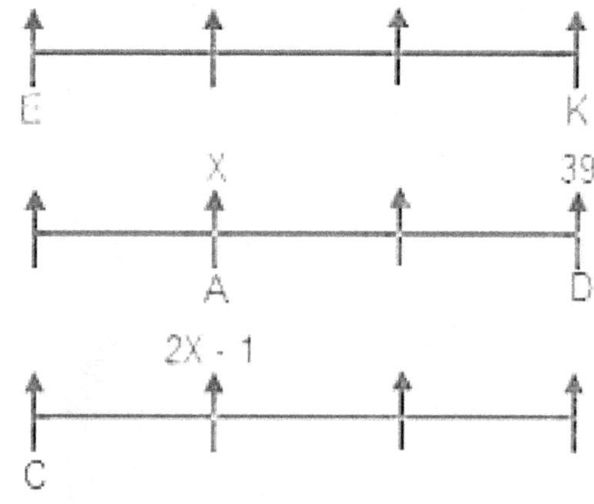

5) K की आयु उस व्यक्ति की आयु से 1 वर्ष कम है जो उसके ठीक पीछे बैठा है।

(अर्थात, K 12 वर्ष का है। इसके अलावा, कथन 4 के अनुसार, E की आयु 13 वर्ष है।)

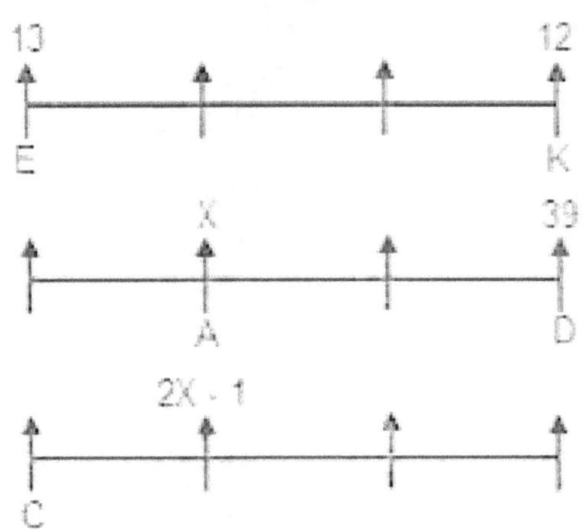

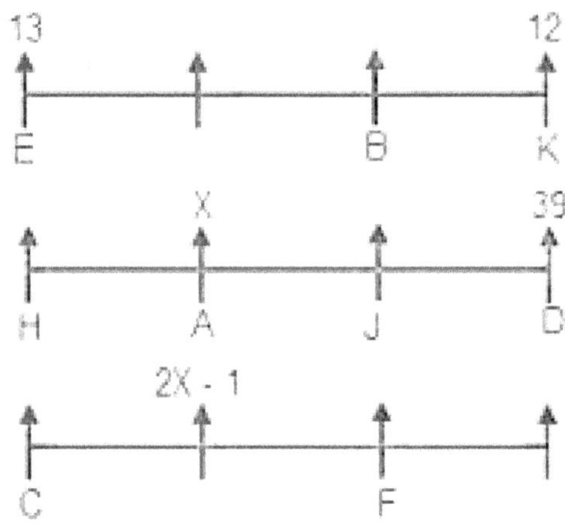

6) J, F के ठीक सामने बैठा है।

7) H, J के बाएं से दूसरे स्थान पर बैठा है और H, J से 21 वर्ष छोटा है।

(यह केवल तभी संभव है जब F तीसरी पंक्ति में बाएं से तीसरी सीट पर बैठा है और J दूसरी पंक्ति में उसके ठीक सामने बैठा है।)

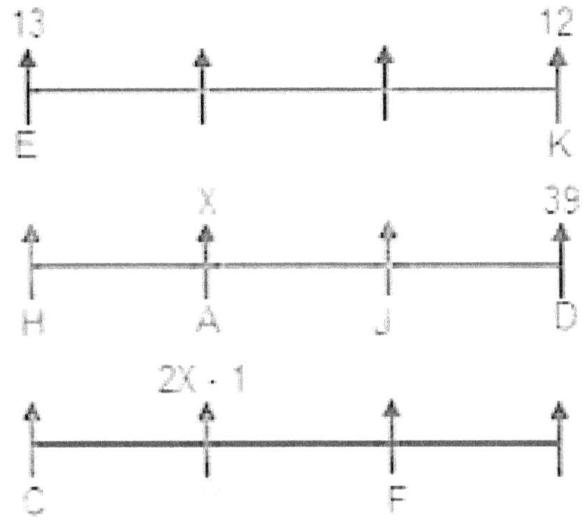

8) B, D के ठीक सामने बैठा व्यक्ति के ठीक बाएं बैठा है।

(अर्थात, B, K के ठीक बाएं बैठा है क्योंकि यह एकमात्र संभावना है।)

9) A और L की आयु के बीच का अंतर 47 वर्ष है।

10) L उस व्यक्ति से 15 साल बड़ा है जो अपने बाएं से दूसरे स्थान पर बैठा है।

(यह केवल तभी संभव है जब हम तीसरी पंक्ति में L को सबसे दाहिनी सीट पर रखते हैं। इसके अलावा, जैसे कि जिस व्यक्ति की आयु L के बाएं दूसरे स्थान पर है, उसकी आयु 2X - 1 वर्ष है, अर्थ है, L की आयु 2X + 14 वर्ष है।)

अब, 2X + 14 - X = 47 वर्ष

X = 33 वर्ष

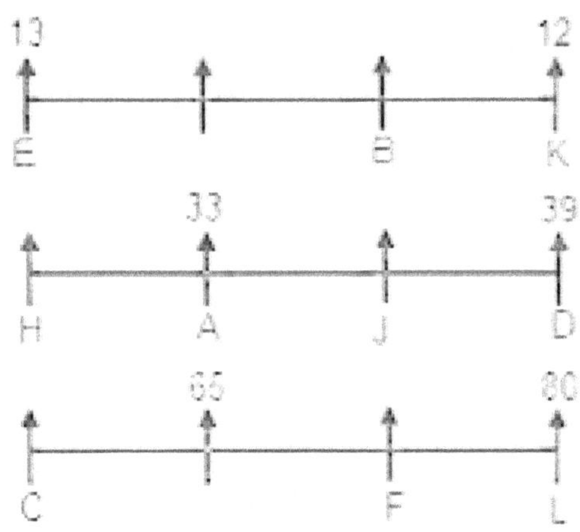

11) तीसरी पंक्ति में अंतिम छोर पर बैठे दो व्यक्तियों की आयु में 8 वर्ष का अंतर है।

12) H की आयु उसके पीछे बैठे व्यक्ति से 45 वर्ष कम है।

(अर्थात, C की आयु या तो 72 वर्ष या 88 वर्ष है। चलिए मान लेते हैं कि C, 88 वर्ष का है तो इसका अर्थ है कि H, 43 वर्ष का है।)

13) B की आयु उस व्यक्ति की आयु की एक तिहाई है, जो E के ठीक पीछे बैठा है, लेकिन उस व्यक्ति की आधी आयु, जो ठीक बाएं बैठा है।

(स्पष्ट रूप से, H, E के ठीक पीछे बैठा है। यदि H की आयु 43 वर्ष है, तो B की आयु एक प्राकृतिक संख्या नहीं होगी। अर्थात, C की आयु 72 वर्ष है, H की आयु 27 वर्ष है B की आयु 9 वर्ष है। इसके अलावा, इसका अर्थ है कि B के ठीक बाएं बैठे व्यक्ति की आयु 18 वर्ष है।)

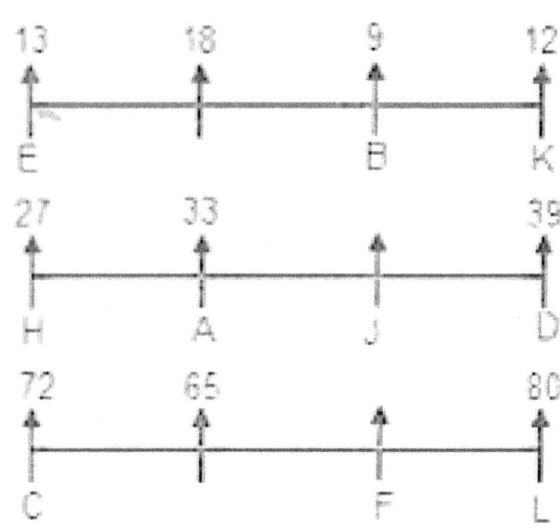

14) J, F से 6 वर्ष छोटा है, लेकिन G से 30 वर्ष छोटा है।

(जैसा कि J, G से 30 वर्ष छोटा है, तात्पर्य है, G को उस पंक्ति में होना चाहिए जो J की पंक्ति से आगे है। इसलिए, G, E और B के बीच पहली पंक्ति में बैठा है और उसकी आयु 18 वर्ष है। अर्थात, J 48 वर्ष का है और F की आयु 54 वर्ष है। इसके अलावा, अब केवल I को रखा जाना बाकी है, हम स्पष्टः कह सकते हैं कि C और F के बीच I बैठाता है।)

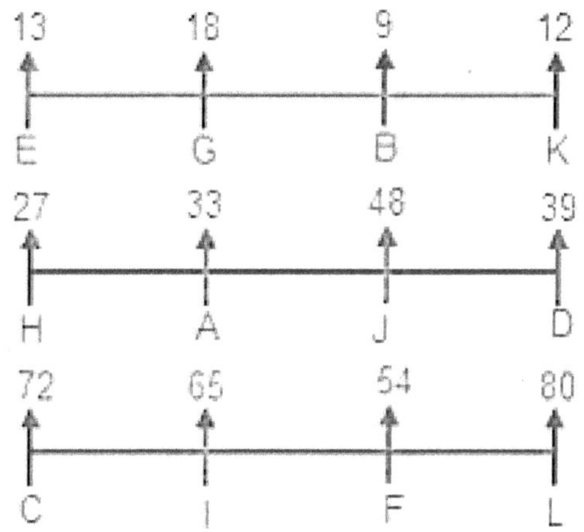

30. स्पष्ट रूप से, H दूसरी पंक्ति में सबसे कम आयु का व्यक्ति है।

अतः विकल्प (B) सही है।

31. स्पष्ट रूप से, B, G के ठीक दायें बैठा है जो A के ठीक आगे बैठा है।

अतः विकल्प (B) सही है।

32. स्पष्ट रूप से, L सबसे बड़ा व्यक्ति है।

अतः विकल्प (E) सही है।

33. E की आयु 13 वर्ष है और L की आयु 80 वर्ष है।

इसलिए, पहली पंक्ति के बाईं सीट पर बैठने वाले व्यक्ति की आयु और तीसरी पंक्ति की सबसे दाहिनी सीट पर बैठने वाले व्यक्ति के बीच का अंतर 67 वर्ष है।

अतः विकल्प (C) सही है।

34. I को छोड़कर, सभी पंक्ति 2 में बैठे हैं।

इसलिए, I समूह से संबंधित नहीं है।

अतः विकल्प (A) सही है।

Ques (35-39): दिया है: आठ लड़कियां - P, Q, R, S, W, X, Y, Z

4 लड़कियां - P, Q, R और S आंतरिक वृत्त बना रही हैं

और अन्य चार लड़कियां - W, X, Y और Z बाहरी वृत्त बना रही हैं,

आंतरिक वृत्त की चार लड़कियाँ बाहर की तरफ मुंह करी हुई हैं,

और बाहरी वृत्त की चार लड़कियां निम्नलिखित तरीके से वृत्त की ओर मुंह कर रही हैं:

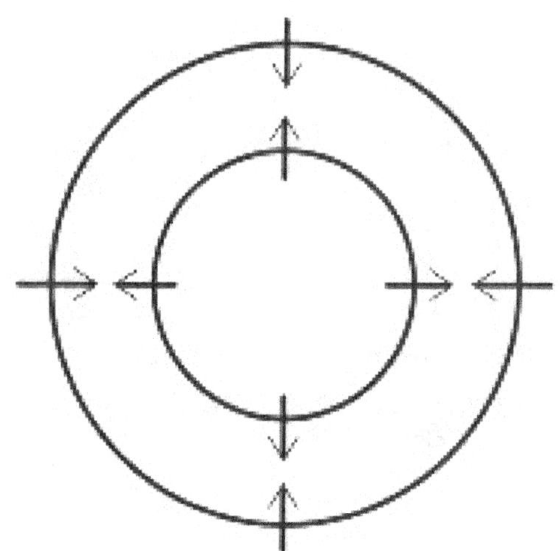

1. Q का मुंह Y की तरफ है:

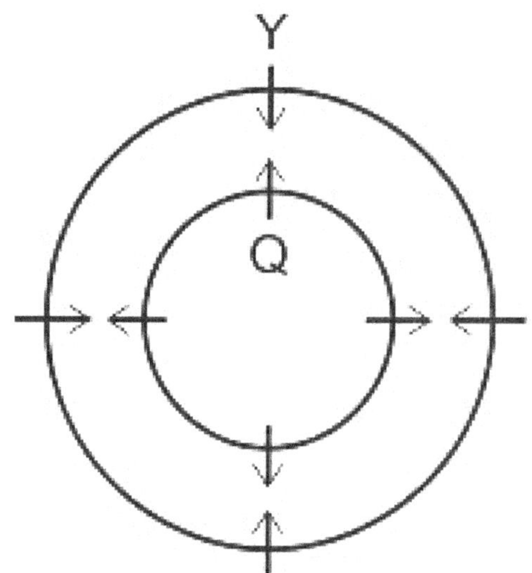

2. Z, W के ठीक दाईं ओर है और उसका P की तरफ मुंह है।

3. Y और Z निकटतम पड़ोसी नहीं हैं।

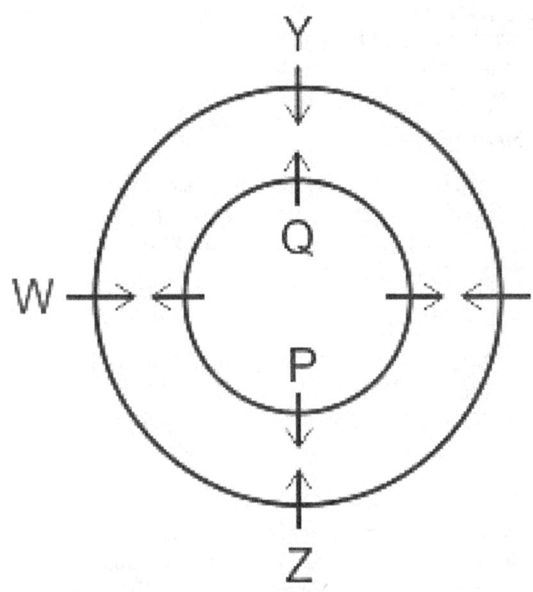

4. X न तो Y के विपरीत है और न ही S की तरफ मुंह की है।

5. S, R के दाईं ओर दूसरे स्थान पर है।

इसलिए, X, W के विपरीत है और R की तरफ मुंह कर रही है:

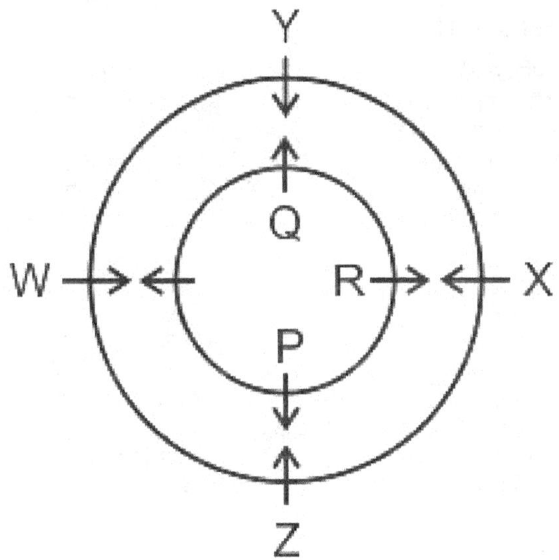

इसलिए, W, S की तरफ मुंह कर रही है:

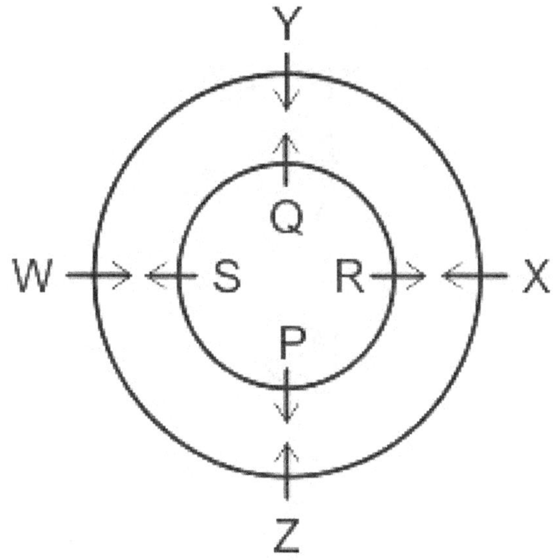

35. इसलिए, R के ठीक दाईं ओर P है।

अतः विकल्प (B) सही है।

36. इसलिए, जो Z के ठीक बाईं ओर है W है, इसलिए,

1) W, X के विपरीत है → सही

2) W का मुंह S की तरफ है → सही

3) W, Y के ठीक बाईं ओर है।

इसलिए, सभी (B), (C) और (D) सही हैं।

अतः विकल्प (A) सही है।

37. इसलिए,

(A) P, Q के दाईं ओर दूसरे स्थान पर है → सही

(B) X, Y के ठीक बाईं ओर है → सही

(C) W का मुंह S की तरफ है → सही

(D) R का मुंह X की तरफ है → सही

(E) Z का मुंह W की तरफ है → गलत (क्योंकि Z, W के ठीक दायें है)।

इसलिए, Z का मुंह W की तरफ है सही नहीं है।

अतः विकल्प (E) सही है।

38. इसलिए, Q के ठीक बाईं ओर S है।

अतः विकल्प (D) सही है।

39. यदि W और X अपनी स्थिति को बदलते हैं:

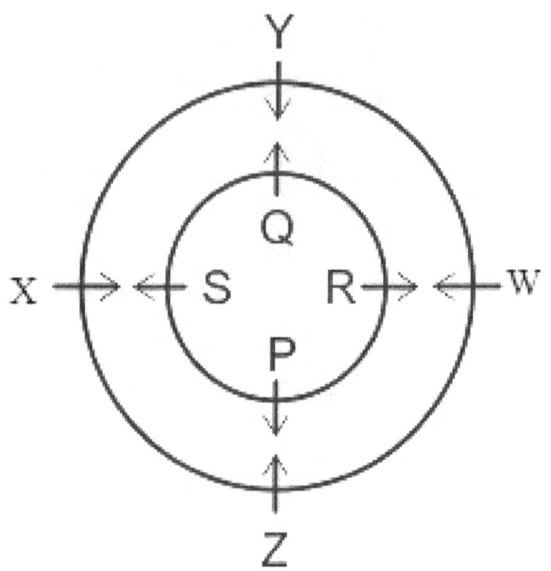

इसलिए, R की तरफ W का मुंह है।

अत: विकल्प (B) सही है।

40. 1. भारतीय जनता पार्टी रेलवे को एक पूर्ण नवीनीकरण देकर 2019 का चुनाव जीतने की सोच रही है। असत्य, हर क्षेत्र की प्रगति सरकार का कर्तव्य है और प्रत्येक वर्ष वित्त मंत्री बजट में विकास के लिए धन आवंटित करते हैं इसके अलावा, 2019 चुनाव का कोई उल्लेख नहीं है, इसलिए इसे माना नहीं जा सकता है।

2. भारतीय सरकार विश्व गुणवत्ता वाला भारतीय रेलवे बनाने के लिए कार्य कर रही है। सत्य है, जैसा कि कथन में कहा गया है कि बहुत से नए विकास-कार्य कार्यरत हैं और पूर्वी और पश्चिमी गलियारों पर कार्य पूरी तरह से चल रहा है, इसलिए यह माना जा सकता है कि भारतीय सरकार विश्व गुणवत्ता वाले भारतीय रेलवे बनाने के लिए कार्य कर रही है।

3. रेलवे इंफ्रास्ट्रक्चर के लिए लगभग 1,50,000 करोड़ भारतीय रुपये मंजूर किए गए थे। असत्य, कुल आवंटित धन और 1,50,000 के बीच का अंतर बहुत अधिक है। यह भी मानने के बाद कि नियमित विकास के लिए कुछ धन आवंटन होगा, राशि अधिक है इसलिए इसे माना नहीं जा सकता है।

इसलिए केवल कथन II अनुसरण करता है।

अत: विकल्प (B) सही है।

41. कीस्ट्रोक लॉगिंग को अक्सर कीलॉगिंग या कीबोर्ड कैप्चरिंग के रूप में संदर्भित किया जाता है, यह एक कीबोर्ड पर दर्ज की गई (लॉगिंग) कीज़ को रिकॉर्ड करने की क्रिया है, आमतौर पर गुप्त रूप से, ताकि कीबोर्ड का उपयोग करने वाला व्यक्ति इस बात से अनजान हो कि उनके कार्यों की निगरानी की जा रही है। फिर लॉगिंग प्रोग्राम को संचालित करने वाले व्यक्ति द्वारा डेटा को पुनः प्राप्त किया जा सकता है। एक कीस्ट्रोक, रिकॉर्डर या कीलॉगर या तो सॉफ्टवेयर या हार्डवेयर हो सकता है।

अत: विकल्प (D) सही है।

42. कंप्यूटर सुरक्षा में, पेलोड मैलवेयर का हिस्सा होता है जैसे कि वर्म्स या वायरस जो मालिसियस एक्शन करते हैं; डेटा हटाना, स्पैम भेजना या डेटा एन्क्रिप्ट करना। पेलोड के अलावा, इस तरह के मैलवेयर में आमतौर पर ओवरहेड कोड भी होता है जिसका उद्देश्य केवल खुद को फैलाना, या पता लगने से बचना होता है।

अत: विकल्प (D) सही है।

43. डायरेक्ट एक्शन वायरस को एक नॉन-रेजिडेंट वायरस के रूप में भी जाना जाता है जो आपके कंप्यूटर की मेमोरी में इंस्टॉल हो जाता है और छिपा रहता है। इस प्रकार का वायरस विशिष्ट प्रकार की फाइलों में शामिल रहता है जिसे वह संक्रमित करता है।

अत: सही विकल्प (A) है।

44. यह एथिकल हैकर्स के कानूनों और नैतिकता के खिलाफ है कि एक पेनेट्रेशन टेस्टिंग करने के बाद, एक एथिकल हैकर को कभी भी क्लाइंट की जानकारी अन्य पक्षों को नहीं देनी चाहिए। क्लाइंट डेटा की सुरक्षा एथिकल हैकर के हाथों में है जिसने परीक्षण किया था।

अत: विकल्प (C) सही है।

45. एथिकल हैकिंग, हैकिंग का कानूनी रूप है जिसके आधार पर आईटी इंडस्ट्रीज और फर्मों में नौकरियां प्रदान की जाती हैं। एथिकल हैकिंग व्हाइट-हैट हैकर्स द्वारा पेनेट्रेशन टेस्ट करके किसी भी संगठन और फर्मों में संभावित खतरों की पहचान करने के लिए हैकिंग का एक नैतिक रूप है।

अत: विकल्प (C) सही है।

46. प्लेटफ़ॉर्म डिज़ाइन एम्बेडेड सिस्टम के डिज़ाइन में बढ़ती जटिलता से निपटने के लिए सॉफ्टवेयर और हार्डवेयर कंपोनेक्ट के पुन: उपयोग की अनुमति देता है। प्लेटफ़ॉर्म-आधारित डिज़ाइन को डिजिटल सिस्टम के विकास और सत्यापन के लिए टैक्सोनॉमीज़ में परिभाषित किया गया है, "एक एकीकरण उन्मुख डिजाइन दृष्टिकोण, प्लेटफॉर्म और संगत हार्डवेयर और सॉफ्टवेयर वर्चुअल घटकों के आधार पर जटिल उत्पादों के विकास के लिए व्यवस्थित पुन: उपयोग पर जोर देता है, जिसका उद्देश्य विकास जोखिम लागत और बाजार में समय को कम करना है"।

अत: विकल्प (A) सही है।

47. डॉट मैट्रिक्स और सॉलिड फॉन्ट प्रिंटर कैरेक्टर प्रिंटर के उदाहरण हैं। कैरेक्टर प्रिंटर उन प्रिंटरों को संदर्भित करता है जो एक समय में एक लाइन के स्थान पर एक समय में एक ही अक्षर को प्रिंट करते हैं। इस प्रकार के प्रिंटर की छपाई की गति बहुत धीमी होती है। अधिकांश कैरेक्टर प्रिंटर इम्पैक्ट प्रिंटर होती है। ये प्रिंटर पुराने हो चुके हैं और उनकी धीमी गति और केवल टेक्स्ट कैरेक्टर को प्रिंट करने की क्षमता के कारण अब शायद ही कभी उपयोग किया जाता है।

अत: विकल्प (C) सही है।

48. एसवीजीए मॉनिटर हाईएस्ट लेवल का परफॉर्मेंस देता है। सुपर वीडियो ग्राफिक्स ऐरे (एसवीजीए) मॉनिटर एक आउटपुट डिवाइस है जो एसवीजीए स्टैंडर्ड का उपयोग करता है। एसवीजीए एक वीडियो-डिस्प्ले-स्टैंडर्ड प्रकार है जिसे आईबीएम-पीसी कम्पेटिबल पर्सनल कंप्यूटर (पीसी) के लिए वीडियो इलेक्ट्रॉनिक्स स्टैंडर्ड एसोसिएशन (वीईएसए) द्वारा विकसित किया गया है। इस प्रकार यह मॉनिटर हाईएस्ट लेवल का परफॉर्मेंस देता है।

अत: विकल्प (D) सही है।

49. सॉफ्टवेयर कंप्यूटर प्रोग्राम का एक सेट है जिसका उपयोग कंप्यूटर पर कार्यों को करने में मदद के लिए किया जाता है। कंप्यूटर सॉफ्टवेयर या सिम्पली सॉफ्टवेयर एक जनरल टर्म है जो डेटा या कंप्यूटर इंस्ट्रक्शंस के संग्रह को संदर्भित करता है जो कंप्यूटर को उस फिजिकल हार्डवेयर के विपरीत काम करने का तरीका बताता है जिससे सिस्टम बनाया गया है, जो वास्तव में काम करता है।

अत: विकल्प (B) सही है।

50. इंटरनेट प्रोटोकॉल सूट कन्सेप्चुअल (वैचारिक) मॉडल है, और इंटरनेट और इसी तरह के कंप्यूटर नेटवर्क पर उपयोग किए जाने वाले संचार प्रोटोकॉल का सेट है। इसे आमतौर पर टीसीपी / आईपी (टीसीपी /आइपी) के रूप में जाना जाता है, क्योंकि सूट में मूलभूत प्रोटोकॉल ट्रांसमिशन कंट्रोल प्रोटोकॉल (टीसीपी) और इंटरनेट प्रोटोकॉल (आइपी) हैं।

अत: विकल्प (D) सही है।

51. जब कोई ईमेल प्राप्त करता है तो यह पहली चीजों में से एक है, इसलिए यह पहली तरह की फर्स्ट इम्प्रैशन की तरह है। सबसे अच्छी ईमेल सब्जेक्ट पंक्तियाँ आमतौर पर संक्षिप्त वर्णनात्मक होती हैं और प्राप्तकर्ता को आपका ईमेल खोलने का एक कारण प्रदान करती हैं।

अतः विकल्प (B) सही है।

52. कमजोर वायरलेस एन्क्रिप्शन प्रोटोकॉल एयरक्रैक डब्ल्यूपीए और एयरक्रैक डब्ल्यूईपी का उपयोग करके आसानी से क्रैक हो जाते हैं। इसका पैकेट स्नीफिंग फीचर बिना कोई अटैक किए उसके सारे ट्रैफिक पर नजर रखता है। एयरक्रैक-एनजी का इस्तेमाल वाई-फाई अटैक के लिए किया जाता है। एयरक्रैक-एनजी एक टूल है जो काली लिनक्स में पहले से इंस्टॉल होता है और वाईफाई नेटवर्क सुरक्षा और हैकिंग के लिए उपयोग किया जाता है। एयरक्रैक एक ऑल-इन-वन पैकेट स्निफर, डब्ल्यूईपी और डब्ल्यूपीए/डब्ल्यूपीए2 क्रैकर, एनालिसिस टूल और हैश कैप्चरिंग टूल है। यह वाईफाई हैकिंग के लिए इस्तेमाल किया जाने वाला टूल है।

अतः विकल्प (B) सही है।

53. एंग्री आईपी स्कैनर एक लाइटवेट क्रॉस-प्लेटफॉर्म आईपी और पोर्ट स्कैनिंग टूल है जो आईपी की एक रेंज को स्कैन करता है। यह फ़ास्ट एफिशिएंट स्कैनिंग करने के लिए मल्टीथ्रेडिंग का कांसेप्ट का उपयोग करता है। यह किसी भी रेंज के साथ-साथ उनके किसी भी पोर्ट में आईपी एड्रेस को स्कैन कर सकता है। यह क्रॉस-प्लेटफॉर्म और लाइटवेट है। किसी भी इंस्टॉलेशन की आवश्यकता नहीं है, इसे स्वतंत्र रूप से कॉपी किया जा सकता है और कहीं भी उपयोग किया जा सकता है।

अतः विकल्प (C) सही है।

54. एआरपी का फुल फॉर्म एड्रेस रेजोल्यूशन प्रोटोकॉल है। यह एक संचार प्रोटोकॉल है जिसका उपयोग लिंक लेयर एड्रेस की खोज के लिए किया जाता है जैसे कि किसी दिए गए इंटरनेट लेयर एड्रेस से जुड़ा मैक एड्रेस आमतौर पर एक IPv4 एड्रेस होता है।

अतः विकल्प (A) सही है।

55. कंप्यूटर का पूर्ण रूप कॉमनली ऑपरेटेड मशीन पर्टिकुलरली यूज्ड फॉर टेक्निकल एजुकेशन एंड रिसर्च है। कंप्यूटर एक मशीन या उपकरण है जो एक सॉफ्टवेयर या हार्डवेयर प्रोग्राम द्वारा दिए गए निर्देशों के आधार पर प्रक्रिया, गणना और संचालन करता है। इसमें डेटा (इनपुट) को स्वीकार करने, इसे संसाधित करने और फिर आउटपुट उत्पन्न करने की क्षमता है।

अतः विकल्प (B) सही है।

56. डीआरएएम का फुल फॉर्म डायनामिक रैंडम एक्सेस मेमोरी है। यह एक प्रकार की रैंडम-एक्सेस सेमीकंडक्टर मेमोरी है जो एक छोटे से कैपेसिटर और एक ट्रांजिस्टर से युक्त मेमोरी सेल में डेटा के प्रत्येक बिट को स्टोर करती है, दोनों आमतौर पर मेटल-ऑक्साइड-सेमीकंडक्टर (एमओएस) तकनीक पर आधारित होते हैं।

अतः विकल्प (B) सही है।

57. एमएस – एक्सेस एक Database Management System(DBMS) एक सॉफ्टवेयर सिस्टम है जिसे डेटाबेस की परिभाषा, निर्माण, क्वेरी, अपडेट और क्रियान्वयन की अनुमति देने के लिए डिज़ाइन किया गया है। प्रसिद्ध DBMS में MySQL, माइक्रोसॉफ्ट SQL सर्वर, ओरेकल, SAP आदि शामिल हैं।

अतः विकल्प (C) सही है।

58. माइक्रोसॉफ्ट एक्सेस माइक्रोसॉफ्ट का एक डेटाबेस प्रबंधन प्रणाली (DBMS) है जो माइक्रोसॉफ्ट जेट डेटाबेस इंजन को ग्राफिकल यूजर इंटरफेस और सॉफ्टवेयर-डेवलपमेंट टूल्स के साथ जोड़ती है।

अतः विकल्प (B) सही है।

59. हार्डवेयर सपोर्ट टीम केवल उस हार्डवेयर को बनाए रखती है जिसमें DBMS कार्य करता है। बाकी सभी, अर्थात, अल्टीमेट यूजर, ऐडमिनिस्ट्रेटर और डेटाबेस डिज़ाइनर DBMS का उपयोग करते हैं।

अतः विकल्प (D) सही है।

60. फिजिकल या इलेक्ट्रॉनिक माध्यम से डेटा को एक स्थान से दूसरे स्थान पर भेजना डाटा ट्रांसमिशन कहलाता है। डेटा ट्रांसमिशन पॉइंट-टू-पॉइंट या पॉइंट-टू-मल्टीपॉइंट संचार चैनल पर डेटा का स्थानांतरण है। ऐसे चैनलों के उदाहरण तांबे के तार, ऑप्टिकल फाइबर, वायरलेस संचार चैनल, स्टोरेज मीडिया और कंप्यूटर बसें हैं।

अतः विकल्प (C) सही है।

61. माउस प्वाइंटर अक्सर एक एरो या छोटे हाथ के आकार का होता है जिसमें इंडेक्स डिस्प्ले डिवाइस के प्रकार की ओर इशारा करती है। जैसे ही उपयोगकर्ता अपने माउस को घुमाता है, माउस प्वाइंटर चलता है और इसका उपयोग डिस्प्ले स्क्रीन पर माउस के स्थान के संदर्भ बिंदु के रूप में किया जाता है।

अतः विकल्प (C) सही है।

62. प्रोलॉग, पायथन, लिस्प, जावा और सी ++ प्रमुख एआई प्रोग्रामिंग भाषा हैं जिनका उपयोग आर्टिफीसियल इंटेलिजेंस के लिए किया जाता है जो विभिन्न सॉफ्टवेयर के विकास और डिजाइनिंग में विभिन्न आवश्यकताओं को पूरा करने में सक्षम हैं।

प्रोलॉग: प्रोलॉग एक डेक्लेरेटिव लैंग्वेज है जहां प्रोग्राम्स को रिलेशन्स के संदर्भ में व्यक्त किया जाता है, और इन रिलेशन्स पर क्वेरीज को चलाकर निष्पादन होता है। प्रोलॉग प्रतीकात्मक तर्क, डेटाबेस और लैंग्वेज पैसिंग एप्लीकेशन के लिए विशेष रूप से उपयोगी है। आज एआई में प्रोलॉग का व्यापक रूप से उपयोग किया जाता है।

अतः विकल्प (A) सही है।

63. सेल एक कॉलम और रो का इंटरसेक्शन है। प्रत्येक सेल का एक यूनिक सेल एड्रेस होता है उदाहरण के लिए C4 जहाँ C^{th} रो और 4th कॉलम का सेल है। चयनित सेल के चारों ओर भारी बॉर्डर को सेल प्वाइंटर कहा जाता है।

अतः विकल्प (C) सही है।

64. पिछले कार्य को पूर्ववत् करने के लिए, हम Ctrl + Z दबाते हैं। Ctrl + U का उपयोग टेक्स्ट को रेखांकित करने के लिए किया जाता है। Ctrl + W का उपयोग वर्ड डॉक्यूमेंट को बंद करने के लिए किया जाता है। और Ctrl + Y का उपयोग पहले की क्रिया को पूर्ववत करने या किसी क्रिया को दोहराने के लिए किया जाता है।

अतः विकल्प (C) सही है।

65. एमएस वर्ड 2007 में "इन्सर्ट" मेनू में 'ड्रॉप कैप' विकल्प मिलता है।

वर्ड 2010 या 2007 में एक वर्ड डॉक्यूमेंट खोलें, और उस अक्षर का चयन करें जिसे आप 'ड्रॉप कैप' के रूप में सम्मिलित करना चाहते हैं।

"इन्सर्ट" टैब पर क्लिक करें, और "टेक्स्ट" ग्रुप में आपको "ड्रॉप कैप" बटन मिलेगा।

अतः विकल्प (B) सही है।

66. MS-Excel में, माउस या एरो कुंजी का उपयोग किए बिना, एक स्प्रेडशीट में, सेल A1 तक पहुँचने का सबसे तेज़ तरीका Ctrl + Home कुंजी को दबाना है।

अतः विकल्प (D) सही है।

67. यदि आप "पिछली प्रेजेंटेशन विंडो" पर जाना चाहते हैं तो आपको Ctrl + शिफ्ट + F6 दबाना होगा।

अतः विकल्प (A) सही है।

68. प्री-सलेक्टेड श्रेणी में पिछले सेल को सक्रिय करने के लिए, आप पिछले सेल पर वापस जाने के लिए F5 + एंटर कुंजी को एक साथ दबा सकते हैं।

अतः विकल्प (E) सही है।

69. लिंट एक एनालाइजिंग टूल है जो सस्पीशियस कंस्ट्रक्शन, स्टैलिस्टिक एरर, बग्स और फ्लैग प्रोग्रामिंग एरर द्वारा सोर्स कोड का एनालिसिस करता है। लिंट एक कंपाइलर जैसा टूल है जिसमें यह C प्रोग्रामिंग की सोर्स फाइल्स को पार्स करता है। यह इन फाइलों की सिंटैक्टिक एक्यूरेसी की जाँच करता है।

अतः विकल्प (C) सही है।

70. ऐसा कुछ भी नहीं है जो उपयोगकर्ता को C++ में ओओपी अवधारणा का उपयोग करने के लिए मजबूर करता है। इसके विपरीत, एक प्रोग्रामिंग लैंग्वेज के लिए यह आवश्यक है कि वह एक प्योर ऑब्जेक्ट -ओरिएंटेड लैंग्वेज बनने के लिए इनकैप्सुलेशन, इनहेरिटेंस और पॉलीमॉरफिस्म के रूप में सभी तीन विशेषताओं का सपोर्टेड करे।

अतः विकल्प (D) सही है।

71. पहली पीढ़ी के कंप्यूटरों ने सीपीयू (सेंट्रल प्रोसेसिंग यूनिट) के लिए मेमोरी और सर्किट्री के लिए बुनियादी घटकों के रूप में वैक्यूम ट्यूब का उपयोग करना शुरू किया। पहली पीढ़ी का काल 1946-1959 तक था। बिजली के बल्बों की तरह इन ट्यूबों ने बहुत अधिक गर्मी पैदा हो जाती थी और स्थापना के समय अक्सर फ्यूज हो जाती थी।

अतः विकल्प (A) सही है।

72. कंप्यूटर की चौथी पीढ़ी को वेरी लार्ज स्केल इंटीग्रेटेड (वीएलएसआई) सर्किट के उपयोग द्वारा चिह्नित किया गया है। इस पीढ़ी में टाइम शेयरिंग, रियल टाइम, नेटवर्क्स, डिस्ट्रिब्यूटेड ऑपरेटिंग सिस्टम का उपयोग किया जाता था।

अतः विकल्प (D) सही है।

73. पहली पीढ़ी के कंप्यूटर में ENIAC में 18000 वैक्यूम ट्यूब का इस्तेमाल किया गया था। ENIAC लगभग 18,000 वैक्यूम ट्यूबों का उपयोग करते हुए 2,000 से अधिक वैक्यूम ट्यूबों का उपयोग करने वाली पहली मशीन भी थी। उन सभी वैक्यूम ट्यूबों के स्टोरेज और ठंडा रखने के लिए आवश्यक मशीनरी ने 167 वर्ग मीटर (1800 वर्ग फुट) के फर्श की जगह ली थी।

अतः विकल्प (B) सही है।

74. एक एक्सपर्ट सिस्टम में आम तौर पर पांच मुख्य कॉम्पोनेन्ट होते हैं:

नॉलेज बेस: एक एक्सपर्ट सिस्टम में नॉलेज बेस फैक्ट और नियमों का प्रतिनिधित्व करता है।

इनफरेंस इंजन: इनफरेंस इंजन का सबसे बेसिक फंक्शन नॉलेज के आधार से रिलेवेंट डेटा प्राप्त करना, उसकी व्याख्या करना और यूजर की समस्या के अनुसार समाधान खोजना है।

नॉलेज प्राप्ति और सीखने का मॉड्यूल: यह कॉम्पोनेन्ट एक्सपर्ट सिस्टम को विभिन्न सोर्स से अधिक डेटा प्राप्त करने और इसे नॉलेज बेस में स्टोर करने की अनुमति देने के लिए कार्य करता है।

यूजर इंटरफेस: नॉन-एक्सपर्ट यूजर के लिएएक्सपर्ट सिस्टम के साथ बातचीत करने और समाधान खोजने के लिए यह कॉम्पोनेन्ट आवश्यक है।

एक्सप्लेनेशन मॉड्यूल: जैसा कि नाम से पता चलता है, यह मॉड्यूल यूजर को प्राप्त निष्कर्ष की व्याख्या प्रदान करने में मदद करता है।

अतः विकल्प (E) सही है।

75. एक कंप्यूटर विजन तकनीक जो छवि टेम्पलेट्स पर निर्भर करती है, वह है मॉडल-आधारित विजन। बिनफोर्ड ने स्टैनफोर्ड रोबोटिक्स प्रयोगशाला में वर्तमान में चल रहे कंप्यूटर-आधारित विजन और इमेज समझ में अनुसंधान की

स्थिति पर एक रिपोर्ट प्रस्तुत की है। विशेष रूप से, वह एक सिस्टम पर ध्यान केंद्रित करता है जिसे उसने विकसित किया है जिसे सक्सेसर कहा जाता है, जिसे कई इनपुट सेंसर (स्टीरियो इमेज सहित) से इमेज की व्याख्या करने और सेगमेंटेशन, वृद्धि, वस्तु की पहचान और विजुअलाइज़ेशन करने के लिए डिज़ाइन किया गया है।

अतः विकल्प (C) सही है।

76. स्टेट-स्पेस सर्च को हल करने के लिए 2 तरीके उपलब्ध हैं। वे प्रारंभिक अवस्था से फॉरवर्ड और गोयल से बैकवर्ड होते हैं। फॉरवर्ड स्टेट-स्पेस सर्च के साथ योजना बनाना समस्या-समाधान के अप्रोच के समान है। इसे कभी-कभी प्रोग्रेशन प्लानिंग कहा जाता है क्योंकि यह फॉरवर्ड डायरेक्शन में बढ़ता है। हम समस्या की इनिशियल स्टेट से शुरू करते हैं, जब तक हम एक गोयल स्टेट तक नहीं पहुंच जाते, तब तक क्रियाओं के अनुक्रम पर विचार करते हैं। यदि कोई समाधान मौजूद है, तो उसे एक बैकवर्ड सर्च द्वारा सर्च किया जाना चाहिए जो केवल रिलेवेंट एक्शन की अनुमति देता है। रिलेवेंट एक्शन के लिए इस प्रतिबंध का अर्थ केवल यह है कि बैकवर्ड सर्च में अक्सर फॉरवर्ड सर्च की तुलना में बहुत कम ब्रांचिंग फैक्टर होता है।

अतः विकल्प (B) सही है।

77. बस टोपोलॉजी एक लोकल एरिया नेटवर्क (LAN) के लिए एक टोपोलॉजी है जिसमें सभी नोड्स एक ही केबल से जुड़े होते हैं। जिस केबल से नोड्स जुड़े होते हैं, उसे "बैकबोन" कहा जाता है। यदि बैकबोन टूट जाए, तो पूरा भाग विफल हो जाता है।

अतः विकल्प (C) सही है।

78. एक नेटवर्क जिसको मैन्युअल रूप से रूट सिग्नल भेजने के लिए मनुष्य की जरूरत होती है, उसे टी-स्विचड नेटवर्क कहा जाता है। एक नेटवर्क स्विच (जिसे स्विचिंग हब, ब्रिजिंग हब या मैक ब्रिज भी कहा जाता है) एक कंप्यूटर नेटवर्किंग डिवाइस है।

अतः विकल्प (C) सही है।

79. लोकल एरिया नेटवर्क, कंप्यूटर और संबद्ध उपकरणों का एक समूह है जो एक सर्वर से एक आम संचार लाइन या वायरलेस लिंक साझा करता है। एक लोकल एरिया नेटवर्क एक कंप्यूटर नेटवर्क है जो एक सीमित क्षेत्र जैसे निवास, स्कूल, प्रयोगशाला, विश्वविद्यालय परिसर या कार्यालय भवन के भीतर कंप्यूटरों को आपस में जोड़ता है।

अतः विकल्प (C) सही है।

80. हाइपरलिंक एक शब्द, वाक्यांश या छवि, जिस पर आप क्लिक करके किसी नए दस्तावेज़ या वर्तमान दस्तावेज़ के एक नए अनुभाग पर जा सकते हैं। हाइपरलिंक लगभग सभी वेब पेजों में पाए जाते हैं, जिससे उपयोगकर्ता एक पेज से दूसरे पेज पर क्लिक कर सकते हैं। टेक्स्ट हाइपरलिंक अक्सर नीले और रेखांकित होते हैं, लेकिन उनका होना आवश्यक नहीं है। जब आप हाइपरलिंक पर कर्सर ले जाते हैं, चाहे वह टेक्स्ट हो या कोई छवि, तीर को लिंक की ओर इशारा करते हुए एक छोटे हाथ में बदलना चाहिए। जब आप इसे क्लिक करते हैं, तो वर्तमान पृष्ठ में एक नया पृष्ठ या स्थान खुल जाएगा।

हाइपरलिंक, जिसे अक्सर "लिंक" के रूप में संदर्भित किया जाता है, वेब पेजों में आम हैं, लेकिन अन्य हाइपरटेक्स्ट दस्तावेज़ों में पाए जा सकते हैं। इनमें कुछ विश्वकोश, शब्दावलियाँ, शब्दकोश और अन्य संदर्भ शामिल हैं जो हाइपरलिंक का उपयोग करते हैं। लिंक उसी तरह कार्य करते हैं जैसे वे वेब पर करते हैं, जिससे उपयोगकर्ता एक पृष्ठ से दूसरे पृष्ठ पर जा सकता है। मूल रूप से, हाइपरलिंक लोगों को हाइपर स्पीड पर जानकारी ब्राउज़ करने की अनुमति देता है।

अतः विकल्प (B) सही है।

81. स्टार्ट-अप के लिए प्रोत्साहन:

कर लाभ का लाभ उठाने के लिए पात्र स्टार्ट-अप के लिए निगमन की अवधि एक वर्ष बढ़ाकर 31.03.2023 तक कर दी गई है।

पहले निगमन की अवधि 31.03.2022 तक वैध थी।

अतः विकल्प (C) सही है।

82. हाउसिंग डेवलपमेंट फाइनेंस कॉर्पोरेशन (एचडीएफसी) लिमिटेड ने एप्लिकेशन, प्रोसेसिंग, क्रेडिट अंडरराइटिंग और संवितरण के लिए क्लाउड-नेटिव प्लेटफ़ॉर्म का उपयोग करके अपने उधार व्यवसाय को डिजिटल बनाने के लिए एक्सेंचर के साथ भागीदारी की।

अतः विकल्प (C) सही है।

83. जोखिम प्रबंधक शुद्ध जोखिम में शामिल नए उद्यमों की पहचान करने में सक्षम हो सकता है।

शुद्ध जोखिम, जिसे पूर्ण जोखिम भी कहा जाता है, खतरे की एक श्रेणी है जो मानव नियंत्रण से परे है और यदि ऐसा होता है तो इसका केवल एक ही संभावित परिणाम होता है: हानि। शुद्ध जोखिम में प्राकृतिक आपदाएं, आग या असामयिक मृत्यु जैसी घटनाएं शामिल हैं।

अतः विकल्प (A) सही है।

84. जोखिम प्रबंधन की पूरी प्रक्रिया की सफलता इसकी पहचान पर निर्भर करती है।

पहचान जोखिमों को निर्धारित करने की प्रक्रिया है जो संभावित रूप से कार्यक्रम, उद्यम या निवेश को उसके उद्देश्यों को प्राप्त करने से रोक सकती है। इसमें चिंता से दस्तावेजीकरण और संचार करना शामिल है।

अतः विकल्प (A) सही है।

85. बैंकिंग क्षेत्र की सकल गैर-निष्पादित परिसंपत्तियां (एनपीए) मार्च 2022 तक 6 प्रतिशत से नीचे गिर गईं - 2016 के बाद से सबसे कम - और इसी अवधि के दौरान शुद्ध एनपीए 1.7 प्रतिशत तक गिर गया, यह दर्शाता है कि यह क्षेत्र कोविड-19 महामारी के अब तक के दुष्परिणाम से काफी हद तक अप्रभावित रहा है।

अतः विकल्प (B) सही है।

86. भारत सरकार द्वारा गैर-निष्पादित परिसंपत्तियों से निपटने के लिए वर्ष 2000 में क्रेडिट सूचना ब्यूरो का गठन किया गया था।

क्रेडिट इंफॉर्मेशन ब्यूरो ऋणों को खराब हाथों में पड़ने से रोकने और एनपीए को रोकने के लिए एक अच्छी सूचना प्रणाली है। यह व्यक्तिगत डिफॉल्टरों और विलफुल डिफॉल्टरों के डेटा को बनाए रखने और साझा करके बैंकों की मदद करता है।

अतः विकल्प (D) सही है।

87. बैंक लॉटरी टिकटों पर ऋण नहीं देता है।

लॉटरी टिकट एक प्रतियोगिता है जिसमें टोकन वितरित या बेचे जाते हैं, जीतने वाले टोकन या टोकन को गुप्त रूप से पूर्व निर्धारित किया जाता है या अंततः एक यादृच्छिक ड्राइंग में चुना जाता है जिसे लॉटरी टिकट कहा जाता है।

पॉलिसी पर ऋण: बीमा पॉलिसी पर ऋण प्राप्त करने के लिए, पॉलिसी को एक समर्पण मूल्य प्राप्त करना होगा। लोन के लिए स्वीकृत राशि आमतौर पर पॉलिसी के सरेंडर वैल्यू का 85% से 90% होती है।

सोने के आभूषणों पर ऋण: यह एक सुरक्षित ऋण है जहां सोने के आभूषण, बुलियन इत्यादि जैसे सोने के सामान को उधार देने वाले बैंक/एनबीएफसी द्वारा संपार्श्विक के रूप में लिया जाता है। इस सोने के बदले कर्जदार को जमानत के तौर पर कर्ज दिया जाता है।

एनएससी पर ऋण: एनएससी की जमानत पर ऋण लेने के संबंध में दो विकल्प हैं - या तो आप एनएससी के खिलाफ एक फ्लैट ऋण ले सकते हैं और मासिक ईएमआई में भुगतान कर सकते हैं या आप इनकी सुरक्षा के खिलाफ ओवरड्राफ्ट सुविधा प्राप्त कर सकते हैं। बैंक आमतौर पर आपको एनएससी के अंकित मूल्य के 80% से 85% तक का ऋण देते हैं।

अतः विकल्प (C) सही है।

88. बेसल-III के तहत शुद्ध स्थिर वित्त पोषण अनुपात (एनएसएफआर) भारत में 1 जनवरी, 2018 से लागू किया गया था।

शुद्ध स्थिर निधि अनुपात (NSFR) एक तरलता मानक है जिसके लिए बैंकों को अपनी दीर्घकालिक संपत्ति की अवधि को कवर करने के लिए पर्याप्त स्थिर निधि रखने की आवश्यकता होती है। बैंकिंग एजेंसियों ने 20 अक्टूबर, 2020 को नेट स्टेबल फंडिंग रेशियो (NSFR) नियम को अंतिम रूप दिया - अमेरिका में प्रस्तावित होने के चार साल बाद और बेसल में इसके मूल प्रस्ताव के 11 साल बाद।

अतः सही विकल्प (C) है।

89. 6 अगस्त, 2020 को, RBI ने OTR योजना की घोषणा की, जिससे बैंकों को उन उधारकर्ताओं के ऋणों का पुनर्गठन करने की अनुमति मिली, जो उनके पुनर्भुगतान में नियमित थे और उनके परिसंपत्ति वर्गीकरण को गैर-निष्पादित संपत्ति में डाउनग्रेड किए बिना, मार्च 1,2020 तक 30 दिनों से अधिक का अतिदेय नहीं था। यह उधारकर्ताओं पर COVID-19 के प्रभाव को कम करने के लिए एक नियामक उपाय के रूप में घोषित किया गया था।

अतः सही विकल्प (D) है।

90. MSMEs कोविड -1 महामारी के कारण वित्तीय तनाव से प्रभावित हैं। इस संबंध में, भारतीय रिज़र्व बैंक (RBI) ने बैंकों को MSMEs से 25 करोड़ रु तक के ऋण जोखिम वाले OTR प्रस्तावों पर विचार करने की अनुमति दी है।

सूक्ष्म, लघु, मध्यम उद्यम (MSMEs) ऐसी संस्थाएं हैं जो वस्तुओं और वस्तुओं के उत्पादन, निर्माण और प्रसंस्करण में शामिल हैं।

अतः सही विकल्प (A) है।

91. सरफेसी अधिनियम 2002 के प्रावधान के तहत प्रतिभूतिकरण का लेनदेन केंद्रीय रजिस्ट्री के रजिस्ट्रार में पंजीकृत है।

सरफेसी अधिनियम का पूर्ण रूप जैसा कि हम जानते हैं, वित्तीय परिसंपत्तियों के प्रतिभूतिकरण और पुनर्निर्माण और सुरक्षा ब्याज (सरफेसी) , 2002 का प्रवर्तन है। बैंक इस अधिनियम का उपयोग खराब ऋण (NPA) वसूली के लिए एक प्रभावी उपकरण के रूप में करते हैं।

अतः सही विकल्प (D) है।

92. एसेट रिकंस्ट्रक्शन कंपनी (एआरसी) एक विशेष वित्तीय संस्थान है जो बैंकों और वित्तीय संस्थानों से एनपीए या खराब संपत्ति खरीदता है और उनकी बैलेंस शीट को साफ करता है। दूसरे शब्दों में, एआरसी बैंकों से खराब ऋण खरीदने के व्यवसाय में हैं।

अतः सही विकल्प (A) है।

93. परिचालन जोखिम एक प्रकार का बाजार जोखिम नहीं है। प्रगतिशील विनियमन के साथ, बाजार चरों में प्रतिकूल परिवर्तनों से उत्पन्न होने वाले बाजार जोखिम, जैसे कि ब्याज दर, विदेशी विनिमय दर, इक्विटी मूल्य और वस्तु मूल्य अपेक्षाकृत अधिक महत्वपूर्ण हो गए हैं।

अतः सही विकल्प (B) है।

94. बेसल ॥ ढांचा तीन स्तंभों के तहत संचालित होता है:

- पूंजी पर्याप्तता आवश्यकताएँ
- पर्यवेक्षी समीक्षा
- बाजार अनुशासन

अतः सही विकल्प (E) है।

95. निवेशक के लिए बैंक जमा को पसंद करने का सबसे महत्वपूर्ण कारण बैंक की ऋण पात्रता है।

ऋण पात्रता का तात्पर्य ऐसे व्यक्ति या कंपनी से है जिसे ऋण प्राप्त करने के लिए उपयुक्त माना जाता है। ऋण पात्रता यह है कि एक ऋणदाता यह कैसे

निर्धारित करता है कि आप अपने ऋण दायित्वों पर चूक करेंगे, या आप नए क्रेडिट प्राप्त करने के लिए कितने योग्य हैं।

अत: सही विकल्प (A) है।

96. ईसीजीसी बीमा से संबंधित है।

भारतीय निर्यात ऋण गारंटी निगम (ईसीजीसी) भारत सरकार द्वारा वाणिज्य और उद्योग मंत्रालय के माध्यम से प्रशासित किया जाता है। ईसीजीसी की स्थापना अन्य देशों से होने वाले भुगतान से जुड़े जोखिम को कम करके भारतीय निर्यातकों के सुचारू कामकाज को सुनिश्चित करने के लिए की गई थी। ईसीजीसी किसी भी देश के निर्यात से संबंधित 5वीं सबसे बड़ी क्रेडिट बीमा कंपनी है।

अत: सही विकल्प (B) है।

97. 1969 में भारतीय रिज़र्व बैंक द्वारा लीड बैंक योजना शुरू की गई।

योजना का उद्देश्य बेरोजगारी और अल्परोजगार का उन्मूलन था, एस नरीमन की अध्यक्षता में बैंकर समिति ने निष्कर्ष निकाला कि क्षेत्र दृष्टिकोण के लिए इकाइयाँ होंगी और प्रत्येक जिले को एक विशेष बैंक को आवंटित किया जा सकता है जो लीड बैंक की भूमिका निभाएगा।

अत: सही विकल्प (B) है।

98. एचएसबीसी बैंक एटीएम खोलने वाला भारत का पहला बैंक था। एटीएम का मतलब ऑटोमेटेड टेलर मशीन है। जॉन एड्रियन शेफर्ड-बैरोन एटीएम के आविष्कारक थे। पहला एटीएम मुंबई में एचएसबीसी बैंक द्वारा 1987 में स्थापित किया गया था। एचएसबीसी बैंक का मुख्यालय लंदन में है, यूके नोएल किन बैंक के वर्तमान सीईओ हैं। (अप्रैल 2020).

अत: सही विकल्प (A) है।

99. भारत में पहला विमुद्रीकरण 2016 में हुआ था, जिसमें 1,000 रुपये और 10,000 रुपये के करेंसी नोट को सर्कुलेशन से हटा दिया गया था। हालांकि, दोनों नोटों को 1954 में 5,000 रुपये की अतिरिक्त मुद्रा के साथ फिर से शुरू किया गया था।

दूसरा विमुद्रीकरण 1978 में हुआ और 1000 रुपये, 5000 रुपये और 10,000 रुपये की मुद्रा पर प्रतिबंध लगा दिया गया।

तीसरा और अंतिम विमुद्रीकरण 8 नवंबर 2016 को हुआ और 5,00 और 1000 रुपये के नोटों पर प्रतिबंध लगा दिया गया।

अत: सही विकल्प (D) है।

100. मनीला स्थित एशियाई विकास बैंक ने पश्चिम बंगाल सार्वजनिक वित्त प्रबंधन निवेश कार्यक्रम के लिए 50 मिलियन अमरीकी डालर के नीति-आधारित ऋण पर हस्ताक्षर किए हैं।

ऋण का उद्देश्य राज्य के वित्तीय प्रबंधन और परिचालन क्षमता में सुधार करना है। परिवहन निगमों और शहरी स्थानीय निकायों के लिए वेब आधारित शिकायत निवारण प्रणाली के साथ-साथ राजकोषीय नीति और सार्वजनिक वित्त के लिए एक केंद्र स्थापित किया जाएगा।

अत: विकल्प (B) सही है।

101. अंतर्राष्ट्रीय विकास संघ (आईडीए) विश्व बैंक समूह का सदस्य है, जिसका मुख्यालय वाशिंगटन, डीसी में है। यह सबसे गरीब विकासशील देशों को रियायती ऋण और अनुदान प्रदान करता है।

कोविड -19 महामारी से प्रभावित गरीब और कमजोर परिवारों को सामाजिक सहायता प्रदान करने के भारत के प्रयासों का समर्थन करने के लिए आईडीए ने भारत के साथ 400 मिलियन अमरीकी डालर के समझौते पर हस्ताक्षर किए हैं। इससे पहले, विश्व बैंक समूह ने भारत को 750 मिलियन अमरीकी डालर के ऋण को मंजूरी दी थी।

अत: विकल्प (B) सही है।

102. भारत के सबसे बड़े ऋणदाता भारतीय स्टेट बैंक (एसबीआई) ने लगातार 3 महीनों के लिए इलेक्ट्रॉनिक्स और सूचना प्रौद्योगिकी मंत्रालय (MeitY) के डिजिटल भुगतान स्कोरकार्ड की सूची में शीर्ष स्थान हासिल किया।

डिजिटल भुगतान स्कोरकार्ड विभिन्न डिजिटल मापदंडों पर वाणिज्यिक बैंकों के प्रदर्शन को ट्रैक करता है। एसबीआई ने उच्चतम यूपीआई लेनदेन लगभग 64 करोड़ दर्ज की, और इसने बैंक के कुल लेनदेन की 67% का डिजिटल रूप से संसाधित किया है।

अतः विकल्प (B) सही है।

103. अंतर्राष्ट्रीय वित्तीय सेवा केंद्र प्राधिकरण (आईएफएससीए) ने दीर्घावधि वित्त हब के विकास के लिए एक रणनीति की सिफारिश करने के लिए एक विशेषज्ञ समिति का गठन किया है।

वैश्विक अनुमानों के अनुसार, सिल्वर समूह (जो कि 60 वर्ष और उससे अधिक आयु के व्यक्तियों का वर्णन करता है) में 15 ट्रिलियन अमरीकी डालर की संयुक्त व्यय शक्ति के साथ एक अरब लोग हैं। हब का उद्देश्य इस क्षेत्र में क्षमता का दोहन करना है।

अतः विकल्प (C) सही है।

104. विश्व व्यापार संगठन एक स्थायी संस्था है। विश्व व्यापार संगठन के नियम और कानून पूर्ण और स्थायी आधार पर लागू होते हैं। यह बौद्धिक संपदा अधिकारों के मुद्दों से भी संबंधित है।

अतः विकल्प (B) सही है।

105. मौद्रिक नीति समिति में 6 सदस्य हैं- 3 आरबीआई से हैं और 3 भारत सरकार द्वारा नियुक्त हैं।

मौद्रिक नीति समिति मुद्रास्फीति लक्ष्य को प्राप्त करने के लिए आवश्यक नीतिगत ब्याज दर निर्धारित करती है।

भारत सरकार द्वारा नियुक्त 3 सदस्य हैं:

- चेतन घाटे, प्रोफेसर, भारतीय सांख्यिकी संस्थान (ISI)
- प्रोफेसर पामी दुआ, निदेशक, दिल्ली स्कूल ऑफ इकोनॉमिक्स
- डॉ रवींद्र एच. ढोलकिया, प्रोफेसर, भारतीय प्रबंधन संस्थान, अहमदाबाद

अतः विकल्प (C) सही है।

106. निवल मांग और मीयादी देयताओं (एनडीटीएल) पर आरक्षित नकदी निधि अनुपात (सीआरआर) अनुरक्षित किया जाता है। इस प्रकार एसएलआर को निवल मांग और मीयादी देयताओं पर अनुरक्षित रखा जाना चाहिए।

सांविधिक चलनिधि अनुपात (एसएलआर) आरक्षित आवश्यकताओं के लिए इस्तेमाल किये जाने वाला भारत सरकार का शब्द है जिसे भारत में वाणिज्यिक बैंकों को ग्राहकों को ऋण प्रदान करने से पहले नकदी, स्वर्ण भंडार, आरबीआई द्वारा अनुमोदित प्रतिभूतियों के रूप में बनाए रखना आवश्यक है।

सांविधिक चलनिधि अनुपात का निर्धारण भारतीय रिजर्व बैंक द्वारा किया जाता है ताकि बैंकों का रखरखाव विस्तार से हो सके और वे नियंत्रण सुरक्षित क्षेत्र में जा सके। एसएलआर का निर्धारण शुद्ध माँग और समय देनदारियों के प्रतिशत से होता है।

अतः विकल्प (B) सही है।

107. नकद क्रेडिट खाता एनपीए (NPA) बन जाएगा यदि यह 90 दिनों से अधिक समय के लिए चालू नहीं रहता है।

एनपीए का अर्थ नॉन परफॉर्मिंग एसेट है।

यह एक ऐसी परिसंपत्ति है जब यह बैंक के लिए आय उत्पन्न करना बंद कर देता है और 90 दिनों से अधिक समय के लिए अतिदेय हो जाता है। यह ऋणदाता पर वित्तीय दबाव डालता है। NPA को 3 श्रेणियों में वर्गीकृत किया गया है :

- उप-मानक संपत्ति: 12 महीने से कम समय के लिए।

- संदिग्ध संपत्ति: 12 महीने से अधिक के लिए।

- नुकसान की संपत्ति: वह जिसे पूरी तरह से लिखा जाना चाहिए।

एनपीए की समस्या से निपटने के लिए सरकार द्वारा 'प्रोजेक्ट साशक इंडिया एएमसी' लागू किया गया है। इस परियोजना की सिफारिश सुनील मेहता समिति ने की है। SBI के पास भारत में सबसे अधिक NPA पंजाब नेशनल बैंक और बैंक ऑफ इंडिया के बाद 1.86 लाख करोड़ रुपये के साथ है।

अत: विकल्प (A) सही है।

108. एयू स्मॉल फाइनेंस बैंक टैगलाइन चलो आगे बढ़ें है।

टैगलाइन के साथ, 'चलो आगे बढ़ें' एयू स्मॉल फाइनेंस बैंक एक नौसिखिया के रूप में भारतीय बैंकिंग बाजार में उच्च लक्ष्य बना रहा है। इस साल अप्रैल में, इसने हाल ही में भारतीय रिजर्व बैंक की एक सख्त प्रक्रिया से गुजरने के बाद गैर-बैंकिंग वित्त कंपनी (NBFC) से खुद को फिर से लॉन्च किया। पहले एक एनबीएफसी के रूप में यह मुख्य रूप से खुदरा क्षेत्र पर केंद्रित था, जो मुख्य रूप से निम्न और मध्यम आय वाले व्यक्तियों और व्यवसायों की सेवा करता था जिनकी औपचारिक बैंकिंग और वित्त चैनलों तक सीमित या कोई पहुंच नहीं थी। इसे भारतीय रिजर्व बैंक से 20 दिसंबर, 2016 को एक एसएफबी स्थापित करने का लाइसेंस प्राप्त हुआ।

अत: विकल्प (E) सही है।

109. बैंकों द्वारा प्रदान की जाने वाली उपयोगिता सेवाएं: यात्री चेक जारी करना, सुरक्षित अभिरक्षा में क़ीमती सामान रखने के लिए लॉकर सुविधा प्रदान करना, डेबिट कार्ड और क्रेडिट कार्ड जारी करना आदि बैंकों द्वारा प्रदान की जाने वाली उपयोगिता सेवाओं का उदाहरण हैं। रिटेल बैंकिंग उपयोगिता सेवाओं की सुविधाओं में से एक है।

उदाहरण: पैरा बैंकिंग गतिविधियाँ ऐसी हैं बीमा व्यवसाय, पोर्टफोलियो प्रबंधन सेवाएं, पेंशन फंड मैनेजर, म्यूचुअल फंड व्यवसाय, मुद्रा बाजार म्यूचुअल फंड, पीएसयू के बॉन्ड की अंडरराइटिंग, वेंचर कैपिटल फंड में निवेश।

अत: विकल्प (D) सही है।

110. पंजाब नेशनल बैंक के गैर-कार्यकारी अध्यक्ष, सुनील मेहता, शशक्त समिति के प्रमुख थे।

- सरकार ने एनपीए के मुद्दे को हल करने के लिए सुनील मेहता के नेतृत्व में एक समिति का गठन किया था।

- सुनील मेहता ने कहा कि अंतर लेनदार समझौते (ICA) के ढांचे को अनिवार्य बनाने वाली नई RBI दिशा अनुप्रयोज्य संपत्तियों (NPA या ऋण) के समाधान के लिए सही दिशा में एक चरण है।

- शशक्त समिति ने सिफारिश की है कि 90 दिनों की समय सीमा के साथ, बैंक स्तर पर 50 करोड़ रुपये तक के खराब ऋणों का प्रबंधन किया जाएगा।

- 50-500 करोड़ रुपये के बुरे ऋण के लिए, बैंक ICA में प्रवेश करेंगे, जो अग्रणी बैंक को 180 दिनों में एक संकल्प योजना लागू करने या राष्ट्रीय कंपनी कानून न्यायाधिकरण (NCLT) के मामले को संदर्भित करने के लिए अधिकृत करेगा।

- शशक्त ICA को नए ढांचे की आवश्यकताओं को शामिल करने के लिए संशोधित किया जा सकता है और BLRA (अग्रणी बैंक संकल्प दृष्टिकोण) के तहत सभी तनावग्रस्त परिसंपत्तियों के समाधान के लिए मास्टर अंतर-लेनदार समझौते के रूप में काम कर सकता है।

अत: विकल्प (B) सही है।

111. वर्ष 2019 को बैंक राष्ट्रीयकरण के स्वर्ण जयंती वर्ष के रूप में चिह्नित किया गया था। सर्वेक्षण से पता चलता है कि भारतीय बैंकिंग क्षेत्र की वृद्धि अर्थव्यवस्था के समग्र विकास के अनुपात में नहीं रही है।

अत: विकल्प (C) सही है।

112. आर्थिक सर्वेक्षण 2020-21 के लिए वित्त वर्ष 2011 की वास्तविक विकास दर -7.7% (MoSPI) के रूप में ली गई है और वित्त वर्ष 2012 के लिए वास्तविक विकास दर IMF अनुमानों के आधार पर 11.5% मानी गई है।

अत: विकल्प (B) सही है।

113. आर्थिक सर्वेक्षण 2020-21 के अनुसार, भारत की वास्तविक जीडीपी में वित्त वर्ष 2021-22 में 9 % की वृद्धि और नाममात्र जीडीपी में 15.4% की वृद्धि दर्ज करने की उम्मीद है - स्वतंत्रता के बाद से सबसे अधिक है।

अत: विकल्प (A) सही है।

114. एसबीआई ने कियोस्क-आधारित बैंकिंग सेवाओं की मदद से वित्तीय समावेशन अभियान को बढ़ावा देने के लिए पैसालो डिजिटल को अपने राष्ट्रीय कॉर्पोरेट व्यापार संवाददाता के रूप में चुना है। पैसालो डिजिटल लिमिटेड आरबीआई के साथ पंजीकृत गैर-जमा स्वीकार करने वाली एनबीएफसी व्यवस्थित रूप से महत्वपूर्ण है।

अत: विकल्प (A) सही है।

115. शहरी स्वच्छ भारत मिशन 2.0 को 2021 से 2026 तक 5 वर्षों की अवधि में 1.41 लाख करोड़ रुपये के परिव्यय के साथ लागू किया जाएगा।

स्वच्छ भारत 2.0 में, सरकार स्वच्छ भारत मिशन के तहत अन्य पहलुओं को टैप करने की कोशिश कर रही है, जिसमें सुरक्षित नियंत्रण, परिवहन, मल कीचड़ का निपटान और शौचालयों से सेट्रेज शामिल हैं।

इस मिशन के तहत, सभी अपशिष्ट जल को जल निकायों में छोड़ने से पहले ठीक से उपचारित किया जाएगा, और सरकार अधिकतम पुन: उपयोग को प्राथमिकता देने का प्रयास कर रही है।

अत: विकल्प (B) सही है।

116. सरकार ने बीमा कंपनियों में अनुमेय एफडीआई सीमा को 49 प्रतिशत से बढ़ाकर 74 प्रतिशत करने के लिए बीमा अधिनियम, 1938 में संशोधन करने का प्रस्ताव किया है और विदेशी स्वामित्व और नियंत्रण को सुरक्षा के साथ अनुमति दी है।

2015 में सरकार ने बीमा क्षेत्र में एफडीआई की सीमा 26 प्रतिशत से बढ़ाकर 49 प्रतिशत कर दी थी।

अत: विकल्प (C) सही है।

117. स्टार्ट-अप के लिए प्रोत्साहन

कर लाभ का लाभ उठाने के लिए पात्र स्टार्ट-अप के लिए निगमन की अवधि एक वर्ष बढ़ाकर 31.03.2023 तक कर दी गई है।

पहले निगमन की अवधि 31.03.2022 तक वैध थी।

अत: विकल्प (C) सही है।

118. किसी भी आभासी संपत्ति के हस्तांतरण से होने वाली आय पर 30 प्रतिशत कर लगेगा।

बजट 2022 में घोषणा के अनुसार अधिग्रहण की लागत को छोड़कर किसी भी कटौती की अनुमति नहीं दी जाएगी और लेनदेन में किसी भी नुकसान को आगे बढ़ाने की अनुमति नहीं दी जाएगी।

एक निश्चित सीमा से अधिक लेनदेन के लिए 1% की दर से क्रिप्टो परिसंपत्तियों के हस्तांतरण के लिए भुगतान पर TDS लगाया जाएगा।

अत: विकल्प (A) सही है।

119. सरकार 100 नए सैनिक स्कूल स्थापित करेगी। सीतारमण ने एकलव्य विद्यालय के लिए 38 करोड़ रु की घोषणा की।

15000 स्कूलों को मजबूत करने के लिए राष्ट्रीय शिक्षा नीति।

अतः विकल्प (B) सही है।

120. मूर्त निवल मूल्य= पूंजी + भंडार - काल्पनिक संपत्ति और अमूर्त संपत्ति

मूर्त निवल मूल्य आम तौर पर कॉपीराइट, पेटेंट और बौद्धिक संपदा जैसी अमूर्त संपत्ति को छोड़कर किसी कंपनी का निवल मूल्य है। एक कंपनी के लिए मूर्त निवल मूल्य की गणना कुल संपत्ति से कुल देनदारियों को घटाकर अमूर्त संपत्ति है।

अतः विकल्प (A) सही है।

121. The final or the seventh sentence in the passage should be the concluding one, drawing on more detailed explanations yet conclusive. Therefore, when we read sentence R, we get a conclusive feeling as it talks about the consequences of the philosophical work in the 'green issues' and how it has been embedded in the public consciousness and also brought a change in public policy.

Hence, the correct option is (C).

122. Sentence R that is the fourth sentence, talks about two books. But the next or the fifth sentence only talks about one book. Therefore, we have to look for the sentence which contains the name of the other book.

Hence, the correct option is (D).

123. The fifth sentence talks about a book. The passage cannot directly jump into talking about this book. There must be a preceding sentence introducing us to this groundbreaking book and also the other one. In this case, sentence S does that.

Hence, the correct option is (C).

124. Sentence 2 talks about how the interest in environmental studies among philosophers started growing in the 1970's but does not state the reason why. Therefore, we should look for the next sentence that gives a proper explanation as to why this happened. In this case, sentence P is a perfect fit since it mentions that the effects of technology, industry, population growth in the 1960's was the reason behind this interest among the philosophers.

Hence, the correct option is (A).

125. The opening line of a given passage should always introduce the main subject matter in the passage and it gets discussed in detail throughout the remaining passage. It is understood from reading the given passage that it talks about environmental ethics or the ethical relationship that human beings share with the natural environment. The sentence that introduces the idea of environmental ethics is sentence Q.

Hence, the correct option is (B).

126. The phrase 'called out' means 'to draw something forth' or 'an instance of being summoned to deal with an emergency or do repairs'. An inquiry committee can be summoned but not an 'inquiry' itself. Therefore, this sentence needs correction.

The sentence suggests that 'the government has demanded an independent inquiry into the scandal'.

'Called for' means 'publicly ask for or demand'. It perfectly fits the sentence and therefore can be used.

'Called in' means 'to summon' or 'send for', which is the same as 'call out'. Therefore, it cannot be used.

'Called on' means 'to pay a visit to someone'. This does not fit the context of the sentence and therefore cannot be used.

Hence, the correct option is (B).

127. The underlined part of the sentence 'doing worried young people' consists of verbs, adjectives and nouns.

The word 'doing' is a verb. The words 'worried' and 'young' are adjectives. The word 'people' is a noun.

In a grammatically correct sentence, the adjective comes after the verb, i.e., the word 'doing' would be the first word in the order. This eliminates A and B as they both start with adjectives.

There are times when one adjective is not enough to describe the noun or the subject that is performing the action. When two or more adjectives are used together, as in the given sentence, then there is a specific order that is usually followed.

The order is: Determiner and Quantities (a, an, etc), Opinion (pretty, etc), Size (big, etc), Shape (circle, etc), Age (old, etc), Color (yellow, etc), Origin (American, etc), Material (cotton, etc) and Purpose.

According to this order, 'worried' (opinion) would come before 'young' (age). All the adjectives have to be placed together. They are together describing the noun which has to be placed after it. This eliminates C as it places 'worried' after 'young'. It also eliminates D as it places the word 'people' (noun) in between the adjectives, which would make the sentence wrong.

So the correct order would be 'doing worried young people'.

Since all the given options have been eliminated, the only option left to be the correct answer is option (E), i.e., 'No improvement'.

Hence, the correct option is (E).

128. The sentence uses the form for the sake of, which is correct and needs no improvement.

None of the given alternatives can make the sentence meaningful.

Hence, the correct option is (E).

129.

- The error lies in the wrong order of the pronouns 'You, he and I' in Part (A).

- The order of the personal pronouns 'You, he and I' should be replaced by 'I, you and he' because in a sentence, when three personal pronouns of different persons are used to convey a negative idea or confess any guilt or wrongdoings, then the order of the Personal Pronouns are- first comes the First Person Pronoun, second is the Second Person Pronoun and last comes the Third Person Pronoun.

For example: I, you, and he are the reason for Stefan's unhappiness in life.

The given sentence expresses a negative idea of doing wrongs and receiving punishment, hence, the order of the personal pronouns should be changed.

Therefore, 'I, you and he' should be used instead of 'You, he and I'.

So, the correct sentence is: "I, you and he have done many wrongs in the last few years and now the time has come to receive punishment."

Hence, the correct option is (A).

130. The error lies in the wrong usage of the pronoun 'me' in Part (A).

'Me' should be replaced by 'I' because after 'than', the pronoun used should be in the same case as that of the pronoun used before 'than'.

For example: Mother loves him more than me.

In the given sentence, 'she' - the pronoun before 'than' is in the Nominative case; hence, the pronoun after 'than' needs to be in the Nominative Case.

Therefore, 'I' should be used instead of 'me'.

So, the correct sentence is: "She is more efficient than I in running the house and taking care of the garden."

Hence, the correct option is (A).

131. The correct answer is AB and CD

Since can be used to join two sentences when the second one gives the reason for the first one.

A and B can be joined in such a manner with 'since' and the same is the case with C and D.

Sentence A and B can be joined as:

Social media is a crucial part of digital marketing, and there's a lot to cover since the course includes tools and skills specific to individual social media platforms.

Sentence C and D can be joined as:

His father doesn't talk to him since they had an argument a couple of years ago.

No other options can be joined contextually.

Hence, the correct option is (C).

132. By can be used to join two sentences or phrases where the second phrase implies the means by which the first phrase has been achieved or is true.

By observing the sentences, only C and D can be joined using 'by'.

Sentences C and D can be joined as:

We prepared for the worst possible scenario — a 'hurricane' of cases by canceling elective procedures, expanding the intensive care unit (ICU), and acquiring equipment and supplies.

No other option can be connected as they do not connect contextually.

Hence, the correct option is (A).

133. Which is used to refer to something that has been previously mentioned or introduced in the sentence.

Clearly, we can connect A and D as well as B and C using 'which'.

Sentences A and D can be connected as-

Scientists are racing to identify the source of the coronavirus which is causing havoc around the world. (here 'which' is referring to the coronavirus)

Sentences B and C can be connected as-

The RBD is a crucial part of coronaviruses which allows them to latch on to and enter a cell. (here 'which is referring to the RBD)

Hence, the correct option is (D).

134. The idiom 'fly in the ointment' is used to indicate a disturbance or negative interference in some positive work or expectation. The given sentence mentions that everyone was all set to go on the adventure trip and the news of the bus getting canceled ruined everyone's mood and plan. This interpretation is directly used in sentence in option C.

Going by elimination of options, we can see that options A and D which make use of the phrases 'came as a good news' and 'got catalyzed', respectively can be discarded since they present a situation contradicting the situation. The cancellation of an awaited event will only disappoint those expecting it to happen and not the other way. Worrying about something that is not going to happen is contextually incorrect. This makes option B incorrect.

E.g. The only fly in the ointment on an otherwise perfect wedding day was the fact that the bride tripped when walking down the aisle.

Hence, the correct option is (C).

135. The idiom "elephant in the room" refers to the fact that there is an obvious problem or difficult situation that people do not want to talk about. With reference to the context of the given sentence, the phrase means that the 35-year-old son staying with their parents made people uncomfortable. And though this discomfort was quite evident in them during the family gatherings, they never expressed it outright.

Going through the options, option A mentions everyone appreciating the fact which is against the meaning of the idiom. Option C mentions that a huge issue of the fact is made which is unnecessary. This is irrelevant in relation to the idiom used. Option B expresses the fact to be made a recurring topic of discussion, which is again irrelevant. Only option D mentions that the fact though being an uncomfortable truth was never talked about in open.

E.g. We all sat sipping our tea quietly; no one wanting to bring up the elephant in the room about Joel's expulsion from the college.

Hence, the correct option is (D).

136. The passage is about 'Indian economy before 1991'.

Let us refer to this line from the passage, "Prior to 1991, India's economy and financial system were heavily regulated and ___(1)___ by the public sector".

From the above sentence, we get to know that the public sector regulated and controlled India's economy and financial system.

In option (B), 'Dominated' means have power and influence over.

So, 'Dominated' is the correct word for blank (1).

Hence, the correct option is (B).

137. The passage is about 'Indian economy before 1991'.

Let us refer to this line from the passage, "A complicated regulatory regime required firms to obtain licenses for most economic activities, and many industries were ___(2)___ for the public sector".

From the above sentence, we get to know as the public sector had an influence over India's economy and financial system.

The firms required licenses for thier economy activities as most of the industries were specially for the public sector.

In option (D), 'Reserved' means something kept specially for a particular person.

So, 'Reserved' is the correct word for blank (2).

Hence, the correct option is (D).

138. The passage is about 'Indian economy before 1991'.

Let us refer to this line from the passage, "Primarily focused on financing government ___(3)___ and serving government priority sectors such as agriculture".

From the above sentence, we get to know that banks were nationalized and deposits of the public sector increased from 5 to 80 percent.

So, now the primary focus was to financing the government's expenditure and prioritizing sectors like agriculture.

In option (A), 'Deficits' means an excess of expenditure or liabilities over income or assets in a given period.

So, 'Deficits' is the correct word for blank (3).

Hence, the correct option is (A).

139. The passage is about 'Indian economy before 1991'.

Let us refer to this line from the passage, "India's public banks lacked proper lending ___(4)___ and exhibited a high number of non-performing loans".

From the above sentence, we get to know that India's public banks carelessly gave away money, and now they have a high number of non-performing loans(Borrower not paying the installments or loan).

In option (A), 'Incentives' means a payment or concession to stimulate greater output or investment.

So, 'Incentives' is the correct word for blank (4).

Hence, the correct option is (A).

140. The passage is about 'Indian economy before 1991'.

Let us refer to this line from the passage, "Following a balance of payments crisis in 1991, however, a number of structural ___(5)___ were implemented".

From the above sentence, we get to know due to a high number of non-performing loans, in 1991, a number of structural changes brought.

In option (E), 'Reforms' means make changes in (something, especially an institution or practise) in order to improve it.

So, 'Reforms' is the correct word for blank (5).

Hence, the correct option is (E).

141. The phrase 'Freed of these administrative tasks' hints at the number of tasks that are performed by a recruitment manager. In that case, the correct option will be:

Tech-based recruiting platforms based on analytics now handle everything from sourcing, screening, background verification to candidate relationship management.

Option (C) is inappropriate as it is simply reiterating the statement 'Recruiting, Retaining, Engaging continue to be the core functions of HR'.

Hence, the correct option is (B).

142. As stated in the last few lines, the aim is to protect the farmers and if there is too drastic increase it will make the commodity uncompetitive and unaffordable which will increase the suffering of the farmers. Therefore, the correct option would be: "This might affect the farmer adversely if prices have to be corrected in the future".

Option (B) is related to the initial lines of the paragraph and hence is inappropriate. Option (C) is contradicting 'The Budget announced that the minimum support price (MSP) is to be fixed at 1.5 times of all input costs to protect the farmer'. Option (D) is a possible option but it includes way too many factors while the current paragraph specifically deals with issues in current MSP policy.

Hence, the correct option is (A).

143. The passage is about a recently concluded Indo-US bilateral talk. The sentence preceding the blank talks about the delegation led by Mr. McKinney. Thus, the correct sentence will be 'The delegation aimed to develop collaborative partnerships, learn more about local market conditions, and jointly create business that will help to combat human and animal nutrient deficiencies in India' as it further extends the mentioned delegation with focus on the one to India.

Hence, the correct option is (D).

144. That day they reached the beach only after they had been walking for hours .

Option (B) is the right answer, the first blank shows a completed action and the second blank requires a past perfect continuous to show an action that had begun earlier and has just completed.

Hence, the correct option is (B).

145. Here the word 'prejudice' means an unfavourable opinion or feeling formed beforehand. It always takes the preposition 'against' in this context. Thus it is the correct answer.

Hence, the correct option is (C).

146. The sentence describes the music by comparing it to mathematics.

Meanings of the given words are:

- Original means authentic; genuine.
- Serene calm, peaceful, and untroubled; tranquil.
- Universal means relating to or done by all people or things in the world or in a particular group; applicable to all cases; global.
- Communal means shared by all members of a community; for common use.
- Contagious means spread from one person or organism to another, typically by direct contact.

Clearly, universal is correct as it means that music is such a language that is understood by all.

Hence, the correct option is (C).

147. Part (5) comes first as it introduces the subject of the sentence i.e., a recent study.

Part (4) comes next as it mentions that the study has shown something.

After that is part (3) as it introduces what the study was about i.e., group musical activities.

Part (1) comes next as it mentions what group musical activities help to maintain, followed by part (2). (2) starts with 'and' which means that it will come after (1).

The correct sequence is 54312.

Rearranged sentence: A recent study has shown that group musical activities are potential ways to maintain physical and psychological health.

Hence, the correct option is (D).

148. In part (2) of the sentence, we require 'an' instead of 'a' before 'activity'.

Using 'an' and 'a' does not depend on the spelling of the word it comes before, it depends on the pronunciation of the word.

In most cases though, 'an' is used before words that begin with vowels (a, e, i, o u.).

'An' is also used before words starting with vowel sounds. Eg: an honour - the h is silent. We use 'an' because 'honour' has a vowel sound because the 'h' is not pronounced: (h)onour.

'Activity' begins with a vowel and the vowel sound 'a'. Thus, we should use the indefinite article 'an' before it.

Corrected sentence: The more you engage in an activity, the more consistently neurons are firing together, which results in stronger connections.

Hence, the correct option is (B).

149. Vigorous means strong, healthy, and full of energy.

Meanings of the given options are:

- Robust means strong and healthy; vigorous.
- Thriving means prosperous and growing; flourishing.
- Jaunty means having or expressing a lively, cheerful, and self-confident manner.
- Vital means absolutely necessary; essential.
- Frail means weak and delicate.

Clearly, 'frail' means the opposite of 'vigorous'.

Hence, the correct option is (E).

150. The sentence is talking about a property of the brain.

- View means perspective; outlook.
- Opinion means a view or judgment formed about something, not necessarily based on fact or knowledge.
- Susceptibility means the state or fact of being likely or liable to be influenced or harmed by a particular thing.
- Ability means possession of the means or skill to do something.
- Sign means an object, quality, or event whose presence or occurrence indicates the probable presence or occurrence of something else.

Clearly, 'ability' is the most appropriate word.

Hence, the correct option is (D).

151. Sentence A) As a politician, he was very adept at speaking mendaciously in public.

- Here mendaciously is correctly used. 'Mendacious' means given to or characterized by deception or falsehood or divergence from absolute truth. Thus the sentence means that as a politician, he was an expert in speaking lies in public.

Sentence B) Dogged and ingenious interrogation of a mendacious suspect finally gets at the truth.

- Here mendacious is correctly used. 'Mendacious' means given to or characterized by deception or falsehood or divergence from absolute truth.

Hence, the correct option is (B).

152. Sentence A) The news of the impending marriage was bruited abroad.

- Bruit is correctly used here. Bruit means to spread the news about someone or something.

Sentence C) A film that captures the thunderous fury of medieval warfare and the bruit of a thousand clashing swords.

- Bruit is correctly used here. 'Bruit' here means any of several generally abnormal sounds.

Hence, the correct option is (A).

153. The word mine carries several meanings:

- 1. As a pronoun it is used to refer to a thing or things belonging to or associated with the speaker.

- 2. As a noun it means an excavation in the earth for extracting coal or other minerals.

- 3. As a verb it means to obtain (coal or other minerals) from a mine.

Among these, the meaning given in 1 makes statement C correct. the meaning in 2 makes statement B correct.

But it has been incorrectly used in statement A. the correct word here should be 'mime' which means the theatrical technique of suggesting action, character, or emotion without words, using only gesture, expression, and movement.

Hence, the correct option is (D).

154. Sentence B) As an artist committed to the mystique, Bowie doesn't share much about their upbringing.

- Here mystique is correctly used. 'Mystique' means an air or attitude of mystery and reverence developing around something or someone.

Sentence C) Cold and white, this Midwestern state plays a unique role in the mystique of presidential campaigns.

- Here mystique is correctly used. 'Mystique' means the special esoteric skill essential in a calling or activity.

Hence, the correct option is (B).

155. 'Mercurial' means 'capricious' or 'liable to sudden unpredictable change' or 'quick and changeable in temperament.'

In sentence A, the word has been used correctly.

- The sentence suggests that 'indeed, anyone who does not master this capricious context will be mastered by it'.

Hence, the correct option is (D).

156. The first blank is placed just before a vague time period is mentioned. When we have to indicate an approximate time, "around" as well as "about" is used. But since none of the options has (iv) as the first word, "about" can be eliminated.

It is already mentioned that the lake was formed above the volcanic crater. So, all the volcanic activities will take place below or beneath the lake. Thus, alternatives ii & iii fit in the second blank.

The high level of carbon dioxide is due to volcanic activities. In other words, volcanic activities are the cause behind the high level of carbon dioxide. To state conclusions, both 'thus' and 'therefore' can be used.

Complete paragraph: According to Atlas Obscura, Lake Nyos was formed in a volcanic crater around 400 years ago. A lake of this kind is generally formed by the volcanic activities that take place deep beneath the surface of the earth, and therefore have high levels of carbon dioxide in them. Usually, this gas is released over time as the lake water evaporates.

Hence, the correct option is (C).

157. It is understood from the sentence that the salesman ignored the king, and thus, the king took revenge. 'Avenge' is a verb and 'revenge' is a noun. Since the first blank precedes the article 'a', the blank should contain the noun(revenge).

The second blank will also contain a noun as it is preceded by 'the'. Of the remaining alternatives, ii, v & vi, are nouns. "Condition" refers to a situation that must exist before something else is possible or permitted. The word fits appropriately in the second blank to indicate that the king brought all the cars on certain terms.

The third blank will contain a verb, as it is preceded by a modal (would). Of the two verbs in options, the only one that could be performed by the salesman with reference to India is 'accompany'.

Complete paragraph: As revenge for having been ignored by an English Rolls Royce salesman in a London showroom, the king bought all the cars the showroom had on offer. He bought the cars on the condition that the salesman would accompany him to India. Once there, the Maharaja ordered the cars to be used for garbage collection.

Hence, the correct option is (A).

158. Only "speaking" can fit in the first blank as the blank is succeeded by the preposition "to". None of the other verbs can be followed by "to". Since none of the options has the alternative (v) as the first word, none of these is the correct option.

Complete paragraph: Speaking to the reporters, Air Vice Marshal RGK Kapoor said that the IAF fighters had been tasked with intercepting Pakistani aircraft and were successful in defeating them. He also said that despite the Pakistan Air Force jets dropped bombs, they were not able to cause any damage.

Hence, the correct option is (E).

159. Alternatives ii, iv & vi would fit in the first blank as these are the only words that can be associated with 'railway'.

The second blank needs to be a noun that can be crowded and also related to the railways. Keeping these two conditions, options ii, iv & vi are suitable for this blank.

For the last blank either 'area' or the 'lounge' could be used, as these two could be used for 'waiting'. This means that the last option in the correct combination should be either iii or vi.

Both options A & D have these. Option D also has ii & iv in the consecutive sequence.

Complete paragraph: When you think of a railway station in India, the first thing that comes to your mind is crowded platforms. But the newly launched premier waiting for the lounge at the Madurai Railway Station might just change your opinion.

Hence, the correct option is (D).

160. The first blank comes after an auxiliary verb, so we would think that the next word should be the main verb. But there is no object for the said verb after the blank. The blank is followed by 'one of the...', which means the word in the blank will not be a verb, but a word to put emphasis on. Both 'literally' and 'arguably' are suitable for this blank.

The presence 'a' before the second blank means that this blank will contain a noun. Of the given options, 'setback' and 'milestones' are nouns. however, the plural noun "milestones"

cannot be placed after the article "a". The mentioned developments, thus, could be a setback for the Left Front.

We know that for the second blank, it should be (iii). Only options (B) & (C) have option iii as the second choice. For the first blank, it is either (i) or (ii), and B carries (ii) and C carries (i).

Option (C) carries alternative (v) [milestones] as its choice for the last blank. This is wrong because the last blank will have a verb. Option (B) has a verb (undermines) as the third choice. So, the correct answer is (B).

Complete paragraph: The candidate's decision to contest from Wayanad, Kerala, is arguably one of the most sensational developments of this election. His move, political pundits contend, is a setback for the Left Front. The candidate's decision also undermines the idea of opposition parties pooling their votes to vanquish the party currently in power.

Hence, the correct option is (B).

161. 'रीढ़ होना' मुहावरे का अर्थ - आधार होना है।

वाक्य प्रयोग - सोनिया गाँधी कांग्रेस की रीढ़ है।

अन्य विकल्प असंगत हैं।

सन्दर्भ पंक्ति - विज्ञान हमारे समाज की रीढ़ है। हमारे वर्तमान समय में विज्ञान ने हमें बहुत कुछ दिया है।

अत: विकल्प (C) सही है।

162. उपरोक्त गद्यांश में दैनिक जीवन में विज्ञान के महत्व को प्रतिपादित किया गया है।

संपूर्ण गद्यांश दैनिक जीवन में विज्ञान की अवधारणा पर आधारित है।

अतः 'दैनिक जीवन में विज्ञान' गद्यांश का उचित शीर्षक है।

अत: विकल्प (A) सही है।

163. विज्ञान की मदद से परिवहन की सरलता संभव हुई है।

सन्दर्भ पंक्ति - सबसे पहले, परिवहन अब आसान है। विज्ञान की मदद से अब लंबी दूरी तय करना आसान हो गया है। इसके अलावा, यात्रा का समय भी कम हो जाता है। विभिन्न तीव्र-गति वाहन इन दिनों उपलब्ध हैं। ये वाहन पूरी तरह से हमारे समाज का रुप बदल दिए हैं। विज्ञान ने भाप इंजन को विद्युत इंजन में परिवर्तित किया है। पहले के समय में लोग साइकिल से यात्रा करते थे। लेकिन अब हर कोई मोटरसाइकिल और कारों पर यात्रा करता है। इससे समय और मेहनत बचती है। और यह सब विज्ञान की मदद से संभव है।

अत: विकल्प (C) सही है।

164. लोकगीत = लोक + गीत

अत: लोकगीत यौगिक शब्द है।

जो शब्द अन्य शब्दों के योग से बने हो तथा जिनके प्रत्येक खण्ड का कोई अर्थ हो, उन्हें यौगिक शब्द कहते है। यह मेल प्रत्यय, उपसर्ग तथा अन्य रूढ़ शब्दों का होता है।

अत: विकल्प (B) सही है।

165. 'सिन-रात' का समास विग्रह करने पर 'दिन और रात' होगा।

इसमें 'और' के प्रयोग के कारण 'द्वंद्व समास' है।

द्वन्द्व समास में समस्तपद के दोनों पद प्रधान हों या दोनों पद सामान हों एवं दोनों पदों को मिलाते समय "और, अथवा, या, एवं" आदि योजक लुप्त हो जाएँ, वह समास द्वंद्व समास कहलाता है।

166. 'परिक्रमा' में 'परि' उपसर्ग का योग है।

परि + क्रमा = परिक्रमा।

'परि' उपसर्ग से बनने वाले अन्य शब्द - परिकल्पना, परिभाषा आदि।

'परि' उपसर्ग का अर्थ – आसपास, चारों ओर, पूर्ण

सन्दर्भ पंक्ति - यहां तक कि हमें इसके बारे में जानकारी हुए बिना ही ये उपग्रह दिन-रात पृथ्वी की परिक्रमा करते रहते हैं।

अत: विकल्प (C) सही है।

167. 'तीव्र-गति' में 'तीव्र' शब्द 'क्रिया विशेषण' जिसका अर्थ 'तेज' होगा।

सन्दर्भ पंक्ति - विभिन्न तीव्र-गति वाहन इन दिनों उपलब्ध हैं।

क्रिया विशेषण - जो शब्द क्रिया की विशेषता बताते हैं, क्रिया-विशेषण कहलाते हैं।जैसे- धीरे-धीरे, तेज आदि।

अत: विकल्प (D) सही है।

168. दिए गए शब्दों में 'प्रौद्योगिकी' का उचित अर्थ 'प्राविधिकी' होगा। अन्य विकल्प त्रुटिपूर्ण हैं।

सन्दर्भ पंक्ति - विभिन्न एलेक्ट्रॉनिक माध्यमों सहित परम्परागत रूप से प्रकाशित अखबारों को प्रदत्त अभिव्यक्ति की स्वतंत्रता को प्रेस की स्वतंत्रता कहा जाता है।

अत: विकल्प (C) सही है।

169. 'वर्तमान' का विलोम शब्द 'भूत' होगा।

वर्तमान का अर्थ - अभी

भूत का अर्थ - पहले

सन्दर्भ पंक्ति - हमारे वर्तमान समय में विज्ञान ने हमें बहुत कुछ दिया है। इसके कारण, हमारे स्कूलों में शिक्षक कम उम्र से ही विज्ञान पढ़ाते हैं।

अत: विकल्प (B) सही है।

170. 'विज्ञान ने हमारे जीवन में कई बदलाव किए हैं।' - सरल वाक्य है।

क्योंकि इसमें एक ही उद्देश्य और एक ही विधेय है।

सरल वाक्य में एक ही उद्देश्य और एक ही विधेय होता है।

सन्दर्भ पंक्ति - विज्ञान ने हमारे जीवन में कई बदलाव किए हैं। सबसे पहले, परिवहन अब आसान है। विज्ञान की मदद से अब लंबी दूरी तय करना आसान हो गया है। इसके अलावा, यात्रा का समय भी कम हो जाता है।

अत: विकल्प (A) सही है।

171. जब कोई पूरा कथन किसी प्रसंग विशेष में उद्धत किया जाता है तो लोकोक्ति कहलाता है।

'पर उपदेश कुशल बहुतेरे' लोकोक्ति का अर्थ दूसरों को उपदेश देने को आसान समझना है।

वाक्य प्रयोग: हमारे गाँव के मंदिर का पुजारी सभी दर्शनार्थियों को यह उपदेश देता है कि परिश्रम करके खाओ', 'मिल – जुल कर बाँट कर खाओ' और खुद मंदिर में चढ़ा – चढ़ावा अकेले हजम कर जाता है। सच है, 'पर उपदेश कुशल बहुतेरे'।

अतः विकल्प (B) सही है।

172. जब कोई पूरा कथन किसी प्रसंग विशेष में उद्धत किया जाता है तो लोकोक्ति कहलाता है।

'घर का जोगी जोगड़ा, आन गाँव का सिद्ध' लोकोक्ति का अर्थ घर के ज्ञानी को सम्मान नहीं है।

वाक्य प्रयोग: गाँव में पहुँचे हुए ज्योतिषी हैं लेकिन उन्हें कोई सम्मान नहीं देता दूसरी ओर पड़ोस के गाँव में रहने वाले भीखू पंडित से सब अपना हाथ दिखाते हैं सच है घर का जोगी जोगड़ा आन गाँव का सिद्ध।

अतः विकल्प (A) सही है।

173. दो शब्दों या शब्दांशों के मिलने से नया शब्द बनने पर उनके निकटवर्ती वर्णों में होने वाले परिवर्तन या विकार को संधि कहते हैं।

वनौषधि का संधि विच्छेद वन + औषधि होता है।

अतः विकल्प (D) सही है।

174. दो शब्दों या शब्दांशों के मिलने से नया शब्द बनने पर उनके निकटवर्ती वर्णों में होने वाले परिवर्तन या विकार को संधि कहते हैं।

धनैषणा का संधि विच्छेद धन + एषणा होता है।

अतः विकल्प (A) सही है।

175. 'जागरण' अर्थात रात की प्रार्थना, जागने की क्रिया या भाव।

'नारकीय' अर्थात नरक मे रहने वाला।

'शयन' अर्थात निद्रा।

'दावानल' अर्थात जंगल की आग।

'थान' अर्थात कुछ निश्चित लम्बाई का कपड़ा।

उपरोक्त प्रत्येक शब्द के अर्थ के अध्ययन से ज्ञात होता है कि दिए गए शब्द 'जागरण' का सही विलोम शब्द 'शयन' है।

अतः विकल्प (B) सही है।

176. 'क्रूर' अर्थात निर्दय।

'दुर्लभ' अर्थात जो बहुत कठिनाई से मिलता है।

'सदय' अर्थात दयालु।

'दावानल' अर्थात जंगल की आग।

'ध्याता' अर्थात ध्यान या विचार करनेवाला।

उपरोक्त प्रत्येक शब्द के अर्थ के अध्ययन से ज्ञात होता है कि दिए गए शब्द 'क्रूर' का सही विलोम शब्द 'सदय' है।

अतः विकल्प (B) सही है।

177. ऐसे शब्द, जिनके अनेक अर्थ होते है, अनेकार्थी शब्द कहलाते है। दूसरे शब्दों में- जिन शब्दों के एक से अधिक अर्थ होते हैं, उन्हें 'अनेकार्थी शब्द' कहते है।

पतंग के अनेकार्थी शब्द हैं- सूर्य, पक्षी, टिड्डी

वादक का अर्थ है वाद्य यन्त्र बजाने वाला, जैसे – गिटार, सितार, तबला।

अतः विकल्प (D) सही है।

178. ऐसे शब्द, जिनके अनेक अर्थ होते है, अनेकार्थी शब्द कहलाते है। दूसरे शब्दों में- जिन शब्दों के एक से अधिक अर्थ होते हैं, उन्हें 'अनेकार्थी शब्द' कहते है।

रस का अर्थ- स्वाद, जलीय अंश।

रस के अनेकार्थी- सुख, स्वाद, जल, अमृत, सार।

धर्म का अर्थ- ईश्वरीय श्रद्धा व पूजा पाठ, ईश्वरीय उपासना, आराधना आदि।

स्वभाव, प्राकृतिक गुण, कर्तव्य, संप्रदाय आदि ये सभी धर्म के अनेकार्थी शब्द है।

अतः विकल्प (D) सही है।

179. 'उन्मेष' शब्द में 'उत्' उपसर्ग है।

इसका उचित संधि विच्छेद 'उन्मेष : उत्+मेष' होगा।

जो शब्दांश शब्दों के प्रारम्भ में जुड़ कर उनके अर्थ में कुछ विशेषता लाते हैं, वे उपसर्ग कहलाते हैं।

अतः विकल्प (B) सही है।

180. दिए गए विकल्पों में 'मोहन' शब्द में 'अन' प्रत्यय का प्रयोग हुआ है जिसका विच्छेद 'मोह + अन - मोहन' है।

प्रत्यय – ऐसे शब्दांश जो की किसी शब्द के अंत में लगकर उसके अर्थ में परिवर्तन कर देते हैं, उन्हें प्रत्यय कहा जाता हैं। जैसे – त्व, आ, इया, वाला, ना, नी, ता आदि।

अतः विकल्प (B) सही है।

181. 'झीना' शब्द तद्भव है जिसका तत्सम 'जीर्ण' होता है।

तत्सम दो शब्दों से मिलकर बना है – तत् + सम्, जिसका अर्थ होता है ज्यों का त्यों।

जिन शब्दों को संस्कृत से बिना किसी परिवर्तन के ले लिया जाता है उन्हें तत्सम शब्द कहते हैं।

इनमें ध्वनि परिवर्तन नहीं होता है।

समय और परिस्थिति की वजह से तत्सम शब्दों में जो परिवर्तन हुए हैं उन्हें तद्भव शब्द कहते हैं।

अतः विकल्प (C) सही है।

182. 'कृपा' शब्द तत्सम है जिसका तद्भव रूप 'किरपा' होगा।

तत्सम दो शब्दों से मिलकर बना है – तत् + सम, जिसका अर्थ होता है ज्यों का त्यों।

जिन शब्दों को संस्कृत से बिना किसी परिवर्तन के ले लिया जाता है उन्हें तत्सम शब्द कहते हैं।

इनमें ध्वनि परिवर्तन नहीं होता है।

समय और परिस्थिति की वजह से तत्सम शब्दों में जो परिवर्तन हुए हैं उन्हें तद्भव शब्द कहते हैं।

अतः विकल्प (B) सही है।

183. दिए गए विकल्पों में 'ढकेलना' 'झेंपना' शब्द का पर्यायवाची शब्द नहीं है।

झेंपना के अन्य पर्यायवाची शब्द हैं - लज्जित होना, शरमाना, शर्मिन्दा होना, संकोच करना।

अतः विकल्प (D) सही है।

184. शिकारी के अन्य पर्यायवाची शब्द हैं - आखेटक, लुब्धक, बहेलिया।

इन शब्दों में अर्थ की समानता होते हुए भी इनके प्रयोग एक तरह के नहीं हैं।

ये शब्द अपने में इतने पूर्ण हैं कि एक ही शब्द का प्रयोग सभी स्थितियों में और सभी स्थलों पर अच्छा नहीं लगता- कहीं कोई शब्द ठीक बैठता है और कहीं कोई।

प्रत्येक शब्द की महत्ता विषय और स्थान के अनुसार होती है।

अतः विकल्प (A) सही है।

185. 'नवल सुंदर श्याम शरीर।' पंक्ति में उल्लेख अलंकार है। यहां शरीर का वर्णन अनेक रूपों में किया गया है, यथा नवल, सुंदर एवं श्याम रूपों में। उल्लेख अलंकार में एक ही वस्तु का विषय भेद के कारण अनेक रूपों में वर्णन किया जाता है।

जहां पर एक ही वस्तु का विभिन्न व्यक्तियों द्वारा अनेक प्रकार से उल्लेख किया जाए, वहां पर उल्लेख अलंकार होता है। इसके दो भेद होते हैं: प्रथम उल्लेख तथा द्वितीय उल्लेख।

अत: विकल्प (A) सही है।

186. दिए गए विकल्पों में से 'क्रोध में उसने सारे आभूषण उतार फेंका।' अशुद्ध वाक्य है।

इस वाक्य में क्रिया संबंधी अशुद्धि है।

'सारे आभूषण' बहुवचन होगा, जिसके साथ क्रिया 'फेंके' होगा।

इसका शुद्ध वाक्य है - क्रोध में उसने सारे आभूषण उतार फेंके।

अन्य सभी विकल्प शुद्ध रूप में हैं।

अत: विकल्प (D) सही है।

187. 'मैंने तीन कुर्सियाँ खरीदीं।' शुद्ध वाक्य है क्योंकि अन्य विकल्पों में वचन संबंधी और वर्तनीगत त्रुटियां है।

जैसे पहले विकल्प में वचन संबंधी त्रुटि है क्योंकि 'कुर्सी' एक वचन है और संख्या 'तीन' बहुवचन है।

वाक्य सम्प्रेषण की सबसे महत्वपूर्ण और सार्थक इकाई होती है। अतः वाक्यगत अशुद्धियों को शुद्ध रूप में लिखना सम्प्रेषण को अधिक सरल बनाता है। वाक्य में, संज्ञा, सर्वनाम, लिंग, वचन, क्रिया-विशेषण, क्रिया, विशेषण आदि संबंधी अशुद्धियाँ हो सकती हैं।

अत: विकल्प (B) सही है।

188. दिए गए वाक्य के लिए उपयुक्त एक शब्द अतीन्द्रिय है।

अव्यक्त - जो व्यक्त या प्रकट न हो।

अज्ञेय - जो ज्ञेय न हो या समझ से परे हो या जिसे जाना न जा सके।

अज्ञात - जो ज्ञात या जाना हुआ न हो।

अदृश्य - वह जो दिखाई न दे

अतः विकल्प (D) सही है।

189. दिए गए वाक्य के लिए उपयुक्त एक शब्द अश्लील है।

अनुचित - जिसमें नैतिकता न हो या जो नैतिक न हो।

आपत्तिजनक - जिस बात पर आपत्ति (संदेह) किया जाए।

निषिद्ध - जिसका निषेध (रोकना) किया गया हो।

अवैध - वह जो कानून विरुद्ध हो

अतः विकल्प (B) सही है।

190. दिए गए विकल्पों में से 'मेला' शब्द का उचित बहुवचन रूप 'मेले' है।

अन्य विकल्प व्याकरणिक दृष्टि से अनुचित हैं।

मेला पुल्लिंग शब्द है जिसका अर्थ है - उत्सव, देव दर्शन आदि शुभ अवसर पर एकत्र भीड़।

वचन:	संज्ञा, सर्वनाम, विशेषण तथा क्रिया के जिस रूप से संख्या का बोध हो, वचन कहलाता है। वचन के दो भेद हैं- एक वचन और बहुवचन।	
एकवचन	शब्द के जिस रूप से उसके एक होने का बोध हो, एकवचन कहलाता है।	स्त्री, रुपया आदि।
बहुवचन	शब्द के जिस रूप से उसके एक से अधिक होने का बोध हो, बहुवचन कहलाता है।	स्त्रियाँ, रुपये आदि।

अतः विकल्प (C) सही है।

191. 'खूँटी' का अर्थ है 'कपड़े आदि टांगने की दीवार में लगी हुक'। इसका बहुवचन रूप होगा 'खूँटियाँ' होगा। अतः सही विकल्प खूँटियाँ हैं।

वचन - संज्ञा, सर्वनाम, विशेषण और क्रिया के जिस रूप से संख्या का बोध हो उसे वचन कहते हैं।

अतः विकल्प (C) सही है।

192. कवि शब्द का स्त्रीलिंग कवयित्री है।

लिंग शब्द का अर्थ होता है - चिन्ह या पहचान।

जिनके द्वारा किसी विकारी शब्द के स्त्री या पुरुष जाति के होने का बोध हो उन्हें लिंग कहते है।

लिंग 2 प्रकार के होते है।

- पुल्लिंग (अध्यापक, गोविन्द, कवि)
- स्त्रीलिंग (अध्यापिका, कवयित्री)

अतः विकल्प (D) सही है।

193. दिए गए विकल्पों में 'राष्ट्र' शब्द पुल्लिंग है। अतिरिक्त सभी विकल्प स्त्रीलिंग हैं।

संज्ञा शब्दों के जिस रूप से उसके पुरुष या स्त्री जाति होने का पता चलता है, उसे लिंग कहते हैं। जैसे – नेता- नेत्री, भव-भवानी आदि।

लिंग के दो भेद हैं – **(1) पुल्लिंग तथा (2) स्त्रीलिंग।**

पुल्लिंग: जिन शब्दों से पुरुष जाति का बोध होता है उन्हें पुल्लिंग शब्द कहते हैं । उन्हें पुल्लिंग शब्द कहते हैं । जैसे - खटमल, कौवा, मच्छर, चीता आदि।

स्त्रीलिंग: जिन शब्दों से स्त्री जाति का बोध होता है उन्हें स्त्रीलिंग शब्द कहते हैं । जैसे - गंगा, यमुना, सवारी आदि।

अतः विकल्प (B) सही है।

194. मित्रता भाववाचक संज्ञा है परन्तु प्रश्न में दिया हुआ है की मित्रता भाव वाचक संज्ञा किस संज्ञा से बना है। अत: मित्र जातिवाचक संज्ञा में ता लगने से मित्रता भाववाचक संज्ञा बनी है।

'मित्रता' शब्द भाववाचक संज्ञा है जो 'मित्र' शब्द में 'ता' प्रत्यय के योग से बना है। मित्र शब्द जातिवाचक संज्ञा के अंतर्गत आता है। जो शब्द किसी व्यक्ति, वस्तु या स्थान की संपूर्ण जाति का बोध कराते हैं, उन शब्दों को जातिवाचक संज्ञा कहते हैं।

अतः विकल्प (B) सही है।

195. सर्वनाम: पुनरुक्ति दोष को दूर करने के लिये संज्ञा शब्दों के स्थान पर सर्वनाम शब्दों का प्रयोग होता हैं। इसके छः भेद बताये गये हैं।

नाम	सर्वनाम शब्द
पुरुषवाचक	अहं, **त्वं**, सः इत्यादि
निश्चयवाचक	सर्वः, इदं, तद् इत्यादि
अनिश्चयवाचक	कश्चित्, कापि, कोऽपि इत्यादि
संबंधवाचक	यः, सः इत्यादि
प्रश्नवाचक	कः, किम्, का इत्यादि
निजवाचक	स्वयं, इत्यादि

स्पष्ट है कि त्वं सर्वनाम शब्द है।

अतः विकल्प (D) सही है।

196. जो शब्द संज्ञा या सर्वनाम शब्द की विशेषता बताते है उन्हें विशेषण कहते है।

इसे हम ऐसे भी कह सकते है- जो किसी संज्ञा की विशेषता (गुण, धर्म आदि)बताये उसे विशेषण कहते है।

अतः विकल्प (B) सही है।

197. 'भूपेन्द्र दूध पी रहा है।' वाक्य में सकर्मक क्रिया का प्रयोग हुआ है।

इस वाक्य में भूपेन्द्र जो कि एक 'कर्ता' है और 'पीना' क्रिया कर रहा है, लेकिन इसका प्रभाव दूध पर पड़ रहा है इसलिए यहाँ सकर्मक क्रिया होगी।

सकर्मक क्रिया उस प्रकार की क्रिया होती है जिसमें कर्ता द्वारा किया गया कार्य किसी अन्य चीज को प्रभावित करता है, तो वहां पर सकर्मक क्रिया होती है।

अतः विकल्प (D) सही है।

198. 'मानो माई घनघन अंतर दामिनी।'घन दामिनी दामिनी घन अंतरा॥" काव्य पंक्ति में रासलीला का सुन्दर वर्णन किया गया है।

रास के समय पर गोपी को लगता था कि कृष्ण उसके पास नृत्य कर रहे है।

गोरी गोपियाँ और श्याम वर्ण कृष्ण मंडलाकार नाचते हुए ऐसे लगते है मानो बादल और बिजली, बिजली और बादल साथ-साथ शोभायमान हो रहे है।

यहाँ गोपिकाओं में बिजली की और कृष्ण में बादल की सम्भावना की गयी है। अतः सही विकल्प उत्प्रेक्षा अलंकार है।

इस अलंकार में- मनु, जनु, जनहु, जानो, मानहु मानो, निश्चय, ईव, ज्यों आदि शब्द आते हैं।

अत: विकल्प (A) सही है।

199. 'दादुर धुनि चहुँ दिशा सुहाई। बेद पढ़हिं जनु बटु समुदाई।' पंक्ति में उत्प्रेक्षा अलंकार है।

दिए गए उदाहरण में मेंढकों की आवाज़ (उपमेय) में ब्रह्मचारी समुदाय द्वारा वेद पढ़ने की संभावना प्रकट की गई है। उपमेय में उपमान के होने की कल्पना की जा रही है। अतः यह उदाहरण उत्प्रेक्षा अलंकार के अंतर्गत आएगा।

अत: विकल्प (B) सही है।

200. 'एक कबूतर देख हाथ में, पूछा कहाँ अपर है।, उसने कहा अपर कैसा, वह उड़ गया सपर है।।' पंक्ति में वक्रोक्ति अलंकार है।

उपर्युक्त पंक्ति में जहांगीर ने दूसरे कबूतर के बारे में पूछने के लिए अपर (दूसरा) शब्द का प्रयोग किया है।

जवाब में नूरजहां ने अपर का अर्थ बिना पंख का लगा कर उत्तर दिया है।

अतः यह उदाहरण वक्रोक्ति अलंकार के अंतर्गत आएगा।

अत: विकल्प (B) सही है।

201. दिया गया है,

एक निश्चित राशि पर 5% प्रतिवर्ष की दर से 2 वर्ष बाद चक्रवृद्धि और साधारण ब्याज के बीच का अंतर रु. 15

प्रयुक्त सूत्र:

जब सरल ब्याज पर गणना की जाती है

$$ब्याज = \frac{(p \times r \times t)}{100}$$

जहां क्रमशः p, r और t प्रमुख हैं, ब्याज दर और समय

चक्रवृद्धि ब्याज पर गणना करते समय

$$राशि (A) = p\left(1 + \frac{r}{100}\right)^n$$

जहां क्रमशः p, r और n प्रमुख हैं, ब्याज की दर और समय

चक्रवृद्धि ब्याज = राशि - मूलधन

गणना:

माना राशि 100 रुपए है।

$$साधारण\ ब्याज = \frac{(100 \times 5 \times 2)}{100} = 10$$

$$चक्रवृद्धि\ ब्याज = 100\left(1 + \frac{5}{100}\right)^2 - 100$$

$$\Rightarrow चक्रवृद्धि\ ब्याज = \frac{41}{4}$$

$$\Rightarrow CI - SI = \left(\frac{41}{4}\right) - 10 = \frac{1}{4}$$

प्रश्नानुसार,

$$\Rightarrow \frac{1}{4}\ इकाइयाँ = 15\ रु$$

$$\Rightarrow 1\ इकाई = 60\ रु$$

$$\Rightarrow 100\ इकाइयाँ = 6000\ रु$$

∴ राशि 6000 है।

अतः विकल्प (D) सही है।

202. I. $4x^2 - 7x + 3 = 0$

$$\Rightarrow 4x^2 - 4x - 3x + 3 = 0$$

$$\Rightarrow 4x(x - 1) - 3(x - 1) = 0$$

$$\Rightarrow (4x - 3)(x - 1) = 0$$

$$\Rightarrow x = \frac{3}{4}, 1$$

II. $16y^2 - 9 = 0$

$$\Rightarrow 16y^2 = 9$$

$$\Rightarrow y^2 = \frac{9}{16}$$

$$\Rightarrow y = \pm\frac{3}{4}$$

x का मान	y का मान	सम्बन्ध
$\frac{3}{4}$	$\frac{3}{4}$	x = y
$\frac{3}{4}$	$-\frac{3}{4}$	x > y
1	$\frac{3}{4}$	x > y
1	$-\frac{3}{4}$	x > y

∴ x ≥ y

अतः विकल्प (C) सही है।

203. I. $2x^2 - 33x + 136 = 0$

$$\Rightarrow 2x^2 - 17x - 16x + 136 = 0$$

$$\Rightarrow (x - 8)(2x - 17) = 0$$

$$\Rightarrow x = 8, \frac{17}{2}$$

II. $2y^2 - 37y + 171 = 0$

$\Rightarrow 2y^2 - 19y - 18y + 171 = 0$

$\Rightarrow (y - 9)(2y - 19) = 0$

$\Rightarrow y = 9, \dfrac{19}{2}$

x का मान	y का मान	सम्बन्ध
8	9	x < y
8	$\dfrac{19}{2}$	x < y
$\dfrac{17}{2}$	9	x < y
$\dfrac{17}{2}$	$\dfrac{19}{2}$	x < y

$\therefore$ x < y

अतः विकल्प (B) सही है।

204. I. $x^2 - 31x + 240 = 0$

$\Rightarrow x^2 - 16x - 15x + 240 = 0$

$\Rightarrow (x - 15)(x - 16) = 0$

$\Rightarrow x = 15, 16$

II. $y^2 - 27y + 182 = 0$

$\Rightarrow y^2 - 14y - 13y + 182 = 0$

$\Rightarrow (y - 13)(y - 14) = 0$

$\Rightarrow y = 13, 14$

x का मान	y का मान	सम्बन्ध
15	13	x > y
15	14	x > y
16	13	x > y
16	14	x > y

$\therefore$ x > y

अतः विकल्प (A) सही है।

205. दिया गया,

$$3\dfrac{12}{67} \times 59\dfrac{32}{71} \times 16\dfrac{2}{7} + 3\dfrac{1}{2} = ?$$

$$\Rightarrow \left(\dfrac{213}{67}\right) \times \left(\dfrac{4221}{71}\right) \times \left(\dfrac{114}{7}\right) + \left(\dfrac{7}{2}\right) = ?$$

$$\Rightarrow \left(\dfrac{899073}{4757}\right) \times \left(\dfrac{114}{7}\right) + \left(\dfrac{7}{2}\right) = ?$$

$$\Rightarrow \left(\dfrac{102494322}{33299}\right) + \left(\dfrac{7}{2}\right) = ?$$

$$\Rightarrow 3078 + 3.5 = ?$$

$$\Rightarrow ? = 3081.5$$

अतः विकल्प (D) सही है।

206. दिया गया,

$$[(288)^2 \div 24 \times 36] \div 18 = \sqrt{?}$$

$\Rightarrow \sqrt{?} = [(288)^2 \div 24 \times 36] \div 18$

$\Rightarrow \sqrt{?} = [82944 \div 24 \times 36] \div 18$

$\Rightarrow \sqrt{?} = [3456 \times 36] \div 18$

$\Rightarrow \sqrt{?} = 124416 \div 18$

$\Rightarrow \sqrt{?} = 6912$

$\Rightarrow ? = 6912^2$

अतः विकल्प (D) सही है।

207. दिया गया,

$$123 \times 8697 \div 223 = ?^2 + 36$$

$\Rightarrow ?^2 = 123 \times \left(\dfrac{8697}{223}\right) - 36$

$\Rightarrow ?^2 = 123 \times 39 - 36$

$\Rightarrow ?^2 = 4797 - 36$

$\Rightarrow ?^2 = 4761$

$\Rightarrow ? = \sqrt{4761}$

$\Rightarrow ? = \sqrt{69 \times 69}$

$\Rightarrow ? = 69$

अतः विकल्प (D) सही है।

208. दिया गया:

वस्तु A का क्रय मूल्य, B के क्रय मूल्य के बराबर है

वस्तु A का अंकित मूल्य = क्रय मूल्य का 160%

वस्तु B का अंकित मूल्य= क्रय मूल्य का 150%

गणनाः

50% की वृद्धि के बाद वस्तु B का अंकित मूल्य 600 है

वस्तु B का क्रय मूल्य

$\Rightarrow$ क्रय मूल्य $\times \dfrac{150}{100} = 600$

वस्तु B का क्रय मूल्य = 400 रुपये

A का क्रय मूल्य = B का क्रय मूल्य

$\Rightarrow$ वस्तु A का अंकित मूल्य = $400 \times \dfrac{160}{100}$

वस्तु A का का अंकित मूल्य = 640 रुपये

वस्तु B का का अंकित मूल्य = 600 रुपये

10% छूट देने के बाद वस्तु A और वस्तु B का विक्रय मूल्य

वस्तु A का विक्रय मूल्य = $640 \times \dfrac{90}{100} = 576$

वस्तु B का विक्रय मूल्य = $600 \times \dfrac{90}{100} = 540$

$\Rightarrow$ वस्तु A और B के विक्रय मूल्य के बीच का अंतर = 576 - 540

⇒ 36 रुपये

अतः विकल्प (B) सही है।

209. मात्रा A:

10 कुर्सियों का विक्रय मूल्य = 4000 रु.

माना एक कुर्सी का क्रय मूल्य A रु. है।

2 कुर्सियों का क्रय मूल्य = 2A

10 कुर्सियों का क्रय मूल्य = 10A

लाभ = 2A

लाभ प्रतिशत = $\dfrac{2A}{10A} \times 100$

= 20%

मात्रा B:

माना एक वस्तु का क्रय मूल्य 100 रु. है।

एक वस्तु का अंकित मूल्य = $100 + 100 \times \dfrac{20}{100} = 120$

एक वस्तु का विक्रय मूल्य = $100 + 100 \times \dfrac{10}{100} = 110$

छूट = 120 – 110 = 10

छूट प्रतिशत = $\dfrac{10}{120} \times 100 = 8.33\%$

∴ मात्रा A > मात्रा B है यह संबंध स्थापित होता है।

अतः विकल्प (A) सही है।

210. दिया गया:

मोटरसाइकिल 60 किमी/घंटा से चलाना शुरू करता है

वह प्रत्येक 2 घंटे में अपनी गति 4 किमी/घंटा बढ़ाता है

अधिकतम दूरी तय करने के लिए उसे 26 घंटे का समय चाहिए

सूत्र:

पहले n पदों का योग (AP श्रृंखला में) = $\left(\dfrac{n}{2}\right) \times [2a + (n - 1) \times d]$

गति = दूरी /समय

गणना:

चालक की गति = 60 किमी/घंटा

पहले 2 घंटे में तय की गई दूरी

⇒ 60 × 2 = 120 किमी

वह प्रत्येक 2 घंटे में अपनी गति 4 किमी/घंटा बढ़ाता है।

इसलिए अगले 2 घंटे में तय की गई दूरी

⇒ 64 × 2 = 128 किमी

इसलिए प्रत्येक 2 घंटे में तय की दूरी होगी 120, 128, 136...... 13 पद तक (26 घंटे के लिए)

ऊपर दी गई श्रृंखला A.P में है

पहले n पदों का योग = $\left(\dfrac{n}{2}\right) \times [2a + (n - 1) \times d]$

जहाँ a = श्रृंखला की पहली संख्या,

d = दो संख्याओं के बीच का अंतर,

n = पदों की संख्या

यहाँ, a = 120, d = 8 और n = 13

a, d, और n के मान को सूत्र में रखने पर,

13 पदों का योग

$= \left(\dfrac{13}{2}\right) \times [2 \times 120 + (13 - 1) \times 8]$

$= \left(\dfrac{13}{2}\right) \times [240 + 96]$

$= \left(\dfrac{13}{2}\right) \times 336$

= 2184 किमी

इसलिए, 26 घंटे में उसके द्वारा तय की गई अधिकतम दूरी 2184 किमी है।

अतः विकल्प (B) सही है।

211. दिया गया है:

P, Q, R और S के भार का योग = 67 × 4

= 268 किग्रा

P, R, S और T के भार का योग = 63 × 4

= 252 किग्रा

तब Q और T के भार का अंतर 16 किग्रा है।

T और P के भार का योग = 58 ×2

= 116 किग्रा

माना P का भार x है तो T का भार $x + 18$ है।

प्रश्न के अनुसार,

$$x + x + 18 = 116$$

$$\Rightarrow 2x = 116 - 18$$

$$\Rightarrow 2x = 98$$

$$\Rightarrow x = 49$$

P का वजन 49 है और T का वजन 67 है।

अतः Q का भार = 67 + 16

= 83 किग्रा

आवश्यक औसत = $\dfrac{83+67}{2}$

= 75 किग्रा

अतः विकल्प (E) सही है।

212. दिया गया,

शांत जल में नाव की गति 40 किमी/घंटा है।

धारा की गति 20 किमी/घंटा है।

समय = 19 घंटे

माना कि, x इंजन की गति है जिसे बीच रास्ते में जोड़ा जाता है,

तो, बीच रास्ते के बाद नाव की गति = $(60 + x)$ और,

धारा के प्रतिकूल नाव की गति = $(40 - 20) + x$

$= 20 + x$

तो, मान रखने पर,

हम जानते है कि,

समय = दूरी/गति

$$19 = \frac{240}{60} + \frac{240}{60+x} + \frac{480}{20+x}$$

$$\Rightarrow 19 = 4 + \frac{240(20+x)+480(60+x)}{(60+x)(20+x)}$$

$$\Rightarrow x = 20$$

अतः विकल्प (B) सही है।

213. सूत्र:

प्रति दिन आय = कुल आय/दिनों की संख्या

गणना:

A, B और C की कुल आय = $\frac{2034}{3}$ = 678 रु. प्रति दिन

A और C की कुल आय = $\frac{850}{2}$ = 425 रु. प्रति दिन

B की प्रति दिन आय = $(678 – 425)$ रु. = 253 रु.

B और C की एक साथ कुल आय = $\frac{2350}{5}$ = 470 रु. प्रति दिन

∴ C की प्रति दिन आय = 470 – 253 = 217 रु.

अतः विकल्प (B) सही है।

214. माना कार्य को अकेले करने के लिए A, B, C और D को क्रमशः A, B, C और D दिनों का समय लगता है।

प्रश्न के अनुसार,

$$\left(\frac{1}{A}\right) + \left(\frac{1}{B}\right) + \left(\frac{1}{C}\right) = \left(\frac{1}{4.8}\right) \quad ----(1)$$

$$\left(\frac{1}{A}\right) + \left(\frac{1}{C}\right) = \left(\frac{1}{6}\right) \quad ---- (2)$$

(1) और (2) से,

$$\left(\frac{1}{6}\right) + \left(\frac{1}{B}\right) = \left(\frac{1}{4.8}\right)$$

$$\Rightarrow \frac{1}{B} = \frac{1}{4.8} - \frac{1}{6}$$

$$\Rightarrow \frac{1}{B} = \frac{5-4}{24}$$

B = 24 दिन

दिया है:

$$\left(\frac{1}{B}\right) + \left(\frac{1}{D}\right) = \left(\frac{1}{16}\right)$$

$$\Rightarrow \left(\frac{1}{24}\right) + \left(\frac{1}{D}\right) = \left(\frac{1}{16}\right)$$

$$\Rightarrow \frac{1}{D} = \frac{1}{16} = \frac{1}{24}$$

$$\Rightarrow \frac{1}{D} = \frac{3-2}{48}$$

D = 48 दिन

अतः विकल्प (A) सही है।

215. माना वर्ष 2005 में कर्मचारियों की कुल संख्या x है।

तो, 2005 में प्रबंधकों की कुल संख्या $= \frac{80}{100} \times x = 0.8x$

$\Rightarrow$ 2005 में श्रमिकों की कुल संख्या $= x - 0.8x = 0.2x$

इस प्रकार, 2005 में पुरुष प्रबंधकों की संख्या $= \frac{5}{8} \times 0.8x = 0.5x$

और वर्ष 2006 में कर्मचारियों की कुल संख्या y है।

इसके अलावा, 2006 में प्रबंधकों की कुल संख्या $= \frac{50}{100} \times y = 0.5y$

$\Rightarrow$ 2006 में श्रमिकों की कुल संख्या $= y - 0.5y = 0.5y$

इस प्रकार, 2006 में पुरुष प्रबंधकों की संख्या $= \frac{2}{5} \times 0.5y = 0.2y$

जैसा कि श्रमिकों की संख्या समान है, हमें प्राप्त होता है:

$$0.2x = 0.5y$$

$$\Rightarrow x = 2.5y \ ...(i)$$

समीकरण(i) का उपयोग करके, अभीष्ट अनुपात हो जाएगा:

$$\frac{(0.5 \times 2.5y)}{0.2y} = \frac{25}{4}$$

∴ 2005 और 2006 में पुरुष प्रबंधकों की संख्या के बीच अभीष्ट अनुपात 25 : 4 है।

अतः विकल्प (D) सही है।

216. 2008 में श्रमिकों की संख्या $= 1400$

2007 से 2008 में कुल श्रमिकों की संख्या दोगुनी हो गई है,

2007 में श्रमिकों की संख्या $= \frac{1400}{2} = 700$

इसके अलावा, 2007 में प्रबंधक के रूप में काम करने वाले कुल कर्मचारियों का प्रतिशत $= 65\%$

इस प्रकार, 2007 में श्रमिकों के रूप में काम करने वाले कुल कर्मचारियों का प्रतिशत 2 $= 100 - 65 = 35\%$

तो, 2007 में कुल कर्मचारियों का 35% = 700

$\Rightarrow$ 2007 में कुल कर्मचारी $= 700 \times \frac{100}{35} = 2000$

इसलिए, वर्ष 2007 में प्रबंधकों की संख्या $= 2000 - 700 = 1300$

अतः विकल्प (C) सही है।

217. 2003 में पुरुष प्रबंधकों का महिला प्रबंधकों से अनुपात = 3 : 2

2003 में पुरुष प्रबंधकों की संख्या = 480

अतः, 2003 में महिला प्रबंधकों की संख्या $= 480 \times \frac{2}{3} = 320$

इसलिए, 2003 में प्रबंधकों की कुल संख्या = 480 + 320 = 800

2003 में प्रबंधकों के रूप में कुल कर्मचारियों का प्रतिशत = 40%

तो, $\frac{40}{100} \times$ 2003 में कुल कर्मचारी = 800

$\Rightarrow$ 2003 में कुल कर्मचारी $= 800 \times \frac{100}{40} = 2000$

इसी प्रकार, हमारे पास:

2005 में पुरुष प्रबंधकों का महिला प्रबंधकों से अनुपात = 5 : 3

2005 में महिला प्रबंधकों की संख्या = 450

इस प्रकार, 2005 में पुरुष प्रबंधकों की संख्या $= 450 \times \frac{5}{3} = 750$

इसलिए, 2005 में प्रबंधकों की कुल संख्या = 450 + 750 = 1200

2005 में प्रबंधकों के रूप में कुल कर्मचारियों का प्रतिशत = 80%

तो, $\frac{80}{100} \times$ 2005 में कुल कर्मचारी = 1200

$\Rightarrow$ 2005 में कुल कर्मचारी $= 1200 \times \frac{100}{80} = 1500$

इस प्रकार, अभीष्ट अनुपात = 2000 : 1500 = 4 : 3

अतः विकल्प (B) सही है।

218. 2005 में कंपनी में कर्मचारियों की संख्या = 1000

तो, 2005 में प्रबंधकों की कुल संख्या $= \frac{80}{100} \times 1000 = 800$

इस प्रकार, श्रमिकों की संख्या = 1000 – 800 = 200

अब, पुरुष और महिला श्रमिकों की संख्या बराबर है।

इसलिए, 2005 में महिला श्रमिकों की संख्या $= \frac{200}{2} = 100$

इसके अलावा, महिला प्रबंधकों की संख्या $= \frac{3}{8} \times 800 = 300$

इस प्रकार, भीष्ट अंतर = 300 – 100 = 200

∴ वर्ष 2005 में महिला श्रमिकों की संख्या और महिला प्रबंधकों की संख्या के बीच का अंतर 200 है।

अतः विकल्प (B) सही है।

219. माना प्रत्येक वर्ष कंपनी में कर्मचारियों की संख्या x है।

तो, वर्ष 2005 में प्रबंधकों की संख्या $= \left(\frac{80}{100}\right)x = 0.8x$

उनमें से, पुरुष प्रबंधकों की संख्या $= \frac{5}{8} \times 0.8x = 0.5x$

इसी प्रकार,

तो, 2006 में प्रबंधकों की संख्या $= \left(\frac{50}{100}\right)x = 0.5x$

उनमें से, पुरुष प्रबंधकों की संख्या $= \frac{2}{5} \times 0.5x = 0.2x$

तो, पुरुष प्रबंधकों की संख्या में प्रतिशत कमी $= \left[\frac{(0.5x - 0.2x)}{0.5x}\right] \times 100 = 60\%$

अतः विकल्प (D) सही है।

220. दिया है:

एक निश्चित उत्पाद R 3 : 5 के अनुपात में दो अवयवों P और Q से बना है

Q की लागत P का $66\frac{2}{3}\%$ है

R की कुल लागत 6.70 रुपये प्रति किलोग्राम है जिसमें 2.90 रुपये प्रति किलोग्राम के श्रम शुल्क शामिल हैं

मान लीजिये P की लागत 3x रुपये प्रति किग्रा है और Q की लागत 2x रुपये प्रति किग्रा है

$\Rightarrow$ 1 किलो R की लागत $= \frac{3}{8} \times 3x + \frac{5}{8} \times 2x = \frac{19x}{8}$

प्रश्नानुसार,

$\Rightarrow 6.70 - 2.90 = \frac{19x}{8}$

$\Rightarrow 3.80 \times 8 = 19x$

$\Rightarrow x = \text{Rs. } 1.6$

∴ प्रति किग्रा Q की लागत = 1.6 रु × 2 = 3.2 रुपये

अतः विकल्प (D) सही है।

221. माना कि राजू के पास प्रारंभ में x रु थे

राजू ने अपनी पत्नी को 25% धन दिया = x × 25% $= \frac{x}{4}$

$\Rightarrow$ शेष राशि $= \left(x - \frac{x}{4}\right) = \frac{3x}{4}$

उसने शेष 10% चिकित्सा बीमा के लिए दिया $= \left(\frac{10}{100}\right) \times \frac{3x}{4} = \frac{3x}{40}$

$\Rightarrow$ शेष राशि $= \frac{3x}{4} - \frac{3x}{40} = \frac{27x}{40}$

शेष राशि का 22.22% पुस्तकालय विकास को दिया गया

$= \left(\frac{27x}{400} \times 22.22\%\right) = \frac{3x}{20}$

$\Rightarrow$ शेष राशि $= \left(\frac{27x}{40} - \frac{3x}{20}\right) = \frac{21x}{40}$

प्रश्नानुसार,

$\frac{21x}{40} = 3150$

$\Rightarrow x = 6000$

∴ प्रारंभ में राजू के पास राशि थी = 6000 रु

अतः विकल्प (A) सही है।

222. दिया है:

कथन I से,

अंग्रेजी में अंक = विज्ञान में अंकों के 80%

कथन II से,

अंग्रेजी, हिंदी और विज्ञान में अंकों का अनुपात = 4 : 3 : 5

कथन III से,

विज्ञान में प्राप्त अंक = हिंदी में अंक + 40

प्रयुक्त सूत्र:

औसत = (मानों का योग)/(मानों की संख्या)

कथन II और III से एक साथ,

माना विकास द्वारा हिंदी में प्राप्त अंक 3x हैं।

तब, अंग्रेजी में प्राप्त अंक = 4x

और विज्ञान में प्राप्त अंक = 5x

इसलिए, 5x – 3x = 40

⇒ 2x = 40

⇒ x = 20

अंग्रेजी में प्राप्त अंक = 4 × 20 = 80

हिंदी में प्राप्त अंक = 3 × 20 = 60

और विज्ञान में प्राप्त अंक = 5 × 20 = 100

अब, 3 विषयों में प्राप्त कुल अंक = 80 + 60 + 100 = 240 अंक

अभीष्ट औसत $= \dfrac{240}{3} = 80$ अंक

∴ कथन II और III दोनों प्रश्न का उत्तर देने के लिए आवश्यक हैं।

अतः विकल्प (B) सही है।

223. कथन I से,

बेलन की त्रिज्या : शंकु की त्रिज्या = 1 : 2

कथन II से,

बेलन की ऊँचाई = 21 सेमी

तथा शंकु की ऊँचाई = बेलन की ऊँचाई – 7 सेमी

कथन III से,

उनकी ऊँचाइयों का योग = 35 सेमी

प्रयुक्त सूत्र: एक बेलन का आयतन $= \pi r^2 h$

एक शंकु का आयतन $= \dfrac{1}{3}\pi r^2 h$

जहाँ, r = त्रिज्या और h = ऊँचाई

कथन I और II से एक साथ,

माना बेलन की त्रिज्या और शंकु की त्रिज्या क्रमशः x सेमी और 2x सेमी है।

तब, शंकु की ऊँचाई = (21 – 7) सेमी = 14 सेमी

अभीष्ट अनुपात $= \pi \times x^2 \times 21 : \dfrac{1}{3}\pi \times (2x)^2 \times 14$

$= 21 : \dfrac{1}{3} \times 4 \times 14$

$= 9 : 4$

∴ कथन I और II दोनों प्रश्न का उत्तर देने के लिए आवश्यक हैं।

अतः विकल्प (B) सही है।

224. कथन I से, 3 वर्ष पहले, आयु का अनुपात = 5 : 3

कथन II से, उनकी वर्तमान आयु के बीच का अंतर = 16 वर्ष

कथन III से, 5 वर्ष बाद, आयु का अनुपात = 3 : 2

कथन I और II से एक साथ,

माना 3 वर्ष पहले राज और करण की आयु क्रमशः 5x और 3x थी।

तब, (5x + 3) – (3x + 3) = 16

⇒ 2x = 16

⇒ x = 8

इसलिए, राज की वर्तमान आयु = 5x+ 3

= 5 × 8 + 3 = 43 वर्ष

और करण की वर्तमान आयु = 3x + 3

= 3 × 8 + 3 = 27 वर्ष

अब, उनकी आयु का योग = (43 + 27) वर्ष = 70 वर्ष

कथन I और III से एक साथ,

माना 3 वर्ष पहले राज और करण की आयु क्रमशः 5x और 3x थी।

तब, $\dfrac{(5x+8)}{(3x+8)} = \dfrac{3}{2}$

⇒ 10x + 16 = 9x + 24

⇒ x = 8

इसलिए, राज की वर्तमान आयु = 5x+ 3

= 5 × 8 + 3 = 43 वर्ष

और करण की वर्तमान आयु = 3x + 3

= 3 × 8 + 3 = 27 वर्ष

अब, उनकी आयु का योग = (43 + 27) वर्ष = 70 वर्ष

कथन II और III से एक साथ,

माना 3 वर्ष पहले राज और करण की आयु क्रमशः 3x और 2x थी।

तब (3x – 5) – (2x – 5) = 16

⇒ x = 16

इसलिए, राज की वर्तमान आयु = 3x – 5

= 3 × 16 – 5 = 43 वर्ष

और करण की वर्तमान आयु = 2x – 5

= 2 × 16 – 5 = 27 वर्ष

अब, उनकी आयु का योग = (43 + 27) वर्ष = 70 वर्ष

∴ तीन में से कोई दो कथन प्रश्न का उत्तर देने के लिए पर्याप्त हैं।

अतः विकल्प (D) सही है।

225. ⇒ गाँव C की जनसंख्या $= \dfrac{15}{100} \times 78000 = 11700$

⇒ गाँव C की साक्षर जनसंख्या $= \dfrac{40}{100} \times 11700 = 4680$

अतः विकल्प (C) सही है।

226. ⇒ गाँव A की जनसंख्या = $\frac{19}{100}$ × 78000 = 14820

⇒ गाँव D की जनसंख्या = $\frac{21}{100}$ × 78000 = 16380

⇒ गाँव A के साक्षर लोग = 14820 × $\frac{45}{100}$ = 6669

⇒ गाँव D के साक्षर लोग = $\frac{60}{100}$ × 16380 = 9828

⇒ अनुपात = 6669/9828 = $\frac{741}{1092} = \frac{247}{364} = \frac{19}{28}$

अतः विकल्प (C) सही है।

227. ⇒ गाँव A की निरक्षर जनसंख्या = 78000 × $\frac{19}{100}$ × $\frac{55}{100}$ = 8151

⇒ गाँव B की निरक्षर जनसंख्या = 78000 × $\frac{32}{100}$ × $\frac{50}{100}$ = 12480

⇒ गाँव C की निरक्षर जनसंख्या = 78000 × $\frac{15}{100}$ × $\frac{60}{100}$ = 7020

⇒ गाँव D की निरक्षर जनसंख्या = 78000 × $\frac{21}{100}$ × $\frac{40}{100}$ = 6552

⇒ गाँव E की निरक्षर जनसंख्या = 78000 × $\frac{13}{100}$ × $\frac{30}{100}$ = 3042

⇒ बारडोली में कुल निरक्षर जनसंख्या = 8151 + 12480 + 7020 + 6552 + 3042 = 37245

⇒ प्रतिशत = $\frac{37245}{78000}$ × 100 = 47.75%

अतः विकल्प (D) सही है।

228. ⇒ गाँव E की जनसंख्या = 78000 × $\frac{13}{100}$ = 10140

⇒ गाँव E में साक्षर जनसंख्या = $\frac{70}{100}$ × 10140 = 7098

⇒ गाँव E में निरक्षर जनसंख्या = 10140 – 7098 = 3042

अतः विकल्प (C) सही है।

229. ⇒ गाँव A की निरक्षर जनसंख्या = 78000 × $\frac{19}{100}$ × $\frac{55}{100}$ = 8151

⇒ गाँव B की निरक्षर जनसंख्या = 78000 × $\frac{32}{100}$ × $\frac{50}{100}$ = 12480

⇒ गाँव C की निरक्षर जनसंख्या = 78000 × $\frac{15}{100}$ × $\frac{60}{100}$ = 7020

⇒ गाँव D की निरक्षर जनसंख्या = 78000 × $\frac{21}{100}$ × $\frac{40}{100}$ = 6552

⇒ गाँव E की निरक्षर जनसंख्या = 78000 × $\frac{13}{100}$ × $\frac{30}{100}$ = 3042

⇒ बारडोली में कुल निरक्षर जनसंख्या = 8151 + 12480 + 7020 + 6552 + 3042 = 37245

बारडोली में निरक्षरों की कुल संख्या = 37,245

गांव सी की जनसंख्या = $\frac{15}{100}$ × 78000 = 11700

गांव सी में निरक्षरों की संख्या= $\frac{60}{100}$ × 11700 = 7020

⇒ प्रतिशत = $\frac{7020}{37245}$ × 100 = 18.84%

अतः विकल्प (C) सही है।

230. 1995 − 96 में वृद्धि दर = $\frac{3.5-2.55}{2.55}$ × 100 = 37.3%

1994 − 95 में वृद्धि दर = $\frac{2.55-1.92}{1.92}$ × 100 = 32.8%

1993 − 94 में वृद्धि दर = $\frac{1.92-1.89}{1.89}$ × 100 = 1.6%

1992 − 93 की वृद्धि दर को ज्ञात नहीं किया जा सकता क्योंकि हमारे पास 1991 −92 के आंकड़े नहीं हैं।

उसी प्रकार से,

1996 − 97 की वृद्धि दर को ज्ञात नहीं किया जा सकता क्योंकि हमारे पास दिए गए वर्ष के आंकड़े नहीं हैं।

∴ 1995 - 96 में वृद्धि दर अधिकतम है।

अतः विकल्प (A) सही है।

231. 1992 - 93 में चाय का इकाई मूल्य = (85.05 दस लाख)/(1.89 हजार टन)=85050000/1890000=45 रूपये/ किलो

1993 - 94 में चाय का इकाई मूल्य = (91.2 दस लाख)/(1.92 हजार टन) = 91200000/1920000=47.5रूपये/ किलो

1994 - 95 में चाय का इकाई मूल्य = (128 दस लाख)/(2.55 हजार टन) = 128000000/2550000=50 रूपये/ किलो

1995 - 96 में चाय का इकाई मूल्य = (184.45 दस लाख)/(2.55 हजार टन) =184450000/3500000=52.27रूपये/ किलो

∴ 1995 - 96 वर्ष में अधिकतम इकाई मूल्य देखा गया।

अतः विकल्प (D) सही है।

232. 1995 - 96 में क्षेत्र - 2 का % योगदान = 15%

1995 - 96 में क्षेत्र - 5 का % योगदान = 22%

∴ प्रतिशत अंतर $= \frac{22-15}{15}$ × 100 ≈ 47%

अतः विकल्प (E) सही है

233. दी गयी तालिका और वृत्त आलेख के अनुसार,

हमारे पास केवल 1995 - 1996 वर्ष के लिए क्षेत्र - 2 के प्रतिशत योगदान की जानकारी है।

∴ इसलिए दी गयी अवधि में क्षेत्र - 2 से चाय निर्यातों से प्राप्त होने वाला कुल आय ज्ञात नहीं किया जा सकता।

अतः विकल्प (E) सही है।

234. 1993 - 94 में चाय का औसत मूल्य = (91.2 मिलियन)/(1.92 हज़ार टन) = 91200000/1920000 = 47.5 रूपये/किलो

1994 – 95 में चाय का औसत मूल्य = (128 मिलियन)/(2.55 हजार टन) = 128000000/2550000 = 47.5 रूपये/किलो

∴ प्रतिशत अंतर $= \frac{50-47.5}{47.5}$ × 100 ≈ 5.3%

अतः विकल्प (C) सही है।

235. दिया गया:

एक राशि चक्रवृद्धि ब्याज पर निवेश करने पर 6 वर्षों में $2\frac{1}{2}$ गुना हो जाती है।

माना कि राशि $= P$ रुपये है।

मिश्रधन $A = 2\frac{1}{2} \times P$

$\Rightarrow A = \dfrac{5p}{2}$ रुपये

समय T=6 वर्ष

सूत्र के अनुसार $A = P\left(1 + \dfrac{R}{100}\right)^{T}$ जहां R दर है

$\Rightarrow \dfrac{5P}{2} = P\left(1 + \dfrac{R}{100}\right)^{6}$

$\Rightarrow \dfrac{5}{2} = \left(1 + \dfrac{R}{100}\right)^{6} \rightarrow$ समीकरण (1)

जब राशि 18 वर्ष के लिए निवेश की जाती है,

नयी मिश्रधन $A' = P\left(1 + \dfrac{R}{100}\right)^{18}$

$\Rightarrow A' = P\left[\left(1 + \dfrac{R}{100}\right)^{6}\right]^{3}$

समीकरण (1) से,

$\Rightarrow A' = P\left[\left(\dfrac{5}{2}\right)^{3}\right]$

$\Rightarrow A' = \dfrac{125P}{8}$

18 वर्षों के लिए निवेश करने पर राशि $\dfrac{125}{8}$ गुना हो जाती है।

अतः विकल्प (C) सही है।

236.

श्रृंखला पैटर्न	दी गई श्रृंखला	
7	7	✓
7 × 3 – 5 = 16	16	✓
16 × 5 – 7 = 73	73	✓
73 × 7 – 11 = 500	500	✓
500 × 11 – 13 = 5487	**5488**	✕
5487 × 13 – 17 = 71314	71314	✓

इसलिए, 5488 के स्थान पर 5487 होना चाहिए।

अतः विकल्प (A) सही है।

237. श्रृंखला पैटर्न:

श्रृंखला I	:	9		2 0		5 2		1 0 0		1 5 9		2 2 4	
श्रृंखला II	:		+1 1		+3 2		+4 8		+5 9		+6 5			
श्रृंखला III	:			+2 1		+1 6		+1 1		+6				

इसलिए, 226 के स्थान पर 224 होना चाहिए।

अतः विकल्प (D) सही है।

238.

श्रृंखला पैटर्न	दी गई श्रृंखला	
0 + (1.1)² = 1.21	1.21	✓
1 + (1.3)² = 2.69	2.69	✓
2 + (1.5)² = 4.25	4.25	✓
3 + (1.7)² = 5.89	**5.98**	✕
4 + (1.9)² = 7.61	7.61	✓
5 + (2.1)² = 9.41	9.41	✓

इसलिए 5.98 के स्थान पर 5.89 होना चाहिए।

अतः विकल्प (E) सही है।

239.

श्रृंखला पैटर्न	दी गई श्रृंखला	
11³ – 11² = 1210	1210	✓
12³ – 12² = 1584	1584	✓
13³ – 13² = 2028	**2025**	✕
14³ – 14² = 2548	2548	✓
15³ – 15² = 3150	3150	✓
16³ – 16² = 3840	3840	✓

इसलिए, 2025 के स्थान पर 2028 होना चाहिए।

अतः विकल्प (A) सही है।

240. 'n' भुजाओं वाले नियमित बहुभुज के लिए,

⇒ अन्तः कोणों का योग = (n – 2) × 180°

⇒ बाह्य कोणों का योग = 360°

अब, सप्तभुज एक सात भुजाओं वाला बहुभुज है,

⇒ भुजाओं की संख्या = n = 7

⇒ अन्तः कोणों का योग = (7 – 2) × 180° = 5 × 180° = 900°

∴ अभीष्ट अंतर = 900° – 360° = 540°

अतः विकल्प (B) सही है।

Reasoning

Q.1 निर्देश: यह महत्वपूर्ण तर्कपूर्ण प्रश्न एक छोटे तर्क, कथनों के एक समूह या कार्य योजना पर आधारित है। प्रत्येक प्रश्न के लिए, दिए गए विकल्पों में से सर्वश्रेष्ठ उत्तर का चयन कीजिए और समझाइए कि चुना गया उत्तर सही क्यों है।

कथन: कैम एयर एक एयरलाइन नहीं है, वह औसत बैकपैकर इन दिनों उड़ान नहीं लेगा, जब तक कि बैकपैक संयुक्त राज्य अमेरिका की सेना के स्वामित्व में न हो। कैम एयर केवल एक दशक से परिचालन में है, लेकिन पहले ही घातक दुर्घटनाओं का अनुभव कर चुका है, जिसके परिणामस्वरूप 100 से अधिक यात्रियों की मौतें हुई हैं, जिससे यह विश्व की सबसे खतरनाक एयरलाइनों में से एक है।

निम्नलिखित में से कौन-सी धारणा सही है?

I: कैम एयर एक सस्ती एयरलाइन है।

II: कैमएयर को विश्व भर के व्यक्तियों द्वारा पसंद किया जाता है लेकिन केवल संयुक्त राज्य अमेरिका के नागरिक इसके माध्यम से यात्रा कर सकते हैं।

III: कैम एयर सबसे असुरक्षित एयरलाइनों में से एक है, जिसमें व्यक्ति यात्रा करने से बचते हैं।

A. केवल I और II

B. केवल II और III

C. केवल III

D. उपरोक्त सभी

E. उपरोक्त में से कोई नहीं

Ques (2-3):निर्देश: निम्नलिखित प्रश्न में, प्रतीक $, %, #, & और * का प्रयोग नीचे दर्शाये गए निम्नलिखित अर्थों से किया गया है:

'P & Q' का अर्थ है 'P, Q से न तो बड़ा है न ही बराबर है'।

'P % Q' का अर्थ है 'P, Q के बराबर है'।

'P # Q' का अर्थ है 'P, Q से छोटा नहीं है'।

'P * Q' का अर्थ है 'P, Q से न तो छोटा है न ही बराबर है'।

'P $ Q' का अर्थ है 'P, Q से बड़ा नहीं है'।

अब निम्नलिखित प्रत्येक प्रश्न में दिए गए कथनों को सत्य मानते हुए, ज्ञात कीजिये कि नीचे दिए गए निष्कर्षों में से कौन सा / से निश्चित रूप से सत्य है/हैं?

Q.2 कथन:

R $ T $ U # X # Q * T

निष्कर्ष:

I. R & U

II. U * Q

III. R % U

A. केवल निष्कर्ष I सत्य है

B. केवल निष्कर्ष II सत्य है

C. या तो निष्कर्ष I या III सत्य है

D. या तो निष्कर्ष II या III सत्य है

E. कोई भी निष्कर्ष सत्य नहीं है

Q.3 कथन:

A * B * C % D # E & F $ G

निष्कर्ष:

I. A * E

II. B % D

III. G * E

A. केवल निष्कर्ष I सत्य है

B. केवल निष्कर्ष II सत्य है

C. केवल निष्कर्ष III सत्य है

D. निष्कर्ष I और III दोनों सत्य हैं

E. निष्कर्ष II और III दोनों सत्य हैं

Ques (4-8):निर्देश: निम्नलिखित जानकारी का ध्यानपूर्वक अध्ययन कीजिये और उसके बाद प्रश्न के उत्तर दीजिये:

A से O तक पंद्रह व्यक्ति तीन पंक्तियों पंक्ति-1, पंक्ति-2 और पंक्ति-3 में उत्तर दिशा के सम्मुख होकर बैठे हैं। प्रत्येक पंक्ति में पाँच व्यक्ति बैठे हैं और सभी पंक्तियों की सीटें ऐसे हैं कि प्रत्येक सीट पड़ोसी पंक्ति की दूसरी सीट के ठीक पीछे या सामने है। पंक्ति-1, पंक्ति-2 के उत्तर में है और पंक्ति-2, पंक्ति-3 के उत्तर में है।

यह दिया गया है कि अभियंता पंक्ति-1 में बैठे हैं, चिकित्सक पंक्ति-2 में बैठे हैं और शिक्षक पंक्ति-3 में बैठे हैं।

इसके अलावा, यह दिया गया है कि,

1. A और F के बीच में दो व्यक्ति बैठे हैं लेकिन उनमें से कोई भी चिकित्सक नहीं है।

2. N और A एक ही पंक्ति में बैठे हैं लेकिन N किसी एक छोर पर बैठा है और J उसके ठीक पीछे या उसके सामने बैठा है।

3. E एक शिक्षक है और दो व्यक्ति उसके और L के बीच में बैठे हैं लेकिन न तो E न ही L, J के ठीक पीछे बैठा है।

4. N और O के बीच बैठे व्यक्तियों की संख्या E और H के बीच बैठे व्यक्तियों की संख्या के समान है।

5. I, O के ठीक पीछे बैठा है।

6. K न तो एक अभियंता है और न ही I की पंक्ति में बैठा है लेकिन वह किसी एक छोर पर बैठा है।

7. G, A के ठीक पीछे बैठा है लेकिन L के ठीक सामने नहीं है।

8. C, H के निकटतम दाएं बैठा है।

9. D एक अभियंता नहीं है।

10. M, G की पंक्ति में बैठा है लेकिन वे एक दूसरे के पड़ोसी नहीं हैं।

11. H के सामने न तो D न ही M बैठा है।

Q.4 विषम ज्ञात कीजिये।

A. F-I-K　　**B.** D-O-C　　**C.** K-N-D　　**D.** B-O-F

E. A-H-J

Q.5 D के बाएं से दूसरे स्थान पर कौन बैठा है?

[SBI Clerk, 2020]

A. J

B. I

C. M

D. G

E. उपर्युक्त में से कोई भी नहीं

Q.6 N और B के बीच में कितने व्यक्ति बैठे हैं?

[SBI Clerk, 2020]

A. दो
B. एक
C. चार
D. तीन
E. निर्धारित नहीं किया जा सकता

Q.7 निम्नलिखित में से शिक्षकों के जोड़े का चयन कीजिये।

[SBI Clerk, 2020]

A. C-L-D
B. I-E-K
C. K-C-H
D. E-M-J
E. उपर्युक्त में से कोई भी नहीं

Q.8 पंक्ति के किसी एक छोर पर कौन सा चिकित्सक बैठा है?

A. E B. F C. D D. K
E. J

Ques (9-10):निर्देश: नीचे दी गयी जानकारी को ध्यानपूर्वक पढ़कर इन प्रश्नों के उत्तर दीजिए।

"A + B" का अर्थ है "A, B के पश्चिम में है"।

"A $ B" का अर्थ है "B, A उत्तर में है"।

"A & B" का अर्थ है "A, B के पूर्व में है"।

"A # B" का अर्थ है "B, A के दक्षिण में है"।

नोट:- यहाँ दो बिंदुओं के बीच की दूरी 6 किगी है।

Q.9 यदि दिया गया कूट 'D # A + G $ E + R' है तो G के संबंध में D की दिशा क्या है?

A. दक्षिण
B. पूर्व
C. उत्तर-पूर्व
D. उत्तर-पश्चिम
E. दक्षिण-पूर्व

Q.10 यदि दिया गया कूट 'P # R # E & J & U # D' है तो P के संबंध में D की दिशा क्या है?

A. पश्चिम
B. दक्षिण
C. उत्तर-पश्चिम
D. दक्षिण-पश्चिम
E. दक्षिण-पूर्व

Ques (11-12):निर्देश: नीचे दिए गए प्रश्न में एक प्रश्न और उसके नीचे I, II और III से अंकित तीन कथन दिए गए हैं। आपको यह तय करना है कि कथनों में दिए गए आँकड़ें प्रश्न का उत्तर देने के लिए पर्याप्त है या नहीं।

Q.11 सात दोस्त - S, T, R, F, G, J और V एक सात तलों वाली इमारत के अलग-अलग तलों पर रहते हैं, जिनकी सात तल एक से सात तक हैं (भूतल की संख्या 1 है, इसके ऊपर के तल की संख्या 2 है और इसी तरह और सबसे ऊपर के तल की संख्या 7 है)। G के तल के ठीक नीचे कौन रहता है?

कथन I: R, तल 3 के ऊपर एक विषम संख्या वाले तल पर रहता है और R और S के बीच केवल दो व्यक्ति रहते हैं।

कथन II: S और G के बीच केवल एक व्यक्ति रहता है, जो T के नीचे और S के ऊपर रहता है। T सबसे ऊपरी तल पर नहीं रहता है।

कथन III: V, F के ऊपर रहता है लेकिन J के नीचे रहता है।

A. केवल कथन II में दिए गए आँकड़ें प्रश्न का उत्तर देने के लिए पर्याप्त है, और कथन I या III के आँकड़ें प्रश्न का उत्तर देने के लिए आवश्यक नहीं है

B. कथन I, II या III में से कोई भी आँकड़ें प्रश्न का उत्तर देने के लिए पर्याप्त है

C. कथन II और III में दिए गए आँकड़ें प्रश्न का उत्तर देने के लिए पर्याप्त है, और कथन I के आँकड़ें प्रश्न का उत्तर देने के लिए आवश्यक नहीं है

D. प्रश्न का उत्तर देने के लिए तीनों कथनों के एक साथ आँकड़ों की आवश्यकता है

E. सभी कथनों में दिए गए आँकड़ें, यहां तक कि एक साथ भी, प्रश्न का उत्तर देने के लिए पर्याप्त नहीं हैं

Q.12 सात व्यक्ति P, Q, R, S, T, U और V दक्षिण के सम्मुख एक पंक्ति में बैठे हैं। S के दायें से दूसरे स्थान पर कौन बैठा है?

कथन I: V और S के बीच तीन व्यक्ति बैठे हैं। न तो V और न ही S अंतिम छोर पर बैठे हैं। T, V के ठीक दायें और अंतिम छोर पर बैठा है। P, R के दायें से तीसरे स्थान पर बैठा है।

कथन II: T, Q के दायें से दूसरे स्थान पर बैठा है, जो S के दायें से तीसरे स्थान पर बैठा है। R, S के ठीक बायें बैठा है। V, P के दायें से दूसरे स्थान पर बैठा है।

कथन III: P पंक्ति के मध्य में बैठा है। V, U के दायें से तीसरे स्थान पर बैठा है, जो S के ठीक दायें बैठा है। S किसी भी छोर पर नहीं बैठा है।

A. किसी भी दो कथनों में दिए गए आँकड़ें प्रश्न का उत्तर देने के लिए पर्याप्त हैं

B. प्रश्न का उत्तर देने के लिए I, II, या III में से कोई भी आँकड़ें पर्याप्त है

C. केवल कथन II और III में दिए गए आँकड़ें प्रश्न का उत्तर देने के लिए पर्याप्त है, और कथन I में दिए गए आँकड़ें प्रश्न का उत्तर देने के लिए आवश्यक नहीं है

D. प्रश्न का उत्तर देने के लिए तीनों कथनों के एक साथ आँकड़ों की आवश्यकता है

E. सभी कथनों में दिए गए आँकड़ें, यहां तक कि एक साथ भी, प्रश्न का उत्तर देने के लिए पर्याप्त नहीं हैं

Ques (13-14):निर्देश: नीचे दिए गए प्रश्न में तीन कथन दिए गए हैं जिनके बाद तीन निष्कर्ष I, II और III दिए गए हैं। आपको दिए गए कथनों को सत्य मानना है, भले ही वे सामान्यतः ज्ञात तथ्यों से भिन्न प्रतीत होते हों। सभी निष्कर्षों को पढ़िए और फिर तय कीजिए कि दिए गए कथनों में से कौन सा निष्कर्ष सामान्यतः ज्ञात तथ्यों की उपेक्षा करते हुए दिए गए कथनों का तार्किक रूप से अनुसरण करता है।

Q.13 कथन:

I. सभी पुरुष अच्छे हैं
II. कुछ लड़के बुरे हैं
III. केवल कुछ बुरे अच्छे हैं

निष्कर्ष:

I. कुछ लड़के बुरे नहीं हैं
II. कुछ पुरुष अच्छे हैं
III. कुछ बुरे अच्छे नहीं हैं

A. केवल निष्कर्ष I अनुसरण करता है
B. केवल निष्कर्ष II अनुसरण करता है
C. निष्कर्ष I और III दोनों अनुसरण करते हैं
D. निष्कर्ष II और III दोनों अनुसरण करते हैं
E. कोई भी निष्कर्ष अनुसरण नहीं करता है

Q.14 कथन:

I. कुछ बैक्टीरिया वायरस हैं
II. कोई वायरस मलेरिया नहीं है
III. केवल कुछ ही मच्छर बैक्टीरिया हैं

निष्कर्ष:

I. कोई मलेरिया बैक्टीरिया नहीं है
II. कुछ वायरस मलेरिया है

III. कुछ मच्छर बैक्टीरिया नहीं हैं
A. केवल निष्कर्ष I अनुसरण करता है
B. केवल निष्कर्ष III अनुसरण करता है
C. निष्कर्ष II और III दोनों अनुसरण करते हैं
D. केवल निष्कर्ष II अनुसरण करता है
E. सभी निष्कर्ष अनुसरण करते हैं

Q.15 निर्देश: दो कथनों का अनुसरण दो निष्कर्ष 1 और 2 द्वारा किया जाता है। आपको कथनों को सत्य मानना है, भले ही वे सामान्यतः ज्ञात तथ्यों से भिन्न प्रतीत होते हों। आपको यह तय करना है कि दिए गए कथनों में से कौन सा निष्कर्ष निश्चित रूप से निकाला जा सकता है और तदनुसार अपने उत्तर को अंकित कीजिए।

कथन:

I: पहला रॉकेट जो अंतरिक्ष में जाने के लिए काफी ऊंची उड़ान भर सकता था, वह V2 मिसाइल थी जिसे पहली बार जर्मनी ने 1942 में प्रक्षेपित किया था।

II: एक लॉन्चपैड में एक रॉकेट इंजन फायरिंग से दहन अस्थिरता और अन्य गड़बड़ी का सामना करना पड़ सकता है जो फायरिंग के दौरान लॉन्च पैड से निकलता है।

निष्कर्ष:

1: वैमानिकी विज्ञान या कला है जिसमें वायु उड़ान सक्षम मशीनों के अध्ययन, रूपरेखा और निर्माण और वायुमंडल के भीतर संचालन करने वाले विमानों और रॉकिटों की तकनीक शामिल है।

2: रॉकेट प्रक्षेपण परियोजनाओं पर काम करने में जोखिम शामिल है।

A. या तो निष्कर्ष 1 या 2 अनुसरण करता है
B. केवल निष्कर्ष 1 अनुसरण करता है
C. न तो निष्कर्ष 1 और न ही निष्कर्ष 2 अनुसरण करता है
D. केवल निष्कर्ष 2 अनुसरण करता है
E. निष्कर्ष 1 और निष्कर्ष 2 दोनों अनुसरण करते हैं

Ques (16-20):निर्देश: निम्नलिखित जानकारी का अध्ययन कीजिये और दिए गए प्रश्न का उत्तर दीजिये।

वर्णमाला क्रम A-Z में स्वरों को छोड़कर प्रत्येक अक्षर को 1-9 तक विभिन्न संख्याएं निर्दिष्ट की गयी हैं (उदाहरण के लिए- B को 1, C-2, L-9 के रूप में कूटबद्ध किया गया है) और फिर से उन संख्याओं को दोहराया जाता है (उदाहरण के लिए- M-1, N-2 और इसी प्रकार आगे भी)। साथ ही स्वर को विभिन्न चिह्नों जैसे @, #, $, %, & से कूटबद्ध किया गया है।

एक कूट भाषा में:

"Heavy new mechanic part" को 6#@82 2#9 1#26@2$2 3@57 के रूप में कूटबद्ध किया जाता है।

"Most pacific region war" को 1%67 3@2$4$2 5#5$%2 9@5 के रूप में कूटबद्ध किया जाता है।

"Never beat hungry people" को 2#8#5 1#@7 6&2552 3#%39# के रूप में कूटबद्ध किया जाता है।

उपरोक्त उदाहरण के अतिरिक्त, नीचे दिए गए प्रश्न के शब्दों को कूटबद्ध करने के लिए निम्नलिखित क्रियाओं को लागू किया जाना चाहिए।

I. यदि शब्द का पहला अक्षर व्यंजन और अंतिम अक्षर स्वर है तब दोनों के कूट परस्पर बदल जाते हैं।

II. यदि शब्द के पहले और अंतिम अक्षर दोनों स्वर हैं तब कूट की विषम संख्याएं * से बदल जाती हैं।

III. यदि शब्द का पहला अक्षर स्वर और अंतिम अक्षर व्यंजन है तब दोनों को पहले अक्षर के कूट के रूप में कूटबद्ध किया जाता है।

IV. यदि पहले और अंतिम अक्षर दोनों व्यंजन हैं तब कूट की सम संख्या ^ से बदल जाती है।

यदि शब्द उपरोक्त शर्तों को पूरा नहीं करता है तब उस शब्द के अक्षर ऊपर दिए गए निर्देशों के अनुसार कूटबद्ध किये जायेंगे।

Q.16 "Arrogant" का कूट क्या हो सकता है?
A. @55%5@27　　　　B. @55%@52@
C. @55%5@2@　　　　D. 755%5@27
E. 755%5@2@

Q.17 "Deliberate" के लिए कूट क्या हो सकता है?
A. 3#9$#15@7#　　　　B. 5#9$1#@573
C. ##9#$15@73　　　　D. ##9$1#5@73
E. 3#9$#1@573

Q.18 "Related" के लिए कूट क्या हो सकता है?
A. 5^9@7#3　　　　B. 5#9^7#3
C. 5#9@7#3　　　　D. 5#9@7^3
E. 5#9@7#^

Q.19 "Hunger" के लिए कूट क्या हो सकता है?
A. 6&25#5　　B. ^&^5#5　　C. 6&^5#5　　D. 6&^5#^
E. ^&^5^5

Q.20 "Estonia" के लिए कूट क्या हो सकता है?
A. #67%2$@　　　　B. #*7%2$@
C. #6*%2$@　　　　D. #**%2$*
E. #*7%$2@

Q.21 निर्देश: निम्न प्रश्न में, एक अवतरण और उसके बाद दो धारणाएँ I, II और III दी गई हैं। धारणा एक मानी गई बात होती है। आपको दिए गये अवतरण और उनके बाद दी गयी धारणाओं के आधार पर तय करना है कि अवतरण में निम्न में से कौनसी धारणा निहित है।

अवतरण:

सेंधा नमक - असंसाधित और कच्चा, पर्यावरण प्रदूषक और रासायनिक घटकों से रहित नमक का शुद्धतम रूप है। "इसमें पोटेशियम, लोहा, कैल्शियम, जस्ता, मैग्नीशियम, तांबा और बहुत सारे खनिज सहित शरीर द्वारा आवश्यक 92 ट्रेस तत्वों में से 84 शामिल हैं।

धारणाएं:

I: साधारण नमक में अशुद्धियाँ होती हैं।
II: साधारण नमक के बजाय भोजन में सेंधा नमक का उपयोग करना बेहतर होता है
III: सेंधा नमक महंगा और दुर्लभ है।

A. केवल I　　　　B. केवल II
C. केवल III　　　　D. III को छोड़कर सभी
E. सभी अनुसरण करते हैं

Ques (22-26):निर्देश: निम्नलिखित दी गयी जानकारी का ध्यानपूर्वक अध्ययन कीजिए और नीचे दिए गये प्रश्न के उत्तर दीजिए।

दस व्यक्ति दो पंक्तियों में बैठे हैं जिसमें प्रत्येक पंक्ति में 5 व्यक्ति इस प्रकार बैठे हैं कि आसन्न बैठे व्यक्तियों के बीच की दूरी बराबर है। पंक्ति-1 में बैठे व्यक्ति पूर्व दिशा के सम्मुख हैं, जबकि पंक्ति-2 में बैठे व्यक्ति उत्तर दिशा के सम्मुख हैं। बैठक व्यवस्था इस प्रकार है कि पंक्ति-1 के अंतिम सिरे पर बैठा व्यक्ति पंक्ति-2 के अंतिम सिरे पर बैठे व्यक्ति का निकटतम पड़ोसी है। वे सभी भिन्न संख्या की जर्सी पहनते हैं, और जर्सियों पर पहली ग्यारह अभाज्य संख्याएं छपी हुई हैं।

- E के दाएँ से चौथे स्थान पर बैठा व्यक्ति A है।

- जर्सी संख्या 17 और 19 पहनने वाले व्यक्ति एक दूसरे के निकटतम पड़ोसी हैं और उनमें से एक व्यक्ति पूर्व दिशा के सम्मुख है। इसके अतिरिक्त, उनमें से व्यक्ति स्वर है।

- B के दाएँ से चौथे स्थान पर बैठा व्यक्ति C है।

- F की जर्सी संख्या 7 है और वह जर्सी संख्या 23 तथा 3 पहनने वाले व्यक्ति का निकटतम पड़ोसी है।

- A के दायीं ओर कोई भी व्यक्ति नहीं बैठा है और B के बायीं ओर कोई भी व्यक्ति नहीं बैठा है।

- A, H के दाएँ से तीसरे स्थान पर बैठा है जो उत्तर दिशा के सम्मुख है और उसकी जर्सी संख्या नौवीं अभाज्य संख्या है।

- C की जर्सी पर छपी हुई संख्याओं का योग 10 है।

- D, A का निकटतम पड़ोसी है।

- G, C के बाएँ से तीसरे स्थान पर है और उसकी जर्सी संख्या पहली अभाज्य संख्या है।

- I पूर्व दिशा के सम्मुख है और उसकी जर्सी पर पांचवीं अभाज्य संख्या छपी हुई है। वह G का निकटतम पड़ोसी भी है।

- A की जर्सी संख्या B की जर्सी संख्या से अधिक है।

- J की जर्सी पर छपे हुए अंकों का योग 11 है।

Q.22 दोनों पंक्तियों पंक्ति-1 और पंक्ति-2 में ऐसे कितने अक्षरों के युग्म हैं, जिनके बीच उतने ही अक्षर हैं, जितने अंग्रेजी वर्णमाला में उनके बीच हैं?

A. 3, 1

B. 1, 3

C. 1, 1

D. 1, 2

E. इनमें से कोई नहीं

Q.23 A की संभावित जर्सी संख्या क्या होगी?

A. 13 या 31

B. 13 या 5

C. 5 या 7

D. 23 या 19

E. उपरोक्त में से कोई नहीं

Q.24 जर्सी संख्या 13 पहनने वाले व्यक्ति के बाएँ से तीसरे स्थान पर कौन व्यक्ति बैठा है?

A. जर्सी संख्या 23 पहनने वाला व्यक्ति

B. जर्सी संख्या 5 पहनने वाला व्यक्ति

C. कोई भी नहीं

D. H

E. निर्धारित नहीं किया जा सकता है

Q.25 D की जर्सी संख्या क्या है?

A. 13   **B.** 7   **C.** 3   **D.** 17

E. 29

Q.26 G के बाएँ से तीसरे स्थान पर कौन व्यक्ति बैठा है?

A. E   **B.** C   **C.** H   **D.** कोई नहीं

E. J

Ques (27-28):निर्देश: निम्नलिखित दी गयी जानकारी का ध्यानपूर्वक अध्ययन कीजिये और नीचे दिए गये प्रश्न का उत्तर दीजिये।

एक 10 सदस्यों के परिवार में चार पीढ़ियाँ हैं। परिवार में दो विवाहित जोड़े हैं। वे सभी विभिन्न राजनीतिक दलों जैसे कि BJP, INC, CPI और NCP का समर्थन करते हैं। अधिक जानकारी निम्न प्रकार दी गयी है:

परिवार के मुखिया की तीन पुत्रियाँ हैं जिनमें से दो पुत्रियाँ NCP का समर्थन करती हैं।

2. CPI के दोनों समर्थक विभिन्न लिंग और पीढ़ी से संबंधित हैं।

3. G, C का सन-इन-लॉ है और उसकी एक पुत्री है जो कि NCP या CPI का समर्थन नहीं करती है।

4. A की ग्रेट ग्रैंडडॉटर INC का समर्थन करती है लेकिन वह B नहीं है।

5. D, I का पति है और उसका कोई भी ब्रदर-इन-लॉ नहीं है।

6. E, F की माता है और वह A के सन-इन-लॉ के साथ CPI का समर्थन करती है।

7. B और C समान दल का समर्थन नहीं करते हैं।

8. E के दो कजिन में से एक G के साथ BJP का समर्थन करता है। परिवार का एक अन्य सदस्य भी BJP का समर्थन करता है और वे सभी एक समान लिंग के हैं।

9. H और J भाई हैं लेकिन वे B की संतान नहीं हैं।

10. F जिस दल का समर्थन करता है B और J उस दल का समर्थन नहीं करते हैं।

11. विभिन्न पीढ़ियों के तीन व्यक्ति INC का समर्थन करते हैं।

12. J और A एक समान दल का समर्थन करते हैं।

Q.27 निम्नलिखित में से दल NCP के समर्थक कौन हैं?

A. B और J

B. C और I

C. B और I

D. A, J और G

E. D और E

Q.28 F की ग्रैंडमदर किस दल का समर्थन करती है?

A. BJP

B. INC

C. CPI

D. NCP

E. निर्धारित किया जा सकता है

Ques (29-33):निर्देश: निम्नलिखित जानकारी का ध्यानपूर्वक अध्ययन कीजिये और दिए गए प्रश्नों के उत्तर दीजिये :

आठ व्यक्ति M, N, O, P, Q, R, S और T अलग-अलग वर्षों में जन्म लिए हैं। 1964, 1972, 1980, 1987, 1995, 2000, 2005 और 2011, लेकिन आवश्यक नहीं समान क्रम में हों। उन्हें विभिन्न मेकअप उत्पाद पसंद हैं। काजल, लाइनर, काजल, ब्लश, कंटूर, हाइलाइटर, फाउंडेशन, लिपस्टिक, लेकिन आवश्यक नहीं समान क्रम में हो। गणना वर्ष 2017 के संबंध में की गई है और प्रत्येक व्यक्ति के जन्म के महीनों और तिथियों को मानने के लिए किया गया है।

काजल पसंद करने वाला व्यक्ति सबसे छोटा है। जिसकी आयु एक अभाज्य संख्या है और T के बीच दो व्यक्तियों का जन्म हुआ है। M और काजल पसंद करने वाले व्यक्ति के बीच दो व्यक्तियों का जन्म हुआ है। फाउंडेशन और S पसंद करने वाले व्यक्तियों की कुल आयु का योग, R जो कंटूर पसंद करता की आयु से दो वर्ष अधिक है। M और O बीच दो व्यक्तियों का जन्म हुआ है। N सबसे बड़ा नहीं है। मस्कारा पसंद करने वाला व्यक्ति ब्लश पसंद करने वाले व्यक्ति के ठीक बाद जन्म लिया है। O को मस्कारा पसंद नहीं है। P को हाइलाइटर पसंद है और R से पहले जन्म नहीं हुआ है। छठा सबसे बड़ा व्यक्ति लिपस्टिक पसंद नहीं करता है।

Q.29 निम्नलिखित में से कौन लिपस्टिक पसंद करता है?

A. M   **B.** S   **C.** T   **D.** O

E. Q

Q.30 S से पहले और T के बाद कितने व्यक्तियों का जन्म हुआ ?

A. 3,6   **B.** 2,7   **C.** 6,3   **D.** 5,4

E. 4,5

Q.31 निम्नलिखित में से कौन सा मेकअप उत्पाद तीसरे सबसे कम उम्र के व्यक्ति द्वारा पसंद किया जाता है?

A. कंटूर   **B.** लाइनर

C. लिपस्टिक   **D.** फाउंडेशन

E. ब्लश

Q.32 पांच में से चार एक निश्चित समान है इसलिए एक समूह बनाते हैं। निम्नलिखित में से कौन उस समूह से संबंधित नहीं है?

A. Q   **B.** R   **C.** N   **D.** M

E. S

Q.33 सही युग्म चुनिए:

A. Q-काजल   **B.** M-लाइनर

C. R-कंटूर   **D.** P-लिपस्टिक

E. N-ब्लश

Q.34 "Barber" के पहले और पांचवें अक्षर के साथ "Parking" के दूसरे और छठे अक्षर का उपयोग करके बनने वाले सार्थक 4-अक्षर वाले अंग्रेजी शब्द का अंतिम अक्षर ऐसा क्या होगा कि प्रत्येक अक्षर का एक बार उपयोग किया जाए? यदि ऐसे एक से अधिक शब्द बन सकते हैं तो अपने उत्तर के रूप में 'X' को चिह्नित करें, यदि ऐसा कोई शब्द नहीं बनाया जा सकता है तो अपने उत्तर के रूप में "Y" को चिह्नित करें।

A. N   **B.** E   **C.** A   **D.** X

E. Y

Q.35 निर्देश: निम्नलिखित जानकारी को ध्यानपूर्वक पढ़ें और उसके नीचे दिए गए प्रश्न का उत्तर दें।

(i) गोविंद, आशीष से छोटा है लेकिन कमल से लंबा है।

(ii) नरेन कमल से छोटा है।

(iii) जयंत नरेन से लंबा है।

(iv) आशीष जयंत से लम्बा है।

आँकड़ों से निश्चित रूप से कौन सा निष्कर्ष निकाला जा सकता है?

A. कमल गोविंद से छोटा है।

B. जयंत पाँचों में से दूसरा सबसे लंबा है।

C. कमल और जयंत समान ऊँचाई के हैं।

D. गोविंद और जयंत समान ऊंचाई के हैं।

E. इनमें से कोई नहीं

Ques (36-40):निर्देश: निम्नलिखित जानकारी का ध्यानपूर्वक अध्ययन कीजिए और प्रश्नों के उत्तर दीजिए।

आठ व्यक्ति A, B, C, D, E, F, G, और H एक वृताकार मेज के चारों ओर बैठे हैं जो केंद्र के सम्मुख है लेकिन जरूरी नहीं कि उसी क्रम में हों। उनमें से प्रत्येक को एक भिन्न भिन्न रंग पसंद है अर्थात बैंगनी, गुलाबी, लाल, हरा, नीला, काला, पीला और नारंगी लेकिन आवश्यक नहीं समान क्रम में हो।

जो लाल रंग पसंद करता है वह काले रंग को पसंद करने वाले व्यक्ति के निकटतम बाएं बैठा है। D को पीला रंग पसंद नहीं है। F, A के बायें से तीसरे स्थान पर बैठा है, जो बैंगनी रंग पसंद करता है और वह व्यक्ति जो बैंगनी रंग पसंद करता है, G के निकटतम बायें बैठा है। C, E के निकटतम दायें बैठा है और दोनों में से कोई भी नीला रंग नहीं पसंद करता है। हरे रंग को पसंद करने वाले और B के बीच में दो व्यक्ति बैठे हैं। C, F, और G, इनमें से कोई भी हरे रंग को पसंद नहीं करता है। F और जिस व्यक्ति को नीला रंग पसंद है, उनके बीच में एक व्यक्ति है। D, H के दायें से दूसरे स्थान पर बैठा है। E, उस व्यक्ति के विपरित बैठा है जो पीला रंग पसंद करता है और जो व्यक्ति पीले रंग को पसंद करता है, वह नारंगी पसंद करने वाले व्यक्ति के निकटतम बैठा है।

Q.36 D पसंद करने वाले के दायें से तीसरे स्थान पर कौन सा रंग बैठा है?

A. नीला   **B.** लाल   **C.** गुलाबी   **D.** नारंगी

E. बैंगनी

Q.37 निम्नलिखित में से किसे काला रंग पसंद है?

A. D   **B.** H   **C.** C   **D.** F

E. G

Q.38 निम्नलिखित पाँच में से चार एक निश्चित तरीके से समान हैं और इसलिए एक समूह बनाते हैं। वह कौन सा है जो उस समूह से संबंधित नहीं है?

A. नीला, D   **B.** पीला, B   **C.** गुलाबी, A   **D.** काला, C

E. नारंगी, H

Q.39 नारंगी पसंद करने वाले और C के बीच कितने व्यक्ति बैठे हैं, जब C के दाएं से गिना जाता है?

A. एक   **B.** दो

C. तीन   **D.** चार

E. चार से अधिक

Q.40 निम्नलिखित में से कौन लाल रंग पसंद करने वाले का निकटतम पड़ोसी है?

A. D   **B.** C   **C.** E   **D.** F

E. H

Computer Knowledge

Q.41 निम्नलिखित में से कौन सा प्रोग्राम कम या बिना उपयोगकर्ता के हस्तक्षेप के लगातार रेप्लिकेट करने में सक्षम है?

A. वाइरस   **B.** ट्रोजेन हॉर्सेज

C. रूटकिट   **D.** वर्म्स

E. बॉट

Q.42 इनमें से कौन सा वायरस फैलाने का एक आदर्श तरीका नहीं है?

A. इन्फेक्टेड वेबसाइट

B. ईमेल

C. ऑफिसियल एंटीवायरस सीडी

D. यूएसबी

E. गेम्स

Q.43 ____को कैविटी वायरस के रूप में भी जाना जाता है।

A. नॉन-रेजिडेंट वायरस   **B.** ओवरराईट वायरस

C. पॉलीमॉर्फिक वायरस   **D.** स्पेस फिलर वायरस

E. मल्टीपार्टइट वायरस

Q.44 एथिकल हैकिंग के कानूनी जोखिमों में पेन्ट्रेशन टेस्टिंग के दौरान पर्सनल डेटा के __________ के कारण मुकदमे होते हैं।

A. स्टीलिंग   **B.** डिस्क्लोसर   **C.** डिलीटिंग   **D.** हैकिंग

E. इनसेर्टिंग

Q.45 ________ साइबर सिक्यूरिटी की वह शाखा है जो एथिक्स से संबंधित है और सही और गलत के दृष्टिकोण के बारे में विभिन्न सिद्धांत और नियम प्रदान करती है।

A. सोशल एथिक्स

B. एथिक्स इन साइबर-सिक्यूरिटी

C. कॉर्पोरेट एथिक्स

D. एथिक्स इन ब्लैक हैट हैकिंग

E. साइबर-बुल्लिंग

Q.46 एक विषय-उन्मुख खोज इंजन:

A. सभी उपयोगकर्ताओं को इसकी सामग्री बदलने की अनुमति देता है

B. आपके द्वारा दर्ज किए गए खोज शब्दों की सूची के आधार पर साइटों की सूची लौटाता है

C. मनुष्यों द्वारा समीक्षा की गई साइटों की सूची लौटाता है
D. अन्य खोज इंजनों की खोज करता है
E. इनमे से कोई नहीं

Q.47 निम्नलिखित में से पहला ग्राफिकल वैब ब्राउज़र कौन सा था?
A. नेटस्केप
B. ओपेरा
C. मोज़िला
D. आई ई
E. इनमें से कोई नहीं

Q.48 DHCP सर्वर द्वारा क्लाइंट के लिए निर्धारित IP है-
A. एक सीमित अवधि के लिए
B. असीमित अवधि के लिए
C. समय पर निर्भर नहीं है
D. (A) और (B) दोनों
E. उपरोक्त कोई भी नहीं

Q.49 माइक्रोसॉफ्ट वर्ड एक उदाहरण है -
A. एक ऑपरेटिंग सिस्टम का
B. एक प्रोसेसिंग डिवाइस का
C. एप्लीकेशन सॉफ्टवेर का
D. इनपुट डिवाइस का
E. सिस्टम सॉफ्टवेर का

Q.50 एपीआई का मतलब क्या होता है?
A. एड्रेस प्रोग्रामिंग इंटरफ़ेस
B. एप्लीकेशन प्रोग्रामिंग इंटरफ़ेस
C. एक्सेसिंग पेरीफेरल थ्रू इंटरफ़ेस
D. एड्रेस प्रोग्रामिंग इंटरफ़ेस
E. इनमें से कोई नहीं

Q.51 LPT₁ आमतौर पर किस IRQ का उपयोग करता है?
A. 1
B. 4
C. 5
D. 7
E. 2

Q.52 एक हाई डेंसिटी (HD) फ़्लॉपी डिस्क में कितना डेटा होगा?
A. 124 KB
B. 640 KB
C. 1.44 MB
D. 2.88 MB
E. 512 KB

Q.53 वायरशार्क एक _______ टूल है।
A. नेटवर्क प्रोटोकॉल एनालिसिस
B. नेटवर्क कनेक्शन सुरक्षा
C. कनेक्शन एनालिसिस
D. दुर्भावनापूर्ण पैकेट-फ़िल्टरिंग का बचाव
E. दुर्भावनापूर्ण पैकेट-फ़िल्टरिंग का पता लगाना

Q.54 वाई-फाई हैकिंग के लिए निम्न में से किस टूल का उपयोग किया जाता है?
A. वायरशार्क
B. नेसस
C. एयरक्रैक-एनजी
D. स्नॉर्ट
E. WEP और WPA

Q.55 निम्नलिखित में से कौन सा विकल्प क्लाउड के रूप में माना जा सकता है?
A. हड़ूप
B. इंट्रानेट
C. वेब ऍप्लिकेशन्स
D. दोनों (A) और (B)
E. ये सभी

Q.56 सभी का नाम बदलकर नाम बदलने से हैजर्ड समाप्त हो जाता है:
A. सोर्स रजिस्टर
B. मेमोरी
C. डेटा
D. डेस्टिनेशन रजिस्टर

E. दोनों (B) और (C)

Q.57 सिंगल टास्क पर काम करने वाले थ्रेड्स निष्पादन के टाइटली कपल्ड सेट को कहा जाता है:
A. मल्टीथ्रेडिंग
B. पैरलल प्रोसेसिंग
C. रेकर्रेंस
D. सीरियल प्रोसेसिंग
E. मल्टीप्रोसेसिंग

Q.58 निम्नलिखित में से किस स्टेटमेंट में संभवतः त्रुटि है?
A. select * from emp where empid = 10003;
B. select empid from emp where empid = 10006;
C. select empid from emp;
D. select empid where empid = 1009 and Lastname = 'GELLER';
E. इनमें से कोई नहीं

Q.59 इंस्ट्रक्टर एंटिटी सेट और सेक्रेटरी एंटिटी के बीच समानताएं इस अर्थ में सेट की गई हैं कि उनके पास कई विशेषताएँ हैं जो वैचारिक रूप से दो इकाई सेटों में समान हैं, अर्थात् पहचानकर्ता नाम और सैलरी एट्रिब्यूट। इस प्रक्रिया को कहा जाता है-
A. कॉमनैलिटी
B. स्पेशलाइजेशन
C. जनरलाइजेशन
D. सिमिलरटी
E. इनमें से कोई नहीं

Q.60 निम्नलिखित में से कौन डेटा एब्स्ट्रैक्शन के स्तर को संदर्भित करता है जो बताता है कि डेटा वास्तव में कैसे संग्रहीत किया जाता है?
A. कंसेप्टुअल लेवल
B. फिजिकल लेवल
C. फाइल लेवल
D. लॉजिकल लेवल
E. इनमें से कोई नहीं

Q.61 ओसीआर का मतलब है-
A. आउटसाइज्ड करैक्टर रीडर
B. ऑप्टिकल करैक्टर रिकग्निशन
C. ऑपरेशनल करैक्टर रीडर
D. ओनली करैक्टर रीडर
E. इनमे से कोई भी नहीं

Q.62 यह सुनिश्चित करना कि आवश्यक पेरीफेरल डिवाइस जुड़े हुए हैं और परिचालित हैं , _______ प्रक्रिया है।
A. कॉन्फ़िगरेशन
B. सीएमओएस
C. पोस्ट (POST)
D. रोम
E. रैम

Q.63 बाइनरी सिस्टम _______ की पावर का उपयोग करता है।
A. 2
B. 10
C. 8
D. 16
E. 22

Q.64 ऐसक्यूऍल का पूर्ण रूप क्या है?
A. स्टैट केरी लैंग्वेज
B. स्ट्रक्चर्ड केरी लैंग्वेज
C. स्ट्रक्चर्ड केरी लेशन
D. स्ट्रक्चर्ड केरी लाइनर
E. इनमें से कोई नहीं

Q.65 बीपीएस का पूर्ण रूप क्या है?
A. बाइट्स पर सेकंड
B. बिट्स पर सेकंड
C. बिट प्रो सेकंड
D. बिट पर सिक्योर
E. इनमें से कोई नहीं

Q.66 डीएसयू का पूर्ण रूप क्या है?
A. डिजिटल सर्विस यूनिट
B. डिजिटल सिक्योरिटी यूनिट

C. डिजिटल सर्विस यूनियन
D. डिजिटल सर्विस युनो
E. इनमें से कोई नहीं

Q.67 माइक्रोसॉफ्ट वर्ड निम्नलिखित में से किसका उदाहरण है?
A. एप्लीकेशन सॉफ्टवेयर
B. सिस्टम सॉफ्टवेयर
C. ओपन सोर्स सॉफ्टवेयर
D. कंप्यूटर सिस्टम को चलाने के लिए उपयोगी सॉफ्टवेयर
E. इनमे से कोई भी नहीं

Q.68 माइक्रोसॉफ्ट एक्सेस टेबल में कॉलम क्या कहलाते हैं?
A. रो **B.** रिकार्ड्स **C.** फील्ड्स **D.** कॉलम
E. सेल

Q.69 जब आप एमएस वर्ड 2003 में इन्सर्ट >> पिक्चर >> क्लिप आर्ट पर क्लिक करते हैं तो क्या होता है?
A. यह डॉक्यूमेंट में एक क्लिपआर्ट पिक्चर को शामिल करता है।
B. यह आपको डॉक्यूमेंट में शामिल करने के लिए क्लिपआर्ट चुनने देता है।
C. यह क्लिप आर्ट टास्क बार खोलता है।
D. (A) और (B) दोनों
E. इनमे से कोई नहीं

Q.70 विंडोज की में Esc की का उपयोग निम्न में से किस लिए नहीं किया जाता है?
A. एक डायलॉग-बॉक्स बंद करने के लिए
B. एक सलेक्ट कमांड रन करने के लिए
C. एक कमांड निरस्त करने के लिए
D. एक सलेक्ट ड्रॉप डाउन लिस्ट बंद करने के लिए
E. इनमें से कोई नहीं

Q.71 Ctrl + K कीबोर्ड शॉर्टकट किसके लिए उपयोग किया जाता है?
A. पेज संख्या इन्सर्ट करने के लिए
B. हाइपरलिंक इन्सर्ट करने के लिए
C. हैडर को इन्सर्ट करने के लिए
D. फूटर को इन्सर्ट करने के लिए
E. इनमें से कोई नहीं

Q.72 "Ctrl + बैकस्पेस" का उपयोग किया जाता है?
A. कर्सर से पहले एक अक्षर को हटाने में
B. कर्सर के बाद एक अक्षर को हटाने में
C. कर्सर से तुरंत पहले शब्द को हटाने में
D. कर्सर के ठीक बाद शब्द को हटाने में
E. इनमें से कोई नहीं

Q.73 कौन सी लैंग्वेज बाइनरी कोडेड निर्देशों से बनी है?
A. मशीन **B.** C
C. बेसिक **D.** हाई लेवल
E. इनमें से कोई नहीं

Q.74 "friend" फंक्शन के रूप में घोषित एक फंक्शन हमेशा ______ में डेटा एक्सेस कर सकता है।
A. अपनी क्लास का प्राइवेट पार्ट
B. पार्ट को अपनी क्लास का पब्लिक डिक्लेअर किया गया
C. जिस क्लास का यह मेंबर है
D. (A) और (B) दोनों
E. इनमें से कोई नहीं

Q.75 मूल 8086 प्रोसेसर के बाद जारी इंटेल प्रोसेसर का एक सामान्य नाम ______ है।
A. पेंटियम **B.** x86
C. पेंटियम 286 **D.** A और B दोनों
E. इनमें से कोई नहीं

Q.76 वीएलएसआई माइक्रोप्रोसेसर पर आधारित पीढ़ी कौन सी है?
A. पहली **B.** दूसरी **C.** तीसरी **D.** चौथी
E. पाँचवी

Q.77 किस पीढ़ी में मुख्य रूप से बैच प्रोसेसिंग का उपयोग किया गया था?
A. पहली **B.** दूसरी **C.** तीसरी **D.** चौथी
E. पाँचवी

Q.78 WPA2 ______ में सुरक्षा के लिए प्रयोग किया जाता है।
A. इंटरनेट **B.** ब्लूटूथ
C. वाई-फाई **D.** (A) और (B) दोनों
E. ऊपर के सभी

Q.79 निम्नलिखित में से कौन एक कंप्यूटर नेटवर्क में सबसे सामान्य साझा संसाधन है?
A. कीबोर्ड **B.** माउस
C. संयुक्त ड्राइव **D.** प्रिंटर
E. इनमें से कोई नहीं

Q.80 एक मीडियम और उसके पाथ को दो या दो से अधिक उपकरणों के माध्यम से साझा करना कहलाता है:
A. मॉडुलेशन **B.** एन्कोडिंग
C. मल्टीप्लेक्सिंग **D.** लाइन डिसिस्पिलन
E. इनमें से कोई नहीं

Financial Awareness

Q.81 बजट के अनुसार, हर घर, नल से जल: ______ घरों को 2022-23 में कवर किया जाएगा।

[RBI Assistant, 2020]

A. 1.8 करोड़ **B.** 2.8 करोड़ **C.** 3.8 करोड़ **D.** 4.8 करोड़
E. 5.8 करोड़

Q.82 केंद्रीय बजट 2022-23 में, ग्रामीण और शहरी दोनों, पीएम आवास योजना के तहत 80 लाख घरों को पूरा करने के लिए कितने करोड़ आवंटित किए गए हैं?
A. 58,000 करोड़ **B.** 38,000 करोड़
C. 48,000 करोड़ **D.** 88,000 करोड़
E. 68,000 करोड़

Q.83 भारत में सबसे छोटा बजट भाषण देने का रिकॉर्ड किसके नाम है?
A. डॉ मनमोहन सिंह
B. अरुण जेटली
C. हीरूभाई मुल्जीभाई पटेल
D. जसवंत सिंह
E. इनमे से कोई नहीं

Q.84 क्रैशिंग ______ है।
A. परियोजना का परित्याग
B. परियोजना को हर संभव जल्दबाजी के साथ पूरा करना
C. कुछ गतिविधियों के लिए अवधि में कमी
D. सभी आवश्यक संशोधनों के साथ परियोजना की लागत को कम करना
E. इनमें से कोई नहीं

Q.85 निम्नलिखित में से कौन सा जोखिम किसी परियोजना में निवेश करके या अन्य फर्मों का अधिग्रहण करके कम किया जा सकता है जिनका फर्म की आय के साथ नकारात्मक संबंध है?

A. निवेश जोखिम
B. व्यापार जोखिम
C. वित्तीय जोखिम
D. पोर्टफोलियो जोखिम
E. बाजार ज़ोखिम

Q.86 परियोजना की आर्थिक व्यवहार्यता के आकलन के दौरान, मूल्यह्रास के बाद कर के बाद औसत वार्षिक आय और मूल्यह्रास के बाद औसत पुस्तक निवेश के अनुपात को____________कहा जाता है।

A. लाभ-लागत अनुपात (बीसीआर)
B. शुद्ध वर्तमान मूल्य (एनपीवी)
C. पे-बैक अवधि (पीबीपी)
D. निवेश पर वापसी (आरओआई)
E. इनमें से कोई नहीं

Q.87 छोटी अवधि की फसलों के लिए किसी भी ऋण को एनपीए के रूप में वर्गीकृत किया जाता है, जब मूलधन या ब्याज की किस्त ______ फसल के मौसम के लिए अतिदेय रहती है।

A. एक
B. चार
C. तीन
D. दो
E. पांच

Q.88 59 मिनट" योजना में पीएसबी ऋण के तहत बैंक द्वारा प्राप्त ऋण की अधिकतम राशि क्या है?

A. 1 करोड़
B. 2 करोड़
C. 5 करोड़
D. 10 करोड़
E. 5 करोड़

Q.89 'लाइन ऑफ क्रेडिट' शब्द इन दिनों अक्सर खबरों में रहता है, इसका क्या मतलब है?

A. यह सीमित क्रेडिट है जिसे कोई भी संस्थान अग्रेषित कर सकता है
B. यह ब्याज गुक्त दीर्घकालिक भुगतान की सुविधा है
C. यह अनुदान है
D. यह रियायती ब्याज दर पर एक आसान ऋण है
E. इनमें से कोई नहीं

Q.90 बैंकों को गैर-निष्पादित परिसंपत्तियों को ______ में वर्गीकृत करना आवश्यक है।

A. उप-मानक संपत्तियां, संदिग्ध संपत्तियां और हानिपूर्ण संपत्तियां
B. मानक संपत्तियां और उप-मानक संपत्तियां
C. संदिग्ध संपत्तियां और खराब कर्ज
D. संदिग्ध संपत्तियां, खराब कर्ज और हानिपूर्ण संपत्तियां
E. इनमें से कोई नहीं

Q.91 भारतीय वाणिज्यिक बैंकों की गैर-निष्पादित परिसंपत्तियां (एनपीए) ________ हैं।

A. भवन और भूमि
B. निर्धारित समय के भीतर नहीं चुकाया गया ऋण
C. सरकारी सुरक्षायें
D. नकद होल्डिंग
E. इनमें से कोई नहीं

Q.92 ARCIL प्रायोजित है:

A. भारतीय स्टेट बैंक (एसबीआई)
B. आईडीबीआई बैंक
C. आईसीआईसीआई बैंक
D. पंजाब नेशनल बैंक (पीएनबी)
E. उपरोक्त सभी

Q.93 पेगासस एसेट रिकंस्ट्रक्शन प्राइवेट लिमिटेड का पंजीकृत कार्यालय________में स्थित है।

A. मुंबई
B. गुजरात
C. केरल
D. हैदराबाद
E. कोलकाता

Q.94 ऋण पुनर्गठन के माध्यम से संभव है:

A. चुकौती अवधि में परिवर्तन जो आमतौर पर बढ़ाया जाता है
B. चुकाने योग्य राशि में परिवर्तन
C. किश्तों की संख्या में परिवर्तन जिन पर पहले सहमति हुई थी
D. (A) और (B) दोनों
E. सभी (A), (B), और (C)

Q.95 फुलर्टन इंडिया के कौन से उत्पाद ऋण पुनर्गठन के लिए पात्र हैं?

A. प्रतिभूतियों पर ऋण
B. संपत्ति पर ऋण
C. व्यक्तिगत ऋण
D. सभी (A), (B) और (C)
E. इनमें से कोई नहीं

Q.96 बैंकों में मानवीय या तकनीकी त्रुटि के कारण उत्पन्न होने वाले जोखिम का नाम बताइए?

A. ब्याज दर जोखिम
B. परिचालन जोखिम
C. विदेशी मुद्रा विनिमय दर (विदेशी मुद्रा) जोखिम
D. कमोडिटी मूल्य जोखिम
E. (A) और (B) दोनों

Q.97 बेसल-II समझौता किस वर्ष जारी किया गया था?

A. 1988
B. 2000
C. 2004
D. 2008
E. 2009

Q.98 किसकी अध्यक्षता में आरबीआई ने पूंजी खाता परिवर्तनीयता पर एक समिति नियुक्त की?

A. एस एस तारापोर
B. डॉ. एस. रंगराजन
C. डॉ वाई वेणुगोपाल रेड्डी
D. अब्दुल हुसैन
E. शक्तिकांत दास

Q.99 किस बैंक ने ARDC के संपूर्ण उपक्रम का अधिग्रहण किया?

A. आरबीआई
B. एसबीआई
C. नाबार्ड
D. सेबी
E. पीएनबी

Q.100 RBI ने भारत में निजी क्षेत्र के बैंकों की स्थापना के लिए दिशानिर्देश कब जारी किए?

A. 1990
B. 1991
C. 1992
D. 1993
E. 1994

Q.101 13 अगस्त 2008 को किस सहायक बैंक का भारतीय स्टेट बैंक में विलय कर दिया गया था?

A. स्टेट बैंक ऑफ हैदराबाद
B. स्टेट बैंक ऑफ इंदौर
C. स्टेट बैंक ऑफ मैसूर
D. स्टेट बैंक ऑफ सौराष्ट्र
E. इनमें से कोई नहीं

Q.102 बैंकों द्वारा जुटाई गई जमाराशियों का उपयोग निम्न के लिए किया जाता है:

(i) ऋण और अग्रिम

(ii) चलनिधि शर्त की पूर्ति में सरकार और अन्य अनुमोदित प्रतिभूतियों में निवेश

(iii) निर्धारित सीमा तक वाणिज्यिक पत्र, शेयर, डिबेंचर में निवेश

A. केवल (i)
B. (ii) और (iii) दोनों
C. (i) और (iii) दोनों
D. केवल (ii)
E. उपरोक्त सभी

Q.103 खुदरा भुगतान के लिए एक नई अम्ब्रेला इकाई स्थापित करने वाला संस्थान कौन सा है?
A. भारतीय रिजर्व बैंक
B. भारतीय राष्ट्रीय भुगतान निगम
C. भारतीय प्रतिभूति विनिमय बोर्ड
D. भारतीय बैंक संघ
E. भारतीय स्टेट बैंक

Q.104 म्यूचुअल फंड में उत्पाद लेबलिंग के लिए किस वित्तीय संस्थान ने दिशानिर्देश जारी किए हैं?
A. आरबीआई
B. सेबी
C. आईआरडीएआई
D. पीएफआरडीए
E. सिडबी

Q.105 वस्तु एवं सेवा कर (जीएसटी) भारत में किस निकाय द्वारा निर्धारित किया जाता है?
A. वित्त आयोग
B. नीति आयोग
C. जीएसटी परिषद
D. जीएसटी नेटवर्क
E. आरबीआई

Q.106 व्यापारियों को कम लागत वाली डिजिटल भुगतान अवसंरचना प्रदान करने के लिए किस बैंक ने एक समर्पित ऐप लॉन्च किया है?
A. बैंक ऑफ बड़ौदा
B. इंडियन बैंक
C. इंडियन ओवरसीज बैंक
D. भारतीय स्टेट बैंक
E. बैंक ऑफ इंडिया

Q.107 प्रथम वित्तीय स्थिरता रिपोर्ट किस वर्ष जारी की गई थी?
A. 2008
B. 2010
C. 2012
D. 2014
E. 2016

Q.108 भारत में बेसल III कार्यान्वयन के अनुसार, न्यूनतम टियर 1 पूंजी निरंतर आधार पर जोखिम भारित परिसंपत्तियों का _____% होनी चाहिए।
A. 5.5%
B. 7%
C. 9%
D. 11%
E. 12%

Q.109 यदि _____ राशि लगातार स्वीकृत सीमा/आहरण शक्ति से अधिक रहती है तो एक खाते को अव्यवस्थित माना जाना चाहिए।
A. अदत्त
B. पूर्वदात
C. उपार्जित
D. प्रत्याहृत
E. इनमें से कोई नहीं

Q.110 मनी मार्केट के साधन निम्नलिखित में से कौन से हैं?
A. शेयर
B. डिबेंचर
C. वाणिज्यिक बिल
D. बॉन्ड
E. (A) और (B) दोनों

Q.111 "मौद्रिक आधार" क्या है?
A. केंद्रीय बैंक के अधिकार के तहत जारी नकद
B. वह धन जिसका वास्तविक मूल्य उसके नाममात्र मूल्य से अधिक है
C. जनता के पास मुद्रा और भारतीय रिजर्व बैंक के पास वाणिज्यिक बैंकों द्वारा रखी गई जमाराशियां
D. भारतीय रिजर्व बैंक द्वारा अचल संपत्तियों की खरीद पर खर्च की गई नकदी
E. इनमें से कोई नहीं

Q.112 भारतीय रिजर्व बैंक द्वारा तरीके और साधन अग्रिम (WMA) के रूप में निर्धारित वर्तमान सीमा क्या है?
A. 60,000 करोड़ रुपये
B. 51,560 करोड़ रुपये
C. 50,000 करोड़ रुपये
D. 80,000 करोड़ रुपये
E. 1 लाख करोड़ रुपये

Q.113 मूडीज इन्वेस्टर्स सर्विस ने 2022 के लिए भारत के आर्थिक विकास के अनुमान को 9.1 प्रतिशत से घटाकर _____ कर दिया।
A. 4.8%
B. 5.8%
C. 6.8%
D. 7.8%
E. 8.8%

Q.114 आरबीआई के दिशानिर्देशों के अनुसार, बैंक योग्य ज्वैलर्स को आईएफएससी अधिनियम के तहत जारी मौजूदा विदेश व्यापार नीति और विनियमों के अनुपालन में आईआईबीएक्स के माध्यम से सोने के आयात के लिए कितने दिनों के लिए अग्रिम भुगतान भेजने की अनुमति दे सकते हैं?
A. 22 दिन
B. 11 दिन
C. 32 दिन
D. 45 दिन
E. 56 दिन

Q.115 भारत में पहला आर्थिक सर्वेक्षण कब प्रस्तुत किया गया था?
A. 1950-51
B. 1954-55
C. 1953-54
D. 1960-61
E. 1947-48

Q.116 2022-23 में सकल घरेलू उत्पाद (जीडीपी) के वास्तविक रूप में कितने प्रतिशत बढ़ने का अनुमान है?
A. 8-8.5%
B. 9-9.5%
C. 10-10.5%
D. 7-7.5%
E. 6-6.5%

Q.117 कोविड-19 के कारण बढ़ी हुई उधारी के संदर्भ में केंद्र सरकार का कर्ज कितने प्रतिशत तक बढ़ गया है?
A. सकल घरेलू उत्पाद का 59.3%
B. सकल घरेलू उत्पाद का 54.3%
C. सकल घरेलू उत्पाद का 55.3%
D. सकल घरेलू उत्पाद का 57.3%
E. सकल घरेलू उत्पाद का 53.3%

Q.118 ओडिशा में 'बैंक सखी' परियोजना शुरू करने के लिए किस बैंक ने महाग्राम (एक फिनटेक कंपनी) के साथ भागीदारी की है?
A. एचडीएफसी बैंक
B. बैंक ऑफ महाराष्ट्र
C. ऐक्सिस बैंक
D. भारतीय स्टेट बैंक
E. पंजाब नेशनल बैंक

Q.119 इंदौर में गोबर-धन संयंत्र के विकास के लिए किस बैंक ने इंदौर क्लीन एनर्जी प्राइवेट लिमिटेड (आईसीईपीएल) के साथ भागीदारी की है?
A. एचडीएफसी बैंक
B. बैंक ऑफ महाराष्ट्र
C. पंजाब नेशनल बैंक
D. ऐक्सिस बैंक
E. इनमें से कोई नहीं

Q.120 एलआईसी म्यूचुअल फंड के नए एमडी और सीईओ के रूप में किसे नियुक्त किया गया है?
A. परेश सुकथंकर
B. कैज़ाद भरूचा
C. राणा कपूर
D. टीएस रामकृष्णन
E. नैना लाल किदवई

English Language

Ques (121-123):Directions: Select the phrase/connector from the given three options which can be used to form a single sentence from the two sentences given below, implying the same as expressed in the statement sentences.

Q.121 Being the center of the Canadian television and film industries. Toronto has also produced a number of outstanding film directors.

1. in addition to
2. because
3. however

A. Only 1
B. Only 2
C. Only 3
D. Both 1 and 2
E. None of these

Q.122 The heat has backed off slightly since mid-June. The Siberian town of Verkhoyansk experienced a record-breaking 100-degree day.

1. according to
2. after
3. if

A. Only 1
B. Only 2
C. Only 3
D. Both 1 and 2
E. None of these

Q.123 Gandhi would ask us to first shed this fear. The same way, he had asked the Indians to shed the fear of the British.

1. as he asked
2. asking us
3. shedding the fear

A. Only 1
B. Only 2
C. Only 3
D. Both 2 and 3
E. None of these

Ques (124-126):Direction: In the question given below, the sentence is divided into three parts (A), (B), and (C). For each part, an alternate statement is also given. You have to determine if a part requires any correction, and then mark that as your answer.

Q.124 As there is heavy rain (A)/ in Bengal, rivers have (B)/ overflown their banks (C).

(A) As there is heavy rain
(B) in Bengal, rivers have
(C) overflown their banks

A. Only (A)
B. Only (B)
C. Only (C)
D. (A) and (B)
E. (A), (B) and (C)

Q.125 My friend deal (A)/ with imported (B)/ American goods (C).

(A) My friend deal
(B) with imported
(C) American goods.

A. Only (A)
B. Only (B)
C. Only (C)
D. (A) and (B)
E. (A), (B) and (C)

Q.126 My friend Neha is advised (A)/ to rest for few days as (B)/ she is suffering from Jaundice (C).

(A) My friend Neha is advised
(B) to rest for few days as
(C) she is suffering from jaundice

A. Only (A)
B. Only (B)
C. Only (C)
D. (A) and (B)
E. (A), (B), and (C)

Ques (127-131):Direction: Fill in the blank with the most appropriate word from the list of options given below.

Q.127 While we got independence from British rule on August 15, 1947, our country was still _______ a concrete constitution.

A. lacks
B. lacked
C. lacking
D. has been lacking
E. has lacked

Q.128 A huge floating device designed by Dutch scientists to clean up an island of rubbish in the Pacific Ocean that is three times the size of France has successfully _________ plastic from the high seas for the first time.

A. Picked on
B. Picked up
C. Looked out
D. Handed over
E. Broke down

Q.129 Multinationals can all too easily relocate their headquarters and production to _______jurisdiction levies the lowest taxes.

A. Whenever
B. Whoever
C. Everywhere
D. Some
E. Whatever

Q.130 Saturn has _________ from Jupiter as host to the most moons in the solar system after astronomers spotted 20 more lumps of rock orbiting the ringed planet.

A. Taken over
B. Taken on
C. Taken out
D. Taken off
E. Taken after

Q.131 The threat of a Turkish offensive marks the end of a US-Turkish arrangement established in August that _________ troops from both countries carrying out joint patrols in a 'safe zone' along the border keeping Turkish and Kurdish forces apart.

A. Sees
B. Is seeing
C. See
D. Saw
E. Has seen

Ques (132-133):Direction: The following question contains a sentence carrying an idiom/ phrase. The idiom/ phrase has been highlighted. The question is followed by five options, four of which try to explain the meaning of the phrase with reference to the context of the given sentence. Choose the alternative from the first four options that explains the meaning of the phrase correctly without altering the meaning of the sentence given in the question. If none of the sentences explains the meaning of the highlighted phrase, choose option (E), i.e., "None of the above" as your answer.

Q.132 Then I remembered all those tests that I used to hate and realized how they were actually **a blessing in disguise** to me and all I had to do now was revise.

A. I have to remember that those hated tests were actually preparing me for the hardships one inevitably faces in real life.

B. I procrastinated and it was indeed a reflection on how effective the previous tests had been which enabled me to revise so thoroughly.

C. The I remembered all those tests I used to hate and realised how they were actually both with a positive and a negative outcome as all i had to do now was revise.

D. The tests which I used to hate previously, resulted in a positive outcome as it now put me in an advantageous position where I just had to revise.

E. None of the above

Q.133 We can give **benefit of the doubt** to the demonstrators who fervently believe the grand jury decision was an injustice to all young African-American men killed in confrontations with police officers.

A. The demonstrators deserve the incentive from us as they did believe the jury decision to be an injustice to all the black people killed in police confrontations.

B. We need to consider the demonstrators to be innocent unless proven otherwise as they ardently considered the jury decision to be an injustice against all men of African-American origin who were killed during police confrontations.

C. The grand jury decision is vehemently considered as an injustice by the demonstrators against all black people killed by the police and hence deserves our unconditional support.

D. The demonstrators consider the grand jury decision to be an injustice which allows us to benefit from their naivety regarding the police action against African-American men.

E. None of the above

Ques (134-138):Direction: Identify the correct pair of synonyms or antonyms from the given table.

Q.134

(A) Factual	(D) Deduce
(B) Infer	(E) Fiendish
(C) Glaring	(F) Rebuff

A. C-F   **B.** A-E   **C.** C-D   **D.** B-D
E. A-F

Q.135

(A) Especial	(D) Nugatory
(B) Conceited	(E) Jilted
(C) Unfeigned	(F) Pretended

A. A-F   **B.** B-D   **C.** C-D   **D.** A-E
E. C-F

Q.136

(A) Extirpate	(D) Facile
(B) Predilection	(E) Antipathy
(C) Unceremonious	(F) Jeopardize

A. A-D   **B.** C-F   **C.** B-E   **D.** C-E
E. A-F

Q.137

(A) Ostentatious	(D) Episodic
(B) Impervious	(E) Assiduous
(C) Progenitor	(F) Flamboyant

A. B-D   **B.** B-E   **C.** A-E   **D.** C-D
E. A-F

Q.138

(A) Fetter	(D) Dross
(B) Pejorative	(E) Inure
(C) Dulcet	(F) Shackle

A. C-D   **B.** B-D   **C.** A-F   **D.** B-E
E. C-F

Q.139 Directions: Fill the blanks with the appropriate words.

Amelia Earhart was an American _____(1)_____ who set many flying records and championed the advancement of women in aviation. She became the first woman to fly solo across the Atlantic Ocean, and the first person ever to fly solo from Hawaii to the U.S. _____(2)_____. During a flight to circumnavigate the globe, Earhart _____(3)_____ somewhere over the Pacific in July 1937. Her plane _____(4)_____ was never found, and she was officially declared lost at sea. Her disappearance remains one of the greatest unsolved _____(5)_____ of the twentieth century.

What word will come in the place of blank (1)?

A. Oncologist   **B.** Aviator
C. Soldier   **D.** Doctor
E. Veterinarian

Q.140 Directions: In the sentences, certain words are in bold and numbered from (A) to (H), which are the possible pairs to be interchanged. Choose the pair(s) of words that need(s) to be interchanged to make the sentence grammatically correct and meaningful.

a. Although many of its main figures are **liberal** (A) in economic terms, the party voters that Fernandes **albeit** (B) to court are in **favor** (C) of **protectionist** (D) policies for French companies.

b. The share of **unbranded** (E) sales may witness a downtrend, **aims** (F) slowly, as a large percentage of **aspirational** (G) consumers are no longer averse to the idea of opting for pricier and better quality product **variants**. (H)

A. (A)-(G)
B. (E)-(D)
C. (B)-(F)
D. (B)-(G)
E. No replacement required

Ques (141-145):Direction: Rearrange the following five sentences/group of sentences (A), (B), (C), (D), and (E) in the proper sequence to form a meaningful paragraph; then answer the questions given below them.

(A) Globalization has accelerated due to advances in transportation and communication technology.

(B) However, disputes and diplomacy are also large parts of the history of globalization, and of modern globalization.

(C) Globalization is the process of interaction and integration among people, companies, and governments worldwide.

(D) Globalization is also an economic process of interaction and integration that is associated with social and cultural aspects.

(E) This increase in global interactions has caused a growth in international trade and the exchange of ideas and culture.

Q.141 Which of the following should be the FIRST sentence after rearrangement?

[IBPS PO, 2020]

A. (C) **B.** (A) **C.** (D) **D.** (E)
E. (B)

Q.142 Which of the following should be the SECOND sentence after rearrangement?

[SBI PO, 2021], [IBPS Clerk, 2021]

A. (A) **B.** (C) **C.** (B) **D.** (D)
E. (E)

Q.143 Which of the following should be the THIRD sentence after rearrangement?

[IBPS PO, 2020]

A. (A) **B.** (B) **C.** (C) **D.** (D)
E. (E)

Q.144 Which of the following should be the FOURTH sentence after rearrangement?

[IBPS PO, 2020]

A. (A) **B.** (B) **C.** (C) **D.** (D)
E. (E)

Q.145 Which of the following should be the LAST sentence after rearrangement?

[IBPS Clerk, 2021]

A. (B) **B.** (A) **C.** (E) **D.** (C)
E. (D)

Ques (146-150):Direction: Read the following passage divided into a number of paragraphs carefully and answer the questions that follow it.

Paragraph 1: After the fall of Lehman Brothers 10 years ago, there was a public debate about how the leading American banks had grown "too big to fail". But that debate overlooked the larger story, about how the global markets where stocks, bonds, and other financial assets are traded had grown worrisomely large. By the eve of the 2008 crisis, global financial markets dwarfed the global economy. Those markets had tripled over the previous three decades to 347 percent of the world's gross economic output, driven up by easy money pouring out of central banks. That is one major reason that the ripple effects of Lehman's fall were large enough to cause the worst downturn since the Great Depression. Today the markets are even larger, having grown to 360 percent of global G.D.P., a record high. And financial authorities — trained to focus more on how markets respond to economic risk than on the risks that markets pose to the economy — have been inadvertently fuelling this new threat.

Paragraph 2: Over the past decade, the world's largest central banks — in the United States, Europe, China, and Japan — have expanded their balance sheets from less than $5 trillion to more than $17 trillion in an effort to promote the recovery. Much of that newly printed money has found its way into the financial markets, where it often follows the path of least regulation.

Paragraph 3: The biggest risks outside the United States are in China, which has printed by far the most money and issued by far the most debt of any country since 2008, and where regulators have had less success reining in borrowers and lenders. Easy money has fuelled bubbles in everything from stocks and bonds to property in China, and it's hard to see how or when these bubbles might set off a major crisis in an opaque market where most of the borrowers and lenders are backed by the state. But if and when Beijing reaches the point where it can't print any more money, the bottom could fall out of the economy.

Paragraph 4: Many doomsayers worried that the Federal Reserve tightening that began in 2004 would help prompt a recession — and it eventually did, in 2008. Though rates are still historically low in the United States, the Federal Reserve began to raise them more than two years ago and is expected to continue tightening them into next year. The Fed's tightening is already rattling emerging markets. When the American markets start feeling it, the results are likely to be very different from 2008 — corporate meltdowns rather than mortgage defaults, and bond and pension funds affected before big investment banks. If a downturn follows, it is more likely to be a normal recession than another 100-year storm, like 2008. Most economists put the probability of such a recession hitting before the end of 2020 at less than 20 percent.

Paragraph 5: But economists are more often wrong than right. Professional forecasters have taken a shot in the dark but missed every recession since such records were first kept in 1968, and one of the many reasons for this is "recency bias": using economic forecasting models that tend to give too much weight to recent events. They see, for example, that big banks are in much better shape than in 2008, and households are less encumbered by mortgage debt, and so play down the likelihood of another recession. But they are, in effect, preparing to fight the last war.

Q.146 Which of the following words is a synonym of 'dwarfed'?
A. Excluded **B.** Arrogated
C. Overshadowed **D.** Garrotted
E. Remonstrated

Q.147 Which of the following words is a synonym of 'Doomsayers'?
A. Persecutors **B.** Evangelists
C. Scaremongers **D.** Rigorous
E. Blasphemers

Q.148 What is the condition of the opaque market in China?
A. In the opaque market, there is no transparency of the prices of the products being sold.
B. In the opaque market, there is nobody of regulation to check the quality and pricing of the products.
C. In the opaque market, there is no interference of the State to control the marketing conditions.
D. In the opaque market, there is a lack of state-produced items to be transacted between consumer and producer.
E. None of the above

Q.149 In the final paragraph, why do economists fail to make the correct predictions?

A. They rely on the economic trends of other countries to indicate the global pattern.

B. They rely on the past economic cycles to indicate them about the present.

C. They tend to gauge the trends by looking at select portions of the economy.

D. They continue to use past and inaccurate methods for trend analysis.

E. None of the above

Q.150 What is recency bias?

A. It is the bias to ascertain past activities on the basis of recent events.

B. It is the bias to predict future events based on recent events.

C. It is the bias to under the occurrence of past economic events on the basis of comparative analysis of current economic trends.

D. It is a bias to ascertain recent activities based on past events.

E. None of the above

Q.151 Direction: In the following question, a short passage is given with one of the lines in the passage missing and represented by a blank. Select the best out of the five answer choices given, to make the passage complete and coherent.

Iger and Musk are worth examining in concert. Together they describe the long devolution of the ethos of shareholder value to what might be termed unhinged managerial taking to, if you will, robber baron silicon chic. But first, let's give full due to the enormity of Musk's package. ___________. Even the current fair value of the grant - $2.6 billion - is enormous.

A. Quite a haul for a guy who proclaimed in late 2016 that, in light of his $20 billion or so net worth, money is no longer his chief ambition, far from it when Mars is still terra incognita.

B. Tesla's worshipful shareholders, who along with its creditors supply the cash without which Tesla couldn't survive, at least until it learns how to meet production targets for its expensive electric vehicles, voted in favor of Musk's package.

C. Potentially he will receive 20 million stock options, which vest in stages over ten years if and when the company meets a series of targets related to performance and market value.

D. That would be Tesla CEO Elon Musk, the serial corporate founder, rocket entrepreneur, would-be colonizer of distant planets, variously toiling to save humanity.

E. Any story of executive pay properly starts in the 1970s, when Musk was growing up in South Africa, and when the computer programming technology that Musk taught himself at age 12 was considered way less cool than, say, fossil fuels.

Ques (152-153):Direction: Complete the paragraph given below:

Q.152 For a player who never much cared for records, it's perhaps apt that Virendra Sehwag has finished his Test career with an average that is marginally short of 50 ___________.
His critics will probably use that fact to highlight his flaws. But, Sehwag himself won't care. Throughout his career, he never played for milestones and yet he racked up some pretty impressive numbers over an international career that lasted more than a decade.

A. His fans will probably fret about it.

B. His carelessness was one of the reasons why he retired,

C. He evolved as a batsman throughout his career.

D. India is very proud to have a cricketer like Sachin.

E. None of the above

Q.153 We've assessed how social distancing restrictions have affected both demands for electricity and "mobility" (the movement of people) in Australia, New Zealand, the US and the UK. Interestingly, changes in electricity demand and mobility go together and were significantly different across the countries after strict stay-at-home rules were imposed in late March.Grid-based electricity demand in both the UK and New Zealand has declined significantly 20% and 15% respectively.

___________________________.

A. Demand is largely unchanged in Australia and has declined about 5% in the US overall, relative to the baseline.

B. This will change in winter, when we need to keep our houses warm.

C. Long before the pandemic, regulators, governments, retailers and customer groups had worked to improve consumer protections such as hardship policies.

D. Steven Percy received funding from Victorian Government.

E. None of the above

Q.154 Point out the sentence which is in past perfect tense.

A. He has finished his work.

B. She is very gorgeous.

C. He had gone to his grandma's house.

D. We went U.S last week.

E. She was welcomed by her uncle.

Ques (155-159):Direction: In the following passage five blanks are left out labeled with letters A, B, C and so on. You have to choose the word that is correct grammatically and contextually in order to fill the blank.

Monday's record rally in stocks should be seen as one that was ___A___ primarily by investor sentiments rather than by market fundamentals. As with any purely sentiment-driven rally, things can take a turn for the worse if subsequent events ___B___ to meet the market's expectations. There is very little in the form of market fundamentals to warrant the kind of exuberance shown by investors on Monday. Corporate earnings data released as of now for the January-March quarter suggest that earnings might actually witness a ___C___ fall from what they were a year ago. Growth has also been slowing down in core sectors as consumer demand has ___D___ to pick up and liquidity remains a concern across the economy. Still, investors may be hoping that things could get ___E___ in the coming years as a stable government at the Centre will be able to undertake economic reforms. While the fact remains that no big-bang reforms that could give a strong boost to economic growth have been implemented in the last five years, investors may still view the NDA government as less-populist than any other realistic alternative.

Q.155 What word will come in the place of blank (A)?

A. detrimental   **B.** driven

C. decayed　　　　　　**D.** ride

E. sway

Q.156 What word will come in the place of blank (B)?

A. pass　　**B.** proceed　　**C.** fail　　**D.** attempt

E. make

Q.157 What word will come in the place of blank (C)?

A. significant　　　　　　**B.** impromptu

C. consistency　　　　　　**D.** exonerated

E. exemplary

Q.158 What word will come in the place of blank (D)?

A. continue　　**B.** unable　　**C.** crossed　　**D.** failed

E. start

Q.159 What word will come in the place of blank (E)?

A. worsen　　**B.** better　　**C.** resistant　　**D.** improve

E. good

Q.160 Which of the following sentences is correctly punctuated?

A. Everyone has special skills; some people use them very well.

B. Everyone has special skills; and, some people use them very well.

C. Everyone has special skills some people use them very well.

D. Everyone has special skills and, some people use them very well.

E. None of the above

Hindi Language

Q.161 निम्नलिखित प्रश्न में, विकल्प दिए गए हैं जिनमें से एक शब्द दिए गए अनेकार्थी शब्द का एक अर्थ है। उस शब्द का चयन करें:

शंख

A. राग　　**B.** जलज　　**C.** बादल　　**D.** गुण

E. निर्भीक

Q.162 'द्विज' के अनेकार्थी शब्दों में से निम्नलिखित में से कौन सा एक शब्द नहीं आता?

A. ब्राह्मण　　　　　　**B.** पक्षी

C. दाँत　　　　　　**D.** विदेह

E. इनमें से कोई नहीं

Q.163 किस शब्द में 'इक' प्रत्यय का प्रयोग नहीं हो सकता है?

A. अर्थ　　**B.** नीति　　**C.** अध्यात्म　　**D.** कला

E. रथ

Q.164 'औना' प्रत्यय से बना शब्द निम्न में से कौन सा है?

A. गगौना　　　　　　**B.** बिछौना

C. छगौना　　　　　　**D.** ललौना

E. उपरोक्त सभी

Q.165 'दर्प' शब्द का समानार्थी शब्द क्या है?

A. तिरस्कार　　**B.** स्वाभिमान　　**C.** अहंकार　　**D.** खतरा

E. सारंग

Q.166 'मृगेन्द्र' का पर्यायवाची शब्द है:

A. कुरंग　　**B.** अहि　　**C.** कुंजर　　**D.** शार्दूल

E. झर

Q.167 'मानहु मनिमय मौलि-माल आकृति अलबेली' पंक्ति में कौन-सा अलंकार है?

A. रूपक　　**B.** श्लेष　　**C.** उत्प्रेक्षा　　**D.** उपमा

E. यमक

Q.168 निम्न चौपाई में कौन सा अलंकार है?

"बिनु पद चलई, सुने बिनु काना

कर बिनु कर्म, करै विधि नाना ॥"

A. विरोधाभास　　　　　　**B.** अनवय

C. रूपक　　　　　　**D.** उत्प्रेक्षा

E. विभावना

Q.169 'रावण सिर सरोज बनचारी। चलि रघुवीर सिली-मुख धारी।' सिली-मुख में अलंकार है:

A. श्लेष　　　　　　**B.** लाटानुप्रास

C. वृत्यनुप्रास　　　　　　**D.** उपमा

E. उत्प्रेक्षा

Q.170 निम्नलिखित में से कौन साद्दश्यमूलक अलंकार नहीं है?

A. उपमा　　**B.** रूपक　　**C.** विशेषोक्ति　　**D.** उत्प्रेक्षा

E. अनवय

Q.171 निम्नलिखित में से कौन सा वाक्य अशुद्ध है?

A. वहाँ घना अँधेरा छाया था।

B. हमें यह सावधानी बरतनी होगी।

C. अपना हस्ताक्षर कर दो।

D. उपस्थित लोगों ने संकल्प लिया।

E. इनमें से कोई नहीं

Q.172 निम्नलिखित में से कौन सा वाक्य शुद्ध है?

A. अमित और शमी घनघोर मित्र है।

B. अमित और शमी घनिष्ठ मित्र हैं।

C. मित और शमी घनिष्ठ मित्र है।

D. अमित और शमी की घनीष्ठ मित्र है।

E. अमित और शमी की घनीष्ठ मित्रों है।

Ques (173-174):निर्देश: दिए गए विकल्पों में से सही विकल्पों का चयन करके वाक्य पूर्ण करें।

Q.173 भारतीय संस्कृति की ___________ प्रकृति ने उसे दीर्घायु और स्थायित्व प्रदान किया है जो संसार की किसी भी संस्कृति में नहीं पाई जाती है।

A. उदार　　　　　　**B.** सहिष्णु

C. सहनशील　　　　　　**D.** समन्वय

E. इनमें से कोई नहीं

Q.174 साहित्य का _______ प्रत्येक मनुष्य के लिए अनिवार्य है।

A. पहचान　　**B.** ज्ञान　　**C.** ध्यान　　**D.** परख

E. पथ

Ques (175-179):निर्देश: निम्नलिखित गद्यांश का ध्यानपूर्वक अध्ययन करें तथा दिए गए प्रश्न के सही उत्तर दें।

केंद्रीय माध्यमिक शिक्षा बोर्ड (सीबीएसई) 10वीं कक्षा के अच्छे परिणाम से जहां खुशी का संचार हुआ है, वहीं इससे अन्य छात्रों को बेहतर पढ़ाई की प्रेरणा भी मिली है। कुल 91.46 प्रतिशत छात्र परीक्षा में सफल हुए हैं। पिछले वर्ष की तुलना में इस बार 0.36 प्रतिशत बेहतर नतीजे रहे हैं। अब यह आश्चर्य की बात नहीं कि लड़कियों ने 93.31 के पास प्रतिशत के साथ लड़कों को पछाड़ दिया है। लड़कों के पास होने का प्रतिशत 90.14 रहा है। खास बात

यह रही कि इस वर्ष 2.23 प्रतिशत या 41,804 छात्रों ने 95 प्रतिशत से अधिक अंक प्राप्त किए हैं। यह बहुत सकारात्मक बात है कि 18 लाख विद्यार्थियों के बीच 1.84 लाख से अधिक ने 90 प्रतिशत से अधिक अंक हासिल किए हैं। मोटे तौर पर यह कहा जा सकता है कि 10 में से एक विद्यार्थी को 90 प्रतिशत से अधिक अंक हासिल होने लगे हैं, यह कहीं न कहीं बेहतर होती शिक्षा की ओर एक इशारा है।

एक अच्छी बात यह रही है कि सीबीएसई ने कोरोना वायरस के कारण उत्पन्न परिस्थितियों को देखते हुए इस वर्ष 12वीं और 10वीं, दोनों कक्षाओं के टॉपरों का एलान नहीं किया है। शिक्षाविद भी मानते हैं कि टॉपरों के एलान से लाभ कम और नुकसान ज्यादा होते हैं। आज छात्रों के बीच चिंता का माहौल है, वे घरों में रहने को विवश हैं, उनमें अकेलापन, अवसाद और अन्य तरह की समस्याएं बढ़ी हैं। अत: आज शिक्षा बोर्ड को ऐसी कोई पहल नहीं करनी चाहिए कि छात्रों की बड़ी जमात में किसी तरह का असंतोष, दुख या अपमान पैदा हो। कोरोना के इस दौर में हमें यह भी ध्यान रखना चाहिए कि 10वीं की परीक्षा ढंग से नहीं हो पाई है। अनेक विषयों की परीक्षा कोरोना के कारण स्थगित करनी पड़ी है। परीक्षा फिर से लेने के प्रयास भी सफल नहीं रहे हैं। ऐसे में, विद्यार्थी जिन विषयों की परीक्षा नहीं दे पाए हैं, उनमें उन्हें आनुपातिक रूप से ही अंक दिए गए हैं। इसलिए यह कहना गलत नहीं होगा कि परिणाम संपूर्ण नहीं है। यदि कोई छात्र परीक्षा रद्द होने से पहले तीन से अधिक विषयों की परीक्षा दे चुका था, तो उसे तीन उच्चतम प्राप्त अंकों के हिसाब से बाकी विषयों में अंक दिए गए हैं। इस व्यवस्था में उन छात्रों के साथ अच्छा नहीं हुआ है, जो तीन से कम विषयों की परीक्षा दे पाए थे। ऐसे विद्यार्थियों के परिणाम की गणना में आंतरिक, व्यावहारिक और परियोजना मूल्यांकन के अंकों पर भी गौर किया गया है।

बेशक, परीक्षा परिणाम सामने हैं, लेकिन कामचलाऊ ही हैं। उम्मीद करनी चाहिए कि कोरोना काबू में आएगा और दोबारा इस तरीके से मूल्यांकन की जरूरत नहीं रह जाएगी। गुणवत्तापूर्ण शिक्षा के लिए भी सामान्य शिक्षा, परीक्षा और परिणाम की बहाली बहुत जरूरी है। फिर भी एनसीईआरटी और सीबीएसई जैसी संस्थाओं को ऑनलाइन परीक्षा के पुख्ता तरीकों पर भी काम करना होगा। आने वाले दिनों में जो परीक्षाएं होंगी, उनका ढांचा कैसा हो? कैसे विद्यार्थियों का सही मूल्यांकन हो सके? इसके पैमाने चाक-चौबंद करने होंगे। आगे शिक्षा की चुनौतियां बहुत बढ़ रही हैं। शिक्षा की गुणवत्ता बनाए रखने के लिए विशेष प्रयास करने ही होंगे। दसवीं और बारहवीं की अगली परीक्षाओं में अब छह-सात महीने ही बचे हैं। सुनिश्चित करना होगा कि आगामी परीक्षाओं में सफल विद्यार्थियों की संख्या में कोई कमी न आने पाए।

Q.175 केंद्रीय माध्यमिक शिक्षा बोर्ड 10 वी के परिणाम में लड़कियों का उत्तीर्ण प्रतिशत क्या रहा?

A. 91.46%   **B.** 90.45%   **C.** 93.31%   **D.** 90.14%
E. 93.23%

Q.176 इस वर्ष केंद्रीय माध्यमिक शिक्षा बोर्ड ने कोरोना वायरस को ध्यान में रखते हुए परिणाम में क्या बदलाव किया?
A. सभी को उत्तीर्ण कर दिया
B. सभी को ज्यादा अंक दिए गए
C. टॉपर का नाम घोषित नहीं किया
D. (A) और (B) दोनों
E. उपरोक्त सभी

Q.177 केंद्रीय माध्यमिक शिक्षा बोर्ड के इस वर्ष के परिणाम में कितने प्रतिशत बच्चों ने 95 % से ज्यादा अंक अर्जित किये?

A. 41804   **B.** 41810   **C.** 45540   **D.** 40450
E. 39450

Q.178 गद्यांश में प्रयुक्त शब्द "प्रेरणा" का पर्यायवाची दिए गए विकल्पों में से कौन सा है?
A. कोशिश
B. मुश्किल
C. प्रोत्साहन
D. (B) और (C) दोनों

E. उपरोक्त सभी

Q.179 केंद्रीय माध्यमिक शिक्षा बोर्ड द्वारा इस वर्ष टॉपरों के नाम घोषित ना करने के पीछे मुख्य कारण क्या है?
A. छात्रों की मानसिक मनोदशा कुशल रहे
B. छात्रों में अनायास चिंतन ना आये
C. इस वर्ष किसी ने टॉप नहीं किया
D. (A) और (B) दोनों
E. इनमें से कोई नहीं

Q.180 उज्झटिका का संधि विच्छेद बताइये:
A. उत + झटिका   **B.** उत् + झटिका
C. उत् + झटिक   **D.** उत् + झटका
E. उत् + झटक

Q.181 शब्द "अन्वय" का संधि-विच्छेद क्या होगा?
A. अन + व्यय   **B.** अनु + अय
C. अनु + आय   **D.** अनु + व्यय
E. इनमें से कोई नहीं

Q.182 'कोयले की दलाली में मूह काला' लोकोक्ति का अर्थ है:
A. कोयले का व्यापार करना
B. बुरे काम से बुराई मिलना
C. झूठ बोलना
D. व्यापार में घाटा होना
E. समृद्ध होना

Q.183 'हथेली पर सरसों नहीं जमती' लोकोक्ति का अर्थ है:
A. सरसों के लिए जमीन चाहिए, हथेली नहीं
B. हर काम में मनमानी नहीं चल सकती
C. काम के लिए समय चाहिए, जब चाहो तभी काम नहीं हो सकता
D. सफलता समय पर आती है
E. विनाश के लक्षण प्रकट होना

Q.184 'मृतिका' का तद्भव रूप बताइए।
A. मरना   **B.** मारना
C. मिट्टी   **D.** बालू
E. इनमें से कोई नहीं

Q.185 निम्नलिखित में कौन सा शब्द तत्सम है।
A. मोल   **B.** मूस
C. भ्रमर   **D.** मीत
E. इनमें से कोई नहीं

Ques (186-187):निर्देश: दिए गए वाक्यांश के लिए एक शब्द बताएं।

Q.186 'ऐसा रोग जो छूने से फैलता हो'
A. संक्रामक रोग   **B.** घातक रोग
C. असाध्य रोग   **D.** चर्म रोग
E. इनमें से कोई भी नहीं

Q.187 'जिस व्यक्ति का आचरण अच्छा हो'
A. संत   **B.** संन्यासी   **C.** सदाचारी   **D.** सज्जन
E. ज्ञानी

Ques (188-192):निर्देश: निम्न अनुच्छेद में रिक्त स्थानों की पूर्ति कीजिये।

मानव इतिहास में संभवत: अनुवाद की अवधारणा उतनी ही पुरातन है, जितना कि मानव सभ्यता का ________(1)। वैसे तो अनुवाद मूल रूप में दो भाषाओं के बीच एक विशेष अंत:संबंध का ________(2) है, परंतु यह व्यापक अर्थों में मानवीय अंतर्संबंधों की व्याप्ति का रूपक भी है। इस व्यापक अर्थ में

अनुवाद एक व्यक्ति से दूसरे व्यक्ति के सामाजिक सरोकार का प्रमुख _______(3) होता है। दूसरे शब्दों में यह भी कहा जा सकता है, कि संवाद की स्थापना की पूर्व शर्त है- अनुवाद का संभव हो पाना। हम ज्यों ही दूसरे व्यक्ति के उत्कट _______(4) को अपने शब्दों में समझने की कोशिश करते हैं, हम अनुवाद के _______(5) पर विचरण शुरू कर देते हैं।

Q.188 गद्यांश के रिक्त स्थान (1) के लिए कौनसा उपयुक्त शब्द होगा?

A. पतन **B.** इतिहास

C. भविष्य **D.** वर्तमान

E. इनमे से कोई नहीं

Q.189 गद्यांश के रिक्त स्थान (2) के लिए कौनसा उपयुक्त शब्द होगा?

A. परिचायक **B.** अवलोकन

C. मार्गदर्शन **D.** निर्णयक

E. इनमे से कोई नहीं

Q.190 गद्यांश के रिक्त स्थान (3) के लिए कौनसा उपयुक्त शब्द होगा?

A. चालक **B.** मानक

C. साधक **D.** वाहक

E. इनमे से कोई नहीं

Q.191 गद्यांश के रिक्त स्थान (4) के लिए कौनसा उपयुक्त शब्द होगा?

A. आग्रहों **B.** निर्णयों

C. भावों **D.** स्वप्नों

E. इनमे से कोई नहीं

Q.192 गद्यांश के रिक्त स्थान (5) के लिए कौनसा उपयुक्त शब्द होगा?

A. पंख **B.** आसमान

C. सागर **D.** धरातल

E. इनमे से कोई नहीं

Q.193 'मिठाई' शब्द किस शब्द का एकवचन है?

A. मीठे **B.** मिठाई

C. मिठईयाँ **D.** मिठाइयाँ

E. इनमें से कोई नहीं

Q.194 निम्नलिखित में से बहुवचन शब्द का चयन कीजिए -

A. गमला **B.** केला

C. दर्शन **D.** तोता

E. इनमें से कोई नहीं

Q.195 जो करेगा सो भरेगा - किस प्रकार का सर्वनाम है?

A. गुणवाचक सर्वनाम **B.** संकेतवाचक सर्वनाम

C. संबंधवाचक सर्वनाम **D.** क्रिया विशेषण

E. इनमें से कोई नहीं

Q.196 ' मैं अपने आप वस्त्र साफ कर लेता हूँ ' इस वाक्य में कौन-सा सर्वनाम है?

A. सम्बन्धवाचक **B.** प्रश्नवाचक

C. निश्चयवाचक **D.** निजवाचक

E. इनमे से कोई नहीं

Q.197 सदैव एकवचन में कौनसी संज्ञा होती है?

A. भाववाचक **B.** व्यक्तिवाचक

C. जातिवाचक **D.** समूहवाचक

E. ये सभी

Q.198 निम्नलिखित में कौनसा शब्द व्यक्तिवाचक संज्ञा है?

A. कक्षा **B.** विद्यार्थी

C. मंत्री **D.** अशोक

E. इनमे से कोई नहीं

Q.199 अभिसरण का विलोम है-

A. व्यतिक्रम **B.** अपसरण

C. अपवर्तन **D.** अवरोहण

E. इनमें से कोई नहीं

Q.200 ऐहिक का विलोम है-

A. परलौकिक **B.** सांसारिक

C. सृष्टि **D.** दैहिक

E. इनमें से कोई नहीं

Quantitative Aptitude & Data Interpretation

Q.201 3 वर्ष के लिए प्रति वर्ष 10% की दर से चक्रवृद्धि ब्याज और साधारण ब्याज के बीच का अंतर 1395 रु है। यदि ___ रु का समान मूलधन साधारण ब्याज पर 4 वर्ष के लिए 20% प्रति वर्ष से उधार दिया है, तो साधारण ब्याज ___ रु (चक्रवृद्धि ब्याज सालाना गणना) है।

A. 45000, 36000 **B.** 45850, 38000

C. 47000, 40000 **D.** 45000, 38000

E. 47000, 35000

Q.202 A एक साधारण ब्याज ___ पर 10% ब्याज दर पर 4 वर्ष के लिए राज को 35,000 रु की राशि उधार देता है। राज इस राशि के $\frac{6}{7}$ वें भाग को 4 साल के लिए उसी दर पर सैम को देता है और शेष राशि को उसी रूप में रखता है। 4 वर्षों में राज को हुआ लाभ या हानि ___ रु है।

A. 14000 रु, 1350 रु **B.** 15000 रु, 3500 रु

C. 12000 रु, 1500 रु **D.** 14000 रु, 2000 रु

E. 16000 रु, 4000 रु

Q.203 क्रिकेट लीग में, पहले दौर में हर टीम हर दूसरी टीम के साथ एक मैच खेलती है। क्रिकेट लीग में 9 टीमों ने भाग लिया। पहले दौर में कितने मैच खेले गए?

A. 36 **B.** 72 **C.** 90 **D.** 50

E. 44

Ques (204-206):निर्देश: निम्न प्रश्न में, I और II से अंकित दो समीकरण दिए गए हैं। आपको दोनों समीकरणों को हल करना है और सही उत्तर को चिन्हित करना है।

Q.204 I. $x^2 - 17x - 234 = 0$

II. $y^2 - 29y + 210 = 0$

A. x > y

B. x ≤ y

C. x = y या x और y के बीच सम्बन्ध निर्धारित नहीं किया जा सकता

D. x ≥ y

E. x < y

Q.205 I. $4x^2 - 72x + 224 = 0$

II. $y^2 - 19y + 60 = 0$

A. x > y

B. x ≤ y

C. x = y या x और y के बीच सम्बन्ध निर्धारित नहीं किया जा सकता

D. x ≥ y

E. x < y

Q.206 I. $x^2 - 25x + 156 = 0$

II. $y^2 + 33y + 162 = 0$

A. x > y
B. x ≤ y
C. x = y या x और y के बीच सम्बन्ध निर्धारित नहीं किया जा सकता
D. x ≥ y
E. x < y

Q.207 एक साझेदारी फर्म में A 500 रुपये और B, M रुपये निवेश करता है। 8 महीनों के बाद, A अपने निवेश में 200 रुपये जोड़ता है, और B अपने निवेश से 100 रुपये निकाल लेता है। यदि एक वर्ष के बाद A और B के लाभ हिस्से के बीच का अंतर 720 रुपये है और कुल लाभ 3440 रुपये है, तो A और B के प्रारंभिक निवेश के बीच का अनुपात ज्ञात कीजिये।

A. 4 : 9   B. 4 : 7   C. 9 : 4   D. 5 : 9
E. 5 : 7

Q.208 एक कंपनी 25 लोगों को काम पर रखती है और सभी लोग 60 दिनों में कार्य पूरा कर सकते हैं। लेकिन उनकी उदासीनता को देखते हुए, कंपनी हर 5 दिनों के बाद 10 और व्यक्तियों को कार्य पर रखती है। फिर कार्य कितने दिन पहले पूरा होगा?

A. 45 दिन   B. 60 दिन   C. 15 दिन   D. 30 दिन
E. 75 दिन

Q.209 हाइड्रोकार्बन के 35 किलो मिश्रण में 4 : 3 के अनुपात में मीथेन और ईथेन है। 10 लीटर मीथेन और x लीटर ईथेन को मिलाने पर मीथेन और ईथेन का अनुपात 6 : 7 हो जाता है। तो, (x + 5) और (x - 4) का मध्यानुपाती क्या है?

A. 20   B. 25   C. 12   D. 30
E. 16

Q.210 तीन मोटर बोट A, B और C की गति समान है और सभी 48 मिनट में धारा के प्रतिकूल 8 किमी की दूरी तय करते हैं। मोटर बोट की गति और धारा की गति के बीच का अनुपात 6:1 है। पहले दिन A, बिंदु P से Q तक धारा के अनुकूल चलना शुरू करता है, जो प्रत्येक दिन बिंदु P से 9 किमी दूर शिफ्ट होता है। दूसरे दिन B, बिंदु P से धारा के अनुकूल चलना शुरू करता है और 4.5 घंटे में बिंदु Q पर पहुँचता है, फिर तीसरे दिन C को बिंदु Q पर पहुँचने में कितना समय लगता है, (तीनों दिनों में धारा की गति समान मानें)?

A. 5 घंटे   B. $4\frac{1}{7}$ घंटे   C. $3\frac{1}{7}$ घंटे   D. $5\frac{1}{7}$ घंटे
E. $6\frac{1}{7}$ घंटे

Q.211 A, B, और C जयपुर से 12:00 अपराह्न, 1:00 अपराह्न, और 2:00 अपराह्न से मुंबई की ओर चलना शुरू करते है और उनकी गति 4 किमी/घंटा, 5 किमी/घंटा और 6 किमी/घंटा हैं और रास्ते में B एक कलम के साथ A को C के पास भेजता है। C को किस समय कलम मिलेगा?

A. 4:12 अपराह्न   B. 5:00 अपराह्न
C. 5:12 अपराह्न   D. 4:00 अपराह्न
E. इनमें से कोई नहीं

Ques (212-216):निर्देश: निम्नलिखित परिच्छेद को ध्यान से पढ़िए और दिए गए प्रश्न के उत्तर दीजिए।

नीचे एक दुकान में लैपटॉप की कुल संख्या के बारे में विस्तृत परिच्छेद दिया गया है जिसमें कुछ एमआई ब्रांड के हैं जिनमें एंड्रॉइड ओएस ब्रांड और अन्य ब्रांड और ओएस भी हैं। ये लैपटॉप सफेद और अन्य रंग के हैं।

दुकान में एमआई लैपटॉप की कुल संख्या दुकान में एंड्रॉइड लैपटॉप की कुल संख्या से 10% अधिक है। कितने खुले लैपटॉप, 37.5% और सफेद रंग में और सफेद रंग के लैपटॉप की संख्या 30 है। दुकान में सफेद रंग के एंड्रॉइड एमआई लैपटॉप की कुल संख्या 10 है जो दुकान में कुल एंड्रॉइड लैपटॉप की $\frac{1}{5}$ है।

दुकान में सफेद रंग के एमआई लैपटॉप की कुल संख्या 15 है और दुकान में एंड्रॉयड एमआई लैपटॉप की कुल संख्या 35 है। सफेद के अलावा एमआई के अन्य एंड्रॉइड लैपटॉप की कुल संख्या, एंड्रॉइड के अलावा एमआई और ओएस के अलावा अन्य ब्रांड के सफेद रंग के लैपटॉप की कुल संख्या के समान है। सफेद रंग के एंड्रॉइड लैपटॉप की कुल संख्या 15 है।

Q.212 दुकान में एंड्रॉइड के अलावा अन्य ऑपरेटिंग सिस्टम के कितने लैपटॉप हैं?

A. 15   B. 20   C. 25   D. 10
E. 30

Q.213 एंड्रॉइड ओएस या रंग सफेद या दोनों वाले एमआई लैपटॉप की कुल संख्या दुकान में लैपटॉप की कुल संख्या के कितने प्रतिशत है?

A. 50%   B. 36%   C. 24%   D. 60%
E. 40%

Q.214 एमआई ब्रांड के लेकिन सफेद रंग के नहीं एंड्रॉइड लैपटॉप की कुल संख्या और सफेद रंग के एंड्रॉइड एमआई लैपटॉप की संख्या का अनुपात क्या है?

A. 7 : 2   B. 8 : 3   C. 5 : 2   D. 3 : 2
E. 6 : 3

Q.215 एंड्रॉइड के अलावा अन्य ओएस वाले एमआई लैपटॉप की कुल संख्या और सफेद के अलावा अन्य रंग के एमआई लैपटॉप की कुल संख्या में क्या अंतर है?

A. 32   B. 36   C. 25   D. 20
E. 26

Q.216 एमआई के अलावा अन्य ब्रांड के सफेद रंग के लैपटॉप की कुल संख्या और एमआई के अलावा अन्य ब्रांड के एंड्रॉइड लैपटॉप की कुल संख्या का योग क्या है?

A. 20   B. 45   C. 30   D. 40
E. 25

Q.217 राहुल एक कार 5,50,000 रुपए में खरीदता है। वह इसे विपुल को 10% घाटे पर बेच देता है। फिर विपुल इसे यश को 5% लाभ पर बेच देता है। यश इसे शुभम को 2% लाभ पर बेच देता है। शुभम कार की पुनर्सज्जा पर 10,000 रुपए खर्च करता है और इसे कार के मूल्य में जोड़कर वह इसे शिवांश को 5% लाभ पर बेच देता है। ज्ञात कीजिए कि शिवांश शुभम को कितनी राशि का भुगतान करेगा (अनुमानित)।

A. 576800 रुपए   B. 568180 रुपए
C. 567150 रुपए   D. 498070 रुपए
E. इनमें से कोई नहीं

Q.218 एक दुकानदार अपनी वस्तुओं का मूल्य उनके लागत मूल्य से 25% अधिक अंकित करता है और बेचते समय ग्राहक को 12% छूट देता है, परंतु वह 1 किग्रा के वजन की बजाय 900 ग्राम वज़न का प्रयोग करता है। साथ ही खरीदते समय वह 1 किग्रा वज़न की बजाय 1100 ग्राम वज़न प्रयोग करता है। उसका कुल लाभ प्रतिशत ज्ञात कीजिए।

A. 28.2%   B. 52.3%   C. 34.4%   D. 39.6%
E. 42.8%

Q.219 निर्देश: निम्नलिखित प्रश्न में (?) के स्थान पर कौन सा लगभग मान होना चाहिए?

30.912 - 927.98 - 4.952 = 1.99 × ? ÷ 10.911

A. 52   B. 64   C. 38   D. 32
E. 44

Q.220 निर्देश: निम्नलिखित प्रश्न में (?) के स्थान पर कान सा लगभग मान होना चाहिए?

167.92 का $\dfrac{3}{8} \times 14.95 \div 4.85 + ? = 548.89 \div 8.9 + 234.98$

A. 94 **B.** 107 **C.** 127 **D.** 134
E. 115

Q.221 निर्देश: निम्नलिखित प्रश्न में (?) के स्थान पर कौन सा लगभग मान होना चाहिए?

$149.99 + 44.89 \times 1.92 \times (35.99 - 16.06) \div 17.97 = ?$

A. 155 **B.** 210 **C.** 250 **D.** 285
E. 195

Ques (222-225):निर्देश: निम्नलिखित संख्या श्रृंखला में, कोई एक संख्या गलत है। गलत संख्या ज्ञात कीजिए।

Q.222 8, 13, 20, 32, 40, 53, 68

A. 13 **B.** 20
C. 32 **D.** 68
E. इनमें से कोई नहीं

Q.223 12, 13, 30, 98, 412, 2085

A. 13 **B.** 412 **C.** 98 **D.** 30
E. 2085

Q.224 522, 1235, 2660, 4800, 7652, 11217, 15495

A. 4800 **B.** 2660
C. 7652 **D.** 1121
E. इनमें से कोई नहीं

Q.225 2, 9, 32, 105, 436, 2195, 13182

A. 436 **B.** 2195
C. 9 **D.** 32
E. इनमें से कोई नहीं

Q.226 निर्देश: निम्नलिखित कथनों को पढ़िए और ज्ञात कीजिए कि वे दिए गए प्रश्न का उत्तर देने के लिए पर्याप्त हैं या नहीं हैं।

विकाश द्वारा तीन विषयों में प्राप्त औसत अंक ज्ञात कीजिए।

कथन I: विकास द्वारा अंग्रेजी में प्राप्त अंक, विज्ञान में प्राप्त अंकों के 80% हैं।

कथन II: उसके द्वारा अंग्रेजी, हिंदी और विज्ञान में प्राप्त अंकों का अनुपात 4 : 3 : 5 है।

कथन III: उसके द्वारा विज्ञान में प्राप्त अंक, हिंदी से 40 अधिक हैं।

A. कथन II अकेले प्रश्न का उत्तर देने के लिए पर्याप्त है।
B. कथन I और III दोनों प्रश्न का उत्तर देने के लिए आवश्यक हैं।
C. कथन I और III दोनों प्रश्न का उत्तर देने के लिए आवश्यक हैं।
D. कथन I अकेले प्रश्न का उत्तर देने के लिए पर्याप्त है।
E. कथन III अकेले प्रश्न का उत्तर देने के लिए पर्याप्त है।

Q.227 निर्देश: निम्नलिखित कथनों को पढ़िए और ज्ञात कीजिए कि वे दिए गए प्रश्न का उत्तर देने के लिए पर्याप्त हैं या नहीं हैं।

एक बेलन के आयतन का एक शंकु के आयतन से अनुपात ज्ञात कीजिए।

कथन I: बेलन की त्रिज्या और शंकु की त्रिज्या 1 : 2 के अनुपात में हैं।

कथन II: बेलन की ऊंचाई 21 सेमी है और शंकु की ऊंचाई बेलन की ऊंचाई से 7 सेमी कम है।

कथन III: उनकी ऊंचाई का योग 35 सेमी है।

A. कथन II और III दोनों प्रश्न का उत्तर देने के लिए आवश्यक हैं।
B. कथन I और II दोनों प्रश्न का उत्तर देने के लिए आवश्यक हैं।
C. कथन I और III दोनों प्रश्न का उत्तर देने के लिए आवश्यक हैं।
D. तीनों कथन उत्तर देने के लिए पर्याप्त नहीं हैं।

E. तीन में से कोई दो कथन उत्तर देने के लिए पर्याप्त हैं।

Q.228 निर्देश: निम्नलिखित कथनों को पढ़िए और ज्ञात कीजिए कि वे दिए गए प्रश्न का उत्तर देने के लिए पर्याप्त हैं या नहीं हैं।

राज और करण की वर्तमान आयु का योग ज्ञात कीजिए।

कथन I: तीन वर्ष पहले, राज और करण की आयु का अनुपात 5 : 3 था।

कथन II: उनकी वर्तमान आयु के बीच का अंतर 16 वर्ष है।

कथन III: 5 वर्ष बाद, राज और करण की आयु का अनुपात 3 : 2 होगा।

A. कथन II अकेले प्रश्न का उत्तर देने के लिए पर्याप्त है।
B. कथन III अकेले प्रश्न का उत्तर देने के लिए पर्याप्त है।
C. कोई भी कथन प्रश्न का उत्तर देने के लिए पर्याप्त नहीं है।
D. तीन में से कोई दो कथन प्रश्न का उत्तर देने के लिए पर्याप्त हैं।
E. प्रश्न का उत्तर देने के लिए तीनों कथनों की आवश्यकता है।

Ques (229-233):निर्देश: दिए गए निम्नलिखित डेटा का अध्ययन करें और निम्नलिखित प्रश्न का उत्तर दें।

राम सोमवार से शुक्रवार तक नाव के माध्यम से ऊर्ध्व प्रवाह और अनुप्रवाह यात्रा करते हैं। नीचे दिया गया पाई चार्ट उसके द्वारा तय की गई दूरी को दर्शाता है जो कि एक सप्ताह के विभिन्न दिनों में ऊर्ध्व प्रवाह और अनुप्रवाह चलती है।

ऊर्ध्व प्रवाह में तय की गई कुल दूरी 257 कि.मी. है, अनुप्रवाह में तय की गई कुल दूरी 330 कि.मी. है।

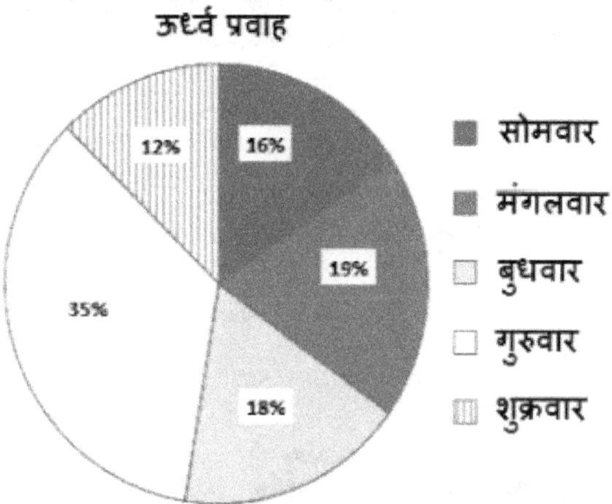

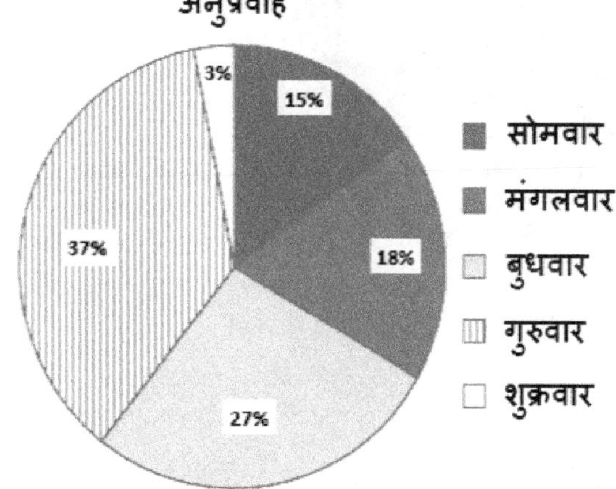

Q.229 सोमवार को धारा की गति 20 के.मी./घंटा है। यदि अनुप्रवाह यात्रा को पूरा करने में एक घंटे का समय लगता है, तो सोमवार को ऊर्ध्व प्रवाह यात्रा को पूरा करने में लगभग कितना समय लगेगा ?

A. 2.5 घंटे   **B.** 3 घंटे   **C.** 4.3 घंटे   **D.** 5 घंटे
E. 7.4 घंटे

Q.230 अगर एक अनुप्रवाह यात्रा को पूरा करने के लिए 2 घंटे और ऊर्ध्व प्रवाह यात्रा को पूरा करने के लिए 3 घंटे लगते हैं, तो बुधवार को नाव की गति और धारा की गति का अनुपात खोजें?

A. 32.675 : 90.56   **B.** 29.985 : 14.565
C. 3 : 1   **D.** 1 : 3
E. 31.235 : 19.345

Q.231 अगर मंगलवार को धारा की गति 3 कि.मी./घंटा थी और ठहरे हुए पानी में नाव की गति 10 कि.मी./घंटा थी, तो मंगलवार को अनुप्रवाह और ऊर्ध्व प्रवाह यात्रा को पूरा करने में कितना कुल समय लगेगा?

A. 10 घंटे   **B.** 12 घंटे
C. 11.53 घंटे   **D.** 15 घंटे
E. 17.34 घंटे

Q.232 राम ने शुक्रवार को अुप्रवाह यात्रा 3 घंटे में पूरी की और नाव की गति और धारा की गति का अनुपात $3 : 2$ था, फिर शुक्रवार को ऊर्ध्व प्रवाह यात्रा पूरी करने में उन्हें कितना समय लगेगा?

A. 46.72 घंटे   **B.** 45 घंटे
C. 55.34 घंटे   **D.** 3 घंटे
E. 38 घंटे

Q.233 यदि सोमवार को अनुप्रवाह यात्रा को पूरा करने में एक घंटे का समय लगता है और बुधवार को 2 घंटे लगते हैं, फिर सोमवार और बुधवार को अनुप्रवाह यात्रा करने के लिए की गति का अनुपात ढूंढें?

A. 34.5 : 25.4   **B.** 49.5 : 44.55
C. 3 : 7   **D.** 7 : 3
E. 7 : 9

Ques (234-238):निर्देशः निम्नलिखित पाई चार्ट और बार आरेख का अध्ययन करें और निम्नलिखित प्रश्न के उत्तर दें।

6 अलग-अलग स्कूलों में छात्रों का प्रतिशत के अनुसार वितरण, छात्रों की कुल संख्या $= 6000$

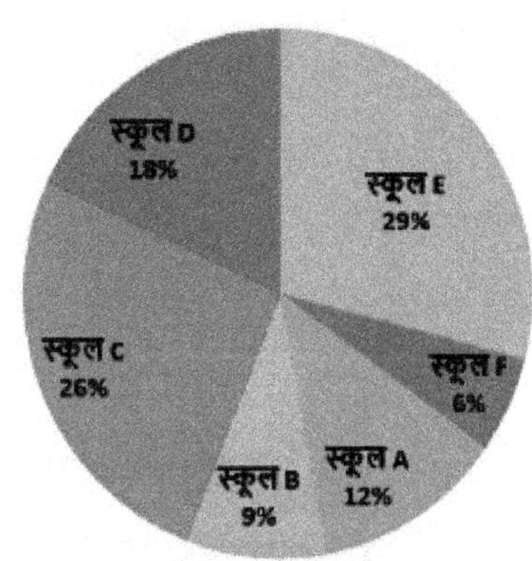

6000 छात्रों में से प्रत्येक स्कूल में लड़कों की संख्या

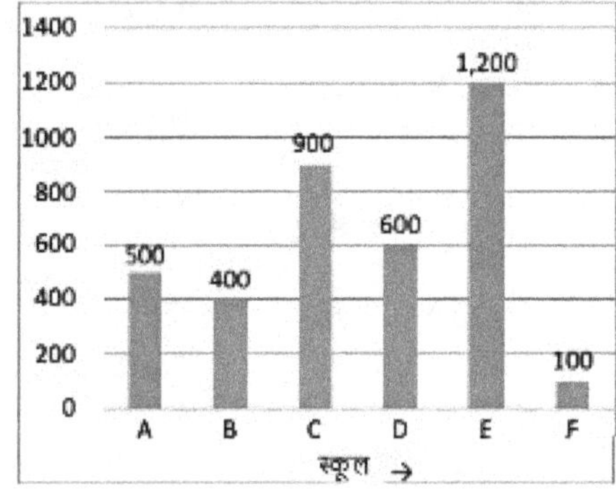

Q.234 स्कूल C में लड़कों की संख्या, स्कूल B में लड़कियों की संख्या और स्कूल E में छात्रों की कुल संख्या का अनुपात क्या है?

A. 45 : 7 : 97   **B.** 43 : 9 : 97
C. 45 : 7 : 87   **D.** 43 : 9 : 87
E. 43 : 32 : 87

Q.235 लड़कियों के स्कूल A की संख्या, स्कूल B में छात्रों की कुल संख्या का लगभग कितना प्रतिशत है?

A. 55%   **B.** 50%   **C.** 35%   **D.** 45%
E. 40%

Q.236 स्कूल C में लड़कियों की संख्या, स्कूल E में लड़कियों की संख्या और स्कूल D में लड़कों की संख्या का योग कितना है?

A. 1700   **B.** 1900
C. 1600   **D.** 1800
E. None of these

Q.237 स्कूल F में छात्रों की कुल संख्या और स्कूल E में लड़कों की संख्या के बीच का अंतर कितना है?

A. 820   **B.** 860
C. 880   **D.** 900
E. None of these

Q.238 निम्नलिखित में से किस स्कूल में छात्रों की कुल संख्या स्कूल E में लड़कियों की संख्या के बराबर है?

A. A **B.** B **C.** C **D.** D
E. F

Q.239 तीन वृत्त, जिनमें से प्रत्येक की त्रिज्या 3.5 सेमी है, एक-दूसरे को स्पर्श करते हैं। उनके बीच अंतरित क्षेत्रफल कितना है?

A. $6(\sqrt{3}\pi - 2)$ वर्ग इकाई
B. $6(2\pi - \sqrt{3})$ वर्ग इकाई
C. $\frac{49}{8}(2\sqrt{3} - \pi)$ वर्ग इकाई
D. $\frac{49}{8}(\sqrt{3} - \pi)$ वर्ग इकाई
E. $8(2\pi - \sqrt{2})$ वर्ग इकाई

Q.240 यदि एक निश्चित आयत की लंबाई में 4 सेमी की कमी हो जाती है और चौड़ाई में 3 सेमी की वृद्धि हो जाती है, तो मूल आयत के समान क्षेत्रफल के एक वर्ग होगा। मूल आयत का परिमाप ज्ञात कीजिए।

A. 20 सेमी   **B.** 30 सेमी   **C.** 50 सेमी   **D.** 60 सेमी
E. 65 सेमी

// स्मार्ट उत्तर पुस्तिका //

सही उत्तर — उन छात्रों का प्रतिशत जिन्होंने प्रश्नों का सही उत्तर दिया था। **छोड़ दिया** — उन छात्रों का प्रतिशत जिन्होंने प्रश्नों को छोड़ दिया था।

प्रश्न संख्या	उत्तर	सही उत्तर / छोड़ दिया	प्रश्न संख्या	उत्तर	सही उत्तर / छोड़ दिया	प्रश्न संख्या	उत्तर	सही उत्तर / छोड़ दिया	प्रश्न संख्या	उत्तर	सही उत्तर / छोड़ दिया	प्रश्न संख्या	उत्तर	सही उत्तर / छोड़ दिया
1	C	68.25 % / 30.95 %	17	D	69.3 % / 30.56 %	33	C	31.91 % / 67.18 %	49	C	58.58 % / 40.62 %	65	B	87.65 % / 11.57 %
2	C	54.4 % / 42.77 %	18	C	65.24 % / 33.19 %	34	D	11.05 % / 84.27 %	50	B	89.58 % / 10.34 %	66	A	79.68 % / 17.49 %
3	D	55.52 % / 34.16 %	19	B	54.63 % / 42.75 %	35	A	67.82 % / 31.2 %	51	D	63.27 % / 33.96 %	67	A	81.14 % / 16.29 %
4	D	11.32 % / 83.38 %	20	C	57.04 % / 42.36 %	36	C	61.16 % / 37.55 %	52	C	61.43 % / 33.69 %	68	C	79.61 % / 18.8 %
5	C	17.83 % / 77.45 %	21	D	51.4 % / 46.98 %	37	D	49.34 % / 41.03 %	53	A	66.16 % / 31.61 %	69	C	40.26 % / 38.07 %
6	A	30.6 % / 69.23 %	22	C	14.27 % / 84.2 %	38	D	53.27 % / 40.7 %	54	C	25.84 % / 67.19 %	70	B	53.48 % / 43.61 %
7	C	14.01 % / 79.61 %	23	A	23.32 % / 71.64 %	39	A	50.68 % / 33.71 %	55	A	42.23 % / 56.57 %	71	B	47.91 % / 44.23 %
8	E	25.59 % / 70.37 %	24	E	10.12 % / 88.09 %	40	D	68.03 % / 31.56 %	56	D	57.95 % / 31.47 %	72	C	64.2 % / 30.72 %
9	D	48.23 % / 31.77 %	25	C	21.66 % / 70.33 %	41	A	63.99 % / 32.09 %	57	A	56.66 % / 36.21 %	73	A	88.8 % / 10.87 %
10	D	44.86 % / 35.52 %	26	D	27.04 % / 70.54 %	42	C	69.32 % / 30.47 %	58	D	15.17 % / 75.53 %	74	C	46.72 % / 48.59 %
11	D	52.72 % / 36.08 %	27	C	57.95 % / 32.38 %	43	D	80.52 % / 15.07 %	59	C	45.57 % / 43.35 %	75	B	60.88 % / 31.6 %
12	B	44.08 % / 34.72 %	28	B	49.44 % / 30.32 %	44	B	83.78 % / 13.4 %	60	B	50.21 % / 34.1 %	76	D	51.13 % / 30.95 %
13	D	45.55 % / 40.13 %	29	C	13.55 % / 78.39 %	45	B	56.56 % / 31.48 %	61	B	76.18 % / 13.88 %	77	A	52.99 % / 41.33 %
14	B	49.99 % / 37.77 %	30	D	31.67 % / 68.27 %	46	C	46.94 % / 47.72 %	62	C	58.4 % / 37.96 %	78	C	40.18 % / 42.91 %
15	D	49.25 % / 49.51 %	31	C	11.96 % / 69.2 %	47	A	54.77 % / 31.11 %	63	A	80.7 % / 10.72 %	79	D	59.54 % / 31.08 %
16	C	55.18 % / 36.61 %	32	D	11.83 % / 74.2 %	48	A	65.05 % / 32.39 %	64	B	89.75 % / 10.04 %	80	C	67.63 % / 30.98 %

प्रश्न संख्या	उत्तर	सही उत्तर / छोड़ दिया	प्रश्न संख्या	उत्तर	सही उत्तर / छोड़ दिया	प्रश्न संख्या	उत्तर	सही उत्तर / छोड़ दिया	प्रश्न संख्या	उत्तर	सही उत्तर / छोड़ दिया	प्रश्न संख्या	उत्तर	सही उत्तर / छोड़ दिया
81	C	79.58 % / 14.13 %	97	C	48.43 % / 33.82 %	113	E	66.77 % / 30.03 %	129	E	65.59 % / 30.44 %	145	A	41.99 % / 52.51 %
82	C	67.64 % / 30.48 %	98	A	42.19 % / 53.27 %	114	B	47.85 % / 49.69 %	130	A	43.23 % / 50.23 %	146	C	51.91 % / 35.01 %
83	C	48.56 % / 37.44 %	99	C	69.85 % / 30.1 %	115	A	19.07 % / 69.29 %	131	D	42.53 % / 47.1 %	147	C	51.07 % / 47.45 %
84	C	82.7 % / 13.65 %	100	D	49.71 % / 38.24 %	116	A	28.98 % / 69.45 %	132	D	43.95 % / 31.3 %	148	E	65.28 % / 33.19 %
85	D	40.1 % / 51.77 %	101	D	57.65 % / 37.29 %	117	A	14.94 % / 70.62 %	133	B	67.09 % / 30.78 %	149	D	56.16 % / 40.43 %
86	D	53.28 % / 35.53 %	102	E	67.27 % / 31.62 %	118	B	57.22 % / 40.8 %	134	D	68.0 % / 30.44 %	150	E	50.12 % / 42.08 %
87	D	44.04 % / 41.04 %	103	A	77.86 % / 20.44 %	119	A	61.15 % / 31.28 %	135	E	86.96 % / 12.62 %	151	C	55.15 % / 38.8 %
88	C	44.22 % / 36.24 %	104	B	53.31 % / 44.33 %	120	D	81.35 % / 15.58 %	136	C	66.05 % / 32.87 %	152	A	50.68 % / 43.27 %
89	D	60.05 % / 33.97 %	105	C	81.06 % / 13.91 %	121	A	55.1 % / 42.67 %	137	E	19.56 % / 74.74 %	153	A	63.63 % / 34.58 %
90	A	63.59 % / 36.2 %	106	D	59.34 % / 38.01 %	122	B	48.02 % / 48.91 %	138	C	50.52 % / 43.81 %	154	C	58.53 % / 31.5 %
91	B	68.35 % / 31.01 %	107	B	78.55 % / 17.04 %	123	A	43.06 % / 52.22 %	139	B	18.2 % / 79.3 %	155	B	59.44 % / 32.15 %
92	E	22.64 % / 72.73 %	108	B	51.8 % / 43.96 %	124	C	64.9 % / 32.23 %	140	C	64.9 % / 30.13 %	156	C	41.09 % / 43.91 %
93	A	55.32 % / 42.86 %	109	A	66.3 % / 31.11 %	125	D	68.26 % / 30.54 %	141	A	78.18 % / 21.37 %	157	A	68.79 % / 30.1 %
94	E	14.99 % / 68.94 %	110	C	45.19 % / 46.38 %	126	B	44.65 % / 44.13 %	142	A	87.37 % / 11.84 %	158	B	65.62 % / 32.11 %
95	D	63.27 % / 34.06 %	111	C	47.24 % / 35.4 %	127	C	77.57 % / 21.25 %	143	A	78.62 % / 20.45 %	159	B	54.51 % / 31.21 %
96	B	53.81 % / 43.0 %	112	B	59.42 % / 37.94 %	128	B	62.16 % / 36.89 %	144	D	46.15 % / 46.52 %	160	A	48.95 % / 41.11 %

प्रश्न संख्या	उत्तर	सही उत्तर / छोड़ दिया	प्रश्न संख्या	उत्तर	सही उत्तर / छोड़ दिया	प्रश्न संख्या	उत्तर	सही उत्तर / छोड़ दिया	प्रश्न संख्या	उत्तर	सही उत्तर / छोड़ दिया	प्रश्न संख्या	उत्तर	सही उत्तर / छोड़ दिया
161	B	66.97 % / 30.39 %	177	A	81.62 % / 12.89 %	193	D	78.04 % / 14.94 %	209	A	62.86 % / 32.94 %	225	D	49.73 % / 38.34 %
162	D	64.72 % / 34.4 %	178	C	57.41 % / 30.16 %	194	C	54.57 % / 43.79 %	210	D	54.89 % / 43.99 %	226	B	46.07 % / 35.6 %
163	D	64.77 % / 30.9 %	179	D	77.69 % / 12.19 %	195	C	62.82 % / 35.74 %	211	C	19.39 % / 76.27 %	227	B	44.43 % / 32.06 %
164	B	63.41 % / 35.07 %	180	B	26.59 % / 67.38 %	196	D	40.15 % / 35.16 %	212	B	64.7 % / 34.58 %	228	D	10.72 % / 69.41 %
165	C	59.68 % / 40.2 %	181	B	42.68 % / 35.21 %	197	A	82.26 % / 12.01 %	213	A	14.39 % / 77.68 %	229	C	14.82 % / 69.89 %
166	D	51.34 % / 36.99 %	182	B	23.49 % / 73.75 %	198	D	51.49 % / 33.91 %	214	C	69.29 % / 30.19 %	230	B	29.65 % / 67.1 %
167	C	81.18 % / 15.01 %	183	C	52.9 % / 38.59 %	199	B	53.77 % / 41.5 %	215	D	83.12 % / 14.19 %	231	C	17.39 % / 74.83 %
168	E	42.74 % / 38.76 %	184	C	59.37 % / 40.42 %	200	A	53.65 % / 36.54 %	216	C	63.94 % / 32.87 %	232	A	18.23 % / 79.99 %
169	D	40.77 % / 32.76 %	185	C	59.31 % / 40.54 %	201	A	68.07 % / 31.52 %	217	C	29.98 % / 67.79 %	233	B	12.98 % / 78.66 %
170	C	22.9 % / 70.57 %	186	A	82.05 % / 12.55 %	202	D	53.83 % / 45.86 %	218	C	58.34 % / 30.58 %	234	C	24.49 % / 68.7 %
171	D	48.53 % / 44.94 %	187	C	83.84 % / 10.91 %	203	A	67.5 % / 32.44 %	219	E	63.21 % / 36.52 %	235	E	25.87 % / 70.58 %
172	B	65.88 % / 32.77 %	188	B	87.24 % / 12.34 %	204	C	58.58 % / 41.05 %	220	B	61.17 % / 36.8 %	236	D	69.94 % / 30.05 %
173	B	83.6 % / 12.54 %	189	A	59.38 % / 31.5 %	205	C	77.9 % / 18.35 %	221	C	53.11 % / 31.6 %	237	E	53.19 % / 36.66 %
174	B	50.86 % / 44.35 %	190	D	42.99 % / 45.0 %	206	A	40.55 % / 53.51 %	222	C	49.08 % / 45.17 %	238	B	13.09 % / 70.64 %
175	C	61.55 % / 31.67 %	191	C	62.13 % / 30.93 %	207	D	56.98 % / 36.2 %	223	C	45.38 % / 37.83 %	239	C	11.86 % / 71.56 %
176	C	80.95 % / 11.19 %	192	D	69.34 % / 30.38 %	208	D	19.74 % / 71.34 %	224	B	19.37 % / 77.6 %	240	C	47.18 % / 49.57 %

//संकेत और समाधान//

1. उपरोक्त गद्यांश कैम एयरलाइंस की चर्चा करता है जिसने एक दशक के भीतर 100 से अधिक यात्रियों की मौत की सूचना दी थी। ऐसी जानकारी हमें यह मानने में मदद करती है कि यह सबसे असुरक्षित एयरलाइनों में से एक है।

कोई भी ऐसी एयरलाइन में यात्रा करना पसंद नहीं करेगा।

इसलिए, विकल्प III सही है।

विकल्प I गलत है क्योंकि कैम एयरलाइंस की कीमतों के विषय में कोई उल्लेख नहीं किया गया है।

इसलिए, हम यह नहीं मान सकते कि यह एक सस्ती एयरलाइन है।

विकल्प II पूर्ण रूप से विपरीत है जो गद्यांश में उल्लिखित है।

इस तथ्य को जानने के बाद कि इस एयरलाइन ने एक दशक के भीतर 100 से अधिक यात्रियों की मौत की सूचना दी है, यह असंभव है कि विश्व भर के व्यक्ति इसमें यात्रा करना पसंद करेंगे।

इसलिए, यह गलत है।

अतः विकल्प (C) सही है।

Ques (2-3): दी गई जानकारी के अनुसार,

P है				
प्रतीक	*	%	#	$	&
अर्थ	>	=	≥	≤	<
Q से				

2. कथन: R $ T $ U # X # Q * T

परिवर्तित करने पर: R ≤ T ≤ U ≥ X ≥ Q > T

निष्कर्ष:

I. R & U → R < U → असत्य है (हम कह नहीं सकते क्योंकि R ≤ T ≤ U)

II. U * Q → U > Q → असत्य है (इनके बीच कोई संबंध नहीं है)

III. R % U → R = U → असत्य है (हम कह नहीं सकते क्योंकि R ≤ T ≤ U)

इसलिए, निष्कर्ष I और III पूरक जोड़ी बनाते हैं।

इस प्रकार, या तो निष्कर्ष I या III सत्य है।

अतः विकल्प (C) सही है।

3. कथन: A * B * C % D # E & F $ G

परिवर्तित करने पर: A > B > C = D ≥ E < F ≤ G

निष्कर्ष:

I. A * E → A > E → सत्य है (जैसा कि A > B > C = D ≥ E i.e. A > E is true)

II. B % D → B = D → असत्य है (जैसा कि (जैसा कि B > C = D, so it is false)

III. G * E → G > E → सत्य है (जैसा कि E < F ≤ G अर्थात E < G सत्य है)

इस प्रकार, निष्कर्ष I और III दोनों सत्य हैं।

अतः विकल्प (D) सही है।

Ques (4-8): A और F के बीच में दो व्यक्ति बैठे हैं लेकिन उनमें से कोई भी चिकित्सक नहीं है।

N और A एक ही पंक्ति में बैठे हैं लेकिन N किसी एक छोर पर बैठा है और J उसके ठीक पीछे या उसके सामने बैठा है।

स्थिति 1.1:

व्यवसाय	पंक्ति	उत्तर(↑)			
अभियंता	पंक्ति-1	N	A		F
चिकित्सक	पंक्ति-2	J			
शिक्षक	पंक्ति-3				

स्थिति 1.2:

व्यवसाय	पंक्ति	उत्तर(↑)			
अभियंता	पंक्ति-1	N	F		A
चिकित्सक	पंक्ति-2	J			
शिक्षक	पंक्ति-3				

स्थिति 2.1:

व्यवसाय	पंक्ति	उत्तर(↑)			
अभियंता	पंक्ति-1	A		F	N
चिकित्सक	पंक्ति-2				J
शिक्षक	पंक्ति-3				

स्थिति 2.2:

व्यवसाय	पंक्ति	उत्तर(↑)			
अभियंता	पंक्ति-1	F		A	N
चिकित्सक	पंक्ति-2				J
शिक्षक	पंक्ति-3				

स्थिति 3.1:

व्यवसाय	पंक्ति	उत्तर(↑)			
अभियंता	पंक्ति-1				
चिकित्सक	पंक्ति-2	J			
शिक्षक	पंक्ति-3	N	A		F

स्थिति 3.2:

व्यवसाय	पंक्ति	उत्तर(↑)			
अभियंता	पंक्ति-1				
चिकित्सक	पंक्ति-2	J			
शिक्षक	पंक्ति-3	N	F		A

स्थिति 4.1:

व्यवसाय	पंक्ति	उत्तर(↑)			
अभियंता	पंक्ति-1				
चिकित्सक	पंक्ति-2				J
शिक्षक	पंक्ति-3	A		F	N

स्थिति 4.2:

व्यवसाय	पंक्ति	उत्तर(↑)			
अभियंता	पंक्ति-1				
चिकित्सक	पंक्ति-2				J
शिक्षक	पंक्ति-3	F		A	N

E एक शिक्षक है और दो व्यक्ति उसके और L के बीच में बैठे हैं लेकिन न तो E न ही L, J के ठीक पीछे बैठा है।

स्थिति 3.1, 3.2, 4.1, 4.2 में E और L स्थापित नहीं किये जा सकते। इस प्रकार, ये स्थितियाँ रद्द हो जाती हैं।

स्थिति 1.1.1:

व्यवसाय	पंक्ति	उत्तर(↑)			
अभियंता	पंक्ति-1	N	A		F

चिकित्सक	पंक्ति-2	J				
शिक्षक	पंक्ति-3		E			L

स्थिति 1.1.2:

व्यवसाय	पंक्ति	उत्तर(↑)				
अभियंता	पंक्ति-1	N	A			F
चिकित्सक	पंक्ति-2	J				
शिक्षक	पंक्ति-3		L			E

स्थिति 1.2.1:

व्यवसाय	पंक्ति	उत्तर(↑)				
अभियंता	पंक्ति-1	N	F			A
चिकित्सक	पंक्ति-2	J				
शिक्षक	पंक्ति-3		E			L

स्थिति 1.2.2:

व्यवसाय	पंक्ति	उत्तर(↑)				
अभियंता	पंक्ति-1	N	F			A
चिकित्सक	पंक्ति-2	J				
शिक्षक	पंक्ति-3		L			E

स्थिति 2.1.1:

व्यवसाय	पंक्ति	उत्तर(↑)				
अभियंता	पंक्ति-1	A			F	N
चिकित्सक	पंक्ति-2					J
शिक्षक	पंक्ति-3	E			L	

स्थिति 2.1.2:

व्यवसाय	पंक्ति	उत्तर(↑)				
अभियंता	पंक्ति-1	A			F	N
चिकित्सक	पंक्ति-2					J
शिक्षक	पंक्ति-3	L			E	

स्थिति 2.2.1:

व्यवसाय	पंक्ति	उत्तर(↑)				
अभियंता	पंक्ति-1	F			A	N
चिकित्सक	पंक्ति-2					J
शिक्षक	पंक्ति-3	E			L	

स्थिति 2.2.2:

व्यवसाय	पंक्ति	उत्तर(↑)				
अभियंता	पंक्ति-1	F			A	N
चिकित्सक	पंक्ति-2					J
शिक्षक	पंक्ति-3	L			E	

N और O के बीच बैठे व्यक्तियों की संख्या E और H के बीच बैठे व्यक्तियों की संख्या के समान है।

I, O के ठीक पीछे बैठा है।

N और O के बीच में 1 या 2 व्यक्ति हो सकते हैं।

E और H के बीच में या तो 0 या 1 व्यक्ति हो सकता है।

N और O तथा E और H के बीच के बैठे व्यक्ति की संख्या समान होनी चाहिए। इसलिए, हम कह सकते हैं कि उनके बीच केवल एक ही व्यक्ति है।

स्थिति 1.1.1:

व्यवसाय	पंक्ति	उत्तर(↑)				
अभियंता	पंक्ति-1	N	A	O		F
चिकित्सक	पंक्ति-2	J		I		

शिक्षक	पंक्ति-3		E		H	L

स्थिति 1.1.2:

व्यवसाय	पंक्ति	उत्तर(↑)				
अभियंता	पंक्ति-1	N	A	O		F
चिकित्सक	पंक्ति-2	J		I		
शिक्षक	पंक्ति-3		L	H		E

स्थिति 1.2.1:

व्यवसाय	पंक्ति	उत्तर(↑)				
अभियंता	पंक्ति-1	N	F	O		A
चिकित्सक	पंक्ति-2	J		I		
शिक्षक	पंक्ति-3		E		H	L

स्थिति 1.2.2:

व्यवसाय	पंक्ति	उत्तर(↑)				
अभियंता	पंक्ति-1	N	F	O		A
चिकित्सक	पंक्ति-2	J		I		
शिक्षक	पंक्ति-3		L	H		E

स्थिति 2.1.1:

व्यवसाय	पंक्ति	उत्तर(↑)				
अभियंता	पंक्ति-1	A		O	F	N
चिकित्सक	पंक्ति-2			I		J
शिक्षक	पंक्ति-3	E		H	L	

स्थिति 2.1.2:

व्यवसाय	पंक्ति	उत्तर(↑)				
अभियंता	पंक्ति-1	A		O	F	N
चिकित्सक	पंक्ति-2			I		J
शिक्षक	पंक्ति-3	L	H		E	

स्थिति 2.2.1:

व्यवसाय	पंक्ति	उत्तर(↑)				
अभियंता	पंक्ति-1	F		O	A	N
चिकित्सक	पंक्ति-2			I		J
शिक्षक	पंक्ति-3	E		H	L	

स्थिति 2.2.2:

व्यवसाय	पंक्ति	उत्तर(↑)				
अभियंता	पंक्ति-1	F		O	A	N
चिकित्सक	पंक्ति-2			I		J
शिक्षक	पंक्ति-3	L	H		E	

G, A के ठीक पीछे बैठा है लेकिन L के ठीक सामने नहीं है।

स्थिति 1.1.2, 1.2.1, 2.1.2, 2.2.1 में G, L के ठीक सामने बैठा है। इसलिए, ये स्थितियाँ रद्द हो जाती हैं।

स्थिति 1.1.1:

व्यवसाय	पंक्ति	उत्तर(↑)				
अभियंता	पंक्ति-1	N	A	O		F
चिकित्सक	पंक्ति-2	J	G	I		
शिक्षक	पंक्ति-3		E		H	L

स्थिति 1.2.2:

व्यवसाय	पंक्ति	उत्तर(↑)				
अभियंता	पंक्ति-1	N	F	O		A
चिकित्सक	पंक्ति-2	J	I	G		
शिक्षक	पंक्ति-3		L	H		E

स्थिति 2.1.1:

व्यवसाय	पंक्ति	उत्तर(↑)			
अभियंता	पंक्ति-1	A		O	F	N
चिकित्सक	पंक्ति-2	G		I		J
शिक्षक	पंक्ति-3	E		H	L	

स्थिति 2.2.2:

व्यवसाय	पंक्ति	उत्तर(↑)			
अभियंता	पंक्ति-1	F		O	A	N
चिकित्सक	पंक्ति-2			I	G	J
शिक्षक	पंक्ति-3	L	H		E	

C, H के निकटतम दाएं बैठा है।

स्थिति 1.1.1 और 2.1.1 में H के निकटतम दाएं C के लिए कोई स्थान नहीं है। इसलिए, ये स्थितियाँ रद्द हो जाती है।

स्थिति 1.2.2:

व्यवसाय	पंक्ति	उत्तर(↑)			
अभियंता	पंक्ति-1	N	F	O		A
चिकित्सक	पंक्ति-2	J		I		G
शिक्षक	पंक्ति-3		L	H	C	E

स्थिति 2.2.2:

व्यवसाय	पंक्ति	उत्तर(↑)			
अभियंता	पंक्ति-1	F		O	A	N
चिकित्सक	पंक्ति-2			I	G	J
शिक्षक	पंक्ति-3	L	H	C	E	

K न तो एक अभियंता है और न ही। की पंक्ति में बैठा है लेकिन वह किसी एक छोर पर बैठा है।

स्थिति 1.2.2:

व्यवसाय	पंक्ति	उत्तर(↑)			
अभियंता	पंक्ति-1	N	F	O		A
चिकित्सक	पंक्ति-2	J		I		G
शिक्षक	पंक्ति-3	K	L	H	C	E

स्थिति 2.2.2:

व्यवसाय	पंक्ति	उत्तर(↑)			
अभियंता	पंक्ति-1	F		O	A	N
चिकित्सक	पंक्ति-2			I	G	J
शिक्षक	पंक्ति-3	L	H	C	E	K

D एक अभियंता नहीं है।

M, G की पंक्ति में बैठा है लेकिन वे एक दूसरे के पड़ोसी नहीं हैं।

H के सामने न तो D न ही M बैठा है।

स्थिति 2.2.2 में, D और M स्थापित नहीं किये जा सकते। इस प्रकार स्थिति 2.2.2 रद्द हो जाती है।

इस प्रकार, B एक अभियंता है।

स्थिति 1.2.2:

व्यवसाय	पंक्ति	उत्तर(↑)			
अभियंता	पंक्ति-1	N	F	O	B	A
चिकित्सक	पंक्ति-2	J	M	I	D	G
शिक्षक	पंक्ति-3	K	L	H	C	E

4. B – L – F को छोड़कर सभी व्यक्ति अलग-अलग पंक्तियों में हैं।

इसलिए, सही उत्तर B – O – F है।

अतः विकल्प (D) सही है।

5. M, D के बाएं से दूसरे स्थान पर बैठा है।

अतः विकल्प (C) सही है।

6. N और B के बीच में दो व्यक्ति बैठे हैं।

अतः विकल्प (A) सही है।

7. K-C-H शिक्षकों का जोड़ा है।

अतः विकल्प (C) सही है।

8. J, पंक्ति के किसी एक छोर पर बैठा है।

अतः विकल्प (E) सही है।

9. दिया गया कथन: D # A + G $ E + R

कथन का विकूटन करने पर:

	A _से 6 किमी दूर है।		B _से 6 किमी दूर है।	
प्रतीक	+	&	$	#
दिशा	पश्चिम	पूर्व	उत्तर	दक्षिण
	B का		A का	

A, D के 6 किमी दक्षिण में है, A, G के 6 किमी पश्चिम में है, E, G के उत्तर में 6 किमी उत्तर में है, E, R के 6 किमी पश्चिम में है।

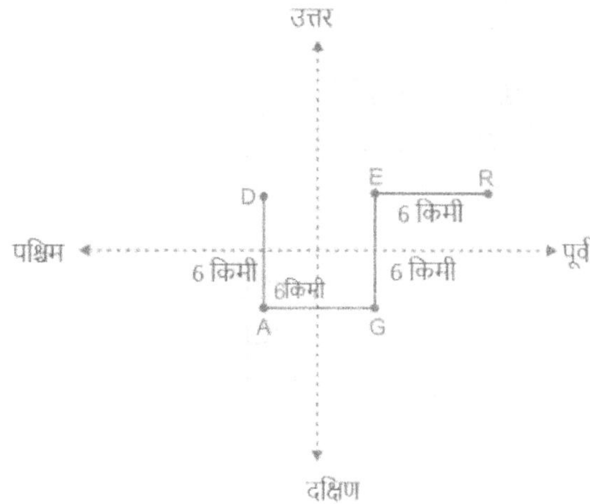

इस प्रकार, D, G के उत्तर-पश्चिम में है।

अतः विकल्प (D) सही है।

10. दिया गया कथन: P # R # E & J & U # D

कथन का विकूटन करने पर:

	A _से 6 किमी दूर है।		B _से 6 किमी दूर है।	
प्रतीक	+	&	$	#
दिशा	पश्चिम	पूर्व	उत्तर	दक्षिण
	B का		A का	

R, P के 6 किमी दक्षिण में है, E, R के 6 किमी दक्षिण में है, E, J के 6 किमी पूर्व में है, D, U के 6 किमी दक्षिण में है।

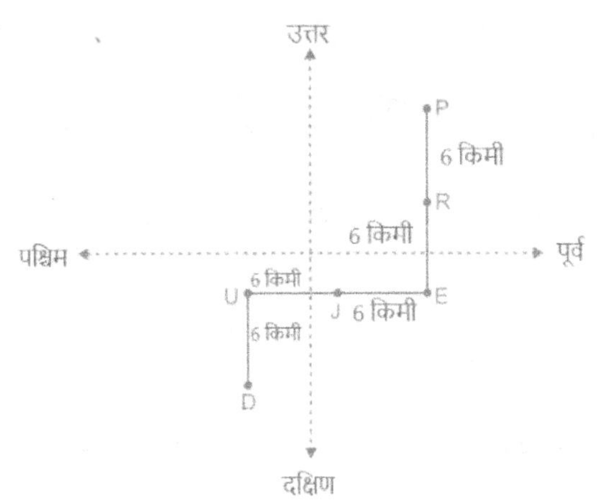

इस प्रकार, D, P के दक्षिण-पश्चिम में है।

अतः विकल्प (D) सही है।

11. दी गई जानकारी के अनुसार,

व्यक्ति के नाम: S, T, R, F, G, J और V

तल: भूतल की संख्या 1 है, उसके ऊपर के तल की संख्या 2 है और इसी तरह सबसे ऊपर ले तल की संख्या 7 है।

कथन I: R, तल 3 के ऊपर एक विषम संख्या वाले तल पर रहता है और R और S के बीच केवल दो व्यक्ति रहते हैं।

(यहां दो स्थितियाँ हैं। स्थिति -1: R तल संख्या 5 पर रहता है और दो व्यक्ति R और S के बीच रहते हैं। स्थिति -2: R तल संख्या 7 पर रहता है और दो व्यक्ति R और S के बीच रहते हैं।)

स्थिति - 1		स्थिति - 2	
तल संख्या	व्यक्ति	तल संख्या	व्यक्ति
7		7	R
6		6	
5	R	5	
4		4	S
3		3	
2	S	2	
1		1	

इसलिए, हम केवल कथन I का उपयोग करके यह नहीं ज्ञात कर सकते कि G के नीचे कौन रहता है।

कथन II: S और G के बीच केवल एक व्यक्ति रहता है, जो T के नीचे और S के ऊपर रहता है। T सबसे ऊपरी तल पर नहीं रहता है।

(यहाँ स्थिति- 2 रद्द हो जाती है क्योंकि G और T दोनों को S से ऊपर, S और G के बीच एक व्यक्ति के साथ नहीं रखा जा सकता है।)

स्थिति - 1	
तल संख्या	व्यक्ति
7	
6	T
5	R
4	G
3	
2	S
1	

इसलिए, कथन I और II से भी हम यह ज्ञात नहीं कर सकते कि G के नीचे कौन रहता है।

कथन III: V, F के ऊपर रहता है लेकिन J के नीचे रहता है।

स्थिति - 1	
तल संख्या	व्यक्ति
7	J
6	T
5	R
4	G
3	V
2	S
1	F

अब हमें अपना अंतिम उत्तर मिलता है। V, G के ठीक नीचे रहता है।

इसलिए, प्रश्न का उत्तर देने के लिए तीनों कथनों के एक साथ आँकड़ों की आवश्यकता है।

अतः विकल्प (D) सही है।

12. कथन I: V और S के बीच तीन व्यक्ति बैठे हैं। न तो V और न ही S अंतिम छोर पर बैठे हैं। T, V के ठीक दायें और अंतिम छोर पर बैठा है। P, R के दायें से तीसरे स्थान पर बैठा है। इसलिए, हमारे पास है,

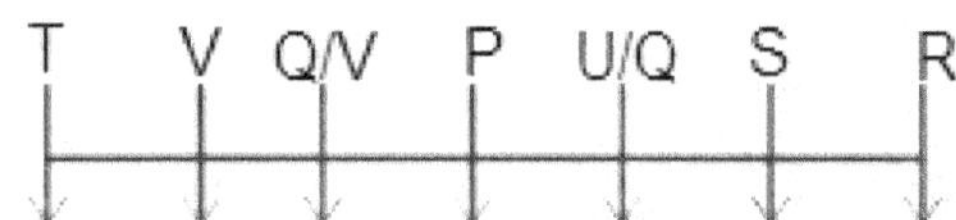

इसलिए, P, S के दायें से दूसरे स्थान पर बैठा है।

कथन II: T, Q के दायें से दूसरे स्थान पर बैठा है, जो S के दायें से तीसरे स्थान पर बैठा है। R, S के ठीक बायें बैठा है। V, P के दायें से दूसरे स्थान पर बैठा है। इसलिए, हमारे पास है,

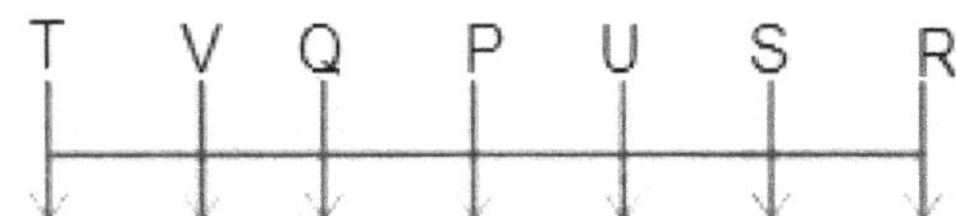

इसलिए, P, S के दायें से दूसरे स्थान पर बैठा है।

कथन III: P पंक्ति के मध्य में बैठा है। V, U के दायें से तीसरे स्थान पर बैठा है, जो S के ठीक दायें बैठा है। S किसी भी छोर पर नहीं बैठा है। इसलिए, हमारे पास है,

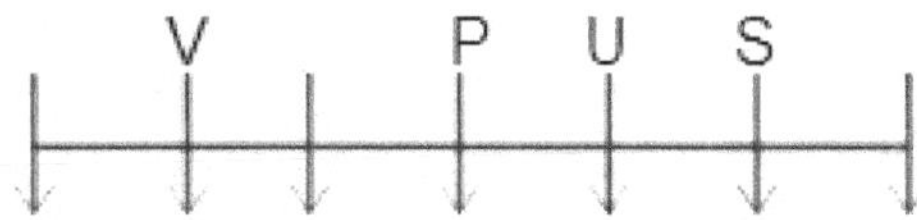

इसलिए, P, S के दायें से दूसरे स्थान पर बैठा है।

इसलिए, प्रश्न का उत्तर देने के लिए I, II, या III में से कोई भी आँकड़ें पर्याप्त है।

अतः विकल्प (B) सही है।

13. दिए गए कथनों के लिए न्यूनतम संभावित वेन आरेख इस प्रकार है,

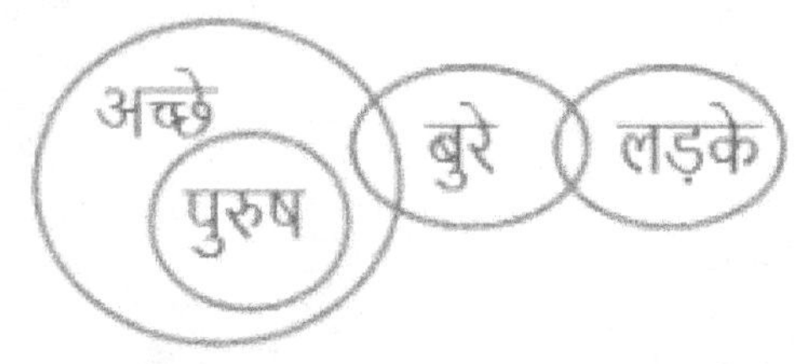

I. कुछ लड़के बुरे नहीं हैं → गलत (यह संभव हो सकता है लेकिन यह निश्चित नहीं है।)

II. कुछ पुरुष अच्छे हैं → सही (यह निश्चित है)

III. कुछ बुरे अच्छे नहीं हैं → सही (यह निश्चित है)

इसलिए, निष्कर्ष II और III दोनों अनुसरण करते हैं।

अतः विकल्प (D) सही है।

14. दिए गए कथनों के लिए न्यूनतम संभावित वेन आरेख इस प्रकार है,

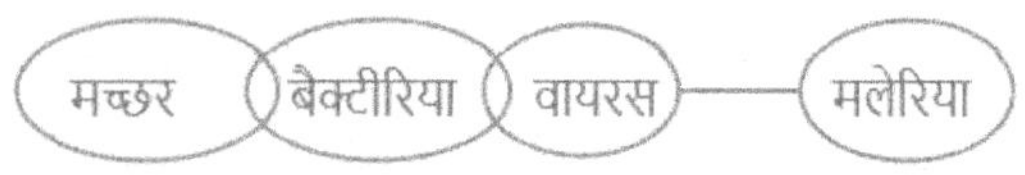

I. कोई मलेरिया बैक्टीरिया नहीं है → गलत (यह संभव हो सकता है लेकिन यह निश्चित नहीं है।)

II. कुछ वायरस मलेरिया है → गलत (यह निश्चित रूप से गलत है)

III. कुछ मच्छर बैक्टीरिया नहीं हैं → सही (यह निश्चित है)

इसलिए, केवल निष्कर्ष III अनुसरण करता है।

अतः विकल्प (B) सही है।

15. पहला कथन हमें पहले सफल रॉकेट प्रक्षेपण के बारे में जानकारी देता है। लेकिन अगले कथन में यह तथ्य भी सामने आया है कि रॉकेट प्रक्षेपित करने से कई चुनौतियों का सामना करना पड़ सकता है।

उपरोक्त जानकारी को ध्यान में रखते हुए, पहला निष्कर्ष जो रॉकेट और एयर फ़्लाइट सक्षम मशीनों के अध्ययन को परिभाषित करता है, वह दी गई जानकारी का सही निष्कर्ष नहीं हो सकता है।

इसलिए, निष्कर्ष 1 अनुसरण नहीं करता है।

दूसरे निष्कर्ष में उल्लिखित जोखिमों को रॉकेट इंजनों को फायर करते समय सामने आने वाली कठिनाइयों के बारे में दूसरे विवरण में जानकारी से समझा जा सकता है।

इसलिए, निष्कर्ष 2 अनुसरण करता है।

अतः विकल्प (D) सही है।

Ques (16-20): व्यंजन और स्वर के कूट निम्न प्रकार हैं:

व्यंजन	B	C	D	F	G	H	J	K	L	M	N	P	Q	R	S	T	V	W	X	Y	Z
कूट	1	2	3	4	5	6	7	8	9	1	2	3	4	5	6	7	8	9	1	2	3

इसलिए,

स्वर	A	E	I	O	U

कूट	@	#	$	%	&

16. "Arrogant" के लिए कूट @55%5@27 है।

"Arrogant" का पहला अक्षर स्वर है और अंतिम अक्षर व्यंजन है। इसलिए, पहले और अंतिम दोनों अक्षर, पहले अक्षर के कूट अर्थात @ के रूप में कूटबद्ध किये जायेंगे।

इसलिए, "Arrogant" को @55%5@2@ के रूप में कूटबद्ध किया जाता है।

अतः विकल्प (C) सही है।

17. "Deliberate" के लिए कूट 3#9$1#5@7# है।

"Deliberate" का पहला अक्षर व्यंजन और अंतिम अक्षर स्वर है। इसलिए, दोनों के कूट परस्पर बदल जायेंगे।

इसलिए, "Deliberate" को ##9$1#5@73 के रूप में कूटबद्ध किया जाता है।

अतः विकल्प (D) सही है।

18. इसलिए, "Related" के लिए कूट 5#9@7#3 है।

"Related" के पहले और अंतिम अक्षर दोनों व्यंजन हैं। इसलिए, कूट 5#9@7#3 की सम संख्याएँ ^ से बदल दी जाती हैं।

चूँकि, 5#9@7#3 में कोई सम संख्या नहीं है, कूट समान रहेगा।

इसलिए, "Related" को 5#9@7#3 के रूप में कूटबद्ध किया जाता है।

अतः विकल्प (C) सही है।

19. इसलिए, "Hunger" के लिए कूट 6&25#5 है।

"Hunger' के पहले और अंतिम अक्षर दोनों व्यंजन हैं। इसलिए, कूट 6&25#5 की सम संख्याएँ ^ से बदल जाती हैं।

इसलिए, "Hunger" को ^&^5#5 के रूप में कूटबद्ध किया जाता है।

अतः विकल्प (B) सही है।

20. इसलिए, "Estonia" के लिए कूट #67%2$@ है।

"Estonia' शब्द के पहले और अंतिम दोनों अक्षर स्वर हैं। इसलिए, कूट #67%2$@ की विषम संख्याएँ * से बदल जाती हैं।

इसलिए, "Estonia" को #6*%2$@ के रूप में कूटबद्ध किया जाता है।

अतः विकल्प (C) सही है।

21. उपर्युक्त अवतरण हमें सेंधा नमक और इसकी संरचना के बारे में बताता है।

इसे नमक का शुद्धतम रूप कहा जाता है। इसप्रकार, हम मान सकते हैं कि साधारण नमक शुद्ध नहीं है या इसमें अशुद्धियाँ हैं।

इसलिए, धारणा I निहित है।

सेंधा नमक में आवश्यक खनिजों को देखते हुए, हम यह मान सकते हैं कि साधारण नमक की बजाय सेंधा नमक का उपयोग बेहतर है।

इसलिए, धारणा II निहित है।

दूसरी ओर, सेंधा नमक की कीमत या इसकी दुर्लभता का जानकारी से अनुमान नहीं लगाया जा सकता है।

इसलिए, III को छोड़कर सभी धारणाएं निहित हैं।

अतः विकल्प (D) सही है।

Ques (22-26): 1) A, H के दाएँ से तीसरे स्थान पर बैठा है जो उत्तर दिशा के सम्मुख है और उसकी जर्सी संख्या नौवीं अभाज्य संख्या है।

इसका अर्थ है कि H की जर्सी संख्या = 23 है।

2) A के दायीं ओर कोई भी व्यक्ति नहीं बैठा है और B के बायीं ओर कोई भी व्यक्ति नहीं बैठा है।

3) E के दाएँ से चौथे स्थान पर बैठा व्यक्ति A है।

4) B के दाएँ से चौथे स्थान पर बैठा व्यक्ति C है।

5) जर्सी संख्या 17 और 19 पहनने वाले व्यक्ति एक दूसरे के निकटतम पड़ोसी हैं और उनमें से एक व्यक्ति पूर्व दिशा के सम्मुख है। इसके अतिरिक्त, उनमें से व्यक्ति स्वर है।

6) C की जर्सी पर छपी हुई संख्याओं का योग 10 है।

अतः C की जर्सी संख्या = 19 है।

उपरोक्त कथनों से, हम निष्कर्ष निकाल सकते हैं E की जर्सी संख्या = 17 है।

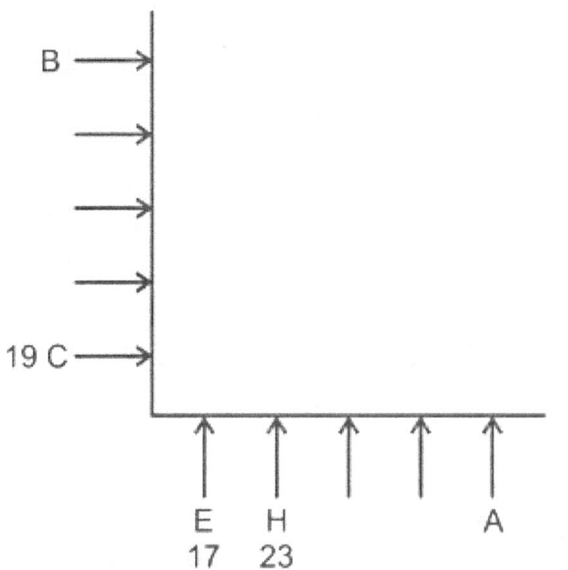

7) F की जर्सी संख्या 7 है और वह जर्सी संख्या 23 तथा 3 पहनने वाले व्यक्ति का निकटतम पड़ोसी है।

8) D, A का निकटतम पड़ोसी है।

9) G, C के बाएँ से तीसरे स्थान पर है और उसकी जर्सी संख्या पहली अभाज्य संख्या है।

अतः G की जर्सी संख्या = 2 है।

10) I पूर्व दिशा के सम्मुख है और उसकी जर्सी पर पांचवीं अभाज्य संख्या छपी हुई है। वह G का निकटतम पड़ोसी भी है।

अतः I की जर्सी संख्या = 11 है।

11) J की जर्सी पर छपे हुए अंकों का योग 11 है।

अतः J की जर्सी संख्या = 29 है।

12) A की जर्सी संख्या B की जर्सी संख्या से अधिक है।

उपरोक्त कथनों से, हम A और B की जर्सी संख्या नहीं निकाल सकते हैं।

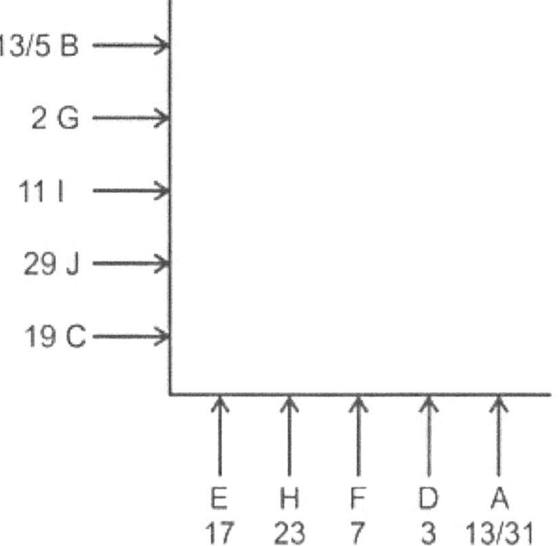

22. इस प्रकार दोनों पंक्तियों में क्रमशः 1, 1 अर्थात I, J और A, E अक्षर के जोड़े हैं, अर्थात पंक्ति-1, पंक्ति-2, जिनमें से प्रत्येक के बीच उतने ही अक्षर हैं जितने कि अंग्रेजी वर्णमाला में हैं।

अतः विकल्प (C) सही है।

23. इस प्रकार A की संभावित जर्सी संख्या 13 या 31 है।

अतः विकल्प (A) सही है।

24. हमें नहीं पता कि किसकी जर्सी का नंबर 13 है।

अतः विकल्प (E) सही है।

25. D का जर्सी नंबर 3 है।

अतः विकल्प (C) सही है।

26. कोई भी G के बायें तीसरा नहीं है।

अतः विकल्प (D) सही है।

Ques (27-28):राजनीतिक दल: BJP, INC, CPI और NCP

परिवार में दो विवाहित जोड़े हैं।

1. परिवार के मुखिया की तीन पुत्रियाँ हैं जिनमें से दो पुत्रियाँ NCP का समर्थन करती हैं।

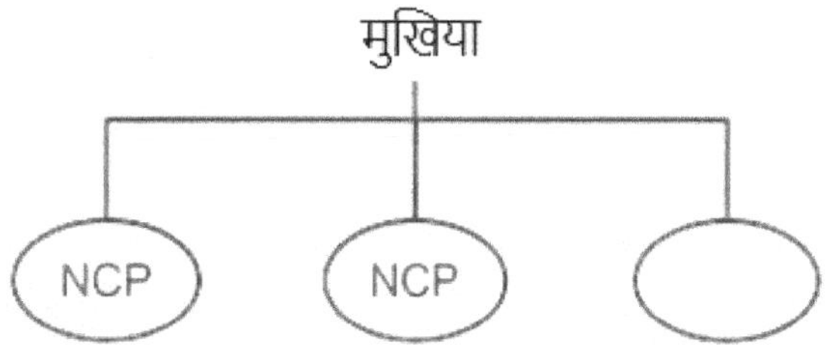

2. G, C का सन-इन-लॉ है और उसकी एक पुत्री है जो कि NCP या CPI का समर्थन नहीं करती है।

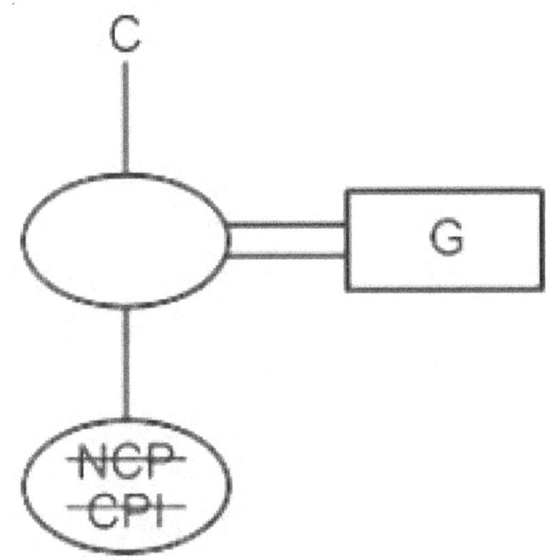

3. A की ग्रेट ग्रैंडडॉटर INC का समर्थन करती है लेकिन वह B नहीं है।

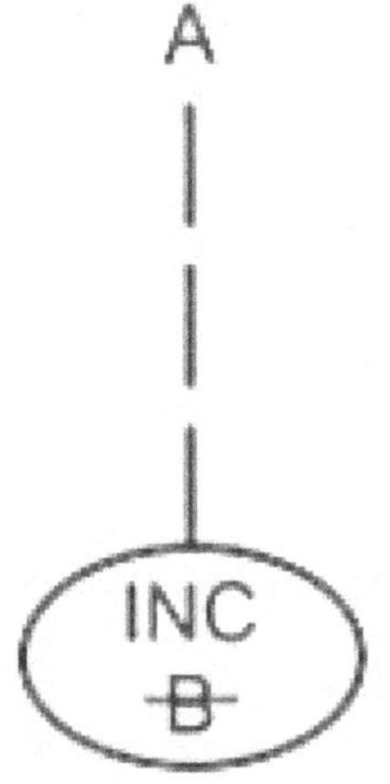

4. D, I का पति है और उसका कोई भी ब्रदर-इन-लॉ नहीं है।

5. E, F की माता है और वह A के सन-इन-लॉ के साथ CPI का समर्थन करती है।

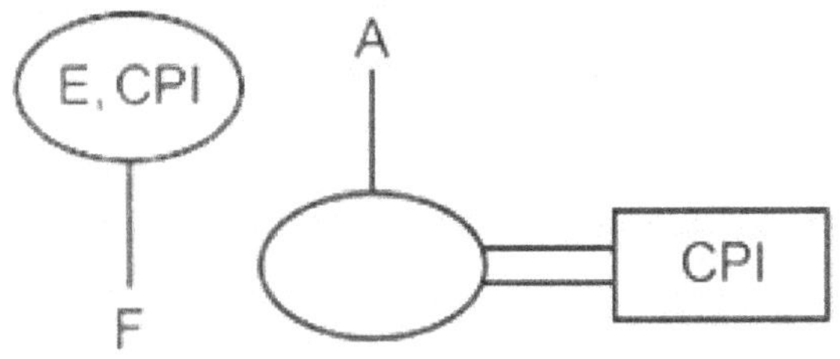

6. H और J भाई हैं लेकिन वे B की संतान नहीं हैं।

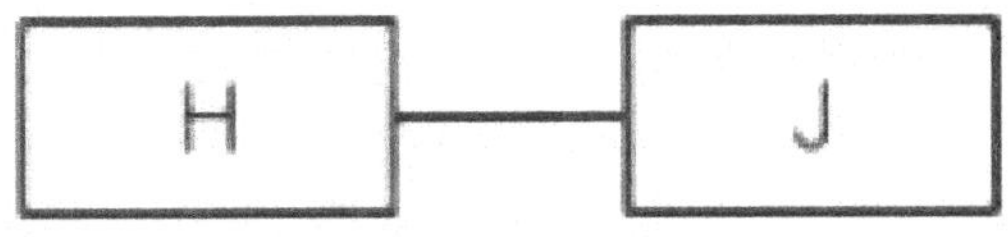

अब, उपरोक्त सभी आरेखों को जोड़ने पर, हमें प्राप्त होता है,

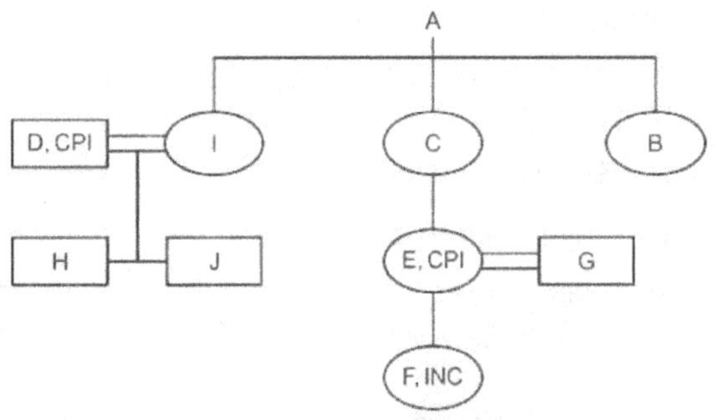

7. CPI के दोनों समर्थक विभिन्न लिंग और पीढ़ी से संबंधित हैं।

8. E के दो कजिन में से एक G के साथ BJP का समर्थन करता है। परिवार का एक अन्य सदस्य भी BJP का समर्थन करता है और वे सभी एक समान लिंग के हैं।

9. F जिस दल का समर्थन करता है B और J उस दल का समर्थन नहीं करते हैं।

इसलिए B और J दल INC का समर्थन नहीं करते हैं।

10. विभिन्न पीढ़ियों के तीन व्यक्ति INC का समर्थन करते हैं।

क्योंकि B और J दल INC का समर्थन नहीं करते हैं, H दल INC का समर्थन करेगा और J दल BJP का समर्थन करेगा और B दल NCP का समर्थन करेगा।

11. J और A समान दल का समर्थन करते हैं।

12. B और C समान दल का समर्थन नहीं करते हैं।

इसलिए C दल INC का और I दल NCP का समर्थन करेगा।

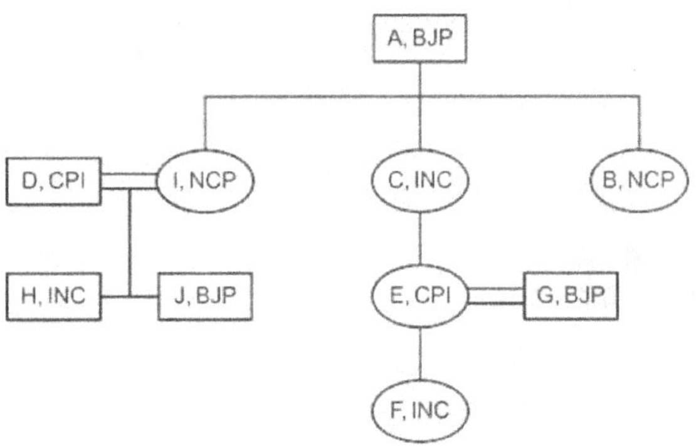

27. इसलिए B और I दल NCP के समर्थक हैं।

अतः विकल्प (C) सही है।

28. F की ग्रैंडमदर दल INC का समर्थन करती है।

अतः विकल्प (B) सही है।

Ques (29-33):1. काजल पसंद करने वाला व्यक्ति सबसे छोटा है।

2. जिसकी आयु एक अभाज्य संख्या है और T के बीच दो व्यक्तियों का जन्म हुआ है।

3. M और काजल पसंद करने वाले व्यक्ति के बीच दो व्यक्तियों का जन्म हुआ है ।

इन तीन वाक्यों के संयोजन पर, हमें तीन संभावित स्थिति मिले हैं:

स्थिति 1: जब व्यक्ति 1964 में जन्म हुआ और उसकी उम्र 53 साल है, तब T का जन्म 1987 में हुआ ।

स्थिति 2: जब व्यक्ति 1980 में जन्म हुआ और उसकी उम्र 37 साल है, तब T का जन्म 2000 में हुआ ।

स्थिति 3: जब व्यक्ति 2000 में जन्म हुआ और उसकी उम्र 17 साल है, तब T का जन्म 1980 में हुआ।

काजल पसंद करने वाला वह व्यक्ति है जो 2011 में जन्म लिया, सबसे छोटा है।

वर्ष	उम्र	स्थिति 1		स्थिति 2		स्थिति 3	
		व्यक्ति	मेकअप उत्पाद	व्यक्ति	मेकअप उत्पाद	व्यक्ति	मेकअप उत्पाद
1964	(53)						
1972	(45)						
1980	(37)					T	
1987	(30)	T					
1995	(22)	M		M		M	
2000	(17)			T			
2005	(12)						
2011	(6)	काजल		काजल		काजल	

4. फाउंडेशन और S पसंद करने वाले व्यक्तियों की कुल आयु का योग, R जो कंटूर पसंद करता की आयु से दो वर्ष अधिक है।

5. M और O के बीच दो व्यक्तियों का जन्म हुआ है।

इन दो वाक्यों को मिलाने पर,

22 और 17 का योग 39 है जो 37 से 2 वर्ष अधिक है, अतः इससे स्पष्ट है कि R का जन्म 1980 में हुआ और S का जन्म 2000 में हुआ और M को फाउंडेशन पसंद है।

इस लाइन से हमारा Case 2 और Case 3 रद्द हो जाता है।

स्थिति 2 में, T का जन्म M के ठीक बाद हुआ है, इसलिए S का उस वर्ष में जन्म लेना संभव नहीं है।

स्थिति 3 में, T का जन्म वर्ष 1980 में हुआ है, इसलिए R का उस वर्ष में जन्म लेना संभव नहीं है।

अब, फिर से हमारे पास O के जन्म वर्ष के लिए दो संभावित स्थितियां हैं।

स्थिति 1A : जब 1972 में O का जन्म M के बाद हुआ।

स्थिति 1B : जब 2011 में O का जन्म M के बाद हुआ।

वर्ष	आयु	स्थिति 1a		स्थिति 1b	
		व्यक्ति	मेकअप उत्पाद	व्यक्ति	मेकअप उत्पाद
1964	(53)				
1972	(45)	O			
1980	(37)	R	कंटूर	R	कंटूर
1987	(30)	T		T	
1995	(22)	M	फाउंडेशन	M	फाउंडेशन
2000	(17)	S		S	
2005	(12)				

6. मसकारा पसंद करने वाले व्यक्ति का जन्म ब्लश पसंद करने वाले के ठीक बाद हुआ है।

7. O को मसकारा नहीं पसंद है।

इन दो वाक्यों के संयोजन पर हमारे पास तीन संभावित स्थितियां हैं:

स्थिति 1a: जब वह व्यक्ति जो वर्ष 2000 में पैदा हुए ब्लश को पसंद करता है और वह व्यक्ति जो 2005 में पैदा हुए काजल को पसंद करता है।

स्थिति 1b: जब वह व्यक्ति जो वर्ष 2000 में पैदा हुए ब्लश को पसंद करता है और वह व्यक्ति जो 2005 में पैदा हुए काजल को पसंद करता है।

स्थिति 1b (1): जब वह व्यक्ति जो वर्ष 1966 में पैदा हुए ब्लश को पसंद करता है और वह व्यक्ति जो 1972 में पैदा हुए काजल को पसंद करता है।

वर्ष	आयु	स्थिति 1a		स्थिति 1b		स्थिति 1b (1)	
		व्यक्ति	मेकअप उत्पाद	व्यक्ति	मेकअप उत्पाद	व्यक्ति	मेकअप उत्पाद
1964	(53)						ब्लश
1972	(45)	O					मसकारा
1980	(37)	R	कंटूर	R	कंटूर	R	कंटूर
1987	(30)	T		T		T	
1995	(22)	M	फाउंडेशन	M	फाउंडेशन	M	फाउंडेशन
2000	(17)	S	ब्लश	S	ब्लश		
2005	(12)		मसकारा		मसकारा		
2011	(6)		काजल	O	काजल	O	काजल

8. P हाइलाइटर पसंद करता लेकिन R के पहले जन्म नहीं हुआ है।

9. छठा सबसे बड़ा व्यक्ति लिपस्टिक नहीं पसंद करता है।

10. N सबसे बड़ा नहीं है।

इन तीन वाक्यों को मिलाने पर, हमारा स्थिति 1a और स्थिति1b रद्द हो जाता है, जैसा कि 8 वें कथन से स्पष्ट है कि P का जन्म R के बाद हुआ है।

स्थिति 1 A में: R का जन्म होने के लिए कोई वर्ष नहीं बचा है, जबकि R का जन्म उन वर्ष से पहले हुआ है, इसलिए यह स्थिति रद्द की जाती है ।

स्थिति 1 B में: R का जन्म होने के लिए साल नहीं बचा है, जबकि R का जन्म उन वर्षों से पहले हुआ है, इसलिए यह स्थिति रद्द की जाती है ।

स्थिति 1 B (1) में: P का जन्म R के बाद 2005 में हुआ ।

अब, छठे सबसे पुराने व्यक्ति है इसका अर्थ है तीसरा सबसे युवा व्यक्ति जो S है, S लिपस्टिक नहीं पसंद करता है, S को लाइनर पसंद है क्योंकि केवल लाइनर बचा है।

इसलिए, T लिपस्टिक पसंद करता है।

N सबसे बड़ा नहीं है, जिसका अर्थ है कि N का वर्ष 1972 में जन्म हुआ।

अब, केवल Q बचा है इसलिए Q का जन्म 1964 में हुआ।

		स्थिति 1b (1)	
वर्ष	वर्ष	व्यक्ति	मेकअप उत्पाद
1964	(53)	Q	ब्लश

1972	(45)	N	मस्कारा
1980	(37)	R	कंटूर
1987	(30)	T	लिपस्टिक
1995	(22)	M	फाउंडेशन
2000	(17)	S	लाइनर
2005	(12)	P	हाइलाइटर
2011	(6)	O	काजल

अंतिम व्यवस्था:

वर्ष	आयु	व्यक्ति	मेकअप उत्पाद
1964	(53)	Q	ब्लश
1972	(45)	N	मस्कारा
1980	(37)	R	कंटूर
1987	(30)	T	लिपस्टिक
1995	(22)	M	फाउंडेशन
2000	(17)	S	लाइनर
2005	(12)	P	हाइलाइटर
2011	(6)	O	काजल

29. इसलिए, T को लिपस्टिक पसंद है।

अतः विकल्प (C) सही है

30. 5 लोग S से पहले पैदा हुए, और 4 लोग T के बाद पैदा हुए।

इसलिए, 5,4 सही उत्तर है।

अतः विकल्प (D) सही है।

31. तीसरा सबसे छोटा व्यक्ति S है।

S को लाइनर पसंद है।

इसलिए, लाइनर को तीसरे सबसे कम उम्र के व्यक्ति ने पसंद किया।

अतः विकल्प (C) सही है।

32. आइए प्रत्येक विकल्प की जाँच करें:

Q : Q 53 साल का है। (विषम आयु)

R: R 37 वर्ष का है। (विषम आयु)

N: N 45 वर्ष का है। (विषम आयु)

M: M 22 वर्ष का है। (आयु)

S : S 17 साल का है। (विषम आयु)

इसलिए, M समूह से संबंधित नहीं है।

अतः विकल्प (D) सही है।

33. इसलिए, R -कंटूर सही है।

अतः विकल्प (C) सही है।

34. Barber के पहले और पांचवें अक्षर B और E हैं।

Parking के दूसरे और छठे अक्षर A और N हैं।

सभी 4 अक्षरों का एक साथ उपयोग करके हम 2 अर्थपूर्ण अंग्रेजी शब्द बना सकते हैं – BEAN (खाद्य बीज) और BANE (संकट का कारण)।

अतः विकल्प (D) सही है।

35. दी गई जानकारी के अनुसार,

(i) गोविंद, आशीष से छोटा है लेकिन कमल से लंबा है।

आशीष > गोविंद > कमला

(ii) नरेन कमल से छोटा है।

कमल> नरेन (आशीष> गोविंद> कमल> नरेन)

(iii) जयंत नरेन से लंबा है।

जयंत > नरेन

(iv) आशीष जयंत से लम्बा है।

आशीष > जयंती

उपरोक्त कथनों को मिलाने पर दो संभावनाएँ हो सकती हैं:

आशीष > गोविंद > कमल > जयंत > नरेन

आशीष > जयंत > गोविंद > कमल > नरेन

दोनों ही मामलों में कमल गोविंद से छोटा है।

अतः विकल्प (A) सही है।

Ques (36-40):आठ व्यक्ति A, B, C, D, E, F, G, और H

आठ रंग: बैंगनी, गुलाबी, लाल, हरा, नीला, काला, पीला और नारंगी

1) F, A के बायें से तीसरे स्थान पर बैठा है, जो बैंगनी पसंद करता है, और जो व्यक्ति बैंगनी पसंद करता है, वह G के निकटतम बाएं बैठा है।

2) F और जिस व्यक्ति को नीला पसंद है, उनके बीच में एक व्यक्ति है।

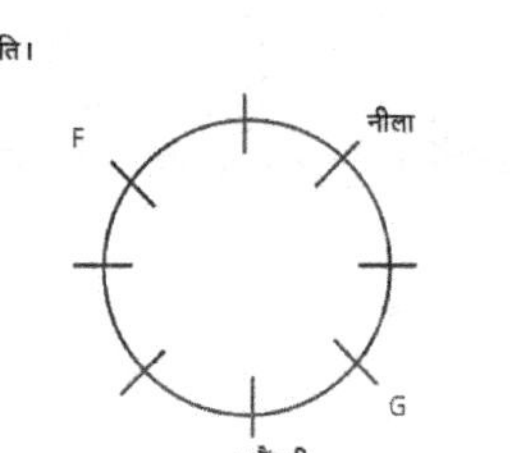
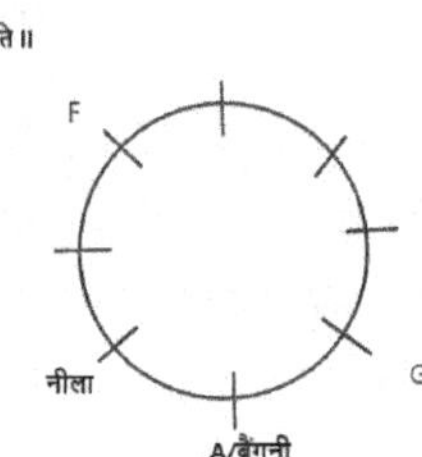

3) C, E के ठीक दायें बैठा है और दोनों में से कोई भी नीला रंग नहीं पसंद करता है।

4) E उस व्यक्ति के विपरीत बैठा है जो पीला रंग पसंद करता है और जो व्यक्ति पीले रंग को पसंद करता है वह नारंगी पसंद करने वाले व्यक्ति के ठीक निकटतम बैठा है।

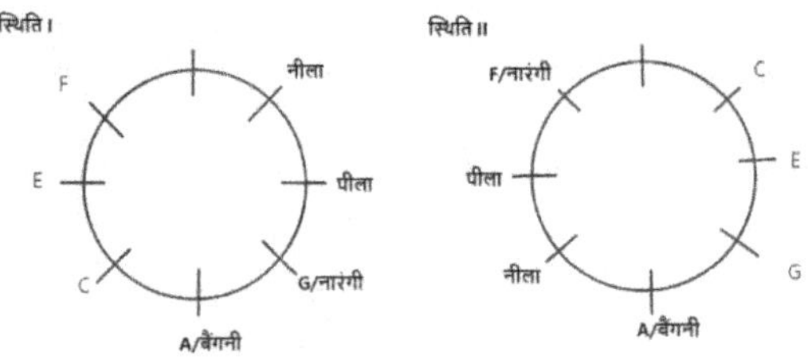

5) जो हरे रंग को पसंद करता है और B, उनके बीच में दो व्यक्ति बैठे हैं।

6) C, F, और G, इनमें में से कोई भी हरे रंग को पसंद नहीं करता है।

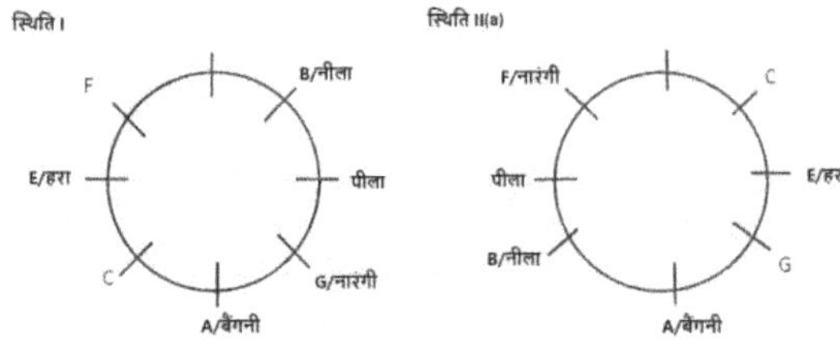

स्थिति II(b)

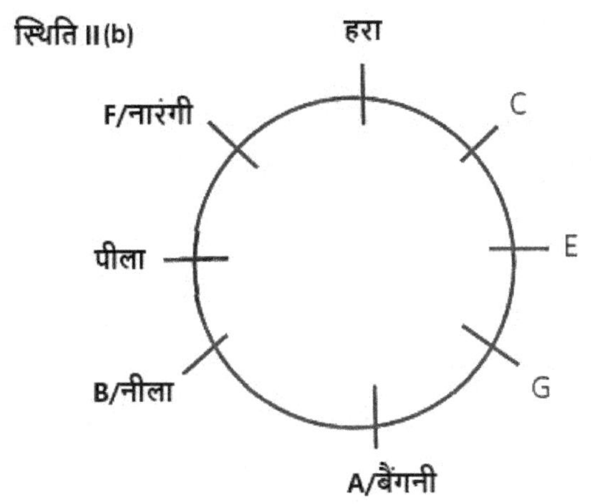

7) D, H के दायें से दूसरे स्थान पर बैठा है।

8) D को पीला रंग पसंद नहीं है।

II(a) और II(b) के स्थितियों में यह संभव नहीं है, इसलिए दोनों स्थितियों को रद्द किया जाता हैं।

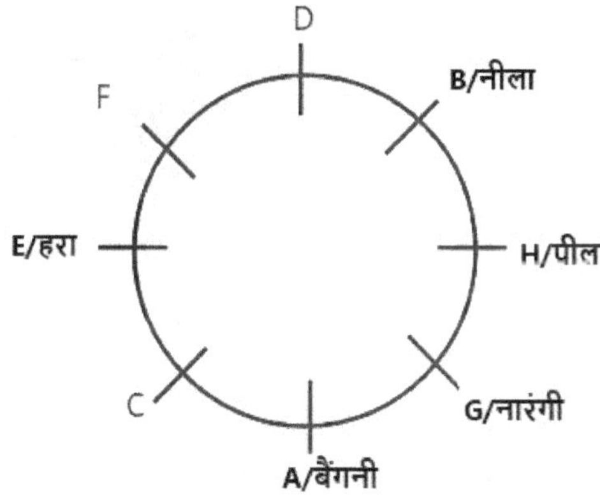

9) जो लाल रंग पसंद करता है, वह काले रंग को पसंद करने वाले के निकटतम बायें बैठा है।

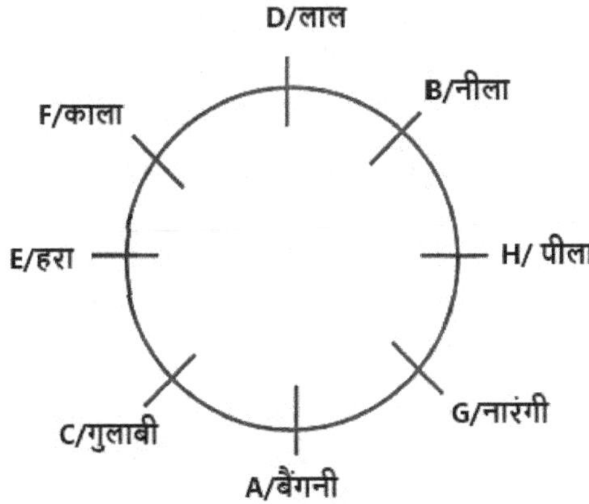

36. स्पष्ट रूप से, D के दायें से तीसरे स्थान पर बैठा व्यक्ति गुलाबी रंग पसंद करता है।

अतः विकल्प (C) सही है।

37. स्पष्ट रूप से, F को काला रंग पसंद है।

अतः विकल्प (D) सही है।

38. स्पष्ट रूप से, "काला और C" समूह से संबंधित नहीं है क्योंकि अन्य सभी जोड़े एक दूसरे से आसन्न हैं।

अतः विकल्प (D) सही है।

39. स्पष्ट रूप से, नारंगी पसंद करने वाले और C के बीच केवल एक व्यक्ति बैठा है, जब C के दायें से गिना जाता है।

अतः विकल्प (A) सही है।

40. स्पष्ट रूप से, F लाल रंग पसंद करने वाले व्यक्ति का निकटतम पड़ोसी है।

अतः विकल्प (D) सही है।

41. वायरस एक ऐसा प्रोग्राम है जो कम या बिना किसी उपयोगकर्ता के हस्तक्षेप के लगातार रेप्लिकेट करने में सक्षम है। कंप्यूटर वायरस, कंप्यूटर कोड का एक मालिसियस भाग है जिसे डिवाइस से डिवाइस तक फैलाने के लिए डिज़ाइन किया गया है। मैलवेयर का यह सबसेट, इन स्व-प्रतिलिपि खतरों को आमतौर पर किसी डिवाइस को नुकसान पहुंचाने या डेटा चोरी करने के लिए डिज़ाईन किया गया है।

अतः विकल्प (A) सही है।

42. ऑफिसियल एंटीवायरस सीडी वायरस फैलाने का एक आदर्श तरीका नहीं है। कंप्यूटर वायरस फैलाने का आदर्श साधन ईमेल, यूएसबी ड्राइव के माध्यम से होता है जो पोर्टेबल और इंजेक्ट किया जाता है और विभिन्न प्रणालियों के साथ-साथ संक्रमित वेबसाइटों से निकाला जाता है। एंटीवायरस बेचने वाले विक्रेता अपनी सीडी और डीवीडी में वायरस नहीं डालते हैं।

अतः विकल्प (C) सही है।

43. स्पेस-फिलर वायरस को कैविटी वायररा के रूप में भी जाना जाता है। स्पेस-फिलर वायरस एक दुर्लभ प्रकार का कंप्यूटर वायरस है जो किसी फ़ाइल के एम्प्टी सेक्शन को भरकर स्वयं को स्थापित करने का प्रयास करता है। किसी फ़ाइल के केवल एम्प्टी सेक्शन का उपयोग करके, वायरस फ़ाइल का आकार बदले बिना किसी फ़ाइल को संक्रमित कर सकता है, जिससे उसका पता लगाना अधिक कठिन हो जाता है।

अतः विकल्प (D) सही है।

44. एथिकल हैकिंग के कानूनी जोखिमों में पेन्ट्रेशन टेस्टिंग के दौरान पर्सनल डेटा के डिस्क्लोसर के कारण मुकदमे होते हैं। गोपनीय डेटा के इस तरह के डिस्क्लोसर से एथिकल हैकर और संगठन के बीच कानूनी लड़ाई हो सकती है।

अतः विकल्प (B) सही है।

45. एथिक्स इन साइबर-सिक्यूरिटी साइबर सिक्यूरिटी की वह शाखा है जो एथिक्स से संबंधित है और सही और गलत के बारे में दृष्टिकोण के बारे में विभिन्न सिद्धांत और नियम प्रदान करती है। "साइबर एथिक्स" इंटरनेट पर जिम्मेदार व्यवहार के कोड को संदर्भित करता है। जिस तरह हमें रोज़मर्रा की ज़िंदगी में जिम्मेदारी से काम करना सिखाया जाता है जैसे "जो तुम्हारा नहीं है उसे मत लो" और "दूसरों को नुकसान मत पहुंचाओ," हमें साइबर दुनिया में भी जिम्मेदारी से काम करना चाहिए।

अतः विकल्प (B) सही है।

46. एक विषय-उन्मुख खोज इंजन उन साइटों की सूची देता है जिनकी मानव द्वारा समीक्षा की गई है।

विषय-विशिष्ट खोज इंजन संपूर्ण वेब को अनुक्रमित करने का प्रयास नहीं करते हैं। इसके बजाय, वे एक परिभाषित विषय क्षेत्र, भौगोलिक क्षेत्र, या संसाधन के प्रकार के भीतर वेब साइटों या पृष्ठों की खोज पर ध्यान केंद्रित करते हैं।

अतः विकल्प (C) सही है।

47. नेटस्केप एक ब्रांड का नाम है जो नेटस्केप वेब ब्राउज़र के विकास से जुड़ा है। यह 4 अप्रैल, 1994 में माउंटेन व्यू कैलिफोर्निया में मार्क आंद्रेसेन, जिम क्लार्क और विलियम फॉस द्वारा स्थापित किया गया था। इसका मुख्यालय डलेस, वर्जीनिया, संयुक्त राज्य अमेरिका में है।

अतः विकल्प (A) सही है।

48. डायनामिक होस्ट कॉन्फ़िगरेशन प्रोटोकॉल (DHCP) एक नेटवर्क प्रबंधन प्रोटोकॉल है। जिसका उपयोग UDP/IP नेटवर्क पर किया जाता है, जिसके तहत DHCP सर्वर डायनेमिक रूप से नेटवर्क पर प्रत्येक डिवाइस को एक IP एड्रेस और अन्य नेटवर्क कॉन्फ़िगरेशन पैरामीटर प्रदान करता है ताकि वे अन्य IP नेटवर्क के साथ जुड़ सकें।

अतः विकल्प (A) सही है।

49. माइक्रोसॉफ्ट वर्ड एक ऑपरेटिंग सिस्टम का उदाहरण है। एक एप्लिकेशन सॉफ़्टवेयर कंप्यूटर सॉफ्टवेयर है जिसे यूज़र के लाभ के लिए समन्वित कार्यों, टास्क या एक्टिविटीज़ के समूह को करने के लिए डिज़ाइन किया गया है।

अत: विकल्प (C) सही है।

50. एपीआई का मतलब एप्लीकेशन प्रोग्रामिंग इंटरफेस होता है। प्लेटफ़ॉर्म-बेस्ड डिज़ाइन हार्डवेयर और सॉफ्टवेयर दोनों कम्पोनेंट के पुन: उपयोग में मदद करता है। एप्लिकेशन प्रोग्रामिंग इंटरफेस प्लेटफ़ॉर्म को सॉफ्टवेयर एप्लिकेशन की ओर विस्तारित करने में मदद करता है।

अतः विकल्प (B) सही है।

51. LPT1 आमतौर पर IRQ 7 का उपयोग करता है। LPT (लाइन प्रिंट टर्मिनल) एक पर्सनल कंप्यूटर पर एक प्रिंटर या अन्य डिवाइस के पैरलल पोर्ट कनेक्शन के लिए सामान्य पदनाम है। IRQ (इंटरप्ट रिक्वेस्ट लाइन) हार्डवेयर लाइनें हैं, जिन पर डिवाइस माइक्रोप्रोसेसर को इंटरप्ट सिग्नल भेज सकते हैं। नीचे सामान्य IRQ उपयोगों की एक टेबल है।

IRQ लेवल	कॉमन यूज़
0	टाइमर
1	कीबोर्ड
2	कास्केड से IRQ 9
3	COM2 या COM4
4	COM1 या COM3
5	LPT2
6	फ्लॉपी डिस्क कंट्रोलर
7	LPT1
8	रियल टाइम क्लॉक
9	कास्केड टू IRQ 2
10	अनसेड

अतः विकल्प (D) सही है।

52. डेटा को रीड या स्टोर करने की अनुमति देने के लिए फ़्लॉपी डिस्क को फ़्लॉपी डिस्क ड्राइव या बस फ्लॉपी ड्राइव में डाला जाता है। फ़्लॉपी डिस्क सीडी-रोम डिस्क या यूएसबी फ्लैश ड्राइव की तुलना में बहुत कम डेटा स्टोर करती है। एक सामान्य साढ़े तीन इंच की डिस्क 1.44 MB (मेगाबाइट) डेटा स्टोर कर सकती है। यह आमतौर पर साधारण टेक्स्ट दस्तावेज़ों के लिए पर्याप्त होता है।

अत: विकल्प (C) सही है।

53. वायरशार्क पॉपुलर स्टैंडराइज्ड नेटवर्क प्रोटोकॉल एनालिसिस टूल है जो सिस्टम द्वारा उपयोग किए जाने वाले विभिन्न प्रोटोकॉल से पैकेट की डेप्थ से चेक और एनालिसिस की अनुमति देता है। वायरशार्क विश्व का अग्रणी नेटवर्क ट्रैफ़िक एनालाइजर है और किसी भी सिक्योरिटी प्रोफेशनल या सिस्टम एडमिनिस्ट्रेटर के लिए एक आवश्यक टूल है। यह मुफ़्त सॉफ्टवेयर आपको रीयल-टाइम में नेटवर्क ट्रैफ़िक का एनालाइज़ करने देता है, और अक्सर आपके नेटवर्क पर समस्याओं के निवारण के लिए सबसे अच्छा टूल होता है।

अतः विकल्प (A) सही है।

54. कमजोर वायरलेस एन्क्रिप्शन प्रोटोकॉल एयरक्रैक डब्ल्यूपीए और एयरक्रैक डब्ल्यूईपी अटैक का उपयोग करके आसानी से क्रैक हो जाते हैं जो एयरक्रैक-एनजी टूल के साथ आते हैं। इसका पैकेट स्नीफिंग फीचर बिना कोई अटैक किए उसके सारे ट्रैफिक पर नजर रखता है। एयरक्रैक-एनजी एक नेटवर्क सॉफ्टवेयर सूट है जिसमें 802.11 वायरलेस लैन के लिए डिटेक्टर, पैकेट स्निफर, डब्ल्यूईपी और डब्ल्यूपीए/डब्ल्यूपीए2-पीएसके क्रैकर और एनालिसिस टूल शामिल हैं। यह किसी भी वायरलेस नेटवर्क इंटरफेस कंट्रोलर के साथ काम करता है जिसका ड्राइवर रॉ मॉनिटरिंग मोड को सपोर्ट करता है और 802.11a, 802.11b और 802.11g ट्रैफिक को स्निफ कर सकता है।

अतः विकल्प (C) सही है।

55. हडूप को क्लाउड के रूप में माना जा सकता है। जब भी कोई इंट्रानेट आकार में इतना बड़ा हो जाता है कि एक डायग्राम फिजिकल सिस्टम को अलग करने में सक्षम नहीं होता है, तो उस स्तर पर इंट्रानेट को क्लाउड के रूप में भी जाना जाता है। अब जबकि "क्लाउड" शब्द को परिभाषित कर दिया गया है, यह समझना आसान है कि क्लाउड में हडूप शब्द का अर्थ क्या है: यह क्लाउड प्रोवाइडर द्वारा प्रदान किए गए रिसोर्सेज पर हडूप क्लस्टर चल रहा है। इस अभ्यास की तुलना आम तौर पर आपके अपने हार्डवेयर पर चल रहे, हडूप क्लस्टर से की जाती है, जिसे ऑन-प्रिमाइसेस क्लस्टर या "ऑन-प्रिमाइसेस" कहा जाता है।

अतः विकल्प (A) सही है।

56. सभी डेस्टिनेशन रजिस्टरों का नाम बदलकर नाम बदलने से हैजर्ड समाप्त हो जाता है। रजिस्टर का नाम बदलना सभी डेस्टिनेशन रजिस्टरों का नाम बदलकर इन हैजर्ड को समाप्त कर देता है, जिसमें पहले के निर्देश के लिए लंबित पढ़ने या लिखने वाले भी शामिल हैं, ताकि आउट-ऑफ-ऑर्डर लेखन किसी भी निर्देश को प्रभावित न करे जो किसी ऑपरेंड के पहले के मूल्य पर निर्भर करता है।

अतः विकल्प (D) सही है।

57. सिंगल टास्क पर काम करने वाले थ्रेड निष्पादन के टाइटली कपल्ड सेट को मल्टीथ्रेडिंग कहा जाता है। यह और अधिक महत्वपूर्ण होता जा रहा है क्योंकि मॉडर्न प्रोसेसर में अधिक से अधिक कोर होते हैं। एक दशक पहले अधिकांश मौजूदा कंप्यूटरों में केवल एक ही प्रोसेसर था, इसलिए मल्टीथ्रेडिंग केवल उच्च-अंत सर्वर अनुप्रयोगों पर महत्वपूर्ण थी। आजकल बेसिक लैपटॉप में भी मल्टीकोर प्रोसेसर होते हैं।

अतः विकल्प (A) सही है।

58. select empid where empid = 1009 and Lastname = 'GELLER'; - कथन में त्रुटि है। क्वेरी में "से" खंड शामिल नहीं है, जो उस संबंध को निर्दिष्ट करता है जिससे मूल्यों को चयनित या प्राप्त किया जाना है।

अतः विकल्प (D) सही है।

59. एक जनरलाइजेशन एक बॉटम-अप एप्रोच है जिसमें एक उच्च-स्तरीय एन्टीटीज बनाने के लिए कई निम्न-स्तरीय एन्टीटीज को जोड़ा जाता है। जनरलाइजेशन का उपयोग आमतौर पर एक जनरलाइज्ड एन्टीटीज बनाने के लिए संस्थाओं के बीच सामान्य ऐट्रिब्यूटस को खोजने के लिए किया जाता है। जैसा कि प्रश्न में इंस्ट्रक्टर एंटिटी सेट और सेक्रेटरी एंटिटी सेट की एट्रिब्यूट्स की परिभाषित किया गया है।

अतः विकल्प (C) सही है।

60. डेटा एब्स्ट्रैक्शन का अर्थ है, केवल आवश्यक डेटा को प्रदर्शित करना या साझा करना और अन्य सभी डेटा से छिपाना जब तक कि इसे साझा करना आवश्यक न हो। हालांकि, डेटा एब्स्ट्रैक्शन स्तर जो बताता है कि डेटा वास्तव में उपयोगकर्ता की मशीन (या सिस्टम) में कैसे संग्रहीत किया गया था, जो फिजिकल लेवल के रूप में जाना जाता है।

अत: विकल्प (B) सही है।

61. ओसीआर का मतलब ऑप्टिकल कैरेक्टर रिकग्निशन है। यह मशीनी एन्कोडेड टेक्स्ट में टाइप किए गए हैंडरिटेन या प्रिंटेड टेक्स्ट की छवियों का यांत्रिक या इलेक्ट्रॉनिक रूपांतरण है, चाहे वह स्कैन किए गए दस्तावेज़, किसी दस्तावेज़ की तस्वीर, एक दृश्य फोटो या किसी छवि पर उपशीर्षक टेक्स्ट से सुपरइम्पोज़ किया गया हो।

अतः विकल्प (B) सही है।

62. यह सुनिश्चित करना कि आवश्यक पेरिफेरल डिवाइस जुड़े हुए हैं और परिचालित हैं, पोस्ट प्रक्रिया। पोस्ट (POST) का अर्थ है "पावर ऑन सेल्फ टेस्ट" यह कंप्यूटर के हार्डवेयर में निर्मित एक डायग्नोस्टिक प्रोग्राम है जो कंप्यूटर बूट होने से पहले विभिन्न हार्डवेयर घटकों का परीक्षण करता है। एक पावर-ऑन सेल्फ-टेस्ट (POST) एक कंप्यूटर या अन्य डिजिटल इलेक्ट्रॉनिक डिवाइस चालू होने के तुरंत बाद फर्मवेयर या सॉफ्टवेयर रूटीन द्वारा की जाने वाली प्रक्रिया है। परीक्षण चलाने के अलावा, पीओएसटी प्रक्रिया फर्मवेयर से डिवाइस की प्रारंभिक स्थिति भी निर्धारित कर सकती है।

अतः विकल्प (C) सही है।

63. बाइनरी रिप्रजेंटेशन, सिर्फ इसलिए कि यह केवल दो अंकों का उपयोग करता है, इसकी एक दिलचस्प व्याख्या है। एक संख्या का बाइनरी रिप्रजेंटेशन 2 की पावर का योग है। दो की पावर को योग में शामिल किया जाता है यदि रिप्रजेंटेशन में संबंधित अंक 1 है।

अतः विकल्प (A) सही है।

64. ऐसक्यूएल का पूर्ण रूप स्ट्रक्चर्ड क्वेरी लैंग्वेज है, यह एक डोमेन-स्पेसिफिक लैंग्वेज है जिसका उपयोग प्रोग्रामिंग में किया जाता है और एक रिलेशनल डेटाबेस मैनेजमेंट सिस्टम (आरडीबीएमएस) में रखे गए डेटा मैनेजमेंट के लिए या रिलेशनल डेटा स्ट्रीम मैनेजमेंट सिस्टम (आरडीबीएमएस) में स्ट्रीम प्रोसेसिंग के लिए डिज़ाइन किया गया है। .

अतः विकल्प (B) सही है।

65. बीपीएस का फुल फॉर्म बिट्स पर सेकंड होता है। डेटा संचार में, बिट्स प्रति सेकंड (बीपीएस या बिट/सेकंड) कंप्यूटर मोडेम और ट्रांसमिशन कैरियर के लिए डेटा गति का एक सामान्य माप है। जैसा कि शब्द का तात्पर्य है, बीपीएस में गति प्रत्येक सेकंड में प्रेषित या प्राप्त बिट्स की संख्या के बराबर होती है।

अतः विकल्प (B) सही है।

66. डीएसयू का फुल फॉर्म डिजिटल सर्विस यूनिट है। एक डिजिटल सर्विस यूनिट, जिसे कभी-कभी डाटा सर्विस यूनिट कहा जाता है, टेलीकम्युनिकेशन सर्किट टर्मिनेटिंग इक्विपमेंट का एक भाग है, जो टेलीफोन कंपनी लाइनों और लोकल इक्विपमेंट के बीच डिजिटल डेटा को बदलता है। डीएसयू सर्किट की ओर डीटीई से डेटा हेडिंग के लिए रिवर्स में भी इसी तरह की प्रक्रिया करता है।

अतः विकल्प (A) सही है।

67. माइक्रोसॉफ्ट वर्ड माइक्रोसॉफ्ट द्वारा विकसित एप्लीकेशन सॉफ्टवेयर का एक उदाहरण है।

- यह उपयोगकर्ताओं को दस्तावेज़ों को टाइप करने और सहेजने की अनुमति देता है।
- यह दस्तावेज़ बनाने में भी सहायक है।
- यह मूल रूप से चार्ल्स सिमोनी और रिचर्ड ब्रॉडी द्वारा विकसित किया गया है, इसे पहली बार 1983 में जारी किया गया था।
- यह माइक्रोसॉफ्ट विंडोज, एप्पल ओएस के लिए उपलब्ध है।

अतः विकल्प (A) सही है।

68. माइक्रोसॉफ्ट एक्सेस टेबल में कॉलम फील्ड्स कहलाते हैं।

एक टेबल कुछ डेटा टेबल या स्प्रेडशीट की तरह है जिसमें रिकॉर्ड (यानी रो) अलग-अलग फील्ड (यानी कॉलम) में व्यवस्थित होती हैं। एक्सेस में, कॉलम को फील्ड के रूप में संदर्भित किया जाता है। जब आप अपने डेटा को विभिन्न

फील्ड में दर्ज करके व्यवस्थित करते हैं, तो आप इसके प्रकार के अनुसार व्यवस्थित कर रहे होते हैं। प्रत्येक फील्ड में एक प्रकार का डेटा होता है।

अतः विकल्प (C) सही है।

69. जब हम एमएस वर्ड 2003 में "इन्सर्ट" पर क्लिक करते हैं तो एक पॉप-अप विंडो खुलेगी और फिर "पिक्चर" पर क्लिक करें और फिर क्लिप आर्ट पर जाएं और क्लिक करें। क्लिप आर्ट टास्कबार एमएस वर्ड 2003 में खुल जाएगा। क्लिप आर्ट टास्कबार का उपयोग क्लिप आर्ट को अनुकूलित करने के लिए किया जाता है।

अतः विकल्प (C) सही है।

70. एक विंडोज की में Esc की का उपयोग सलेक्ट कमांड को रन करने के लिए नहीं किया जाता है। अधिकांश कंप्यूटर की पर एक की (अक्सर Esc के रूप में चिह्नित) पाई जाती है और किसी भी तरह के विभिन्न कार्यों के लिए तब उपयोग की जाती है जब वर्तमान प्रक्रिया या प्रोग्राम को बाधित या रद्द करने या पॉप-अप विंडो को बंद करना होता है।

अतः विकल्प (B) सही है।

71. Ctrl + K को इन्सर्ट हाइपरलिंक विंडो को खोलने के लिए उपयोग किया जाता है। Ctrl + शिफ्ट + K का उपयोग अक्षरों को छोटे और बड़े फॉर्मेट में करने के लिए किया जाता है।

अतः विकल्प (B) सही है।

72. "Ctrl + बैकस्पेस" का प्रयोग कर्सर से ठीक पहले शब्द को हटाने के लिए किया जाता है। Ctrl-बैकस्पेस/ऑप्शन -डिलीट आपके कर्सर के बाईं ओर के पूरे शब्द को एक कीस्ट्रोक में हटा देगा।

अतः विकल्प (C) सही है।

73. किसी विशेष कंप्यूटर के हार्डवेयर में निर्मित और सीधे कंप्यूटर द्वारा उपयोग किए जाने वाले बाइनरी-कोडेड निर्देशों से बनी लैंग्वेज गशीन लैंग्वेज है। मशीनी लैंग्वेज, या मशीन कोड, एक लो-लेवल लैंग्वेज है जिसमें बाइनरी अंक (एक और शून्य) होते हैं। कंप्यूटर पर कोड चलाने से पहले हाई-लेवल लैंग्वेज, जैसे कि स्विफ्ट और C++ को मशीनी लैंग्वेज में कम्पाइल किया जाना चाहिए।

अतः विकल्प (A) सही है।

74. C++ में, एक मेंबर फ़ंक्शन हमेशा अपने क्लास मेंबर वेरिएबल का एक्सेस कर सकता है, भले ही उस एक्सेस स्पेसिफायर के बावजूद जिसमें मेंबर वेरिएबल डिक्लेअर किया गया हो। इसलिए एक मेंबर फ़ंक्शन हमेशा उस क्लास के डेटा एक्सेस कर सकता है जिसका वह सदस्य है।

अतः विकल्प (C) सही है।

75. x86 इंटेल 8086 माइक्रोप्रोसेसर पर आधारित इंटेल द्वारा विकसित निर्देश सेट आर्किटेक्चर को संदर्भित करता है। अभी तक, बेचे जाने वाले अधिकांश पर्सनल कंप्यूटर और लैपटॉप x86 आर्किटेक्चर पर आधारित हैं।

अतः विकल्प (B) सही है।

76. चौथी पीढ़ी वीएलएसआई माइक्रोप्रोसेसर आधारित थी। चौथी पीढ़ी की अवधि 1972-1990 है। कंप्यूटर जटिल रूप से एकीकृत सिस्टम का उपयोग करते हैं। इस पीढ़ी में इसे ध्यान में रखा गया है।

अतः विकल्प (D) सही है।

77. पहली पीढ़ी में मुख्य रूप से बैच प्रोसेसिंग का उपयोग किया गया था। इस पीढ़ी में मुख्य रूप से बैच प्रोसेसिंग ऑपरेटिंग सिस्टम का प्रयोग किया जाता था। इस पीढ़ी में पंच कार्ड, पेपर टेप, मैग्नेटिक टेप इनपुट और आउटपुट डिवाइस का इस्तेमाल किया जाता था।

अतः विकल्प (A) सही है।

78. WPA2 एक प्रकार का एन्क्रिप्शन है जिसका उपयोग अधिकांश वाई-फाई नेटवर्क को सुरक्षित करने के लिए किया जाता है। WPA2 नेटवर्क प्रत्येक वायरलेस क्लाइंट के लिए अद्वितीय एन्क्रिप्शन कुंजी प्रदान करता है जो इसे जोड़ता है।

अत: विकल्प (C) सही है।

79. कंप्यूटर नेटवर्क में प्रिंटर सबसे सामान्य साझा संसाधन है। कॉम्बो ड्राइव एक प्रकार की ऑप्टिकल ड्राइव है जो CD-R/CD-RW रिकॉर्डिंग क्षमता को डीवीडी मीडिया की पढ़ने की क्षमता (परंतु लिखने की नहीं) से जोड़ती है, कुछ निर्माता इसे CD-RW/DVD-ROM ड्राइव के रूप में संदर्भित करते हैं।

अत: विकल्प (D) सही है।

80. मल्टीप्लेक्सिंग एक ऐसी विधि है जिसके द्वारा कई एनालॉग या डिजिटल सिग्नल को एक साझा माध्यम पर एक सिग्नल में जोड़ा जाता है। मल्टीप्लेक्स सिग्नल को एक संचार चैनल पर केबल के रूप में प्रेषित किया जाता है। मल्टीप्लेक्सिंग संचार चैनल की क्षमता को कई तार्किक श्रृंखलाओं में विभाजित करता है

अत: विकल्प (C) सही है।

81. बजट 2022-23 के अनुसार, हर घर, नल से जल योजना के तहत 3.8 करोड़ घरों को कवर करने का लक्ष्य रखा गया है। बजट के तहत, योजना के लिए 60,000 करोड़ रुपये का फंड आवंटित किया गया है।

अत: विकल्प (C) सही है।

82. वित्त मंत्री निर्मला सीतारमण ने 2022-23 का केंद्रीय बजट पेश करते हुए ग्रामीण और शहरी क्षेत्रों में प्रधान मंत्री आवास योजना (पीएमएवाई) के तहत 80 लाख घरों को पूरा करने के लिए 48,000 करोड़ रुपये आवंटित किए।

अत: विकल्प (C) सही है।

83. इतिहास के सबसे छोटे बजट भाषण में सिर्फ 800 शब्द थे। यह एक अंतरिम बजट था जिसे 1977 में पूर्व वित्त मंत्री हीरूभाई मुल्जीभाई पटेल ने पेश किया था।

अत: विकल्प (C) सही है।

84. क्रैशिंग कुछ गतिविधियों के लिए अवधि में कमी है।

क्रैशिंग एक या एक से अधिक महत्वपूर्ण गतिविधियों के समय को उनके सामान्य समय से कम करके परियोजना की अवधि को छोटा करने की विधि है। क्रैशिंग में अगर लागत बढ़ जाती है तो समय कम हो जाता है।

अत: विकल्प (C) सही है।

85. परियोजना में निवेश करके या फर्म की कमाई के साथ नकारात्मक सहसंबंध रखने वाली अन्य फर्मों को प्राप्त करके पोर्टफोलियो जोखिम को कम किया जा सकता है।

जब दो चर नकारात्मक रूप से सहसंबद्ध होते हैं, तो दूसरा बढ़ने पर एक चर घटता है, और इसके विपरीत। एक पोर्टफोलियो से जुड़े जोखिम ,दो निवेशों के बीच नकारात्मक सहसंबंधों का उपयोग जोखिम प्रबंधन में विविधता लाने या कम करने के लिए किया जाता है।

अत: विकल्प (D) सही है।

86. परियोजना की आर्थिक व्यवहार्यता के आकलन के दौरान, मूल्यह्रास के बाद कर के बाद औसत वार्षिक आय का मूल्यह्रास के बाद औसत पुस्तक निवेश के अनुपात को निवेश पर रिटर्न (आरओआई) कहा जाता है।

निवेश पर लाभ (आरओआई) एक प्रदर्शन उपाय है जिसका उपयोग किसी निवेश की दक्षता का मूल्यांकन करने या कई अलग-अलग निवेशों की दक्षता की तुलना करने के लिए किया जाता है। (प्रतिफल की औसत दर को निवेश पर प्रतिलाभ भी कहा जाता है)। आरओआई निवेश की लागत के सापेक्ष किसी विशेष निवेश पर रिटर्न की मात्रा को सीधे मापने की कोशिश करता है। यह निवेश की गई पूंजी की राशि से संबंधित आय को मापकर कंपनी की लाभप्रदता की गणना करता है। आरओआई की गणना करने के लिए, निवेश के लाभ (या रिटर्न) को निवेश की लागत से विभाजित किया जाता है। परिणाम प्रतिशत या अनुपात के रूप में व्यक्त किया जाता है।

अत: विकल्प (D) सही है।

87. कम अवधि की फसलों के लिए दिया गया ऋण एनपीए माना जाएगा, यदि मूलधन की किस्त या उस पर ब्याज दो फसल मौसमों के लिए अतिदेय रहता है। लंबी अवधि की फसलों के लिए दिए गए ऋण को एनपीए माना जाएगा, यदि मूलधन की किस्त या उस पर ब्याज एक फसल के मौसम के लिए अतिदेय रहता है।

अतः विकल्प (D) सही है।

88. इसके माध्यम से हम 1 लाख से लेकर 5 करोड़ रुपए तक की राशि के लिए बैंक का लाभ उठा सकते हैं। इस पोर्टल को नरेंद्र मोदी सरकार द्वारा नवंबर में 1 करोड़ MSMEs को ऋण प्रदान करने के लिए लॉन्च किया गया था। ऋण योजना विशेष है क्योंकि टर्नअराउंड समय सामान्य 7 — 8 दिनों से कम होकर 59 मिनट हो जाता है जिसे एक कंपनी को संसाधित करने में लग सकता है।

सूक्ष्म और लघु उद्यमों की बढ़ती आवश्यकता को पूरा करने के लिए, पांच सार्वजनिक क्षेत्र के बैंकों ने "पीएसबी ऋण इन 59 मिनट" योजना के तहत 5 करोड़ तक के ऋण की सैद्धांतिक मंजूरी देने का निर्णय लिया है। मंच ने ऋण प्रक्रियाओं के लिए टर्नअराउंड समय को इस तरह से कम करने में मदद की है कि एमएसएमई को पात्रता पत्र और सैद्धांतिक मंजूरी 59 मिनट में मिल जाती है और वे अपनी पसंद का बैंक चुन सकते हैं। ब्याज की दर 8.5% से शुरू होती है।

अतः विकल्प (C) सही है।

89. लाइन ऑफ क्रेडिट एक अनुदान नहीं है, बल्कि विकासशील देशों को रियायती ब्याज दरों पर प्रदान किया गया एक 'सॉफ्ट लोन' है, जिसे उधार लेने वाली सरकार को चुकाना पड़ता है। लाइन ऑफ क्रेडिट - एलओसी भारतीय वस्तुओं और सेवाओं के निर्यात को बढ़ावा देने में मदद करता है, क्योंकि अनुबंध के मूल्य का 75% भारत से प्राप्त किया जाना चाहिए।

एलओसी के तहत परियोजनाएं विभिन्न क्षेत्रों (कृषि, अवसंरचना, दूरसंचार, रेलवे, परेषण/विद्युत, नवीकरणीय ऊर्जा, आदि) में फैली हुई हैं। विभिन्न देशों में एलओसी परियोजनाओं का वास्तविक कार्यान्वयन स्थानीय कारकों पर निर्भर करता है, जैसे कि मौजूदा राजनीतिक और सामाजिक स्थितियां, उधार लेने वाली सरकारों द्वारा वैधानिक मंजूरी, भूमि उपलब्ध कराना और अन्य ढांचागत समर्थन।

भारत सरकार पिछले 3 वर्षों में विदेशों में भारत द्वारा समर्थित ऋण सहायता के कार्यान्वयन में हुई प्रगति से यथोचित रूप से संतुष्ट है।

उदाहरण के लिए, भारत मालदीव में ग्रेटर मेल कनेक्टिविटी प्रोजेक्ट के कार्यान्वयन का समर्थन करेगा। यह परियोजना तीन पड़ोसी द्वीपों-विलिंगिली, गुल्हिफाहू और थिलाफुशी को जोड़ेगी, जिसमें एक वित्तीय पैकेज के माध्यम से 100 मिलियन अमरीकी डालर का अनुदान और एक नई लाइन ऑफ क्रेडिट (एलओसी) यूएसडी 400 मिलियन शामिल है।

अतः विकल्प (D) सही है।

90. बैंकों को गैर-निष्पादित परिसंपत्तियों को उप-मानक संपत्तियों, संदिग्ध संपत्तियों और हानिपूर्ण संपत्तियों में वर्गीकृत करना आवश्यक है।

एक गैर-निष्पादित परिसंपत्ति (एनपीए) एक ऋण या अग्रिम है जिसके लिए मूलधन या ब्याज भुगतान 90 दिनों की अवधि के लिए अतिदेय है।

बैंकों को एनपीए को उप-मानक, संदिग्ध और हानिपूर्ण संपत्तियों में वर्गीकृत करना आवश्यक है।

उप-मानक संपत्तियां: ऐसी संपत्तियां जो 12 महीने से कम या उसके बराबर की अवधि के लिए एनपीए बनी हुई हैं।

संदिग्ध संपत्ति: एक परिसंपत्ति को संदिग्ध के रूप में वर्गीकृत किया जाएगा यदि वह 12 महीने की अवधि के लिए उप-मानक श्रेणी में बनी हुई है।

हानिपूर्ण संपत्ति: आरबीआई के अनुसार, "हानिपूर्ण संपत्ति को गैर-संग्रहणीय और इतने कम मूल्य का माना जाता है कि एक बैंक योग्य संपत्ति के रूप में इसकी निरंतरता की गारंटी नहीं है, हालांकि कुछ बचाव या वसूली मूल्य हो सकता है।"

अत: विकल्प (A) सही है।

91. भारतीय वाणिज्यिक बैंकों की गैर-निष्पादित परिसंपत्तियां (एनपीए) वे ऋण हैं जिनका भुगतान निर्धारित समय के भीतर नहीं किया जाता है।

गैर-निष्पादित परिसंपत्ति (एनपीए) - यह एक ऋण या अग्रिम है जिसके लिए मूलधन या ब्याज भुगतान 90 दिनों की अवधि के लिए अतिदेय है।

एनपीए जैसा कि आरबीआई द्वारा परिभाषित किया गया है, "यदि 90 दिनों से अधिक की अवधि के लिए, ब्याज या किस्त की राशि अतिदेय है, तो उस ऋण खाते को गैर-निष्पादित संपत्ति कहा जा सकता है।

अत: विकल्प (B) सही है।

92. ARCIL भारत के अग्रणी राष्ट्रीयकृत बैंकों, भारतीय स्टेट बैंक (एसबीआई), आईडीबीआई बैंक, आईसीआईसीआई बैंक और पंजाब नेशनल बैंक (पीएनबी) द्वारा प्रायोजित है।

ARCIL खुदरा और एसएमई क्षेत्रों में बढ़ते एनपीए का लाभ उठाने वाले पहले एआरसी में शुमार है। खुदरा परिसंपत्तियों का समाधान इसकी सहायक कंपनी आर्म्स के माध्यम से किया जाता है, जो देश भर में 17 स्थानों पर संचालित होती है।

अत: विकल्प (E) सही है।

93. पेगासस एसेट रिकंस्ट्रक्शन प्राइवेट लिमिटेड का पंजीकृत कार्यालय मुंबई में स्थित है, जिसकी स्थापना वर्ष 2004 में हुई थी। पेगासस एसेट रिकंस्ट्रक्शन प्राइवेट लिमिटेड ऑटोमोबाइल, टेक्सटाइल और स्टील जैसे विभिन्न प्रकार के उद्योगों को परिसंपत्ति पुनर्निर्माण सेवाएं प्रदान करता है।

अत: विकल्प (A) सही है।

94. ऋण पुनर्गठन कई तरीकों से संभव है जैसे:

- चुकौती अवधि में परिवर्तन जो आमतौर पर बढ़ाया जाता है
- चुकाने योग्य राशि में परिवर्तन
- किश्तों की संख्या में परिवर्तन जिन पर पहले सहमति हुई थी
- पहले से लगाए गए ब्याज दर में बदलाव
- अतिरिक्त ऋण का प्रावधान

कुछ मामलों में, निपटान भुगतान के लिए देय समय तीन महीने की अवधि से अधिक हो सकता है।

अत: विकल्प (E) सही है।

95. फुलर्टन इंडिया के निम्नलिखित उत्पाद इस योजना के लिए पात्र हैं:

- प्रतिभूतियों पर ऋण
- संपत्ति पर ऋण
- व्यक्तिगत ऋण
- दुपहिया वाहन ऋण
- वाणिज्यिक वाहन ऋण
- व्यापार ऋण
- एमएसएमई ऋण / सुरक्षित व्यापार ऋण

- घर के लिए ऋण

अतः विकल्प (D) सही है।

96. परिचालन जोखिम को किसी भी जोखिम के रूप में परिभाषित किया जाता है, जिसे बाजार या क्रेडिट जोखिम के रूप में वर्गीकृत नहीं किया जाता है, या विभिन्न प्रकार की मानवीय या तकनीकी त्रुटि से उत्पन्न होने वाले नुकसान का जोखिम होता है।

अत: विकल्प (B) सही है।

97. बेसल-II समझौता वर्ष 2004 में जारी किया गया था।

बैंकिंग पर्यवेक्षण बेसल समिति (बीसीबीएस) ने 26 जून 2004 को संशोधित पूंजी समझौता, जिसे बेसल-II भी कहा जाता है, जारी किया। यह बेसल I के तहत परिभाषित न्यूनतम पूंजी आवश्यकताओं के लिए नियमों का विस्तार है।

अतः विकल्प (C) सही है।

98. एस एस तारापोर की अध्यक्षता में आरबीआई ने पूंजी खाता परिवर्तनीयता पर एक समिति नियुक्त की। भारतीय रिजर्व बैंक (आरबीआई) द्वारा तारापोर समिति का गठन पूंजी खाते पर रुपये की पूर्ण परिवर्तनीयता पर एक रोडमैप का सुझाव देने के लिए किया गया था।

अतः विकल्प (A) सही है।

99. नाबार्ड ने ARDC के संपूर्ण उपक्रम का अधिग्रहण किया।

राष्ट्रीय कृषि और ग्रामीण विकास बैंक (नाबार्ड) भारत सरकार के वित्त मंत्रालय के अधिकार क्षेत्र में एक शीर्ष विकास वित्तीय संस्थान है।

इसने भारतीय रिजर्व बैंक के कृषि ऋण विभाग (ACD) और ग्रामीण योजना और क्रेडिट सेल (RPCC) और कृषि पुनर्वित्त और विकास निगम (ARDC) को बदल दिया। यह ग्रामीण क्षेत्रों में विकासात्मक ऋण प्रदान करने वाली प्रमुख एजेंसियों में से एक है। नाबार्ड भारत में कृषि और ग्रामीण विकास के लिए भारत का विशिष्ट बैंक है।

अतः विकल्प (C) सही है।

100. भारत में निजी क्षेत्र के बैंक की स्थापना के लिए दिशानिर्देश 1993 में RBI द्वारा जारी किए गए थे। 1969 में भारत में बड़े निजी बैंकों का एक प्रमुख राष्ट्रीयकरण हुआ था। उसके बाद किसी भी निजी बैंक को खोलने की अनुमति नहीं थी। इसके बाद आने वाले 20 वर्षों में, सार्वजनिक क्षेत्र के बैंकों ने अपने शाखा नेटवर्क का काफी विस्तार किया और जनसंख्या के बड़े पैमाने पर सामाजिक-आर्थिक जरूरतों को पूरा किया।

अतः विकल्प (D) सही है।

101. 13 अगस्त, 2008 को स्टेट बैंक ऑफ सौराष्ट्र का भारतीय स्टेट बैंक में विलय कर दिया गया था क्योंकि आरबीआई ने समामेलन को मंजूरी दी थी।

भारतीय स्टेट बैंक, जिसे एसबीआई के नाम से भी जाना जाता है, भारत में स्थित एक सरकारी स्वामित्व वाला बैंक और वित्तीय संस्थान है। यह भारत के सबसे महत्वपूर्ण वित्तीय संस्थानों में से एक है और अंतर-बैंक ऋण देने के मामले में सबसे बड़ा है, जो मुख्य रूप से वाणिज्यिक बैंकिंग पर केंद्रित है।

अतः विकल्प (D) सही है।

102. बैंकों द्वारा जुटाई गई जमाराशियों का उपयोग ऋण और अग्रिम, सरकार में निवेश और अन्य अनुमोदित प्रतिभूतियों में तरलता की शर्तों को पूरा करने के लिए, और वाणिज्यिक पत्रों, शेयरों, डिबेंचर में निर्धारित सीमा तक निवेश के लिए किया जाता है। देश में प्रमुख वाणिज्यिक बैंकों के राष्ट्रीयकरण के बाद, बैंक जमा और बैंक ऋण दोनों के संबंध में उनके कारोबार में उल्लेखनीय विस्तार हुआ है।

अतः विकल्प (E) सही है।

103. भारतीय रिजर्व बैंक (आरबीआई) ने खुदरा भुगतान के लिए एक नई छतरी इकाई स्थापित करने की रूपरेखा जारी की है।

यह एक 'फॉर-प्रॉफिट कंपनी' के रूप में काम करेगी, जिसकी न्यूनतम चुकता पूंजी 500 करोड़ रुपये होगी। यह एटीएम, व्हाइट-लेबल पीओएस (PoS) और आधार-आधारित भुगतान जैसी भुगतान प्रणालियों को स्थापित और संचालित करेगा। कंपनी बैंकों/गैर-बैंकों की समाशोधन और निपटान प्रणाली का प्रबंधन भी करेगी।

अतः विकल्प (A) सही है।

104. सेबी ने म्यूचुअल फंड में उत्पाद लेबलिंग के लिए विस्तृत दिशानिर्देशों की घोषणा की है।

इससे पहले, म्यूचुअल फंड योजनाओं में जोखिम के स्तर को मापने के लिए पांच श्रेणियां थीं। अब सेबी, जो कि नियामक है, ने एक और श्रेणी पेश की है जिसे 'बहुत अधिक जोखिम' के रूप में जाना जाता है। ये नए दिशानिर्देश 1 जनवरी, 2021 से प्रभावी हुए हैं।

अतः विकल्प (B) सही है।

105. माल और सेवा कर (जीएसटी) केंद्रीय वित्त मंत्री की अध्यक्षता वाली जीएसटी परिषद द्वारा तय किया जाता है।

वस्तु एवं सेवा कर (जीएसटी) एक अप्रत्यक्ष कर (या उपभोग कर) है जिसका उपयोग भारत में वस्तुओं और सेवाओं की आपूर्ति पर किया जाता है। यह एक व्यापक, बहुस्तरीय, गंतव्य-आधारित कर है।

अतः विकल्प (C) सही है।

106. देश के सबसे बड़े ऋणदाता - भारतीय स्टेट बैंक ने व्यापारियों को कम लागत वाली डिजिटल भुगतान अवसंरचना प्रदान करने के लिए योनो मर्चेंट नामक एक समर्पित ऐप लॉन्च किया है। ऐप को बैंक की सहायक एसबीआई पेमेंट्स द्वारा लॉन्च किया गया है।

यह अगले 2 वर्षों के लिए देश में 20 मिलियन व्यापारियों को कम लागत वाले डिजिटल भुगतान बुनियादी ढांचे को रोजगार देने की एसबीआई की योजना का एक हिस्सा है।

अतः विकल्प (D) सही है।

107. पहली वित्तीय स्थिरता रिपोर्ट 2010 में जारी की गई थी।

भारतीय रिजर्व बैंक की वित्तीय स्थिरता रिपोर्ट विशेष रूप से बैंकिंग प्रणाली के स्वास्थ्य और संभावित तनाव की स्थिति का आकलन करने के लिए एक उत्सुकता से प्रतीक्षित रिपोर्ट है।

अतः विकल्प (B) सही है।

108. भारत में बेसल III के कार्यान्वयन के अनुसार, न्यूनतम टीयर 1 पूंजी निरंतर आधार पर जोखिम भारित आस्तियों का 7% होनी चाहिए।

जोखिम-भारित परिसंपत्तियों का उपयोग बैंकों और अन्य वित्तीय संस्थानों द्वारा दी जाने वाली पूंजी की न्यूनतम राशि को निर्धारित करने के लिए किया जाता है ताकि दिवाला के जोखिम को कम किया जा सके। पूंजी की आवश्यकता प्रत्येक प्रकार की बैंक परिसंपत्ति के लिए जोखिम मूल्यांकन पर आधारित होती है।

अतः विकल्प (B) सही है।

109. यदि 'अदत्त' राशि स्वीकृत सीमा/आहरण शक्ति से अधिक बनी रहती है तो खाते को अव्यवस्थित माना जाना चाहिए। ऐसे मामलों में जहां मूल परिचालन खाते में बकाया राशि स्वीकृत सीमा/आहरण शक्ति से कम है, लेकिन तुलन पत्र की तारीख से लगातार 90 दिनों तक कोई क्रेडिट नहीं है या क्रेडिट उसी के दौरान डेबिट किए गए ब्याज को कवर करने के लिए पर्याप्त नहीं हैं तो इन खातों को क्रम से बाहर माना जाना चाहिए।

अतः विकल्प (A) सही है।

110. ट्रेजरी बिल, वाणिज्यिक पत्र, बैंकरों की स्वीकृति, जमा, जमा प्रमाणपत्र, विनिमय के बिल, पुनर्खरीद समझौते, संघीय निधि, और अल्पकालिक बंधक और परिसंपत्ति-समर्थित प्रतिभूतियों सहित कई मुद्रा बाजार साधन हैं।

अतः विकल्प (C) सही है।

111. मौद्रिक आधार (या M0) एक मुद्रा की कुल राशि है जो या तो जनता के हाथों में सामान्य प्रचलन में है या केंद्रीय बैंक के भंडार में वाणिज्यिक बैंक जमा के रूप में है। मुद्रा आपूर्ति के इस उपाय का अक्सर उल्लेख नहीं किया जाता है क्योंकि इसमें गैर-मुद्रा मुद्रा के अन्य रूपों को शामिल नहीं किया जाता है जो एक आधुनिक अर्थव्यवस्था में प्रचलित हैं।

अतः विकल्प (C) सही है।

112. WMA प्राप्तियों और भुगतानों में किसी भी त्रुटि से निपटने के लिए भारतीय रिजर्व बैंक द्वारा सरकार को दिए गए अस्थायी अग्रिम भुगतान हैं। COVID-19 से संबंधित अनिश्चितताओं को ध्यान में रखते हुए, भारतीय रिजर्व बैंक ने सभी राज्यों के लिए WMA की सीमा बढ़ाकर 51,560 करोड़ रुपये कर दी थी। उच्चतर WMA 31 मार्च, 2022 तक लागू था।

अतः विकल्प (B) सही है।

113. मूडीज इन्वेस्टर्स सर्विस ने ग्लोबल मैक्रो आउटलुक 2022-23 के अपने अपडेट में उच्च मुद्रास्फीति का हवाला देते हुए, 2022 के लिए भारत के आर्थिक विकास के अनुमान को 9.1 प्रतिशत से घटाकर 8.8 प्रतिशत कर दिया।

अत: विकल्प (E) सही है।

114. भारतीय रिजर्व बैंक के दिशानिर्देशों के अनुसार, बैंक मौजूदा विदेश व्यापार नीति और आईएफएससी अधिनियम के तहत जारी नियमों के अनुपालन में आईआईबीएक्स के माध्यम से सोने के आयात के लिए योग्य ज्वैलर्स को 11 दिनों के लिए अग्रिम भुगतान भेजने की अनुमति दे सकते हैं।

अतः विकल्प (B) सही है।

115. भारत में पहला आर्थिक सर्वेक्षण वर्ष 1950-51 में प्रस्तुत किया गया था। 1964 तक, इसे केंद्रीय बजट के साथ प्रस्तुत किया गया था। 1964 से इसे बजट से अलग कर दिया गया है।

अतः विकल्प (A) सही है।

116. आर्थिक सर्वेक्षण 2022-23 के अनुसार, सकल घरेलू उत्पाद (जीडीपी) 2022-23 में वास्तविक रूप से 8-8.5% बढ़ने का अनुमान है।

अतः विकल्प (A) सही है।

117. कोविड -19 के कारण बढ़ी हुई उधारी के साथ, केंद्र सरकार का कर्ज 2019-20 में सकल घरेलू उत्पाद के 49.1% से बढ़कर 2020-21 में सकल घरेलू उत्पाद का 59.3% हो गया है, लेकिन अर्थव्यवस्था में सुधार के साथ इसमें गिरावट की उम्मीद है।

अतः विकल्प (A) सही है।

118. बैंक ऑफ महाराष्ट्र ने ओडिशा में 'बैंक सखी' परियोजना शुरू करने के लिए महाग्राम (एक फिनटेक कंपनी) के साथ भागीदारी की है। महाग्राम ग्रामीण वित्तीय समावेशन को बढ़ाने के लिए बैंक ऑफ महाराष्ट्र को वित्तीय प्रौद्योगिकी और बुनियादी ढांचा सहायता प्रदान करेगा।

अतः विकल्प (B) सही है।

119. एचडीएफसी बैंक ने अपनी पर्यावरण, सामाजिक और शासन (ईएसजी) प्रतिबद्धताओं के तहत इंदौर में गोबर-धन संयंत्र के विकास के लिए इंदौर क्लीन एनर्जी प्राइवेट लिमिटेड (आईसीईपीएल) के साथ भागीदारी की है।

इंदौर क्लीन एनर्जी प्राइवेट लिमिटेड (आईसीईपीएल) को ग्रीन ग्रोथ इक्विटी फंड (जीजीईएफ) द्वारा बढ़ावा दिया जाता है, जो एनआईआईएफ और यूके सरकार जैसे एंकर निवेशकों के साथ भारत में सबसे बड़ा जलवायु प्रभाव कोष है।

अतः विकल्प (A) सही है।

120. टीएस रामकृष्णन को 01 मार्च, 2022 से एलआईसी म्यूचुअल फंड के प्रबंध निदेशक और मुख्य कार्यकारी अधिकारी (एमडी और सीईओ) के रूप में नियुक्त किया गया है।

रामकृष्णन दिनेश पांगटे की जगह लेंगे।।

अतः विकल्प (D) सही है।

121. The connector that connects both the given sentences and implies the same meaning is only 1.

'In addition to' is used for saying that something extra exists or is happening together with the thing that you are talking about. It can be used to join the sentences to say that along with being the center of the Canadian television and film industries, Toronto has also produced a number of outstanding film directors.

'However' is used to introduce a statement that contrasts with or seems to contradict something that has been said previously. It cannot be used to connect the two given sentences.

'Because' is used to give the reason for something. It is incorrect as it does not imply the same meaning as the original sentence.

Clearly, only 'in addition to' can be used.

The sentence will be: In addition to being the center of the Canadian television and film industries, Toronto has also produced a number of outstanding film directors.

Hence, the correct option is (A).

122. The connector that can connect both the given sentences and imply the same meaning is only 2.

- 'After' is used to talk about the period of time following (an event). It can be used to join the sentences.
- Here, the sentence talks about what happened after the day Verkhoyansk experienced a record-breaking temperature.

'According to' means as stated by. It is not an appropriate connector.

'If' is used for introducing a situation or condition that must exist before something else happens i.e. a conditional clause. It cannot be used to join the sentences as it changes the meaning of the sentence.

The sentence is: The heat has backed off slightly since mid-June, after the Siberian town of Verkhoyansk experienced a record-breaking 100-degree day.

Hence, the correct option is (B).

123. The phrase that connects both the given sentences and implies the same meaning is the first one. The phrase 'the same way' can be replaced by 'as he had asked' and the meaning of the sentence remains unchanged.

The other two statements are incomplete and do not exactly imply the same meaning after joining the sentences.

The sentence after using the phrase is: Gandhi would ask us to first shed this fear as he had asked the Indians to shed the fear of the British.

Hence, the correct option is (A).

124. By reading the sentence we find an error is in part (C) of the sentence.

Part (A) and (B) are error-free and do not require any correction.

The error lies in part (C) of the sentence.

We know that the sentence is in present perfect tense as we can see the presence of "have". 'Have' is always followed by the third form of verb "v3".

Correct sentence: As there is heavy rain in Bengal, rivers have overflowed their banks.

Hence, the correct option is (C).

125. By reading the first part of the sentence we find errors in Part (A) and (B) of the sentence.

Part (C) of the sentence is correct and does not require any correction.

The error lies in Part (A) and (B) of the sentence. Firstly, my friend is a singular noun so it will be followed with a singular verb i.e., deals.

In the English language, certain words are followed by certain specific prepositions.

Deal about- when we are talking about something.

Deal in- trade-in (to buy and sell particular goods as a business)

Deal with- a matter, a person

Here in this sentence, it will be 'deals in' instead of 'deal with'.

Correct sentence: My friend deals in imported American goods.

Hence, the correct option is (D).

126. By reading the given sentence we find an error in part (B) of the sentence.

Part (A) and (C) are error-free and do not require any correction.

The error lies in part (B) of the sentence.

We use few which means hardly anything.

A few means some but not many.

A doctor will advise a patient to rest at least for some days. But few days mean hardly anything so the correct formation should be 'to rest for a few days'.

Correct sentence: My friend Neha is advised to rest for a few days as she is suffering from jaundice.

Hence, the correct option is (B).

127. The tense used in the given sentence must be past continuous tense. The past continuous tense is used to show that an ongoing past action was happening at a specific moment of interruption.

The structure for the past continuous tense: was/were + verb in -ing form

Notice the verb 'was' used before the blank. So, we must use the present participle 'lacking' in the blank.

Complete sentence: While we got independence from British rule on August 15, 1947, our country was still lacking a concrete constitution.

Hence, the correct option is (C).

128. According to grammar, in the blank, we need the third form of the verb because before the blank there is a usage of 'has' hence we know that with the helping verb 'has' we use the third form of the verb. Picked up means to collect. So according to the meaning, the correct answer is 'picked up'.

Complete sentence: A huge floating device designed by Dutch scientists to clean up an island of rubbish in the Pacific Ocean that is three times the size of France has successfully picked up plastic from the high seas for the first time.

Hence, the correct option is (B).

129. According to grammar, 'to' is a preposition and after the preposition, we need a prepositional object and it can be a noun/pronoun/gerund. In the given options, the pronouns are given hence according to meaning the correct pronoun is 'whatever'.

Complete sentence: Multinationals can all too easily relocate their headquarters and production to whatever jurisdiction levies the lowest taxes.

Hence, the correct option is (E).

130. Here, the blank is to be filled with one of the given phrasal verbs.

Taken over means to replace someone. In the given sentence, it talks about the Jupiter taking the place of Saturn as a host. Thus, this phrasal verb suits the best.

Complete sentence: Saturn has taken over from Jupiter as host to the most moons in the solar system after astronomers spotted 20 more lumps of rock orbiting the ringed planet.

Hence, the correct option is (A).

131. In the given sentence, as the 'established' verb is in the past simple tense, we will use the past simple tense so 'saw' will be the best-suited word for the given blank.

Complete sentence: The threat of a Turkish offensive marks the end of a US-Turkish arrangement established in August that saw troops from both countries carrying out joint patrols in a 'safe zone' along the border keeping Turkish and Kurdish forces apart.

Hence, the correct option is (D).

132. 'A blessing in disguise' means an unfortunate event that later leads to an advantageous situation. Option (A) changes the entire context of the sentence as the given sentence talks about a particular series of tests instead of 'hardships in real life'. In the given sentence the 'tests' occurred in the past which the subject remembers. 'procrastinated' means to delay taking action about something, thus negating option (B). Option (C) talks about both positive and negative outcomes and is not in relation to what is expressed by the highlighted idiom. Option (D) is the only one

which portrays the previous 'tests' in a positive manner making it the correct answer.

Hence, the correct option is (D).

133. 'Benefit of doubt' means the withholding of judgment so as to retain a favourable or at least neutral opinion of someone or something when the full information about the subject is not yet available. 'Incentive' means motivation which makes option (A) incorrect. Option (B) echoes the same sentiment as the given sentence as it considers the demonstrators to be 'innocent until proven otherwise'. 'Unconditional support' as mentioned in (C) is not at par with 'benefit of doubt' which is based on the condition that the opinion might change in the future if proven otherwise. Option (D) is dissimilar to the given sentence in context.

Hence, the correct option is (B).

134. The meaning of the given words are:

Infer: deduce or conclude (something) from evidence and reasoning rather than from explicit statements.

Deduce: arrive at (a fact or a conclusion) by reasoning; draw as a logical conclusion.

Factual: concerned with what is actually the case.

Rebuff: reject (someone or something) in an abrupt or ungracious manner.

Glaring: highly obvious or conspicuous.

Fiendish: extremely cruel or unpleasant.

Infer and Deduce are synonyms.

Hence, the correct option is (D).

135. The meanings of the given words are:

Unfeigned: genuine; sincere.

Pretended: not genuine; assumed.

Especial: better or greater than usual; special.

Nugatory: of no value or importance.

Conceited: excessively proud of oneself; vain.

Jilted: suddenly reject or abandon (a lover).

Unfeigned and pretended are antonyms.

Hence, the correct option is (E).

136. Here, the correct pair is B-E which forms a pair of antonyms.

Predilection: it means to favor or have a tendency toward something and Antipathy: means a feeling of dislike or disapproval.

Since the meanings are opposite, so they form a pair of antonyms.

Extirpate means to destroy something completely.

Facile means easy to get along with something or somebody.

Unceremonious means someone who has a lack of courtesy.

Jeopardize refers to danger, loss, harm or failure.

Hence, the correct option is (C).

137. Here, the correct pair is A-F which forms a pair of synonyms.

Ostentatious: Something that attracts attention and Flamboyant: It means showy or bold.

Since the meaning is similar, so the words form a pair of synonyms.

Impervious: Something that is not affected.

Progenitor: a person from whom a culture originates or forefather.

Episodic: something that happens irregularly.

Assiduous means to show great care and perseverance.

Hence, the correct option is (E).

138. Here, the correct pair is A-F which forms a pair of Synonyms.

Fetter: Chain used to restrain a prisoner and Shackle: a chain around a prisoner's ankles or wrists.

Since the meanings are the same, so they form a synonym pair.

Pejorative: expression of disapproval.

Dulcet: sweet and soothing, especially a voice or tone.

Dross means something that is regarded as worthless.

Inure means to get accustomed to something that is usually unpleasant.

Hence, the correct option is (C).

139. To find the word that correctly fits the blank, we first need to understand the meaning of the words given as options:

- Aviator: A pilot
- Oncologist: A medical doctor qualified to diagnose and treat tumours.
- Soldier: A person who fights in an army; a private in an army.
- Doctor: A qualified practitioner of medicine allowed to diagnose and prescribe medicines.
- Veterinarian: A person qualified to treat diseased and injured animals.

The line with blank (1) talks about how Amelia Earhart set many flying records and was a champion in the field of aviation for women.

The use of the noun 'aviation' and the phrase 'flying records' seems to be indicating towards someone who is a professional pilot.

For the given options and explanation, it is clear that 'aviator' is the correct answer.

Hence, the correct option is (B).

140. Aims: (verb) point or direct at a target. The sentence 'a' talks about the party voters that Fernandes directs towards the courts who are in favor of protectionist policies. Thus, 'aims' goes

perfectly well with the context. Also, the use of 'albeit' here gives an absurd meaning. So, (B) must be swapped.

Albeit: introduce a fact or comment which reduces the force or significance of what you have just said. Since, we are talking about the share of unbranded sales that have witnessed a downtrend, 'albeit' goes well with the context. 'albeit slowly' means 'their significance is reducing'. Also, the use of 'aims' here gives an absurd meaning. So, (F) must be swapped.

a. Although many of its main figures are **liberal** (A) in economic terms, the party voters that Fernandes **aims** (B) to court are in **favor** (C) of **protectionist** (D) policies for French companies.

b. The share of **unbranded** (E) sales may witness a downtrend, **albeit** (F) slowly, as a large percentage of **aspirational** (G) consumers are no longer averse to the idea of opting for pricier and better quality product **variants**. (H)

Hence, the correct option is (C).

141. The given passage is about globalization.

The first sentence is (C) because it defines the word 'globalization'. Thus the topic is introduced.

The second sentence is (A) because it informs us about the process(globalization) which has accelerated due to the advancement of transportation and communication technology.

The next sentence is (E) because it informs us how the international trade expanded due to the increase in global interactions.

The fourth sentence should be (D) because it mentions another important fact about globalization. It informs us that globalization is also an economic process of interaction and integration.

The last sentence is (B) because it concludes the passage by stating that disputes and diplomacy are also large parts of this process. Therefore, it is not just a process of interaction and integration.

The correct sequence is (C),(A),(E),(D),(B).

The following paragraph is formed after arranging the five sentences in proper sequence:

Globalization is the process of interaction and integration among people, companies, and governments worldwide. Globalization has accelerated due to advances in transportation and communication technology. This increase in global interactions has caused a growth in international trade and the exchange of ideas and culture. Globalization is also an economic process of interaction and integration that is associated with social and cultural aspects. However, disputes and diplomacy are also large parts of the history of globalization, and of modern globalization.

Hence, the correct option is (A).

142. The given passage is about globalization.

The first sentence is (C) because it defines the word 'globalization'. Thus the topic is introduced.

The second sentence is (A) because it informs us about the process(globalization) which has accelerated due to the advancement of transportation and communication technology.

The next sentence is (E) because it informs us how the international trade expanded due to the increase in global interactions.

The fourth sentence should be (D) because it mentions another important fact about globalization. It informs us that globalization is also an economic process of interaction and integration.

The last sentence is (B) because it concludes the passage by stating that disputes and diplomacy are also large parts of this process. Therefore, it is not just a process of interaction and integration.

The correct sequence is (C),(A),(E),(D),(B).

The following paragraph is formed after arranging the five sentences in proper sequence:

Globalization is the process of interaction and integration among people, companies, and governments worldwide. Globalization has accelerated due to advances in transportation and communication technology. This increase in global interactions has caused a growth in international trade and the exchange of ideas and culture. Globalization is also an economic process of interaction and integration that is associated with social and cultural aspects. However, disputes and diplomacy are also large parts of the history of globalization, and of modern globalization.

Hence, the correct option is (A).

143. The given passage is about globalization.

The first sentence is (C) because it defines the word 'globalization'. Thus the topic is introduced.

The second sentence is (A) because it informs us about the process(globalization) which has accelerated due to the advancement of transportation and communication technology.

The next sentence is (E) because it informs us how the international trade expanded due to the increase in global interactions.

The fourth sentence should be (D) because it mentions another important fact about globalization. It informs us that globalization is also an economic process of interaction and integration.

The last sentence is (B) because it concludes the passage by stating that disputes and diplomacy are also large parts of this process. Therefore, it is not just a process of interaction and integration.

The correct sequence is (C),(A),(E),(D),(B).

The following paragraph is formed after arranging the five sentences in proper sequence:

Globalization is the process of interaction and integration among people, companies, and governments worldwide. Globalization has accelerated due to advances in transportation and communication technology. This increase in global interactions

has caused a growth in international trade and the exchange of ideas and culture. Globalization is also an economic process of interaction and integration that is associated with social and cultural aspects. However, disputes and diplomacy are also large parts of the history of globalization, and of modern globalization.

Hence, the correct option is (E).

144. The given passage is about globalization.

The first sentence is (C) because it defines the word 'globalization'. Thus the topic is introduced.

The second sentence is (A) because it informs us about the process(globalization) which has accelerated due to the advancement of transportation and communication technology.

The next sentence is (E) because it informs us how the international trade expanded due to the increase in global interactions.

The fourth sentence should be (D) because it mentions another important fact about globalization. It informs us that globalization is also an economic process of interaction and integration.

The last sentence is (B) because it concludes the passage by stating that disputes and diplomacy are also large parts of this process. Therefore, it is not just a process of interaction and integration.

The correct sequence is (C),(A),(E),(D),(B).

The following paragraph is formed after arranging the five sentences in proper sequence:

Globalization is the process of interaction and integration among people, companies, and governments worldwide. Globalization has accelerated due to advances in transportation and communication technology. This increase in global interactions has caused a growth in international trade and the exchange of ideas and culture. Globalization is also an economic process of interaction and integration that is associated with social and cultural aspects. However, disputes and diplomacy are also large parts of the history of globalization, and of modern globalization.

Hence, the correct option is (D).

145. The given passage is about globalization.

The first sentence is (C) because it defines the word 'globalization'. Thus the topic is introduced.

The second sentence is (A) because it informs us about the process(globalization) which has accelerated due to the advancement of transportation and communication technology.

The next sentence is (E) because it informs us how the international trade expanded due to the increase in global interactions.

The fourth sentence should be (D) because it mentions another important fact about globalization. It informs us that globalization is also an economic process of interaction and integration.

The last sentence is (B) because it concludes the passage by stating that disputes and diplomacy are also large parts of this process. Therefore, it is not just a process of interaction and integration.

The correct sequence is (C),(A),(E),(D),(B).

The following paragraph is formed after arranging the five sentences in proper sequence:

Globalization is the process of interaction and integration among people, companies, and governments worldwide. Globalization has accelerated due to advances in transportation and communication technology. This increase in global interactions has caused a growth in international trade and the exchange of ideas and culture. Globalization is also an economic process of interaction and integration that is associated with social and cultural aspects. However, disputes and diplomacy are also large parts of the history of globalization, and of modern globalization.

Hence, the correct option is (A).

146. Let's look at the meaning of the given word and the correct option.

- Dwarfed: To diminish or belittle.
- Overshadowed: To tower above and be prominent.

Thus from the given points, it is clear that the given words are synonyms.

Hence, the correct option is (C).

147. The word 'Doomsayers' means someone who scares others by predicting negative outcomes. Out of the given options, the synonym for 'Doomsayers' is Scaremongers.

Scaremongers is a person who spreads frightening or ominous reports or rumours.

Hence, the correct option is (C).

148. Reading the passage we find that:

In China, the condition of the opaque market is that it is a market where most of the borrowers and lenders are backed by the state.

This line is not reflected in any of the given options.

Hence, the correct option is (E).

149. Reading the passage we find that:

In the final paragraph, the failure of economists to make proper predictions regarding the economy is discussed.

The main reason is that they continue to use past and inaccurate methods for trend analysis.

The economists are still relying on the inaccurate and past method of recency bias that is forecasting models that give weightage to recent events.

This method is old and at the same time inaccurate and needs to be changed to yield better results.

"But economists are more often wrong than right. Professional forecasters have taken a shot in the dark but missed every recession since such records were first kept in 1968, and one of the many reasons for this is "recency bias": using economic

forecasting models that tend to give too much weight to recent events."

But missed every recession since such records were first kept in 1968 tells us that methods of trend analysis have been there for a long time without making correct predictions.

Hence, the correct option is (D).

150. Reading the passage we find that:

Recency bias is referred to as the "use of economic forecasting models that tend to give too much weight to recent events and therefore can result in the failure to ascertain or predict the economic trend."

This meaning is not conveyed in any of the options given above.

Hence, the correct option is (E).

151. The author says "But first, let's give full due to the enormity of Musk's package." So it can be expected that the next sentence would tells us the enormity of Musk's package "Potentially he will receive 20 million stock options, which vest in stages over ten years if and when the company meets a series of targets." So the correct answer is option (C). The other sentences are related with the same topic no doubt, but fail to maintain the same flow in the passage.

Hence, the correct option is (A).

152. The given passage is talking about how Sehwag achieved impressive career numbers even though he never worried about milestones considered important by fans and critics alike.

Option (A), i.e., 'His fans will probably fret about it' is the correct answer because it adds the required meaning and completes the passage.

Option (B), i.e, 'His carelessness was one of the reasons why he retired' is not the correct answer because it goes completely against the message of the passage.

Option (C), i.e., 'He evolved as a batsman throughout his career' does not fit in the blank as it is completely out of context. The passage is talking about how great a player Sehwag was while this line talks about his evolution as a batsman.

Option (D), i.e., 'India is very proud to have a cricketer like Sachin' cannot be the correct answer as the passage is talking about Sehwag and not Sachin.

Hence, the correct option is (A).

153. Option (A) talked about electricity consumption data from the US and Australia. This is in continuation of the penultimate sentence which talks about similar data from other countries.

Option (B) talks about a change which is out of context.

Option (C) talks about before pandemic scenes which are not being talked about in the paragraph.

Option (D) is completely out of context.

Hence, the correct option is (A).

154. "He had gone to his grandma's house" is in past perfect tense.

Past perfect tense has a verb 'had + past participle of the verb'.

in the correct option, 'gone' is the past participle of the word go and it is preceded by 'had' so it is in the past perfect tense.

Hence, the correct option is (C).

155. Use of 'was' just before the blank signifies second form of verb to be used in the blank, thus options D and E are clearly absurd.

Detrimental means decisive which is contextually not meeting the theme of the sentence.

Decayed means deteriorated which is also of no meaning in the context.

Driven means run, which surely fits the context and can fit into the blank.

Hence, the correct option is (B).

156. The given statement talks about the worsening of conditions in the market which is possible only when the market results fail to meet certain criteria.

Thus the appropriate word to be used here is "fail".

Hence, the correct option is (C).

157. Use of article 'a' before the blank signifies a word that starts with consonant. This rules out options B, D and E.

Consistency is grammatically as well as contextually incorrect.

Significant absolutely fits the blank.

Hence, the correct option is (A).

158. Growth will slow down only if consumer demand is low, thus the appropriate word to be used in the blank is "failed".

'Unable' is grammatically wrong.

Hence, the correct option is (B).

159. As market is showing downward trend, in such a scenario investors will be hoping for good. Thus the appropriate word is "better" that will fit the blank.

"good" is wrong because a comparative degree of adjective is needed here.

Rest words are giving negative sense.

Hence, the correct option is (B).

160. Everyone has special skills; some people use them very well is the sentence which is correctly punctuated.

Hence, the correct option is (A).

161. ऐसे शब्द, जिनके अनेक अर्थ होते है, अनेकार्थी शब्द कहलाते है। दूसरे शब्दों में- जिन शब्दों के एक से अधिक अर्थ होते हैं, उन्हें 'अनेकार्थी शब्द' कहते है।

उपरोक्त विकल्पों में से 'जलज' शब्द 'शंख' का अनेकार्थी शब्द है।

इसके अन्य अनेकार्थी शब्द हैं – कमल, मोती, मछली, चंद्रमा आदि।

अतः विकल्प (B) सही है।

162. ऐसे शब्द, जिनके अनेक अर्थ होते है, अनेकार्थी शब्द कहलाते है। दूसरे शब्दों में- जिन शब्दों के एक से अधिक अर्थ होते हैं, उन्हें 'अनेकार्थी शब्द' कहते है।

विदेह शब्द द्विज का अनेकार्थी रूप नहीं है जबकि इसके अन्य रूप इस प्रकार हैं - ब्राह्मण, दाँत, अंडज, पक्षी, चन्द्रमा आदि।

विदेह का अर्थ- बिना शरीर का।

अतः विकल्प (D) सही है।

163. दिए गए विकल्पों में से 'इक' प्रत्यय का प्रयोग कला में नहीं हो सकता है। अन्य विकल्प असंगत है।

वे शब्दांश या अव्यय, जो किसी शब्द के अंत में जुड़कर उसके अर्थ में (मूल शब्द के अर्थ में) विशेषता ला दे या उसका अर्थ ही बदल दे।

जैसे- अर्थ + इक = आर्थिक, नीति + इक = नैतिक, अध्यात्म + इक = आध्यात्मिक आदि।

अतः विकल्प (D) सही है।

164. 'बिछौना' शब्द में 'औना' प्रत्यय का योग है।

बिछौना = बिछ + औना। इसमें कृत् प्रत्यय है। कृत् प्रत्यय - क्रिया या धातु के अन्त में प्रयुक्त होने वाले प्रत्ययों को 'कृत्' प्रत्यय कहते है और उनके मेल से बने शब्द को 'कृदन्त' या कृत् प्रत्यय कहते है।

जैसे – गाना = गानेवाला, होना = होनहार, छलना = छलिया।

अतः विकल्प (B) सही है।

165. 'दर्प' शब्द का समानार्थी शब्द 'अहंकार' है।

समानार्थी का अर्थ होता हैं (समान+अर्थ) अर्थात किसी शब्द का समान अर्थ वाले दूसरे शब्द या उसी के सामान कोई दूसरा नाम (वस्तु)। सामान्यत: हिन्दी में एक ही वस्तु के अनेक समान अर्थ वाले शब्द है।

अतः विकल्प (C) सही है।

166. 'मृगेन्द्र' का पर्यायवाची शब्द 'शार्दूल' है।

मृगेन्द्र का पर्यायवाची शब्द: शेर-हरि, मृगराज, व्याघ्र, मृगेन्द्र, केहरि, केशरी, वनराज, सिंह, शार्दूल, हरि, मृगराज इत्यादि है।

अतः विकल्प (D) सही है।

167. 'मानहु मनिमय मौलि-माल आकृति अलबेली' पंक्ति में उत्प्रेक्षा अलंकार है। जहाँ उपमेय में उपमान की संभावना अथवा कल्पना कर ली गयी हो, वहां उत्प्रेक्षा अलंकार होता है। उत्प्रेक्षा अलंकर के बोधक शब्द "मानहु, मनु, मानो आदि हैं"।

जब समानता होने के कारण उपमेय में उपमान के होने कि कल्पना की जाए या संभावना हो तब वहां उत्प्रेक्षा अलंकार होता है। यदि पंक्ति में -मनु, जनु, जनहु, जानो, मानहु, मानो, निश्चय, ईव, ज्यों आदि आता है वहां उत्प्रेक्षा अलंकार होता है।

अतः विकल्प (C) सही है।

168. प्रस्तुत चौपाई "बिनु पद चलई, सुनै बिनु काना। कर बिनु कर्म, करै विधि नाना" में विभावना अलंकार है। इस चौपाई में कारण न होते हुए भी कार्य का होना बताया जा रहा है। बिना पैर के चलना, बिना कान के सुनना, बिना हाथ के विभिन्न कर्म करना बताया गया है। जहाँ कारण के न होते हुए भी कार्य का होना पाया जाता है, वहाँ विभावना अलंकार होता है।

अतः विकल्प (E) सही है।

169. 'रावण सर सरोज बनचारी। चलि रघुवीर सिली मुख धारी।' काव्य पंक्ति में सिली मुख शब्द के दो अर्थ क्रमशः-बाण एवं भ्रमर हैं। यहाँ पर एक शब्द एक से अधिक अर्थों में प्रयोग हो रहा है इसलिए यहाँ पर 'श्लेष अलंकार' होगा।

जब किन्ही दो वस्तुओं के गुण, आकृति, स्वभाव आदि में समानता दिखाई जाए या दो भिन्न वस्तुओं कि तुलना कि जाए, तब वहां उपमा अलंकर होता है।

अत: विकल्प (D) सही है।

170. प्रमुख सादृश्यमूलक अलंकार उपमा, रूपक, उत्प्रेक्षा आदि हैं।

सादृश्यमूलक अलंकार में दो वस्तुओं में विद्यमान समता या समानता को सामने रखकर कोई बात कही जाती है।

कारण के उपस्थित होने पर भी कार्य ना होने की दशा में विशेषोक्ति अलंकार माना जाता है। जैसे –'नीर भरे निसिदिन रहें तऊ न प्यास बुझय।'

अत: विकल्प (C) सही है।

171. दिये गए विकल्पों में से 'उपस्थित लोगों ने संकल्प लिया।' अशुद्ध वाक्यरूप है। अन्य विकल्प सही उत्तर नहीं हैं।

'उपस्थित लोगों ने संकल्प लिया।' अशुद्ध वाक्य है क्योंकि इसमें क्रिया संबंधी त्रुटि है।

अशुद्ध वाक्य	शुद्ध वाक्य
उपस्थित लोगों ने संकल्प लिया।	उपस्थित लोगों ने संकल्प किया।

अतः विकल्प (D) सही है।

172. 'अमित और शमी घनिष्ठ मित्र हैं।' वाक्य शुद्ध है क्योंकि विकल्प (A) में 'घनघोर' शब्द अनुचित है।

विकल्प (C) में ''घनिष्ट शब्द है जो वर्तनीगत अशुद्ध है और क्रिया संबंधी त्रुटि भी है जैसे 'है' की जगह 'हैं' होना चाहिए। विकल्प (D) में भी 'की घनिष्ठ' शब्द अशुद्ध है तथा क्रिया संबंधी दोष है।

अत: विकल्प (B) सही है।

173. उपरोवत वाबय तथा दिए गए विकलों का अध्ययन करने से ज्ञात होता है कि सहिष्णु (सहनशीलता), उदारता (दानी स्वभाव) तथा समन्वय (मिलाने वाला) में से निश्चित रूप से 'सहिष्णु' शब्द ही रिक्त को पूर्ण करने में सक्षम है।

पूर्ण वाक्य: भारतीय संस्कृति की सहिष्णु प्रकृति ने उसे दीर्घायु और स्थायित्व प्रदान किया है जो संसार की किसी भी संस्कृति में नहीं पाई जाती है।

अतः विकल्प (B) सही है।

174. ज्ञान शब्द यहाँ रिक्त स्थान की पूर्ति हेतु सार्थक है। इसलिए विकल्प 'ज्ञान' उपयुक्त है। अन्य विकल्प असंगत है।

पूर्ण सार्थक वाक्य -साहित्य का ज्ञान प्रत्येक मनुष्य के लिए अनिवार्य है।

अतः विकल्प (B) सही है।

175. कुल 91.46 प्रतिशत छात्र परीक्षा में सफल हुए हैं। पिछले वर्ष की तुलना में इस बार 0.36 प्रतिशत बेहतर नतीजे रहे हैं। .... उपरोक्त गद्यांश के इस भाग के अध्ययन से ज्ञात होता है कि इस वर्ष लड़कियों के उत्तीर्ण होने का प्रतिशत 93.31% रहा।

अत: विकल्प (C) सही है।

176. एक अच्छी बात यह रही है कि सीबीएसई ने कोरोना वायरस के कारण .... गद्यांश के इस भाग के अध्ययन से ज्ञात होता है कि इस वर्ष केंद्रीय माध्यमिक शिक्षा बोर्ड ने कोरोना को ध्यान में रखते हुए परीक्षाओं के टॉपर का नाम घोषित नहीं किया।

अत: विकल्प (C) सही है।

177. खास बात यह रही कि इस वर्ष 2.23 प्रतिशत या .... उपरोक्त गद्यांश के इस भाग के अध्ययन से ज्ञात होता है कि इस वर्ष 2.23 प्रतिशत या 41,804 छात्रों ने 95 प्रतिशत से अधिक अंक प्राप्त किए हैं।

अत: विकल्प (A) सही है।

178. उपरोक्त गद्यांश में प्रयुक्त शब्द "प्रेरणा" का अर्थ होता है-प्रोत्साहन। विकल्पों में दिए गए शेष शब्द गद्यांश के शब्द "प्रेरणा" के सामान अर्थ प्रकट करने में असक्षम है।

अत: विकल्प (C) सही है।

179. एक अच्छी बात यह रही है कि सीबीएसई ने कोरोना वायरस के कारण उत्पन्न परिस्थितियों को देखते हुए इस वर्ष 12वीं और 10वीं, दोनों कक्षाओं के टॉपरों का एलान नहीं किया है। .... उपरोक्त गद्यांश के इस भाग के अध्ययन से यह ज्ञात होता है कि इस वर्ष कोरोना के कारण सभी विद्यार्थी घरो में कैद है और उनके बिच एक चिंता है माहौल बना हुआ है। परिणामो में टॉपर का नाम घोषित करने से अनायास ही उनमे चिंतन का माहौल आ जाएगा तथा उनकी मनोदशा पर भी असर दिखने मिल सकता है, इन्ही कारणों को ध्यान में रखते हुए इस वर्ष केंद्रीय माध्यमिक शिक्षा बोर्ड ने परीक्षा में टॉप किये हुए बिद्यार्थी के नाम की घोषणा नहीं किया।

अत: विकल्प (D) सही है।

180. दो शब्दों या शब्दांशों के मिलने से नया शब्द बनने पर उनके निकटवर्ती वर्णों में होने वाले परिवर्तन या विकार को संधि कहते हैं।

उज्झटिका का संधि विच्छेद उत् + झटिका होता है।

अत: विकल्प (B) सही है।

181. शब्द "अन्वय" का संधि-विच्छेद "अनु + अय" होता है। यहाँ "उ" और "अ" मिलकर "य" हो जाता है, इसीलिए यह एक यण संधि का उदाहरण है।

अत: विकल्प (B) सही है।

182. जब कोई पूरा कथन किसी प्रसंग विशेष में उद्धत किया जाता है तो लोकोक्ति कहलाता है।

'कोयले की दलाली में मूह काला' लोकोक्ति का अर्थ बुरे काम से बुराई मिलना है।

वाक्य प्रयोग: तुम्हें कितना मना किया कि महेश की संगति छोड़ दो अब उसके चक्कर। में तुम्हें भी जेल जाना पड़ेगा। कोयले की दलाली में तो हाथ काला ही होगा।

अत: विकल्प (B) सही है।

183. जब कोई पूरा कथन किसी प्रसंग विशेष में उद्धत किया जाता है तो लोकोक्ति कहलाता है।

'हथेली पर सरसों नहीं जमती' लोकोक्ति का अर्थ काम के लिए समय चाहिए, जब चाहो तभी काम नहीं हो सकता है।

वाक्य प्रयोग: बड़े विश्वविद्यालय में बेटी को प्रवेश दिलाने के लिए उसने मंत्री जी से बात की जब बार – बार पूछती तो मंत्री के सेक्रेटरी ने कहा इन सब कामों में वक्त लगता है हथेली पर सरसों तो ना उगाओ।

अत: विकल्प (C) सही है।

184. 'मृतिका' तत्सम शब्द है जिसका तद्भव रूप 'मिट्टी' होता है।

तत्सम दो शब्दों से मिलकर बना है – तत् + सम, जिसका अर्थ होता है ज्यों का त्यों।

जिन शब्दों को संस्कृत से बिना किसी परिवर्तन के ले लिया जाता है उन्हें तत्सम शब्द कहते हैं।

इनमें ध्वनि परिवर्तन नहीं होता है।

समय और परिस्थिति की वजह से तत्सम शब्दों में जो परिवर्तन हुए हैं उन्हें तद्भव शब्द कहते हैं।

अत: विकल्प (C) सही है।

185. दिए गए विकल्पों में 'भ्रमर' तत्सम है, जिसका तद्भव रूप भौंरा होता है।

तत्सम दो शब्दों से मिलकर बना है – तत् + सम, जिसका अर्थ होता है ज्यों का त्यों।

जिन शब्दों को संस्कृत से बिना किसी परिवर्तन के ले लिया जाता है उन्हें तत्सम शब्द कहते हैं।

इनमें ध्वनि परिवर्तन नहीं होता है।

समय और परिस्थिति की वजह से तत्सम शब्दों में जो परिवर्तन हुए हैं उन्हें तद्भव शब्द कहते हैं।

अतः विकल्प (C) सही है।

186. दिए गए वाक्य के लिए उपयुक्त एक शब्द संक्रामक रोग है।

घातक रोग - जानलेवा रोग।

असाध्य रोग - जिस रोग का इलाज न हो सके।

चर्म रोग - त्वचा संबंधी रोग या त्वचा का रोग।

अतः विकल्प (A) सही है।

187. दिए गए वाक्य के लिए उपयुक्त एक शब्द सदाचारी है।

संत - सांसारिकता से अलग रहकर धार्मिक जीवन बिताने वाला पुरुष।

संन्यासी - त्यागी और विरक्त व्यक्ति।

सज्जन - वह व्यक्ति जो सबके साथ अच्छा,प्रिय और उचित व्यवहार करता है।

ज्ञानी - जो जानकार हो।

अतः विकल्प (C) सही है।

188. गद्यांश के रिक्त स्थान (1) के लिए उपयुक्त शब्द 'इतिहास' हैं। अन्य विकल्प वाक्य को सही अर्थ नहीं देते है।

पतन का अर्थ - गिरने की क्रिया।

भविष्य का अर्थ - आनेवाला कल।

वर्तमान का अर्थ - विद्यमान।

अतः विकल्प (B) सही है।

189. गद्यांश के रिक्त स्थान (2) के लिए उपयुक्त शब्द परिचायक हैं। अन्य विकल्प वाक्य को सही अर्थ नहीं देते है।

अवलोकन का अर्थ - ध्यानपूर्वक देखना।

मार्गदर्शन का अर्थ - रास्ता दिखलाना।

निर्णायक का अर्थ - निर्णय करनेवाला।

अतः विकल्प (A) सही है।

190. गद्यांश के रिक्त स्थान (3) के लिए उपयुक्त शब्द 'वाहक' हैं। अन्य विकल्प वाक्य को सही अर्थ नहीं देते है।

चालक का अर्थ - चलानेवाला।

मानक का अर्थ - नापने का मानदंड, रूप।

साधक का अर्थ - साधना करनेवाला।

अतः विकल्प (D) सही है।

191. गद्यांश के रिक्त स्थान (4) के लिए उपयुक्त शब्द 'भावों' हैं। अन्य विकल्प वाक्य को सही अर्थ नहीं देते है।

आग्रह का अर्थ - हठ।

निर्णय का अर्थ - फ़ैसला (जैसे—निर्णय करना)।

स्वप्न का अर्थ - सपना।

अतः विकल्प (C) सही है।

192. गद्यांश के रिक्त स्थान (5) के लिए उपयुक्त शब्द 'धरातल' हैं। अन्य विकल्प वाक्य को सही अर्थ नहीं देते है।

पंख का अर्थ - पर, डैना, (जैसे—चिड़िया का पंख कट गया)।

आसमान का अर्थ - आकाश।

सागर का अर्थ - समुद्र।

अतः विकल्प (D) सही है।

193. 'मिठाई' शब्द 'मिठाइयाँ' शब्द का एकवचन है।

वचन का शाब्दिक अर्थ है – संख्यावाचन। अर्थात शब्द के जिस रूप से उसके एक या अनेक होने का पता चले, वचन कहलाता है। इसके दो भेद हैं- एकवचन और बहुवचन।

एकवचन - संज्ञा के जिस रूप से एक वस्तु, प्राणी या पदार्थ आदि का पता चलता है। उदाहरण - लड़का, गाय, बेटी आदि।

बहुवचन - संज्ञा के जिस रूप से एक से अधिक वस्तु, प्राणी या पदार्थ आदि का पता चलता है। उदाहरण - लड़के, गायें, बेटियाँ आदि।

अतः विकल्प (D) सही है।

194. दर्शन - बहुवचन शब्द है।

वचन का शाब्दिक अर्थ है – संख्यावाचन। अर्थात शब्द के जिस रूप से उसके एक या अनेक होने का पता चले, वचन कहलाता है। इसके दो भेद हैं- एकवचन और बहुवचन।

एकवचन - संज्ञा के जिस रूप से एक वस्तु, प्राणी या पदार्थ आदि का पता चलता है। उदाहरण - लड़का, गाय, बेटी आदि।

बहुवचन - संज्ञा के जिस रूप से एक से अधिक वस्तु, प्राणी या पदार्थ आदि का पता चलता है। उदाहरण - लड़के, गायें, बेटियाँ आदि।

अतः विकल्प (C) सही है।

195. जो करेगा सो भरेगा - में संबंधवाचक सर्वनाम हैं।

वह सर्वनाम शब्द जिसके कारण संज्ञा तथा सर्वनाम के साथ संबंध प्रकट होता है, उसे संबंधवाचक सर्वनाम कहते हैं।

अतः विकल्प (C) सही है।

196. ' मैं अपने आप वस्त्र साफ कर लेता हूँ ' - इस वाक्य में निजवाचक है।

जो शब्द व्यक्ति अपने खुद के लिए प्रकट करता है, अर्थात जिन शब्दों में काम करने वाले व्यक्ति के साथ अपनापन प्रकट होता है। उन शब्दों को निजवाचक सर्वनाम के रूप में जाना जाता है। जैसे: आप, स्वयं, खुद, अपना, हमारा इत्यादि।

अतः विकल्प (D) सही है।

197. सदैव एकवचन में भाववाचक संज्ञा होती है।

वह शब्द जिनसे हमें भावना का बोध होता हो, उन शब्दों को भाव वाचक संज्ञा कहा जाता है, अर्थात् वह शब्द जो किसी पदार्थ या फिर चीज का भाव, दशा या अवस्था का बोध कराते हो उन्हें भाववाचक संज्ञा कहते हैं।

अतः विकल्प (A) सही है।

198. अशोक शब्द में व्यक्तिवाचक संज्ञा है।

जिन शब्दों से किसी विशेष व्यक्ति, स्थान अथवा वस्तु के नाम का बोध हो, उसे व्यक्तिवाचक संज्ञा कहते हैं। जैसे- जयपुर, दिल्ली, भारत, रामायण, अमेरिका, राम इत्यादि।

अतः विकल्प (D) सही है।

199. अभिसरण का विलोम अपसरण है।

अभिसरण: आगे बढ़ना।

अपसरण: पीछे हटना।

व्यतिक्रम: बाधा, रुकावट।

अपवर्तन: परिवर्तन।

अवरोहण: उतरना।

अतः विकल्प (B) सही है।

200. ऐहिक का विलोम पारलौकिक है।

ऐहिक: सांसारिक, दुनियावी।

पारलौकिक: परलोक से संबंध रखने वाला।

सांसारिक: संसार संबंधी, लौकिक, ऐहिक।

सृष्टि: निर्माण, रचना।

दैहिक: शारीरिक।

अतः विकल्प (A) सही है।

201. माना मूलधन = P, दर = R% प्रति वर्ष, समय = N वर्ष

साधारण ब्याज $= \frac{(P \times N \times R)}{100}$

दिया है,

$$\Rightarrow 1395 = P\left(1 + \frac{10}{100}\right)^3 - P - \frac{(P \times 10 \times 3)}{100}$$

$$\Rightarrow 1395 = 0.331P - 0.3P$$

$$\Rightarrow P = 45000$$

मूलधन 45000 रु है।

दिया है,

साधारण ब्याज

$$= \frac{(45000 \times 4 \times 20)}{100}$$

$$= 36000$$

अतः विकल्प (A) सही है।

202. माना मूलधन = P, दर = R% प्रति वर्ष, समय = N वर्ष

साधारण ब्याज $= \frac{(P \times N \times R)}{100}$

दिया है,

P = 35000, N = 4, R = 10

$\Rightarrow$ साधारण ब्याज $= \frac{(35000 \times 4 \times 10)}{100}$ = 14000 रु

$\Rightarrow$ कुल राशि = 35000 + 14000 = 49000 रु

दिया है,

$$P = 35000 \times \frac{6}{7} = 30000 \text{ रु}$$

$\Rightarrow$ साधारण ब्याज $= \frac{(30000 \times 4 \times 10)}{100}$ = 12000 रु

$\Rightarrow$ कुल राशि = 30000 + 12000 + 5000 = 47000 रु

$\Rightarrow$ राज को हुई कुल हानि= 14000 - 12000 = 2000 रु

अतः विकल्प (D) सही है।

203. दिया गया है,

टीमों की संख्या $= 9$

एक मैच के लिए 2 टीमों की जरूरत होती है। तो दो टीमों को चुनने के कुल तरीके $= {}^9C_2$

हम जानते हैं,

$${}^nC_r = \frac{n!}{r!(n-r)!}$$

जहां $n = 9$ तथा $r = 2$

इसलिए,

$${}^9C_2 = \frac{9!}{2!(9-2)!}$$

$$= \frac{9 \times 8 \times 7!}{2 \times 7!}$$

$$= 36$$

अतः विकल्प (A) सही है।

204. I. $x^2 - 17x - 234 = 0$

$\Rightarrow x^2 - (26 - 9)x - 234 = 0$

$\Rightarrow x^2 - 26x + 9x - 234 = 0$

$\Rightarrow x(x - 26) + 9(x - 26) = 0$

$\Rightarrow (x - 26)(x + 9) = 0$

$\Rightarrow x = 26, -9$

II. $y^2 - 29y + 210 = 0$

$\Rightarrow y^2 - (15 + 14)y + 210 = 0$

$\Rightarrow y^2 - 15y - 14y + 210 = 0$

$\Rightarrow y(y - 15) - 14(y - 15) = 0$

$\Rightarrow (y - 15)(y - 14) = 0$

$\Rightarrow y = 15, 14$

x और y के बीच तुलना (सारणीकरण के माध्यम से) :

x का मान	y का मान	संबंध
26	15	x > y
26	14	x > y
-9	15	x < y
-9	14	x < y

∴ x और y के बीच सम्बन्ध निर्धारित नहीं किया जा सकता।

अतः विकल्प (C) सही है।

205. I. $4x^2 - 72x + 224 = 0$

$\Rightarrow 4x^2 - 56x - 16x + 224 = 0$

⇒ 4x(x – 14) – 16(x – 14) = 0

⇒ (x – 14)(4x – 16) = 0

⇒ x = 14 या 4

II. $y^2 - 19y + 60 = 0$

⇒ $y^2 - 15y - 4y + 60 = 0$

⇒ y(y – 15) – 4(y – 15) = 0

⇒ (y – 15)(y – 4) = 0

⇒ y = 15 या 4

x और y के बीच तुलना (सारणीकरण के माध्यम से):

x का मान	संबंध	y का मान
14	<	15
14	>	4
4	<	15
4	=	4

∴ x = y या x और y के बीच सम्बन्ध निर्धारित नहीं किया जा सकता।

अतः विकल्प (C) सही है।

206. I. $x^2 - 25x + 156 = 0$

⇒ $x^2 - (13 + 12)x + 156 = 0$

⇒ $x^2 - 13x - 12x + 156 = 0$

⇒ x(x – 13) – 12(x – 13) = 0

⇒ (x – 13) (x – 12) = 0

⇒ x = 13, 12

II. $y^2 + 33y + 162 = 0$

⇒ $y^2 + (27 + 6)y + 162 = 0$

⇒ $y^2 + 27y + 6y + 162 = 0$

⇒ y(y + 27) + 6(y + 27) = 0

⇒ (y + 27) (y + 6) = 0

⇒ y = – 27, – 6

x और y के बीच तुलना (सारणीकरण के माध्यम से):

x का मान	y का मान	संबंध
13	-27	x > y
13	-6	x > y
12	-27	x > y
12	-6	x > y

∴ x > y

अतः विकल्प (A) सही है।

207. दिया गया:

A का निवेश = 500 रुपये

B का निवेश = M रुपये

8 महीने के बाद, A अपने निवेश में 200 रुपये जोड़ता है और B अपने निवेश से 100 रुपये निकालता है।

एक वर्ष के बाद B और A के लाभ शेयरों के बीच का अंतर = 720 रुपये

कुल लाभ = 3440 रुपये

गणना:

A का कुल निवेश = 500 × 8 + 700 × 4 = 6800 रुपये

B का कुल निवेश = M × 8 + (M – 100) × 4 = (12M – 400) रुपये

उनके लाभ हिस्से का अनुपात = 6800 : (12M – 400) = 1700 : (3M – 100)

प्रश्नानुसार,

$$\frac{(3M-100-1700)}{(1700+3M-100)} \times 3440 = 720$$

⇒ M = 900

अभीष्ट अनुपात = 500 : 900 = 5 : 9

∴ A और B के प्रारंभिक निवेश का अनुपात 5:9 है।

अतः सही विकल्प (D) है।

208. दिया है:

कार्य पर रखने वाले लोगों की कुल संख्या = 25

25 लोग 60 दिनों में कार्य पूरा कर सकते हैं।

कंपनी हर 5 दिनों के बाद 10 और व्यक्तियों को कार्य पर रखती है।

सूत्र:

कुल कार्य = कुल कर्मचारी × कुल समय

गणना:

कार्य पर रखने वाले लोगों की कुल संख्या = 25

25 लोग 60 दिनों में कार्य पूरा कर सकते हैं।

कुल कार्य = 25 × 60 = 1500 इकाई

तो पहले 5 दिनों में 25 लोगों द्वारा किया गया कार्य = 25 × 5 = 125 इकाई

कंपनी प्रत्येक 5 दिनों के बाद 10 और व्यक्तियों को कार्य पर रखती है।

अब कुल लोगों की संख्या = 25 + 10 = 35

इसलिए अगले 5 दिनों में 35 लोगों द्वारा किया गया कार्य = 35 × 5 = 175 इकाई

फिर से अगले पांच दिनों में कुल लोगों की संख्या = 35 + 10 = 45

तो अगले 5 दिनों में 45 लोगों द्वारा किया गया कार्य = 45 × 5 = 225 इकाई

फिर से अगले पांच दिनों में कुल लोगों की संख्या = 45 + 10 = 55

तो अगले 5 दिनों में 55 लोगों द्वारा किया गया कार्य = 55 × 5 = 275 इकाई

फिर से अगले पांच दिनों में कुल लोगों की संख्या = 55 + 10 = 65

तो अगले 5 दिनों में 65 लोगों द्वारा किया गया कार्य = 65 × 5 = 325 इकाई

फिर से अगले पांच दिनों में कुल लोगों की संख्या = 65 + 10 = 75

तो अगले 5 दिनों में 75 लोगों द्वारा किया गया कार्य = 75 × 5 = 375 इकाई

कुल कार्य जो किया गया = 125 + 175 + 225 + 275 + 325 + 375 = 1500 इकाई

इस प्रकार कुल कार्य पूरा होता है।

अब लोगों को कार्य पूरा करने में लगा समय = 5 + 5 + 5 + 5 + 5 + 5 = 30 दिन

कार्य कितने दिन पहले पूरा होगा = 60 – 30 = 30 दिन

∴ 30 दिन पहले कार्य समाप्त हो जाएगा।

अतः विकल्प (D) सही है।

209. 35 किलोग्राम हाइड्रोकार्बन के मिश्रण में मीथेन और ईथेन का अनुपात 4 : 3 है।

मीथेन की मात्रा = 35 का $\frac{4}{7}$ = 20 किलो

ईथेन की मात्रा = 35 का $\frac{3}{7}$ = 15 किलो

प्रश्न के अनुसार,

$$\frac{20+10}{15+x} = \frac{6}{7}$$

$\Rightarrow 140 + 70 = 90 + 6x$

$\Rightarrow 6x + 90 = 210$

$\Rightarrow 6x = 120$

$\Rightarrow x = \frac{120}{6}$

$\Rightarrow x = 20$

∴ (x + 5) और (x - 4) का मध्यानुपाती = $\sqrt{[(x+5)(x-4)]}$

$\Rightarrow \sqrt{[(20+5)(20-4)]}$

$= \sqrt{(25)(16)}$ = 20

अतः विकल्प (A) सही है।

210. दिया गया,

मोटर बोट की गति और धारा की गति के बीच का अनुपात 6:1 है।

ऊर्ध्वप्रवाह मोटर बोट की गति = $8 \times \frac{60}{48}$

$= 10$ किमी/घंटा

प्रश्न के अनुसार,

माना कि मोटर बोट की गति $6x$ किमी/घंटा हो और धारा की गति x किमी/घंटा हो

$6x - x = 10$

$\Rightarrow x = 2$ किमी/घंटा

सभी नावों की अनुप्रवाह गति = $(6 \times 2 + 2)$

$= 14$ किमी/घंटा

माना कि P से Q के बीच की पहले दिन की दूरी $= y$ एक घंटा है

दूसरे दिन की दूरी $= (y + 9)$

$14 = \frac{y+9}{4.5}$

$\Rightarrow y = 63 - 9$

$\Rightarrow y = 63 - 9$

$\Rightarrow y = 54$ घंटे

तीसरे दिन तय की गई दूरी $= 54 + 9 \times 2$

$= 72$ घंटे

तीसरे दिन नाव C द्वारा लिया गया कुल समय Q बिंदु तक पहुँचने के लिए $= \frac{72}{14}$

$= 5\frac{1}{7}$ घंटे

अतः विकल्प (D) सही है।

211. दिया गया है:

A का प्रारंभिक समय 12:00 अपराह्न और उसकी गति 4 किमी/घंटा है।

B का प्रारंभिक समय 1:00 अपराह्न और उसकी गति 5 किमी/घंटा है।

C का प्रारंभिक समय 2:00 अपराह्न और उसकी गति 6 किमी/घंटा है।

प्रयुक्त सूत्र:

गति = दूरी/समय

गणना:

A का प्रारंभिक समय 12:00 अपराह्न और उसकी गति 4 किमी/घंटा है।

B के प्रारंभ करने से पहले A द्वारा तय की गई दूरी

A की गति × उनके प्रारंभिक समय के बीच का अंतर

4 × 1 = 4 किमी

B का प्रारंभिक समय 1:00 अपराह्न

B की गति = 5 किमी/घंटा

अब वह समय जब B, A से मिलेगा = B के प्रारंभ करने से पहले A द्वारा तय की गई दूरी/उनके गति के बीच का अंतर

$\frac{4}{1} = 4$ घंटा

इस प्रकार B अपने प्रारंभिक समय के 4 घंटे बाद A से मिलेगा।

वे 5:00 अपराह्न पर मिलेंगे

इसलिए, A द्वारा 5 घंटे में तय की गई दूरी = गति × समय

4 × 5 = 20 किमी

अब B, कलम के साथ A को C के पास भेजता है।

C का प्रारंभिक समय 2:00 अपराह्न और उसकी गति 6 किमी/घंटा है।

इसलिए C द्वारा 5:00 अपराह्न तक तय की गई दूरी = समय × गति

6 × 3 = 18 किमी

अब A और C द्वारा तय की गई दूरी के बीच का अंतर

20 – 18 = 2 किमी

A और C की सापेक्ष गति

4 + 6 = 10 किमी/घंटा

इसलिए A और C के मिलने का समय

उनके बीच की दूरी/उनकी सापेक्ष गति = $\frac{2}{10} = \frac{1}{5}$ घंटा

$= \left(\frac{1}{5}\right) \times 60$

= 12 मिनट

इस प्रकार वे 5:00 अपराह्न के 12 मिनट बाद मिलेंगे।

इसलिए, C, 5:12 अपराह्न में कलम प्राप्त करेगा।

अतः विकल्प (C) सही है।

212. प्रश्न में दिये गये डेटा के अनुसार,

दुकान में सफेद रंग के लैपटॉप की कुल संख्या $= 30$

दुकान में लैपटॉप की कुल संख्या $= 30 \times \frac{100}{37.5} = 80$

दुकान में सफेद रंग के एंड्रॉइड और एमआई लैपटॉप की कुल संख्या $= 10$

दुकान में एंड्रॉइड लैपटॉप की कुल संख्या $= 10 \times 5 = 50$

दुकान में एमआई लैपटॉप की कुल संख्या $= 50$ का $110\% = 55$

दुकान में सफेद रंग के एमआई लैपटॉप की कुल संख्या $= 15$

दुकान में सफेद रंग के एमआई, लेकिन एंड्रॉइड लैपटॉप ना होने की कुल संख्या $= 15 - 10 = 5$

दुकान में एंड्रॉइड एमआई लैपटॉप की कुल संख्या $= 35$

दुकान में एंड्रॉइड और एमआई लेकिन सफेद रंग के लैपटॉप नहीं की कुल संख्या $= 35 - 10 = 25$

एंड्रॉइड और सफेद रंग के अलावा अन्य ओएस के एमआई लैपटॉप की कुल संख्या $= 55 - (25 + 5 + 10) = 15$

माना कि सफेद के अलावा अन्य रंग के एमआई के अलावा अन्य ब्रांड के एंड्रॉइड लैपटॉप की कुल संख्या $= P$

एंड्रॉइड के अलावा अन्य ओएस और एमआई के अलावा अन्य ब्रांड के सफेद रंग के लैपटॉप की कुल संख्या $= P$

माना कि, सफेद रंग के एंड्रॉइड लैपटॉप की कुल संख्या $= Q$

सफेद रंग के एंड्रॉइड लैपटॉप की कुल संख्या $= 10 + Q = 15$

$Q = 5$

एंड्रॉइड लैपटॉप की कुल संख्या $= 5 + 10 + 5 + P = 30$

$P = 10$

एमआई के अलावा अन्य ब्रांड और सफेद के अलावा अन्य रंग के एंड्रॉइड लैपटॉप की कुल संख्या $= P = 10$

एंड्रॉइड के अलावा अन्य ओएस और एमआई के अलावा अन्य ब्रांड के सफेद रंग के लैपटॉप की कुल संख्या $= P = 10$

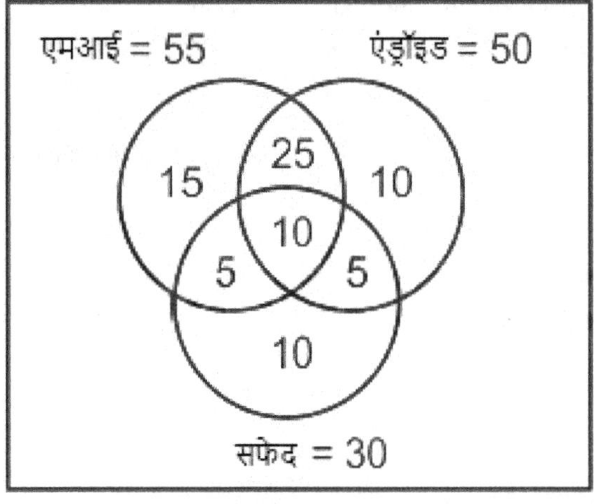

दुकान में कुल एमआई फोन $= 55$

दुकान में कुल एंड्रॉइड एमआई फोन $= 25 + 10 = 35$

एंड्रॉयड के अलावा अन्य ओएस के कुल एंड्रॉयड एमआई फोन $= 55 - 35 = 20$

अत: विकल्प (B) सही है।

213. दुकान में सफेद रंग के लैपटॉप की कुल संख्या $= 30$

दुकान में लैपटॉप की कुल संख्या $= 30 \times \frac{100}{37.5} = 80$

दुकान में सफेद रंग के एंड्रॉइड और एमआई लैपटॉप की कुल संख्या $= 10$

दुकान में एंड्रॉइड लैपटॉप की कुल संख्या $= 10 \times 5 = 50$

दुकान में एमआई लैपटॉप की कुल संख्या $= 50$ का $110\% = 55$

दुकान में सफेद रंग के एमआई लैपटॉप की कुल संख्या $= 15$

दुकान में सफेद रंग के एमआई, लेकिन एंड्रॉइड लैपटॉप ना होने की कुल संख्या $= 15 - 10 = 5$

दुकान में एंड्रॉइड एमआई लैपटॉप की कुल संख्या $= 35$

दुकान में एंड्रॉइड और एमआई लेकिन सफेद रंग के लैपटॉप नहीं की कुल संख्या $= 35 - 10 = 25$

एंड्रॉइड और सफेद रंग के अलावा अन्य ओएस के एमआई लैपटॉप की कुल संख्या $= 55 - (25 + 5 + 10) = 15$

माना कि सफेद के अलावा अन्य रंग के एमआई के अलावा अन्य ब्रांड के एंड्रॉइड लैपटॉप की कुल संख्या $= P$

एंड्रॉइड के अलावा अन्य ओएस और एमआई के अलावा अन्य ब्रांड के सफेद रंग के लैपटॉप की कुल संख्या $= P$

माना कि, सफेद रंग के एंड्रॉइड लैपटॉप की कुल संख्या $= Q$

सफेद रंग के एंड्रॉइड लैपटॉप की कुल संख्या $= 10 + Q = 15$

$Q = 5$

एंड्रॉइड लैपटॉप की कुल संख्या $= 5 + 10 + 5 + P = 30$

$P = 10$

एमआई के अलावा अन्य ब्रांड और सफेद के अलावा अन्य रंग के एंड्रॉइड लैपटॉप की कुल संख्या $= P = 10$

एंड्रॉइड के अलावा अन्य ओएस और एमआई के अलावा अन्य ब्रांड के सफेद रंग के लैपटॉप की कुल संख्या $= P = 10$

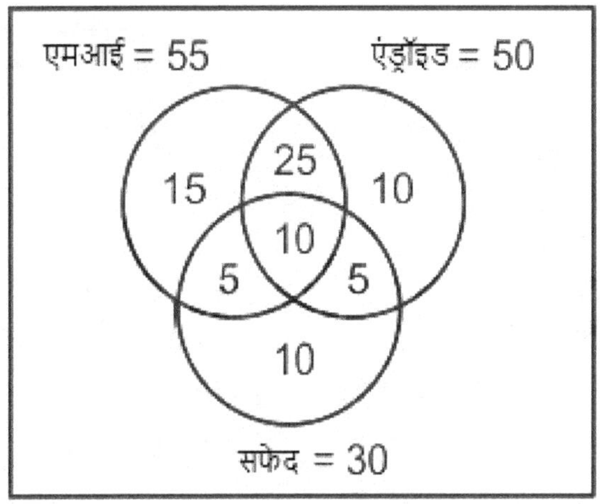

एंड्रॉइड, ओएस या रंग सफेद या दोनों एमआई लैपटॉप की कुल संख्या $= 25 + 10 + 5 = 40$

दुकान में लैपटॉप की कुल संख्या $= 80$

अभीष्ट प्रतिशत $= \left(\frac{40}{80}\right) \times 100 = 50\%$

अत: विकल्प (A) सही है।

214. दुकान में सफेद रंग के लैपटॉप की कुल संख्या $= 30$

दुकान में लैपटॉप की कुल संख्या $= 30 \times \frac{100}{37.5} = 80$

दुकान में सफेद रंग के एंड्रॉइड और एमआई लैपटॉप की कुल संख्या $= 10$

दुकान में एंड्रॉइड लैपटॉप की कुल संख्या $= 10 \times 5 = 50$

दुकान में एमआई लैपटॉप की कुल संख्या $= 50$ का $110\% = 55$

दुकान में सफेद रंग के एमआई लैपटॉप की कुल संख्या $= 15$

दुकान में सफेद रंग के एमआई, लेकिन एंड्रॉइड लैपटॉप ना होने की कुल संख्या $= 15 - 10 = 5$

दुकान में एंड्रॉइड एमआई लैपटॉप की कुल संख्या $= 35$

दुकान में एंड्रॉइड और एमआई लेकिन सफेद रंग के लैपटॉप नहीं की कुल संख्या $= 35 - 10 = 25$

एंड्रॉइड और सफेद रंग के अलावा अन्य ओएस के एमआई लैपटॉप की कुल संख्या $= 55 - (25 + 5 + 10) = 15$

माना कि सफेद के अलावा अन्य रंग एमआई के अलावा अन्य ब्रांड के एंड्रॉइड लैपटॉप की कुल संख्या $= P$

एंड्रॉइड के अलावा अन्य ओएस और एमआई के अलावा अन्य ब्रांड के सफेद रंग के लैपटॉप की कुल संख्या $= P$

माना कि, सफेद रंग के एंड्रॉइड लैपटॉप की कुल संख्या $= Q$

सफेद रंग के एंड्रॉइड लैपटॉप की कुल संख्या $= 10 + Q = 15$

$Q = 5$

एंड्रॉइड लैपटॉप की कुल संख्या $= 5 + 10 + 5 + P = 30$

$P = 10$

एमआई के अलावा अन्य ब्रांड और सफेद के अलावा अन्य रंग के एंड्रॉइड लैपटॉप की कुल संख्या $= P = 10$

एंड्रॉइड के अलावा अन्य ओएस और एमआई के अलावा अन्य ब्रांड के सफेद रंग के लैपटॉप की कुल संख्या $= P = 10$

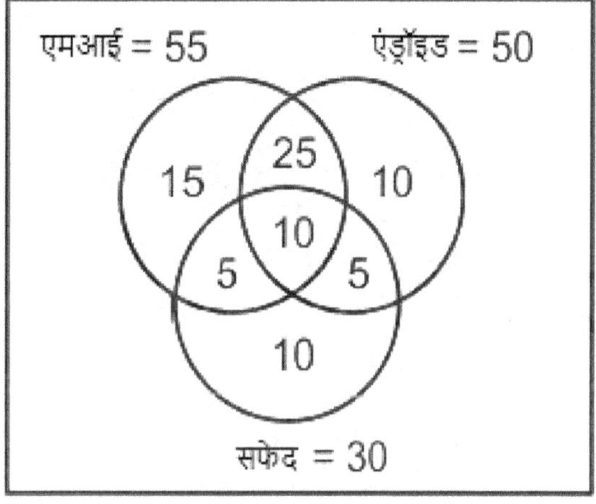

एमआई ब्रांड के लेकिन सफेद रंग के नहीं एंड्रॉइड लैपटॉप की कुल संख्या $= 25$

सफेद रंग के एंड्रॉइड एमआई लैपटॉप की संख्या $= 10$

अभीष्ट अनुपात $= 25 : 10 = 5 : 2$

अत: विकल्प (C) सही है।

215. दुकान में सफेद रंग के लैपटॉप की कुल संख्या $= 30$

दुकान में लैपटॉप की कुल संख्या $= 30 \times \frac{100}{37.5} = 80$

दुकान में सफेद रंग के एंड्रॉइड और एमआई लैपटॉप की कुल संख्या $= 10$

दुकान में एंड्रॉइड लैपटॉप की कुल संख्या $= 10 \times 5 = 50$

दुकान में एमआई लैपटॉप की कुल संख्या $= 50$ का $110\% = 55$

दुकान में सफेद रंग के एमआई लैपटॉप की कुल संख्या $= 15$

दुकान में सफेद रंग के एमआई, लेकिन एंड्रॉइड लैपटॉप ना होने की कुल संख्या $= 15 - 10 = 5$

दुकान में एंड्रॉइड एमआई लैपटॉप की कुल संख्या $= 35$

दुकान में एंड्रॉइड और एमआई लेकिन सफेद रंग के लैपटॉप नहीं की कुल संख्या = 35 − 10 = 25

एंड्रॉइड और सफेद रंग के अलावा अन्य ओएस के एमआई लैपटॉप की कुल संख्या = 55 − (25 + 5 + 10) = 15

माना कि सफेद के अलावा अन्य रंग के एमआई के अलावा अन्य ब्रांड के एंड्रॉइड लैपटॉप की कुल संख्या = P

एंड्रॉइड के अलावा अन्य ओएस और एमआई के अलावा अन्य ब्रांड के सफेद रंग के लैपटॉप की कुल संख्या = P

माना कि, सफेद रंग के एंड्रॉइड लैपटॉप की कुल संख्या = Q

सफेद रंग के एंड्रॉइड लैपटॉप की कुल संख्या = 10 + Q = 15

$Q = 5$

एंड्रॉइड लैपटॉप की कुल संख्या = 5 + 10 + 5 + P = 30

$P = 10$

एमआई के अलावा अन्य ब्रांड और सफेद के अलावा अन्य रंग के एंड्रॉइड लैपटॉप की कुल संख्या = P = 10

एंड्रॉइड के अलावा अन्य ओएस और एमआई के अलावा अन्य ब्रांड के सफेद रंग के लैपटॉप की कुल संख्या = P = 10

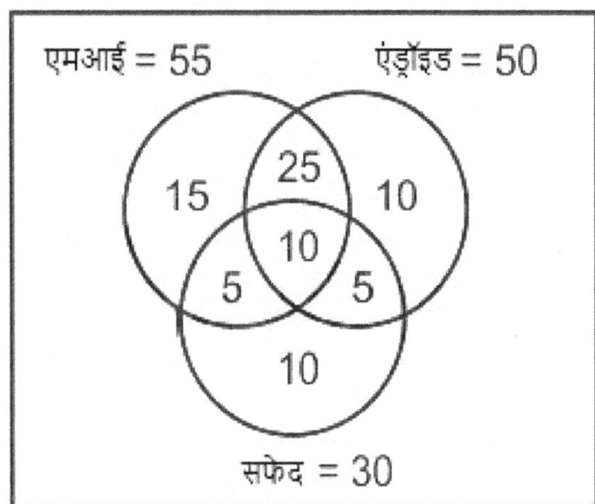

एंड्रॉइड के अलावा अन्य ओएस वाले एमआई लैपटॉप की कुल संख्या = 15 + 5 = 20

सफेद के अलावा अन्य रंग के एमआई लैपटॉप की कुल संख्या = 15 + 25 = 40

अभीष्ट अंतर = 40 − 20 = 20

अत: विकल्प (D) सही है।

216. दुकान में सफेद रंग के लैपटॉप की कुल संख्या = 30

दुकान में लैपटॉप की कुल संख्या = $30 \times \frac{100}{37.5} = 80$

दुकान में सफेद रंग के एंड्रॉइड और एमआई लैपटॉप की कुल संख्या = 10

दुकान में एंड्रॉइड लैपटॉप की कुल संख्या = 10 × 5 = 50

दुकान में एमआई लैपटॉप की कुल संख्या = 50 का 110% = 55

दुकान में सफेद रंग के एमआई लैपटॉप की कुल संख्या = 15

दुकान में सफेद रंग के एमआई, लेकिन एंड्रॉइड लैपटॉप ना होने की कुल संख्या = 15 − 10 = 5

दुकान में एंड्रॉइड एमआई लैपटॉप की कुल संख्या = 35

दुकान में एंड्रॉइड और एमआई लेकिन सफेद रंग के लैपटॉप नहीं की कुल संख्या = 35 − 10 = 25

एंड्रॉइड और सफेद रंग के अलावा अन्य ओएस के एमआई लैपटॉप की कुल संख्या = 55 − (25 + 5 + 10) = 15

माना कि सफेद के अलावा अन्य रंग के एमआई के अलावा अन्य ब्रांड के एंड्रॉइड लैपटॉप की कुल संख्या = P

एंड्रॉइड के अलावा अन्य ओएस और एमआई के अलावा अन्य ब्रांड के सफेद रंग के लैपटॉप की कुल संख्या = P

माना कि, सफेद रंग के एंड्रॉइड लैपटॉप की कुल संख्या = Q

सफेद रंग के एंड्रॉइड लैपटॉप की कुल संख्या = 10 + Q = 15

$Q = 5$

एंड्रॉइड लैपटॉप की कुल संख्या = 5 + 10 + 5 + P = 30

$P = 10$

एमआई के अलावा अन्य ब्रांड और सफेद के अलावा अन्य रंग के एंड्रॉइड लैपटॉप की कुल संख्या = P = 10

एंड्रॉइड के अलावा अन्य ओएस और एमआई के अलावा अन्य ब्रांड के सफेद रंग के लैपटॉप की कुल संख्या = P = 10

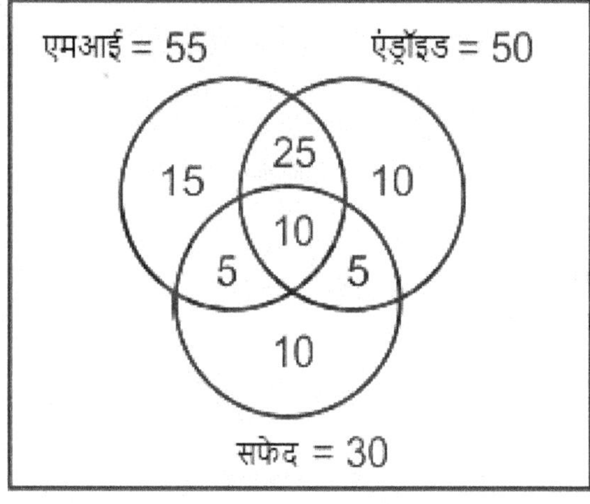

एमआई के अलावा अन्य ब्रांड के सफेद रंग के लैपटॉप की कुल संख्या = 10 + 5 = 15

एमआई के अलावा अन्य ब्रांड के एंड्रॉइड लैपटॉप की कुल संख्या = 10 + 5 = 15

अभीष्ट योग = 15 + 15 = 30

अत: विकल्प (C) सही है।

217. दिया है:

राहुल के लिए लागत मूल्य (C.P.) = 5,50,000 रुपए

वह इसे विपुल को 10% घाटे पर बेच देता है। फिर विपुल इसे यश को 5% लाभ पर बेच देता है। यश इसे शुभम को 2% लाभ पर बेच देता है।

शुभम कार की पुनर्सज्जा पर 10,000 रुपए खर्च करता है और इसे कार के मूल्य में जोड़कर वह इसे शिवांश को 5% लाभ पर बेच देता है।

शुभम के लिए लागत मूल्य (C.P.) = 550000 × 0.9 × 1.05 × 1.02 = 530145 रुपए

पुनर्सज्जा के बाद कुल लागत = 530145 रुपए + 10000 = 540145 रुपए

शिवांश के लिए C.P. = 540145 × 1.05 = 567150 रुपए (अनुमानित)

अत: विकल्प (C) सही है।

218. दिया है:

एक दुकानदार अपनी वस्तुओं का मूल्य उनके लागत मूल्य से 25% अधिक अंकित करता है और बेचते समय ग्राहक को 12% छूट देता है।

परंतु वह 1 किग्रा के वजन की बजाय 900 ग्राम वज़न का प्रयोग करता है।

माना 1000 ग्राम का मूल्य = 1000 रुपए

अब,

1100 ग्राम का लागत मूल्य (C.P.) = 1000 रुपए   ----(1)

लागत मूल्य (C.P.) = 1000 रुपए

अंकित मूल्य (M.P.) = 1250 रुपए

छूट = 12%

विक्रय मूल्य (S.P.) = 1100 रुपए

900 ग्राम का विक्रय मूल्य (S.P.) = 1100 रुपए   ----(2)

समीकरण (1) और (2) में मात्राओं को बराबर करने के लिए

समीकरण (1) 9 से गुणा कीजिए और समीकरण (2) 11 से गुणा कीजिए

⇒ वास्तविक लागत मूल्य(C.P.) = 1000 रुपए × 9 = 9000 रुपए

वास्तविक विक्रय मूल्य(S.P.) = 1100 रुपए × 11 = 12100 रुपए

⇒ लाभ = 12100 - 9000 = 3100

लाभ प्रतिशत $= 3100 \times \dfrac{100}{9000} = 34.4\%$

अत: विकल्प (C) सही है।

219. दिया है:

30.912 - 927.98 - 4.952 = 1.99 × ? ÷ 10.911

$$\Rightarrow 31^2 - 928 - 5^2 = 2 \times ? \div 11$$

$$\Rightarrow 961 - 928 - 25 = 2 \times \dfrac{?}{11}$$

$$\Rightarrow 33 - 25 = 2 \times \dfrac{?}{11}$$

$$\Rightarrow 8 \times \dfrac{11}{2} = ?$$

$$\Rightarrow ? = 44$$

अत: विकल्प (E) सही है।

220. दिया है:

$$167.92 \text{ का } \dfrac{3}{8} \times 14.95 \div 4.85 + ? = 548.89 \div 8.9 + 234.98$$

$$\Rightarrow 168 \text{ का } \dfrac{3}{8} \times 15 \div 5 + ? = 549 \div 9 + 235$$

$$\Rightarrow (504 \div 8) \times 3 + ? = 61 + 235$$

$$\Rightarrow 63 \times 3 + ? = 296$$

$$\Rightarrow ? = 296 - 189$$

$$\therefore ? = 107$$

अत: विकल्प (B) सही है।

221. दिया है:

$$149.99 + 44.89 \times 1.92 \times (35.99 - 16.06) \div 17.97 = ?$$

$$\Rightarrow 150 + 45 \times 2(36 - 16) \div 18 = ?$$

$$\Rightarrow 150 + 45 \times 2(20) \div 18 = ?$$

$$\Rightarrow 150 + 1800 \div 18 = ?$$

$$\Rightarrow 150 + 100 = ?$$

$$\Rightarrow ? = 250$$

अत: विकल्प (C) सही है।

222. दी गई श्रृंखला है:

8,13,20,32,40,53,68

पैटर्न है:

$$8 + 5 = 13$$

$$13 + 7 = 20$$

$$20 + 9 = 29$$

$$29 + 11 = 40$$

$$40 + 13 = 53$$

$$53 + 15 = 68$$

इसलिए गलत संख्या 32 है।

अत: विकल्प (C) सही है।

223. दी गई श्रृंखला है:

12,13,30,98,412,2085

पैटर्न है:

$$12 \times 1 + 1^2 = 13$$

$$13 \times 2 + 2^2 = 30$$

$$30 \times 3 + 3^2 = 99$$

$$99 \times 4 + 4^2 = 412$$

$$412 \times 5 + 5^2 = 2085$$

इसलिए गलत संख्या 98 है।

अतः विकल्प (C) सही है।

224. दी गई श्रृंखला है:

522, 1235, 2660, 4800, 7652, 11217, 15495

पैटर्न है:

$$522 + (1 \times 713) = 1235$$

$$1235 + (2 \times 713) = 2661$$

$$2661 + (3 \times 713) = 4800$$

$$4800 + (4 \times 713) = 7652$$

$$7652 + (5 \times 713) = 11217$$

$$11217 + (6 \times 713) = 15495$$

इसलिए गलत संख्या 2660 है।

अतः विकल्प (B) सही है।

225. दी गई श्रृंखला है:

2, 9, 32, 105, 436, 2195, 13182

पैटर्न है:

$$(2 + 7) \times 1 = 9$$

$$(9 + 6) \times 2 = 30$$

$$(30 + 5) \times 3 = 105$$

$$(105 + 4) \times 4 = 436$$

$$(436 + 3) \times 5 = 2195$$

$$(2195 + 2) \times 6 = 13182$$

इसलिए गलत संख्या 32 है।

अतः विकल्प (D) सही है।

226. दिया है:

कथन I से,

अंग्रेजी में अंक = विज्ञान में अंकों के 80%

कथन II से,

अंग्रेजी, हिंदी और विज्ञान में अंकों का अनुपात = 4 : 3 : 5

कथन III से,

विज्ञान में प्राप्त अंक = हिंदी में अंक + 40

प्रयुक्त सूत्र:

औसत = (मानों का योग)/(मानों की संख्या)

कथन II और III से एक साथ,

माना विकास द्वारा हिंदी में प्राप्त अंक 3x हैं।

तब, अंग्रेजी में प्राप्त अंक = 4x

और विज्ञान में प्राप्त अंक = 5x

इसलिए, 5x – 3x = 40

$$\Rightarrow 2x = 40$$

$$\Rightarrow x = 20$$

अंग्रेजी में प्राप्त अंक = 4 × 20 = 80

हिंदी में प्राप्त अंक = 3 × 20 = 60

और विज्ञान में प्राप्त अंक = 5 × 20 = 100

अब, 3 विषयों में प्राप्त कुल अंक = 80 + 60 + 100 = 240 अंक

अभीष्ट औसत $= \dfrac{240}{3} = 80$ अंक

∴ कथन II और III दोनों प्रश्न का उत्तर देने के लिए आवश्यक हैं।

अतः विकल्प (B) सही है।

227. कथन I से,

बेलन की त्रिज्या : शंकु की त्रिज्या = 1 : 2

कथन II से,

बेलन की ऊँचाई = 21 सेमी

तथा शंकु की ऊँचाई = बेलन की ऊँचाई – 7 सेमी

कथन III से,

उनकी ऊँचाइयों का योग = 35 सेमी

प्रयुक्त सूत्र: एक बेलन का आयतन $= \pi r^2 h$

एक शंकु का आयतन $= \dfrac{1}{3} \pi r^2 h$

जहाँ, $r =$ त्रिज्या और $h =$ ऊंचाई

कथन I और II से एक साथ,

माना बेलन की त्रिज्या और शंकु की त्रिज्या क्रमशः x सेमी और $2x$ सेमी है।

तब, शंकु की ऊँचाई $= (21 - 7)$ सेमी $= 14$ सेमी

अभीष्ट अनुपात $= \pi \times x^2 \times 21 : \dfrac{1}{3} \pi \times (2x)^2 \times 14$

$$= 21 : \dfrac{1}{3} \times 4 \times 14$$

$$= 9 : 4$$

∴ कथन I और II दोनों प्रश्न का उत्तर देने के लिए आवश्यक हैं।

अतः विकल्प (B) सही है।

228. कथन I से, 3 वर्ष पहले, आयु का अनुपात = 5 : 3

कथन II से, उनकी वर्तमान आयु के बीच का अंतर = 16 वर्ष

कथन III से, 5 वर्ष बाद, आयु का अनुपात = 3 : 2

कथन I और II से एक साथ,

माना 3 वर्ष पहले राज और करण की आयु क्रमशः 5x और 3x थी।

तब, (5x + 3) − (3x + 3) = 16

⇒ 2x = 16

⇒ x = 8

इसलिए, राज की वर्तमान आयु = 5x+ 3

= 5 × 8 + 3 = 43 वर्ष

और करण की वर्तमान आयु = 3x + 3

= 3 × 8 + 3 = 27 वर्ष

अब, उनकी आयु का योग = (43 + 27) वर्ष = 70 वर्ष

कथन I और III से एक साथ,

माना 3 वर्ष पहले राज और करण की आयु क्रमशः 5x और 3x थी।

तब, $\frac{(5x+8)}{(3x+8)} = \frac{3}{2}$

⇒ $10x + 16 = 9x + 24$

⇒ $x = 8$

इसलिए, राज की वर्तमान आयु $= 5x + 3$

$= 5 \times 8 + 3 = 43$ वर्ष

और करण की वर्तमान आयु $= 3x + 3$

$= 3 \times 8 + 3 = 27$ वर्ष

अब, उनकी आयु का योग $= (43 + 27)$ वर्ष $= 70$ वर्ष

कथन II और III से एक साथ,

माना 3 वर्ष पहले राज और करण की आयु क्रमशः $3x$ और $2x$ थी।

तब $(3x - 5) - (2x - 5) = 16$

⇒ $x = 16$

इसलिए, राज की वर्तमान आयु $= 3x - 5$

$= 3 \times 16 - 5 = 43$ वर्ष

और करण की वर्तमान आयु $= 2x - 5$

$= 2 \times 16 - 5 = 27$ वर्ष

अब, उनकी आयु का योग $= (43 + 27)$ वर्ष $= 70$ वर्ष

∴ तीन में से कोई दो कथन प्रश्न का उत्तर देने के लिए पर्याप्त हैं।

अतः विकल्प (D) सही है।

229. सोमवार को अनुप्रवाह दूरी की यात्रा की गई 330 का 15% = 49.5 कि.मी.

सोमवार को ऊर्ध्व प्रवाह दूरी की यात्रा की गई 257 का 16% = 41.12 कि.मी.

अनुप्रवाह गति $= \frac{49.5}{1} = 49.5$ कि.मी./घंटा

नाव की गति = अनुप्रवाह गति - धारा की गति = 49.5 − 20 = 29.5 कि.मी./घंटा

ऊर्ध्व प्रवाह गति = 29.5 − 20 = 9.5 कि.मी./घंटा

ऊर्ध्व प्रवाह यात्रा को पूरा करने के लिए लिया गया समय $= \frac{41.12}{0.5} = 4.3$ घंटे

अतः विकल्प (C) सही है।

230. बुधवार को अनुप्रवाह दूरी की यात्रा की गई = 330 का 27% = 89.1 कि मी बुधवार को ऊर्ध्व प्रवाह दूरी की यात्रा की गई = 257 का 18% = 46.26 अनुप्रवाह गति = दूरी/समय $= 89 \times \frac{1}{2} = 44.55$ कि मी./घंटा ऊर्ध्व प्रवाह गति = दूरी/समय $= \frac{46.26}{3} = 15.42$ किमी/घंटा अब मान लें ठहरे हुए पानी में नाव की गति x और धारा की गति y है

अनुप्रवाह गति $= x + y = 44.55$

ऊर्ध्व प्रवाह गति $= x - y = 15.42$

समीकरण (1) और (2) को जोड़ने पर,

$2x = 44.55 + 15.42$

⇒ $x = 29.985$

$29.985 + y = 44.55$

⇒ $y = 14.565$

∴ आवश्यक अनुपात $= 29.985 : 14.565$

अतः विकल्प (B) सही है।

231. मंगलवार को अनुप्रवाह दूरी की यात्रा की गई = 330 का 18% = 59.4 कि मी.

मंगलवार को ऊर्ध्व प्रवाह दूरी की यात्रा की गई = 257 का 19% = 48.83 कि मी.

अनुप्रवाह गति = ठहरे हुए पानी में नाव की गति + धारा की गति = 10 + 3 = 13 किमी./घंटा

ऊर्ध्व प्रवाह गति = ठहरे हुए पानी में नाव की गति - धारा की गति = 10 − 3 = 7 किमी. / घंटा

अनुप्रवाह यात्रा का समय = दूरी/समय $= \frac{59.4}{13} = 4.56$ घंटे

ऊर्ध्व प्रवाह यात्रा का समय = दूरी/समय $= \frac{48.83}{7} = 6.97$ घंटे

यात्रा का कुल समय $= 4.56 + 6.97 = 11.53$ घंटे

अतः विकल्प (C) सही है।

232. शुक्रवार को अनुप्रवाह दूरी की यात्रा की गई = 330 का 3% = 9.9 किमी शुक्रवार को ऊर्ध्व प्रवाह दूरी की यात्रा की गई = 257 का 12% = 30.84 किमी

अनुप्राह गति $=$ दूरी/समय $= \frac{9.9}{3} = 3.3$ कि मी /घंटा

ठहरे हुए पानी में नाव की गति $= 3.3 \times \frac{3}{5} = 1.98$ कि मी /घंटा धारा की गति $= 1.32$ कि मी. घंटा

ऊर्ध्व प्रवाह में नाव की गति $= 1.98 - 1.32 = 0.66$ कि मी. घंटा

ऊर्ध्व प्रवाह यात्रा के लिए लिया गया समय $= \frac{30.84}{0.66} = 46.72$ घंटे

अतः विकल्प (A) सही है।

233. सोमवार को अनुप्रवाह दूरी $= 330$ का $15\% = 49.5$ कि मी.

बुधवार को अनुप्रवाह दूरी $= 330$ का $27\% = 89.1$ कि मी.

सोमवार को अनुप्रवाह गति $=$ दूरी/समय $= \frac{49.5}{1} = 49.5$ कि मी./घंटा

बुधवार को अनुप्रवाह गति $=$ दूरी/समय $= \frac{89.1}{2} = 44.55$ कि. मी./घंटा $\therefore$ आवश्यक अनुपात $= 49.5 : 44.55$

अतः विकल्प (B) सही है।

Ques (234-238): छात्रों की संख्या:

$A \to \frac{12}{100} \times 6000 = 720$

$B \to \frac{9}{100} \times 6000 = 540$

$C \to \frac{26}{100} \times 6000 = 1560$

$D \to \frac{18}{100} \times 6000 = 1080$

$E \to \frac{29}{100} \times 6000 = 1740$

$F \to \frac{6}{100} \times 6000 = 360$

लड़कों की संख्या:

$A \to 500$

$B \to 400$

$C \to 900$

$D \to 600$

$E \to 1200$

$F \to 100$

लड़कियों की संख्या:

$A \to 720 - 500 = 220$

$B \to 540 - 400 = 140$

$C \to 1560 - 900 = 660$

$D \to 1080 - 600 = 480$

$E \to 1740 - 1200 = 540$

$F \to 360 - 100 = 260$

234. आवश्यक अनुपात $= 900 : 140 : 1740$

$= 90 : 14 : 174$

$= 45 : 7 : 87$

अतः विकल्प (C) सही है।

235. माना, (A) में लड़कियों की संख्या B में छात्रों की संख्या का $x\%$ है। तो, $220 = \frac{x}{100} \times 540$

$\Rightarrow x = \frac{220 \times 100}{540}$

$\Rightarrow x = \frac{1100}{27}$

$\Rightarrow x = 40.7$

$\Rightarrow x \approx 40\%$

अतः विकल्प (E) सही है।

236. आवश्यक योग $= 660 + 540 + 600$

$= 1800$

अतः विकल्प (D) सही है।

237. $(E$ में लड़कों की संख्या $) - (F$ में छात्रों की संख्या$)$

$= 1200 - 360$

$= 840$

अतः विकल्प (E) सही है।

238. स्कूल E में लड़कियों की संख्या $= 540 = B$ में छात्रों की कुल संख्या

अतः विकल्प (B) सही है।

239.

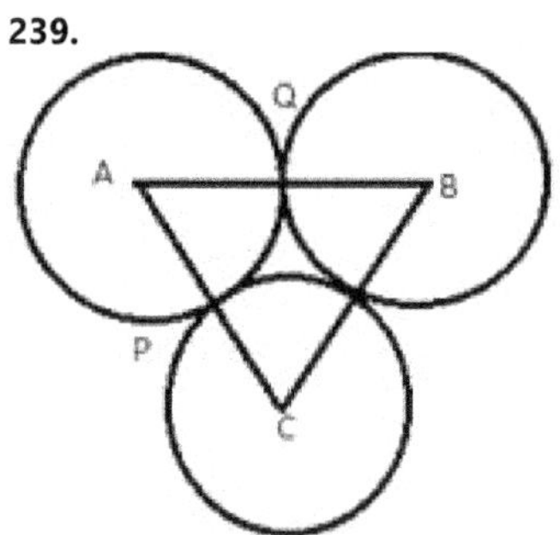

दिया गया है,

वृत्त की त्रिज्या $= 3.5$ सेमी

समबाहु त्रिभुज की भुजा $= 3.5 + 3.5 = 7$ सेमी

समबाहु त्रिभुज में, कोण $(\theta) = 60°$

APQ त्रिज्यखंड का क्षेत्रफल $= \frac{(\pi r^2 \theta)}{360}$

अंतरित क्षेत्रफल $=$ समबाहु त्रिभुज का क्षेत्रफल $- 3 \times APQ$ त्रिज्यखंड का क्षेत्रफल

$$\Rightarrow \frac{\sqrt{3}}{4} \times (7)^2 - 3 \times \pi \times (3.5)^2 \times \frac{60}{3600}$$

$$\Rightarrow \frac{\sqrt{3}}{4} \times 49 - 3 \times \pi \times 3.5 \times 3.5 \times \frac{1}{6}$$

$$\Rightarrow \frac{49}{8}\left(2\sqrt{3} - \pi\right) \text{ वर्ग इकाई}$$

अतः विकल्प (C) सही है।

240. दिया है:

एक आयत की लंबाई में 4 सेमी की कमी हो जाती है और चौड़ाई में 3 सेमी की वृद्धि हो जाती है

प्रयुक्त सूत्र:

आयत का क्षेत्रफल $= (l \times b)$ वर्ग इकाई और वर्ग का क्षेत्रफल $=$ भुजा ^{2} वर्ग इकाई

आयत का परिमाप $= 2(l + b)$ इकाइयाँ

माना आयत की लंबाई और चौड़ाई x और y है

$\Rightarrow$ आयत का क्षेत्रफल $= (l \times b)$ वर्ग इकाई

$\Rightarrow xy$ सेमी ^{2}

$\Rightarrow$ नयी लंबाई और चौड़ाई $= (x - 4)$ और $(y + 3)$

$\Rightarrow (x - 4) = (y + 3)$

$\Rightarrow x - y = 7 \dots (1)$

$\Rightarrow$ वर्ग का क्षेत्रफल $= (x - 4) \times (y + 3)$

प्रश्नानुसार

$\Rightarrow$ आयत का क्षेत्रफल $=$ वर्ग का क्षेत्रफल

$\Rightarrow xy = (x - 4) x (y + 3)$

$\Rightarrow 3x - 4y = 12 \dots (2)$

$\Rightarrow$ इन समीकरणों को हल करने पर

$\Rightarrow x = 16$ और $y = 9$

$\Rightarrow$ आयत का परिमाप $= 2(l + b)$ इकाइयाँ

$\Rightarrow 2(16 + 9)$

$\Rightarrow 2 \times 25$

$\Rightarrow 50$ सेमी

$\therefore$ मूल आयत का परिमाप 50 सेमी है

अतः विकल्प (C) सही है।

Reasoning

Q.1 निर्देश: नीचे दिए गए प्रश्न में एक कथन दिया गया है, जिसका तीन तर्क I, II और III अनुसरण करते हैं। आपको यह बताना है कि कौन सा तर्क 'प्रबल' तर्क है और कौन सा तर्क 'कमजोर' तर्क है और तदनुसार प्रत्येक प्रश्न के नीचे दिए गए विकल्पों के आधार पर अपने उत्तर का चयन करना है।

कथन: वरिष्ठ कांग्रेस नेता पी. चिदंबरम ने वित्त मंत्री अरुण जेटली से कहा यदि कोई व्यक्ति सरकार से असहमत है, तो वह एक "बाध्यकारी विरोधाभासी" है, क्या कोई ऐसा व्यक्ति जो हमेशा सरकार से सहमत हो सकता है, उसे "उसके स्वामी की आवाज" कहा जा सकता है। वित्त मंत्री ने सांख्यिकीय आंकड़ों को प्रभावित करने के लिए "राजनीतिक हस्तक्षेप" पर चिंता की दृष्टि से 108 अर्थशास्त्रियों और सामाजिक वैज्ञानिकों को "बाध्यकारी विरोधाभास" की संज्ञा दी है।

निम्नलिखित में से कौन सा तर्क उपरोक्त कथन का सर्वोत्तम संभावित तरीके से समर्थन करता है?

तर्क:

I. मंगलवार को प्रकाशित अपने ब्लॉग में, जेटली ने कहा था कि इन "बाध्यकारी विरोधाभासियों" ने वर्तमान सरकार के खिलाफ उत्पन्न राजनीतिक मुद्दों के बारे में बार-बार ज्ञापनों पर हस्ताक्षर किए हैं।

II. जेटली पर प्रतिक्रिया देते हुए, चिदंबरम ने ट्वीट किया: कोई व्यक्ति सरकार से असहमत है, तो वह एक "बाध्यकारी विरोधाभासी" है। तो क्या हम कह सकते हैं कि कोई ऐसा व्यक्ति जो हमेशा सरकार से सहमत होता है, "उनके स्वामी की आवाज" हो सकता है।

III. जीन ड्रीज़ (इलाहाबाद विश्वविद्यालय), एमिली ब्रेज़ा (हार्वर्ड यूनिवर्सिटी), सतीश देशपांडे (दिल्ली विश्वविद्यालय), एस्थर डुफ्लो (एमआईटी, अमेरिका) और जयति घोष (जेएनयू) सहित 108 से अधिक अर्थशास्त्रियों और सामाजिक वैज्ञानिकों ने पिछले सप्ताह अपील की थी जिसमें उन्होंने भारत में सांख्यिकीय आंकड़ों को प्रभावित करने में "राजनीतिक हस्तक्षेप" पर अपनी चिंता जताई थी।

A. कोई प्रबल नहीं है।

B. केवल II प्रबल है।

C. III और II दोनों प्रबल हैं।

D. केवल III प्रबल है।

E. I और II दोनों प्रबल हैं।

Ques (2-3):निर्देश: निम्नलिखित प्रश्नों में, चिह्नों @, $, *, © और # का प्रयोग नीचे दर्शाए गए अर्थों के साथ किया गया है:

'M @ N' का अर्थ है कि 'M, N से बड़ा है'।

'M $ N' का अर्थ है कि 'M, N से छोटा है'।

'M * N' का अर्थ है कि 'M, या तो N से बड़ा या बराबर है'।

'M © N' का अर्थ है कि 'M, या तो N से छोटा या बराबर है'।

'M # N' का अर्थ है कि 'M, N के बराबर नहीं है'।

अब निम्नलिखित प्रत्येक प्रश्न में, दिए गए कथनों को सत्य मानते हुए, ज्ञात कीजिये कि दिए गए निष्कर्षों में से कौन सा/कौन से निष्कर्ष निश्चित रूप से सत्य है/हैं?

Q.2 कथन:

P # Q, Q $ R, R @ S, S # T, T * U

निष्कर्ष:

I. Q @ R

II. S $ R

III. U © T

A. केवल निष्कर्ष II सत्य है

B. निष्कर्ष I और III दोनों सत्य हैं

C. केवल निष्कर्ष I सत्य है

D. निष्कर्ष II और III दोनों सत्य हैं

E. कोई भी निष्कर्ष सत्य नहीं है

Q.3 कथन:

U * V, W @ X, Y $ Z, V $ W, Y * X

निष्कर्ष:

I. U @ V

II. X © Z

III. U * V

A. केवल निष्कर्ष I सत्य है

B. या तो निष्कर्ष I या फिर III सत्य है

C. केवल निष्कर्ष III सत्य है

D. निष्कर्ष I और III दोनों सत्य हैं

E. कोई निष्कर्ष सत्य नहीं है

Ques (4-5):निर्देश: निम्नलिखित जानकारी का ध्यानपूर्वक अध्ययन कीजिये और नीचे दिए गए प्रश्नों का उत्तर दीजिये :

यदि,

A * B (67 किमी) का अर्थ A, B के उत्तर में 56 किमी है।

A% B (45 किमी) का अर्थ है A, B से 34 किमी दक्षिण में है।

A # B (58 किमी) का अर्थ है A, B से 47 किमी पूर्व में है।

A Ω B (39 किमी) का अर्थ है A, B से 28 किमी पश्चिम में है।

यदि, P % Q (51 किमी); Q # R (41 किमी); R * S (31 किमी); S # T (41 किमी); T % U (51 किमी); U Ω V (91 किमी); V * W (91 किमी); W # X (111 किमी); X % Y (111 किमी)

Q.4 R और P के बीच की सबसे छोटी दूरी क्या है?

A. 40 किमी   B. 50 किमी   C. 30 किमी   D. 25 किमी

E. 35 किमी

Q.5 R के संबंध में U की दिशा क्या है?

A. उत्तर-पश्चिम   B. उत्तर-पूर्व

C. दक्षिण-पूर्व   D. दक्षिण-पश्चिम

E. उत्तर

Ques (6-7):निर्देश: नीचे दिए गए प्रश्न में एक प्रश्न और उसके नीचे I, II और III से अंकित तीन कथन दिए गए हैं। आपको यह तय करना है कि कथनों में दिए गए आँकड़ें प्रश्न का उत्तर देने के लिए पर्याप्त है या नहीं।

Q.6 आठ व्यक्ति - O, G, E, T, F, J, W और B एक पंक्ति में उत्तर के सम्मुख बैठे हैं, लेकिन जरूरी नहीं कि वे इसी क्रम में बैठे हों। J के बायें से दूसरे स्थान पर कौन बैठा है?

कथन I: न तो F और न ही B पंक्ति के अंतिम छोर पर बैठे हैं। लेकिन F और B के मध्य चार व्यक्ति बैठे हैं।

कथन II: F, G और O का निकटतम पड़ोसी है, जो पंक्ति के किसी एक अंतिम छोर पर बैठा है।

कथन III: J, W के बायें से दूसरे स्थान पर बैठा है, जो पंक्ति के किसी एक अंतिम छोर पर बैठा है। E, T के ठीक बायें बैठा है।

A. केवल कथन II में दिए गए आँकड़ें प्रश्न का उत्तर देने के लिए पर्याप्त है, और कथन I या III में दिए गए आँकड़ें प्रश्न का उत्तर देने के लिए आवश्यक नहीं है

B. कथन I, II या III में से कोई भी आँकड़ें प्रश्न का उत्तर देने के लिए पर्याप्त है

C. कथन II और III में दिए गए आँकड़ें प्रश्न का उत्तर देने के लिए पर्याप्त है, और कथन I का दिए गए आँकड़ें प्रश्न का उत्तर देने के लिए आवश्यक नहीं है

D. प्रश्न का उत्तर देने के लिए तीनों कथनों के आँकड़ों की एक साथ आवश्यकता है

E. सभी कथनों में दिए गए आँकड़ें, यहां तक कि एक साथ भी, प्रश्न का उत्तर देने के लिए पर्याप्त नहीं है

Q.7 सात डिब्बे S, T, U, V, W, X और Y एक के ऊपर एक रखे गए हैं। उन सभी में अलग-अलग फल रखे गए हैं जैसे: आम, सेब, अमरूद, केला, नाशपाती, चेरी और अंगूर लेकिन जरूरी नहीं कि इसी क्रम में हों। W और X के मध्य तीन डिब्बे हैं। डिब्बा S, डिब्बा W के नीचे है, जिसमें सेब है। वह डिब्बा जिसमें आम है, नाशपाती के डिब्बे के ठीक ऊपर है। डिब्बा U, डिब्बा V के ऊपर है। कौन-सा डिब्बा केले के डिब्बे के ठीक नीचे है?

कथन I: डिब्बा W, डिब्बा X के ऊपर है, जिसमें अमरूद है। केले का डिब्बा अंगूर के डिब्बे के ऊपर है।

कथन II: डिब्बे U में नाशपाती नहीं है लेकिन डिब्बे X के ऊपर है। डिब्बा X, डिब्बा S के नीचे है। डिब्बा T, डिब्बा W के ऊपर है। केले का डिब्बा नाशपाती के डिब्बे के नीचे है।

कथन III: डिब्बा T में चेरी है और डिब्बा Y के ऊपर है, जिसमें आम है। अमरूद का डिब्बा अंगूर के डिब्बे के ठीक ऊपर है।

A. केवल कथन II में दिए गए आँकड़ें प्रश्न का उत्तर देने के लिए पर्याप्त है, और कथन I या III के आँकड़ें प्रश्न का उत्तर देने के लिए आवश्यक नहीं है

B. कथन I, II या III में से कोई भी आँकड़ें प्रश्न का उत्तर देने के लिए पर्याप्त है

C. कथन II और III के आँकड़ें प्रश्न का उत्तर देने के लिए पर्याप्त है और कथन I के आँकड़ें प्रश्न का उत्तर देने के लिए आवश्यक नहीं है

D. प्रश्न का उत्तर देने के लिए तीनों कथनों के एक साथ आँकड़ों की आवश्यकता है

E. सभी कथनों में दिए गए आँकड़ें, यहां तक कि एक साथ भी, प्रश्न का उत्तर देने के लिए पर्याप्त नहीं है

Q.8 निर्देश: निम्न प्रश्न में, एक अवतरण और उसके बाद दो धारणाएँ I, II और III दी गई हैं। धारणा एक मानी गई बात होती है। आपको दिए गये अवतरण और उनके बाद दी गयी धारणाओं के आधार पर तय करना है कि अवतरण में निम्न में से कौनसी धारणा निहित है।

अवतरण:

ऑक्टोपस समुद्री जीव हैं जो आठ हाथ और बल्बनुमा सिर होने के लिए सबसे प्रसिद्ध हैं। इनमें तीन दिल और नीला रक्त होता हैं; वे शत्रु को रोकने के लिए काले द्रव का धुआँ फेंक देते हैं और ये बिना हड्डी का जीव हैं।

धारणाएं:

I: ऑक्टोपस में गलफड़े होते हैं।

II: ऑक्टोपस तंग स्थानों में (या बाहर) सिकुड़ सकता है।

III: ऑक्टोपस कोरल खाता है।

A. केवल I
B. केवल II
C. केवल III
D. III को छोड़कर सभी
E. सभी अनुसरण करते हैं

Ques (9-10):निर्देश: नीचे प्रश्न में कुछ कथन और उसके बाद कुछ निष्कर्ष दिए गये हैं। आपको दिए गये कथनों को सत्य मानना है, भले ही वे ज्ञात तथ्यों से अलग प्रतीत होते हों। सभी निष्कर्षों को पढ़िए और निर्णय कीजिए कि दिये गये निष्कर्षों में से कौन सा निष्कर्ष ज्ञात तथ्यों को नजरंदाज करने पर कथनों का तार्किक रूप से अनुसरण करता है।

Q.9 कथन:

केवल कुछ बाजार वैश्विक हैं।

कुछ वैश्विक जमीन हैं।

कुछ जमीन व्यवसाय नहीं है।

निष्कर्ष:

I. कुछ बाजार जमीन हैं

II. कोई जमीन बाजार नहीं है।

III. कोई वैश्विक व्यवसाय नहीं है।

A. या तो I या II अनुसरण करता है।
B. केवल II और III अनुसरण करते हैं।
C. केवल I अनुसरण करता है।
D. कोई भी अनुसरण नहीं करता है।
E. केवल II अनुसरण करता है।

Q.10 कथन:

सभी पानी भूरे हैं।

कुछ भूरे नारंगी हैं।

कोई नारंगी हरा नहीं है।

निष्कर्ष:

I. केवल कुछ पानी नारंगी है।

II. कुछ हरा भूरा होने की संभावना है।

III. कुछ पानी हरा नहीं है।

A. या तो I या II अनुसरण करता है।
B. केवल II और III अनुसरण करते हैं।
C. केवल III अनुसरण करता है।
D. कोई भी अनुसरण नहीं करता है।
E. केवल II अनुसरण करता है।

Q.11 निर्देश: एक कथन के बाद दो निष्कर्ष I और II दिए गए हैं। आप कथन में दी गई जानकारी को सत्य मानिए और निश्चय कीजिए कि कौन-सा निष्कर्ष कथन का तार्किक रूप से अनुसरण करता है।

कथन: विशेष रूप से रात्रि में, बेडरूम में पौधों को रखना अस्वास्थ्यकर होता है। उस समय के दौरान उत्पन्न कार्बन डाइऑक्साइड की अधिकता के कारण, यह घुटन का कारण बन सकता है।

निष्कर्ष:

I: हमें घर में पौधे नहीं उगाने चाहिए।

II: पौधों को बाहरी स्थानों जैसे खिड़कियों या बालकनी में रखा जाना चाहिए।

A. केवल I अनुसरण करता है
B. केवल II अनुसरण करता है
C. I और II दोनों अनुसरण करते हैं
D. न तो I और न ही II अनुसरण करता है
E. या तो I या II अनुसरण करता है

Ques (12-16):निर्देश: कुछ रक्षा अभ्यासों को कोड द्वारा प्रस्तुत किया गया है। दिए गए प्रश्नों के उत्तर दीजिए जो निम्नलिखित जानकारी पर आधारित हैं।

अभ्यास का नाम	चरण I	चरण II	कोड नाम
SAMPRITI	IAMPRITS	PR20#	NP10
INDRA	ANDRI	AI14@	CK7
DHANUSH	HHANUSD	HD8@	FB4

EKUVERIN	NKUVERIE	VE9@	TG18
MALABAR	RALABAM	RM1#	PK2
ABHYAS	SBHYAA	HY1@	FW2
SAMUNDRA	AAMUNDRS	UN18#	WL9

नोट: प्रत्येक चरण में कार्रवाई पिछले चरण के आउटपुट पर की जाती है।

Q.12 अभ्यास 'SURYA KIRAN' का कोड नाम क्या होगा?

A. AS21 NK9

B. CQ21 LI9

C. CQ42 LI18

D. YU42 PM18

E. YU21 PM9

Q.13 अभ्यास 'VAJRA PRAHAR' के लिए चरण II में आउटपुट क्या है?

A. AV1# AH18@

B. AV1@ AH1#

C. AV1@ AH18@

D. AV1@ AH1@

E. AV18@ AH18@

Q.14 SAUNDRA 'का कोड नाम क्या होगा?

A. WL9 **B.** CQ2 **C.** WL18 **D.** CQ18

E. UN18

Q.15 यदि चरण II का आउट पुट 'AY21@ है, तो अभ्यास का नाम क्या होगा?

A. SURYA **B.** YUDHA **C.** NIRVIK **D.** SHAKTI

E. RUDRA

Q.16 TIGER TRUMPH" का कोड नाम क्या होगा?

A. RT9 UN16

B. PR9 WK16

C. RT18 UN8

D. TV18 SO8

E. PR18 WK8

Q.17 निर्देश: निम्न दी गई जानकारी को ध्यानपूर्वक पढ़िए और उन पर आधारित प्रश्न के उत्तर दीजिए।

आठ व्यक्ति आनंद, अमन, अभिनव, अतुल, अनीश, आशीष, अंकित और अभिषेक ने एक मैच खेला और विभिन्न रन बनाये।

A#B का अर्थ है A हमेशा B से अधिक रन बनाता है।

A&B का अर्थ है A हमेशा B से कम रन बनाता है।

A@ का अर्थ है A ने सबसे अधिक रन बनाये।

A^ का अर्थ है A ने सबसे कम रन बनाये।

A3$ का अर्थ है A ने तीसरे सबसे अधिक रन बनाये।

A3! का अर्थ है A ने तीसरे सबसे कम रन बनाये।

A#*B का अर्थ है A के रन केवल B से अधिक है।

A&*B का अर्थ है A के रन केवल B से कम है।

A%B का अर्थ है A, B के बराबर नहीं है।

आगे यह दिया गया है कि:

i) अमन &*1

ii) आनंद #* (अतुल, आशीष)

iii) अभिनव & अभिषेक

iv) अंकित # अभिषेक

v) अभिषेक 4$

vi) अंकित # अनीश

vi) 2$ ने 80 रन बनाये।

A2! में A कौन है?

A. अतुल

B. आनंद

C. आशीष

D. अमन

E. निर्धारित नहीं किया जा सकता है

Ques (18-19):निर्देश: दिए गए प्रश्नों के उत्तर देने के लिए निम्नलिखित जानकारी का ध्यानपूर्वक अध्ययन कीजिये।

यदि 'A ¥ B' का अर्थ है कि 'A, B की माता है'

यदि 'A € B' का अर्थ है कि 'A, B की बहन है'

यदि 'A $ B' का अर्थ है कि 'A, B के पिता है'

यदि 'A # B' का अर्थ है कि 'A, B का भाई है'

यदि 'A % B' का अर्थ है कि 'A, B की पुत्री है'

यदि 'A © B' का अर्थ है कि 'A, B के ग्रैंडफादर है'

यदि 'A & B' का अर्थ है कि 'A, B का पति है'

यदि 'A * B' का अर्थ है कि 'A, B की पत्नी है'

यदि 'A ^ B' का अर्थ है कि 'A, B का पुत्र है'

यदि 'A @ B' का अर्थ है कि 'A, B की ग्रैंडमदर है'

Q.18 निम्न में से किसका अर्थ 'K, M का नेफ्यू है' है?

A. N # M $ L # K € O

B. K # L $ N € O $M

C. L ¥ O # M $ N € K

D. M # N $ L # K $ O

E. इनमे से कोई नहीं

Q.19 निम्नलिखित व्यंजक में L किस प्रकार H से संबंधित है?

M & N ¥ O # L & K % J & H % G

A. पुत्र

B. दामाद

C. बहू

D. ब्रदर-इन-लॉ

E. ग्रैंडसन

Ques (20-24):निर्देश: निम्नलिखित जानकारी को ध्यानपूर्वक पढ़िये और उसके बाद प्रश्न के उत्तर दीजिये:

दस व्यक्ति - A, B, C, D, E, P, Q, R, S और T प्रत्येक पंक्ति में पांच व्यक्तियों के साथ दो पंक्तियों में बैठे हैं, जरूरी नहीं कि इसी क्रम में हों। पंक्ति एक में प्रत्येक व्यक्ति दक्षिण दिशा के सम्मुख है और दूसरी पंक्ति का प्रत्येक व्यक्ति उत्तर दिशा के सम्मुख है। पंक्ति एक का प्रत्येक व्यक्ति दूसरी पंक्ति के व्यक्ति के सम्मुख है। उनमें से प्रत्येक अलग-अलग राज्यों - दिल्ली, तमिलनाडु, गुजरात, राजस्थान, पंजाब, बिहार, कर्नाटक, हरियाणा, असम और केरल से संबंधित है। सभी को अलग-अलग रंग पसंद हैं - लाल, हरा, नीला, सफेद, पीच, काला, पीला, भूरा, और गुलाबी। बिहार से संबंधित व्यक्ति, नीला रंग पसंद करने वाले व्यक्ति के बाएं से तीसरे स्थान पर हॉ। P उत्तर दिशा के सम्मुख नहीं है, लेकिन नीला रंग पसंद करने वाले व्यक्ति के निकटतम दाएं बैठा है। पीला रंग पसंद करने वाला व्यक्ति D के दाएं से दूसरे स्थान पर है। P न तो पीला रंग पसंद करता है न ही D के सम्मुख है। हरियाणा से संबंधित व्यक्ति, उस व्यक्ति के सम्मुख है जो P के बाएं से तीसरे स्थान पर है। A उस व्यक्ति के बाएं से तीसरे स्थान पर है जो हरियाणा से संबंधित है। केवल एक व्यक्ति A और गुलाबी रंग पसंद करने वाले के बीच में बैठा है। B, राजस्थान से संबंधित व्यक्ति के सम्मुख है। D, राजस्थान से संबंधित व्यक्ति का निकटतम पड़ोसी है। T असम से संबंधित व्यक्ति के दाएं से तीसरे स्थान पर बैठा है। T किसी भी छोर पर नहीं बैठा है। R और पंजाब से संबंधित व्यक्ति के बीच में दो व्यक्ति बैठे हैं। P पंजाब से संबंधित नहीं है। R, T का निकटतम पड़ोसी नहीं है। दिल्ली से संबंधित व्यक्ति, लाल रंग पसंद

करने वाले व्यक्ति निकटतम पड़ोसी है। R, लाल रंग पसंद करने वाले का निकटतम पड़ोसी है। C उस व्यक्ति के सम्मुख है जो काला रंग पसंद करने वाले के दाएं से तीसरे स्थान पर बैठा है। A काला रंग पसंद नहीं करता है। तमिलनाडु से संबंधित व्यक्ति, सिल्वर रंग पसंद करने वाले व्यक्ति दाएं से दूसरे स्थान पर बैठा है। E, गुजरात से संबंधित व्यक्ति का निकटतम पड़ोसी है। Q केरल से संबंधित व्यक्ति के दाएं से दूसरे स्थान पर बैठा है। S हरा रंग पसंद करने वाले व्यक्ति के सम्मुख है। सफेद रंग पसंद करने वाला व्यक्ति पीच रंग पसंद करने वाले व्यक्ति के निकटतम बाएं बैठा है।

Q.20 इनमें से कौन पीच रंग पसंद करता है?

A. A

B. P

C. D के निकटतम दाएं बैठा व्यक्ति

D. राजस्थान से संबंधित व्यक्ति

E. हरियाणा से संबंधित व्यक्ति

Q.21 इनमें से कर्नाटक से संबंधित कौन है?

A. D

B. Q

C. सफेद रंग पसंद करने वाला व्यक्ति

D. हरा रंग पसंद करने वाला व्यक्ति

E. S के सम्मुख व्यक्ति

Q.22 P किस राज्य संबंधित है?

A. तमिलनाडु   B. असम   C. केरल   D. गुजरात

E. दिल्ली

Q.23 T कौन सा रंग पसंद करता है?

A. सफेद   B. हरा   C. गुलाबी   D. लाल

E. भूरा

Q.24 इनमें से कौन सा संयोजन सही नहीं है?

A. A - असम - सफेद   B. B - पंजाब - नीला

C. D - केरल - गुलाबी   D. E - दिल्ली - सिल्वर

E. R - बिहार - लाल

Ques (25-29):निर्देश: निम्नलिखित जानकारी का ध्यानपूर्वक अध्ययन कीजिए और दिए गए प्रश्नों के उत्तर दीजिए।

आठ मित्र - L, M, N, O, P, Q, R और S अलग -अलग रंग - गुलाबी, पीला, हरा, लाल, सफेद, काला, नारंगी और बैंगनी पसंद करते हैं लेकिन जरुरी नहीं है कि क्रम समान हो। उनमें से प्रत्येक पिकनिक के लिए गए और 50 के गुणज अर्थात् 50, 100, 150, 200, 250, 300, 350, 400 में खर्च किया लेकिन जरुरी नहीं है कि क्रम समान हो। घर वापस आने से पहले वे सभी केंद्र के सम्मुख एक गोलाकार मेज पर बैठे थे। 350 रुपए खर्च करने वाला व्यक्ति O के दायें से तीन स्थान पर है जिसे नारंगी रंग पसंद है। वह व्यक्ति जो 250 रुपए खर्च करता है, P के बायें से तीन स्थान पर है, जो O के बायें से तीन स्थान पर बैठा है। S, जो काला रंग पसंद करता है, और P द्वारा खर्च की गयी राशि में अधिकतम अंतर संभव है और वे एक-दूसरे के विपरीत बैठे थे। Q और S के बीच केवल दो मित्र बैठे हैं। L, Q के बायीं ओर से छठे स्थान पर बैठा है। Q हरा रंग पसंद करता है। L, जो सफ़ेद रंग पसंद करता है, वह 150 रुपए खर्च करता है और सबसे कम खर्च वाले मित्र के बगल में बैठा है। R, P, जो लाल रंग पसंद करता है, के बायीं ओर से छठे स्थान पर बैठा है। N, जो गुलाबी रंग पसंद करता है, और 50 रूपये खर्च करने वाले मित्र के बीच केवल एक मित्र बैठा है। R, जो बैंगनी रंग पसंद करता है, पिकनिक में M से अधिक राशि खर्च करता है। O और Q द्वारा खर्च की गयी राशि में अंतर 100 रुपए है और O और S द्वारा खर्च की गयी राशि में अंतर 200 रुपए है।

Q.25 निम्नलिखित में से किसने 100 रुपए खर्च किए?

A. R   B. S   C. Q   D. O

E. P

Q.26 काला रंग पसंद करने वाले व्यक्ति के बायीं ओर से छठे स्थान पर कौन है?

A. O   B. N

C. M   D. R

E. इनमें से कोई नहीं

Q.27 निम्नलिखित में से कौन पीला रंग पसंद करने वाले व्यक्ति के ठीक दायीं ओर बैठा है?

A. जो बैंगनी रंग पसंद करता है

B. जो नारंगी रंग पसंद करता है

C. जिसने 50 रुपए खर्च किए

D. जो सफेद रंग पसंद करता है

E. जो गुलाबी रंग पसंद करता है

Q.28 निम्नलिखित में से कौन L और Q के ठीक बीच में बैठा है?

A. P   B. N   C. M   D. O

E. Q

Q.29 निम्नलिखित में से कौन सबसे अधिक खर्च करता है।

A. Q   B. S   C. R   D. P

E. L

Ques (30-34):निर्देश: निम्नलिखित जानकारी को ध्यानपूर्वक पढ़ें और प्रश्न का उत्तर दें।

एक कंपनी में आठ व्यक्ति हैं P, Q, R, S, T, U, V, W और उनमें से प्रत्येक की आयु अलग-अलग है। इनमें से प्रत्येक व्यक्ति आठ अलग-अलग रंगों को पसंद करते हैं, जैसे कि गुलाबी, हरा, काला, नीला, ग्रे, बैंगनी, लाल, पीला लेकिन आवश्यक नहीं कि यह रंग इसी क्रम में हो। (यहाँ वर्ष 2018 तक प्रत्येक व्यक्ति की आयु की गणना की गई हे)।

पीला रंग पसंद करने वाले व्यक्ति का जन्म U के जन्म के पाँच वर्षों के बाद हुआ है। Q को ग्रे रंग पसंद है और वह V से 10 वर्ष छोटा है और Q, P से दो वर्ष बड़ा है। P को या तो गुलाबी, या फिर काला रंग पसंद है। केवल एक व्यक्ति का जन्म, नीला रंग पसंद करने वाले व्यक्ति से पहले हुआ है और किसी का भी व्यक्ति का जन्म वर्ष 1940 से पहले नहीं हुआ है। जिस व्यक्ति को लाल रंग पसंद है, वह आयु में सबसे बड़ा है लेकिन उसका जन्म वर्ष 1942 में नहीं हुआ है। T आयु में सबसे बड़ा नहीं है। Q की आयु S के जन्म वर्ष के सभी अंकों के योग के बराबर है। वर्ष 1983 में जन्म लेने वाले व्यक्तिऔर Q के बीच कोई व्यक्ति का जन्म नहीं हुआ। T की आयु V की आयु की दोगुनी है और V को ना काला और ना ही पीला रंग पसंद है। P की आयु 23 वर्ष है और वह इन सभी में सबसे छोटा नहीं है। बैंगनी रंग पसंद करने वाले व्यक्ति का जन्म, ग्रे रंग पसंद करने वाले व्यक्ति के जन्म के तीन वर्ष बाद हुआ है। Q और W की आयु का योग U की आयु के समान है। काला रंग पसंद करने वाले व्यक्ति की आयु, गुलाबी रंग पसंद करने वाले व्यक्ति की आयु के दोगुने से चार अधिक है। S का जन्म Q से पहले नहीं हुआ है।

Q.30 R की आयु कितनी है?

A. 80   B. 77

C. 76   D. 79

E. उपरोक्त सभी

Q.31 W को कौन सा रंग पसंद है?

A. बैंगनी   B. पीला

C. काला   D. लाल

E. या तो (A) या (C)

Q.32 U और S की आयु का योग कितना है?

A. 98   B. 90

C. 87 D. 97

E. इनमें से कोई नहीं

Q.33 नीला रंग और पीला रंग पसंद करने वाले व्यक्तियों के बीच कितने व्यक्तियों का जन्म हुआ है?

A. कोई नहीं B. दो

C. तीन D. एक

E. तीन से अधिक

Q.34 इन सभी व्यक्तियों में से सबसे छोटा व्यक्ति कौन है?

A. P B. T C. U D. V

E. S

Q.35 यदि शब्द 'FRAGRANCE' के पहले, तीसरे, पांचवें और नौवें अक्षरों से केवल एक अर्थपूर्ण शब्द बनाना संभव हो, तो निम्नलिखित में से कौन-सा शब्द का दूसरा अक्षर होगा? यदि ऐसा कोई शब्द नहीं बनाया जा सकता है, तो उत्तर के रूप में 'Y' दें और यदि एक से अधिक ऐसे शब्द बनाए जा सकते हैं तो उत्तर 'Z' दें।

A. A B. Y C. Z D. E

E. R

Ques (36-40):निर्देश: निम्नलिखित जानकारी को ध्यानपूर्वक पढ़िए और नीचे दिए गए प्रश्नों के उत्तर दीजिए।

आठ मित्र सुरूची, सुरभि, सुमन, सचिता, साक्षी, संगीता, सबिता और सृष्टि एक आठ- तला इमारत में रहते हैं। उनमें से प्रत्येक को अलग फ्लेवर के आइस-क्रीम स्ट्रॉबेरी, वैनिला, चॉकलेट एलमोंड, बटरस्कॉच, वैनिला एलमोंड, चॉकलेट मिंट, बनाना और चॉकलेट पसंद है, लेकिन आवश्यक नहीं कि इसी क्रम में हो। सबसे निचले तल की संख्या 1 है और सबसे ऊपरी तल की संख्या 8 है।

सुरभि, सुमन के ऊपर रहती है। साक्षी विषम संख्या वाले तल पर रहती है लेकिन सबसे नीचे नहीं रहती है। 3 से अधिक व्यक्ति साक्षी और वैनिला एलमोंड पसंद करने वाले के बीच रहते हैं। सचिता को बटरस्कॉच पसंद है। सुरूची सम संख्या वाले तल पर साक्षी के ऊपर रहती है और उसे चॉकलेट मिंट पसंद है। 3 व्यक्ति सुरूची और वैनिला पसंद करने वाले के बीच रहते हैं। 2 व्यक्ति चॉकलेट मिंट और चॉकलेट एलमोंड पसंद करने वाले व्यक्ति के बीच रहते हैं। सबिता को बनाना फ्लेवर पसंद है। वैनिला और बनाना फ्लेवर पसंद करने वाले व्यक्ति निकटतम तल पर रहते हैं। सचिता वैनिला पसंद करने वाले व्यक्ति के ऊपर वाले तल पर रहती है। सृष्टि को चॉकलेट पसंद है और सुरूची के नीचे लेकिन ठीक नीचे नहीं रहती है। सचिता, सृष्टि के निकटतम नहीं रहती है और न ही सबसे ऊपरी तल पर रहती है। सुमन को न तो वैनिला और न ही वैनिला एलमोंड पसंद है। संगीता और स्ट्रॉबेरी पसंद करने वाले के बीच केवल 2 व्यक्ति रहते हैं। सुरभि चॉकलेट पसंद करने वाले व्यक्ति के ऊपर रहती है।

Q.36 निम्नलिखित में विषम का चुनाव कीजिए।

A. सुरभि B. सुमन C. संगीता D. सचिता

E. सृष्टि

Q.37 निम्नलिखित में से कौन सा कथन सही है?

A. सचिता को चॉकलेट पसंद है।

B. संगीता तल संख्या 4 पर रहती है।

C. स्ट्रॉबेरी पसंद करने वाला व्यक्ति सुरूची के नीचे रहता है।

D. चॉकलेट और वेनिला पसंद करने वाले व्यक्ति एक-दूसरे से निकटतम हैं।

E. सुमन को बनाना पसंद है।

Q.38 संगीता कौन से तल पर रहती है?

A. 5 B. 4 C. 7 D. 3

E. 2

Q.39 किसको चॉकलेट एलमोंड पसंद है?

A. सचिता B. सृष्टि C. सुमन D. सुरूची

E. साक्षी

Q.40 तल संख्या 4 पर कौन रहता है?

A. सुमन B. सुरभि C. सबिता D. सृष्टि

E. संगीता

Computer Knowledge

Q.41 कंप्यूटर वायरस ________ प्रकार के होते हैं।

A. 5 B. 7 C. 10 D. 12

E. 15

Q.42 ________ ऐसे कंप्यूटर प्रोग्राम हैं जो हमलावरों द्वारा आपके कंप्यूटर पर रूट या एडमिनिस्ट्रेटिव एक्सेस प्राप्त करने के लिए डिज़ाइन किए गए हैं।

A. बैकडोर B. रूटकिट C. मैलवेयर D. एंटीवेयर

E. स्पाइवेयर

Q.43 एक कंप्यूटर ________ एक मालिसियस कोड है जो स्वयं को अन्य प्रोग्रामों में कॉपी करके स्वयं को दोहराता है।

A. प्रोग्राम B. वाइरस

C. एप्लीकेशन D. वर्म

E. ट्रोजन

Q.44 ________ अब अनएथिकल हैकिंग के लिए सबसे पॉपुलर ऑटोमेटेड ट्रूल्स में से एक के रूप में विकसित हो गया है।

A. ऑटोमेटेड ऐप्स B. डेटाबेस सॉफ्टवेयर

C. मैलवेयर D. वोर्म्स

E. (A) और (B) दोनों

Q.45 किसी भी पेनेट्रेशन टेस्ट को करने से पहले, कानूनी प्रक्रिया के माध्यम से, निम्न में से कौन से मुख्य बिंदु अनिवार्य नहीं हैं?

A. संगठन की प्रकृति को जानना

B. फर्म में किए गए कार्य की विशेषताएं

C. सिस्टम और नेटवर्क

D. फर्म द्वारा उपयोग की जाने वाली ब्रॉडबैंड कंपनी का प्रकार

E. इनमें से कोई नहीं

Q.46 छोटे एप्लिकेशन प्रोग्राम जो एक वेब पर चलते हैं और यह सुनिश्चित कर सकते हैं कि कोई फॉर्म ठीक से पूरा हो गया है या एनीमेशन प्रदान करते हैं, उन्हें कहा जाता है:

A. फ़्लैश B. स्पाइडर

C. कुकीज D. एप्लेट्स

E. इनमे से कोई भी नहीं

Q.47 इंटरनेट पर स्वामित्व है:

A. IAB B. IETE

C. इंटरनेट NIC D. ऊपर के सभी

E. इनमे से कोई नहीं

Q.48 इंटरनेट पर कंप्यूटर या सर्वर को किस नाम से भी जाना जाता है:

A. होस्ट B. एड्रेस

C. IP एड्रेस D. URL एड्रेस

E. वेब एड्रेस

Q.49 एक उपयोगकर्ता की विशिष्ट प्रसंस्करण आवश्यकताओं को पूरा करने के उद्देश्य से तैयार सॉफ्टवेयर निर्देश को ____ कहा जाता है।

A. सिस्टम सॉफ्टवेयर B. प्रोसेस सॉफ्टवेयर

C. डॉक्यूमेंटेशन D. एप्लीकेशन सॉफ्टवेयर

E. ऊपर के सभी

Q.50 निम्नलिखित में से किसे कंप्यूटर के संचालन को नियंत्रित करने के लिए डिज़ाइन किया गया है?

A. एप्लीकेशन सॉफ्टवेयर
B. सिस्टम सॉफ्टवेयर
C. यूटिलिटी सॉफ्टवेयर
D. यूजर
E. इनमें से कोई नहीं

Q.51 सिस्टम सॉफ़्टवेयर उन प्रोग्रामों का सेट है जो कंप्यूटर के हार्डवेयर डिवाइस और ________ सॉफ्टवेयर को एक साथ काम करने में सक्षम बनाता है।

A. मैनेजमेंट
B. प्रोसेसिंग
C. यूटिलिटी
D. एप्लीकेशन
E. इनमें से कोई नहीं

Q.52 ____ एक दूसरे के साथ संचार स्थापित करने वाले दो मोडेम की प्रक्रिया को संदर्भित करने के लिए इस्तेमाल किया जाने वाला शब्द है।

A. इंटरेक्शन
B. हेन्डशेकिंग
C. कनेक्टिंग
D. लिंकिंग
E. पिनिंग

Q.53 ________ फ्रेमवर्क ने पॉइंट और क्लिक जैसी वल्नरेबिलिटीज़ को आसानी से क्रैक किया है।

A. नेट
B. मेटास्प्लोइट
C. ज़ीउस
D. एटरकैप
E. रूटकिट

Q.54 ________ नेटवर्क की खोज के साथ-साथ सुरक्षा ऑडिटिंग में उपयोग किया जाने वाला एक पॉपुलर टूल है।

A. एटरकैप
B. मेटास्प्लोइट
C. एनमैप
D. बर्प सूट
E. पीमैप

Q.55 निम्नलिखित में से किस स्थिति में ब्लाइंड सर्च अक्सेप्टबल हो सकती है?

A. रियल लाइफ सिचुएशन
B. कॉम्प्लेक्स गेम
C. स्माल सर्च स्पेस
D. (A) और (C) दोनों
E. ये सभी

Q.56 एक हेयरिस्टिक कोशिश करने का एक तरीका है:

A. किसी प्रोग्राम में एम्बडेड समथिंग या आईडिया को सर्च करना।
B. खोजने और मापने के लिए कि सर्च ट्री में एक नोड गोल से कितनी दूर लगता है।
C. एक सर्च ट्री में दो नोड्स की तुलना करने के लिए यह देखने के लिए कि क्या एक दूसरे से बेहतर हैं।
D. केवल (A) और (B)
E. (A), (B) और (C)

Q.57 जीरो सम गेम को एक गेम होना चाहिए:

A. सिंगल प्लेयर
B. डबल प्लेयर
C. मल्टीप्लेयर
D. ट्रिपल प्लेयर
E. फ़ोर प्लेयर

Q.58 निम्नलिखित केरी को पूरा करें-

```
SELECT emp_name
FROM department
WHERE dept_name LIKE ' ____ Computer Science';
```

ऊपर दी गई केरी में, "dept_name" का चयन करने के लिए केरी के खाली हिस्से में निम्नलिखित में से क्या रखा जा सकता है, जिसमें Computer Science की समाप्ति स्ट्रिंग के रूप में शामिल है?

A. &
B. _
C. %
D. $

E. #

Q.59 दी गई केरी को ________ से बदला जा सकता है।

```
SELECT name
FROM instructor1
WHERE salary <= 100000 AND salary >= 90000;
```

A.
```
SELECT name
FROM instructor1
WHERE salary BETWEEN 100000 AND 90000
```

B.
```
SELECT name
FROM instructor|
WHERE salary BETWEEN 90000 AND 100000;
```

C.
```
SELECT name
FROM instructor1
WHERE salary BETWEEN 90000 AND 100000;
```

D.
```
SELECT name
FROM instructor!
WHERE salary <= 90000 AND salary >=100000;
```

E. इनमें से कोई नहीं

Q.60 डेटाबेस मैनेजमेंट सिस्टम एक प्रकार का ________ सॉफ्टवेयर है।

A. सिस्टम सॉफ्टवेयर
B. एप्लीकेशन सॉफ्टवेयर
C. जनरल सॉफ्टवेयर
D. (A) और (C) दोनों
E. इनमें से कोई नहीं

Q.61 कौन सा स्टोरेज डिवाइस मिटाया नहीं जा सकता है?

A. एक फ्लॉपी डिस्क
B. मैग्नेटिक टेप स्टोरेज
C. एक सीडी-रोम
D. सीडी-आर
E. रजिस्टर

Q.62 स्पेसिफिक प्रोग्राम जो विशेष इनपुट या आउटपुट डिवाइस के पर्टिक्युलर कंप्यूटर सिस्टम के साथ कम्यूनिकेट करने की अनुमति देते हैं, ________ कहलाते हैं।

A. ऑपरेटिंग सिस्टम
B. यूटिलिटी
C. डिवाइस ड्राइवर
D. लैंग्वेज ट्रांसलेटर
E. इनमें से कोई नहीं

Q.63 पर्सनल कंप्यूटर को चौथी पीढ़ी माना जाता है, और ये ________ से बने होते हैं।

A. इनफार्मेशन
B. डाटा
C. वैक्यूम ट्यूब्स
D. वेरी लार्ज स्केल इंटीग्रेटेड (वीएलएसआई) सर्किट
E. इनमें से कोई नहीं

Q.64 टीसीपी का पूर्ण रूप क्या है?

[UPPCL Assistant Accountant, 2021]

A. ट्रांसमिशन सेंट्रिक प्रोटोकॉल
B. ट्रांसफर कंट्रोल प्रोटोकॉल
C. ट्रांसमिशन कंट्रोल प्रोटोकॉल
D. ट्रांसमिशन कंट्रोल प्रोसेस
E. इनमें से कोई नहीं

Q.65 डब्ल्यूएमवी का पूर्ण रूप क्या है?

A. विंडो मीडिया वीडियो
B. राइट मीडिया वीडियो
C. राइट मेनी वीडियो
D. राइट मीडिया विसुअल
E. इनमें से कोई नहीं

Q.66 एएससीआईआई का पूर्ण रूप क्या है?

[SSC MTS, 2017]

A. अमेरिकन स्टैंडर्ड कोड फॉर इनफार्मेशन
B. अमेरिकन स्टैंडर्ड कोड फॉर इनफार्मेशन इनकेड
C. अमेरिकन स्टैंडर्ड कोड फॉर इनफार्मेशन इंटरचेंज
D. एशियन स्टैंडर्ड कोड फॉर इनफार्मेशन इंटरचेंज
E. इनमें से कोई नहीं

Q.67 कौन सी कमांड प्रेजेंटेशन में आपको पहली स्लाइड पर ले आता है?

A. अगली स्लाइड बटन   B. पेज अप
C. Ctrl + Home   D. Ctrl + End
E. Ctrl + Enter

Q.68 एमएस-वर्ड में पैराग्राफ को इंडेंट करने के लिए किस की का उपयोग किया जाता है?

A. Alt   B. Tab   C. Ctrl   D. Esc
E. Home

Q.69 आप एक्सेल वर्कशीट डेटा को किसी वर्ड डॉक्यूमेंट में कैसे लिंक कर सकते हैं?

A. राइट ड्रैग मेथड के साथ लिंक कर सकते हैं।
B. हाइपरलिंक के साथ।
C. कॉपी और पेस्ट के स्पेशल कमांड के साथ।
D. (A) और (B) दोनों
E. इनमें से कोई नहीं

Q.70 निम्न में से कौन सा एक प्रेजेंटेशन में एक से अधिक स्लाइड का सलेक्ट करने की अनुमति देता है?

A. Alt + क्लिक ईच स्लाइड
B. शिफ्ट + क्लिक ईच स्लाइड
C. शिफ्ट + क्लिक ईच स्लाइड
D. Ctrl + क्लिक ईच स्लाइड
E. इनमें से कोई नहीं

Q.71 एक एम्बेडेड ऑब्जेक्ट को हटाने के लिए, पहले _________।

A. ऑब्जेक्ट पर डबल क्लिक करें
B. ऑब्जेक्ट को क्लिक करके उसे चुनें
C. Shift + Delete कुंजी दबाएं
D. सेलेक्ट करें और फिर Delete कुंजी दबाएं
E. इनमें से कोई नहीं

Q.72 कौन सी शॉर्टकट कुंजी (key) वर्तमान प्रेजेंटेशन में एक नई स्लाइड इन्सर्ट करती (जोड़ती) है?

A. Ctrl+N   B. Ctrl+M
C. Ctrl+S   D. Ctrl+C
E. इनमें से सभी

Q.73 एक प्रोग्राम जो हाई-लेवल लैंग्वेज प्रोग्राम को निष्पादित कर सकता है, _________ के रूप में जाना जाता है।

A. कम्पाइलर   B. इंटरप्रेटर
C. सेंसर   D. सर्किटरी
E. इनमें से कोई नहीं

Q.74 प्रत्येक C प्रोग्राम में क्या आवश्यक है?

A. प्रोग्राम में कम से कम एक फंक्शन होना चाहिए।
B. प्रोग्राम को किसी फंक्शन की आवश्यकता नहीं है।
C. इनपुट डेटा
D. आउटपुट डेटा
E. इनमें से कोई नहीं

Q.75 1962 में पहला कंप्यूटर गेम "स्पेसवार" किसने प्रोग्राम किया था?

A. स्टीव रसेल   B. कोनराड जुसे
C. एलन एम्टेज   D. टिम बैरनर्स - ली
E. इनमें से कोई नहीं

Q.76 अबेकस का इस्तेमाल पहली बार लगभग 5000 ईसा पूर्व किस देश में किया गया था?

A. जापान   B. चीन   C. जर्मनी   D. फ्रांस
E. इराक

Q.77 निम्नलिखित में से कौन सा चौथा पीढ़ी के कंप्यूटर का नहीं है?

A. सिमुलेशन
B. एंड्रॉइड आधारित हार्डवेयर
C. समांतर कंप्यूटिंग
D. विजुअलाइज़ेशन
E. इनमें से कोई नहीं

Q.78 बैकअप क्या है?

A. आपके नेटवर्क में और अधिक अवयवों को जोड़ना
B. डाटा को मूल स्थान से एक दूसरे स्थान पर कॉपी करके इसे सुरक्षित करना
C. नए डाटा में से पुराने डाटा को फ़िल्टर करना
D. (A) और (B) दोनों
E. ऊपर के सभी

Q.79 पहला नेटवर्क _________ हैं।

A. CNNET   B. NSFNET
C. ASAPNET   D. ARPANET
E. इनमें से कोई नहीं

Q.80 एक USB संचार उपकरण, जो नोटबुक उपयोगकर्ताओं के लिए सुरक्षित वायरलेस संचार के लिए डेटा एन्क्रिप्शन में सहायता करता है, उसे _____ कहा जाता है।

A. USB वायरलेस नेटवर्क एडाप्टर
B. वायरलेस स्विच
C. वायरलेस हब
D. राऊटर
E. ऊपर के सभी

Financial Awareness

Q.81 मई 2021 में, निम्नलिखित में से किसने सीरम इंस्टीट्यूट ऑफ इंडिया के CEO अदार पूनावाला को कंपनी का अध्यक्ष नियुक्त किया है?

[SBI Clerk, 2021]

A. बजाज फाइनेंस लिमिटेड
B. मुथूट फाइनेंस लिमिटेड
C. मैग्मा फिनकॉर्प लिमिटेड
D. HDB फाइनेंस सर्विसेज़
E. टाटा कैपिटल फाइनेंशियल सर्विसेज़ लिमिटेड

Q.82 सितम्बर 2021 में, निम्न में से किसने 'MSME उधार' के रूप में अपनी थीम के साथ नियामक सैंडबॉक्स के तीसरे समूह को खोलने की घोषणा की है?

[SBI Clerk, 2021]

A. RBI   B. SEBI
C. SIDBI   D. IMF
E. NABARD

Q.83 गुणात्मक जोखिम विश्लेषण करने के बाद आपको निम्नलिखित बनाना होगा:

A. जोखिमों की प्राथमिकता सूची

B. अतिरिक्त विश्लेषण और जांच के लिए जोखिमों की सूची

C. तत्काल जोखिमों की सूची

D. निगरानी सूची

E. उपर्युक्त सभी

Q.84 _____ लेन-देन में किसी एक पक्ष द्वारा चूक की संभावना से उत्पन्न होता है।

A. विपरीत पक्ष जोखिम

B. प्रतिपक्ष जोखिम

C. मामूली पक्ष जोखिम

D. प्रमुख पक्ष जोखिम

E. इनमें से कोई नहीं

Q.85 जोखिम को बनाए रखने या सुनिश्चित करने के कारण उत्पन्न होने वाली हानियों को _____ के रूप में जाना जाता है

A. जोखिम में कटौती

B. जोखिम वित्तपोषण

C. जोखिम प्रतिधारण

D. जोखिम बांटना

E. इनमें से कोई नहीं

Q.86 पंजाब नेशनल बैंक के गैर-कार्यकारी अध्यक्ष, सुनील मेहता को किस समिति का अध्यक्ष नामित किया गया था?

A. सक्षम समिति

B. सशक्त समिति

C. शक्ति समिति

D. शांति समिति

E. इनमें से कोई नहीं

Q.87 प्राथमिकता प्राप्त क्षेत्र के ऋण किसकी ओर इशारा करते हैं?

A. लघु उद्योग, कृषि, लघु व्यवसाय आदि को दिया जा रहा ऋण

B. वाणिज्यिक क्षेत्र को ऋण

C. सॉफ्टवेयर उद्योग को दिया जा रहा ऋण

D. सार्वजनिक क्षेत्र के उद्यमों को ऋण

E. इनमें से कोई नहीं

Q.88 क्षेत्रीय ग्रामीण बैंकों के पास कृषि में प्राथमिकता वाले क्षेत्र को ऋण देने के लिए कुल बकाया का _____ का लक्ष्य होगा।

A. 20% **B.** 18% **C.** 16% **D.** 15%

E. 10%

Q.89 1993 में भारत सरकार द्वारा गैर-निष्पादित परिसंपत्तियों से निपटने के लिए किसका गठन किया गया था?

A. क्रेडिट सूचना ब्यूरो

B. समझौता करार

C. सरफेसी अधिनियम

D. ऋण वसूली न्यायाधिकरण (डीआरटी)

E. कॉर्पोरेट ऋण पुनर्गठन

Q.90 एक ऋण गैर-निष्पादित परिसंपत्ति (एनपीए) बन जाता है जब ब्याज या मूलधन की अवधि के लिए अतिदेय हो जाता है:

[SSC Constable (GD), 2019]

A. 5 साल

B. 90 दिन

C. 180 दिन

D. 365 दिन

E. इनमें से कोई नहीं

Q.91 सरफेसी अधिनियम, 2002 की किस धारा के तहत, पेगासस एसेट रिकंस्ट्रक्शन प्राइवेट लिमिटेड भारतीय रिजर्व बैंक (आरबीआई) के साथ एक एसेट रिकंस्ट्रक्शन कंपनी (एआरसी) के रूप में पंजीकृत है?

A. धारा 31

B. धारा 172

C. धारा 3

D. धारा 47

E. इनमें से कोई नहीं

Q.92 प्रतिभूतिकरण और संपत्ति पुनर्निर्माण कंपनियों के लिए आरबीआई दिशानिर्देश निम्नलिखित में से कौन सा है?

A. भारतीय रिजर्व बैंक (आरबीआई) ने प्रतिभूतिकरण और संपत्ति पुनर्निर्माण कंपनियों (ARCs) से संबंधित दिशा-निर्देशों को लागू किया। निदेशों के दायरे का अपवाद यह है कि निदेशों का अधिकांश परिचालन भाग सार्क द्वारा परिसंपत्तियों के प्रत्यक्ष अधिग्रहण पर लागू होता है, लेकिन केवल तभी लागू नहीं होता है जब ऐसी संपत्ति को ट्रस्ट के ट्रस्टी के रूप में रखा जाता है।

B. सार्क को एक ट्रस्ट का निपटान करना होता है, ऐसे ट्रस्ट का ट्रस्टी बनना होता है, और एक ट्रस्टी के रूप में संपत्ति का अधिग्रहण करना होता है ताकि वह दिशा-निर्देशों के अनुशासन से बाहर हो सके।

C. एससी/आरसी जेएलएफ के सदस्य बन जाएंगे जैसा कि 'अर्थव्यवस्था में पुनर्जीवन संकटग्रस्त आस्तियों के लिए ढांचा - संयुक्त ऋणदाताओं' फोरम (जेएलएफ) और सुधारात्मक कार्य योजना (सीएपी) पर दिशानिर्देश पर वर्णित है और इस तरह के तनाव के संदर्भ में प्रक्रिया का एक हिस्सा संपत्तियां होगा।

D. जब स्थानान्तरण के परिणामस्वरूप पर्याप्त परिवर्तन होता है तो एससी/आरसी को रिजर्व बैंक का पूर्वानुमोदन प्राप्त करना होगा।

E. उपरोक्त सभी

Q.93 आरबीआई के दिशानिर्देशों के अनुसार, नए ऋण पुनर्गठन के लिए आवेदन करने की अंतिम समय सीमा क्या थी?

A. नवंबर 2020

B. मार्च 2022

C. सितंबर 2021

D. अप्रैल 2022

E. अप्रैल 2021

Q.94 किसके साथ बैंक ऑफ बड़ौदा (BoB) ने सूक्ष्म, लघु और मध्यम उद्यमों (MSMEs) के ग्राहकों को एकमुश्त पुनर्गठन (OTR) के लिए ऑनलाइन आवेदन करने में सक्षम बनाने के लिए एक समझौता ज्ञापन (MoU) पर हस्ताक्षर किए हैं?

A. नाबार्ड

B. सिडबी

C. एसबीआई

D. आरबीआई

E. भारत सरकार

Q.95 उस उपकरण का नाम बताइए जिसमें ऋण पुस्तिका की गुणवत्ता का लगातार मूल्यांकन करना और क्रेडिट प्रशासन में गुणात्मक सुधार लाना शामिल है?

A. लोन रिव्यु मैकेनिज्म (एलआरएम)

B. लोन इंस्पेक्शन रिव्यु

C. लोन इंटरनल ऑडिट

D. लॉन्ग फॉर्म ऑडिट रिपोर्ट

E. इनमे से कोई नहीं

Q.96 बेसल-॥ रिपोर्ट का शीर्षक क्या था?

A. पूंजी मापन और पूंजी मानकों का अंतर्राष्ट्रीय अभिसरण - एक संशोधित ढांचा

B. अधिक लचीला बैंकों और बैंकिंग प्रणालियों के लिए एक वैश्विक नियामक ढांचा

C. बेसल-। - एक लचीला बैंकिंग प्रणाली

D. (A) और (B) दोनों

E. इनमे से कोई नहीं

Q.97 पूंजी पर्याप्तता अनुपात की गणना करने के लिए, बैंकों को निम्नलिखित में से किस जोखिम को ध्यान में रखना आवश्यक है?

A. क्रेडिट जोखिम और परिचालन जोखिम

B. क्रेडिट जोखिम और बाजार जोखिम

C. बाजार जोखिम और परिचालन जोखिम

D. क्रेडिट जोखिम, बाजार जोखिम और परिचालन जोखिम

E. इनमे से कोई नहीं

Q.98 पीपुल्स बैंक ऑफ चाइना (पीबीओसी) ने किस भारतीय निजी क्षेत्र के बैंक में हिस्सेदारी हासिल कर ली है?

A. यस बैंक
B. ऐक्सिस बैंक
C. आईसीआईसीआई बैंक
D. आईडीबीआई बैंक
E. एचडीएफसी बैंक

Q.99 किस भारतीय बैंक ने एनपीसीआई के सहयोग से एक रुपे सेलेक्ट कॉन्टैक्टलेस डेबिट कार्ड लॉन्च किया है?

A. भारतीय स्टेट बैंक
B. यूको बैंक
C. पंजाब नेशनल बैंक
D. आईसीआईसीआई बैंक
E. बैंक ऑफ इंडिया

Q.100 फिनो पेमेंट बैंक का मुख्यालय कहाँ स्थित है?

A. मुंबई
B. अहमदाबाद
C. कोचीन
D. चेन्नई
E. भोपाल

Q.101 पुनर्निर्माण और विकास के लिए अंतर्राष्ट्रीय बैंक और ________ के साथ, विश्व व्यापार संगठन विश्वव्यापी आयामों का तीसरा आर्थिक स्तंभ है।

A. अंतर्राष्ट्रीय आर्थिक संघ (आईईए)
B. अंतर्राष्ट्रीय मुद्रा कोष (आईएमएफ)
C. अंतर्राष्ट्रीय विकास बैंक (आईडीबी)
D. अंतर्राष्ट्रीय वित्त पोषण संगठन (आईएफओ)
E. अंतर्राष्ट्रीय श्रम संगठन (आईएलओ)

Q.102 निम्नलिखित में से कौन एक वाणिज्यिक बैंक की एक अनिवार्य विशेषता है?

A. लॉकर सुविधाएं प्रदान करना
B. साख का व्यवहार करना
C. व्यावसायिक जानकारी और डेटा प्रदान करना
D. प्रतिभूतियों की बिक्री
E. उपरोक्त सभी

Q.103 नाबार्ड द्वारा शुरू की गई निम्न योजनाओं में से किसका उद्देश्य किसानों को ऋण प्रदान करना है?

A. रूरल इंफ्रास्ट्रक्चर डेवलपमेंट फंड
B. किसान क्रेडिट कार्ड
C. माइक्रो-फाइनेंस
D. कोआपरेटिव डेवलपमेंट फंड
E. इनमें से कोई नहीं

Q.104 निम्नलिखित में से कौन वाणिज्यिक बैंकों द्वारा ऋण निर्माण की शक्ति को सीमित करता है?

A. फिस्कल पॉलिसी
B. बैंकिंग लॉ
C. बिज़नेस पेसिमिस्म
D. (A) और (B) दोनों
E. इनमे से कोई भी नहीं

Q.105 CRR और SLR के मुख्य उद्देश्य यह सुनिश्चित करना है:

(i) बैंक की तरलता स्थिति
(ii) बैंक की वित्तीय स्थिति
(iii) बैंक की लाभकारी स्थिति

A. केवल (i) सही है
B. केवल (ii) सही है
C. केवल (iii) सही है
D. केवल (ii) और (iii) सही हैं
E. सभी (i), (ii), और (iii) सही हैं

Q.106 IDBI द्वारा निम्नलिखित में से कौन सी शुल्क-आधारित सेवाएं प्रदान की जाती हैं?

(i) क्रेडिट सिंडिकेशन
(ii) कॉर्पोरेट ट्रस्टी सेवाएं
(iii) अभिरक्षण सेवाएं
(iv) विदेशी सेवाएँ

सही कोड की पहचान कीजिये:

A. (i), (ii) और (iv)
B. (i) और (ii)
C. (ii), (iii) और (iv)
D. (iii) और (iv)
E. (i), (iii) और (iv)

Q.107 एसएचजी के डिजिटलीकरण के लिए नाबार्ड की पायलट परियोजना को क्या कहा जाता है?

A. ई-शक्ति
B. ई-समृद्धि
C. ई-शांति
D. ई-संरक्षा
E. इनमें से कोई नहीं

Q.108 हाल ही में भारत के ईंधन रिटेलर, इंडियन ऑयल ने भारतीय स्टेट बैंक (SBI) के साथ मिलकर SBI-'इंडियन आयल को-ब्रांडेड रूपे डेबिट कार्ड' लॉन्च किया है। यह एक संपर्क रहित कार्ड है और कार्ड के टैप से कितनी राशि का भुगतान किया जा सकता है?

A. 1,000 रू
B. 4,000 रू
C. 5,000 रू
D. 9,000 रू
E. 10,000 रू

Q.109 आरबीआई 7 जनवरी, 2021 को प्रत्येक कितने करोड़ के लिए खुले बाजार संचालन (OMO) के तहत सरकारी प्रतिभूतियों की खरीद और बिक्री का आयोजन करेगा?

A. 5,000
B. 10,000
C. 15,000
D. 20,000
E. 25,000

Q.110 मौद्रिक नीति संचरण संदर्भित करता है:

A. आरबीआई नियमित आधार पर सीआरआर और एसएलआर कम नहीं कर रहा है
B. भारत सरकार टैक्स दरों में कमी नहीं कर रही है
C. बैंक नीतिगत दरों में कटौती का लाभ उपभोक्ताओं तक पहुंचा रहे है
D. (A) और (B) दोनों
E. इनमे से कोई भी नहीं

Q.111 राजकोषीय नीति का संबंध है:

A. मुद्रा की मात्रा जो बैंक अर्थव्यवस्था में डालते हैं
B. कराधान और व्यय के संबंध में नीति
C. शेयर बाजार के नियमन की नीति
D. आईएमएफ से निपटने के लिए नीति
E. उपरोक्त सभी

Q.112 बजट 2022 के अनुसार, वित्त मंत्री निर्मला सीतारमण ने बताया कि पीएम ई विद्या के 'वन क्लास, वन टीवी चैनल' कार्यक्रम को 12 से कितने टीवी चैनलों तक बढ़ाया जाएगा?

A. 200
B. 250
C. 300
D. 350
E. 450

Q.113 बजट 2022 के अनुसार, वित्त मंत्री निर्मला सीतारमण के अनुसार, अगले 3 वर्षों के दौरान कितने PM गति शक्ति कार्गो टर्मिनल विकसित किए जाएंगे?

A. 300
B. 500
C. 100
D. 200
E. 400

Q.114 बजट 2022 के अनुसार, वित्त मंत्री निर्मला सीतारमण ने 1 फरवरी को घोषणा की कि ग्रामीण और शहरी क्षेत्रों में कितने घरों को लाभार्थियों के रूप में पहचाना जाएगा?

A. 20,000   **B.** 30,000   **C.** 40,000   **D.** 60,000
E. 50,000

Q.115 आर्थिक सर्वेक्षण के संदर्भ में निम्नलिखित कथनों पर विचार करें:
(i) यह वित्त मंत्री द्वारा प्रस्तुत एक वार्षिक दस्तावेज है।
(ii) रिपोर्ट अर्थव्यवस्था के विभिन्न क्षेत्रों की स्थिति को रेखांकित करती है।
(iii) आर्थिक सर्वेक्षण उन सुधारों का सुझाव देता है जो विकास को गति देने के लिए किए जाने चाहिए।

A. केवल (ii)   **B.** दोनों (ii) और (iii)
C. दोनों (i) और (iii)   **D.** केवल (i)
E. उपरोक्त सभी

Q.116 निम्न में से किस देश को फाइनेंशियल एक्शन टास्क फोर्स (FATF) की 'ग्रे लिस्ट' में बरकरार रखा गया है?

A. चीन   **B.** नेपाल   **C.** भूटान   **D.** पाकिस्तान
E. बांग्लादेश

Q.117 किस बैंक ने निजी क्षेत्र की जीवन बीमा कंपनी एजेस फेडरल लाइफ इंश्योरेंस में अपनी शेष 25 प्रतिशत हिस्सेदारी को बेचने के लिए एक शेयर खरीद समझौता किया है।

A. फेडरल बैंक   **B.** एचएसबीसी इंडिया
C. आईडीबीआई बैंक   **D.** कोटक महिंद्रा बैंक
E. इनमें से कोई नहीं

Q.118 किस बैंक ने अपने ऑनलाइन प्लेटफॉर्म पर रियल-टाइम एक्सप्रेस क्रेडिट शुरू करने की घोषणा की है, जिससे योग्य ग्राहकों को 35 लाख रुपये तक का व्यक्तिगत ऋण मिल सके?

A. बैंक ऑफ बड़ौदा   **B.** भारतीय स्टेट बैंक
C. आईडीएफसी फर्स्ट बैंक   **D.** कोटक महिंद्रा बैंक
E. इनमें से कोई नहीं

Q.119 भारतीय रिज़र्व बैंक के केंद्रीय निदेशक मंडल की मुंबई में 596वीं बार बैठक हुई जिसमें बोर्ड आकस्मिक जोखिम बफर को कितने प्रतिशत पर रखने पर सहमत हुआ?

A. 6.50%   **B.** 3.50%
C. 4.50%   **D.** 5.50%
E. इनमें से कोई नहीं

Q.120 संयुक्त राज्य अमेरिका के Google Pay उपयोगकर्ता अब ________ के ऐप ग्राहकों को धन हस्तांतरित कर सकते हैं।

A. भारत और सिंगापुर   **B.** सिंगापुर और जापान
C. ब्राजील और भारत   **D.** बांग्लादेश और नेपाल
E. नेपाल और भारत

English Language

Ques (121-123):Direction: In the following question, two columns are given containing three phrases each. In the first column, phrases are A, B, and C, and in the second column, the phrases are D, E and F. A phrase from the first column may or may not connect with a phrase from the second column to make a grammatically and contextually correct sentence. There are five options, four of which display the sequence(s) in which the phrases can be joined to form a grammatically and contextually correct sentence. If, none of the options given forms a correct sentence after combination, select 'None of these' as your answer.

Q.121

Column (1)	Column (2)

(A) Lakes on early Mars were likely as large as	(D)some on Earth's surface today.
(B) If there is any liquid water at all on Mars' surface today,	(E)convincing evidence that
(C) Small-scale gullies on Mars provide	(F) its quantity is much smaller than.

A. (B)-(D) and (C)-(E)   **B.** (A)-(D)
C. (A)-(F) and (B)-(D)   **D.** (C)-(F)
E. None of these

Q.122

Column (1)	Column (2)
(A)The small amount of water vapor in the Martian atmosphere suggests	(D)only small amounts of carbon.
(B) Ancient oceans on Mars contained	(E)that there has been liquid water on Mars.
(C) The climate of Mars may not have been suitable	(F)since the formation of large bodies of water.

A. (A)-(F), (B)-(E) and (C)-(D)
B. (A)-(D)
C. (B)-(E) and (C)-(D)
D. (A)-(E) and (B)-(D)
E. None of these

Q.123

Column (1)	Column (2)
(A) Liquid water may have	(D)exist on some parts of Mars' surface for long periods of time.
(B) The ancient oceans that formed on Mars dried up	(E) during periods of cold, dry weather.
(C) They could read and write a	(F)Greek language.

A. (A)-(D)   **B.** (B)-(E)
C. (C)-(F)   **D.** (A)-(E) and (C)-(D)
E. None of these

Ques (124-126):Direction: In the following sentence, a part of the sentence is underlined. Below are given alternatives to the underlined part, which may improve the sentence. Choose the correct alternative. In case no improvement is needed, choose the alternative that indicates 'No improvement'.

Q.124 You can do more than strike while the iron is hot; **you could make the iron hot** by striking

A. You would make the iron
B. You could have made the iron
C. You can make the iron hot
D. You should make the iron hot
E. No Improvement

Q.125 The number of students seeks fee waivers was close to about a hundred.

A. Students to seek fee waivers

B. Students seeking fee waivers

C. Students seeked fee waivers

A. Only A   **B.** Only B
C. Only C   **D.** Both A and B
E. No improvement

Q.126 I have <u>been able to create</u> the music that I really like.

A. being able to create

B. been abling to create

C. been able to creates

A. Only A   **B.** Only B

C. Only C   **D.** Both B and C

E. No improvement

Ques (127-128):Direction: In the following question, one part of the sentence may have an error. Find out which part of the sentence has an error and click the option corresponding to it. If the sentence is free from error, click on the option (E) which is the No error option.

Q.127 Martina has been working (A)/ on her master's thesis in fits and starts; (B)/ she needs to work on it (C)/ consistently. (D)/ No error (E)

A. (A)   **B.** (B)   **C.** (C)   **D.** (D)

E. (E)

Q.128 His infatuation for cricket (A)/ led him to neglect his studies (B)/ and he failed to secure admission (C)/ in a good engineering college. (D)/ No error (E).

A. (A)   **B.** (B)   **C.** (C)   **D.** (D)

E. (E)

Ques (129-133):Direction: Read the following passage carefully and answer the question given below.

The coronavirus (Covid-19) pandemic has ______ the world within a span of a few weeks, sending billions into lockdown. Amid the confusion and scare, "patient zero" has been traced back to a wildlife market in Wuhan, China. Preliminary studies indicate that the coronavirus from bats infected humans, through a wild animal, Malayan pangolins. The genomic resemblance between the Pangolin coronavirus and Sars-CoV-2 (Covid-19 virus) is what has brought about this assumption.

Bats, pangolins, and humans are not cohabitants, which acts as a "species barrier", preventing the virus naturally found in bats from **jumping to** other species. But environmental crimes (1)/ like wildlife poaching (2)/ and consumption result (3)/ in the break of the species barrier (4)/. The presence of Malayan pangolins (natural inhabitants of Southeast Asia's forests) in the Chinese meat market strongly points towards illicit wildlife trade and trafficking. Malayan pangolins are hunted for their skin, scales, meat and for ingredients in oriental medicine. All species of pangolins are included in Cites Appendix I, which means their international trade is prohibited.

As per the World Customs Organization's Illicit Trade Report, in 2018, customs administrations from 47 countries reported 2,727 seizures of flora and fauna – which amounts to 59,150 pieces and 3,60,495 kg of various flora and fauna. the Indian subcontinent, (1)/ are most vulnerable for (2)/ wildlife crimes and trafficking (3)/ Africa and South America (4)/ being rich in biodiversity (5)/. In most of the cases, the destination remains China. Wildlife animals and products such as rhino horns, ivory, live pangolins and their scales, turtles and tortoises, snakes and their skin, mongoose, sea horses, sea cucumber, crocodile skin and porcupines ______ in substantial quantities.

Several Wuhan-type wet and dry markets are operational in China, Thailand, and Vietnam that have a demand for exotic wildlife articles. In China alone, domestic wildlife farming is ______ as a billion-dollar industry. primarily because of the superstitions surrounding (1) /are the prime consumers of wildlife products, (2) /traditional Chinese medicine and false pride (3) /associated with the ownership of certain wildlife articles (4) /the rich and the privileged (5)/. Rhino horn, pangolin scales, and tiger bones are used in traditional medicines, aphrodisiac recipes and in body-building tonics. Scientific studies completely **condemn** and disprove these beliefs. On the contrary, the Chinese wildlife market has seen an alarming rise in demand for rhino horn extract, due to a false belief that it can help treat Covid-19. Wildlife farming and consumption of wild meat in China have historical reasons such as famine and poverty. Gradually, it **evolved** into a tradition.

Q.129 Which of the following is the correct meaning of the emboldened word in the given sentence?

Gradually, it **evolved** into a tradition.

A. Developed gradually

B. Make or manufacture from components or raw materials

C. Yield, grow, or supply

D. Cause (a particular result or situation) to happen or exist

E. The result of a person's work or efforts

Q.130 Which of these is opposite in meaning to 'condemn'?

A. Censure   **B.** Blame   **C.** Reprove   **D.** Praise

E. Rebuke

Q.131 Fill the blank in the following sentence with the most appropriate word.

Wildlife animals and products such as rhino horns, ivory, live pangolins and their scales, turtles and tortoises, snakes and their skin, mongoose, sea horses, sea cucumber, crocodile skin and porcupines ______ in substantial quantities.

A. Are recorded   **B.** Is trafficked

C. Are persistent   **D.** Are preoccupied

E. Are trafficked

Q.132 Rearrange the jumbled sentence to make a grammatically correct and meaningful sentence

the Indian subcontinent, (1)/ are most vulnerable for (2)/ wildlife crimes and trafficking (3)/ Africa and South America (4)/ being rich in biodiversity (5)/

A. (5)(1)(2)(3)(4)   **B.** (5)(1)(4)(2)(3)

C. (3)(5)(2)(1)(4)   **D.** (3)(5)(2)(4)(1)

E. (4)(5)(2)(3)(1)

Q.133 The following sentence may or may not contain an error in one of its parts. Identify the part containing the error. If the sentence is correct, select 'no error' as your answer.

All species of pangolins (1)/ is included in Cites Appendix I (2)/, which means their international (3)/ trade is prohibited (4)/.

A. (1)   **B.** (2)   **C.** (3)   **D.** (4)

E. No error

Ques (134-135):Direction: In this question, you need to replace the bold part of the sentence by the most suitable idiom/expression given as option.

Q.134 Maths is the only subject that seems **extremely difficult for me to understand**.

A. A piece of cake   **B.** All greek to me

C. Ducks and drakes   **D.** Ace in the hole

E. Both (A) and (B)

Q.135 A mother is **always engaged** in preforming her duties.

A. As busy as bee

B. At the drop of a hat

C. Barking up the wrong tree

D. Both (A) and (C)

E. None of these

Ques (136-140):Direction: Below, a passage is given with ten blanks labelled (A)-(J). Below the passage, five options are given for each blank. Choose the word that fits each blank most appropriately in the context of the passage, and mark the corresponding answer.

Whether you are on the go, in your office or at home, new technology gadgets can introduce great time-saving ___(A)___ into your day, as well as make life easier. Here are some of these great finds, including unlimited external storage devices for iOS devices, laptops and desktops; Bluetooth-enabled speakers, earbuds and keyboard, a versatile 2-in-1 tablet; and charging options for mobile devices. ___(B)___ as the smallest external storage for iOS, the Dash-i is a MicroSD card reader for iOS devices that gives you ___(C)___ external storage capabilities. Made of aircraft-grade aluminum casing, the Dash-i can be attached to a key ring and taken anywhere you go. The Microsoft Surface Pro 4 offers the ___(D)___ of a laptop and a tablet in one device. The Surface Pro 4 is available starting with 128GB / Intel Core m 3 – 4GB RAM configuration up to a 256GB / Intel Core i7 - 8GB RAM configuration . This atomic alarm clock displays the time, day/date, temperature, humidity, and moon phases. The clock's radio receiver ___(E)___ with NIST-F1, the U.S.'s atomic clock for always-accurate time.

Q.136 Which of the following words most appropriately fits the blank labeled (A)?

A. Frippery   **B.** Chortle

C. Advantages   **D.** Both (A) and (B)

E. Both (B) and (C)

Q.137 Which of the following words most appropriately fits the blank labeled (B)?

A. Abject   **B.** Billed

C. Alacritous   **D.** Enamored

E. Both (B) and (C)

Q.138 Which of the following words most appropriately fits the blank labeled (C)?

A. Inchoate   **B.** Unequivocal

C. Limitless   **D.** Unimpeded

E. Both (C) and (D)

Q.139 Which of the following words most appropriately fits the blank labeled (E)?

A. Vacillates   **B.** Synchronises

C. Corresponds   **D.** Both (A) and (C)

E. Both (B) and (C)

Q.140 Which of the following words most appropriately fits the blank labeled (D)?

A. Versatility   **B.** Alacrity

C. Loquacious   **D.** Both (B) and (C)

E. Both (A) and (C)

Ques (141-145):Directions: Fill in the blanks with the suitable option.

Q.141 1. The dacoit made an elaborate plan ________ escape from jail.

2. I wish ________ move to another city.

A. To   **B.** From   **C.** On   **D.** For

E. With

Q.142 Egyptian President Abdel Fattah al-Sisi _____ re-elected for a second term on Thursday, ______ Egyptian state media reported.

A. Will be, the   **B.** Was, the

C. Was, a   **D.** Will be, an

E. Would, the

Q.143 It appears that the Turks are intent on some sort of military operation, possibly combined with an effort ________refugees.

A. Resettling   **B.** Resettled

C. Resettled with   **D.** For resettle

E. To resettle

Q.144 The pipes are ________ old and badly maintained that we are losing vast amounts of water.

A. That   **B.** Still   **C.** So   **D.** As

E. How

Q.145 The project believes that there may be a premium market for items that ________ using plastic reclaimed from the ocean.

A. Made   **B.** Was made

C. Have been made   **D.** Is made

E. Has been made

Ques (146-150):Direction: Below, a set of eight statements is given, out of which the first sentence, given in bold, is fixed. The rest are jumbled in any random order. Out of the remaining seven statements, one does not belong to the passage. Rearrange the remaining sentences in the correct order and then answer the questions.

A. The term "deep sea" doesn't have the same meaning to everyone.

B. Whereas, to scientists, the deep sea is the lowest part of the ocean, below the thermocline and above the seafloor.

C. Thermocline is the layer where heating and cooling from sunlight ceases to have an effect, lying at about 1000 fathoms.

D. The history of deep-sea exploration begins relatively recently, mainly because advanced technology is needed to explore the depths.

E. It's difficult to explore the depths because they are eternally dark, extremely cold, with the temperatures between 0 degrees C and 3 degrees C below 3,000 meters.

F. And are also under high pressure, with 15750 psi or over 1,000 times higher than standard atmospheric pressure at sea level.

G. To fishermen, the deep sea is any part of the ocean beyond the relatively shallow continental shelf.

H. So, scientists would claim it is the part of the ocean deeper than 1,000 fathoms or 1,800 meters.

Q.146 Which of the following sentences is SECOND in the correct order?

A. G **B.** H **C.** B **D.** E
E. D

Q.147 Which of the following sentences is FOURTH in the correct order?

A. B **B.** E **C.** F **D.** C
E. G

Q.148 Which of the following sentences does not belong in the given passage?

A. H **B.** F **C.** G **D.** E
E. D

Q.149 Which of the following sentences is FIFTH in the correct order?

A. C **B.** D **C.** F **D.** H
E. G

Q.150 Which of the following sentences is SIXTH in the correct order?

A. E **B.** F **C.** D **D.** H
E. G

Q.151 Below a single word with options to its meaning in different contexts is given. You have to select all those options which are antonyms of the word when the context is changed. Select the correct alternative from (1), (2), (3), (4) and (5) which represents all those antonyms.

BYZANTINE

A. Plain

B. Pious

C. Effortless

D. Agony

A. Only B **B.** Only D
C. Both A and C **D.** Only A, B and C
E. Both C and D

Q.152 In the following question, choose the word OPPOSITE in meaning to the given word.

Fastidious

A. Feckless **B.** Fecund
C. Scrupulous **D.** Sloppy
E. Simper

Q.153 Choose the word which is synonymous with the given word.

ABANDON

A. Neglect **B.** Abscond
C. Discontinue **D.** Collect
E. Distribute

Q.154 Choose the word which is the exact OPPOSITE of the given word.

FLEXIBLE

A. Brittle **B.** Rigid **C.** Hard **D.** Solid
E. Thin

Q.155 Below, a single word is given with options to its meaning. You have to select all those options which are synonyms of the word. Select the correct alternative from (1), (2), (3), and (4), which represents all those synonyms.

VERACIOUS

1. Varnished

2. Vague

3. Authentic

4. Violent

A. Only (3)

B. Both (1) and (2)

C. (2), (3), and (4)

D. (1), (3), and (4)

E. All (1), (2), (3), and (4)

Ques (156-158):Direction: In the following question, a short passage is given with one of the lines in the passage missing and represented by a blank. Select the best out of the five answer choices given, to make the passage complete and coherent.

Q.156 No specific person has officially been credited with inventing ice cream. Its origins date back as far as 200 B.C., when people in China created a dish of rice mixed with milk that was then frozen by being packed in snow. The Chinese King Tang of Shang is thought to have had over ninety "ice men" who mixed flour, camphor, and buffalo milk with ice. The Chinese are also credited with inventing the first "ice cream machine." They had pots they filled with a syrupy mixture, which they then packed into a mixture of snow and salt.

________.Emperor Nero Claudius Caesar of Rome was said to have sent people up to the mountains to collect snow and ice which would then be flavoured with juice and fruit—kind of like a first century snow cone. These early "ice creams" were obviously a luxury indulged in by the rich, as not everyone had the ability to send servants up the mountains to collect snow for them.

A. One of the first places to serve ice cream to the general public in Europe was Café Procope in France.

B. The ice cream was made from a combination of milk, cream, butter, and eggs.

C. Up until the 1800s, ice cream was mostly a treat reserved for special occasions as it couldn't be stored for long due to the lack of insulated freezers.

D. Ice cream wasn't big business until Jacob Fussell built an ice cream factory in Pennsylvania in 1851.

Other early ice cream-like confectionery indulgers include
E. Alexander the Great, who enjoyed eating snow flavoured with honey.

Q.157 Many political leaders around the world have reached for the imagery of conflict to describe the coronavirus pandemic. In France, President Emmanuel Macron said his nation was at war with an invisible enemy. _______________. In the UK, Prime Minister Johnson has spoken of the virus as an "enemy" and even said that "we must act like any wartime government" to protect the economy.

A. Over in the US, President Donald Trump positively revels in the idea of being a "wartime president"

B. The virus is not an "enemy", and the process of containing it is not a war.

C. When the worker alluded to the past, it was to express a desire not to return to it.

D. However, a small but vocal minority of protesters has been demanding an end to the measures.

E. None of these

Q.158 A flourishing ecosystem has been found a mile and a half beneath Antarctic ice in a lake cut off from the outside world for millions of years. The discovery was made by US scientists who found tiny organisms that generate energy for growth from the natural ammonium and methane in the environment. This is the first direct evidence that life can be found deep below the Antarctic ice sheet and could have implications for finding life in extreme environments in our solar system. 'We were able to prove unequivocally to the world that Antarctica is not a dead continent,' said lead scientist Professor John Priscu, from Montana State University. _________. These microbes form one of the three great 'domains' of life on Earth, the other two being bacteria and eukayotes.

A. Many of the sub-glacial archaea survived by harnessing energy in the chemical bonds of ammonium, the research showed.

B. The scientists insisted that the microbes originated in Lake Whillans and were not introduced by contaminated equipment.

C. The team drilled through half a mile of ice to reach the sub-glacial Lake Whillans in January last year

D. Many of the organisms found, belong to a primitive extended family of microbes, distinct from bacteria, called the Archaea.

E. Another group of micro-organisms in the same area relied on the energy and methane locked into carbon to survive.

Q.159 Choose the most appropriate answer and fill in the blanks.

The verb form of 'Nature' is _________.

A. Naturalize
B. Natural
C. Nature
D. Natured
E. None of the above

Q.160 The sentence 'He will be playing the piano in the concert day after tomorrow' is in:

[UPTET Paper - I, 2019]

A. Future Indefinite Tense
B. Future Imperfect Tense
C. Present Indefinite Tense
D. Future Perfect Continuous Tense
E. None of the above

Hindi Language

Q.161 "उधर गरजती सिंधु लहरियाँ, कुटिल काल के जालों-सी।
चली आ रही फेन उगलती, फन फैलाए व्यालों-सी।।"
इन पंक्तियों में कौन सा रस है?

A. हास्य रस
B. वीर रस
C. भयानक रस
D. करूण रस
E. वात्सल्य रस

Q.162 निम्नलिखित पंक्तियों में कौन सा रस है?
तंबूरा ले मंच पर बैठे प्रेम प्रताप, साज मिले पंद्रह मिनट, घंटा भर आलाप।
घंटा भर आलाप, राग में मारा गोता, धीरे-धीरे खिसक चुके थे सारे श्रोता।

A. करुण
B. भयानक
C. हास्य
D. अद्भुत
E. वीर

Ques (163-165):निर्देश: निम्नलिखित प्रत्येक प्रश्न में एक शब्द और साथ में पांच विकल्प भी दिए गए हैं। बताइये की इन विकल्पों से कौन-सा विकल्प दिए गए शब्द का विलोम शब्द होगा?

Q.163 पक्षपात

A. मुकुल
B. भावी
C. मकरन्द
D. निष्पक्ष
E. इनमें से कोई नहीं

Q.164 झंकृत

A. परिमेय
B. प्राणद
C. परीक्षित
D. प्रेमपात्र
E. इनमें से कोई नहीं

Q.165 निम्नलिखित में से कौन-सा शब्द कटक का अनेकार्थी नहीं है?

A. सेना
B. शिशिर
C. समूह
D. आब
E. इनमें से कोई नहीं

Q.166 निम्नलिखित अनेकार्थी शब्द का दूसरा अर्थ बताइए।
"अज-अजन्मा"

[UPSSSC Rajasva Lekhpal, 2015]

A. आजन्म
B. निर्भीक
C. आजीवन
D. शिशिर
E. ईश्वर

Q.167 'अधि' उपसर्ग से बना शब्द निम्न में से कौन - सा है?

A. अत्यधिक
B. अधिनायक
C. अत्याधुनिक
D. अत्यल्प
E. अत्याचार

Q.168 'उद्दीप्त' में उपसर्ग है:

A. उत्
B. उद्
C. उध्
D. उड़ी
E. उद्

Q.169 निम्नलिखित में से किस समूह के सभी शब्द पर्यायवाची हैं?

[RSMSSB Village Development Officer, 2016]

A. सोना - कंचन, कनक, जातरूप, स्वर्णयूथिका
B. निर्झर - निर्झरिणी, झरना, प्रपात, चश्मा
C. पृथ्वी - अचला, पृथुल, अवनि, वसुन्धरा
D. धनुर्धर - धनुषधारी, कमनैत, तीरन्दाज़, बानैत

E. चाँदी - इन्दुर, जातरूप, रजत, रुपक

Q.170 'कुंजर' किसका पर्यायवाची शब्द है?

A. तुरंगम   **B.** विहंगम   **C.** मंदर   **D.** हाथी

E. महाताब

Q.171 दिए गए उद्धरण में कौन सा अलंकार है?

"अद्भुत एक अनुपम बाग,

जुगल कमल पर गजवर क्रीड़त,

है ता पर सिंह करत अनुराग"

A. छेकानुप्रास   **B.** व्यतिरेक

C. अतिशयोक्ति   **D.** निदर्शन

E. यमक

Q.172 "जेहि बर बाजि राम असवारा ।

तेहि सारदउ न बरनई पारा ॥"

उपरोक्त पंक्तियों में कौनसा अलंकार है?

A. यमक   **B.** वक्रोक्ति

C. अन्योक्ति   **D.** अतिशयोक्ति

E. विरोधाभास

Q.173 निम्न वाक्य के जिस भाग में त्रुटि हो, उसका चयन करें।

प्रकृति / मनुष्य को / ईश्वर का दिया हुआ / एक अनुपम शाप है। / कोई त्रुटि नहीं

A. प्रकृति   **B.** मनुष्य को

C. ईश्वर का दिया हुआ   **D.** एक अनुपम शाप है।

E. कोई त्रुटि नहीं

Q.174 निम्न वाक्य के जिस भाग में त्रुटि हो, उसका चयन करें।

मैं उनके घर /गया तो/ था पर/ उससे बात नहीं हुई/कोई त्रुटि नहीं है।

A. मैं उनके घर   **B.** गया तो

C. था पर   **D.** उससे बात नहीं हुई।

E. कोई त्रुटि नहीं है।

Ques (175-176):निर्देश: दिए गए विकल्पों में से सही विकल्पों का चयन करके वाक्य पूर्ण करें।

Q.175 भाषा ज्ञान से बच्चे दूसरों की बात समझने और अपनी बात कहने में __________ होते हैं।

A. समर्थ   **B.** असमर्थ

C. उदण्ड   **D.** सुन्दर

E. इनमें से कोई नहीं

Q.176 महात्मा गांधी ने हिंदी को __________ के रूप में अपनाने की बात कही थी।

A. राजभाषा   **B.** व्यावहरिक भाषा

C. राष्ट्रभाषा   **D.** मातृभाषा

E. इनमें से कोई नहीं

Ques (177-181):निर्देश: निम्नलिखित गद्यांश का ध्यानपूर्वक अध्ययन करें तथा दिए गए प्रश्न के सही उत्तर दें।

अमेरिका में श्वेत-अश्वेत के बीच तनाव की वापसी दुखद और चिंताजनक है। अमेरिका अपनी रंगभेदी नीतियों को करीब आधी सदी पीछे छोड़ आया था, मगर वास्तव में बदलाव एक हद तक कागजी ही बना हुआ है। रंगभेद की जमीनी हकीकत न केवल निराश करती है, बल्कि अमेरिका के लोकतांत्रिक समाज पर सवालिया निशान भी लगाती है। अमेरिका में अश्वेतों की आबादी 13 प्रतिशत ही है, लेकिन पुलिस के हाथों मारे जाने वालों में उनकी संख्या श्वेतों के मुकाबले ढाई गुना ज्यादा है। अमेरिका की इस स्याह हकीकत की चर्चा लगातार होती रही है, लेकिन ऐसा पहली बार हो रहा है कि तमाम अमेरिकी राज्यों में जॉर्ज फ्लॉयड की हत्या के खिलाफ प्रदर्शन हो रहे हैं।

और एक सुखद पक्ष यह कवि इन प्रदर्शनों में श्वेत भी समान रूप से शामिल हैं।

जॉर्ज का दोष ऐसा नहीं था कि पुलिस के हाथों उसकी मौत होती। वह गिरफ्तारी का विरोध कर रहा था, लेकिन तीन पुलिस वाले उसे जमीन पर गिराकर उस पर सवार हो गए। एक पुलिस अफसर ने तो इतनी निर्ममता दिखाई कि लगभग नौ मिनट तक वह जॉर्ज की गर्दन पर अपने घुटने के बल सवार रहा। जॉर्ज गुहार लगाता रहा कि उसे सांस लेने में तकलीफ हो रही है, लेकिन उसकी गुहार बेकार गई। इस मौत के वीडियो को लोगों ने वायरल कर दिया और अब अमेरिकी पुलिस बल अपने लोगों के रोष के निशाने पर है। अमेरिका के 70 से ज्यादा शहरों में प्रदर्शन या कहीं-कहीं उपद्रव भी हु॒ए हैं। वैसे लोगों का यह रोष नया नहीं है। अमेरिका में अनेक लोगों के मन में श्वेत वर्चस्व या रंग को लेकर श्रेष्ठता भाव बना हुआ है। घृणा का यह भाव न केवल अतार्किक, बल्कि अमानवीय भी है। इससे अमेरिकी समाज की बदनामी होती है। अमेरिकी समाज में रंगभेद दूर करने की तमाम जमीनी और किताबी कोशिशों के बावजूद वहां जो स्थिति है, उसकी प्रशंसा नहीं हो सकती। जब भी अश्वेतों के प्रति घृणा की बात उठती है, तो अमेरिका की चर्चा जरूर होती है। इस प्रदर्शन व उपद्रव के प्रति अमेरिकी राष्ट्रपति डोनाल्ड ट्रंप बहुत चिंतित हैं और उन्होंने चेतावनी दी है कि यदि निर्दोष लोगों के जीवन और संपत्ति को नुकसान पहुंचाया गया, तो सरकार सेना भी तैनात कर सकती है। अमेरिका के लिए यह दोहरी मुसीबत का समय है। एक तरफ वह कोरोना जैसी महामारी से बड़े पैमाने पर जूझ रहा है, वहीं रंगभेद विवाद अमेरिकी प्रशासन के गले की नई हड्डी बन गया है।

अब पूरी दुनिया की नजर अमेरिका पर है। अमेरिका को महामारी और मानवीयता, दोनों ही मोर्चों पर परीक्षा से गुजरना होगा। जब महामारी ने मौत का जाल फैला रखा हो, तब तो लोगों के प्रति उदारता और मानवीयता का दामन नहीं छोड़ना चाहिए। इस बीच अमेरिकी प्रशासन के लिए यह जरूरी है कि वह रंगभेद समर्थकों के साथ पूरी कड़ाई से पेश आए। रंगभेद को रोकने के लिए अमेरिकी सरकार को पहले से कहीं ज्यादा चौकस होना चाहिए। वहां पुलिस बल को भी शिक्षित-प्रशिक्षित करने की जरूरत है। पुलिस पर भी यह जिम्मेदारी है कि वह लोगों को आश्वस्त करे। अमेरिका में शांति और एकजुटता की जल्द से जल्द वापसी होनी चाहिए। सबके प्रति उदारता से ही अमेरिकी समाज में सभ्यता और अनुशासन की रौनक लौटेगी और दुनिया के दूसरे देश उससे अच्छा सबक लेंगे।

Q.177 अमेरिका में किस प्रकार का मतभेद एक हिंसा का रूप ले चुका है?

A. गरीब-अमीर   **B.** पुरुष-स्त्री

C. वयस्क-बुजुर्ग   **D.** श्वेत-अश्वेत

E. इनमें से कोई नहीं

Q.178 शब्द "गले की नयी हड्डी" का तात्पर्य क्या है?

A. रुकावट पैदा करना

B. महामारी से जूझना

C. नयी समस्या का जन्म लेना

D. दर्द पैदा करना

E. मतभेद होना

Q.179 अमेरिका में कितने प्रतिशत लोग श्वेत हैं?

A. 68%   **B.** 13%   **C.** 87%   **D.** 77%

E. 91%

Q.180 शब्द "उदारता" का विलोम शब्द क्या होगा?

A. अनादरता   **B.** कृपणता

C. उभरता   **D.** कृपजता

E. इनमें से कोई नहीं

Q.181 गद्यांश के अनुसार निम्नलिखित वाक्यों का सही क्रम क्या होगा?

A. अमेरिका के लिए यह दोहरी मुसीबत का समय है

B. डोनाल्ड ट्रम्प ने बोला है अगर उनके देशवासियों को नुकसान हुआ तो

C. वह सेना भी उतार सकते हैं

D. एक तरफ वह कोरोना से जूझ रहे हैं

A. ABDC B. BCDA C. DCBA D. CBAD
E. DABC

Q.182 "कबहुँ निरामष होय न कागा", लोकोक्ति का उपयुक्त अर्थ है:
A. कौवा कभी शाकाहारी नहीं होता
B. कौवा कभी मांसाहारी नहीं होता
C. कौवा मांसाहारी होता है
D. दुष्ट अपनी दुष्टता नहीं छोड़ता
E. ईर्ष्या से व्याकुल होना

Q.183 "ओस चाटने से प्यास नही बुझती" लोकोक्ति का क्या अर्थ है?
A. प्यास बुझाने के लिए पानी पीना पड़ता है
B. बड़े लक्ष्य की प्राप्ति हेतु किया गया थोड़ा प्रयत्न व्यर्थ होता है, बड़े काम के लिए बड़ा प्रयत्न करना पड़ता है
C. बहुत अधिक कंजूसी से भी कार्य नही होता
D. जैसा काम करते हैं, वैसा ही परिणाम मिलता है
E. अनाड़ी आदमी को सफलता प्राप्त होना

Q.184 दिए गए विकल्पों में तत्सम शब्द की पहचान कीजिए।
A. वामन B. बत्ती
C. फूल D. पुराना
E. इनमें से कोई नहीं

Q.185 निम्नलिखित में से तद्भव शब्द कौन सा है?
A. भक्त B. मातृ
C. महापात्र D. भाप
E. इनमें से कोई नहीं

Ques (186-187):निर्देश: दिए गए वाक्यांश के लिए एक शब्द बताएं।

Q.186 'सब लोगों से सम्बन्ध रखने वाला'
A. सार्वकालिक B. सार्वजनिक
C. सार्वदेशिक D. सार्वभौमिक
E. सर्वत्र

Q.187 'किसी विषय में अधिक जानकारी रखने वाले'
A. परिज्ञान B. ज्ञानी C. विशेषज्ञ D. पंडित
E. अध्यापक

Q.188 "जनता काफी आक्रोशित थी।" रेखांकित शब्द में कौन-सा वचन प्रयुक्त हुआ है?
A. बहुवचन B. एकवचन
C. द्विवचन D. A और C दोनों
E. इनमें से कोई नहीं

Q.189 स्त्रीलिंग परिवर्तन का सही विकल्प कौन सा नहीं है।
A. सिंह – सिंहनी B. चौधरी – चौधराइन
C. तपस्वी - तपस्विन D. बेटा – बिटिया
E. इनमे से कोई नहीं

Q.190 निम्नलिखित में कौन सा शब्द पुल्लिंग है?
A. अँधेर B. नकेल
C. मुड़ेर D. बटेर
E. इनमे से कोई नहीं

Q.191 दिए गए वाक्य में क्रिया ज्ञात कीजिए।
मालिक नौकर को पैसा देता है।
A. सकर्मक क्रिया B. अकर्मक क्रिया
C. द्विकर्मक क्रिया D. तात्कालिक क्रिया

E. इनमे से कोई नहीं

Q.192 वह क्रिया जो संज्ञा, सर्वनाम, विशेषण शब्दों में प्रत्यय जोड़कर बनाई जाती है, उसे कौन-सी क्रिया कहते हैं?
A. पूर्णकालिक क्रिया B. प्रेरणात्मक क्रिया
C. नामधातु क्रिया D. तात्कालिक क्रिया
E. इनमे से कोई नहीं

Q.193 निम्न मे से सम्बंधवाचक सर्वनाम के उदाहरण है।
A. जैसी करनी वैसी भरनी
B. जिसकी लाठी उसकी भैंस
C. उपरोक्त दोनों
D. बगल में छुरी, मुख में राम नाम
E. इनमे से कोई नहीं

Q.194 कौन-सा शब्द हमेशा एकवचन में प्रयुक्त होता है?
A. जाड़ा B. मित्रता
C. गर्मी D. भूख
E. इनमें से कोई नहीं

Q.195 'संज्ञा' शब्द का उचित अनेकार्थी शब्द समूह है।
A. चेतना, नाम B. रास्ता, रोगी का आहार
C. निकट, बन्धन D. पूछा हुआ, पत्रा
E. इनमें से कोई नहीं

Ques (196-200):निर्देश: नीचे दिए गए पदों में कुछ शब्द छोड़ दिए गए है, प्रत्येक परिच्छेद के सामने पाँच विकल्प दिए गए हैं, इन पाँचों में से कौन-सा विकल्प रिक्त स्थान की पूर्ति करेगा?

जिस प्रकार समाज में स्त्रियों के प्रति _____ (1) _____ बढ़ते जा रहे है उससे स्त्रियाँ स्वयं के घर में भी असुरक्षित और असहज महसूस करने लगी है। किसी भी दिन समाचार पत्र में ऐसा नहीं होता जिस दिन बलात्कार या अपहरण की कोई _____ (2) _____ नहीं छपी हो। आज सभ्यता के इस युग में पुरुष वर्ग में स्त्री के प्रति _____ (3) _____ व सहानुभूति की भावना घट रही है। अतः आज की मांग यह है कि स्त्री स्वयं अपनी सुरक्षा के प्रति _____ (4) _____ हो। स्त्री की जड़ता तब तक नहीं टूटेगी जब तक वह वह अपने ऊपर हो रहे अन्याय को अन्याय मानकर न्याय की मांग नहीं करेगी। आज की स्त्रियों का यह कर्तव्य है कि वह आज समाज में अपने दृढ़ पावों पर खड़े होकर अपने _____ (5) _____ की रक्षा करे।

Q.196 दिए गए अनुच्छेद में (1) से प्रदर्शित रिक्त स्थान पर निम्न में से कौन-सा शब्द प्रयोग होगा?
A. अपराध B. सम्मान
C. खुशी D. अत्याचार
E. A और D दोनों

Q.197 दिए गए अनुच्छेद में (2) से प्रदर्शित रिक्त स्थान पर निम्न में से कौन-सा शब्द प्रयोग होगा?
A. घटना B. खबर
C. कारण D. A और B दोनों
E. उपरोक्त सभी

Q.198 दिए गए अनुच्छेद में (3) से प्रदर्शित रिक्त स्थान पर निम्न में से कौन-सा शब्द प्रयोग होगा?
A. अपराध B. दोष
C. कारण D. सम्मान
E. इनमे से कोई नहीं

Q.199 दिए गए अनुच्छेद में (4) से प्रदर्शित रिक्त स्थान पर निम्न में से कौन-सा शब्द प्रयोग होगा?
A. खुश B. दुःख

C. चिंता   **D.** सजग

E. इनमे से कोई नहीं

Q.200 दिए गए अनुच्छेद में (5) से प्रदर्शित रिक्त स्थान पर निम्न में से कौन-सा शब्द प्रयोग होगा?

A. स्त्रीत्व   **B.** सम्मान

C. A और B दोनों   **D.** इज्ज़त

E. उपरोक्त सभी

Quantitative Aptitude & Data Interpretation

Q.201 निम्नलिखित प्रश्न में I और II से अंकित दो समीकरण दिए गये हैं। आपको दोनों समीकरणों को हल करना है और उनका उत्तर देना है।

I. $x^2 + x - 56 = 0$

II. $y^2 - 23y + 132 = 0$

A. x > y

B. x ≥ y

C. x < y

D. x ≤ y

E. x = y या संबंध स्थापित नहीं किया जा सकता है

Q.202 निम्नलिखित प्रश्न में I और II से अंकित दो समीकरण दिए गये हैं। आपको दोनों समीकरणों को हल करना है और उनका उत्तर देना है।

I. $x^2 - 14x + 33 = 0$

II. $y^2 - 20y + 99 = 0$

A. x > y

B. x ≥ y

C. x < y

D. x ≤ y

E. x = y या संबंध स्थापित नहीं किया जा सकता है

Q.203 निम्नलिखित प्रश्न में I और II से अंकित दो समीकरण दिए गये हैं। आपको दोनों समीकरणों को हल करना है और उनका उत्तर देना है।

I. $x^2 - 9x + 20 = 0$

II. $y^2 - 16 = 0$

A. x > y

B. x ≥ y

C. x < y

D. x ≤ y

E. x = y या संबंध स्थापित नहीं किया जा सकता है

Ques (204-208):निर्देश: नीचे दी गई तालिका और आरेख पर विचार कीजिए और उस पर आधारित प्रश्न का उत्तर दीजिए।

पाँच बैग P, Q, R, S और T में लाल, नीली और हरी रंग की गेंद हैं। दंड आरेख गेंदों की कुल संख्या दर्शाता है और नीचे दी गई तालिका बैग में लाल, नीली और हरी गेंदों की संख्या को दर्शाती है।

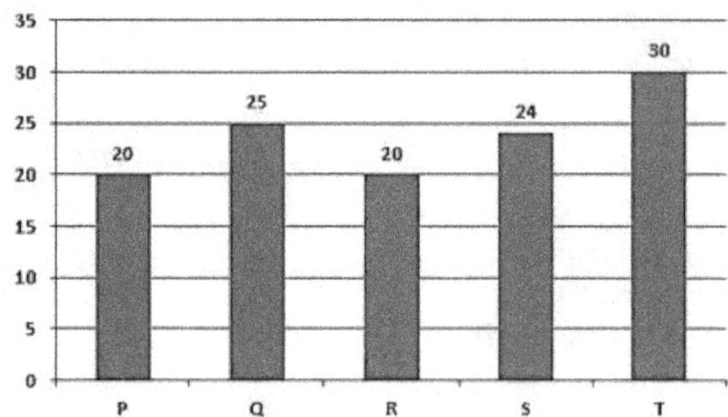

बैग	लाल	नीला	हरा
P	8	-	5
Q	-	12	8
R	-	-	6
S	-	-	-
T	17	-	8

टिप्पणी:

1) बैग R में समान संख्या में लाल और नीले रंग की गेंद हैं।

2) बैग S में कोई नीले रंग की गेंद नहीं है लेकिन समान संख्या में लाल और हरे रंग की गेंद हैं।

Q.204 बैग P से दो गेंद निकाली गई तो दोनों नीली गेंद मिलने की प्रायिकता को ज्ञात कीजिए।

A. $\frac{27}{190}$ **B.** $\frac{21}{190}$ **C.** $\frac{21}{380}$ **D.** $\frac{45}{381}$

E. $\frac{87}{190}$

Q.205 सात गेंदों को बैग Q से निकाला गया है और तो लाल या हरे रंग की गेंदों को प्राप्त करने और कम से कम 3 लाल और 3 हरे रंग की गेंदों को बाहर निकाले जाने की प्रायिकता को ज्ञात कीजिए?

A. $\frac{49}{24035}$ **B.** $\frac{94}{84035}$ **C.** $\frac{49}{2435}$ **D.** $\frac{45}{24037}$

E. $\frac{49}{42035}$

Q.206 तीन गेंदों में से दो गेंद बाहर निकाली जाती है और बैग T से गेंदें पहले निकालने के बाद बदला गया है। क्या संभावना है कि सभी गेंद पहले निकालने पर नीली और दूसरे निकालने पर हरी हो?

A. $\frac{1}{(29)^2 \times 35}$ **B.** $\frac{1}{29 \times 35}$

C. $\frac{145}{2945}$ **D.** $\frac{147}{2935}$

E. इनमें से कोई नहीं

Q.207 बैग R में आधी हरी गेंदों क्षतिग्रस्त हैं और यदि दो गेंदों को यादृच्छिक निकाला जाता है, तो इस प्रायिकता को ज्ञात कीजिए कि कम से कम एक गेंद अच्छी हरी गेंद हो?

A. $\frac{27}{95}$ **B.** $\frac{1}{380}$

C. $\frac{1}{379}$ **D.** 0

E. इनमें से कोई नहीं

Q.208 बैग R और S की गेंदें मिश्रित हैं और तीन गेंदों को यादृच्छिक बाहर निकाला जाता है तो न तो लाल और न ही हरे होने की प्रायिकता को ज्ञात कीजिए?

A. $\frac{35}{1344}$ **B.** $\frac{53}{13244}$

C. $\frac{35}{13244}$ **D.** $\frac{35}{3244}$

E. इनमें से कोई नहीं

Q.209 A, B और C एक कार्य को क्रमशः 6, 12 और 15 दिन में पूरा कर सकते हैं। उन्होंने एक साथ कार्य करना शुरू किया लेकिन 3 दिन के बाद वे कार्य छोड़कर चले गए और D कार्य में शामिल हुआ और बचे हुए कार्य को अकेले 2 दिन में पूरा किया। D को अकेले उस कार्य को पूरा करने में कितना समय लगेगा?

A. 20 दिन   **B.** 30 दिन   **C.** 40 दिन   **D.** 50 दिन
E. 60 दिन

Q.210 A और B की कुल कार्यक्षमता C और D की दोगुनी है, इसीलिए A और B एक कार्य को C और D से 12 दिन कम समय में पूरा कर सकते हैं। यदि वे एक साथ कार्य करना शुरू करते हैं, तो उस कार्य को पूरा करने में कितना समय लगेगा?

A. 6 दिन   **B.** 5 दिन   **C.** 8 दिन   **D.** 9 दिन
E. 10 दिन

Q.211 एक गाँव में साक्षर और निरक्षर लोगों की संख्या का अनुपात 5 : 2 है। इसमें से, 60% साक्षर और 40% निरक्षर लोग पुरुष हैं। गाँव में साक्षर और निरक्षर महिलाओं की संख्या का अनुपात ज्ञात कीजिए।

A. 4 : 3   **B.** 2 : 3   **C.** 3 : 2   **D.** 5 : 3
E. 5 : 2

Q.212 करण पांच विषयों में अपने अंकों के औसत की गणना करता है। गलती से वह कोई दो विषयों को मूल अंकों के विपरीत लिख देता है जिससे औसत 27 अंक बढ़ जाता है। यदि गलत संख्याएँ 13:10 के अनुपात में हैं, तो मूल संख्याओं का योग क्या है? (प्राप्त किए गए अंक 01, 02 ... से 99 तक हैं)

A. 35   **B.** 31
C. 43   **D.** 26
E. इनमें से कोई नहीं

Q.213 एक गोलाकार मेज़ के चारों ओर, 13 व्यक्ति 13 कुर्सियों पर बैठे हैं। इनगों से एक हैरी है। इनगों से एक व्यक्ति (हैरी के आलावा) याटच्छिक रूप से चुना गया। चुने गये व्यक्ति और हैरी के मध्य पूर्ण रूप से 2 व्यक्ति होने की क्या प्रायिकता है?

A. $\frac{1}{3}$ **B.** $\frac{1}{6}$ **C.** $\frac{1}{5}$ **D.** $\frac{2}{13}$
E. $\frac{1}{8}$

Q.214 एक चोर ने सुबह 6 बजे एक बैग चुराया और पुलिसवाले ने सुबह 8 बजे चोर का पीछा करना शुरू किया। चोर 30 किमी/घंटे की गति से दौड़ता है और पुलिसवाला 36 किमी/घंटे की गति से दौड़ता है। दौड़ते हुए चोर शाम 4 बजे अपने साथी की ओर बैग फेंकता है जो 42 किमी/घंटे की गति से उसी दिशा में दौड़ना शुरू करता है। पुलिसवाले ने चोर को पकड़ा और 1 घंटे की पूछताछ में उसने उन्हें बताया कि उसने बैग अपने साथी की ओर फेंक दिया था। फिर पुलिसवाले ने 48 किमी/घंटे की गति से दौड़कर उसके साथी का पीछा करना शुरू किया। वह समय ज्ञात कीजिये जिसमें पुलिसवाला चोरी के बैग को ज़ब्त करता है।

A. 12 घंटे   **B.** 22 घंटे   **C.** 14 घंटे   **D.** 15 घंटे
E. 20 घंटे

Ques (215-219):निर्देश: निम्नलिखित परिच्छेद को ध्यान से पढ़िए और दिए गए प्रश्न के उत्तर दीजिए।

तीन टीमें A, B और C का एक फुटबॉल टूर्नामेंट था जिसमें प्रत्येक टीम ने 2 मैच खेले।

मैच के अंकों का स्वरुप:

- विरोधी टीम का गोल मारने पर प्रत्येक टीम को 2 पॉइंट्स प्राप्त होते हैं।
- प्रत्येक टीम को D के बाहर गोल मारने पर 1 पॉइंट अतिरिक्त प्राप्त होता है।
- यदि कोई टीम कोई गोल छोड़ देती है तो उसे 1 पॉइंट का जुर्माना देना पड़ता है। गोल छोड़ने का अर्थ यह है कि विरोधी टीम द्वारा गोल बनाना।
- प्रत्येक टीम से केवल तीन खिलाड़ियों ने गोल बनाया।

A – B मैच: B इस खेल का विजेता है। B को 4 अंक मिलते हैं। टीम A टीम B के खिलाफ मैच में 2 गोल बनाती है। कोई भी खिलाड़ी D के बाहर गोल नहीं बनाता।

A – C मैच: C के मैच में 0 पॉइंट्स हैं। टीम A से केवल एक खिलाड़ी D के बाहर गोल बनाता है। A मैच से 4 पॉइंट बनाता है।

B – C मैच: B को मैच से पॉइंट मिलते हैं। टीम C ने टीम B से एक गोल अधिक बनाया। टीम B का एक खिलाड़ी D के बाहर एक गोल बनाता है।

Q.215 यदि रैंक 3 टीम को पुरस्कार राशि के रूप में 60,000 रुपए मिले। तथा पहली : दूसरी : तीसरी रैंक वाली टीम को मिली पुरस्कार राशि का अनुपात 8 : 5 : 3 है। तो निम्नलिखित में से कौन सा संयोजन सही है।

A. A, 100000 रुपए   **B.** C, 160000 रुपए
C. B, 160000 रुपए   **D.** A, 160000 रुपए
E. B, 100000 रुपए

Q.216 प्रत्येक टीम के एक खिलाड़ी द्वारा किए गए अधिकतम गोल का योग क्या है।

A. 18   **B.** 14   **C.** 12   **D.** 15
E. 9

Q.217 टीम A के लिए पुरस्कार की राशि रुपए में क्या है यदि प्रत्येक किए गए गोल के लिए इसे 18000 रुपए मिले।

A. 18000   **B.** 36000   **C.** 48000   **D.** 72000
E. 90000

Q.218 टीमों द्वारा बनाए गए प्रत्येक पॉइंट के लिए, उन्हें 5 पॉइंट तक 55000 रुपए की पुरस्कार राशि मिलती है और 5 पॉइंट से अधिक के लिए टीम को पुरस्कार के तौर पर 6000 रुपए प्रत्येक पॉइंट के लिए मिलेगा। B की पुरस्कार की राशि से C की पुरस्कार की राशि का अनुपात ज्ञात कीजिए।

A. 53 : 22   **B.** 57 : 47   **C.** 55 : 43   **D.** 52 : 33
E. 54 : 38

Q.219 टीम C के किसी एक खिलाड़ी के द्वारा बनाए गए अधिकतम गोल से टीम A के किसी एक खिलाड़ी द्वारा बनाए गए अधिकतम गोल का अनुपात ज्ञात कीजिए।

A. 3 : 2   **B.** 3 : 1   **C.** 4 : 3   **D.** 7 : 5
E. 2 : 6

Q.220 A, B और C तीन मित्र एक व्यवसाय प्रारंभ करते हैं जिसमें A 4 महीनों के लिए निवेश करता है, B प्रारंभ में कोई निवेश नहीं करता है और सक्रिय साझेदार के रूप में जुड़ता है, जबकि C 6 महीनों के लिए निवेश करता है। वे कुल लाभ का 9% दान करने और B को वेतन के रूप में कुल लाभ 21% देने का निर्णय लेते हैं। यदि A और C 3 : 2 के अनुपात में निवेश करते हैं और B भी कुछ धनराशि का निवेश करता है जो एक महीने में A और C के एकत्रित निवेश के 80% के बराबर है, तो उनके लाभ हिस्से का अनुपात ज्ञात कीजिये।

A. 4 : 5 : 6
B. 7 : 8 : 9
C. 30 : 31 : 30
D. निर्धारित नहीं किया जा सकता है।
E. इनमें से कोई नहीं

Q.221 एक नाव द्वारा धारा के प्रतिकूल आधी दूरी तय करने में लिया गया समय, धारा के अनुकूल कुल दूरी को तय करने में नाव द्वारा लिए गए समय के बराबर है। यदि नाव धारा के अनुकूल 240 किमी की दूरी तीन अलग-

अलग गति से तीन अलग-अलग भागों में क्रमशः 12:13:15 के अनुपात में तय करती है। नाव पहले भाग को सामान्य गति से, दूसरे भाग को अपनी सामान्य गति के $\frac{3}{4}$ से और तीसरे भाग को अपनी सामान्य गति से आधी गति से तय करती है, यदि नाव कुल दूरी को तय करने में कुल 19.5 घंटे लेती है। नाव की सामान्य गति ज्ञात कीजिए?

A. 12 किमी/घंटा   B. 10 किमी/घंटा
C. 8 किमी/घंटा   D. 13 किमी/घंटा
E. 14 किमी/घंटा

Q.222 A, B, C, D और E को 13200 रुपये के मूल्य का एक कार्य मिला। एकसाथ मिलकर A और B कार्य का $\frac{5}{11}$ भाग और C और D कार्य का $\frac{1}{2}$ भाग कार्य करते हैं। कार्य के लिए E द्वारा प्राप्त राशि ज्ञात कीजिये।

A. 550 रूपये   B. 660 रूपये
C. 800 रूपये   D. 900 रूपये
E. 600 रूपये

Ques (223-225):निर्देश: निम्नलिखित प्रश्न में (?) के स्थान पर कौन सा लगभग मान होना चाहिए?

Q.223
$$(73424.95 - 33266.87 - 22417.98 - 17649.90) \times \sqrt{11024.9} = ?$$

A. 9540   B. 9650   C. 9560   D. 9450
E. 9750

Q.224 23.98 + 12.97 − 4.89 × 6.97 का 4.85 - {45.04 ÷ (17.07 - 1.92)} = ?

A. -121   B. -141   C. -161   D. -181
E. -201

Q.225 {(4.952 × 4.99)2 ÷ (4.99 × 9.99) × 19.95} ÷ 4.852 = ? × 9.94

A. 50   B. 25   C. 30   D. 20
E. 55

Ques (226-229):निर्देश: निम्नलिखित संख्या श्रृंखला में, कोई एक संख्या गलत है। गलत संख्या ज्ञात कीजिए।

Q.226 36864, 9216, 2302, 576, 144

A. 36864   B. 9216   C. 2302   D. 144
E. 576

Q.227 17, 12, 19, 52, 203, 1010, 6060

A. 203   B. 1010   C. 12   D. 6060
E. 52

Q.228 13, 26, 46, 72, 101, 138

A. 13   B. 26   C. 46   D. 101
E. 138

Q.229 2, 10, 32, 68, 130, 222

A. 2   B. 32   C. 130   D. 222
E. 68

Ques (230-232):निर्देश: निम्नलिखित कथनों को पढ़िए और ज्ञात कीजिए कि वे दिए गए प्रश्न का उत्तर देने के लिए पर्याप्त हैं या नहीं हैं।

Q.230 विक्रय मूल्य पर मार्कर का लाभ% क्या है?
कथन I. मार्कर पर क्रय मूल्य से 15% अधिक मूल्य अंकित किया गया है।
कथन II. 4% की छूट दी गई है और मार्कर का क्रय मूल्य 250 रुपए है।

A. कथन I अकेला प्रश्न का उत्तर देने के लिए पर्याप्त है लेकिन, कथन II अकेला पर्याप्त नहीं है।
B. कथन I अकेला प्रश्न का उत्तर देने के लिए पर्याप्त है लेकिन, कथन II अकेला पर्याप्त नहीं है।
C. दोनों कथन I और II एकसाथ प्रश्न के उत्तर के लिए आवश्यक हैं।
D. या तो अकेला कथन I या अकेला कथन II प्रश्न के उत्तर के लिए पर्याप्त है।
E. न तो कथन I और न ही कथन II प्रश्न के उत्तर के लिए पर्याप्त है।

Q.231 अमन, जाधव से कितने वर्ष छोटा है?
I. छह वर्ष पहले लोकेश उतना ही बड़ा था जितना अमन अब है। तीन वर्ष पहले लोकेश की आयु और 2 वर्ष पहले जाधव की आयु का अनुपात 7 : 11 था।
II. जाधव, रंजीत से 3 वर्ष छोटा है। 2 वर्ष पहले लोकेश की आयु और रंजीत की वर्तमान आयु का अनुपात 3 : 5 है।

A. यदि केवल कथन I में दिये गये आकड़े प्रश्न का उत्तर देने के लिए पर्याप्त है, जबकि कथन II में दिये गये आकड़े अकेले प्रश्न का उत्तर देने के लिए पर्याप्त नहीं है।
B. यदि केवल कथन II में दिये गये आकड़े प्रश्न का उत्तर देने के लिए पर्याप्त है, जबकि कथन I में दिये गये आकड़े अकेले प्रश्न का उत्तर देने के लिए पर्याप्त नहीं है।
C. यदि आकड़े अकेले कथन I या अकेले कथन II में प्रश्न का उत्तर देने के लिए पर्याप्त है।
D. यदि कथन I और II दोनों में भी आकड़े एक साथ प्रश्न का उत्तर देने के लिए पर्याप्त नहीं है।
E. यदि प्रश्न का उत्तर देने के लिए कथन I और II दोनों के आकड़े की एक साथ आवश्यकता है।

Q.232 स्कूल A से, 40% लड़कियां सार्वजनिक परिवहन का उपयोग करती हैं। सार्वजनिक परिवहन का उपयोग करने वाले छात्रों की संख्या की गणना कीजिये।
कथन I: कोई भी लड़का सार्वजनिक परिवहन का उपयोग नहीं करता है।
कथन II: कुल छात्रों का 33% सार्वजनिक परिवहन का उपयोग करते है।

A. केवल कथन I ही प्रश्न का उत्तर देने के लिए पर्याप्त है लेकिन, केवल कथन II पर्याप्त नहीं है।
B. केवल कथन II प्रश्न का उत्तर देने के लिए पर्याप्त है लेकिन, केवल कथन I पर्याप्त नहीं है।
C. कथन I और II दोनों में दी गयी जानकारी एक साथ प्रश्न का उत्तर देने के लिए पर्याप्त है।
D. या तो केवल कथन I या केवल कथन II प्रश्न का उत्तर देने के लिए पर्याप्त है।
E. प्रश्न का उत्तर देने के लिए न तो कथन I और न ही कथन II पर्याप्त है।

Ques (233-237):निर्देश: पाई-चार्ट देखें और दिए गए प्रश्न के उत्तर दें।

5 स्टोर्स द्वारा बेचे गए डेल लैपटॉप की कुल संख्या का वितरण।

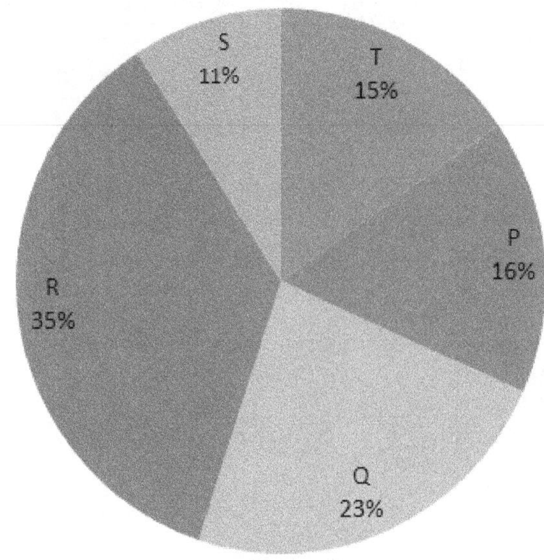

2011 में 5 स्टोर्स द्वारा बेचे गए लैपटॉप (डेल और लेनोवो दोनों) की संख्या का वितरण।

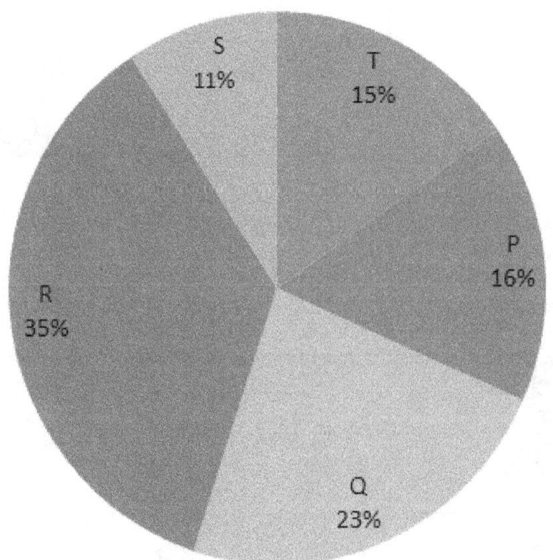

Q.233 स्टोर Q द्वारा बेचे गए डेल लैपटॉप की संख्या, स्टोर R द्वारा बेचे गए लैपटॉप (डेल और लेनोवो दोनों) की संख्या का लगभग कितना प्रतिशत है?

A. 28%　　**B.** 45%　　**C.** 50%　　**D.** 38%

E. 48%

Q.234 स्टोर T द्वारा बेचे गए डेल लैपटॉप की संख्या, स्टोर P द्वारा बेचे गए लैपटॉप की संख्या से कितने प्रतिशत अधिक है?

A. 30%　　**B.** 45%　　**C.** 40%　　**D.** 42.5%

E. 48%

Q.235 स्टोर, P, R और S द्वारा मिलाकर बेचे गए डेल लैपटॉप की औसत संख्या कितनी है?

A. 424　　**B.** 432　　**C.** 428　　**D.** 454

E. 423

Q.236 स्टोर Q द्वारा बेचे गए लैपटॉप (डेल और लेनोवो दोनों) की संख्या और स्टोर R और S द्वारा मिलाकर बेचे गए लेनोवो लैपटॉप की कुल संख्या के बीच का अंतर कितना है?

A. 185　　**B.** 99　　**C.** 91　　**D.** 119

E. 89

Q.237 स्टोर S द्वारा बेचे गए डेल लैपटॉप की संख्या के अनुरूप केंद्रीय कोण क्या है?

A. 29.4°　　**B.** 38.6°　　**C.** 36.2°　　**D.** 32.4°

E. 25.4°

Q.238 उस वृत्त का क्षेत्रफल ज्ञात कीजिये जिसकी परिधि, 11 सेमी भुजा के एक वर्ग के परिमाप के बराबर है।

A. 231 सेमी²　　　　**B.** 140 सेमी²

C. 77 सेमी²　　　　**D.** 154 सेमी²

E. इनमें से कोई नहीं

Q.239 3 वर्ष के लिए प्रति वर्ष 8% साधारण ब्याज पर बैंक में एक राशि निवेश की गयी। यदि इसे 4 वर्ष के लिए म्यूचुअल फंड में 8.5% प्रति वर्ष साधारण ब्याज पर निवेश किया जाता, तो लाभ 500 रुपये अधिक होता। निवेश की गयी राशि क्या है?

A. 5000　　**B.** 5500　　**C.** 4500　　**D.** 3500

E. 5600

Q.240 एक वृत्त पर एक वक्राकार सड़क रेखित करनी है। यदि 44 मी की दूरी तय करने में रास्ते की दिशा $42°$ बदलती है, तो कितनी त्रिज्या प्रयोग की जानी चाहिए ? (मान लीजिए $\pi = \frac{22}{7}$)

[Indian Military Academy (IMA), 2020]

A. 60 मी　　**B.** 55 मी　　**C.** 40 मी　　**D.** 56 मी

E. 35 मी

// स्मार्ट उत्तर पुस्तिका //

सही उत्तर — उन छात्रों का प्रतिशत जिन्होंने प्रश्नों का सही उत्तर दिया था।   **छोड़ दिया** — उन छात्रों का प्रतिशत जिन्होंने प्रश्नों को छोड़ दिया था।

प्रश्न संख्या	उत्तर	सही उत्तर / छोड़ दिया	प्रश्न संख्या	उत्तर	सही उत्तर / छोड़ दिया	प्रश्न संख्या	उत्तर	सही उत्तर / छोड़ दिया	प्रश्न संख्या	उत्तर	सही उत्तर / छोड़ दिया	प्रश्न संख्या	उत्तर	सही उत्तर / छोड़ दिया
1	E	67.85 % / 30.15 %	17	E	42.27 % / 36.8 %	33	A	52.3 % / 41.49 %	49	D	65.93 % / 30.36 %	65	A	79.07 % / 16.22 %
2	D	85.31 % / 13.87 %	18	D	21.12 % / 69.67 %	34	E	66.35 % / 33.03 %	50	B	56.57 % / 30.62 %	66	C	86.55 % / 13.08 %
3	C	63.28 % / 32.22 %	19	B	29.8 % / 69.27 %	35	C	60.88 % / 30.05 %	51	D	57.08 % / 39.84 %	67	C	83.95 % / 15.53 %
4	B	46.58 % / 40.97 %	20	D	56.59 % / 33.68 %	36	A	46.37 % / 53.44 %	52	B	46.48 % / 48.7 %	68	B	51.56 % / 30.58 %
5	A	58.96 % / 33.44 %	21	B	63.32 % / 33.97 %	37	C	24.47 % / 75.13 %	53	B	43.92 % / 52.53 %	69	C	43.27 % / 36.5 %
6	D	56.98 % / 30.89 %	22	A	40.96 % / 36.95 %	38	E	23.63 % / 72.27 %	54	C	56.1 % / 35.68 %	70	D	63.39 % / 32.4 %
7	C	18.53 % / 72.37 %	23	B	59.67 % / 39.99 %	39	E	29.47 % / 68.35 %	55	C	47.65 % / 44.6 %	71	D	66.0 % / 33.71 %
8	D	88.57 % / 11.2 %	24	E	52.03 % / 31.91 %	40	D	29.26 % / 67.7 %	56	E	59.44 % / 33.12 %	72	B	44.43 % / 45.24 %
9	A	51.43 % / 39.73 %	25	C	13.21 % / 77.99 %	41	C	63.43 % / 31.8 %	57	C	48.21 % / 49.46 %	73	B	78.92 % / 10.34 %
10	E	40.1 % / 30.79 %	26	B	53.24 % / 40.16 %	42	B	50.06 % / 36.92 %	58	C	20.79 % / 78.38 %	74	A	86.12 % / 13.15 %
11	B	43.12 % / 30.26 %	27	E	54.83 % / 32.38 %	43	B	85.99 % / 10.42 %	59	C	23.07 % / 69.86 %	75	A	44.45 % / 44.78 %
12	C	81.54 % / 11.0 %	28	A	22.86 % / 74.28 %	44	C	43.15 % / 30.19 %	60	A	53.1 % / 43.11 %	76	E	61.56 % / 34.18 %
13	D	88.2 % / 11.21 %	29	B	32.84 % / 67.14 %	45	D	42.0 % / 44.41 %	61	C	40.79 % / 41.5 %	77	B	58.95 % / 39.1 %
14	B	78.92 % / 11.33 %	30	B	61.12 % / 30.07 %	46	A	67.22 % / 32.54 %	62	C	51.46 % / 46.58 %	78	B	87.63 % / 11.36 %
15	B	82.24 % / 13.76 %	31	C	55.61 % / 37.88 %	47	E	46.09 % / 39.08 %	63	D	83.58 % / 11.35 %	79	D	60.51 % / 33.32 %
16	E	84.53 % / 11.76 %	32	D	51.25 % / 35.86 %	48	A	67.86 % / 31.23 %	64	C	79.0 % / 11.56 %	80	A	62.11 % / 33.97 %

प्रश्न संख्या	उत्तर	सही उत्तर / छोड़ दिया	प्रश्न संख्या	उत्तर	सही उत्तर / छोड़ दिया	प्रश्न संख्या	उत्तर	सही उत्तर / छोड़ दिया	प्रश्न संख्या	उत्तर	सही उत्तर / छोड़ दिया	प्रश्न संख्या	उत्तर	सही उत्तर / छोड़ दिया
81	C	64.16 % / 31.07 %	97	D	53.6 % / 38.43 %	113	C	56.43 % / 32.88 %	129	A	81.85 % / 12.07 %	145	C	50.53 % / 47.7 %
82	A	42.22 % / 39.65 %	98	C	68.11 % / 31.33 %	114	D	65.16 % / 34.49 %	130	D	41.17 % / 34.05 %	146	A	26.73 % / 71.25 %
83	E	54.99 % / 34.31 %	99	B	57.86 % / 31.56 %	115	E	48.96 % / 34.25 %	131	E	55.17 % / 39.14 %	147	D	55.9 % / 35.77 %
84	B	69.12 % / 30.61 %	100	A	84.87 % / 14.58 %	116	D	67.05 % / 31.03 %	132	B	64.93 % / 33.39 %	148	E	51.48 % / 38.64 %
85	C	80.8 % / 17.15 %	101	B	40.79 % / 48.96 %	117	C	68.15 % / 31.24 %	133	B	69.24 % / 30.01 %	149	D	65.06 % / 31.01 %
86	B	45.64 % / 35.78 %	102	B	51.13 % / 33.96 %	118	B	48.98 % / 45.26 %	134	B	62.96 % / 33.43 %	150	A	59.62 % / 34.96 %
87	A	47.59 % / 52.19 %	103	B	57.24 % / 39.43 %	119	D	43.47 % / 30.33 %	135	B	52.11 % / 44.87 %	151	C	40.57 % / 44.37 %
88	B	43.3 % / 47.38 %	104	A	62.61 % / 34.83 %	120	A	48.02 % / 50.15 %	136	C	40.85 % / 33.6 %	152	C	44.75 % / 46.9 %
89	D	64.41 % / 32.1 %	105	A	68.52 % / 30.19 %	121	B	17.53 % / 75.79 %	137	B	40.69 % / 40.55 %	153	C	88.69 % / 11.27 %
90	B	67.23 % / 30.4 %	106	A	56.86 % / 42.55 %	122	D	25.55 % / 69.58 %	138	E	66.94 % / 30.89 %	154	B	76.46 % / 16.89 %
91	C	19.46 % / 78.25 %	107	A	64.46 % / 35.3 %	123	B	14.32 % / 68.96 %	139	E	48.22 % / 35.17 %	155	A	45.33 % / 37.57 %
92	E	14.08 % / 73.37 %	108	C	31.88 % / 67.15 %	124	C	54.09 % / 37.44 %	140	A	69.47 % / 30.19 %	156	E	44.17 % / 32.03 %
93	C	66.44 % / 30.02 %	109	B	63.66 % / 33.74 %	125	B	65.95 % / 32.64 %	141	A	42.61 % / 32.64 %	157	A	45.08 % / 40.33 %
94	B	64.03 % / 30.33 %	110	C	40.64 % / 37.7 %	126	E	66.61 % / 31.87 %	142	B	51.1 % / 48.26 %	158	D	59.32 % / 35.94 %
95	A	68.33 % / 30.96 %	111	B	56.4 % / 39.15 %	127	E	67.74 % / 31.42 %	143	E	65.89 % / 33.62 %	159	A	40.8 % / 37.71 %
96	A	43.7 % / 35.74 %	112	A	63.88 % / 30.27 %	128	A	48.95 % / 42.16 %	144	C	44.61 % / 47.75 %	160	B	47.28 % / 33.58 %

प्रश्न संख्या	उत्तर	सही उत्तर / छोड़ दिया
161	C	20.01 % / 78.93 %
162	C	21.76 % / 67.07 %
163	D	68.57 % / 31.36 %
164	D	67.03 % / 31.96 %
165	D	58.21 % / 31.07 %
166	E	69.04 % / 30.16 %
167	B	79.85 % / 14.83 %
168	A	88.86 % / 10.81 %
169	A	49.16 % / 36.93 %
170	D	53.98 % / 38.84 %
171	C	27.51 % / 70.72 %
172	D	58.28 % / 30.98 %
173	D	27.5 % / 68.4 %
174	D	17.12 % / 71.66 %
175	A	44.16 % / 44.63 %
176	C	49.53 % / 46.82 %

प्रश्न संख्या	उत्तर	सही उत्तर / छोड़ दिया
177	D	69.66 % / 30.12 %
178	C	43.05 % / 39.77 %
179	C	78.12 % / 11.62 %
180	B	56.05 % / 36.61 %
181	B	27.48 % / 67.08 %
182	D	10.97 % / 79.26 %
183	B	52.02 % / 45.23 %
184	A	65.24 % / 30.85 %
185	D	66.98 % / 32.15 %
186	B	53.93 % / 43.35 %
187	C	42.46 % / 39.96 %
188	B	43.52 % / 34.87 %
189	C	58.96 % / 39.96 %
190	A	67.56 % / 32.29 %
191	C	63.93 % / 30.81 %
192	C	69.16 % / 30.12 %

प्रश्न संख्या	उत्तर	सही उत्तर / छोड़ दिया
193	C	40.84 % / 35.97 %
194	B	52.29 % / 44.06 %
195	A	47.92 % / 30.57 %
196	E	66.37 % / 31.0 %
197	D	46.28 % / 50.52 %
198	D	45.94 % / 31.61 %
199	D	57.67 % / 38.66 %
200	C	66.66 % / 31.43 %
201	C	43.58 % / 47.73 %
202	E	42.69 % / 40.49 %
203	B	62.47 % / 35.65 %
204	B	27.56 % / 72.3 %
205	A	23.44 % / 76.24 %
206	A	32.64 % / 67.21 %
207	A	11.93 % / 69.33 %
208	C	12.91 % / 75.82 %

प्रश्न संख्या	उत्तर	सही उत्तर / छोड़ दिया
209	C	44.07 % / 42.54 %
210	C	58.47 % / 31.75 %
211	D	53.4 % / 36.37 %
212	D	20.96 % / 77.33 %
213	B	52.32 % / 43.11 %
214	B	30.55 % / 68.0 %
215	C	10.48 % / 79.16 %
216	D	67.81 % / 31.78 %
217	D	87.57 % / 10.56 %
218	C	67.14 % / 30.15 %
219	B	53.61 % / 36.81 %
220	C	17.87 % / 71.78 %
221	A	31.82 % / 67.49 %
222	E	54.31 % / 45.24 %
223	D	49.62 % / 46.29 %
224	B	47.38 % / 30.87 %

प्रश्न संख्या	उत्तर	सही उत्तर / छोड़ दिया
225	B	49.38 % / 49.61 %
226	C	64.11 % / 32.28 %
227	D	52.22 % / 38.23 %
228	D	43.95 % / 33.87 %
229	B	41.18 % / 55.81 %
230	C	44.61 % / 40.47 %
231	E	62.39 % / 36.18 %
232	E	46.16 % / 45.64 %
233	D	55.89 % / 36.92 %
234	C	47.32 % / 47.61 %
235	B	60.23 % / 33.08 %
236	B	59.68 % / 34.15 %
237	D	68.94 % / 30.74 %
238	D	40.51 % / 39.07 %
239	A	52.43 % / 46.63 %
240	A	31.1 % / 67.23 %

//संकेत और समाधान//

1. हम पहले कथन को ध्यान से पढ़ना सुनिश्चित करते हैं और फिर देखते हैं कि हमारे पहले पढ़ने के आधार पर क्या तात्कालिक निष्कर्ष निकाला जा सकता है। अगला चरण विकल्पों में दिए गए तर्कों को देखना है, उनका विश्लेषण करना है और यह देखना है कि क्या वे हमारे द्वारा प्रदान की गई जानकारी/डेटा के संबंध में प्रासंगिक हैं। अंत में, प्रश्न का बारीकी से अध्ययन करना बहुत महत्वपूर्ण है।

प्रश्न में यह लिखा गया है कि इस प्रकार दिए गए कथन में से कौन सा 'समर्थन' करता है, हमें एक विकल्प की तलाश करनी चाहिए जो कथन के विचार का समर्थन करता हो।

उपरोक्त चरण के बाद, हमें दिए गए कथन और संबंधित प्रश्न का बारीकी से विश्लेषण करना चाहिए।

तर्क I. वित्त मंत्री के विचारों से सम्बंधित है जिसके कारण कांग्रेस नेता पी चिदंबरम ने वित्त मंत्री अरुण जेटली से विरोधाभास किया। यह सबसे उपयुक्त तरीके से विचारों के प्रवाह का अनुसरण करता है और इस प्रकार दिए गए विचार का समर्थन करने के लिए इस अर्थ में प्रबल है।

तर्क II को दोनों नेताओं के बीच विचारों के आदान-प्रदान की निरंतरता के रूप में समझा जा सकता है और यह इस विचार का समर्थन करता है कि दोनों नेताओं का एक-दूसरे पर निशाना साधने का इरादा था।

तर्क III को अस्वीकार किया जा सकता है। यह दिए गए संदर्भ से एक पंक्ति का एक विस्तृत संस्करण है।

अतः विकल्प (E) सही है।

Ques (2-3): दी गई जानकारी के अनुसार,

M, N से				
चिह्न	@	$	*	©	#
अर्थ है	>	<	≥	≤	≠

2. कथन: P # Q, R @ S, T * U, S # T, Q $ R

परिवर्तित करने पर: P ≠ Q, R > S, T ≥ U, S ≠ T, Q < R

संयोजन करने पर: P ≠ Q < R > S ≠ T ≥ U

निष्कर्ष:

I. Q @ R → Q > R → असत्य (चूँकि Q < R)

II. S $ R → S < R → सत्य

III. U © T → U ≤ T → सत्य

इस प्रकार निष्कर्ष II और III दोनों सत्य हैं।

अतः विकल्प (D) सही है।

3. कथन: U * V, W @ X, Y $ Z, V $ W, Y * X

परिवर्तित करने पर: U ≥ V, W > X, Y < Z, V < W, Y ≥ X

संयोजन करने पर: U ≥ V < W > X ≤ Y < Z

निष्कर्ष:

I. U @ V → U > V → असत्य (चूँकि U ≥ V)

II. X © Z → X ≤ Z → असत्य (चूँकि X ≤ Y < Z → X < Z)

III. U * V → U ≥ V → सत्य

इसलिए, केवल निष्कर्ष III सत्य है।

अतः विकल्प (C) सही है।

Ques (4-5): कथन की व्याख्या करने पर :-

	A है			
प्रतीक	*	%	#	Ω
दिशा	उत्तर	दक्षिण	पूर्व	पश्चिम
	B का/की			

दो बिंदुओं के बीच की दूरी कोष्ठक के भीतर दी गई संख्या से 11 किमी कम है।

P % Q (51 किमी); Q # R (41 किमी); R * S (31 किमी); S # T (41 किमी); T % U (51 किमी); U Ω V (91 किमी); V * W (91 किमी); W # X (111 किमी); X % Y (111 किमी) का अर्थ है:

P, Q के दक्षिण में 40 किमी दूर है, Q, R के 30 किमी पूर्व में है, R, S के 20 किमी उत्तर में है, S 30 किमी पूर्व में T, T से 40 किमी दक्षिण में U, U से 80 किमी पश्चिम में V की दूरी पर है, V है W से 80 किमी उत्तर में, W X से 100 किमी पूर्व में है, X, Y से 100 किमी दक्षिण में है।

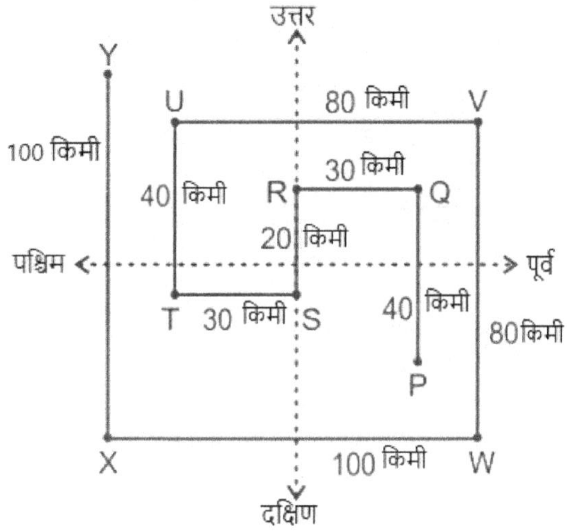

4. R और P के बीच सबसे कम दूरी:

पाइथागोरस प्रमेय लागू करना:

→ $RP^2 = RQ^2 + QP^2$

→ $RP^2 = 900 + 1600 = 2500$

→ RP = 50 किमी

इसलिए, R और P के बीच की दूरी 50 किमी है।

अतः विकल्प (B) सही है।

5. इसलिए, U, R के संबंध में उत्तर पश्चिम दिशा में है।

अतः विकल्प (A) सही है।

6. दी गई जानकारी के अनुसार,

व्यक्ति के नाम: O, G, E, T, F, J, W और B

दिशा की ओर उन्मुख: वे सभी उत्तर के सम्मुख है।

कथन I: न तो F और न ही B पंक्ति के अंतिम छोर पर बैठे हैं। लेकिन F और B के मध्य चार व्यक्ति बैठे हैं।

(यहां दो स्थितियाँ मौजूद हैं। स्थिति -1: F, B के दायें बैठा है और उनके बीच चार व्यक्ति बैठे हैं। स्थिति -2: B, F के दायें बैठा है और उनके बीच चार व्यक्ति बैठे हैं।)

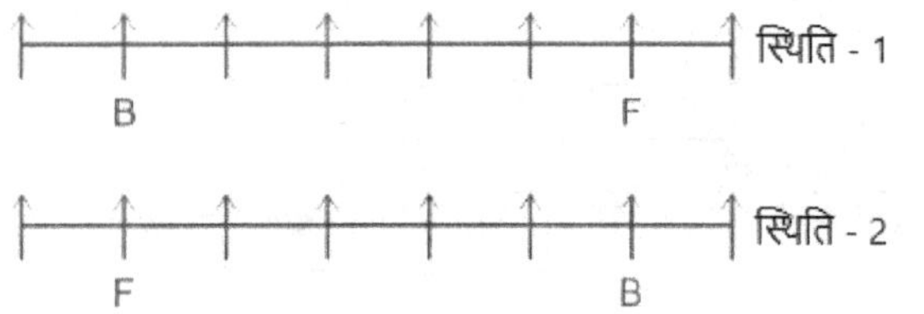

कथन II: F, G और O का निकटतम पडोसी है, जो पंक्ति के किसी एक अंतिम छोर पर बैठा है।

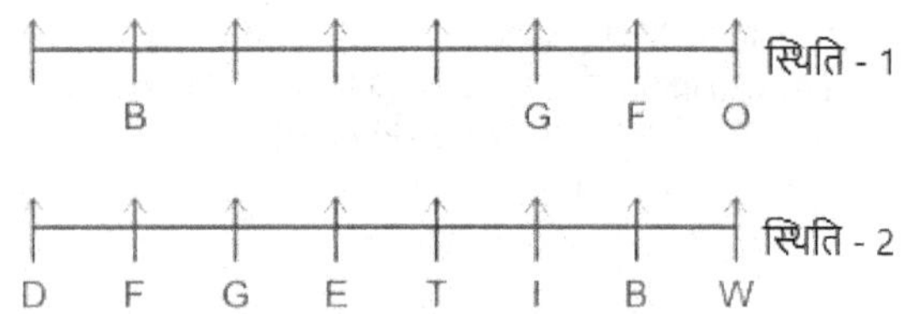

इसलिए, केवल कथन II का उपयोग करके उत्तर ज्ञात नहीं किया जा सकता है।

कथन III: J, W के बायें से दूसरे स्थान पर बैठा है, जो पंक्ति के किसी एक अंतिम छोर पर बैठा है। E, T के ठीक बायें बैठा है।

(यहाँ स्थिति -1 रद्द हो जाती है, क्योंकि J, W के बायें से दूसरे स्थान पर नहीं बैठ सकता है, जो कि पंक्ति के किसी एक अंतिम छोर पर बैठा है)।

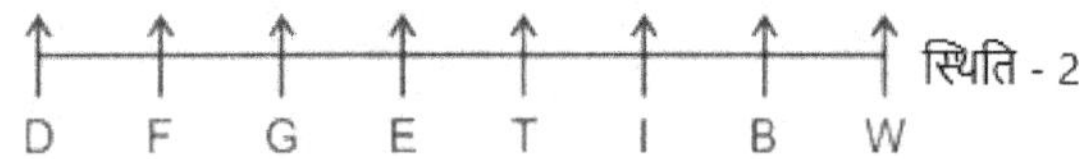

इसलिए, प्रश्न का उत्तर देने के लिए तीनों कथनों के आँकड़ों की एक साथ आवश्यकता है।

अतः विकल्प (D) सही है।

7. डिब्बे: S, T, U, V, W, X और Y

फल: आम, सेब, अमरूद, केला, नाशपाती, चेरी और अंगूर

1. W और X के बीच तीन डिब्बे हैं।

2. डिब्बा S, डिब्बा W के नीचे है, जिसमें सेब है।

3. जिस डिब्बे में आम है वह नाशपाती के डिब्बे के ठीक ऊपर है।

4. डिब्बा U, डिब्बा V के ऊपर है।

कथन I: डिब्बा W, डिब्बा X के ऊपर है, जिसमें अमरूद है। केले का डिब्बा अंगूर के डिब्बे के ऊपर है।

स्थिति: 1		स्थिति: 2		स्थिति: 3	
डिब्बा	फल	डिब्बा	फल	डिब्बा	फल
W	सेब				
		W	सेब		
				W	सेब
X	अमरूद				
		X	अमरूद		
				X	अमरूद

कथन II: डिब्बे U में नाशपाती नहीं है लेकिन डिब्बे X के ऊपर है। डिब्बा X, डिब्बा S के नीचे है। डिब्बा T, डिब्बा W के ऊपर है। केले का डिब्बा नाशपाती के डिब्बे के नीचे है।

स्थिति:1		स्थिति: 2		स्थिति: 3	
डिब्बा	फल	डिब्बा	फल	डिब्बा	फल
T				T	
W	सेब	T			
		W	सेब	W	सेब
X	अमरूद				
		X	अमरूद	X	अमरूद

कथन III: डिब्बा T में चेरी है और डिब्बा Y के ऊपर है, जिसमें आम है। अमरूद का डिब्बा अंगूर के डिब्बे के ठीक ऊपर है।

स्थिति: 1		स्थिति: 2	
डिब्बा	फल	डिब्बा	फल
W	सेब	U	केला
T	चेरी	W	सेब
Y	आम	T	चेरी
	नाशपाती	Y	आम
X	अमरूद	S/V	नाशपाती
	अंगूर	X	अमरूद
	केला	V/S	अंगूर

कथन II और कथन III को मिलाने पर:

कथन II: डिब्बे U में नाशपाती नहीं है लेकिन डिब्बे X के ऊपर है। डिब्बा X, डिब्बा S के नीचे है। डिब्बा T, डिब्बा W के ऊपर है। केले का डिब्बा नाशपाती के डिब्बे के नीचे है।

कथन III: डिब्बा T में चेरी है और डिब्बा Y के ऊपर है, जिसमें आम है। अमरूद का डिब्बा अंगूर के डिब्बे के ठीक ऊपर है।

डिब्बा	फल
T	चेरी
W	सेब
Y	आम
S	नाशपाती
U	केला
X	अमरूद
V	अंगूर

इसलिए, अमरूद का डिब्बा केले के डिब्बे के ठीक नीचे है।

इसलिए, कथन II और III के आँकड़े प्रश्न का उत्तर देने के लिए पर्याप्त है और कथन I के आँकड़े प्रश्न का उत्तर देने के लिए आवश्यक नहीं है।

अतः विकल्प (C) सही है।

8. अवतरण हमें ऑक्टोपस के बारे में जानकारी दे रहा है। पहली पंक्ति से ही, हम यह मान सकते हैं कि ऑक्टोपस में गलफड़े होते हैं क्योंकि यह उल्लिखित है कि ये जलीय जानवर हैं।

इसलिए, धारणा I निहित है।

अवतरण के अंत में दिए गए शब्द हमें यह मानने में मदद करते हैं कि एक ऑक्टोपस तंग स्थानों में (या बाहर) सिकुड़ सकता है क्योंकि अवतरण में यह उल्लेख किया गया है कि ये एक बिना हड्डी का जीव हैं।

इसलिए, धारणा II भी निहित है।

हालाँकि, उपर्युक्त अवतरण हमें ऑक्टोपस के खाने की आदतों के बारे में जानकारी प्रदान नहीं करता है। इसलिए, हम यह नहीं मान सकते कि ऑक्टोपस कोरल खाते हैं।

अतः विकल्प (D) सही है।

9. न्यूनतम संभावित वेन आरेख नीचे दर्शाया गया है:

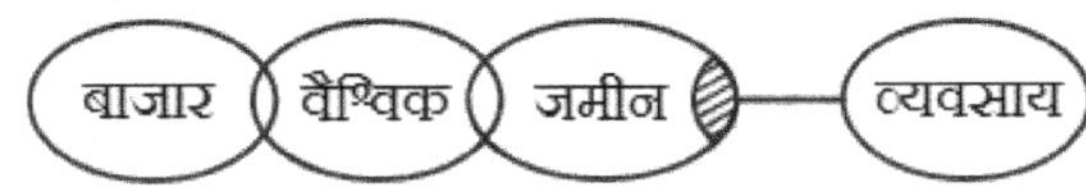

निष्कर्ष:

I. कुछ बाजार जमीन हैं → असत्य (कोई संबंध नहीं दिया गया है)

II. कोई जमीन बाजार नहीं है → असत्य (कोई संबंध नहीं दिया गया है)

III. कोई वैश्विक व्यवसाय नहीं है → असत्य (कोई संबंध नहीं दिया गया है)

यहाँ निष्कर्ष I. और II. एक पूरक युग्म हैं इसलिए, या तो या अनुसरण करता है।

इसलिए, सही उत्तर है या तो I. या II. अनुसरण करता है।

अतः विकल्प (A) सही है।

10. न्यूनतम संभावित वेन आरेख नीचे दर्शाया गया है:

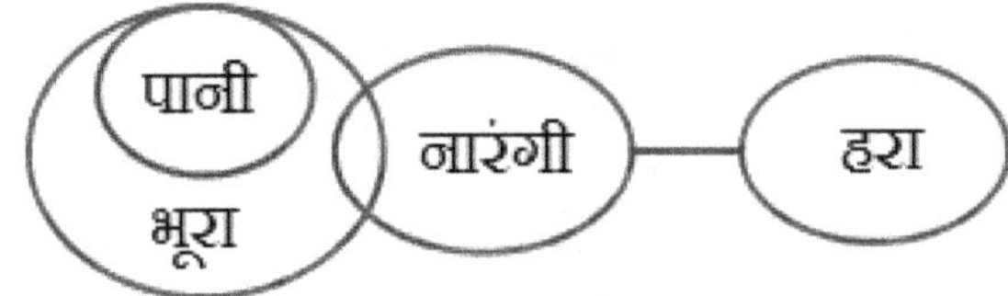

निष्कर्ष:

I. केवल कुछ पानी नारंगी है → असत्य (कोई संबंध नहीं दिया है इसलिए, असत्य है)

II. कुछ हरा भूरा होने की संभावना है → सत्य (संभावना सत्य है।)

III. कुछ पानी हरा नहीं है असत्य (कोई संबंध नहीं दिया है इसलिए, असत्य है)

इसलिए, सही उत्तर है केवल II. अनुसरण करता है।

अतः विकल्प (E) सही है।

11. हमें पहले कथन को ध्यान से पढ़ने की आवश्यकता है और फिर देखते हैं कि हमारे प्रथम पठन के आधार पर क्या तात्कालिक निष्कर्ष निकाले जा सकते हैं। अगला चरण विकल्पों में दिए गए निष्कर्षों को देखना है, उनका विश्लेषण करना है और यह देखना है कि क्या वे हमारे लिए प्रदान की गई जानकारी / डेटा के संबंध में प्रासंगिक हैं।

यह कथन पौधों की वैज्ञानिक घटना, रात्रि के समय में अतिरिक्त कार्बन डाइऑक्साइड को बाहर निकलने के बारे में बात करता है। दिए गए निष्कर्षों में से, दूसरा निष्कर्ष सही है क्योंकि बढ़ते हुए पौधे निश्चित रूप से स्वस्थ परिवर्तन नहीं करेंगे, लेकिन पौधों के स्थान को बदलना एक प्रभावी बदलाव होगा।

इसलिए, केवल II. अनुसरण करता है।

अतः विकल्प (B) सही है।

Ques (12-16): चरण I. के लिए: पहले और अंतिम अक्षर को परस्पर बदला जाता है।

चरण II. के लिए:

अक्षरों के लिए: यदि शब्द में अक्षरों की संख्या सम है तो दो मध्य अक्षर लिए जाते हैं।

यदि शब्द में अक्षरों की संख्या विषम है तो पहले और अंतिम अक्षर को लिया जाता है।

संख्या के लिए: यदि शब्द में अक्षरों की संख्या सम है तो संख्या अंत से दूसरे अक्षर का स्थानीय मान होगी।

यदि शब्द में अक्षरों की संख्या विषम है तो संख्या प्रारंभ से दूसरे अक्षर का स्थानीय मान होगी।

प्रतीक के लिए: यदि अक्षर में स्वर की संख्या सम है तो प्रतीक @ का प्रयोग होगा।

यदि शब्द में स्वर की संख्या विषम है तो प्रतीक # का उपयोग किया जायेगा।

कोड नाम के लिए:

अक्षरों के लिए: यदि चरण II. में अक्षर व्यंजन है: अक्षर = अक्षर - 2

यदि चरण II. में अक्षर स्वर है: अक्षर = अक्षर + 2

संख्या के लिए: यदि चरण II. में संख्या सम है तो संख्या = संख्या ÷ 2

यदि चरण II. में संख्या विषम है तो संख्या = संख्या × 2

12.

अभ्यास का नाम	चरण I.	चरण II.	कोड
SURYA	AURYS	AS21@	CQ42
KIRAN	NIRAK	NK9@	LI18

इसलिए, SURYA KIRAN ' का कोड नाम 'CQ42 LI18' है

अतः विकल्प (C) सही है।

13.

अभ्यास का नाम	चरण I.	चरण II.
VAJRA	AAJRV	AV1@
PRAHAR	RRAHAP	AH1@

इसलिए, दूसरे चरण 'VAJRA PRAHAR' का आउटपुट 'AV1@ AH1@' है।

अतः विकल्प (D) सही है।

14.

अभ्यास का नाम	चरण I.	चरण II.	कोड नाम
SAUNDRA	AAUNDRS	AS1#	CQ2

इसलिए, 'SAMUNDRA" का कोड नाम 'CQ2' है।

अतः विकल्प (B) सही है।

15.

अभ्यास नाम	चरण I.	चरण II.
SURYA	AURYS	AS21@
YUDHA	AUDHY	AY21@
NIRVIK	KIRVIN	RV9@
SHAKTI	IHAKTS	AK20@
RUDRA	AUDRR	AR21@

इसलिए, चरण II. का आउटपुट '@AY21@' है, तो' YUDHA 'अभ्यास का नाम है।

अतः विकल्प (B) सही है।

16.

अभ्यास नाम	चरण I.	चरण II.	कोड नाम
TIGER	RIGET	RT9@	PR18
TRUMPH	HRUMPT	UM16#	WK8

इसलिए, 'TIGER TRUMPH' का कोड नाम 'PR18 WK8' है।

अतः विकल्प (E) सही है।

Q.17 i) आनंद #* (अतुल, आशीष) → आनंद ने केवल अतुल और आशीष से अधिक रन बनाये है।

उपरोक्त कथन से, हम यह अनुमान लगा सकते हैं;

_ > _ > _ > _ > _ > आनंद > अतुल/आशीष > आशीष/अतुल

ii) अंकित # अभिषेक → अंकित ने अभिषेक से अधिक रन बनाये है।

iii) अभिनव & अभिषेक → अभिनव ने अभिषेक से कम रन बनाये हैं।

उपरोक्त कथन से, हम यह अनुमान लगा सकते हैं;

अंकित > अभिषेक > अभिनव

iv) अमन &*1 का अर्थ है अमन ने केवल एक व्यक्ति से कम दौड़ें बनाये है।

उपरोक्त कथन से, हम यह अनुमान लगा सकते हैं अमन ने दूसरे स्थान पर सबसे अधिक रन बनाये है।

v) अभिषेक 4$ → अभिषेक ने चौथे स्थान पर सबसे अधिक रन बनाये है।

क्रम बन जाता है:

अंकित > अमन > _ > अभिषेक > अभिनव > आनंद > अतुल/आशीष > आशीष/अतुल

vi) अंकित # अनीश → अंकित, अनीश से अधिक रन बनाता है।

इसलिए, अंतिम व्यवस्था बनती है:

अंकित > अमन > अनीश > अभिषेक > अभिनव > आनंद> अतुल/आशीष > आशीष/अतुल

vii) जो व्यक्ति 2$ है उसने 80 रन बनाये है → जिस व्यक्ति ने दूसरे स्थान पर सबसे अधिक रन बनाये है अर्थात अमन ने 80 रन बनाये है।

A2! का अर्थ है A ने दूसरे स्थान पर सबसे कम रन बनाये है।

उपरोक्त व्यवस्था से, हम देख सकते हैं कि, यह या तो अतुल या फिर आशीष हो सकता है।

इसलिए सही उत्तर है निर्धारित नहीं किया जा सकता।

अतः विकल्प (E) सही है।

Ques (18-19):पहले दिए गए चिन्हों का कूटानुवाद कीजिये और फिर वंशवृक्ष बनाते हैं।

A है									
चिन्ह	¥	$	%	€	^	#	&	*	©	@
अर्थ	माता	पिता	पुत्री	बहन	पुत्र	भाई	पति	पत्नी	ग्रैंडफादर	ग्रैंडमदर
B का/की									

18. कथन 1 का प्रयोग करके:

'N # M $ L # K € O' का अर्थ है कि N, M का भाई है, M, L का पिता है, L, K का भाई है, K, O की बहन है।

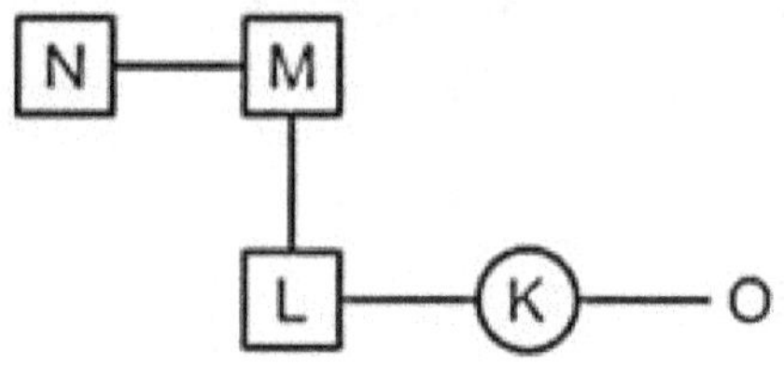

यह कथन सत्य नहीं है।

कथन 2 का प्रयोग करके:

'K # L $ N € O $M' का अर्थ है कि K, L का भाई है, L, N का पिता है, N, O की बहन है, O, M का पिता है।

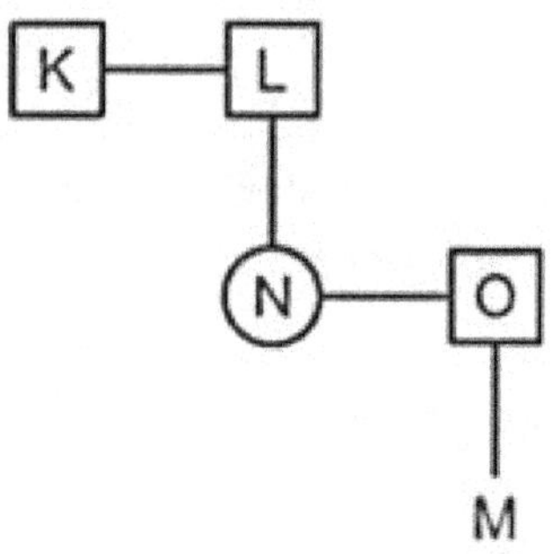

यह कथन सत्य नहीं है।

कथन 3 का प्रयोग करके:

'L ¥ O # M $ N € K' का अर्थ है कि L, O की माता है, O, M का भाई है, M, N का पिता है, N, K की बहन है।

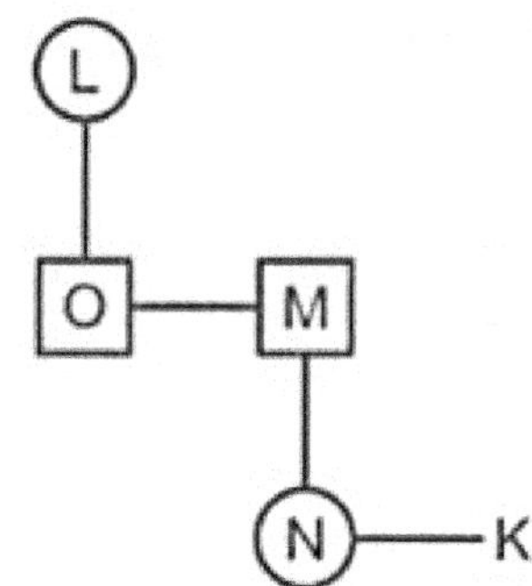

यह कथन सत्य नहीं है।

कथन 4 का प्रयोग करके:

'M # N $ L # K $ O' का अर्थ है कि M, N का भाई है, N, L का पिता है, L, K का भाई है, K, O का पिता है।

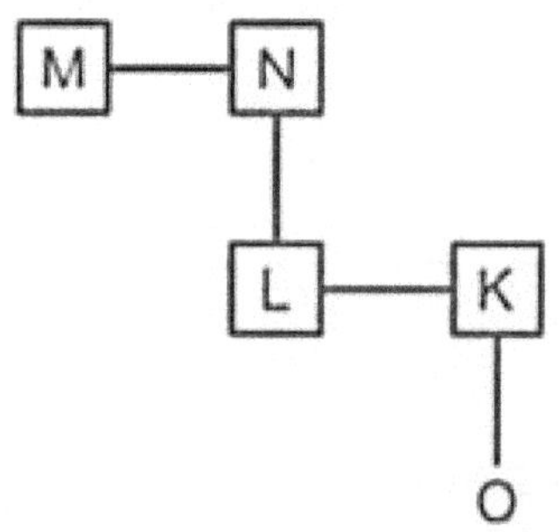

यह कथन सत्य है।

इसलिए, "M # N $ L # K $ O" सही उत्तर है।

अतः विकल्प (D) सही है।

19. 'M & N ¥ O # L & K % J & H % G' का अर्थ है कि M, N का पति है, N, O की माता है, O, L का भाई है, L, K का पति है, K, J की पुत्री है, J, H का पति है, H, G की पुत्री है।

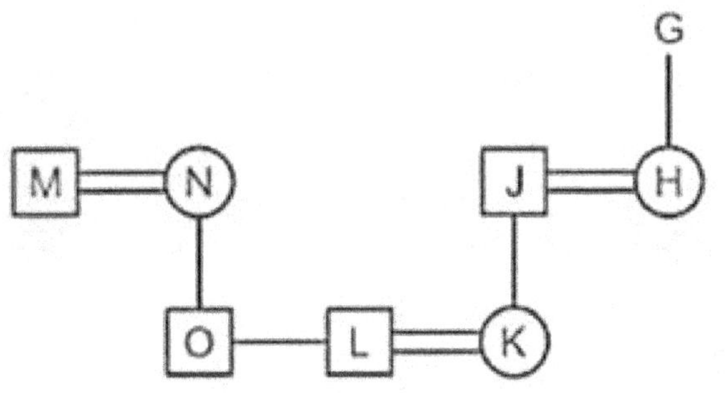

वंशवृक्ष से, L, H का दामाद है।

इसलिए, दामाद सही उत्तर है।

अतः विकल्प (B) सही है।

Ques (20-24):10 व्यक्ति: A, B, C, D, E, P, Q, R, S और T

10 राज्य: दिल्ली, तमिलनाडु, गुजरात, राजस्थान, पंजाब, बिहार, कर्नाटक, हरियाणा, असम और केरल

10 रंग: लाल, हरा, नीला, सफेद, पीच, काला, पीला, भूरा, सिल्वर और गुलाबी।

दिशा के सम्मुख: उत्तर और दक्षिण

(1) बिहार से संबंधित व्यक्ति, नीला रंग पसंद करने वाले व्यक्ति के बाएं से तीसरे स्थान पर है।

(2) P उत्तर दिशा के सम्मुख नहीं है, लेकिन नीला रंग पसंद करने वाले व्यक्ति के निकटतम दाएं बैठा है।

(3) पीला रंग पसंद करने वाला व्यक्ति D के दाएं से दूसरे स्थान पर है।

(4) P न तो पीला रंग पसंद करता है न ही D के सम्मुख है।

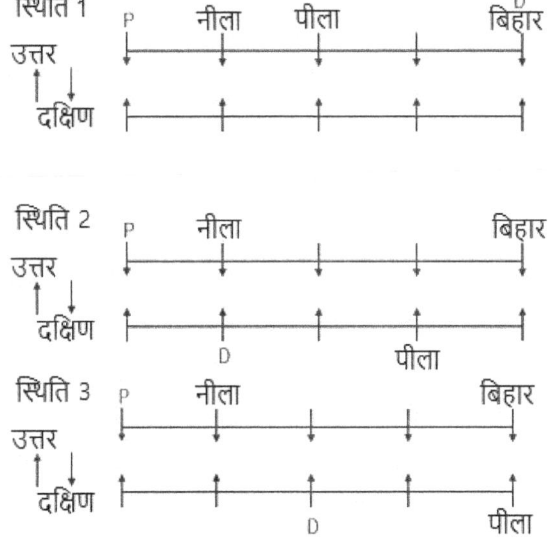

(5) हरियाणा से संबंधित व्यक्ति, उस व्यक्ति के सम्मुख है जो P के बाएं से तीसरे स्थान पर है।

(6) A उस व्यक्ति के बाएं से तीसरे स्थान पर है जो हरियाणा से संबंधित है।

(7) केवल एक व्यक्ति A और गुलाबी रंग पसंद करने वाले के बीच में बैठा है।

(8) B, राजस्थान से संबंधित व्यक्ति के सम्मुख है।

(9) D, राजस्थान से संबंधित व्यक्ति का निकटतम पड़ोसी है।

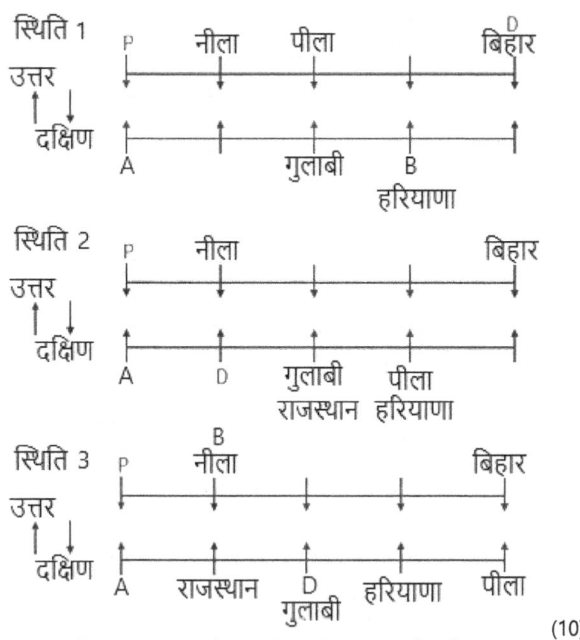

(10)

T असम से संबंधित व्यक्ति के दाएं से तीसरे स्थान पर बैठा है।

(11) T किसी भी छोर पर नहीं बैठा है।

इस प्रकार, स्थिति 1 समाप्त होती है।

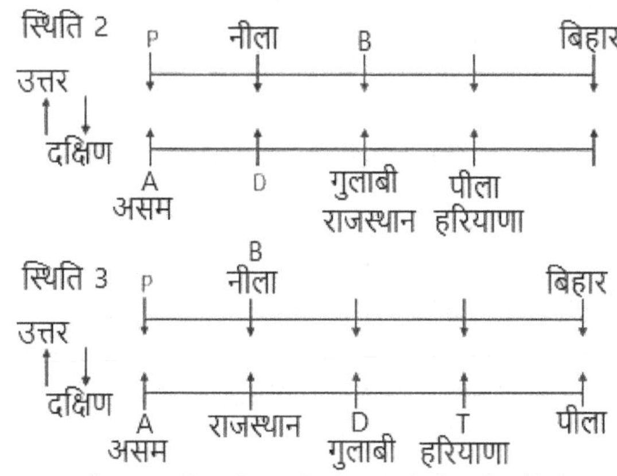

(12) R और पंजाब से संबंधित व्यक्ति के बीच में दो व्यक्ति बैठे हैं।

(13) P पंजाब से संबंधित नहीं है।

(14) R, T का निकटतम पड़ोसी नहीं है।

(15) दिल्ली से संबंधित व्यक्ति, लाल रंग पसंद करने वाले व्यक्ति निकटतम पड़ोसी है।

(16) R, लाल रंग पसंद करने वाले का निकटतम पड़ोसी है।

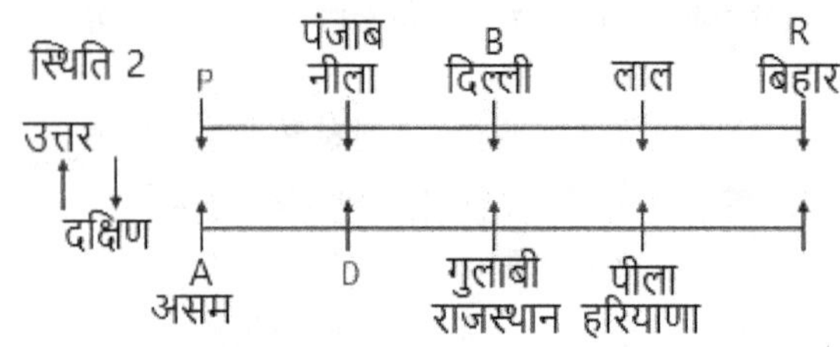

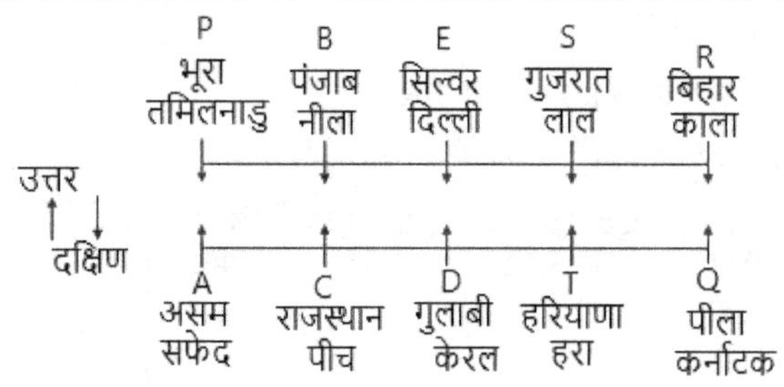

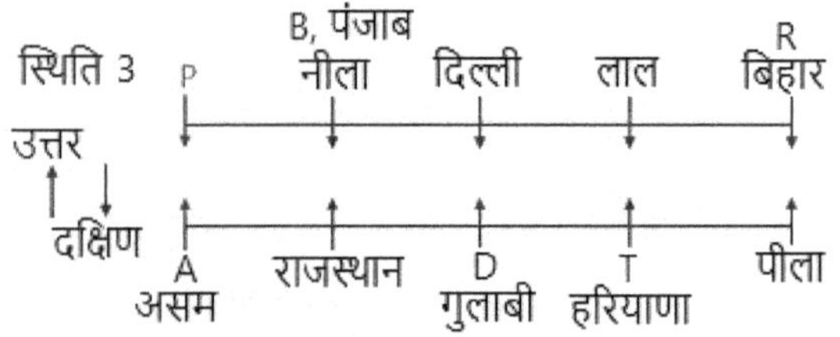

20. इसलिए, राजस्थान से संबंधित व्यक्ति पीच रंग पसंद करता है।

अतः विकल्प (D) सही है।

21. इसलिए, Q कर्नाटक से संबंधित है।

अतः विकल्प (B) सही है।

22. इसलिए, P तमिलनाडु से संबंधित है।

अतः विकल्प (A) सही है।

23. इसलिए, T हरा रंग पसंद करता है।

अतः विकल्प (B) सही है।

24. इसलिए, संयोजन "R - बिहार - लाल" सही नहीं है।

अतः विकल्प (E) सही है।

Ques (25-29): मित्र : L, M, N, O, P, Q, R और S

रंग: गुलाबी, पीला, हरा, लाल, सफ़ेद, काला, नारंगी और बैंगनी

खर्च: 50, 100, 150, 200, 250, 300, 350, 400.

1) 350 रुपए खर्च करने वाला मित्र O, जो नारंगी रंग पसंद करता है, के दायीं ओर से तीसरे स्थान पर बैठा है।

(17) C उस व्यक्ति के सम्मुख है जो काला रंग पसंद करने वाले के दाएं से तीसरे स्थान पर बैठा है।

(18) A काला रंग पसंद नहीं करता।

इस प्रकार, स्थिति 2 समाप्त हो जाती है।

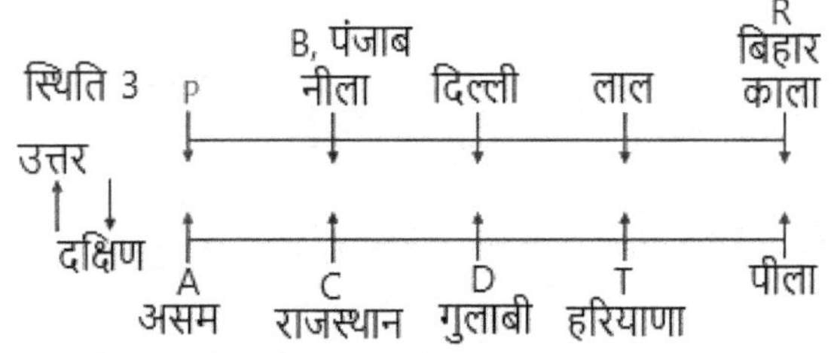

(19) तमिलनाडु से संबंधित व्यक्ति, सिल्वर रंग पसंद करने वाले व्यक्ति दाएं से दूसरे स्थान पर बैठा है।

(20) E, गुजरात से संबंधित व्यक्ति का निकटतम पड़ोसी है।

(21) Q केरल से संबंधित व्यक्ति के दाएं से दूसरे स्थान पर बैठा है।

(22) S हरा रंग पसंद करने वाले व्यक्ति के सम्मुख है।

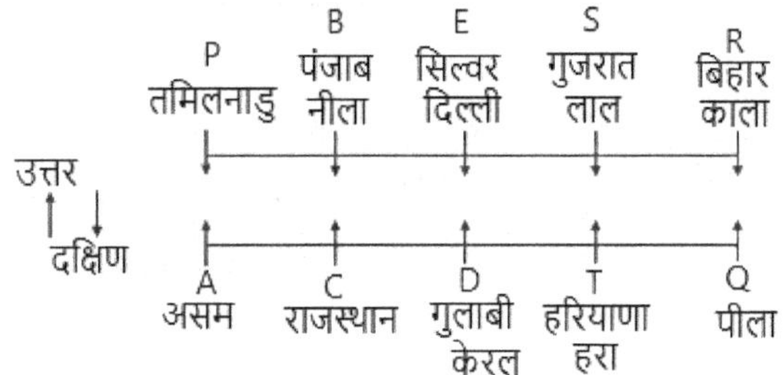

(23) सफेद रंग पसंद करने वाला व्यक्ति पीच रंग पसंद करने वाले व्यक्ति के निकटतम बाएं बैठा है।

इस प्रकार, अंतिम व्यवस्था निम्नानुसार है:

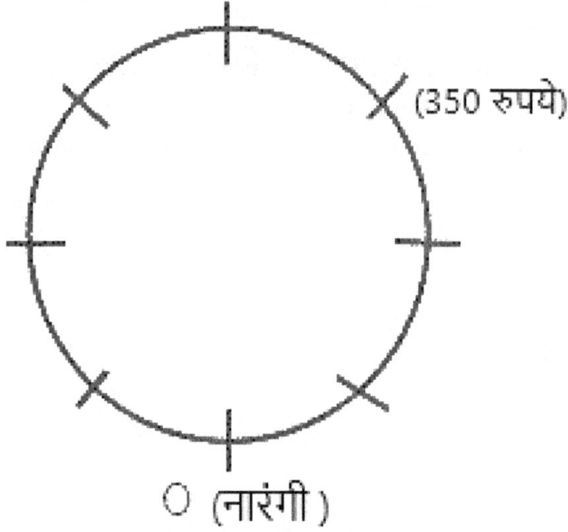

2) वह मित्र जो 250 खर्च करता है, P के बायें से तीन स्थान पर है और P, O के बायें से तीन स्थान पर बैठा है।

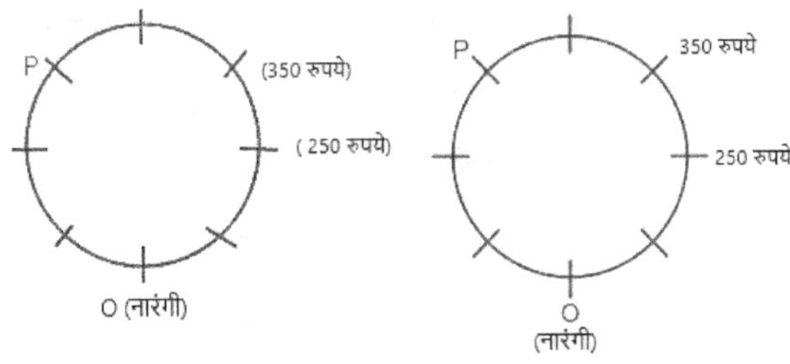

स्थिति 2

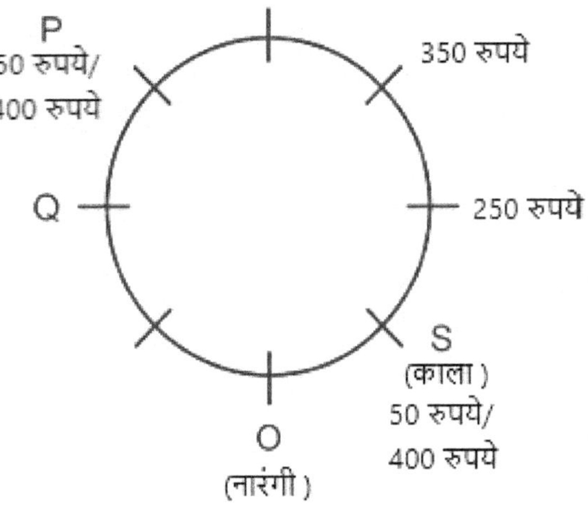

3) S, जो काला रंग पसंद करता है, और P द्वारा खर्च की गयी राशि में अधिकतम अंतर संभव है और वे एक-दूसरे के विपरीत बैठे थे।

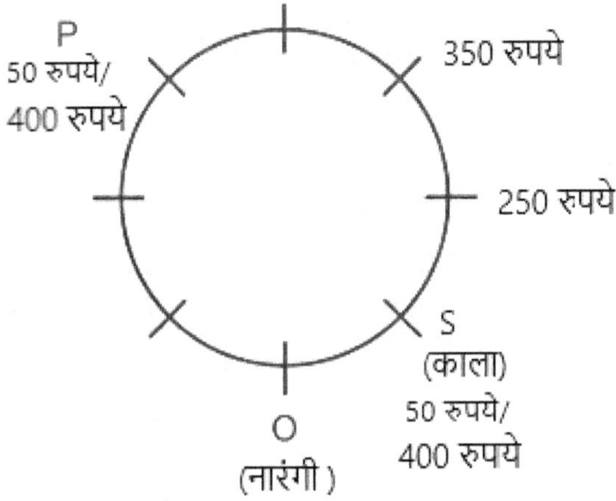

4) Q और S के बीच केवल दो मित्र बैठे हैं।

5) L, Q के बायीं ओर से छठे स्थान पर बैठा है। Q हरा रंग पसंद करता है। (यहाँ स्थिति 2 रद्द हो जाएगी क्योंकि यह शर्त को संतुष्ट नहीं करता है।)

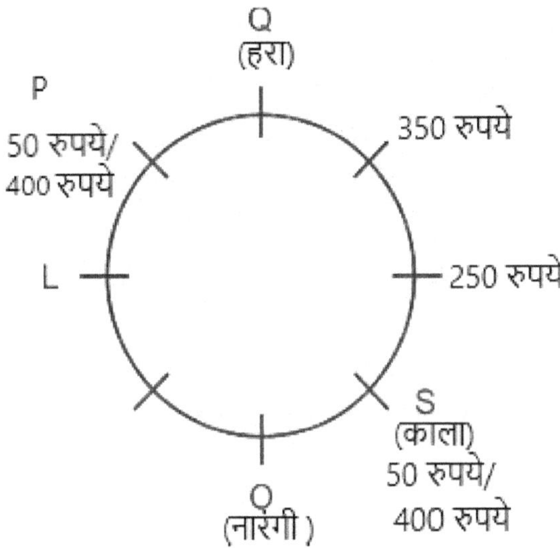

6) L, जो सफ़ेद रंग पसंद करता है, 150 रुपए खर्च करता है और सबसे कम खर्च वाले मित्र के बगल में बैठा है।

स्थिति 1

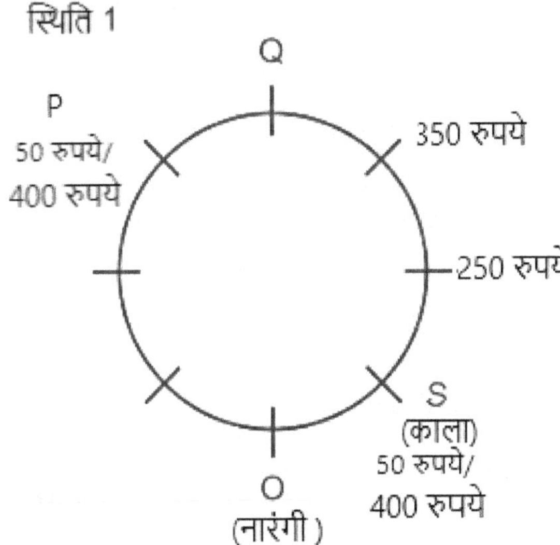

9) R, जो बैंगनी रंग पसंद करता है, पिकनिक में M से अधिक राशि खर्च करता है।

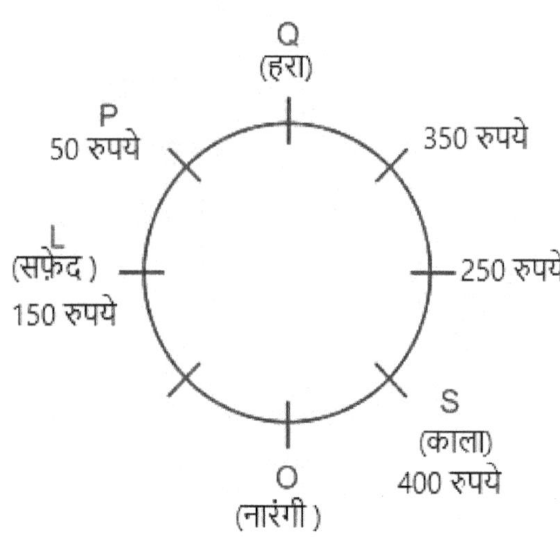

7) R, P, जो लाल रंग पसंद करता है, के बायीं ओर से छठे स्थान पर बैठा है।

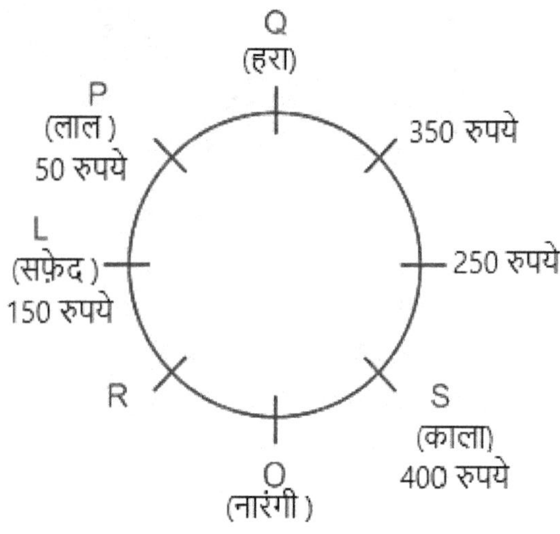

8) N, जो गुलाबी रंग पसंद करता है, और 50 रूपये खर्च करने वाले मित्र के बीच केवल एक मित्र बैठा है।

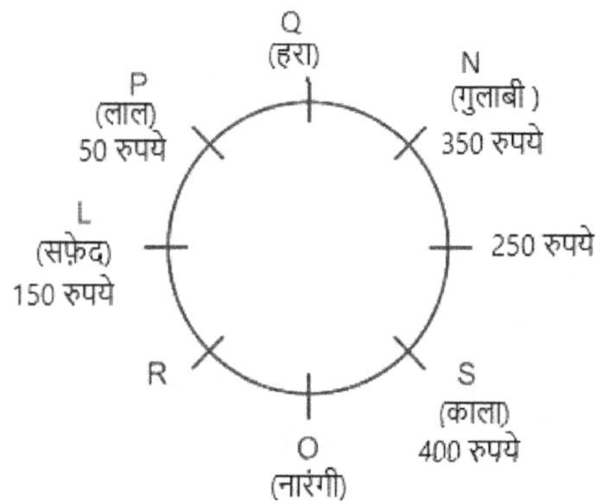

10) O और Q द्वारा खर्च की गयी राशि में अंतर 100 रुपए है और O और S द्वारा खर्च की गयी राशि में अंतर 200 रुपए है। (इसलिए, Q ने 100 रुपए खर्च किए और O ने 200 रुपए खर्च किए)

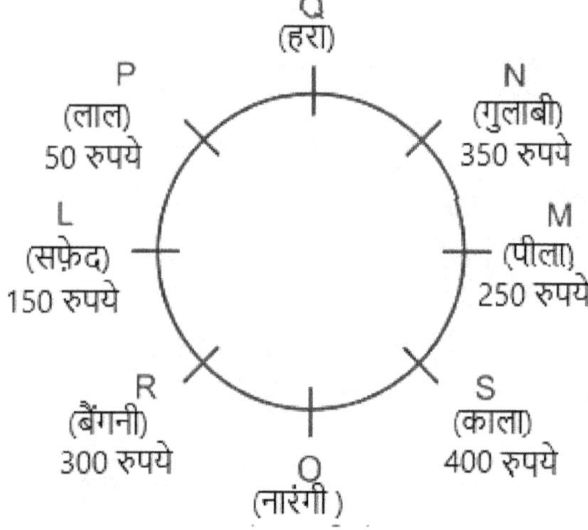

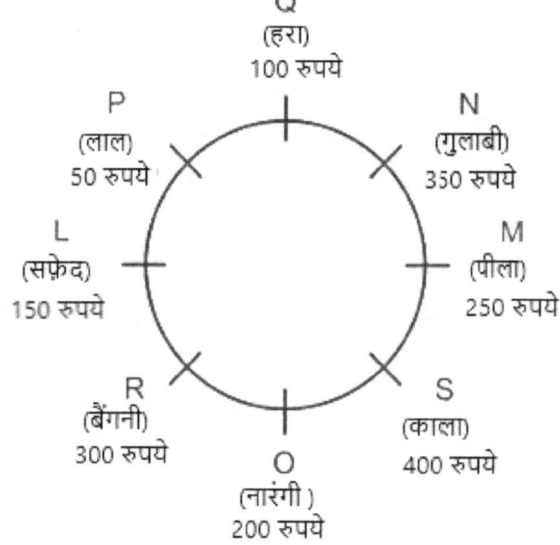

25. इसलिए Q ने 100 रुपए खर्च किया।

अतः विकल्प (C) सही है।

26. इसलिए काला रंग पसंद करने वाले व्यक्ति के बायीं ओर से छठे स्थान पर N बैठा है।

अतः विकल्प (B) सही है।

27. इसलिए गुलाबी रंग पसंद करने वाला व्यक्ति पीला रंग पसंद करने वाले व्यक्ति के ठीक दायीं ओर बैठा है।

अतः विकल्प (E) सही है।

28. इसलिए P, L और Q के बीच बैठा है।

अतः विकल्प (A) सही है।

29. इसलिए S, सबसे अधिक 400 रुपए खर्च करता है।

अतः विकल्प (B) सही है।

Ques (30-34):1) P की आयु 23 वर्ष है जोकि इन सभी में सबसे छोटा नहीं है।

P = 23

2) Q को ग्रे रंग पसंद है जोकि V से दस वर्ष छोटा है और Q, P से दो वर्ष बड़ा है।

Q = 25 इसलिए V = 35

3) लाल रंग पसंद करने वाला व्यक्ति सबसे बड़ा है लेकिन उसका जन्म वर्ष 1942 में नहीं हुआ है।

4) केवल एक व्यक्ति का जन्म, नीला रंग पसंद करने वाले व्यक्ति से पहले हुआ है और इनमें से किसी भी व्यक्ति का जन्म वर्ष 1940 से पहले नहीं हुआ है।

5) वर्ष 1983 में जन्म लेने वाले व्यक्तिऔर Q के बीच कोई व्यक्ति का जन्म नहीं हुआ।

संभावित व्यवस्था होगी:

व्यक्ति	वर्ष	आयु	रंग
	~~1942~~		लाल
			नीला
V	1983	35	
Q	1993	25	ग्रे
P	1995	23	

6) P या तो गुलाबी, या फिर काला रंग पसंद करता है।

7) काला रंग पसंद करने वाले व्यक्ति की आयु, गुलाबी रंग पसंद करने वाले व्यक्ति की आयु के दोगुना से चार अधिक है।

यदि P गुलाबी रंग पसंद करता है, तो काला रंग पसंद करने वाला व्यक्ति = 4 + 2(P) = 4 + 2(23) = 50

यदि P काला रंग पसंद करता है, तो P = 4 + 2(गुलाबी)

P = 23 = 4 + 19, इसलिए गुलाबी रंग पसंद करने वाले व्यक्ति की आयु 19 है लेकिन यह एक विषम संख्या है और ऊपर दिए गए कथन के अनुसार इसे किसी संख्या का दोगुना होना चाहिए था अर्थात संख्या एक सम संख्या होनी चाहिए।

इसलिए, P गुलाबी रंग पसंद करता है और काला रंग पसंद करने वाले व्यक्ति की आयु 50 वर्ष है।

व्यक्ति	वर्ष	आयु	रंग
	~~1942~~		लाल
			नीला
V	1983	35	
Q	1993	25	ग्रे
P	1995	23	गुलाबी

8) T की आयु V की आयु की दोगुनी के बराबर है और V को ना पीला और ना ही काला रंग पसंद है। T आयु में सबसे बड़ा नहीं है।

T = 2(V) = 2(35) = 70

9) Q की आयु S के जन्म वर्ष के सभी अंकों के योग के बराबर है। S का जन्म Q से पहले नहीं हुआ है।

P के जन्म वर्ष (1995) के सभी अंकों का योग = 24

अत: 25 वर्ष के लिए 1996 होगा, S = 1996

Q = 25

स्थिति 1:

व्यक्ति	वर्ष	आयु	रंग
	~~1942~~		लाल
			नीला
T	1948	70	
	1968	50	काला
V	1983	35	काला, पीला
Q	1993	25	ग्रे
P	1995	23	गुलाबी
S	1996	22	

स्थिति 2:

व्यक्ति	वर्ष	आयु	रंग
	~~1942~~		लाल
T	1948	70	नीला
	1968	50	काला
V	1983	35	काला, पीला
Q	1993	25	ग्रे
P	1995	23	गुलाबी
S	1996	22	

10) बैंगनी रंग पसंद करने वाले व्यक्ति का जन्म, ग्रे रंग पसंद करने वाले व्यक्ति के जन्म के तीन वर्ष बाद हुआ है।

बैंगनी रंग पसंद करने वाला व्यक्ति = 23

स्थिति 1:

व्यक्ति	वर्ष	आयु	रंग
	~~1942~~		लाल
			नीला
T	1948	70	
	1968	50	काला
V	1983	35	काला, पीला
Q	1993	25	ग्रे
P	1995	23	गुलाबी
S	1996	22	बैंगनी

स्थिति 2:

व्यक्ति	वर्ष	आयु	रंग
	~~1942~~		लाल
T	1948	70	नीला
	1968	50	काला
V	1983	35	काला, पीला
Q	1993	25	ग्रे
P	1995	23	गुलाबी
S	1996	22	बैंगनी

11) पीला रंग पसंद करने वाले व्यक्ति का जन्म U के जन्म के पाँच वर्षों के बाद हुआ है।

12: Q और W की आयु का योग U की आयु के समान है।

यदि T पीला रंग पसंद करता है, तो U की आयु 75 वर्ष है।

U = Q + W इसलिए W = 50

जिस व्यक्ति को पीला पसंद है, वह U के पांच साल बाद पैदा हुआ था। पीला पसंद करने वाले व्यक्ति की आयु 50 से कम होनी चाहिए। यदि U = 50 है तो पीला = 45।

U = Q + W

50 = 25 + 25 जो संभव नहीं है।

इसलिए केस 2 को खत्म कर दिया गया है।

व्यक्ति	वर्ष	आयु	रंग
	~~1942~~		लाल
U	1943	75	नीला
T	1948	70	पीला
W	1968	50	काला
V	1983	35	काला, पीला
Q	1993	25	ग्रे
P	1995	23	गुलाबी
S	1996	22	बैंगनी

तो अंतिम व्यवस्था होगी:

व्यक्ति	वर्ष	आयु	रंग
R	1941	77	लाल
U	1943	75	नीला
T	1948	70	पीला
W	1968	50	काला
V	1983	35	हरा
Q	1993	25	ग्रे
P	1995	23	गुलाबी
S	1996	22	बैंगनी

30. इसलिए सही उत्तर 77 होगा।

अतः विकल्प (B) सही है।

31. इसलिए W को काला रंग पसंद है।

अतः विकल्प (C) सही है।

32. इसलिए सही उत्तर 97 होगा।

अतः विकल्प (D) सही है।

33. उनके जन्म के बीच किसी भी व्यक्ति का जन्म नहीं हुआ है।

अतः विकल्प (A) सही है।

34. इसलिए सभी व्यक्तियों में S सबसे छोटा है।

अतः विकल्प (E) सही है।

35. दिया गया शब्द:

F R A G R A N C E

पहला दूसरा तीसरा चौथा पांचवा छठा सातवां आठवां नौवां

ऊपर दिए गए शब्द के पहले, तीसरे, पांचवें और नौवें अक्षर हैं: F, A, R, E

इन अक्षरों को केवल एक बार पुनर्व्यवस्थित करने पर दो अर्थपूर्ण शब्द बन सकते हैं: FARE, FEAR.

अतः विकल्प (C) सही है।

Ques (36-40):(1) साक्षी विषम संख्या वाले तल पर रहती है लेकिन सबसे नीचे नहीं रहती है। इसलिए साक्षी के लिए 3 संभावित तल हैं अर्थात तल संख्या 3, 5 और 7

(2) 3 से अधिक व्यक्ति साक्षी और वैनिला एलमोंड पसंद करने वाले के बीच रहते हैं अर्थात साक्षी और वैनिला एलमोंड पसंद करने वाले व्यक्ति के बीच न्यूनतम 4 व्यक्ति बैठे होने चाहिए।

(3) तल संख्या 5 साक्षी को नहीं दी जा सकती है क्योंकि वैनिला एलमोंड पसंद करने वाले व्यक्ति को अपना स्थान या तो ऊपर या नीचे नहीं प्राप्त होगा। अब हमारे पास साक्षी और वैनिला एलमोंड पसंद करने वाले व्यक्ति के लिए 3 स्थिति हैं।

स्थिति I:

8		वैनिला एलमोंड
7		
6		
5		
4		
3	साक्षी	
2		
1		

स्थिति II:

8		
7	साक्षी	
6		
5		
4		
3		
2		वैनिला एलमोंड
1		

स्थिति III:

8		
7	साक्षी	
6		
5		
4		
3		
2		
1		वैनिला एलमोंड

(4) सुरूची सम संख्या वाले तल पर साक्षी के ऊपर रहती है और उसे चॉकलेट मिंट पसंद है।

(5) 3 व्यक्ति सुरूची और वैनिला पसंद करने वाले के बीच रहते हैं।

(6) 2 व्यक्ति चॉकलेट मिंट और चॉकलेट एलमोंड पसंद करने वाले व्यक्ति के बीच रहते हैं।

(7) वैनिला और बनाना फ्लेवर पसंद करने वाले व्यक्ति निकटतम तल पर रहते हैं।

(8) सबिता को बनाना फ्लेवर पसंद है।

स्थिति I:

सुरूची तल संख्या 4 या 6 पर रह सकती है। यदि वह तल संख्या 4 पर रहती है तो वैनिला पसंद करने वाले व्यक्ति को उसका स्थान नहीं मिलेगा क्योंकि 3 स्थान ऊपर के बाद वैनिला एलमोंड पसंद करने वाला व्यक्ति पहले से ही रह रहा है और 3 स्थान नीचे के बाद कोई तल उपलब्ध नहीं है। इसलिए सुरूची

को तल संख्या 6 पर और वैनिला पसंद करने वाले व्यक्ति को तल संख्या 2 पर होना चाहिए।

8		वैनिला एलमोंड
7		
6	सुरूची	चॉकलेट मिंट
5		
4		
3	साक्षी	
2		वैनिला
1		

स्थिति II:

सुरूची तल संख्या 8 पर रहती है।

8	सुरूची	चॉकलेट मिंट
7	साक्षी	
6		
5		
4		वैनिला
3		
2		वैनिला एलमोंड
1		

स्थिति III:

8	सुरूची	चॉकलेट मिंट
7	साक्षी	
6		
5		
4		वैनिला
3		
2		
1		वैनिला एलमोंड

(9) 2 व्यक्ति चॉकलेट मिंट और चॉकलेट एलमोंड पसंद करने वाले व्यक्ति के बीच रहते हैं।

(10) वैनिला और बनाना फ्लेवर पसंद करने वाले व्यक्ति निकटतम तल पर रहते हैं।

(11) सबिता को बनाना पसंद है।

स्थिति I:

8		वैनिला एलमोंड
7		
6	सुरूची	चॉकलेट मिंट
5		
4		
3	साक्षी	चॉकलेट एलमोंड
2		वैनिला
1	सबिता	बनाना

स्थिति II:

8	सुरूची	चॉकलेट मिंट
7	साक्षी	
6		
5		चॉकलेट एलमोंड
4		वैनिला
3	सबिता	बनाना

2		वैनिला एलमोंड
1		

स्थिति III:

8	सुरूची	चॉकलेट मिंट
7	साक्षी	
6		
5		चॉकलेट एलमोंड
4		वैनिला
3	सबिता	बनाना
2		
1		वैनिला एलमोंड

(12) सृष्टि को चॉकलेट पसंद है और सुरूचि के नीचे लेकिन ठीक नीचे नहीं रहती है।

(13) सचिता को बटरस्कॉच पसंद है।

(14) सचिता, सृष्टि के निकटतम नहीं रहती है और न ही सबसे ऊपरी तल पर रहती है।

स्थिति I:

सृष्टि तल संख्या 4 पर रहती हैं और सचिता को तल संख्या पर रहना चाहिए क्योंकि वैनिला एलमोंड से अलग फ्लेवर पसंद करने वाले व्यक्ति के लिए केवल तल संख्या 7 रिक्त है।

8		वैनिला एलमोंड
7	सचिता	बटरस्कॉच
6	सुरूची	चॉकलेट मिंट
5		
4	सृष्टि	चॉकलेट
3	साक्षी	चॉकलेट एलमोंड
2		वैनिला
1	सबिता	बनाना

स्थिति II:

8	सुरूची	चॉकलेट मिंट
7	साक्षी	
6		
5		चॉकलेट एलमोंड
4		वैनिला
3	सबिता	बनाना
2		वैनिला एलमोंड
1		

स्थिति III:

8	सुरूची	चॉकलेट मिंट
7	साक्षी	
6		
5		चॉकलेट एलमोंड
4		वैनिला
3	सबिता	बनाना
2		
1		वैनिला एलमोंड

(15) संगीता और स्ट्रॉबेरी पसंद करने वाले के बीच केवल 2 व्यक्ति रहते हैं।

(16) सुमन को न तो वैनिला और न ही वैनिला एलमोंड पसंद है।

(17) सुरभि, सुमन के ऊपर वाले तल पर रहती है।

(18) सुरभि चॉकलेट पसंद करने वाले व्यक्ति के बीच रहती है।

(19) सृष्टि को चॉकलेट पसंद है और सुरूचि के नीचे लेकिन ठीक नीचे नहीं रहती है।

(20) सचिता, सृष्टि के निकटतम नहीं रहती है और न ही सबसे ऊपरी तल पर रहती है।

(21) साक्षी विषम संख्या वाली तल पर रहती है लेकिन सबसे निचले तल पर नहीं रहती है।

स्थिति I:

इस स्थिति में, हम कह सकते हैं कि स्ट्रॉबेरी पसंद करने वाला व्यक्ति तल संख्या 5 पर रहता है। सुमन को वैनिला पसंद नहीं है और सुरभि, सुमन के ऊपर वाले तल पर रहता है, इसलिए सुरभि तल संख्या 8 पर और सुमन तल संख्या 5 पर रहती है। संगीता तल संख्या 2 पर रहती हैं।

8	सुरभि	वैनिला एलमोंड
7	सचिता	बटरस्कॉच
6	सुरूची	चॉकलेट मिंट
5	सुमन	स्ट्रॉबेरी
4	सृष्टि	चॉकलेट
3	साक्षी	चॉकलेट एलमोंड
2	संगीता	वैनिला
1	सबिता	बनाना

स्थिति II:

सृष्टि को चॉकलेट पसंद है। सुरभि चॉकलेट पसंद करने वाले व्यक्ति के ऊपर रहती है। सृष्टि को तल संख्या 1 पर रहना चाहिए।

सचिता को बटरस्कॉच पसंद है।

संगीता और स्ट्रॉबेरी पसंद करने वाले के बीच केवल 2 व्यक्ति रहते हैं।

इसलिए स्ट्रॉबेरी पसंद करने वाले व्यक्ति को तल संख्या 7 और संगीता को तल संख्या 4 पर रहना चाहिए।

सुरभि सुमन के ऊपर रहता है।

8	सुरूची	चॉकलेट मिंट
7	साक्षी	स्ट्रॉबेरी
6	सचिता	बटरस्कॉच
5	सुरभि	चॉकलेट एलमोंड
4	संगीता	वैनिला
3	सबिता	बनाना
2	सुमन	वैनिला एलमोंड
1	सृष्टि	चॉकलेट

सुमन को न तो वैनिला पसंद है और ही वैनिला एलमोंड पसंद है लेकिन वह यहाँ तल संख्या 2 पर है और उसे वैनिला एलमोंड पसंद है।

इस प्रकार स्थिति II रद्द होती है।

स्थिति III:

सृष्टि को चॉकलेट पसंद है। सुरभि चॉकलेट पसंद करने वाले व्यक्ति के ऊपर रहती है। सृष्टि को अवश्य तल संख्या 2 पर होना चाहिए

सचिता को बटरस्कॉच पसंद है। इसलिए सचिता तल संख्या 6 पर रहती है

संगीता और स्ट्रॉबेरी पसंद करने वाले के बीच केवल 2 व्यक्ति रहते हैं।

इसलिए स्ट्रॉबेरी पसंद करने वाले व्यक्ति को तल संख्या 7 और संगीता को तल संख्या 4 पर अवश्य होना चाहिए।

सुरभि, सुमन के ऊपर रहती है। इसलिए सुरभि तल संख्या 5 और सुमन तल संख्या 1 पर होता है।

8	सुरूची	चॉकलेट मिंट
7	साक्षी	स्ट्राबेरी
6	सचिता	बटरस्कॉच
5	सुरभि	चॉकलेट एलमोंड
4	संगीता	वैनिला
3	सबिता	बनाना
2	सृष्टि	चॉकलेट
1	सुमन	वैनिला एलमोंड

सुमन को न तो वैनिला और न वैनिला एलमोंड पसंद है लेकिन वह यहां तल संख्या 1 पर सुमन को वैनिला एलमोंड पसंद है।

इस प्रकार, स्थिति III रद्द होती है।

अंतिम व्यवस्था निम्न प्रकार है:

8	सुरभि	वैनिला एलमोंड
7	सचिता	बटरस्कॉच
6	सुरूची	स्ट्राबेरी
4	सृष्टि	चॉकलेट एलमोंड
2	संगीता	वैनिला
1	सबिता	बनाना

36. इस प्रकार, सुरभि को छोड़कर सभी किसी न किसी मध्य तल पर रहते हैं।

अत: विकल्प (A) सही है।

37. इस प्रकार, स्ट्रॉबेरी पसंद करने वाला व्यक्ति सुरूचि के निचले तल पर रहता है।

अत: विकल्प (C) सही है।

38. इस प्रकार, संगीता तल संख्या 2 पर रहती हें।

अत: विकल्प (E) सही है।

39. इस प्रकार, साक्षी को चॉकलेट एलमोंड पसंद है।

अत: विकल्प (E) सही है।

40. इस प्रकार, सृष्टि तल संख्या 4 पर रहती हें।

अत: विकल्प (D) सही है।

41. कुल 10 प्रकार के वायरस होते हैं। इन्हें उनके कार्य और विशेषताओं के आधार पर वर्गीकृत किया गया है। वे इस प्रकार है -

1. सिस्टम या बूट सेक्टर वायरस
2. डायरेक्ट एक्शन वायरस
3. रेजिडेंट वायरस
4. मल्टीलेटरल वायरस
5. प्लॉयमॉर्फिक वायरस
6. ओवरराइट वायरस
7. स्पेस-फिलर वायरस
8. फाइल इन्फेक्शस
9. मैक्रो वायरस
10. रूटकिट वायरस।

अत: विकल्प (C) सही है।

42. रूटकिट ऐसे कंप्यूटर प्रोग्राम हैं जो हमलावरों द्वारा आपके कंप्यूटर पर रूट या एडमिनिस्ट्रेटिव एक्सेस प्राप्त करने के लिए डिज़ाइन किए गए हैं। एक

बार जब कोई हमलावर व्यवस्थापकीय विशेषाधिकार प्राप्त कर लेता है, तो उसके लिए आपके सिस्टम का फायदा उठाना आसान हो जाता है।

अधिकांश वायरस के विपरीत, यह विनाशकारी नहीं है और वर्म के विपरीत, इसका उद्देश्य जितना संभव हो सके संक्रमण फैलाना नहीं है।

अत: विकल्प (B) सही है।

43. कंप्यूटर वायरस एक मालिसियस कोड है जो स्वयं को अन्य प्रोग्रामों में कॉपी करके स्वयं को दोहराता है। कंप्यूटर वायरस अपने आप अन्य निष्पादन योग्य कोड या डाक्यूमेंट्स में फैल जाता है। वायरस बनाने का इरादा कमजोर सिस्टम को संक्रमित करना है।

अत: विकल्प (B) सही है।

44. मैलवेयर अब अनएथिकल हैकिंग के लिए सबसे पॉपुलर ऑटोमेटेड टूल्स में से एक के रूप में विकसित हो गया है। मैलवेयर सबसे बड़े क्रिमिनल्स में से एक है जो कंपनियों को नुकसान पहुंचाता है क्योंकि उन्हें मालिसियस वर्क को ऑटोमेटेड रूप से करने के लिए प्रोग्राम किया जाता है और हैकर्स को सोफिस्टिकेशन के साथ अवैध गतिविधियों को करने में मदद करता है।

अत: विकल्प (C) सही है।

45. किसी भी पेनेट्रेशन टेस्ट को करने से पहले, कानूनी प्रक्रिया के माध्यम से मुख्य बिंदु जो अनिवार्य नहीं है वह है फर्म द्वारा उपयोग की जाने वाली ब्रॉडबैंड कंपनी का प्रकार। मुख्य बिंदु जो पेनेट्रेशन टेस्टर को ध्यान में रखना चाहिए वे हैं -

1. संगठन या फर्म की प्रकृति को जानना
2. संगठन या फर्म किस प्रकार का कार्य करता है और
3. विभिन्न विभागों में उपयोग की जाने वाली सिस्टम और नेटवर्क और उनका गोपनीय डेटा जो नेटवर्क पर भेजा और प्राप्त किया जाता है।

अत: विकल्प (D) सही है।

46. फ्लैश प्रोग्राम वेब डेवलपर्स को अपनी वेबसाइट्स में एनिमेशन और इंटरैक्टिव सामग्री को शामिल करने की अनुमति देता है। फ्लैश मूल रूप से 1996 में मैक्रोमेडिया द्वारा जारी किया गया था।

अत: विकल्प (A) सही है।

47. वास्तव में इंटरनेट पर किसी का भी स्वामित्व नहीं है, और कोई भी व्यक्ति या संगठन इंटरनेट को पूरी तरह से नियंत्रित नहीं करता है। इंटरनेट एक वास्तविक मूर्त इकाई की तुलना में एक अवधारणा है, और यह एक भौतिक अवसंरचना पर निर्भर करता है जो नेटवर्क को अन्य नेटवर्क से जोड़ता है।

अत: विकल्प (E) सही है।

48. एक नेटवर्क होस्ट, एक कंप्यूटर या अन्य डिवाइस है जो कंप्यूटर नेटवर्क से जुड़ा होता है। इंटरनेट प्रोटोकॉल सूट का उपयोग करने वाले नेटवर्क में भाग लेने वाले कंप्यूटर को IP होस्ट भी कहा जा सकता है। विशेष रूप से, इंटरनेट में भाग लेने वाले कंप्यूटर को इंटरनेट होस्ट और कभी-कभी इंटरनेट नोड भी कहा जाता है।

अत: विकल्प (A) सही है।

49. एक उपयोगकर्ता की विशिष्ट प्रसंस्करण आवश्यकताओं को पूरा करने के उद्देश्य से तैयार सॉफ्टवेयर निर्देश को एप्लीकेशन सॉफ्टवेयर कहा जाता है। एक एप्लीकेशन एक प्रोग्राम या प्रोग्रामों का समूह है, जो एंड यूजर के लिए डिज़ाइन किया गया है। एप्लीकेशन सॉफ्टवेयर (जिसे एंड-यूजर प्रोग्राम भी कहा जाता है) में डेटाबेस प्रोग्राम, वर्ड प्रोसेसर, वेब ब्राउजर और स्प्रेडशीट जैसी चीजें शामिल हैं।

अत: विकल्प (D) सही है।

50. सॉफ़्टवेयर को मूल रूप से दो सिस्टम और एप्लिकेशन में वर्गीकृत किया गया है। सिस्टम सॉफ़्टवेयर को संचालन को नियंत्रित करने और कंप्यूटर सिस्टम की प्रसंस्करण क्षमता का विस्तार करने के लिए डिज़ाइन किया गया है।

अत: विकल्प (B) सही है।

51. सिस्टम सॉफ़्टवेयर उन प्रोग्राम का एक सेट है जो आपके कंप्यूटर के हार्डवेयर डिवाइस और एप्लिकेशन सॉफ़्टवेयर को एक साथ काम करने में सक्षम बनाता है। सिस्टम सॉफ़्टवेयर अन्य सॉफ़्टवेयर के लिए एक प्लेटफ़ॉर्म प्रदान करने के लिए डिज़ाइन किया गया सॉफ़्टवेयर है।

अत: विकल्प (D) सही है।

52. हैंडशेकिंग वह शब्द है जिसका इस्तेमाल दो मोडेम की एक दूसरे के साथ संचार स्थापित करने की प्रक्रिया को संदर्भित करने के लिए किया जाता है। एक मॉडेम हैंडशेक तब होता है जब रिसीविंग मॉडेम फोन कॉल का जवाब देता है और दो मोडेम संचार करना शुरू करते हैं।

अत: विकल्प (B) सही है।

53. मेटास्प्लोइट फ्रेमवर्क ने पॉइंट और क्लिक जैसी वल्नरेबिलिटीज़ को आसानी से क्रैक करना आसान बना दिया। वर्ष 2003 में मेटास्प्लोइट फ्रेमवर्क जारी किया गया था जिसने वल्नरेबिलिटीज़ को ढूंढना और क्रैक करना आसान बना दिया था और इसका उपयोग व्हाइट और साथ ही ब्लैक हैट हैकर्स दोनों द्वारा किया जाता है।

अतः विकल्प (B) सही है।

54. नेटवर्क मैपर एक लोकप्रिय ओपन सोर्स है। इसका उपयोग एकल होस्ट नेटवर्क या बड़े नेटवर्क के लिए किया जा सकता है। हैकर्स द्वारा एनमैप का उपयोग किया जा सकता है टाईपर (एनमैप) एक लोकप्रिय ओपन-सोर्स टूल है जिसका उपयोग नेटवर्क की खोज के साथ-साथ सिस्टम पर अनियंत्रित पोर्ट तक सुरक्षा ऑडियो गेन एक्सेस के लिए किया जाता है। आईटी सुरक्षा कंपनियां अक्सर इसका उपयोग उन प्रकार के अटैक को दोहराने के लिए करती हैं जिनका एक सिस्टम संभावित रूप से सामना कर सकता है।

अत: विकल्प (C) सही है।

55. एक स्माल सर्च स्पेस सिचुएशन में एक ब्लाइंड सर्च अक्सेप्टेबल हो सकती है। सर्च स्पेस निम्न में से किसी एक को संदर्भित कर सकता है:

- ऑप्टिमाइजेशन में, फ़ंक्शन के डोमेन को ऑप्टिमाइज्ड किया जाना है।
- कंप्यूटर साइंस के सर्च एलगोरिदम में, फैसिबल रीजन सभी पॉसिबल सलूशन के सेट को परिभाषित करता है।
- कम्प्यूटेशनल ज्योमेट्री में, जियोमेट्रिक सर्च प्रॉब्लम में इनपुट डेटा का पार्ट है।
- मशीन लर्निंग के माध्यम से डेवलप्ड वर्जन स्पेस, उन सभी ह्यपोथेसेस का सबसेट है जो देखे गए ट्रेनिंग उदाहरणों के अनुरूप हैं।

अत: विकल्प (C) सही है।

56. एक हेयरिस्टिक एक सर्च करने के लिए एक प्रोग्राम में एम्बेडेड समथिंग या एक आईडिया सर्च करने की कोशिश करने का एक तरीका है, और यह मापने के लिए कि एक सर्च ट्री में एक नोड गोल से कितना दूर है, और एक सर्च ट्री में दो नोड्स की तुलना करने के लिए यह देखने के लिए कि कोई बेहतर है, या नहीं दूसरे की तुलना में है। एक हेयरिस्टिक अप्रोच में हम एक सर्टेन आईडिया को सर्च करते हैं और गोल को सर्च के लिए हेयरिस्टिक फंक्शन का उपयोग करते हैं और नोड्स की तुलना करने के लिए प्रेडिकेट्स करते हैं।

अतः विकल्प (E) सही है।

57. एक जीरो-सम गेमवाला गेम, मल्टीप्लेयर वाला गेम होना चाहिए। आप देखेंगे कि जीरो सम गेम के लिए ऑनलाइन उपलब्ध लगभग सभी उदाहरण

दो-खिलाड़ी हैं। ज़ीरो-सम गेम में कितने भी खिलाड़ी हो सकते हैं, हालाँकि, जब तक आवश्यक परिभाषा सही रहती है: सभी खिलाड़ियों के बीच शुद्ध लाभ और हानि शून्य होनी चाहिए। वास्तव में, गणितीय रूप से मल्टीप्लेयर गेम के परिणामों का प्रतिनिधित्व करना अक्सर असंभव होता है।

अतः विकल्प (C) सही है।

58. ऊपर दी गई क्वेरी में, "%" (लाइक) ऑपरेटर का उपयोग किया जाएगा, जो आमतौर पर स्ट्रिंग्स में एक निश्चित पैटर्न की खोज करते समय उपयोग किया जाता है। इस केस में इसका उपयोग "Where" के साथ "dept_name" का चयन करने के लिए किया जाता है जिसमें Computer Science शामिल है क्योंकि इसकी समाप्ति स्ट्रिंग है। इसे और अधिक स्पष्ट रूप से समझने के लिए निम्नलिखित सिंटैक्स पर विचार करें:

Syntax

SELECT column1, column2, ...

FROM table_name

WHERE columnN LIKE pattern;

अतः विकल्प (C) सही है।

59. "SQL" में एक तुलना होती है जिसे "BETWEEN" के रूप में जाना जाता है जिसका उपयोग दिए गए प्रश्नों में से एक में भी किया जाता है, जैसा कि आप देख सकते हैं। "BETWEEN" ऑपरेटर का उपयोग आमतौर पर "WHERE" क्लॉज को सरल बनाने के लिए किया जाता है जिसका उपयोग यह निर्दिष्ट करने के लिए किया जाता है कि वैल्यू एक वैल्यू से अधिक है या कुछ वैल्यू से एक या अधिक वैल्यू से कम है।

अतः विकल्प (C) सही है।

60. डीबीएमएस (या डेटाबेस मैनेजमेंट सिस्टम) एक प्रकार का सिस्टम सॉफ्टवेयर है जिसका इस्तेमाल कई ऑपरेशनों के लिए किया जाता है, जैसे डेटा मैनेजिंग डेटाबेस को स्टोर करने वाली टेबल / डेटाबेस बनाना। यह डेटाबेस में स्टोर डेटा को भी संशोधित करने की अनुमति देता है।

अतः विकल्प (A) सही है।

61. एक सीडी-रोम, एक प्री-प्रेस्ड ऑप्टिकल कॉम्पैक्ट डिस्क है जिसमें डेटा होता है। सीडी-रोम नाम एक संक्षिप्त नाम है जो कॉम्पैक्ट डिस्क रीड-ओनली मेमोरी का है। कंप्यूटर सीडी-रोम पढ़ सकते हैं, लेकिन सीडी-रोम को लिख नहीं सकते, जो लिखने योग्य या मिटाने योग्य नहीं हैं।

अतः विकल्प (C) सही है।

62. डिवाइस ड्राइवर एक कंप्यूटर प्रोग्राम है जो किसी विशेष प्रकार के डिवाइस को संचालित या नियंत्रित करता है जो कंप्यूटर से जुड़ा होता है। एक ड्राइवर हार्डवेयर उपकरणों के लिए एक सॉफ्टवेयर इंटरफ़ेस प्रदान करता है, जो ऑपरेटिंग सिस्टम और अन्य कंप्यूटर प्रोग्रामों को उपयोग किए जा रहे हार्डवेयर के सटीक विवरण जानने की आवश्यकता के बिना हार्डवेयर कार्यों तक पहुंचने में सक्षम बनाता है।

अतः विकल्प (C) सही है।

63. चौथी पीढ़ी (1971-1980) के कंप्यूटरों में वेरी लार्ज स्केल इंटीग्रेटेड (वीएलएसआई) सर्किट का उपयोग किया जाता है। वीएलएसआई सर्किट में लगभग 5000 ट्रांजिस्टर और अन्य सर्किट एलीमेंट एक ही चिप पर जुड़े सर्किट के साथ चौथी पीढ़ी के माइक्रो कंप्यूटर बनाते हैं।

अतः विकल्प (D) सही है।

64. टीसीपी का पूर्ण रूप ट्रांसमिशन कंट्रोल प्रोटोकॉल एक संचार मानक है जो एप्लिकेशन प्रोग्राम और कंप्यूटिंग उपकरणों को एक नेटवर्क पर संदेशों का आदान-प्रदान करने में सक्षम बनाता है। इसे इंटरनेट पर डेटा पैकेट भेजने और नेटवर्क पर डेटा और संदेशों की सफल डिलीवरी सुनिश्चित करने के लिए डिज़ाइन किया गया है।

अतः विकल्प (C) सही है।

65. डब्ल्यूएमवी का पूर्ण रूप विंडो मीडिया वीडियो है। यह माइक्रोसॉफ्ट द्वारा विकसित वीडियो कोडेक्स और उनके संबंधित वीडियो कोडिंग प्रारूपों की एक श्रृंखला है। यह विंडोज मीडिया फ्रेमवर्क का हिस्सा है। डब्ल्यूएमवी में तीन अलग-अलग कोडेक होते हैं, डब्ल्यूएमवी के रूप में जानी जाने वाली मूल रूप से रियलवीडियो के प्रतियोगी के रूप में इंटरनेट स्ट्रीमिंग अनुप्रयोगों के लिए डिज़ाइन किया गया था।

अतः विकल्प (A) सही है।

66. एएससीआईआई का फुल फॉर्म अमेरिकन स्टैंडर्ड कोड फॉर इंफॉर्मेशन इंटरचेंज है। यह एक मानक डेटा-ट्रांसमिशन कोड है जिसका उपयोग छोटे और कम-शक्तिशाली कंप्यूटरों द्वारा टेक्स्ट डेटा (अक्षर, संख्या और विराम चिह्न) और गैर-डिवाइस कमांड (नियंत्रण वर्ण) दोनों का प्रतिनिधित्व करने के लिए किया जाता है।

अतः विकल्प (C) सही है।

67. Ctrl + Home कमांड आपके प्रेजेंटेशन में आपको पहली स्लाइड पर लाएगा। और Ctrl + End कमांड आपको आपके प्रेजेंटेशन में अंतिम स्लाइड पर ले आएगा।

अतः विकल्प (C) सही है।

68. एमएस-वर्ड में पैराग्राफ को इंडेंट करने के लिए Tab का उपयोग किया जाता है।

पैराग्राफ की पहली पंक्ति को इंडेंट करने के लिए, पैराग्राफ के शुरुआत में अपना कर्सर रखें और "Tab" दबाएं। जब आप अगले पैराग्राफ को शुरू करने के लिए इंटर दबाते हैं, तो इसकी पहली लाइन इंडेंट हो जाएगी।

अतः विकल्प (B) सही है।

69. एक्सेल वर्कशीट डेटा को किसी वर्ड डॉक्यूमेंट में कॉपी और पेस्ट के विशेष कमांड के साथ लिंक कर सकते हैं। किसी एक्सेल फाइल को वर्ड डॉक्यूमेंट से लिंक करना डेटा आयात करने का सबसे अच्छा तरीका है। यह सुनिश्चित करता है कि हर बार एक्सेल फाइल में डेटा बदलने पर वर्ड डॉक्यूमेंट अपडेट हो जाता है।

अतः विकल्प (C) सही है।

70. यदि एक-एक करके चयन करना चाहते हैं तो Ctrl + प्रत्येक स्लाइड पर क्लिक करें

यदि निरंतर स्लाइड में चयन करना चाहते हैं तो Shift + प्रत्येक स्लाइड पर क्लिक करें

अतः विकल्प (D) सही है।

71. किसी एम्बेडेड ऑब्जेक्ट को हटाने के लिए, पहले उस पर क्लिक करके उस ऑब्जेक्ट का चयन करें और फिर उसे हटाने के लिए डिलीट कुंजी को दबाएं।

अतः विकल्प (D) सही है।

72. Ctrl + M वर्तमान प्रेजेंटेशन में एक नई स्लाइड को जोड़ने के लिए शॉर्टकट कुंजी है। दूसरी ओर, Ctrl + N कुंजी एक नयी प्रेजेंटेशन बनाने के लिए है।

अतः विकल्प (B) सही है।

73. इंटरप्रेटर एक ऐसा प्रोग्राम है जो हाई लेवल लैंग्वेज प्रोग्राम लैंग्वेज को डायरेक्टली मशीनी लैंग्वेज में ट्रांसलेटेड किए बिना निष्पादित कर सकता है। एक इंटरप्रेटर प्रोग्रामिंग या स्क्रिप्टिंग प्रोग्राम में लिखे गए निर्देशों को पहले से किसी ऑब्जेक्ट कोड या मशीन कोड में परिवर्तित किए बिना निष्पादित करता है। व्याख्या की गई प्रोग्राम के उदाहरण पर्ल, पायथन और मैटलैब हैं।

अतः विकल्प (B) सही है।

74. किसी भी C प्रोग्राम में कम से कम एक फंक्शन होता है, और यहां तक कि सबसे छोटे प्रोग्राम भी एडिशनल फंक्शन निर्दिष्ट कर सकते हैं। एक फंक्शन कोड का एक भाग है। दूसरे शब्दों में, यह एक सब-प्रोग्राम की तरह काम करता है।

अत: विकल्प (A) सही है।

75. "स्पेसवार" 1962 में स्टीव रसेल द्वारा विकसित एक अंतरिक्ष युद्ध वीडियो गेम है। खेल में दो अंतरिक्ष यान, "सुई" और "कील" शामिल हैं, जो एक तारे के गुरुत्वाकर्षण कुएं में पैंतरेबाज़ी करते हुए हवाई लड़ाई करते हैं।

अत: विकल्प (A) सही है।

76. सबसे पहले दर्ज की गई गणना उपकरण अबेकस है। अंकगणित के प्रदर्शन के लिए एक सरल कंप्यूटिंग डिवाइस के रूप में उपयोग किया जाता है, अबेकस सबसे पहले 5000 साल पहले बेबीलोनिया (इराक) में इस्तेमाल किया गया था।

अत: विकल्प (E) सही है।

77. एंड्रॉइड आधारित हार्डवेयर पांचवीं पीढ़ी में विकसित किया गया था। मल्टीमीडिया, विज़ुअलाइज़ेशन, समांतर कंप्यूटिंग चौथी पीढ़ी में विकसित की गई थी लेकिन पांचवीं पीढ़ी में उन्नत मल्टीमीडिया फाइलें विकसित की गई थीं।

अत: विकल्प (B) सही है।

78. सूचना प्रौद्योगिकी में, एक बैकअप या डेटा बैकअप या बैक अप की प्रक्रिया कंप्यूटर डेटा की एक संग्रह फाइल में प्रतिलिपि बनाने को संदर्भित करती है ताकि डेटा हानि घटना के बाद मूल को पुनर्स्थापित करने के लिए इसका उपयोग किया जा सके।

अत: विकल्प (B) सही है।

79. एडवांस्ड रिसर्च प्रोजेक्ट्स एजेंसी नेटवर्क (ARPANET) एक प्रारंभिक पैकेट-स्विचिंग नेटवर्क और प्रोटोकॉल सूट TCP/IP को लागू करने वाला पहला नेटवर्क था। दोनों प्रौद्योगिकियां इंटरनेट की तकनीकी आधार बन गईं।

अत: विकल्प (D) सही है।

80. USB वायरलेस नेटवर्क एडाप्टर एक संचार उपकरण है जो USB पोर्ट में प्लग करता है और आसान कॉन्फिगरेशन के लिए एक सहज ज्ञान युक्त ग्राफिकल यूज़र इंटरफेस (GUI) प्रदान करता है। यह सुरक्षित वायरलेस संचार के लिए डेटा एन्क्रिप्शन में सहायता करता है और यात्री और नोटबुक उपयोगकर्ता के लिए यह एकदम उपयुक्त है।

अत: विकल्प (A) सही है।

81. मुंबई स्थित गैर-बैंकिंग वित्तीय कंपनी, मैग्मा फिनकॉर्प लिमिटेड ने 31 मई 2021 को सीरम इंस्टीट्यूट ऑफ इंडिया के CEO अदार पूनावाला को कंपनी का अध्यक्ष नियुक्त किया।

- मैग्मा फिनकॉर्प ने अभय भूटाडा को प्रबंध निदेशक के रूप में भी नियुक्त किया।
- दो दशकों से अधिक के ट्रैक रिकॉर्ड वाले अनुभवी बैंकर विजय देशवाल जुलाई 2021 के पहले सप्ताह से मैग्मा फिनकॉर्प में CEO के रूप में कार्यभार संभालेंगे।
- एक गैर-बैंकिंग वित्तीय कंपनी (NBFC) कंपनी अधिनियम, 1956 के तहत पंजीकृत एक कंपनी है।
- यह ऋण और अग्रिम, सरकार या स्थानीय प्राधिकरण या अन्य विपणन योग्य प्रतिभूतियों द्वारा जारी किए गए शेयरों / स्टॉक / बांड / डिबेंचर / प्रतिभूतियों के अधिग्रहण के व्यवसाय में संलग्न है।
- इसमें ऐसी कोई संस्था शामिल नहीं है जिसका मुख्य व्यवसाय कृषि गतिविधि, औद्योगिक गतिविधि, किसी भी सामान की खरीद या बिक्री (प्रतिभूतियों के अलावा) या कोई सेवा प्रदान करना और अचल संपत्ति की बिक्री / खरीद / निर्माण करना है।

अत: विकल्प (C) सही है।

82. सितम्बर 2021 में, RBI ने 'MSME उधार' के रूप में अपनी थीम के साथ नियामक सैंडबॉक्स के तीसरे समूह को खोलने की घोषणा की है।

नियामक सैंडबॉक्स के लिए पहला समूह खुदरा भुगतान की थीम के तहत था जहां RBI को 32 आवेदक मिले थे और परीक्षण चरण के लिए केवल छह का चयन किया गया था।

वे संस्थाएं जिनके उत्पाद पहले समूह में RBI द्वारा निर्धारित मानदंडों को पूरा करते हुए पाए गए हैं, वे निम्न हैं:

- न्यूक्लियस सॉफ्टवेयर एक्सपोर्ट्स (PaySe)
- टैप स्मार्ट डेटा इंफॉर्मेशन सर्विसेज (Citycash)
- नेचुरल सपोर्ट कंसल्टेंसी सर्विसेज (IND-e-Cash)
- नाफ़ा इनोवेशन (ToneTag)
- उबोना टेक्नोलॉजीज (BHIM Voice)
- इरॉउट टेक्नोलॉजीज (SIM का उपयोग करके ऑफलाइन भुगतान)।

नियामक सैंडबॉक्स के तहत अपने दूसरे समूह में RBI ने अपनी थीम के रूप में 'सीमा पार भुगतान' की घोषणा की थी।

अत: विकल्प (A) सही है।

83. एक गुणात्मक जोखिम विश्लेषण करने के बाद आपको जोखिमों की एक प्राथमिकता सूची, अतिरिक्त विश्लेषण और जांच के लिए जोखिमों की एक सूची, तत्काल जोखिमों की एक सूची और एक निगरानी सूची बनाने की आवश्यकता है। इन सभी को श्रेणियों के आधार पर समूहीकृत किया गया है जो गुणात्मक जोखिम विश्लेषण प्रक्रिया के परिणाम हैं।

गुणात्मक जोखिम विश्लेषण, पैमाने पर प्रत्येक जोखिम के प्रभाव का अनुमान (1-5 या निम्न/मध्यम/उच्च/चरम) लगाते है। इसके बाद, समान पैमाने का उपयोग करते हुए, प्रत्येक जोखिम के घटित होने की संभावना का अनुमान लगाते है। अंत में, उन अंकों को ले के और उन्हें कुल जोखिम रैंकिंग बनाने के लिए संयोजित करते है।

अत: विकल्प (E) सही है।

84. प्रतिपक्ष जोखिम किसी एक पक्ष द्वारा लेन-देन में चूक की संभावना से उत्पन्न होता है। प्रतिपक्ष जोखिम संभावना है कि लेनदेन में शामिल लोगों में से एक अपने संविदात्मक दायित्व पर चूक कर सकता है। प्रतिपक्ष जोखिम क्रेडिट, निवेश और व्यापारिक लेनदेन में मौजूद हो सकता है।

अत: विकल्प (B) सही है।

85. जोखिम को बनाए रखने या सुनिश्चित करने के कारण होने वाली हानि को जोखिम प्रतिधारण के रूप में जाना जाता है।

जोखिम प्रतिधारण एक व्यक्ति या संगठन का उस विशेष जोखिम के लिए जिम्मेदारी लेने का निर्णय है जिसका वह सामना करता है, जैसा कि बीमा खरीदकर जोखिम को बीमा कंपनी को हस्तांतरित करने के विपरीत है। इसका मतलब है कि व्यक्ति या संगठन ने किसी तीसरे पक्ष को नुकसान के वित्तीय बोझ को स्थानांतरित करने के साधन के रूप में बीमा खरीदने के बजाय जेब से किसी भी नुकसान का भुगतान करना चुना है।

अत: विकल्प (C) सही है।

86. पंजाब नेशनल बैंक के गैर-कार्यकारी अध्यक्ष, सुनील मेहता, शशक्त समिति के प्रमुख थे। सरकार ने एनपीए के मुद्दे को हल करने के लिए सुनील मेहता के नेतृत्व में एक समिति का गठन किया था।

- सुनील मेहता ने कहा कि अंतर लेनदार समझौते (ICA) के ढांचे को अनिवार्य बनाने वाली नई RBI दिशा अनुप्रयोज्य संपत्तियों (NPA या ऋण) के समाधान के लिए सही दिशा में एक चरण है।

- शशक्त समिति ने सिफारिश की है कि 90 दिनों की समय सीमा के साथ, बैंक स्तर पर 50 करोड़ रुपये तक के खराब ऋणों का प्रबंधन किया जाएगा।

- 50-500 करोड़ रुपये के बुरे ऋण के लिए, बैंक ICA में प्रवेश करेंगे, जो अग्रणी बैंक को 180 दिनों में एक संकल्प योजना लागू करने या राष्ट्रीय कंपनी कानून न्यायाधिकरण (NCLT) के मामले को संदर्भित करने के लिए अधिकृत करेगा।

- शशक्त ICA को नए ढांचे की आवश्यकताओं को शामिल करने के लिए संशोधित किया जा सकता है और BLRA (अग्रणी बैंक संकल्प दृष्टिकोण) के तहत सभी तनावग्रस्त परिसंपत्तियों के समाधान के लिए मास्टर अंतर-लेनदार समझौते के रूप में काम कर सकता है।

अत: विकल्प (B) सही है।

87. लघु उद्योग, कृषि, लघु व्यवसाय आदि को दिए जा रहे ऋण प्राथमिकता क्षेत्र ऋण की ओर इशारा करते हैं।

आरबीआई ने बैंकों को अपने फंड का एक निश्चित हिस्सा कृषि, सूक्ष्म, लघु और मध्यम उद्यमों (एमएसएमई), निर्यात ऋण, शिक्षा, आवास, सामाजिक बुनियादी ढांचे, नवीकरणीय ऊर्जा जैसे विशिष्ट क्षेत्रों को उधार देने के लिए अनिवार्य किया है। सभी अनुसूचित वाणिज्यिक बैंकों और विदेशी बैंकों (भारत में एक बड़ी उपस्थिति के साथ) को इन क्षेत्रों को उधार देने के लिए अपने समायोजित नेट बैंक क्रेडिट (ANDC) का 40% अलग रखना अनिवार्य है।

क्षेत्रीय ग्रामीण बैंकों, सहकारी बैंकों और लघु वित्त बैंकों को ANDC का 75% PSL को आवंटित करना होता है। वाणिज्यिक बैंकों के लिए पीएसएल दिशानिर्देशों की पिछली बार अप्रैल 2015 में और शहरी सहकारी बैंकों (यूसीबी) के लिए मई 2018 में समीक्षा की गई थी।

अतः विकल्प (A) सही है।

88. आरआरबी के पास ऋण देने का एक उप-लक्ष्य होगा 18% यदि कृषि के लिए उनकी कुल अग्रिम। प्राथमिक क्षेत्र को उधार देने का उद्देश्य मुख्य रूप से अर्थव्यवस्था के उन क्षेत्रों को वित्तीय सहायता सुनिश्चित करना है जिन्हें वित्तीय संस्थानों का पर्याप्त समर्थन नहीं मिला है।

भारतीय रिजर्व बैंक ने कृषि, वित्त, खुदरा व्यापार, लघु उद्यम, शिक्षा ऋण, सूक्ष्म ऋण और आवास ऋण से जुड़े अर्थव्यवस्था के क्षेत्रों के रूप में प्राथमिकता वाले क्षेत्रों को परिभाषित किया। भारतीय रिजर्व बैंक अर्थव्यवस्था की आवश्यकताओं के अनुसार इन क्षेत्रों के संबंध में ऋण की सीमा निर्धारित और संशोधित करता है। इसके अनुसार, क्षेत्रीय ग्रामीण बैंकों को इन प्राथमिकता प्राप्त क्षेत्रों को अपने कुल बकाया का 75% उधार देने का लक्ष्य होगा।

अत: विकल्प (B) सही है।

89. ऋण वसूली न्यायाधिकरण (डीआरटी) - 1993 के गठन का उद्देश्य मामलों के निपटान के लिए आवश्यक समय को कम करना है।

वे बैंकों और वित्तीय संस्थानों के कारण ऋण की वसूली अधिनियम, 1993 के प्रावधानों द्वारा शासित होते हैं।

हालांकि, उनकी संख्या पर्याप्त नहीं है इसलिए वे भी समय के अंतराल से पीड़ित हैं और कई क्षेत्रों में मामले 2-3 साल से अधिक समय से लंबित हैं।

अत: विकल्प (D) सही है।

90. अधिकांश समय, ऋण को गैर-निष्पादित के रूप में वर्गीकृत किया जाता है, जब ऋण भुगतान 90 दिनों (मानक अवधि) की अवधि के लिए नहीं किया जाता है।

एक गैर-निष्पादित परिसंपत्ति एक ऋण दायित्व है जहां उधारकर्ता ने निर्दिष्ट ऋणदाता को विस्तारित अवधि के लिए पहले से सहमत ब्याज और मूलधन का भुगतान नहीं किया है।

ऋण की अवधि के दौरान या उसकी परिपक्वता पर किसी भी समय एक ऋण को गैर-निष्पादित परिसंपत्ति के रूप में वर्गीकृत किया जा सकता है।

अत: विकल्प (B) सही है।

91. पेगासस एसेट्स रिकंस्ट्रक्शन प्राइवेट लिमिटेड (पेगासस) भारतीय रिजर्व बैंक (आरबीआई) के साथ एक एसेट रिकंस्ट्रक्शन कंपनी (एआरसी) के रूप में वित्तीय परिसंपत्तियों के प्रतिभूतिकरण और पुनर्निर्माण और सुरक्षा ब्याज (सरफेसी) अधिनियम, 2002 के प्रवर्तन की धारा 3 के तहत पंजीकृत है।

पेगासस एसेट रिकंस्ट्रक्शन प्राइवेट लिमिटेड ऑटोमोबाइल, टेक्सटाइल और स्टील जैसे विभिन्न प्रकार के उद्योगों को परिसंपत्ति पुनर्निर्माण सेवाएं प्रदान करता है।

अत: सही विकल्प (C) है।

92. प्रतिभूतिकरण और परिसंपत्ति पुनर्निर्माण कंपनियों के लिए आरबीआई दिशानिर्देश हैं:

- भारतीय रिजर्व बैंक (आरबीआई) ने प्रतिभूतिकरण और संपत्ति पुनर्निर्माण कंपनियों (ARCs) से संबंधित दिशा-निर्देशों को लागू किया। सरफेसी अधिनियम के विभिन्न प्रावधानों के तहत, आरबीआई ने 2003 दिशानिर्देश और निर्देश जारी किए हैं।

- निदेशों के दायरे का अपवाद यह है कि निदेशों का अधिकांश परिचालन भाग सार्क द्वारा परिसंपत्तियों के प्रत्यक्ष अधिग्रहण पर लागू होता है, लेकिन केवल तभी लागू नहीं होता है जब ऐसी संपत्ति को ट्रस्ट के ट्रस्टी के रूप में रखा जाता है। सार्क को एक ट्रस्ट का निपटान करना होता है, ऐसे ट्रस्ट का ट्रस्टी बनना होता है, और एक ट्रस्टी के रूप में संपत्ति का अधिग्रहण करना होता है ताकि वह दिशा-निर्देशों के अनुशासन से बाहर हो सके।

- एससी/आरसी जेएलएफ के सदस्य बन जाएंगे जैसा कि 'अर्थव्यवस्था में पुनर्जीवन संकटग्रस्त आस्तियों के लिए ढांचा - संयुक्त ऋणदाताओं' फोरम (जेएलएफ) और सुधारात्मक कार्य योजना (सीएपी) पर दिशानिर्देश पर वर्णित है और इस तरह के तनाव के संदर्भ में प्रक्रिया का एक हिस्सा होगा। संपत्तियां।

- जब स्थानान्तरण के परिणामस्वरूप पर्याप्त परिवर्तन होता है तो एससी/आरसी को रिज़र्व बैंक का पूर्वानुमोदन प्राप्त करना होगा।

अत: सही विकल्प (E) है।

93. आरबीआई के दिशानिर्देशों के अनुसार, नए ऋण पुनर्गठन के लिए आवेदन करने की अंतिम तिथि 30 सितंबर, 2021 थी।

भारतीय रिजर्व बैंक (आरबीआई) ने एक नया सर्कुलर निकाला है। इसके अनुसार आप किसी भी तरह के कर्ज लिए हों आप इसका रिस्ट्रक्चरिंग करा सकते हैं।

रिस्ट्रक्चरिंग का अर्थ है अर्थात आपने कोई ऋण लिया है। इसकी समय सीमा 3 वर्ष है, ब्याज 8 प्रतिशत है। आपने पिछले कुछ महीनों से एमआई नहीं भरी है तो आपको रिस्ट्रक्चरिंग की सुविधा मिलेगी। हालांकि यह बैंक के ऊपर है कि वह किस तरह आपको छूट देगा या नहीं देगा।

अत: सही विकल्प (C) है।

94. 6 जनवरी, 2021 को, बैंक ऑफ बड़ौदा (BoB) ने भारतीय लघु उद्योग विकास बैंक (SIDBI) के साथ पूर्व के सूक्ष्म, लघु और मध्यम उद्यमों (MSME) के ग्राहकों को एकमुश्त पुनर्गठन (OTR) के लिए ऑनलाइन आवेदन करने में सक्षम बनाने के लिए एक समझौता ज्ञापन (MoU) पर हस्ताक्षर किए हैं।

अत: सही विकल्प (B) है।

95. लोन रिव्यू मैकेनिज्म (एलआरएम) ऋण पुस्तिका की गुणवत्ता का लगातार मूल्यांकन करने और ऋण प्रशासन में गुणात्मक सुधार लाने के लिए एक प्रभावी उपकरण है। इसमें विभिन्न क्षेत्रों जैसे ऋण प्रशासन की प्रभावशीलता का मूल्यांकन, क्रेडिट ग्रेडिंग प्रक्रिया की अखंडता को बनाए रखने, ऋण हानि

प्रावधान का आकलन, पोर्टफोलियो गुणवत्ता, आदि में सौंपे गए जिम्मेदारियों के साथ बड़े मूल्य वाले खातों को शामिल करना शामिल था।

अत: सही विकल्प (A) है।

96. बेसल-॥ रिपोर्ट का शीर्षक था "पूंजी मापन और पूंजी मानकों का अंतर्राष्ट्रीय अभिसरण - एक संशोधित ढांचा।"

यह रिपोर्ट अंतरराष्ट्रीय स्तर पर सक्रिय बैंकों की पूंजी पर्याप्तता को नियंत्रित करने वाले पर्यवेक्षी नियमों में संशोधन पर अंतरराष्ट्रीय अभिसरण को सुरक्षित करने के लिए हाल के वर्षों में बैंकिंग पर्यवेक्षण ("समिति") पर बेसल समिति के परिणाम प्रस्तुत करती है।

अत: सही विकल्प (A) है।

97. पूंजी पर्याप्तता अनुपात (सीएआर) की गणना करने के लिए, बैंकों को क्रेडिट जोखिम, बाजार जोखिम और परिचालन जोखिम को ध्यान में रखना आवश्यक है।

पूंजी पर्याप्तता अनुपात (सीएआर) यह सुनिश्चित करने के लिए महत्वपूर्ण है कि बैंकों के पास दिवालिया होने से पहले उचित मात्रा में नुकसान को अवशोषित करने के लिए पर्याप्त कुशन हो। सीएआर का उपयोग नियामकों द्वारा बैंकों के लिए पूंजी पर्याप्तता निर्धारित करने और तनाव परीक्षण चलाने के लिए किया जाता है।

अत: सही विकल्प (D) है।

98. पीपुल्स बैंक ऑफ चाइना (पीबीओसी) ने प्रमुख भारतीय निजी क्षेत्र के बैंक, आईसीआईसीआई बैंक में एक छोटी इक्विटी हिस्सेदारी हासिल कर ली है।

यह उन 357 संस्थागत निवेशकों में से एक है, जिन्होंने 15,000 करोड़ रुपये के कालिफाइड इंस्टीट्यूशनल इनवेस्टर्स (क्यूआईपी) प्लेसमेंट के इश्यू को सब्सक्राइब किया था। पीपुल्स बैंक ऑफ चाइना ने इस इश्यू में 15 करोड़ रुपये का नितेश किगा। इसने गहले एक प्रगुख रांथान, एचडीएफसी में हिस्सेदारी खरीदी थी।

अत: विकल्प (C) सही है।

99. यूको बैंक ने बैंक के 79वें उद्घाटन दिवस के अवसर पर भारतीय राष्ट्रीय भुगतान निगम (एनपीसीआई) के सहयोग से अपने प्रीमियम ग्राहक वर्ग के लिए यूको बैंक रुपे सेलेक्ट कॉन्टैक्टलेस डेबिट कार्ड लॉन्च किया है।

अत: विकल्प (B) सही है।

100. फिनो पेमेंट बैंक का मुख्यालय मुंबई में स्थित है। भारतीय रिजर्व बैंक द्वारा फिनो पेमेंट बैंक को अनुसूचित वाणिज्यिक बैंक की श्रेणी में शामिल किया गया है।

देश के केंद्रीय बैंक ने कहा कि उसने भारतीय रिजर्व बैंक अधिनियम, 1934 की दूसरी अनुसूची में फिनो पेमेंट्स बैंक को शामिल किया है। इससे पेमेंट बैंक की निधि में अधिक पहुँच होगी और लिक्विडिटी एडजस्टमेंट फैसिलिटी (एलएएफ) विंडो में भागीदारी होगी।

अत: विकल्प (A) सही है।

101. विश्व व्यापार संगठन को अंतर्राष्ट्रीय मुद्रा कोष (आएएमएफ) और अंतर्राष्ट्रीय पुनर्निर्माण और विकास बैंक (आईबीआरडी) के साथ-साथ विश्वव्यापी व्यापार और वाणिज्य आयामों का तीसरा आर्थिक स्तंभ माना जा सकता है। तीनों संगठनों ने दुनिया भर में सतत आर्थिक विकास लाने के लिए काम किया है।

अत: विकल्प (B) सही है।

102. बैंकिंग विनियमन अधिनियम 1949 की धारा 5 बैंकिंग को उधार देने के उद्देश्य से जमा स्वीकार करने के कार्य के रूप में परिभाषित करती है। वाणिज्यिक बैंक पैसे का लेन-देन करते हैं, जमा स्वीकार करते हैं और अल्पकालिक ऋण / क्रेडिट अग्रिम करते हैं।

अत: विकल्प (B) सही है।

103. नाबार्ड द्वारा शुरू की गई किसान क्रेडिट कार्ड योजनाओं का उद्देश्य किसानों को ऋण प्रदान करना है।

किसान क्रेडिट कार्ड (KCC) भारत में प्रचलित एक क्रेडिट योजना है, जिसे पूरे देश में अगस्त 1998 में पेश किया गया था। इस क्रेडिट योजना का मुख्य उद्देश्य किसानों को सस्ती क्रेडिट के लिए तुरंत और समय पर पहुंच प्रदान करना है। यह योजना नाबार्ड और भारतीय रिजर्व बैंक द्वारा शुरू की गई थी।

अत: सही विकल्प (B) है।

104. फिस्कल पॉलिसी वाणिज्यिक बैंकों द्वारा ऋण निर्माण की शक्ति को सीमित करती है।

फिस्कल पॉलिसी, सरकारों द्वारा अर्थव्यवस्था को स्थिर करने के लिए नियोजित उपाय, विशेष रूप से करों और सरकारी व्यय के स्तरों और आवंटन का कुशलतापूर्वक प्रयोग करता है। कुछ लक्ष्यों को प्राप्त करने के लिए मौद्रिक नीति के साथ वित्तीय उपायों का अक्सर उपयोग किया जाता है। मौद्रिक नीति के साथ फिस्कल पॉलिसी वाणिज्यिक बैंकों द्वारा ऋण निर्माण की शक्ति को सीमित करती है।

अत: सही विकल्प (A) है।

105. सीआरआर और एसएलआर बैंक की तरलता की स्थिति सुनिश्चित करने के लिए है।

वैधानिक तरलता अनुपात (एसएलआर) उन तरल संपत्तियों को संदर्भित करता है जिन्हें वाणिज्यिक बैंकों को अपनी कुल जमा राशि के प्रतिशत के रूप में दैनिक आधार पर रखना चाहिए। एसएलआर केंद्रीय बैंक द्वारा निर्धारित किया जाता है और वाणिज्यिक बैंकों द्वारा पूरा किया जाना एक कानूनी आवश्यकता है।

नकदी आरक्षित अनुपात (सीआरआर) का तात्पर्य उन वाणिज्यिक बैंकों की कुल जमा राशि के अनुपात से है जिन्हें उन्होंने केंद्रीय बैंक के पास नकद भंडार के रूप में रखा होगा।

अत: सही विकल्प (A) है।

106. क्रेडिट सिंडिकेशन, कॉर्पोरेट ट्रस्टी सेवाएं और विदेशी सेवाएँ IDBI द्वारा प्रदान की जाती हैं।

IDBI नई औद्योगिक परियोजनाओं की स्थापना के साथ-साथ मौजूदा औद्योगिक उद्यमों के विस्तार, विविधीकरण और आधुनिकीकरण के लिए वित्त प्रदान करता है। IDBI द्वारा प्रस्तावित उत्पादों और सेवाओं की एक विस्तृत श्रृंखला में परियोजना ऋण, रुपया और साथ ही विदेशी मुद्रा ऋण, इक्विटी वित्तपोषण, कॉर्पोरेट वित्त (अल्पकालिक / कार्यशील पूंजी ऋण और संरचित वित्तपोषण उत्पाद सहित) उद्यम पूंजी, उपकरण पट्टे, बिल वित्त शामिल हैं।

अत: सही विकल्प (A) है।

107. राष्ट्रीय कृषि और ग्रामीण विकास बैंक (नाबार्ड) ने स्वयं सहायता समूहों (एसएचजी) के संचालन को डिजिटल बनाने के लिए ई-शक्ति नामक एक योजना शुरू की है।

'भारत को डिजिटल रूप से सशक्त समाज और ज्ञान अर्थव्यवस्था में बदलने' के भारत सरकार के मिशन को ध्यान में रखते हुए एसएचजी के डिजिटलीकरण पर पायलट परियोजना, नाबार्ड ने देश में सभी एसएचजी के डिजिटलीकरण के लिए एक परियोजना शुरू की है।

अत: सही विकल्प (A) है।

108. हाल ही में, भारत के ईंधन रिटेलर, इंडियन ऑयल ने भारतीय स्टेट बैंक (SBI) के साथ मिलकर काम किया है। यह एक संपर्क रहित कार्ड है, जो कार्ड के टैप से 5,000 रू तक के लेनदेन की अनुमति देता है।

इसने इंडियन आयल को-ब्रांडेड रुपे डेबिट कार्ड लॉन्च करने की घोषणा की। यह 'टैप एंड पे' तकनीक पर आधारित है। यह कार्डधारकों को ईंधन की

खरीद पर एक पुरस्कृत अनुभव प्रदान करेगा और सुरक्षित और सुविधाजनक संपर्क रहित भुगतान के साथ ग्राहकों की रोजमर्रा की खरीद को भी सरल करेगा।

अत: विकल्प (C) सही है।

109. आरबीआई 7 जनवरी, 2021 को प्रत्येक 10,000 करोड़ रुपये के लिए खुले बाजार संचालन (OMO) के तहत सरकारी प्रतिभूतियों की खरीद और बिक्री का आयोजन करेगा।

वर्तमान तरलता और वित्तीय स्थितियों की समीक्षा के बाद निर्णय लिया गया। योग्य प्रतिभागियों को 7 जनवरी 2021 को आरबीआई के कोर बैंकिंग समाधान (ई-कुबेर) प्रणाली पर इलेक्ट्रॉनिक प्रारूप में अपनी बोलियां प्रस्तुत करनी चाहिए।

अत: विकल्प (B) सही है।

110. मौद्रिक नीति संचरण से तात्पर्य बैंकों द्वारा नीतिगत दरों में कमी के लाभों को उपभोक्ताओं तक पहुँचाने से है।

मौद्रिक संचरण तंत्र वह प्रक्रिया है जिसके द्वारा मौद्रिक नीति निर्णयों के परिणामस्वरूप परिसंपत्ति की कीमतें और सामान्य आर्थिक स्थितियां प्रभावित होती हैं। इस तरह के निर्णयों का उद्देश्य समग्र आर्थिक प्रदर्शन को प्रभावित करने के लिए कुल मांग, ब्याज दरों, धन की मात्रा और ऋण को प्रभावित करना है।

अत: सही विकल्प (C) है।

111. राजकोषीय नीति कराधान और व्यय के संबंध में नीति है। यह सरकार द्वारा अपनाई गई नीति है, जो बदले में देश में विकास परिदृश्य के आधार पर अंशांकित की जाती है, उदाहरण के लिए यदि विकास धीमा हो रहा है तो सरकार सार्वजनिक निवेश में वृद्धि करेगी और करों को कम करेगी।

अत: सही विकल्प (B) है।

112. वित्त मंत्री निर्मला सीतारमण ने बताया कि पीएम ई विद्या के 'वन क्लास, वन टीवी चैनल' कार्यक्रम को 12 से 200 टीवी चैनलों तक बढ़ाया जाएगा। यह सभी राज्यों को कक्षा 1 से 12 तक क्षेत्रीय भाषाओं में सप्लीमेंट्री शिक्षा प्रदान करने में सक्षम बनाएगा। इसके साथ ही एक डिजिटल यूनिवर्सिटी बनाए जाने का भी घोषणा किया गया है।

अत: विकल्प (A) सही है।

113. वित्त मंत्री निर्मला सीतारमण ने कहा कि अगले 3 वर्षों के दौरान 100 PM गति शक्ति कार्गो टर्मिनल विकसित किए जाएंगे। इसके अलावा मेट्रो सिस्टम के निर्माण के लिए नवीन तरीकों का कार्यान्वयन किया जाएगा। वित्त मंत्री ने कहा कि अर्बन ट्रांसपोर्ट को रेलवे के साथ जोड़ा जाएगा। इससे पोस्टल और रेलवे का नेटवर्क बेहतर होगा।

अत: विकल्प (C) सही है।

114. वित्त मंत्री निर्मला सीतारमण ने 1 फरवरी को घोषणा की कि ग्रामीण और शहरी क्षेत्रों में 60,000 घरों को लाभार्थियों के रूप में पहचाना जाएगा। प्रधानमंत्री आवास योजना (PMAY) भारत सरकार द्वारा गरीबों को किफायती आवास प्रदान करने के उद्देश्य से शुरू की गई थी। सीतारमण ने मार्च 2023 तक आपातकालीन क्रेडिट लाइन गारंटी योजना (ईसीएलजीएस) के विस्तार की भी घोषणा की।

अत: विकल्प (D) सही है।

115. आर्थिक सर्वेक्षण एक वार्षिक रिपोर्ट है जो अर्थव्यवस्था के विभिन्न क्षेत्रों की स्थिति पर प्रकाश डालती है और उन सुधारों का सुझाव देती है जिन्हें विकास में तेजी लाने के लिए किया जाना चाहिए। रिपोर्ट वित्त मंत्री द्वारा संसद में प्रस्तुत की जाती है।

अत: विकल्प (E) सही है।

116. आतंकी संगठनों व आतंकियों को अंतरराष्ट्रीय फंडिंग की रोकथाम के लिए गठित फाइनेंशियल एक्शन टास्क फोर्स (एफएटीएफ) की निगरानी सूची (ग्रे लिस्ट) में पाकिस्तान अभी बना रहेगा। पेरिस में एफएटीएफ की समीक्षा बैठक में, आतंकी फंडिंग को रोकने के लिए पाकिस्तान द्वारा उठाए गए कदमों की तारीफ की गई है। एफएटीएफ के नियम के मुताबिक ग्रे सूची से किसी भी देश को हटाने का फैसला शीर्ष अधिकारियों की टीम की तरफ से भौतिक जांच यानी उक्त देश का दौरा करने के बाद किया जाता है। पाकिस्तान जून 2018 के बाद से ही एफएटीएफ की निगरानी सूची में बना हुआ है। वह इस सूची में सबसे ज्यादा लंबे समय तक बने रहने वाला देश है।

अतः विकल्प (D) सही है।

117. आईडीबीआई बैंक ने एजेस इंश्योरेंस इंटरनेशनल के साथ एक शेयर खरीद समझौता किया है, जिसमें बैंक निजी क्षेत्र के जीवन बीमाकर्ता एजेस फेडरल लाइफ इंश्योरेंस में अपनी शेष 25 प्रतिशत हिस्सेदारी 580 करोड़ रुपये में बेचना चाहता है।

अतः विकल्प (C) सही है।

118. भारतीय स्टेट बैंक (एसबीआई) ने अपने योनो प्लेटफॉर्म पर रीयल-टाइम एक्सप्रेस क्रेडिट शुरू करने की घोषणा की है, जिससे पात्र ग्राहकों को 35 लाख रुपये तक का व्यक्तिगत ऋण मिल सके।

अतः विकल्प (B) सही है।

119. बोर्ड वर्तमान आर्थिक स्थिति, वैश्विक और घरेलू मुद्दों और हाल के भू-राजनीतिक विकास के प्रभाव की जांच के बाद आकस्मिक जोखिम बफर को 5.50 प्रतिशत पर रखने पर सहमत हुआ।

अतः विकल्प (D) सही है।

120. संयुक्त राज्य अमेरिका में Google Pay उपयोगकर्ता अब भारत और सिंगापुर में वर्ष के अंत तक वाइज (WISE) के माध्यम से उपलब्ध 80 देशों और वेस्टर्न यूनियन के माध्यम से 200 तक विस्तार करने की योजना के साथऐप ग्राहकों को धन हस्तांतरित कर सकते हैं।

अतः विकल्प (A) सही है।

121. The correct sentence is -

(A)-(D): Lakes on early Mars were likely as large as some on Earth's surface today.

We need to join each sentence part given in column 1 to their correct counterparts given in column 2. The sentences should not only be conceptually correct but also grammatically error-free. This would allow us to come to the correct solution.

Part (A) talks about how lakes on Mars where 'as large as' something else. So, conceptually it should join with part (D) which points out to what it is being compared to (lakes on Earth). So, (A)-(D).

Combining the rest of the parts do not make sense.

Hence, the correct option is (B).

122. The correct sentences are -

A-E: The small amount of water vapour in the Martian atmosphere suggests that there has been liquid water on Mars.

B-D: Ancient oceans on Mars contained only small amounts of carbon.

We need to join each sentence part given in column 1 to their correct counterparts given in column 2. The sentences should not only be conceptually correct but also grammatically error-free. This would allow us to come to the correct solution.

Part A talks about a fact which provides a suggestion. Conceptually it should join with part E which points out what this suggestion is. So, A-E.

Part B talks about oceans on Mars containing something. So, it should join with part D which mentions what it can contain. So, B-D.

Combining the rest of the parts do not make sense.

The correct combinations are reflected in option (D), making it the correct answer.

Hence, the correct option is (D).

123. The correct sentence is -

(B)-(E): The ancient oceans that formed on Mars dried up during periods of cold, dry weather.

We need to join each sentence part given in column 1 to their correct counterparts given in column 2. The sentences should not only be conceptually correct but also grammatically error-free. This would allow us to come to the correct solution.

Part (B) talks about how ancient oceans on Mars dried up. Conceptually it should join with part E which points out when this drying up occurred (periods of cold dry weather). So, (B)-(E).

Combining the rest of the parts is grammatically incorrect.

The correct combination is reflected in option (B), making it the correct answer.

Hence, the correct option is (B).

124. The first part of the sentence and the second part of the sentence are of the same nature. They both state what can be done. So there is no reason why we should use "could" which is past tense in the second part of the sentence. So this is incorrect. We need to write "can" instead of "could."

Hence, the correct option is (C).

125. The sentence uses the verb "seeks" which is of present tense but the other verb in the sentence is "was" which is of past tense form. So, A is eliminated.

Option (C) contains the verb "seeked". However, the word so used does not exist in grammar. So, C is eliminated.

The sentence is talking about an action which is targeted towards a certain object. In such a case, the verb so used will be of the form "base verb + ing". Therefore, the sentence is supposed to contain the verb "seeking". So, the correct solution is B and the correct option is option (B).

Hence, the correct option is (B).

126. The main verb in the sentence is of present perfect tense form as can be seen from the use of the verb "have been + the verb i.e., able to create". Present perfect continuous tense is used to refer to an action that was started in the past but has been completed at the time of speaking.

Since there is no error in the sentence, the phrase needs no improvement.

Hence, the correct option is (E).

127. There is no error in the given sentence.

The idiomatic phrase 'by fits and starts' means 'irregularly, without steady application.' It is something that happens in fits and starts or by fits and starts keeps happening and then stopping again.

Example: 1. My slimming attempts tend to go in fits and starts.

2. Military technology advances by fits and starts.

NOTE: It can also be used with 'by'.

Hence, the correct option is (E).

128. The error lies in part (A).

The adjective 'infatuation' will take the preposition 'with' after it and not 'for.'

The correct sentence is:- His infatuation with cricket led him to neglect his studies and he failed to secure admission in a good engineering college.

Hence, the correct option is (A).

129. Evolved means **developed gradually; progressed.**

Eg - The company has evolved into a major sector.

None of the other options is correct.

Hence, the correct option is (A).

130. Condemn means **to express complete disapproval of; criticize.**

Meanings of the given options are:

Praise means express warm approval or admiration of. Eg - He used to praise me a lot.

Censure means express severe disapproval of (someone or something), especially in a formal statement.

Blame means feel or declare that (someone or something) is responsible for a fault or wrong.

Reprove means reprimand (someone).

Rebuke means an expression of sharp disapproval or criticism.

So, 'praise' means the opposite of 'condemn'.

Hence, the correct option is (D).

131. The sentence talks about which things are included in illegal trade.

Meanings of the given options are:

Trafficked means deal or trade in something illegal.

Persistent means continuing firmly or obstinately in an opinion or course of action in spite of difficulty or opposition.

Preoccupied means engrossed in thought; distracted.

We cannot use 'is' as many animals and products are mentioned here. The subject is plural so the verb also has to be in its plural form, according to the Subject-Verb agreement.

So, the most appropriate word is **' are trafficked'**.

Hence, the correct option is (E).

132. Part (5) comes first as it introduces the reason of the subject being highlighted further in the sentence.

Next comes **part (1)** as it mentions the first place which is rich in biodiversity. Since there is a comma after this, the names of other places should follow part (1).

After that comes **part (4)** as it mentions the names of the continents which are also rich in biodiversity.

Part (2) comes next as it states that the places mentioned before are at risk.

Part (3) comes at the end as it states due to which all things the places are at risk i.e., wildlife crimes and trafficking.

The correct sequence is **(5)(1)(4)(2)(3).**

Rearranged sentence: Being rich in biodiversity, the Indian subcontinent, Africa and South America are most vulnerable for wildlife crimes and trafficking.

Hence, the correct option is (B).

133. 'Species' is a **plural noun** and we should **use plural verbs with plural nouns** as we follow the **subject-verb agreement in a sentence**.

Subject-verb agreement simply means the subject and verb must agree in number. This means both need to be singular or both need to be plural.

'Is' is used with singular nouns.

We need to use **'are' in place of 'is'**.

Corrected sentence: All species of pangolins are included in Cites Appendix I, which means their international trade is prohibited.

Hence, the correct option is (B).

134. All greek to me (idiom): Something difficult to understand.

A piece of cake (idiom): Something very easy.

Ducks and Drakes (Idiom): Behave recklessly

Ace in the hole (Idiom): A hidden strength.

Hence, the correct option is (B).

135. At the drop of a hat (idiom): without any hesitation.

As busy as bee (idiom): Occupied with lot of work.

Barking up the wrong tree (idiom): looking at the wrong place.

Hence, the correct option is (B).

136. The word 'frippery' means 'something that is showy or gaudy to the point of appearing silly or unnecessary' and fails to convey the correct meaning. The word 'chortle' means' to chuckle or snort in amusement or glee' and is a misfit here. The word 'advantages' means 'benefits' and conveys the correct meaning here.

Hence, the correct option is (C).

137. The word 'abject' means 'wretched' and makes no sense here. The word 'alacritous' means 'being eager and willing' and fails to convey any meaning here. The word 'enamored' means 'in love with a person or thing' and is a misfit here. The word 'billed' here means 'referenced or considered after paying a certain amount of money' and conveys the correct meaning here.

Hence, the correct option is (B).

138. The word 'inchoate' means 'undeveloped, beginning' and fails to convey any meaning here. The word 'unequivocal' means 'leaving no doubt; unambiguous' and is a misfit here. The word 'limitless' means 'uncontrolled' and so does the word 'unimpeded' means. Both the words are apt to convey the correct meaning.

Hence, the correct option is (E).

139. The word 'vacillates' means 'go back and forth, be indecisive' and is a misfit here. The word 'synchronises' means 'cause to occur or operate at the same time or rate' and conveys the correct meaning. The word 'corresponds' means 'matches or agrees almost exactly' and conveys the same meaning as 'synchronises'.

Hence, the correct option is (E).

140. The word 'versatility' means 'ability to adapt or be adapted to many different functions or activities' and conveys the correct meaning here. The word 'alacrity' means 'brisk and cheerful readiness' and is a misfit here. The word 'loquacious' means 'talkative' and fails to make any sense here.

Hence, the correct option is (A).

141. The complete sentence is:

1. The dacoit made an elaborate plan to escape from jail.

2. I wish to move to another city.

In the context of both the sentence, the most appropriate preposition to be use is 'to'. None of the other options can be used in both the sentences.

Hence, the correct option is (A).

142. The correct answer is option (B), i.e. Was, the.

The given sentence is in past tense. Only option (B) logically follows the idea conveyed by the sentence. Hence, other options can be eliminated.

So, the sentence can be rewritten as-

Egyptian President Abdel Fattah al-Sisi was re-elected for a second term on Thursday, the Egyptian state media reported.

Hence, the correct option is (B).

143. It appears that the Turks are intent on some sort of military operation, possibly combined with an effort To resettle refugees.

It is clear from the sentence that the correct form to be used here is (to+V1)/(for+V+ing)

Therefore option (A) -Resettling- and option (B) -Resettled- cannot be chosen. 'Resettling' would require a 'for' before it.

Option (E) -To resettle- is the best fit.

Option (C) -Resettle- cannot be chosen as a preposition should be used before it.

Option (D) -For resettle- cannot be chosen because it does not fit here. If the option were 'for resettling', it would have been correct.

Hence, the correct option is (E).

144. The complete sentence is:

The pipes are so old and badly maintained that we are losing vast amounts of water.

Option (C) -So- is the best fit, as it shows reason.

Option (A) -That- cannot be chosen because it is not the best fit here.

Option (B) -Still- cannot be chosen because it means -up to this time-.

Option (D) -As-cannot be used because -As ....that- is not the right choice for this sentence.

Option (E) -How- is not relevant here.

Hence, the correct option is (C).

145. The complete sentence is:

The project believes that there may be a premium market for items that have been made using plastic reclaimed from the ocean.

Option (C) -Have been made- is the correct answer.

Option (A) -Made- cannot be chosen because the action that is mentioned in this sentence may have taken place in the past but it has some present consequences.

Therefore option (B) -Was- made cannot be chosen.

Option (D) -Is made- which is in the present is clearly not the answer.

Option (E) -Has been made- cannot be chosen because the subject is plural.

Hence, the correct option is (C).

146. The context of most sentences is the deep-sea exploration and its overall information.

Only D talks about the history of deep-sea exploration. So, D is out of context.

The first sentence of a paragraph gives an introduction, which is then elaborated in the following sentences.

A is given as the first, introductory sentence. So, logically, the next sentence must give more information about how deep-sea means different things to different people.

This is only shown by G, which talks about fishermen. So, G is the second sentence.

Sentence B, provides a further difference, with scientists. So, B is the third sentence.

Only C gives more information about 'thermocline' mentioned in B. So, C must be fourth.

Only H refers to '1000 fathoms' mentioned in C. So, H must be fifth.

Between E and F, F uses the word 'also', putting it after E. So, E is the sixth sentence and F is the seventh.

The correct order is: AGBCHEF.

The ordered paragraph will be: The term "deep sea" doesn't have the same meaning to everyone. To fishermen, the deep sea is any part of the ocean beyond the relatively shallow continental shelf. To scientists, the deep sea is the lowest part of the ocean, below the thermocline and above the seafloor. The thermocline is the layer where heating and cooling from sunlight ceases to have an effect, lying at about 1000 fathoms. So, scientists would claim it is the part of the ocean deeper than 1,000 fathoms or 1,800 meters. The history of deep-sea exploration begins relatively recently, mainly because advanced technology is needed to explore the depths. It's difficult to explore the depths because they are eternally dark, extremely cold, with temperatures between 0 degrees C and 3 degrees C below 3,000 meters. They also are under high pressure, with15750 psi or over 1,000 times higher than standard atmospheric pressure at sea level.

Hence, the correct option is (A).

147. The context of most sentences is the deep-sea exploration and its overall information.

Only D talks about the history of deep-sea exploration. So, D is out of context.

The first sentence of a paragraph gives an introduction, which is then elaborated in the following sentences.

A is given as the first, introductory sentence. So, logically, the next sentence must give more information about how deep-sea means different things to different people.

This is only shown by G, which talks about fishermen. So, G is the second sentence.

Sentence B, provides a further difference, with scientists. So, B is the third sentence.

Only C gives more information about 'thermocline' mentioned in B. So, C must be fourth.

Only H refers to '1000 fathoms' mentioned in C. So, H must be fifth.

Between E and F, F uses the word 'also', putting it after E. So, E is the sixth sentence and F is the seventh.

The correct order is: AGBCHEF.

The ordered paragraph will be: The term "deep sea" doesn't have the same meaning to everyone. To fishermen, the deep sea is any part of the ocean beyond the relatively shallow continental shelf. To scientists, the deep sea is the lowest part of the ocean, below the thermocline and above the seafloor. The thermocline is the layer where heating and cooling from sunlight ceases to have an effect, lying at about 1000 fathoms. So, scientists would claim it is the part of the ocean deeper than 1,000 fathoms or 1,800 meters.

The history of deep-sea exploration begins relatively recently, mainly because advanced technology is needed to explore the depths. It's difficult to explore the depths because they are eternally dark, extremely cold, with temperatures between 0 degrees C and 3 degrees C below 3,000 meters. They also are under high pressure, with15750 psi or over 1,000 times higher than standard atmospheric pressure at sea level.

Hence, the correct option is (D).

148. The context of most sentences is the deep-sea exploration and its overall information.

Only D talks about the history of deep-sea exploration. So, D is out of context.

The first sentence of a paragraph gives an introduction, which is then elaborated in the following sentences.

A is given as the first, introductory sentence. So, logically, the next sentence must give more information about how deep-sea means different things to different people.

This is only shown by G, which talks about fishermen. So, G is the second sentence.

Sentence B, provides a further difference, with scientists. So, B is the third sentence.

Only C gives more information about 'thermocline' mentioned in B. So, C must be fourth.

Only H refers to '1000 fathoms' mentioned in C. So, H must be fifth.

Between E and F, F uses the word 'also', putting it after E. So, E is the sixth sentence and F is the seventh.

The correct order is: AGBCHEF.

The ordered paragraph will be: The term "deep sea" doesn't have the same meaning to everyone. To fishermen, the deep sea is any part of the ocean beyond the relatively shallow continental shelf. To scientists, the deep sea is the lowest part of the ocean, below the thermocline and above the seafloor. The thermocline is the layer where heating and cooling from sunlight ceases to have an effect, lying at about 1000 fathoms. So, scientists would claim it is the part of the ocean deeper than 1,000 fathoms or 1,800 meters. The history of deep-sea exploration begins relatively recently, mainly because advanced technology is needed to explore the depths. It's difficult to explore the depths because they are eternally dark, extremely cold, with temperatures between 0 degrees C and 3 degrees C below 3,000 meters. They also are under high pressure, with15750 psi or over 1,000 times higher than standard atmospheric pressure at sea level.

Hence, the correct option is (E).

149. The context of most sentences is the deep-sea exploration and its overall information.

Only D talks about the history of deep-sea exploration. So, D is out of context.

The first sentence of a paragraph gives an introduction, which is then elaborated in the following sentences.

A is given as the first, introductory sentence. So, logically, the next sentence must give more information about how deep-sea means different things to different people.

This is only shown by G, which talks about fishermen. So, G is the second sentence.

Sentence B, provides a further difference, with scientists. So, B is the third sentence.

Only C gives more information about 'thermocline' mentioned in B. So, C must be fourth.

Only H refers to '1000 fathoms' mentioned in C. So, H must be fifth.

Between E and F, F uses the word 'also', putting it after E. So, E is the sixth sentence and F is the seventh.

The correct order is: AGBCHEF.

The ordered paragraph will be: The term "deep sea" doesn't have the same meaning to everyone. To fishermen, the deep sea is any part of the ocean beyond the relatively shallow continental shelf. To scientists, the deep sea is the lowest part of the ocean, below the thermocline and above the seafloor. The thermocline is the layer where heating and cooling from sunlight ceases to have an effect, lying at about 1000 fathoms. So, scientists would claim it is the part of the ocean deeper than 1,000 fathoms or 1,800 meters. The history of deep-sea exploration begins relatively recently, mainly because advanced technology is needed to explore the depths. It's difficult to explore the depths because they are eternally dark, extremely cold, with temperatures between 0 degrees C and 3 degrees C below 3,000 meters. They also are under high pressure, with15750 psi or over 1,000 times higher than standard atmospheric pressure at sea level.

Hence, the correct option is (D).

150. The context of most sentences is the deep-sea exploration and its overall information.

Only D talks about the history of deep-sea exploration. So, D is out of context.

The first sentence of a paragraph gives an introduction, which is then elaborated in the following sentences.

A is given as the first, introductory sentence. So, logically, the next sentence must give more information about how deep-sea means different things to different people.

This is only shown by G, which talks about fishermen. So, G is the second sentence.

Sentence B, provides a further difference, with scientists. So, B is the third sentence.

Only C gives more information about 'thermocline' mentioned in B. So, C must be fourth.

Only H refers to '1000 fathoms' mentioned in C. So, H must be fifth.

Between E and F, F uses the word 'also', putting it after E. So, E is the sixth sentence and F is the seventh.

The correct order is: AGBCHEF.

The ordered paragraph will be: The term "deep sea" doesn't have the same meaning to everyone. To fishermen, the deep sea is any part of the ocean beyond the relatively shallow continental shelf. To scientists, the deep sea is the lowest part of the ocean, below the thermocline and above the seafloor. The thermocline is the layer where heating and cooling from sunlight ceases to have an effect, lying at about 1000 fathoms. So, scientists would claim it is the part of the ocean deeper than 1,000 fathoms or 1,800 meters. The history of deep-sea exploration begins relatively recently, mainly because advanced technology is needed to explore the depths. It's difficult to explore the depths because they are eternally dark, extremely cold, with temperatures between 0 degrees C and 3 degrees C below 3,000 meters. They also are under high pressure, with 15750 psi or over 1,000 times higher than standard atmospheric pressure at sea level.

Hence, the correct option is (A).

151. Byzantine: excessively complicated, and typically involving a great deal of administrative detail

Plain: easy to perceive or understand; clear

Effortless: requiring no physical or mental exertion

The meanings of the other words are:

Pious: devoutly religious

Agony: extreme physical or mental suffering

Hence, the correct option is (C).

152. Fastidious means "very attentive to and concerned about accuracy and detail." Only sloppy is the opposite of fastidious as it means "careless and unsystematic; excessively casual."

Scrupulous is cancelled as it is the synonym of fastidious and means "careful, thorough, and extremely attentive to details."

The rest of the words are incorrect too as they mean:

Feckless=> Lacking initiative or strength of character; irresponsible

Fecund=> Producing or capable of producing an abundance of offspring or new growth

Sloppy=> It shows a lack of care, thought, or effort.

Simper=> smile in an affectedly coquettish, coy, or ingratiating manner

Hence, the correct option is (C).

153. The meaning of 'Abandon' is 'cease to support or look after'.

So, the synonym of 'Abandon' is 'Discontinue'. The meaning of 'Discontinue' is 'cease from doing or providing'.

'Neglect' means 'fail to care for properly'.

'Abscond' means 'leave hurriedly and secretly, typically to escape from custody or avoid arrest'.

'Collect' means 'bring or gather together'.

'Distribute' means 'give a share or a unit of (something) to each of a number of recipients'.

The word abandon can be used in sentences like, 'The approaching fire forced hundreds of people to abandon their homes'.

Hence, the correct option is (C).

154. The meaning of 'Flexible' is 'capable of bending easily without breaking'.

The exact opposite of 'Flexible' is 'Rigid' which means 'unable to bend or be forced out of shape; not flexible'.

'Brittle' means 'hard but liable to break easily'.

'Hard' means 'not easily broken, bent, or pierced'.

'Solid' means 'firm and stable in shape; not liquid or fluid'.

'Thin' means 'with opposite surfaces or sides that are close or relatively close together'.

Hence, the correct option is (B).

155. The word 'Veracious' means 'representing the truth'.

Authentic ⇒ Genuine

Authentic is synonymous with veracious.

The meanings of the words are given below:

Varnished ⇒ To polish

Vague ⇒ Unclear meaning

Violent ⇒ Using physical force intended to hurt or kill someone.

Hence, the correct option is (A).

156. We need to understand, not only the premise of the paragraph but also the extent of this premise.

This means that chronological consistency should also be kept in mind.

On reading the last sentence of the paragraph "These early ice creams were obviously a luxury indulged..." we understand that the premise of the paragraph is limited to these early ice creams.

So, option (C) and (D) seems to be chronologically inconsistent.

Also, the recipe of ice cream has already been mentioned before the blank. So, option 2 will not fit into the context as it suggests different ingredients (which will fit a different context).

Option (E) seems to be a proper fit. It gives an example of early ice cream-like confectionary indulgers like Alexander the Great. The sentence that follows the blank mentions another example. This seems logically reasonable.

Hence, the correct option is (E).

157.

- Option (B), (C) and (D) are out of context with respect to the theme of the paragraph.

- The paragraph is talking about how different leaders are approaching to describe the Corona pandemic. First Macron is being talked about and after the blank, the UK PM is being talked about.

- So, another leader must be talked about in the blank.
- Thus, option (A) which talks about Trump's approach must be the correct choice.

Hence, the correct option is (A).

158. The blank needs to introduce the type of microbes that were found in Antarctica. We can reach this conclusion because the last sentence 'These microbes form one of the three great…' discusses some microbes which have not been introduced in the preceding part of the paragraph. So, option 4 seems the best answer. It introduces the organisms called the Archaea. Option 1 is incorrect as it talks about the archaea in a matter-of-fact tone suggesting that the name of the microbes has already been mentioned – which is not the case. Also, we cannot talk about another group of microorganisms without mentioning the first group. So, option 5 is also incorrect.

Hence, the correct option is (D).

159. The verb form of 'Nature' is **Naturalize.**

Many words in English can be used in more than one part of speech.

Let's consider the words given in options:

- Options 1 is a Verb.
- Options 2 and 4 are Adjectives.
- Option 3 is a Noun

Verbs are formed in many ways such as:

- By removing the last letters and adding a suffix: Authority to authorize, Apology to Apologize
- By totally changing the word: Frost to Freeze, Grass to graze
- By adding a suffix: Sermon to Sermonize, Knee to kneel, Hard to Harden, Nature to Naturalize
- By adding a Prefix: Friend to Befriend, Fraud to Defraud, Circle to Encircle
- By changing the vowels in the word: Blood to Bleed, Drop to Drip

Hence, the correct option is (A).

160. The sentence 'He will be playing the piano in the concert day after tomorrow' is in Future Imperfect Tense.

Let's look at the structure of future imperfect tense given below:

Subject + shall/will + be + present participle + Object.

Example:

- I will be watching a movie tomorrow.

The following structure has only been followed in the given question

Hence, the correct option is (B).

161. उपर्युक्त पंक्तियों में भयानक रस है।

इसमें सिंधु नदी से उठने वाली लहरों के विकराल रूप की अभिव्यक्ति हुई है।

भयानक रस का स्थायी भाव भय है। भयंकर प्राकृतिक दृश्यों को देखकर अथवा प्राणों के विनाशक बलवान शत्रु को देखकर उसका वर्णन सुनकर भय उत्पन्न होता हैं।

अतः विकल्प (C) सही है।

162. उक्त पंक्तियाँ हास्य पैदा करती हैं अर्थात यहाँ 'हास्य रस' का प्रयोग हुआ है। 'हास्य रस' अर्थात 'जहां विकृत आकार, वेश-भूषा, चेष्टा आदि के वर्णन से हास्य उत्पन्न हो'।

अतः विकल्प (C) सही है।

163. 'पक्षपात' अर्थात भेदभाव।

'मुकुल' अर्थात जो पुष्प पूर्ण रूप से विकसित न हुआ हो।

'भावी' अर्थात आगे घटित होनेवाला।

'मकरन्द' अर्थात फूलों का मधु।

'निष्पक्ष' अर्थात भेदभाव रहित।

उपरोक्त प्रत्येक शब्द के अर्थ के अध्ययन से ज्ञात होता है कि दिए गए शब्द 'पक्षपात' का सही विलोम शब्द 'निष्पक्ष' है।

अतः विकल्प (D) सही है।

164. 'झंकृत' अर्थात धिक्कार।

'प्रेमपात्र' अर्थात वह जिससे प्रेम किया जाए।

'परिमेय' अर्थात जो तोला या मापा जा सके।

'प्राणद' अर्थात प्राण की रक्षा करने वाला।

'परीक्षित' अर्थात जिसकी परीक्षा ली जा चुकी हो।

उपरोक्त प्रत्येक शब्द के अर्थ के अध्ययन से ज्ञात होता है कि दिए गए शब्द 'झंकृत' का सही विलोम शब्द 'प्रेमपात्र' है।

अतः विकल्प (D) सही है।

165. कटक शब्द का अनेकार्थी आब नहीं है।

ऐसे शब्द, जिनके अनेक अर्थ होते है, अनेकार्थी शब्द कहलाते है। दूसरे शब्दों में- जिन शब्दों के एक से अधिक अर्थ होते हैं, उन्हें 'अनेकार्थी शब्द' कहते है।

'कटक' शब्द का संबंध सेना, शिशिर, समूह आदि से है।

आब के अनेकार्थी शब्द पानी, चमक, छवि, शोभा आदि है।

अतः विकल्प (D) सही है।

166. ऐसे शब्द, जिनके अनेक अर्थ होते है, अनेकार्थी शब्द कहलाते है। दूसरे शब्दों में- जिन शब्दों के एक से अधिक अर्थ होते हैं, उन्हें 'अनेकार्थी शब्द' कहते है।

अज-अजन्मा का अर्थ होता है 'जिसका कभी जन्म और मृत्यु न हो' अर्थात ईश्वर का न तो जन्म होता है और न ही मृत्यु।

अतः विकल्प (E) सही है।

167. दिए गए विकल्पों में से 'अधिनायक' शब्द 'अधि' उपसर्ग से बना है। इससे जुड़े महत्वपूर्ण बिंदु निम्नलिखित हैं:

- 'अधि' उपसर्ग से बनने वाले अन्य शब्द अधिकार, अधिपति, अधिकरण हैं।
- 'अधि' का अर्थ श्रेष्ठ अथवा ऊपर है।
- अधिनायक का अर्थ मुखिया होता है।

अतः विकल्प (B) सही है।

168. 'उद्दीप्त' में 'उत्' उपसर्ग है।

'उद्दीप्त' अर्थात् 'उत् + दीप्त = उद्दीप्त'।

उद्दीप्त का अर्थ उभड़ा हुआ, बढ़ा हुआ, जागा हुआ, उत्तेजित है।

जो शब्दांश शब्दों के प्रारम्भ में जुड़ कर उनके अर्थ में कुछ विशेषता लाते हैं, वे उपसर्ग कहलाते हैं।

अतः विकल्प (A) सही है।

169. यहाँ सोना की पर्यायवाची - कंचन, कनक, जातरूप, स्वर्णयूथिका है।

- सोना का अर्थ यहाँ एक धातु से है।

पर्यायवाची: एक ही अर्थ में प्रयुक्त होने वाले शब्द जो बनावट में भले ही अलग हों, पर्यायवाची या समानार्थी शब्द कहलाते हैं। उदाहरण - आग: अनल, पावक, दहन। हवा: समीर, अनिल, वायु।

अतः विकल्प (A) सही है।

170. दिए गए विकल्पों में 'कुंजर' शब्द हाथी का पर्यायवाची शब्द है।

एक ही अर्थ में प्रयुक्त होने वाले शब्द जो बनावट में भले ही अलग हों, पर्यायवाची या समानार्थी शब्द कहलाते हैं।

'हाथी' के अन्य पर्यायवाची शब्द – गज, हस्ती, मतंग, कुम्भी, मदकल आदि हैं।

अतः विकल्प (D) सही है।

171. दिए गए उद्धरण में अतिशयोक्ति अलंकार है। अतिशयोक्ति का अर्थ है- अतिशय + उक्ति = बढ़ा-चढ़ाकर कहना। जब किसी बात को बढ़ा चढ़ा कर बताया जाये, तब अतिशयोक्ति अलंकार होता है।

जहाँ किसी वस्तु का इतना बढ़ा-चढ़ाकर वर्णन किया जाए कि सामान्य लोक सीमा का उल्लंघन हो जाए वहाँ अतिशयोक्ति अलंकार होता है। अर्थात जब किसी व्यक्ति या वस्तु का वर्णन करने में लोक समाज की सीमा या मर्यादा टूट जाये उसे अतिशयोक्ति अलंकार कहते हैं।

अतः विकल्प (C) सही है।

172. "जेहि बर बाजि राम असवारा।

तेहि सारदउ न बरनई पारा ॥"

भावार्थ- जिस श्रेष्ठ घोड़े पर राम सवार हैं, उसका वर्णन सरस्वती भी नहीं कर सकतीं।

उपरोक्त पंक्तियों में अतिशयोक्ति अलंकार है। अतिशयोक्ति अलंकार का अर्थ है - बढ़ा-चढ़ाकर बात कहना।

जहाँ किसी वस्तु का इतना बढ़ा-चढ़ाकर वर्णन किया जाए कि सामान्य लोक सीमा का उल्लंघन हो जाए वहाँ अतिशयोक्ति अलंकार होता है। अर्थात जब किसी व्यक्ति या वस्तु का वर्णन करने में लोक समाज की सीमा या मर्यादा टूट जाये उसे अतिशयोक्ति अलंकार कहते हैं।

अतः विकल्प (D) सही है।

173. दिए गये वाक्य में 'शब्द सम्बन्धी' त्रुटि है। यहाँ 'एक अनुपम शाप है' लिखा गया है जबकि 'शाप' अर्थ को विपरीत बना रहा है, इसके स्थान पर 'वरदान' शब्द उचित है। इस आधार पर प्रकृति मनुष्य को ईश्वर का दिया हुआ एक अनुपम वरदान है सही वाक्य है।

अतः विकल्प (D) सही है।

174. उपर्युक्त वाक्य के भाग "उससे बात नहीं हुई" में उचित शब्द का प्रयोग नहीं हुआ है। यहाँ 'उससे' के स्थान पर 'उनसे' शब्द आएगा।

'उनसे' शब्द यहाँ ज्यादा उपयुक्त है।

सही वाक्य है "मैं उनके घर गया तो था पर उनसे बात नहीं हुई।"

अतः विकल्प (D) सही है।

175. समर्थः किसी के किए हुए काम या सामने रखे हुए सुझाव को ठीक मानकर अपनी दी हुई स्वीकृति।

पूर्ण वाक्य: भाषा ज्ञान से बच्चे दूसरों की बात समझने और अपनी बात कहने में समर्थ होते हैं।

अतः विकल्प (A) सही है।

176. महात्मा गांधी ने हिंदी को राष्ट्रभाषा के रूप में अपनाने की बात कही थी।

1917 में गुजरात के भरूच शहर में गुजरात शैक्षिक सम्मेलन में राष्ट्रभाषा की आवश्यकता पर बल देते हुए हिंदी को उपयुक्त भाषा बताया था उन्होने कहा था कि- भारतीय भाषाओं में केवल हिंदी ही एक ऐसी भाषा है जिसे राष्ट्रभाषा के रूप में अपनाया जा सकता है क्योंकि यह अधिकांश भारतीयों द्वारा बोली जाती है; यह समस्त भारत में आर्थिक, धार्मिक और राजनीतिक सम्पर्क माध्यम के रुप में प्रयोग के लिए सक्षम है तथा इसे सारे देश के लिए सीखना आवश्यक है।

अतः विकल्प (C) सही है।

177. अमेरिका में श्वेत-अश्वेत के बीच तनाव की वापसी दुःखद और चिंताजनक है...... उपरोक्त छंद के अध्ययन से यह ज्ञात होता है कि जॉर्ज फ्लॉयड की हत्या के बाद अमेरिका में श्वेत अश्वेत के बीच मतभेद फिर से एक हिंसा का रूप ले चूका है।

अतः विकल्प (D) सही है।

178. शब्द "गले की नयी हड्डी" का अर्थ होता है एक नयी समस्या का जन्म ,या एक नयी मुसीबत का जन्म।

अतः विकल्प (C) सही है।

179. अमेरिका में अश्वेतों की आबादी 13 प्रतिशत ही है,...... उपरोक्त छंद अध्ययन से यह ज्ञात होता है की शेष बचे हुए अर्थात 87% प्रतिशत लोग श्वेत हैं।

अतः विकल्प (C) सही है।

180. शब्द "उदारता" का अर्थ होता है दानशीलता, जबकि "कृपणता" का अर्थ है कंजूसी जो कि एक दूसरे के विपरीत है।

अतः विकल्प (B) सही है।

181. उपरोक्त गद्यांश के अध्ययन से यह ज्ञात होता है कि दिए गए वाक्यों का सही क्रम BCDA होगा।

अतः विकल्प (B) सही है।

182. जब कोई पूरा कथन किसी प्रसंग विशेष में उद्धत किया जाता है तो लोकोक्ति कहलाता है।

"कबहुँ निरामष होय न कागा" लोकोक्ति का उपयुक्त अर्थ "दुष्ट अपनी दुष्टता नहीं छोड़ता" है।

वाक्य प्रयोग: दुष्ट सियार ने साधु का रूप धारण कर प्रवचन देना शुरू किया तो मासूम जानवरों को यह विश्वास हो गया कि अब सियार बदल गया है किंतु जब उनकी संख्या में कमी होने लगी तब उन्हें यह कहावत याद आया कि कबहुं निरामष होय न कागा।

अतः विकल्प (D) सही है।

183. जब कोई पूरा कथन किसी प्रसंग विशेष में उद्धत किया जाता है तो लोकोक्ति कहलाता है।

"ओस चाटने से प्यास नहीं बुझती" लोकोक्ति का अर्थ "बड़े काम के लिए बड़ा प्रयत्न करना पड़ता है"।

वाक्य प्रयोग: अगर तुम पार्टी करना चाहते हो तो तुम्हें ओर अधिक खाने-पीने का समान लाना पड़ेगा, ओस चाटे प्यास नहीं बुझेगी।

अतः विकल्प (B) सही है।

184. उपरोक्त विकल्पों में 'वामन' शब्द तत्सम है जिसका तद्भव रूप 'बौना' होता है।

तत्सम दो शब्दों से मिलकर बनता है – तत् + सम, जिसका अर्थ होता है ज्यों का त्यों।

जिन शब्दों को संस्कृत से बिना किसी परिवर्तन के ले लिया जाता है उन्हें तत्सम शब्द कहते हैं।

इनमें ध्वनि परिवर्तन नहीं होता है।

समय और परिस्थिति की वजह से तत्सम शब्दों में जो परिवर्तन हुए हैं उन्हें तद्भव शब्द कहते हैं।

अतः विकल्प (A) सही है।

185. दिए गए विकल्पों में 'भाप' शब्द तद्भव है जिसका तत्सम शब्द 'वाष्प' होगा।

तत्सम दो शब्दों से मिलकर बना है – तत् + सम, जिसका अर्थ होता है ज्यों का त्यों।

जिन शब्दों को संस्कृत से बिना किसी परिवर्तन के ले लिया जाता है उन्हें तत्सम शब्द कहते हैं।

इनमें ध्वनि परिवर्तन नहीं होता है।

समय और परिस्थिति की वजह से तत्सम शब्दों में जो परिवर्तन हुए हैं उन्हें तद्भव शब्द कहते हैं।

अतः विकल्प (D) सही है।

186. दिए गए वाक्य के लिए उपयुक्त एक शब्द सार्वजनिक है।

सार्वकालिक - सब कालों का या सब कालों से संबंधित

सार्वदेशिक - सभी देशों के स्तर का

सार्वभौमिक- संपूर्ण पृथ्वी पर फैला हुआ

सर्वत्र - सब स्थानों पर

अतः विकल्प (B) सही है।

187. दिए गए वाक्य के लिए उपयुक्त एक शब्द विशेषज्ञ है।

परिज्ञान - पूरी पहचान, पूर्ण ज्ञान।

ज्ञानी - जो जानकार हो।

पंडित - हिंदुओं के चार वर्णों में से पहले और सबसे श्रेष्ठ वर्ण का मनुष्य

अध्यापक - वह व्यक्ति जो विद्यार्थियों को पढ़ाता है।

अतः विकल्प (C) सही है।

188. 'जनता' एकवचन है। 'जनता' एक समूहवाचक संज्ञा है।

सदा एकवचन रहने वाले शब्द –

पीतल, सोना, चांदी, जनता, घी, पेट्रोल, तेल, आकाश, वर्षा, सत्य या सच, झूठ या मिथ्या, बालू, सौंदर्य, दल, झुंड, टोली आदि सदा एकवचन रहने वाले शब्द है।

सदा बहुवचन रहने वाले शब्द –

बाल, आंसू हस्ताक्षर, लोग, प्राण, दर्शन, समाचार, आदि बहुवचन रहने वाले शब्द है।

अतः विकल्प (B) सही है।

189. तपस्वी-तपस्विन' शब्द युग्म में वर्तनीगत त्रुटि है इसलिए ये सही उत्तर नहीं है।

तपस्वी शब्द का स्त्रीलिंग 'तपस्विनी' होता है।

कुछ पुल्लिंग शब्दों के अंत में 'ई' आता है उनका परिवर्तन स्त्रीलिंग में करने के लिए 'इनी' शब्द जोड़ दिया जाता है।

अतः विकल्प (C) सही है।

190. अँधेर' शब्द पुल्लिंग है।

'अँधेर' शब्द का वाक्य प्रयोग - इस नेता ने समाज में अंधेर मचा रखा है।

'अँधेर' से तात्पर्य यहाँ अनीति और अशांति से है।

अतः विकल्प (A) सही है।

191. 'मालिक नौकर को पैसा देता है' वाक्य में द्विकर्मक क्रिया है।

इस वाक्य में दो कर्म है 'पैसा' मुख्य कर्म एवं 'नौकर' गौण कर्म है।

इस क्रिया में प्रयुक्त होने वाले दोनों कर्म में से मुख्य कर्म किसी पदार्थ का तो गौण कर्म किसी प्राणी का बोध करता है।

अतः विकल्प (C) सही है।

192. वह क्रिया जो संज्ञा, सर्वनाम, विशेषण शब्दों में प्रत्यय जोड़कर बनाई जाती है, उसे नामधातु क्रिया क्रिया कहते हैं।

पूर्वकालिक क्रिया: मुख्य क्रिया से पहले होने वाली क्रिया को पूर्वकालिक क्रिया कहते हैं। जैसी - पंकज पढ़कर सो गया।

प्रेरणात्मक क्रिया: जहाँ कर्ता स्वयं कार्य न कर किसी अन्य को उसे करने के लिए प्रेरित करता है। जैसे - पढ़ाना, पढ़वाना, जिताना, जितवाना आदि।

तात्कालिक क्रिया: यह मुख्य क्रिया से पहले संपन्न होती है लेकिन इसमें और मुख्य क्रिया में समय का अंतर नहीं होता है। केवल क्रम का अंतर होता है। जैसे - वह आते ही सो गयी।

अतः विकल्प (C) सही है।

193. दिये गए विकल्पों मे विकल्प C 'उपरोक्त दोनों' सही उत्तर है।

सम्बंधवाचक सर्वनाम - वह सर्वनाम है जो किसी वाक्य मे प्रयुक्त संज्ञा अथवा सर्वनाम के सम्बन्ध का बोध कराते है।

जैसे - जो-सो, जिसकी–उसकी, जहाँ-वँहा, जैसा-वैसा, जैसी-वैसी आदि।

अतः विकल्प (C) सही है।

194. 'मित्रता' शब्द सदा एकवचन में प्रयुक्त होता है। शेष विकल्पों का प्रयोग बहुवचन में किया जाता है।

- मित्रता शब्द एकवचन है।
- वाक्य - जुम्मन शेख और अलगू चौधरी में गाढ़ी मित्रता थी। यहाँ 'गाढ़ी मित्रता थे' उपयुक्त नहीं होगा।

अतः विकल्प (B) सही है।

195. 'संज्ञा' शब्द का उचित अनेकार्थी शब्द समूह चेतना, नाम है।

इसके अन्य शब्द- संकेत, ज्ञान हैं।

वाक्य- सूर्यकांत त्रिपाठी जी को 'निराला' संज्ञा से अभिहित किया गया हैं।

अतः विकल्प (A) सही है।

196. उपरोक्त अनुच्छेद के अध्ययन से यह होता है कि पहले वाक्य के द्वितीय भाग में आज के इस समय में स्त्री के अंदर की असुरक्षता एवं असहजगता का वर्णन किया गया है।कोई भी स्त्री खुद को असुरक्षित एवं असहज तब ही महसूस कर सकती है जब उसके चारो तरफ अत्याचार एवं अपराध का माहोल व्याप्त हो।

अतः विकल्प (E) सही है।

197. दिए गए गद्यांशों के अध्ययन से ज्ञात होता है कि आज स्त्रियों के प्रति घटनाएँ इतनी बढ़ गयी है कि आये दिन स्त्री अपमान एवं स्त्री अत्याचार की घटनाएँ हमे पढ़ने मिलती है। दिए गए विकल्पों में से विकल्प A और B के शब्द द्वारा प्राप्त शब्द-समूह "कोई घटना नहीं छपी हो" और "कोई खबर नहीं छपी हो" सम्पूर्ण वाक्य का अर्थपूर्ण आशय व्यक्त करने में समर्थ है।

अतः विकल्प (D) सही है।

198. उपरोक्त गद्यांश के अध्ययन से यह ज्ञात होता है कि आज के युग में स्त्रियों के प्रति अत्याचार बढ़ते ही जा रहा है। दिए गए विकल्पों में से यदि हम विकल्प A, B और C के शब्दों को वाक्य के रिक्त स्थान पर प्रयोग करते है तो हमे शब्द-समूह "स्त्री के प्रति अपराध व सहानुभूति", "स्त्री के प्रति दोष व सहानुभूति" तथा "स्त्री के प्रति कारण व सहानुभूति" प्राप्त होता है जो कि दिए गए वाक्य का अर्थपूर्ण आशय प्रकट करने में असमर्थ है।

अतः विकल्प (D) सही है।

199. उपरोक्त गद्यांश के ध्यानपूर्वक अध्ययन से यह ज्ञात होता है कि आज जिस पैमाने पर स्त्रियों के प्रति अपराध में बढ़ोतरी हुई है उस से यह साफ़ होता है कि आज के इस ज़माने में स्त्रियों को सजग रहने की आवश्यकता है।दिए गए विकल्पों में से विकल्प D के शब्द "सजग" वाक्य का उचित आशय प्रकट कर रहा है।

अतः विकल्प (D) सही है।

200. यदि हम उपरोक्त दिए गए गद्यांश का ध्यानपूर्वक अध्ययन करे तो हमे ज्ञात होता है कि दिए गए विकल्प में स्त्रीत्व और सम्मान दोनों शब्द एक अर्थपूर्ण आशय प्रकट कर रहे है।

अतः विकल्प (C) सही है।

201. दिया गया:

I. $x^2 + x - 56 = 0$

II. $y^2 - 23y + 132 = 0$

I. $x^2 + x - 56 = 0$

$\Rightarrow x^2 + 8x - 7x - 56 = 0$

$\Rightarrow x(x + 8) - 7(x - 8) = 0$

$\Rightarrow (x + 8)(x - 7) = 0$

तो, x = – 8 या x = 7

अब,

II. $y^2 - 23y + 132 = 0$

$\Rightarrow y^2 - 12y - 11y + 132 = 0$

$\Rightarrow y(y - 12) - 11(y - 12) = 0$

$\Rightarrow (y - 12)(y - 11) = 0$

तो, y = 12 या y = 11

अब,

x और y के बीच तुलना (सारणीकरण के माध्यम से):

X का मान	संबंध	Y का मान
– 8	x < y	12
– 8	x < y	11
7	x < y	12
7	x < y	11

∴ हम स्पष्ट रुप से देख सकते हैं कि x < y है।

अतः विकल्प (C) सही है।

202. दिया गया:

I. $x^2 - 14x + 33 = 0$

II. $y^2 - 20y + 99 = 0$

I. $x^2 - 14x + 33 = 0$

$\Rightarrow x^2 - 11x - 3x + 33 = 0$

$\Rightarrow x(x - 11) - 3(x - 11) = 0$

$\Rightarrow (x - 11)(x - 3) = 0$

तो, x = 11 या x = 3

अब,

II. $y^2 - 20y + 99 = 0$

$\Rightarrow y^2 - 11y - 9y + 99 = 0$

$\Rightarrow y(y - 11) - 9(y - 11) = 0$

$\Rightarrow (y - 11)(y - 9) = 0$

तो, y = 11 या y = 9

अब,

x और y के बीच तुलना (सारणीकरण के माध्यम से):

X का मान	संबंध	Y का मान
11	x = y	11
11	x > y	9
3	x < y	11
3	x < y	9

∴ हम स्पष्ट रूप से देख सकते हैं कि संबंध स्थापित नहीं किया जा सकता है।

अतः विकल्प (E) सही है।

203. दिया गया:

I. $x^2 - 9x + 20 = 0$

II. $y^2 - 16 = 0$

I. $x^2 - 9x + 20 = 0$

$\Rightarrow x^2 - 5x - 4x + 20 = 0$

$\Rightarrow x(x - 5) - 4(x - 5) = 0$

$\Rightarrow (x - 5)(x - 4) = 0$

तो, x = 5 या x = 4

अब,

II. $y^2 - 16 = 0$

$\Rightarrow y^2 = 16$

$\Rightarrow y = 4$ या $y = – 4$

अब,

x और y के बीच तुलना (सारणीकरण के माध्यम से):

X का मान	संबंध	Y का मान
5	x > y	4
5	x > y	-4
4	x = y	4

| 4 | x > y | – 4 |

∴ हम स्पष्ट रूप से देख सकते हैं कि x ≥ y है।

अतः विकल्प (B) सही है।

204. दिए गए आंकड़ों के अनुसार निम्नलिखित निष्कर्ष निकाला जा सकता है।

बैग	लाल	नीला	हरा	कुल
P	8	7	5	20
Q	5	12	8	25
R	7	7	6	20
S	12	0	12	24
T	17	5	8	30

दिया गया है:

कुल गेंदें = 20

आवश्यक गेंदें = 2

घटनाओं की कुल संख्या $^{20}C_2$ $= \dfrac{20!}{(2! \times 18!)} = 190$

कुल नीली गेंदें = 7

आवश्यक गेंदें = 2

अब, घटना P (E) की प्रायिकता $= \dfrac{(n(E))}{(n(S))} = \dfrac{21}{190}$

तो, नीली गेंद प्राप्त करने की प्रायिकता $\dfrac{21}{190}$ है।

अतः विकल्प (B) सही है।

205. दिए गए आंकड़ों के अनुसार निम्नलिखित निष्कर्ष निकाला जा सकता है।

बैग	लाल	नीला	हरा	कुल
P	8	7	5	20
Q	5	12	8	25
R	7	7	6	20
S	12	0	12	24
T	17	5	8	30

कुल 7 गेंदों को बाहर निकालना है

स्थिति I।

जब 3 लाल और 4 हरी गेंदों को बाहर निकाला जाता है

कुल लाल गेंदें = 5

और हरी गेंदें = 8

$\therefore\ ^5C_3 \times\ ^8C_4 = \dfrac{5!}{(3! \times 2!)} \times \dfrac{8!}{(4! \times 4!)} = 700$

स्थिति II।

जब 4 लाल और 3 हरी गेंदों को बाहर निकाला जाता है

कुल लाल गेंदें = 5

और हरी गेंदें = 8

$\therefore\ ^5C_4 \times\ ^8C_3 = \dfrac{5!}{(4! \times 1!)} \times \dfrac{8!}{(3! \times 5!)} = 280$

कुल अनुकूल स्थितियां n (E) = 700 + 280 = 980

और घटनाओं की कुल संख्या n (S) $=\ ^{25}C_7 = \dfrac{25!}{(7! \times 18!)} = 110 \times 23 \times 190$

अब, घटना P (E) की प्रायिकता $= \dfrac{(n(E))}{(n(S))} = \dfrac{980}{(110 \times 23 \times 190)} = \dfrac{49}{24035}$

तो, लाल या हरे रंग की गेंद होने की प्रायिकता $\dfrac{49}{24035}$ है।

अतः विकल्प (A) सही है।

206. दिए गए आंकड़ों के अनुसार निम्नलिखित निष्कर्ष निकाला जा सकता है।

बैग	लाल	नीला	हरा	कुल
P	8	7	5	20
Q	5	12	8	25
R	7	7	6	20
S	12	0	12	24
T	17	5	8	30

पहले प्रश्न के अनुसार 3 नीली गेंदें पहले निकालने पर ,

$\therefore\ ^5C_3 = \dfrac{5!}{(3! \times 2!)} = 10$

और 3 हरी गेंदें दूसरे निकालने पर

$\therefore\ ^8C_3 = \dfrac{8!}{(3! \times 5!)} = 56$

अब, घटना P (E) की संभावना $= \dfrac{10}{(^{30}C_3)} \times \dfrac{56}{(^{30}C_3)} = \dfrac{1}{((29)^2 \times 35)}$

तो, संभावना $= \dfrac{1}{(29)^2 \times 35}$

अतः विकल्प (A) सही है।

207. दिए गए आंकड़ों के अनुसार निम्नलिखित निष्कर्ष निकाला जा सकता है।

बैग	लाल	नीला	हरा	कुल
P	8	7	5	20
Q	5	12	8	25
R	7	7	6	20
S	12	0	12	24
T	17	5	8	30

प्रश्न के अनुसार,

आधी गेंदों क्षतिग्रस्त हैं,

तो, बैग R में क्षतिग्रस्त हरी गेंदों की संख्या $= \left(\dfrac{1}{2}\right) \times 6 = 3$

और बैग R में अच्छी हरी गेंदों की संख्या = 6 – 3 = 3

अतः, कम से कम एक अच्छी हरी गेंद प्राप्त करने की प्रायिकता होगी:

एक हरी गेंद की प्रायिकता + दो हरी गेंदों की प्रायिकता

$=\ ^3C_1 \times\ ^{17}C_1 +\ ^3C_2$

= 51 + 3 = 54

इसके अलावा, हम कुल 20 गेंदों में से 2 का चयन करना है।

तो, घटनाओं की कुल संख्या $=\ ^{20}C_2 = 190$

अतः, आवश्यक प्रायिकता = $\dfrac{54}{190} = \dfrac{27}{95}$

∴ यादृच्छिक रूप से चुनी गई दो गेंदों के बीच कम से कम एक अच्छी हरी गेंद प्राप्त करने की प्रायिकता $\dfrac{27}{95}$ है।

अतः विकल्प (A) सही है।

208. दिए गए आंकड़ों के अनुसार निम्नलिखित निष्कर्ष निकाला जा सकता है।

बैग	लाल	नीला	हरा	कुल
P	8	7	5	20
Q	5	12	8	25
R	7	7	6	20
S	12	0	12	24
T	17	5	8	30

प्रश्न के अनुसार हमें न तो लाल और न ही हरी का चयन करना है,

∴ गेंद नीले होने पर

कुल नीली गेंदें = 7

आवश्यक गेंदें = 3

∴ $^{7}C_3 = \dfrac{7!}{(3! \times 4!)} = 35$

कुल अनुकूल स्थितियां n (E) = 35

और घटनाओं की कुल संख्या n (S) = $^{44}C_3 = \dfrac{44!}{(3! \times 41!)} = 13244$

घटना की प्रायिकता P (E) = (अनुकूल घटनाएँ)/(घटनाओं की कुल संख्या)

= $\dfrac{(n(E))}{(n(S))} = \dfrac{35}{13244}$

तो, प्रायिकता = $\dfrac{35}{13244}$

अतः विकल्प (C) सही है।

209. दिया है:

A काम पूरा कर सकता है = 6 दिन

B काम पूरा कर सकता है = 12 दिन

C काम पूरा कर सकता है = 15 दिन

शेष कार्य को पूरा करने में D द्वारा लिया गया समय = 2 दिन

सूत्र:

कुल किया गया कार्य = कार्यक्षमता × समय

गणना:

हम कुल कार्य 1 इकाई मानते हैं।

A का 1 दिन का कार्य = $\dfrac{1}{6}$

B का 1 दिन का कार्य = $\dfrac{1}{12}$

C का 1 दिन का कार्य = $\dfrac{1}{15}$

3 दिनों में A, B और C का कुल कार्य = $\left(\dfrac{1}{6} + \dfrac{1}{12} + \dfrac{1}{15}\right) \times 3$

3 दिन के बाद बचा हुआ कार्य = $1 - \left(\dfrac{1}{6} + \dfrac{1}{12} + \dfrac{1}{15}\right) \times 3$

$= 1 - \left(\dfrac{1}{2} + \dfrac{1}{4} + \dfrac{1}{5}\right)$

$= 1 - \dfrac{(10 + 5 + 4)}{20}$

$= 1 - \dfrac{19}{20}$

$= \dfrac{1}{20}$ इकाई

$\dfrac{1}{20}$ इकाई कार्य करने में D द्वारा लिया गया समय = 2 दिन

इसलिए, 1 इकाई कार्य करने में D द्वारा लिया गया समय = 20 × 2 = 40 दिन

∴ D द्वारा सम्पूर्ण कार्य को पूरा करने में लगा समय = 40 दिन

अतः विकल्प (C) सही है।

210. सूत्र:

किया गया कुल कार्य = कार्यक्षमता × समय

गणना:

माना, कुल कार्य 1 इकाई है।

माना A और B की कार्यक्षमता x इकाई प्रति दिन है।

और C और D की कार्यक्षमता y इकाई प्रति दिन है।

प्रश्नानुसार,

$x = 2y$ (i)

और, $\dfrac{1}{y} - \dfrac{1}{x} = 12$

$\Rightarrow \dfrac{(x - y)}{xy} = 12$

अब, उपरोक्त समीकरण में x = 2y रखने पर,

$\left(\dfrac{2y - y}{2y^2}\right) = 12$

$\Rightarrow y = 24y^2$

$\Rightarrow y = \dfrac{1}{24}$

समीकरण (i) से हम प्राप्त करते हैं,

$\Rightarrow x = \dfrac{1}{12}$

इस प्रकार, कुल आवश्यक समय = $\dfrac{1}{\left(\dfrac{1}{12} + \dfrac{1}{24}\right)}$

$= \dfrac{24}{(2 + 1)}$

= 8 दिन

अतः विकल्प (C) सही है।

211. दिया है:

साक्षर और निरक्षर लोगों की संख्या का अनुपात 5 : 2 है

उपरोक्त अनुपात से,

60% साक्षर और 40% निरक्षर लोग पुरुष हैं।

माना कि गाँव में साक्षर और निरक्षर लोगों की संख्या क्रमशः 5a और 2a है

साक्षर पुरुषों की संख्या = $5a \times \dfrac{60}{100} = 3a$

⇒ साक्षर महिलाओं की संख्या = $5a \times \dfrac{40}{100} = 2a$

निरक्षर पुरुषों की संख्या = $2a \times \dfrac{40}{100} = \dfrac{4a}{5}$

⇒ निरक्षर महिलाओं की संख्या = $2a \times \dfrac{60}{100} = \dfrac{6a}{5}$

अभीष्ट अनुपात = (साक्षर महिलाओं की संख्या) : (निरक्षर महिलाओं की संख्या)

∴ आवश्यक अनुपात = $2a : \left(\dfrac{6a}{5}\right) = 5 : 3$

अतः विकल्प (D) सही है।

212. दिया गया है:

विषयों की कुल संख्या = 5

गलत अनुपात = 13:10

अंकों में वृद्धि = 27

कुल अंक वृद्धि = 5 × 27

= 135

माना मूल संख्या ab और xy है।

उनका विपरीत क्रम ba और yx है।

चूंकि शेष संख्याएं समान रहती हैं, वृद्धि केवल दो संख्याओं में होती है इसलिए,

$$ba + yx - ab - xy = 135$$

$$\Rightarrow 10b + a + 10y + x - (10a + b + 10x + y) = 135$$

$$\Rightarrow 9(b - a) + 9(y - x) = 135$$

$$\Rightarrow (b - a) + (y - x) = 15$$

दोनों संख्याओं के अंकों के अंतर का योग 15 है।

13 और 10 दोनों को 5, 6, 7, 8, आदि जैसी किसी संख्या से गुणा करने पर हमें प्राप्त होता है:

13 × 7 = 91

10 × 7 = 70

91, 70 एकमात्र संयोजन के रूप में जहां अंकों के अंतर का योग 15 है (9 - 1 + 7 - 0)

मूल संख्याएँ 19 और 07 हैं और उनका योग = 19 + 7

= 26

अतः विकल्प (D) सही है।

213. दिया गया है,

चुने हुए व्यक्ति और हैरी के मध्य पूर्ण रूप से 2 व्यक्ति होने के लिए, चुने हुए व्यक्ति को या तो हैरी के बायीं ओर से तीसरे स्थान पर या हैरी के दायीं ओर से तीसरे स्थान पर होना चाहिए।

इनमें से एक व्यक्ति (हैरी के आलावा) यादृच्छिक रूप से चुना गया।

तो, व्यक्ति 12 संभव व्यक्तियों में से चुना जा सकता है।

प्रायिकता $= \dfrac{2}{12}$

$= \dfrac{1}{6}$

अतः विकल्प (B) सही है।

214. दिया गया है:

चोर की गति = 30 किमी/घंटे

चोर के साथी की गति = 42 किमी/घंटे

चोर को पकड़ते समय पुलिसवाले की गति = 36 किमी/घंटे

चोर के साथी को पकड़ते समय पुलिसवाले की गति = 48 किमी/घंटे

प्रयुक्त सूत्र:

पकड़ने में लगा समय = उनके बीच की दूरी / गति में अंतर

गणना:

चोर सुबह 6 बजे से दौड़ना शुरू करता है और पुलिसवाला सुबह 8 बजे दौड़ना शुरू करता है, जिसका अर्थ है कि चोर 2 घंटे से दौड़ रहा है।

चोर द्वारा 2 घंटे में तय की गई दूरी = गति × समय

= 30 × 2

= 60 किमी

लिया गया समय $= \dfrac{60}{(36 - 30)}$

$= \dfrac{60}{6}$

= 10 घंटा

लेकिन शाम 4 बजे वह बैग अपने साथी को देता है जो 42 किमी/घंटे की गति से दौड़ रहा है।

सुबह 6 बजे से शाम 4 बजे तक चोर द्वारा तय की गई दूरी = 10 घंटा × 30

= 300 किमी

सुबह 8 बजे से शाम 4 बजे तक पुलिस द्वारा तय की गई दूरी = 8 घंटा × 36

= 288 किमी

शाम 4 बजे पार्टनर को सामान सौंप दिया,

अब, पुलिस और साथी के बीच की दूरी = 300 - 288 = 12 किमी

साथी पहले से ही पुलिस से 12 किमी आगे है जब चोर साथी को बैग सौंपता है।

चोर का साथी 3 घंटे में यात्रा की दूरी = 12 + 42 × 3

= 138 किमी

पुलिस द्वारा 2 घंटे में तय की गई दूरी = 36 × 2

= 72 किमी

पुलिस और चोर साथी के बीच की दूरी = 138 - 72

= 66 किमी

पकड़ने में लगने वाला समय = $\dfrac{66}{48-42}$

पकड़ने में लगा समय = $\dfrac{66}{6}$

= 11 घंटे

पुलिस द्वारा पर्स प्राप्त करने में लिया गया कुल समय = 10 + 1 (पूछताछ के लिए) + 11 = 22 घंटे

∴ लिया गया कुल समय 22 घंटे है।

अतः विकल्प (B) सही है।

215. दिया है:

A - B मैच:

A का स्कोर = 1 अंक (2 गोल किए और 3 गोल खाये)

B का स्कोर = 4 अंक (3 गोल किए और 2 गोल खाये)

A - C मैच:

A का स्कोर = 4 अंक (2 गोल किए (एक गोल D के बाहर से और एक सामान्य गोल) तथा एक गोल खाया)

C का स्कोर = 0 अंक (1 गोल किया और 2 गोल खाये)

B - C मैच:

B का स्कोर = 6 अंक (6 गोल किए (5 सामान्य गोल और 1 गोल D के बाहर से) तथा 7 गोल खाये)

C का स्कोर = 8 अंक (7 गोल किए तथा 6 गोल खाये)

A का कुल स्कोर = 1 + 4 = 5 अंक

B का कुल स्कोर = 4 + 6 = 10 अंक

C का कुल स्कोर = 0 + 8 = 8 अंक

B को पहली रैंक प्राप्त हुई, C को दूसरी रैंक और A को तीसरी रैंक प्राप्त हुई।

B : C : A की पुरस्कार राशि का अनुपात = 8 : 5 : 3

A की पुरस्कार राशि = 60000   (तीसरी रैंक की टीम के लिए)

अब,

B की पुरस्कार राशि = 160000 रुपए

C की पुरस्कार राशि = 100000 रुपए

अतः विकल्प (C) सही है।

216. दिया है:

A - B मैच:

A का स्कोर = 1 अंक (2 गोल किए और 3 गोल खाये)

B का स्कोर = 4 अंक (3 गोल किए और 2 गोल खाये)

A - C मैच:

A का स्कोर = 4 अंक (2 गोल किए (एक गोल D के बाहर से और एक सामान्य गोल) तथा एक गोल खाया)

C का स्कोर = 0 अंक (1 गोल किया और 2 गोल खाये)

B - C मैच:

B का स्कोर = 6 अंक (6 गोल किए (5 सामान्य गोल और 1 गोल D के बाहर से) तथा 7 गोल खाये)

C का स्कोर = 8 अंक (7 गोल किए तथा 6 गोल खाये)

A द्वारा किए गए कुल गोल (दोनों मैचों में) = 2 + 2 = 4 गोल

B द्वारा किए गए कुल गोल (दोनों मैचों में) = 3 + 6 = 9 गोल

C द्वारा किए गए कुल गोल (दोनों मैचों में) = 1 + 7 = 8 गोल

दी गई जानकारी के अनुसार प्रत्येक टीम से 3 खिलाड़ियों ने गोल किए

टीम A के एक खिलाड़ी द्वारा किए गए अधिकतम गोल = 2 (अन्य 2 खिलाड़ी केवल 1 गोल करेंगे, ताकि तीसरा खिलाड़ी अधिकतम गोल कर सके)

टीम B के एक खिलाड़ी द्वारा किए गए अधिकतम गोल = 7

टीम C के एक खिलाड़ी द्वारा किए गए अधिकतम गोल = 6

प्रत्येक टीम के एक खिलाड़ी द्वारा किए गए अधिकतम गोल का योग = 2 + 7 + 6

= 15 गोल

अतः विकल्प (D) सही है।

217. दिया है:

A - B मैच:

A का स्कोर = 1 अंक (2 गोल किए और 3 गोल खाये)

B का स्कोर = 4 अंक (3 गोल किए और 2 गोल खाये)

A - C मैच:

A का स्कोर = 4 अंक (2 गोल किए (एक गोल D के बाहर से और एक सामान्य गोल) तथा एक गोल खाया)

C का स्कोर = 0 अंक (1 गोल किया और 2 गोल खाये)

B - C मैच:

B का स्कोर = 6 अंक (6 गोल किए (5 सामान्य गोल और 1 गोल D के बाहर से) तथा 7 गोल खाये)

C का स्कोर = 8 अंक (7 गोल किए तथा 6 गोल खाये)

टीम A द्वारा प्राप्त किए गए कुल गोल = 2 + 2 = 4 गोल

टीम A का कुल पुरस्कार = 4 × 18000 = 72000   (प्रत्येक गोल के लिए 18000 रुपए का पुरस्कार है)

∴ कुल पुरस्कार 72000 रुपए होगा।

अतः विकल्प (D) सही है।

218. दिया है:

A - B मैच:

A का स्कोर = 1 अंक (2 गोल किए और 3 गोल खाये)

B का स्कोर = 4 अंक (3 गोल किए और 2 गोल खाये)

A - C मैच:

A का स्कोर = 4 अंक (2 गोल किए (एक गोल D के बाहर से और एक सामान्य गोल) तथा एक गोल खाया)

C का स्कोर = 0 अंक (1 गोल किया और 2 गोल खाये)

B - C मैच:

B का स्कोर = 6 अंक (6 गोल किए (5 सामान्य गोल और 1 गोल D के बाहर से) तथा 7 गोल खाये)

C का स्कोर = 8 अंक (7 गोल किए तथा 6 गोल खाये)

टीम B द्वारा प्राप्त किए गए कुल पॉइंट = 6 + 4 = 10 पॉइंट

टीम C द्वारा प्राप्त किए गए कुल पॉइंट = 0 + 8 = 8 पॉइंट

B के पुरस्कार की कुल राशि = 5 × 5000 + 5 × 6000 = 55000 रुपए (5 पॉइंट्स तक पुरस्कार की राशि 5000 रुपए है और 5 से अधिक पॉइंट्स के लिए पुरस्कार की राशि 6000 रुपए है)

C के पुरस्कार की कुल राशि = 5 × 5000 + 3 × 6000 = 43000 रुपए

B से C के पुरस्कार की राशि का अनुपात = 55000 : 43000

= 55 : 43

∴ B से C के पुरस्कार की राशि का अनुपात 55 : 43 है।

अतः विकल्प (C) सही है।

219. दिया है:

A - B मैच:

A का स्कोर = 1 अंक (2 गोल किए और 3 गोल खाये)

B का स्कोर = 4 अंक (3 गोल किए और 2 गोल खाये)

A - C मैच:

A का स्कोर = 4 अंक (2 गोल किए (एक गोल D के बाहर से और एक सामान्य गोल) तथा एक गोल खाया)

C का स्कोर = 0 अंक (1 गोल किया और 2 गोल खाया)

B - C मैच:

B का स्कोर = 6 अंक (6 गोल किए (5 सामान्य गोल और 1 गोल D के बाहर से) तथा 7 गोल खाये)

C का स्कोर = 8 अंक (7 गोल किए तथा 6 गोल खाये)

टीम C द्वारा बनाए गए गोल = 8

टीम A द्वारा बनाए गए गोल = 4

प्रश्न के अनुसार, 3 खिलाड़ियों ने गोल बनाए

इसलिए, 1 खिलाड़ी का अधिकतम गोल तभी बनेगा जब 2 अन्य खिलाड़ी 1 गोल बनाएँगे।

टीम C के एक खिलाड़ी द्वारा बनाए गए अधिकतम गोल = 6

टीम A के एक खिलाड़ी द्वारा बनाए गए अधिकतम गोल = 2

आवश्यक अनुपात = 6 : 2

= 3 : 1

अतः विकल्प (B) सही है।

220. दिया है:

A और C के द्वारा निवेशित धनराशि का अनुपात = 3 : 2

A 4 महीनों के लिए और B 6 महीनों के लिए धनराशि का निवेश करता है।

सूत्र:

लाभ = निवेशित धनराशि × समय-अवधि

गणना:

माना A 3x और C 2x का निवेश करता है।

तो B का निवेश = (3x + 2x) × 80%

$\Rightarrow 5x \times \dfrac{80}{100} = 4x$

माना कुल लाभ 100% है।

प्रश्नानुसार,

9% दान के रूप में दिया जाता है और B वेतन के रूप में कुल लाभ का 21% प्राप्त करता है।

तब लाभ का शेष हिस्सा = 70%

अब, उनके हिस्सों का अनुपात = 3x × 4 : 4x × 1 : 2x × 6

= 3 : 1 : 3

$\Rightarrow$ A का लाभ हिस्सा = 70% का $\dfrac{3}{7}$ = 30%

$\Rightarrow$ B का लाभ हिस्सा = 70% का $\dfrac{1}{7}$ + 21% = 31%

$\Rightarrow$ C का लाभ हिस्सा = 70% का $\dfrac{3}{7}$ = 30%

∴ A , B और C के लाभ हिस्से का अनुपात = 30 : 31 : 30

अतः सही विकल्प (C) है।

221. माना कि, शांत जल में नाव की गति और धारा की गति x और y है।

नाव की प्रतिकूल गति = (x-y)

नाव की अनुकूल गति = (x+y)

प्रश्न के अनुसार,

समतुल्य, धारा के अनुकूल गति द्वारा लिया गया समय = धारा के प्रतिकूल गति द्वारा लिया गया समय

$$\dfrac{D}{(x+y)} = \dfrac{\frac{D}{2}}{(x-y)}$$

$$\Rightarrow 2x - 2y = x + y$$

$$\Rightarrow x = 3y$$

पहला भाग $= 240 \times \dfrac{12}{40}$

$= 72$ किमी

दूसरे भाग $= 240 \times \dfrac{13}{40}$

$= 78$ किमी

तीसरा भाग $= 240 \times \dfrac{15}{40}$

$= 90$ किमी

अब, मन रखने पर,

$$\dfrac{72}{x+y} + \dfrac{78}{x+y} + \dfrac{90}{x+y} = 19.15$$

$$\Rightarrow \dfrac{72}{3y+y} + \dfrac{78}{3y \times \frac{3}{4}+y} + \dfrac{90}{\frac{3y}{2}+y} = 19.5$$

$$\Rightarrow \dfrac{4680+6240+9360}{260y} = 19.5$$

$$\Rightarrow y = \frac{20280}{260 \times 19.5}$$

$\Rightarrow y = 4$ किमी/घंटा

अब x का मान रखने पर

नाव सामान्य गति $x = 3y$

$= 3 \times 4$

$= 12$ किमी/घंटा

अतः विकल्प (A) सही है।

222. दिया है:

कुल राशि = 13200 रूपये

(A + B) द्वारा किया गया कार्य = $\frac{5}{11}$

(C + D) द्वारा किया गया कार्य = $\frac{1}{2}$

सूत्र:

मेहनताना $\propto$ कार्य

गणना:

(A + B + C + D + E) द्वारा किया गया कार्य = 1 इकाई

(A + B) + (C + D) द्वारा किया गया कार्य $= \left(\frac{5}{11}\right) + \left(\frac{1}{2}\right)$

(A + B) + (C + D) द्वारा किया गया कुल कार्य $= \frac{21}{22}$

E द्वारा किया गया कार्य $= 1 - \left(\frac{21}{22}\right) = \frac{1}{22}$

(A + B) : (C + D) : E के कार्य का अनुपात $= \frac{5}{11} : \frac{1}{2} : \frac{1}{22}$

$= 10 : 11 : 1$

(A + B) : (C + D) : E के मेहनताना का अनुपात = 10 : 11 : 1

E का हिस्सा $= 13200 \times \left(\frac{1}{22}\right)$

$= 600$

∴ कार्य के लिए E द्वारा प्राप्त की गई राशि 600 रूपये है।

अतः विकल्प (E) सही है।

223. दिया है:

$$\frac{(73424.95 - 33266.87 - 22417.98 - 17649.90) \times}{\sqrt{11024.9}} = ?$$

अब, अनुमानित मान रखने पर हम पाते हैं,

$\Rightarrow (73425 - 33267 - 22418 - 17650) \times \sqrt{11025} = ?$

$\Rightarrow (90) \times \sqrt{11025} = ?$

$\Rightarrow 90 \times \sqrt{(21 \times 5)^2} = ?$

$\Rightarrow 90 \times 105 = ?$

$\Rightarrow 9450 = ?$

अतः विकल्प (D) सही है।

224. दिया है:

23.98 + 12.97 − 4.89 × 6.97 of 4.85 - {45.04 ÷ (17.07 - 1.92)} = ?

अब, अनुमानित मान रखने पर हम पाते हैं,

$\Rightarrow$ 24 + 13 − 5 × 7 का 5 - {45 ÷ (17 - 2)} =?

$\Rightarrow$? = 24 + 13 - 5 × 7 का 5 - {45 ÷ (15)}

$\Rightarrow$? = 24 + 13 − 5 × 7 का 5 - {3}

$\Rightarrow$? = 24 + 13 - 5 × 35 - 3

$\Rightarrow$? = 24 + 13 − 175 - 3

$\Rightarrow$? = - 141

अतः विकल्प (B) सही है।

225. दिया है:

{(4.952 × 4.99)2 ÷ (4.99 × 9.99) × 19.95} ÷ 4.852 = ? × 9.94

अब, अनुमानित मान रखने पर हम पाते हैं,

$\Rightarrow$ {(52 × 5)2 ÷ (5 × 10) × 20} ÷ 52 = ? × 10

$\Rightarrow$? = {(125 × 125) ÷ 50 × 20} ÷ 25 ÷ 10

$\Rightarrow$? = {6250} ÷ 25 ÷ 10

$\Rightarrow$? = 250 ÷ 10

$\Rightarrow$? = 25

अतः विकल्प (B) सही है।

226. दी गई श्रृंखला है:

36864, 9216, 2302, 576, 144

पैटर्न है:

36864 ÷ 4 = 9216

9216 ÷ 4 = 2304

2304 ÷ 4 = 576

576 ÷ 4 = 144

इसलिए गलत संख्या 2302 है।

अतः विकल्प (C) सही है।

227. दी गई श्रृंखला है:

17, 12, 19, 52, 203, 1010, 6060

पैटर्न है:

17 × 1 - 5 = 12

12 × 2 - 5 = 19

19 × 3 − 5 = 52

52 × 4 - 5 = 203

203 × 5 − 5 = 1010

1010 × 6 - 5 = 6055

इसलिए गलत संख्या 6060 है।

अतः विकल्प (D) सही है।

228. दी गई श्रृंखला है:

13, 26, 46, 72, 101, 138

पैटर्न है:

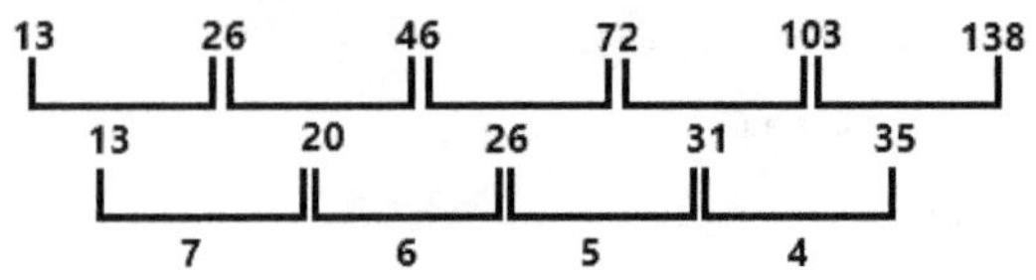

इसलिए गलत संख्या 101 है।

अतः विकल्प (D) सही है।

229. दी गई श्रृंखला है:

2,10,32,68,130,222

पैटर्न है:

$$1^3 + 1 = 2$$

$$2^3 + 2 = 10$$

$$3^3 + 3 = 30$$

$$4^3 + 4 = 68$$

$$5^3 + 5 = 130$$

$$6^3 + 6 = 222$$

इसलिए गलत संख्या 32 है।

अतः विकल्प (B) सही है।

230. कथन I:

अंकित मूल्य और क्रय मूल्य के बीच संबंध दिया गया है, लेकिन क्रय मूल्य नहीं दिया गया है।

कथन I अकेला पर्याप्त नहीं है।

कथन II:

क्रय मूल्य $= 250$ रुपए

अंकित मूल्य $= \dfrac{115}{100} \times 250 = 287.5$ रुपए

विक्रय मूल्य $=$ अंकित मूल्य $\times \left(1 - \dfrac{D}{100}\right)$

$\Rightarrow$ विक्रय मूल्य $= 287.5 \times \left(1 - \dfrac{4}{100}\right) = 276$ रुपए

लाभ $= (276 - 250)$ रुपए $= 26$ रुपए

अब, विक्रय मूल्य पर लाभ% $= \dfrac{P}{SP} \times 100$

$= \dfrac{26}{276} \times 100 = 9.4\%$

$\therefore$ दोनों कथन I और II एक साथ प्रश्न के उत्तर के लिए आवश्यक हैं।

अतः विकल्प (C) सही है।

231. कथन I का उपयोग करने पर:

छह वर्ष पहले लोकेश उतना ही बड़ा था जितना अमन अब है।

माना अमन की वर्तमान आयु x है।

तो, लोकेश की वर्तमान आयु $= x + 6$

तीन वर्ष पहले लोकेश की आयु और 2 वर्ष पहले जाधव की आयु का अनुपात 7 : 11 था।

प्रश्नानुसार,

$$\frac{(x+6-3)}{(J-2)} = \frac{7}{11}$$

$J \rightarrow$ जाधव की वर्तमान आयु

$$\Rightarrow 11x + 33 = 7J - 14$$

$$\Rightarrow \frac{(11x+47)}{7} = J$$

$\therefore$ कथन II अकेले प्रश्न का उत्तर देने के लिए पर्याप्त नहीं है। कथन I और कथन II का एक साथ उपयोग करने पर:

$$\frac{(11x+47)}{7} = J \quad - \text{(i)}$$

$$\frac{(L-2)}{(J+3)} = \frac{3}{5}$$

$$\Rightarrow \frac{(x+4)}{(J+3)} = \frac{3}{5}$$

$$\Rightarrow 5x + 20 = 3J + 9$$

$$\Rightarrow \frac{(5x+11)}{3} = J \quad - \text{(ii)}$$

समीकरण (i) और (ii)

$$\frac{(5x+11)}{3} = \frac{(11x+47)}{7}$$

$$\Rightarrow 35x + 77 = 33x + 141$$

$$\Rightarrow 2x = 64$$

$$\Rightarrow x = 32$$

$\therefore$ अमन की वर्तमान आयु $= 32$ वर्ष

जाधव की वर्तमान आयु $= \dfrac{(5 \times 32 + 11)}{3} = \dfrac{171}{3} = 57$

अभीष्ट अंतर $= 57 - 32 = 25$ वर्ष

$\therefore$ प्रश्न का उत्तर देने के लिए कथन I और II दोनों के आकड़े की एक साथ आवश्यकता है।

अतः विकल्प (E) सही है।

232. कथन I:

कोई भी लड़का सार्वजनिक परिवहन का उपयोग नहीं करता।

इसलिए सार्वजनिक परिवहन का उपयोग केवल लड़कियां ही करती हैं।

40% लड़कियां सार्वजनिक परिवहन का उपयोग करती हैं।

छात्रों की कुल संख्या नहीं दी गई है।

इसलिए, हम सार्वजनिक परिवहन का उपयोग करने वाले छात्रों की संख्या ज्ञात नहीं कर सकते हैं।

केवल कथन। पर्याप्त नहीं है।

कथन ॥:

कुल छात्रों में से 33% सार्वजनिक परिवहन का उपयोग करते हैं जो कि लड़कियों का 40% हैं।

छात्रों की कुल संख्या नहीं दी गई है।

इसलिए, हम सार्वजनिक परिवहन का उपयोग करने वाले छात्रों की संख्या नहीं प्राप्त कर सकते हैं।

केवल कथन ॥ पर्याप्त नहीं है।

कथन। और कथन ॥ को संयोजित करने पर:

छात्रों की कुल संख्या नहीं दी गई है।

इसलिए, संयोजन के बाद भी हम सार्वजनिक परिवहन का उपयोग करने वाले छात्रों की संख्या की गणना नहीं कर सकते हैं।

∴ प्रश्न का उत्तर देने के लिए न तो कथन। और न ही कथन ॥ पर्याप्त है।

अतः विकल्प (E) सही है।

233. स्टोर Q द्वारा बेचे गए डेल लैपटॉप का प्रतिशत $= 25\%$

स्टोर Q द्वारा बोल्ड किए गए डेल लैपटॉप की कुल संख्या

$= 2400 \times \dfrac{25}{100}$

$= 600$

स्टोर R द्वारा बेचे गए डेल और लेनोवो लैपटॉप का प्रतिशत $= 35\%$

स्टोर R द्वारा बेचे गए डेल और लेनोवो लैपटॉप की संख्या

$= 4500 \times \dfrac{35}{100}$

$= 1575$

∴ आवश्यक प्रतिशत

$= \dfrac{600}{1575} \times 100$

$= 38.095$

$\approx 38\%$

अतः विकल्प (D) सही है।

234. स्टोर T द्वारा बेचे गए डेल लैपटॉप की संख्या

$= 2400 \times \dfrac{21}{100}$

$= 504$

स्टोर P द्वारा बेचे गए लैपटॉप की संख्या

$= 2400 \times \dfrac{15}{100}$

$= 360$

आवश्यक प्रतिशत

$= \dfrac{504-360}{360} \times 100$

$= 40\%$

अत: विकल्प (C) सही है।

235. P, R और S द्वारा मिलाकर बेचे गए डेल लैपटॉप का प्रतिशत

$= 15\% + 30\% + 9\% = 54\%$

P, R और S द्वारा मिलाकर बेचे गए डेल लैपटॉप का कुल योग

$= 2400 \times \dfrac{54}{100}$

$= 1296$

∴ औसत,

$= \dfrac{1296}{3}$

$= 432$

अत: विकल्प (B) सही है।

236. स्टोर Q द्वारा बेचे गए लैपटॉप डेल और लेनोवो का प्रतिशत $= 23\%$

स्टोर Q द्वारा बेचे गए लैपटॉप डेल और लेनोवो की संख्या

$= 4500 \times \dfrac{23}{100}$

$= 45 \times 23$

$= 1035$

R और S द्वारा एकसाथ बेचे गए लैपटॉप डेल और लेनोवो का प्रतिशत

$= 35\% + 11\%$

$= 46\%$

अब, R और S द्वारा एक साथ बेचे गए लैपटॉप लेनोवो और डेल की कुल संख्या

$= 4500 \times \dfrac{46}{100}$

$= 2070$

R और S द्वारा मिलाकर बेचे गए डेल लैपटॉप का प्रतिशत

$= 30\% + 9\%$

$= 39\%$

R और S द्वारा मिलाकर बेचे गए डेल लैपटॉप की संख्या

$= 2400 \times \dfrac{39}{100}$

$= 936$

लेनोवो लैपटॉप की संख्या $= 2070 - 936 = 1134$

आवश्यक अंतर $= 1134 - 1035$

$= 99$

अतः विकल्प (B) सही है।

237. स्टोर S द्वारा बेचे गए डेल लैपटॉप $= 9\%$

स्टोर S द्वारा बेचे गए डेल लैपटॉप की संख्या के अनुरूप केंद्रीय कोण

$= \dfrac{9}{100} \times 360$

$= 32.4°$

अतः विकल्प (D) सही है।

238. दिया गया है:

वर्ग की भुजा $= 11$ सेमी

वर्ग का परिमाप $= 4a$

वृत्त की परिधि $= 2\pi r$

वृत्त का क्षेत्रफल $= \pi r^2$

प्रश्नानुसार,

वृत्त की परिधि = वर्ग का परिमाप

$\Rightarrow 2\pi r = 4a$

$\Rightarrow 2\pi r = 4 \times 11$

$\Rightarrow 2 \times (22/7) \times r = 44$

$\Rightarrow r = 7$ सेमी

वृत्त का क्षेत्रफल $= \pi r^2$

$\Rightarrow (22/7) \times 7 \times 7 = 154$

$\therefore$ वृत्त का क्षेत्रफल 154 सेमी ^{2} है।

अतः विकल्प (D) सही है।

239. दिया है:

प्रारंभिक दर $= 8\%$

समय $= 3$ वर्ष

म्यूचुअल फंड में दर $= 8.5\%$ और समय $= 4$ वर्ष

साधारण ब्याज $= \dfrac{P \times R \times T}{100}$

माना कि राशि x रुपये है

बैंक से साधारण ब्याज $= \dfrac{x \times 8 \times 3}{100}$

$\Rightarrow \dfrac{24x}{100}$

म्यूचुअल फंड से ब्याज के रूप में लाभ $= \dfrac{(x \times 8.5 \times 4)}{100}$

$\Rightarrow \dfrac{34x}{100}$

प्रश्न के अनुसार:

$\dfrac{34x}{100} - \dfrac{24x}{100} = 500$ रुपये

$\Rightarrow 10x = 50000$ या $x = 5000$

$\therefore$ निवेश की गयी राशि $= 5000$ रुपये

अतः विकल्प (A) सही है।

240. दिया गया है:

कोण से दिशा में परिवर्त $= 42°$

वक्राकार सड़क की दूरी $= 44\ m$

जैसा कि हम जानते हैं,

चाप की लंबाई: चाप की लंबाई चाप बनाने वाली वक्राकार रेखा के साथ दूरी का माप है।

यह अपने अंतिम बिंदुओं (जो एक जीवा होगा) के बीच की सीधी रेखा की दूरी से अधिक लंबी होती है।

हम जानते हैं कि,

चाप की लंबाई $= 2\pi R \left(\dfrac{C}{360}^° \right)$

जहां:

$R = $ चाप की त्रिज्या

$C = $ डिग्री में चाप का केंद्रीय कोण

अब,

निम्नलिखित आरेख का ध्यान से निरीक्षण कीजिए,

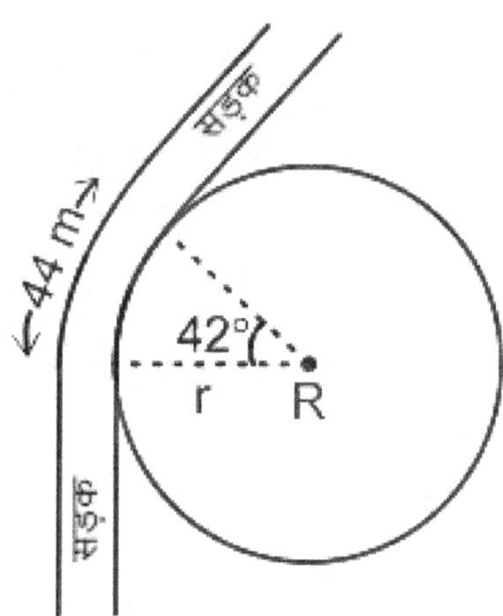

प्रश्न के अनुसार,

वक्राकार सड़क की लंबाई = वृत्त के चाप की लंबाई

$\Rightarrow 44 = 2\pi R \left(\dfrac{C}{360}^° \right)$

$\Rightarrow 2\pi R \left(\dfrac{C}{360}^° \right) = 44$

$\Rightarrow 2 \times \left(\dfrac{22}{7} \right) \times R \times \left(\dfrac{42°}{360°} \right) = 44$

$$\Rightarrow \left(\frac{44}{7}\right) \times R \times \left(\frac{42}{360}\right) = 44$$

$$\Rightarrow R = 44 \times \left(\frac{7}{44}\right) \times \left(\frac{360}{42}\right)$$

$$\Rightarrow R = 60 \; m$$

$\therefore$ उपयोग की जाने वाली त्रिज्या 60 मी है।

अत: विकल्प (A) सही हैं।

Reasoning

Q.1 निर्देश: महत्वपूर्ण प्रश्नों के बारे में निर्णय करने के लिए, 'सबल' और 'दुर्बल' तर्कों में फर्क करना जरुरी है। 'सबल' तर्क आवश्यक और प्रश्न से संबंधित है। 'दुर्बल' तर्क कम आवश्यक और प्रश्न से प्रत्यक्ष रूप से संबंधित हो सकते हैं या नहीं हो सकते। निम्न प्रश्न में एक कथन और उसके बाद दो तर्क । और ॥ दिए गये हैं। आपको तय करना है कि, निम्नलिखित तर्कों में से कौनसे तर्क सबल हैं और कौनसे तर्क दुर्बल हैं।

कथन:

क्या भारत में रेलवे का अन्य सार्वजनिक क्षेत्र के उद्यमों की तरह चरणबद्ध तरीके से निजीकरण किया जाना चाहिए?

तर्क:

I. हाँ, यह प्रतिस्पर्धा लाने और जनता को बेहतर सेवा प्रदान करने का एकमात्र तरीका है।

II. नहीं, यह हमारे देश की राष्ट्रीय सुरक्षा के लिए खतरा पैदा करेगा क्योंकि बहुराष्ट्रीय कंपनियां मैदान में उतरेंगी।

A. यदि केवल तर्क I सबल है

B. यदि केवल तर्क II सबल है

C. यदि या तो I या II सबल है

D. यदि न तो I और न ही II सबल है

E. यदि दोनों I और II सबल हैं

Ques (2-3):निर्देश: निम्न प्रश्नों में, \$, %, @, © और ∗ चिह्नों का प्रयोग निम्नलिखित अर्थ से किया गया है:

'P % Q' का अर्थ है 'P, Q से ना तो छोटा है और ना ही बड़ा है'।

'P \$ Q' का अर्थ है 'P, Q से ना तो छोटा है ना ही बराबर है'।

'P © Q' का अर्थ है 'P, Q से ना तो बड़ा है और ना ही बराबर है'।

'P ∗ Q' का अर्थ है 'P, Q से बड़ा नहीं है'।

'P @ Q' का अर्थ है 'P, Q से छोटा नहीं है'।

अब, निम्न प्रत्येक प्रश्न में, दिए हुए कथनों को सत्य मानिए और पता लगाइए कि उनके नीचे दिए हुए तीन निष्कर्ष - I, II और III में से कौन सा निश्चित रूप से सत्य है और उसी के अनुसार अपना उत्तर दीजिये।

Q.2 कथन: V © K, K @ B, B \$ M

निष्कर्ष:

I. V © B

II. M © K

III. M © V

A. कोई भी सत्य नहीं है।

B. केवल I सत्य है।

C. केवल II सत्य है।

D. केवल III सत्य है।

E. केवल II और III सत्य हैं।

Q.3 कथन: D ∗ R, R % F, F \$ T

निष्कर्ष:

I. F % D

II. F \$ D

III. T © R

A. केवल I सत्य है।

B. केवल II सत्य है।

C. केवल III सत्य है।

D. केवल I या II सत्य है।

E. केवल I या II और III सत्य है।

Ques (4-5):निर्देश: नीचे दिए गए प्रश्न में एक प्रश्न और उसके नीचे I, II और III से अंकित तीन कथन दिए गए हैं। आपको यह तय करना है कि कथनों में दिए गए आँकड़े प्रश्न का उत्तर देने के लिए पर्याप्त है या नहीं।

Q.4 छह व्यक्ति A, B, C, D, E और F की शिक्षक के साथ सितंबर, अक्टूबर और नवंबर के महीने में 5 और 12 तारीख को बैठक होती है। किन्हीं दो व्यक्तियों की एक ही दिन बैठक नहीं होती है। उनमें से किसकी 5 अक्टूबर को बैठक है?

कथन I: C और D की बैठक एक ही महीने में है। C से पहले किसी व्यक्ति की बैठक नहीं है।

कथन II: B की बैठक महीने की 5 तारीख को होती है, जिसमें 30 दिन होते हैं। B और D के बीच केवल दो व्यक्तियों की बैठक होती है।

कथन III: B और E की बैठक एक ही महीने में है। A और E की बैठक समान तारीख को नहीं है।

A. कथन I और II एक साथ प्रश्न का उत्तर देने के लिए पर्याप्त हैं

B. केवल कथन I प्रश्न का उत्तर देने के लिए पर्याप्त है

C. प्रश्न का उत्तर देने के लिए एक साथ सभी कथन आवश्यक हैं

D. प्रश्न का उत्तर देने के लिए या तो कथन I या III और कथन II आवश्यक हैं

E. कथन II और III एक साथ प्रश्न का उत्तर देने के लिए पर्याप्त हैं

Q.5 'here you are' के लिए कूट क्या है?

I. कूट भाषा में, 'you all are here' को 'jh ik os df' के रूप में लिखा जाता है।

II. उसी कूट भाषा में, 'are we go there' को 'os jh pl tr' के रूप में लिखा जाता है।

III. उसी कूट भाषा में, 'are you here with me' को 'df os vg ik lx' के रूप में लिखा जाता है।

A. सभी कथनों की आवश्यकता हैं

B. केवल I और II पर्याप्त हैं

C. केवल I पर्याप्त है

D. केवल I और III पर्याप्त हैं

E. अपर्याप्त जानकारी

Q.6 निम्न प्रश्न में, एक कथन दिया गया हैं। धारणा एक मानी गई बात होती है। आपको दिए गये कथन और उनके बाद दी गयीं धारणाओं के आधार पर तय करना है कि कथन में निम्न में से कौन-सी धारणा कथन में निहित है।

कथन:

वित्त मंत्री अरुण जेटली ने गुरुवार को सरकार के फ्लैगशिप डिजिटल इंडिया कार्यक्रम पर अगले वित्त वर्ष 2017-18 में 1,425.63 करोड़ रुपये के मुकाबले 3,073 करोड़ रुपये खर्च करने का प्रस्ताव रखा था, इस कदम का उद्योगों द्वारा काफी हद तक स्वागत किया गया है। श्री जेटली ने कहा, "वैश्विक अर्थव्यवस्था डिजिटल अर्थव्यवस्था में बदल रही है डिजिटल दुनिया – मशीने लर्निंग, आर्टिफीसियल इंटेलिजेंस, चीजों का इंटरनेट, 3 डी प्रिंटिंग और इसी तरह के में अत्याधुनिक प्रौद्योगिकियों के विकास के लिए धन्यवाद।"

धारणा:

1. डिजिटल इंडिया योजना भारत सरकार का एक सफल योजना है।

2. देश की प्रगति के लिए मशीने लर्निंग और आर्टिफीसियल इंटेलिजेंस महत्वपूर्ण हैं।

3. वित्त मंत्री श्री अरुण जेटली उद्योगपतियों के बीच प्रसिद्ध हैं।

A. केवल I

B. केवल II

C. केवल III

D. III को छोड़कर सभी

E. सभी अनुसरण करते हैं

Ques (7-8):निर्देश: नीचे दिए गए प्रश्न में तीन निष्कर्ष I, II और III दिए गए हैं। आपको दिए गए कथनों को सत्य मानना है, भले ही वे सामान्यतः ज्ञात तथ्यों के साथ विचरण करते हों। सभी निष्कर्ष पढ़ें और फिर तय करें कि दिए गए कथनों में से कौन सा निष्कर्ष सामान्यतः ज्ञात तथ्यों की अवहेलना करते हुए दिए गए कथनों का तार्किक रूप से अनुसरण करता है।

x A y का अर्थ है, सभी x, y हैं।

x E y का अर्थ है, कुछ x, y हैं।

x I y का अर्थ है, केवल कुछ x, y हैं।

x O y का अर्थ है, कोई x, y नहीं है।

U का अर्थ है, संभावना।

Q.7 कथन: JAKELIMON

निष्कर्ष:

i) LAUM

ii) LIUK

iii) NAUJ

A. केवल निष्कर्ष i अनुसरण करता है

B. केवल निष्कर्ष ii अनुसरण करता है

C. केवल निष्कर्ष ii और iii अनुसरण करता है

D. सभी अनुसरण करते हैं

E. कोई भी अनुसरण नहीं करता है

Q.8 कथन: KIRAN

निष्कर्ष:

i) KEN

ii) KAUN

iii) RAUK

A. केवल निष्कर्ष i अनुसरण करता है

B. केवल निष्कर्ष i और ii अनुसरण करता है

C. केवल निष्कर्ष ii और iii अनुसरण करता है

D. सभी अनुसरण करते हैं

E. कोई भी अनुसरण नहीं करता है

Q.9 निर्देश: दो कथनों का अनुसरण दो निष्कर्ष 1 और 2 द्वारा किया जाता है। आपको कथनों को सत्य मानना है, भले ही वे सामान्यतः ज्ञात तथ्यों से भिन्न प्रतीत होते हों। आपको यह तय करना है कि दिए गए कथनों में से कौन सा निष्कर्ष निश्चित रूप से निकाला जा सकता है और तदनुसार अपने उत्तर को अंकित कीजिए।

कथन:

I: नियमित शारीरिक गतिविधि आपकी मांसपेशियों की ताकत में सुधार कर सकती है और आपके धीरज को बढ़ा सकती है।

II: व्यायाम आपके ऊतकों को ऑक्सीजन और पोषक तत्व पहुँचाता है और आपके हृदय प्रणाली को अधिक कुशलता से काम करने में मदद करता है।

निष्कर्ष:

1: व्यायाम हृदय रोगों के जोखिम को कम करने में मदद करता है।

2: व्यायाम के दौरान, आपका शरीर उन रसायनों को छोड़ता है जो आपकी मनोदशा को बेहतर कर सकते हैं और आपको अधिक आराम का अनुभव करा सकते हैं।

A. या तो निष्कर्ष 1 या 2 इस प्रकार है

B. केवल निष्कर्ष 1 अनुसरण करता है

C. न तो निष्कर्ष 1 और न ही निष्कर्ष 2 अनुसरण करता है

D. केवल निष्कर्ष 2 अनुसरण करता है

E. निष्कर्ष 1 और निष्कर्ष 2 दोनों अनुसरण करते हैं

Ques (10-14):निर्देश: निम्नलिखित जानकारी का अध्ययन कीजिए और दिए गए प्रश्नों के उत्तर दीजिए।

एक संख्या श्रृंखला में, सभी सम संख्याओं को उसके वर्ग के अंकों के योग से दर्शाया गया है और यदि योग में 1 से अधिक अंक मौजूद है तो फिर से अंकों को जोड़ना है (उदाहरण के लिए, 8 का वर्ग 64 है तो योग 10 है अतः 8 को 1 (1 + 0) के रूप में कोडबद्ध किया गया है)। सभी विषम संख्याओं को E से प्रारंभ होकर वर्णमाला श्रृंखला के पांचवें क्रमागत वर्ण से दर्शाया गया है (उदाहरण के लिए, 1 को E के रूप में कोडबद्ध किया गया है, 3 को J के रूप में कूटबद्ध किया गया है)।

कोडभाषा में:

"42765" को - 74T9O के रूप में कोडबद्ध किया गया है।

अब कोडबद्ध संख्या पर निम्नलिखित प्रक्रियाएं लागू की जानी है:

I. यदि कोडबद्ध संख्या में सभी अंकों द्वारा निर्मित संख्या 3 से विभज्य है, तो सभी अंकों को फिर से उन सभी अंकों के संबंधित अक्षरों के रूप में कूटबद्ध किया जाना चाहिए।

II. यदि यहाँ कोडबद्ध रूप में कोई अभाज्य संख्या है, तो उन्हें $ के रूप में कोडबद्ध किया जाना है।

III. यदि कोडबद्ध संख्या में 1 से अधिक स्वर हैं, तो उन सभी स्वरों को अगले अक्षर से बदला जाना चाहिए।

IV. यदि कोडबद्ध रूप एक व्यंजक के साथ प्रारंभ और ख़त्म होता है, तो उन्हें एफ-दूसरे से बदला जाना चाहिए।

यदि कोडबद्ध रूप ऊपर दी गयी किसी शर्त को संतुष्ट नहीं करता है, तो इसे समान रूप में रखा जाना चाहिए।

यदि शर्त I और II दोनों संतुष्ट हो जाते हैं, तो शर्त I में दिए गए निर्देश का पालन किया जाना चाहिए और इसे छोड़कर यदि कोई दो या तीन शर्त समान समय पर संतुष्ट हो जाती हैं, तो सभी शर्तों में दिए गए निर्देश का पालन किया जाना चाहिए।

Q.10 दी गयी शर्तों को लागू करने के बाद कौन सी संख्या को "PTP" के रूप में कोडबद्ध किया जायेगा?

A. 39193

B. 57175

C. 54745

D. 57475

E. इनमें से कोई नहीं

Q.11 दी गयी सभी शर्तों को लागू करने के बाद "368149" का कोडबद्ध रूप क्या होगा?

A. J91E$Y

B. Y91E7J

C. J91E7Y

D. Y91E$J

E. इनमें से कोई नहीं

Q.12 दी गयी शर्तों को लागू करने के बाद निम्नलिखित में से कौन सी संख्या को "TGDETJD" के रूप में कोडबद्ध किया जायेगा?

A. 7421532

B. 1741214

C. 3142654

D. 7421732

E. निर्धारित नहीं किया जा सकता

Q.13 दी गयी शर्तों को लागू करने के बाद "45881427818" के कोडबद्ध रूप में कितने व्यंजक होंगे?

A. 4   **B.** 7   **C.** 11   **D.** 5

E. 6

Q.14 दी गयी शर्तों को लागू करने के बाद "762147" का कूटबद्ध रूप क्या होगा?

A. T94E$Y   **B.** T94E$T

C. Y9E4$T   **D.** T9E47T

E. इनमें से कोई नहीं

Ques (15-16):निर्देश: निम्नलिखित जानकारी का ध्यानपूर्वक अध्ययन कीजिये और उसपर आधारित प्रश्नों के उत्तर दीजिये:

जानकारी कूटित रूप में दी गयी है। दिए गए प्रश्नों का उत्तर देने के लिए जानकारी का विसंकेतन कीजिये।

A # B का अर्थ है कि A, B के पूर्व में 3 किमी की दूरी पर है।

A % B का अर्थ है कि A, B के पश्चिम में 3 किमी की दूरी पर है।

A @ B का अर्थ है कि A, B के उत्तर में 4 किमी की दूरी पर है।

A < B का अर्थ है कि A, B के दक्षिण में 4 किमी की दूरी पर है।

Q.15 यदि यह दिया गया है कि Z < R; V % X @ Y; V < W; U @ W; U # R, तो V और Y के बीच की न्यूनतम दूरी क्या है?

A. 4 किमी   **B.** 10 किमी   **C.** 6 किमी   **D.** 5 किमी

E. 3 किमी

Q.16 यदि यह दिया गया है कि Z < R; V % X @ Y; V < W; U @ W; U # R, तो Z के संबंध में X की दिशा क्या है?

A. उत्तर   **B.** उत्तर-पश्चिम

C. दक्षिण-पश्चिम   **D.** उत्तर-पूर्व

E. दक्षिण-पूर्व

Ques (17-21):निर्देश: दिए गए प्रश्नों का उत्तर देने के लिए निम्नलिखित जानकारी का अध्ययन कीजिये:

कक्षा 5 के आठ विद्यार्थी A, B, C, D, E, F, G और H फोटो खिंचवाने के लिए एक पंक्ति में बैठे हैं। सभी की जेबों में एक-एक कार्ड है जिस पर भिन्न संख्याएँ यानी 3, 5, 7, 14, 11, 15, 18 और 20 लिखी हैं, परन्तु यह आवश्यक नहीं है कि यह समान क्रम में हों।

F, B के दाईं ओर से तीसरे स्थान पर बैठा है, जिसके पास कार्ड पर H के कार्ड पर लिखी संख्या की आधी संख्या लिखी है, जो कि F के बाईं ओर से दूसरे स्थान पर बैठा है। एक व्यक्ति जिसके कार्ड पर उस संख्या का पाँचवाँ गुणक लिखा है, जो पंक्ति के बाएँ छोर से पाँचवे स्थान पर बैठे किसी अन्य विद्यार्थी के कार्ड पर लिखा है। G, F का निकटतम पड़ोसी है और उसके पास 9 गुनज मैं कार्ड संख्या है। वह व्यक्ति जिसके कार्ड पर सबसे छोटी अभाज्य संख्या है, वह उस व्यक्ति के बाईं ओर से दूसरे स्थान पर बैठा है, जिसकी कार्ड संख्या को यदि उस व्यक्ति की कार्ड संख्या से घटा दिया जाए, जो उसके ठीक दाईं ओर बैठा हो, जो कि C है, तब परिणामी संख्या D के कार्ड पर लिखी संख्या के बराबर होगी। A के कार्ड पर दूसरी सबसे छोटी संख्या लिखी है और वह उस व्यक्ति के ठीक दाईं ओर बैठा है जिसके कार्ड पर दूसरी सबसे बड़ी संख्या लिखी है। A, F के दाईं ओर से दूसरे स्थान पर बैठा है और वह पंक्ति के किसी भी अंतिम छोर पर नहीं है।

Q.17 निम्नलिखित पाँच विकल्पों में से चार किसी प्रकार से एक जैसे हैं और इस तरह वह एक समूह बनाते हैं। उस विकल्प का चुनाव कीजिए जो उस समूह का नहीं है?

A. D   **B.** A   **C.** C   **D.** G

E. B

Q.18 E के कार्ड पर कौन सी संख्या लिखी है?

A. 5   **B.** 15

C. 20   **D.** 3

E. इनमें से कोई नहीं

Q.19 G के कार्ड पर लिखी गई संख्या और B के ठीक बाईं ओर बैठे व्यक्ति के कार्ड पर लिखी संख्या का गुणनफल ज्ञात कीजिए।

A. 100   **B.** 45

C. 210   **D.** 54

E. इनमें से कोई नहीं

Q.20 E और C के कार्ड की संख्या का अंतर ज्ञात कीजिए।

A. 9   **B.** 13

C. 4   **D.** 7

E. इनमें से कोई नहीं

Q.21 उस व्यक्ति के बाईं ओर से दूसरे स्थान पर कौन बैठा है, जो A के ठीक दाईं ओर बैठा है?

A. G

B. वह जिसकी कार्ड संख्या 7 है

C. C

D. (A) और (B) दोनों

E. वह जिसकी कार्ड संख्या 14 है

Ques (22-26):निर्देश: निम्नलिखित जानकारी को ध्यानपूर्वक पढ़ें और प्रश्नों के उत्तर दें।

एक परिवार में आठ सदस्य हैं- तन्मय, चेतन, विल्सन, टोनी, मीरा, एंड्रिया, अमर, वरुण। इनमें से सभी अलग-अलग बैंकों में कार्य करते हैं- आईडीएफसी, आरबीआई, एक्सिस बैंक, सिंडिकेट बैंक, एचडीएफसी, पीएनबी, केनरा बैंक, एसबीआई लेकिन आवश्यक नहीं कि सभी इसी क्रम में हों। प्रत्येक का जन्म अलग-अलग वर्षों में हुआ था, लेकिन किसी का जन्म 1996 के बाद नहीं हुआ। (सभी व्यक्तियों की आयु की गणना 2015 को आधार वर्ष मानकर की गई है)।

तन्मय के जन्म वर्ष के सभी अंकों का योग टोनी की आयु के बराबर है। केनरा बैंक में कार्य करने वाले व्यक्ति की आयु, विल्सन के जन्म वर्ष के अंतिम दो अंकों से एक अधिक है। विल्सन एक्सिस बैंक में कार्य करता है और वह अमर से चार वर्ष बड़ा है। एसबीआई में कार्य करने वाले व्यक्ति से केवल दो व्यक्ति छोटे हैं। अमर की आयु, तन्मय के जन्म वर्ष के अंतिम दो अंकों के बराबर है। एंड्रिया पीएनबी में कार्य करती है और उसकी आयु 11 की गुणज है। आईडीएफसी बैंक में कार्य करने वाले व्यक्ति का जन्म 1994 के बाद हुआ था और वह वरुण से छोटा है। वरुण की आयु, टोनी की आयु के तीन गुना से दो अधिक है। अमर का जन्म, वरुण के जन्म से दो वर्ष पहले हुआ था। केवल एक व्यक्ति का जन्म पीएनबी और केनरा बैंक में कार्य करने वाले व्यक्तियों के बीच हुआ था। आरबीआई में कार्य करने वाला व्यक्ति, सभी में सबसे बड़ा है। चेतन और वरुण की आयु का अंतर 10 है और टोनी सबसे छोटा है।

Q.22 इनमें से कौन आरबीआई बैंक में कार्य करता है?

A. मीरा

B. अमर

C. टोनी

D. चेतन

E. निर्धारित नहीं किया जा सकता

Q.23 मीरा निम्नलिखित में से किस बैंक में कार्य करती है?

A. एक्सिस   **B.** केनरा

C. सिंडिकेट   **D.** एसबीआई

E. आईडीएफसी

Q.24 तन्मय की आयु कितनी है?

A. 50   **B.** 72   **C.** 68   **D.** 63
E. 51

Q.25 इनमें से कौन एचडीएफसी बैंक में कार्य करता है?
A. अमर
B. मीरा
C. टोनी
D. वरुण
E. या तो (A), या फिर (D)

Q.26 सभी व्यक्तियों में से कितने व्यक्तियों का जन्म 1990 के बाद हुआ है?
A. एक   **B.** दो
C. तीन   **D.** तीन से अधिक
E. इनमे से कोई नहीं

Ques (27-28):निर्देश: दिए गए प्रश्नों का उत्तर देने के लिए निम्नलिखित जानकारी का ध्यानपूर्वक अध्ययन कीजिये:

एक परिवार में नौ सदस्य A, B, C, D, E, F, G, H और I हैं। परिवार में तीन दम्पति हैं। C, D की डॉटर-इन-लॉ है, जो A का पिता है। A, E की माता है, जो H की पुत्री है। F, B का पैटरनल ग्रैंड फादर है। C, G की माता है, जो B का पिता है। G का विवाह I से हुआ है।

Q.27 A का G से क्या संबंध है?
A. ग्रैंडफादर   **B.** ग्रैंडमदर
C. पिता   **D.** पैटरनल अंट
E. नीस

Q.28 B का I से क्या संबंध है?
A. ग्रैंड-सन
B. पुत्र
C. नेफ्यू
D. ग्रैंड-डॉटर
E. निर्धारित नही किया जा सकता है

Q.29 निर्देश: निम्नलिखित जानकारी का ध्यानपूर्वक अध्ययन कीजिए और नीचे पूछे गए प्रश्नों के उत्तर दीजिए।

छह दोस्त - I, J, K, L, M और N अलग-अलग लम्बाई के हैं। M, N से लंबा है लेकिन K के जितना नहीं। N, L और J से लंबा है। I, L से छोटा है लेकिन वह सबसे छोटा नहीं है। वह दोस्त जो तीसरा सबसे लंबा, 30 सेमी का है और वह दोस्त जो दूसरे सबसे छोटा है, 25 सेमी का है।

L की संभव लम्बाई क्या है?

A. 32 सेमी   **B.** 24 सेमी   **C.** 26 सेमी   **D.** 35 सेमी
E. 22 सेमी

Q.30 यदि "REGENERATION" शब्द के तीसरे, छठे, सातवें और आठवें अक्षर के साथ एक सार्थक शब्द बनाना संभव है, तो निम्नलिखित में से कौन सा शब्द उस नए बने शब्द के दाहिने छोर से दूसरा अक्षर होगा? यदि एक से अधिक ऐसे शब्द बनाए जा सकते हैं, तो M को उत्तर के रूप में दें और यदि ऐसा कोई शब्द नहीं बनाया जा सकता है, तो Y को उत्तर के रूप में दें?

A. M   **B.** E   **C.** Y   **D.** A
E. R

Ques (31-35):निर्देश: निम्नलिखित जानकारी का ध्यानपूर्वक अध्ययन कीजिए और प्रश्नों के उत्तर दीजिए।

आठ व्यक्ति E, F, G, H, I, J, K और M जिनके अलग-अलग व्यवसाय हैं वे एक वृत्ताकार मेज के चारों तरफ बैठे हैं। उनमें से कुछ केंद्र के सम्मुख हैं और कुछ केंद्र से विमुख हैं। F, K के बाएं दूसरे स्थान पर बैठा है, जो केंद्र के सम्मुख है। संगीतकार, K और F का निकटतम पड़ोसी है। संगीतकार और E के बीच में केवल तीन व्यक्ति बैठे हैं। शिल्पकार और E के बीच में केवल एक व्यक्ति बैठा है। डॉक्टर, शिल्पकार के निकटतम दाएं बैठा है, जो केंद्र के सम्मुख है। M, K के दाएं दूसरा है। H संगीतकार है। G और J एक-दूसरे के निकटतम पड़ोसी हैं। पायलट, F के निकटतम दाएं बैठा है। वकील, डॉक्टर के बाएं दूसरा है। वैज्ञानिक, शिल्पकार का निकटतम पड़ोसी है। G, E के बाएं दूसरा है, जो प्रोफेसर है। उनमें से एक इंजीनियर है।

Q.31 वैज्ञानिक कौन है?
A. J   **B.** K   **C.** F   **D.** G
E. E

Q.32 संगीतकार के दाएं से तीसरे स्थान पर कौन बैठा है?
A. E
B. पायलट
C. J
D. वकील
E. निर्धारित नहीं किया जा सकता

Q.33 निम्न पाँच में से चार एक निश्चित रूप से एक समान हैं इसलिए एक समूह बनाते हैं। कौन उस समूह से संबंधित नहीं है?
A. डॉक्टर-M   **B.** पायलट-G
C. शिल्पकार-H   **D.** वकील-J
E. वैज्ञानिक-K

Q.34 निम्न में से कौन सा कथन निश्चित तौर पर असत्य है?
A. इंजीनियर, वकील के बाएं दूसरा है
B. पाँच व्यक्ति केंद्र के सम्मुख हैं
C. H, इंजीनियर और वैज्ञानिक के बीच में बैठा है
D. पायलट और शिल्पकार के बीच में तीन व्यक्ति हैं
E. वैज्ञानिक और डॉक्टर एक दूसरे के निकटतम दाएं हैं

Q.35 शिल्पकार कौन है?
A. J   **B.** G   **C.** E   **D.** M
E. I

Ques (36-40):निर्देश: निम्नलिखित जानकारी को ध्यानपूर्वक पढ़िये और नीचे दिए गए प्रश्नों के उत्तर दीजिये।

आठ व्यक्ति - जॉन, डानी, सनी, रेमो, पीयूष, मैक, जैक और सैम एक आठ मंजिल की इमारत में रहते हैं और ये सभी अलग-अलग शहरों जयपुर, अजमेर, रायपुर, इंदौर, मथुरा, भोपाल, गोधरा और वड़ोदरा के हैं लेकिन आवश्यक नहीं की इसी क्रम में हों। सबसे निचली मंजिल 1 और सबसे ऊपरी मंजिल 8 है। केवल एक व्यक्ति एक शहर से संबंधित है।

जॉन सम संख्या वाली मंजिल पर रहता है और अजमेर का है। जैक सबसे निचली मंजिल पर रहता है और जयपुर का है। जॉन के नीचे कम से कम चार व्यक्ति रहते हैं। मैक, जॉन के ठीक नीचे रहता है। जैक और रेमो के बीच दो व्यक्ति रहते हैं। सैम, डैनी के ठीक ऊपर रहता है और वडोदरा का है। डैनी, रेमो के ठीक ऊपर रहता है। सनी, पीयूष के ऊपर रहता हैं। रेमो, इंदौर से संबंधित व्यक्ति के ठीक नीचे रहता है। जॉन और सैम के बीच रहने वाला व्यक्ति रायपुर से है। भोपाल से संबंधित व्यक्ति, मथुरा से संबंधित व्यक्ति के ठीक नीचे और गोधरा से संबंधित व्यक्ति के ठीक ऊपर रहता है।

Q.36 निम्नलिखित में से कौन सा व्यक्ति और शहर का सही संयोजन है?
A. जॉन, अजमेर   **B.** जैक, भोपाल
C. पियूष, वडोदरा   **D.** सैम, इंदौर
E. सनी, रायपुर

Q.37 सबसे ऊपरी मंजिल पर कौन रहता है?
A. जैक   **B.** जॉन   **C.** मैक   **D.** सनी
E. सैम

Q.38 गोधरा का कौन है?
A. जैक   **B.** डैनी

C. पियूष
D. रेमो
E. इनमें से कोई नहीं

Q.39 डैनी से नीचे कितने व्यक्ति रहते हैं?
A. तीन
B. दो
C. एक
D. चार
E. चार से अधिक

Q.40 कितने व्यक्ति मैक से नीचे और रेमो से ऊपर रहते हैं?
A. एक
B. दो
C. तीन
D. चार
E. कोई नहीं

Computer Knowledge

Q.41 1971 के दशक में एआरपीएएनईटी पर पाया गया पहला पीसी वायरस निम्नलिखित में से कौन सा है?
A. माइकलएंजेलो वायरस
B. ब्रेन
C. क्रीपर
D. आईलवयू
E. एलियन.298

Q.42 वायरस ट्रांसमिशन का मार्ग क्या है?
A. मॉनिटर
B. फ्लैश ड्राइव
C. माउस
D. केबल
E. इनमें से कोई नहीं

Q.43 Apple II वायरस किस वर्ष अस्तित्व में आया?
A. 1979
B. 1980
C. 1981
D. 1982
E. 1990

Q.44 हैकर्स जो सिस्टम में बग और कमजोरियों को खोजने में मदद करते हैं और सिस्टम को क्रैक करने का इरादा नहीं रखते हैं उन्हें ______ कहा जाता है।
A. ब्लैक हैट हैकर्स
B. व्हाइट हैट हैकर्स
C. ग्रे हैट हैकर्स
D. रेड हैट हैकर्स
E. इनमें से कोई नहीं

Q.45 हैकिंग के क्षेत्र में शौकिया या नौसिखिया जिनके पास कोडिंग और सुरक्षा और हैकिंग टूल की गहन कार्यप्रणाली के बारे में बहुत अधिक कौशल नहीं है, उन्हें ______ कहा जाता है।
A. स्पॉन्सर्ड हैकर्स
B. हैक्टिविस्ट
C. स्क्रिप्ट किडीज़
D. व्हिसल -ब्लेवर्स
E. इनमें से कोई नहीं

Q.46 संबंधित वेब पेज का एक समूह क्या गठित करता है?
A. प्रॉक्सी सर्वर
B. वेब सर्वर
C. वेबसाइट
D. होम पेज
E. इनमें से कोई नहीं

Q.47 इनमें से कौन सा एक ऑपरेटिंग सिस्टम नहीं है?
A. एंड्रॉयड
B. स्काला
C. यूनिक्स
D. विंडोज
E. डॉस

Q.48 ______ अपने ब्राउज़र में सहेजकर किसी पसंदीदा वेबसाइट को तुरंत एक्सेस करने का एक तरीका है
A. कुकी
B. बुकमार्क
C. ब्लॉग
D. दोनों (A) और (B)
E. इनमें से कोई नहीं

Q.49 निम्नलिखित में से कौन सा संक्षिप्त रूप आम तौर पर अवांछित जंक ई-मेल का वर्णन करने के लिए उपयोग किया जाता है?

[Madhya Pradesh Public Service Commission (MPPSC), 2018]

A. CRAM
B. DRAM
C. JAM
D. SPAM
E. इनमें से कोई भी नहीं

Q.50 निम्न में से कौन सा IP एड्रेस मान्य है?
A. 984.12.787.76
B. 192.168.321.10
C. 1.88.234.3456
D. 192.168.56.115
E. 194.158.56.115

Q.51 IP को ______ में परिभाषित किया गया है।
A. RFC 790
B. RFC 791
C. RFC 792
D. RFC 793
E. RFC 794

Q.52 निम्नलिखित में से क्या इंटरनेट के लिए आवश्यक नहीं है?
A. ऑपरेटिंग सिस्टम
B. डॉस
C. वेब ब्राउजर
D. मॉडेम
E. इनमें से कोई नहीं

Q.53 मैलवेयर किसका संक्षिप्त रूप है?
A. मैलिसियस हार्डवेयर
B. मैलिसियस सॉफ्टवेर
C. स्टैंड-अलोन कंप्यूटर को नुकसान पहुंचाने के लिए डिज़ाइन किया गया है
D. (A) और (B) दोनों
E. (B) और (C) दोनों

Q.54 निम्नलिखित में से कौन सा एक प्रोग्राम है जो पूरे कंप्यूटर या नेटवर्क में खुद को कॉपी करता है?
A. वॉर्म्स
B. ट्रोजन्स
C. वायरस
D. रूटकिट
E. इनमें से कोई भी नहीं

Q.55 USB का विस्तृत रूप है-
A. यूनिक सिग्नल बस
B. यूनिवर्सल सीरियल बस
C. यूनिवर्सल सेकेंडरी बेस
D. यूनाइटेड सिस्टम बेस
E. इनमें से कोई नहीं

Q.56 यूनिवैक (UNIVAC) पहली पीढ़ी का कंप्यूटर था। इसका पूरा नाम क्या है?
A. यूनिवर्सल ऑटोमेटिक कंप्यूटर
B. यूनिवर्सल ऐरे कंप्यूटर
C. यूनिक ऑटोमेटिक कंप्यूटर
D. अनवैल्यूड ऑटोमेटिक कंप्यूटर
E. इनमें से कोई नहीं

Q.57 DNS का पूर्ण रूप है-
A. डोमेन नेम सोर्स
B. डोमेन नेम सिस्टम
C. डिस्क्रिप्शन नेम सिस्टम
D. ऊपर के सभी
E. इनमें से कोई नहीं

Q.58 सामान्य तौर पर, एक फाइल मूल रूप से सभी संबंधित ______ का एक संग्रह है।
A. रो और कॉलम
B. फील्ड
C. डेटाबेस
D. रिकार्ड
E. इनमें से कोई नहीं

Q.59 "डेटा" शब्द का अर्थ है:
A. इनफार्मेशन का इलेक्ट्रॉनिक रिप्रजेंटेशन (या डेटा)
B. बेसिक इनफार्मेशन
C. रो फैक्ट्स और फिगर्स

D. रो इनफार्मेशन

E. इनमें से कोई नहीं

Q.60 एक रिलेशन की रो को _____ के रूप में जाना जाता है।

A. डिग्री   **B.** टुप्लेस

C. एंटिटी   **D.** कॉलम

E. इनमें से कोई नहीं

Q.61 _____ एक विंडोज़ यूटिलिटी प्रोग्राम है जो अनावश्यक टुकड़ों का पता लगाता है और हटाता है और संचालन को अनुकूलित करने के लिए फाइलों और अनुसेड डिस्क स्थान को पुनर्व्यवस्थित करता है।

A. बैकअप   **B.** डिस्क क्लीनअप

C. डिस्क डेफ्रेग्मेंटर   **D.** रिस्टोर

E. इनमें से कोई नहीं

Q.62 किस डिवाइस में इलेक्ट्रॉनिक सर्किट होते हैं जो प्रोग्राम निर्देशों की व्याख्या और निष्पादन करते हैं?

A. सेंट्रल प्रोसेसिंग यूनिट   **B.** इनपुट

C. आउटपुट   **D.** प्वाइंटर

E. स्कैनर

Q.63 बॉयोस (BIOS) का संक्षिप्त रूप है।

A. बेसिक इनपुट/आउटपुट सिस्टम

B. बाइनरी सिंक्रोनस

C. बाइनरी डिजिट

D. बेसिक इनपुट ऑपरेटिंग सिस्टम

E. इनमे से कोई भी नहीं

Q.64 एक्सेल में निम्नलिखित में से कौन सा शब्द सेल से जुड़े व्याख्यात्मक पाठ का वर्णन करता है?

A. कॉल आउट   **B.** कमेंट

C. डायलॉग   **D.** एक्सटेंशन

E. इनमे से कोई भी नहीं

Q.65 कौन सा मेनू आप शेड वर्ड्स और पैराग्राफ के लिए चयन करते हैं?

A. फॉर्मेट, बॉर्डर और शेडिंग

B. इन्सर्ट, बॉर्डर और शेडिंग

C. व्यू और शेडिंग

D. ऊपर के सभी

E. इनमें से कोई भी नहीं

Q.66 एमएस ऑफिस 2007 में अंतिम क्रिया (लास्ट एक्शन) को दोहराने के लिए शॉर्टकट कुंजी है-

A. F2   **B.** F4   **C.** F6   **D.** F8

E. F9

Q.67 उपयोग की गई सक्रिय विंडो को _____ द्वारा बंद किया जाता है।

A. Ctrl+X   **B.** Ctrl+W

C. Ctrl+F4   **D.** (B) और (C) दोनों

E. इनमें से कोई नहीं

Q.68 उपयोग की गई अधिकतम विंडो के आकार को ____ के द्वारा पुनर्स्थापित करते है।

A. Alt+F5   **B.** Ctrl+F5

C. Shift+F5   **D.** Alt+Ctrl+F5

E. Ctrl+X

Q.69 उपयोग किए गए प्रोग्राम विंडो में किसी अन्य पेन से टास्क पेन में _____बटन के द्वारा दक्षिणावर्त दिशा में ले जा सकते है।

A. F3   **B.** F5   **C.** F4   **D.** F6

E. F8

Q.70 निम्नलिखित में से कौन C++ लैंग्वेज का मूल निर्माता है?

A. डेनिस रिची   **B.** केन थॉम्पसन

C. बजर्न स्ट्राउस्ट्रप   **D.** ब्रायन कर्निंघन

E. इनमें से कोई नहीं

Q.71 कौन सा प्रोग्रामिंग लैंग्वेज मॉडल "एक्शन" के बजाय "ऑब्जेक्ट" के आसपास आर्गनाइज्ड होता है?

A. Java   **B.** OOP   **C.** Perl   **D.** C++

E. C

Q.72 _____ के अंत में, हरमन होलेरिथ ने पंच कार्डों पर डेटा स्टोरेज का आविष्कार किया जिसे तब मशीन द्वारा पढ़ा जा सकता था।

A. 1860   **B.** 1900   **C.** 1890   **D.** 1880

E. 1955

Q.73 C, COBOL और FORTRAN जैसी स्ट्रक्चरल प्रोग्रामिंग लैंग्वेज का उपयोग निम्नलिखित में से किस कंप्यूटर में किया गया था?

A. पहली पीढ़ी के कंप्यूटर में

B. दूसरी पीढ़ी के कंप्यूटर में

C. तीसरी पीढ़ी के कंप्यूटर में

D. चौथी पीढ़ी के कंप्यूटर में

E. पांचवीं पीढ़ी के कंप्यूटर में

Q.74 सबसे पहले माइक्रोप्रोसेसर का प्रयोग निम्न में से किसमें किया गया था?

A. कंप्यूटर   **B.** कैलकुलेटर

C. टेलीफोन   **D.** प्रिंटर

E. स्कैनर

Q.75 किस प्रकार की कंप्यूटिंग तकनीक उन सेवाओं और अनुप्रयोगों को संदर्भित करती है जो आमतौर पर वर्चुअलाइज्ड संसाधनों के माध्यम से वितरित नेटवर्क पर चलती हैं?

A. डिस्ट्रिब्यूटेड कंप्यूटिंग   **B.** क्लाउड कंप्यूटिंग

C. सॉफ्ट कंप्यूटिंग   **D.** पैरेलल कंप्यूटिंग

E. ग्रिड कंप्यूटिंग

Q.76 क्लाउड कंप्यूटिंग एक प्रकार का अब्स्ट्रक्शन है जो फिजिकल रिसोर्सेज के संयोजन की धारणा पर आधारित है और उपयोगकर्ताओं के लिए उन्हें _____ रिसोर्सेज के रूप में प्रस्तुत करता है।

A. रियल   **B.** क्लाउड

C. वर्चुअल   **D.** दोनों (A) और (C)

E. इनमें से कोई नहीं

Q.77 एचपीसी एप्लीकेशन के प्रकार:

A. मास मीडिया   **B.** बिज़नेस

C. मैनेजमेंट   **D.** साइंस

E. प्रिंट मीडिया

Q.78 एक कंप्यूटर, एक्सेस की स्वीकृति देने से पहले एक मैच के लिए यूजर नेम और पासवर्ड के _____ की जांच करता है।

A. वेबसाइट   **B.** नेटवर्क

C. बैकअप फाइल   **D.** डाटाबेस

E. इनमें से कोई नहीं

Q.79 OSI मॉडल के लेयर 3 नेटवर्क लेयर पर कौन सा नेटवेयर प्रोटोकॉल काम करता है?

A. IPX   **B.** NCP

C. SPX   **D.** NetBIOS

E. ऊपर के सभी

Q.80 निम्न में से किस विधि द्वारा हम इंटरनेट से जुड़ सकते हैं?

A. डायल-अप

B. स्लिप

C. पीपीपी (PPP)

D. (A) और (B) दोनों

E. उपरोक्त सभी

Financial Awareness

Q.81 एक इमारत के 'आर्थिक जीवन' को अंत में माना जाता है

1. जब भवन से शुद्ध आय अपने अस्तित्व को सही ठहराने में विफल हो जाती है

2. जब भवन सुविधाएं अप्रचलित हो जाएं

3. जब पूंजीकरण दर अधिक हो जाती है

उपरोक्त में से कौन से कथन सही हैं?

A. केवल 1 और 2

B. केवल 1 और 3

C. केवल 2 और 3

D. 1, 2 और 3

E. इनमें से कोई नहीं

Q.82 जोखिम प्रबंधन ___________ की जिम्मेदारी है।

A. ग्राहक

B. इन्वेस्टर

C. डेवलपर

D. परियोजना टीम

E. प्रोडक्शन टीम

Q.83 किसी परियोजना के जोखिम प्रबंधन के लिए निम्नलिखित में से कौन सा वाक्य सही हैं?

A. उचित रूप से किए गए जोखिम प्रबंधन से परियोजना के सफल समापन की लागत, समय और प्रदर्शन की संभावना बढ़ जाएगी।

B. इसमें अनिश्चितता को कम करने के लिए आगे की जांच शुरू करना शामिल है।

C. जोखिम प्रबंधन के कारण परियोजना की समझ को बढ़ाएं।

D. (A) और (B) दोनों

E. ऊपर के सभी

Q.84 BASEL III के अनुसार, बाजार की कीमतों में उतार-चढ़ाव से उत्पन्न होने वाली बैलेंस शीट और ऑफ-बैलेंस शीट की स्थिति में नुकसान के जोखिम को कहा जाता है:

A. क्रेडिट जोखिम

B. बाजार ज़ोखिम

C. मूल्य निर्धारण जोखिम

D. तरलता जोखिम

E. इनमें से कोई नहीं

Q.85 निम्नलिखित में से कौन अनौपचारिक ऋणदाता का उदाहरण नहीं है?

A. बैंक

B. नियोक्ताओं

C. रिश्तेदारों

D. दोस्तों

E. इनमें से कोई नहीं

Q.86 प्राथमिकता प्राप्त क्षेत्र को उधार के तहत प्रति उधारकर्ता व्यक्तिगत महिला लाभार्थियों के लिए लागू अधिकतम ऋण सीमा क्या है?

[Indian Bank Clerk, 2020], [Bank of Maharashtra Clerk, 2020], [Bank of India Clerk, 2020]

A. 5 लाख रुपये

B. 2 लाख रुपये

C. 3 लाख रुपये

D. 1 लाख रुपये

E. 50,000 रुपये

Q.87 दीर्घकालिक कॉर्पोरेट ऋण के लिए समय सीमा क्या है?

A. 3-30 वर्ष

B. 3-20 वर्ष

C. 3-15 वर्ष

D. 3-5 वर्ष

E. इनमें से कोई नहीं

Q.88 निम्नलिखित में से कौन एनपीए के लिए आरबीआई द्वारा निर्धारित मानदंडों का हिस्सा नहीं है?

A. ऋण पर ब्याज 90 दिनों की अवधि के लिए अतिदेय रहता है।

B. लंबी अवधि की कृषि फसल के लिए लिए गए ऋण पर ब्याज एक फसल के मौसम के लिए अवैतनिक रहता है।

C. अल्पावधि कृषि फसल के लिए लिए गए ऋण पर ब्याज दो फसल मौसमों के लिए अवैतनिक रहता है।

D. व्यक्तिगत संपत्ति खरीदने के लिए लिए गए ऋण पर ब्याज 60 दिनों के लिए अतिदेय है।

E. B और C दोनों

Q.89 टर्म लोन को एनपीए के रूप में वर्गीकृत करने की समयावधि क्या है?

A. 60 दिन

B. 50 दिन

C. 30 दिन

D. 90 दिन

E. 365 दिन

Q.90 पुनर्गठित वित्तीय परिसंपत्ति की वसूली के लिए एक प्रतिभूतिकरण कंपनी को अधिकतम कितनी अवधि की अनुमति दी गई है?

A. 2 वर्ष

B. 3 वर्ष

C. 4 वर्ष

D. 5 वर्ष

E. 6 वर्ष

Q.91 सरफेसी के प्रावधान निम्नलिखित में से किस पर लागू होते हैं?

A. सामान की ज़मानत

B. केवल गिरवी संपत्ति

C. प्रतिभूतियाँ जो अन्यथा लेनदारों से नहीं ली जातीं

D. प्रतिभूति लेनदारों से ली जाती है और लेनदार के कब्जे में नहीं होती है

E. उपरोक्त सभी

Q.92 लैन का फुल फॉर्म क्या है?

A. लोन अकाउंट नंबर

B. लोन एक्सेस नंबर

C. लोकल अकाउंट नंबर

D. लोकल एरिया नंबर

E. इनमें से कोई नहीं

Q.93 किस प्रकार के ऋण, पुनर्गठन के लिए पात्र नहीं हैं?

A. फुलर्टन इंडिया द्वारा कृषि उद्देश्यों के लिए व्यक्तियों / संस्थाओं को ऋण और कृषि ऋण के रूप में वर्गीकृत किया गया

B. कृषि ऋण समितियों, वित्तीय सेवा प्रदाताओं, केंद्र, राज्य और स्थानीय सरकारी निकायों, फुलर्टन इंडिया कर्मचारियों को प्रदान किए गए ऋण

C. हाउसिंग फाइनेंस कंपनियों का एक्सपोजर जहां 1 मार्च, 2020 के बाद खाते का पुनर्निर्धारण किया गया है

D. (A) और (C) दोनों

E. सभी (A), (B) और (C)

Q.94 बैंक बोर्ड ब्यूरो बनाने का उद्देश्य क्या है?

a) ब्यूरो सार्वजनिक क्षेत्र के बैंकों में वरिष्ठ अधिकारियों की नियुक्ति की सिफारिश करेगा और इस प्रकार, सार्वजनिक क्षेत्र के बैंकों को सरकारी हस्तक्षेप से बचाएगा।

b) ब्यूरो सार्वजनिक क्षेत्र के बैंकों के एनपीए के स्तर का निरीक्षण करेगा।

c) ब्यूरो निजी क्षेत्र के बैंकों में सर्वोत्तम प्रथाओं की पहचान करेगा और सार्वजनिक क्षेत्र के बैंकों में उनके कार्यान्वयन की तलाश करेगा।

नीचे दिए गए कूटों का प्रयोग कर सही उत्तर चुनिए:

A. केवल (a)

B. केवल (b) और (c)

C. केवल (a) और (c)

D. केवल (b)

E. सभी (a), (b) और (c)

Q.95 बेसल-I समझौता किस वर्ष जारी किया गया था?

A. 1988

B. 1991

C. 1999

D. 2004

E. 2005

Q.96 बेसल-II दिशानिर्देशों के अनुसार, बैंक का पूंजी आधार ____ टीयर में बांटा गया है।

A. एक   B. दो   C. तीन   D. चार
E. पांच

Q.97 IRDA में 'R' का क्या अर्थ है?
A. रेगुलेशन   B. रेगुलेटरी   C. रिसर्च   D. रेट
E. रिवर्स

Q.98 IFSC कोड में अंकों की संख्या होती है:
A. 9   B. 10   C. 11   D. 12
E. 13

Q.99 निम्नलिखित में से क्या भारतीय रिजर्व बैंक का कार्य नहीं है?
A. मुद्रा की एजेंसी जारी करना
B. सरकार का बैंकर
C. अर्थव्यवस्था के लिए ऋण और मौद्रिक नीति की घोषणा करता है
D. आम जनता को ऋण प्रदान करना
E. बैंकों का बैंक

Q.100 सार्वजनिक या निजी क्षेत्र का वर्गीकरण आधारित है:
A. कर्मचारियों की सेवा शर्तों पर
B. व्यक्तियों की कार्यरत संख्या पर
C. गतिविधि की प्रकृति पर
D. स्वामित्व पर
E. स्थान पर

Q.101 ___________के पुनर्गठन के लिए चलापति राव समिति का गठन किया गया था।
A. भारत में राज्य वित्तीय निगम
B. भारत में वाणिज्यिक बैंक
C. भारत में सहकारी बैंक
D. भारत में क्षेत्रीय ग्रामीण बैंक
E. इनमें से कोई नहीं

Q.102 भारतीय प्रतिभूति और विनिमय बोर्ड के मूल कार्य हैं:
A. प्रतिभूतियों में निवेशकों के हितों की रक्षा
B. प्रतिभूति बाजार के विकास को बढ़ावा देना
C. प्रतिभूति बाजार और उससे जुड़े या उसके आनुषंगिक मामलों को विनियमित करना
D. निवेशकों को प्रतिभूति बाजार के बारे में शिक्षित करना
E. ऊपर के सभी

Q.103 आईसीआईसीआई का गठन 1955 में किसकी पहल पर किया गया था?
A. विश्व बैंक
B. भारत सरकार
C. भारतीय उद्योग के प्रतिनिधि
D. सभी (A), (B), (C)
E. उपरोक्त में से कोई नहीं

Q.104 निम्नलिखित में से कौन सा कार्य सेबी के पास एक निकाय के रुप में शामिल है?
A. अर्ध-विधायी   B. अर्ध न्यायिक
C. अर्ध-कार्यकारी   D. पूर्ण कार्यकारी
E. केवल (A), (B), (C)

Q.105 नाबार्ड की स्थापना किसकी सिफारिश पर की गई थी?
A. शिवरमन समिति   B. मल्होत्रा समिति
C. कुमारमंगलम समिति   D. केलकर समिति
E. इनमे से कोई भी नहीं

Q.106 इनमें से सीसीएल (बैंकिंग के संदर्भ में) का सही पूर्ण रूप कौन सा है?
A. क्यूम्यलेटिव कैश लिमिट
B. कैश क्रेडिट लिमिट
C. कैश क्रेडिटिंग लिमिटेशन
D. क्रेडिट ऑफ कैश लिमिट
E. क्यूम्यलेटिव क्रेडिट लिमिट

Q.107 निम्नलिखित में से कौन सा आधार जोखिम के संबंध में सही नहीं है?
A. यह जोखिम तब पैदा होता है जब विभिन्न मदों के लिए ब्याज दर अलग-अलग परिमाण में बदल जाती है।
B. उन बैंकों के लिए जोखिम अधिक है जो समग्र देनदारियों से बाहर समग्र संपत्ति बनाते हैं।
C. यह बाजार जोखिम का एक घटक है।
D. जोखिम अस्थिर ब्याज दर परिदृश्यों में काफी स्पष्ट है।
E. यदि ब्याज दर आंदोलन के कारण नेट इंटरेस्ट इनकम (NII) अनुबंधित हो जाता है, तो आधार बैंकों के विरुद्ध चला गया है।

Q.108 एक उचित वित्तीय योजना की अनुपस्थिति हो सकती है:
A. म्यूचुअल फंड में संतुलित निवेश
B. ओवरस्पीडिंग और ऋण समस्या
C. शेयर बाजार के लिए अपर्याप्त जोखिम
D. पूँजीगत लाभ
E. भविष्य की योजना

Q.109 मौद्रिक नीति समिति (एमपीसी) की बैठक होती है:
A. द्विमासिक   B. त्रैमासिक   C. अर्धवार्षिक   D. वार्षिक
E. मासिक

Q.110 "सीमांत स्थायी सुविधा" के संदर्भ में निम्नलिखित में से कौन सा कथन सत्य है?
i. सीमांत स्थायी सुविधा (एमएसएफ) दर उस दर को संदर्भित करती है जिस पर अनुसूचित बैंक सरकारी प्रतिभूतियों के खिलाफ आरबीआई से रातों रात धन उधार ले सकते हैं।
ii. एमएसएफ को आरबीआई द्वारा अंतर-बैंक बाजार में रातों रात उधार दरों में अस्थिरता को कम करने और वित्तीय प्रणाली में सुचारू मौद्रिक संचरण को सक्षम करने के लिए पेश किया गया था।
iii. एमएसएफ के तहत, बैंक अपनी शुद्ध मांग और सावधि देनदारियों (एनडीटीएल) के 1% (100 आधार अंक) तक यानी बैंकों की कुल जमा राशि और अन्य देनदारियों का 1% तक रात भर उधार ले सकते हैं। एनडीटीएल देनदारियां बैंक की जमाराशियों और दूसरों से उधारी का प्रतिनिधित्व करती है।
iv. रुपये की अतिरिक्त उपलब्धता को नियंत्रित करने और वस्तुओं के संबंध में इसके मूल्यह्रास को नियंत्रित करने के लिए एमएसएफ दर में वृद्धि की जा रही है।
A. केवल (i) सही है
B. केवल (ii) सही है
C. केवल (i),(ii) और (iii) सही हैं
D. केवल (iv) सही है
E. ये सभी

Q.111 उत्तर प्रदेश सरकार ने उत्तर प्रदेश बजट 2022-23 में वृद्धावस्था पेंशन 500 से बढ़ाकर ___ कर दी।
A. 600 रुपये   B. 1000 रुपये
C. 700 रुपये   D. 1200 रुपये
E. 1500 रुपये

Q.112 उत्तर प्रदेश बजट 2022-23 से संबंधित निम्नलिखित में से कौन सा कथन सही नहीं है?

A. उत्तर प्रदेश सरकार ने ग्रामोद्योग रोजगार योजना के तहत 16,000 लोगों को रोजगार देने का लक्ष्य रखा है।

B. प्रस्तावित ग्राम उन्नति योजना, योजना के तहत गांवों की सड़कों पर सोलर लाइट लगाई जाएगी।

C. प्रधानमंत्री नरेंद्र मोदी के नाम से ग्राम उन्नति योजना शुरू की गई है।

D. ₹276.66 करोड़ उत्तर प्रदेश के विशेष बलों के लिए अलग सुरक्षित रखा गया।

E. उपरोक्त में से कोई नहीं

Q.113 उत्तर प्रदेश सरकार ने 2022-23 के बजट में महिलाओं की सुरक्षा के लिए कितने करोड़ रुपये आवंटित किए हैं?

A. ₹720 करोड़   **B.** ₹100.45 करोड़

C. ₹1000 करोड़   **D.** ₹1200 करोड़

E. उपरोक्त में से कोई नहीं

Q.114 जून 2022 में कृषि क्षेत्र में ई-कॉमर्स लाने के लिए किस बैंक ने ओपन नेटवर्क फॉर डिजिटल कॉमर्स (ONDC) के साथ भागीदारी की है?

A. भारतीय स्टेट बैंक

B. पंजाब नेशनल बैंक

C. यूनियन बैंक ऑफ इंडिया

D. नेशनल बैंक फॉर एग्रीकल्चर एंड रूरल डेवलपमेंट (NABARD)

E. (A) और (B) दोनों

Q.115 जून 2022 में फोनपे प्लेटफॉर्म पर मोटर बीमा की पेशकश करने के लिए किस बीमा कंपनी ने फोनपे के साथ दारी की है?

A. HDFC स्टैंडर्ड लाइफ इंश्योरेंस

B. मैक्स लाइफ इंश्योरेंस

C. ICICI प्रूडेंशियल लाइफ इंश्योरेंस

D. कोटक जनरल इंश्योरेंस

E. बजाज आलियांज लाइफ इंश्योरेंस

Q.116 किस बैंक ने स्टार्ट-अप का समर्थन करने के लिए एक प्रमुख प्रारंभिक चरण उद्यम पूंजी फर्म, 100X.VC के साथ समझौता ज्ञापन (MoU) पर हस्ताक्षर किए हैं?

A. पंजाब नेशनल बैंक   **B.** भारतीय स्टेट बैंक

C. ICICI बैंक   **D.** HDFC बैंक

E. कोटक महिंद्रा बैंक

Q.117 एन.पी.ए. से निपटने के लिए निम्नलिखित में से कौन-सा/कौन-से कदम उठाए जाते हैं?

A. ऋण वसूली अधिकरण (DRTs) -1993

B. सर्फेसी अधिनियम - 2002

C. ए.आर.सी. (परिसंपत्ति पुनर्निर्माण कंपनियां)

D. केवल (B) और (C)

E. उपरोक्त सभी

Q.118 RBL बैंक का कॉर्पोरेट कार्यालय कहाँ स्थित है?

A. श्रीनगर   **B.** पटना

C. मुंबई   **D.** बेंगलुरु

E. उपरोक्त में से कोई नहीं

Q.119 आर्थिक सर्वेक्षण 2022 किसने तैयार किया?

A. प्रधान आर्थिक सलाहकार और अन्य अधिकारी

B. मुख्य आर्थिक सलाहकार

C. आर्थिक मामलों के मंत्रालय

D. (A) और (B) दोनों

E. उपरोक्त में से कोई नहीं

Q.120 आर्थिक सर्वेक्षण 2022 का केंद्रीय विषय क्या था?

A. त्वरित दृष्टिकोण   **B.** COVID-19 योद्धा

C. ग्रामीण विकास   **D.** स्वास्थ्य कार्यकर्ता

E. उपरोक्त में से कोई नहीं

English Language

Ques (121-123):Direction: In the given question, the sentence is divided into three parts I, II, and III. For each part, an alternate statement is also given. You have to determine if a part requires a correction and then mark that as your answer.

Q.121 Historic criticism is faced with the established literary conclusions which/ place the Deuteronomic and priestly compilations posterior than the great/ changes at and after the fall of the northern monarchy.

I. Historical criticism is faced with the established literary conclusions which,

II. place the Deuteronomic and priestly compilations posterior to the great

III. changes at and hence, after the fall of the northern monarchy.

A. I, II, and III   **B.** Both II and III

C. Only II   **D.** Both I and II

E. Only III

Q.122 Two childish voices laughed for this action, and/ Dorothy was sure they were in no danger between/ such light-hearted folks, even if those folks couldn't be seen.

I. Two childish voices laughed at this action, and

II. Dorothy was sure they were in no danger among

III. such light-hearted folks, even if these folks couldn't be seen.

A. I, II, and III   **B.** Only I

C. Only III   **D.** Both I and II

E. Both II and III

Q.123 The U.S. was offering support to Saudi Arabia's campaign/ against the Houthi rebels in Yemen/ when Barack Obama is the president.

I. The U.S. offered support to Saudi Arabia's campaign

II. against a Houthi rebels in Yemen

III. when Barack Obama was the president.

[IDBI Bank Assistant Manager, 2021]

A. Only I   **B.** Only II

C. Only III   **D.** Both I and III

E. Both II and III

Ques (124-125):Direction: In the given sentence, one phrase has been printed in bold. Select the correct meaning of the phrase from the options given below.

Q.124 The investors began to **smell a rat** when the company ceased paying dividends and delayed the mandatory audit.

A. Suspicion   **B.** Deceive

C. Incorrect   **D.** Wonder

E. None of the above

Q.125 India still attracts investors from a long-term perspective as this is still a country with a very good entrepreneurial talent and is a **low hanging fruit** for smart people to grab and make money.

A. Not worthy
B. Very Lucrative
C. Easily achieved
D. Simple but time-consuming
E. None of the above

Ques (126-127):Direction: In the question below, three statements are given which may or may not contain an error in any part of the sentence. Identify the statements containing an error and also point out the part containing the error.

Q.126 I) People is (A)/ terrified to go to (B)/ the hospital for fear (C)/ they might become infected. (D)

II) The scissors is (A)/ open ready for (B)/ him to cut ties (C)/ with the past and present. (D)

III) Police forces (A)/ currently lack a simple,(B)/ robust, efficient, and reliable solution to (C)/ perform this type of swabbing. (D)

A. II-C and III-A
B. I-B and II-D
C. I-A and II-A
D. III-B and II-B
E. None of the above

Q.127 I) Gravity waves generated (A)/ by the jet induced (B)/ wind shears are observed (C)/ with eight hours periodicity. (D)

II) To be a good mentor, (A)/ therefore, one must (B)/ not ignore his (C)/ own professional disposition. (D)

III) Opponents say thirty-meters (A)/ telescope violates (B)/ the sovereignty (C)/ and sacred ground. (D)

A. III-B and I-D
B. I-D and II-B
C. III-A and II-C
D. I-A and II-B
E. None of the above

Ques (128-130):Direction: You are required to match statement from column 1 and 2 and find which of the following pair of statement make sense meaningfully and grammatically.

Q.128

Column (1)	Column (2)
A. Nearly one-third of the Indian population is	D. risen sharply in the last two decades.
B. The baby has a cute face	E. dependent on the agricultural sector for national income.
C. The share of imports in India's oil consumption has	F. primarily made of jute and cotton.

A. Only A-E
B. Only A-E, B-F
C. Only A-E, C-D
D. None of these
E. Only C-D

Q.129

Column (1)	Column (2)
A. With the help of Mingle app, the customers can avail	D. of philanthropy by industrialists.
B. India has had a rich tradition	E. whatever it takes.
C. I have known him forever	F. various banking services through the official facebook page of SBI

A. Only B-D
B. Only A-F
C. Only A-F, C-E
D. Only A-F, B-D

E. None of these

Q.130

Column (1)	Column (2)
A. Though the Tirur betel leaf is commonly used for making pan masala for chewing	D. released and downloading new versions immediately to stay secure.
B. We recommend keeping an eye on when WhatsApp updates are	E. roses in the garden bloomed.
C. That could be dangerous	F. it has many medicinal, industrial and cultural usages.

A. Only C-E
B. Only B-D
C. Only A-F, C-E
D. Only A-F, B-D
E. None of these

Ques (131-135):Direction: The following sentences form a paragraph. The last sentence of the paragraph is given. The rest of the sentences are numbered as P, Q, R, S and T. These parts are not given in their proper order. Read the sentences and choose the alternative that arranges them in correct order.

P. Its small companion is the subject of a great deal of study, as well.

Q. It shows a classic spiral shape and a curious little companion that appears to be attached to one of the spiral arms.

R. The Whirlpool also has a fascinating structure, with its spiral arms and central black hole region.

S. It is showing astronomers how galaxies interact with each other and how stars form within them.

T. The Whirlpool is a neighboring galaxy to the Milky Way.

For amateur observers, the Whirlpool is a joy to observe.

Q.131 After the rearrangement, which of the following sentence should be FIRST?
A. P
B. Q
C. R
D. S
E. T

Q.132 After the rearrangement, which of the following sentence should be SECOND?
A. P
B. Q
C. R
D. S
E. T

Q.133 After the rearrangement, which of the following sentence should be THIRD?
A. P
B. Q
C. R
D. S
E. T

Q.134 After the rearrangement, which of the following sentence should be FOURTH?
A. P
B. Q
C. R
D. S
E. T

Q.135 After the rearrangement, which of the following sentence should be FIFTH?
A. P
B. Q
C. R
D. S
E. T

Ques (136-138):Direction: In the following question, a short passage with one of the lines in the passage missing and represented by a blank is given. Select the best option given, to make the passage logically complete.

Q.136 One uninteresting explanation of these results is that once presented with the candidates' pictures, the voters find their influence irresistible and this irresistible, immediate influence inflates the effect of appearance on votes. We should be grateful that ballots in the US, unlike in Brazil, Belgium, Greece and Ireland, do not include pictures of the candidates ________. Many of the voters in the no-picture ballot condition knew how the candidates look, and this should have minimized the difference between their choices and the choices of voters in the picture-ballot condition.

A. these nations know the election result can be damaged, and the deserving candidate may lose to the fate of appearances.

B. but, for all we know, the effect of appearance might have been underestimated.

C. choosing candidates on the basis of look is not a right way to decide the future of any nation.

D. the voters should not let the appearance deceive them, and they should look for the candidate of their choice on the basis of work.

E. None of these

Q.137 One of the most surprising findings in our studies was the specificity of the appearance effect. One particular judgment, competence, was by far the best predictor of the election outcomes. Before our work, there was some research suggesting that more attractive politicians are more likely to be elected ______.

A. the other candidates who are less appealing, loses in the election.

B. these attractive politicians tend to get high votes and therefore, skills are ignored.

C. but more competent-looking candidates on average tend to be more attractive too.

D. the competent looking candidates are average and doesn't influence public much.

E. None of these

Q.138 In psychology, we make a distinction between relatively automatic, effortless processes and relatively deliberate, controlled processes. The Nobel laureate Daniel Kahneman describes the many ways in which these processes differ in his wonderful book Thinking, Fast and Slow (2011). As he describes it, the system that comprises controlled processes is like an inefficient, busy editor who works with whatever is provided by the system that comprises automatic processes ______.

A. there are many ways to demonstrate the influence of automatic processes or 'gut' responses on decisions.

B. as both the process is to articulate a person's behaviour with peers and deal with situations.

C. the busy editor commands the people under him and works under the controlled process system.

D. the author has written the book to make aware of the life's situation under the two processes.

E. None of these

Ques (139-140):Direction: Read the following information carefully and answer the question given below in the question given below two statements are given which are grammatically correct and meaningful. Connect them by choosing the word given below the statements in the best possible way without changing the intended meaning. Choose the best possible word as your answer accordingly from the options to form a correct and coherent sentence.

Q.139 (I) A video game and a toy car kept him busy.

(II) They worked and talked.

A. While   **B.** Despite

C. And   **D.** In spite of

E. Otherwise

Q.140 (I) You finish your homework on time.

(II) You can watch the television.

A. No sooner   **B.** Provided

C. While   **D.** Till

E. By the time

Ques (141-145):Direction: Read the passage given below and then answer the question that follow. Some words may be highlighted for your attention.

The influence of the media is ever-present in British politics. With the decline of consensus, and rise in valence politics post-1970's, the influence of an overtly partisan press has become more marked, as has its both symbiotic and **antagonistic** relationship with political parties. The effect of the media on voters is typically examined using three key frameworks; reinforcement theory, agenda-setting theory and direct effect theory. In Britain, both voters and politicians are directly and indirectly influenced by the mass media. However, politicians have been the group most affected by the rise in media coverage, to such a great extent that politicians are no longer free to air their honest opinions. This has had a **detrimental** effect on political discourse in Britain, and thus upon democracy. Furthermore, the British media is largely owned by a select group of individuals-'media barons', which, when combined with the media's tendency to resist regulation, renders it largely unaccountable. Despite both voters and politicians being affected, the change in the behaviour of politicians and their parties, especially in candidate selection is the most notable difference in modern politics post-New Labour.

In order to assess media influence upon UK voters, it is necessary to understand the academic analysis behind the evaluation of media influence on voting behaviour. Reinforcement theory suggests that the media has no great effect upon voting preference, and the primary role of the media is to reinforce the pre-existing belief of the reader and is in part derived from the observation of 'Selective perception'- wherein individuals internally filter out messages or information that conflicts with their political alignment. Furthermore, the theory suggests that the media is not responsible for dictating the national agenda, rather it reacts and changes in line with the perceived mood of the nation. Supporters of this theory suggest that in order for a media outlet to be economically viable, it must have a group of readers whose views align with the editorial line, and should this line shift, the core readership would disperse as would the revenue. Therefore, it is unlikely that the political alignment of organisations will shift as it would theoretically damage their revenue and influence.

The second theory is the agenda-setting theory which is inclusive of the reinforcement theory, as it 'accepts that the media cannot change the way that people think on particular issues'. However, it suggests that the news media is responsible for dictating the important issues of the day. For example, if the right wing press decided to focus their efforts upon presenting law and order as the prevailing issue of the day, the Conservatives-a party traditionally considered strong in this area would have the electoral advantage. This is a **plausible** theory as newspapers have discretion over what they publish, and the amount of coverage granted to each issue.

The third theory is that of direct effects, which is considered dated by modern academics. It **posits** that the media can have a direct, visible and calculable influence on voting behaviour. It suggests that many voters can be 'directed towards certain conclusions by means of selected reporting'. **Furthermore, it proposes that the press is capable of utilising 'value-laden terminology' to shape the debate, and distort issues to the advantage of their political allies.** This assumption of almost total naivete upon the part of the voter is largely held to be untrue, as there is little data to support the view that 'people switched parties as a result of reading a paper with a particular partisan bias'. While this theory has broadly fallen out of fashion, there remains a demonstrable moment in which intensive media coverage of an issue has provoked such a public response that it has prompted government action, most notably the Dangerous dogs act 1991, which was rushed through parliament in response to press coverage of the pre-existing issue. This ill-conceived legislation was hastily enacted in response to public pressure.

The influence of the media upon politicians is profound in modern Britain. The main change which the rise in media influence has engendered is the increasing importance of candidates being marketable, rather than having significant political credibility. Politicians increasingly find themselves subject to and evaluated upon opinion polling, which is itself held to be closely associated with media coverage, with positive coverage resulting in an upturn in the opinion polls. The nature of the 24-hour news cycle shapes and dictates the political world, and there is increasing pressure upon politicians to be media savvy and to never say anything which could be misconstrued. This effect has been amplified due to the rise of the internet blog and Twitter-sphere, in which politicians are analysed and judged on a minute by minute, second by second basis. Politicians are no longer given the opportunity to properly articulate their thoughts and opinions, due to time-pressured and confrontational interviews. The primary consequence of this is that politicians increasingly are forced to rely on sound bites in order to feature on the nightly news and to gain publicity. Unfortunately, this has led to a situation in which politicians are averse to giving longer, more honest and articulated answers due to the potential weakness these answers pose to their media coverage and thus, public image.

In conclusion, media influence on voter behaviour is highly variable, and all three theories have merits and weaknesses, with Reinforcement theory and the Agenda-setting theory being the most relevant to modern Britain, while empirical data is limited and inconclusive. However, it is certain that the media has a less direct influence upon voters than it does upon politicians. The changing nature of the British media has led to politicians being so constricted in their media appearances that it has negatively affected British politics, and those politicians who dare to express themselves are **castigated** and marginalised. The prominence of 24hour news and the rise of TV debates had led to the rise of a new political class primarily comprised of career politicians, or those who have transitioned to politics directly from media-linked jobs, due to their ability to manipulate the media rather than their political beliefs, their character or significant contributions to their party or the nation.

Q.141 What is the tone of the passage?

A. Sarcastic   **B.** Political

C. Humorous   **D.** Informative

E. Optimistic

Q.142 Which of the following is true as per the given passage?

A. The main change that media has done is that it has ruined several candidates' political career to be a successful politician.

B. The influence of media has brought to the fore the hidden agenda used by the different political parties to win the elections.

C. The main change with the rise in media influence is that it has engendered increasingly the importance of candidates being marketable, rather than having significant political credibility.

D. Politicians use media as a weapon to get rid of whatever unfair means they use to win elections.

E. None of the above

Q.143 What is the central idea of the given passage?

A. The passage furnishes a critical analysis of British media.

B. The passage gives a darker side of the media and the politics.

C. It tells us about how sarcastically the media presents the government's agendas and ideas.

D. It tells us about how a person distinguishes between media and politics.

E. None of the above

Q.144 What is the suggestion of the Reinforcement theory?

A. It suggests that the media should reinforce new guidelines in order to help the voters to have a fair selection of the candidates.

B. It suggests that the media is not responsible for dictating the national agenda, rather it reacts and changes in line with the perceived mood of the nation.

C. It suggests that a candidate should go on air 2 weeks before the scheduled elections and inform the general public about his party's ideas and agendas.

D. It suggests that in Britain, the political parties should align themselves with the leading media channels.

E. None of the above

Q.145 What do the supporters of the Reinforcement Theory suggest?

A. The supporters of the theory suggest that the news aired by the media changes the perceptions of the voters.

B. The supporters of the theory suggest that the media channels should air the political agenda for 24 hours during the electoral campaign.

C. The supporters of the theory suggest that there should be clear demarcation between the roles played by the media and the political parties.

D. The supporters of the theory suggest that in order for a media outlet to be economically viable, it must have a group of readers whose views align with the editorial line.

E. None of the above

Ques (146-150):Direction: Identify the correct pair of synonyms from the given table.

Q.146

A. Anathema	D. Anarchy
B. Altruistic	E. Abhorrence
C. Episodic	F. Fallacious

A. B-F **B.** C-D **C.** A-E **D.** B-E
E. A-F

Q.147

A. Assiduous	D. Gallant
B. Facsimile	E. Ineffable
C. Corrigible	F. Diligent

A. C-E **B.** B-D **C.** A-F **D.** C-D
E. B-E

Q.148

A. Impetuous	D. Infallible
B. Enmity	E. Malignant
C. Avaricious	F. Hostile

A. C-D **B.** B-F **C.** B-E **D.** A-F
E. A-D

Q.149

A. Magnificent	D. Recondite
B. Intermittent	E. Gruesome
C. Macabre	F. Rudiment

A. A-F **B.** B-E **C.** C-D **D.** C-E
E. B-F

Q.150

A. Harbinger	D. Haywire
B. Heckle	E. Herald
C. Hanker	F. Fulmination

A. B-D **B.** A-F **C.** C-F **D.** A-E
E. A-D

Ques (151-155):Direction: Below a passage is given with five blanks labelled (A)-(E). Below the passage five options are given for each blank. Choose the word that fits each blank most appropriately in the context of the passage, and mark the corresponding answer.

We all have the __(A)__ for a Perfect Life. We all have the potential to achieve great things and live a life filled with joy, accomplishment and pure bliss. In some of us, this potential is __(B)__ deep inside, waiting only to be tapped and tested. The most noble of pursuits is to ignite this fire for personal mastery and life excellence. This book is the only tool you will ever need to do this.There is a story of a weary traveler who met a __(C)__ sage on a mountain path high in the Himalayas. The traveler asked the old man where he could find the path which would lead him to the top of the mountain, his ultimate __(D)__. The sage thought for a moment and then replied: "simply make certain that every single step is in the direction of the mountain __(E)__ and you will get there."

Q.151 Which of the following words most appropriately fits the blank labelled (A)?

A. Pigment **B.** Physique
C. Potential **D.** Constitution
E. Pestilence

Q.152 Which of the following words most appropriately fits the blank labelled (B)?

A. Mounting **B.** Muffling
C. Emigrating **D.** Ousting
E. Slumbering

Q.153 Which of the following words most appropriately fits the blank labelled (C)?

A. Respite **B.** Reverence
C. Snooping **D.** Wise
E. Queasy

Q.154 Which of the following words most appropriately fits the blank labelled (D)?

A. Estimation **B.** Destination
C. Menace **D.** Memoir
E. Realm

Q.155 Which of the following words most appropriately fits the blank labelled (E)?

A. Top **B.** Hill **C.** Plain **D.** Heap
E. Cleft

Ques (156-160):Direction: In the following question, a sentence is given with two blanks. You have to find the pair of words from the given options that fit both the blanks in the given order and make the sentence grammatically and contextually correct.

Q.156 Only a third in India are ________ saving for their retirement while just 33 percent of working-age respondents globally are ________ anything aside for their later life.

A. hardly, saving
B. regularly, putting
C. constantly, setting
D. continuously, debating
E. None of these

Q.157 If you look at the number of districts, then the areas under the ________ of left - wing extremism have shrunk ________ more than 40% in the last three years.

A. existence, with **B.** influence, by
C. ecstasy, about **D.** confidence, off
E. None of these

Q.158 While the demand is ________ for clay idols, people also prefer moulded idols ________ in bulk from other cities.

A. low, manufactured **B.** few, transferred
C. small, distributed **D.** high, procured
E. None of these

Q.159 Tuesday's multi-city police raids leading ________ the arrests of five people ________ alleged Maoist links has once again brought the debate on the concept of Urban Naxalism.

A. for, about **B.** to, with
C. in, in **D.** despite, against
E. None of these

Q.160 This idea is also the explanation of his government's policy ________ Jammu and Kashmir, as reflected ________ his own pronouncements.

A. for, at **B.** to, with
C. about, from **D.** on, in
E. None of these

Hindi Language

Q.161 'तन पर नहीं लत्ता पान खाए अलबता' लोकोक्ति का अर्थ है:

A. बहुत गरीब होना **B.** झूठा दिखावा करना
C. एक साथ दो लाभ होना **D.** बुरी आदत का शिकार
E. लड़ने को तैयार होना

Q.162 'बिल्ली को पहले हि दिन मारना चाहिए' लोकोक्ति का अर्थ है:

A. भय का शमन शुरू में ही कर देना चाहिए
B. दुश्मन पर पहले ही वार कर देना चाहिए
C. रौब पहले ही दिन पड़ता है, फिर नहीं
D. बुरा समय आते ही सचेत हो जाना चाहिए
E. खूब धन लाभ होना

Ques (163-164):निर्देश: दिए गए विकल्पों में से सही विकल्पों का चयन करके वाक्य पूर्ण करें।

Q.163 उसकी बात का उत्तर कोई न दे सका, सब ____ हो गए।

A. शर्मिंदा **B.** निरुत्तर
C. निरंतर **D.** निरादर
E. इनमें से कोई नहीं

Q.164 संसार में सभी तरह के लोग रहते हैं, कोई उदार तो कोई ____, कोई धनवान तो कोई ____।

A. संकीर्ण, रंक **B.** अनुदार, योगी
C. अनुदार, निर्धन **D.** संकीर्ण, मितव्यय
E. इनमें से कोई नहीं

Q.165 निम्नलिखित में से कौन सा वाक्य शुद्ध है?

A. मैं सभी को हरा दूंगा।
B. मैं सभी को हरा देगा।
C. मैं सभी को हरा दे सकता हूँ।
D. मैं सभी को हरा देऊंगा।
E. मैं सभी को हरा देंगे।

Q.166 निम्नलिखित में से कौन सा वाक्य अशुद्ध है?

A. जब भी कुछ बोलो सोच समझ कर बोलो।
B. मेरा कुछ नहीं बिगड़ेगा।
C. मेरे से गाड़ी ले लो।
D. यहाँ तो एक भी इंसान नहीं दिखता।
E. मैं बाहर गया था।

Q.167 'सैंधव' का आशय निम्न में से कौन नहीं है?

A. नमक **B.** सोना
C. घोड़ा **D.** समुद्र
E. इनमें से कोई नहीं

Q.168 निम्नलिखित में से कौन सा शब्द 'पानी' का अनेकार्थी है?

A. जंगल **B.** वन
C. आरण्यक **D.** कानन
E. इनमें से कोई नहीं

Ques (169-173):निर्देश: निम्नलिखित गद्यांश का ध्यानपूर्वक अध्ययन करें तथा दिए गए प्रश्न के सही उत्तर दें।

कोरोना के समय भारतीय चिकित्सा क्षेत्र की खामियों की चर्चा स्वाभाविक ही है। चिकित्सक, अस्पताल, दवाई, संसाधन इत्यादि से जुड़ी कमियां एक-एक कर सामने आ रही हैं। शहरों में भी डॉक्टरों और सुविधाओं की कमी आए दिन सामने आती रहती है, लेकिन इन दिनों एक रिपोर्ट खास चर्चा में है। यह रिपोर्ट बताती है कि भारत के गांवों में मेडिकल प्रैक्टिस करने वाले तीन में से दो के पास न तो यथोचित डिग्री है और न कोई विधिवत प्रशिक्षण। वे जरूरी ज्ञान के बिना ही लोगों की जान से खेल रहे हैं। कोई आश्चर्य की बात नहीं, हमारे गांवों में बीमारी और मृत्यु दर बहुत ज्यादा है। जाहिर है, सार्वजनिक स्वास्थ्य सेवा के अभाव के कारण ही निजी क्षेत्र में कथित डॉक्टरों का स्याह साम्राज्य फैल गया है। यह चर्चा आई सेंटर फॉर पॉलिसी रिसर्च की रिपोर्ट 2009 के अध्ययन पर आधारित है, जिसे देश के 19 राज्यों के 1, 519 गांवों में अंजाम दिया गया था। रिपोर्ट बताती है, महज 75 प्रतिशत गांवों में ही कोई एक कथित चिकित्सा सेवक मौजूद है और एक गांव में औसतन तीन ऐसे कथित चिकित्सा सेवक होते हैं। इनमें से 86 प्रतिशत निजी डॉक्टर हैं और 68 प्रतिशत को किसी तरह का औपचारिक प्रशिक्षण भी नहीं मिला है। आज कोई यह कह सकता है कि ये आंकड़े 2009 के हैं, पर विश्व स्वास्थ्य संगठन की 2016 की एक रिपोर्ट भी ऐसी ही तस्वीर की ओर इशारा करती है। खतरनाक तथ्य यह भी है कि इन कथित डॉक्टरों या झोलाछाप में से 31.4 प्रतिशत स्कूल से आगे नहीं पढ़े हैं। लोगों के बीच अशिक्षा व गरीबी का आलम ऐसा है कि वे हर इलाज के लिए गांव से शहर नहीं जा सकते। ऐसे में, वे गांवों में मौजूद झोलाछाप पर निर्भर होकर खतरा उठाते हैं।

एक महत्वपूर्ण तथ्य यह भी सामने आया है कि महज डिग्री होने से ही इलाज में महारत हासिल नहीं हो जाती। तमिलनाडु और कर्नाटक में जो अनौपचारिक चिकित्सा सेवक थे, उनकी योग्यता बिहार व उत्तर प्रदेश के अनेक प्रशिक्षित डॉक्टरों से भी बेहतर पाई गई। दक्षिण के राज्यों में चिकित्सा की अपेक्षाकृत ठीक स्थिति इसलिए भी है, क्योंकि वहां अनौपचारिक सेवक किसी औपचारिक डॉक्टर के पास वर्षों तक काम करके सीखते हैं, जबकि उत्तर के राज्यों में थोड़ी-बहुत जानकारी होते ही मरीजों की सेहत से खिलवाड़ शुरू हो जाता है। केरल एक बेहतर अपवाद है, जहां शिक्षा व जागरूकता ज्यादा होने के कारण झोलाछाप डॉक्टरों की संख्या समय के साथ कम होती गई।

कोरोना ने जता दिया है कि ग्रामीण इलाकों में पारंगत डॉक्टरों की उपलब्धता बढ़ाने के तमाम उपाय युद्ध स्तर पर आजमाने होंगे। नए डॉक्टरों को कुछ वर्ष गांवों में सेवा के लिए बाध्य करना होगा। ऐसे उपाय कुछ राज्यों ने कर रखे हैं, इसकी कड़ाई से पालना जरूरी है। कुछ वर्ष गांव में काम करने वाले डॉक्टरों को तरजीह देने की जरूरत है। जो लड़के गांव से निकलकर डॉक्टर बने हैं, उन्हें भी अपने गांवों को झोलाछाप के भरोसे नहीं छोड़ना चाहिए। ग्रामीण पृष्ठभूमि से जुड़े डॉक्टरों को प्रोत्साहित करना चाहिए। ऐसे प्रावधान करने चाहिए कि वे कहीं और सेवा या नौकरी में रहते हुए भी महीने या साल में कुछ दिन अपने गांव जाकर सेवा कर सकें। हमारे गांव अच्छे डॉक्टरों के

लिए तरस रहे हैं, उनके इंतजार को जल्द से जल्द खत्म करना सरकार ही नहीं, बल्कि चिकित्सा संगठनों-संस्थानों का भी कर्तव्य है।

Q.169 कोरोना के विषय में आई रिपोर्ट की चर्चे में बने रहने का खास कारण क्या है?

A. यह भारत की चिकित्सा क्षेत्रो में किये गये कार्यो को प्रोत्साहित कर रही है।
B. आज कल हर जगह लोग कोरोना से जूझ रहे है, इसलिए खास हो गयी है।
C. यह रिपोर्ट भारत में चिकित्सा के लचर भविष्य को दर्शाती है।
D. (A) और (B) दोनों
E. इनमे से कोई नहीं

Q.170 रिपोर्ट के अनुसार कितने प्रतिशत गांवो में कोई एक चिकित्सा सेवक मौजूद है?

A. 75%   B. 60%   C. 38.4%   D. 55%
E. 80%

Q.171 रिपोर्ट के अनुसार भारत में कितने प्रतिशत कथित डॉक्टर स्कूल से आगे नहीं पढ़े?

A. 30.4%   B. 32.4%   C. 31.4%   D. 38.4%
E. 40.4%

Q.172 ग्रामीण क्षेत्रो में लचर चिकित्सा व्यवस्था को सुदृढ़ करने के क्या कदम उठाने चाहिए?

A. ग्रामीण क्षेत्रो में लोगो में जागरूकता
B. नए डॉक्टरों को ग्रामीण सेवा के लिए कुछ वर्ष बाध्य करना
C. ग्रामीण क्षेत्रो में डॉक्टरों का तबादला करना
D. (A) और (C) दोनों
E. उपरोक्त सभी

Q.173 उपरोक्त गद्यांश में कथित किसने प्रकाशित किया है?

A. सेंटर फॉर पॉलिसी रिसर्च
B. स्टेट फॉर पॉलिसी रिसर्च
C. सेंटर ऑफ़ पॉलिसी रिसर्च
D. डब्लू एच ओ
E. (A) और (C) दोनों

Ques (174-175):निर्देश: निम्नलिखित प्रत्येक प्रश्न में एक शब्द और साथ में पांच विकल्प भी दिए गए हैं। बताइये की इन विकल्पों से कौन-सा विकल्प दिए गए शब्द का विलोम शब्द होगा?

Q.174 जर्जत
A. पिसनहरी   B. पैतृक
C. प्रतिवेशी   D. निःशंक
E. इनमें से कोई नहीं

Q.175 एकाग्रचित्त
A. चितचोर   B. गर्भिणी
C. अन्यमनस्क   D. कष्टसाध्य
E. इनमें से कोई नहीं

Q.176 निम्नलिखित में से 'तत्सम' शब्द है:
A. दही   B. जीर्ण   C. गयंद   D. गाहक
E. रात

Q.177 'अगहन' का तत्सम रूप कौन-सा है?
A. अग्रहायण   B. अगहण   C. आग्रहण   D. अग्रासन
E. अगम

Q.178 'श्रृंग' शब्द का समानार्थी शब्द क्या है?

A. चोटी   B. वश   C. असमंजस   D. अखंड
E. व्यर्थ

Q.179 निम्नलिखित में से 'अधोलोक' का पर्यायवाची क्या है?
A. वायु   B. गगन   C. पाताल   D. परलोक
E. भू-लोक

Q.180 "या अनुरागी चित्त की गति समुझै नहिं कोय। ज्यों-ज्यों बूड़ै स्याम रंग त्यों-त्यों उज्जवल होय।।" इन पंक्तियों में कौन-सा अलंकार है?
A. विभावना   B. विरोधाभास
C. अतिशयोक्ति   D. असंगति
E. विभावना

Q.181 पद्यांश में प्रस्तुत रस का चयन कीजिए।
"कौन हो तुम वसंत के दूत,
विरस पतझड़ में अति सुकुमार,
घन तिमिर में चपला की रेखा,
तपन में शीतल मंद बयार।"
A. शांत   B. करुण
C. वियोग श्रृंगार   D. संयोग श्रृंगार
E. वीभत्स

Q.182 'वीभत्स' रस का स्थायी भाव है:
A. विशेषोक्ति   B. निर्वेद   C. विस्मय   D. जुगुप्सा
E. रौद्र

Q.183 वेणी संहार नाटक का अंगी रस है:
A. श्रृंगार   B. शान्त   C. वीर   D. रौद्र
E. करुण

Q.184 निश्छल, संलग्न और उत्कंठा में क्रमशः उपसर्ग है:
A. निस, सम, उत्   B. नि, सम, उत्
C. निस, सम, उ   D. निस, सम, उत्
E. निस, सम, उत

Q.185 'आकर्षित' शब्द में उपसर्ग बताइये।
A. अ   B. आक   C. आक   D. आ
E. आकर

Ques (186-187):निर्देश: दिए गए वाक्यांश के लिए एक शब्द बताएं।

Q.186 'किसी पक्ष का समर्थन करने वाला'
A. पक्षपाती   B. पाक्षिक   C. समर्थक   D. अधिवक्ता
E. समदर्शी

Q.187 'हर काम में देर करने वाला'
A. दीर्घसूत्री   B. अनंत   C. दीर्घदर्शी   D. अदूरर्शी
E. दुर्दमनीय

Q.188 कौन सा शब्द स्त्रीलिंग नहीं है?
A. रोहिणी   B. सुपारी
C. सरस्वती   D. महल
E. इनमें से कोई नहीं

Q.189 निम्नलिखित विकल्पों में पुल्लिंग शब्द बताइए।
A. लोटा   B. सभा
C. धाय   D. सड़क
E. इनमें से कोई नहीं

Q.190 'डाकिया' शब्द का बहुवचन बताइए?
A. डाकियो   B. डाकियां   C. डाकिएँ   D. डाकिए

E. डाकिया

Q.191 एकवचन शब्द का चयन कीजिए।

A. केश
B. नेत्र
C. रोम
D. सूरज
E. इनमें से कोई नहीं

Q.192 राजू <u>ईमानदारी</u> से काम करता है। रेखांकित शब्द कौन सी संज्ञा है?

A. व्यक्तिवाचक
B. भाववाचक
C. जातिवाचक
D. गुणवाचक
E. द्रव्यवाचक

Q.193 'मैं अपनी गाड़ी से जाऊँगी।' यह किस सर्वनाम का उदाहरण है?

A. संबंधवाचक सर्वनाम
B. संबंधवाचक सर्वनाम
C. पुरूषवाचक सर्वनाम
D. निश्चयवाचक सर्वनाम
E. निजवाचक सर्वनाम

Ques (194-198):निर्देश: निम्नलिखित अनुच्छेद के रिक्त स्थान के लिए उपयुक्त विकल्प का चयन करते हुए रिक्त स्थान की पूर्ति कीजिये-

संसार में शांति, व्यवस्था और ____(1)____ के प्रसार के लिए बुद्ध, ईसा मसीह, मुहम्मद चैतन्य, नानक आदि महापुरुषों ने धर्म के माध्यम से मनुष्य को परम ____(2)____ के पथ का निर्देश किया, किंतु बाद में यही धर्म मनुष्य के हाथ में एक ____(3)____ बन गया। धर्म के नाम पर पृथ्वी पर जितना रक्तपात हुआ उतना और किसी कारण से नहीं। पर धीरे-धीरे मनुष्य अपनी शुभ बुद्धि से धर्म के कारण होने वाले अनर्थ को समझने लग गया है। भौगोलिक सीमा और ____(4)____ विश्वासजनित भेदभाव अब धरती से मिटते जा रहे हैं। विज्ञान की प्रगति तथा संचार के साधनों में वृद्धि के कारण देशों की दूरियाँ कम हो गई हैं। इसके कारण मानव-मानव में ____(5)____, ईर्ष्या वैमनस्य कटुता में कमी नहीं आई। मानवीय मूल्यों के महत्त्व के प्रति जागरूकता उत्पन्न करने का एकमात्र साधन है शिक्षा का व्यापक प्रसार।

Q.194 दिए गए विकल्पों में से रिक्त स्थान (1) के लिए उचित शब्द का चयन कीजिए।

A. डरना
B. अहितकर
C. बाधित
D. सद्भावना
E. इनमें से कोई नहीं

Q.195 दिए गए विकल्पों में से रिक्त स्थान (2) के लिए उचित शब्द का चयन कीजिए।

A. समस्या
B. कल्याण
C. साहस
D. प्रतिकूल
E. इनमें से कोई नहीं

Q.196 दिए गए विकल्पों में से रिक्त स्थान (3) के लिए उचित शब्द का चयन कीजिए।

A. शस्त्र
B. अस्त्र
C. संकल्प
D. संघर्ष
E. प्रशस्त

Q.197 दिए गए विकल्पों में से रिक्त स्थान (4) के लिए उचित शब्द का चयन कीजिए।

A. धार्मिक
B. व्यापक
C. संघर्ष
D. सफलता
E. इनमें से कोई नहीं

Q.198 दिए गए विकल्पों में से रिक्त स्थान (5) के लिए उचित शब्द का चयन कीजिए।

A. अनुभव
B. कटुता
C. घृणा
D. सांप्रदायिकता
E. इनमें से कोई नहीं

Q.199 'सहित' किस प्रकार का अव्यय है?

A. क्रिया-विशेषण
B. संबंधबोधक
C. समुच्चयबोधक
D. विस्मयादिबोधक
E. इनमें से कोई नहीं

Q.200 निम्नलिखित में किस वाक्य में द्विकर्मक क्रिया का प्रयोग हुआ है?

A. बच्चा रो रहा है।
B. सुरेश सामान लाता है।
C. सीता पढ़ रही है।
D. नौकरानी फिनाइल से पोछा लगा रही है।
E. इनमें से कोई नहीं

Quantitative Aptitude & Data Interpretation

Ques (201-202):निर्देश: अरविंद ने दो समान धनराशियों A और B को क्रमशः 10% प्रति वर्ष और 20% प्रति वर्ष की दर से चक्रवृद्धि ब्याज पर 2 वर्षों के लिए निवेश किया। A और B की कुल धनराशि 40,000 रूपये थी।

Q.201 यदि दोनों धनराशियों पर कुल ब्याज 17140 रुपये है तो A में निवेश की गई धनराशि ज्ञात कीजिये।

A. 5000 रुपये
B. 10000 रुपये
C. 2000 रुपये
D. 15000 रुपये
E. इनमें से कोई नहीं

Q.202 धनराशि A को अकेले निवेश करने पर कितनी राशि प्राप्त हुई थी (समाधान के लिए पिछले प्रश्न डेटा का उपयोग)?

A. 2560 रूपये
B. 3600 रूपये
C. 2440 रूपये
D. 2520 रूपये
E. 2420 रूपये

Ques (203-205):निर्देश: निम्न प्रश्न में, I और II से अंकित दो समीकरण दिए गए हैं। आपको दोनों समीकरणों को हल करना है और सही उत्तर को चिन्हित करना है।

Q.203 I: $x^2 + 10x - 299 = 0$

II: $y^2 + 22y + 117 = 0$

A. $x > y$
B. $x \leq y$
C. $x = y$ या x और y के बीच सम्बन्ध निर्धारित नहीं किया जा सकता
D. $x \geq y$
E. $x < y$

Q.204 I. $x^2 + 10x - 24 = 0$

II. $3y^2 - 12y - 15 = 0$

A. $x \geq y$
B. $x \leq y$
C. कोई संबंध नहीं या $x = y$
D. $x > y$
E. $x < y$

Q.205 I. $x^2 - 5x + 6 = 0$

II. $y^2 - 6y + 9 = 0$

A. $x > y$
B. $x < y$
C. $x \geq y$
D. $x \leq y$
E. $x = y$ या x और y के बीच संबंध निर्धारित नहीं किया जा सकता है

Q.206 हैरी और रॉन ने क्रमश: 50000 रु. और 35000 रु. निवेश कर के एक व्यवसाय शुरु किया। अव्यवस्थित संचालन के कारण, उन्हें वर्ष के अंत में 7480 रु. का नुकसान झेलना पड़ा। व्यवसाय शुरु करने के 12 महीनों के बाद उन्होंने हर्मियोन को शामिल किया, उससे वादा किया कि व्यवसाय का संचालन करने के लिए उसे 12% मुनाफा दिया जायेगा। हर्मियोन ने व्यवसाय में 25000 रु. का निवेश किया। द्वितीय वर्ष में, उन्होंने पूरे नुकसान की राशि को प्राप्त कर लिया और 4520 रु. का अतिरिक्त लाभ प्राप्त किया। दो वर्षों के अंत में हैरी की व्यवसाय से आय ज्ञात कीजिए।

A. 3360 रु.

B. 400 रु.

C. 4800 रु.

D. 2055 रु.

E. इनमें से कोई नहीं

Q.207 एक बेईमान दुकानदार अपने समान को क्रय मूल्य पर बेचता है और अपने विक्रय मूल्य के 20% के बराबर लाभ कमाता है। अगर वह इस लाभ को प्राप्त करने के लिए गलत वजन का उपयोग करता है, तो वह प्रति किलोग्राम कितना वजन कम करेगा ताकि वह 25 रुपये प्रति किलोग्राम का सामान 20 रुपये प्रति किलोग्राम में बेच सके?

A. 100 ग्राम   B. 150 ग्राम   C. 200 ग्राम   D. 250 ग्राम

E. 300 ग्राम

Q.208 एक डिजाइनर अपनी पोशाक के अंकित मूल्य पर 20% की छूट देता है लेकिन रियायती मूल्य पर 8% की दर से जीएसटी वसूलता है। अगर कोई ग्राहक बिक्री कर सहित कीमत के रूप में 4104 रुपये का भुगतान करता है, फिर पोशाक की अंकित मूल्य क्या है?

A. 4500

B. 4355

C. 4750

D. 4700

E. इनमे से कोई भी नहीं

Ques (209-213):निर्देश: निम्नलिखित जानकारी का ध्यानपूर्वक अध्ययन कीजिए और नीचे दिए गए प्रश्नों के उत्तर दीजिए।

किराने की आपूर्ति कंपनियों	कर्मचारियों की संख्या	काम के औसत दिन	प्रति दिन वेतन
ईजीडे	160	16	2400
डीमार्ट	180	24	1800
स्पेंसर	-	-	2000
बिगबास्केट	220	-	3000

एक मेट्रो शहर में कोरोना महामारी के कारण कंपनियों ने काम करने के दिनों और प्रति दिन काम करने वाले कर्मचारियों की संख्या को कम कर दिया है। कंपनियां काम के प्रति दिन के आधार पर उनके कर्मचारियों को भुगतान कर रही है। सभी चार कंपनियों में कार्यरत कर्मचारियों की औसत संख्या 205 है।

एक अपार्टमेंट में चार लड़के अर्थात् अभिषेक, वरुण, राहुल और वीरू तथा चार लड़कियां अर्थात् प्रिया, दिशा, रम्या और निर्मा हैं। दो से अधिक व्यक्ति समान कंपनी में काम नहीं करते हैं। दिशा 24 दिनों के लिए काम पर जाती है। एक महीने में राहुल के काम पर जाने के दिनों की संख्या दिशा द्वारा काम करने के दिनों की संख्या से 25% कम है। राहुल और अभिषेक द्वारा काम करने के दिनों की संख्या का अनुपात क्रमशः 3 : 2 है। अभिषेक द्वारा काम किये गए दिनों की संख्या प्रिया द्वारा काम किये गए दिनों की संख्या से 25% कम है। काम पर प्रिया की उपस्थिति निर्मा द्वारा काम करने के कुल दिनों का 80% है। अभिषेक, वरुण और रम्या द्वारा काम किये गए दिनों की संख्या का संबंधित अनुपात 3 : 7 : 2 हैं। वीरू द्वारा काम किये गए दिनों की संख्या रम्या द्वारा काम किये गए दिनों की संख्या से 75% अधिक है।

Q.209 यदि वीरू स्पेंसर में काम करता है, तो वीरू का मासिक वेतन क्या है?

A. 26,000 रुपए

B. 28,000 रुपए

C. 22,000 रुपए

D. 20,000 रुपए

E. निर्धारित नहीं किया जा सकता है

Q.210 यदि वीरू दिनों की संख्या के आधे दिन के लिए काम करता है और रम्या दिनों की संख्या के दोगुने दिनों के लिए काम करती है, यदि उनमें से दोनों बिग बास्केट में काम करते हैं, तो महीने के अंत में उनके द्वारा प्राप्त धनराशि ज्ञात कीजिए।

A. 68,000 रुपए

B. 69,000 रुपए

C. 66,000 रुपए

D. 65,000 रुपए

E. 72,000 रुपए

Q.211 यदि लड़कियों द्वारा काम किये गए दिनों की औसत संख्या बिग बास्केट के कर्मचारियों द्वारा काम किये गए दिनों की औसत संख्या के बराबर है, तो वेतनों के भुगतान में कंपनी द्वारा खर्च की गयी धनराशि क्या है?

A. 1,12,20,000 रुपए

B. 1,18,80,000 रुपए

C. 1,25,40,000 रुपए

D. 66,00,000 रुपए

E. 85,80,000 रुपए

Q.212 यदि स्पेंसर महीने के अंत में वेतन के भुगतान में कुल 93,60,000 रुपए खर्च करता है, तो डीमार्ट और स्पेंसर में कर्मचारियों द्वारा काम के औसत दिनों का अनुपात क्या है?

A. 4 : 3

B. 3 : 4

C. 1 : 2

D. 3 : 2

E. इनमें से कोई नहीं

Q.213 लड़कों और लड़कियों द्वारा काम किये गए दिनों की औसत संख्या का अनुपात क्या है?

A. 18 : 17

B. 17 : 19

C. 16 : 17

D. 19 : 16

E. इनमें से कोई नहीं

Q.214 107 से 1006 तक अंकित किये हुए पत्ते एक थैले में रखे गए। उनमें से एक पत्ते को यादृच्छिक रूप से निकाला गया। पत्ते पर अंकित संख्या के 11 और 37 दोनों से अविभाजित होने की प्रायिकता ज्ञात कीजिये।

A. 0.998

B. 0.105

C. 0.107

D. 0.103

E. इनमें से कोई नहीं

Q.215 एक नाव धारा के अनुकूल 12 किमी की दूरी 36 मिनट में तय करती है, शांत पानी में नाव की गति और नदी की गति के बीच का अनुपात 4:1 है। नदी A, B और C में तीन बिंदु हैं, जहां B, A और C का मध्य बिंदु है। और C और A से C के बीच की दूरी (x+ 24) किमी है। नावें बिंदु A से बिंदु C के लिए अपस्ट्रीम में शुरू होती हैं। लौटने के समय, नदी अपनी दिशा बदलती है और जब नाव मध्य बिंदु पर पहुँचती है तो नदी फिर से अपनी दिशा बदल देती है। यदि एक नाव अपनी पूरी यात्रा को पूरा करने में कुल 12 घंटे 36 मिनट का समय लेती है, तो नाव द्वारा तय की गई कुल दूरी ज्ञात कीजिए?

A. 172 किमी

B. 168 किमी

C. 180 किमी

D. 200 किमी

E. 164 किमी

Q.216 एक कार्य को रोहित 36 दिनों में और स्मिता 24 दिनों में कर सकती है। यदि दोनों एकसाथ कार्य करते हैं, तो कार्य $14\frac{2}{5}$ दिनों में पूर्ण हो जाता है। तो स्मिता रोहित की तुलना में कितने प्रतिशत अधिक दक्ष है?

A. 50%   B. 40%   C. 20%   D. 30%

E. 10%

Q.217 एक पुरुष, एक महिला और एक लड़का क्रमशः 20, 30 और 40 दिनों में एक काम कर सकते हैं। 1 दिन में शेष कार्य को पूरा करने के लिए कितनी महिलाओं की आवश्यकता है यदि दो बार काम पूरा करने के लिए 5 लड़कों और 4 पुरुषों ने 4 दिनों के लिए काम किया और फिर छोड़ दिया?

A. 24   B. 25   C. 23   D. 21

E. 20

Ques (218-222):निर्देश: निम्नलिखित परिच्छेद को ध्यान से पढ़िए और दिए गए प्रश्न के उत्तर दीजिए।

A, B, C और D, 4 मित्र हैं। उनके पास 1 रुपये, 2 रुपये, 5 रुपये और 10 रूपये के विभिन्न मूल्य वर्ग के कुछ सिक्के इस प्रकार हैं कि प्रत्येक मूल्य वर्ग के रूपये का कुल मूल्य बराबर और 120 रूपये हैं। A के पास 1 रुपये के 20 सिक्के हैं और 2 रुपये के सिक्के की संख्या 1 रुपये के सिक्के का 50% है। A के पास 5 रुपये के सिक्के की संख्या D के पास 2 रुपये और 5 रूपये के सिक्कों की संख्या का औसत है। A के पास कुल रूपये B, C और D के पास के रूपये का औसत है। D के पास 10 रूपये के सिक्के की संख्या कुल 10 रुपये के सिक्के का $\frac{1}{4}$ भाग है और C के पास सिक्कों की संख्या कुल 1 रुपये और 10 रूपये के सिक्कों की संख्या की आधी है। A के पास सिक्कों की कुल संख्या B और D के पास कुल सिक्कों के औसत के बराबर है। A के पास 10 रूपये के सिक्कों की संख्या D के बराबर है। B और C के पास 5 रूपये के कुल सिक्कों की संख्या B के पास 2 रूपये के सिक्के की संख्या की आधी है, जो A के पास 1 रुपये के सिक्के की संख्या के बराबर है। इस जानकारी का उपयोग कर निम्नलिखित प्रश्नों का उत्तर दीजिए।

Q.218 A के पास कुल राशि ज्ञात कीजिए।

A. 150   B. 120   C. 100   D. 180
E. 160

Q.219 B के पास 5 रूपये के कितने सिक्के हैं?

A. 3   B. 4   C. 5   D. 7
E. 6

Q.220 यदि D के पास 1 रुपये के 15 सिक्के है तो यह ज्ञात कीजिए की D के पास कुल कितने रूपये है।

A. 92   B. 112   C. 133   D. 97
E. 91

Q.221 यदि B के पास 1 रूपये के 25 सिक्के है, तो B के पास सिक्कों की कुल संख्या क्या है?

A. 43   B. 48   C. 38   D. 53
E. 51

Q.222 B और D के पास कुल रुपयों का औसत क्या है?

A. 87.5   B. 89.5   C. 88.5   D. 86.5
E. 90

Q.223 2018 में, तीन कंपनियों में कर्मचारी 36 : 51 : 52 के अनुपात में हैं। यदि 2019 में प्रत्येक कंपनी में 50 कर्मचारियों की वृद्धि होती है, तो अनुपात बदलकर 41 : 56 : 57 हो जाता है। वर्ष 2019 में तीनों कंपनियों में कुल कितने कर्मचारी हैं?

A. 1440   B. 1540
C. 1560   D. 1660
E. इनमें से कोई नहीं

Ques (224-226):निर्देश: निम्न प्रश्न में प्रश्न चिह्न '?' के स्थान पर कौन सा अनुमानित मान आएगा?

Q.224 $11.97 \times 9.04 + ? - 12.06 \div 6.03 = 152.98$

A. 41   B. 52   C. 60   D. 49
E. 47

Q.225 $? \div 3.02 + 46.02 \times 4.99 - 12.02 = 317.05$

A. 300   B. 297   C. 99   D. 350
E. 347

Q.226 $259.92 \div 3.98 + 70.05 \times ? + 8.95 = 284.05$

A. 3   B. 4   C. 2   D. 0
E. 1

Ques (227-230):निर्देश: निम्नलिखित संख्या श्रृंखला में, कोई एक संख्या गलत है। गलत संख्या ज्ञात कीजिए।

Q.227 2, 4, 7, 12, 19, 29

A. 4   B. 7   C. 12   D. 19
E. 29

Q.228 1, 3, 7, 12, 21, 31

A. 3   B. 7   C. 12   D. 21
E. 31

Q.229 4,6,18,49,201,1011

A. 1011   B. 201   C. 18   D. 49
E. 4

Q.230 8, 18, 42, 107, 300, 870, 2574

A. 8   B. 107   C. 18   D. 42
E. 870

Ques (231-233):निर्देश: निम्नलिखित कथनों को पढ़िए और ज्ञात कीजिए कि वे दिए गए प्रश्न का उत्तर देने के लिए पर्याप्त हैं या नहीं हैं।

Q.231 यदि राघव, धर्मेंद्र और अनमोल की दक्षता का अनुपात $5 : 6 : 10$ है, तो धर्मेंद्र कितने दिनों में कार्य पूरा करेगा?

I. धर्मेंद्र, बिनोद से 50% अधिक दक्ष है। बिनोद, धर्मेंद्र और सिमरन ने $\frac{60}{13}$ दिनों गें कार्य पूरा किया।

II. सिमरन, राघव और अनमोल ने $\frac{180}{39}$ दिनों में कार्य पूरा किया।

A. यदि प्रश्न का उत्तर देने के लिए केवल कथन I में दी गयी जानकारी पर्याप्त है जबकि प्रश्न का उत्तर देने के लिए केवल कथन II में दी गयी जानकारी पर्याप्त नहीं है।

B. यदि प्रश्न का उत्तर देने के लिए केवल कथन II में दी गयी जानकारी पर्याप्त है जबकि प्रश्न का उत्तर देने के लिए केवल कथन I में दी गयी जानकारी पर्याप्त नहीं है।

C. प्रश्न का उत्तर देने के लिए या तो केवल कथन I या केवल कथन II में दी गयी जानकारी पर्याप्त है।

D. यदि कथन I और II दोनों में भी दी गयी जानकारी एक साथ प्रश्न का उत्तर देने के लिए पर्याप्त नहीं है।

E. यदि कथन I और II दोनों में दी गयी जानकारी एक साथ प्रश्न का उत्तर देने के लिए आवश्यक है।

Q.232 ब्याज की दर ज्ञात कीजिए।

कथन I: 6.25 वर्षों में एक राशि साधारण ब्याज पर दुगुनी हो जाती है।

कथन II: चक्रवृद्धि ब्याज पर 2 वर्ष में 5000 रु की राशि 6728 रु हो जाती है।

A. केवल कथन I में दिया गया डेटा प्रश्न का उत्तर देने के लिए पर्याप्त है, जबकि कथन II में दिया गया डेटा अकेले प्रश्न का उत्तर देने के लिए पर्याप्त नहीं है।

B. केवल कथन II में दिया गया डेटा प्रश्न का उत्तर देने के लिए पर्याप्त है, जबकि कथन I का डेटा अकेले प्रश्न का उत्तर देने के लिए पर्याप्त नहीं है।

C. कथन I या II में दिया गया कोई भी एक आंकड़ा अकेले प्रश्न का उत्तर देने के लिए पर्याप्त है।

D. कथन I और II दोनों में दिया गया कोई भी आंकड़ा प्रश्न का उत्तर देने के लिए पर्याप्त नहीं है।

E. प्रश्न का उत्तर देने के लिए कथन I और II दोनों में दिए गए आंकड़ों की आवश्यकता है।

Q.233 राम और सुहानी द्वारा एक साथ कार्य पूरा करने में लिया गया कुल समय ज्ञात कीजिए।

I) राम सुहानी से दोगुने समय में कार्य का $\left(\frac{1}{3}\right)$ भाग पूरा करता है।

II) सुहानी 5 दिनों में कार्य पूरा करती है।

A. प्रश्न का उत्तर देने के लिए केवल कथन I पर्याप्त है।

B. प्रश्न का उत्तर देने के लिए केवल कथन II पर्याप्त है।

C. कथन I और कथन II मिलकर पर्याप्त हैं, लेकिन दोनों में से कोई भी अकेले प्रश्न का उत्तर देने के लिए पर्याप्त नहीं है।

D. प्रश्न का उत्तर देने के लिए या तो कथन I या कथन II पर्याप्त है।

E. प्रश्न का उत्तर देने के लिए न तो कथन I और न ही कथन II पर्याप्त है।

Ques (234-238): नीचे दिया गया रेखा आलेख 2019 और 2020 के लगातार दो वर्षों के दौरान भारत से पांच अलग-अलग देशों में निर्यात के बारे में जानकारी दिखाता है। नीचे दी गई सारणी वर्ष 2020 में भारत में पांच अलग-अलग देशों से आयात के प्रतिशत वितरण की जानकारी देती है। भारत द्वारा दिए गए पांच देशों से आयात पर विचार कीजिए।

सभी मूल्य बिलियन डॉलर में हैं।

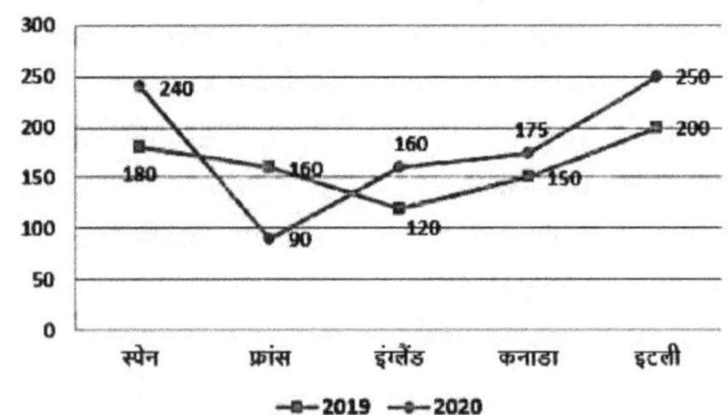

क्रम संख्या	देश	2020 में आयात का प्रतिशत
1	स्पेन	20%
2	फ्रांस	15%
3	इंग्लैंड	12%
4	कनाडा	30%
5	इटली	23%

Q.234 वर्ष 2020 में, फ्रांस से भारत में कुल आयात 120 बिलियन डॉलर था, फिर कनाडा से भारत में आयात, भारत से कनाडा में निर्यात की तुलना में कितना अधिक (बिलियन डॉलर) था?

A. 50 बिलियन डॉलर

B. 660 बिलियन डॉलर

C. 55 बिलियन डॉलर

D. 65 बिलियन डॉलर

E. 70 बिलियन डॉलर

Q.235 वर्ष 2020 में, भारत में कुल आयात उस वर्ष की तुलना में 1200 बिलियन डॉलर था, जिसमें कितने देशों के साथ व्यापार घाटा था? (मान लीजिए कि जब आयात, निर्यात के मूल्य से अधिक हो जाता है, तो इसे व्यापार घाटा कहा जाता है)

A. 5   B. 4   C. 3   D. 2

E. 1

Q.236 वर्ष 2019 में, यह भारत और इंग्लैंड के बीच एक व्यापार संतुलन था और वर्ष 2020 में, इंग्लैंड से भारत में आयात, वर्ष 2019 की तुलना में 10% कम था। वर्ष 2020 में, स्पेन से भारत में निर्यात और स्पेन से भारत में आयात के बीच में क्या अंतर (बिलियन डॉलर में) था?

A. 60   B. 45

C. 50   D. 55

E. उपरोक्त में से कोई नहीं

Q.237 वर्ष 2020 में, भारत से फ्रांस में निर्यात, उसी वर्ष की तुलना में फ्रांस से भारत में आयात के समान था, भारत से इटली में निर्यात, इटली से भारत में आयात की तुलना में कितना (बिलियन डॉलर) अधिक था?

A. 123 बिलियन डॉलर   B. 110 बिलियन डॉलर

C. 112 बिलियन डॉलर   D. 105 बिलियन डॉलर

E. 104 बिलियन डॉलर

Q.238 वर्ष 2020 में भारत से दिए गए पांच देशों में कुल निर्यात का योग (बिलियन डॉलर में) वर्ष 2019 से कितना अधिक था?

A. 112 बिलियन डॉलर   B. 110 बिलियन डॉलर

C. 108 बिलियन डॉलर   D. 105 बिलियन डॉलर

E. 104 बिलियन डॉलर

Q.239 एक आयत की लंबाई, एक वृत्त की त्रिज्या की $\frac{4}{7}$ वीं है। एक वृत्त की त्रिज्या, एक वर्ग की भुजा का $\frac{2}{3}$ वां है। वर्ग का परिमाप 84 सेमी है। आयत का परिमाप 36 सेमी है। आयत का क्षेत्रफल, वृत्त के क्षेत्रफल से कितने प्रतिशत कम है?

A. 87%   B. 90%   C. 89%   D. 83%

E. 83%

Q.240 सुबह के कोहरे में चलती एक कार समान दिशा में 6 किमी/घंटे की गति से चल रहे एक व्यक्ति को पार करती है। व्यक्ति, कार को 4 मिनट तक देखता है और दृश्यता 120 मीटर की दूरी तक होती है। कार की गति है:

A. 15 किमी/घंटे   B. 7.8 किमी/घंटे

C. 9 किमी/घंटे   D. 10 किमी/घंटे

E. इनमें से कोई नहीं

// स्मार्ट उत्तर पुस्तिका //

| सही उत्तर | उन छात्रों का प्रतिशत जिन्होंने प्रश्नों का सही उत्तर दिया था। | छोड़ दिया | उन छात्रों का प्रतिशत जिन्होंने प्रश्नों को छोड़ दिया था। |

प्रश्न संख्या	उत्तर	सही उत्तर / छोड़ दिया
1	A	53.98 % / 45.47 %
2	C	46.57 % / 43.91 %
3	E	44.03 % / 36.74 %
4	C	10.55 % / 73.67 %
5	D	46.99 % / 41.66 %
6	D	61.87 % / 33.09 %
7	C	78.61 % / 16.05 %
8	D	64.96 % / 31.64 %
9	B	63.64 % / 33.23 %
10	C	30.83 % / 68.72 %
11	D	52.55 % / 46.32 %
12	D	41.41 % / 42.65 %
13	C	44.85 % / 33.34 %
14	B	67.14 % / 30.64 %
15	D	69.15 % / 30.34 %
16	E	52.6 % / 30.23 %

प्रश्न संख्या	उत्तर	सही उत्तर / छोड़ दिया
17	D	64.37 % / 32.52 %
18	C	46.73 % / 44.33 %
19	D	40.34 % / 59.06 %
20	A	60.29 % / 36.43 %
21	A	60.94 % / 36.97 %
22	D	49.75 % / 40.07 %
23	B	42.23 % / 40.78 %
24	E	57.34 % / 40.93 %
25	E	47.93 % / 35.39 %
26	A	54.67 % / 31.16 %
27	D	44.38 % / 34.47 %
28	E	85.37 % / 10.39 %
29	C	45.49 % / 52.06 %
30	A	58.48 % / 35.67 %
31	B	58.73 % / 35.41 %
32	E	43.0 % / 44.98 %

प्रश्न संख्या	उत्तर	सही उत्तर / छोड़ दिया
33	C	50.8 % / 31.82 %
34	E	22.79 % / 72.31 %
35	E	57.27 % / 33.39 %
36	A	52.65 % / 30.44 %
37	B	31.66 % / 67.07 %
38	C	62.82 % / 35.64 %
39	D	47.64 % / 43.14 %
40	B	45.19 % / 32.9 %
41	C	68.03 % / 30.12 %
42	B	41.72 % / 43.25 %
43	C	51.87 % / 31.01 %
44	B	76.3 % / 21.74 %
45	C	50.62 % / 32.01 %
46	C	53.56 % / 32.08 %
47	B	41.09 % / 47.69 %
48	B	80.27 % / 16.42 %

प्रश्न संख्या	उत्तर	सही उत्तर / छोड़ दिया
49	D	63.3 % / 30.09 %
50	D	53.48 % / 35.91 %
51	B	47.92 % / 34.23 %
52	B	50.56 % / 46.55 %
53	E	47.57 % / 45.5 %
54	C	66.61 % / 32.96 %
55	B	79.7 % / 15.52 %
56	A	43.29 % / 31.21 %
57	B	49.16 % / 38.15 %
58	D	66.76 % / 32.31 %
59	C	47.99 % / 48.46 %
60	D	64.63 % / 30.14 %
61	C	51.48 % / 39.13 %
62	A	81.39 % / 10.7 %
63	A	42.23 % / 36.31 %
64	B	61.84 % / 37.31 %

प्रश्न संख्या	उत्तर	सही उत्तर / छोड़ दिया
65	A	87.18 % / 10.59 %
66	B	76.75 % / 11.91 %
67	D	65.04 % / 31.98 %
68	A	57.18 % / 35.77 %
69	D	59.18 % / 31.34 %
70	C	59.69 % / 39.25 %
71	B	55.67 % / 31.85 %
72	D	40.51 % / 31.63 %
73	C	66.15 % / 32.53 %
74	B	52.28 % / 41.96 %
75	B	87.64 % / 11.99 %
76	C	58.32 % / 30.87 %
77	D	40.29 % / 35.21 %
78	D	51.77 % / 31.97 %
79	A	22.21 % / 68.98 %
80	E	12.19 % / 76.9 %

प्रश्न संख्या	उत्तर	सही उत्तर / छोड़ दिया	प्रश्न संख्या	उत्तर	सही उत्तर / छोड़ दिया	प्रश्न संख्या	उत्तर	सही उत्तर / छोड़ दिया	प्रश्न संख्या	उत्तर	सही उत्तर / छोड़ दिया	प्रश्न संख्या	उत्तर	सही उत्तर / छोड़ दिया
81	A	25.48 % / 67.13 %	97	B	82.71 % / 12.79 %	113	A	50.49 % / 37.94 %	129	D	41.5 % / 34.04 %	145	D	62.12 % / 30.97 %
82	D	59.96 % / 35.67 %	98	C	40.49 % / 58.1 %	114	D	13.36 % / 70.43 %	130	D	32.11 % / 67.14 %	146	C	68.62 % / 30.92 %
83	E	77.47 % / 13.81 %	99	D	64.12 % / 31.85 %	115	D	65.71 % / 30.57 %	131	E	49.89 % / 31.85 %	147	C	14.48 % / 84.9 %
84	B	42.07 % / 53.57 %	100	D	77.16 % / 14.5 %	116	D	46.78 % / 45.76 %	132	D	55.98 % / 39.27 %	148	B	84.37 % / 13.84 %
85	A	46.21 % / 35.55 %	101	D	51.32 % / 41.65 %	117	E	48.47 % / 32.79 %	133	C	62.2 % / 36.9 %	149	D	46.75 % / 37.67 %
86	D	58.32 % / 34.28 %	102	E	13.02 % / 69.23 %	118	C	51.9 % / 34.77 %	134	B	61.19 % / 37.25 %	150	D	66.37 % / 32.05 %
87	A	18.15 % / 67.26 %	103	D	58.85 % / 35.17 %	119	A	88.45 % / 11.27 %	135	A	61.76 % / 31.46 %	151	C	44.09 % / 34.04 %
88	D	54.63 % / 38.24 %	104	E	61.45 % / 30.94 %	120	A	50.36 % / 37.29 %	136	B	51.02 % / 44.46 %	152	E	67.56 % / 30.45 %
89	D	54.05 % / 38.03 %	105	A	56.79 % / 30.02 %	121	D	46.33 % / 34.94 %	137	C	54.21 % / 35.83 %	153	D	77.12 % / 13.6 %
90	D	57.46 % / 32.23 %	106	B	44.95 % / 43.51 %	122	D	68.34 % / 30.86 %	138	A	43.52 % / 32.93 %	154	B	40.64 % / 31.5 %
91	D	48.92 % / 31.99 %	107	C	62.17 % / 36.8 %	123	D	45.75 % / 30.54 %	139	A	20.19 % / 79.38 %	155	A	85.64 % / 12.31 %
92	A	46.88 % / 49.85 %	108	B	78.12 % / 15.36 %	124	A	61.99 % / 34.92 %	140	B	42.86 % / 44.24 %	156	B	60.73 % / 36.29 %
93	E	42.57 % / 52.6 %	109	A	42.79 % / 44.04 %	125	C	59.04 % / 39.87 %	141	B	61.89 % / 32.97 %	157	B	76.58 % / 17.7 %
94	A	50.8 % / 42.38 %	110	C	41.81 % / 56.76 %	126	C	44.32 % / 38.29 %	142	C	64.7 % / 30.59 %	158	D	88.45 % / 10.88 %
95	A	77.02 % / 13.36 %	111	B	44.03 % / 39.94 %	127	C	41.7 % / 38.07 %	143	A	46.67 % / 48.99 %	159	B	19.02 % / 76.17 %
96	C	45.82 % / 42.89 %	112	C	26.41 % / 69.85 %	128	C	61.72 % / 33.66 %	144	B	40.84 % / 54.67 %	160	D	61.7 % / 35.01 %

प्रश्न संख्या	उत्तर	सही उत्तर / छोड़ दिया	प्रश्न संख्या	उत्तर	सही उत्तर / छोड़ दिया	प्रश्न संख्या	उत्तर	सही उत्तर / छोड़ दिया	प्रश्न संख्या	उत्तर	सही उत्तर / छोड़ दिया	प्रश्न संख्या	उत्तर	सही उत्तर / छोड़ दिया
161	B	52.73 % / 45.8 %	177	A	55.43 % / 31.35 %	193	E	40.31 % / 38.79 %	209	B	29.76 % / 69.91 %	225	B	30.41 % / 69.36 %
162	A	48.72 % / 46.32 %	178	A	48.23 % / 43.37 %	194	D	45.57 % / 38.14 %	210	B	24.01 % / 70.81 %	226	A	52.68 % / 37.6 %
163	B	79.1 % / 16.59 %	179	C	66.67 % / 33.25 %	195	B	42.77 % / 51.78 %	211	A	18.93 % / 72.5 %	227	E	58.73 % / 35.8 %
164	C	40.03 % / 47.46 %	180	B	51.21 % / 43.17 %	196	B	45.25 % / 47.6 %	212	A	25.82 % / 69.78 %	228	C	51.71 % / 42.72 %
165	A	26.01 % / 68.78 %	181	D	30.85 % / 67.25 %	197	A	50.93 % / 48.85 %	213	A	20.49 % / 75.53 %	229	C	15.52 % / 78.27 %
166	C	28.92 % / 69.74 %	182	D	60.46 % / 35.55 %	198	D	64.87 % / 31.04 %	214	A	41.03 % / 55.77 %	230	B	55.94 % / 40.92 %
167	B	62.52 % / 31.54 %	183	C	65.18 % / 32.43 %	199	B	87.02 % / 11.54 %	215	B	44.3 % / 55.14 %	231	D	53.61 % / 34.35 %
168	B	65.27 % / 31.85 %	184	A	50.87 % / 36.3 %	200	D	47.06 % / 32.79 %	216	A	66.61 % / 32.26 %	232	C	61.98 % / 30.69 %
169	C	80.02 % / 11.87 %	185	D	48.35 % / 36.9 %	201	C	57.96 % / 41.33 %	217	D	28.39 % / 68.4 %	233	C	18.81 % / 70.96 %
170	A	53.35 % / 32.41 %	186	A	50.04 % / 38.29 %	202	E	55.28 % / 44.55 %	218	B	78.29 % / 12.37 %	234	D	52.93 % / 36.46 %
171	C	52.92 % / 32.31 %	187	A	86.81 % / 10.26 %	203	C	46.86 % / 50.88 %	219	A	49.54 % / 50.23 %	235	C	61.19 % / 36.67 %
172	B	84.07 % / 12.07 %	188	D	45.5 % / 43.73 %	204	C	58.61 % / 34.63 %	220	D	16.49 % / 77.81 %	236	A	64.29 % / 34.14 %
173	A	48.05 % / 44.01 %	189	A	79.77 % / 11.94 %	205	D	52.81 % / 46.64 %	221	B	66.59 % / 30.93 %	237	C	43.01 % / 30.91 %
174	B	40.91 % / 33.33 %	190	D	66.41 % / 30.69 %	206	B	15.83 % / 82.44 %	222	C	80.09 % / 12.81 %	238	D	68.04 % / 31.48 %
175	C	11.88 % / 80.58 %	191	D	68.85 % / 30.82 %	207	C	58.15 % / 36.68 %	223	B	44.79 % / 50.26 %	239	A	64.85 % / 31.09 %
176	B	78.04 % / 12.51 %	192	B	80.33 % / 18.52 %	208	C	64.03 % / 33.66 %	224	E	67.64 % / 31.55 %	240	B	65.92 % / 33.64 %

//संकेत और समाधान//

1. जैसा कि हम कथन में देखते हैं, यह रेलवे के निजीकरण के बारे में बात करता है। यदि भारत में रेलवे का निजीकरण किया जाता है, तो सेवाओं, कीमतों और सुविधाओं में बहुत सारे बदलाव होंगे।

तर्क I सबल है क्योंकि "प्रतिस्पर्धा" और "बेहतर सेवा" वांछनीय हैं। इसलिए, तर्क I सबल है। तर्क II दुर्बल है क्योंकि इस तर्क में एक त्रुटिपूर्ण धारणा है कि MNC राष्ट्रीय सुरक्षा के लिए खतरा हैं।

अतः विकल्प (A) सही है।

Ques (2-3):दी गयी जानकारी के अनुसार,

P है				
%	$	©	★	@
=	>	<	≤	≥
Q से				

2. दिए हुए कथन: V © K, K @ B, B $ M

बदलने पर: V < K; K ≥ B; B > M

जोड़ने पर: V < K ≥ B > M

निष्कर्ष:

I. V © B → V < B → के रूप में V < K ≥ B → V और B के बीच स्पष्ट संबंध स्थापित नहीं किया जा सकता, इसलिए, असत्य है।

II. M © K → M < K → के रूप में K ≥ B > M → K > M, इसलिए, सत्य है।

III. M © V → M < V → के रूप में V < K ≥ B > M → V < K > M → M और V के बीच स्पष्ट संबंध स्थापित नहीं किया जा सकता, इसलिए, असत्य है।

इसलिए, केवल निष्कर्ष II अनुसरण करता है।

अतः विकल्प (C) सही है।

3. दिए हुए कथन: D ★ R, R % F, F $ T

बदलने पर: D ≤ R, R = F, F > T

जोड़ने पर: D ≤ R = F > T

निष्कर्ष:

I. F % D → F = D → के रूप में D ≤ R = F → D ≤ F, इसलिए असत्य है।

II. F $ D → F > D → के रूप में D ≤ R = F → D ≤ F, इसलिए असत्य है।

III. T © R → T < R → के रूप में R = F > T → R > T, इसलिए सत्य है।

यहाँ निष्कर्ष I और II पूरक जोड़ी बनाते हैं।

इसलिए, या तो निष्कर्ष I या II और निष्कर्ष III सही है।

अतः विकल्प (E) सही है।

4. कथन I: C और D की बैठक एक ही महीने में है। C से पहले किसी व्यक्ति की बैठक नहीं है।

इसका अर्थ है कि C की बैठक 5 सितंबर को है और D की बैठक C के बाद है।

महीना	दिन	व्यक्ति
सितंबर(30)	5	C
	12	D
अक्टूबर(31)	5	
	12	

नवंबर(30)	5	
	12	

इसलिए, केवल कथन I ही पर्याप्त नहीं है।

कथन II: B की बैठक महीने की 5 तारीख को होती है, जिसमें 30 दिन होते हैं। B और D के बीच केवल दो व्यक्तियों की बैठक होती है।

स्थिति 1:

महीना	दिन	व्यक्ति
सितंबर(30)	5	B
	12	
अक्टूबर(31)	5	
	12	D
नवंबर(30)	5	
	12	

स्थिति 2:

महीना	दिन	व्यक्ति
सितंबर(30)	5	
	12	D
अक्टूबर(31)	5	
	12	
नवंबर(30)	5	B
	12	

इसलिए, केवल कथन II पर्याप्त नहीं है।

कथन III: B और E की बैठक एक ही महीने में है। A और E की बैठक समान तारीख को नहीं है।

इसलिए, B और E की बैठक सितंबर या अक्टूबर, या नवंबर में हो सकती है।

इसलिए, केवल कथन III ही पर्याप्त नहीं है।

कथन I और II को मिलाने पर:

C और D की बैठक एक ही महीने में है। C से पहले किसी बैठक नहीं है।

B की बैठक महीने की 5 तारीख को होती है, जिसमें 30 दिन होते हैं। B और D के बीच केवल दो व्यक्तियों की बैठक होती है।

इसका अर्थ है कि B की बैठक 5 नवंबर को है (नवंबर में 30 दिन हैं)।

महीना	दिन	व्यक्ति
सितंबर(30)	5	C
	12	D
अक्टूबर(31)	5	
	12	D
नवंबर(30)	5	B
	12	

इसलिए, कथन I और II एक साथ पर्याप्त नहीं हैं।

कथन I, II और III को मिलाने पर:

C और D की बैठक एक ही महीने में है। C से पहले किसी व्यक्ति की बैठक नहीं है।

B की बैठक महीने की 5 तारीख को होती है, जिसमें 30 दिन होते हैं। B और D के बीच केवल दो व्यक्तियों की बैठक होती है।

B और E की बैठक एक ही महीने में है। A और E की बैठक समान तारीख को नहीं है।

इसका अर्थ है कि E की बैठक 12 नवंबर को है और इस प्रकार A की नियुक्ति 5 अक्टूबर को है।

महीना	दिन	व्यक्ति
सितंबर(30)	5	C
	12	D
अक्टूबर(31)	5	A
	12	F
नवंबर(30)	5	B
	12	E

इसलिए, A की नियुक्ति 5 अक्टूबर को है।

इसलिए, प्रश्न का उत्तर देने के लिए एक साथ सभी कथन आवश्यक हैं।

अतः विकल्प (C) सही है।

5. कथन I:

'you all are here' को 'jh ik ol df' के रूप में लिखा गया है।

इसलिए, केवल कथन I. पर्याप्त नहीं है।

कथन II:

'are we go there' को 'os jh pl tr' के रुप में लिखा गया है।

इसलिए, केवल कथन II. पर्याप्त नहीं है।

कथन III:

are you here with me' को 'df os vg ik lx' के रूप में लिखा गया है।

इसलिए, केवल कथन III. पर्याप्त नहीं है।

सभी कथनों के संयोजन करने पर,

जैसा कि कथन एक और तीन में "here you are" समान है, इसलिए 'here you are' के लिए कूट 'df os ik' है।

इसलिए, कथन एक और तीन की जानकारी के साथ प्रश्न का उत्तर दिया जा सकता है।

अतः विकल्प (D) सही है।

6. 1. डिजिटल इंडिया प्रोग्राम भारत सरकार का एक सफल योजना है। सत्य, क्योंकि वित्त मंत्री ने खर्च को दोगुना करने का प्रस्ताव दिया है, इसलिए यह माना जा सकता है कि योजना सफल है।

2. देश की प्रगति के लिए मशीने लर्निंग और आर्टिफीसियल इंटेलिजेंस महत्वपूर्ण हैं। सत्य, क्योंकि वे वैश्विक अर्थव्यवस्था को डिजिटल अर्थव्यवस्था में परिवर्तन करने में मदद कर रहे हैं जो देशों के बीच प्रभावी व्यापार में मदद करेगा। इस प्रकार यह माना जा सकता है।

3. वित्त मंत्री श्री अरुण जेटली उद्योगपतियों के बीच प्रसिद्ध हैं। असत्य है, कथन में यह उल्लेख किया गया है कि उनके कदम की सराहना की गई थी लेकिन उद्योगपतियों के बीच श्री अरुण जेटली की प्रसिद्धि का कोई उल्लेख नहीं है, इसलिए निष्कर्ष निकाला नहीं जा सकता है।

इसलिए कथन III को छोड़कर सभी कथन अनुसरण करते हैं।

अतः विकल्प (D) सही है।

7. कथन: JAKELIMON

डिकोडिंग: "JAK" का अर्थ है, सभी J, K हैं। "KEL" का अर्थ है, कुछ K, L हैं। "LIM" का अर्थ है, केवल कुछ L, M हैं और "MON" का अर्थ है, कोई M, N नहीं है।

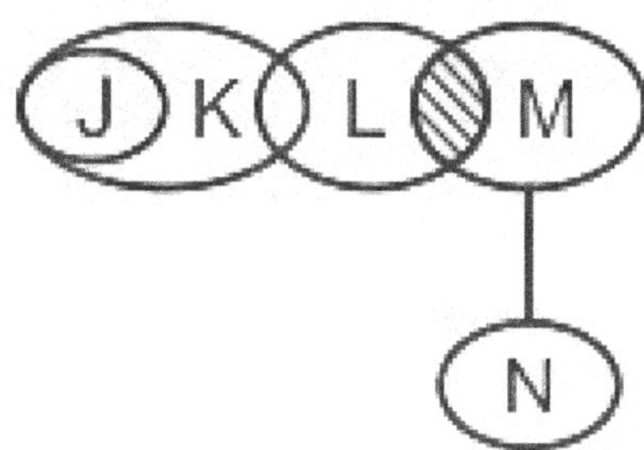

निष्कर्ष:

i) LAUM का अर्थ है, सभी L के M होने की संभावना है→ असत्य (केवल कुछ L, M हैं, और कुछ L, M नहीं हैं, इसलिए कोई संभावना सत्य नहीं है)

ii) LIUK का अर्थ है, केवल कुछ L के K होने की संभावना है → सत्य (कुछ K, L हैं यह निश्चित है)

iii) NAUJ का अर्थ है, सभी N के J होने की संभावना है → सत्य (संभावना सत्य है)

इसलिए, सही विकल्प (C) है अर्थात् केवल निष्कर्ष (ii) और (iii) संभव हैं।

अतः विकल्प (C) सही है।

8. कथन: KIRAN

डिकोडिंग: KIR का अर्थ है, केवल कुछ K, R हैं। RAN का अर्थ है, सभी R, N हैं।

निष्कर्ष:

i) KEN का अर्थ है, कुछ K, N हैं → सत्य (कुछ K, R हैं, सभी R, N हैं)

ii) KAUN का अर्थ है, सभी K के N होने की संभावना है → सत्य (K और N के बीच कोई निश्चित संबंध नहीं दिया गया है, इसलिए संभावना सत्य है)

iii) RAUK का अर्थ है, सभी R के K होने की संभावना है → सत्य (केवल कुछ K, R हैं, अतः सभी R, K हो सकते है)

इसलिए, सभी अनुसरण करते हैं।

अतः विकल्प (D) सही है।

9. उपरोक्त दो कथनों के अनुसार, व्यायाम स्वास्थ्य के लिए फायदेमंद है। ऊपर दिए गए दो कथनों में किस तरह से यह हमारे लिए फायदेमंद है, इस पर चर्चा की गई है।

पहला निष्कर्ष दिल की बीमारियों के जोखिम को कम करने के बारे में बताता है जो ऊपर दिए गए दूसरे कथन से लिया जा सकता है।

इस प्रकार, निष्कर्ष 1 अनुसरण करता है।

दूसरा निष्कर्ष व्यायाम के ज्ञात लाभों में से एक है। लेकिन इसे कथनों में दी गई जानकारी से नहीं निकाला जा सकता है।

इसलिए, निष्कर्ष 2 का अनुसरण नहीं किया जाता है।

इसलिए, केवल निष्कर्ष 1 अनुसरण करता है।

अतः विकल्प (B) सही है।

10. "PTP"

यहाँ 'P' केवल उसी समय आएगा जब यहाँ शर्त को लागू करने से पहले कोडबद्ध रूप में 'O' होता है और 'O' तब आएगा जब संख्या में '5' होता है।

$ उसी समय आएगा यदि शर्त को लागू करने से पहले कोडबद्ध रूप में '7' होता है और '7' तब आएगा जब संख्या में '4' होता है।

इसलिए, "54745" सही संख्या है।

अतः विकल्प (C) सही है।

11. "368149" को ⇒ "J91E7Y" के रूप में कोडबद्ध किया जा सकता है।

चूँकि कोडबद्ध रूप में एक अभाज्य संख्या '7' है, तो इसे $ से बदला जाना चाहिए।

चूँकि कोडबद्ध रूप एक व्यंजक के साथ प्रारंभ और खत्म होता है, तो उन्हें एक-दूसरे से बदला जाना चाहिए।

इसलिए, कोडबद्ध रूप ⇒ "Y91E$J"

अतः विकल्प (D) सही है।

12. सभी विकल्पों की जाँच करना कठिन होगा इसलिए उन्मूलन विधि का प्रयोग करने पर।

T केवल 7 का कोड हो सकता है (1 या 3 कभी भी T नहीं देगा)।

इसलिए, विकल्प (B) और (C) को रद्द कर दिया जाता है।

अब विकल्प (A) और (D) की जाँच करने पर:

7421532 को ⇒ T74EOJ4 ⇒ TGDFPJD

के रूप में कोडबद्ध किया जा सकता है।

7421732 को ⇒ T74ETJ4 ⇒ TGDETJD के रूप में कोडबद्ध किया जा सकता है।

इसलिए, सही विकल्प '7421732' है।

अतः विकल्प (D) सही है।

13. "68581247818" को ⇒ "91O1E47T1E1" के रूप में कोडबद्ध किया जा सकता है।

कोडबद्ध रूप में 9, 1, 1, 4, 7, 1, 1 अंक है और उनका योग 24 है। अतः यह 3 से विभाज्य है और शर्त 1 को संतुष्ट करता है।

कोडबद्ध रूप में अभाज्य संख्या 7 भी है। इसलिए, शर्त 2 संतुष्ट होती है।

लेकिन हम जानते हैं कि जब शर्त I और II दोनों संतुष्ट होती हैं, तो शर्त I में दिए गए निर्देश का पालन किया जाना चाहिए।

इसलिए, कोडबद्ध रूप "IAOAEDGTAEA" है।

कोडबद्ध रूप में 1 से अधिक स्वर हैं, इसलिए शर्त 3 संतुष्ट होती है।

इसलिए, कोडबद्ध रूप ⇒ "JBPBFDGTBFB"

इसलिए, यहाँ 11 व्यंजक हैं।

अतः विकल्प (C) सही है।

14. "762147" को ⇒ "T94E7T" के रूप में कोडबद्ध किया जा सकता है।

चूँकि कोडबद्ध रूप में एक अभाज्य संख्या '7' है, तो इसे $ से बदला जाना चाहिए।

चूँकि कोडबद्ध रूप एक व्यंजक के साथ प्रारंभ और खत्म होता है, तो उन्हें एक-दूसरे से बदला जाना चाहिए।

इसलिए, "761247" को "T94E$T" के रूप में कोडबद्ध किया गया है।

अतः विकल्प (B) सही है।

Ques (15-16):दिया है:

	A है			
चिह्न	#	%	@	<
अर्थ	3 किमी पूर्व	3 किमी पश्चिम	4 किमी उत्तर	4 किमी दक्षिण
	B का			

15. उपरोक्त जानकारी से हमें निम्न आरेख प्राप्त होगा:

'Z < R; V % X @ Y; V < W; U @ W; U # R' का अर्थ है कि 'Z, R के दक्षिण में 4 किमी की दूरी पर है; V, X के पश्चिम में 3 किमी की दूरी पर है, X, Y के उत्तर में 4 किमी की दूरी पर है। V, W के दक्षिण में 4 किमी की दूरी पर है, U, W के उत्तर में 4 किमी की दूरी पर है, U, R के पूर्व में 3 किमी की दूरी पर है'

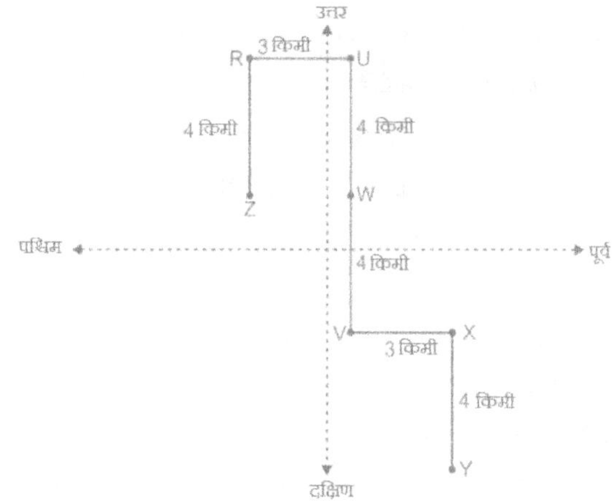

$VY^2 = VX^2 + XY^2 = 9 + 16 = 25$

VY = 5 किमी

अतः विकल्प (D) सही है।

16. उपरोक्त जानकारी से हमें निम्न आरेख प्राप्त होगा:

'Z < R; V % X @ Y; V < W; U @ W; U # R' का अर्थ है कि 'Z, R के दक्षिण में 4 किमी की दूरी पर है; V, X के पश्चिम में 3 किमी की दूरी पर है, X, Y के उत्तर में 4 किमी की दूरी पर है। V, W के दक्षिण में 4 किमी की दूरी पर है, U, W के उत्तर में 4 किमी की दूरी पर है, U, R के पूर्व में 3 किमी की दूरी पर है'

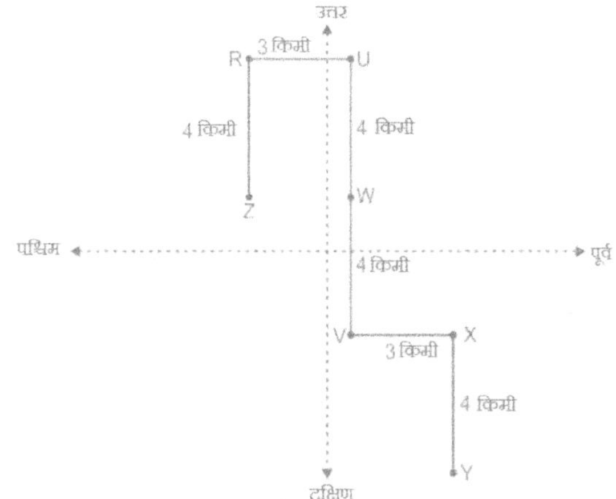

इसलिए, Z के संबंध में X की दिशा दक्षिण-पूर्व है।

अतः विकल्प (E) सही है।

Ques (17-21):आठ विद्यार्थी: A, B, C, D, E, F, G और H

कार्ड संख्या: यानी 3, 5, 7, 14, 11, 15, 18 और 20

1) एक व्यक्ति जिसके कार्ड पर उस संख्या का पाँचवाँ गुणक लिखा है, जो पंक्ति के बाएँ छोर से पाँचवे स्थान पर बैठे किसी अन्य विद्यार्थी के कार्ड पर लिखा है।

यदि हम कार्ड पर लिखी सबसे छोटी संख्या को भी लेते हैं जो कि 3 है, 3 का पाँचवाँ गुणक 15 होगा। उसकी अगली संख्या 5 है और 5 का पाँचवाँ गुणक 25 है। परन्तु सबसे बड़ी संख्या 20 है।

इस प्रकार अभीष्ट संख्या 15 है।

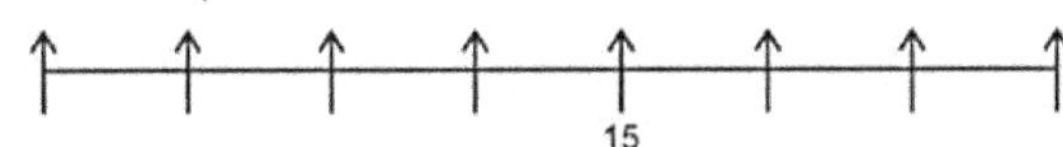

2) A के कार्ड पर दूसरी सबसे छोटी संख्या लिखी है और वह उस व्यक्ति के ठीक दाईं ओर बैठा है जिसके कार्ड पर दूसरी सबसे बड़ी संख्या लिखी है।

चूँकि, दूसरी सबसे छोटी संख्या 5 है और सबसे बड़ी संख्या 18 है, इस प्रकार:

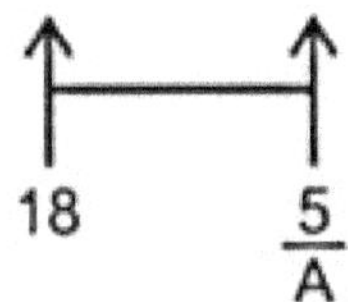

3) A, F के दाईं ओर से दूसरे स्थान पर बैठा है और वह पंक्ति के किसी भी अंतिग छोर पर नहीं है।

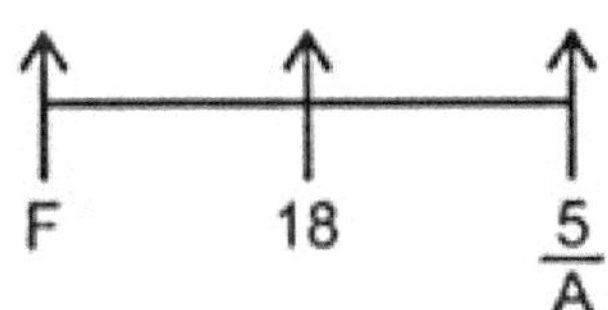

4) F, B के दाईं ओर से तीसरे स्थान पर बैठा है, जिसके पास कार्ड पर H के कार्ड पर लिखी संख्या की आधी संख्या लिखी है, जो कि F के बाईं ओर से दूसरे स्थान पर बैठा है।

केवल 7 और 14 ही यहाँ दी गई वे दो संख्याएँ हैं, जो ऊपर दी गई शर्त का पालन करते हैं।

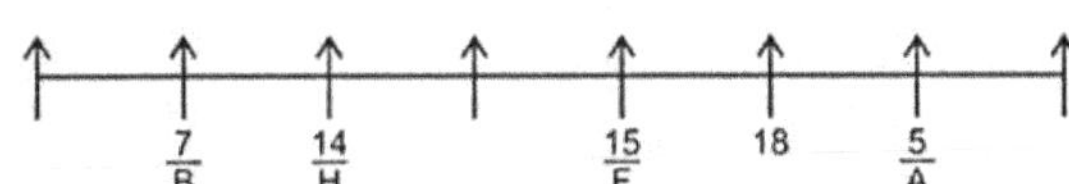

5) G, F का निकटतम पड़ोसी है और उसके पास 9 गुनज में कार्ड संख्या है।

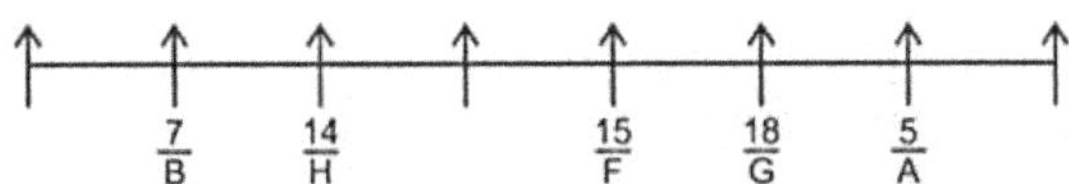

6) वह व्यक्ति जिसके कार्ड पर सबसे छोटी अभाज्य संख्या है, वह उस व्यक्ति के बाईं ओर से दूसरे स्थान पर बैठा है, जिसकी कार्ड संख्या को यदि उस व्यक्ति की कार्ड संख्या से घटा दिया जाए, जो उसके ठीक दाईं ओर बैठा हो, जो कि C है, तब परिणामी संख्या D के कार्ड पर लिखी संख्या के बराबर होगी।

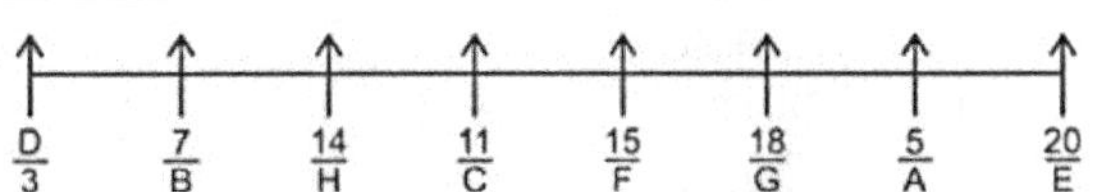

17. केवल G को छोड़ कर यहाँ दिए गए सभी व्यक्तियों के कार्डों पर अभाज्य संख्या लिखी है, उसकी कार्ड संख्या 18 है।

इसलिए, 'G' बेजोड़ है।

अतः विकल्प (D) सही है।

18. इस प्रकार E के कार्ड पर 20 संख्या लिखी है।

अतः विकल्प (C) सही है।

19. G के कार्ड पर लिखी गई संख्या 18 है और D के कार्ड पर लिखी संख्या 3 है, जो कि B के ठीक बाईं ओर बैठा है,

गुणनफल = 3 × 18 = 54

इसलिए, सही उत्तर 54 है।

अतः विकल्प (D) सही है।

20. E के कार्ड की संख्या 20 है और C के कार्ड की संख्या 11 है, इस प्रकार अंतर 9 है।

इसलिए, सही उत्तर 9 है।

अतः विकल्प (A) सही है।

21. A के ठीक दाईं ओर E है, और E के बाईं ओर दूसरे स्थान पर G है।

इस प्रकार उत्तर G है।

अतः विकल्प (A) सही है।

Ques (22-26):1) एसबीआई में कार्य करने वाले व्यक्ति से केवल दो व्यक्ति छोटे हैं।

2) आरबीआई में कार्य करने वाला व्यक्ति, इन सभी में सबसे बड़ा है।

3) आईडीएफसी बैंक में कार्य करने वाले व्यक्ति का जन्म 1994 के बाद हुआ था और वह वरुण से छोटा है।

इनमें से किसी भी व्यक्ति का जन्म 1996 से पहले नहीं हुआ है, आईडीएफसी में कार्य करने वाले व्यक्ति की संभावित आयु = 20

व्यक्ति	आयु	वर्ष	बैंक
			आरबीआई
			एसबीआई
	20	1995	आईडीएफसी

4) चेतन और वरुण की आयु का अंतर 10 है और टोनी इनमें सबसे छोटा है।

व्यक्ति	आयु	वर्ष	बैंक
			आरबीआई
			एसबीआई

टोनी	20	1995	आईडीएफसी

5) वरुण की आयु टोनी की आयु के तीन गुना से दो अधिक है।

वरुण = 2 + 3(टोनी) = 2 + 3(20) = 62

6) अमर का जन्म, वरुण के जन्म से दो वर्ष पहले हुआ था।

अमर = 64

7) अमर की आयु तन्मय के जन्म वर्ष के अंतिम दो अंकों के बराबर है।

अमर = 64 इसलिए तन्मय = 1964

8) तन्मय के जन्म वर्ष के सभी अंकों का योग टोनी की आयु के बराबर है।

टोनी = तन्मय के जन्म वर्ष के सभी अंकों का योग = 1 + 9 + 6 + 4 = 20

9) विल्सन एक्सिस बैंक में कार्य करता है और वह अमर से चार वर्ष बड़ा है।

विल्सन = 4 + अमर = 4 + 64 = 68

कथन 4 के अनुसार, चेतन = 72, 52

इसलिए,

वरुण = 62

अमर = 64

विल्सन = 68

चेतन = 52 या 72

तन्मय = 51

10) केनरा बैंक में कार्य करने वाले व्यक्ति की आयु, विल्सन के जन्म वर्ष के अंतिम दो अंकों से एक अधिक है।

विल्सन = 68 = 1947

केनरा बैंक में कार्य करने वाले व्यक्ति की आयु = 48

स्थिति 1:

चेतन = 72

व्यक्ति	आयु	वर्ष	बैंक
चेतन	72	1943	आरबीआई
विल्सन	68	1947	एक्सिस
अमर	64	1951	
वरुण	62	1953	
तन्मय	51	1964	
			एसबीआई
	48	1967	केनरा
टोनी	20	1995	आईडीएफसी

स्थिति 2:

चेतन = 52

व्यक्ति	आयु	वर्ष	बैंक
			आरबीआई
विल्सन	68	1947	एक्सिस
अमर	64	1951	
वरुण	62	1953	
चेतन	52	1963	
तन्मय	51	1964	एसबीआई
	48	1967	केनरा
टोनी	20	1967	आईडीएफसी

स्थिति 3:

चेतन = 72

व्यक्ति	आयु	वर्ष	बैंक
चेतन	72	1943	आरबीआई
विल्सन	68	1947	एक्सिस
अमर	64	1951	
वरुण	62	1953	
तन्मय	51	1964	एसबीआई
	48	1967	केनरा
टोनी	20	1995	आईडीएफसी

11) केवल एक व्यक्ति का जन्म पीएनबी और केनरा बैंक में कार्य करने वाले व्यक्तियों के बीच हुआ था।

12) एंड्रिया पीएनबी में कार्य करती है और उसकी आयु 11 की गुणज है।

स्थिति 1: यह स्थिति रद्द हो जाती है।

व्यक्ति	आयु	वर्ष	बैंक
चेतन	72	1943	आरबीआई
विल्सन	68	1947	एक्सिस
अमर	64	1951	
वरुण	62	1953	
तन्मय	51	1964	
			एसबीआई
	48	1967	केनरा
टोनी	20	1995	आईडीएफसी

स्थिति 2: यह रद्द हो जाती है।

व्यक्ति	आयु	वर्ष	बैंक
		1947	आरबीआई
विल्सन	68	1947	एक्सिस
अमर	64	1951	
वरुण	62	1953	
चेतन	52	1963	
तन्मय	51	1964	एसबीआई
	48	1967	केनरा
टोनी	20	1965	आईडीएफसी

स्थिति 3:

व्यक्ति	आयु	वर्ष	बैंक
चेतन	72	1943	आरबीआई
विल्सन	68	1947	एक्सिस
अमर	64	1951	
वरुण	62	1953	
एंड्रिया	55	1960	पीएनबी
तन्मय	51	1964	एसबीआई
	48	1967	केनरा
टोनी	20	1995	आईडीएफसी

इसलिए, अंतिम व्यवस्था होगी:

व्यक्ति	आयु	वर्ष	बैंक
चेतन	72	1943	आरबीआई
विल्सन	68	1947	एक्सिस
अमर	64	1951	एचडीएफसी/सिंडिकेट
वरुण	62	1953	एचडीएफसी/सिंडिकेट

एंड्रिया	55	1960	पीएनबी
तन्मय	51	1964	एसबीआई
मीरा	48	1967	केनरा
टोनी	20	1995	आईडीएफसी

22. सही उत्तर होगा, चेतन।

अतः विकल्प (D) सही है।

23. इसलिए, उत्तर केनरा है।

अतः विकल्प (B) सही है।

24. तन्मय की आयु 51 वर्ष है।

अतः विकल्प (E) सही है।

25. एचडीएफसी बैंक में या तो अमर, या फिर वरुण कार्य करता है।

अतः विकल्प (E) सही है।

26. केवल एक व्यक्ति का जन्म 1990 के बाद हुआ है।

अतः विकल्प (A) सही है।

Ques (27-28):1) C, D की डॉटर-इन-लॉ है जो A का पिता है।

(अर्थात, D को एक पुत्र है जिसका विवाह C से हुआ है।)

2) A, E की माता और E, H की पुत्री है।

(अर्थात, A, D पुत्री है। और, H, A का पति है।)

3) F, B का पैटरनल ग्रैंड फादर है।

4) C, G की माता है, जो B का पिता है।

(अर्थात, F, C का पति है)

5) G का विवाह I से हुआ है।

(अर्थात, I, B की माता है।)

आरेख में प्रतीक	अर्थ
◯	महिला
☐	पुरुष
═	विवाहित जोड़ा
—	भाई/बहन
│	पीढ़ी का अंतर

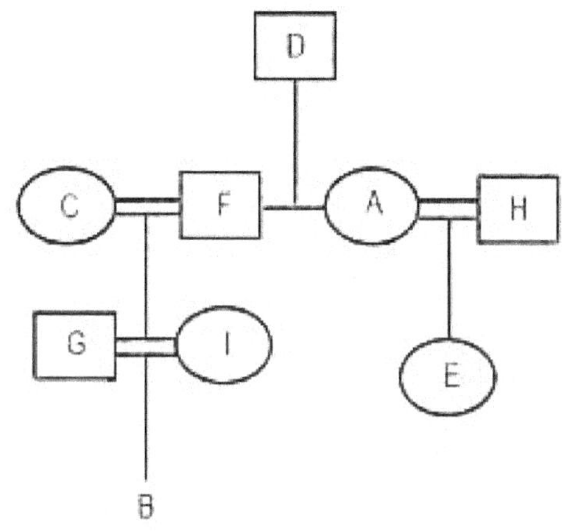

27. स्पष्ट रूप से, A, G की पैटरनल अंट है।

अतः विकल्प (D) सही है।

28. चूँकि B का लिंग ज्ञात नहीं है, हम उत्तर का निर्धारण नहीं कर सकते।

अतः विकल्प (E) सही है।

29. 1) M, N से लंबा है लेकिन K के जितना नहीं। → K > M > N

2) N, L और J से लंबा है। → N > L, J

3) I, L से छोटा है लेकिन वह सबसे छोटा नहीं है। T → L > I

4) वह दोस्त जो तीसरा सबसे लंबा है, 30 सेमी का है और वह दोस्त जो दूसरे सबसे छोटा है, 25 सेमी का है।

K	M	N	L	I	J
		30		25	

L की संभव लम्बाई 30 सेमी से कम और 25 सेमी से अधिक होनी चाहिए।

इसलिए L की संभव लम्बाई '26 सेमी' है।

अतः विकल्प (C) सही है।

30. REGENERATION शब्द के तीसरे, छठे, सातवें और आठ अक्षरों में क्रमशः G, E, R और A अक्षर हैं। इन अक्षरों का उपयोग करके एक से अधिक शब्द बनाए जा सकते हैं - GEAR, AGER

इसलिए, एक से अधिक शब्द शब्द बन सकते हैं इसलिए M उत्तर है।

अतः विकल्प (A) सही है।

Ques (31-35):आठ व्यक्ति: E, F, G, H, I, J, K और M

1) F, K के बाएं दूसरे स्थान पर बैठा है, जो केंद्र के सम्मुख है।

2) संगीतकार, K और F का निकटतम पड़ोसी है।

इसलिए, संगीतकार, F और K के बीच में बैठेगा।

3) संगीतकार और E के बीच में केवल तीन व्यक्ति बैठे हैं अर्थत संगीतकार E के विपरीत बैठा है।

4) H संगीतकार है।

5) M, K के दाएं दूसरा है।

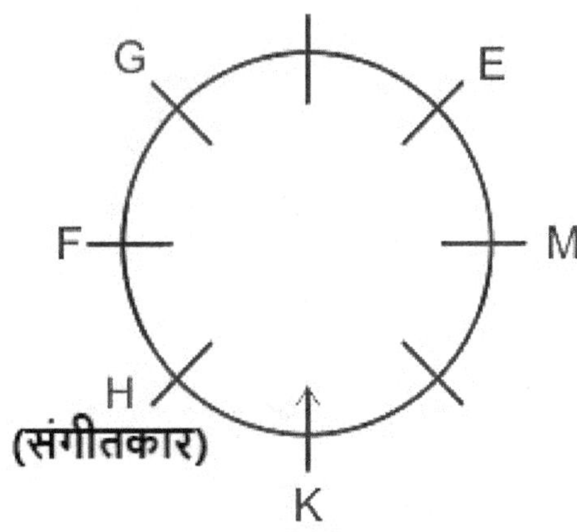

6) G और J एक दूसरे के निकटतम पड़ोसी हैं।

7) G, E के बाएं दूसरा है, जो प्रोफेसर है।

इसलिए, E बाहर के सम्मुख होगा इस प्रकार। एकमात्र बची हुई अर्थात M और K के बीच में सीट पर बैठेगा।

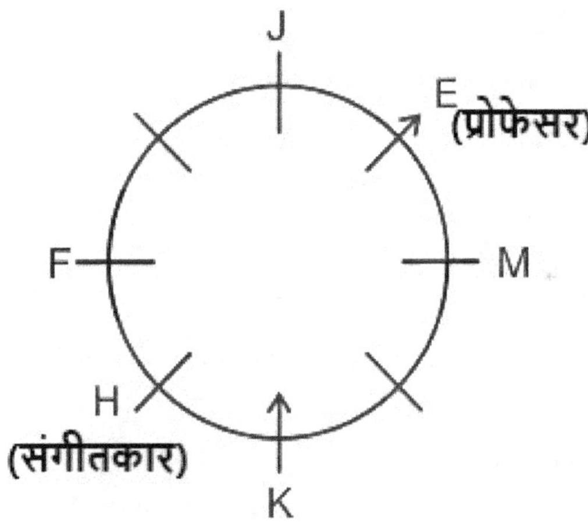

8) पायलट, F के निकटतम दाएं है।

इसलिए, F बाहर के सम्मुख है, और G पायलट है।

9) शिल्पकार और E के बीच में केवल एक व्यक्ति बैठा है।

इसलिए, I शिल्पकार है।

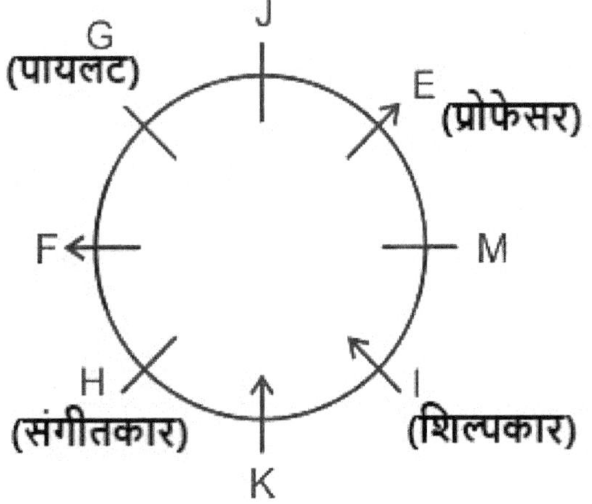

क्योंकि शिल्पकार केंद्र के सम्मुख है और डॉक्टर शिल्पकार के निकटतम दाएं हैं, M डॉक्टर होना चाहिए।

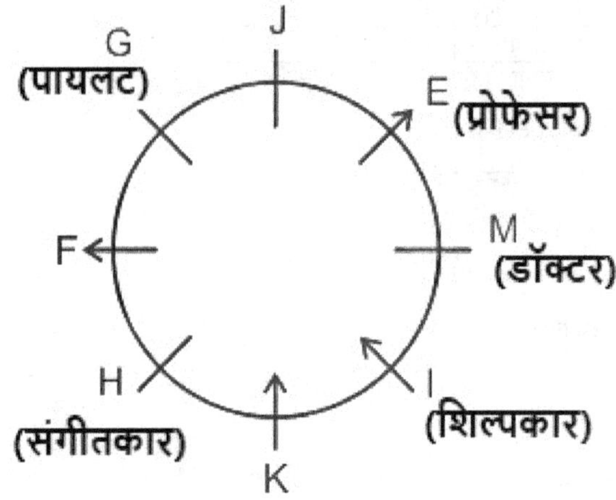

10) वैज्ञानिक, शिल्पकार का निकटतम पड़ोसी है।

इसलिए, K वैज्ञानिक होना चाहिए।

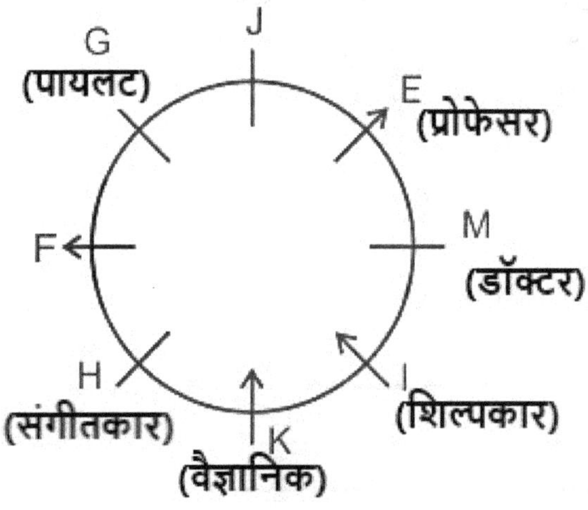

11) वकील, डॉक्टर के बाएं दूसरा है।

इसलिए M बाहर के सम्मुख है और J, वकील है।

12) उनमें से एक इंजीनियर है।

इसलिए, अंतिम व्यवस्था इस प्रकार है:

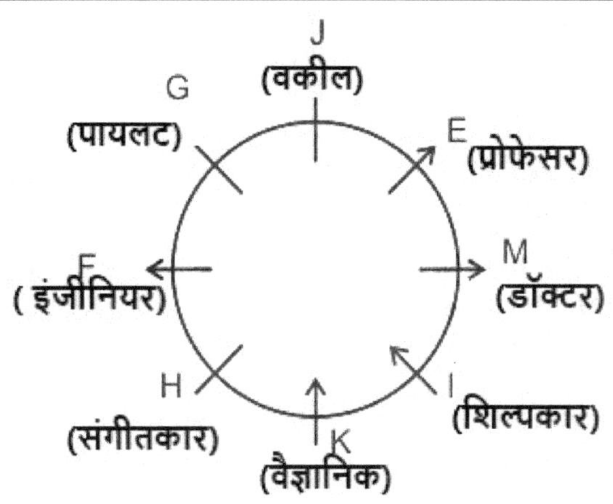

31. इसलिए, K वैज्ञानिक है।

अत: विकल्प (B) सही है।

32. H, G और J की दिशा ज्ञात नहीं की जा सकती है। इस प्रकार, M या J (संगीतकार) H के दाएं से तीसरे स्थान पर हो सकते हैं।

अत: विकल्प (E) सही है।

33. इसलिए, H – शिल्पकार गलत है क्योंकि H संगीतकर है।

अत: विकल्प (C) सही है।

34. 1) इंजीनियर वकील के बाएं दूसरा है → असत्य (संभावना सत्य है)

2) पाँच व्यक्ति केंद्र के सम्मुख हैं → असत्य (संभावना सत्य है)

3) H, इंजीनियर और वैज्ञानिक के बीच में बैठा है → सत्य

4) पायलट और शिल्पकार के बीच में तीन व्यक्ति हैं → सत्य

5) वैज्ञानिक और डॉक्टर एक दूसरे के निकटतम दाएं हैं → निश्चित तौर पर असत्य (क्योंकि वैज्ञानिक और डॉक्टर एक दूसरे के दाएं दूसरे हैं)

अत: विकल्प (E) सही है।

35. इसलिए, I शिल्पकार है।

अत: विकल्प (E) सही है।

Ques (36-40): आठ व्यक्ति - जॉन, डानी, सनी, रेमो, पीयूष, मैक, जैक और सैम

आठ शहर: जयपुर, अजमेर, रायपुर, इंदौर, मथुरा, भोपाल, गोधरा और वड़ोदरा

1) जैक सबसे निचली मंजिल पर रहता है और जयपुर का है।

2) जैक और रेमो के बीच दो व्यक्ति रहते हैं।

3) सैम, डैनी के ठीक ऊपर रहता है।

दिए गए कथनों के लिए संभावित व्यवस्था निम्नलिखित है,

मंजिल	व्यक्ति	शहर
8		
7		
6		
5	डैनी	
4	रेमो	
3		
2		
1	जैक	जयपुर

4) रेमो, इंदौर से संबंधित व्यक्ति के ठीक नीचे रहता है।

5) जॉन सम संख्या वाली मंजिल पर रहता है और अजमेर का है।

6) जॉन के नीचे कम से कम चार व्यक्ति रहते हैं। इस प्रकार जॉन मंजिल संख्या 6 या 8 पर रहता है।

स्थिति1:			स्थिति 2:		
मंजिल	व्यक्ति	शहर	मंजिल	व्यक्ति	शहर
8	जॉन	अजमेर	8		
7			7		
6			6	जॉन	अजमेर
5	डैनी	इंदौर	5	डैनी	इंदौर
4	रेमो		4	रेमो	
3			3		
2			2		
1	जैक	जयपुर	1	जैक	जयपुर

7) मैक, जॉन के ठीक नीचे रहता है। इस प्रकार स्थिति 2 समाप्त हो जाती है।

8) सैम, डैनी के ठीक ऊपर रहता है और वडोदरा का है।

9) जॉन और सैम के बीच रहने वाला व्यक्ति रायपुर से है।

मंजिल	व्यक्ति	शहर
8	जॉन	अजमेर
7	मैक	रायपुर
6	सैम	वडोदरा
5	डैनी	इंदौर
4	रेमो	
3		
2		
1	जैक	जयपुर

10) भोपाल से संबंधित व्यक्ति, मथुरा से संबंधित व्यक्ति के ठीक नीचे और गोधरा से संबंधित व्यक्ति के ठीक ऊपर रहता है।

11) सनी, पीयूष के ऊपर रहता हैं।

अंतिम व्यवस्था निम्न प्रकार है,

मंजिल	व्यक्ति	शहर
8	जॉन	अजमेर
7	मैक	रायपुर
6	सैम	वडोदरा
5	डैनी	इंदौर
4	रेमो	मथुरा
3	सनी	भोपाल
2	पियूष	गोधर
1	जैक	जयपुर

36. इसलिए, जॉन, अजमेर का है।

अत: विकल्प (A) सही है।

37. इसलिए, जॉन सबसे ऊपरी मंजिल पर रहता है।

अत: विकल्प (B) सही है।

38. इसलिए, पियूष गोधरा का है।

अत: विकल्प (C) सही है।

39. इसलिए, डैनी से नीचे चार व्यक्ति रहते हैं।

अत: विकल्प (D) सही है।

40. इसलिए, दो व्यक्ति मैक से नीचे और रेमो से ऊपर रहते हैं।

अत: विकल्प (B) सही है।

41. क्रीपर वायरस पहली बार एआरपीएएनईटी पर जो 1970 के दशक की शुरुआत में इंटरनेट से पहले आया था। क्रीपर ने टेनेक्स ऑपरेटिंग सिस्टम चलाने वाले डीईसी पीडीपी -10 कंप्यूटरों को संक्रमित करने के लिए एआरपीएएनईटी का इस्तेमाल किया। क्रीपर ने एआरपीएएनईटी के माध्यम से पहुंच प्राप्त की और खुद को रिमोट सिस्टम में कॉपी किया जहां मैसेज, "आई ऍम क्रीपर, कैच मी इफ यू कैन!" प्रदर्शित किया गया था। क्रीपर को हटाने के लिए रीपर प्रोग्राम बनाया गया था।

अत: विकल्प (C) सही है।

42. वायरस ट्रांसमिशन का मार्ग फ्लैश ड्राइव है। कंप्यूटर वायरस आमतौर पर निम्नलिखित में से किसी एक के माध्यम से फैलते हैं:

- अपने डिवाइस को किसी संक्रमित बाहरी फ्लैश ड्राइव, हार्ड ड्राइव या नेटवर्क ड्राइव से कनेक्ट करना।

- वेबसाइटों से या फ़ाइल-साझाकरण गतिविधियों के माध्यम से संक्रमित फ़ाइलों को ईमेल अटैचमेंट्स के रूप में डाउनलोड करना।

- ईमेल, मैसेजिंग ऐप या सोशल नेटवर्क पोस्ट में मालिसियस वेबसाइटों के लिंक पर क्लिक करना।

- छेड़छाड़ की गई वेबसाइटों पर जाने पर, ड्राइव-बाय डाउनलोड वायरस HTML में छिप सकते हैं, इस प्रकार जब आपके ब्राउज़र में वेबपेज लोड होता है तो वायरस डाउनलोड किया जा सकता है।

अत: विकल्प (B) सही है।

43. 1981 के मध्य में, Apple कंप्यूटरों के लिए Apple II नाम का पहला वायरस अस्तित्व में आया। इसे एल्क क्लोनर भी कहा जाता था, जो 3.3 फ़्लॉपी डिस्क के बूट सेक्टर में रहता था।

अत: विकल्प (C) सही है।

44. हैकर्स जो सिस्टम में बग और कमजोरियों को खोजने में मदद करते हैं और सिस्टम को क्रैक करने का इरादा नहीं रखते हैं उन्हें व्हाइट हैट हैकर्स कहा जाता है। व्हाइट हैट हैकर्स साइबर सुरक्षा विश्लेषक और सलाहकार हैं, जिनका इरादा फर्मों और सरकारों को खामियों की पहचान करने में मदद करने के साथ-साथ सिस्टम को सुरक्षित करने के लिए पेनेट्रेशन टेस्ट करने में मदद करना है।

अत: विकल्प (B) सही है।

45. हैकिंग के क्षेत्र में शौकिया या नौसिखिया जिनके पास कोडिंग और सुरक्षा और हैकिंग टूल की गहन कार्यप्रणाली के बारे में बहुत अधिक कौशल नहीं है, उन्हें स्क्रिप्ट किडीज़ कहा जाता है। स्क्रिप्ट किडीज़ हैकिंग के लिए नए हैं और साथ ही कोडिंग कौशल विकसित करने या सिस्टम में अपने स्वयं के बग खोजने में बहुत रुचि नहीं रखते हैं, बल्कि वे उपलब्ध टूल (एलीट हैकर्स द्वारा विकसित) को डाउनलोड करना पसंद करते हैं और किसी भी सिस्टम या नेटवर्क को तोड़ने के लिए उनका उपयोग करते हैं।

अतः विकल्प (C) सही है।

46. संबंधित वेब पेजों का एक समूह एक वेबसाइट बनाता है।

एक वेबसाइट (जिसे वेब साइट के रूप में भी लिखा जाता है) वेब पेजों और संबंधित सामग्री का एक संग्रह होता है जिसे एक सामान्य डोमेन के नाम से पहचाना जाता है और कम से कम एक वेब सर्वर पर प्रकाशित किया जाता है।

उल्लेखनीय उदाहरण wikipedia.org, google.com और amazon.com हैं। सार्वजनिक रूप से सुलभ वेबसाइटें सामूहिक रूप से वर्ल्ड वाइड वेब का गठन करती हैं।

अत: विकल्प (C) सही है।

47. स्काला एक प्रकार की सुरक्षित JVM प्रोग्रामिंग भाषा है जो ऑब्जेक्ट-ओरिएंटेड और फंक्शनल प्रोग्रामिंग दोनों को शामिल करती है। इसका उपयोग सामान्य सॉफ्टवेयर अनुप्रयोगों के लिए किया जाता है। इसे पहली बार 2003 में पेश किया गया था।

सामान्य डेस्कटॉप ऑपरेटिंग सिस्टम में विंडोज, यूनिक्स, डॉस, लिनक्स शामिल हैं और एंड्रॉइड एक मोबाइल ऑपरेटिंग सिस्टम है।

अत: विकल्प (B) सही है।

48. बुकमार्क आपके ब्राउज़र में सहेजकर किसी पसंदीदा वेबसाइट को तुरंत एक्सेस करने का एक तरीका है।

यह संबंधित पृष्ठ का शीर्षक, URL और फ़ेविकॉन संग्रहीत करता है। Ctrl + D वर्तमान साइट को बुकमार्क करने के लिए छोटी कुंजी है।

अत: विकल्प (B) सही है।

49. SPAM

- SPAM किसी भी प्रकार का अवांछित, अनचाही डिजिटल संचार, या अक्सर एक ईमेल होता है, जिसे बड़ी मात्रा में भेजा जाता है।

- SPAM समय और संसाधनों की भारी बर्बादी है।

- SPAM इंटरनेट फोरम, टेक्स्ट मैसेज, ब्लॉग टिप्पणियों और सोशल मीडिया पर भी पाया जा सकता है।

अत: विकल्प (D) सही है।

50. IP एड्रेस संख्याओं का एक समूह है जो नेटवर्क पर आपके कंप्यूटर की पहचान करता है। IPV4 पारंपरिक नंबरिंग व्यवस्था शून्य से 255 तक के चार पूर्णांकों का उपयोग करती है और अवधियों द्वारा अलग सेट की जाती है।

एक वैध IP एड्रेस A.B.C.D के रूप में होना चाहिए, जहां A, B, C और D 0-255 से संख्याएं हैं। जब तक वे 0 न हों, संख्याओं को 0 से पहले नहीं जोड़ा जा सकता है।

अतः विकल्प (D) सही है।

51. IP को RFC 791 में परिभाषित किया गया है। एक इंटरनेट प्रोटोकॉल एड्रेस (IP एड्रेस) कंप्यूटर नेटवर्क से जुड़े प्रत्येक डिवाइस को सौंपा गया एक संख्यात्मक लेबल है जो संचार के लिए इंटरनेट प्रोटोकॉल का उपयोग करता है। एक IP एड्रेस दो प्रमुख कार्य करता है: होस्ट या नेटवर्क इंटरफ़ेस आइडेंटिफिकेशन और लोकेशन एड्रेसिंग।

अतः विकल्प (B) सही है।

52. दिए गए विकल्प में इंटरनेट के लिए डॉस की आवश्यकता नहीं है।

- सभी सॉफ्टवेयर और प्रोग्राम ऑपरेटिंग सिस्टम द्वारा डिवाइस को इंटरनेट से जोड़ते हैं।

- वर्ल्ड वाइड वेब से वेब ब्राउजर, जिसे ब्राउजर एक्सेस इन्फॉर्मेशन के रूप में जाना जाता है। इंटरनेट कनेक्शन की स्थापना के बाद भी, यदि हमारे डिवाइस पर कोई वेब ब्राउजर सक्षम नहीं है, तो WWW से इन्फॉर्मेशन देखना संभव नहीं है।

- डिस्क स्टोरेज यूनिट का उपयोग करने वाले कंप्यूटर के OS को डिस्क ऑपरेटिंग सिस्टम (DISC) माना जाता है। यह फाइल सिस्टम को डिस्क स्टोरेज दस्तावेजों की व्याख्या, लिखने और व्यवस्थित करने की क्षमता प्रदान करता है।

- मॉडेम एक इंटरनेट और कंप्यूटर कनेक्शन डिवाइस है।

अत: विकल्प (B) सही है।

53. मैलवेयर मैलिसियस सॉफ्टवेयर का संक्षिप्त रूप है। मैलवेयर ("मैलिसियस सॉफ्टवेयर" के लिए संक्षिप्त) एक फाइल या कोड है, जो आम तौर पर एक नेटवर्क पर वितरित किया जाता है, जो एक अटैकर चाहता है कि किसी भी बेहेवियर को संक्रमित, एक्सप्लोर, चोरी या संचालित करता

है। मैलवेयर को स्टैंड-अलोन कंप्यूटर या नेटवर्क पीसी को नुकसान पहुंचाने के लिए डिज़ाइन किया गया है।

अतः विकल्प (E) सही है।

54. वायरस एक प्रोग्राम है जो खुद को पूरे कंप्यूटर या नेटवर्क में कॉपी करता है। कंप्यूटर वायरस कंप्यूटर कोड का एक मैलिसियस पीस है जिसे डिवाइस से डिवाइस तक फैलाने के लिए डिज़ाइन किया गया है। मैलवेयर का एक सबसेट, ये सेल्फ-कॉपी थ्रेट्स आमतौर पर किसी डिवाइस को नुकसान पहुंचाने या डेटा चोरी करने के लिए डिज़ाइन किए जाते हैं।

अतः विकल्प (C) सही है।

55. USB (यूनिवर्सल सीरियल बस), कंप्यूटर से उपकरणों जैसे डिजिटल कैमरे, प्रिंटर, स्कैनर और एक्सटर्नल हार्ड ड्राइव से कनेक्ट करने के लिए उपयोग किया जाने वाला सबसे लोकप्रिय कनेक्शन है। यूएसबी एक क्रॉस-प्लेटफॉर्म तकनीक है जो अधिकांश प्रमुख ऑपरेटिंग सिस्टम द्वारा सपोर्ट किया जाता है।

अत: विकल्प (B) सही है।

56. UNIVAC (यूनिवर्सल ऑटोमेटिक कंप्यूटर) एक इलेक्ट्रॉनिक डिजिटल स्टोरेज-प्रोग्राम कंप्यूटरों की एक इलेक्ट्रॉनिक लाइन है, जो Eckert – Mauchly कंप्यूटर निगम के उत्पादों से प्रारंभ होती है।

अत: विकल्प (A) सही है।

57. DNS का पूर्ण रूप डोमेन नेम सिस्टम है। DNS वह सिस्टम है, जो आपको वेब साइटों को खोजने के साथ-साथ ईमेल अथवा रिकवेस्ट भेजने और प्राप्त करने के लिए अपने वेब ब्राउज़र का उपयोग करने की अनुमति देता है।

अत: विकल्प (B) सही है।

58. जब भी हमारे पास कोई संबंधित डेटा, जानकारी या रिकॉर्ड होता है, तो हम उन सभी संबंधित डेटा (या रिकॉर्ड) को एकत्र करते हैं, उन्हें एक साथ रखते हैं, उन्हें एक स्थान पर संग्रहीत करते हैं, और उस संग्रह को एक नाम देते हैं जिरो एक फ़ाइल के रूप में जाना जाता है।

अत: विकल्प (D) सही है।

59. सामान्य तौर पर, शब्द "डेटा" रो फैक्ट्स और फिगर्स को संदर्भित करता है, जबकि सूचना को डेटा के रूप में संदर्भित किया जाता है, जो वास्तव में किसी या किसी विशेष व्यक्ति के लिए महत्वपूर्ण है।

अत: विकल्प (C) सही है।

60. एसक्यूएल में, संबंध एक टेबल द्वारा दर्शाया जाता है, और एक टेबल रो और कॉलम का एक संग्रह है। इसलिए रो और कॉलम के संग्रह को टेबल कहा जाता है, जबकि टेबल को एसक्यूएल में संबंध के रूप में जाना जाता है। तो एक संबंध में (या हम टेबल कह सकते हैं), रो को टुप्लेस कहा जाता है।

अत: विकल्प (D) सही है।

61. डिस्क डीफ्रैग्मेंटर माइक्रोसॉफ्ट विंडोज़ में एक उपयोगिता है जिसे डिस्क पर संग्रहीत फ़ाइलों को पुन:व्यवस्थित करके एक्सेस गति बढ़ाने के लिए डिज़ाइन किया गया है, जो कि डीफ्रैग्मेंटेशन नामक तकनीक है।

नोट: विंडोज 8 से प्रोग्राम का नाम बदलकर डीफ्रैग्मेंट और ऑप्टिमाइज़ ड्राइव कर दिया गया।

अत: विकल्प (C) सही है।

62. सेंट्रल प्रोसेसिंग यूनिट में इलेक्ट्रॉनिक सर्किट होते हैं जो प्रोग्राम निर्देशों की व्याख्या और निष्पादित करते हैं, साथ ही साथ इनपुट, आउटपुट और स्टोरेज डिवाइस के साथ संचार करते हैं। सेंट्रल प्रोसेसिंग यूनिट कंप्यूटर का प्राइमरी यूनिट होता है, जो सारे निर्देशों को प्रोसेस करता है।

अत: विकल्प (A) सही है।

63. बॉयोस (बेसिक इनपुट/आउटपुट सिस्टम) वह प्रोग्राम है जो एक पर्सनल कंप्यूटर माइक्रोप्रोसेसर द्वारा कंप्यूटर सिस्टम को चालू करने के बाद शुरू करने के लिए उपयोग किया जाता है। यह कंप्यूटर के ऑपरेटिंग सिस्टम (OS) और संलग्न उपकरणों, जैसे हार्ड डिस्क, वीडियो एडाप्टर, कीबोर्ड, माउस और प्रिंटर के बीच डेटा फ्लो का प्रबंधन भी करता है।

अत: विकल्प (A) सही है।

64. कमेंट एक्सेल में एक सेल से जुड़ी व्याख्यात्मक टेक्स्ट का वर्णन करता है। एक्सेल स्प्रेडशीट में, एक कमेंट टेक्स्ट बॉक्स दिखाई देगा जहाँ आप अपनी नई कमेंट टाइप कर सकते हैं।

अत: विकल्प (B) सही है।

65. फोर्मेट, बॉर्डर और शेडिंग मेनू को शब्दों और पैराग्राफ को शेड करने के लिए का उपयोग किया जाता है।

अत: विकल्प (A) सही है।

66. एमएस ऑफिस 2007 में लास्ट एक्शन को दोहराने के लिए प्रयुक्त शॉर्टकट कुंजी F4 क प्रयोग किया जाता है। एमएस ऑफिस 2007 में टेक्स्ट या ग्राफिक्स को स्थानांतरित करने के लिए प्रयुक्त शॉर्टकट कुंजी F2 है।

अत: विकल्प (B) सही है।

67. उपयोग की गई सक्रिय विंडो को बंद करने के लिए Ctrl+W और Ctrl+F4 दोनों में से किसी एक प्रयोग कर सकते हैं। माइक्रोसॉफ्ट वर्ड और अन्य वर्ड प्रोसेसर प्रोग्रामों में, Ctrl+X दबाने से कोई भी टेक्स्ट, चित्र या अन्य चयनित ऑब्जेक्ट को कट किया जाता है।

अत: विकल्प (D) सही है।

68. किसी विंडो को उसके अधिकतम न किए गए आकार में पुनस्थापित करने के लिए, उसे स्क्रीन के किनारों से खींचें। यदि विंडो पूरी तरह से बड़ी हो गई है, तो आप इसे पुनस्थापित करने के लिए टाइटल बार पर डबल-क्लिक कर सकते हैं। आप उसके लिये कीबोर्ड शॉर्टकट का भी उपयोग कर सकते हैं।

अधिकतम विंडो के आकार को पुनस्थापित करें Alt+F5 का उपयोग किया जाता है।

अत: विकल्प (A) सही है।

69. प्रोग्राम विंडो (दक्षिणावर्त दिशा) पर किसी अन्य पेन से टास्क पेन मे जाएँ। आपको F6 को एक से अधिक बार दबाए। प्रोग्राम विंडो (वामावर्त दिशा) किसी अन्य पेन से टास्क पेन पर आ जायेगी। जब एक से अधिक विंडो खुली हों, तो अगली विंडो पर स्विच करें।

प्रोग्राम विंडो में किसी अन्य पेन से टास्क पेन में दक्षिणावर्त दिशा मे ले जाने के लिये F6 का उपयोग किया जाता है।

अत: विकल्प (D) सही है।

70. C++ एक जनरल पर्पज वाली प्रोग्रामिंग लैंग्वेज है जिसे बजर्न स्ट्राउस्ट्रुप द्वारा C प्रोग्रामिंग लैंग्वेज के विस्तार या "C विथ क्लासेस" के रूप में बनायी गया है। समय के साथ लैंग्वेज का काफी विस्तार हुआ है, और आधुनिक C ++ में अब लो-लेवल मेमोरी मैनिपुलेशन की सुविधाओं के अलावा ऑब्जेक्ट-ओरिएंटेड, जेनेरिक और कार्यात्मक विशेषताएं हैं।

अत: विकल्प (C) सही है।

71. OOP प्रोग्रामिंग लैंग्वेज मॉडल "एक्शन" के बजाय "ऑब्जेक्ट्स" के आसपास आर्गनाइज्ड होता है। ऑब्जेक्ट-ओरिएंटेड प्रोग्रामिंग ऑब्जेक्ट्स की अवधारणा पर आधारित है। ऑब्जेक्ट-ओरिएंटेड प्रोग्रामिंग में डेटा स्ट्रक्चर या ऑब्जेक्ट प्रत्येक को अपने गुणों या विशेषताओं के साथ परिभाषित किया जाता है। प्रत्येक ऑब्जेक्ट की अपनी प्रोसीजर या मेथड भी हो सकती है। सॉफ्टवेयर उन ऑब्जेक्ट का उपयोग करके डिज़ाइन किया गया है जो एक दूसरे के साथ इंटरैक्ट करते हैं।

अत: विकल्प (B) सही है।

72. एक पंच कार्ड कठोर कागज का एक टुकड़ा होता है जिसमें पूर्वनिर्धारित स्थितियों में छेद की उपस्थिति या अनुपस्थिति द्वारा दर्शाए गए डिजिटल डेटा होते हैं। 1880 के दशक के अंत में हरमन होलेरिथ ने एक ऐसे माध्यम पर डेटा की रिकॉर्डिंग का आविष्कार किया जिसे तब मशीन द्वारा पढ़ा जा सकता था, 1890 की अमेरिकी जनगणना के लिए पंच कार्ड डेटा प्रोसेसिंग तकनीक विकसित की गयी।

अत: विकल्प (D) सही है।

73. C, COBOL, ALGOL, BASIC, FORTRAN, Java और Pascal जैसी स्ट्रक्चरल प्रोग्रामिंग लैंग्वेज का उपयोग तीसरी पीढ़ी के कंप्यूटर में किया गया था। तीसरी पीढ़ी के कंप्यूटरों में ट्रांजिस्टर के स्थान पर इंटीग्रेटेड सर्किट (ICs) का उपयोग किया जाता था। तीसरी पीढ़ी की अवधि 1965-1971 तक थी।

अत: विकल्प (C) सही है।

74. 1970 के दशक की शुरुआत में बने पहले माइक्रोप्रोसेसरों का उपयोग इलेक्ट्रॉनिक कैलकुलेटर के लिए किया गया था, जिसमें 4-बिट शब्दों पर बाइनरी-कोडेड दशमलव (बीसीडी) अंकगणित का उपयोग किया गया था। पहला माइक्रोप्रोसेसर इंटेल 4004, इंटेल द्वारा जापानी कैलकुलेटर कंपनी बुसिकॉम के लिए विकसित किया गया था।

अत: विकल्प (B) सही है।

75. क्लाउड कंप्यूटिंग उन सेवाओं और अनुप्रयोगों को संदर्भित करता है जो आमतौर पर वर्चुअलाइज्ड संसाधनों के माध्यम से वितरित नेटवर्क पर चलते हैं। क्लाउड कंप्यूटिंग एक कंप्यूटिंग तकनीक है जिसमें अनुप्रयोगों को सामान्य इंटरनेट प्रोटोकॉल और नेटवर्किंग मानकों द्वारा एक्सेस किया जाता है।

अत: विकल्प (B) सही है।

76. क्लाउड कंप्यूटिंग एक प्रकार का अब्स्ट्रक्शन है जो फिजिकल रिसोर्सेज के संयोजन की धारणा पर आधारित है और उन्हें उपयोगकर्ताओं के लिए वर्चुअल रिसोर्सेज के रूप में प्रस्तुत करता है। क्लाउड कंप्यूटिंग अनुप्रयोगों के लिए रिसोर्सेज प्रदान करने के लिए एक तरह का नया मॉडल है, जैसे कि स्टेजिंग एप्लिकेशन प्लेटफॉर्म-इंडिपेंडेंट उपयोगकर्ता सर्विस तक एक्सेस है।

अत: विकल्प (C) सही है।

77. एचपीसी एप्लीकेशन का प्रकार साइंस है। एचपीसी एप्लीकेशन को विशेष रूप से उच्च-प्रदर्शन कम्प्यूटेशनल कंप्यूटिंग सिस्टम की पैरेलल नेचर का लाभ उठाने के लिए डिज़ाइन किया गया है। उच्च-प्रदर्शन आर्किटेक्चर का लाभ उठाने के लिए एल्गोरिथम रूप से डिज़ाइन किया गया, ये एप्लीकेशन केवल माइनर कस्टमाइजेशन के साथ आपके कंप्यूट क्लस्टर पर चलाए जा सकते हैं।

अत: विकल्प (D) सही है।

78. एक डेटाबेस, डेटा का एक संगठित संग्रह है, जिसे आमतौर पर कंप्यूटर सिस्टम से इलेक्ट्रॉनिक रूप से संग्रहीत और एक्सेस किया जाता है। जहां डेटाबेस अधिक जटिल होते हैं, वहां अक्सर उन्हें औपचारिक डिजाइन और मॉडलिंग तकनीकों का उपयोग करके विकसित किया जाता है।

अत: विकल्प (D) सही है।

79. IPX (इंटरनेटवर्क पैकेट एक्सचेंज) नेटवेयर नेटवर्क लेयर 3 प्रोटोकॉल है जो नोवेल नेटवेयर का उपयोग करने वाले लैन पर सूचना स्थानांतरित करने के लिए उपयोग किया जाता है।

अत: विकल्प (A) सही है।

80. डायल-अप इंटरनेट, इंटरनेट एक्सेस का एक रूप है जो पारंपरिक टेलीफोन लाइन पर एक टेलीफोन नंबर डायल करके इंटरनेट सेवा प्रदाता से कनेक्शन स्थापित करने के लिए सार्वजनिक स्विच्ड टेलीफोन नेटवर्क की सुविधाओं का उपयोग करता है। SLIP (सीरियल लाइन इंटरनेट प्रोटोकॉल) TCP/IP प्रोटोकॉल सूट से पहले मॉडेम प्रोटोकॉल के एकीकरण का परिणाम है। पॉइंट-टू-पॉइंट प्रोटोकॉल (PPP) एक डेटा लिंक लेयर कम्युनिकेशन प्रोटोकॉल है जिसका उपयोग दो नोड्स के बीच सीधा संबंध स्थापित करने के लिए किया जाता है।

अत: विकल्प (E) सही है।

81. कथन 1 और 2 सही हैं।

आर्थिक जीवन मालिकों का एक महत्वपूर्ण विचार हो सकता है, यह उस समय की अपेक्षित अवधि है जिसके दौरान संपत्ति मालिक के लिए उपयोगी रहती है।

मूल्यांकन एक मौजूदा संपत्ति के वर्तमान मूल्य को निर्धारित करने की प्रक्रिया है जैसे कि एक इमारत, बालक कारखाना, आदि। एक इमारत का आर्थिक जीवन बाजार में उसके विक्रय मूल्य या किराए के रूप में अर्जित आय, उसके वर्तमान पर निर्भर करता है। मूल्य तय किया है। किसी संपत्ति के मूल्य को प्रभावित करने वाले अन्य कारक इसकी वर्तमान स्थिति, शेष भावी जीवन, स्थान, मांग और पास के बाजार की आपूर्ति की स्थिति हैं।

भवन का आर्थिक जीवन उस समय समाप्त माना जाता है जब भवन से शुद्ध आय अपने अस्तित्व को सही ठहराने में विफल हो जाती है, भवन सुविधाएं अप्रचलित हो जाती हैं और इसकी स्थिति उपयोगी नहीं रहती है। अत: कथन 1 और 2 सही हैं।

पूंजीकृत मूल्य: संपत्ति का पूंजीकृत मूल्य वह राशि है जिसका वार्षिक ब्याज उच्चतम प्रचलित दर पर संपत्ति से शुद्ध आय के बराबर होगा। संपत्ति के पूंजीकृत मूल्य का निर्धारण करने के लिए इसे संपत्ति से शुद्ध आय और उच्चतम प्रचलित ब्याज दर ज्ञात होना चाहिए।

∴ भवन के आर्थिक जीवन के अंत में पूंजीकृत दर अधिक नहीं होगी। अतः कथन 3 गलत है।

अत: विकल्प (A) सही है।

82. जोखिम प्रबंधन परियोजना टीम की जिम्मेदारी है।

जोखिम प्रबंधन पूरी परियोजना टीम की जिम्मेदारी है। उन्हें जितनी जल्दी हो सके जोखिमों की पहचान करनी चाहिए और उनसे निपटने के तरीकों के साथ आना चाहिए। जोखिम को संभाव्यता और प्रभाव के संदर्भ में व्यक्त किया जाता है।

अत: विकल्प (D) सही है।

83. उपरोक्त सभी वाक्य एक परियोजना के जोखिम प्रबंधन के लिए सही हैं।

परियोजना जोखिम विश्लेषण और प्रबंधन एक ऐसी प्रक्रिया है जो किसी परियोजना से जुड़े जोखिमों के विश्लेषण और प्रबंधन को सक्षम बनाती है। उचित रूप से किए गए किसी परियोजना के सफल समापन की लागत, समय और प्रदर्शन उद्देश्यों की संभावना में वृद्धि होगी। परियोजना जोखिम विश्लेषण और प्रबंधन का उपयोग सभी परियोजनाओं पर किया जा सकता है, जो भी उद्योग या पर्यावरण, और जो भी समय या बजट हो। एक परियोजना में जोखिमों और उनके संभावित प्रभाव की एक बढ़ी हुई समझ, जो किसी पार्टी के लिए जोखिम को कम कर सकती है और/या उन्हें संभालने में सक्षम पार्टी को जोखिमों का आवंटन कर सकती है।

अत: विकल्प (E) सही है।

84. बेसल ।।। के अनुसार, बाजार की कीमतों में उतार-चढ़ाव से उत्पन्न होने वाली बैलेंस शीट और ऑफ-बैलेंस शीट की स्थिति में नुकसान के जोखिम को बाजार जोखिम कहा जाता है। जब बैंक की छवि और सार्वजनिक प्रतिष्ठा संदेह में होती है और बैंक में जनता के विश्वास की हानि होती है, तो इसे प्रतिष्ठित जोखिम कहा जाता है। बाजार जोखिम के लिए बेसल ।।। न्यूनतम पूंजी आवश्यकताएं (एफआरटीबी) अंतर्निहित बाजार जोखिम कारकों में मौजूद अस्थिरताओं के संपर्क में आने के कारण व्यापारिक पदों को अक्सर महत्वपूर्ण वित्तीय नुकसान का सामना करना पड़ता है।

अत: सही विकल्प (B) है।

85. बैंक अनौपचारिक ऋणदाता का उदाहरण नहीं है।

ऋणों को मोटे तौर पर वर्गीकृत किया जा सकता है:

औपचारिक क्षेत्र के ऋणों में बैंकों और सहकारी समितियों के ऋण शामिल हैं। अनौपचारिक क्षेत्र के ऋणों में अनौपचारिक स्रोतों से ऋण शामिल हैं।

अनौपचारिक उधारदाताओं में रिश्तेदार, मित्र, साहूकार, नियोक्ता, व्यापारी आदि शामिल हैं। अनौपचारिक उधारदाताओं से ऋण लेने के कुछ दोष हैं:

1. अनौपचारिक क्षेत्र में गतिविधियों की निगरानी करने वाला कोई संगठन नहीं है।

2. साहूकार अपनी पसंद की किसी भी ब्याज दर पर उधार दे सकते हैं।

3. धन वापस पाने के लिए अनुचित साधनों का प्रयोग संभव है।

इस प्रकार, हम कह सकते हैं कि बैंक अनौपचारिक ऋणदाता का उदाहरण नहीं है।

अतः विकल्प (A) सही है।

86. प्राथमिकता प्राप्त क्षेत्र ऋण के तहत व्यक्तिगत महिला लाभार्थियों पर लागू होने वाली अधिकतम ऋण सीमा 1 लाख रुपये है।

प्राथमिक क्षेत्र को उधार देने का उद्देश्य मुख्य रूप से अर्थव्यवस्था के उन क्षेत्रों को वित्तीय सहायता सुनिश्चित करना है जिन्हें वित्तीय संस्थानों का पर्याप्त समर्थन नहीं मिला। भारतीय रिजर्व बैंक ने कृषि, वित्त, खुदरा व्यापार, लघु उद्यम, शिक्षा ऋण, सूक्ष्म ऋण और आवास ऋण से जुड़े अर्थव्यवस्था के क्षेत्रों के रूप में प्राथमिकता वाले क्षेत्रों को परिभाषित किया।

भारतीय रिजर्व बैंक अर्थव्यवस्था की आवश्यकताओं के अनुसार इन क्षेत्रों के संबंध में ऋण की सीमा निर्धारित और संशोधित करता है। इसके अनुसार घरेलू अनुसूचित बैंक और विदेशी बैंकों (आरआरबी को छोड़कर) के पास अपने समायोजित नेट बैंक क्रेडिट के 40% उधार देने का लक्ष्य होगा या क्रेडिट समतुल्य राशि ऑफ-बैलेंस शीट एक्सपोजर, जो भी समग्र प्राथमिकता क्षेत्र को उधार देने के लिए अधिक है।

अतः विकल्प (D) सही है।

87. ऋण का एक रूप जिसे 3 वर्ष से अधिक की विस्तारित अवधि में चुकाया जाता है, उसे दीर्घकालिक ऋण कहा जाता है। यह समय सीमा 3-30 वर्ष के बीच कहीं भी हो सकती है।

अतः विकल्प (A) सही है।

88. व्यक्तिगत संपत्ति खरीदने के लिए लिए गए ऋण पर ब्याज जो 60 दिनों के लिए अतिदेय है, एनपीए के लिए आरबीआई द्वारा निर्धारित मानदंडों का हिस्सा नहीं है।

एक गैर-निष्पादित परिसंपत्ति (एनपीए) एक ऋण या अग्रिम है जो डिफ़ॉल्ट रूप से या बकाया है क्योंकि मूलधन या ब्याज भुगतान 90 दिनों के लिए अतिदेय है।

अतः विकल्प (D) सही है।

89. किसी सावधि ऋण को एनपीए के रूप में वर्गीकृत करने के लिए 90 दिन की समयावधि है।

एक गैर-निष्पादित परिसंपत्ति (एनपीए) एक ऋण साधन है जहां उधारकर्ता ने निर्दिष्ट ऋणदाता को विस्तारित अवधि के लिए ब्याज और मूलधन के मूल भुगतान पर कोई सहमति नहीं दी है।

अतः विकल्प (D) सही है।

90. एक प्रतिभूतिकरण कंपनी को पुनर्गठित वित्तीय परिसंपत्ति की वसूली के लिए अधिकतम 5 वर्ष की अनुमति दी गई है। एक वित्तीय परिसंपत्ति एक तरल संपत्ति है जो एक संविदात्मक अधिकार या स्वामित्व के दावे से अपना मूल्य प्राप्त करती है। नकद, स्टॉक, बांड, म्यूचुअल फंड और बैंक जमा सभी वित्तीय संपत्ति के उदाहरण हैं।

अतः सही विकल्प (D) है।

91. सरफेसी के प्रावधान लेनदारों से ली जाने वाली प्रतिभूति पर लागू होते हैं न कि लेनदार के कब्जे में।

सरफेसी अधिनियम 2002 बैंकों और वित्तीय संस्थानों को विभिन्न प्रकार की खराब संपत्ति के मुद्दों को संभालने की शक्तियों के साथ विशेषाधिकार देता है। सरफेसी अधिनियम वित्तीय परिसंपत्तियों के प्रतिभूतिकरण और पुनर्निर्माण को नियंत्रित करता है।

अतः सही विकल्प (D) है।

92. लैन का फुल फॉर्म लोन अकाउंट नंबर है। यह संख्या अद्वितीय 14 या 15 अंकों की संख्या को संदर्भित करती है जो फुलर्टन इंडिया में आपके ऋण खाते को परिभाषित करती है। फुलर्टन इंडिया में आपका लोन अकाउंट बनते ही यह नंबर जारी कर दिया जाता है।

अतः सही विकल्प (A) है।

93. निम्नलिखित प्रकार के ऋण पुनर्गठन के लिए पात्र नहीं हैं:

- फुलर्टन इंडिया द्वारा कृषि उद्देश्यों के लिए व्यक्तियों / संस्थाओं को ऋण और कृषि ऋण के रूप में वर्गीकृत किया गया

- कृषि ऋण समितियों, वित्तीय सेवा प्रदाताओं, केंद्र, राज्य और स्थानीय सरकारी निकायों, फुलर्टन इंडिया कर्मचारियों को प्रदान किए गए ऋण

- हाउसिंग फाइनेंस कंपनियों का एक्सपोजर जहां 1 मार्च, 2020 के बाद खाते का पुनर्निर्धारण किया गया है

- व्यावसायिक उपयोग के लिए दिए गए ऋण एमएसएमई दिशानिर्देशों के तहत राहत का दावा करने के हकदार होंगे जैसा कि ऊपर बिंदु में बताया गया है।

अतः सही विकल्प (E) है।

94. बैंक बोर्ड ब्यूरो बनाने का उद्देश्य यह है कि ब्यूरो सार्वजनिक क्षेत्र के बैंकों में वरिष्ठ अधिकारियों की नियुक्ति की सिफारिश करेगा और इस प्रकार, सार्वजनिक क्षेत्र के बैंकों को सरकारी हस्तक्षेप से बचाएगा।

बैंक बोर्ड ब्यूरो (बीबीबी) भारत सरकार का एक स्वायत्त निकाय है जो सार्वजनिक क्षेत्र के बैंकों, सार्वजनिक क्षेत्र के वित्तीय संस्थानों और सार्वजनिक क्षेत्र की बीमा कंपनियों के बोर्ड के लिए उपयुक्त व्यक्तियों की खोज और चयन करने और इन संस्थानों में कॉर्पोरेट प्रशासन में सुधार के उपायों की सिफारिश करने का काम करता है।

अतः विकल्प (A) सही है।

95. पहला बेसल समझौता, जिसे बेसल I के नाम से जाना जाता है, 1988 में जारी किया गया था और वित्तीय संस्थानों की पूंजी पर्याप्तता पर केंद्रित था।

बेसल I बीसीबीएस द्वारा परिभाषित नियमों का पहला सेट है और बेसल समझौते के नाम से जाना जाने वाला एक हिस्सा है, जिसमें अब बेसल II और बेसल III शामिल हैं। समझौते का अनिवार्य उद्देश्य पूरी दुनिया में बैंकिंग प्रथाओं का मानकीकरण करना है।

अतः सही विकल्प (A) है।

96. बेसल-II दिशानिर्देशों के अनुसार, बैंक का पूंजी आधार तीन टीयर में बांटा गया है।

- बैंकों को निरंतर आधार पर परिचालन जारी रखने की अनुमति देने के लिए टीयर 1 पूंजी को घाटे को अवशोषित करने की उच्चतम क्षमता माना जाता है। इसमें सामान्य शेयरधारक इक्विटी, प्रकट रिजर्व और गैर-संचयी स्थायी पसंदीदा स्टॉक शामिल हैं।

- टीयर 2 (जिसे अनुपूरक पूंजी भी कहा जाता है) में अधीनस्थ ऋण, अघोषित भंडार, सामान्य ऋण हानि भंडार और हाइब्रिड ऋण इक्विटी पूंजी उपकरण शामिल हैं।

* टियर 3 में कुछ सीमाओं के साथ अधीनस्थ ऋण शामिल हैं।

अत: सही विकल्प (C) है।

97. IRDA का अर्थ इन्सुरेंस रेगुलेटरी एंड डेवलपमेंट अथॉरिटी है भारत में बीमा और पुनर्बीमा उद्योगों को विनियमित और बढ़ावा देने वाली एक स्वायत्त संस्था है। प्राधिकरण की शक्तियां और कार्य IRDAI अधिनियम, 1999 और बीमा अधिनियम, 1938 में निर्धारित किए गए हैं।

अत: सही विकल्प (B) है।

98. IFSC कोड में अंकों की संख्या 11 होती है।

भारतीय वित्तीय प्रणाली कोड (IFSC) एक 11 अंकों का अल्फा-न्यूमेरिक कोड है जिसका उपयोग केंद्रीय बैंक द्वारा राष्ट्रीय इलेक्ट्रॉनिक फंड ट्रांसफर (एनईएफटी) नेटवर्क के भीतर बैंक शाखाओं की विशिष्ट पहचान के लिए किया जाता है। IFSC में, IFSC के पहले 4 अंक बैंक का प्रतिनिधित्व करते हैं और अंतिम 6 अंक शाखा का प्रतिनिधित्व करते हैं; पाँचवाँ अंक शून्य है।

अत: सही विकल्प (C) है।

99. आम जनता को ऋण उपलब्ध कराना भारतीय रिज़र्व बैंक का कार्य नहीं है। भारतीय रिज़र्व बैंक (आरबीआई) की स्थापना 1935 में एक निजी बैंक के रूप में की गई थी, जिसके दो अतिरिक्त कार्य थे- भारत में बैंकों का विनियमन और नियंत्रण और सरकार का बैंकर होना। 1949 में इसका राष्ट्रीयकरण हुआ और यह भारत के केंद्रीय बैंकिंग निकाय के रूप में उभरा।

अत: सही विकल्प (D) है।

100. स्वामित्व सार्वजनिक या निजी क्षेत्र के वर्गीकरण के लिए मानदंड है।

सार्वजनिक क्षेत्र के उद्यमों में, सभी कार्य सरकार के प्रत्यक्ष नियंत्रण में होते हैं। निजी क्षेत्र के उद्यमों में, अर्थव्यवस्था के कामकाज और खंड का स्वामित्व संगठनों और व्यक्तियों के पास होता है जो लाभ उत्पन्न करने की कोशिश कर रहे होते हैं। भारत में, सार्वजनिक उद्यम विभाग सभी केंद्रीय सार्वजनिक क्षेत्र के उद्यमों (सीपीएसई) के लिए नोडल विभाग है।

अत: सही विकल्प (D) है।

101. भारत में क्षेत्रीय ग्रामीण बैंकों के पुनर्गठन के लिए चलपति राव समिति का गठन किया गया था। भारतीय वित्तीय परिदृश्य में क्षेत्रीय ग्रामीण बैंक लगभग तीन दशकों से अस्तित्व में हैं।

2003 में चलपति राव की अध्यक्षता में समिति (चलपति राव समिति) ने सिफारिश की कि इन संस्थानों के क्षेत्रीय चरित्र के लाभों को बनाए रखते हुए आरआरबी की पूरी प्रणाली को समेकित किया जा सकता है।

अत: सही विकल्प (D) है।

102. भारतीय प्रतिभूति और विनिमय बोर्ड 12 अप्रैल, 1992 को स्थापित एक वैधानिक नियामक संस्था है। यह निवेशकों के हितों की रक्षा, नियम और दिशानिर्देश तैयार करते हुए भारतीय पूंजी और प्रतिभूति बाजार की निगरानी और विनियमन करता है।

इसके अलावा इसके अन्य कार्य क्रेडिट रेटिंग एजेंसियों का विनियमन, प्रतिभूतियों की संरक्षा, विदेशी पोर्टफोलियो निवेशकों और अन्य प्रतिभागियों को विनियमित करना, निवेशकों को प्रतिभूति बाजार और उनके बिचौलियों के बारे में शिक्षित करना, प्रतिभूति बाजार के भीतर और उससे संबंधित धोखाधड़ी और अनुचित व्यापार प्रथाओं को प्रतिबंधित करना आदि हैं।

अत: विकल्प (E) सही है।

103. आईसीआईसीआई का गठन 1955 में विश्व बैंक, भारत सरकार और भारतीय उद्योग के प्रतिनिधियों की पहल पर किया गया था। इसका मुख्य उद्देश्य भारतीय व्यवसायों को मध्यम अवधि और दीर्घकालिक परियोजना वित्तपोषण प्रदान करने के लिए एक विकास वित्तीय संस्थान बनाना था।

अत: विकल्प (D) सही है।

104. सेबी के पास एक निकाय के रूप में तीन शक्तियाँ हैं: अर्ध-विधायी, अर्ध-न्यायिक और अर्ध-कार्यकारी। यह अपनी विधायी कार्यों में नियमों का मसौदा तैयार करता है, अपने कार्यकारी कार्य में एक जांच और प्रवर्तन कार्रवाई करता है और यह न्यायिक कार्य में निर्णय और आदेश पारित करता है।

अत: विकल्प (E) सही है।

105. नाबार्ड की स्थापना शिवरमन समिति की सिफारिशों पर की गई थी।

नाबार्ड भारत में क्षेत्रीय ग्रामीण बैंकों और शीर्ष सहकारी बैंकों के समग्र विनियमन और लाइसेंस प्रदान करने के लिए एक शीर्ष नियामक निकाय है। यह भारत सरकार के वित्त मंत्रालय के अधिकार क्षेत्र में है।

अतः विकल्प (A) सही है।

106. सीसीएल- कैश क्रेडिट लिमिट के बारे में।

* यह एक चालू बैंक खाते से राशि निकासी की सुविधा है और इसे क्रेडिट बैलेंस की आवश्यकता नहीं है।

* सीसीएल भी ऋण लेने की सीमा तक सीमित है जो वाणिज्यिक बैंक द्वारा तय की जाती है।

* सीसीएल पर ब्याज चालू शेष राशि पर लगाया जाता है, न कि ऋण सीमा पर जो बैंक द्वारा निर्धारित की जाती है।

* ऋणकर्ता द्वारा लिया गया अल्पावधि ऋण केवल खाते के सीसीएल तक बढ़ाया जा सकता है।

* ऋण लेने की सीमा आमतौर पर ऋणकर्ता की क्रेडिट योग्यता द्वारा निर्धारित की जाती है।

* यह भी ध्यान रखना महत्वपूर्ण है कि ब्याज का भुगतान केवल नकद क्रेडिट खाते के चालू शेष पर है और यह कुल ऋण सीमा पर नहीं है।

अतः विकल्प (B) सही है।

107. आधार जोखिम वह जोखिम है जो विभिन्न परिसंपत्तियों, देनदारियों और ऑफ-बैलेंस शीट आइटम की ब्याज दर अलग- अलग परिमाण में उतार-चढ़ाव कर सकता है।

बढ़ती ब्याज दर परिदृश्य में, परिसंपत्ति ब्याज दर एक समान देयता पर ब्याज दर की तुलना में भिन्न परिमाण में बढ़ सकती है, जिससे शुद्ध ब्याज आय में परिवर्तन होता है।

आधार जोखिम की डिग्री बैंकों के संबंध में तुलनात्मक रूप से अधिक है जो समग्र देनदारियों से बाहर समग्र संपत्ति उत्पन्न करते हैं।

यह ब्याज दर जोखिम का एक घटक है।

अस्थिर ब्याज दर परिदृश्यों में आधार जोखिम काफी स्पष्ट है। जब बाजार की ब्याज दर में बदलाव के कारण एनआईआई में वृद्धि हुई है, तो बैंकों ने अनुकूल आधार में उतार-चढ़ाव का अनुभव किया है और यदि ब्याज दर आंदोलन के कारण एनआईआई में कमी आई है, तो आधार बैंकों के खिलाफ चला गया है।

अतः विकल्प (C) सही है।

108. एक उचित वित्तीय योजना की अनुपस्थिति ओवरस्पेंडिंग और डेट समस्याओं को जन्म दे सकती है, यह सबसे महत्वपूर्ण निर्णय लेने और लाभ प्राप्त करने का कार्य है।

अतः विकल्प (B) सही है।

109. मौद्रिक नीति समिति (एमपीसी) की द्विमासिक बैठक होती है। यह सामान्य रूप से द्विमासिक बैठक करता है और वर्ष में कम से कम 4 बार अपनी बैठक आयोजित करता है। मौद्रिक नीति समिति का गठन 2016 में किया गया था। मौद्रिक नीति समिति (एमपीसी) रेपो, रिवर्स रेपो दर आदि जैसी बेंचमार्क नीति दरों को तय करती है। मौद्रिक नीति समिति (एमपीसी) भारतीय रिजर्व बैंक द्वारा इसके गवर्नर के नेतृत्व में गठित एक समिति।

अतः सही विकल्प (A) है।

110. i. सीमांत स्थायी सुविधा (एमएसएफ) दर उस दर को संदर्भित करती है जिस पर अनुसूचित बैंक सरकारी प्रतिभूतियों के खिलाफ आरबीआई से रातों रात धन उधार ले सकते हैं।

ii. एमएसएफ को आरबीआई द्वारा अंतर-बैंक बाजार में रातों रात उधार दरों में अस्थिरता को कम करने और वित्तीय प्रणाली में सुचारू मौद्रिक संचरण को सक्षम करने के लिए पेश किया गया था।

iii. एमएसएफ के तहत, बैंक अपनी शुद्ध मांग और सावधि देनदारियों (एनडीटीएल) के 1% (100 आधार अंक) तक यानी बैंकों की कुल जमा राशि और अन्य देनदारियों का 1% तक रात भर उधार ले सकते हैं। एनडीटीएल देनदारियां बैंक की जमाराशियों और दूसरों से उधारी का प्रतिनिधित्व करती हैं।

अतः सही विकल्प (C) है।

111. वित्त मंत्री सुरेश खन्ना का कहना है कि उत्तर प्रदेश में वृद्धावस्था पेंशन 500 रुपये से बढ़ाकर 1000 रुपये कर दी गई है।

उत्तर प्रदेश सरकार राज्य में 14 चिकित्सा महाविद्यालय के लिए 2,100 करोड़ रुपये अलग सुरक्षित रखेगी। उत्तर प्रदेश सरकार राज्य में महिलाओं की सुरक्षा के लिए 720 करोड़ रुपये अलग सुरक्षित रखेगी।उत्तर प्रदेश में जल्द ही पांच अंतरराष्ट्रीय हवाई अड्डे होंगे। इसके अलावा, राज्य जल्द ही फिल्म निर्माताओं को लुभाने के लिए एक फिल्म सिटी का निर्माण भी देखेगा।

अतः विकल्प (B) सही है।

112. प्रधानमंत्री नरेंद्र मोदी के नाम पर ग्राम उन्नति योजना शुरू की गई है।

मुख्यमंत्री ग्रामोद्योग रोजगार योजना के तहत वर्ष 2022-2023 में उत्तर प्रदेश सरकार ने 800 इकाइयों की स्थापना कर 16000 लोगों को रोजगार देने का लक्ष्य रखा है। प्रस्तावित ग्राम उन्नति योजना योजना के तहत गांवों की सड़कों पर सोलर लाइट लगाई जाएगी।

अतः विकल्प (C) सही है।

113. 2022-23 के हालिया बजट में, उत्तर प्रदेश सरकार राज्य में महिलाओं की सुरक्षा के लिए ₹720 करोड़ अलग सुरक्षित रखेगी।

बजट में महिलाओं और लड़कियों की सुरक्षा पर भी जोर दिया गया।महिलाओं और लड़कियों की सुरक्षा के लिए, राज्य सरकार ने राज्य के सभी 1535 पुलिस थानों में महिला कांस्टेबलों को नामित करते हुए एक "वोमेन हेल्प डेस्क" की स्थापना की है।

अतः विकल्प (A) सही है।

114. जून 2022 में कृषि क्षेत्र में ई-कॉमर्स लाने के लिए नेशनल बैंक फॉर एग्रीकल्चर एंड रूरल डेवलपमेंट (NABARD) बैंक ने ओपन नेटवर्क फॉर डिजिटल कॉमर्स (ONDC) के साथ भागीदारी की है।

ओपन नेटवर्क फॉर डिजिटल कॉमर्स (ONDC) ने कृषि क्षेत्र में ई-कॉमर्स लाने के लिए नेशनल बैंक फॉर एग्रीकल्चर एंड रूरल डेवलपमेंट (NABARD) के साथ साझेदारी की है। साझेदारी के तहत, ONDC और NABARD 1-3 जुलाई 2022 को NABARD-ONDC ग्रैंड हैकथॉन का आयोजन करेंगे। इस आयोजन का उद्देश्य कृषि तकनीकी व्यवसायिकों को बाजार के लिए तैयार किसान उत्पादक संगठनों (FPO) से जोड़ना है।

अतः विकल्प (D) सही है।

115. कोटक जनरल इंश्योरेंस ने फोनपे प्लेटफॉर्म पर अपने 380 मिलियन ग्राहकों को मोटर बीमा की पेशकश करने के लिए फोनपे के साथ साझेदारी की है।

इस साझेदारी के माध्यम से फोनपे ग्राहक अपने स्मार्ट फोन से कुछ ही क्लिक में कार और दोपहिया बीमा ऑनलाइन खरीद सकेंगे।

अतः विकल्प (D) सही है।

116. HDFC बैंक ने स्टार्ट-अप का समर्थन करने के लिए एक प्रमुख प्रारंभिक चरण की उद्यम पूंजी फर्म, 100X.VC के साथ एक समझौता ज्ञापन (MoU) पर हस्ताक्षर किए हैं।

समझौते के माध्यम से, बैंक स्टार्ट-अप के लिए अपनी सभी विशिष्ट सेवाएं 100X.VC से जुड़ी सभी फर्मों को प्रदान करेगा। इसके अतिरिक्त, HDFC बैंक और 100X.VC स्टार्ट-अप्स के लिए मास्टर क्लासेस जैसी पहलों पर भी सहयोग करेंगे।

अतः विकल्प (D) सही है।

117. एन.पी.ए. का विस्तृत नाम अनुपयोज्य आस्तियाँ है।

ऋण वसूली अधिकरण (DRTs) - यह मामलों को निपटाने के समय को कम करने के लिए पारित किया गया था।

सर्फेसी अधिनियम - 2002 - यह अधिनियम वित्तीय संस्थानों को न्यायालयों की भागीदारी के बिना और सुरक्षित परिसंपत्तियों के अधिग्रहण और निपटान के माध्यम से अपने एन.पी.ए. को पुनर्प्राप्त करने का अधिकार देता है।

ए.आर.सी. (परिसंपत्ति पुनर्निर्माण कंपनियां) - परिसंपत्ति पुनर्निर्माण कंपनियों का निर्माण बलाघातित ऋण से मूल्य को पुनःप्राप्त करने के लिए किया गया है।

अतः विकल्प (E) सही है।

118. RBL बैंक, जिसे पहले रत्नाकर बैंक के नाम से जाना जाता था, एक भारतीय निजी क्षेत्र का बैंक है जिसका मुख्यालय मुंबई में है।

इसकी स्थापना 6 अगस्त 1943 को कोल्हापुर और सांगली में दो शाखाओं के साथ की गई थी, जिसकी स्थापना सांगली के बबगोंडा भुजगोंडा पाटिल और कोल्हापुर के गंगप्पा सिद्दप्पा चौगुले ने की थी।RBL बैंक को वर्ष 1970 में भारतीय रिजर्व बैंक से बैंकिंग लाइसेंस प्राप्त हुआ।

अतः विकल्प (C) सही है।

119. आर्थिक सर्वेक्षण आमतौर पर मुख्य आर्थिक सलाहकार (सीईए) द्वारा तैयार किया जाता है, हालांकि, इस साल दिसंबर 2021 में कृष्णमूर्ति सुब्रमण्यम का कार्यकाल समाप्त होने के बाद प्रधान आर्थिक सलाहकार और अन्य अधिकारियों द्वारा रिपोर्ट का मसौदा तैयार किया गया था।

अतः विकल्प (A) सही है।

120. इस वर्ष के आर्थिक सर्वेक्षण का केंद्रीय विषय "त्वरित दृष्टिकोण" है, जिसे COVID-19 महामारी के झटके के लिए भारत की आर्थिक प्रतिक्रिया के माध्यम से लागू किया गया है। इस आर्थिक सर्वेक्षण में प्रकाश डाला गया एक अन्य विषय अत्यधिक अनिश्चितता की स्थिति में नीति-निर्माण की कला और विज्ञान से संबंधित है।

अतः विकल्प (A) सही है।

121. The error lies in parts I and II.

- In the given sentence, it is not implied that the criticism was momentous; instead, just the time frame of the criticism is implied as to which period criticism belonged.
- Thus in part I, the adjective historic should be used in place of historical.
- In part II, the preposition to should be used in place of conjunction than.
- According to the rule, the comparative adjectives ending with -or are followed by the preposition to.

Correct sentence: Historical criticism is faced with the established literary conclusions which place the Deuteronomic and priestly compilations posterior to the great changes at and after the fall of the northern monarchy.

Hence, the correct option is (D).

122. The error lies in parts I and II.

- In part I, the error lies in the usage of the preposition for.
- Thus in part I, the preposition at should be used in place of for.
- In part II, the preposition between should be replaced with among.
- The preposition between is used with two persons/places/things/groups.
- In the given sentence, it is nowhere stated that two light-hearted folks and thus we can't use between here.

Correct sentence: Two childish voices laughed at this action, and/ Dorothy was sure they were in no danger among such light-hearted folks, even if those folks couldn't be seen.

Hence, the correct option is (D).

123. In the sentence I:

- "The U.S. offered support" is the correct usage of the verb.
- Because 'was offering' is past continuous tense.
- But then this event is no more continuing today or the event/ action is not continuing till date from that day.
- So the correct form of the verb will be a past particle that is 'offered'.

In sentence III, the correct usage of the verb will be 'was' because it is talking about something that happened in the past.

- "Was" will be used instead of the verb "is".
- When referring to something in the past we use 'Was'.

Correct sentence: "The U.S. offered support to Saudi Arabia's campaign against the Houthi rebels in Yemen when Barack Obama was the president."

Hence, the correct option is (D).

124. Smell a rat: It means to suspect that something is not right. If you smell a rat, you begin to suspect or realize that something is wrong in a particular situation, for example, that someone is trying to deceive you or harm you.

Example: When he made that offer, I smelt a rat. It sounded too good to be true.

From the meaning above, options (B) and (C) are incorrect. Out of (A) and (D), (A) is a better choice as wonder means the desire to know something; feel curious.

Hence, the correct option is (A).

125. Low hanging fruit: A goal that can be easily reached/ something that is easy to take advantage of.

Example: What the present government has done on the economic front is the plucking of low-hanging fruits by and large.

From the meaning given above, option (C) is the best fit here.

Hence, the correct option is (C).

126. Let us look at each and every sentence separately.

1. Sentence (I): People is terrified to go to the hospital for fear they might become infected. The given sentence is grammatically incorrect, "People are" should be there in place of "People is". Certain nouns being a singular form represent plurality and therefore, take a plural verb in a sentence. Thus, the singular verb 'is' should be replaced by 'are'.

2. Sentence (II) The scissors is open ready for him to cut ties with the past and present. The given sentence is grammatically incorrect, "The scissors are" should be there in place of "The scissors is". Certain nouns take the plural verb because of their plural form. Thus, the singular verb 'is' should be replaced by the plural verb 'are'.

Correct Sentence I: "People are terrified to go to the hospital for fear they might become infected."

Correct Sentence II: "The scissors are open ready for him to cut ties with the past and present."

Hence, the correct option is (C).

127. Let us look at each and every sentence separately.

1. Sentence (II): To be a good mentor, therefore, one must not ignore his own professional disposition. The given sentence is grammatically incorrect, "not ignore one's" should be there in place of "not ignore his". When the pronoun 'one' is used, it should be maintained throughout the whole sentence. Thus, the pronoun 'his' should be replaced by 'one's'.

2. Sentence (III): Opponents say thirty-meters telescope violates the sovereignty and sacred ground. The given sentence is grammatically incorrect, "Opponents say thirty-meter" should be there in place of "Opponents say thirty-meters". When a noun denoting weight, number, money, length, or measure is following a number, the noun form does not change as long as another noun or pronoun follows it. Thus, the noun 'meters' should be replaced by 'meter'.

Correct Sentence II: "To be a good mentor, therefore, one must not ignore one's own professional disposition."

Correct Sentence III: "Opponents say thirty-meter telescope violates the sovereignty and sacred ground."

Hence, the correct option is (C).

128. Checking A-E:

Nearly one-third of the Indian population is dependent on the agricultural sector for national income.

The above sentence is correct both grammatically and contextually.

Checking C-D:

The share of imports in India's oil consumption has risen sharply in the last two decades.

The above sentence is correct both grammatically and contextually.

Checking B-F:

The baby has a cute face primarily made of jute and cotton.

The sentence doesn't make any sense. The pair B-F is invalid. Hence, the correct option is (C).

129. Checking A-F:

With the help of Mingle app, the customers can avail various banking services through the official facebook page of SBI.

The above sentence is also correct both grammatically and contextually.

Checking B-D:

India has had a rich tradition of philanthropy by industrialists.

The above sentence is correct both grammatically and contextually.

Checking C-E:

I have known him forever whatever it takes.

The sentence doesn't make any sense contextually. The pair C-E is invalid.
Hence, the correct option is (D).

130. Checking A-F:

Though the Tirur betel leaf is commonly used for making pan masala for chewing, it has many medicinal, industrial and cultural usages.

The above sentence is also correct both grammatically and contextually.

Checking B-D:

We recommend keeping an eye on when WhatsApp updates are released and downloading new versions immediately to stay secure.

The above sentence is correct both grammatically and contextually.

Checking C-E:

That could be dangerous roses in the garden bloomed.

The sentence doesn't make any sense grammatically or contextually. The pair C-E is invalid.
Hence, the correct option is (D).

131. The first sentence in a passage usually introduces a topic. Here, sentence T introduces the galaxy 'Milky way'. So, T must be the first sentence.

The second sentence provides more information about the first sentence. Here, sentence S talks about its impact on astronomers. So, S must be the second sentence.

The sentences P and Q show connection, as both talk about the 'little companion'. But, R introduces this visual description; so it must come before them. So, R must be the third sentence.

Out of P and Q, Q talks about the 'little companion', while P uses the word 'as well'. This shows that Q must come before P.

So, Q must be the fourth sentence and P is the fifth sentence.

The correct sequence is: TSRQP

Hence, the correct option is (E).

132. The first sentence in a passage usually introduces a topic. Here, sentence T introduces the galaxy 'Milky way'. So, T must be the first sentence.

The second sentence provides more information about the first sentence. Here, sentence S talks about its impact on astronomers. So, S must be the second sentence.

The sentences P and Q show connection, as both talk about the 'little companion'. But, R introduces this visual description; so it must come before them. So, R must be the third sentence.

Out of P and Q, Q talks about the 'little companion', while P uses the word 'as well'. This shows that Q must come before P.

So, Q must be the fourth sentence and P is the fifth sentence.

The correct sequence is: TSRQP.

Hence, the correct option is (D).

133. The first sentence in a passage usually introduces a topic. Here, sentence T introduces the galaxy 'Milky way'. So, T must be the first sentence.

The second sentence provides more information about the first sentence. Here, sentence S talks about its impact on astronomers. So, S must be the second sentence.

The sentences P and Q show connection, as both talk about the 'little companion'. But, R introduces this visual description; so it must come before them. So, R must be the third sentence.

Out of P and Q, Q talks about the 'little companion', while P uses the word 'as well'. This shows that Q must come before P.

So, Q must be the fourth sentence and P is the fifth sentence.

The correct sequence is: TSRQP.

Hence, the correct option is (C).

134. The first sentence in a passage usually introduces a topic. Here, sentence T introduces the galaxy 'Milky way'. So, T must be the first sentence.

The second sentence provides more information about the first sentence. Here, sentence S talks about its impact on astronomers. So, S must be the second sentence.

The sentences P and Q show connection, as both talk about the 'little companion'. But, R introduces this visual description; so it must come before them. So, R must be the third sentence.

Out of P and Q, Q talks about the 'little companion', while P uses the word 'as well'. This shows that Q must come before P.

So, Q must be the fourth sentence and P is the fifth sentence.

The correct sequence is: TSRQP.

Hence, the correct option is (B).

135. The first sentence in a passage usually introduces a topic. Here, sentence T introduces the galaxy 'Milky way'. So, T must be the first sentence.

The second sentence provides more information about the first sentence. Here, sentence S talks about its impact on astronomers. So, S must be the second sentence.

The sentences P and Q show connection, as both talk about the 'little companion'. But, R introduces this visual description; so it must come before them. So, R must be the third sentence.

Out of P and Q, Q talks about the 'little companion', while P uses the word 'as well'. This shows that Q must come before P.

So, Q must be the fourth sentence and P is the fifth sentence.

The correct sequence is: TSRQP.

Hence, the correct option is (A).

136. One uninteresting explanation of these results is that once presented with the candidates' pictures, the voters find their influence irresistible and this irresistible, immediate influence inflates the effect of appearance on votes. We should be grateful that ballots in the US, unlike in Brazil, Belgium, Greece and Ireland, do not include pictures of the candidates **but, for all we know, the effect of appearance might have been underestimated**. Many of the voters in the no-picture ballot condition knew how the candidates look, and this should have minimized the difference between their choices and the choices of voters in the picture-ballot condition.

The passage talks about the appearances of the candidates that affect the voter's choice in elections. With the availability of the pictures, the voters found the influence irresistible, and this inflated the effect of appearance on the votes. Option (B) is the most relevant and is coherent with the sentences that follow.

Hence, the correct option is (B).

137. One of the most surprising findings in our studies was the specificity of the appearance effect. One particular judgment, competence, was by far the best predictor of the election outcomes. Before our work, there was some research suggesting that more attractive politicians are more likely to be elected **but more competent-looking candidates on average tend to be more attractive too**.

The passage explains a study about character judgments in which specificity of appearance effects was a surprising finding. The best outcome of one particular judgment was competence, which was the best predictor of the election outcomes. Option (C) is the conclusion of the above context and draws attention to the fact that more competent-looking candidates are more attractive.

Hence, the correct option is (C).

138. In psychology, we make a distinction between relatively automatic, effortless processes and relatively deliberate, controlled processes. The Nobel laureate Daniel Kahneman describes the many ways in which these processes differ in his wonderful book Thinking, Fast and Slow (2011). As he describes it, the system that comprises controlled processes is like an inefficient, busy editor who works with whatever is provided by the system that comprises automatic processes **there are many ways to demonstrate the influence of automatic processes or 'gut' responses on decisions.**

The context talks about two processes. Option (A) continues the idea that there are many ways that demonstrate the influence of automatic process by gut responses.

Hence, the correct option is (A).

139. The connecting word is While.

We can use while or as to talk about two longer events or activities happening at the same time. We can use either simple or continuous verb forms.

The correct sentence is:

A video game and a toy car kept him busy while they worked and talked.

Hence, the correct option is (A).

140. The connecting word is Provided.

The conjunctions provided and providing are interchangeable. Both mean "on the condition or understanding that," with that sometimes expressed: Provided (or Providing) no further objections are raised, we will consider the matter settled.

The correct sentence is:

You finish your homework on time provided you can watch the television.

Hence, the correct option is (B).

141. The given passage discusses the effects of media on politics. It is a political passage as the media is usually considered to be 'neutral'. So, out of the given options, the tone of the passage is **political**. It is not sarcastic as the passage does not use irony to mock either the media or the government. It is not humorous as it does not joke about anything. It is not informative because there is no list of information given. There is also no hint of optimism given in the passage.

Hence, the correct option is (B).

142. Out of the given options, the Option (C) is the correct answer as according to the fifth paragraph, the main change which the rise in media influence has engendered is the increasing importance of candidates being marketable, rather than having significant political credibility.

The other options are not relevant.

Hence, the correct option is (C).

143. The passage furnishes a critical analysis of British media.

So, only Option (A) will be correct and the rest of the statements are false.

Hence, the correct option is (A).

144. In the given passage, paragraph 2 states that,

'Reinforcement theory suggests that the media has no great effect upon voting preference, and the primary role of the media is to reinforce the pre-existing belief of the reader and is in part derived from the observation of 'Selective perception'-wherein individuals internally filter out messages or information that conflicts with their political alignment. Furthermore, the theory suggests that the media is not responsible for dictating the national agenda, rather it reacts and changes in line with the perceived mood of the nation.'

Hence, the correct option is (B).

145. As per the passage, the supporters of the Reinforcement theory suggest that in order for a media outlet to be economically viable, it must have a group of readers whose views align with the editorial line, and should this line shift, the core readership would disperse as would the revenue. Therefore it is unlikely that the political alignment of organisations will shift as it would theoretically damage their revenue and influence.

Hence, the correct option is (D).

146. The correct pair is A-E which forms a pair of Synonyms.

The meaning of the words in pair A-E are:

Anathema: something that is strongly disliked or disapproved of

Abhorrence: a feeling of hating, disliking something or someone

Since the meaning is similar, so the words form a pair of synonyms.

Altruistic: the unselfish concern for other people

Episodic: containing or consisting of a series of separate parts or events.

Anarchy: a situation in which people do not obey rules and laws

Fallacious. based on a false idea; incorrect, wrong

Therefore, The rest of the options are not matched with each other in any way.

Hence, the correct option is (C).

147. The correct pair is A-F which forms a pair of Synonyms.

The meaning of the words in pair A-F are:

Assiduous: showing great care, attention, and effort

Diligent: careful and using a lot of effort

Since the meaning is similar, so the words form a pair of synonyms.

Facsimile: an exact copy of a picture, piece of writing, etc.

Corrigible: capable of being corrected, rectified, or reformed.

Gallant: (of a person or their behavior) brave; heroic.

Ineffable: described as being ineffable as a compliment

Therefore, The rest of the options are not matched with each other in any way.

Hence, the correct option is (C).

148. The correct pair is B-F which forms a pair of Synonyms.

The meaning of the words in pair B-F are:

Enmity: a feeling of hate or strong dislike

Hostile: unfriendly and not liking something

Since the meaning is similar, so the words form a pair of synonyms.

Impetuous: acting or done quickly and without thinking

Avaricious: greedy of gain

Infallible: (used about a person) never making mistakes or being wrong

Malignant: (used about a disease (cancer) that spreads in the body, or a growing mass (a tumour) caused by disease) likely to cause death if not controlled

Therefore, The rest of the options are not matched with each other in any way.

Hence, the correct option is (B).

149. The correct pair is C-E which forms a pair of Synonyms.

The meaning of the words in pair C-E are:

Macabre: used to describe something that is very strange and unpleasant because it is connected with death or violence.

Gruesome: extremely unpleasant and shocking, and usually dealing with death or injury.

Since the meaning is similar, so the words form a pair of synonyms.

Magnificent: extremely impressive and attractive

Intermittent: stopping for a short time and then starting again several times

Recondite: (used about facts, subjects, etc.) little known about or understood by people

Rudiment: an undeveloped or immature part or organ

Therefore, The rest of the options are not matched with each other in any way.

Hence, the correct option is (D).

150. The correct pair is A-E which forms a pair of Synonyms.

The meaning of the words in pair A-E are:

Harbinger: a person or thing that announces or signals the approach of another.

Herald: a person or thing viewed as a sign that something is about to happen.

Since the meaning is similar, so the words form a pair of synonyms.

Heckle: to interrupt a speaker at a public meeting with difficult questions or rude comments

Hanker: to want something very much (often something that you cannot easily have)

Haywire: erratic; out of control.

Fulmination: to utter or send out with denunciation

Therefore, The rest of the options are not matched with each other in any way.

Hence, the correct option is (D).

151. Potential: latent qualities or abilities that may be developed and lead to future success or usefulness.

The meaning of the other words-

Pigment: the natural colouring matter of animal or plant tissue.

Physique: the form, size, and development of a person's body.

Constitution: a body of fundamental principles or established precedents according to which a state or other organization is acknowledged to be governed.

Pestilence: a fatal epidemic disease, especially bubonic plague.

Hence, the correct option is (C).

152. Slumbering: sleeping

The meaning of the other words-

Mounting: a backing, setting, or support for something

Muffling: cover or wrap up (a source of sound) to reduce its loudness

Emigrating: leaving one's own country in order to settle permanently in another

Ousting: driving out or expelling (someone) from a position or place

Hence, the correct option is (E).

153. Wise: having or showing experience, knowledge, and good judgement

The meaning of the other words-

Respite: a short period of rest or relief from something difficult or unpleasant

Reverence: a deep respect for someone or something

Snooping: investigate or look around furtively in an attempt to find out something, especially information about someone's private affairs

Queasy: nauseous; feeling sick

Hence, the correct option is (D).

154. Destination: the place to which someone or something is going or being sent

The meaning of the other words-

Estimation: a rough calculation of the value, number, quantity, or extent of something.

Menace: a person or thing that is likely to cause harm; a threat or danger.

Memoir: a historical account or biography written from personal knowledge.

Realm: a kingdom.

Hence, the correct option is (B).

155. Top: the highest or uppermost point, part, or surface of something.

The meaning of the other words-

Hill: a naturally raised area of land, not as high or craggy as a mountain.

Plain: a large area of flat land with few trees.

Heap: an untidy collection of objects placed haphazardly on top of each other.

Cleft: split or sever (something), especially along a natural line or grain

Hence, the correct option is (A).

156. The context says something about the savings of Indians for the retirement age and the comparison of Indians with respect to the global scenario in terms of savings for life after retirement. Since now we have understood the context of the sentence, it is now necessary to weigh the options according to their suitability in the blanks.

Option (A), hardly is still okay for the first blank but saving is not fit for the second blank. Option (C) is not correct since the second word is not correct for the blank. Option (D) is not correct because of the same reason as Option (C). Option (B) is correct since both the words fit perfectly in the respective blanks.

Only a third in India are regularly saving for their retirement while just 33 percent of working-age respondents globally are putting anything aside for their later life.

Hence, the correct option is (B).

157. The given sentence is about the data regarding the influence of Left-wing extremism in India in the last three years in which it has seen a downfall.

Among the given options, option (A) is not correct since existence does not fit in the context and the same can be said about the second word also. Option (C) is not correct since both the words are not fit for the blanks in the sentence. Same can be said about options (D). Only option (B) implies the actual meaning intended in the sentence and it explains the meaning that the number of districts affected by left-wing extremism has decreased in the last few years.

If you look at the number of districts, then the areas under the influence of left-wing extremism have shrunk by more than 40% in the last three years.

Hence, the correct option is (B).

158. The given statement gives the impression that people prefer clay idols but they also prefer moulded idols from other cities. Among the given options, (A) is not correct since low itself gives the opposite impression to the one actually intended in the sentence. Option (B) is not correct since few is not the correct word for the first blank whereas small is also not correct in option (C) for the first blank in the sentence. Option (D) is correct because both the words fit perfectly in the given sentence as high

implies that the demand for clay idols is good but people are also preferring moulded idols procured from other cities.

While the demand is high for clay idols, people also prefer moulded idols procured in bulk from other cities.

Hence, the correct option is (D).

159. We know that the verb 'lead' is followed by the preposition 'to'. Therefore, the preposition 'to' should be filled in blank 1.

Example sentence: Closing the plant will lead to 300 job losses.

Now, if we observe we can find that there is no other option in which 'to' is given as a choice for blank 1. Thus, all other options can get eliminated.

We use the word with to talk about connections between people and things. Therefore, the preposition 'to' should be filled in blank 2.

Example sentence: I am going on holiday with my friend next month.

Now, if we observe we can find that there is no other option in which 'with' is given as a choice for blank 2. Thus, all other options can get eliminated.

Tuesday's multi-city police raids leading to the arrests of five people with alleged Maoist links has once again brought the debate on the concept of Urban Naxalism.

Hence, the correct option is (B).

160. The noun 'policy' in general is followed by the preposition 'on'.

Ex. The government is to introduce a new liquor policy on October 1 in Vijayawada.

This confirms 'on' as the preposition for blank 1.

For blank 2 the only choice that seems most appropriate among all is 'in'.

This idea is also the explanation of his government's policy on Jammu and Kashmir, as reflected in his own pronouncements.
Hence, the correct option is (D).

161. जब कोई पूरा कथन किसी प्रसंग विशेष में उद्धृत किया जाता है तो लोकोक्ति कहलाता है।

'तन पर नहीं लत्ता पान खाए अलबता' लोकोक्ति का अर्थ झूठा दिखावा करना है।

वाक्य प्रयोग: बेरोजगारी में धूल फांक रहे हो पर झूठ बोलने में कम नहीं हो। तन पर नहीं लत्ता पान खाए अलबत्ता।

अतः विकल्प (B) सही है।

162. जब कोई पूरा कथन किसी प्रसंग विशेष में उद्धृत किया जाता है तो लोकोक्ति कहलाता है।

'बिल्ली को पहले हि दिन मारना चाहिए' लोकोक्ति का अर्थ भय का शमन शुरू में ही कर देना चाहिए है।

वाक्य प्रयोग: रामू डॉन जब सुभाष को डरा-धमका कर रुपये माँगने लगा तो सुभाष ने निडर हो साफ इंकार कर दिया, उसका मानना है बिल्ली को पहले ही दिन मारना चाहिए ।

अतः विकल्प (A) सही है।

163. किसी बात का उत्तर न देना, निरुत्तर कहलाता है।

अतः पूर्ण वाक्य होगा- उसकी बात का उत्तर कोई न दे सका, सब निरुत्तर हो गए।

अतः विकल्प (B) सही है।

164. अनुदार व निर्धन यहाँ सही विकल्प है।

वाक्य की सरंचना देखे तो यहाँ रिक्त स्थानों पर उदार तथा धनवान का विलोम शब्द आयेंगे जो कि क्रमशः अनुदार व निर्धन है।

पूर्ण वाक्य होगा- संसार में सभी तरह के लोग रहते हैं, कोई उदार तो कोई अनुदार, कोई धनवान तो कोई निर्धन।

अतः विकल्प (C) सही है।

165. 'मैं सभी को हरा दूंगा' शुद्ध वाक्य है क्योंकि अन्य विकल्पों में क्रिया संबंधी त्रुटि है। जैसे 'हरा देगा', 'मैं सभी को हरा दे सकता हूँ', और 'हरा देउंगा' उचित क्रियाएँ नहीं है उसके स्थान पर 'दूंगा' क्रिया उपयुक्त है।

अशुद्ध वाक्य	शुद्ध वाक्य
माला गूँध कर लाओ।	माला गूँथ कर लाओ।
अध्यापक ने बोला कि किसी को अंदर न आने दिया जाए।	अध्यापक ने कहा कि किसी को अंदर न आने दिया जाए।

अतः विकल्प (A) सही है।

166. 'मेरे से गाड़ी ले लो।' में सर्वनाम संबंधी दोष है क्योंकि यहाँ पर 'मेरे से' शब्द उचित सर्वनाम नहीं है इसके स्थान पर 'मुझसे' उचित होगा। अन्य विकल्प शुद्ध रूप में लिखे हैं।

वाक्य को शुद्ध रूप में लिखने से ही उसके अर्थ का बोध होता है, यदि उसमें वर्तनीगत या व्याकरणिक अशुद्धियाँ होती हैं तो उसका सम्प्रेषण बाधित होता है। वाक्य अशुद्धि शब्द से लेकर वाक्य स्तर तक हो सकती है। वाक्य में निम्न प्रकार की अशुद्धियाँ हो सकती है- संज्ञा, सर्वनाम, क्रिया, लिंग, वचन, विशेषण, अव्यय, पदक्रम, अधिकपदत्व, अव्यय, क्रिया-विशेषण, द्विरुक्ति, विभक्ति, शब्द-ज्ञान आदि।

अतः विकल्प (C) सही है।

167. ऐसे शब्द, जिनके अनेक अर्थ होते है, अनेकार्थी शब्द कहलाते है। दूसरे शब्दों में- जिन शब्दों के एक से अधिक अर्थ होते हैं, उन्हें 'अनेकार्थी शब्द' कहते है।

'सैन्धव' का आशय नमक, सिन्धु देश का घोड़ा एवं समुद्र से है जबकि सोना का इससे कोई सम्बन्ध नहीं।

सोना के अनेकार्थी शब्द होंगे – अरुण ,लाल, सूर्य, सूर्य का सारथी, सिंदूर।

अतः विकल्प (B) सही है।

168. ऐसे शब्द, जिनके अनेक अर्थ होते है, अनेकार्थी शब्द कहलाते है। दूसरे शब्दों में- जिन शब्दों के एक से अधिक अर्थ होते हैं, उन्हें 'अनेकार्थी शब्द' कहते है।

दिए गए विकल्पों में 'वन' 'पानी' का भी अर्थ देता है। शेष शब्द जंगल को व्यक्त करते हैं।

अतः विकल्प (B) सही है।

169. "लेकिन इन दिनों एक रिपोर्ट खास चर्चा में है। ...." उपरोक्त गद्यांश के इस भाग के अध्ययन से यह ज्ञात होता है कि यह रिपोर्ट भारत में चिकित्सा के लचर हालत का वर्णन कर रही है, इसलिए आज कल खास चर्चा हो रही है।

अतः विकल्प (C) सही है।

170. "रिपोर्ट बताती है, महज....." गद्यांश के इस छंद के अध्ययन के उपरांत यह ज्ञात होता है कि भारत के महज 75 प्रतिशत गांवो में कोई एक चिकित्सा सेवक है।

अत: विकल्प (A) सही है।

171. "खतरनाक तथ्य यह भी है कि....." उपरोक्त गद्यांश के इस छंद के अध्ययन से यह ज्ञात होता है कि भारत में 31.4 प्रतिशत डॉक्टर स्कूल से आगे नहीं पढ़े।

अत: विकल्प (C) सही है।

172. "कोरोना ने जता दिया है कि ग्रामीण इलाकों में पारंगत डॉक्टरों की उपलब्धता बढ़ाने के तमाम उपाय युद्ध स्तर पर आजमाने होंगे। ....." उपरोक्त छंद के अध्ययन के उपरांत हमे यह ज्ञात होता है कि ग्रामीण क्षेत्रो में नए डॉक्टरों को कुछ वर्ष के लिए बाध्य करना होगा, ताकि वो अपने कैरियर के कुछ वर्ष ग्रामीण क्षेत्रो में बितायें।

अत: विकल्प (B) सही है।

173. "जाहिर है, सार्वजनिक स्वास्थ्य सेवा के अभाव के कारण ही निजी क्षेत्र में कथित डॉक्टरों का स्याह साम्राज्य फैल गया है। ....." गद्यांश के इस छंद के अध्ययन से यह ज्ञात होता कि उक्त रिपोर्ट को सेंटर फॉर पॉलिसी रिसर्च किया था।

अत: विकल्प (A) सही है।

174. 'जर्जत' अर्थित माता से प्राप्त किया गया।

'पिसनहरी' अर्थित आटा पीसने वाली स्त्री।

'पैतृक' अर्थित पिता से प्राप्त की हुई सम्पत्ति।

'प्रतिवेशी' अर्थित पास में निवास करने वाला (पड़ोसी)।

'निःशंक' अर्थित जो शंका करने योग्य न हो।

उपरोक्त प्रत्येक शब्द के अर्थ के अध्ययन से ज्ञात होता है कि दिए गए शब्द 'जर्जत' का सही विलोम शब्द 'पैतृक' है।

अत: विकल्प (B) सही है।

175. 'एकाग्रचित्त' अर्थित जो पुरी लगन से एक ही कार्य करता है।

'चितचोर' अर्थित चित्त को चुरानेवाला।

'गर्भिणी' अर्थित जिस स्त्री के पेट मे बच्चा हो (गर्भवती)।

'अन्यमनस्क' अर्थित एकाग्रचित्त न होना।

'कष्टसाध्य' अर्थित कठिनाई से होनेवाला।

उपरोक्त प्रत्येक शब्द के अर्थ के अध्ययन से ज्ञात होता है कि दिए गए शब्द 'एकाग्रचित्त' का सही विलोम शब्द 'अन्यमनस्क' है।

अतः विकल्प (C) सही है।

176. जीर्ण तत्सम शब्द है जबकि अन्य शब्द तत्सम नही है इसलिए असंगत है।

अत: सही विकल्प जीर्ण होगा।

जीर्ण का तद्भव शब्द - झीना (फटा पुराना)

अतः विकल्प (B) सही है।

177. अग्रहायण यहाँ सही विकल्प है, क्योंकि अग्रहायण अगहन का तत्सम रूप है।

अत: सही विकल्प अग्रहायण ही होगा।

अगहन का अर्थ - मार्गशीर्ष महीना

अत: विकल्प (A) सही है।

178. 'श्रृंग' शब्द का समानार्थी शब्द 'चोटी' है।

समानार्थी का अर्थ होता हैं (समान+अर्थ) अर्थात किसी शब्द का समान अर्थ वाले दूसरे शब्द या उसी के सामान कोई दूसरा नाम (वस्तु)। सामान्यत: हिन्दी में एक ही वस्तु के अनेक समान अर्थ वाले शब्द है।

अतः विकल्प (A) सही है।

179. 'अधोलोक' का पर्यायवाची 'पाताल' है। इसका अन्य पर्यायवाची शब्द 'रसताल' है। अन्य विकल्प असंगत हैं। अतः सही विकल्प 'पाताल' है।

परलोक - देवलोक

भू-लोक - पृथ्वी लोक

गगन - व्योम

वायु - पवन

अत: विकल्प (C) सही है।

180. "या अनुरागी चित्त की गति समुझै नहिं कोय। ज्यों-ज्यों बूड़ै स्याम रंग त्यों-त्यों उज्जवल होय।।" पंक्तियों में विरोधाभास अलंकार है। यहाँ श्याम (काले) रंग में डूबने पर अधिकाधिक उज्जवल होने में विरोधाभास अलंकार हैं।

जहां दो वस्तुओं में मूलतः विरोध ना होने पर भी विरोध के आभास का वर्णन किया जाए, वहां विरोधाभास अलंकार होता है। विरोध प्रतीत तो हो किंतु वास्तव में वह विरोध न होकर केवल उसका आभास ही हो, तो विरोधाभास अलंकार होता है।

अत: विकल्प (B) सही है।

181. "कौन हो तुम वसंत के दूत,

विरस पतझड़ में अति सुकुमार,

घन तिमिर में चपला की रेखा,

तपन में शीतल मंद बयार।"

दिए गए पद्यांश में कवि ने नायिका के रूप का वर्णन किया है जोकि उसे संयोगवश मिला है। इस प्रकार मनु आगंतुक से कहते हैं कि वे तो अपने जीवन को पतझड़ के समान मानते हैं और उस नारी को वसंत का दूत समझते हैं तथा यह स्पष्ट कर देना चाहते हैं कि उन्हें उसकी बातें सुनकर यह आशा हो चली है कि उसके जीवन से शीघ्र ही सरसता और मधुरता का आगमन होगा। दिए गए पद्यांश में प्रस्तुत रस संयोग श्रृंगार है। संयोग श्रृंगार, श्रृंगार रस का एक भेद जिसमें नायक नायिका के मिलन आदि का वर्णन होता है।

जब पति-पत्नी / प्रेमी-प्रेमिका / नायक-नायिका के मन में स्थाई भाव रति जागृत होकर आस्वादन के योग्य हो जाता है, तो इसे श्रृंगार रस कहा जाता है। श्रृंगार रस में प्रेम का वर्णन होता है। जब विभाव, अनुभाव और व्यभिचारी के संयोग से रति नामक स्थायी भाव रस रूप में परिणत हो, तो उसे श्रृंगार रस कहते हैं।

अत: विकल्प (D) सही है।

182. 'वीभत्स' रस का स्थायी भाव 'जुगुप्सा' होता है। अद्भुत रस का स्थायी भाव 'विस्मय' होता है। शान्त रस का स्थायी भाव 'निर्वेद' होता है। 'घृणा' वीभत्स रस का ही स्थायी भाव है।

जिस काव्य रचना में घृणात्तम वस्तु या घटनाओं का उल्लेख हो वहां पर वीभत्स रस होता हैं। घृणित वस्तुओं, घृणित चीजो या घृणित व्यक्ति को देखकर अथवा उनके संबंध में विचार करके अथवा उनके सम्बन्ध में सुनकर मन में उत्पन्न होने वाली घृणा या ग्लानि ही वीभत्स रस कि पुष्टि करती है अर्थित वीभत्स रस के लिए घृणा और जुगुप्सा का होना आवश्यक होता है।

अत: विकल्प (D) सही है।

183. वेणी संहार नाटक का अंगीरस वीर रस है। इसके रचनाकार भट्टनारायण हैं। इस नाटक में छः अंक हैं। इसमें भीम के द्वारा द्रौपदी के वेणीसंहार (वेणी को संवारने या बांधने) का वर्णन। इसके नायक भी वीर रस की प्रतिमूर्ति हैं।

आदि से अन्त तक भी किसी न किसी रूप में विद्यमान हैं। सर्वप्रथम वामन ने काव्यालंकार सूत्र में वेणी संहार से उदाहरण दिये हैं।

जब काव्य में उमंग, उत्साह और पराक्रम से संबंधित भाव का उल्लेख होता हैं तब वहां वीर रस की उत्पत्ति होती हैं। जिस प्रसंग अथवा काव्य में वीरता युक्त भाव प्रकट हो, जिसके माध्यम से उत्साह का प्रदर्शन किया गया हो वहां वीर रस होता हैं।

अत: विकल्प (C) सही है।

184. उपसर्ग शब्द के शुरू में जुड़ता है। उपसर्ग जुड़ने पर मूल शब्द का अर्थ बदल सकता है। उदाहरण- प्र+चार= प्रचार इसमें प्र उपसर्ग है, जो चार शब्द के पहले जुड़ा है।

क्रमशः निश्छल में उपसर्ग निस्, संलग्न में उपसर्ग सम् और उत्कंठा में उपसर्ग उत् है।

अतः विकल्प (A) सही है।

185. आकर्षित शब्द में 'आ' उपसर्ग लगा है।

- इसका मूल शब्द कर्षित है।
- 'आ' उपसर्ग से बने अन्य शब्द आकण्ठ, आगमन, आरोहण, आकार, आहार, आदेश आदि हैं।

अत: विकल्प (D) सही है।

186. दिए गए वाक्य के लिए उपयुक्त एक शब्द पक्षपाती है।

पाक्षिक - जो एक पक्ष (पंद्रह दिन) में एक बार होता है।

समर्थक - वह जो किसी पक्ष या किसी सिद्धांत आदि का समर्थन या पोषण करे।

अधिवक्ता - वह जिसने वकालत की परीक्षा पास की हो और जो अदालतों में किसी की ओर से बहस करे।

समदर्शी - वह जो सबको समान रूप से देखे

अतः विकल्प (A) सही है।

187. दिए गए वाक्य के लिए उपयुक्त एक शब्द दीर्घसूत्री है।

अनंत - जिसका कोई अन्त न हो।

दीर्घदर्शी - भविष्य में बहुत दूर तक की बातें देखने या सोचने वाला

अदूरदर्शी - जो दूर तक न सोचता हो।

दुर्दमनीय - वह जिसका दमन करना कठिन हो।

अतः विकल्प (A) सही है।

188. 'महल' शब्द स्त्रीलिंग का उदाहरण नही है। जैसे - भोज राजा का महल धार जिले में स्थित है।

अन्य विकल्प -

- रोहिणी - एक नक्षत्र है, जो स्त्रीलिंग का उदाहरण है
- सुपारी - एक पान के साथ खाने वाली सामग्री
- सरस्वती - विद्या की दात्री

अत: विकल्प (D) सही है।

189. 'लोटा पुल्लिंग शब्द है। जैसे- लोटा गिर गया - यहाँ लोटा गिर गयी का प्रयोग अनुचित है।

अन्य विकल्प -

- सभा - स्त्रीलिंग
- धाय - स्त्रीलिंग
- सड़क - स्त्रीलिंग

अत: विकल्प (A) सही है।

190. 'डाकिया' शब्द का बहुवचन डाकिए है।

परिभाषा - डाक विभाग का वह कर्मचारी जो पत्र, मनीआर्डर आदि घर-घर पहुँचाता है

वाक्य में प्रयोग - डाकिया यहाँ चार बजे आता है।

अत: विकल्प (D) सही है।

191. सूरज शब्द एकवचन शब्द है।

केश, नेत्र व रोम शब्द बहुवचन शब्द होते हैं।

सूरज के पर्याय-अंशुमान, सूर्य, रवि, दिनकर, दिवाकर, प्रभाकर, भास्कर।

अत: विकल्प (D) सही है।

192. ईमानदारी भाववाचक संज्ञा है, यहाँ ईमानदारी राजु के गुण का बोध करता है। अन्य विकल्प असंगत है।

भाववाचक संज्ञा : जो संज्ञा किसी भाव, गुण, दशा आदि का बोध कराती है। जैसे – बुढ़ापा, बचपन आदि।

अत: विकल्प (B) सही है।

193. 'मैं अपनी गाड़ी से जाऊँगी।' यह वाक्य निजवाचक सर्वनाम का विकल्प है। इस वाक्य में 'अपना' शब्द निजता की ओर इशारा कर रहा है।

वह सार्वनामिक शब्द जो स्वयं के लिए प्रयोग करते हैं जैसे – आप , अपना आदि। जिससे स्वयं का बोध हो वह निजवाचक कहलाते हैं।

अत: विकल्प (E) सही है।

194. उपरोक्त अनुच्छेद में (1) से प्रदर्शित रिक्त स्थान पर सद्भावना शब्द सटीक होगा।

- सद्भावना- मंगल और शुभ भावना
- डरना - किसी चीज़ का डर होना
- अहितकर- हानिकारक
- बाधित - जिसमें व्यवधान आया हो

अत: विकल्प (D) सही है।

195. उपरोक्त अनुच्छेद में (2) से प्रदर्शित रिक्त स्थान पर कल्याण शब्द सटीक होगा।

- कल्याण- कुशलता
- समस्या- उलझन
- साहस- हिम्मत
- प्रतिकूल- जो अनुकूल न हो

अत: विकल्प (B) सही है।

196. उपरोक्त अनुच्छेद में (3) से प्रदर्शित रिक्त स्थान पर अस्त्र शब्द सटीक होगा।

- अस्त्र- फेंक कर चलाने वाला हथियार
- शस्त्र- हथियार
- प्रशस्त- प्रशंसनीय
- संकल्प- दृढ़ निश्चय
- संघर्ष- प्रयास

अत: विकल्प (B) सही है।

197. उपरोक्त अनुच्छेद में (4) से प्रदर्शित रिक्त स्थान पर धार्मिक शब्द सटीक होगा।

- धार्मिक- जिसकी धर्म में प्रवृत्ति हो
- व्यापक- चारों ओर फैला हुआ
- संघर्ष-प्रयास
- सफलता- कामयाबी

अत: विकल्प (A) सही है।

198. उपरोक्त अनुच्छेद में (5) से प्रदर्शित रिक्त स्थान पर घृणा शब्द सटीक होगा।

- घृणा- नफ़रत
- कटुता- कड़वाई
- अनुभव- परीक्षण से प्राप्त ज्ञान
- सांप्रदायिकता- सांप्रदायिक होने का भाव

अत: विकल्प (D) सही है।

199. दिये गए विकल्पों में 'सहित' शब्द 'संबंधबोधक' अव्यय है।

संबंधबोधक अव्यय- वे शब्द जो संज्ञा, सर्वनाम शब्दों को अन्य संज्ञा, सर्वनाम शब्दों के साथ संबंध का बोध कराते हैं।

अत: विकल्प (B) सही है।

200. नौकरानी फिनाइल से पोछा लगा रही है। वाक्य में द्विकर्मक क्रिया होगी।

द्विकर्मक क्रिया - जिस सकर्मक क्रिया का अर्थ स्पष्ट करने के लिए वाक्य में दो कर्म प्रयुक्त होते हैं, उसे द्विकर्मक क्रिया कहते हैं।

अत: विकल्प (D) सही है।

201. माना कि धन A = x रुपये

माना कि धन B = (40000 - x) रुपये

हम जानते हैं कि,

चक्रवृद्धि ब्याज = मूलधन × (1 + दर/100)$^{समय अवधि}$ - मूलधन

धन A पर अर्जित चक्रवृद्धि ब्याज = x × $\left(1 + \frac{10}{100}\right)^2$ - x = $\frac{21x}{100}$

धन B पर अर्जित चक्रवृद्धि ब्याज = (40000 - x)

× $\frac{44}{100}$ = $\frac{1760000 - 44x}{100}$

हम जानते हैं कि कुल अर्जित चक्रवृद्धि ब्याज = 17140 रुपये

$\Rightarrow$ 17140 = $\frac{21x}{100} + \frac{1760000 - 44x}{100}$

$\therefore$ x = 2,000 रुपये

$\therefore$ राशि 2,000 रुपये है।

अत: विकल्प (C) सही है।

202. माना कि धन A = x रुपये

माना कि धन B = (40000 - x) रुपये

हम जानते हैं कि,

चक्रवृद्धि ब्याज = मूलधन × (1 + दर/100)$^{समय अवधि}$ - मूलधन

धन A पर अर्जित चक्रवृद्धि ब्याज = x × $\left(1 + \frac{10}{100}\right)^2$ - x = $\frac{21x}{100}$

धन B पर अर्जित चक्रवृद्धि ब्याज = (40000 - x)

× $\frac{44}{100}$ = $\frac{1760000 - 44x}{100}$

हम जानते हैं कि कुल अर्जित चक्रवृद्धि ब्याज = 17140 रुपये

$\Rightarrow$ 17140 = $\frac{21x}{100} + \frac{1760000 - 44x}{100}$

$\therefore$ x = 2,000 रुपये

मूलधन = 20,000 रूपये

दर = 10%

समय = 2 वर्ष

राशि = मूलधन × (1 + दर/100)$^{समय अवधि}$

$\Rightarrow$ राशि = 2000 × $\left(1 + \frac{10}{100}\right)^2$

$\Rightarrow$ राशि = 2000 × $(1 + 0.1)^2$

$\Rightarrow$ राशि = 2000 × $(1.1)^2$

$\therefore$ राशि = 2420 रूपये

अत: विकल्प (E) सही है।

203. दिया हुआ:

I: $x^2 + 10x - 299 = 0$

$\Rightarrow x^2 + 23x - 13x - 299 = 0$

$\Rightarrow x(x + 23) - 13(x + 23) = 0$

$\Rightarrow (x + 23) × (x - 13) = 0$

$\Rightarrow x = 13, (-23)$

II: $y^2 + 22y + 117 = 0$

$\Rightarrow y^2 + 9y + 13y + 117 = 0$

$\Rightarrow y × (y + 9) + 13 × (y + 9) = 0$

$\Rightarrow (y + 9) × (y + 13) = 0$

$\Rightarrow y = (-13), (-9)$

x और y के बीच तुलना (तालिका के माध्यम से):

x का मान x	संबंध	y का मान
13	>	-13
13	>	-9
-23	<	-13
-23	<	-9

$\therefore$ तालिका से, x और y के बीच सम्बन्ध निर्धारित नहीं किया जा सकता है।

अत: विकल्प (C) सही है।

204. दिया हुआ:

I. $x^2 + 10x - 24 = 0$

$\Rightarrow x^2 + 12x - 2x - 24 = 0$

$\Rightarrow x(x + 6) - 2(x + 6) = 0$

$\Rightarrow (x + 6)(x - 2) = 0$

$\Rightarrow x = -6, 2$

II. $3y^2 - 12y - 15 = 0$

$\Rightarrow 3y^2 - 15y + 3y - 15 = 0$

$\Rightarrow 3y(y - 5) + 3(y - 3) = 0$

$\Rightarrow (3y + 5)\ (3y + 3) = 0$

$\Rightarrow y = \dfrac{5}{3}, -1$

x और y के बीच तुलना (सारणीकरण के माध्यम से):

x का मान	y का मान	x, y के बीच संबंध
-6	$\dfrac{5}{3}$	x < y
-6	-1	x > y
2	$-\dfrac{5}{3}$	x > y
2	-3	x > y

∴ x और y के बीच कोई संबंध नहीं है।

अतः विकल्प (C) सही है।

205. दिया हुआ:

I. $x^2 - 5x + 6 = 0$

$\Rightarrow x^2 - 3x - 2x + 6 = 0$

$\Rightarrow x(x - 3) - 2(x - 3) = 0$

$\Rightarrow (x - 2)\ (x - 3) = 0$

$\Rightarrow x = 2, 3$

II. $y^2 - 6y + 9 = 0$

$\Rightarrow y^2 - 3y - 3y + 9 = 0$

$\Rightarrow y(y - 3) - 3(y - 3) = 0$

$\Rightarrow (y - 3)\ (y - 3)$

$\Rightarrow y = 3, 3$

x और y के बीच तुलना (सारणीकरण के माध्यम से):

x का मान	y का मान	संबंध
2	3	x < y
2	3	x < y
3	3	x = y
3	3	x = y

∴ अभीष्ट परिणाम x ≤ y होगा।

अतः विकल्प (D) सही है।

206. हैरी और रॉन के निवेश का अनुपात = 50000 : 35000 = 10 : 7

उन्हें 7480 रु. का नुकसान हुआ, जो उनके निवेश के 10 : 7 अनुपात में उनमें विभाजित होगा।

इसलिए,

हैरी द्वारा झेला गया नुकसान = $\dfrac{10}{17}$ × 7480 = 4400 रु.

रॉन द्वारा झेला गया नुकसान = 7480 – 4400 = 3080 रु.

अब, हर्मियोन का निवेश = 25000 रु.

∴ हैरी, रॉन और हर्मियोन के निवेश का अनुपात = 50000 : 35000 : 25000 = 10 : 7 : 5

दूसरे वर्ष में, उन्होंने सभी नुकसानों को कवर किया और अतिरिक्त लाभ कमाया= 4520 रु

∴ द्वितीय वर्ष में हुआ कुल लाभ = 7480 + 4520 = 12000 रु.

इसमें से 12% हर्मियोन को व्यवसाय संभालने के लिए मुआवजे के रूप में दिया जाता है।

∴ व्यवसाय संभालने के लिए हर्मियोन की आय= 12000 का 12% = 1440 रु.

शेष लाभ तीनों में उनके निवेश के अनुपात में विभाजित होगा।

शेष लाभ = 12000 – 1440 = 10560 रु.

अतः

द्वितीय वर्ष के लाभ में हैरी का भाग = $\dfrac{10}{22}$ × 10560 = 4800 रु.

द्वितीय वर्ष में हैरी की आय = द्वितीय वर्ष का लाभ – प्रथम वर्ष का नुकसान = 4800 – 4400 = 400 रु.

अतः सही विकल्प (B) है।

207. 25 किग्रा बेचकर दुकानदार ने कमाया 20% लाभ

कुल क्रय मूल्य = 25 × 20

$\Rightarrow$ कुल क्रय मूल्य = 500 रुपये

25 किग्रा बेचने पर प्राप्त लाभ = 500 का 20%

$\Rightarrow$ 25 किग्रा बेचने पर प्राप्त लाभ = 100

अर्थात वजन में लाभ धन के लाभ के संगत है = लाभ/क्रय मूल्य

$\Rightarrow$ वजन में लाभ $=\dfrac{100}{20}$

$\Rightarrow$ वजन के संदर्भ में लाभ = 5 किलोग्राम

अर्थात 25 किलोग्राम वजन में से, दुकानदार वास्तव में केवल 20 किलोग्राम का उपयोग करता है।

प्रति किलोग्राम नुकसान $=\dfrac{5}{25}$

$\Rightarrow$ प्रति किलोग्राम वजन में कमी $=\dfrac{1}{5}$ kg

$\Rightarrow$ प्रति किलोग्राम वजन में कमी = 200g

∴ दुकानदार 20% लाभ प्राप्त करने के लिए 25 किलो पर 200 ग्राम प्रति किलोग्राम वजन कम कर देता है।

अतः विकल्प (C) सही है।

208. माना अंकित मूल्य x है।

$\Rightarrow$ तो छूट $= \dfrac{80}{100} = \dfrac{8}{10}$

$\Rightarrow$ जीएसटी सहित कुल मूल्य $GST =$

$\Rightarrow \left[\left(\dfrac{8x}{10}\right) + \left(\dfrac{8}{100} \times \dfrac{8x}{10}\right)\right]$

$\Rightarrow \dfrac{8x}{18} + \dfrac{8}{125}$

$\Rightarrow \dfrac{108x}{125}$

$\therefore \dfrac{108x}{125} = 4104$

$\Rightarrow x = 4750$

अंकित मूल्य 4750 रुपये है।

अतः विकल्प (C) सही है।

209. दी गयी जानकारी के अनुसार,

दिशा 24 दिनों के लिए काम पर जाती है।

∵ राहुल के काम पर जाने के दिनों की संख्या दिशा द्वारा काम करने के दिनों की संख्या से 25% कम है।

$\Rightarrow 24 \times \dfrac{3}{4} = 18$

∴ राहुल 18 दिनों के लिए काम करता है।

∵ राहुल और अभिषेक द्वारा काम करने के दिनों की संख्या का अनुपात क्रमशः 3 : 2 है।

माना कि अभिषेक 12 दिनों के लिए काम करता है।

$18 : x = 3 : 2$

$\Rightarrow x = 12$

∴ अभिषेक 12 दिनों के लिए काम करता है।

∵ अभिषेक द्वारा काम किये गए दिनों की संख्या प्रिया द्वारा काम किये गए दिनों की संख्या से 25% कम है।

माना कि प्रिया x दिनों के लिए काम करती है।

$\Rightarrow 12 : x = 3 : 4$

$\Rightarrow x = 16$

∴ प्रिया 16 दिनों के लिए काम करती है।

∵ काम पर प्रिया की उपस्थिति निर्मा द्वारा काम करने के कुल दिनों का 80% है।

माना कि निर्मा x दिनों के लिए काम करती है।

$\Rightarrow 16 : x = 4 : 5$

$\Rightarrow x = 20$

∴ निर्मा 20 दिनों के लिए काम करती है।

∵ अभिषेक, वरुण और रम्या द्वारा काम किये गए दिनों की संख्या का संबंधित अनुपात 3 : 7 : 2 है।

$\Rightarrow$ अभिषेक : वरुण : रम्या = 3 : 7 : 2

$\Rightarrow 12 :$ वरुण : रम्या = 3 : 7 : 2

∴ वरुण और रम्या क्रमशः 28 और 8 दिनों के लिए काम करते हैं।

∵ वीरू द्वारा काम किये गए दिनों की संख्या रम्या द्वारा काम किये गए दिनों की संख्या से 75% अधिक है।

माना कि वीरू x दिनों के लिए काम करता है।

$\Rightarrow x : 8 = 7 : 4$

$\Rightarrow x = 14$

∴ वीरू 14 दिनों के लिए काम करता है।

अतः निम्नलिखित तालिका बनाई जा सकती है।

लड़का	दिनों की संख्या	लड़कियां	दिनों की संख्या
राहुल	18	दिशा	24
अभिषेक	12	रम्या	8
वरुण	28	निर्मा	20
वीरू	14	प्रिया	16

∵ स्पेंसर में प्रति दिन का वेतन = 2000 रुपए

∵ वीरू द्वारा काम किये गए दिनों की संख्या = 14

अतः मासिक वेतन = 14 × 2000 = 28,000 रुपए

अतः विकल्प (B) सही है।

210. दी गयी जानकारी के अनुसार,

दिशा 24 दिनों के लिए काम पर जाती है।

∵ राहुल के काम पर जाने के दिनों की संख्या दिशा द्वारा काम करने के दिनों की संख्या से 25% कम है।

$\Rightarrow 24 \times \dfrac{3}{4} = 18$

∴ राहुल 18 दिनों के लिए काम करता है।

∵ राहुल और अभिषेक द्वारा काम करने के दिनों की संख्या का अनुपात क्रमशः 3 : 2 है।

माना कि अभिषेक 12 दिनों के लिए काम करता है।

$18 : x = 3 : 2$

$\Rightarrow x = 12$

∴ अभिषेक 12 दिनों के लिए काम करता है।

∵ अभिषेक द्वारा काम किये गए दिनों की संख्या प्रिया द्वारा काम किये गए दिनों की संख्या से 25% कम है।

माना कि प्रिया x दिनों के लिए काम करती है।

$\Rightarrow 12 : x = 3 : 4$

$\Rightarrow x = 16$

∴ प्रिया 16 दिनों के लिए काम करती है।

∵ काम पर प्रिया की उपस्थिति निर्मा द्वारा काम करने के कुल दिनों का 80% है।

माना कि निर्मा x दिनों के लिए काम करती है।

$\Rightarrow 16 : x = 4 : 5$

$\Rightarrow x = 20$

∴ निर्मा 20 दिनों के लिए काम करती है।

∵ अभिषेक, वरुण और रम्या द्वारा काम किये गए दिनों की संख्या का संबंधित अनुपात 3 : 7 : 2 है।

$\Rightarrow$ अभिषेक : वरुण : रम्या = 3 : 7 : 2

$\Rightarrow 12 :$ वरुण : रम्या = 3 : 7 : 2

∴ वरुण और रम्या क्रमशः 28 और 8 दिनों के लिए काम करते हैं।

∵ वीरू द्वारा काम किये गए दिनों की संख्या रम्या द्वारा काम किये गए दिनों की संख्या से 75% अधिक है।

माना कि वीरू x दिनों के लिए काम करता है।

$\Rightarrow x : 8 = 7 : 4$

$\Rightarrow x = 14$

∴ वीरू 14 दिनों के लिए काम करता है।

अतः निम्नलिखित तालिका बनाई जा सकती है।

लड़का	दिनों की संख्या	लड़कियां	दिनों की संख्या
राहुल	18	दिशा	24
अभिषेक	12	रम्या	8
वरुण	28	निर्मा	20
वीरू	14	प्रिया	16

∴ वीरू द्वारा काम किये गए दिनों की संख्या = 14

⇒ वीरू दिनों की संख्या के आधे दिनों के लिए काम करता है = 7

∴ रम्या द्वारा काम किये गए दिनों की संख्या = 8

⇒ रम्या दोगुने दिनों की संख्या के लिए काम करती है = 16

⇒ उनके द्वारा काम किये गए दिन = 7 + 16 = 23

∴ बिग बास्केट में प्रति दिन का वेतन = 3000 रुपए

⇒ महीने के अंत में उनके द्वारा प्राप्त धनराशि = 23 × 3000 = 69,000 रुपए

अतः विकल्प (B) सही है।

211. दी गयी जानकारी के अनुसार,

दिशा 24 दिनों के लिए काम पर जाती है।

∴ राहुल के काम पर जाने के दिनों की संख्या दिशा द्वारा काम करने के दिनों की संख्या से 25% कम है।

$\Rightarrow 24 \times \dfrac{3}{4} = 18$

∴ राहुल 18 दिनों के लिए काम करता है।

∴ राहुल और अभिषेक द्वारा काम करने के दिनों की संख्या का अनुपात क्रमशः 3 : 2 है।

माना कि अभिषेक 12 दिनों के लिए काम करता है।

18 : x = 3 : 2

$\Rightarrow x = 12$

∴ अभिषेक 12 दिनों के लिए काम करता है।

∴ अभिषेक द्वारा काम किये गए दिनों की संख्या प्रिया द्वारा काम किये गए दिनों की संख्या से 25% कम है।

माना कि प्रिया x दिनों के लिए काम करती है।

$\Rightarrow 12 : x = 3 : 4$

$\Rightarrow x = 16$

∴ प्रिया 16 दिनों के लिए काम करती है।

∴ काम पर प्रिया की उपस्थिति निर्मा द्वारा काम करने के कुल दिनों का 80% है।

माना कि निर्मा x दिनों के लिए काम करती है।

$\Rightarrow 16 : x = 4 : 5$

$\Rightarrow x = 20$

∴ निर्मा 20 दिनों के लिए काम करती है।

∴ अभिषेक, वरुण और रम्या द्वारा काम किये गए दिनों की संख्या का संबंधित अनुपात 3 : 7 : 2 है।

⇒ अभिषेक : वरुण : रम्या = 3 : 7 : 2

⇒ 12 : वरुण : रम्या = 3 : 7 : 2

∴ वरुण और रम्या क्रमशः 28 और 8 दिनों के लिए काम करते हैं।

∴ वीरू द्वारा काम किये गए दिनों की संख्या रम्या द्वारा काम किये गए दिनों की संख्या से 75% अधिक है।

माना कि वीरू x दिनों के लिए काम करता है।

$\Rightarrow x : 8 = 7 : 4$

$\Rightarrow x = 14$

∴ वीरू 14 दिनों के लिए काम करता है।

अतः निम्नलिखित तालिका बनाई जा सकती है।

लड़का	दिनों की संख्या	लड़कियां	दिनों की संख्या
राहुल	18	दिशा	24
अभिषेक	12	रम्या	8
वरुण	28	निर्मा	20
वीरू	14	प्रिया	16

∴ लड़कियों द्वारा काम किये गए दिनों की संख्या = 68

⇒ लड़कियों द्वारा काम किये गए दिनों की औसत संख्या = $\dfrac{64}{4}$ = 17

⇒ बिग बास्केट में काम के दिनों की औसत संख्या = 17

∴ बिग बास्केट में कर्मचारियों की संख्या = 220

∴ वेतनों के भुगतान में कंपनी द्वारा खर्च की गयी धनराशि = 220 × 17 × 3000

= 1,12,20,000 रुपए

अतः विकल्प (A) सही है।

212. दी गयी जानकारी के अनुसार,

∴ सभी चार कंपनियों में काम करने वाले कर्मचारियों की औसत संख्या 205 है।

∴ स्पेंसर में कर्मचारियों की संख्या = (205 × 4) – [160 + 180 + 220] = 260

∴ स्पेंसर वेतन के भुगतान में कुल 9360000 रुपए खर्च करता है।

हालाँकि, स्पेंसर में कर्मचारियों द्वारा काम के औसत दिन = $\dfrac{9360000}{(260 \times 2000)}$ = 18

∴ डीमार्ट में कर्मचारियों द्वारा काम के औसत दिन = 24

∴ डीमार्ट और स्पेंसर में कर्मचारियों द्वारा काम के औसत दिनों का अनुपात = 24 : 18 = 4 : 3

अतः विकल्प (A) सही है।

213. दी गयी जानकारी के अनुसार,

दिशा 24 दिनों के लिए काम पर जाती है।

∴ राहुल के काम पर जाने के दिनों की संख्या दिशा द्वारा काम करने के दिनों की संख्या से 25% कम है।

$\Rightarrow 24 \times \dfrac{3}{4} = 18$

∴ राहुल 18 दिनों के लिए काम करता है।

∴ राहुल और अभिषेक द्वारा काम करने के दिनों की संख्या का अनुपात क्रमशः 3 : 2 है।

माना कि अभिषेक 12 दिनों के लिए काम करता है।

$\Rightarrow 18 : x = 3 : 2$

$\Rightarrow x = 12$

∴ अभिषेक 12 दिनों के लिए काम करता है।

∴ अभिषेक द्वारा काम किये गए दिनों की संख्या प्रिया द्वारा काम किये गए दिनों की संख्या से 25% कम है।

माना कि प्रिया x दिनों के लिए काम करती है।

$\Rightarrow 12 : x = 3 : 4$

$\Rightarrow x = 16$

∴ प्रिया 16 दिनों के लिए काम करती है।

∴ काम पर प्रिया की उपस्थिति निर्मा द्वारा काम करने के कुल दिनों का 80% है।

माना कि निर्मा x दिनों के लिए काम करती है।

$\Rightarrow 16 : x = 4 : 5$

$\Rightarrow x = 20$

∴ निर्मा 20 दिनों के लिए काम करती है।

∴ अभिषेक, वरुण और रम्या द्वारा काम किये गए दिनों की संख्या का संबंधित अनुपात 3 : 7 : 2 है।

$\Rightarrow$ अभिषेक : वरुण : रम्या = 3 : 7 : 2

$\Rightarrow 12$: वरुण : रम्या = 3 : 7 : 2

∴ वरुण और रम्या क्रमशः 28 और 8 दिनों के लिए काम करते हैं।

∴ वीरू द्वारा काम किये गए दिनों की संख्या रम्या द्वारा काम किये गए दिनों की संख्या से 75% अधिक है।

माना कि वीरू x दिनों के लिए काम करता है।

$\Rightarrow x : 8 = 7 : 4$

$\Rightarrow x = 14$

∴ वीरू 14 दिनों के लिए काम करता है।

अतः निम्नलिखित तालिका बनाई जा सकती है।

लड़का	दिनों की संख्या	लड़कियां	दिनों की संख्या
राहुल	18	दिशा	24
अभिषेक	12	रम्या	8
वरुण	28	निर्मा	20
वीरू	14	प्रिया	16

लड़कों द्वारा मिलकर काम किये गए दिनों की औसत संख्या $= \dfrac{72}{4} = 18$

लड़कियों द्वारा मिलकर काम किये गए दिनों की औसत संख्या $= \dfrac{68}{4} = 17$

∴ आवश्यक अनुपात = 18 : 17

अतः विकल्प (A) सही है।

214. दिया गया है,

107 से 1006 के बीच की संख्या $= 900$

संभव परिणामों की संख्या $= n(S) = 900$

11 और 37 दोनों से विभाजित होने वाली 107 से 1006 तक की संख्याएं = {407, 814}

$= 2$

पत्तों पर संख्याएँ जो 11 और 37 दोनों से अविभाजित हैं = 900 - 2

$= 898$

∴ प्रायिकता = n(अनुकूल घटनाएं)/n(संभव परिणाम)

$= \dfrac{898}{900}$

$= 0.998$

अतः विकल्प (A) सही है।

215. दिया गया,

शांत जल में नाव की गति और नदी की गति के बीच का अनुपात 4 : 1

नाव के गति नीचे की ओर $= 12 \times \dfrac{60}{36}$

$= 20$ किमी/घंटा

शांत जल में नाव की गति $= 20 \times \dfrac{4}{5}$

$= 16$ किमी/घंटा

धारा की गति $= 20 \times \dfrac{1}{5}$

$= 4$ किमी/घंटा

नाव धारा के प्रतिकूल A से C जाती है, जब नदी की दिशा बदलती है तो नाव फिर से बिंदु C से ऊपर की ओर शुरू होती है लेकिन जब नाव नदी के मध्य बिंदु पर पहुँचती है तो दिशा बदल जाती है और अब नाव B से A की धारा के अनुकूल दूरी तय करती है,

प्रश्न के अनुसार,

$\dfrac{x+24}{(16-4)} + \dfrac{x+24}{2(16-4)} + \dfrac{x+24}{2(16+4)} = \dfrac{63}{5}$

$\Rightarrow \dfrac{x+24}{12} + \dfrac{x+24}{24} + \dfrac{x+24}{40} = \dfrac{63}{5}$

$\Rightarrow 18x = 1512 - 432$

$\Rightarrow x = 60$ किमी

नाव द्वारा तय की गई कुल दूरी $= 2 \times (60 + 24)$

$= 168$ किमी

अतः विकल्प (B) सही है।

216. दिया है:

रोहित द्वारा लिया गया समय = 36 दिन

स्मिता द्वारा लिया गया समय = 24 दिन

दोनों को एकसाथ कार्य पूर्ण करने में लगा समय = $\frac{72}{5}$ दिन

गणना:

रोहित और स्मिता द्वारा लिए गए समय का अनुपात = 36: 24 या 3: 2

∴ रोहित और स्मिता की दक्षता का अनुपात = 2: 3

∴ स्मिता रोहित से = $\left[\frac{(3-2)}{2}\right] \times 100 = 50\%$ अधिक दक्ष है।

अतः विकल्प (A) सही है।

217. दिया है:

एक व्यक्ति द्वारा कार्य करने में लिया गया समय = 20 दिन

एक महिला द्वारा कार्य करने में लिया गया समय = 30 दिन

एक लड़के द्वारा कार्य करने में लिया गया समय = 40 दिन

सूत्र:

कुल काम = दक्षता × लिया गया समय

गणना:

माना कुल काम x इकाई है।

एक पुरुष की दक्षता = $\frac{x}{20}$

एक महिला की दक्षता = $\frac{x}{30}$

एक लड़के की दक्षता = $\frac{x}{40}$

तो 4 पुरुषों की दक्षता = $4 \times \left(\frac{x}{20}\right) = \frac{x}{5}$

अब 5 लड़कों की दक्षता = $5 \times \left(\frac{x}{40}\right) = \frac{x}{8}$

4 पुरुषों और 5 लड़कों की कुल दक्षता = $\left(\frac{x}{5}\right) + \left(\frac{x}{8}\right) = \frac{13x}{40}$

अब 4 दिन में 4 पुरुषों और 5 लड़कों द्वारा कार्य किया जाता है।

$\Rightarrow 4 \times \left(\frac{13x}{40}\right)$ इकाई

$= \frac{13x}{10}$ इकाई

शेष कार्य = 2x - प्रारंभिक कार्य

$= 2x - \left(\frac{13x}{10}\right) = \frac{7x}{10}$

तो, शेष कार्य 1 दिन में महिलाओं द्वारा किया जाता है।

अब महिलाओं की संख्या = (शेष कार्य/एक महिला की दक्षता)

$\Rightarrow \frac{\left(\frac{7x}{10}\right)}{\left(\frac{x}{30}\right)} = 21$ महिलाएं

∴ 1 दिन में काम पूरा करने के लिए 21 महिलाओं की सहायता की आवश्यकता है।

अतः विकल्प (D) सही है।

218. ∵ प्रत्येक मूल्य वर्ग, के रूपये का मूल्य 120 रूपये है।

∴ चरों को मिलाकर कुल रूपये 4 × 120 = 480 रूपये

A के पास B, C और D के रूपये का औसत रूपये हैं।

$\Rightarrow A = \frac{(B+C+D)}{3}$

$\Rightarrow 3A = B + C + D$

दोनों तरफ A जोड़ने पर,

$\Rightarrow 4A = A + B + C + D$

$\Rightarrow A = 120$

∴ A के पास 120 रूपये की राशि हैं।

अतः विकल्प (B) सही है।

219. प्रश्न में दी गयी जानकारी के आधार पर, हम एक तालिका बना सकते हैं जो विभिन्न व्यक्ति के पास विभिन्न मूल्य वर्ग के सिक्कों की संख्या को दर्शाती है।

	1 रूपये	2 रूपये	5 रूपये	10 रूपये
A	20	10	$\frac{(x+y)}{2}$	3
B	-	20	a	0
C	60	-	b	6
D	-	x	y	3

∵ प्रत्येक मूल्य वर्ग, के रूपये का मूल्य 120 रूपये है।

∴ चरों को मिलाकर कुल रूपये 4 × 120 = 480 रूपये

A के पास B, C और D के रूपये का औसत रूपये हैं।

$\Rightarrow A = \frac{(B+C+D)}{3}$

$\Rightarrow 3A = B + C + D$

दोनों तरफ A जोड़ने पर,

$\Rightarrow 4A = A + B + C + D$

$\Rightarrow A = 120$

∴ A के पास कुल 120 रूपये है,

$\Rightarrow 20 \times 1 + 10 \times 2 + \{(x + y) \div 2\} \times 5 + 3 \times 10 = 120$

$\Rightarrow \{(x + y) \div 2\} \times 5 = 120 - 20 - 20 - 30 = 50$

$\Rightarrow x + y = 20$

∴ A के पास कुल सिक्कों की संख्या = 20 + 10 + 10 + 3 = 43

यह दिया गया है कि, A के पास कुल सिक्के B और D के पास कुल सिक्कों की संख्या का औसत है।

$\Rightarrow (120 - 20 - 60) + 20 + a + x + y + 3 = 2 \times 43$

$\Rightarrow (120 - 20 - 60) + 20 + a + 20 + 3 = 86$

$\Rightarrow a = 3$

∴ B के पास 5 रूपये के सिक्के की संख्या 3 है।

अतः विकल्प (A) सही है।

220. प्रश्न में दी गयी जानकारी के आधार पर, हम एक तालिका बना सकते हैं जो विभिन्न व्यक्ति के पास विभिन्न मूल्य वर्ग के सिक्कों की संख्या को दर्शाती है।

	1 रूपये	2 रूपये	5 रूपये	10 रूपये
A	20	10	$\frac{(x+y)}{2}$	3
B	-	20	a	0
C	60	-	b	6
D	-	x	y	3

∵ प्रत्येक मूल्य वर्ग, के रूपये का मूल्य 120 रूपये है।

∴ चरों को मिलाकर कुल रूपये 4 × 120 = 480 रूपये

A के पास B, C और D के रूपये का औसत रूपये हैं।

$$\Rightarrow A = \frac{(B+C+D)}{3}$$

$\Rightarrow 3A = B + C + D$

दोनों तरफ A जोड़ने पर,

$\Rightarrow 4A = A + B + C + D$

$\Rightarrow A = 120$

∴ A के पास कुल 120 रूपये है,

$\Rightarrow 20 \times 1 + 10 \times 2 + \{(x + y) \div 2\} \times 5 + 3 \times 10 = 120$

$\Rightarrow \{(x + y) \div 2\} \times 5 = 120 - 20 - 20 - 30 = 50$

$\Rightarrow x + y = 20$

हम जानते है की 5 रूपये के मूल्य वर्ग के 120 रूपये है

$\Rightarrow$ 5 रूपये के सिक्कों की संख्या = 24

∵ $a + b = 10$

$\Rightarrow (x + y) \div 2 + a + b + y = 24$

$\Rightarrow 10 + 10 + y = 24$

$\Rightarrow y = 4$

$\Rightarrow x = 20 - 4 = 16$

∴ 1 रूपये के सिक्कों की संख्या 15 है।

∴ D के रुपयों का कुल मूल्य = $15 \times 1 + 16 \times 2 + 4 \times 5 + 3 \times 10$

$\Rightarrow D = 15 + 32 + 20 + 30 = 97$

अत: विकल्प (D) सही है।

221. प्रश्न में दी गयी जानकारी के आधार पर, हम एक तालिका बना सकते हैं जो विभिन्न व्यक्ति के पास विभिन्न मूल्य वर्ग के सिक्कों की संख्या को दर्शाती है।

	1 रूपये	2 रूपये	5 रूपये	10 रूपये
A	20	10	$\frac{(x+y)}{2}$	3
B	-	20	a	0
C	60	-	b	6
D	-	x	y	3

∵ प्रत्येक मूल्य वर्ग, के रूपये का मूल्य 120 रूपये है।

∴ चरों को मिलाकर कुल रूपये 4 × 120 = 480 रूपये

A के पास B, C और D के रूपये का औसत रूपये हैं।

$$\Rightarrow A = \frac{(B+C+D)}{3}$$

$\Rightarrow 3A = B + C + D$

दोनों तरफ A जोड़ने पर,

$\Rightarrow 4A = A + B + C + D$

$\Rightarrow A = 120$

∴ A के पास कुल 120 रूपये है,

$\Rightarrow 20 \times 1 + 10 \times 2 + \{(x + y) \div 2\} \times 5 + 3 \times 10 = 120$

$\Rightarrow \{(x + y) \div 2\} \times 5 = 120 - 20 - 20 - 30 = 50$

$\Rightarrow x + y = 20$

∴ A के पास कुल सिक्कों की संख्या = 20 + 10 + 10 + 3 = 43

यह दिया गया है कि A के पास कुल सिक्के B और D के पास कुल सिक्कों की संख्या का औसत हैं।

$\Rightarrow (120 - 20 - 60) + 20 + a + x + y + 3 = 2 \times 43$

$\Rightarrow (120 - 20 - 60) + 20 + a + 20 + 3 = 86$

$\Rightarrow a = 3$

B के पास 1 रूपये के सिक्कों की संख्या 25 है।

∴ B के पास कुल सिक्कों की संख्या = 25 + 20 + 3 = 48

अत: विकल्प (B) सही है।

222. प्रश्न में दी गयी जानकारी के आधार पर, हम एक तालिका बना सकते हैं जो विभिन्न व्यक्ति के पास विभिन्न मूल्य वर्ग के सिक्कों की संख्या को दर्शाता है।

	1 रूपये	2 रूपये	5 रूपये	10 रूपये
A	20	10	$\frac{(x+y)}{2}$	3
B	-	20	a	0
C	60	-	b	6
D		x	y	3

∵ प्रत्येक मूल्य वर्ग, के रूपये का मूल्य 120 रूपये है।

∴ चरों को मिलाकर कुल रूपये 4 × 120 = 480 रूपये

A के पास B, C और D के रूपये का औसत रूपये हैं।

$$\Rightarrow A = \frac{(B+C+D)}{3}$$

$\Rightarrow 3A = B + C + D$

दोनों तरफ A जोड़ने पर,

$\Rightarrow 4A = A + B + C + D$

$\Rightarrow A = 120$

∴ A के पास कुल 120 रूपये है,

B और D के पास कुल रूपये = $\{(120 - 20 - 60) \times 1\} + \{(20 + x) \times 2\} + \{(a + y) \times 5\} + \{(0 + 3) \times 10\}$

= $(40 \times 1) + \{(20 + 16) \times 2\} + \{(3 + 4) \times 5\} + \{(0 + 3) \times 10\}$

= $(40 \times 1) + (36 \times 2) + (7 \times 5) + (3 \times 10)$

= $40 + 72 + 35 + 30 = 177$

B और D के पास रूपये का औसत = कुल रूपये/2

= $177 \div 2$

= 88.5

अत: विकल्प (C) सही है।

223. दिया है:

वर्ष 2018 में तीनों कंपनियों में कर्मचारियों का अनुपात = 36 : 51 : 52

वर्ष 2019 में जब प्रत्येक कंपनी में 50 कर्मचारियों की वृद्धि होती है तो तीनों कंपनियों में कर्मचारियों का अनुपात = 41 : 56 : 57

माना 2018 में तीनों कंपनियों में कर्मचारियों की संख्या 36x, 51x और 52x है।

प्रश्न के अनुसार:

$$\frac{(36x + 50)}{(51x + 50)} = \frac{41}{56}$$

$\Rightarrow 2016x + 2800 = 2091x + 2050$

$\Rightarrow 2016x - 2091x = 2050 - 2800$

$\Rightarrow -75x = -750$

$\Rightarrow x = 10$

पहली कंपनी में कर्मचारियों की संख्या = 36x + 50 = 360 + 50 = 410

दूसरी कंपनी में कर्मचारियों की संख्या = 51x + 50 = 510 + 50 = 560

तीसरी कंपनी में कर्मचारियों की संख्या = 52x + 50 = 520 + 50 = 570

∴ वर्ष 2019 में तीनों कंपनियों में कर्मचारियों की कुल संख्या = 410 + 560 + 570 = 1540

अत: विकल्प (B) सही है।

224. दिया है:

$$11.97 \times 9.04 + ? - 12.06 \div 6.03 = 152.98$$

अनुमानित मान लेते हुए, हम प्राप्त करते हैं कि

$$\Rightarrow 12 \times 9 + ? - 12 \div 6 = 153$$

$$\Rightarrow 108 + ? - 2 = 153$$

$\Rightarrow ? = 153 - 108 + 2$

$\Rightarrow ? = 155 - 108$

$\Rightarrow ? = 47$

$\therefore$? का मान 47 है।

अत: विकल्प (E) सही है।

225. दिया है:

$? \div 3.02 + 46.02 \times 4.99 - 12.02 = 317.05$

अनुमानित मान लेते हुए, हम प्राप्त करते हैं कि

$\Rightarrow ? \div 3 + 46 \times 5 - 12 = 317$

$\Rightarrow ? \div 3 + 230 - 12 = 317$

$\Rightarrow \dfrac{?}{3} = 317 - 230 + 12$

$\Rightarrow \dfrac{?}{3} = 329 - 230$

$\Rightarrow \dfrac{?}{3} = 99$

$\Rightarrow ? = 99 \times 3$

$\Rightarrow ? = 297$

$\therefore$? का मान 297 है।

अत: विकल्प (B) सही है।

226. दिया है:

$259.92 \div 3.98 + 70.05 \times ? + 8.95 = 284.05$

अनुमानित मान लेते हुए, हम प्राप्त करते हैं कि

$\Rightarrow 260 \div 4 + 70 \times ? + 9 = 284$

$\Rightarrow 65 + 70 \times ? + 9 = 284$

$\Rightarrow 70 \times ? = 284 - 65 - 9$

$\Rightarrow 70 \times ? = 284 - 74$

$\Rightarrow 70 \times ? = 210$

$\Rightarrow ? = 3$

$\therefore$? का मान 3 है।

अत: विकल्प (A) सही है।

227. दी गई श्रृंखला है:

2, 4, 7, 12, 19, 29

पैटर्न है:

$2 + 2 = 4$

$4 + 3 = 7$

$7 + 5 = 12$

$12 + 7 = 19$

$19 + 11 = 30$

इसलिए गलत संख्या 29 है।

अतः विकल्प (E) सही है।

228. दी गई श्रृंखला है:

1, 3, 7, 12, 21, 31

पैटर्न है:

$1 \times 1 - 0 = 1$

$2 \times 2 - 1 = 3$

$3 \times 3 - 2 = 7$

$4 \times 4 - 3 = 13$

$5 \times 5 - 4 = 21$

$6 \times 6 - 5 = 31$

इसलिए गलत संख्या 12 है।

अतः विकल्प (C) सही है।

229. दी गई श्रृंखला है:

4,6,18,49,201,1011

पैटर्न है:

$4 \times 1 + 2 = 6$

$6 \times 2 + 3 = 15 \neq 18$

$15 \times 3 + 4 = 49$

$49 \times 4 + 5 = 201$

$201 \times 5 + 6 = 1011$

इसलिए गलत संख्या 18 है।

अतः विकल्प (C) सही है।

230. दी गई श्रृंखला है:

8, 18, 42, 107, 300, 870, 2574

पैटर्न है:

$8 \times 3 - 6 = 18$

$18 \times 3 - 12 = 42$

$42 \times 3 - 18 = 108$

$108 \times 3 - 24 = 300$

$300 \times 3 - 30 = 870$

$870 \times 3 - 36 = 2574$

इसलिए गलत संख्या 107 है।

अतः विकल्प (B) सही है।

231. दिया है:

राघव, धर्मेंद्र और अनमोल की दक्षता का अनुपात $5:6:10$ है।

∴ उनके द्वारा कार्य को पूरा करने में लिए गए समय का अनुपात $=$ $6:5:3$ ......-(5, 6 और 10 का लघुत्तम समापवर्त्य $= 30$)

माना कि राघव, धर्मेंद्र और अनमोल द्वारा लिया गया समय $6x, 5x$ और $3x$ दिन है।

कथन I का उपयोग करने पर:

बिनोद, धर्मेन्द्र से 50% अधिक दक्ष है।

बिनोद द्वारा लिया गया समय $= 5x \times \dfrac{100}{150} = \dfrac{10x}{3}$

सिमरन द्वारा लिया गया समय y है।

बिनोद, धर्मेंद्र और सिमरन ने $\dfrac{60}{13}$ दिनों में कार्य को पूरा किया।

$$\dfrac{3}{10x} + \dfrac{1}{5x} + \dfrac{1}{y} = \dfrac{13}{60}$$

$$\Rightarrow \dfrac{1}{y} = \dfrac{13}{60} - \dfrac{5}{10x} \quad ----\text{(i)}$$

कथन I अकेले प्रश्न का उत्तर देने के लिए पर्याप्त नहीं है।

कथन II का उपयोग करने पर:

सिमरन, राघव और अनमोल ने $\dfrac{180}{39}$ दिनों में कार्य को पूरा किया

$$\dfrac{1}{y} + \dfrac{1}{6x} + \dfrac{1}{3x} = \dfrac{39}{180}$$

$$\Rightarrow \dfrac{1}{y} = \dfrac{39}{180} - \dfrac{3}{6x} \quad ----\text{(ii)}$$

कथन II अकेले प्रश्न का उत्तर देने के लिए पर्याप्त नहीं है।

कथन I और कथन II का एक साथ उपयोग करना:

समीकरण (i) और (ii)

$$\dfrac{13}{60} - \dfrac{1}{2x} = \dfrac{39}{180} - \dfrac{1}{2x}$$

∴ x का मान निर्धारित नहीं किया जा सकता है।

∴ यदि कथन I और II दोनों में एक साथ दी गयी जानकारी प्रश्न का उत्तर देने के लिए पर्याप्त नहीं है।

अतः विकल्प (D सही है।

232. दिया गया है:

कथन I से: समय $= 6.25$ वर्ष

कथन II से: समय $= 2$ वर्ष

मिश्रधन $= 6728$

मूलधन $= 5000$

कथन I से: माना कि राशि $= x$

दर $= y\%$

$$\Rightarrow x = x \times 6.25 \times y\%$$

$$\Rightarrow y = 16\%$$

कथन I प्रश्न का उत्तर देने के लिए पर्याप्त है।

कथन II से:

$$A = P \left(1 + \dfrac{r}{100}\right)^t$$

$$\Rightarrow 6728 = 5000 \left(1 + \dfrac{r}{100}\right)^2$$

$$\Rightarrow \dfrac{6728}{5000} = \left(1 + \dfrac{r}{100}\right)^2$$

$$\Rightarrow \dfrac{841}{624} = \left(1 + \dfrac{r}{100}\right)^2$$

$$\Rightarrow \dfrac{29}{25} = 1 + \dfrac{r}{100}$$

$$\Rightarrow \dfrac{29}{25} - 1 = \dfrac{r}{100}$$

$$\Rightarrow \dfrac{4}{25} = \dfrac{r}{100}$$

$$\Rightarrow r = 16\%$$

कथन II अकेले प्रश्न का उत्तर देने के लिए पर्याप्त है।

इस प्रकार, कथन I या II में दिया गया कोई भी एक आंकड़ा अकेले प्रश्न का उत्तर देने के लिए पर्याप्त है।

अतः विकल्प (C) सही है।

233. कथन (I):

दि सुहानी कार्य पूरा करने के लिए ' x' दिन लेती है।

राम कार्य का $\left(\dfrac{1}{3}\right)$ भाग ' $2x$ 'दिनों में पूरा करता हैं।

इसलिए, राम कुल ' $6x$' दिन लेता हैं।

∴ प्रश्न का उत्तर देने के लिए अकेला कथन I पर्याप्त नहीं है।

कथन (II):

सुहानी को कार्य पूरा करने में 5 दिन लगते हैं।

तब राम को कार्य पूरा करने में 30 दिन लगते हैं।

इसलिए, हम एक साथ लिए गए कुल दिनों की गणना कर सकते हैं।

∴ केवल कथन II पर्याप्त नहीं है।

कथन I और कथन II से,

राम और सुहानी द्वारा एक साथ कार्य पूरा करने में लिया गया कुल समय $=$ $\dfrac{1}{5} + \dfrac{1}{30} = \dfrac{7}{30}$

∴ कथन I और कथन II मिलकर पर्याप्त हैं, लेकिन दोनों में से कोई भी अकेले प्रश्न का उत्तर देने के लिए पर्याप्त नहीं है।

अतः विकल्प (C) सही है।

234. प्रश्न से, फ्रांस से भारत में कुल निर्यात $= 15\% = 120$ बिलियन डॉलर

कनाडा से भारत में कुल निर्यात $= 30\%$

∴ कनाडा से भारत में कुल निर्यात $= \dfrac{(120 \times 30)}{15}$

$= 240$ बिलियन डॉलर

भारत से कनाडा में आयात $= 175$ बिलियन डॉलर

$\therefore$ आवश्यक अंतर $= 240 - 175$

$= 65$ बिलियन डॉलर

कनाडा से भारत में आयात, भारत से कनाडा में निर्यात की तुलना में 65 बिलियन डॉलर अधिक था।

अत: विकल्प (D) सही है।

235. भारत में कुल आयात 1200 बिलियन डॉलर था

2020 में स्पेन से आयात $= 1200$ का $20\% = 240$

2020 में स्पेन से निर्यात $= 240$

$\therefore$ कोई व्यापार घाटा नहीं है

2020 में फ्रांस से आयात $= 1200$ का $15\% = 180$

2020 में फ्रांस से निर्यात $= 90$

$\therefore$ हाँ, व्यापार घाटा है

2020 में इंग्लैंड से आयात $= 1200$ का $12\% = 144$

2020 में इंग्लैंड से निर्यात $= 160$

$\therefore$ कोई व्यापार घाटा नहीं है

2020 में कनाडा से आयात $= 1200$ का $30\% = 360$

2020 में कनाडा से निर्यात $= 175$

$\therefore$ हाँ, व्यापार घाटा है

2020 में इटली से आयात $= 1200$ का $23\% = 276$

2020 में इटली से निर्यात $= 250$

$\therefore$ हाँ, व्यापार घाटा है

फ्रांस, कनाडा और इटली से व्यापार घाटा हुआ है।

अत: विकल्प (C) सही है।

236. वर्ष 2019 में, इंग्लैंड से भारत में आयात = भारत से इंग्लैंड में निर्यात $= 120$ बिलियन डॉलर

वर्ष 2020, इंग्लैंड से भारत में आयात $= 120$ बिलियन डॉलर से 10% कम $= 108$ बिलियन डॉलर

भारत में कुल आयात का 12%

$\therefore$ भारत में कुल आयात

$= \dfrac{(108 \times 100)}{12} = 900$ बिलियन डॉलर

स्पेन से भारत में आयात $= 900$ का 20%

$= 180$ बिलियन डॉलर

भारत से स्पेन में निर्यात $= 240$ बिलियन डॉलर

$\therefore$ वांछित अंतर $= 240 - 180$

$= 60$ बिलियन डॉलर

स्पेन से भारत में निर्यात और स्पेन से भारत में आयात के बीच में अंतर 60 बिलियन डॉलर है।

अत: विकल्प (A) सही है।

237. वर्ष 2017 में, भारत से फ्रांस में निर्यात, भारत में फ्रांस से आयात के समान था $= 90$

$=$ कुल आयात का 15%

$\therefore$ कुल आयात $= \dfrac{(90 \times 100)}{15}$

$= 600$ बिलियन डॉलर

$\therefore$ इटली से भारत में कुल आयात $=$ कुल आयात का 23%

$= 600$ का 23%

$= 138$ बिलियन डॉलर

भारत से इटली में निर्यात $= 250$ बिलियन डॉलर

$\therefore$ वांछित अंतर $= 250 - 138$

$= 112$ बिलियन डॉलर

भारत से इटली में निर्यात, इटली से भारत में आयात की तुलना में 112 बिलियन डॉलर अधिक है।

अत: विकल्प (C) सही है।

238. वर्ष 2020 में भारत से दिए गए पांच देशों में कुल निर्यात का योग $= 240 + 90 + 160 + 175 + 250$

$= 915$ बिलियन डॉलर

वर्ष 2019 में भारत से दिए गए पांच देशों में कुल निर्यात का योग $= 180 + 160 + 120 + 150 + 200$

$= 810$ बिलियन डॉलर

$\therefore$ आवश्यक अंतर $= 915 - 810$

$= 105$ बिलियन डॉलर

वर्ष 2020 में भारत से दिए गए पांच देशों में कुल निर्यात का योग वर्ष 2019 से 105 बिलियन डॉलर अधिक है।

अत: विकल्प (D) सही है।

239. दिया गया है:

वर्ग का परिमाप $= 84$ सेमी

आयत का परिमाप $= 36$ सेमी

सूत्र:

एक वर्ग का परिमाप $= 4 \times$ एक वर्ग की भुजा

आयत का परिमाप $= 2$ (लंबाई $+$ चौड़ाई)

एक वर्ग का क्षेत्रफल $=$ भुजा^{2}

आयत का क्षेत्रफल $=$ लंबाई $\times$ चौड़ाई

वर्ग की भुजा $= \dfrac{84}{4} = 21$ सेमी

वृत्त की त्रिज्या $= 21 \times \dfrac{2}{3} = 14$ सेमी

आयत की लंबाई $= 14 \times \dfrac{4}{7} = 8$ सेमी

आयत की चौड़ाई $= \dfrac{36}{2} - 8 = 10$ सेमी

वृत्त का क्षेत्रफल $= \dfrac{22}{7} \times 14 \times 14 = 616$ वर्ग सेमी

आयत का क्षेत्रफल $= 8 \times 10 = 80$ वर्ग सेमी

आवश्यक प्रतिशत

$\Rightarrow 80 = 616 - 616 \times \dfrac{?}{100}$

$\Rightarrow ? = 87.01\%$

अत: विकल्प (A) सही है।

240. दिया गया है:

आदमी की गति $= 6$ किमी/घंटे

दृश्यता दूरी $= 120$ मीटर

आदमी द्वारा कार को देखने में लगने वाला समय $= 4$ मिनट

2 पिंडों की सापेक्ष गति = यदि वे एक ही दिशा में आगे बढ़ रहे हैं तो उनकी व्यक्तिगत गति का अंतर होता है।

माना कार की चाल x किमी/घंटे है।

सापेक्ष गति $= (x - 6)$ किमी/घंटे

$(x - 6) = \dfrac{\left(\dfrac{120}{1000}\right)}{\left(\dfrac{4}{60}\right)}$

$(x - 6) \times \dfrac{4}{60} = \dfrac{120}{1000}$ (4 मिनट को मिनट में और 120 मीटर को किमी में बदला जाता है)

अब, $(x - 6)$ किमी/घंटे $= \left(\dfrac{120}{240}\right) \times \dfrac{18}{5}$

$\Rightarrow x - 6 = \dfrac{9}{5}$

$\Rightarrow x = \dfrac{39}{5}$

$\Rightarrow x = 7.8$ किमी/घंटे

$\therefore$ कार की गति 7.8 किमी/घंटे है।

अत: विकल्प (B) सही है।

Reasoning

Ques (1-2):निर्देश: नीचे दिए गए प्रश्न में एक प्रश्न और उसके नीचे तीन कथन क्रमांक I, II और III दिए गए हैं। आपको यह तय करना है कि कथनों में दिया गया डेटा प्रश्न का उत्तर देने के लिए पर्याप्त है या नहीं।

Q.1 टेनिस, हॉकी, क्रिकेट, कबड्डी, शतरंज, फुटबॉल और बैडमिंटन सात अलग-अलग खेलों में कुछ छात्रों ने भाग लिया है। ये सात खेल एक सप्ताह के सात अलग-अलग दिनों में सोमवार से आयोजित किये गए थे लेकिन जरूरी नहीं कि उसी क्रम में हों। क्रिकेट से ठीक पहले बुधवार को फुटबॉल खेला जाता है। क्रिकेट में भाग लेने वाले छात्रों की संख्या 13 है। क्रिकेट और कबड्डी के बीच दो खेल आयोजित किये गए हैं। टेनिस में भाग लेने वाले छात्रों की संख्या 7 है। सोमवार, शनिवार और रविवार को आयोजित होने वाले खेलों में भाग लेने वाले छात्रों की कुल संख्या कितनी है?

कथन I: हॉकी के बाद बैडमिंटन खेला जाता है। शतरंज में भाग लेने वाले छात्रों की संख्या 11 है, जो हॉकी से पहले खेला जाता है। कबड्डी में भाग लेने वाले छात्रों की संख्या 10 है।

कथन II: शनिवार को खेले जाने वाले खेल में भाग लेने वाले छात्रों की संख्या 16 है। क्रिकेट के बाद टेनिस खेला जाता है।

कथन III: शतरंज खेलने के बाद शनिवार को बैडमिंटन खेला जाता है। फुटबॉल में भाग लेने वाले छात्रों की संख्या 5 है। कबड्डी, हॉकी के बाद खेली जाती है।

A. प्रश्न का उत्तर देने के लिए किन्हीं दो कथनों में दी गई जानकारी पर्याप्त है

B. कथन I, II या III में दी गई जानकारी प्रश्न का उत्तर देने के लिए पर्याप्त है

C. कथन II और III में दी गई जानकारी प्रश्न का उत्तर देने के लिए पर्याप्त है और कथन I में दी गई जानकारी प्रश्न का उत्तर देने के लिए आवश्यक नहीं है

D. प्रश्न का उत्तर देने के लिए तीनों कथनों में दी गई जानकारी एक साथ आवश्यक है

E. सभी कथनों में दी गई एकत्रित जानकारी भी प्रश्न का उत्तर देने के लिए पर्याप्त नहीं है

Q.2 एक कक्षा में 40 छात्र हैं। राम का स्थान शीर्ष से 13 वाँ है। पलक एक लड़की शीर्ष से 7 वीं है। राम के स्थान से 4 लड़कियाँ नीचे हैं। राम और एक अन्य लड़के श्याम के मध्य में 12 लड़के हैं। राम एक लड़का है।कक्षा में कितनी लड़कियाँ हैं?

कथन I: श्याम छात्रों के बीच नीचे से 14 वें स्थान पर है।

कथन II: पलक और राम के मध्य में 3 लड़कियाँ हैं। श्याम लड़कों में शीर्ष से 21 वें स्थान पर है।

कथन III: पलक लड़कियों में नीचे से 8 वें स्थान पर है।

A. कथन II में दी गयी जानकारी प्रश्न के उत्तर के लिए पर्याप्त है और कथन I और III दोनों में दी गयी जानकारी प्रश्न के उत्तर के लिए आवश्यक नहीं है

B. किसी भी कथन I, II या III में दी गई जानकारी प्रश्न का उत्तर देने के लिए पर्याप्त है

C. कथन II और III दोनों में दी गयी जानकारी प्रश्न के उत्तर के लिए पर्याप्त है और कथन I में दी गयी जानकारी प्रश्न के उत्तर के लिए आवश्यक नहीं है

D. तीनों कथनों में दी गयी जानकारी एकसाथ प्रश्न के उत्तर के लिए पर्याप्त है

E. सभी कथनों में दी गयी जानकारी एकसाथ भी प्रश्न के उत्तर के लिए पर्याप्त नहीं है

Ques (3-4):निर्देश: नीचे प्रश्न में तीन कथन और उसके बाद I, II, III और IV से अंकित चार निष्कर्ष दिए गये हैं। आपको दिए गये कथनों को सत्य मानना है, भले ही वे ज्ञात तथ्यों से अलग प्रतीत होते हों। सभी निष्कर्षों को पढ़िए और निर्णय कीजिए कि दिये गये निष्कर्षों में से कौन सा/कौनसे निष्कर्ष ज्ञात तथ्यों को नजरंदाज करने पर कथनों का तार्किक रूप से अनुसरण करता है/करते हैं।

Q.3 कथन:

सभी राजा होशियार हैं।

कोई होशियार निडर नहीं है।

कुछ निडर पत्थर हैं।

निष्कर्ष:

I. कोई राजा निडर नहीं है।

II. कुछ पत्थर होशियार नहीं हैं।

III. कुछ पत्थर निडर हैं।

IV. सभी निडर के राजा होने की संभावना है।

A. केवल I, II और III अनुसरण करते हैं।

B. सभी अनुसरण करते हैं।

C. केवल II और III अनुसरण करते हैं।

D. केवल III अनुसरण करता है।

E. केवल I, II और IV अनुसरण करते हैं।

Q.4 कथन:

केवल कुछ टेबल एम्पटी हैं।

केवल चुछ एम्पटी पॉकेट हैं।

सभी पॉकेट इम्पोर्ट हैं।

निष्कर्ष:

I. सभी टेबल एम्पटी है, एक संभावना है

II. कोई इम्पोर्ट टेबल नहीं है

III. सभी एम्पटी पॉकेट नहीं हो सकते

IV. कोई पॉकेट टेबल नहीं है

A. केवल III अनुसरण करता है

B. केवल II और IV अनुसरण करते हैं।

C. केवल III और IV अनुसरण करते हैं।

D. सभी अनुसरण करते हैं।

E. केवल I, II और IV अनुसरण करते हैं।

Ques (5-9):निर्देश: निम्नलिखित जानकारी का ध्यानपूर्वक अध्ययन कीजिए और नीचे दिये गए प्रश्नों के उत्तर दीजिए।

एक व्यक्ति अपने घर को बदलता है और अपने घरेलू सामानों को दस डिब्बों A, B, C, D, E, F, G, H, I और J में पैक करता है। वह डिब्बों को व्यवस्थित करता है और उन्हें एक के ऊपर एक करके रखता है। प्रत्येक डिब्बे में अलग-अलग वस्तुएँ हैं जैसे - कंबल, फ्रेम, बर्तन, किताबें, मोज़े, कपड़े, गैजेट्स, जूते, दालें और अनाज। A में कंबल हैं और उसे सबसे ऊपर रखा गया है। A और H जिसमें फ्रेम हैं, के बीच में छह डिब्बे रखे गए हैं। I जिसमें बर्तन हैं उसके नीचे केवल एक डिब्बा रखा गया है। I और जूते वाले डिब्बे के बीच में चार डिब्बे रखे गए हैं। दालों वाले डिब्बे को अनाज वाले डिब्बे के ऊपर रखा गया है, जिसे जूते वाले डिब्बे के ऊपर रखा गया है। E में दालें हैं और B में अनाज हैं। I और C जिसमें कपड़े हैं, के बीच में तीन डिब्बे रखे गए हैं। F को B और C के बीच रखा गया है। D को G के ठीक ऊपर रखा गया है, जिसमें किताबें हैं। J में मोज़े नहीं हैं।

Q.5 किताबों वाले डिब्बे और दालों वाले डिब्बे के बीच में कितने डिब्बे रखे गए हैं?

A. 4
B. 3
C. 2
D. 1
E. एक भी नहीं

Q.6 H के नीचे कितने डिब्बे रखे गए हैं?

A. 1
B. 2
C. 3
D. 4
E. एक भी नहीं

Q.7 C और G के बीच में कौन-सा डिब्बा रखा गया है?

A. डिब्बा F
B. डिब्बा E
C. डिब्बा H
D. डिब्बा D
E. एक भी नहीं

Q.8 B में कौन-सी वस्तु है?

A. दालें
B. अनाज
C. मोज़े
D. जूते
E. किताबें

Q.9 C और गैजेट वाले डिब्बे के बीच में कितने डिब्बे रखे गए हैं?

A. 2
B. 3
C. 4
D. 5
E. एक भी नहीं

Ques (10-14):निर्देश: निम्नलिखित जानकारी का ध्यानपूर्वक अध्ययन कीजिये तथा नीचे दिए गए प्रश्न का उत्तर दीजिये:

छः व्यक्ति अमल, अक्षत, शिशिर, अम्बर, हर्ष और रंजन एक से छह मंजिल तक की इमारत में रहते हैं। कोई भी दो व्यक्ति अलग-अलग कंपनियों में काम नहीं करता है जैसे वोल्वो, रिलायंस, महिंद्रा, टाटा, एडुगोरिल्ला, एशर है। ये सभी मेज़, मोबाइल, टीवी, एसी, गद्दे और कुर्सी जैसी विभिन्न चीजें बेचते हैं।

1) न तो अक्षत किसी भी सम संख्या मंजिल पर रहता है और न ही वोल्वो में काम करने वाला व्यक्ति सम संख्या मंजिल में रहता है।

2) जो व्यक्ति एसी बेचता है, वह एडुगोरिल्ला में काम करने वाले व्यक्ति से दो मंजिल नीचे रहता है।

3) विषम संख्या मंजिल पर रहने वाला एडुगोरिल्ला में काम करता है और मेज़ बेचने वाले व्यक्ति से तीन मंजिल नीचे रहता है।

4) महिंद्रा में काम करने वाला व्यक्ति सम संख्या मंजिल पर रहता है तथा टीवी या मेज़ नहीं बेचता है।

5) शिशिर कुर्सी बेचने वाले व्यक्ति से चार मंजिल नीचे रहता है।

6) रंजन एशर में काम करने वाले व्यक्ति से चार मंजिल ऊपर रहता है और हर्ष रिलायंस में काम करता है।

7) अमल न तो महिंद्रा में और न ही एडुगोरिल्ला में काम करता है।

8) जो व्यक्ति मोबाइल बेचता है, वह रिलायंस में काम करने वाले व्यक्ति से तीन मंजिल नीचे रखता है और दोनों सबसे ऊपर और सबसे नीचे की मंजिल पर नहीं रहते हैं।

Q.10 गद्दे कौन बेचता है?

A. किशन
B. सुनिल
C. अम्बर
D. राजीव
E. पुनित

Q.11 एडुगोरिल्ला में कौन काम करता है?

A. अक्षत
B. अमल
C. रंजन
D. हर्ष
E. अम्बर

Q.12 एसी कौन बेचता है?

A. अक्षत
B. अमल
C. रंजन
D. हर्ष
E. शिशिर

Q.13 चौथी मंजिल पर कौन रहता है?

A. अमित
B. आर्य
C. अम्बर
D. नीरव
E. उत्तम

Q.14 एशर में कौन काम करता है?

A. अमल
B. आर्य
C. अंकुश
D. नीरव
E. उत्तम

Q.15 निर्देश: एक कथन और उसके बाद दो निष्कर्ष। और ॥ दिए गये हैं। आपको इन कथनों को सही मानना होगा, भले ही वे आमतौर पर ज्ञात तथ्यों से भिन्न प्रतीत होते हों। आपको यह तय करना होगा कि दिया गया कौनसा निष्कर्ष दिए गए कथन का अनुसरण करता है। उसी अनुसार अपना उत्तर चुनिए।

कथन:

1. गैर-भारतीय ब्रांडों के कपड़े की मांग स्वदेशी कपड़ों के ब्रांडों की तुलना में अधिक तेजी से बढ़ रही है।

2. उपर्युक्त गैर-भारतीय ब्रांड अपने उत्पादों की लागत को कम करने के तरीके की तलाश कर रहे हैं।

निष्कर्ष:

।. गैर-भारतीय कपड़ों के ब्रांडों को भारत में अपने उत्पादों का निर्माण करना चाहिए।

॥. स्वदेशी कपड़ों के ब्रांडों का एक नया उत्पाद गैर-भारतीय कपड़ों के उत्पादों की मौजूदा उच्च मांग को कम करेगा।

A. केवल ।. अनुसरण करता है।
B. केवल ॥. अनुसरण करता है।
C. ।. और ॥. दोनों अनुसरण करते हैं।
D. न तो ।. और न ही ॥. अनुसरण करता है।
E. या तो ।. या ॥. अनुसरण करता है।

Ques (16-17):निर्देश: निम्नलिखित जानकारी का ध्यानपूर्वक अध्ययन कीजिये और नीचे दिए गए प्रश्नों के उत्तर दीजिये:

'A $ B'का अर्थ A, B की मां है।

'A # B' का अर्थ A, B का भाई है।

'A @ B' का अर्थ है A, B का पति है।

'A % B' का अर्थ A, B की पुत्री है।

Q.16 यदि 'G $ M @ K', है, तो K, G से किस प्रकार संबंधित है?

A. मदर इन ला
B. डॉटर इन ला
C. आंटी
D. पुत्री
E. इनमे से कोई नहीं

Q.17 निम्नलिखित में से कौन यह दर्शाता है कि H, N का भाई है?

A. H # R $ D $ N
B. N % F @ D $ H # R
C. N % F @ D $ H
D. N % F @ D % H
E. None of these

Ques (18-22):निर्देश: इनपुट के रूप में संख्याओं की एक शृंखला दी गई है। आगे दिए गए चरण एक निश्चित तर्क का प्रयोग कर प्राप्त किये गये हैं। प्रत्येक चरण पिछले चरण का केवल परिणाम है।

निम्नलिखित जानकारी का ध्यानपूर्वक अध्ययन कीजिए और नीचे दिए गए प्रश्नों के उत्तर दीजिए।

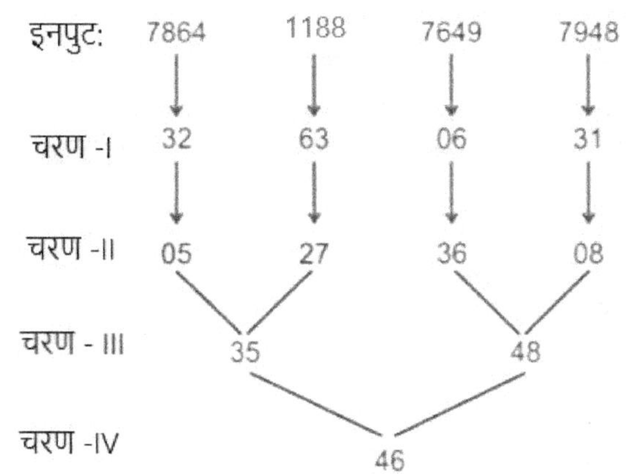

इनपुट:	7864	1188	7649	7948
चरण -I	32	63	06	31
चरण -II	05	27	36	08
चरण - III		35		48
चरण -IV			46	

उपरोक्त चरणों में उपर्युक्त तर्क के अनुसार, दिए गए इनपुट के लिए एक उपयुक्त चरण ज्ञात कीजिए:

इनपुट	3689	9878	2289	2178

Q.18 चरण III में संख्याओं का योग क्या है?

A. 145 **B.** 136 **C.** 134 **D.** 123
E. 117

Q.19 चरण IV में निम्नलिखित में से कौन सा अंतिम आउटपुट है?

A. 45 **B.** 36
C. 74 **D.** 12
E. इनमें से कोई नहीं

Q.20 चरण I में सभी संख्याओं के अंकों का योग क्या होगा?

A. 54 **B.** 23
C. 39 **D.** 28
E. इनमें से कोई नहीं

Q.21 चरण III में न्यूनतम संख्या के अंकों के वर्ग का अंतर क्या होगा?

A. 15 **B.** 55
C. 21 **D.** 09
E. इनमें से कोई नहीं

Q.22 चरण II में अधिकतम से न्यूनतम संख्या का अंतर क्या होगा?

A. 21 **B.** 28
C. 26 **D.** 32
E. इनमें से कोई नहीं

Ques (23-27):निर्देश: निम्नलिखित जानकारी का अध्ययन कीजिये और दिए गए प्रश्नों का उत्तर दीजिये।

आठ मित्र राम, रोहित, करण, सागर, सौरभ, मनीष, सुरेश और उमेश एक वृत्त में केंद्र की ओर मुख करके बैठे हैं। सभी आठ मित्र अलग-अलग पेशे से संबंधित हैं - HR, प्रोफेसर, वकील, छात्र, लेखाकार, प्रबंधक, डांसर और कलाकार। यह आवश्यक नहीं कि वे उल्लिखित क्रम में बैठे हों। लेखाकार, प्रोफेसर के बाएं से तीसरे स्थान पर है। मनीष जो वकील है वह सागर के विपरीत बैठने वाले व्यक्ति के बाएं से दूसरे स्थान पर बैठा है। सागर या तो प्रोफेसर या छात्र है। करण जो HR है, रोहित के ठीक दाएं बैठा है। प्रबंधक और राम के बीच तीन व्यक्ति बैठे हैं। प्रबंधक, HR और प्रोफेसर के बीच बैठा है। उमेश, रोहित के दायें से चौथे स्थान पर बैठा है जो एक लेखाकार है। राम प्रोफेसर नहीं हैं। प्रोफेसर और कलाकार के बीच दो व्यक्ति बैठे हैं। सागर, राम के बाएं से तीसरे स्थान पर है। कलाकार और डांसर के बीच एक व्यक्ति बैठा है। सुरेश, प्रबंधक के बाएं से तीसरे स्थान पर बैठा है। राम और प्रोफेसर के बीच एक से अधिक व्यक्ति बैठे हैं।

Q.23 प्रोफेसर कौन है?

A. सागर **B.** उमेश **C.** सुरेश **D.** सौरभ
E. राम

Q.24 सुरेश का पेशा क्या है?

A. डांसर **B.** वकील **C.** प्रबंधक **D.** HR
E. छात्र

Q.25 उस व्यक्ति के बाएं से दूसरे स्थान पर कौन बैठता है जिसका पेशा कलाकार है?

A. प्रोफेसर **B.** डांसर **C.** लेखाकार **D.** प्रबंधक
E. वकील

Q.26 HR के विपरीत कौन बैठा है?

A. उमेश **B.** सुरेश **C.** मनीष **D.** सौरभ
E. राम

Q.27 प्रबंधक कौन है?

A. उमेश **B.** सौरभ **C.** सागर **D.** राम
E. सुरेश

Q.28 निर्देश: निम्न प्रश्न में, एक अवतरण और उसके बाद दो धारणाएँ I, II और III दी गई हैं। धारणा एक मानी गई बात होती है। आपको दिए गये अवतरण और उनके बाद दी गयी धारणाओं के आधार पर तय करना है कि अवतरण में निम्न में से कौनसी धारणा निहित है।

अवतरण:

एक सांस्कृतिक उत्सव या कॉलेज उत्सव एक वार्षिक सांस्कृतिक कार्यक्रम है, जिसमें छात्र समुदाय द्वारा आयोजित कॉलेज या विश्वविद्यालय के अन्य कॉलेजों के प्रतिभागियों को भी शामिल किया जाता है। पेशेवर प्रदर्शन करने वाले कलाकारों को भी आम तौर पर आमंत्रित किया जाता है, और छात्रों के लिए कई प्रतियोगिताएं आयोजित की जाती हैं।

धारणाएं:

I: सांस्कृतिक उत्सव कॉलेज प्रबंधन द्वारा प्रायोजित है।

II: सांस्कृतिक उत्सव केवल भारत के कॉलेजों में होता है।

III: सांस्कृतिक उत्सव मई के महीने में आयोजित किया जाता है।

A. केवल I
B. केवल II
C. केवल III
D. III को छोड़कर सभी
E. कोई भी अनुसरण नहीं करता

Ques (29-30):निर्देश: नीचे दी गई जानकारी को ध्यानपूर्वक पढ़ते हुए उस पर आधारित प्रश्नों के जवाब दीजिये:

बिन्दु B, बिन्दु A के पश्चिम में 3 मीटर पर है। बिन्दु C, बिन्दु B से उत्तर में 4 मीटर पर है। बिन्दु G, बिन्दु B और बिन्दु C के ठीक मध्य में है। बिन्दु H, बिन्दु C के दक्षिण में 6 मीटर की दूरी पर है। बिन्दु D, बिन्दु C के पश्चिम में 3 मीटर पर है तथा बिन्दु F, बिन्दु D के दक्षिण में 4 मीटर पर है। बिन्दु E, बिन्दु H के पश्चिम में 3 मीटर पर है।

Q.29 D और E के मध्य की दूरी कितनी है?

A. 5 मीटर **B.** 6 मीटर **C.** 7 मीटर **D.** 8 मीटर
E. 9 मीटर

Q.30 C और A के मध्य की न्यूनतम दूरी कितनी है?

A. 3 मीटर
B. 4 मीटर
C. 5 मीटर
D. 6 मीटर
E. निर्धारित नहीं किया जा सकता

Q.31 निर्देश: कथन के नीचे दो तर्क दिए गए हैं। निर्णय कीजिए कि दिए गए कथन में कौन-सा तर्क प्रबल या अधिक संबंधित है।

कथन:
बच्चों के मानसिक स्वास्थ्य को बनाए रखने के लिए उन्हें नियमित रूप से परामर्श देना चाहिए।

तर्क:
I. हाँ, मानसिक स्वास्थ्य शारीरिक स्वास्थ्य जितना ही महत्वपूर्ण है क्योंकि इससे बच्चों का संपूर्ण विकास होता है।

II. नहीं, परामर्श समय नष्ट करने वाला कार्य है और यह बच्चों के समय की बर्बादी का कारण बनता है।

A. केवल तर्क I प्रबल है
B. तर्क I और II दोनों प्रबल हैं
C. न तो तर्क I और न ही तर्क II प्रबल है
D. केवल तर्क II प्रबल है
E. या तो I या II प्रबल है

Ques (32-36):निर्देश: निम्नलिखित जानकारी का ध्यानपूर्वक अध्ययन कीजिये और नीचे दिए गए प्रश्नों के उत्तर दीजिये।

सात व्यक्ति A, B, C, D, E, F और G एक सीधी रेखा में बैठे हैं लेकिन जरूरी नहीं कि वे उसी क्रम में हों। उनमें से कुछ दक्षिण दिशा के सम्मुख बैठे हैं जबकि कुछ उत्तर दिशा के सम्मुख बैठे हैं।

A अंतिम छोर से दूसरे स्थान पर बैठा है। D, A के दाएँ दूसरे स्थान पर बैठा है। B पंक्ति के अंतिम छोर में से किसी एक पर बैठा है। B और C के बीच केवल तीन व्यक्ति बैठे हैं। C, A का निकटतम पड़ोसी नहीं है। E, D के निकटतम दाएँ बैठा है। C और G एक ही दिशा के सम्मुख बैठे हैं। जो अंतिम छोर पर बैठे हैं, वह विपरीत दिशा के सम्मुख हैं।D का निकटतम पड़ोसी विपरीत दिशा के सम्मुख हैं। E, F के दाएँ से तीसरे स्थान पर बैठा है। A, B के निकटतम बाएँ बैठा है। E उत्तर दिशा के सम्मुख नहीं बैठा है।

Q.32 B के बाएँ से तीसरे स्थान पर कौन बैठा है?

A. A   B. G   C. D   D. C
E. H

Q.33 उत्तर दिशा के सम्मुख कितने व्यक्ति बैठे हैं?

A. तीन   B. चार   C. दो   D. पांच
E. एक

Q.34 निम्नलिखित पाँच में से चार एक विशिष्ट प्रकार से समान हैं और इसलिए समूह बनाते हैं, उसे ज्ञात कीजिये जो उस समूह से संबंधित नहीं है?

A. B   B. C   C. E   D. D
E. F

Q.35 C के बाएँ से चौथे स्थान पर कौन बैठा है?

A. D   B. E   C. A   D. F
E. B

Q.36 A और G के बीच कितने व्यक्ति बैठे हैं?

A. तीन   B. एक
C. दो   D. तीन से अधिक
E. इनमें से कोई नहीं

Ques (37-38):निर्देश: निम्नलिखित प्रश्नों में, प्रतीकों @, #, * , $ और % का प्रयोग नीचे दर्शाए गए निम्नलिखित अर्थों के साथ किया गया है:

'A @ B' का अर्थ है कि 'A, B से छोटा है'

'A # B' का अर्थ है कि 'A, B से बड़ा है'

'A * B' का अर्थ है कि 'A, B से न तो छोटा है और न ही बड़ा है'

'A % B' का अर्थ है कि 'A, B से छोटा नहीं है'

'A & B' का अर्थ है कि 'A, B से बड़ा नहीं है'

अब निम्नलिखित प्रत्येक प्रश्न में, दिए गए कथनों को सत्य मानते हुए, ज्ञात कीजिए कि नीचे दिए गए निष्कर्षों में से कौन सा/से निश्चित रूप से सत्य है/हैं?

Q.37 कथन:
A # B & C @ D; C @ E % F; E % G

निष्कर्ष:
I. A # F

II. D # B

III. B & G

A. केवल I अनुसरण करता है
B. I और II अनुसरण करता है
C. केवल II अनुसरण करता है
D. केवल III अनुसरण करता है
E. कोई भी अनुसरण नहीं करता है

Q.38 कथन:
M % J @ K; L @ D & F; J * L

निष्कर्ष:
I. M @ D

II. K & L

III. J @ D

A. केवल I अनुसरण करता है
B. केवल II अनुसरण करता है
C. I और III अनुसरण करता है
D. केवल III अनुसरण करता है
E. सभी अनुसरण करते है

Q.39 पंक्ति के बाएं छोर से ईशा छयासठवें स्थान पर और पंक्ति के दाएं छोर से रीना छयालिसवें स्थान पर बैठी हैं। यदि पंक्ति में 98 छात्र हैं, तो ईशा और रीना के बीच बैठे व्यक्तियों की संख्या ज्ञात कीजिये।

A. 12   B. 15   C. 10   D. 14
E. 16

Q.40 यदि शब्द HEGEMONY के तीसरे, पांचवें और सातवें अक्षर से तथा शब्द KITTIWAKE के तीसरे, सातवें और नौवें अक्षर से केवल एक छः-अक्षरीय सार्थक अंग्रेजी शब्द बनाना संभव है, तब निम्नलिखित में से शब्द के बाएं से पांचवां अक्षर कौन-सा होगा? यदि ऐसा कोई शब्द नहीं बनाया जा सकता है तब उत्तर के रूप में 'X' निर्दिष्ट कीजिये और यदि एक से अधिक शब्द बनाये जा सकते हैं तो उत्तर के रूप में 'Y' निर्दिष्ट कीजिये।

A. M   B. Y   C. X   D. G
E. E

Computer Knowledge

Q.41 कोड रेड ______ का एक प्रकार है।

A. एंटीवायरस प्रोग्राम
B. फोटो एडिटिंग सॉफ्टवेयर
C. कंप्यूटर वायरस
D. वीडियो एडिटिंग सॉफ्टवेयर
E. इनमें से कोई नहीं

Q.42 एक अटैक जिसमें उपयोगकर्ता को अवांछित मात्रा में ई-मेल प्राप्त होते हैं:

A. स्मर्फिंग

B. डिनायल ऑफ़ सर्विसेज
C. ई-मेल बॉम्बिंग
D. पिंग स्टॉर्म
E. मैलवेयर

Q.43 ________ उन सभी फाइलों को हटा देता है जिन्हें यह संक्रमित करता है।
A. नॉन रेजिडेंट वायरस   **B.** ओवरराइट वायरस
C. पॉलीमॉर्फिक वायरस   **D.** मल्टीपार्टइट वायरस
E. इनमें से कोई नहीं

Q.44 दूसरों के पासवर्ड की जांच करने के लिए शोल्डर सर्फिंग करना ________व्यवहार है।
A. एक अच्छा
B. इतना अच्छा नहीं
C. बहुत अच्छा सोशल इंजीनियरिंग अभ्यास
D. एक बुरा
E. इनमें से कोई नहीं

Q.45 ________ आर्गुमेंट्स और सिचुएशन को वर्गीकृत करने में मदद करता है, साइबर क्राइम को बेहतर ढंग से समझता है और एप्रोप्रियेट एक्शन को निर्धारित करने में मदद करता है।
A. साइबर-एथिक्स   **B.** सोशल-एथिक्स
C. साइबर-बुल्लिंग   **D.** कॉर्पोरेट बेहेवियर
E. इनमें से कोई नहीं

Q.46 कंप्यूटर ऑपरेटर द्वारा किया गया कार्य कंप्यूटर के किस हिस्से में प्रदर्शित होता है?
A. सीपीयू   **B.** वीडीयू   **C.** एएलयू   **D.** स्कैनर
E. मदरबोर्ड

Q.47 SIMM में कितने पिन होते हैं?
A. 50   **B.** 64   **C.** 30 या 72   **D.** 168
E. 100

Q.48 निम्नलिखित में से कौन सिस्टम सॉफ्टवेयर का उदाहरण नहीं है?
A. लैंग्वेज ट्रांसलेटर
B. यूटिलिटी सॉफ्टवेयर
C. कम्युनिकेशन सॉफ्टवेयर
D. वर्ड प्रोसेसर
E. इनमें से कोई नहीं

Q.49 ________ को किसी विशिष्ट समस्या को हल करने या किसी विशिष्ट कार्य को करने के लिए डिज़ाइन किया गया है।
A. एप्लीकेशन सॉफ्टवेयर   **B.** सिस्टम सॉफ्टवेयर
C. यूटिलिटी सॉफ्टवेयर   **D.** यूजर
E. इनमें से कोई नहीं

Q.50 इंटरनेट ________ पर काम करता है।
A. पैकेट स्विचिंग
B. सर्किट स्विचिंग
C. दोनों पैकेट स्विचिंग और सर्किट स्विचिंग
D. डेटा स्विचिंग
E. इनमें से कोई नहीं

Q.51 आईआरसी का मतलब ____ होता है।
A. इंटरनेट रिसोर्स चैनल
B. इंटरनेट राउटिंग चैनल
C. इंटरनेट राइट्स कॉउंसिल
D. इंटरनेट रिले चैट

E. इनमे से कोई भी नहीं

Q.52 ईमेल निम्नलिखित सिद्धांतों में से एक पर कार्य करता है, वह कौन सा एक है?
A. फॉरवर्ड और बेकवर्ड सिद्धांत
B. स्टोर और रिट्राइव सिद्धांत
C. स्टोर और फॉरवर्ड सिद्धांत
D. फ्रंट और बेक सिद्धांत
E. इनमें से कोई नहीं

Q.53 ________ मल्टीप्रोटोकॉल डाइवर्स नेटवर्क में नेटवर्क एनालिसिस के लिए उपयोग किया जाने वाला एक पॉपुलर टूल है।
A. स्नॉर्ट   **B.** सुपरस्कैन
C. बर्प सुइट   **D.** एटरपीक
E. एयरक्रैक- एनजी

Q.54 ________ टीसीपी पोर्ट को स्कैन करता है और विभिन्न होस्टनेम्स को हल करता है।
A. सुपरस्कैन   **B.** स्नॉर्ट
C. एटरकैप   **D.** कालिसगार्ड
E. बर्प सूट

Q.55 आईएसडीएन का पूर्ण रूप क्या है?
A. इंटेग्रेटेड सर्विस डिजिटल नेटवर्क
B. इंटेलिजेंट सर्विस डिजिटल नेटवर्क
C. इंटेग्रेटेड सर्विस डबल नेटवर्क
D. इंटेग्रेटेड सिक्योर डिजिटल नेटवर्क
E. इनमें से कोई नहीं

Q.56 जेपीईजी का पूर्ण रूप क्या है?
A. जॉइंट फोटो इलेक्ट्रॉनिक ग्रुप
B. जॉइंट पिक्चर इलेक्ट्रॉनिक ग्रुप
C. ज्वाइंट फोटोग्राफिक एक्सपर्ट्स ग्रुप
D. जॉइंट पिक्चर एक्सपर्ट ग्रुप
E. इनमें से कोई नहीं

Q.57 मॉडेम का पूर्ण रूप क्या है ?
A. मॉड्यूलेशन एंड डिमॉड्यूलेशन
B. मॉड्यूलेटर एंड डेमोडुलेटर
C. मॉड्यूलेटर एंड इलेक्ट्रॉनिक डेमोडुलेटर
D. मॉड्युलेटर ओर डिजिटल इलेक्ट्रॉनिक डेमोडुलेटर
E. इनमें से कोई नहीं

Q.58 निम्नलिखित में से कौन डेटाबेस के केरी इनफार्मेशन में टपल्स को सम्मिलित करने, टपल्स को हटाने और डेटाबेस में टपल्स को संशोधित करने की क्षमता प्रदान करता है?
A. डीएमएल (डेटा मैनीपुलेशन लैंग्वेज)
B. डीडीएल (डेटा डिफिनेशन लैंग्वेज)
C. केरी
D. रिलेशनल स्कीमा
E. (A) और (B) दोनों

Q.59 फंक्शनल डिपेंडेंसी का एक जनरलाइजेशन है-
A. की डिपेंडेंसी   **B.** रिलेशन डिपेंडेंसी
C. डेटाबेस डिपेंडेंसी   **D.** एक्सटर्नल डिपेंडेंसी
E. इनमें से कोई नहीं

Q.60 निम्नलिखित में से कौन "डेटा के बारे में डेटा" को संदर्भित करता है?
A. डायरेक्टरी   **B.** सब डेटा

C. वेयरहाउस
D. मेटा डेटा
E. डेटा माइनिंग

Q.61 एसएमपीएस का पूर्ण रूप क्या है।
A. स्वीच्ड मोड पावर सप्लाई
B. स्टार्ट मोड पावर सप्लाई
C. स्टोर मोड पावर सप्लाई
D. सिंगल मोड पावर सप्लाई
E. इनमें से कोई नहीं

Q.62 एक कंप्यूटर प्रोग्राम जो असेम्बली भाषा को मशीनी भाषा में परिवर्तित करता है वह है -
A. कम्पाइलर
B. इंटरप्रेटर
C. असेंबलर
D. कम्पेरेटर
E. इनमे से कोई भी नहीं

Q.63 निम्नलिखित में से कौन ऑपरेटिंग सिस्टम नहीं है?
A. डॉस
B. लिनक्स
C. विंडोज
D. पाइथन
E. यूनिक्स

Q.64 एमएस एक्सेल 2007 में गोल सीक कमांड कौन सा मेनू रखता है?
A. इन्सर्ट
B. होम
C. फार्मूला
D. ऊपर के सभी
E. इनमें से कोई नही

Q.65 एम.एस. पॉवर पॉइंट की फाइलों का एक्सटेंशन क्या होता है?
A. .doc
B. .pptx
C. .ppn
D. .txt
E. इनमें से कोई नहीं

Q.66 'मैक्सीमाइज पॉवर प्वाइंट एप्लिकेशन विंडो' के लिए आपको क्या दबाना होगा?
A. Ctrl + Shift + F10
B. Shift + F10
C. Alt + F10
D. Alt + F4
E. इनमे से कोई भी नहीं

Q.67 निम्नलिखित में से कौन सी क्लाउड कांसेप्ट रिसोर्स को साझा करने और पूल करने से संबंधित है?
A. पॉलीमोरफ़िज्म
B. वर्चुअलाइजेशन
C. अब्स्ट्रक्शन
D. दोनों (A) और (B)
E. इनमें से कोई नहीं

Q.68 निम्नलिखित में से कौन सा कथन सत्य नहीं है?
A. इंटरनेट के लोकप्रिय होने से वास्तव में अधिकांश क्लाउड कंप्यूटिंग सिस्टम सक्षम हो गए हैं।
B. क्लाउड कंप्यूटिंग उपयोगिता के लंबे समय से चले आ रहे सपने को आपके लिए पेमेंट के रूप में पॉसिबल बनाता है, इंफिनिटेली स्केलेबल, यूनिवर्सली से अवेलेबल सिस्टम के साथ, आप जो भी उपयोग करते हैं उसका भुगतान करें।
C. सॉफ्ट कंप्यूटिंग एक रियल पैराडिज्म को संबोधित करता है जिस तरह से सिस्टम को तैनात किया जाता है।
D. दोनों (A) और (B)
E. ये सभी

Q.69 वह स्थिति जिसमें ऑपरेंड का डेटा उपलब्ध नहीं होता है, ______ कहलाती है।
A. स्टॉक
B. डेडलॉक
C. डेटा हैजर्ड
D. स्ट्क्चर हैजर्ड
E. स्टॉक हैजर्ड

Q.70 एक प्रोग्राम जो प्रत्येक निर्देश को निमोनिक रूप में पढ़ता है और उसे मशीन-लैंग्वेज के समकक्ष में अनुवाद करता है उसे ______ के रूप में जाना जाता है।
A. मशीन लैंग्वेज
B. असेम्बलर
C. इंटरप्रेटर
D. सी प्रोग्राम
E. कंप्यूटर लैंग्वेज

Q.71 एक बोरलैंड टर्बो असेंबलर ______ है।
A. Nasm
B. Tasm
C. Gas
D. Asm
E. इनमें से कोई नहीं

Q.72 ________ कंप्यूटर विज्ञान की एक उभरती हुई शाखा है, जो कंप्यूटर को इंसानों की तरह सोचने के साधनों और तरीकों की व्याख्या करती है।
A. ब्लॉकचैन
B. वीआर
C. एआई
D. क्लाउड कंप्यूटिंग
E. इनमे से कोई भी नहीं

Q.73 चार्ल्स बैबेज द्वारा डिजाइन किए गए पहले कंप्यूटर का नाम क्या था?
A. कैस्टल क्लॉक
B. डिफरेंस इंजन
C. कोलोसस
D. साउंड कार्ड
E. इनमे से कोई भी नहीं

Q.74 पहला इलेक्ट्रॉनिक डिजिटल प्रोग्रामेबल कंप्यूटिंग डिवाइस कौन सा था?
A. एनालिटिकल इंजन
B. डिफरेंस इंजन
C. कोलोसस
D. एनीऐक
E. इनमे से कोई भी नहीं

Q.75 पैराग्राफ को बदले बिना, लाइन ब्रेक के लिए शॉर्टकट कुंजी क्या है?
A. Ctrl + एंटर
B. Alt + एंटर
C. शिफ्ट + एंटर
D. स्पेस + एंटर
E. शिफ्ट + इन्ड

Q.76 MS वर्ड में जब किसी भी एरो कुंजी के साथ Ctrl + शिफ्ट का उपयोग किसके लिए किया जाता है?
A. टेक्स्ट का एक ब्लॉक चुनने के लिए
B. कुछ हटाने के लिए
C. कुछ पेस्ट करने के लिए
D. (A) और (B) दोनों
E. इनमें से से कोई नहीं

Q.77 निम्नलिखित में से स्पेलिंग जांचने (वर्तनी का परीक्षण) के लिए किसका प्रयोग होता है?
A. F1
B. F2
C. F7
D. F9
E. F11

Q.78 वेबकास्टिंग क्या है?
A. एक मोबाइल टीवी स्टार को वेब पर एक रोल में कास्ट करना
B. इंटरनेट पर वीडियो और ऑडियो का संचरण
C. इंटरनेट पर संगीत चलाना
D. वेब पर खोजना
E. ऊपर के सभी

Q.79 एक वीलैन ______ के बराबर है।
A. राउटर
B. सबनेट
C. फ़ायरवॉल
D. होस्ट/क्लाइंट आईडी
E. इनमें से कोई नहीं

Q.80 एफटीपी, कितने टीसीपी कनेक्शन का उपयोग करता है?
A. एक
B. दो
C. तीन
D. चार
E. इनमें से कोई नहीं

Financial Awareness

Q.81 गैर-बैंकिंग वित्तीय कंपनियां (एनबीएफसी) वित्तीय मध्यस्थ हैं जो मुख्य रूप से निम्नलिखित के व्यवसाय में संलग्न हैं:
i. जमा स्वीकार करना
ii. ऋण और अग्रिम उधार देना
iii. पट्टा
iv. किराया खरीद
A. (i) और (ii)
B. (iii) और (iv)
C. (i) और (iii)
D. (ii), (iii) और (iv)
E. सभी (i), (ii), (iii) और (iv)

Q.82 ओपन मार्केट ऑपरेशंस का उद्देश्य निम्नलिखित का विनियमन है:
A. अर्थव्यवस्था में तरलता
B. मुद्रास्फीति
C. बैंकों की उधार लेने की शक्तियां
D. प्रत्यक्ष विदेशी निवेश
E. अपस्फीति

Q.83 आरबीआई के पास _____ से अधिक डिप्टी गवर्नर नहीं हो सकते हैं।
A. दो
B. एक
C. चार
D. तीन
E. पांच

Q.84 देश का सबसे बड़ा वाणिज्यिक बैंक कौन सा है?
A. बैंक ऑफ इंडिया
B. केनरा बैंक
C. स्टेट बैंक ऑफ इंडिया
D. यूनियन बैंक ऑफ इंडिया
E. इनमें से कोई नहीं

Q.85 सरकार ने चरणबद्ध तरीके से आरआरबी के समामेलन की प्रक्रिया कब शुरू की?
A. सितंबर, 2005
B. मार्च, 2009
C. जून, 2009
D. मार्च, 2010
E. मार्च, 2006

Q.86 स्पेशल मेंशन अकाउंट्स (SMA) में कितनी उप-श्रेणियाँ हैं?
A. 2
B. 3
C. 4
D. 5
E. 6

Q.87 भारत सरकार द्वारा गैर-निष्पादित परिसंपत्तियों से निपटने के लिए 2002 में किसका गठन किया गया?
A. सरफेसी अधिनियम
B. क्रेडिट सूचना ब्यूरो
C. ऋण वसूली न्यायाधिकरण (डीआरटी)
D. कॉर्पोरेट ऋण पुनर्गठन
E. इनमें से कोई नहीं

Q.88 भारतीय बैंकिंग क्षेत्र भारी एनपीए की समस्या का सामना कर रहा है। निम्नलिखित में से किस उद्योग ने एनपीए के स्तर में सबसे कम योगदान दिया है?
A. रियल एस्टेट सेक्टर
B. लोहा और इस्पात

C. सॉफ्टवेयर और बीपीओ
D. ढांचागत विकास
E. इनमें से कोई नहीं

Q.89 अनुमेय व्यवसायिक गतिविधियां क्या हैं?
A. एक प्रतिभूतिकरण कंपनी या पुनर्निर्माण कंपनी, केवल प्रतिभूतिकरण और परिसंपत्ति पुनर्निर्माण गतिविधियों को शुरू / शुरू करेगी।
B. एक प्रतिभूतिकरण कंपनी या पुनर्निर्माण कंपनी, जमा के माध्यम से धन नहीं जुटाएगी।
C. एक प्रतिभूतिकरण कंपनी या पुनर्निर्माण कंपनी, अनुमेय गतिविधियों के अलावा अन्य व्यवसाय करती है, जिसके परिणामस्वरूप पंजीकरण रद्द हो जाएगा।
D. (A) और (B) दोनों
E. सभी (A), (B), और (C)

Q.90 एआरसी को अपनी जोखिम भारित आस्तियों का कितना प्रतिशत पूंजी पर्याप्तता अनुपात बनाए रखना होगा?
A. 15 प्रतिशत
B. 16 प्रतिशत
C. 18 प्रतिशत
D. 12 प्रतिशत
E. 19 प्रतिशत

Q.91 स्व-नियोजित उधारकर्ताओं/संस्थाओं के लिए ऋण पुनर्गठन के लिए आवश्यक दस्तावेज क्या हैं?
A. फरवरी से अगस्त, 2020 तक के बैंक स्टेटमेंट
B. जीएसटी रिटर्न
C. आयकर रिटर्न
D. उद्यम प्रमाण पत्र
E. उपरोक्त सभी

Q.92 वेतनभोगी उधारकर्ताओं के लिए ऋण पुनर्गठन के लिए निम्नलिखित में से कौन से दस्तावेज़ आवश्यक हैं?
A. फरवरी से अगस्त, 2020 तक वेतन पर्ची और बैंक तितरग
B. जीएसटी रिटर्न
C. आयकर रिटर्न
D. उद्यम प्रमाण पत्र
E. आय प्रमाण पत्र

Q.93 बैंकिंग पर्यवेक्षण के लिए बेसल समिति की स्थापना किस वर्ष हुई?
A. 1981
B. 1979
C. 1977
D. 1974
E. 1970

Q.94 वह जो स्व-बीमा की लागत को कवर करता है, बीमा प्रीमियम में लोड करना और हेजिंग व्यवस्था लागू करना _____ है।
A. हानि के नियंत्रण की लागत
B. हानि वित्तपोषण की लागत
C. अवशिष्ट अनिश्चितता की लागत
D. आंतरिक जोखिम में कमी की लागत
E. इनमें से कोई नहीं

Q.95 निम्नलिखित में से कौन जोखिम प्रबंधन प्रक्रिया का अंतिम चरण है?
A. समीक्षा
B. जोखिम अवमूल्यन
C. बीमा
D. नुकसान की रोकथाम
E. इनमें से कोई नहीं

Q.96 शुद्ध जोखिम को _____ समूहीकृत किया गया था।
A. संपत्ति जोखिम
B. व्यक्तिगत जोखिम
C. देयता जोखिम
D. गतिशील जोखिम
E. (A), (B), और (C)

Q.97 निम्नलिखित में से किस जोखिम को बेसल-II ढांचे के अनुसार न्यूनतम नियामक पूंजी आवश्यकता के माध्यम से संबोधित किया जाता है?

A. क्रेडिट जोखिम
B. परिचालन जोखिम
C. बाजार ज़ोखिम
D. (A) और (B) दोनों
E. सभी (A), (B) और (C)

Q.98 बेसल III सिफारिशो को भारत में पूरी तरह से लागू करने की पूर्व तिथि क्या थी?

A. 31 मार्च, 2020
B. 31 मार्च 2019
C. 31 मार्च 2018
D. 31 मार्च 2021
E. 31 मार्च 2017

Q.99 आईडीबीआई द्वारा निम्नलिखित में से कौन सी शुल्क आधारित सेवाएं प्रदान की जाती हैं?

(i) साख समूहन
(ii) कॉर्पोरेट ट्रस्टी सेवाएं
(iii) अभिरक्षा सेवाएं
(iv) विदेशी सेवाएं

सही विकल्प की पहचान करें:

A. (i), (ii) और (iv)
B. (i) और (ii)
C. (ii), (iii) और (iv)
D. (iii) और (iv)
E. (i), (ii), (iii) और (iv)

Q.100 राजकोषीय नीति संदर्भित करती है:

[Territorial Army Officer, 2019]

A. कृषि उर्वरक नीति
B. ग्रामीण ऋण नीति
C. ब्याज नीति
D. सरकार की राजस्व और व्यय नीति से संबंधित
E. उपरोक्त सभी

Q.101 बैंक दर क्या है?

A. वाणिज्यिक बैंकों द्वारा दी गई जमाराशियों पर दर
B. ऋणों और अग्रिमों पर बैंकों द्वारा प्रभारित दर
C. बांड पर देय दर
D. वह दर जिस पर भारतीय रिज़र्व बैंक विनिमय के बिलों में छूट देता है
E. उपरोक्त सभी

Q.102 अप्रैल 2022 में किस संस्थान ने अंतर्राष्ट्रीय वित्तीय सेवा केंद्रों (IFSCs) में बीमा क्षेत्र में कुशल प्रतिभा पूल प्रदान करने के लिए अंतर्राष्ट्रीय वित्तीय सेवा केंद्र प्राधिकरण (IFSCA) के साथ एक समझौता ज्ञापन पर हस्ताक्षर किए हैं?

A. भारतीय बीमा संस्थान
B. राष्ट्रीय बीमा अकादमी
C. इंटरनेशनल इंस्टीट्यूट ऑफ मैनेजमेंट स्टडीज
D. जीवन बीमा निगम
E. इंस्टिट्यूट ऑफ एक्चुअरीज ऑफ़ इंडिया

Q.103 निम्नलिखित कथनों पर विचार करें:

A. विनियामक सहनशीलता वित्तीय क्षेत्र में संकट के प्रभाव को अन्य क्षेत्रों में कम करती है।

B. विनियामक सहनशीलता के कारण, पुनर्गठित आस्तियों को भी गैर-निष्पादित आस्तियों के रूप में वर्गीकृत किया जाता है।

ऊपर दिए गए कथनों में से कौन सा/से सही है/हैं?

A. केवल A
B. केवल B
C. A और B दोनों
D. न तो A और न ही B
E. कोई नहीं

Q.104 स्वयं सहायता समूह द्वारा किस प्रकार का बैंक खाता खोला जा सकता है?

A. सावधि जमा
B. चालू खाता
C. बचत खाता
D. आवर्ती जमा खाता
E. डीमैट खाता

Q.105 ऐसा खाता जिसमें ब्रोकर किसी निवेशक को स्टॉक या अन्य वित्तीय उत्पाद खरीदने के लिए नकद उधार देता है?

[SBI Clerk, 2019]

A. व्यापारी खाता
B. संचय खाता
C. भुगतान खाता
D. बचत खाता
E. इनमें से कोई नहीं

Q.106 PPF खाते के संबंध में ऋण सुविधा का लाभ तीसरे वित्तीय वर्ष के अंत से लेकर _______ तक उठाया जा सकता है।

A. दसवें वित्तीय वर्ष के अंत
B. छठवें वित्तीय वर्ष के अंत
C. चौदहवें वित्तीय वर्ष के अंत
D. चौथे वित्तीय वर्ष के अंत
E. उपरोक्त में से कोई नहीं

Q.107 अर्थव्यवस्था की मांग और निवेश संभावनाओं का आकलन करने के लिए निम्नलिखित में से कौन से महत्वपूर्ण संकेतक हैं?

1. क्षमता उपयोग
2. आईआईपी-विनिर्माण सूचकांक
3. भारतीय रिजर्व बैंक द्वारा व्यापार अपेक्षा सूचकांक

ऊपर दिए गए कथनों में से कौन-सा/से सही है/हैं?

A. 1 और 2
B. 2 और 3
C. 1 और 3
D. 1,2 और 3
E. इनमें से कोई भी नहीं

Q.108 राष्ट्रीय परिवार स्वास्थ्य सर्वेक्षण की रिपोर्ट के अनुसार, भारत की कुल प्रजनन दर (TFR) 2015-16 में 2.2 बच्चों से घटकर 2022 में प्रति महिला _______ हो गई है।

A. 1.5
B. 1.8
C. 2.0
D. 0.8
E. 2.2

Q.109 आर्थिक सर्वेक्षण के अनुसार, सही कथन का चयन कीजिए?

A. KV सुब्रमण्यम ने जनता के लिए वार्षिक आर्थिक सर्वेक्षण 2021 की विस्तृत प्रस्तुति पेश की
B. आर्थिक सर्वेक्षण 2021 ने सार्वजनिक स्वास्थ्य खर्च में सकल घरेलू उत्पाद के 1% से 2.5% तक की वृद्धि दिखाई
C. सर्वेक्षण में कहा गया है कि राष्ट्रीय स्वास्थ्य मिशन पर जोर जारी रहना चाहिए
D. (A) और (C) दोनों
E. उपरोक्त सभी

Q.110 केंद्रीय वित्त मंत्री निर्मला सीतारमण के अनुसार, वर्ष 2022-23 के लिए राजकोषीय घाटा सकल घरेलू उत्पाद (GDP) का कितना प्रतिशत है?

A. 6.5%
B. 6.7%
C. 6.4%
D. 7.3%
E. 7.6%

Q.111 वित्तीय वर्ष 2022-23 में केंद्र सरकार का अनुमानित प्रभावी पूंजीगत व्यय कितना है?

A. 18 लाख करोड़
B. 15 लाख करोड़
C. 13.68 लाख करोड़
D. 10.68 लाख करोड़
E. 5.68 लाख करोड़

Q.112 बजट 2022-2023 में,अम्ब्रेला पर सीमा शुल्क को दोगुना कर ___________ कर दिया गया।

A. 10%   **B.** 20%   **C.** 15%   **D.** 12%
E. 18%

Q.113 ग्राहकों को वाहन वित्तपोषण प्रदान करने के लिए किस बैंक ने एथर एनर्जी के साथ भागीदारी की है?

A. पंजाब नेशनल बैंक
B. RBL बैंक
C. यूनियन बैंक ऑफ इंडिया
D. भारतीय स्टेट बैंक
E. इंडियन बैंक

Q.114 एक्सपोर्ट-इम्पोर्ट बैंक ऑफ इंडिया ने भारत सरकार की ओर से श्रीलंका सरकार को ________ मिलियन डॉलर की शॉर्ट-टर्म लाइन ऑफ क्रेडिट दिया है।

A. 40   **B.** 45   **C.** 50   **D.** 55
E. 60

Q.115 जून 2022 में, केंद्रीय वित्त और कॉर्पोरेट मामलों की मंत्री निर्मला सीतारमण ने किस शहर में राष्ट्रीय सीमा शुल्क और GST संग्रहालय को समर्पित किया?

A. पणजी   **B.** चेन्नई   **C.** पटना   **D.** हैदराबाद
E. पुणे

Q.116 व्यापार और विकास पर संयुक्त राष्ट्र सम्मेलन (UNCTAD) विश्व निवेश रिपोर्ट के अनुसार, 2021 में FDI प्रवाह 19 बिलियन अमरीकी डॉलर घटकर ________ बिलियन अमरीकी डॉलर हो गया।

A. 30   **B.** 35   **C.** 40   **D.** 45
E. 50

Q.117 विश्व बैंक का मुख्यालय कहाँ स्थित है?
A. वाशिंगटन डीसी   **B.** बर्लिन
C. जिनेवा   **D.** न्यूयॉर्क
E. रोम

Q.118 निम्नलिखित में से कौन विश्व बैंक का कार्य नहीं है?
A. सदस्य देशों को दीर्घकालीन ऋण प्रदान करना
B. सदस्य देशों से संबंधित निजी निवेशकों को अपनी गारंटी पर ऋण प्रदान करना
C. विनिमय दर स्थिरता सुनिश्चित करने के लिए
D. मुख्य रूप से उत्पादक गतिविधियों के लिए ऋण प्रदान करना
E. इनमें से कोई नहीं

Q.119 OECD का मुख्यालय कहाँ स्थित है?

[RRB (NTPC), 2020]

A. रोम   **B.** पेरिस   **C.** न्यूयॉर्क   **D.** जिनेवा
E. वॉशिंगटन

Q.120 एशियाई विकास बैंक का मुख्यालय कहाँ स्थित है?
A. कुआला लम्पुर, मलेशिया
B. टोक्यो, जापान
C. मनिला, फिलीपींस
D. शंघाई, चीन
E. वॉशिंगटन डीसी, यूएसए

English Language

Q.121 Direction: Given sentences are not in their exact position. Rearrange them to make a coherent paragraph and then answer the question given below.

A. We do need to guard against unfair trade practices, such as goods made in China being routed through some countries with which India has an FTA, flouting all rules of origin and local value-addition norms.

B. This is integral to the ongoing process of eliminating from Indian business assorted means of enrichment that have little do with the efficient creation of value.

C. India can hope to end its present exclusion from global value chains — across various industry segments — through membership of RCEP.

D. At the same time, the government needs to appreciate that global trade and exposure to import competition constitute a sure method of raising the Indian industry's competitiveness.

E. In parallel, there's the need to put in place clear-cut safeguards measures to prevent the dumping of goods, especially from China.

Which of the following should be the FOURTH sentence after the rearrangement?

A. A   **B.** B   **C.** C   **D.** D
E. E

Ques (122-125):Direction: Given sentences are not in their exact position. Rearrange them to make a coherent paragraph and then answer the question given below.

A. We do need to guard against unfair trade practices, such as goods made in China being routed through some countries with which India has an FTA, flouting all rules of origin and local value-addition norms.

B. This is integral to the ongoing process of eliminating from Indian business assorted means of enrichment that have little do with the efficient creation of value.

C. India can hope to end its present exclusion from global value chains — across various industry segments — through membership of RCEP.

D. At the same time, the government needs to appreciate that global trade and exposure to import competition constitute a sure method of raising the Indian industry's competitiveness.

E. In parallel, there's the need to put in place clear-cut safeguards measures to prevent the dumping of goods, especially from China.

Q.122 Which of the following should be the SECOND sentence after the rearrangement?

A. A   **B.** B   **C.** C   **D.** D
E. E

Q.123 Which of the following should be the third sentence after the rearrangement?

A. A   **B.** B   **C.** C   **D.** D
E. E

Q.124 Which of the following should be the FIRST sentence after the rearrangement?

A. A   **B.** B   **C.** C   **D.** D
E. E

Q.125 Which of the following should be the FIFTH sentence after the rearrangement?

A. A   **B.** B   **C.** C   **D.** D
E. E

Ques (126-128):Direction: In the questions below, a sentence has been given with some of its part in bold. To make the sentence grammatically and idiomatically correct, you have to replace the bold part with one of the correct alternatives stated below. If the sentence is correct, mark the option 'no correction required' as the answer.

Q.126 It is about time we **tell you that** you should start preparing for the exam sincerely.

A. Told you that
B. Tell you that
C. Will tell you that
D. Have told you that
E. No correction required

Q.127 Mr. Basu is eclipsed by his wife who is **much lively and more intelligent** than he is.

A. More lively and much intelligent
B. Much more lively and much more intelligent
C. Much livelier and more intelligent
D. Much liveliest and most intelligent
E. No correction required

Q.128 Indian farmers have been reeling under financial stress **from immemorial time**.

A. Since immemorial time
B. For immemorial time
C. For time immemorial
D. From time immemorial
E. No correction required

Ques (129-130):Direction: In this question, you need to replace the bold part of the sentence by the most suitable idiom/expression given as option.

Q.129 Harish Salve is **an important and powerful** lawyer as he wins every court case he gets.

A. A jack of all trades   **B.** A big shot
C. A big gun   **D.** Both (B) and (C)
E. None of these

Q.130 I have to **work late night** only then this task will be finished on time.

A. Cut corners   **B.** Cut the mustard
C. Burn midnight oil   **D.** Both (B) and (C)
E. All of the above

Ques (131-133):Direction: Select the phrase/connector out of the three given phrases/connectors given as (I), (II), and (III) which can be used to form a single sentence from the two

sentences given below, implying the same meaning as expressed in the statement sentences.

Q.131 A. During the pandemic, many are working from home. But farmers have no such option as they have to work in their fields.
B. The lockdown, they continue to sow wheat, paddy, pulses, etc.
I. Despite the lockdown, they continue to sow wheat, paddy, pulses, etc.
II. farmers have no such option as they have to work in their fields as well as
III. Since the lockdown, they continue to sow wheat, paddy, pulses, etc.

A. Only III   **B.** Both I and III
C. Only II   **D.** Both I and II
E. Only I

Q.132 A. When we hear the word migration, we think of Kerala and West Asia, or the United States and the West.
B. The number of Indians who have migrated over the past decades to these geographies is minuscule compared to the vastness of the movement within the country.
I. However, the number of Indians who have migrated over the past decades
II. Whereas, the number of Indians who have migrated over the past decades
III. In the same way, the number of Indians who have migrated over the past decades

A. Only I   **B.** Only II
C. Both I and II   **D.** Only III
E. Both II and III

Q.133 A. It is, of course, clear that Pakistan will employ nukes against India well before it capitulates to the latter.
B. India will not refrain from employing nukes against China were a conventional conflict to break out.
I. Likewise, India will not refrain from employing nukes against China were a conventional conflict to break out.
II. Similarly, India will not refrain from employing nukes against China were a conventional conflict to break out.
III. Instead, India will not refrain from employing nukes against China were a conventional conflict to break out.

A. Only I   **B.** Both I and II
C. Only II   **D.** Only III
E. Both I and III

Q.134 Choose the word which means exactly the SAME as the given word.
DEBILITATE

A. Attenuate   **B.** Invigorate
C. Assuage   **D.** Animate
E. Energize

Q.135 Choose the word from the options given below which means same as the word given in capital letters.
RETRACT

A. Withdraw   **B.** Assert

C. Extend   **D.** Confirm

E. None of the above

Q.136 Identify the correct pair of synonyms or antonyms from the given table.

A. Vicious	D. Bipolar
B. Repugnant	E. Benevolent
C. Sassy	F. Kindred

A. A-E   **B.** B-E   **C.** C-F   **D.** A-F

E. C-D

Q.137 Identify the correct pair of synonyms or antonyms from the given table.

A. Serendipity	D. Elusive
B. Serene	E. Rubbish
C. Froth	F. Exclusive

A. B-D   **B.** C-E   **C.** B-F   **D.** C-F

E. A-D

Q.138 Identify the correct pair of synonyms or antonyms from the given table.

(A) Salutary	(D) Bland
(B) Vague	(E) Debilitated
(C) Riveting	(F) Dynamic

A. C-D   **B.** B-E   **C.** A-D   **D.** A-F

E. C-F

Ques (139-141):Direction: In the following question, one part of the sentence has an error. Read the sentence to find the error and mark the corresponding option. If the sentence has no error choose option (E) 'No error' as your answer.

Q.139 A challenge faced across global (A)/ tech hubs is fostering long-term, (B)/ home-grown talent that match (C)/ the demands of the market.(D)/ No error (E)

A. (A)   **B.** (B)   **C.** (C)   **D.** (D)

E. (E)

Q.140 He is at home always (A)/ on weekdays (B)/ since he has (C)/ started working (D)/ from home. /(E)

A. (A)   **B.** (B)   **C.** (C)   **D.** (D)

E. (E)

Q.141 As though Ashley was (A)/ legally 18, her mom did not (B)/ think it was right for (C)/ her to get married. (D)/ No error (E)

A. (A)   **B.** (B)   **C.** (C)   **D.** (D)

E. (E)

Q.142 Direction: Select the phrase/connector from the given three options which can be used to form a single sentence from the two sentences given below, implying the same as expressed in the statement sentence.

Industrialization is the period of social and economic change. It transforms a human group from an agrarian society into an industrial society.

1. that transforms a

2. When it transforms a

3. But it transforms a

A. Only 1   **B.** Only 2

C. Only 3   **D.** Both 1 and 3

E. Both 1 and 2

Q.143 Direction: Select the phrase/connector from the given three options which can be used to form a single sentence from the two sentences given below, implying the same as expressed in the statement sentence.

Water power gave way to steam power in many of the larger mills and factories. It was still used during the 18th and 19th centuries for many smaller operations.

1. And it was

2. Because water power

3. Although the use of

A. Only 1   **B.** Only 2

C. Only 3   **D.** Both 1 and 2

E. Both 2 and 3

Ques (144-148):Direction: Read the following passage and answer the questions that follow.

Last month, part of a drug consignment meant for Delhi Municipal Corporation-run dispensaries was found to be fake. One crore rupees worth of spurious drugs, seized recently in Patna, included fake labels with reputed firms like Morepen, Ranbaxy and IPCA. In south India, Madurai, Coimbatore, and Salem have become major supply centers for illegal medicines. The main dealer of spurious drugs found in Gujarat was traced to the border district of Sriganganagar in Rajasthan.

The weapons of mass destruction are right here! Whoever you are, and wherever you are—Srinagar or Kanyakumari, Mumbai or Muzaffarnagar, big city, small town or a village— you could be at risk. Each time you visit the neighbourhood chemist shop, you may be buying 'death' medicines. Some of these can surely kill, a few are harmless but have no medicinal value, and others have lower potency than what's mentioned on their labels. Each one of I has been the hapless victim— knowingly or unknowingly—of this fast-growing illegal industry that is now spreading its ugly tentacles across the country, even globally.

Outlook conducted a two-month investigation into the spurious drugs trade—to find out how it works and what the many links in its insidious chain are. Poring over court documents, conducting detailed interviews with private investigators and senior managers in pharma firms, accompanying the police of spurious drug raids, talking to people involved in the counterfeit trade, a spine-chilling story emerged. And also some idea of what, if anything, can be done about it.

But, first, the terrifying statistics. One in every four medicinal drugs that you buy in the country is spurious or fake or substandard. The size of the fake pharma industry is anything between Rs 2,000-6,000 crore, or 10-30 percent the size of the legitimate one. Worse, India has emerged as a major global producer of spurious drugs, accounting for a third of the world's fake and supplying to far-flung countries in Africa and Latin America. To top it all, Indian laws are not geared to punish the guilty; at most, the illegal producers or sellers can be booked under Section 420 for fraud and get out on bail in no time.

Talk to CEOs of big pharma firms and they will launch into a tirade. "Please initiate immediate action, it's a total copy of my medicine!" That was Indravadan Modi, chairman of the Gujarat-based Cadila, shouting to a police inspector in Delhi over the phone when <u>Outlook caught up with him</u> in his office. "This medicine," he said, displaying an antacid tablet made by Cadila, "has been so accurately copied one just can't tell the original from the fake. The only reason we could identify it was we don't sell it to this dealer who had the stocks. I must have lost a fortune because of spurious drugs." More importantly, these may have ruined the health of thousands whose lives depend on taking the right medicines regularly.

Q.144 Does the following phrase as it occurs in the passage require any improvement? If yes, select the correct option. If not, select 'No improvement'.

Supplying to far-flung countries

A. Supplying along far-flung countries
B. Supplying this far-flung countries
C. Supplying is far-flung countries
D. Supplying on far-flung countries
E. No improvement

Q.145 Why are these fake medicines referred to as 'weapons of mass destruction'?

A. Because they are capable of killing people
B. Because they have no medicinal value
C. Because they have lower potency than what is mentioned on their label
D. Only (A) and (C)
E. All of the above

Q.146 Which country has emerged as a major global producer of fake medicines?

A. Africa   B. America
C. India   D. Only (A) and (B)
E. None of the above

Q.147 Who is Indravadan Modi?

A. Chairman of Cadila
B. CEO of IPCA
C. Publisher of Outlook
D. Union health minister
E. Not mentioned in the passage

Q.148 Which of the following statements is TRUE according to the given passage? If none of them is true, select option (E).

A. Outlook conducted a three-month investigation into the spurious drug trade.
B. The main dealer of fake medicines found in Gujarat was traced to the border district of Muzaffarnagar in Rajasthan.
C. The size of the fake pharma industry is 20-40 percent the size of the legitimate one.
D. One in every four medicinal drugs that one buys are substandard.
E. None of the above

Ques (149-153):Direction: Given below is a sentence with two blanks. Identify the correct order of words which can be used to fill the blanks.

Q.149 Indigenous first emerged as a way for Europeans to differentiate _____ black people from the _____ peoples of America.

A. Enclosed
B. External
C. Slavery
D. Enslaved
E. Indigenous

A. DE   **B.** AB   **C.** BC   **D.** AD
E. ED

Q.150 The Indian culture, often labelled as an _______ of several various cultures, spans across the Indian subcontinent and has been ______ and shaped by a history that is several thousand years old.

A. Tricked
B. Influenced
C. Amalgamation
D. Compilation
E. Confined

A. AC   **B.** BC   **C.** CB   **D.** DE
E. EB

Q.151 During Diwali, people wear their ______ clothes, ______ the interior and exterior of their homes with diyas and rangoli, and perform worship ceremonies of Lakshmi.

A. Finest
B. Earnest
C. Illuminate
D. Sparkling
E. Gear-up

A. AC   **B.** BC   **C.** EC   **D.** ED
E. BD

Q.152 Kumbha Mela is a celebration of community _____ with numerous fairs, education, religious discourses by saints, mass feedings of monks or the poor, and entertainment ______.

A. Eager
B. Commerce
C. Spectacle
D. Collection
E. Seeker

A. BC   **B.** AB   **C.** BA   **D.** DE
E. EC

Q.153 Serious analysis of generations began in the nineteenth century, _____ from an increasing awareness of the possibility of permanent social change and the idea of youthful _____ against the established social order.

A. Fight
B. Emerging
C. Rebellion
D. Strike

E. Collapsing

A. BC **B.** DC **C.** AD **D.** BE
E. EA

Ques (154-155):Direction: In the following question a short passage is given with one of the lines in the passage missing and represented by a blank. Select the best out of the five answer choices given, to make the passage complete and coherent.

Q.154 A new study on access to healthcare facilities shows that rural areas remain significantly underdeveloped in terms of health infrastructure. About half the people in India and over three-fifths of those who live in the rural areas have to travel beyond five kilometres to reach a healthcare centre. _____________.These urban residents, who only make up 28% of the population, are enjoying access to 66% of India's hospital beds. Insufficiencies in public healthcare have driven people across socio-economic strata to private healthcare leading to affordability challenges. Healthcare needs to be a critical priority for the Indian government to close the gap between aspiration and reality.

A. The rural healthcare system suffers because of the lack of funds.

B. The urban areas lack proper healthcare services.

C. Many rural residents have put up complains about the unavailability of healthcare.

D. The urban residents are less in number than the rural population.

E. Availability of healthcare services is skewed towards urban centres.

Q.155 India is home to a wide variety of unique animal, bird, and fish species. According to a report published by the United Nations Office on Drugs and Crime (UNODC), the country boasts of 6.5% of the world's species. This includes 12.6% of the bird species and 7.6% of all mammals. ___________.
Another report published by the International Consortium on Combating Wildlife Crime (ICCWC), shows that poaching, unauthorized logging of trees, and uncontrolled exploitation of natural resources are some of the various factors that have contributed to the rise of endangered species in India. It is very important to save the animals that are close to extinction such as the Bengal tiger, Indian elephant, Tibetan antelope, Indian rhino, and Indian lion.

A. The Indian government has launched an act to prevent poaching

B. Thus, there is a rich and diverse wildlife in Indian subcontinent

C. However, illicit trade in wildlife products mean some of the animals are close to extinction

D. Many animal species have become extinct in India

E. The climate of India contributes to the large number of flora and fauna in the wild

Ques (156-160):Direction: Below a passage is given with five blanks labelled (A)-(E). Below the passage, five options are given for each blank. Choose the word that fits each blank most appropriately in the context of the passage, and mark the corresponding answer.

Megs was not ___(A)___ of unusual merit, but it was enough that Bill called her Meggsie, and was pleased with her. There was nothing to ___(B)___ her delight in the whispers and the dreamy silences, when she listened to the light dripping sounds of the rising fish. Maggie thought it would make a very nice heaven to sit by the pool in that way, and never be ___(C)___. She never knew she had a bite till Tom told her; but she liked fishing very much. It was one of their happy mornings. They ___(D)___ along and sat down together, with no thought that life would ever change much for them; they would only get bigger and not go to school, they would always live together and be ___(E)___ of each other.

Q.156 Which of the following fits in the blank labelled (A)?
A. Satisfied **B.** Guilty
C. Conscious **D.** Loathed
E. Hindered

Q.157 Which of the following fits in the blank labelled (B)?
A. Mar **B.** Sunder **C.** Convene **D.** Scar
E. Appear

Q.158 Which of the following fits in the blank labelled (C)?
A. Rested **B.** Fettered
C. Emaciated **D.** Reprimanded
E. Escalated

Q.159 Which of the following fits in the blank labelled (D)?
A. Abjured **B.** Trotted
C. Grooved **D.** Presumed
E. Convicted

Q.160 Which of the following fits in the blank labelled (E)?
A. Jealous **B.** Zealous
C. Insidious **D.** Fond
E. Pugnacious

Hindi Language

Q.161 'खग जाने खग की ही भाषा' लोकोक्ति का अर्थ है:
A. पक्षियों की भाषा जानना
B. समान प्रवृति वाले ही एक दुसरे को सराहते हैं
C. पक्षी अपनी भाषा स्वयं समझते हैं
D. पक्षियों की तरह बोलना
E. चौगुनी शोभा देना

Q.162 'जैसी बहे बयार, पीठ तब तैसी दीजे' लोकोक्ति का अर्थ है:
A. समय का रुख देखकर काम करते रहना चाहिए
B. राजनीति में दल-बदल करते रहना चाहिए
C. ऐसा काम करना चाहिए जिससे संकट में न फंसा जाए
D. पवन की तरह कभी शीतल और कभी उष्ण होना चाहिए
E. थोड़े दिन का सुख

Ques (163-164):निर्देश: दिए गए विकल्पों में से सही विकल्पों का चयन करके वाक्य पूर्ण करें।

Q.163 'पीने की इच्छा' को _____ कहते है।
A. पिंडज **B.** पिसनहारी
C. मस्तक **D.** पिपासा
E. इनमें से कोई नहीं

Q.164 अर्थ के अनुसार _____ के कुल _____ भेद होते हैं।

A. संबंध बोधक अव्यय, बारह
B. समुच्चय बोधक, आठ
C. क्रिया विशेषण, सात
D. विशेषण, बारह
E. इनमें से कोई नहीं

Q.165 निम्नलिखित में से कौन सा वाक्य शुद्ध है?

A. मेरे को उनके साथ जाना है।
B. उनके साथ जाना है मेरे को।
C. मुझे उनके साथ जाना है।
D. जाना है उनके साथ मेरे को।
E. उनके साथ मेरे को जाना है।

Q.166 दिए गए विकल्पों में शुद्ध वाक्य का चयन कीजिए:

A. मैं आपकी पुस्तक नहीं ली।
B. आप बोलो।
C. इंद्रियों पर संयम रखो।
D. उसके गुप्त रहस्य प्रकट हो गए।
E. इनमे से कोई नहीं

Q.167 कौन सा शब्द 'अर्क' का अनेकार्थी है?

A. नोंक   B. काजल   C. आकाश   D. सूर्य
E. दाँत

Q.168 कौन सा शब्द "हंस" का अनेकार्थी नहीं है?

A. प्राण   B. पक्षी
C. सूर्य   D. रंग
E. इनमें से कोई नहीं

Ques (169-180):निर्देश: निम्नलिखित गद्यांश का ध्यानपूर्वक अध्ययन करें तथा दिए गए प्रश्न के सही उत्तर दें।

मीडिया का अर्थ होता है दो बिन्दुओं को जोड़ने वाला। मीडिया संप्रेषक और श्रोता को परस्पर जोड़ता है। किसी भाव, विचार या जानकारी को जन जन तक पहुंचाने की प्रकिया जनसंचार कहलाती है। जनसंचार का उद्देश्य जानकारी या विचारों को समाज के जन समुदाय तक पहुंचाना है, उनसे साझा करना है। जिससे कि वे इससे अवगत हो सके तथा लाभान्वित हो सके। संचार को परिभाषित करते हुए प्रसिद्ध संचारवेत्ता डेनिस मैक्सवेल ने लिखा है "एक व्यक्ति से दूसरे व्यक्ति तक अर्थपूर्ण संदेशो का आदान-प्रदान ही संचार है।"संचार माध्यम का मुख्य केंद्र समाज है, जहाँ संचार की प्रकिया घटित होती है। संचार का लक्ष्य है-सूचनात्मक, प्रेरणात्मक, शिक्षात्मक व मनोरंजनात्मक।

सूचना संचार प्रणाली किसी भी व्यवस्था के लिए अत्यंत महत्वपूर्ण होती है। अंग्रेज हो या हिटलर जैसे तानाशाह सब यह जानते थे कि सैन्य शक्ति के अलावा असली सत्ता जनसंचार में निहित होती है। आज भी यह शक्ति भूमण्डलीकरण की जान है। साहित्य भी संचार माध्यम का एक प्रकार ही है जो कि सूचनाओं का सम्प्रेषण करता है लेकिन संचार माध्यम की प्रभावोत्पादक गति अधिक तीव्र होती है क्योंकि वे तुरंत और दूरगामी असर करते है।

इक्कीसवीं सदी का जनसंचार हमारे जीवन तथा राष्ट्रीय विकास और उसकी दिशा निर्धारण का एक अभिन्न अंग बन चुका है। प्रातः होते ही अधिकतर लोग समाचार पत्र पढ़ने में व्यस्त हो जाते है तो सुदूर गाँवो के कुछ लोग रेडियो खोल लेते है, कुछ अन्य लोग दूरदर्शन पर आँख कान लगाए बैठ जाते है। इन विभिन्न माध्यमों से हम राजनैतिक आर्थिक सामाजिक खेलकूद आदि से सम्बंधित गतिविधियों के समाचारो के अतिरिक्त विविध प्रकार के मनोरंजन का लाभ उठाते है। इन माध्यमों से प्रसारित विभिन्न विज्ञापन हमे उपभोक्ता संस्कृति से अनायास ही जोड़े रखते है। सच तो यह है कि जन संचार के इन माध्यमों ने व्यक्ति-व्यक्ति से लेकर जन समूह तक तथा एक देश से लेकर

विश्व के विभिन्न देशो को एक सूत्र में बांध दिया है। इस बंधन के परिणामस्वरूप जनसंचार माध्यम राष्ट्रीय तथा वैश्विक स्तर चिंतन, विचार, राजनीति, अर्थ, संस्कृति आदि के क्षेत्रों में सम्मिलित प्रभाव डालने लगे है, और उनमे विश्व का मानचित्र बदलने की क्षमता विकसित हो चुकी है। जनसंचार का उद्देश्य है विविध प्रकार के भावो, विचारो और जानकारियों को अत्याधिक लोगो तक पहुँचाना। जन संचार के माध्यम से भावो, विचारो और जानकारियों का आदान प्रदान होता है।

दृश्य-श्रव्य माध्यमों के अंतर्गत नए जनसंचार माध्यमों का विकास हो रहा है। दृश्य या लिखित जनसंचार माध्यम जिसमे संचार, पत्र, पत्रिकाएं, पोस्टर आदि की गणना की जाती है। जनसंचार माध्यम जिसमे रेडियो, टेलीफोन, ऑडियो-कैसेट फ़ोन आदि दृश्य-श्रव्य जनसंचार माध्यम जैसे चलचित्र, दूरदर्शन आदि।

Q.169 उपरोक्त गद्यांश में प्रयुक्त शब्द "दृश्य-श्रव्य" में कौन सा समास है?

A. बहुब्रीहि   B. द्वन्द   C. द्विगु   D. कर्मधारय
E. तत्पुरुस

Q.170 संचार का प्रमुख लक्ष्य क्या है?

A. सूचनात्मक   B. प्रेरणात्मक
C. शिक्षात्मक   D. मनोरंजनात्मक
E. उपरोक्त सभी

Q.171 उपरोक्त गद्यांश में प्रयुक्त शब्द "संप्रेषक" का शाब्दिक अर्थ क्या होता है?

A. सुनने वाला   B. देखने वाला
C. (D) और (E) दोनों   D. भेजने वाला
E. प्रेषणकर्ता

Q.172 "संचार-प्रक्रिया का मुख्य केंद्र समाज है" इस कथन में समाज को प्रमुख केंद्र क्यों कहा गया है?

A. क्योकि संचार की प्रक्रिया समाज में ही घटित होती है।
B. क्योकि संचार के दोनों बिंदु अर्थात संप्रेषक और श्रोता दोनों ही समाज में ही रहते है।
C. क्योकि जिन दो व्यक्तियों के बीच संचार का आदान-प्रदान होता है वे इसी समाज अभिन्न अंग है।
D. (A) और (B) दोनों
E. उपरोक्त सभी

Q.173 उपरोक्त गद्यांश में प्रयुक्त शब्द "प्रभावोत्पादक" में कौन सा संधि है?

A. दीर्घ-संधि   B. गुण-संधि
C. अयादि-संधि   D. व्यंजन-संधि
E. वृद्धि-संधि

Q.174 उपरोक्त दिए गए गद्यांश में प्रयुक्त शब्द "अनायास" का समानार्थी शब्द दिए गए विकल्पों में से कौन सा है?

A. स्वतः   B. मुश्किल
C. कठिन   D. मेहनत
E. (A) और (C) दोनों

Q.175 उपरोक्त गद्यांश के सन्दर्भ में साहित्य और संचार माध्यम के बीच कौन सा कथन सत्य है?

A. दोनों साहित्य और संचार सूचनाओं का सम्प्रेषण करते है।
B. संचार-माध्यम की गति साहित्य की गति से ज्यादा प्रभावात्मक एवं दूरगामी होती है।
C. साहित्य की गति संचार-माध्यमों की गति से ज्यादा प्रभावोत्पादक होती है।
D. संचार-माध्यम साहित्य का एक प्रकार है।
E. (A) और (B) दोनों सत्य है।

Q.176 विकल्पों में दिए गए संचार-माध्यमों में से कौन सा दृश्य-श्रव्य माध्यम का एक प्रकार है?

A. दूरदर्शन
B. रेडियो
C. पत्रिकाएं
D. साहित्य
E. उपरोक्त सभी

Q.177 ये किनका मानना था कि सैन्य-शक्ति के अलावा असली सत्ता जनसंचार में निहित है?

A. अंग्रेजो का
B. हिटलर जैसे तानाशाह का
C. डेनिस मैकवेल का
D. (A) और (B) दोनों
E. उपरोक्त सभी

Q.178 गद्यांश में प्रयुक्त शब्द "संस्कृति" का संधि-विच्छेद क्या है?

A. सम + कृति
B. संस + कृति
C. सम + आकृति
D. सम् + कृति
E. (A) और (D) दोनों

Q.179 कापुरूष

A. अनुज
B. पुरूषार्थी
C. कृपण
D. यायावर
E. इनमें से कोई नहीं

Q.180 औरस

A. शाश्वत
B. बहुझ
C. दत्तक
D. वक्र
E. इनमें से कोई नहीं

Q.181 'साक्षी' का उचित तद्भव रूप क्या है?

A. सखी
B. सखि
C. साखी
D. साखि
E. इनमें से कोई नहीं

Q.182 कौन सा शब्द तद्भव है:

A. रुक्ष
B. वृक्ष
C. पल्लव
D. खजूर
E. इनमें से कोई नहीं

Q.183 पर्यायवाची दृष्टि से एक शब्द-युग्म अशुद्ध है:

[UPPSC Staff Nurse, 2017]

A. गंगा - जाह्नवी
B. पानी - पाणि
C. गृह - सदन
D. मयूर - केकी
E. इनमें से कोई नहीं

Q.184 'क्षणभंगुर' शब्द का समानार्थ शब्द क्या है?

A. शक्ति
B. नश्वर
C. जातरूप
D. निशारंभ
E. सारंग

Q.185 जहाँ उपमेय में उपमान की समानता की संभावना व्यक्त की जाती है, वहाँ अलंकार होता है:

A. उत्प्रेक्षा
B. उपमा
C. रूपक
D. सन्देह
E. विभावना

Q.186 "कनक-कनक ते सौ गुनी मादकता अधिकाय वा खाए बौराए जग, या देखे बौराए।" में कौन-सा अलंकार है?

A. अनुप्रास
B. यमक
C. श्लेष
D. वक्रोक्ति
E. उत्प्रेक्षा

Q.187 "अम्बर-पनघट में डुबो रही तारा-घट ऊषा-नगरी" में कौन-सा अलंकार है?

A. रूपक
B. उपमा
C. रूपक और उपमा
D. रूपक और मानवीकरण
E. सन्देह

Q.188 जहाँ कोई शब्द एक बार प्रयुक्त हो किन्तु प्रसंग भेद से उसके एक से अधिक अर्थ हों, वहाँ अलंकार होता है:

A. श्लेष
B. यमक
C. सन्देह
D. भ्रान्तिमान
E. रूपक

Q.189 'मेधावी' में प्रत्यय है:

A. वी
B. ई
C. आवी
D. मेधा
E. वई

Q.190 निम्नलिखित शब्दों में से किसमें 'अ' उपसर्ग का प्रयोग हुआ है?

A. अनमोल
B. अधजला
C. अछूता
D. अंतर्राष्ट्रीय
E. उपरोक्त सभी

Ques (191-192):निर्देश: दिए गए वाक्यांश के लिए एक शब्द बताएं।

Q.191 'अच्छे कार्य व सेवा पर दी जाने वाली भेंट'

A. प्रतिदान
B. दित्सा
C. पारितोषिक
D. पुरस्कार
E. पारिश्रमिक

Q.192 'माता-पिता का अपनी संतान के प्रति प्रेम'

A. अनुराग
B. वात्सल्य
C. श्रद्धा
D. प्रणय
E. आशुतोष

Q.193 'कथा' का बहुवचन होगा?

A. कथाओं
B. कथाएँ
C. कथा
D. कथाए
E. इनमें से कोई नहीं

Q.194 'बाबा' का बहुवचन होगा:

A. बाबाए
B. बाबाओं
C. बाबा
D. बाबाएँ
E. इनमें से कोई नहीं

Q.195 निम्नलिखित में से कौन सा शब्द पुल्लिंग नहीं है?

A. शिक्षक
B. देवर
C. प्राध्यापिका
D. एकाकी
E. इनमें से कोई नहीं

Q.196 निम्नलिखित प्रश्न में, पाँच विकल्पों में से, उस विकल्प का चयन करें, जो सही पुल्लिंग वाला विकल्प है।

A. सुता
B. दास
C. भवानी
D. बालिका
E. इनमें से कोई नहीं

Q.197 मनुष्य पानी के बिना जीवित नहीं रह सकता। वाक्य में कौन-सा अव्यय है?

A. समुच्चयबोधक अव्यय
B. संबंधबोधक अव्यय
C. क्रिया-विशेषण अव्यय
D. विस्मयादिबोधक अव्यय
E. इनमें से कोई नहीं

Q.198 निम्नलिखित विशेषणों में से संज्ञा को पहचानिए:

A. आसमानी
B. नियमित
C. पाश्चात्य
D. अनुशासन

E. इनमें से कोई नहीं

Q.199 '*वह स्वतः ही जान जाएगा*' में '*वह*' सर्वनाम है:

A. सम्बन्धित वाचक सर्वनाम

B. अनिश्चयवाचक सर्वनाम

C. निजवाचक सर्वनाम

D. पुरुषवाचक सर्वनाम

E. इनमें से कोई नहीं

Q.200 निम्नलिखित में से कृदंत क्रिया कौन सी है?

A. जिलवाना   B. लिखवाना   C. हँसता   D. सँभालना

E. लिखवाना

Quantitative Aptitude & Data Interpretation

Q.201 रोहित ने कार के लिए 1,00,000 रुपये का नकद भुगतान किया तथा शेष धनराशि को तीन समान किश्तों में देने का वादा किया तथा प्रत्येक किश्त 1,50,000 रुपये की हैं। यदि चक्रवृद्धि ब्याज की दर 25% वार्षिक है और ब्याज का भुगतान वार्षिक रूप से किया जा रहा है, तो वह धनराशि ज्ञात कीजिये, जो रोहित ने कार के लिए चुकाई है।

A. 4,92,800   B. 3,90,800

C. 3,92,800   D. 3,50,800

E. इनमें से कोई नहीं

Q.202 7 लैपटॉप, 6 मोबाइल फोन और 8 घड़ियों के समूह में से 4 गैजेट ऐसे चुने जाने हैं कि प्रत्येक प्रकार का कम से कम एक गैजेट हो। इसे कितने तरीकों से किया जा सकता है?

A. 1512   B. 2278   C. 3024   D. 4118

E. 3022

Ques (203-205): निम्न प्रश्न में, I और II से अंकित दो समीकरण दिए गए हैं। आपको दोनों समीकरणों को हल करना है और सही उत्तर को चिन्हित करना है।

Q.203 I. $2x^2 - 19x + 45 = 0$

II. $3y^2 - 17y + 20 = 0$

A. $x > y$

B. $x < y$

C. $x \geq y$

D. $x \leq y$

E. $x = y$ या x और y के बीच सम्बन्ध निर्धारित नहीं किया जा सकता

Q.204 I. $x^2 - 50x + 225 = 0$

II. $y^2 + 32y - 105 = 0$

A. $x > y$

B. $x < y$

C. $x \geq y$

D. $x \leq y$

E. $x = y$ या x और y के बीच सम्बन्ध निर्धारित नहीं किया जा सकता

Q.205 I. $x^2 - 9x + 14 = 0$

II. $y^2 + y - 42 = 0$

A. $x > y$

B. $x < y$

C. $x \geq y$

D. $x \leq y$

E. $x = y$ या x और y के बीच सम्बन्ध निर्धारित नहीं किया जा सकता

Ques (206-210): निर्देश: निम्न सारणी एक दुकान द्वारा बेचे गए छह उत्पादों के विभिन्न मूल्य और उनके विक्रय में लाभ/हानि दर्शाती है, लेकिन कुछ जानकारी सारणी से लुप्त है। सारणी का अध्ययन कीजिये और उस पर आधारित प्रश्न के उत्तर दीजिये।

उत्पाद	क्रय मूल्य (रुपये में)	अंकित मूल्य (रुपये में)	छूट %	विक्रय मूल्य (रुपये में)	लाभ %/ हानि %	लाभ/हानि (रुपये में)
A	1440 रुपये	2160 रुपये	-	-	-	-
B	-	-	20%	3480 रुपये	-	-
C	7200 रुपये	-	40%	-	-	– 180 रुपये
D	-	-	10%	-	-	+ 275 रुपये
E	-	-	30%	-	– 2%	-
F	-	-	-	-	+ 15%	+ 240 रुपये

नोट: एक धनात्मक (+) चिह्न लाभ दर्शाता है, जबकि एक ऋणात्मक (–) चिह्न हानि दर्शाता है।

Q.206 उत्पाद F का मूल्य उसके क्रय मूल्य से 30% अधिक अंकित किया गया था। लेकिन इसे क्रय मूल्य से 25% अधिक अंकित किया गया, तब समान लाभ अर्जित करने के लिए इसे किस छूट पर बेचना चाहिए?

A. 4%   B. 5%   C. 6%   D. 8%

E. 10%

Q.207 यदि उत्पाद D और E के क्रय मूल्य का अनुपात 4 : 5 है, जबकि उनके अंकित मूल्य का अनुपात 5 : 7 है, तब उनके क्रय मूल्य के बीच अंतर ज्ञात कीजिये।

A. 400 रुपये   B. 440 रुपये   C. 500 रुपये   D. 550 रुपये

E. 600 रुपये

Q.208 दुकान को उत्पाद C किस छूट प्रतिशत पर बेचना चाहिए जिससे उत्पाद C के विक्रय पर उसे 4% का लाभ प्राप्त हो?

A. 15%   B. 20%   C. 25%   D. 30%

E. 35%

Q.209 उत्पाद B पर क्रय मूल्य से कितने प्रतिशत अधिक मूल्य अंकित किया गया है, यदि छूट मूल्य में 50% की कमी करने पर, दुकान द्वारा अर्जित लाभ घटकर 1.5% हो जाता है?

A. 40%   B. 45%   C. 50%   D. 55%

E. 60%

Q.210 यदि उत्पाद A पर 10% की एक क्रमिक छूट दी जाती है, तब दुकान द्वारा अर्जित लाभ में 162 रुपये की कमी आती है। उत्पाद A पर दुकान द्वारा प्रारंभ में दी जाने वाली छूट क्या थी?

A. 10%   B. 15%   C. 20%   D. 25%

E. 30%

Q.211 एक छात्र 4 किमी/घंटा की गति से अपने घर से स्कूल जाता है, तो वह अपने स्कूल 10 मिनट देर से पहुंचता है। अगले दिन वह उसी समय पर घर से निकल कर स्कूल के लिए 6 किमी/ घंटे की गति से जाता है और 15 मिनट पहले स्कूल पहुंच जाता है। उसके घर से स्कूल कितनी दूर है?

A. 3 किमी   B. 5 किमी

C. 9 किमी   D. 24 किमी

E. इनमें से कोई नहीं

Q.212 दो मोटरबोट A और B एक साथ बिंदु X और बिंदु Y से क्रमशः ऊर्ध्वप्रवाह और अनुप्रवाह में एक दूसरे की ओर यात्रा करना शुरू करते हैं और 15 घंटे में एक दूसरे से मिलते हैं। शांत जल में मोटरबोट A की गति शांत जल में मोटरबोट B की गति से दोगुनी है। बिंदु X और बिंदु Y के बीच की दूरी क्या है? (यह दिया गया है कि शांत जल में मोटरबोट A की गति और शांत जल में मोटरबोट B की गति के बीच का अंतर 15 किमी प्रति घंटा है)

A. 525 किमी **B.** 625 किमी **C.** 515 किमी **D.** 675 किमी
E. 600 किमी

Q.213 A, B और C एक कार्य को क्रमशः 20, 24 और 30 दिनों में पूरा कर सकते हैं। वे तीनों एक साथ कार्य करना शुरू करते हैं लेकिन 4 दिनों के बाद A कार्य छोड़ देता है और कार्य पूरा होने के 6 दिनों के पहले B कार्य छोड़ देता है। C ने शेष कार्य को अकेले पूरा किया। तो पूरा कार्य कितने दिनों में खत्म हो गया था?

A. 10 **B.** 12 **C.** 14 **D.** 16
E. 17

Q.214 यदि अमर और भावेश को भुगतान की गई कुल मजदूरी 960 रुपए है और भावेश का हिस्सा 540 रुपए है। अमर कार्य को अकेले 6 दिन में पूरा कर सकता है और भावेश कार्य को अकेले 12 दिन में पूरा कर सकता है। कार्य को एकसाथ पूरा करने के लिए अमर से भावेश के समय का अनुपात ज्ञात कीजिए।

A. 6 : 17 **B.** 5 : 16 **C.** 7 : 23 **D.** 7 : 18
E. 4 : 15

Q.215 एक चुनाव में, 80% व्यक्तियों ने वोट डाले और वोट डालने वाले 45% मतदाता नियोजित हैं और नियोजित मतदाताओं के 66.67% इंजीनियर हैं। कुल मतदाताओं में गैर-इंजीनियरों का प्रतिशत ज्ञात कीजिये?

A. 12% **B.** 24% **C.** 50% **D.** 76%
E. 48%

Ques (216-220):निर्देश: दिए गए बार ग्राफ का ध्यानपूर्वक अध्ययन कीजिए और नीचे दिए गए प्रश्नों के उत्तर दीजिए।

बार ग्राफ़ यह दर्शाता है कि चार अलग-अलग वस्तुओं पर 2 क्रमिक छूट की अनुमति है।

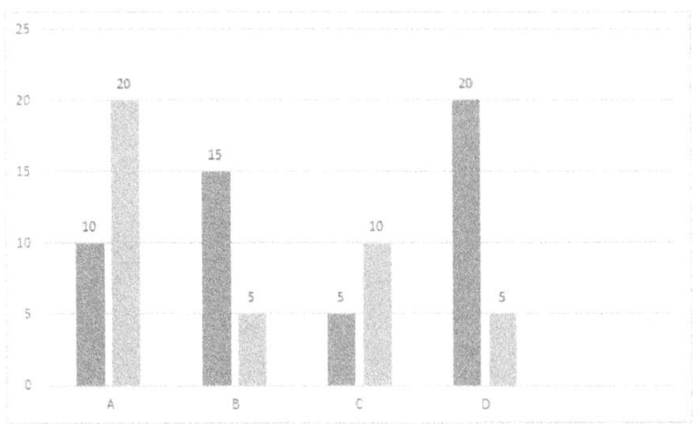

Q.216 यदि A और B के अंकित मूल्य का अनुपात 2 : 3 है और दोनों वस्तुओ के बीच विक्रय मूल्य का अंतर 1198.65 है, तो वस्तु A और B के अंकित मूल्य के बीच अंतर ज्ञात कीजिए।

[IDBI Bank Assistant Manager, 2021]

A. 820 **B.** 1220 **C.** 1020 **D.** 1100
E. 11300

Q.217 D का अंकित मूल्य A की तुलना में 20% कम है और दोनों वस्तुओं के विक्रय मूल्य का योग 3984 है और D पर हानि 20% है और A पर लाभ 20% है। D से A की क्रय मूल्य का अनुपात ज्ञात कीजिए।

[IDBI Bank Assistant Manager, 2021]

A. 15 : 17 **B.** 17 : 10 **C.** 10 : 17 **D.** 19 : 15
E. 15 : 19

Q.218 यदि B से D के विक्रय मूल्य का अनुपात 5 : 8 है, तो B से D के अंकित मूल्य का अनुपात ज्ञात कीजिए।

[IDBI Bank Assistant Manager, 2021]

A. 578 : 176 **B.** 323 : 190
C. 109 : 177 **D.** 190 : 323
E. 155 : 190

Q.219 यदि A पर दूसरी छूट 20% बढ़ जाती है, तब वस्तुओं के विक्रय मूल्य में 108 की कमी हो जाती हैं और C का विक्रय मूल्य A की तुलना में रु 120 कम है। C का अंकित मूल्य ज्ञात कीजिए।

[IDBI Bank Assistant Manager, 2021]

A. रु 2578 **B.** रु 2456 **C.** रु 2386 **D.** रु 1988
E. रु 1476

Q.220 A से B की विक्रय मूल्य का अनुपात 5 : 2 है और दोनों वस्तुओं के अंकित मूल्य का योग रु 61000 है। दोनों वस्तुओं के विक्रय मूल्य के बीच का अंतर ज्ञात कीजिए।

A. 15500 **B.** 19480 **C.** 45700 **D.** 22600
E. 35710

Q.221 एक वस्तु को 800 रुपये में बेचने पर हुआ लाभ उस वस्तु को 275 रुपये में बेचने पर हुई हानि का 20 गुना है। 25% लाभ कमाने के लिए वस्तु को किस मूल्य पर बेचा जाना चाहिए।

A. 375 **B.** 475 **C.** 300 **D.** 500
E. 425

Q.222 A, 15% के लाभ पर B को वस्तु बेचता है। B ने 10% के लाभ पर उसी वस्तु को C को बेच दिया। C ने वस्तु को D को 4554 रुपये में बेचा और 20% का लाभ कमाया। वह मूल्य ज्ञात कीजिए जिस पर A ने वस्तु को खरीदा।

A. Rs. 3000 रुपये **B.** 2500 रुपये
C. 2400 रुपये **D.** 3500 रुपये
E. 4000 रुपये

Q.223 12 व्यक्तियों का औसत भार 1.5 किलो से बढ़ गया जब उनमे से एक 48 किलो भार के व्यक्ति को नए व्यक्ति से बदला गया। नए व्यक्ति का भार क्या है?

A. 68 किलो **B.** 75 किलो **C.** 66 किलो **D.** 86 किलो
E. 67 किलो

Q.224 लड़कों की संख्या का $\frac{1}{5}$ भाग और लड़कियां की संख्या का $\frac{2}{5}$ भाग एक इमारत में किराए पर रहते हैं। यदि इमारत में लड़कों की कुल संख्या 1400 है जो की इमारत की कुल क्षमता का $\frac{1}{3}$ है तो किराये पर रह रहे लड़के और लड़कियों की संख्या का अनुपात ज्ञात कीजिए?

A. $\frac{3}{5}$ **B.** $\frac{1}{3}$ **C.** $\frac{2}{3}$ **D.** $\frac{3}{4}$
E. $\frac{1}{4}$

Ques (225-227):निर्देश: निम्नलिखित प्रश्न में (?) के स्थान पर कौन सा लगभग मान होना चाहिए?

Q.225 $30.91^2 - 927.98 - 4.95^2 = 1.99 \times ? \div 10.91$

A. 52 **B.** 64 **C.** 38 **D.** 32

E. 44

Q.226 167.92 का $\frac{3}{8} \times 14.95 \div 4.85 + ? = 548.89 \div 8.9 + 234.98$

A. 94   B. 107   C. 127   D. 134

E. 115

Q.227 $149.99 + 44.89 \times 1.92 \times (35.99 - 16.06) \div 17.97 = ?$

A. 155   B. 210   C. 250   D. 285

E. 195

Ques (228-231):निर्देश: निम्नलिखित संख्या श्रृंखला में, कोई एक संख्या गलत है। गलत संख्या ज्ञात कीजिए।

Q.228 31, 35, 79, 253, 1039

A. 1039   B. 253   C. 79   D. 35

E. 31

Q.229 200, 50, 75, 18.75, 18.75, 23.4375, 35.15625

A. 200   B. 50

C. 75   D. 23.4375

E. 35.15625

Q.230 7, 12, 48, 258, 2056, 20550

A. 7   B. 12   C. 48   D. 2056

E. 20550

Q.231 3, 3, 6, 12, 24, 48, 95

A. 3   B. 6   C. 12   D. 48

E. 95

Ques (232-234):निर्देश: निम्नलिखित कथनों को पढ़िए और ज्ञात कीजिए कि वे दिए गए प्रश्न का उत्तर देने के लिए पर्याप्त हैं या नहीं हैं।

Q.232 मूलधन ज्ञात कीजिए।

कथन I: 2 वर्ष के लिए 25% की दर से निवेश किए जाने पर प्राप्त चक्रवृद्धि ब्याज जब उसी राशि को 1 वर्ष के लिए 5% की दर से निवेश किया जाता है तो प्राप्त साधारण ब्याज से 250 अधिक है।

कथन II: एक राशि अपने तिगुने से दो अधिक हो जाती है, जब इसे वार्षिक 3.5% की दर से निवेश किया जाता है।

कथन III: वार्षिक और अर्ध-वार्षिक रूप से 8% की दर से निवेश की गई राशि पर प्राप्त राशि का अंतर 279 रुपये है।

A. अकेले कथन I का आंकड़ा प्रश्न का उत्तर देने के लिए पर्याप्त है, जबकि कथन II और कथन III में दिए गए आंकड़े प्रश्न का उत्तर देने के लिए पर्याप्त नहीं हैं।

B. अकेले कथन II का आंकड़ा प्रश्न का उत्तर देने के लिए पर्याप्त है, जबकि कथन I और III का आंकड़ा प्रश्न का उत्तर देने के लिए पर्याप्त नहीं है।

C. अकेले कथन I का या अकेले कथन II का आंकड़ा प्रश्न का उत्तर देने के लिए पर्याप्त है, जबकि कथन III का आंकड़ा प्रश्न का उत्तर देने के लिए पर्याप्त नहीं है।

D. I, II और III सभी कथनों का आंकड़ा प्रश्न का उत्तर देने के लिए पर्याप्त नहीं है।

E. कथन I और कथन II का आंकड़ा प्रश्न का उत्तर देने के लिए पर्याप्त है, जबकि कथन III का आंकड़ा प्रश्न का उत्तर देने के लिए पर्याप्त नहीं है।

Q.233 एक व्यक्ति एक वस्तु की कीमत y रुपये अंकित करता है। वस्तु का क्रय मूल्य क्या है?

कथन I: वस्तु का अंकित मूल्य उसके क्रय मूल्य से 80% अधिक है और व्यक्ति इसे $2x\%$ छूट पर बेचता है।

कथन II: व्यक्ति को 8% लाभ होता है यदि वो वस्तु को $x\%$ छूट बेचता है और उसका ला. $5y$ रुपये है।

कथन III: वस्तु को 217 रुपये की छूट पर बेचने पर व्यक्ति को 12% हानि होती है।

A. कथन I और कथन III में दिया गया डेटा प्रश्न का उत्तर देने के लिए पर्याप्त हैं, जबकि अकेले कथन II का डेटा प्रश्न का उत्तर देने के लिए पर्याप्त नहीं है।

B. अकेले कथन II का डेटा प्रश्न का उत्तर देने के लिए पर्याप्त है, जबकि कथन I और III का डेटा प्रश्न का उत्तर देने के लिए पर्याप्त नहीं है।

C. कथन I में या कथन II में डेटा अकेले प्रश्न का उत्तर देने के लिए पर्याप्त है, जबकि अकेले कथन III का डेटा प्रश्न का उत्तर देने के लिए पर्याप्त नहीं है।

D. I, II और III सभी कथनों का डेटा प्रश्न का उत्तर देने के लिए पर्याप्त नहीं है।

E. कथन I और कथन II में डेटा प्रश्न का उत्तर देने के लिए पर्याप्त है, जबकि अकेले कथन III का डेटा प्रश्न का उत्तर देने के लिए पर्याप्त नहीं है।

Q.234 संपूर्ण यात्रा में ट्रेन की औसत चाल ज्ञात कीजिए।

I) एक ट्रेन ने पहले दो घंटों के लिए 20 किमी/घंटा की चाल से यात्रा की। यदि यह अगले $\frac{9}{5}$ घंटों के लिए 40 किमी/घंटा की चाल से यात्रा करती है, तो ट्रेन ने अपनी यात्रा का $\frac{8}{11}$ हिस्सा पूरा करती है।

II) ट्रेन ने शेष यात्रा अगले $\frac{6}{5}$ घंटे में पूरी की।

A. प्रश्न का उत्तर देने के लिए केवल कथन I पर्याप्त है।

B. प्रश्न का उत्तर देने के लिए केवल कथन II पर्याप्त है।

C. कथन I और कथन II मिलकर पर्याप्त हैं, लेकिन दोनों में से कोई भी अकेले प्रश्न का उत्तर देने के लिए पर्याप्त नहीं है।

D. प्रश्न का उत्तर देने के लिए या तो कथन I या कथन II पर्याप्त है।

E. प्रश्न का उत्तर देने के लिए न तो कथन I और न ही कथन II पर्याप्त है।

Ques (235-239):निर्देश: निम्नलिखित आलेख और तालिका को ध्यान पूर्वक पढ़िए और निम्नलिखित प्रश्नों के उत्तर दीजिये:

आलेख अलग-अलग 5 माह में "वैष्णो देवी" आए पुरुषों और महिलाओं की संख्या को दर्शाता है

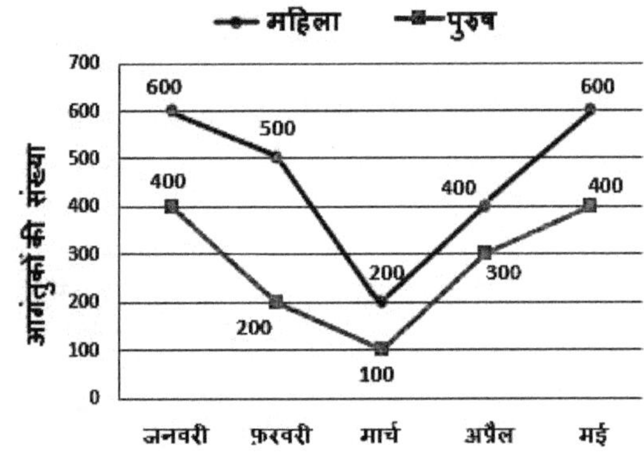

तालिका हवाईजहाज और ट्रेन से आए आगंतुकों के अनुपात को दर्शाती है

महीने	हवाईजहाज	ट्रेन
जनवरी	2	3
फरवरी	1	1

मार्च	1	2
अप्रैल	6	1
मई	1	1

Q.235 फरवरी, मार्च और अप्रैल माह में पुरुष आगंतुकों की कुल संख्या और जनवरी और फरवरी के माह में महिला आगंतुकों की कुल संख्या के बीच अनुपात ज्ञात कीजिये।

A. 3:7   **B.** 6:11   **C.** 5:7   **D.** 7:9

E. 1:5

Q.236 जनवरी माह में हवाईजहाज द्वारा आए कुल आगंतुकों की संख्या, जनवरी और अप्रैल माह में हवाईजहाज द्वारा आने वाले आगंतुकों की संख्या का कितना % है?

A. 20%   **B.** 30%   **C.** 40%   **D.** 10%

E. 5%

Q.237 जनवरी, फरवरी और मार्च के माह में ट्रेन से आने वाले आगंतुकों की कुल संख्या और मार्च और अप्रैल माह में हवाईजहाज से आने वाले आगंतुकों की कुल संख्या के बीच अंतर ज्ञात कीजिये।

A. 100   **B.** 250   **C.** 350   **D.** 450

E. 150

Q.238 यदि मई माह की तुलना में जून माह में पुरुषों और महिलाओं की संख्या में क्रमशः 10% और 20% की वृद्धि हुई है, तो जून माह में आगंतुक पुरुषों और महिलाओं की कुल संख्या ज्ञात कीजिये।

A. 1460   **B.** 1400   **C.** 1160   **D.** 1260

E. 2000

Q.239 जनवरी, फरवरी और मार्च माह में आए कुल पुरुषों की संख्या उसी माह में हवाईजहाज से आने वाले आगंतुकों की संख्या से कितनी कम/अधिक है?

A. 150   **B.** 200   **C.** 250   **D.** 3000

E. 1350

Q.240 एक आयताकार बक्से में एक परत में छह गोलाकार तोप के प्लास्टिक के गोलों को कसकर पैक किया गया। प्रत्येक पंक्ति में दो तोप के गोले हैं और प्रत्येक स्तंभ में तीन तोप के गोले हैं। बक्से का कौन सा भाग खाली है?

A. $\frac{10}{24}$ **B.** $\frac{10}{21}$ **C.** $\frac{10}{27}$ **D.** $\frac{11}{21}$

E. $\frac{13}{21}$

// स्मार्ट उत्तर पुस्तिका //

सही उत्तर	उन छात्रों का प्रतिशत जिन्होंने प्रश्नों का सही उत्तर दिया था।	छोड़ दिया	उन छात्रों का प्रतिशत जिन्होंने प्रश्नों को छोड़ दिया था।

प्रश्न संख्या	उत्तर	सही उत्तर / छोड़ दिया	प्रश्न संख्या	उत्तर	सही उत्तर / छोड़ दिया	प्रश्न संख्या	उत्तर	सही उत्तर / छोड़ दिया	प्रश्न संख्या	उत्तर	सही उत्तर / छोड़ दिया	प्रश्न संख्या	उत्तर	सही उत्तर / छोड़ दिया
1	D	14.56 % / 76.36 %	17	B	18.3 % / 75.41 %	33	A	68.71 % / 30.54 %	49	A	40.65 % / 56.37 %	65	B	64.25 % / 34.17 %
2	A	63.77 % / 35.64 %	18	E	49.37 % / 33.99 %	34	B	11.16 % / 83.38 %	50	A	61.87 % / 35.01 %	66	C	88.44 % / 10.05 %
3	A	44.66 % / 48.33 %	19	D	57.77 % / 32.2 %	35	E	61.14 % / 38.31 %	51	D	69.63 % / 30.22 %	67	B	52.88 % / 30.2 %
4	A	67.91 % / 30.94 %	20	C	58.96 % / 31.94 %	36	D	49.71 % / 47.2 %	52	C	67.95 % / 31.85 %	68	C	53.84 % / 40.41 %
5	A	56.63 % / 36.41 %	21	D	47.22 % / 40.95 %	37	C	60.96 % / 33.09 %	53	D	48.25 % / 50.63 %	69	C	76.86 % / 22.11 %
6	B	60.51 % / 35.48 %	22	C	69.63 % / 30.13 %	38	D	49.57 % / 36.01 %	54	A	21.49 % / 70.1 %	70	B	54.66 % / 45.01 %
7	D	50.24 % / 38.05 %	23	A	30.33 % / 69.42 %	39	A	69.84 % / 30.12 %	55	A	55.82 % / 40.99 %	71	B	69.16 % / 30.42 %
8	B	55.78 % / 33.71 %	24	E	19.39 % / 75.46 %	40	E	43.88 % / 53.92 %	56	C	87.01 % / 12.21 %	72	C	52.61 % / 36.66 %
9	C	50.88 % / 45.76 %	25	B	14.4 % / 73.07 %	41	C	77.29 % / 14.04 %	57	B	83.95 % / 13.22 %	73	B	43.33 % / 45.9 %
10	C	64.18 % / 32.4 %	26	C	27.53 % / 69.12 %	42	C	58.45 % / 37.72 %	58	A	53.53 % / 39.85 %	74	C	47.54 % / 49.12 %
11	A	44.81 % / 39.93 %	27	B	24.88 % / 72.59 %	43	B	77.71 % / 19.45 %	59	A	60.84 % / 34.61 %	75	C	48.6 % / 49.73 %
12	E	50.23 % / 32.7 %	28	E	40.91 % / 51.54 %	44	D	88.05 % / 11.31 %	60	D	63.74 % / 31.46 %	76	A	66.88 % / 31.71 %
13	C	58.66 % / 39.02 %	29	B	59.33 % / 35.43 %	45	A	48.71 % / 46.22 %	61	A	50.67 % / 47.24 %	77	C	68.34 % / 31.21 %
14	A	68.53 % / 30.9 %	30	C	43.76 % / 49.9 %	46	B	50.54 % / 41.21 %	62	C	64.3 % / 34.14 %	78	B	19.68 % / 71.26 %
15	A	66.51 % / 30.23 %	31	A	59.21 % / 40.24 %	47	C	85.53 % / 12.27 %	63	D	61.64 % / 35.49 %	79	B	56.82 % / 42.74 %
16	B	22.36 % / 76.9 %	32	C	44.61 % / 32.06 %	48	D	89.79 % / 10.03 %	64	E	83.29 % / 12.18 %	80	B	66.33 % / 33.1 %

प्रश्न संख्या	उत्तर	सही उत्तर / छोड़ दिया	प्रश्न संख्या	उत्तर	सही उत्तर / छोड़ दिया	प्रश्न संख्या	उत्तर	सही उत्तर / छोड़ दिया	प्रश्न संख्या	उत्तर	सही उत्तर / छोड़ दिया	प्रश्न संख्या	उत्तर	सही उत्तर / छोड़ दिया
81	E	61.23 % / 37.91 %	97	E	64.14 % / 32.52 %	113	D	50.1 % / 33.72 %	129	D	47.76 % / 38.96 %	145	E	57.4 % / 38.95 %
82	A	56.49 % / 42.48 %	98	B	43.95 % / 45.11 %	114	D	10.72 % / 85.32 %	130	C	59.8 % / 36.73 %	146	C	68.61 % / 30.1 %
83	C	82.99 % / 16.47 %	99	A	12.39 % / 69.49 %	115	A	47.27 % / 33.36 %	131	E	40.68 % / 41.56 %	147	A	58.61 % / 30.24 %
84	C	54.79 % / 34.68 %	100	D	67.17 % / 30.65 %	116	D	56.2 % / 39.84 %	132	C	57.62 % / 39.72 %	148	D	49.54 % / 49.45 %
85	A	56.62 % / 33.88 %	101	D	69.93 % / 30.02 %	117	A	52.34 % / 38.01 %	133	B	62.1 % / 36.32 %	149	A	51.36 % / 34.14 %
86	B	62.74 % / 32.57 %	102	B	24.64 % / 71.73 %	118	C	47.9 % / 35.76 %	134	A	57.76 % / 30.47 %	150	C	45.16 % / 42.67 %
87	A	61.55 % / 31.49 %	103	A	25.83 % / 67.34 %	119	B	78.54 % / 19.41 %	135	A	89.15 % / 10.27 %	151	A	49.97 % / 37.37 %
88	C	65.6 % / 32.27 %	104	C	69.63 % / 30.01 %	120	C	27.31 % / 68.79 %	136	A	44.25 % / 51.82 %	152	A	52.32 % / 35.59 %
89	E	57.02 % / 30.64 %	105	B	41.67 % / 39.71 %	121	D	57.12 % / 33.13 %	137	B	66.92 % / 30.13 %	153	A	88.01 % / 11.61 %
90	A	65.41 % / 30.87 %	106	B	83.63 % / 15.79 %	122	E	41.48 % / 37.84 %	138	A	46.03 % / 36.99 %	154	E	66.8 % / 31.68 %
91	E	54.24 % / 40.41 %	107	D	50.55 % / 36.47 %	123	A	40.75 % / 34.53 %	139	C	68.41 % / 31.39 %	155	C	62.75 % / 35.02 %
92	A	49.14 % / 38.68 %	108	C	30.31 % / 67.6 %	124	C	43.01 % / 54.94 %	140	A	87.18 % / 10.55 %	156	C	64.87 % / 33.37 %
93	D	55.49 % / 32.22 %	109	E	65.41 % / 33.53 %	125	B	55.94 % / 32.7 %	141	A	79.32 % / 12.03 %	157	A	63.13 % / 34.53 %
94	B	55.9 % / 31.18 %	110	C	69.49 % / 30.26 %	126	A	56.33 % / 41.04 %	142	A	66.83 % / 31.38 %	158	D	61.06 % / 31.1 %
95	C	65.76 % / 31.19 %	111	D	21.89 % / 70.65 %	127	C	40.14 % / 37.96 %	143	C	40.77 % / 53.72 %	159	B	69.16 % / 30.55 %
96	E	88.98 % / 10.65 %	112	B	54.49 % / 43.39 %	128	B	60.96 % / 36.32 %	144	E	19.43 % / 69.14 %	160	D	29.87 % / 67.11 %

प्रश्न संख्या	उत्तर	सही उत्तर / छोड़ दिया	प्रश्न संख्या	उत्तर	सही उत्तर / छोड़ दिया	प्रश्न संख्या	उत्तर	सही उत्तर / छोड़ दिया	प्रश्न संख्या	उत्तर	सही उत्तर / छोड़ दिया	प्रश्न संख्या	उत्तर	सही उत्तर / छोड़ दिया
161	B	49.65 % / 38.59 %	177	D	59.73 % / 31.11 %	193	B	84.92 % / 12.45 %	209	B	42.76 % / 35.04 %	225	E	69.24 % / 30.42 %
162	A	29.17 % / 68.34 %	178	D	13.13 % / 71.45 %	194	C	56.41 % / 33.43 %	210	D	40.25 % / 42.99 %	226	B	22.27 % / 67.89 %
163	D	84.99 % / 12.36 %	179	B	58.84 % / 38.14 %	195	C	31.79 % / 67.24 %	211	B	66.1 % / 33.82 %	227	C	55.99 % / 32.42 %
164	A	51.04 % / 41.7 %	180	C	79.6 % / 19.02 %	196	B	53.23 % / 34.59 %	212	D	15.42 % / 69.8 %	228	A	56.36 % / 34.24 %
165	C	49.23 % / 33.59 %	181	C	67.64 % / 30.04 %	197	B	68.49 % / 31.34 %	213	C	45.79 % / 53.8 %	229	C	52.51 % / 38.48 %
166	C	68.15 % / 31.74 %	182	D	58.51 % / 38.95 %	198	D	23.63 % / 74.66 %	214	D	41.42 % / 31.52 %	230	C	68.66 % / 31.18 %
167	D	87.59 % / 11.08 %	183	B	50.73 % / 46.05 %	199	D	15.61 % / 83.81 %	215	A	65.73 % / 32.21 %	231	E	77.14 % / 20.75 %
168	D	62.13 % / 37.45 %	184	B	66.49 % / 31.2 %	200	C	42.01 % / 30.51 %	216	B	45.0 % / 31.28 %	232	A	65.57 % / 30.89 %
169	B	18.25 % / 73.14 %	185	A	40.14 % / 36.4 %	201	C	21.91 % / 75.65 %	217	D	68.79 % / 30.53 %	233	C	65.37 % / 32.99 %
170	E	47.9 % / 35.06 %	186	B	31.93 % / 67.01 %	202	C	18.79 % / 74.11 %	218	D	58.06 % / 39.32 %	234	C	48.54 % / 30.32 %
171	C	63.79 % / 35.19 %	187	A	81.66 % / 18.3 %	203	A	42.8 % / 42.62 %	219	C	18.76 % / 70.79 %	235	B	55.87 % / 34.32 %
172	E	60.63 % / 35.23 %	188	A	41.37 % / 55.1 %	204	A	50.71 % / 45.29 %	220	B	63.29 % / 35.57 %	236	C	45.26 % / 46.06 %
173	B	26.12 % / 71.9 %	189	A	88.13 % / 10.89 %	205	E	82.73 % / 15.35 %	221	A	43.61 % / 51.42 %	237	D	50.09 % / 47.51 %
174	A	78.86 % / 19.01 %	190	C	62.6 % / 30.85 %	206	D	16.08 % / 78.68 %	222	A	17.34 % / 76.82 %	238	C	32.54 % / 67.35 %
175	E	61.92 % / 31.96 %	191	D	63.75 % / 30.6 %	207	D	43.18 % / 51.64 %	223	C	59.58 % / 30.48 %	239	A	61.84 % / 34.54 %
176	A	60.23 % / 30.71 %	192	B	47.81 % / 30.2 %	208	E	52.45 % / 45.25 %	224	B	65.86 % / 30.42 %	240	B	47.21 % / 48.59 %

//संकेत और समाधान//

1. 1. क्रिकेट से ठीक पहले बुधवार को फुटबॉल खेला जाता है।

2. क्रिकेट में भाग लेने वाले छात्रों की संख्या 13 है।

3. क्रिकेट और कबड्डी के बीच दो खेल आयोजित होते हैं।

4. टेनिस में भाग लेने वाले छात्रों की संख्या 7 है।

कथन I: हॉकी के बाद बैडमिंटन खेला जाता है। शतरंज में भाग लेने वाले छात्रों की संख्या 11 है, जो हॉकी से पहले खेला जाता है। कबड्डी में भाग लेने वाले छात्रों की संख्या 10 है।

स्थिति: 1			स्थिति: 2		
दिन	खेल	भाग लेने वाले छात्रों की संख्या	दिन	खेल	भाग लेने वाले छात्रों की संख्या
सोमवार	कबड्डी	10	सोमवार		
मंगलवार			मंगलवार		
बुधवार	फुटबॉल		बुधवार	फुटबॉल	
गुरूवार	क्रिकेट	13	गुरूवार	क्रिकेट	13
शुक्रवार			शुक्रवार		
शनिवार			शनिवार		
रविवार			रविवार	कबड्डी	10

कथन II: शनिवार को खेले जाने वाले खेल में भाग लेने वाले छात्रों की संख्या 16 है। क्रिकेट के बाद टेनिस खेला जाता है।

स्थिति: 1			स्थिति: 2		
दिन	खेल	भाग लेने वाले छात्रों की संख्या	दिन	खेल	भाग लेने वाले छात्रों की संख्या
सोमवार	कबड्डी	10	सोमवार		
मंगलवार			मंगलवार		
बुधवार	फुटबॉल		बुधवार	फुटबॉल	
गुरूवार	क्रिकेट	13	गुरूवार	क्रिकेट	13
शुक्रवार			शुक्रवार		
शनिवार		16	शनिवार		16
रविवार			रविवार	कबड्डी	

कथन III: शतरंज खेलने के बाद शनिवार को बैडमिंटन खेला जाता है। फुटबॉल में भाग लेने वाले छात्रों की संख्या 5 है। कबड्डी, हॉकी के बाद खेली जाती है।

स्थिति: 1		
दिन	खेल	भाग लेने वाले छात्रों की संख्या
सोमवार	कबड्डी	
मंगलवार		
बुधवार	फुटबॉल	5
गुरूवार	क्रिकेट	13
शुक्रवार		

शनिवार	बैडमिंटन	
रविवार	कबड्डी	

कथन I, II और III एक साथ:

स्थिति: 1		
दिन	खेल	भाग लेने वाले छात्रों की संख्या
सोमवार	कबड्डी	
मंगलवार		
बुधवार	फुटबॉल	
गुरूवार	क्रिकेट	13
शुक्रवार		
शनिवार		16
रविवार		

इसलिए, सोमवार, शनिवार और रविवार को भाग लेने वाले छात्रों की कुल संख्या 37 है।

इसलिए, प्रश्न का उत्तर देने के लिए तीनों कथनों में दी गई जानकारी एक साथ आवश्यक है।

अतः विकल्प (D) सही है।

2. दिया है:

1. एक कक्षा में 40 छात्र हैं। राम का स्थान शीर्ष से 13 वाँ है।

2. पलक एक लड़की शीर्ष से 7 वीं है। राम के स्थान से 4 लड़कियाँ नीचे हैं।

3. राम और एक अन्य लड़के श्याम के मध्य में 12 लड़के हैं।

तो, तदनुसार आरेख,

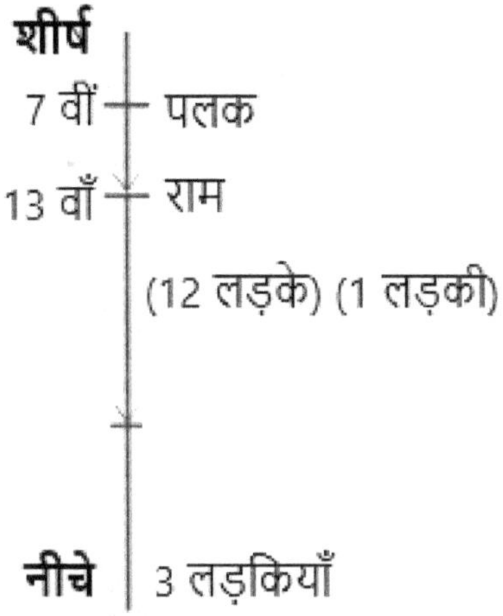

कथन I: श्याम छात्रों के बीच नीचे से 14 वें स्थान पर है।

शीर्ष

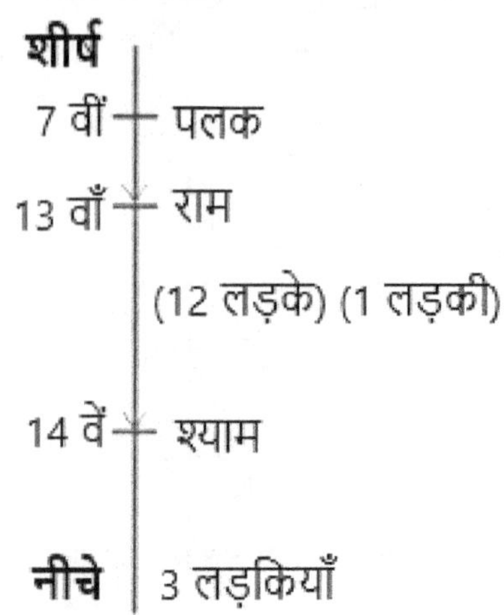

कथन II: पलक और राम के मध्य में 3 लड़कियाँ हैं। श्याम लड़कों में शीर्ष से 21 वें स्थान पर है।

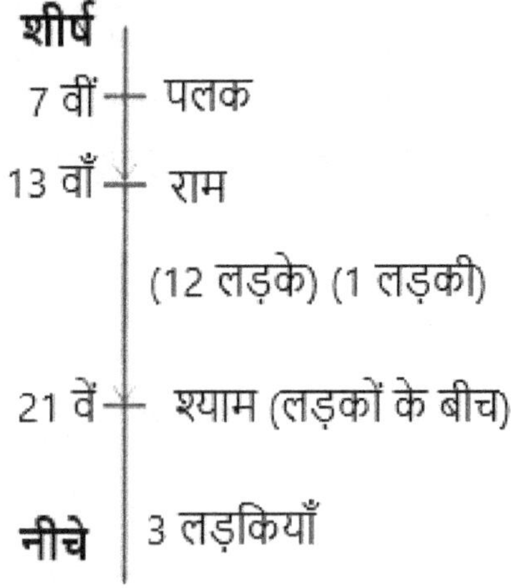

चूँकि, श्याम शीर्ष से लड़कों में 21 वें स्थान पर है, राम से शीर्ष लड़कों की संख्या 7 है। इसलिए, राम के ऊपर लड़कियों की संख्या 5 है और राम से नीचे की लड़कियों की संख्या दी गई है यानी 4

इसलिए, कक्षा में लड़कियों की कुल संख्या 9 है।

कथन III: पलक लड़कियों में नीचे से 8 वें स्थान पर है।

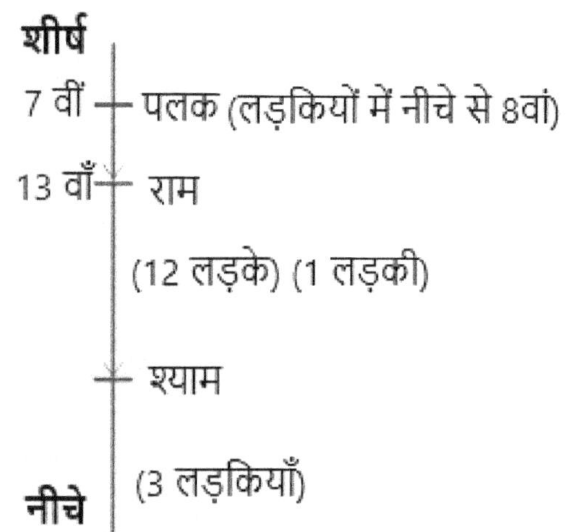

इसलिए, कथन II में दी गयी जानकारी प्रश्न के उत्तर के लिए पर्याप्त है और कथन I और III दोनों में दी गयी जानकारी प्रश्न के उत्तर के लिए आवश्यक नहीं है।

अतः विकल्प (A) सही है।

3. न्यूनतम संभावित वेन आरेख निम्नलिखित है:

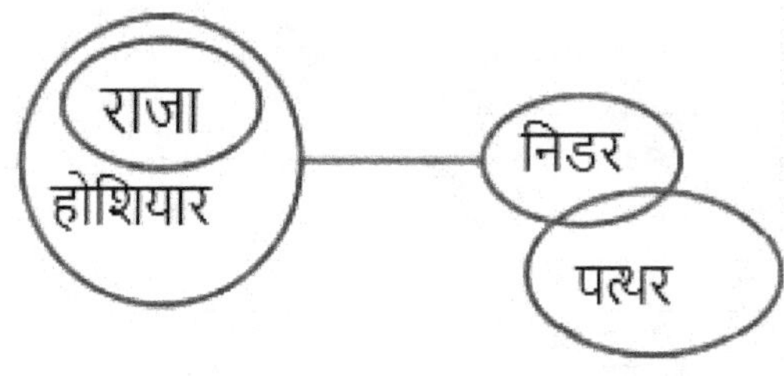

1) कोई राजा निडर नहीं है → सत्य

2) कुछ पत्थर होशियार नहीं हैं → सत्य

3) कुछ पत्थर निडर हैं → सत्य

4) सभी निडर के राजा होने की संभावना है → असत्य

इसलिए, केवल I, II और IV अनुसरण करते हैं सही उत्तर है।

अतः विकल्प (A) सही है।

4. न्यूनतम संभावित वेन आरेख नीचे दर्शाया गया है:

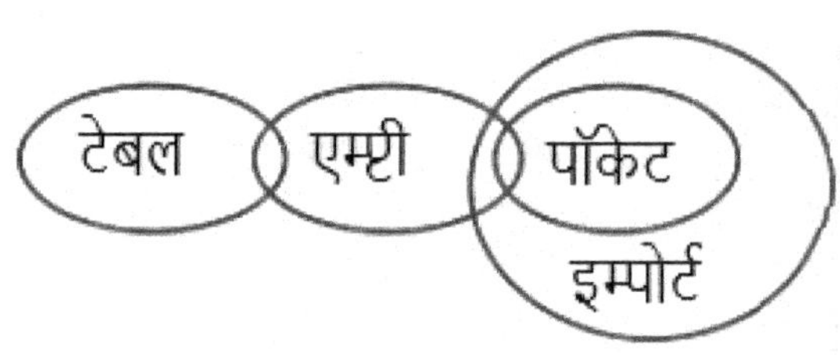

निष्कर्ष:

I. सभी टेबल एम्प्री है, एक संभावना है → असत्य है। (केवल कुछ टेबल एम्प्री हैं, दिया गया है)

II. कोई इम्पोर्ट टेबल नहीं है → असत्य है (कोई निश्चित संबंध नहीं दिया गया है)

III. सभी एम्प्री पॉकिट नहीं हो सकते हैं → सत्य है(केवल कुछ एम्प्री पॉकिट है, दिया गया है)

IV. कोई पॉकिट टेबल नहीं है → असत्य है (कोई निश्चित संबंध नहीं दिया गया है)

इसलिए, केवल III अनुसरण करता है, सही उत्तर है।

अतः विकल्प (A) सही है।

Ques (5-9): 10 डिब्बे - A, B, C, D, E, F, G, H, I और J

10 वस्तुएँ – कंबल, फ्रेम, बर्तन, किताबें, मोज़े, कपड़े, गैजेट्स, जूते, दालें और अनाज।

1) A में कंबल हैं और उसे सबसे ऊपर रखा गया है।

2) A और H जिसमें फ्रेम हैं, के बीच में छह डिब्बे रखे गए हैं।

डिब्बा	वस्तु
A	कंबल

H	फ्रेम

3) I जिसमें बर्तन हैं उसके नीचे केवल एक डिब्बा रखा गया है।

(इस प्रकार I को नीचे से दूसरे स्थान पर रखा गया है।)

4) I और जूते वाले डिब्बे के बीच में चार डिब्बे रखे गए हैं।

डिब्बा	वस्तु
A	कंबल
	जूते
H	फ्रेम
I	बर्तन

5) दालों वाले डिब्बे को अनाज वाले डिब्बे के ऊपर रखा गया है, जिसे जूते वाले डिब्बे के ऊपर रखा गया है।

6) E में दालें हैं और B में अनाज हैं।

डिब्बा	वस्तु
A	कंबल
E	दालें
B	अनाज
	जूते
H	फ्रेम
I	बर्तन

7) I और C जिसमें कपड़े हैं, के बीच में तीन डिब्बे रखे गए हैं।

8) F को B और C के बीच रखा गया है।

डिब्बा	वस्तु
A	कंबल
E	दालें
B	अनाज
F	जूते
C	कपड़े
H	फ्रेम
I	बर्तन

9) D को G के ठीक ऊपर रखा गया है, जिसमें किताबें हैं।

(अब, केवल एक डिब्बा J शेष है, तो यह सबसे नीचे के स्थान को ग्रहण करेगा।)

डिब्बा	वस्तु
A	कंबल
E	दालें

B	अनाज
F	जूते
C	कपड़े
D	
G	किताबें
H	फ्रेम
I	बर्तन
J	

10) J में मोज़े नहीं हैं।

(इस प्रकार, J में गैजेट हैं और D में मोज़े हैं क्योंकि केवल यही दो वस्तुएँ शेष हैं।)

डिब्बा	वस्तु
A	कंबल
E	दालें
B	अनाज
F	जूते
C	कपड़े
D	मोज़े
G	किताबें
H	फ्रेम
I	बर्तन
J	गैजेट

5. इसलिए, किताबों वाले डिब्बे और दालों वाले डिब्बे के बीच में 4 डिब्बे रखे गए हैं।

अतः विकल्प (A) सही है।

6. इसलिए, H के नीचे 2 डिब्बे रखे गए हैं।

अतः विकल्प (B) सही है।

7. इसलिए, C और G के बीच में D को रखा गया है।

अतः विकल्प (D) सही है।

8. इसलिए, B में अनाज हैं।

अतः विकल्प (B) सही है।

9. इसलिए, C और गैजेट वाले डिब्बे के बीच में 4 डिब्बे रखे गए हैं।

अतः विकल्प (C) सही है।

Ques (10-14): दिया है:

व्यक्ति: अमल, अक्षत, शिशिर, अम्बर, हर्ष और रंजन

कम्पनी: वोल्वो, रिलायंस, महिंद्रा, टाटा, एडुगोरिल्ला और एशर

वस्तुएँ: मेज़, मोबाइल, टीवी, एसी, गद्दे और कुर्सी

मंजिल: 1 से 6

1) जो व्यक्ति मोबाइल बेचता है, वह रिलायंस में काम करने वाले व्यक्ति से तीन मंजिल नीचे रखता है और दोनों सबसे ऊपर और सबसे नीचे की मंजिल पर नहीं रहते हैं।

(यह तभी संभव है जब रिलायंस में काम करने वाला व्यक्ति पांचवीं मंजिल पर रहता हो।)

2) शिशिर कुर्सी बेचने वाले व्यक्ति से चार मंजिल नीचे रहता है।

3) रंजन एशर में काम करने वाले व्यक्ति से चार मंजिल ऊपर रहता है और हर्ष रिलायंस में काम करता है।

(शर्त को पूरा करने के लिए शिशिर को पहली मंजिल पर होना चाहिए)

मंजिल	व्यक्ति	कम्पनी	वस्तुएँ
छठी	रंजन		
पांचवीं	हर्ष	रिलायंस	कुर्सी
चौथी			
तीसरी			
दूसरी		एशर	मोबाइल
पहली	शिशिर		

4) विषम संख्या मंजिल पर रहने वाला एडुगोरिल्ला में काम करता है और मेज़ बेचने वाले व्यक्ति से तीन मंजिल नीचे रहता है।

5) जो व्यक्ति एसी बेचता है, वह एडुगोरिल्ला में काम करने वाले व्यक्ति से दो मंजिल नीचे रहता है।

(यदि एडुगोरिल्ला में काम करने वाला व्यक्ति चौथी मंजिल पर रहता है तो दो मंजिल नीचे रहने वाला व्यक्ति मोबाइल बेचता है जोकि दिए गए कथन से विपरीत है। इसलिए वह तीसरी मंजिल पर होना चाहिए)

मंजिल	व्यक्ति	कम्पनी	वस्तुएँ
छठी	रंजन		मेज़
पांचवीं	हर्ष	रिलायंस	कुर्सी
चौथी			
तीसरी		एडुगोरिल्ला	
दूसरी		एशर	मोबाइल
पहली	शिशिर		एसी

6) महिंद्रा में काम करने वाला व्यक्ति सम संख्या मंजिल पर रहता है तथा टीवी या मेज़ नहीं बेचता है।

(इस प्रकार, तीसरी मंजिल पर रहने वाला व्यक्ति टीवी बेचता है)

7) अमल न तो महिंद्रा में और न ही एडुगोरिल्ला में काम करता है।

(इस प्रकार, वह एशर में काम करता है)

8) न तो अक्षत किसी भी सम संख्या मंजिल पर रहता है और न ही वोल्वो में काम करने वाला व्यक्ति सम संख्या मंजिल में रहता है।

(इस प्रकार, अक्षत तीसरी मंजिल पर रहता है और पहली मंजिल पर रहने वाला व्यक्ति वोल्वो में काम करता है)

मंजिल	व्यक्ति	कम्पनी	वस्तुएँ
छठी	रंजन	टाटा	मेज़
पांचवीं	हर्ष	रिलायंस	कुर्सी
चौथी	अम्बर	महिंद्रा	गद्दे
तीसरी	अक्षत	एडुगोरिल्ला	टीवी
दूसरी	अमल	एशर	मोबाइल
पहली	शिशिर	वोल्वो	एसी

10. इसलिए, अम्बर गद्दे बेचता है।

अतः विकल्प (C) सही है।

11. इसलिए, अक्षर एडुगोरिल्ला में काम करता है।

अतः विकल्प (A) सही है।

12. इस प्रकार, शिशिर एसी बेचता है।

अतः विकल्प (E) सही है।

13. इस प्रकार, अम्बर चौथी मंजिल पर रहता है।

अतः विकल्प (C) सही है।

14. इस प्रकार, अमल एशर में काम करता है।

अतः विकल्प (A) सही है।

15. कथनों में स्पष्ट रूप से कहा गया है कि गैर-भारतीय ब्रांड लागत को कम रखते हुए बाजार की मांग को पूरा करने का तरीका खोजने की कोशिश कर रहे हैं। इसलिए, भारत में एक विनिर्माण संयंत्र स्थापित करने से आपूर्ति में वृद्धि होगी और साथ ही कपड़ों के उत्पादों के खुदरा मूल्य में कमी आएगी। दूसरा निष्कर्ष उपरोक्त कथनों का पूरी तरह से अनुपालन नहीं करता है क्योंकि स्वदेशी ब्रांडों के उत्पादों की मांग गैर-भारतीय ब्रांडों की तुलना में अधिक नहीं है। यह एक धारणा हो सकती है लेकिन उपरोक्त कथनों के निष्कर्ष के रूप में योग्य नहीं हो सकती है। इसलिए, केवल निष्कर्ष। अनुसरण करता है।

अतः विकल्प (A) सही है।

Ques (16-17): सर्व प्रथम दिए गए प्रतीकों का कूटानुवाद करते हैं फिर वंश वृक्ष का निर्माण करते हैं:

A है				
प्रतीक	$	#	@	%
अर्थ	माँ	भाई	पति	पुत्री
B का/की				

चित्र में प्रतीक	अर्थ
○	स्त्री
□	पुरुष
=	विवाहित जोड़ा
—	भाई/बहन
|	पीढ़ी का अंतर

16. दिया गया व्यंजक: 'G $ M @ k' का अर्थ है G, M की माँ है और M, K का पति है।

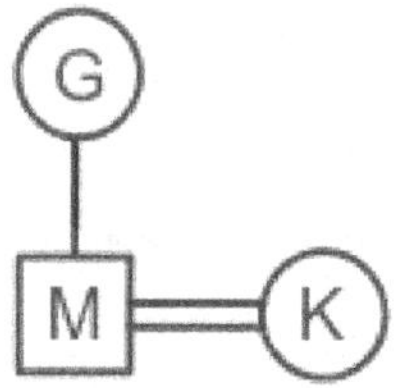

इसलिए, K, G की डॉटर इन ला है।

अतः विकल्प (B) सही है।

17. आरेख से यह स्पष्ट है कि H और N के बीच भाई का अपेक्षित संबंध स्थापित नहीं किया जा सकता है।

इसलिए, कोई परिणाम नहीं प्राप्त हुआ।

कथन 2 का उपयोग करनें पर:

'N % F @ D $ H # R' का अर्थ है कि N, F की पुत्री है, F, D का पति है, D, H की माँ है और H, R का भाई है।

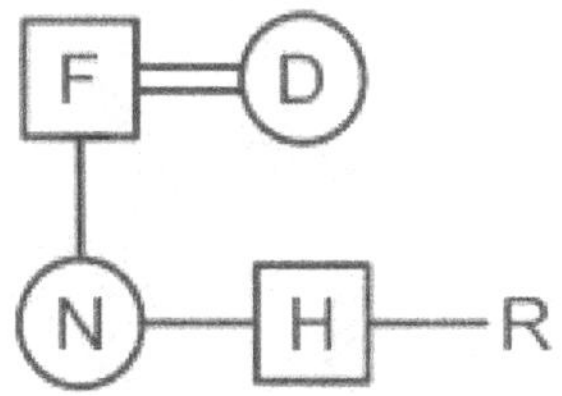

यहाँ हम देख सकते हैं कि H, N का भाई है।

इसलिए, 'N% F @ D $ H # R' उत्तर है।

अतः विकल्प (B) सही है।

Ques (18-22):

इनपुट: 7864   2398   7649   7948

चरण I: इस चरण में निम्नलिखित तर्क लागू होते हैं:

चरण -I   7864

$(7×8= 56)$ ↓ $(6×4) = 24$

32

स्पष्ट रूप से, चरण I का परिणाम उपरोक्त परिणामों के परिणाम द्वारा निर्धारित किया जा सकता है।

परिणाम = (56 – 24) = 32

चरण II: इस चरण में निम्न तर्क लागू किये जाते हैं:

चरण -II   32

↓ $(3^2 - 2^2 = 05)$

05

स्पष्ट रूप से, चरण II में परिणाम अंकों के वर्ग के अंतर से निर्धारित किया जा सकता है।

परिणाम= (09 - 04) = 05

चरण III: इस चरण में निम्नलिखित तर्क लागू होते हैं:

चरण -III   05   27

$(0×2 = 0)$ ✓ $(7×5 = 35)$

35

स्पष्ट रूप से, चरण III में परिणाम, परिणामों के अंतर से निर्धारित किया जा सकता है।

परिणाम = (35 – 0) = 35

चरण IV: इस चरण में निम्नलिखित तर्क लागू होते हैं:

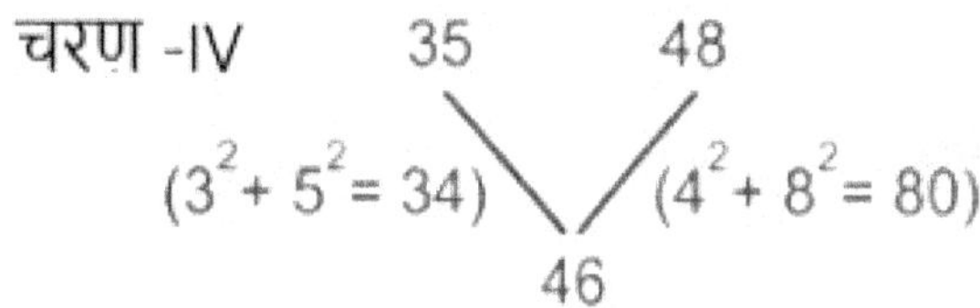

चरण -IV   35   48

$(3^2 + 5^2 = 34)$ ✓ $(4^2 + 8^2 = 80)$

46

स्पष्ट रूप से, चरण IV में परिणाम परिणामों के अंतर से निर्धारित किया जा सकता है। इस प्रकार, अंतिम आउटपुट है:

परिणाम = (80 – 34) = 46

उपरोक्त तार्किक चरणों से हमें दिए गए इनपुट के लिए निम्नलिखित परिणाम मिलते हैं:

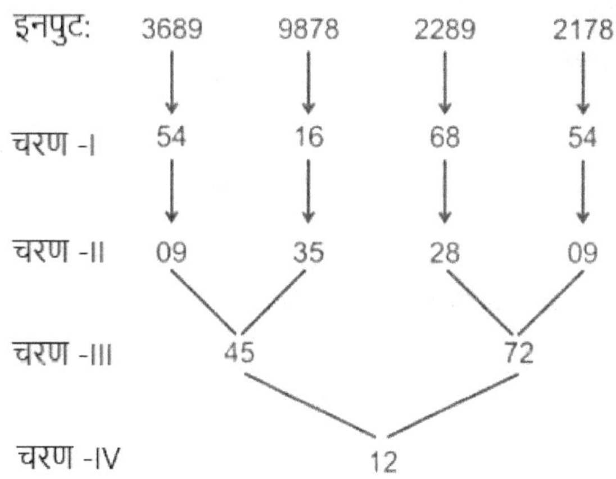

इनपुट:	3689	9878	2289	2178
चरण -I	54	16	68	54
चरण -II	09	35	28	09
चरण -III	45		72	
चरण -IV		12		

18. चरण III में संख्या 45 और 72 है

योग = 45 + 72 = 117

अतः विकल्प (E) सही है।

19. स्पष्ट रूप से, चरण IV में वांछित आउटपुट = 12

इसलिए, 12 सही उत्तर है।

अतः विकल्प (D) सही है।

20. स्पष्टतः अभीष्ट योग = (5 + 4 + 1+ 6 + 6 + 8 + 5 + 4) = 39

इसलिए, 39 सही उत्तर है।

अतः विकल्प (C) सही है।

21. स्पष्ट रूप से, चरण III में सबसे न्यूनतम संख्या 45 है, इस प्रकार अभीष्ट अंतर = (25 – 16) = 09

इसलिए, 09 सही उत्तर है।

अतः विकल्प (D) सही है।

22. स्पष्ट रूप से, अधिकतम से निम्नतम संख्या का अंतर= (35 – 09) = 26

इसलिए, सही उत्तर 26 है।

अतः विकल्प (C) सही है।

Ques (23-27):1) लेखाकार, प्रोफेसर के बाएं से तीसरे स्थान पर बैठा है।

2) उमेश, रोहित के दायें से चौथे स्थान पर बैठा है जो एक लेखाकार है।

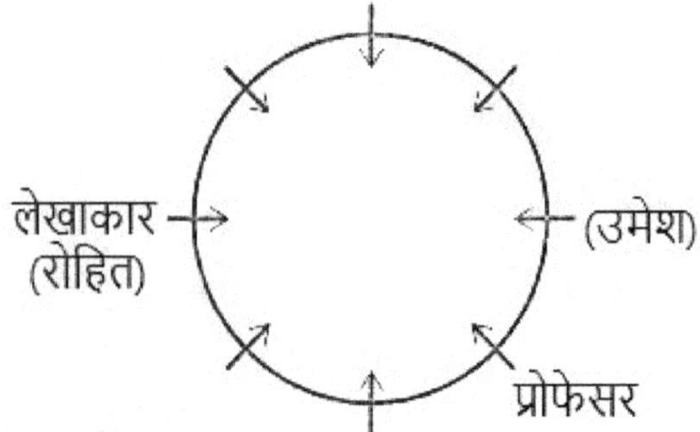

3) करण HR है, रोहित के ठीक दाएं बैठा है।

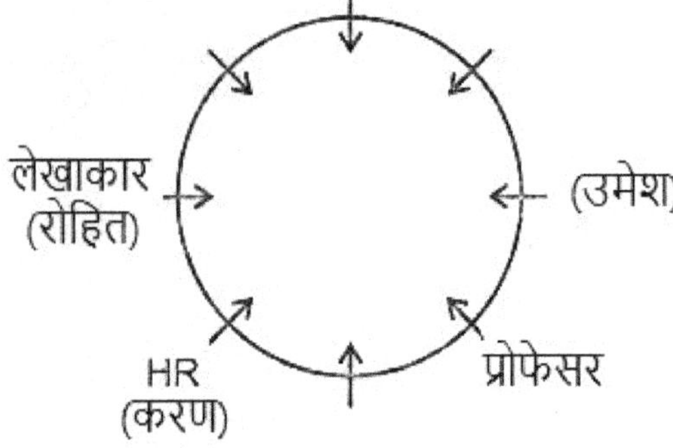

4) प्रबंधक, HR और प्रोफेसर के बीच बैठा है।

5) प्रबंधक और राम के बीच तीन व्यक्ति बैठे हैं।

6) राम और प्रोफेसर के बीच एक से अधिक व्यक्ति बैठे हैं।

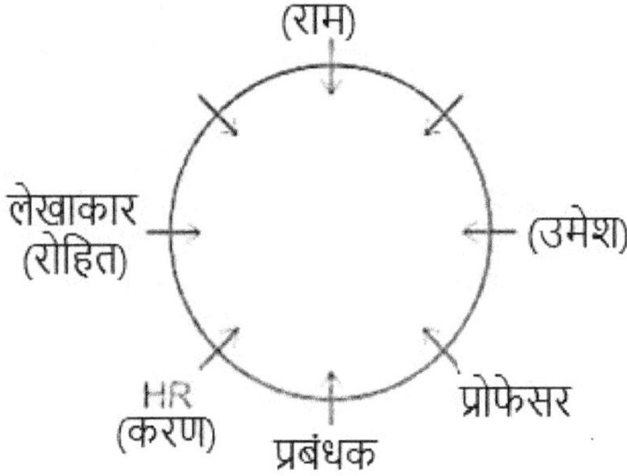

7) प्रोफेसर और कलाकार के बीच दो व्यक्ति बैठे हैं।

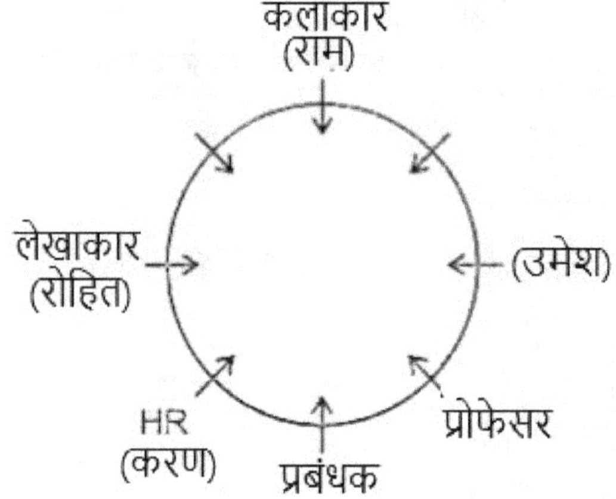

8) सागर राम के बाएं से तीसरे स्थान पर बैठा है।

9) मनीष जो वकील है वह सागर के विपरीत बैठे व्यक्ति के बाएं से दूसरे स्थान पर बैठा है।

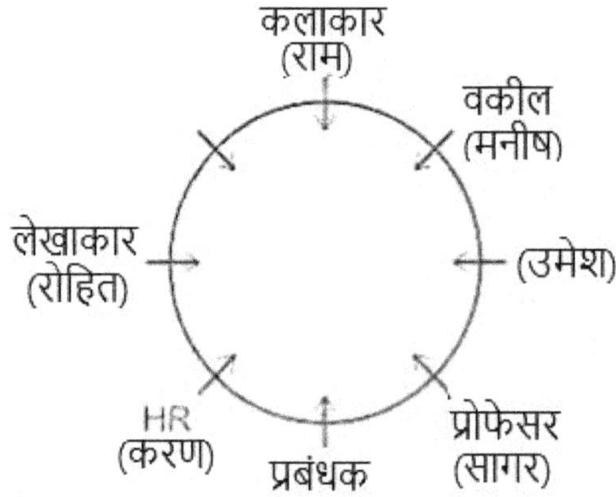

10) कलाकार और डांसर के बीच एक व्यक्ति बैठा है।

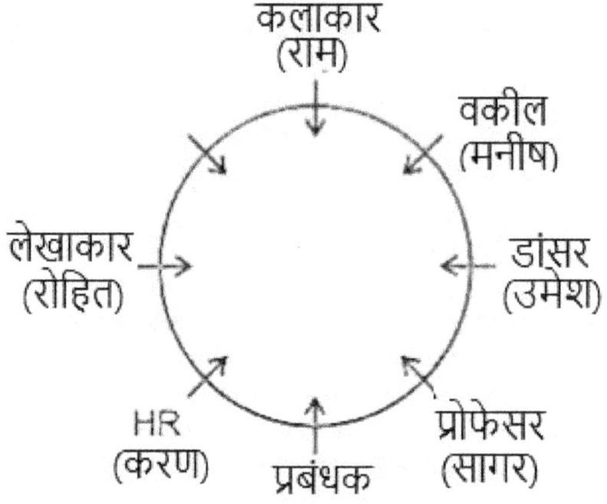

11) सुरेश प्रबंधक के बाएं से तीसरे स्थान पर है।

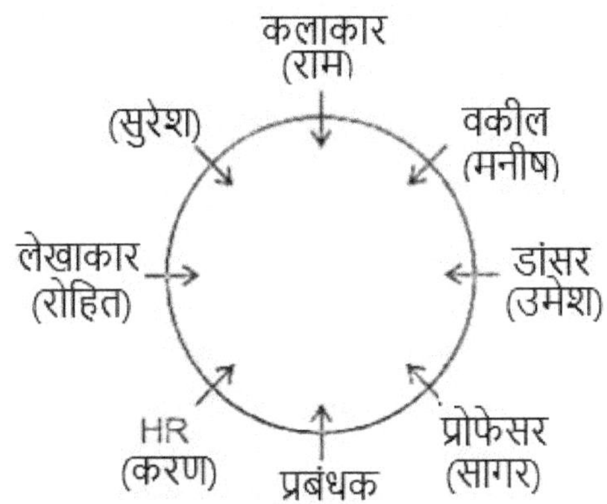

इसलिए, धारणा ॥ निहित नहीं है।

किसी भी कॉलेज में जिस महीने में सांस्कृतिक उत्सव होता है उसका उल्लेख अवतरण में नहीं किया जाता है।

इसलिए, हम यह नहीं मान सकते हैं कि सांस्कृतिक उत्सव केवल मई के महीने में होते हैं।

इसलिए, धारणा ॥। निहित नहीं है।

अतः विकल्प (E) सही है।

Ques (29-30):प्रश्न में दी गई जानकारी के अनुसार हमनें आकृति बनाई है,

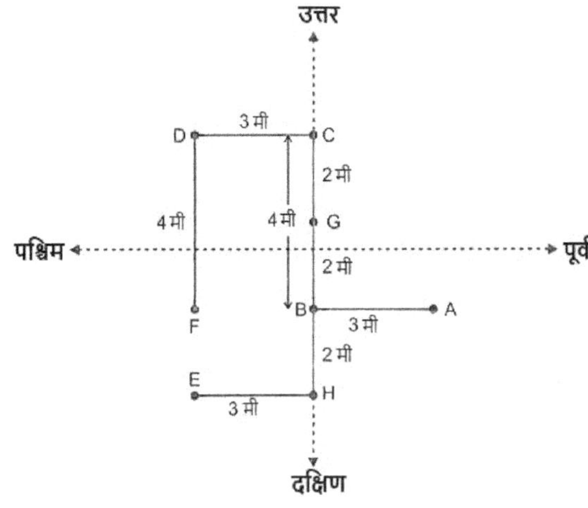

12) अब केवल सौरभ और छात्र को अपनी सीट नहीं मिली है और हमारे पास उनमें से प्रत्येक के लिए एक जगह खाली है।

13) इसलिए सुरेश छात्र होना चाहिए और मैनेजर सौरभ होना चाहिए।

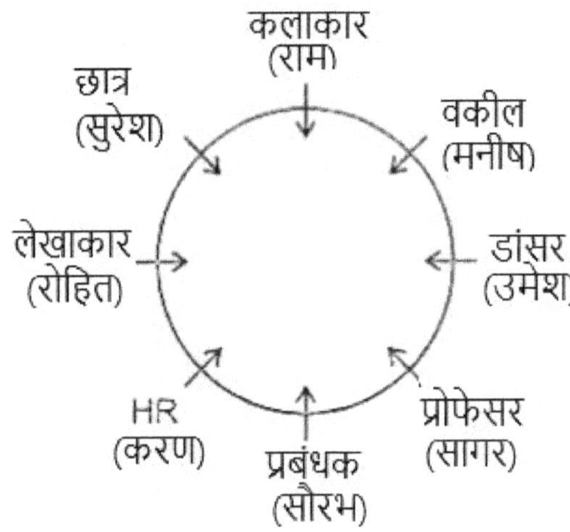

23. इसलिए, सागर प्रोफेसर हैं।

अतः विकल्प (A) सही है।

24. इसलिए, सुरेश छात्र है।

अतः विकल्प (E) सही है।

25. इसलिए, डांसर, कलाकार के बाएं से दूसरे स्थान पर बैठा है।

अतः विकल्प (B) सही है।

26. इसलिए, मनीष, HR के विपरीत बैठा है।

अतः विकल्प (C) सही है।

27. इसलिए, सौरभ प्रबंधक है।

अतः विकल्प (B) सही है।

28. उपरोक्त सांस्कृतिक उत्सव और उसमें होने वाली विभिन्न गतिविधियों की बात करता है।

इस जानकारी से, हम उत्सव के पीछे प्रायोजकता ग्रहण नहीं कर सकते।

इसलिए, धारणा । निहित नहीं है।

कॉलेजों के स्थान के संबंध में कोई जानकारी नहीं दी गई है। अवतरण में यह उल्लेख नहीं किया गया है कि ये सांस्कृतिक उत्सव केवल भारत में होते हैं।

29. अब, D और E के मध्य की दूरी = DF + FE = 4 + 2 = 6 मीटर (FE = BH = 2 मीटर)

इसलिए "6" मीटर सही उत्तर है।

अतः विकल्प (B) सही है।

30. C और A के मध्य न्यूनतम दूरी है:

$$CA^2 = CB^2 + BA^2$$

$$CA^2 = 4^2 + 3^2$$

$$CA^2 = 16 + 9$$

$$CA^2 = 25$$

$$CA = 5 \text{ मीटर}$$

अतः विकल्प (C) सही है।

31. तर्क ।: मानसिक स्वास्थ्य शारीरिक स्वास्थ्य जितना ही महत्वपूर्ण है इसलिए बच्चों के मानसिक स्वास्थ्य को बनाए रखने के लिए उन्हें नियमित रूप से परामर्श दिया जाना चाहिए। इसलिए, तर्क । प्रबल है।

तर्क ॥: कथन में यह स्पष्ट है कि मानसिक स्वास्थ्य बनाए रखने के लिए परामर्श के लिए जाना चाहिए। इसलिए तर्क ॥ प्रबल नहीं है, क्योंकि यह कथन का समर्थन नहीं करता है।

इसलिए, केवल तर्क । प्रबल है।

अतः विकल्प (A) सही है।

Ques (32-36):दिया गया है:

सात व्यक्ति: A, B, C, D, E, F और G

1. A अंतिम छोर से दूसरे स्थान पर बैठा है।

2. D, A के दाएँ दूसरे स्थान पर बैठा है।

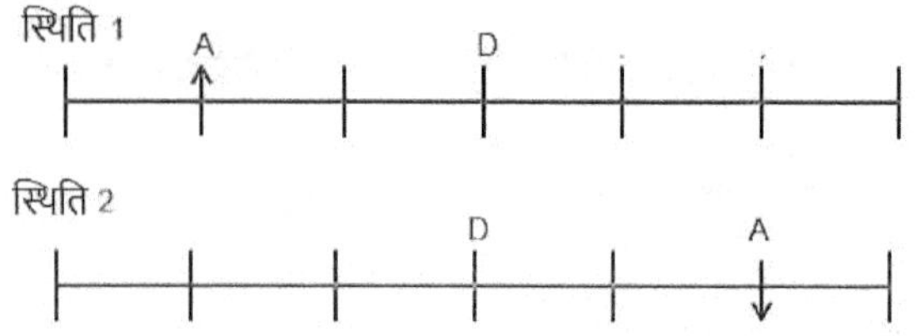

3. B पंक्ति के अंतिम छोर में से किसी एक पर बैठा है।।

4. B और C के बीच केवल तीन व्यक्ति बैठे हैं।

5. C, A का निकटतम पड़ोसी नहीं है।

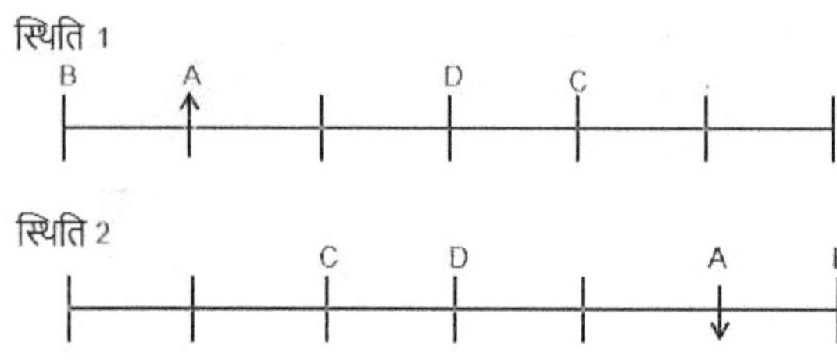

6. E, D के निकटतम दाएँ बैठा है।

7. E, F के दाएँ से तीसरे स्थान पर बैठा है।

8. A, B के निकटतम बाएँ बैठा है।

9. जो अंतिम छोर पर बैठे है, वह विपरीत दिशा के सम्मुख बैठे हैं।

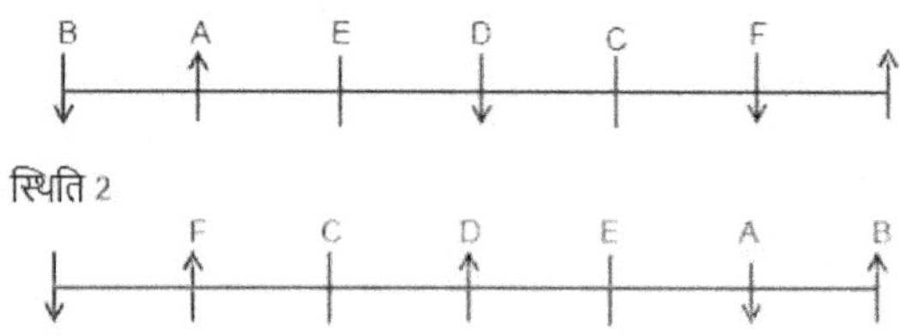

10. D का निकटतम पड़ोसी विपरीत दिशा के सम्मुख हैं।

11. C और G एक ही दिशा के सम्मुख बैठे हैं।

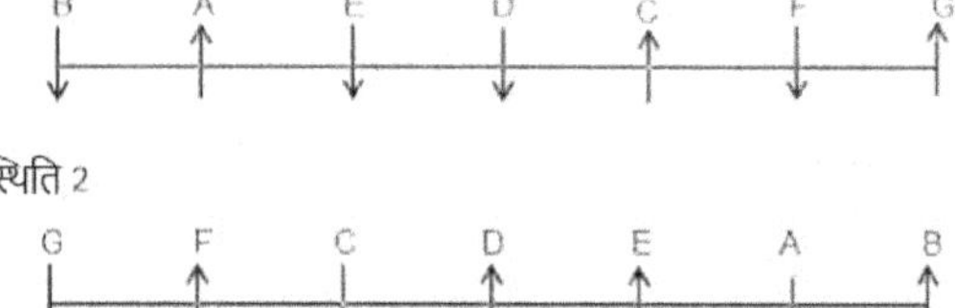

12. E उत्तर दिशा के सम्मुख नहीं बैठा है।

अत: यह स्थिति 2 रद्द हो जाती है।

इसलिए, हम अंतिम व्यवस्था इस प्रकार प्राप्त करते हैं:

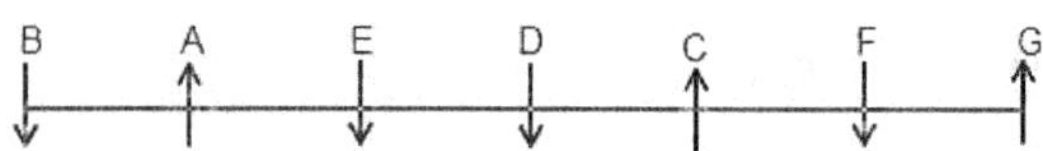

32. इस प्रकार, D, B के बाएँ से तीसरे स्थान पर बैठा है।

अत: विकल्प (C) सही है।

33. इस प्रकार, उत्तर दिशा के सम्मुख केवल तीन व्यक्ति बैठे हैं।

अत: विकल्प (A) सही है।

34. B, E, D और F दक्षिण दिशा के सम्मुख बैठे है लेकिन C उत्तर दिशा के सम्मुख बैठा है।

इस प्रकार, C उस समूह से संबंधित नहीं है।

अत: विकल्प (B) सही है।

35. इस प्रकार, B, C के बाएँ से चौथे स्थान पर बैठा है।

अत: विकल्प (E) सही है।

36. इस प्रकार, A और G के बीच तीन से अधिक व्यक्ति बैठे हैं।

अत: विकल्प (D) सही है।

Ques (37-38): दी गई जानकारी के अनुसार,

A से					
प्रतीक	@	#	*	%	&
अर्थ	>	<	=	≤	≥
से B					

37. कथन: A # B & C @ D; C @ E % F; E % G

परिवर्तित करने पर: A > B ≤ C < D; C < E ≥ F; E ≥ G

निष्कर्ष:

I. A # F → A > F → असत्य (A < B ≤ C > E ≥ F; A और F के बीच में कोई स्पष्ट संबंध नहीं है, अत: कोई निष्कर्ष नहीं निकाला जा सकता है।)

II. D # B → D > B → सत्य (B ≤ C < D)

III. B & G → B → असत्य (B ≤ C < E ≥ G, B और G के बीच कोई स्पष्ट संबंध नहीं है, अत: कोई निष्कर्ष नहीं निकाला जा सकता है।)

अत: केवल II अनुसरण करता है।

अत: विकल्प (C) सही है।

38. कथन: M % J @ K; L @ D & F; J * L

परिवर्तित कथन: M ≥ J < K, J = L < D ≥ F

निष्कर्ष:

I. M @ D → M < D → असत्य (M ≥ J = L > D; इस संयुक्त कथन से, यह स्पष्ट रूप से दिखाई)

II. K & L → K ≥ L → असत्य (L = J < K, K > L)

III. J @ D → J < D → सत्य (J = L < D, J < D)

अत: केवल III अनुसरण करता है।

अत: विकल्प (D) सही है।

39. दिया है,

पंक्ति में कुल व्यक्ति = 98

बाएं से ईशा की स्थिति = 66वीं

दाएं से रीना की स्थिति = 46वीं

∴ पंक्ति में कुल व्यक्ति (98) < ईशा और रीना दोनों के स्थानों का योग (112)

विपरीत छोर से ईशा और रीना की स्थिति का योग = 66 + 46 = 112

= 98 < 112

अतः यह अतिव्यापन की स्थिति है।

∴ दो अलग-अलग व्यक्तियों के बीच व्यक्तियों की संख्या = [[बाएं से व्यक्ति की स्थिति + दाएं से व्यक्ति की स्थिति) – व्यक्तियों की कुल संख्या] – 2

ईशा और रीना के बीच छात्रों की संख्या = [बाएं से ईशा की स्थिति + दाएं से रीना की स्थिति) – छात्रों की कुल संख्या] – 2

= [(66 + 46) – 98] – 2

= (112 – 98) – 2 = 14 – 2 = 12

ईशा और रीना के बीच छात्रों की संख्या = 12

अतः विकल्प (A) सही है।

40. दिए गये शब्द हैं: HEGEMONY और KITTIWAKE

पहले शब्द के तीसरे,पांचवें और सातवें अक्षर हैं: G, M और N

दूसरे शब्द के तीसरे, सातवें और नौवें अक्षर हैं: T, A, और E

अक्षरों को संयोजित और व्यवस्थित करने पर हमें प्राप्त होगा: MAGNET

इसलिए, पांचवां अक्षर E होगा।

अत: विकल्प (E) सही है।

41. कोड रेड एक प्रकार का कंप्यूटर वायरस है जिसे पहली बार 15 जुलाई 2001 को खोजा गया था क्योंकि यह माइक्रोसॉफ्ट के सर्वर पर अटैक करता है। इसने माइक्रोसॉफ्ट के ||S वेब सर्वर चलाने वाले कंप्यूटरों पर अटैक किया। यह एंटरप्राइज नेटवर्क को सफलतापूर्वक लक्षित करने वाला पहला बड़े पैमाने पर मिश्रित थ्रेट अटैक था। हालांकि वर्म 13 जुलाई को जारी किया गया था, संक्रमित कंप्यूटरों का सबसे बड़ा समूह 19 जुलाई 2001 को देखा गया था। उस दिन, संक्रमित मेजबानों की संख्या 359,000 तक पहुंच गई थी।

अत: सही विकल्प (C) है।

42. एक ईमेल बॉम्बिंग इंटरनेट दुरुपयोग का एक रूप है जो मेलबॉक्स को ओवरफ्लो करने के लक्ष्य के साथ एक विशिष्ट ईमेल एड्रेस पर भारी मात्रा में ईमेल भेजने और एड्रेस को होस्ट करने वाले मेल सर्वर को भारी मात्रा में सेवा हमले से इनकार करने के रूप में बना देता है। ई-मेल बॉम्बिंग से इनकार करने की स्थिति में, उपयोगकर्ता किसी को अत्यधिक मात्रा में अवांछित ई-मेल भेजता है।

अत: सही विकल्प (C) है।

43. ओवरराइट वायरस उन सभी फाइलों को हटा देता है जिन्हें वह संक्रमित करता है। एक सिस्टम को संक्रमित करने के बाद, एक ओवरराइट वायरस अपने कोड के साथ फाइलों को ओवरराइट करना शुरू कर देता है। ये वायरस विशिष्ट फाइलों या अनुप्रयोगों को लक्षित कर सकते हैं या संक्रमित डिवाइस पर सभी फाइलों को व्यवस्थित रूप से ओवरराइट कर सकते हैं। यह केवल उन हटाए गए संक्रमित फाइलों को हटा सकता है। अधिकतर, यह ईमेल के माध्यम से फैलता है।

अतः सही विकल्प (B) है।

44. जब कोई अपना पासवर्ड दर्ज कर रहा हो तो शोल्डर सर्फिंग या किसी के सिस्टम को देखना या उसमें झांकना एक बुरा व्यवहार है और प्रत्येक व्यक्ति के लिए आचरण की नैतिकता के खिलाफ है। शोल्डर सर्फिंग एक सोशल इंजीनियरिंग अटैक एप्रोच है जिसका उपयोग कुछ साइबर क्रिमिनल द्वारा आपका पासवर्ड जानने और बाद में आपके सिस्टम तक पहुंच प्राप्त करने के लिए किया जाता है।

अत: विकल्प (D) सही है।

45. पेनेट्रेशन टेस्ट करते समय साइबर-एथिक्स और एप्रोप्रिएट एथिकल पहलुओं का ज्ञान आर्गुमेंट्स और सिचुएशन को वर्गीकृत करने में, साइबर क्राइम को बेहतर ढंग से समझने और एप्रोप्रिएट एक्शन को निर्धारित करने में मदद करता है।

अत: विकल्प (A) सही है।

46. कंप्यूटर ऑपरेटर द्वारा किया गया कार्य वीडीयू में प्रदर्शित होता है। वीडीयू कंप्यूटर या अन्य इलेक्ट्रॉनिक डिवाइस द्वारा उत्पन्न इमेज को जनरेटेड करता है। वीडीयू शब्द का प्रयोग अक्सर "मॉनिटर" के समानार्थक रूप से किया जाता है, लेकिन यह एक अन्य प्रकार के डिस्प्ले जैसे डिजिटल प्रोजेक्टर को भी संदर्भित कर सकता है। विसुअल डिस्प्ले यूनिट पेरीफेरल डिवाइस हो सकती हैं या अन्य कंपोनेंट्स के साथ इंटरग्रेटेड हो सकती हैं। वीडीयू का मतलब विजुअल डिस्प्ले यूनिट होता है।

अत: विकल्प (B) सही है।

47. एक SIMM, जिसका पूरा नाम सिंगल इन-लाइन मेमोरी मॉड्यूल है, एक प्रकार का मेमोरी मॉड्यूल है जिसमें 1980 के दशक के प्रारंभ से 1990 के दशक के अंत तक कंप्यूटरों में उपयोग की जाने वाली रैंडम-एक्सेस मेमोरी होती है। इसमें या तो 30 पिन या 72 पिन होते हैं।

अत: विकल्प (C) सही है।

48. वर्ड प्रोसेसर एक एप्लिकेशन सॉफ्टवेयर है, क्योंकि यह अपने पर्पज के लिए स्पेसिफिक होता है। सिस्टम सॉफ्टवेयर उन्हें कहा जाता हैं जो कंप्यूटर हार्डवेयर को मैनेज और कंट्रोल करता हैं, इन्हीं की वजह से एप्लीकेशन सॉफ्टवेयर कंप्यूटर पर रन कर पाते हैं।

अत: विकल्प (D) सही है।

49. एप्लिकेशन सॉफ्टवेयर एक प्रकार का कंप्यूटर प्रोग्राम है जो एक विशिष्ट व्यक्तिगत, शैक्षिक और व्यावसायिक कार्य करता है। प्रत्येक कार्यक्रम को एक विशेष प्रक्रिया के साथ यूजर की सहायता के लिए डिज़ाइन किया गया है, जो उत्पादकता, रचनात्मकता और/या संचार से संबंधित हो सकता है।

अत: विकल्प (A) सही है।

50. इंटरनेट पैकेट स्विचिंग पर काम करता है। पैकेट स्विचिंग वह तरीका है जिसके आधार पर इंटरनेट काम करता है। पैकेट स्विचिंग एक साझा नेटवर्क पर उपकरणों के बीच डेटा के पैकेट की डिलीवरी की सुविधा देता है।

अत: विकल्प (A) सही है।

51. आईआरसी का मतलब इंटरनेट रिले चैट है। आईआरसी एक मल्टी-यूजर, मल्टी-चैनल चैट सिस्टम है जो एक नेटवर्क पर चलाया जाता है। टेलीफोन की तरह इंटरनेट लोगों को एक ही समय में दुनिया के किसी भी स्थान से एक दूसरे के साथ कम्यूनिकेट करने की अनुमति देता है।

अत: विकल्प (D) सही है।

52. ई-मेल ऐसे कार्य करता है जैसे प्रेषक अपने कंप्यूटर पर ईमेल क्लाइंट का उपयोग करके एक संदेश लिखता है। जब उपयोगकर्ता संदेश भेजता है, तो ईमेल टेक्स्ट और अटैचमेंट एसएमटीपी सर्वर पर आउटगोइंग मेल के रूप में अपलोड किए जाते हैं।

अत: विकल्प (C) सही है।

53. एटरपीक मल्टी-प्रोटोकॉल डाइवर्स नेटवर्क में नेटवर्क एनालिसिस के लिए उपयोग किया जाने वाला एक पॉपुलर टूल है। एटरपीक एक नेटवर्क एनालिसिस टूल है जिसका उपयोग मल्टीप्रोटोकॉल हेट्रोजेनियस नेटवर्किंग आर्किटेक्चर के लिए किया जा सकता है। यह नेटवर्क ट्रैफिक के पैकेट को स्निफिंग कर सकता है।

अत: विकल्प (D) सही है।

54. सुपरस्कैन टीसीपी पोर्ट को स्कैन करता है और विभिन्न होस्टनेम्स को हल करता है। सुपरस्कैन में एक बहुत अच्छा उपयोगकर्ता के अनुकूल इंटरफेस है

और इसका उपयोग टीसीपी पोर्ट को स्कैन करने के साथ-साथ होस्टनेम्स को हल करने के लिए किया जाता है। यह आईपी की दी गई रेंज से पोर्ट को स्कैन करने के लिए लोकप्रिय रूप से उपयोग किया जाता है। सुपरस्कैन एक टूल है जिसका उपयोग सिस्टम एडमिनिस्ट्रेटर्स, क्रैकर्स और स्क्रिप्ट किडीज द्वारा कंप्यूटर की सुरक्षा का मूल्यांकन करने के लिए किया जाता है। सिस्टम एडमिनिस्ट्रेटर्स इसका उपयोग अपने कंप्यूटर नेटवर्क पर पॉसिबल अनऑथॉराइज्ड ओपन पोर्ट्स के लिए टेस्ट कर सकते हैं, जबकि क्रैकर्स इसका उपयोग सिस्टम तक अवैध एक्सेस प्राप्त करने के लिए इन्सक्युर पोर्ट को स्कैन करने के लिए करते हैं।

अतः विकल्प (A) सही है।

55. आईएसडीएन का फुल फॉर्म इंटीग्रेटेड सर्विसेज डिजिटल नेटवर्क है। यह एक दूरसंचार तकनीक है जो मानक फोन लाइनों पर डिजिटल डेटा के प्रसारण को सक्षम बनाती है। इसका उपयोग वॉयस कॉल के साथ-साथ डेटा ट्रांसफर के लिए भी किया जा सकता है।

अतः विकल्प (A) सही है।

56. JPEG (अक्सर इसके फ़ाइल एक्सटेंशन .jpg या .jpeg के साथ देखा जाता है) का अर्थ "ज्वाइंट फोटोग्राफिक एक्सपर्ट्स ग्रुप" है, जो उस समूह का नाम है जिसने JPEG मानक बनाया है।

अतः विकल्प (C) सही है।

57. मॉडेम का फुल फॉर्म मॉड्युलेटर और डेमोडुलेटर है। यह एक हार्डवेयर कम्पोनेंट है जो कंप्यूटर या किसी अन्य डिवाइस, जैसे राउटर या स्विच को इंटरनेट से कनेक्ट करने की अनुमति देता है। यह एक टेलीफोन या केबल वायर से एनालॉग सिग्नल को डिजिटल डेटा (1s और 0s) में परिवर्तित या "मॉड्यूलेट" करता है जिसे कंप्यूटर पहचान सकता है।

अतः विकल्प (B) सही है।

58. डीएमएल डेटाबेस के क्रेरी इनफार्मेशन में टपल्स को सम्मिलित करने, टपल्स को हटाने और डेटाबेस में टपल्स को संशोधित करने की क्षमता प्रदान करता है। डेटा मैनिपुलेशन लैंग्वेज (डीएमएल) एक कंप्यूटर प्रोग्रामिंग लैंग्वेज है जिसका उपयोग डेटाबेस से डेटा को स्टोर करने, पुनर्प्राप्त करने, संशोधित करने और मिटाने के लिए किया जाता है। डीएमएल का मतलब डेटा मैनिपुलेशन लैंग्वेज है जिसका इस्तेमाल रिलेशन के मूल्यों में आवश्यक बदलाव करने के लिए किया जाता है।

अतः विकल्प (A) सही है।

59. एक फंक्शनल डिपेंडेंसी एक की (Key) की श्रेणी का जनरलाइजेशन है। यह ऐट्रिब्यूट्स के दूसरे सेट के लिए विशिष्ट रूप से मूल्य निर्धारित करने के लिए ऐट्रिब्यूट्स के एक निश्चित सेट के लिए मूल्य की आवश्यकता होती है।

अतः विकल्प (A) सही है।

60. मेटा डेटा, डेटा के प्रकार को संदर्भित करता है जो अन्य डेटा या जानकारी का वर्णन करता है। सरल रूप से परिभाषित, मेटा डेटा आपके डेटा का सारांश और विवरण है, जिसका उपयोग डेटा को वर्गीकृत करने, व्यवस्थित करने, लेबल करने और समझने के लिए किया जाता है, इससे डेटा को सॉर्ट करना और खोजना बहुत आसान होता है।

अत: विकल्प (D) सही है।

61. एसएमपीएस का पूर्ण रूप स्वीच्ड मोड पावर सप्लाई है। एक स्विच-मोड पावर सप्लाई (एसएमपीएस) एक इलेक्ट्रॉनिक पावर सप्लाई है जिसमें इलेक्ट्रॉनिक पावर को कुशलता से कन्वर्ट करने के लिए एक स्विचिंग रेगुलेटर होता है। एक एसएमपीएस वोल्टेज और वर्तमान विशेषताओं को कन्वर्टिंग करते समय एक पर्सनल कंप्यूटर जैसे लोड के लिए मेन पावर जैसे सोर्स से पावर ट्रांसफर करता है।

अतः विकल्प (A) सही है।

62. असेम्बली भाषा को मशीनी भाषा में बदलने वाला कम्प्यूटर प्रोग्राम असेम्बलर कहलाता है।

असेंबलर: एक असेंबलर एक प्रकार का कंप्यूटर प्रोग्राम है जो असेंबली भाषा में लिखे गए सॉफ्टवेयर प्रोग्राम को मशीनी भाषा, कोड और निर्देशों में व्याख्या करता है जिसे कंप्यूटर द्वारा निष्पादित किया जा सकता है।

एक असेंबलर सॉफ्टवेयर और एप्लिकेशन डेवलपर्स को कंप्यूटर के हार्डवेयर आर्किटेक्चर और घटकों तक पहुंचने, संचालित करने और प्रबंधित करने में सक्षम बनाता है।

अतः विकल्प (C) सही है।

63. पाइथन एक ऑपरेटिंग सिस्टम नहीं है यह एक हाई लेवल प्रोग्रामिंग लैंग्वेज है। इस सेंटर पर एक ऑपरेटिंग सिस्टम बनाना संभव है। विंडोज पर्सनल कंप्यूटर के लिए ऑपरेटिंग सिस्टम का एक हिस्सा जो जीयूआई (ग्राफिकल यूजर इंटरफेस) प्रदान करता है।

अत: विकल्प (D) सही है।

64. एमएस एक्सेल- 2007 में गोल सीक कमांड को मेनू टैब के "डेटा" के अंतर्गत रखा जाता है। डेटा मेनू पर क्लिक करें, "व्हॉट-इफ एनाइलिस" पर जायें, "व्हॉट-इफ एनाइलिस" पर क्लिक करें, और "गोल सीक" विकल्प चुनें, तब "गोल सीक" विंडो पॉप अप हो जाएगी।

अतः विकल्प (E) सही है।

65. .doc वर्ड डक्यूमेंट का फाइल एक्सटेंशन है

.pptx एमएस पॉवरपॉइंट फ़ाइलों का एक्सटेंशन है।

.txt टेक्स्ट फाइल का एक्सटेंशन है।

अतः विकल्प (B) सही है।

66. पावरपॉइंट एप्लिकेशन विंडो को 'मैक्सिमाइज़' करने के लिए आपको "Alt + F10" दबाना होगा। चयनित आइटम के लिए संदर्भ मेनू प्रदर्शित करने के लिए 'Shift + F10' का उपयोग किया जाता है।

अतः विकल्प (C) सही है।

67. वर्चुअलाइजेशन क्लाउड कांसेप्ट है जो रिसोर्स को साझा करने और पूल करने से संबंधित है। एप्लिकेशन फिजिकल सिस्टम पर चलता है जो रियलिटी में स्पेसिफ़िएड नहीं हैं। उन स्थानों में स्टोर जानकारी जो स्पेसिफ़िएड या अज्ञात नहीं हैं, सिस्टम का प्रबंधन दूसरों को आउटसोर्स किया जाता है और उपयोगकर्ता द्वारा एक्सेस किया जा सकता है।

अतः विकल्प (B) सही है।

68. स्टेटमेंट सॉफ्ट कंप्यूटिंग एक रियल पैराडिज्म को संबोधित करता है जिस तरह से सिस्टम को तैनात किया गया है वह सत्य नहीं है। क्लाउड कंप्यूटिंग इस कांसेप्ट से अलग है कि रिसोर्स वर्चुअल और इनफिनिट हैं और उन फिजिकल सिस्टम का वर्णन करते हैं जिन पर सॉफ्टवेयर उपयोगकर्ता से अमूर्त तरीके से चलता है।

अतः विकल्प (C) सही है।

69. वह स्थिति जिसमें ऑपरेंड का डेटा उपलब्ध नहीं होता है, उसे डेटा हैजर्ड कहा जाता है। डेटा हैजर्ड तब होते हैं जब डेटा डिपेंडेंस प्रदर्शित करने वाले निर्देश पाइपलाइन के विभिन्न स्टेज में डेटा को संशोधित करते हैं। पोटेंशियल डेटा हैजर्ड को अनदेखा करने के परिणामस्वरूप रेस की कंडीशन हो सकती है (जिसे रेस हैजर्ड भी कहा जाता है)। ऐसी तीन कंडीशन हैं: जिनमें डेटा हैजर्ड, रीड आफ्टर राइट (रॉ), और एक सही डिपेंडेंसी हो सकती है।

अतः विकल्प (C) सही है।

70. एक प्रोग्राम जो प्रत्येक निर्देश को निमोनिक रूप में पढ़ता है और उसे मशीन-लैंग्वेज के समकक्ष में अनुवाद करता है उसे असेंबलर के रूप में जाना जाता है। असेंबलर प्रत्येक लो-लेवल मशीन निर्देश या ऑपकोड आमतौर पर

प्रत्येक वास्तुशिल्प रजिस्टर, ध्वज, आदि भी का प्रतिनिधित्व करने के लिए एक निमोनिक का उपयोग करता है।

अत: विकल्प (B) सही है।

71. Tasm बोरलैंड टर्बो असेंबलर है। Tasm, 1989 में बोलैंड द्वारा प्रकाशित सॉफ्टवेयर डेवलपमेंट के लिए एक असेंबलर है। यह 16- या 32-बिट x86 एमएस -डॉस और कम्पैटिबल्स या माइक्रोसॉफ्ट विंडोज के लिए कोड चलाता है और तैयार करता है। इसका उपयोग बोरलैंड के अन्य लैंग्वेज प्रोडक्ट्स, टर्बो पास्कल, टर्बो बेसिक, टर्बो C, और टर्बो C++ के साथ किया जा सकता है।

अत: विकल्प (B) सही है।

72. एआई कंप्यूटर विज्ञान में एक उभरती हुई शाखा है, जो कंप्यूटर को इंसानों की तरह सोचने के साधनों और तरीकों की व्याख्या करता है। यह पीढ़ी समानांतर प्रोसेसिंग हार्डवेयर और एआई (आर्टिफिशियल इंटेलिजेंस) सॉफ्टवेयर पर आधारित है।

अत: विकल्प (C) सही है।

73. चार्ल्स बैबेज ने एक छोटा कैलकुलेटर बनाया जो कुछ गणितीय गणनाओं को आठ दशमलव तक कर सकता था। फिर 1823 में, उन्होंने 20-दशमलव क्षमता वाली एक अनुमानित मशीन, डिफरेंस इंजन के डिजाइन के लिए सरकारी समर्थन प्राप्त किया। अंतर इंजन एक डिजिटल उपकरण था: यह चिकनी मात्रा के बजाय असतत अंकों पर संचालित होता था, और अंक दशमलव (0–9) थे, जो बाइनरी अंकों ("बिट्स") के बजाय दांतेदार पहियों पर स्थिति द्वारा दर्शाए गए थे। जब दांतेदार पहियों में से एक नौ से शून्य में बदल गया, तो इससे अगला पहिया अंक लेकर एक स्थान पर आगे बढ़ गया।

अत: विकल्प (B) सही है।

74. कोलोसस, मिल्टन कीन्स में ब्लेचली पार्क द्वारा बनाया गया था। इस मशीन को अब आमतौर पर दुनिया का पहला प्रोग्राम योग्य, डिजिटल कंप्यूटर माना जाता है जो द्वितीय विश्व युद्ध के दौरान मित्र देशों की खुफिया-एकत्रीकरण प्रक्रिया के अनपेक्षित उप-उत्पाद के रूप में विकसित हुआ।

अत: विकल्प (C) सही है।

75. पैराग्राफ बदलने के बिना एक लाइन ब्रेक के लिए शिफ्ट + एंटर शॉर्टकट कुंजी है। जबकि Ctrl + एंटर का उपयोग मैन्युअल रूप से एक पेज को ब्रेक करने के लिए किया जाता है।

अत: विकल्प (C) सही है।

76. Ctrl + शिफ्ट + एरो कुंजी एक ही कॉलम या पंक्ति में अंतिम अरिक्त सेल में सेलों के चयन को सक्रिय सेल के रूप में विस्तारित करता है, या यदि अगला सेल रिक्त है, तो चयन को अगले गैर-रिक्त सेल में विस्तारित करता है।

अत: विकल्प (A) सही है।

77. F7 का उपयोग MS ऑफिस में वर्तनी का परीक्षण करने के लिए किया जाता है। F1 का उपयोग लगभग हर प्रोग्राम में हेल्प कुंजी के रूप में किया जाता है। यह कुंजी दबाने पर यह एक हेल्प स्क्रीन खोलता है। माइक्रोसॉफ्ट विंडो में F2 विंडोज के सभी संस्करणों में एक हाइलाइट किए गए आइकन, फ़ाइल या फ़ोल्डर का नाम बदल देता है। और F9 माइक्रोसॉफ्ट वर्ड में डॉक्यूमेंट को रिफ्रेश करेगा।

अत: विकल्प (C) सही है।

78. वेबकास्टिंग इंटरनेट पर वीडियो और ऑडियो का संचरण है। वेबकास्टिंग इंटरनेट पर लाइव वीडियो प्रसारण की प्रक्रिया है। यह तकनीक वास्तविक समय में काम करती है और वेबकास्टर और उनके दर्शकों के बीच सक्रिय वार्तालाप की अनुमति देती है।

अत: विकल्प (B) सही है।

79. वीलैन और सबनेट दोनों को नेटवर्क के एक हिस्से के सेग्मेंटिंग या पार्टिशनिंग को सही करने के लिए विकसित किया गया है। और ये प्रसारण

डोमेन को प्रतिबंधित करने या विभिन्न उप-नेटवर्क के अलगाव के माध्यम से सुरक्षा सुनिश्चित करने जैसी समानताएं भी साझा करते हैं।

अत: विकल्प (B) सही है।

80. संचार के लिए एफटीपी दो टीसीपी कनेक्शन का उपयोग करता है। एक टीसीपी का उपयोग कंट्रोल इनफार्मेशन भेजने के लिए किया जाता है, और पोर्ट 21 पर फाइलें भेजने के लिए इसका उपयोग नहीं किया जाता। और दूसरे टीसीपी का उपयोग पोर्ट 20 पर एक डेटा कनेक्शन क्लाइंट और सर्वर के बीच डेटा फ़ाइलों को भेजने के लिए किया जाता है।

अत: विकल्प (B) सही है।

81. गैर-बैंकिंग वित्तीय कंपनियां (एनबीएफसी) वित्तीय मध्यस्थ हैं जो मुख्य रूप से जमा स्वीकार करने, ऋण और अग्रिम उधार देने, पट्टे पर देने और किराया खरीदने के व्यवसाय में लगी हुई हैं।

एनबीएफसी (गैर-बैंकिंग वित्तीय कंपनियां) बैंक से बाहर रखे गए ग्राहकों की विविध वित्तीय जरूरतों को पूरा करके देश में समावेशी विकास को बढ़ावा देने में महत्वपूर्ण भूमिका निभाती हैं। इसके अलावा, एनबीएफसी अक्सर सूक्ष्म, लघु और मध्यम उद्यमों (एमएसएमई) को उनकी व्यावसायिक आवश्यकताओं के लिए सबसे उपयुक्त नवीन वित्तीय सेवाएं प्रदान करने में अग्रणी भूमिका निभाते हैं।

अत: सही विकल्प (E) है।

82. ओपन मार्केट ऑपरेशंस का उद्देश्य अर्थव्यवस्था में तरलता का विनियमन है।

ओपन मार्केट ऑपरेशंस एक केंद्रीय बैंक को खुले बाजार में सरकारी प्रतिभूतियों और ट्रेजरी बिलों को खरीदने या बेचने का संदर्भ देता है। ओपन मार्केट ऑपरेशंस का उद्देश्य अर्थव्यवस्था में मुद्रा आपूर्ति को प्रभावित करना है, इस प्रकार अल्पकालिक दरों को प्रभावित करना है।

अत: सही विकल्प (A) है।

83. आरबीआई के पास चार से अधिक डिप्टी गवर्नर नहीं हो सकते हैं। आरबीआई की स्थापना आरबीआई अधिनियम, 1934 के अधिनियमन के साथ, अप्रैल 1935 में हिल्टन यंग कमीशन की सिफारिश के आधार पर की गई थी। इसके पहले भारतीय गवर्नर सर सी. डी. देशमुख थे। आरबीआई का मुख्यालय मुंबई में है।

अत: सही विकल्प (C) है।

84. स्टेट बैंक ऑफ इंडिया देश का सबसे बड़ा वाणिज्यिक बैंक है और संयुक्त राज्य अमेरिका को छोड़कर दुनिया के 100 शीर्ष बैंकों में से एक है। स्टेट बैंक ऑफ इंडिया (एसबीआई) एक भारतीय बहुराष्ट्रीय सार्वजनिक क्षेत्र का बैंक और वित्तीय सेवा सांविधिक निकाय है जिसका मुख्यालय मुंबई, महाराष्ट्र में है। एसबीआई दुनिया का 43वां सबसे बड़ा बैंक है।

अत: सही विकल्प (C) है।

85. सरकार ने आरआरबी को समेकित और मजबूत करने की दृष्टि से चरणबद्ध तरीके से आरआरबी के समामेलन की प्रक्रिया शुरू की। 31 मार्च 2009 तक 196 आरआरबी को मिलाकर 86 नए आरआरबी बनाए गए।

अत: सही विकल्प (A) है।

86. SMA-0 ⇒ मूलधन या ब्याज भुगतान 30 दिनों से अधिक के लिए अतिदेय नहीं है।

SMA-1 ⇒ 31-60 दिनों के बीच मूलधन या ब्याज भुगतान अतिदेय

SMA-2 ⇒ 61-180 दिनों के बीच मूलधन या ब्याज भुगतान अतिदेय

अत: विकल्प (B) सही है।

87. भारत सरकार द्वारा गैर-निष्पादित परिसंपत्तियों से निपटने के लिए 2002 में सरफेसी अधिनियम गठन किया गया।

वित्तीय परिसंपत्तियों का प्रतिभूतिकरण और पुनर्निर्माण और सुरक्षा हित का प्रवर्तन (सरफेसी) अधिनियम, 2002 - यह अधिनियम बैंकों / वित्तीय संस्थानों को एनपीए खातों में सुरक्षित संपत्तियों के अधिग्रहण और निपटान के माध्यम से, न्यायालय की भागीदारी के बिना अपने एनपीए को पुनर्प्राप्त करने की अनुमति देता है।

अत: विकल्प (A) सही है।

88. भारतीय बैंकिंग क्षेत्र भारी एनपीए की समस्या का सामना कर रहा है। सॉफ्टवेयर और बीपीओ उद्योग ने एनपीए के स्तर पर कम से कम योगदान दिया है।

एक गैर-निष्पादित परिसंपत्ति (एनपीए) एक ऋण साधन है जहां उधारकर्ता ने निर्दिष्ट ऋणदाता को विस्तारित अवधि के लिए ब्याज और मूलधन के मूल भुगतान पर कोई सहमति नहीं दी है। इसलिए, गैर-निष्पादित परिसंपत्ति ब्याज भुगतान के रूप में ऋणदाता को कोई आय नहीं दे रही है।

अत: विकल्प (C) सही है।

89. अनुमेय व्यावसायिक गतिविधियाँ हैं:

- एक प्रतिभूतिकरण कंपनी या पुनर्निर्माण कंपनी, केवल प्रतिभूतिकरण और परिसंपत्ति पुनर्निर्माण गतिविधियों को शुरू / शुरू करेगी।

- एक प्रतिभूतिकरण कंपनी या पुनर्निर्माण कंपनी, जमा के माध्यम से धन नहीं जुटाएगी।

- एक प्रतिभूतिकरण कंपनी या पुनर्निर्माण कंपनी, अनुमत गतिविधियों के अलावा अन्य व्यवसाय करती है, जिसके परिणामस्वरूप पंजीकरण रद्द हो जाएगा।

अत: सही विकल्प (E) है।

90. एआरसी को अपनी जोखिम भारित आस्तियों के 15 प्रतिशत का पूंजी पर्याप्तता अनुपात बनाए रखना होता है।

पूंजी पर्याप्तता अनुपात (सीएआर) एक बैंक की उपलब्ध पूंजी का एक माप है जिसे बैंक के जोखिम-भारित क्रेडिट एक्सपोजर के प्रतिशत के रूप में व्यक्त किया जाता है। पूंजी पर्याप्तता अनुपात, जिसे पूंजी-से-जोखिम भारित संपत्ति अनुपात (सीआरएआर) के रूप में भी जाना जाता है, का उपयोग जमाकर्ताओं की सुरक्षा और दुनिया भर में वित्तीय प्रणालियों की स्थिरता और दक्षता को बढ़ावा देने के लिए किया जाता है।

अत: सही विकल्प (A) है।

91. स्व-नियोजित उधारकर्ताओं/संस्थाओं के लिए ऋण पुनर्गठन के लिए आवश्यक दस्तावेज हैं:

- फरवरी से अगस्त, 2020 तक के बैंक स्टेटमेंट
- जीएसटी रिटर्न
- आयकर रिटर्न
- उद्यम प्रमाण पत्र
- एकाधिक आवेदकों/संस्थाओं के मामले में, सभी संबंधित पक्षों के दस्तावेज़ीकरण की आवश्यकता होगी।

सुरक्षित ऋण के मामले में, पुनर्गठन के समय ऋण राशि के आधार पर, यदि किसी अतिरिक्त संपार्श्विक की आवश्यकता होती है, तो उससे संबंधित दस्तावेज भी मांगे जाएंगे।

अत: सही विकल्प (E) है।

92. वेतनभोगी उधारकर्ताओं के लिए ऋण पुनर्गठन के लिए आवश्यक दस्तावेज हैं:

- फरवरी से अगस्त, 2020 तक वेतन पर्ची और बैंक स्टेटमेंट

- सह-आवेदकों के मामले में, सभी पक्षों के लिए दस्तावेज़ीकरण का अनुरोध किया जाएगा

अत: सही विकल्प (A) है।

93. बैंकिंग पर्यवेक्षण के लिए बेसल समिति की स्थापना 1974 के वर्ष में हुई थी।

बेसल समिति - शुरू में बैंकिंग नियमों और पर्यवेक्षी क्रियाओ पर समिति नाम से - अंतरराष्ट्रीय मुद्रा और बैंकिंग बाजारों में गंभीर गड़बड़ी के बाद 1974 के अंत में दस देशों के समूह के केंद्रीय बैंक गवर्नरों द्वारा स्थापित किया गया था।

अत: सही विकल्प (D) है।

94. वह जो स्व-बीमा की लागत को कवर करता है, बीमा प्रीमियम में लोड हो रहा है, और हेजिंग व्यवस्था लागू करना हानि वित्तपोषण की लागत है।

हानि लागत, जिसे शुद्ध प्रीमियम या शुद्ध लागत के रूप में भी जाना जाता है, एक बीमाकर्ता को दावों को कवर करने के लिए भुगतान की जाने वाली राशि है, जिसमें ऐसे दावों को प्रशासित करने और जांच करने की लागत भी शामिल है। अन्य मदों के साथ-साथ हानि लागत को प्रीमियम की गणना करते समय शामिल किया जाता है।

अत: विकल्प (B) सही है।

95. जोखिम प्रबंधन प्रक्रिया में बीमा अंतिम चरण है।

बीमा जोखिम प्रबंधन ग्राहक की दुनिया में होने वाली घटनाओं की संभावना और वित्तीय प्रभाव का आकलन और मात्रा का ठहराव है, जिसके लिए बीमाकर्ता द्वारा निपटान की आवश्यकता होती है, और बाजार में अन्य बीमा अंडरराइटरों में होने वाली इन घटनाओं के जोखिम को फैलाने की क्षमता होती है।

अत: विकल्प (C) सही है।

96. शुद्ध जोखिम को तीनों संपत्ति जोखिम, व्यक्तिगत जोखिम और देयता जोखिम में बांटा गया था।

शुद्ध जोखिम को नियंत्रित नहीं किया जा सकता है और इसके दो परिणाम हैं: पूर्ण हानि या कोई हानि नहीं। शुद्ध जोखिम शामिल होने पर लाभ या लाभ के कोई अवसर नहीं होते हैं। शुद्ध जोखिमों को तीन अलग-अलग श्रेणियों में विभाजित किया जा सकता है: व्यक्तिगत, संपत्ति और देयता। शुद्ध जोखिम के कई मामले बीमा योग्य होते हैं।

अत: विकल्प (E) सही है।

97. बेसल-II ढांचे के अनुसार न्यूनतम नियामक पूंजी आवश्यकता के माध्यम से क्रेडिट जोखिम, बाजार जोखिम और परिचालन जोखिम को संबोधित किया जाता है।

क्रेडिट जोखिम एक ऋणदाता को खोने की संभावना है जो एक उधारकर्ता द्वारा ऋण वापस नहीं चुकाने की संभावना के कारण होता है।

परिचालन जोखिम "इस तथ्य के कारण मूल्य में परिवर्तन का जोखिम है कि वास्तविक नुकसान, अपर्याप्त या असफल आंतरिक प्रक्रियाओं, लोगों और प्रणालियों, या बाहरी घटनाओं (कानूनी जोखिम सहित) के लिए किए गए वास्तविक नुकसान, अपेक्षित नुकसान से भिन्न होते हैं"।

बाजार जोखिम एक निवेशक की वित्तीय बाजारों के समग्र प्रदर्शन को प्रभावित करने वाले कारकों के कारण नुकसान का अनुभव करने की संभावना है।

अत: सही विकल्प (E) है।

98. बेसल III सिफारिशो को भारत में पूरी तरह से लागू करने की पूर्व तिथि 31 मार्च 2019 थी।

बेसल III अंतरराष्ट्रीय वित्तीय प्रणाली में स्थिरता को बढ़ावा देने के लिए बैंक फॉर इंटरनेशनल सेटलमेंट्स द्वारा विकसित अंतरराष्ट्रीय बैंकिंग नियमों का एक

समूह है। बेसल ।।। विनियम बैंकों द्वारा अर्थव्यवस्था को होने वाले नुकसान को कम करने के लिए डिज़ाइन किए गए हैं जो अतिरिक्त जोखिम उठाते हैं।

अत: सही विकल्प (B) है।

99. साख समूहन, कॉर्पोरेट ट्रस्टी सेवाएं और विदेशी सेवाएं आईडीबीआई द्वारा प्रदान की जाने वाली शुल्क आधारित सेवाएं हैं।

आईडीबीआई नई औद्योगिक परियोजनाओं की स्थापना के साथ-साथ मौजूदा औद्योगिक उद्यमों के विस्तार, विविधीकरण और आधुनिकीकरण के लिए वित्त प्रदान करता है।

आईडीबीआई द्वारा पेश किए जाने वाले उत्पादों और सेवाओं की एक विस्तृत श्रृंखला में परियोजना ऋण, रुपये के साथ-साथ विदेशी मुद्रा ऋण, इक्विटी वित्तपोषण, कॉर्पोरेट वित्त (अल्पकालिक/कार्यशील पूंजी ऋण और संरचित वित्तपोषण उत्पादों सहित) उद्यम पूंजी, उपकरण पट्टे, बिल वित्त, औद्योगिक ऋणों के पुनर्वित्त के साथ-साथ विभिन्न शुल्क-आधारित सेवाएं शामिल हैं।

अतः विकल्प (A) सही है।

100. राजकोषीय नीति एक सरकार की व्यय और राजस्व नीतियों को संदर्भित करती है जिसका उद्देश्य आर्थिक स्थिरता बनाए रखना है। राजकोषीय नीति अक्सर मौद्रिक नीति के विपरीत होती है, जिसे केंद्रीय बैंकरों द्वारा अधिनियमित किया जाता है न कि निर्वाचित सरकारी अधिकारियों द्वारा।

अतः सही विकल्प (D) है।

101. बैंक दर वह दर है जिस पर भारतीय रिजर्व बैंक विनिमय के बिलों में छूट देता है। बैंक दर को छूट दर के रूप में भी जाना जाता है।

बैंक दर वह ब्याज दर है जिस पर एक देश का केंद्रीय बैंक घरेलू बैंकों को अक्सर बहुत ही अल्पकालिक ऋण के रूप में पैसा उधार देता है। बैंक दर का प्रबंधन एक ऐसी विधि है जिसके द्वारा केंद्रीय बैंक आर्थिक गतिविधियों को प्रभावित करते हैं।

अतः सही विकल्प (D) है।

102. अंतर्राष्ट्रीय वित्तीय सेवा केंद्र प्राधिकरण (IFSCA) ने अप्रैल 2022 में राष्ट्रीय बीमा अकादमी (NIA) के साथ एक समझौता ज्ञापन पर हस्ताक्षर किए हैं। इसका उद्देश्य अंतर्राष्ट्रीय वित्तीय सेवा केंद्रों (IFSCs) में बीमा क्षेत्र में क्षमता निर्माण और कुशल प्रतिभा पूल प्रदान करना है। यह समझौता ज्ञापन IFSC के लिए आवश्यक कुशल जनशक्ति का निर्माण करने का कार्य करता है। IFSC एक मजबूत विश्वव्यापी कनेक्शन बनाने और भारतीय अर्थव्यवस्था की मांगों पर ध्यान केंद्रित करने के साथ-साथ एक क्षेत्रीय / वैश्विक अंतर्राष्ट्रीय वित्तीय मंच के रूप में कार्य करने की इच्छा रखता है। IFSC में, बीमा एक बढ़ता हुआ क्षेत्र है, और NIA के साथ समझौता ज्ञापन बीमा क्षमता निर्माण की दिशा में एक लंबा रास्ता तय करेगा। राष्ट्रीय बीमा अकादमी (एनआईए) एक प्रतिष्ठित स्कूल है जो बीमा क्षेत्र में बेहतरीन और प्रतिभाशाली लोगों को प्रशिक्षण देने के लिए समर्पित है। हमेशा गतिशील बीमा क्षेत्र की जरूरतों को पूरा करने के लिए, एनआईए भारत में बीमा उद्योग में पाठ्यक्रम विकसित करने और नियमित रूप से उन्नयन करने और प्रशिक्षण कार्यक्रम पेश करने में शामिल रहा है।

अतः विकल्प (B) सही है।

103. बैंकों के लिए विनियामक सहिष्णुता में आस्ति पुनर्रचना के मानदंड में छूट शामिल है, जहां पुनर्रचित आस्तियों को अब गैर-निष्पादित आस्तियों (एनपीए) के रूप में वर्गीकृत करने की आवश्यकता नहीं थी और इसलिए प्रावधान का स्तर जो एनपीए को आकर्षित करता था।

सहनशीलता वित्तीय क्षेत्र में विफलताओं को वास्तविक क्षेत्र में फैलने से रोकता है, जिससे संकट को गहराने से रोकता है।

अतः विकल्प (A) सही है।

104. बचत खाता स्वयं सहायता समूह द्वारा खोला जा सकता है।

वे ऐसे लोगों के अनौपचारिक संघ हैं जो स्वेच्छा से अपनी जीवन स्थितियों में सुधार के तरीके खोजने के लिए एक साथ आना चाहते हैं। स्वयं सहायता समूह

अपने सदस्यों के बीच छोटी बचत को बढ़ावा देते हैं। सदस्यों द्वारा एकत्र की गई बचत बैंक के साथ बचत खाते में रखी जाती है। एसएचजी अपने सामान्य फंड से अपने सदस्यों को छोटे ऋण देते हैं। एक बचत खाता एक बैंक या किसी अन्य वित्तीय संस्थान में रखा गया एक ब्याज-धारक जमा खाता है।

अतः विकल्प (C) सही है।

105. ऐसा खाता जिसमें ब्रोकर किसी निवेशक को स्टॉक या अन्य वित्तीय उत्पाद खरीदने के लिए नकद उधार देता है उसे संचय खाता कहते हैं।

व्यापारी खाता व्यवसायों को क्रेडिट या डेबिट कार्ड से भुगतान स्वीकार करने की अनुमति देता है। केंद्रीय बैंकों के आरक्षित परिसंपत्तियों के लेनदेन को एक दूसरे के साथ रखने के लिए भुगतान संतुलन के लिए एक 'भुगतान खाता' (सेटलमेंट अकाउंट) का उपयोग किया जाता है। बचत खाता आपको धन जमा करने, धन निकालने और सुरक्षित रखने की अनुमति देता है।

अतः विकल्प (B) सही है।

106. ग्राहक PPF खाते से चौथे से छठवें वर्ष में यानि तीसरे वित्तीय वर्ष के अंत से लेकर छठवें वित्तीय वर्ष तक ऋण लेने के लिए पात्र है।

अतः विकल्प (B) सही है।

107. सभी कथन सही हैं।

क्षमता उपयोग (सीयू) अर्थव्यवस्था की मांग और निवेश संभावनाओं का आकलन करने के लिए एक महत्वपूर्ण आर्थिक संकेतक है। सीयू दरें काफी हद तक अर्थव्यवस्था में विनिर्माण गतिविधियों की गति को ट्रैक करने में सक्षम हैं। आईआईपी-विनिर्माण सूचकांक और क्षमता उपयोग की वृद्धि दर भारत के विनिर्माण क्षेत्र के लिए मांग की स्थिति का एक स्नैपशॉट प्रदान करती है।

आर्थिक प्रदर्शन के बारे में आशावाद का एक और संकेत आरबीआई का बिजनेस एक्सपेक्टेशन इंडेक्स (बीईआई) है। यह सूचकांक विनिर्माण क्षेत्र में मांग की स्थिति की एक झलक देता है जिसमें समग्र व्यावसायिक स्थिति, उत्पादन, ऑर्डर बुक, कच्चे माल की सूची और तैयार माल, लाभ मार्जिन, रोजगार, निर्यात और क्षमता उपयोग शामिल हैं।

अतः विकल्प (D) सही है।

108. भारत की कुल प्रजनन दर (TFR) 2015-16 में 2.2 बच्चों से घटकर अब प्रति महिला 2 बच्चे हो गई है, जैसा कि राष्ट्रीय परिवार स्वास्थ्य सर्वेक्षण (NFHS) के नवीनतम संस्करण में दिखाया गया है।

TFR वर्तमान में प्रति महिला 2.1 बच्चों की प्रजनन क्षमता के प्रतिस्थापन स्तर से नीचे है। रिपोर्ट के अनुसार, 25-49 आयु वर्ग की महिलाओं में पहले जन्म के समय औसत आयु 21.2 वर्ष है।

अतः विकल्प (C) सही है।

109. KV सुब्रमण्यम मुख्य आर्थिक सलाहकार हैं जिन्होंने जनता के लिए वार्षिक आर्थिक सर्वेक्षण 2021 की विस्तृत प्रस्तुति पेश की है। आर्थिक सर्वेक्षण 2021 से पता चला है कि सार्वजनिक स्वास्थ्य खर्च में जीडीपी के 1% से 2.5% तक की वृद्धि, जैसा कि राष्ट्रीय स्वास्थ्य नीति-2017 में परिकल्पित है, कुल स्वास्थ्य देखभाल खर्च के 65% से 30% तक की जेब खर्च को कम कर सकता है। वार्षिक सर्वेक्षण में कहा गया है कि राष्ट्रीय स्वास्थ्य मिशन पर जोर जारी रहना चाहिए क्योंकि इसने सबसे गरीब लोगों को प्रसव पूर्व और प्रसवोत्तर देखभाल, और संस्थागत प्रसव तक पहुंच प्रदान करने में महत्वपूर्ण भूमिका निभाई है।

अतः विकल्प (E) सही है।

110. निर्मला सीतारमण ने उल्लेख किया कि वित्तीय वर्ष 2022-23 के लिए भारत संघ का राजकोषीय घाटा सकल घरेलू उत्पाद (GDP) का 6.4% है।

निर्मला सीतारमण ने यह भी उल्लेख किया कि सरकार 2025/26 तक राजकोषीय घाटे को 4.5% तक कम करने का लक्ष्य बना रही है। केंद्रीय बजट 2022-23 ने यह भी घोषणा की कि राज्यों को 2023 में सकल घरेलू उत्पाद में केवल 4% राजकोषीय घाटे की अनुमति दी जाएगी।

अत: विकल्प (C) सही है।

111. 2022-23 में केंद्र सरकार का प्रभावी पूंजीगत व्यय 10.68 लाख करोड़ रुपये होने का अनुमान है। यह देश के सकल घरेलू उत्पाद (GDP) का लगभग 4.1 प्रतिशत है।

सार्वजनिक पूंजी व्यय 2022-23 में 5.54 लाख करोड़ रुपये से 35.4 प्रतिशत बढ़कर 7.50 लाख करोड़ रुपये हो गया।

अत: विकल्प (D) सही है।

112. बजट 2022-2023 में,अम्ब्रेला पर सीमा शुल्क को दोगुना कर 20% कर दिया गया।

अम्ब्रेला पर सीमा शुल्क को दोगुना कर 20% कर दिया गया, जबकि के अम्ब्रेला पुर्जों के आयात पर दी जाने वाली छूट को वापस ले लिया गया।बढ़ोतरी उन उद्योगों के लिए की जा रही है जो ऐसी वस्तुओं का निर्माण करते हैं जो किसी भी बड़ी तकनीक को लागू नहीं करते हैं।

अत: विकल्प (B) सही है।

113. ग्राहकों को वाहन वित्तपोषण प्रदान करने के लिए एथर एनर्जी ने भारतीय स्टेट बैंक के साथ साझेदारी की है।

एसोसिएशन के हिस्से के रूप में, एथर एनर्जी के ग्राहकों को प्रति वर्ष 9.55 प्रतिशत की न्यूनतम ब्याज दरों पर तत्काल ऋण मिलेगा। एसबीआई अपने YONO मोबाइल एप्लिकेशन के साथ-साथ अपने शाखा नेटवर्क पर वाहन ऋण की पेशकश करेगा, क्योंकि सार्वजनिक क्षेत्र के ऋणदाता खरीदारों के लिए गोद लेने में आसानी सुनिश्चित करते हैं।

अत: विकल्प (D) सही है।

114. एक्सपोर्ट-इम्पोर्ट बैंक ऑफ इंडिया ने भारत सरकार की ओर से श्रीलंका सरकार को $55 मिलियन की शॉर्ट-टर्म लाइन ऑफ क्रेडिट दिया है। इसे यूरिया उर्वरक की खरीद के वित्तपोषण के लिए बढ़ाया गया है।

इस सौदे के साथ, एक्ज़िम बैंक ने अब तक भारत सरकार की ओर से श्रीलंका सरकार को 11 लाइन ऑफ क्रेडिट दिए हैं, जिससे कुल मूल्य 2.73 बिलियन डॉलर हो गया है।

अत: विकल्प (D) सही है।

115. केंद्रीय वित्त और कॉर्पोरेट मामलों की मंत्री निर्मला सीतारमण ने पणजी, गोवा में राष्ट्रीय सीमा शुल्क और GST संग्रहालय को समर्पित किया और उसके बाद GST गैलरी का उद्घाटन किया। वित्त मंत्रालय का 'आजादी का अमृत महोत्सव' प्रतिष्ठित सप्ताह 11 जून 2022 को संपन्न हुआ।

अत: विकल्प (A) सही है।

116. व्यापार और विकास पर संयुक्त राष्ट्र सम्मेलन (UNCTAD) विश्व निवेश रिपोर्ट के अनुसार, 2021 में FDI प्रवाह 19 बिलियन अमरीकी डॉलर घटकर 45 बिलियन अमरीकी डॉलर हो गया।

भारत प्रत्यक्ष विदेशी निवेश प्राप्त करने वाली दुनिया की शीर्ष 10 अर्थव्यवस्थाओं में से एक के रूप में बरकरार है।

अत: विकल्प (D) सही है।

117. विश्व बैंक का मुख्यालय वाशिंगटन, डी. सी., संयुक्त राज्य अमेरिका में है।

विश्व बैंक समूह एक अद्वितीय वैश्विक साझेदारी है। सतत समाधान के लिए कार्य कर रहे 5 संस्थान जो विकासशील देशों में गरीबी कम करते हैं और साझा समृद्धि का निर्माण करते हैं।

विश्व बैंक समूह में पांच संस्थान शामिल हैं:

1. पुनर्निर्माण और विकास के लिए अंतर्राष्ट्रीय बैंक (IBRD)
2. अंतर्राष्ट्रीय विकास संघ (IDA)
3. अंतर्राष्ट्रीय वित्त निगम (IFC)
4. बहुपक्षीय निवेश गारंटी एजेंसी (MIGA)
5. निवेश विवादों के निपटान के लिए अंतर्राष्ट्रीय केंद्र (ICSID)

अत: विकल्प (A) सही है।

118. विश्व बैंक एक अंतरराष्ट्रीय संगठन है जो विकासशील देशों को उनकी आर्थिक उन्नति में सहायता के लिए वित्तपोषण, सलाह और अनुसंधान प्रदान करने के लिए समर्पित है। बैंक मुख्य रूप से एक ऐसे संगठन के रूप में कार्य करता है जो मध्यम और निम्न आय वाले देशों को विकासात्मक सहायता प्रदान करके गरीबी से लड़ने का प्रयास करता है।

विश्व बैंक समूह अंतरराष्ट्रीय सरकारों के लिए स्वामित्व वाली वित्तीय सहायता, उत्पादों और समाधानों के साथ-साथ वैश्विक अर्थव्यवस्था के लिए अनुसंधान-आधारित विचार नेतृत्व की एक श्रृंखला प्रदान करता है। विश्व बैंक की मानव पूंजी परियोजना एक बेहतर समाज और अर्थव्यवस्था का निर्माण करने के लिए राष्ट्रों को अपनी मानव पूंजी में निवेश करने और विकसित करने में मदद करना चाहती है।

अत: विकल्प (C) सही है।

119. OECD का मुख्यालय फ्रांस में पेरिस में स्थित है।

OECD आर्थिक सहयोग और विकास संगठन का संक्षिप्त रूप है। OECD एक अंतरराष्ट्रीय संगठन है जो बेहतर जीवन के लिए बेहतर नीतियां बनाने के लिए काम करता है। OECD 38 सदस्य देशों के साथ एक अंतर सरकारी आर्थिक संगठन है।इसकी स्थापना 1961 में आर्थिक प्रगति और विश्व व्यापार को प्रोत्साहित करने के लिए की गई थी।

अत: विकल्प (B) सही है।

120. एशियाई विकास बैंक का मुख्यालय मनीला, फिलीपींस में स्थित है।

एडीबी का मुख्य उद्देश्य समावेशी विकास और क्षेत्रीय एकीकरण के साथ एशिया प्रशांत में गरीबी को कम करके सामाजिक विकास करना है। भारत ने 1986 में एडीबी की सहायता का लाभ उठाना शुरू किया। भारत में छह क्षेत्र हैं जहां एडीबी की उपस्थिति है- परिवहन, ऊर्जा, वित्त और सार्वजनिक क्षेत्र, जल और परिवहन सेवाएं, कृषि और मानव विकास सूचकांक।

अत: विकल्प (C) सही है।

121. The first sentence should seem like an introduction to the topic. After reading all the sentences, statement C seems to be the most appropriate choice. It speaks about India's hope to end its present exclusion from global value chains.

Further, statement E picks up where fragment C has left off and they make sense together. The sentence starts with 'in parallel' which indicates other measures that are to be taken to make India's hopes come true. Thus, fragment C and fragment E make a pair.

Now, if we read the sentences carefully, we find that statement E mentions 'dumping of goods' from China and statement A carries on with the mention of 'unfair trade practices' and how goods made in China are routed. They make a meaningful sentence together. Thus, fragment E and fragment A also make a mandatory pair. So far, the correct sequence of statements is: CEA

The fourth sentence should add meaning to the idea being formed. A complete ban on Chinese goods would be impractical and the government should also consider imports to be an essential part of India's trade competitiveness.

Thus, the correct sequence of statements is: CEADB

Hence, the correct option is (D).

122. The first sentence should seem like an introduction to the topic. After reading all the sentences, statement C seems to be the most appropriate choice. It speaks about India's hope to end its present exclusion from global value chains.

Further, statement E picks up where fragment C has left off and they make sense together. The sentence starts with 'in parallel' which indicates other measures that are to be taken to make India's hopes come true. Thus, fragment C and fragment E make a pair.

Now, if we read the sentences carefully, we find that statement E mentions 'dumping of goods' from China and statement A carries on with the mention of 'unfair trade practices' and how goods made in China are routed. They make a meaningful sentence together. Thus, fragment E and fragment A also make a mandatory pair. So far, the correct sequence of statements is: CEA

The fourth sentence should add meaning to the idea being formed. A complete ban on Chinese goods would be impractical and the government should also consider imports to be an essential part of India's trade competitiveness. Thus, the correct sequence of statements is: CEADB

Hence, the correct option is (E).

123. A should be the third sentence after the rearrangement.

The first sentence should seem like an introduction to the topic. After reading all the sentences, statement C seems to be the most appropriate choice. It speaks about India's hope to end its present exclusion from global value chains

Further, statement E picks up where fragment C has left off and they make sense together. The sentence starts with 'in parallel' which indicates other measures that are to be taken to make India's hopes come true. Thus, fragment C and fragment E make a pair.

Now, if we read the sentences carefully, we find that statement E mentions 'dumping of goods from China and statement A carries on with the mention of 'unfair trade practices and how goods made in China are routed. They make a meaningful sentence together. Thus, fragment E and fragment A also make a mandatory pair. So far, the correct sequence of statements is: CEA

The fourth sentence should add meaning to the idea being formed. A complete ban on Chinese goods would be impractical and the government should also consider imports to be an essential part of India's trade competitiveness. Thus, the correct sequence of statements is: CEADB

Hence, the correct option is (A).

124. The first sentence should seem like an introduction to the topic. After reading all the sentences, statement C seems to be the most appropriate choice. It speaks about India's hope to end its present exclusion from global value chains.

Further, statement E picks up where fragment C has left off and they make sense together. The sentence starts with 'in parallel' which indicates other measures that are to be taken to make India's hopes come true. Thus, fragment C and fragment E make a pair.

Now, if we read the sentences carefully, we find that statement E mentions 'dumping of goods' from China and statement A carries on with the mention of 'unfair trade practices' and how goods made in China are routed. They make a meaningful sentence together. Thus, fragment E and fragment A also make a mandatory pair. So far, the correct sequence of statements is: CEA

The fourth sentence should add meaning to the idea being formed. A complete ban on Chinese goods would be impractical and the government should also consider imports to be an essential part of India's trade competitiveness. Thus, the correct sequence of statements is: CEADB

Hence, the correct option is (C).

125. The first sentence should seem like an introduction to the topic. After reading all the sentences, statement C seems to be the most appropriate choice. It speaks about India's hope to end its present exclusion from global value chains.

Further, statement E picks up where fragment C has left off and they make sense together. The sentence starts with 'in parallel' which indicates other measures that are to be taken to make India's hopes come true. Thus, fragment C and fragment E make a pair.

Now, if we read the sentences carefully, we find that statement E mentions 'dumping of goods' from China and statement A carries on with the mention of 'unfair trade practices' and how goods made in China are routed. They make a meaningful sentence together. Thus, fragment E and fragment A also make a mandatory pair. So far, the correct sequence of statements is: CEA

The fourth sentence should add meaning to the idea being formed. A complete ban on Chinese goods would be impractical and the government should also consider imports to be an essential part of India's trade competitiveness. Thus, the correct sequence of statements is: CEADB

Hence, the correct option is (B).

126. It's time + subject + past verb form [This expression refers to the present moment.]

Therefore, the sentence would be correct if "tell you that" is replaced by "told you that".

Correct Sentence :

It is about time we told you that you should start preparing for the exam sincerely.

Hence, the correct option is (A).

127. A comparison is made between Mr. Basu and his wife.

So, the comparative degree of the adjectives has to be used.

Though "more intelligent" is the comparative degree of "intelligent", "lively" is the positive degree.

So, the sentence would be correct if "lively" is replaced by its comparative degree "livelier".

Correct Sentence :

Mr. Basu is eclipsed by his wife who is much livelier and more intelligent than he is.

Hence, the correct option is (C).

128. "From time immemorial" is a standard English expression/phrase.

It cannot be changed whimsically.

The sentence would be correct if "from immemorial time" is replaced by "from time immemorial".

Correct Sentence:

Indian farmers have been reeling under financial stress from time immemorial.

Hence, the correct option is (D).

129. A jack of all trades (Idiom): A person who has dabbled in many skills.

A bit shot (Idiom): An important or influential person.

A big gun (Idiom): An important or influential person.

Clearly, both option (B) and (C) are replacing the bold part appropriately.

Hence, the correct option is (D).

130. Burn Midnight oil (Idiom): To work late night.

Cut Corners (Idiom): Do something to save money.

Cut the mustard (Idiom): To come upto expectations.

Hence, the correct option is (C).

131. Statement I: During the pandemic, many are working from home. But farmers have no such option as they have to work in their fields. Despite the lockdown, they continue to sow wheat, paddy, pulses, etc.

This statement is making sense. The usage of 'Despite' is correct here. The meaning of 'despite' is 'in spite of' that is used to show the opposite of something. Hence this statement is correct in this context.

Statement II: During the pandemic, many are working from home. But farmers have no such option as they have to work in their fields as well as the lockdown, they continue to sow wheat, paddy, pulses, etc.

This statement doesn't make any sense because of the usage of a word 'as well as' it is used to show the comparison. Hence, it is wrongly used here.

Statement III: During the pandemic, many are working from home. But farmers have no such option as they have to work in their fields. Since the lockdown, they continue to sow wheat, paddy, pulses, etc.

This statement doesn't make any sense because of the usage of the word 'since' it means 'for the reason that or because' hence it is incorrectly used here.

Hence, the correct option is (E).

132. Statement I: When we hear the word migration, we think of Kerala and West Asia, or the United States and the West. However, the number of Indians who have migrated over the past decades to these geographies is minuscule compared to the vastness of the movement within the country.

This statement is making sense. Because 'However' in this sentence is used to show the contrast between the two statements.

Statement II: When we hear the word migration, we think of Kerala and West Asia, or the United States and the West. Whereas, the number of Indians who have migrated over the past decades to these geographies is minuscule compared to the vastness of the movement within the country.

This statement is also correct. Because 'Whereas' in this sentence is used to show the contrast between the two statements.

Statement III: When we hear the word migration, we think of Kerala and West Asia, or the United States and the West. In the same way, the number of Indians who have migrated over the past decades to these geographies is minuscule compared to the vastness of the movement within the country.

This statement doesn't make any sense because of the word 'In the same way' this is used to show the comparison. Here we are not doing a comparison. Thus, this statement is wrong.

Hence, the correct option is (C).

133. Statement I: It is, of course, clear that Pakistan will employ nukes against India well before it capitulates to the latter; likewise, India will not refrain from employing nukes against China were a conventional conflict to break out. Hence, this statement is making the sentence meaningful because 'Likewise' means 'in the same way.'

Statement II: It is, of course, clear that Pakistan will employ nukes against India well before it capitulates to the latter; similarly, India will not refrain from employing nukes against China were a conventional conflict to break out. Hence this statement is also correct because 'similarly' means 'in a similar way' so this is the correct adverb which makes the sentence meaningful.

Statement III: It is, of course, clear that Pakistan will employ nukes against India well before it capitulates to the latter; Instead, India will not refrain from employing nukes against China were a conventional conflict to break out. This statement is incorrect because 'instead' shows the contrast hence the usage of 'Instead' makes the meaning of the sentence ambiguous.

Hence, the correct option is (B).

134. The word Debilitate means 'deprived of strength or power'.

Of the options mentioned above,

Attenuate means 'weaken',

Invigorate means 'to give energy or strength',

Assuage means 'satisfy',

Animate means 'bring to life',

Energize means 'to give vitality and enthusiasm'.

Thus, of all the words Attenuate is the most similar to Debilitate making option (A) as the correct answer.

Hence, the correct option is (A).

135. Retract means 'Drawn back'. The word synonymous with Retract is 'withdraw'.

For example, she retracted her hand as if she'd been burnt.

Hence, the correct option is (A).

136. The meanings of the given words are:

Vicious: deliberately cruel or violent

Benevolent: well meaning and kindly

Repugnant: extremely distasteful; unacceptable

Sassy: lively, bold, and full of spirit; cheeky

Bipolar: characterized by both manic and depressive episodes, or manic ones only

Kindred: similar in kind; related

Vicious and Benevolent are antonyms.

Hence, the correct option is (A).

137. The meaning of the given words are:

Froth: worthless or insubstantial talk, ideas, or activities.

Rubbish: absurd, nonsensical, or worthless talk or ideas.

Serendipity: the occurrence and development of events by chance in a happy or beneficial way.

Serene: calm, peaceful, and untroubled; tranquil.

Elusive: difficult to find, catch, or achieve.

Exclusive: excluding or not admitting other things.

Froth and Rubbish are synonyms.

Hence, the correct option is (B).

138. The meaning of the given words are:

Riveting: completely engrossing; compelling.

Bland: lacking strong features or characteristics and therefore uninteresting.

Vague: of uncertain, indefinite, or unclear character or meaning.

Debilitated: in a very weakened and infirm state.

Dynamic: characterized by constant change, activity, or progress.

Salutary: producing good effects; beneficial.

Riveting and bland are antonyms.

Hence, the correct option is (A).

139. The error lies in part (C) of the sentence as the plural verb 'match' is incorrect with the singular subject 'home-grown talent'. The subject must agree with the verb.

For eg: The demand does not match the stated percentage in the report. The demands do not match the stated percentage in the report.

It should read as:' (A) challenge faced across global tech hubs is fostering long-term, home-grown talent that matches the demands of the market'.

Hence, the correct option is (C).

140. The error lies in part (A).

If the verb in a sentence is a form of the be-verb such as am, are, is, was then the adverbs are placed after the verb.

Correct sentence:

He is always at home on weekdays since he has started working from home.

Hence, the correct option is (A).

141. The error is in the adverb clause of the first part of the sentence.

'As though' should be replaced with 'Even though', 'as if' or 'as though' is used when one is explaining that something is not as it appears.

'even though' is an adverb of concession and answers the question 'how?', it means to say 'despite'.

Hence, the correct option is (A).

142. The phrase which we should choose to join the sentences is **Only 1.**

'That' is used to refer to something which is previously mentioned in the sentence. So, the phrase would connect the given sentences appropriately.

'When' is used to express 'during the time that'. So, the phrase **'When it transforms a'** would not form a meaningful sentence.

'But' is used to join sentences that are contrasting with each other. So, we should not use **'but'** to join the sentences.

Hence, the correct option is (A).

143. The phrase which we can choose to connect both these sentences is **Only 3**.

The conjunction **'although'** means 'in spite of the fact that; even though.' So, the phrase **'Although the use of'** would connect both these sentences appropriately.

'Because' means 'for the reason that'. The first sentence is not expressing any reason. So, the phrase is incorrect.

'And' is used to join the sentences or words which should be written together. We cannot join these sentences with **'And'**.

The sentence after using the phrase is: Although the use of water power gave way to steam power in many of the larger mills and factories, it was still used during the 18th and 19th centuries for many smaller operations.

Hence, the correct option is (C).

144. The expression 'Supplying to far-flung' is correct and require no improvement.

Hence, the correct option is (E).

145. The answer to the given question can be found in the lines mentioned in the second paragraph:

Some of these can surely kill, a few are harmless but have no medicinal value, and others have lower potency than what's mentioned on their labels.

Hence, the correct option is (E).

146. The answer to the given question can be found in the lines mentioned in the fourth paragraph:

Worse, India has emerged as a major global producer of spurious drugs, accounting for a third of the world's fakes and supplying to far-flung countries in Africa and Latin America.

Hence, the correct option is (C).

147. The answer to the given question can be found in the lines mentioned in the last paragraph:

"Please initiate immediate action, it's a total copy of my medicine!" That was Indravadan Modi, chairman of the Gujarat-based Cadila.

Hence, the correct option is (A).

148. The correct answer is option (D) as it is clearly stated in the last paragraph '**One in every four medicinal drugs that you buy in the country is spurious or fake or substandard.**'

Option (A) is false because Outlook conducted a 'two-month' investigation.

Option (B) is false because the main dealer of fake medicines found in Gujarat was traced to the border district of 'Sriganganagar' in Rajasthan.

Option (C) is false because the size of the fake pharma industry is '10-30' percent the size of the legitimate one.

Hence, the correct option is (D).

149. Let us look at the meaning of "Enslaved":

Enslaved: past tense of "Enslave" which means make (someone) a slave. 'Enslaved' can act as an adjective too.

Example:

He'd not yet been tested in a confrontation with the man who enslaved him.

Let us look at the meaning of "Indigenous":

Indigenous: originating or occurring naturally in a particular place; native.

Example:

The indigenous peoples of Siberia are suffering a lot.

Both blanks require an adjective.

The sentence talks about Indigenous people.

"Enslaved" is the most appropriate answer for the first blank as it's talking about how 'indigenous' first came into use many years ago. This was a time when slavery was still practiced.

"Indigenous" is the proper fit for the second blank as it's talking about natives of America.

Hence, the correct option is (A).

150. Let us look at the meaning of "Amalgamation":

Amalgamation: amalgam; a mixture or blend.

Example:

The amalgamation proceeds very slowly, as the sole extraneous heat is that of the sun.

Let us look at the meaning of "Influenced":

Influenced: had an influence on.

Example:

Government regulations influenced behavior, but often without changing underlying values and motivations.

The first blank requires a noun and the second blank requires a verb.

The sentence talks about Indian culture.

Therefore "Amalgamation" is the most appropriate answer for the first blank as it's talking about a combination of several cultures.

"Influenced" is the proper fit for the second blank as Indian culture has been impacted/influenced by history.

Correct sentence- "The Indian culture, often labelled as an amalgamation of several various cultures, spans across the Indian subcontinent and has been influenced and shaped by a history that is several thousand years old".

Hence, the correct option is (C).

151. Let us look at the meaning of "Finest":

Finest: the superlative degree of fine which means of very high quality; very good of its kind.

Example:

Indiana was the largest and finest ship in the Harbor, and we felt very proud of her.

Let us look at the meaning of "Illuminate":

Illuminate: make (something) visible or bright by shining light on it; light up.

Example:

A flash of lightning illuminated the house.

The first blank requires an adjective and the second blank requires a verb.

The sentence talks about Diwali.

Therefore "Finest" is the most appropriate answer as one only wears his/her best clothes for the celebration of a festival like Diwali.

"Illuminate" is the proper fit for the second blank as it's talking about decorating the houses with lights.

Correct sentence- 'During Diwali, people wear their finest clothes, illuminate the interior and exterior of their homes with diyas and rangoli, and perform worship ceremonies of Lakshmi'.

Hence, the correct option is (A).

152. Let us look at the meaning of "Commerce":

Commerce: social dealings between people.

Example:

Festivals are celebrations filled with the noise and warmth of human commerce.

Let us look at the meaning of "Spectacle":

Spectacle: a visually striking performance or display.

Example:

The acrobatic feats make a good spectacle.

Both the blanks require a noun.

The sentence talks about Kumbha Mela.

"Commerce" is the most appropriate answer. Community commerce is "an exchange of goods, services or something of value, between businesses or entities" within a community, may it be physical community or virtual community.

"Spectacle" is the proper fit for the second blank as the sentence talks about the Kumbh Mela and entertainment.

Correct sentence- Kumbha Mela is a celebration of community commerce with numerous fairs, education, religious discourses by saints, mass feedings of monks or the poor, and entertainment spectacle.

Hence, the correct option is (A).

153. Let us look at the meaning of "Emerging":

Emerging: becoming apparent or prominent.

Example:

Emerging as a major figure in the reform movement, he gained a lot of followers.

Let us look at the meaning of "Rebellion":

Rebellion: the action or process of resisting authority, control, or convention; an act of armed resistance to an established government or leader.

Example:

The authorities put down a rebellion by landless colonials.

The first blank requires a gerund and the second blanks require a noun.

The sentence talks about the analysis of generations.

"Emerging" is the most appropriate answer for the first blank as the sentence is mentions increasing awareness.

"Rebellion" is the proper fit for the second blank as it's talking about resistance against the established order.

Correct sentence- Serious analysis of generations began in the nineteenth century, emerging from an increasing awareness of the possibility of permanent social change and the idea of youthful rebellion against the established social order.

Hence, the correct option is (A).

154. The previous sentence talks about the condition of rural healthcare and the next sentence talks about "these urban residents", which means that the missing sentence has something to do with the people living in urban areas which eliminates options (A) and (C).

Option (E) is correct as it tells us that urban centres have a higher availability of healthcare and the next sentence provides us with the statistics related to the same.

Option (B) is incorrect as we can see after reading the next sentence that urban areas have healthcare services, more effective than in rural areas.

Option (D) is incorrect as the sentence should have something to do with healthcare.

Hence, the correct option is (E).

155. The clue to the missing sentence can be found in the subsequent sentences, which talks about the various factors which have contributed to the rise of endangered species in India.

As the previous sentence is about the large variety of species in India, the missing sentence would introduce the reason why the wildlife is endangered.

So, option (C) fits the best, and it also begins with 'however' which means that despite India having many of the world's species, the illicit trade has caused many animals to come close to extinction.

Hence, the correct option is (C).

156. The word 'satisfied' does not convey any meaning here. The preposition 'of' present after the blank helps us to choose the correct word. Thus 'conscious' which means 'aware' fits here correctly. The word 'loathed' means 'disliked' and 'hindered' means 'prevented'. These words do not convey any proper meaning here.

Hence, the correct option is (C).

157. The sentences make it clear that the girl was very happy so the word 'mar' which means 'destroy' fits here correctly. The word 'sunder' means 'split apart' and does not fit here. The word 'convene' means 'to come together in a body' and does not convey any meaning here. The word 'scar' means 'mark with a scar or scars' and does not fit here.The word 'appear' means 'come into sight' and does not convey any meaning here.

Hence, the correct option is (A).

158. The word must convey a negative meaning. The word 'rested' does not convey any meaning. The word 'fettered' means 'shackled' and does not fit here. The word 'emaciated' means 'thin' and does not fit here. The word 'reprimanded' means 'scolded or rebuked' and conveys the correct meaning that she did not want to be scolded.The word 'escalated' means 'increased rapidly' and does not fit here.

Hence, the correct option is (D).

159. The word 'abjured' means 'give up on a belief' and does not convey any meaning here. The sentence mentions that it was a happy morning so the activity here should be related to happiness. The word 'trotted' means '(of a person) run at a moderate pace with short steps' and fits here correctly. The word 'grooved' means 'to perfect by repeated practice' and makes no sense here. The word 'presumed' means 'assumed' and does not convey any meaning here.The word 'convicted' means 'declare (someone) to be guilty of a criminal offence by the verdict of a jury or the decision of a judge in a court of law' and does not fit here.

Hence, the correct option is (B).

160. The sentences portray a sweet relationship so the word here must convey something positive. The word 'jealous' is therefore incorrect. The word 'zealous' means 'enthusiastic' and does not fit here. The word 'insidious' means 'stealthy' and does not fit here. The word 'fond' means 'have affection/ liking for' and is the correct word. The word 'pugnacious' means 'eager or quick to argue, quarrel, or fight' and does not convey any meaning here.

Hence, the correct option is (D).

161. जब कोई पूरा कथन किसी प्रसंग विशेष में उद्धृत किया जाता है तो लोकोक्ति कहलाता है।

'खग जाने खग की ही भाषा' लोकोक्ति का अर्थ समान प्रवृति वाले ही एक दुसरे को सराहते है।

वाक्य प्रयोग: मैं जब भी परेशान होता हूँ मेरा दोस्त अमन पता नहीं कैसे समझ लेता है। सच बात है कि 'खग जाने खग ही की भाषा'।

अतः विकल्प (B) सही है।

162. जब कोई पूरा कथन किसी प्रसंग विशेष में उद्धृत किया जाता है तो लोकोक्ति कहलाता है।

'जैसी बहे बयार, पीठ तब तैसी दीजे' लोकोक्ति का अर्थ समय का रुख देखकर काम करते रहना चाहिए है।

वाक्य प्रयोग: अब लोगों को समाज के संबंध में रूढ़िवादी विचार छोड़कर नये विचार अपनाने चाहिये क्योंकि ' जैसी बहे बयार पीठ तब तैसी दीजे '।

अतः विकल्प (A) सही है।

163. पीने की इच्छा के लिए सही शब्द पिपासा है।

अन्य शब्दों के अर्थ -

पिंडज – जो पिंड से जन्म लेता हो

पिसनहारी – अनाज पीसने वाली स्त्री

मस्तक– सिर का ऊपरी और सामने वाला भाग- माथा, भाल, ललाट

अतः विकल्प (D) सही है।

164. अर्थ के अनुसार संबंध बोधक अव्यय के कुल बारह भेद होते हैं।

अव्यय का शाब्दिक अर्थ होता है – जो व्यय न हो। जिनके रूप में लिंग , वचन , पुरुष , कारक , काल आदि की वजह से कोई परिवर्तन नहीं होता उसे अव्यय

शब्द कहते हैं। अव्यय शब्द हर स्थिति में अपने मूल रूप में रहते हैं। इन शब्दों को अविकारी शब्द भी कहा जाता है।

अतः विकल्प (A) सही है।

165. 'मुझे उनके साथ जाना है' शुद्ध वाक्य है क्योंकि अन्य विकल्पों में सर्वनाम संबंधी त्रुटि है।

जैसे 'मेरे को' उचित सर्वनाम नहीं है उसके स्थान पर 'मुझे' सर्वनाम प्रयुक्त होगा क्योंकि यह मानक के अनुसार एवं भाषा का शुद्ध रूप है। अन्य विकल्प अशुद्ध हैं।

अतः विकल्प (C) सही है।

166. दिए गए विकल्पों में इंद्रियों पर संयम रखो।' शुद्ध वाक्य है।

अन्य विकल्पों में संज्ञा, क्रिया और अधिकपदत्व संबंधी अशुद्धि है। संयम पुल्लिंग शब्द है जिसका अर्थ रोक, निग्रह, नियंत्रण होता है।

अशुद्ध वाक्य	शुद्ध वाक्य
मैं आपकी पुस्तक नहीं ली।	मैंने आपकी पुस्तक नहीं ली।
आप बोलो।	आप बोलिए।
उसके गुप्त रहस्य प्रकट हो गए।	उसके रहस्य प्रकट हो गए।

अतः विकल्प (C) सही है।

167. ऐसे शब्द, जिनके अनेक अर्थ होते है, अनेकार्थी शब्द कहलाते है। दूसरे शब्दों में- जिन शब्दों के एक से अधिक अर्थ होते हैं, उन्हें 'अनेकार्थी शब्द' कहते है।

अर्क का अनेकार्थी है- इन्द्र, सूर्य, रस, अकबन।

अतः विकल्प (D) सही है।

168. ऐसे शब्द, जिनके अनेक अर्थ होते है, अनेकार्थी शब्द कहलाते है। दूसरे शब्दों में- जिन शब्दों के एक से अधिक अर्थ होते हैं, उन्हें 'अनेकार्थी शब्द' कहते है।

हंस का अर्थ- बत्तख के आकार का एक सफ़ेद जल पक्षी।

हंस के अनेकार्थी शब्द - प्राण, सूर्य, आत्मा, पक्षी हैं।

वर्ण, शोभा, मनोविनोद, आदि ये सभी रंग के अनेकार्थी शब्द हैं।

अतः विकल्प (D) सही है।

169. जिस समास में दोनों पद प्रधान होते हो तथा विग्रह करने पर बीच में 'और' / 'या' का बोध होता हो उसे द्वन्द समास कहते हैं। यहाँ "दृश्य-श्रव्य" में दोनों ही पद प्रधान हैं। अतः उपरोक्त शब्द-समूह में द्वन्द-समास है।

द्वंद्व समास में योजक चिन्ह (-) और 'या' का बोध होता है।

अतः विकल्प (B) सही है।

170. संचार माध्यम का मुख्य केंद्र समाज है, जहाँ संचार की प्रक्रिया घटित होती है। ...... गद्यांश के इस भाग से स्पष्ट होता है कि संचार के प्रमुख लक्ष्य- सूचनात्मक,प्रेरणात्मक,शिक्षात्मक तथा मनोरंजनात्मक है।

अतः विकल्प (E) सही है।

171. शब्द "संप्रेषक" का अर्थ होता है-वह व्यक्ति जो किसी के पास कोई वस्तु भेजे अर्थात भेजने वाला या प्रेषण करने वाला।

अतः विकल्प (C) सही है।

172. एक व्यक्ति से दूसरे व्यक्ति तक अर्थपूर्ण संदेशो का आदान प्रदान ही संचार है। .... उपरोक्त गद्यांश के इस भाग के अध्ययन से यह ज्ञात होता है कि जिन दो व्यक्तियों (जिन्हे हम दूसरे शब्दों में संप्रेषक और श्रोता कहते है) के बीच संचार का आदान-प्रदान होता है वे दोनों ही इसी समाज के अभिन्न अंग है। दूसरे शब्दों में यह कहा जा सकता है कि संचार की सम्पूर्ण प्रक्रिया इसी समाज में घटित होती है।अतः समाज को संचार-प्रक्रिया का मुख्य केंद्र कहा गया है।

अत: विकल्प (E) सही है।

173. शब्द "प्रभावोत्पादक" का संधि-विच्छेद होता है-प्रभाव +उत्पादक। यहाँ "अ" और "उ" मिलकर "ओ" हो जा रहे है। अतः यह गुण-संधि का एक प्रकार है।

जब संधि करते समय (अ, आ) के साथ (इ, ई) हो तो 'ए' बनता है, जब (अ, आ) के साथ (उ, ऊ) हो तो 'ओ' बनता है, जब (अ, आ) के साथ (ऋ) हो तो 'अर' बनता है तो यह गुण संधि कहलाती है।जैसे-ग्राम + उत्थान : ग्रामोत्थान (अ + उ = ओ)

अत: विकल्प (B) सही है।

174. उपरोक्त गद्यांश में प्रयुक्त शब्द "अनायास" का अर्थ होता है-स्वतः। जैसे उदाहरण के लिए शब्द-समूह "अनायास-सफलता" का अर्थ होता है वैसी सफलता जो खुद ही मिल गयी या जिसके लिए कोई प्रयास नहीं करना पड़ा।

अत: विकल्प (A) सही है।

175. साहित्य भी संचार माध्यम का एक प्रकार ही है जो कि सूचनाओं का सम्प्रेषण करता है .... उपरोक्त गद्यांश के इस भाग के गहन अध्ययन से हमे ज्ञात होता है कि विकल्प A और B में दिए गए निष्कर्ष पूर्णतः सत्य है। विकल्प C के निष्कर्ष गलत है क्योकि साहित्य से ज्यादा प्रभावोत्पादक गति संचार माध्यमों की होती है। विकल्प D का निष्कर्ष भी गलत है क्योकि संचार-माध्यम साहित्य का एक प्रकार नहीं अपितु साहित्य संचार-माध्यम का एक प्रकार है।

अत: विकल्प (E) सही है।

176. दृश्य-श्रव्य माध्यमों के अंतर्गत नए जनसंचार माध्यमों का विकास हो रहा है। .... उपरोक्त गद्यांश के इस भाग के अध्ययन से हमे ज्ञात होता है कि दूरदर्शन दृश्य-श्रव्य संचार माध्यम का एक प्रकार है जबकि रेडियो श्रव्य संचार माध्यम तथा पत्रिकाएं एवं साहित्य दृश्य संचार माध्यम का प्रकार है।

अत: विकल्प (A) सही है।

177. सूचना संचार प्रणाली किसी भी व्यवस्था के लिए अत्यंत महत्वपूर्ण होती है। .... गद्यांश के इस भाग के अध्ययन से हमे यह ज्ञात होता है कि अंग्रेजो और हिटलर दोनों का मानना था कि सैन्य-शक्ति के अलावा असली सत्ता जनसंचार में निहित है।

अत: विकल्प (D) सही है।

178. गद्यांश में दिया गया शब्द "संस्कृति" का संधि-विच्छेद होता है-सम् + कृति, यह एक व्यंजन संधि का प्रकार है।

अत: विकल्प (D) सही है।

179. 'कापुरूष' अर्थात कायर, नीच।

'अनुज' अर्थात छोटा भाई।

'पुरूषार्थी' अर्थात कर्मशील।

'कृपण' अर्थात जिसका लक्ष्य केवल धन संग्रह हो।

'यायावर' अर्थात हमेशा घूमते रहने वाला।

उपरोक्त प्रत्येक शब्द के अर्थ के अध्ययन से ज्ञात होता है कि दिए गए शब्द 'कापुरूष' का सही विलोम शब्द 'पुरूषार्थी' है।

अत: विकल्प (B) सही है।

180. 'औरस' अर्थात विवाहितस्त्री से उत्पन्न, जायज।

'शाश्वत' अर्थात सदा रहने वाला।

'बहुज्ञ' अर्थात जो बहुत से विषयों का जानकर हो।

'दत्तक' अर्थात किसी ओर की संतान को विधि से अपना बनाना।

'वक्र' अर्थात मोड़।

उपरोक्त प्रत्येक शब्द के अर्थ के अध्ययन से ज्ञात होता है कि दिए गए शब्द 'औरस' का सही विलोम शब्द 'दत्तक' है।

अत: विकल्प (C) सही है।

181. 'साक्षी' शब्द तत्सम है जिसका उचित तद्भव रूप 'साखी' है।

तत्सम दो शब्दों से मिलकर बना है – तत् + सम, जिसका अर्थ होता है ज्यों का त्यों।

जिन शब्दों को संस्कृत से बिना किसी परिवर्तन के ले लिया जाता है उन्हें तत्सम शब्द कहते हैं।

इनमें ध्वनि परिवर्तन नहीं होता है।

समय और परिस्थिति की वजह से तत्सम शब्दों में जो परिवर्तन हुए हैं उन्हें तन्द्रव शब्द कहते हैं।

अत: विकल्प (C) सही है।

182. दिए गए विकल्पों में 'खजूर' शब्द तद्भव है जिसका तत्सम रूप 'खर्जूर' है।

संस्कृत के कुछ शब्द ऐसे होते हैं जो हिंदी में भी बिना परिवर्तन के प्रयुक्त होते हैं, उन शब्दों को तत्सम शब्द कहते हैं। तद्भव शब्द वे शब्द हैं जिनमें थोड़ा सा परिवर्तन करके हिंदी में प्रयुक्त किया जाता हैं।

अत: विकल्प (D) सही है।

183. पर्यायवाची दृष्टि से पानी - पाणि युग्म अशुद्ध है।

पानी : जल, नीर, पेय, सलिल, अंबु, अंभ, उदक, तोय, जीवन, वारि, पय, अमृत, मेघपुष्प

पाणि , यहाँ पानी का तत्सम शब्द है।

इसलिए, यह तत्सम तन्द्रव युग्म है और अन्य पर्याय युग्म है।

अत: विकल्प (B) सही है।

184. 'क्षणभंगुर' शब्द का समानार्थी शब्द 'नश्वर' होता है। अर्थात क्षण भर में नष्ट हो जाने वाला।

शक्ति - प्रभुत्व

जातरूप - कनक

निशारंभ - सायंकाल

सारंग - चंद्रमा

अत: विकल्प (B) सही है।

185. जहाँ उपमेय में उपमान की समानता की सम्भावना व्यक्त की जाती हैं, वहाँ उत्प्रेक्षा अलंकार होता है। यदि पंक्ति में मनु, जनु, मेरे, मनहु, मानो आदि शब्द आते हैं, तो वहाँ उत्प्रेक्षा अलंकार होता है।

जब समानता होने के कारण उपमेय में उपमान के होने कि कल्पना की जाए या संभावना हो तब वहां उत्प्रेक्षा अलंकार होता है। यदि पंक्ति में -मनु, जनु जनहु, जानो, मानहु, मानो, निश्चय, ईव, ज्यों आदि आता है वहां उत्प्रेक्षा अलंकार होता है।

अत: विकल्प (A) सही है।

186. "कनक-कनक ते सौ गुनी मादकता अधिकाय वा खाए बौराए जग, या देखे बौराए।" में यमक अलंकार है। पहले कनक का अर्थ 'धतूरा' है जिसे खाने से बुद्धि भ्रमित होती है किन्तु दूसरे कनक का अर्थ 'सोना' है जिसे देखने से बुद्धि भ्रमित होती है।

जहाँ पर समान शब्द के अलग-अलग अर्थों में आवृत्ति हो, वहाँ यमक अलंकार होता है। यानी जहाँ एक ही शब्द जितनी बार आए उतने ही अलग-अलग अर्थ दे।

अत: विकल्प (B) सही है।

187. "अम्बर-पनघट में डुबो रही तारा-घट ऊषा-नगरी" में रूपक अलंकार है। आकाश रूपी पनघट में उषा रूपी स्त्री तारा रूपी घड़ा डुबो रही है। यहाँ आकाश पर पनघट का, उषा पर स्त्री का और तारे पर घड़े का आरोप होने से रूपक अलंकार है।

जहाँ पर उपमेय और उपमान में कोई अंतर न दिखाई दे वहाँ रूपक अलंकार होता है अथार्त जहाँ पर उपमेय और उपमान के बीच के भेद को समाप्त करके उसे एक कर दिया जाता है वहाँ पर रूपक अलंकार होता है।

अत: विकल्प (A) सही है।

188. जहाँ कोई शब्द एक बार प्रयुक्त हो किन्तु प्रसंग भेद से उसके एक से अधिक अर्थ हों, वहाँ श्लेष अलंकार होता है। उदाहरण - "रहिमन पानी राखिये, बिन पानी सब सून। पानी गये न ऊबरै, मोती मानुष चून।।" यहाँ पानी का प्रयोग तीन बार किया गया है, किन्तु दूसरी पंक्ति में प्रयुक्त पानी शब्द के तीन अर्थ हैं - मोती के सन्दर्भ में 'पानी' का अर्थ चमक या कान्ति है, मनुष्य के सन्दर्भ में 'पानी' का अर्थ इज्जत (सम्मान) है, चूने के सन्दर्भ में 'पानी' का अर्थ साधारण पानी (जल) है।

अत: विकल्प (A) सही है।

189. 'मेधावी' में प्रत्यय 'वी' होता है।

- 'मेधावी' में 'वी' प्रत्यय और 'मेधा' मूल शब्द है।
- मेधा + वी = मेधावी।
- मेधावी का अर्थ ज्ञानी अथवा तीव्र बुद्धिवाला होता है।
- 'ई' यह एक प्रत्यय है, इसके द्वारा पढ़ाई, लिखाई ऐसे शब्द बनते है।

अत: विकल्प (A) सही है।

190. दिए गए विकल्पों में 'अछूता' शब्द में 'अ' उपसर्ग का प्रयोग हुआ है जिसका विग्रह 'अ + छूता' है।

अन्य विकल्प :

- 'अनमोल - अन+मोल' में उपसर्ग 'अन' है।
- 'अधजला - अध+जला' में उपसर्ग 'अध' है।
- 'अंतर्राष्ट्रीय - अंतर+राष्ट्रीय' में उपसर्ग 'अंतर' है।

अत: विकल्प (C) सही है।

191. दिए गए वाक्य के लिए उपयुक्त एक शब्द पुरस्कार है।

प्रतिदान - किसी प्रकार के हानि या किसी स्थान की पूर्ति के लिए दी हुई या किसी के स्थान पर मिलनेवाली दूसरी वस्तु।

दित्सा - देने की इच्छा।

पारितोषिक - वह वस्तु या द्रव्य जो किसी को खुश होकर दिया जाए।

पारिश्रमिक - परिश्रम के बदले दी गई राशि

अत: विकल्प (D) सही है।

192. दिए गए वाक्य के लिए उपयुक्त एक शब्द वात्सल्य है।

अनुराग - वह मनोवृत्ति जो किसी को बहुत अच्छा समझकर सदा उसके साथ या पास रहने की प्रेरणा देती है।

श्रद्धा - किसी अच्छे काम विशेषतः ईश्वर,धर्म या बड़े लोगों के प्रति आदरपूर्ण और पूज्य भाव।

प्रणय - प्रेमपूर्वक की हुई प्रार्थना।

आशुतोष - शीघ्र प्रसन्न होने वाला।

अत: विकल्प (B) सही है।

193. आकारान्त स्त्रीलिंग एकवचन संज्ञा शब्दों के अन्त में "एँ" लगाने से बहुवचन बनता है, जैसे- कथा-कथाएँ, लता-लताएँ, कामना- कामनाएँ, अध्यापिका-अध्यापिकाएँ इत्यादि।

अत: विकल्प (B) सही है।

194. कुछ पुल्लिंग संज्ञाएँ ऐसी होती है जिनके रूप दोनों वचनों में एक समान रहते हैं, जैसे- बाबा, नाना, पिता, कर्ता, दाता, योद्धा, युवा, आत्मा, देवता इत्यादि।

अत: विकल्प (C) सही है।

195. दिए गए विकल्पों में 'प्राध्यापिका' शब्द स्त्रीलिंग है। प्राध्यापिका का अर्थ - महिला प्राध्यापक। अन्य विकल्प है-

शिक्षक- शिक्षिका

देवर- देवरानी

एकाकी- एकाकिनी

अत: विकल्प (C) सही है।

196. उपरोक्त विकल्पों में उचित पुल्लिंग वाला विकल्प दास' है जिसका स्त्रीलिंग 'दासी' होगा। अन्य विकल्प इसके स्त्रीलिंग रूप हैं। इसलिए सही उत्तर 'दास' होगा। अन्य विकल्प:

सुता-सूत

बालिका-बालक

भवानी-भव

अत: विकल्प (B) सही है।

197. दिए गए विकल्पों में सही उत्तर विकल्प (B) 'संबंधबोधक अव्यय' है।

वे अव्यय जो संख्या के बाद आकर संज्ञा का संबंध अन्य शब्दों से करते हैं। संबंध बोधक अव्यय कहलाते हैं।

जहाँ पर बाद, भर, के ऊपर, की और, कारण, ऊपर, नीचे, बाहर, भीतर, बिना, सहित, पीछे, से पहले, से लेकर, तक, के अनुसार, की खातिर, के लिए आते हैं वहाँ पर संबंधबोधक अव्यय होता है।

अत: विकल्प (B) सही है।

198. निम्नलिखित विशेषणों में से अनुशासन संज्ञा है। जबकि- आसमानी, नियमित और पाश्चात्य विशेषण शब्द हैं।

किसी व्यक्ति या वस्तु के नाम को 'संज्ञा' कहते हैं। जैसे- राम, श्याम, मोहन, हिमलय, इलाहाबाद इत्यादि और जो संज्ञा, सर्वनाम की विशेषता बतलाए उसे 'विशेषण' कहते हैं। जैसे- श्याम की गाय <u>काली</u> है। इसमें काली विशेषण पद है।

अत: विकल्प (D) सही है।

199. 'वह स्वतः ही जान जाएगा' वाक्य में पुरुषवाचक सर्वनाम है।

पुरुषवाचक सर्वनाम की परिभाषा: जिन सर्वनाम शब्दों का प्रयोग वक्ता द्वारा दूसरों के लिए या खुद के लिए किया जाता है, उसे पुरुषवाचक सर्वनाम कहते हैं। जैसे – मैं, हम (वक्ता द्वारा खुद के लिए), तुम और आप (सुनने वाले के लिए) और यह, वह, ये, वे (किसी और के बारे में बात करने के लिए) आदि।

अत: विकल्प (D) सही है।

200. 'हँसता' कृदंत क्रिया का उदाहरण है। अन्य विकल्प असंगत है।

कृदंत क्रिया: कृत प्रत्ययों को जोड़कर जो क्रिया बनाई जाती है उसे कृदंत क्रिया कहते हैं अथार्त जब किसी क्रिया में प्रत्यय जोड़कर उसका एक नया क्रिया रूप बनाया जाता है उसे कृदंत प्रत्यय कहते हैं। जैसे: चलता, भागता, दौड़ता।

अत: विकल्प (C) सही है।

201. दिया है:

नगद भुगतान = 1,00,000 रुपये

वार्षिक किस्त = 1,50,000 रुपये

समय अवधि = 3 वर्ष

ब्याज की दर = 25%

$$P = \frac{x}{\left(1+\frac{R}{100}\right)} + \frac{x}{\left(1+\frac{R}{100}\right)^2} + \frac{x}{\left(1+\frac{R}{100}\right)^3} + \cdots\cdots + \frac{x}{\left(1+\frac{R}{100}\right)^T}$$

यहाँ T = 3 वर्ष

$$\therefore P = \frac{x}{\left(1+\frac{R}{100}\right)} + \frac{x}{\left(1+\frac{R}{100}\right)^2} + \frac{x}{\left(1+\frac{R}{100}\right)^3}$$

$$\Rightarrow P = \frac{1,50,000}{\left(1+\frac{25}{100}\right)} + \frac{1,50,000}{\left(1+\frac{25}{100}\right)^2} + \frac{1,50,000}{\left(1+\frac{25}{100}\right)^3}$$

$$\Rightarrow P = \frac{1,50,000}{\left(1+\frac{25}{100}\right)} + \frac{1,50,000}{\left(1+\frac{25}{100}\right)^2} + \frac{1,50,000}{\left(1+\frac{25}{100}\right)^3}$$

$$\Rightarrow P = \frac{1,50,000}{\left(\frac{125}{100}\right)} + \frac{1,50,000}{\left(\frac{125}{100}\right)^2} + \frac{1,50,000}{\left(\frac{125}{100}\right)^3}$$

$$\Rightarrow P = \frac{1,50,000}{\left(\frac{5}{4}\right)} + \frac{1,50,000}{\left(\frac{5}{4}\right)^2} + \frac{1,50,000}{\left(\frac{5}{4}\right)^3}$$

$$\Rightarrow P = \frac{1,50,000\times4}{5} + \frac{1,50,000\times16}{25} + \frac{1,50,000\times64}{125}$$

$$\Rightarrow P = (30,000 \times 4) + (6,000 \times 16) + (1,200 \times 64)$$

$$\Rightarrow P = 1,20,000 + 96,000 + 76,800$$

$$\Rightarrow P = 2,92,800$$

कुल मूल्य = 2,92,800 + 1,00,000 = 3,92,800

∴ रोहित ने कार के लिए भुगतान किया = 3,92,800 रुपये

अतः विकल्प (C) सही है।

202. दिया गया है,

लैपटॉप की संख्या = 7

मोबाइल फोन की संख्या = 6

घड़ियों की संख्या = 8

चार गैजेट ऐसे चुने जा सकते हैं कि प्रत्येक प्रकार का कम से कम एक गैजेट हो यदि किसी एक प्रकार के दो गैजेट चुने जाते हैं और शेष दो प्रकार के एक गैजेट को चुना जाता है।

$$\therefore \text{संभव संयोजन} = \frac{7!}{2!(7-2)!} \times \frac{6!}{1!(6-1)!} \times \frac{8!}{1!(8-1)!} + \frac{7!}{1!(7-1)!}$$

$$\frac{6!}{2!(6-2)!} \times \frac{8!}{8!(8-1)!} + \frac{7!}{1!(7-1)!} \times \frac{6!}{1!(6-1)!} \times \frac{8!}{2!(8-2)!}$$

= 3024

अतः सही विकल्प (C) है।

203. I. $2x^2 - 19x + 45 = 0$

$\Rightarrow 2x^2 - 10x - 9x + 45 = 0$

$\Rightarrow 2x(x - 5) - 9(x - 5) = 0$

$\Rightarrow (2x - 9)(x - 5) = 0$

$$\Rightarrow x = \frac{9}{2}, 5$$

II. $3y^2 - 17y + 20 = 0$

$\Rightarrow 3y^2 - 12y - 5y + 20 = 0$

$\Rightarrow 3y(y - 4) - 5(y - 4) = 0$

$\Rightarrow (3y - 5)(y - 4) = 0$

$$\Rightarrow y = \frac{5}{3}, 4$$

x और y के बीच तुलना (सारणीकरण के माध्यम से) :

x का मान	y का मान	संबंध
$\frac{9}{2}$	$\frac{5}{3}$	x > y
$\frac{9}{2}$	4	x > y
5	$\frac{5}{3}$	x > y
5	4	x > y

∴ परिणाम x > y होगा।

अतः विकल्प (A) सही है।

204. I. $x^2 - 50x + 225 = 0$

$\Rightarrow x^2 - 45x - 5x + 225 = 0$

$\Rightarrow x(x - 45) - 5(x - 45) = 0$

$\Rightarrow (x - 5)(x - 45) = 0$

$\Rightarrow x = 5, 45$

II. $y^2 + 32y - 105 = 0$

$\Rightarrow y^2 + 35y - 3y - 105 = 0$

$\Rightarrow y(y + 35) - 3(y + 35) = 0$

$\Rightarrow (y - 3)(y + 35)$

$\Rightarrow y = 3, -35$

x और y के बीच तुलना (सारणीकरण के माध्यम से) :

x का मान	y का मान	संबंध
5	3	x > y
5	-35	x > y
45	3	x > y
45	-35	x > y

∴ परिणाम x > y होगा।

अतः विकल्प (A) सही है।

205. I. $x^2 - 9x + 14 = 0$

$\Rightarrow x^2 - 7x - 2x + 14 = 0$

$\Rightarrow x(x - 7) - 2(x - 7) = 0$

$\Rightarrow (x - 2)(x - 7)$

⇒ x = 2, 7

II. $y^2 + y - 42 = 0$

⇒ $y^2 + 7y - 6y - 42 = 0$

⇒ y(y + 7) - 6(y + 7) = 0

⇒ (y - 6) (y + 7) = 0

⇒ y = 6, -7

x और y के बीच तुलना (सारणीकरण के माध्यम से) :

x का मान	y का मान	संबंध
2	6	x < y
2	-7	x > y
7	6	x > y
7	-7	x > y

∴ x और y के बीच सम्बन्ध निर्धारित नहीं किया जा सकता।

अतः विकल्प (E) सही है।

206. उत्पाद F पर अर्जित लाभ = 240 रुपये

⇒ क्रय मूल्य का 15% = 240

⇒ उत्पाद F का क्रय मूल्य = $\dfrac{240}{0.15}$ = 1600 रुपये

⇒ उत्पाद F का विक्रय मूल्य = 1600 + 240 = 1840 रुपये

अब, यदि मूल्य इसके क्रय मूल्य से 25% अधिक अंकित किया गया,

⇒ अंकित मूल्य = 1600 का 125% = 2000 रुपये

∵ लाभ समान रहना चाहिए, विक्रय मूल्य भी समान रहेगा,

⇒ छूट मूल्य = अंकित मूल्य – विक्रय मूल्य = 2000 – 1840 = 160 रुपये

∴ छूट % = $\dfrac{160}{2000}$ × 100 = 8%

अतः विकल्प (D) सही है।

207. माना उत्पाद D और E का क्रय मूल्य क्रमशः '4x' रुपये और '5x' रुपये है

उत्पाद D के विक्रय पर लाभ = 275 रुपये

⇒ उत्पाद D का विक्रय मूल्य = 4x + 275

∵ उत्पाद D, 10% की छूट पर बेचा जाता है,

⇒ उत्पाद D के अंकित मूल्य का 90% = विक्रय मूल्य

⇒ उत्पाद D का अंकित मूल्य = $\dfrac{(4x + 275)}{0.9}$

इसी प्रकार,

उत्पाद E के विक्रय पर हानि = 2%

⇒ उत्पाद E का विक्रय मूल्य = क्रय मूल्य का 98% = 5x का 98% = 4.9x

∵ उत्पाद E को 30% की छूट पर बेचा जाता है,

⇒ उत्पाद E के अंकित मूल्य का 70% = 4.9x

⇒ उत्पाद E का अंकित मूल्य = 7x

अब, उत्पाद D और E के अंकित मूल्य का अनुपात = 5: 7

⇒ $\dfrac{\left[\frac{(4x+275)}{0.9}\right]}{7x} = \dfrac{5}{7}$

⇒ 4x + 275 = 4.5x

⇒ x = $\dfrac{275}{0.5}$ = 550 रुपये

∴ उत्पाद D और E के क्रय मूल्य के बीच अंतर = 5x – 4x = x = 550 रुपये

अतः विकल्प (D) सही है।

208. उत्पाद C का अंकित मूल्य = 7200 रुपये

जब छूट प्रतिशत 40% है, दुकान को 180 रुपये की हानि होती है

⇒ विक्रय मूल्य = 7200 – 7200 का 40% = 4320 रुपये

⇒ क्रय मूल्य = विक्रय मूल्य + हानि = 4320 + 180 = 4500 रुपये

अब, उत्पाद C के विक्रय पर 4% का लाभ अर्जित करने के लिए,

⇒ विक्रय मूल्य = 4500 + 4500 का 4% = 4680 रुपये

⇒ छूट मूल्य = अंकित मूल्य – विक्रय मूल्य = 7200 – 4680 = 2520 रुपये

∴ छूट % जिस पर उत्पाद C बेचा जाना चाहिए = $\dfrac{2520}{7200}$ × 100 = 35%

अतः विकल्प (E) सही है।

209. जैसा कि हम जानते हैं, अंकित मूल्य – छूट मूल्य = विक्रय मूल्य

⇒ MP – 20% का MP = 3480

⇒ MP = $\dfrac{3480}{0.8}$ = 4350 रुपये

⇒ छूट मूल्य = 4350 का 20% = 870 रुपये

अब, जब छूट मूल्य में 50% की वृद्धि की जाती है, लाभ = 1.5%

⇒ नया छूट मूल्य = 870 का 150% = 1305 रुपये

⇒ विक्रय मूल्य = 4350 – 1305 = 3045 रुपये

∵ क्रय मूल्य + लाभ = विक्रय मूल्य

⇒ CP + CP का 1.5% = 3045

⇒ क्रय मूल्य = $\dfrac{3045}{1.015}$ = 3000 रुपये

∴ उत्पाद B का मूल्य उसके क्रय मूल्य से = $\left[\dfrac{(4350 - 3000)}{3000}\right]$ × 100 = 45% अधिक अंकित किया गया है।

अतः विकल्प (B) सही है।

210. माना दुकान द्वारा उत्पाद A पर दी जाने वाली प्रारंभिक छूट 'x%' है

∵ विक्रय मूल्य = अंकित मूल्य – छूट

⇒ विक्रय मूल्य = 2160 – 2160 का x% = 2160 – 21.6x

साथ ही, अर्जित लाभ = विक्रय मूल्य – क्रय मूल्य

⇒ अर्जित लाभ = 2160 – 21.6x – 1440 = 720 – 21.6x

अब, जबकि 10% की एक क्रमिक छूट भी दी जाती है,

विक्रय मूल्य = (2160 – 21.6x) का 90% = 1944 – 19.44x

⇒ अर्जित लाभ = 1944 – 19.44x – 1440 = 504 – 19.44x

लेकिन, क्रमिक छूट देने पर, अर्जित लाभ में 162 रुपये की कमी आती है,

⇒ 720 – 21.6x – 504 – 19.44x = 162

⇒ 2.16x = 54

⇒ x = 25%

∴ दुकान द्वारा उत्पाद A पर दी जाने वाली प्रारंभिक छूट 25% है।

अतः विकल्प (D) सही है।

211. माना कि छात्र को घर से स्कूल पहुंचने के लिए लगने वाला समय = t मिनट

4 किमी/घंटा की गति से चलने पर वह 10 मिनट देर से पहुंचता है

4 किमी/घंटा = $\left(\dfrac{4}{60}\right)$ किमी/मिनट

∴ स्कूल पहुंचने में लगने वाला समय = (t +10) मिनट

घर से स्कूल की दूरी = चलने की गति × स्कूल पहुंचने में लगने वाला समय

∴ उसके घर से स्कूल की दूरी = $\left(\dfrac{4}{60}\right)$ × (t +10) किमी ----- (1)

6 किमी/घंटे की गति से चलने से वो 15 मिनट जल्दी पहुंच जाता है

6 किमी/ घंटा = $\left(\dfrac{6}{60}\right)$ किमी/मिनट

∴ स्कूल पहुंचने में लगने वाला समय = (t – 15) मिनट

घर से स्कूल की दूरी = चलने की गति × स्कूल पहुंचने में लगने वाला समय

∴ उसके घर से स्कूल की दूरी = $\left(\dfrac{6}{60}\right)$ × (t -15) किमी -----(2)

समीकरण (1) और (2) को समान रखने पर,

$$\dfrac{4}{60} \times (t + 10) = \dfrac{6}{60} \times (t - 15)$$

⇒ 2t + 20 = 3t – 45

⇒ t = 65 मिनट

स्कूल से घर के बीच की दूरी $= \dfrac{4}{60} \times (t + 10)$

$= \dfrac{4}{60} \times 75$

= 5 किमी

अतः विकल्प (B) सही है।

212. माना कि, मोटर बोट की गति B शांत पानी में $= u$ किमी प्रति घंटा

प्रश्न के अनुसार,

शांत जल में मोटरबोट A की गति $= 2u$ किमी प्रति घंटा

माना कि, धारा की गति $= v$ किमी प्रति घंटा

शांत जल में मोटरबोट A की गति - शांत जल में मोटरबोट B की गति = 15

$$2u - u = 15$$

$$u = 15 \text{ किमी प्रति घंटा}$$

जब मोटरबोट A और B एक दूसरे की ओर यात्रा करते हैं तो आपेक्षिक गति $= (2u - v) + (u + v) = 3u$ किमी प्रति घंटा

हम जानते हैं,

बिंदु X और Y के बीच की दूरी = मोटरबोट A और B के बीच सापेक्ष गति × उनके बीच लिया गया समय

दूरी $=$ गति $\times$ समय

$= 3u \times 15$

$= 45u$ किमी

मान रखने पर $u = 15$

इसलिए बिंदु X और Y के बीच की कुल दूरी

$= 675$ किमी

अतः विकल्प (D) सही है।

213. दिया है:

A द्वारा किसी कार्य को पूरा करने में लिया गया समय = 20 दिन

B द्वारा किसी कार्य को पूरा करने में लिया गया समय = 24 दिन

C द्वारा किसी कार्य को पूरा करने में लिया गया समय = 30 दिन

प्रयुक्त सूत्र:

कुल कार्य = दक्षता × लिया गया कुल समय

गणना:

20, 24, 30 का ल.स.प. 120 है।

कुल कार्य = 120 इकाई

A की दक्षता = $\dfrac{120}{20}$ = 6 इकाई/दिन

B की दक्षता = $\dfrac{120}{24}$ = 5 इकाई/दिन

C की दक्षता = $\dfrac{120}{30}$ = 4 इकाई/दिन

A + B + C की दक्षता = 6 + 5 + 4

= 15 इकाई/दिन

B + C की दक्षता= 5 + 4

= 9 इकाई/दिन

A, B, C पहले 4 दिनों के लिए एक साथ कार्य करते हैं = 15 × 4 = 60 इकाई

शेष कार्य = 120 - 60

= 60 इकाई

B पूरा होने से 6 दिन पहले कार्य छोड़ देता है

इसलिए, C ने शेष कार्य पिछले 6 दिनों में पूरा किया = 4 × 6 = 24 इकाई

मध्य कार्य = कुल कार्य - पहला कार्य - अंतिम कार्य

B और C बीच के दिनों में कार्य पूरा करते हैं = 120 - 60 - 24 = 36 इकाई

B और C द्वारा बीच के दिनों का कार्य करने में लिया गया समय = $\dfrac{36}{9}$ = 4 दिन

कार्य को पूरा करने में लिया गया कुल समय = 4 + 4 + 6 =14 दिन

∴ 14 दिनों में पूरा किया गया कुल कार्य पूरा हुआ।

अतः विकल्प (C) सही है।

214. दिया है:

कुल मजदूरी = 960 रुपए

भावेश का हिस्सा = 540 रुपए

अमर कार्य को पूरा कर सकता है = 6 दिन

भावेश कार्य को पूरा कर सकता है = 12 दिन

गणना:

इसलिए, अमर का हिस्सा = 420 रुपए

अमर से भावेश की मजदूरी का अनुपात = 420 : 540

= 7 : 9

अमर से भावेश की कार्यक्षमता का अनुपात = $\frac{1}{6} : \frac{1}{12}$

= 2 : 1

कार्य को पूरा करने के लिए अमर से भावेश के समय का अनुपात = मजदूरी/कार्य

कार्य को एक साथ पूरा करने के लिए अमर से भावेश के समय का अनुपात

$= \dfrac{\left(\frac{7}{9}\right)}{\left(\frac{2}{1}\right)}$

कार्य को पूरा करने के लिए अमर से भावेश के समय का अनुपात = $\frac{7}{18}$

∴ कार्य को पूरा करने के लिए अमर से भावेश के समय का अनुपात 7 : 18 है।

अतः विकल्प (D) सही है।

215. दिया है:

80% व्यक्तियों ने वोट डाले

वोट डालने वाले 45% मतदाता नियोजित हैं

नियोजित मतदाताओं के 66.67% इंजीनियर हैं

माना कि मतदाताओं की कुल संख्या 100 है

80% व्यक्तियों ने वोट डाले

$\left(\frac{80}{100}\right) \times 100 = 80$

80 व्यक्तियों ने वोट डाले

80 का 45% = $\left(\frac{45}{100} \times 80\right) = 36$

36 मतदाता नियोजित थे

नियोजित मतदाताओं के 66.67% इंजीनियर हैं

$\Rightarrow 36 \times 66.67\% = 24$

24 मतदाता इंजीनियर थे

कुल मतदाताओं में गैर-इंजीनियरों की संख्या = 36 − 24 = 12

∴ अपेक्षित प्रतिशत = $\frac{12}{100} \times 100 = 12\%$

अतः विकल्प (A) सही है।

216. दिया गया है,

A और B के अंकित मूल्य का अनुपात = 2 : 3

माना वस्तुओं A और B का अंकित मूल्य क्रमशः $200x$ और $300x$ है।

वस्तु A का विक्रय मूल्य = $200x \times \frac{90}{100} \times \frac{80}{100} = 144x$

वस्तु B का विक्रय मूल्य = $300x \times \frac{85}{100} \times \frac{95}{100} = 242.25x$

दोनों वस्तुओं के विक्रय मूल्य के बीच का अंतर = 1198.65

∴ $242.25x - 144x = 1198.65$

$\Rightarrow 98.25x = 1198.65$

$\Rightarrow x = 12.2$

वस्तु A का अंकित मूल्य = $200x = 200 \times 12.2 = 2440$

वस्तु B का अंकित मूल्य = $300x = 300 \times 12.2 = 3660$

∴ वस्तु A और B के अंकित मूल्य के बीच अंतर = $3660 - 2440 = 1220$

अतः विकल्प (B) सही है।

217. माना वस्तु A का अंकित मूल्य 500x है।

D का अंकित मूल्य = $500x \times \frac{80}{100} = 400x$

A का विक्रय मूल्य = $500x \times \frac{90}{100} \times \frac{80}{100} = 360x$

D का विक्रय मूल्य $D = 400x \times \frac{80}{100} \times \frac{95}{100} = 304x$

दोनों वस्तुओं के विक्रय मूल्य का योग = 3984

∴ $360x + 304x = 3984$

$\Rightarrow 664x = 3984$

$\Rightarrow x = \frac{3984}{664}$

$\Rightarrow x = 6$

A का क्रय मूल्य = $360 \times 6 \times \frac{5}{6} = 1800$

D का क्रय मूल्य = $304 \times 6 \times \frac{100}{80} = 2280$

अभीष्ट अनुपात = $\frac{2280}{1800} = \frac{19}{15} = 19 : 15$

अतः विकल्प (D) सही है।

218. माना B और D का अंकित मूल्य क्रमशः x और y है।

B का विक्रय मूल्य = $x \times \frac{85}{100} \times \frac{95}{100} = \frac{8075x}{10000}$

D का विक्रय मूल्य = $y \times \frac{80}{100} \times \frac{95}{100} = \frac{7600y}{10000}$

B से D के विक्रय मूल्य का अनुपात = 5 : 8

∴ $\dfrac{\frac{8075x}{10000}}{\frac{7600y}{10000}} = \frac{5}{8}$

$\Rightarrow \frac{8075x}{7600y} = \frac{5}{8}$

$\Rightarrow \frac{x}{y} = \frac{5 \times 7600}{8 \times 8075}$

$\Rightarrow \frac{x}{y} = \frac{190}{323}$

$\Rightarrow x : y = 190 : 323$

∴ B से D के अंकित मूल्य का अनुपात $190:323$ है।

अत: विकल्प (D) सही है।

219. माना A का अंकित मूल्य $500x$ है।

A का विक्रय मूल्य $= 500x \times \frac{90}{100} \times \frac{80}{100} = 360x$

जब दूसरी छूट 20% बढ़ जाती है, तो

दूसरी छूट $\% = 20 \times \frac{120}{100} = 24\%$

अब, A का विक्रय मूल्य $= 500x \times \frac{90}{100} \times \frac{76}{100} = 342x$

∴ A का विक्रय मूल्य $= 360x - 342x = 18x$

प्रश्न के अनुसार,

$18x = 108$

$\Rightarrow x = 6$

C का विक्रय मूल्य $= 360 \times 6 - 120 = $ रु 2040

C का अंकित मूल्य $= 2040 \times \frac{100}{95} \times \frac{100}{90}$

$= \frac{16000}{57}$

$= \frac{136000}{57}$

$= $ रु 2386 (लगभग)

अत: विकल्प (C) सही है।

220. माना A और B का अंकित मूल्य रु a और रु b है।

A का विक्रय मूल्य $= a \times \frac{90}{100} \times \frac{80}{100} = $ रु $0.72a$

B का विक्रय मूल्य $= b \times \frac{85}{100} \times \frac{95}{100} = $ रु $0.8075b$

प्रश्न के अनुसार,

$\frac{0.72a}{0.8075b} = \frac{5}{2}$

$\Rightarrow \frac{a}{b} = \frac{5 \times 0.8075}{2 \times 0.72}$

$\Rightarrow \frac{a}{b} = \frac{45}{16}$

माना a, $45x$ और b, $16x$ है।

जैसे, दोनों वस्तुओं के अंकित मूल्य का योग $= $ रु 61000

∴ $45x + 16x = 61000$

$\Rightarrow 61x = 61000$

$\Rightarrow x = 1000$

इसलिए, A का अंकित मूल्य $A = 45x = 45 \times 1000 = 45000$ और

B का अंकित मूल्य $= 16x = 16 \times 1000 = 16000$

A का विक्रय मूल्य $= 45000 \times 0.72 = $ रु 32400

B का विक्रय मूल्य $= 16000 \times 0.8075 = $ रु 12920

∴ दोनों वस्तुओं के विक्रय मूल्य के बीच का अंतर $= 32400 - 12920 = $ रु 19480

अत: विकल्प (B) सही है।

221. दिया गया है:

एक वस्तु को 800 रुपये में बेचने पर हुआ लाभ उस वस्तु को 275 रुपये में बेचने पर हुई हानि का 20 गुना है।

हानि = क्रय मूल्य - विक्रय मूल्य

लाभ = विक्रय मूल्य - क्रय मूल्य

$$S.P = C.P \times \frac{(100 + P\%)}{100}$$

माना जब वस्तु को 275 रुपये में बेचा जाता है तो हानि x है

तो, वस्तु का क्रय मूल्य $= 275 + x$ ....(1)

प्रश्नानुसार,

जब वस्तु को 800 रुपये में बेचा जाता है तो लाभ $800 = 20x$

वस्तु का क्रय मूल्य $= 800 - 20x$ ...(2)

समीकरण (1) और समीकरण (2) से

$\Rightarrow 275 + x = 800 - 20x$

$\Rightarrow 21x = 800 - 275$

$\Rightarrow 21x = 525$

$\Rightarrow x = 25$

समीकरण (1) से

वस्तु का क्रय मूल्य $= 275 + 25 = 300$

वस्तु का विक्रय मूल्य जब इसे 25% लाभ पर बेचा जाता है $= 300 \times \frac{125}{100} = 375$

अत: विकल्प (A) सही है।

222. दिया गया है,

A को 15% का लाभ कमाता है।

B को 10% का लाभ कमाता है।

C को 20% का लाभ कमाता है।

क्रय मूल्य $= [\{(100)/(100 + $ लाभ $)\} \times \{(100)/(100 + $ लाभ $)\} \times \{(100)/(100 + $ लाभ $)\}] \times$ विक्रय मूल्य

क्रय मूल्य $= \left[\frac{100}{(100+15)} \times \frac{100}{(100+10)} \times \frac{100}{(100+20)}\right] \times 4554$

$= \left[\left(\frac{100}{115}\right) \times \left(\frac{100}{110}\right) \times \left(\frac{100}{120}\right)\right] \times 4554$

$= 3000$ रुपये

$\therefore$ अभीष्ट मूल्य 3000 रुपये है, जिस पर A वस्तु खरीदता है।

अतः विकल्प (A) सही है।

223. माना कि 12 व्यक्तियों का औसत भार x है

12 व्यक्तियों का कुल भार $= 12x$

यदि 48 किलो भार के एक व्यक्ति को नए व्यक्ति के स्थान पर रखते है, जिसका भार y किलो है,

तो, औसत भार 1.5 किलो से बढ़ जाता है

तब, $12x - 48 + y = 12(x + 1.5)$

$\Rightarrow 12x - 48 + y = 12x + 18$

$\therefore y = 48 + 18 = 66$ किलो

इसलिए, नए व्यक्ति का भार 66 किलो है।

अत: विकल्प (C) सही है।

224. दिया है:

एक ईमारत में किराये पर रह रहे लड़के $\frac{1}{5}$ भाग हैं।

एक ईमारत में किराये पर रह रही लड़कियां $\frac{2}{5}$ भाग हैं।

इमारत पर लड़कों की कुल संख्या 1400 है।

ईमारत में लड़कों की कुल संख्या, ईमारत की कुल संख्या का $\frac{1}{3}$ है।

किराये पर रह रहे लड़कों की संख्या $= \frac{1}{5} \times 1400 = 280$

दिया गया है, ईमारत में लड़कों की संख्या कुल क्षमता का $\frac{1}{3}$ है।

इसलिए, ईमारत में लड़कियों की संख्या $= \frac{\left(\frac{2}{3}\right)}{\left(\frac{1}{3}\right)} \times 1400 = 2800$

किराये पर रह रहीं लड़कियों की संख्या $= \frac{2}{5} \times 2800 = 1120$

इसलिए, किराये पर रह रहे व्यक्तियों की कुल संख्या $= 280 + 1120 = 1400$

$\therefore$ अनुपात $= \frac{1400}{4200} = \frac{1}{3}$

अत: विकल्प (B) सही है।

225. दिया है:

$30.91^2 - 927.98 - 4.95^2 = 1.99 \times ? \div 10.91$

$\Rightarrow 31^2 - 928 - 5^2 = 2 \times ? \div 11$

$\Rightarrow 961 - 928 - 25 = 2 \times \frac{?}{11}$

$\Rightarrow 33 - 25 = 2 \times \frac{?}{11}$

$\Rightarrow 8 \times \frac{11}{2} = ?$

$\Rightarrow ? = 44$

अतः विकल्प (E) सही है।

226. दिया है:

167.92 का $\frac{3}{8} \times 14.95 \div 4.85 + ? = 548.89 \div 8.9 + 234.98$

$\Rightarrow 168$ का $\frac{3}{8} \times 15 \div 5 + ? = 549 \div 9 + 235$

$\Rightarrow (504 \div 8) \times 3 + ? = 61 + 235$

$\Rightarrow 63 \times 3 + ? = 296$

$\Rightarrow ? = 296 - 189$

$\therefore ? = 107$

अतः विकल्प (B) सही है।

227. दिया है:

$149.99 + 44.89 \times 1.92 \times (35.99 - 16.06) \div 17.97 = ?$

$\Rightarrow 150 + 45 \times 2(36 - 16) \div 18 = ?$

$\Rightarrow 150 + 45 \times 2(20) \div 18 = ?$

$\Rightarrow 150 + 1800 \div 18 = ?$

$\Rightarrow 150 + 100 = ?$

$\Rightarrow ? = 250$

अतः विकल्प (C) सही है।

228. दी गई श्रृंखला है:

31, 35, 79, 253, 1039

पैटर्न है:

$31 \times 1 + 2^2 = 35$

$35 \times 2 + 3^2 = 79$

$79 \times 3 + 4^2 = 253$

$253 \times 4 + 5^2 = 1037$

इसलिए गलत संख्या 1039 है।

अतः विकल्प (A) सही है।

229. दी गई श्रृंखला है:

200, 50, 75, 18.75, 18.75, 23.4375, 35.15625

पैटर्न है:

$200 \times \frac{1}{4} = 50$

$50 \times \frac{2}{4} = 25$

$25 \times \frac{3}{4} = 18.75$

$18.75 \times \frac{4}{4} = 18.75$

$18.75 \times \frac{5}{4} = 23.4375$

$23.4375 \times \frac{6}{4} = 35.15625$

इसलिए गलत संख्या 75 है।

अतः विकल्प (C) सही है।

230. दी गई श्रृंखला है:

7, 12, 48, 258, 2056, 20550

पैटर्न है:

$7 \times 2 - 2 = 12$

$12 \times 4 - 4 = 44$

$44 \times 6 - 6 = 258$

$258 \times 8 - 8 = 2056$

$2056 \times 10 - 10 = 20550$

इसलिए गलत संख्या 48 है।

अतः विकल्प (C) सही है।

231. दी गई श्रृंखला है:

3, 3, 6, 12, 24, 48, 95

पैटर्न है:

$3 = 3$

$3 + 3 = 6$

$3 + 3 + 6 = 12$

$3 + 3 + 6 + 12 = 24$

$3 + 3 + 6 + 12 + 24 = 48$

$3 + 3 + 6 + 12 + 24 + 48 = 96$

इसलिए गलत संख्या 95 है।

अतः विकल्प (E) सही है।

232. कथन I:

माना मूलधन P है।

चक्रवृद्धि ब्याज $= P \times \left[\left(1 + \frac{R}{100}\right)^t - 1\right]$

2 वर्षों के लिए 25% पर CI $= P \times \left[\left(1 + \frac{25}{100}\right)^2\right]$ ----(1)

साधारण ब्याज SI $= \frac{(P \times R \times T)}{100}$

1 वर्ष के लिए 5% दर पर SI $= \frac{(P \times 5 \times 1)}{100}$ ----(2)

अब, (1) - (2) = 250 रुपये

$\Rightarrow \frac{11P}{16} - \frac{P}{20} = 250$ रुपये

$\Rightarrow \frac{51P}{80} = 250$ रुपये

$\Rightarrow P = \frac{20000}{51}$ रुपये

इसलिए, कथन I प्रश्न का उत्तर देने के लिए पर्याप्त है।

कथन II:

माना मूलध P है।

$\Rightarrow (3P + 2) = P \times \left(1 + \frac{3.5}{100}\right)^t$

चूंकि हमारे पास 1 समीकरण 2 चर हैं।

इसलिए यह हल नहीं किया जा सकता है।

इसलिए, कथन II प्रश्न का उत्तर देने के लिए पर्याप्त नहीं है।

कथन III:

8% वार्षिक पर CI $= P \times \left[\left(1 + \frac{8}{100}\right)^t - 1\right]$

8% अर्ध-वार्षिक पर CI $= P \times \left[\left(1 + \frac{\frac{8}{2}}{100}\right)^t - 1\right]$

$P \times \left[\left(1 + \frac{8}{100}\right)^t - 1\right] = P \times \left[\left(1 + \frac{\frac{8}{2}}{100}\right)^t - 1\right] =$ Rs. 279

चूंकि हमारे पास 1 समीकरण 2 चर हैं।

इसलिए यह हल नहीं किया जा सकता है।

इसलिए, कथन III प्रश्न का उत्तर देने के लिए पर्याप्त नहीं है।

∴ अकेले कथन I का आंकड़ा प्रश्न का उत्तर देने के लिए पर्याप्त है, जबकि कथन II और कथन III में दिए गए आंकड़े प्रश्न का उत्तर देने के लिए पर्याप्त नहीं हैं।

अतः विकल्प (A) सही है।

233. दिया है:

वस्तु का अंकित मूल्य = y रुपये

प्रयुक्त सूत्र: SP = CP ± लाभ/ हानि

SP = MRP $\times \left(1 - \frac{D\%}{100}\right)$

SP = CP $\times \left(1 \pm \frac{(P\%/L\%)}{100}\right)$

वस्तु का अंकित मूल्य $= y$ रुपये

कथन I:

MRP, CP से अधिक है $= 80\%$

छूट $= 2x\%$

अब, MRP $= \dfrac{180}{100} \times$ CP

$\Rightarrow$ CP $= y$ रुपये $\times \dfrac{5}{9} = \dfrac{5y}{9}$ रुपये

तो, कथन I प्रश्न का उत्तर देने के लिए पर्याप्त है।

कथन II:

लाभ $= 8\%$

छूट $= 2x\%$

लाभ $= 5y$ रुपये

अब, 8% का मूल्य $= 5y$ रुपये

$\Rightarrow$ CP $= 100\% = 5y$ रुपये $\times \dfrac{100}{8}$

$\Rightarrow$ CP $= \dfrac{125y}{2}$ रुपये

इसलिए, कथन II प्रश्न का उत्तर देने के लिए पर्याप्त है।

कथन III:

हानि $= 12\%$

छूट $= 217$ रुपये

प्रश्न में कोई अन्य जानकारी नहीं दी गई है।

इसलिए, कथन III प्रश्न का उत्तर देने के लिए पर्याप्त नहीं है।

$\therefore$ कथन I में या कथन II में डेटा अकेले प्रश्न का उत्तर देने के लिए पर्याप्त है, जबकि अकेले कथन III का डेटा प्रश्न का उत्तर देने के लिए पर्याप्त नहीं है।

अतः विकल्प (C) सही है।

234. प्रयुक्त सूत्र: चाल $=$ दूरी/समय

औसत चाल $=$ (कुल दूरी)/(कुल लिया गया समय)

कथन I:

पहले दो घंटे में तय की गई दूरी $= 20 \times 2 = 40$ किमी

अगले $\left(\dfrac{9}{5}\right)$ घंटे में तय की गई दूरी $= 40 \times \dfrac{9}{5} = 72$ किमी

सलिए, इसकी यात्रा का $\dfrac{8}{11}$ हिस्सा $= 72$ किमी

कुल दूरी $= 72 \times \left(\dfrac{11}{8}\right) = 99$ किमी

$\therefore$ प्रश्न का उत्तर देने के लिए अकेला कथन I पर्याप्त नहीं है।

कथन II:

शेष समय $= \dfrac{6}{5}$ घंटे

कुल समय और कुल दूरी हमें मिलती है।

$\therefore$ केवल कथन II पर्याप्त नहीं है।

$\therefore$ कथन I और कथन II मिलकर पर्याप्त हैं, लेकिन दोनों में से कोई भी अकेले प्रश्न का उत्तर देने के लिए पर्याप्त नहीं है।

अतः विकल्प (C) सही है।

Ques (235-239):

माह	आगंतुकों की संख्या	हवाईजहाज	ट्रेन
जनवरी	1000	400	600
फरवरी	700	350	350
मार्च	300	100	200
अप्रैल	700	600	100
मई	1000	500	500
कुल	3700	1950	1750

235. फरवरी, मार्च और अप्रैल महीने में पुरुष आगंतुकों की कुल संख्या $= 200 + 100 + 300 = 600$

जनवरी और फरवरी के महीने में महिला आगंतुकों की कुल संख्या $= 600 + 500 = 1100$

अभीष्ट अनुपात $= 600 : 1100$

$= 6 : 11$

अत: विकल्प (B) सही है।

236. जनवरी माह में हवाईजहाज द्वारा आए कुल आगंतुकों की संख्या $= 40$

जनवरी और अप्रैल के माह में हवाईजहाज द्वारा आने वाले आगंतुकों की संख्या $= 400 + 600$

अभीष्ट प्रतिशत $= \dfrac{400}{1000} \times 100$

$= 40\%$

अत: विकल्प (C) सही है।

237. जनवरी, फरवरी और मार्च के महीने में ट्रेन से आने वाले आगंतुकों की संख्या $= 600 + 350 + 200 = 1150$

मार्च और अप्रैल के माह में हवाईजहाज से आने वाले आगंतुकों की संख्या $= 100 + 600 = 700$

अभीष्ट अंतर $= 1150 - 700$

$= 450$

अत: विकल्प (D) सही है।

238. जून माह में आगंतुक पुरुषों की कुल संख्या $= \dfrac{(400 \times 110)}{100} = 440$

जून माह में आगंतुक महिलाओं की कुल संख्या $= \dfrac{(600 \times 120)}{100} = 720$

अभीष्ट पुरुषों और महिलाओं की संख्या $= 440 + 720 = 1160$

अत: विकल्प (C) सही है।

239. जनवरी, फरवरी और मार्च माह में आए कुल पुरुषों की संख्या $= 400 + 200 + 100 = 700$

जनवरी, फरवरी और मार्च माह में हवाईजहाज से आए कुल आगंतुकों की
संख्या $= 400 + 350 + 100 = 850$

अभीष्ट व्यक्तियों की संख्या $= 850 - 700$

$= 150$

अत: विकल्प (A) सही है।

240. दिया गया है:

आयताकार बक्से में प्रत्येक पंक्ति में दो तोप के गोले हैं और प्रत्येक स्तंभ में तीन तोप के गोले हैं।

सूत्र:

घनाभ का आयतन $= L \times B \times H$

गोले का आयतन $= \frac{4}{3} \times \pi \times r^3$

माना कि प्रत्येक गेंद की त्रिज्या $2r$ है।

बक्से की लंबाई $= 3 \times 2r = 6r$

चौड़ाई $= 2 \times 2r = 4r$

ऊंचाई $= 2r$

आयतन $= 6r \times 4r \times 2r = 48r^3$

6 गेंदों का आयतन $= 6 \times \left(\frac{4}{3}\right)\left(\frac{22}{7}\right)r^3 = \left(\frac{176r^3}{7}\right)$

खाली स्थान का क्षेत्रफल $= 48r^3 - \left(\frac{176r^3}{7}\right)$

$= \left(\frac{160r^3}{7}\right)$

अभीष्ट भिन्न $= \dfrac{\left(\frac{160r^3}{7}\right)}{(48r^3)}$

$= \frac{10}{21}$

$\therefore$ बक्से का $\frac{10}{21}$ भाग खाली है।

अत: विकल्प (B) सही है।

Reasoning

Q.1 निर्देश: यह महत्वपूर्ण तर्कपूर्ण प्रश्न एक छोटे तर्क, कथनों के एक समूह या कार्य योजना पर आधारित है। प्रत्येक प्रश्न के लिए, दिए गए विकल्पों में से सर्वश्रेष्ठ उत्तर का चयन कीजिए और समझाइए कि चुना गया उत्तर सही क्यों है।

कथन: छात्रवृत्ति शब्द न केवल छात्र के बल्कि माता-पिता के चेहरे पर भी मुस्कान लाता है क्योंकि छात्रवृत्ति के मामले में कॉलेज या स्कूल से संबंधित खर्च का भुगतान या तो स्कूल और कॉलेज के अधिकारियों द्वारा या तीसरे पक्ष द्वारा किया जाता है। छात्रवृत्ति का उद्देश्य छात्र की शैक्षणिक उपलब्धि और शैक्षिक प्रगति को पुरस्कृत करना होता है।

निम्नलिखित में से कौन-सा कथन छात्रवृत्ति प्राप्त करने में समस्याओं को सामने लाता है?

I: आजीविका विकल्पों, इसके अंतर्गत आने वाले संस्थान, आदि के संदर्भ में छात्रवृत्ति की अधिक कठोर आवश्यकताएं होती हैं।

II: छात्रवृत्ति में, सीटों की एक सीमित संख्या होती है जिसके परिणामस्वरूप कुछ ही छात्रों को लाभ मिलता है।

III: छात्रवृत्ति उज्ज्वल छात्रों के लिए एक वरदान है जिन्हें पर्याप्त वित्तीय सहायता नहीं मिलती है।

A. केवल I और II
B. केवल II और III
C. केवल III
D. उपरोक्त सभी
E. उपरोक्त में से कोई नहीं

Ques (2-3):निर्देश: नीचे दिए गए प्रश्न में, कुछ चिन्हों का उपयोग निम्नलिखित अर्थों के साथ किया जाता है।

P @ Q का अर्थ है कि P, Q से ज्यादा है।

P # Q का अर्थ है कि P, Q से कम है।

P \$ Q का अर्थ है कि P, Q के बराबर है।

P % Q का अर्थ है कि P या तो Q से ज्यादा है या उसके बराबर है।

P + Q का अर्थ है कि P या तो Q से कम है या उसके बराबर है।

निम्नलिखित प्रश्न में दिए गए कथनों को सत्य मानकर, तय कीजिये कि दिए गए निष्कर्षों में से कौनसा/कौनसे निष्कर्ष निश्चित रूप से सत्य है/हैं और उसके अनुसार उत्तर दीजिये।

Q.2 कथन:

B @ C; C @ A; A @ E; E @ D

निष्कर्ष:

I. A # B
II. E # B
III. E # C
IV. D # B

A. सभी अनुसरण करते हैं
B. केवल I, II और III अनुसरण करते हैं
C. केवल I, III और IV अनुसरण करते हैं
D. केवल I, II और IV अनुसरण करते हैं
E. इनमें से कोई नहीं

Q.3 कथन:

K @ L; L @ M; M \$ N; N # O

निष्कर्ष:

I. K @ M
II. L \$ N
III. M # O
IV. L @ O

A. सभी अनुसरण करते हैं
B. केवल I और II अनुसरण करते हैं
C. केवल I और III अनुसरण करते हैं
D. केवल II और IV अनुसरण करते हैं
E. इनमें से कोई नहीं

Ques (4-5):निर्देश: निम्नलिखित जानकारी का ध्यानपूर्वक अध्ययन कीजिये और दिए गये प्रश्नों के उत्तर दीजिये।

छः बसें P, Q, R, S, T और U को एक पंक्ति में उत्तर को सम्मुख कर खड़ा किया जाता है और दो निकटतम बसों के बीच की दूरी क्रमागत पूर्णांक 5 के गुणक में बाएं से दाएं बढ़ जाती हैं। P और U के बीच केवल दो बसें खड़ी हैं, उनमें से एक पंक्ति के दाएं छोर पर खड़ी है। R और T के बीच की दूरी 105 मीटर है। T और U के बीच की दूरी 95 मीटर है। T किसी स्थान पर U के बाएं ओर खड़ी है। S, P के निकटतम बाएं ओर खड़ा है। S और T के बीच केवल एक बस खड़ा है। बस U उत्तर की ओर खुलती है और, 30 मीटर चलने के बाद, यह अपने दाएं ओर मुड़ जाती है और 10 मीटर चलती है। पुन: यह बाएं ओर मुड़ कर 5 मीटर चलती है और यह बिंदु A पर पहुंचती है। बस P, दक्षिण दिशा में 10 मीटर की दूरी तक चलती है और फिर अपने बाईं ओर मुड़कर 50 मीटर चलती है। इसके बाईं ओर एक और बार मुड़ कर यह 5 मीटर जाने के बाद बिंदु B पर रुक जाती है। बस R, पश्चिम की ओर चलती है और अपने दाएं मुड़ने से पहले 10 मीटर की यात्रा करती है। 20 मीटर चलने के बाद यह दाएं मुड़ती है और फिर 5 मीटर चलती है। इसके बाएं एक और बार मुड़ कर यह 15 मीटर जाने के बाद बिंदु C पर रुक जाती है।

Q.4 S और U के बीच कितने बसें हैं?
A. एक
B. दो
C. तीन
D. इनमें से कोई नहीं
E. तीन से अधिक

Q.5 बिंदु A और बिंदु C के बीच की दूरी क्या है।
A. 245 मीटर **B.** 270 मीटर **C.** 265 मीटर **D.** 215 मीटर
E. 280 मीटर

Ques (6-7):निर्देश: नीचे दिए गए प्रश्न में एक प्रश्न और उसके नीचे तीन कथन क्रमांक I, II और III दिए गए हैं। आपको यह तय करना है कि कथनों में दिया गया डेटा प्रश्न का उत्तर देने के लिए पर्याप्त है या नहीं।

Q.6 आठ व्यक्ति P, Q, R, S, T, U, V और W की अलग-अलग ऊँचाइयाँ हैं। किन्हीं दो व्यक्तियों की ऊँचाई समान नहीं है। P, R और T से छोटा है लेकिन Q से लम्बा है और Q सबसे नाटा व्यक्ति नहीं है। R, U और V से लम्बा है, लेकिन सबसे लम्बा नहीं है। S, P से नाटा है लेकिन Q और W से लम्बा है। कितने व्यक्ति P से नाटे हैं?

कथन I: V, P से लम्बा है लेकिन T से नाटा है।

कथन II: P, U से लम्बा है, जो S से लम्बा है और V, S से नाटा नहीं है।

कथन III: U और V, S से लम्बे हैं।

A. कथन II में दी गई जानकारी प्रश्न का उत्तर देने के लिए पर्याप्त है, और कथन I या III में दी गई जानकारी प्रश्न का उत्तर देने के लिए आवश्यक नहीं है

B. कथन I, II या III में दी गई जानकारी प्रश्न का उत्तर देने के लिए पर्याप्त है

कथन I और II में दी गई जानकारी प्रश्न का उत्तर देने के लिए पर्याप्त है

C. और कथन III में दी गई जानकारी प्रश्न का उत्तर देने के लिए आवश्यक नहीं है

D. प्रश्न का उत्तर देने के लिए तीनों कथनों में दी गई जानकारी एक साथ आवश्यक है

E. सभी कथनों में दी गई एकत्रित जानकारी भी प्रश्न का उत्तर देने के लिए पर्याप्त नहीं है

Q.7 छः व्यक्ति A, B, C, D, E और F एक वृत्ताकार मेज के चारों ओर बैठे हैं, कुछ अन्दर के सम्मुख और कुछ बाहर के सम्मुख बैठे हैं। D, A के दाईं ओर तीसरे स्थान पर है, जो E का निकटतम पड़ोसी है। C, E के बाएँ से दूसरे स्थान पर बैठा है, जो अन्दर के सम्मुख है। F अन्दर के सम्मुख है और D के निकटतम बाईं ओर बैठा है। B के दाएं से दूसरे स्थान पर कौन बैठा है?

कथन I: B, D का निकटतम पड़ोसी है और वह A के बाएँ से दूसरे स्थान पर बैठा है।

कथन II: E, C के बाईं ओर दूसरे स्थान पर बैठता है, जो A के निकटतम दाएं है।

कथन III: तीन व्यक्ति वृत्त के अन्दर के सम्मुख हैं। A वृत्त के अन्दर के सम्मुख नहीं बैठा है।

A. कथन II में दी गई जानकारी प्रश्न का उत्तर देने के लिए पर्याप्त है, और कथन I या III में दी गई जानकारी प्रश्न का उत्तर देने के लिए आवश्यक नहीं है

B. कथन I, II या III में दी गई जानकारी प्रश्न का उत्तर देने के लिए पर्याप्त है

C. कथन II और III में दी गई जानकारी प्रश्न का उत्तर देने के लिए पर्याप्त है और कथन I में दी गई जानकारी प्रश्न का उत्तर देने के लिए आवश्यक नहीं है

D. प्रश्न का उत्तर देने के लिए तीनों कथनों में दी गई जानकारी एक साथ आवश्यक है

E. सभी कथनों में दी गई एकत्रित जानकारी भी प्रश्न का उत्तर देने के लिए पर्याप्त नहीं है

Ques (8-9):निर्देश: नीचे प्रश्न में दो कथन और उसके बाद I और II से अंकित दो निष्कर्ष दिए गये हैं। आपको दिए गये कथनों को सत्य मानना है, भले ही वे ज्ञात तथ्यों से अलग प्रतीत होते हों। सभी निष्कर्षों को पढ़िए और निर्णय कीजिए कि दिये गये निष्कर्षों में से कौनसा/कौनसे निष्कर्ष ज्ञात तथ्यों को नजरंदाज करने पर कथनों का तार्किक रूप से अनुसरण करता है/करते हैं।

Q.8 कथन:

सभी कागज पेन हैं।

सभी कागज पेंसिल हैं।

निष्कर्ष:

I. कुछ पेन पेंसिल हैं।

II. सभी पेंसिल पेन हैं।

A. केवल I अनुसरण करता है

B. केवल II अनुसरण करता है

C. I और II दोनों अनुसरण करते हैं

D. न तो I और न ही II अनुसरण करता है

E. या तो I या II अनुसरण करता है

Q.9 कथन:

सभी आरबीआई बैंक है।

कोई सेबी बैंक नहीं है।

निष्कर्ष:

I. कोई आरबीआई सेबी नहीं है।

II. कुछ आरबीआई सेबी है।

A. या तो I या II अनुसरण करता है

B. न तो I और न ही II अनुसरण करता है

C. I और II दोनों अनुसरण करते हैं

D. केवल I अनुसरण करता है

E. केवल II अनुसरण करता है

Ques (10-14):निर्देश: दी गई जानकारी को ध्यान से पढ़ें और नीचे दिए गए प्रश्न का उत्तर दें।

आठ लोग P, Q, R, S, T, U, V और W आठ तल की इमारत में रहते हैं, लेकिन ये जरूरी नहीं कि वे उसी क्रम में हों। प्रत्येक तल को क्रमशः नीचे से ऊपर तक संख्या 1 से 8 के रूप में अंकित किया जाता है। P एक सम संख्या वाले तल पर रहता है, लेकिन दूसरे या चौथे तल पर नहीं। P और Q के बीच केवल तीन तल हैं। V, P के ठीक नीचे वाले तल पर रहता है। T और Q के बीच तलों की संख्या तथा P और T के बीच तलों की संख्या समान हैं। R और T के बीच केवल दो लोग रहते हैं। W, S के ठीक नीचे रहता है। U, S से ऊपर एक मंजिल पर रहता है।

Q.10 V के ठीक नीचे रहने वाले व्यक्ति के तीन तल नीचे कौन रहता है?

A. S **B.** Q **C.** T **D.** P

E. R

Q.11 निम्नलिखित पांच विकल्पों में से चार एक निश्चित तरीके से समान हैं, विषम ज्ञात कीजिये?

A. V **B.** T **C.** W **D.** R

E. U

Q.12 U के ठीक ऊपर कौन रहता है?

A. Q **B.** S **C.** T **D.** P

E. V

Q.13 S और P के बीच कितने लोग रहते हैं?

A. दो **B.** तीन **C.** चार **D.** पांच

E. सात

Q.14 तीसरे तल पर कौन रहता है?

A. V **B.** T **C.** S **D.** R

E. Q

Q.15 निर्देश: नीचे दिए गए प्रश्न में दो कथन दिए गए हैं जिनमें दो निष्कर्ष 1 और 2 हैं। आपको उन कथनों को सत्य मानना है, भले ही वे सामान्यतः ज्ञात तथ्यों से भिन्न प्रतीत होते हों। आपको यह तय करना है कि दिए गए कथनों में से कौन सा निष्कर्ष निश्चित रूप से निकाला जा सकता है और तदनुसार अपने उत्तर अंकित कीजिए।

कथन:

I: रेफ्रिजरेटर होने का मूल कारण भोजन को ठंडा रखना है और इस प्रकार इसकी ताजगी बनाए रखना है।

II: प्रशीतन के पीछे मूल विचार भोजन में मौजूद जीवाणु की गतिविधि को धीमा करना है।

निष्कर्ष:

1: ठंडा तापमान भोजन के ताजा रहने में मदद करता है।

2: प्रशीतन में भोजन को खराब करने में जीवाणु को अधिक समय लगेगा।

A. या तो निष्कर्ष 1 या 2 अनुसरण करता है

B. केवल निष्कर्ष 1 अनुसरण करता है

C. न तो निष्कर्ष 1 और न ही निष्कर्ष 2 अनुसरण करता है

D. केवल निष्कर्ष 2 अनुसरण करता है

E. निष्कर्ष 1 और निष्कर्ष 2 दोनों अनुसरण करते हैं

Ques (16-20):निर्देश: निम्न जानकारी का ध्यानपूर्वक अध्ययन कीजिए और नीचे दिए गए प्रश्नों के उत्तर दीजिए:

आठ व्यक्ति P, Q, R, S, T, U, V, और W एक गोलाकार मेज के आसपास बैठे हैं। उनमें से चार केन्द्र के सम्मुख हैं और चार केन्द्र से विपरीत सम्मुख

हैं। उनमें से प्रत्येक विभिन्न आयु 9, 12, 26, 36, 40, 48, 50, और 97 में से अलग अलग आयु का है। उनमें से प्रत्येक अलग ऊँचाई का है।

T उस व्यक्ति से ऊँचा नहीं है जो T के सामने बैठा है। R, जो कि 9 वर्ष का है, उस व्यक्ति के सामने बैठा है जो Q के बगल में बैठा है, जिसकी आयु 36 वर्ष है। U, W के सामने बैठा है जिसकी आयु 97 वर्ष है। T, U के निकटतम दाएँ बैठा है। U, P से ऊँचा है जो R से ऊँचा है। R और W एक दूसरे के निकटतम नहीं हैं। जिस व्यक्ति की आयु अभाज्य संख्या है वह केन्द्र के विपरीत सम्मुख है। जिस व्यक्ति की आयु 48 वर्ष है, उस व्यक्ति के निकटतम दाएँ बैठा है जिसकी आयु 12 वर्ष है। T की आयु 10 का गुणज है। S की आयु 26 वर्ष है और वह V के निकटवर्ती नहीं है। V और Q एक दूसरे के निकटतम हैं और एक ही दिशा के सम्मुख हैं। U की आयु 5 का गुणज है। S के सामने बैठा हुआ व्यक्ति उससे वयस्क है। R, W से ऊँचा है जो Q से ऊँचा है। V केवल उस व्यक्ति से ऊँचा है जो P के सामने बैठा है। S और P, Q के विपरीत नहीं हैं। U और W दोनों केन्द्र से बाहर को सम्मुख हैं।

Q.16 निम्न में से कौन उस व्यक्ति के बाएँ बैठा है, जो चौथा सबसे नाटा व्यक्ति है?

A. S   B. T   C. Q   D. W
E. R

Q.17 V के सामने कौन बैठा है?

A. S   B. W
C. R   D. U
E. उपरोक्त में से कोई नहीं

Q.18 निम्न में से कौन 12 वर्ष का है?

A. Q   B. V
C. T   D. S
E. उपरोक्त में से कोई नहीं

Q.19 T और U के आयु के बीच का अंतर क्या है?

A. 40   B. 10
C. 36   D. 15
E. उपरोक्त में से कोई नहीं

Q.20 दूसरे सबसे ऊँचे व्यक्ति के बाएँ तीसरे स्थान पर कौन बैठा है?

A. S   B. U
C. R   D. V
E. उपरोक्त में से कोई नहीं

Q.21 निर्देश: नीचे प्रश्न में तीन कथन और उसके बाद I, II से अंकित तीन निष्कर्ष दिए गये हैं। आपको दिए गये कथनों को सत्य मानना है, भले ही वे ज्ञात तथ्यों से अलग प्रतीत होते हों। सभी निष्कर्षों को पढ़िए और निर्णय कीजिए कि दिये गये निष्कर्षों में से कौनसा/कौनसे निष्कर्ष ज्ञात तथ्यों को नजरंदाज करने पर कथनों का तार्किक रूप से अनुसरण करता है/करते हैं।

कथन: केंद्र सरकार द्वारा सभी राज्यों में तत्काल प्रभाव से लॉटरी द्वारा खेले जाने वाले जुएँ पर प्रतिबंध लगाया गया है।

धारणाएँ:

I. यह निर्दोष नागरिकों को उनकी मेहनत की कमाई गँवाने से बचा सकता है।

II. यदि लॉटरी पर प्रतिबंध लगा दिया जाता है, तो नागरिक किसी अन्य तरीके से जुआ नहीं खेल सकते हैं।

A. यदि केवल धारणा I निहित है
B. यदि केवल धारणा II निहित है
C. यदि या तो धारणा I या धारणा II निहित है
D. धारणा I और धारणा II दोनों निहित हैं
E. यदि न तो धारणा I न ही धारणा II निहित है

Ques (22-26):निर्देश: निम्नलिखित जानकारी का ध्यानपूर्वक अध्ययन कीजिये और नीचे दिए गए प्रश्नों के उत्तर दीजिये:

एक संख्या व्यवस्था मशीन को एक विशेष इनपुट दिए जाने पर, प्रत्येक चरण में एक विशिष्ट नियम का पालन करते हुए उसे पुनः क्रमबद्ध करती है। निम्नलिखित इनपुट और पुनर्व्यवस्था के चरणों का एक उदाहरण दिया गया है।

इनपुट: 39 51 69 22 88 72 14 95

चरण 1: 05 39 51 69 22 88 72 04

चरण II: 04 05 39 51 69 72 04 00

चरण III.: 12 04 05 51 69 04 00 05

चरण IV: 06 12 04 05 04 00 05 03

और चरण 4 पुनर्व्यवस्था का अंतिम चरण है क्योंकि वांछित व्यवस्था प्राप्त की जाती है। उपरोक्त चरणों में अनुसरित नियमों के अनुसार, प्रत्येक प्रश्न में दिए गए इनपुट के लिए उपयुक्त चरण ज्ञात कीजिये।

इनपुट: 59 23 78 91 35 84 63 97

Q.22 चरण 3 में दायें छोर से तीसरे तत्व के बायें से चौथे के दायें से तीसरा कौन सा तत्व है?

A. 02   B. 78   C. 63   D. 84
E. 91

Q.23 इनपुट के लिए अंतिम चरण कौन सा चरण होगा?

A. चरण 4   B. चरण 5   C. चरण 6   D. चरण 3
E. चरण 1

Q.24 चरण 4 में दाएं छोर से तीसरी और चरण 3 में बाएं छोर से पहली संख्याओं के बीच का अंतर क्या है?

A. 05   B. 09   C. 03   D. 06
E. 04

Q.25 चरण II में 59 और 63 के बीच कितने तत्व हैं?

A. दो   B. चार   C. एक   D. तीन
E. पांच

Q.26 उन संख्याओं का योग क्या है जो चरण 2 में दाएं छोर से तीसरी है और चरण 4 में बाएं छोर से पांचवी है?

A. 84   B. 04   C. 02   D. 65
E. 03

Ques (27-31):निर्देश: निम्नलिखित जानकारी का ध्यानपूर्वक अध्ययन करें और नीचे दिए गए प्रश्न का उत्तर दें।

आठ मानसिक रोगी दो समानांतर पंक्तियों में बैठे हैं, प्रत्येक पंक्ति में चार मानसिक रोगी इस तरह से बैठे हैं कि आसन्न व्यक्तियों के बीच एकसमान दूरी है। पंक्ति 1 में, अनुज, करण, विराज और प्रेम बैठे हैं और वे सभी दक्षिण दिशा के सम्मुख हैं। पंक्ति 2 में, कुश, अजय, चेतन और दक्ष बैठे हैं और वह सभी उत्तर दिशा के सम्मुख हैं। इसलिए, दी गई बैठने की व्यवस्था में एक पंक्ति में बैठा प्रत्येक सदस्य, दूसरी पंक्ति में बैठे अन्य सदस्य के सम्मुख बैठा है। उनमें से हर एक पंजाब, गुजरात, हरियाणा, बिहार, झारखंड, महाराष्ट्र, केरल और असम के अलग मानसिक अस्पताल से हैं, लेकिन जरूरी नहीं कि इसी क्रम में हो।

करण, असम के व्यक्ति के दाएं से दूसरे स्थान पर बैठा है। चेतन, असम के व्यक्ति के निकटतम पड़ोसी के सम्मुख बैठा है। चेतन और बिहार के व्यक्ति के बीच में केवल एक व्यक्ति बैठा है। दक्ष और केरल के व्यक्ति के बीच में दो व्यक्ति बैठे हैं। प्रेम, बिहार के व्यक्ति के निकटतम पड़ोसी के सम्मुख है। केरल का व्यक्ति महाराष्ट्र के व्यक्ति के बगल में नहीं है। हरियाणा के व्यक्ति और विराज के बीच में केवल एक व्यक्ति बैठा है। हरियाणा का व्यक्ति,

पंक्ति के किसी भी छोर पर नहीं बैठता है। प्रेम, गुजरात के व्यक्ति के सम्मुख बैठा है। कुश, पंजाब के व्यक्ति के सम्मुख बैठा है। अजय, हरियाणा से नहीं है।

Q.27 चेतन के निकटतम दाएं कौन बैठा है?

A. अजय
B. कुश
C. अनुज
D. करण
E. इनमें से कोई नहीं

Q.28 कौन सा समूह पंक्ति के अंतिम छोरों पर बैठे व्यक्तियों का है?

A. प्रेम, अनुज, चेतन, अजय
B. करण, अनुज, दक्ष, कुश
C. कुश, विराज, दक्ष, प्रेम
D. करण, विराज, दक्ष, कुश
E. इनमें से कोई नहीं

Q.29 जरात के व्यक्ति के सामने बैठे व्यक्ति के ठीक दाएं बैठा व्यक्ति कौन है?

A. प्रेम
B. अजय
C. अनुज
D. चेतन
E. इनमें से कोई नहीं

Q.30 इनमें से कौन करण के बाएं ओर तीसरे स्थान पर है?

A. असम का व्यक्ति
B. हरियाणा का व्यक्ति
C. महाराष्ट्र का व्यक्ति
D. निर्धारित नहीं किया जा सकता
E. इनमें से कोई नहीं

Q.31 कौन हरियाणा से है?

A. विराज
B. अजय
C. दक्ष
D. अनुज
E. इनमें से कोई नहीं

Ques (32-36):निर्देश: निम्नलिखित जानकारी को ध्यान से पढ़ें और नीचे दिए गए प्रश्न का उत्तर दें।

सात क्रिकेट टीमों ने विश्व कप टूर्नामेंट जीते जो वर्ष 1995 से हर 4 साल बाद आयोजित किए गए थे। ये क्रिकेट टीमें हैं- भारत, ऑस्ट्रेलिया, पाकिस्तान, वेस्ट इंडीज, श्रीलंका, इंग्लैंड और न्यूजीलैंड। विश्व कप टूर्नामेंट की मेजबानी ऊपर वर्णित देशों द्वारा की गई थी, जैसे कि प्रत्येक देश एक विश्व कप टूर्नामेंट की मेजबानी करता है।

केवल इंग्लैंड ने उस वर्ष विश्व कप जीता था जिसमें उसने टूर्नामेंट की मेजबानी की थी। जब श्रीलंका ने इसकी मेजबानी की थी तब वेस्ट इंडीज ने विश्व कप जीता था लेकिन वर्ष 1999 में नहीं। पाकिस्तान विश्व कप जीतने वाला तीसरा देश था। भारत ने उस वर्ष विश्व कप जीता था जिसमें न्यूजीलैंड ने इसकी मेजबानी की थी। श्रीलंका के जीतने से ठीक पहले भारत ने विश्व कप की मेजबानी की। विश्व कप खिताब की मेजबानी करने से ठीक पहले श्रीलंका ने विश्व कप जीता। विजेता वर्ष और भारत के मेजबानी की वर्ष के बीच 2 विश्व कप टूर्नामेंट आयोजित किए गए थे। भारत की जीत के ठीक बाद इंग्लैंड की जीत हुई। ऑस्ट्रेलिया द्वारा जीते जाने से ठीक पहले न्यूजीलैंड ने विश्व कप जीता था। ऑस्ट्रेलिया ने उस वर्ष विश्व कप जीता था जिसकी मेजबानी पाकिस्तान ने की थी। ऑस्ट्रेलिया विश्व कप जीतने वाली न तो आखिरी टीम थी और न ही पहली टीम थी। श्रीलंका ने वेस्ट इंडीज में विश्व कप नहीं जीता।

Q.32 प्रथम विश्व कप टूर्नामेंट की मेजबानी किस देश ने की?

A. ऑस्ट्रेलिया
B. वेस्ट इंडीज
C. पाकिस्तान
D. न्यूजीलैंड
E. श्रीलंका

Q.33 इंग्लैंड ने किस वर्ष विश्व कप की मेजबानी की?

A. 1995
B. 2011
C. 2019
D. 1999
E. 2015

Q.34 निम्नलिखित में से कौन सा जोड़ा क्रमशः भारत का मेजबानी वर्ष और विजेता वर्ष दर्शाता है?

A. 1999–2011
B. 2007–2019
C. 1995–2007
D. 2015–2003
E. इनमें से कोई नहीं

Q.35 निम्नलिखित में से कौन सा जोड़ा क्रमशः वर्ष 2011 के विजेता और मेजबानी को दर्शाता है?

A. वेस्टइंडीज-श्रीलंका
B. पाकिस्तान-भारत
C. भारत-ऑस्ट्रेलिया
D. न्यूजीलैंड-वेस्टइंडीज
E. इनमें से कोई नहीं

Q.36 ऑस्ट्रेलिया की मेजबानी और जीतने वाले वर्षों के बीच किस देश ने विश्व कप जीता?

A. भारत
B. पाकिस्तान
C. न्यूजीलैंड
D. भारत और पाकिस्तान दोनों
E. वेस्टइंडीज

Q.37 यदि अंग्रेजी वर्णमाला के पहले आधे भाग को उलट दिया जाए और फिर अंग्रेजी वर्णमाला के अगले भाग को इस प्रकार उलट दिया जाए कि 'A' 'M' का भाग लेता है और 'N' 'Z' का भाग लेता है, तो कौन सा अक्षर बायें से 7वें अक्षर के दायें 17वें अक्षर के बायें छठा होगा?

A. U
B. V
C. C
D. D
E. E

Ques (38-39):निर्देश: ये प्रश्न निम्नलिखित जानकारी पर आधारित हैं।

परिवार के सात सदस्य हैं - P, Q, R, S, T, U और V I R, V की नानी है। Q, R का पति है। S, Q का साला है। S का भतीजा T, V की माता है। U, Q का दामाद है। परिवार में चार पुरुष हैं।

Q.38 V, P से किस प्रकार संबंधित है?

A. पुत्री
B. भतीजा
C. भतीजी
D. पुत्र
E. निर्धारित नहीं किया जा सकता है

Q.39 P, Q से किस प्रकार संबंधित है?

A. पुत्री
B. पुत्र
C. भतीजा
D. दामाद
E. इनमें से कोई नहीं

Q.40 निर्देश: नीचे दी गई जानकारी को ध्यानपूर्वक पढ़िए और दिए गए प्रश्नों के उत्तर दीजिए।

एक समान शुरुआती बिंदु से, X और Y क्रमशः 5 किमी पूर्व और 5 किमी पश्चिम की ओर चलते हैं, X उत्तर की ओर 5 किमी चलता है और इसी तरह Y दक्षिण की ओर 5 किमी चलता है। फिर X पश्चिम की ओर 10 किमी और Y पूर्व की ओर 10 किमी चलता है।

X के अंतिम स्थान के संदर्भ में Y के अंतिम स्थान की दिशा क्या है?

A. उत्तर
B. पूर्व
C. दक्षिण
D. उत्तर-पूर्व
E. दक्षिण-पूर्व

Computer Knowledge

Q.41 निम्नलिखित में से कौन सा वायरस का प्रकार है जिसमें सेल्फ-रेप्लिकेटिंग सॉफ्टवेयर होता है जो फाइलों और सिस्टम को नुकसान पहुंचाता है?

A. वायरस
B. ट्रोजन हॉर्सेज
C. बॉट
D. वॉर्म्स
E. बैकडोर

Q.42 निम्नलिखित में से कौन सा सॉफ्टवेयर है, जो एक बार आपके कंप्यूटर पर स्थापित हो जाने पर, आपकी इंटरनेट ब्राउज़िंग आदतों को ट्रैक करता है और आपके द्वारा देखी गई साइटों और विषयों से संबंधित विज्ञापनों वाले पॉपअप भेजता है?

A. बैकडोर
B. एडवेयर
C. मैलवेयर
D. बॉट
E. स्पाइवेयर

Q.43 वह सॉफ़्टवेयर क्या कहलाता है जो कंप्यूटर पर डाउनलोड होने पर आपकी व्यक्तिगत जानकारी और आपकी इंटरनेट ब्राउज़िंग आदतों के लिए आपकी हार्ड ड्राइव को स्कैन करता है?

A. बैकडोर
B. की-लॉगर
C. मैलवेयर
D. एंटीवेयर
E. स्पाइवेयर

Q.44 किसी सिस्टम को हैक करने के प्रशिक्षण के पीछे क्या नीति है?

A. हैकर्स की तरह सोचने और ऐसे हमलों से बचाव करने का तरीका जानने के लिए
B. बिना अनुमति के किसी सिस्टम को हैक करने के लिए
C. कमजोर नेटवर्क को हैक करने के लिए
D. मैलवेयर का उपयोग करके सॉफ्टवेयर या सेवा को करप्ट करने के लिए
E. इनमें से कोई नहीं

Q.45 _______आईटी संपत्तियों की सुरक्षा के लिए व्यावसायिक संगठनों और फर्मों में उपयोग की जाने वाली टेक्नोलॉजी है।

A. एथिकल हैकिंग
B. अनएथिकल हैकिंग
C. फिक्सिंग बग
D. इंटरनल डाटा ब्रीच
E. इनमें से कोई नहीं

Q.46 आमतौर पर रीयुजेबल ऑप्टिकल स्टोरेज का संक्षिप्त नाम होगा:

A. सीडी
B. आरडी
C. डीवीडी
D. रोम
E. इनमे से कोई नहीं

Q.47 _______ एक सॉफ्टवेयर होता है, जो आमतौर पर अपनी वेबसाइट पर स्थित होता है, जो यूजर को सर्च टर्म निर्दिष्ट करने देता है।

A. सर्च इंजन
B. डाटाबेस इंजन
C. मेटा सर्च इंजन
D. क्लस्टर
E. इनमें से कोई नहीं

Q.48 एक सॉफ्टवेयर जिसे स्वतंत्र रूप से एक्सेस और संशोधित किया जा सकता है।

A. सिंक्रोनस सॉफ्टवेयर
B. पैकेज सॉफ्टवेयर
C. ओएसएस
D. मिडलेवर
E. इनमें से कोई नहीं

Q.49 सॉफ्टवेयर की दो व्यापक श्रेणियां _______सॉफ्टवेयर हैं।

A. वर्ड प्रोसेसिंग और स्प्रेडशीट
B. ट्रांज़ैक्शन और एप्लीकेशन
C. विंडोज और मैक ओएस
D. सिस्टम और एप्लीकेशन
E. इनमें से कोई नहीं

Q.50 WWW का पूर्ण रूप क्या है?

A. वर्ल्ड वाइड वेब (World Wide Web)
B. वर्ल्ड विद वेब (World With Web)
C. वर्क वाइड वेब (Work Wide Web)
D. वर्ल्ड वाइड वेट (World Wide Wet)
E. इनमें से कोई नहीं

Q.51 कैश से किसी शब्द को हटाते ही मुख्य मेमोरी को अपडेट करने की विधि कहलाती है:

A. राईट-थ्रू
B. राईट-बैक
C. प्रोटेक्टेड-राईट
D. कैश -राईट
E. इनमें से कोई नहीं

Q.52 एड्रेस सिंबल टेबल _______ द्वारा उत्पन्न होती है।

A. मेमोरी मैनेजमेंट सॉफ्टवेयर
B. असेम्बलर
C. मैच लॉजिक ऑफ़ एसोसिएटिव मेमोरी
D. जनरेटेड बाय ऑपरेटिंग सिस्टम
E. इनमें से कोई नहीं

Q.53 _______ महत्वपूर्ण जानकारी को अनधिकृत पहुंच, रिकॉर्डिंग, प्रकटीकरण या विनाश से बचाने के लिए अपनाई जाने वाली प्रथा और सावधानियां हैं।

A. नेटवर्क सुरक्षा
B. डेटाबेस सुरक्षा
C. सूचना सुरक्षा
D. शारीरिक सुरक्षा
E. इनमें से कोई नहीं

Q.54 इनमें से कौन सा एन मैप चेक नहीं करता है?

A. सेवाएं विभिन्न होस्ट पेशकश कर रहे हैं।
B. वे किस ओएस पर चल रहे हैं।
C. किस प्रकार का फ़ायरवॉल उपयोग में है।
D. किस प्रकार का एंटीवायरस उपयोग में है।
E. किस प्रकार का एन मैप उपयोग में है।

Q.55 एएनएसआई का पूर्ण रूप क्या है?

A. अमेरिकन नेशन स्टैण्डर्ड इंस्ट्रक्शन
B. अमेरिकन नेशनल स्टैण्डर्ड इंस्टिट्यूट
C. एशियन नेशनल स्टैण्डर्ड इंस्ट्रक्शन कोड
D. एशियन नेशन्स स्टैण्डर्ड इंस्ट्रक्शन कोड
E. इनमें से कोई नहीं

Q.56 बेसिक का पूर्ण रूप क्या है?

A. बेसिक आल -पर्पस सिम्बोलिक इंस्ट्रक्शन कोड
B. बिगिनर्स आल -पर्पस सिम्बोलिक इंस्ट्रक्शन कोड
C. बिगिनर्स आल -पर्पस सिम्बोलिक इंटेलीजेंट कोड
D. बिगिनर्स एंटी पर्पस सिम्बोलिक इंस्ट्रक्शन कोड
E. इनमें से कोई नहीं

Q.57 एफडीसी का फुल फॉर्म क्या है?

A. फ्लॉपी डिस्क क्लियर
B. फ्लॉपी डिस्क चिप
C. फ्लॉपी डिस्क कंटेनर
D. फ्लॉपी डिस्क कंट्रोलर
E. इनमें से कोई नहीं

Q.58 निम्नलिखित में से किसका उपयोग आमतौर पर संबंधों की संरचना बनाने, संबंध हटाने जैसे कार्यों को करने के लिए किया जाता है?

A. डीएमएल (डेटा मैनीपुलेशन लैंग्वेज)
B. कैरी
C. रिलेशन स्कीमा
D. डीडीएल (डेटा डेफिनेशन लैंग्वेज)
E. इनमें से कोई नहीं

Q.59 दी गई क्रेरी को _______ से भी बदला जा सकता है:

```
SELECT name, course_id
FROM instructor, teaches
WHERE instructor_ID= teaches_ID;
```

A. Select name,course_id from teaches,instructor where instructor_id=course_id;
B. Select name, course_id from instructor natural join teaches;
C. Select name, course_id from the instructor;
D. Select course_id from instructor join teaches;
E. इनमें से कोई नहीं

Q.60 निम्नलिखित प्रश्न में, वेतन को उच्चतम से न्यूनतम राशि तक प्रदर्शित करने और कर्मचारियों के नाम को वर्णानुक्रम में क्रमबद्ध करने के लिए केरी के खाली हिस्से में निम्नलिखित में से क्या रखा जा सकता है?

```
SELECT *
FROM instructor
ORDER BY salary ____, name __;
```

A. Ascending, Descending
B. Asc, Desc
C. Desc, Asc
D. Descending, Ascending
E. ऊपर के सभी

Q.61 फ्लैश मेमोरी कार्ड को _________ माना जाता है, जिसका अर्थ है कि जब आप पॉवर ऑफ करते हैं तो आपका डेटा लॉस नहीं होगा ।

A. टेंपरेरी
B. पेरिफेरल्स
C. वोलेटाइल
D. नॉन-वोलेटाइल
E. (A) और (B) दोनों

Q.62 डिस्क एक्सेस टाइम   में मापा जाता है?

A. मिनट
B. मिलीसेकंड
C. घंटे
D. सेकंड
E. इनमें से कोई नहीं

Q.63 रन टाइम पर मेमोरी एलोकेशन को ______ के रूप में जाना जाता है।

A. स्टैटिक मेमोरी एलोकेशन
B. डायनामिक मेमोरी एलोकेशन
C. पेजिंग
D. डिमांडिंग
E. इनमें से कोई नहीं

Q.64 माइक्रोसॉफ्ट फ्रंटपेज एमएस ऑफिस का एक पैक है, यह निम्नलिखित में से किसे बनाने के लिए उपयोगी है?

A. वेब पेजेस
B. एप्लीकेशन प्रोग्राम्स
C. फाईल्स
D. स्प्रेडशीट फाईल्स
E. इनमें से कोई नहीं

Q.65 एमएस-एक्सेल में सेल की संख्या गिनने के लिए फंक्शन का नाम क्या है?

A. COUNTIF
B. DIVIF
C. SUNIF
D. AVERAGE
E. इनमे से कोई भी नहीं

Q.66 कौन सा फ़ंक्शन किसी कॉलम में रो डेटा या एक रो में कॉलम डेटा प्रदर्शित करता है?

A. हाइपरलिंक
B. इंडेक्स
C. ट्रांसपोज
D. रो
E. सेल

Q.67 स्ट्रांग आर्टिफिशियल इंटेलिजेंस है:

A. एक कंप्यूटर के अंदर ह्यूमन इंटेलेक्चुअल कैपेबिलिटीज का एम्बोडिमेंट है।
B. कंप्यूटर प्रोग्राम का एक सेट जो आउटपुट उत्पन्न करता है जिसे इंटेलिजेंस को प्रतिबिंबित करने के लिए माना जाएगा यदि यह ह्यूमन द्वारा उत्पन्न किया गया हो।
C. कंप्यूटर पर लागू मेंटल मॉडल के उपयोग के माध्यम से मेंटल फैकल्टीज का इम्प्लीमेंटेड है।
D. (A) और (B) दोनों
E. ये सभी

Q.68 कौन सा नॉलेज के रिप्रजेंटेशन की प्रॉपर्टी नहीं है?

A. रिप्रजेंटेशन वेरिफिकेशन
B. रिप्रजेंटेशन एडेक्वेसी
C. इन्फेरेंटाइल एडेक्वेसी
D. इन्फेरेंटाइल एफिशिएंसी
E. ये सभी

Q.69 कंप्यूटर विज़न में सहायक विजुअल क्लूज़ में शामिल हैं:

A. कलर और मोशन
B. डेप्थ और टेक्सचर
C. ऊंचाई और वजन
D. (A) और (B) दोनों
E. इनमें से कोई नहीं

Q.70 प्रोलॉग _________ के अंतर्गत आता है।

A. लॉजिक प्रोग्रामिंग
B. प्रोसीजरल प्रोग्रामिंग
C. ओओपी
D. फंक्शनल
E. इनमें से कोई भी नहीं

Q.71 जेआईटी का मतलब है?

A. जस्ट इन टाइम
B. जम्प इन टाइम
C. जम्प इन टेक्स्ट
D. जम्प इन टर्म्स
E. इनमें से कोई नहीं

Q.72 ______ के आविष्कार ने तीसरी पीढ़ी के कंप्यूटरों को जन्म दिया।

A. वैक्यूम ट्यूब
B. वैरी लार्ज स्केल इंटीग्रेशन (VLSI)
C. ट्रांजिस्टर
D. इंटीग्रेटेड चिप्स
E. इनमें से कोई नहीं

Q.73 कंप्यूटर का आकार किस पीढ़ी में बहुत बड़ा था?

A. पहली पीढ़ी
B. दूसरी पीढ़ी
C. तीसरी पीढ़ी
D. चौथी पीढ़ी
E. पांचवीं पीढ़ी

Q.74 निम्नलिखित में से कौन सा पांचवीं पीढ़ी से संबंधित नहीं है?

A. 1.2 जीबी या उससे कम का एचडीडी(हार्ड डिस्क ड्राइव)
B. कोर i-7 CPU
C. वीडीयू के लिए आईपीएस प्रौद्योगिकी
D. क्लाउड कम्प्यूटिंग
E. इनमें से कोई नहीं

Q.75 माइक्रोसॉफ्ट एक्सेल में, Ctrl + डाउन एरो कुंजी स्प्रेडशीट पर __________ की ओर विस्थापित होती है।

A. एक सेल बायें
B. पंक्ति के अंत
C. कॉलम के अंत
D. एक सेल दायें
E. इनमें से कोई नहीं

Q.76 विभिन्न एप्लीकेशन के बीच स्विच करने के लिए शॉर्टकट की _________ है।

A. Alt+F1
B. Alt+टैब
C. शिफ्ट +टैब
D. Ctrl + टैब

E. इनमें से कोई नहीं

Q.77 वर्ड फील्ड में मैन्युअल रूप से टाइप करते समय, कोड के ब्रेसेज़ को सम्मिलित करने के लिए आपको क्या दबाना चाहिए?

A. Ctrl + F6

B. Ctrl + F9

C. Alt + F11

D. Shift + F12

E. Alt + F12

Q.78 मध्यम गति, स्विच्ड संचार सेवा का एक उदाहरण है:

A. सीरीज 1000

B. डाटा फ़ोन 50

C. डीडीडी

D. (A) और (B) दोनों

E. इनमें से कोई नहीं

Q.79 वाइड एरिया नेटवर्क (WAN) को हमेशा किस की आवश्यकता होती है?

A. उच्च बैंडविड्थ संचार स्रोत लिंक

B. हाई स्पीड प्रोसेसर

C. एक ही प्रकार का

D. (A) और (B) दोनों

E. उपरोक्त में से कोई भी नहीं

Q.80 निम्नलिखित में से कौन सा वायर-नेटवर्क एक ऑफिस के अन्दर ही रहता है-

A. लैन

B. वैन

C. सेलूलर नेटवर्क

D. मैन

E. इनमें से कोई नहीं

Financial Awareness

Q.81 फरवरी 2018 में जारी भारत में वनों की स्थिति रिपोर्ट के अनुसार भारत का कितना प्रतिशत भाग वन-क्षेत्र के अंतर्गत आता है?

[Bihar PSC, 2018]

A. 23.00%

B. 23.40%

C. 24.00%

D. 24.40%

E. उपर्युक्त में से कोई नहीं/उपर्युक्त में से एक से अधिक

Q.82 किस मंत्रालय ने नई दिल्ली में "33वें हुनर हाट" का आयोजन किया?

A. श्रम और रोजगार मंत्रालय

B. कौशल विकास और उद्यमिता मंत्रालय

C. अल्पसंख्यक कार्य मंत्रालय

D. वाणिज्य और उद्योग मंत्रालय

E. जनजातीय मामलों के मंत्रालय

Q.83 सभी ज्ञात जोखिमों का लेखा जोखा रखने के लिए उपयोग किए जाने वाले दस्तावेज़ को कहा जाता है:

A. जोखिम लॉग

B. जोखिम रजिस्टर

C. जोखिम सूची

D. जोखिम डायरी

E. इनमें से कोई नहीं

Q.84 एक प्रक्रिया जिसमें प्रभाव और घटना की संभावना का आकलन करके आगे की कार्रवाई या विश्लेषण के लिए जोखिमों को प्राथमिकता देना शामिल है, कहलाती है:

A. गुणात्मक जोखिम विश्लेषण

B. जोखिम विचारमंथन

C. मात्रात्मक जोखिम विश्लेषण

D. जोखिम पूर्वव्यापी

E. इनमें से कोई नहीं

Q.85 जोखिम प्रबंधन गतिविधियों में किसे शामिल किया जाना चाहिए?

A. केवल प्रोजेक्ट टीम

B. केवल परियोजना प्रबंधक

C. व्यावहारिक के रूप में अधिक से अधिक हितधारकों

D. ग्राहकों को छोड़कर सभी हितधारक

E. (A) और (B) दोनों

Q.86 बैंकों को गैर-निष्पादित आस्तियों को निम्न में वर्गीकृत करना आवश्यक है:

A. उप-मानक संपत्ति, संदिग्ध संपत्ति, और हानि संपत्ति

B. मानक संपत्तियां, और उप-मानक संपत्तियां

C. संदिग्ध संपत्ति, और अशोध्य ऋण

D. संदिग्ध संपत्ति, अशोध्य ऋण और हानि की संपत्ति

E. इनमें से कोई नहीं

Q.87 'वृद्ध देनदार विश्लेषण' क्या दिखाता है?

A. दिखाता है कि कितने समय से कर्ज बकाया है

B. ग्राहक कितने साल के हैं

C. किसी व्यवसाय को बैंक ऋण चुकाने में कितना समय लगता है

D. पुराने देनदारों की न्यूनतम संख्या

E. इनमें से कोई नहीं

Q.88 संदिग्ध ऋणों के लिए प्रावधान बनाने के लिए आमतौर पर इस्तेमाल किया जाने वाला आधार निम्न में से कौन सा है?

A. कुल खरीद

B. कुल क्रेडिट बिक्री

C. कुल मौजूदा संपत्तियां

D. कुल मौजूदा देनदारियाँ

E. इनमें से कोई नहीं

Q.89 निम्नलिखित में से कौन विश्व बैंक की एजेंसी नहीं है?

A. एमआईजीए

B. आईसीएसआईडी

C. एडीबी

D. आईडीए

E. आईएफसी

Q.90 निम्नलिखित में से कौन सी भारत में वाणिज्यिक बैंकों में ई-बैंकिंग पहल है?

A. आरटीजीएस

B. एनईएफटी

C. एनसीएस

D. नेट बैंकिंग

E. (A) और (B) दोनों

Q.91 म्यूचुअल फंड के संबंध में निम्नलिखित में से कौन से कथन सही हैं?

I. म्यूचुअल फंड का संरक्षण आर.बी.आई. के साथ पंजीकृत होना चाहिए

II. म्यूचुअल फंड ऋण प्रतिभूतियों में निवेश नहीं कर सकते हैं

III. भारत में म्यूचुअल फंड उद्योग 1991 में शुरू हुआ

A. केवल I और II सही हैं

B. केवल III सही है

C. केवल II सही है

D. केवल II और III सही हैं

E. कोई सही नहीं है

Q.92 फ़िशिंग _______ अधिग्रहण करने का एक प्रयास है।

A. अनधिकृत फर्मों से ऋण

B. गुप्त जानकारी जैसे कि उपयोगकर्ता नाम, पासवर्ड, आदि

C. बैंकों से व्यक्तिगत जानकारी

D. (A) और (B) दोनों

E. इनमे से कोई भी नहीं

Q.93 वह स्थिति जिसमें विदेशी मुद्रा की कमी के कारण वस्तुओं का व्यापार माल के लिए किया जाता है, कहलाती है:

A. बहुराष्ट्रीय व्यापार

B. वस्तु-विनिमय

C. ऑफसेट व्यापार   **D.** द्विपक्षीय व्यापार
E. उपरोक्त सभी

Q.94 ऋणों के पुनर्गठन का क्या लाभ है?
A. लेनदारों से ऋणी का कानूनी संरक्षण
B. संपत्ति की सुरक्षा
C. देनदारियों की क्षमा के आधार पर संस्थागत वसूली
D. दिवालियापन के दौरान लेनदारों की तुलना में अधिक संतुष्टि
E. उपरोक्त सभी

Q.95 OTR ढांचे के लिए सिफारिशें किस समिति द्वारा प्रदान की गई थीं?
A. भंडारी समिति   **B.** सी रंगराजन समिति
C. कामथ समिति   **D.** रघुराम राजन समिति
E. उर्जित पटेल समिति

Q.96 भारत में पहली एसेट रिकंस्ट्रक्शन कंपनी कौन सी है?
A. एआरसीआईएल एसेट रिकंस्ट्रक्शन कंपनी (इंडिया) लिमिटेड
B. पेगासस एसेट्स रिकंस्ट्रक्शन प्राइवेट लिमिटेड
C. सीएफएम एसेट रिकंस्ट्रक्शन प्राइवेट लिमिटेड
D. इंडियाबुल्स एसेट रिकंस्ट्रक्शन प्राइवेट लिमिटेड
E. रिलायंस एसेट रिकंस्ट्रक्शन कंपनी लिमिटेड

Q.97 भारतीय रिजर्व बैंक के साथ कितनी एसेट रिकंस्ट्रक्शन कंपनियां पंजीकृत हैं?
A. 16   **B.** 15   **C.** 47   **D.** 28
E. 30

Q.98 ऋण देने, व्यापार, हेजिंग आदि के संबंध में प्रतिबद्धताओं को पूरा करने के लिए ग्राहक या प्रतिपक्ष की अक्षमता या अनिच्छा से उत्पन्न होने वाले जोखिम का नाम बताइए?
A. परिचालन जोखिम   **B.** बाजार जोखिम
C. क्रेडिट जोखिम   **D.** तरलता जोखिम
E. इनमें से कोई नहीं

Q.99 बेसल-II ढांचे में कितने स्तंभ थे?
A. चार   **B.** तीन   **C.** दो   **D.** एक
E. दस

Q.100 आरबीआई ने भारत में बेसल-III सिफारिशों को _______ से लागू किया।
A. 1 जनवरी 2013   **B.** 31 मार्च 2013
C. 1 अप्रैल 2013   **D.** 30 सितंबर 2013
E. 30 अगस्त, 2013

Q.101 सूची - I की मदों को सूची - II के साथ सुमेलित करें:

सूची – I	सूची – II
a. आरबीआई राष्ट्रीयकरण	i. 1964
b. इंपीरियल बैंक का राष्ट्रीयकरण	ii. 1949
c. 14 वाणिज्यिक बैंकों का राष्ट्रीयकरण	iii. 1955
d. आईडीबीआई की स्थापना	iv. 1969

सही संयोजन की पहचान करें:
A. a-i, b-ii, c-iii, d-iv   **B.** a-ii, b-iii, c-i, d-iv
C. a-iii, b-ii, c-iv, d-i   **D.** a-ii, b-iii, c-iv, d-i
E. a-iv, b-iii, c-ii, d-i

Q.102 संपत्ति के हिसाब से भारत का सबसे बड़ा निजी क्षेत्र का बैंक एचडीएफसी बैंक है। एचडीएफसी का पूर्ण रुप क्या है?
A. हाउसिंग डिपार्टमेण्ट फाइनेन्स कॉरपोरेशन
B. हाउसिंग डेवलपमेण्ट फाइनेशियल कॉरपोरेशन
C. हाउसिंग डेवलपमेण्ट फाइनेशियल कम्पनी
D. हाउसिंग डेवलपमेण्ट फाइनेन्स कॉरपोरेशन
E. हाउसिंग डिपार्टमेण्ट फाइनेन्स कम्पनी

Q.103 निम्नलिखित में से किसे गैर-बैंकिंग वित्तीय कंपनी (एनबीएफसी) की सेवाओं के रूप में नहीं माना जाता है?
A. लीजिंग सेवाएं   **B.** हायर परचेज सेवाएं
C. वेंचर कैपिटल सेवाएं   **D.** एसेट मैनेजमेंट सेवाएं
E. एग्रीकल्चरल सेवाएं

Q.104 म्युचुअल फंड के संबंध में निम्नलिखित में से कौन सा सही है?
I. म्युचुअल फंड के कस्टोडियन को आरबीआई के साथ पंजीकृत होना चाहिए।
II. म्युचुअल फंड डेट सिक्योरिटीज में निवेश नहीं कर सकते हैं।
III. भारत में, म्युचुअल फंड उद्योग 1991 में शुरू हुआ।
A. केवल I और II सही हैं   **B.** केवल III सही है
C. केवल II सही है   **D.** केवल I सही है
E. कोई सही नहीं है

Q.105 मौद्रिक नीति का एक घटक होता है:
A. बैंक दर (ब्याज)   **B.** सार्जनिक आय
C. लोक निर्माण   **D.** घाटा वित्तपोषण
E. इनमें से कोई नहीं

Q.106 राजकोषीय नीति की रणनीति के वक्तव्य का उद्देश्य क्या है?
A. संसदीय बजट कार्यालय द्वारा राजकोषीय नीति की रणनीति तैयार करना
B. यह सुनिश्चित करने के लिए कि राजकोषीय नीति शून्य राजकोषीय घाटे की ओर ले जाती है
C. यह समझाने के लिए कि वर्तमान वित्तीय नीतियां किस प्रकार सुदृढ़ वित्तीय प्रबंधन सिद्धांतों के अनुरूप हैं
D. (B) और (C) दोनों
E. इनमें से कोई नहीं

Q.107 निम्नलिखित में से कौन सा पहला बैंक है जिसने भारत में एटीएम की शुरुआत की?

[IDBI Bank Assistant Manager, 2021]

A. एसबीआई   **B.** एचएसबीसी
C. आईसीआईसीआई   **D.** आईडीएफसी
E. इनमें से कोई नहीं

Q.108 SEBI ने वैकल्पिक निवेश कोष और उद्यम पूंजी कोष की विदेशी निवेश सीमा को दोगुना कर कितने मिलियन अमेरिकी डॉलर कर दिया है?

[IDBI Bank Assistant Manager, 2021]

A. 750   **B.** 1,000   **C.** 1,500   **D.** 1,750
E. 2,000

Q.109 प्रेसीडेंसी बैंकों को _______ में एक ही बैंक, इंपीरियल बैंक ऑफ इंडिया में मिला दिया गया था।
A. 1955   **B.** 1921
C. 1869   **D.** 1806
E. इनमें से कोई भी नहीं

Q.110 भारत का पहला बैंक "बैंक ऑफ हिंदुस्तान" किस वर्ष स्थापित किया गया था?
A. 1870   **B.** 1770
C. 1795   **D.** 1880
E. इनमें से कोई नहीं

Q.111 केंद्रीय वित्त मंत्री निर्मला सीतारमण ने बजट 2022-23 पेश करते हुए कहा कि किसी भी तरह के वर्चुअल डिजिटल असेट्स के हस्तांतरण से होने वाली आय पर कितने प्रतिशत का टैक्स लगेगा?

A. 20 प्रतिशत   **B.** 30 प्रतिशत

C. 40 प्रतिशत   **D.** 50 प्रतिशत

E. 10 प्रतिशत

Q.112 केंद्रीय वित्त मंत्री निर्मला सीतारमण ने बजट 2022-23 पेश करते हुए बताया कि वित्त वर्ष 2023 में कितने किलोमीटर का हाईवे तैयार किया जाएगा?

A. 20,000 किलोमीटर   **B.** 50,000 किलोमीटर

C. 25,000 किलोमीटर   **D.** 35,000 किलोमीटर

E. 10,000 किलोमीटर

Q.113 आर्थिक सर्वेक्षण 31 जनवरी 2022 को जारी किया गया, जिसमें इस साल जीडीपी वृद्धि दर का अनुमान कितने प्रतिशत रखा गया है?

A. 7.2 प्रतिशत   **B.** 9.2 प्रतिशत

C. 9.9 प्रतिशत   **D.** 5.2 प्रतिशत

E. 6.3 प्रतिशत

Q.114 कितने भारतीय स्टार्ट-अप ने यूनिकॉर्न का दर्जा हासिल किया है?

A. 77   **B.** 83   **C.** 44   **D.** 92

E. 85

Q.115 राष्ट्रीय परिवार स्वास्थ्य सर्वेक्षण-5 के संबंध में, निम्नलिखित पर विचार करें:

(i) कुल प्रजनन दर (TFR) 2019-21 में 2015-16 में 2.2 से घटकर 1 हो गई।

(ii) वर्ष 2015-16 की तुलना में 2019-21 में शिशु मृत्यु दर (IMR), पांच वर्ष से कम आयु की मृत्यु दर और संस्थागत जन्म में सुधार हुआ है।

(iii) 83 जिले 'हर घर जल' जिले बन गए हैं।

A. केवल (i)   **B.** केवल (ii)

C. केवल (iii)   **D.** दोनों(i) और (ii)

E. न (i) या (ii)

Q.116 भारत सरकार ने श्रीलंका को किस बैंक द्वारा भोजन, दवाएं, गैसोलीन और औद्योगिक कच्चे माल जैसी महत्वपूर्ण वस्तुओं और सेवाओं के अधिग्रहण के वित्तपोषण के लिए दिए गए $ 1 बिलियन के ऋण की गारंटी दी है?

A. पंजाब नेशनल बैंक

B. यूनियन बैंक ऑफ इंडिया

C. भारतीय स्टेट बैंक

D. बैंक ऑफ बड़ौदा

E. उपरोक्त में से कोई नहीं

Q.117 किस बैंक ने रिटेलियो के साथ सह-ब्रांडेड क्रेडिट कार्ड की एक नई श्रृंखला शुरू करने की घोषणा की, जिसका उद्देश्य बड़े पैमाने पर व्यापारी बाजार में केमिस्ट और फार्मेसियों को लक्षित करना है?

A. आईसीआईसीआई बैंक   **B.** इंडसइंड बैंक

C. केनरा बैंक   **D.** एचडीएफसी बैंक

E. उपरोक्त में से कोई नहीं

Q.118 निम्नलिखित में से किसने ग्राहकों के हितों की रक्षा के लक्ष्य के साथ विनियमित फर्मों में ग्राहक सेवाओं का आकलन और समीक्षा करने के लिए छह सदस्यीय समिति की स्थापना की है?

A. भारतीय प्रतिभूति और विनिमय बोर्ड

B. बैंकिंग बोर्ड ब्यूरो

C. भारतीय रिजर्व बैंक

D. वित्त मंत्रालय

E. उपरोक्त में से कोई नहीं

Q.119 भारतीय रिजर्व बैंक (RBI) ने गैर-बैंक संस्थाओं के लिए भारत बिल भुगतान परिचालन इकाइयों को स्थापित करने के लिए निवल मूल्य की आवश्यकता को कितने रुपये तक कम कर दिया है?

A. 5 करोड़ रुपये   **B.** 25 करोड़ रुपये

C. 50 करोड़ रुपये   **D.** 100 करोड़ रुपये

E. उपरोक्त में से कोई नहीं

Q.120 केंद्रीय बजट 2022 में अंतरिक्ष विभाग को कितनी धनराशि आवंटित की गई है?

A. 13,700 करोड़   **B.** 14,000 करोड़

C. 25,000 करोड़   **D.** 16,000 करोड़

E. 15,800 करोड़

English Language

Ques (121-123):Direction: Complete the paragraph given below:

Q.121 It is amazing how dominant Instagram has become in the world of social media. Eco-advocates would be remiss to not ___________ and spur action on behalf of the plane.

A. young people who have in turn showed up

B. fought the eco-depression and climate anxiety

C. laughter has been proven to boost

D. make use of it to raise awareness

E. in power to make smart decisions

Q.122 We expect India's central government to remain generally reform-minded over the next few years, and potential areas for further reform seem plentiful, in our view. However, the process of reform in ___________, and implementation at times has proven difficult.

A. to help reverse and mitigate climate,

B. India remains complex

C. to making climate change a prominent issue

D. as things worsen globally

E. in the rapidly warming region

Q.123 In India, financial literacy and awareness should go hand in hand, if the very important socio-economic objective of financial inclusion is to be achieved. _____________ because the majority of the population is still beyond the pale of the banking system.

A. Here are a few of our

B. The producers of the account also

C. The task is challenging

D. One way to be an eco-activist

E. They were going to

Ques (124-128):Directions: The given sentences, (A), (B), (C), (D), (E), and (F), when properly sequenced, form a coherent paragraph. Find the most logical order of the sentences to construct a coherent paragraph, keeping (F) as the last statement, and then answer the questions that follow.

(A) Canadian Prime Minister Justin Trudeau on Monday said gender equality was under attack and progress in women's rights was backsliding.

(B) Trudeau, who is a self-avowed feminist and has a gender-equal Cabinet, said progress in women's rights was not happening because of hostility against women on social media that __________ into public discourse.

(C) He spoke at the launch of a major global conference on gender equality and the health, rights, and wellbeing of girls and women.

(D) The three-day Vancouver conference is being attended by some 8,000 delegates from more than 165 countries, including leaders, activists, academics and journalists.

(E) Although he did not name any politicians, Trudeau had said on May 30 he would raise his concerns about the United States and other countries "backsliding" on women's rights at his meeting with US Vice President Mike Pence, one of the most prominent American opponents of abortion.

(F) The conference was opened by a procession of indigenous men and women dressed in traditional clothing, some of them wearing red in memory of murdered and missing girls and women.

Q.124 Which of the following would be the SECOND sentence after rearrangement?

A. (A)   **B.** (B)   **C.** (C)   **D.** (D)
E. (F)

Q.125 Which of the following can precede the FIFTH sentence of the passage?

A. This is the first in a five-part series on how structural inequalities, especially gender disparities, affect lives and society.

B. Lugging metal pitchers to the village hand-pump, she spends an hour collecting water each morning, only to return later in the day, spending a total of three hours on this one task.

C. The whole point of unpaid labour is that you want to recognise it, reduce it and redistribute it.

D. He told delegates that women around the world were battling hatred, misogyny and political campaigns to undo their rights.

E. None of these

Q.126 Which of the following pairs from two consecutive statements after rearrangement?

A. (E)-(B)   **B.** (A)-(E)
C. (A)-(D)   **D.** (B)-(C)
E. None of these

Q.127 Which of the following words would fill the blank given in statement (B)?

A. Bleed   **B.** Drain
C. Flowed   **D.** Transcend
E. Seeps

Q.128 Which of the following would be the FOURTH sentence after rearrangement?

[IDBI Bank Executive, 2019]

A. A   **B.** B   **C.** C   **D.** D
E. E

Ques (129-130):Direction: In the following question, out of the five alternatives, select the alternative which best expresses the meaning of the idiom/phrase.

Q.129 We only see the glamour and money in showbiz. But the **other side of the coin** is that only one in hundreds reach there.
A. The other point of view
B. Two points of view.
C. Thinking differently.
D. Walking on the other side.
E. The real thing.

Q.130 The country decided to **close the door on** talks till other outstanding issues are resolved.
A. Insult someone.
B. Talk rudely.
C. You no longer deal with it.
D. Stick with it.
E. Get angry with.

Q.131 Direction: Read the sentence to find out whether there is any error in it. The error, if any, will be in one part of the sentence. The number of that part is the answer. If there is no error, the answer is (5). Ignore errors of punctuation, if any.
Sameer didn't care (1) / so many about (2) /anyone else as much (3) /as he cared for his mother (4)./ No error (5)
A. (1)   **B.** (2)   **C.** (3)   **D.** (4)
E. (5)

Q.132 Direction: Read the sentence to find out whether there is any error in it. The error, if any, will be in one part of the sentence. The number of that part is the answer. If there is no error, the answer is (5). Ignore errors of punctuation, if any.
Having lived to (1)/ Paris for two (2)/ years, Prakash understands (3) French reasonably well. (4)/ No error (5)
A. (1)   **B.** (2)   **C.** (3)   **D.** (4)
E. (5)

Ques (133-135):Directions: Select the phrase/connector from the given as (1), (2), and (3) which can be used to form a single sentence from the two sentences given below, implying the same as expressed in the statement sentences.

Q.133 Indian textiles were in demand in the North Atlantic region of Europe. Previously only wool and linen were available.
1. Where previously only
2. When previously only
3. and previously only
A. Only 1   **B.** Only 2
C. Only 3   **D.** Both 1 and 2
E. Both 2 and 3

Q.134 The accession of George I to the throne of Great Britain in 1714. The kingdom was in a personal union with the Electorate of Hanover.
1. Even the accession
2. Following the accession
3. With the accession

A. Only 1
B. Only 2
C. Only 3
D. Both 2 and 3
E. Both 1 and 2

Q.135 Her brother is a studious boy. He could not pass the entrance examination.

1. And he could not
2. As her brother is
3. Yet he could not

A. Only 1
B. Only 2
C. Only 3
D. Both 1 and 2
E. Both 2 and 3

Ques (136-140):Direction: Given below is a word, followed by three sentences that consist of that word. Identify the sentences that best express the meaning of the word. Choose option E (None of the above) if the word is not suitable in any of the sentences.

Q.136 ACCORDANCE
A. His theory of representing history by sculpture is thoroughly in accordance with that of ancient Greece.
B. The two souls acted in accordance with the soul of the animal becoming a reflection, as it were, of the soul of the god.
C. Who do you think will come forward to accordance a notorious criminal like him?

A. Only C
B. Both A and C
C. Only B
D. Both A and B
E. None of the above

Q.137 ALTRUISTIC
A. She is the most altruistic girl that I have ever come across who is so concerned excessively with oneself.
B. Rajesh is 58 so he will be altruistic from his job in two years' time.
C. Animals can have more altruistic behavior than humans.

A. Only A
B. Only B
C. Only C
D. Both A and B
E. None of the above

Q.138 SACRILEGIOUS
A. A number of churches were sacked and sacrilegious acts committed.
B. Above all, try to be sacrilegious and cautious with the old prince.
C. Leading clerics condemned the book as a sacrilegious attack on their faith.

A. Both A and B
B. Only A
C. Only B
D. Both A and C
E. Both B and C

Q.139 HONEST
A. He deserved an honest answer about her response.
B. "At least you're honest about something," he replied.
C. Never keep company with honest persons.

A. Only A
B. Only B
C. Both A and B
D. Both A and C
E. Only C

Q.140 LYING
A. He had a gut feeling that Sarah was lying.
B. He was just lying there completely pissed.
C. There is no lying road to success.

A. Only A
B. Only B
C. Only C
D. Both A and B
E. Both B and C

Ques (141-142):Direction: Fill in the blanks with the most appropriate word out of the five alternatives suggested below each question to make the sentence grammatically correct.

Q.141 In 2018, one million newborn babies died before they _______ one month of age.

A. Are reaching
B. Will reach
C. Reached
D. Will be reaching
E. Grow

Q.142 Which airline flight _____ she traveling _____?
A. On, is
B. Will, with
C. With, on
D. Is, on
E. Is, to

Ques (143-147):Direction: Read the passage given below and then answer the questions given below the passage. Some words may be highlighted for your attention.

The big fuss about consensus management is an issue that boils down to a lot of noise about not much. The consensus advocates are great **admirers** of the Japanese management style. Consensus is what Japan is famous for. Well, I know the Japanese fairly well: They still remember Douglas MacArthur with respect, and they still bow down to their Emperor. In my dealings with them, I found that they talk a lot about consensus, but there's always one guy behind the scenes who ends up making the tough decisions. It doesn't make sense to me to think that Mr. Toyoda or Mr. Morita of Sony sits around in committee meetings and says, "We've got to get everybody in this organization, from the janitor up, to agree with this move". The Japanese believe in their workers' involvement early on in the decision-making process and in feedback from employees. And they probably listen better than we do. But you can bet that **when the chips are down**, the yen stops at the top guy's desk. So, we're wasting time trying to **emulate something I don't think really exists.**

Business structures are microcosms of other structures. There were no corporations in the fifteenth century. But there were families. There were city governments, provinces, and armies. There was the Church. All of them had, for lack of a better word, a pecking order.

Why? Because that's the only way you can steer clear of **anarchy**. Otherwise, you'll have somebody come in one morning and tell you: "Yesterday I got tired of painting red convertibles, so today I switched to all baby-blues on my own". You'll never get anything done right that way.

What's to admire about consensus management anyway? By its very nature, it's slow. It can never be daring. There can never be real accountability - or flexibility. About the only plus that I've been able to figure out is that consensus management means consistency of direction and objectives. And so much consistency can become faceless, and that's a problem too. In any event, I don't think it can work in this country. The fun of business for entrepreneurs, big or small, lies in the free enterprise system, not in the greatest agreement by the greatest number.

Q.143 What is the tone of the given passage?

A. Optimistic   **B.** Sarcastic

C. Sensitive   **D.** Empathetic

E. None of the above

Q.144 Which of the following is true as per the given passage?

A. The author suggests that the Japanese practice consensus management in letter and spirit

B. Consensus management is a very daring practice

C. According to the author, consensus management cannot work in India

D. Japan is famous for its army

E. None of the above

Q.145 What is the central idea behind the passage?

A. The Japanese do not practice consensus management completely and only pretend to do so

B. Consensus management stands a high chance in a free enterprise system

C. Consensus management exists more in theory than in practice

D. Japan is a superpower because it follows consensus management

E. None of the above

Q.146 Based on the passage, which of the following can be concluded?

A. Corporations have been with us since the 15th century

B. The author himself is of Japanese origin

C. The Japanese have done away with the concept of kings and emperors

D. Japanese companies encourage feedback from their employees

E. None of the above

Q.147 What did the author mean by 'They still remember Douglas MacArthur with respect, and they still bow down to their Emperor'?

A. The notion that the Japanese companies work on consensus management cannot be more accurate because they respect each and every citizen as much as they respect the emperor

B. Both the Emperor and Douglas MacArthur hold the same position and were at an equal level when it came to power and authority over the general public

C. The respect the Japanese have for their Emperor is much more than what they have for Douglas MacArthur

D. Since the Japanese hero-worship their leaders, which conveys their respect for authority, the concept of consensus management is fundamentally incompatible with them

E. All of the above

Ques (148-150):Direction: Read each sentence to find out whether there is any grammatical error in it. The error, if any, will be in one part of the sentence. Choose the option with that part as your answer. If there is no error, mark (E).

Q.148 The Ministry of Home Affairs (MHA) has (A) / issued an advisory to the West Bengal government (B) / and seek a report on the (C) / rising political violence in the State. (D)

A. (B)   **B.** (D)   **C.** (A)   **D.** (C)

E. No error

Q.149 It is requested that a detailed (A) / report be sent urgent on the (B) / representations and ongoing (C) / strike by the doctors. (D)

A. (C)   **B.** (A)   **C.** (D)   **D.** (B)

E. No error

Q.150 As they enquired about the girl (A) / and was informed that she had been (B) / shifted to the hospital, (C) / they volunteered to help her. (D)

A. (B)   **B.** (A)   **C.** (C)   **D.** (D)

E. No error

Ques (151-155):Direction: In the following question, a paragraph is given with three blanks, followed by six words. You have to choose the most suitable combination of words from the five options forming a grammatically correct and contextually meaningful paragraph. If none of the combinations appropriately fill the blank, mark option E, 'None of these' as the answer.

Q.151 The compact city is commonly identified as a high-density and mixed-use development pattern. This pattern is considered to be effective in _______ urban sprawl by intensifying activity density in urban areas, _______ trips in personal vehicles, and providing diverse services through mixed land use, and by _______ old urban areas and preserving rural areas by promoting infill development.

i. Restructuring

ii. Reducing

iii. Relaxing

iv. Revitalizing

v. Restraining

vi. Revamping

A. ii, v, vi   **B.** v, ii, vi

C. i, iii, v   **D.** ii, iv, vi

E. None of these

Q.152 An enterprise is classified as proprietary if an individual is its sole _______ and as partnership if there are two or more owners on a partnership basis with or _______ formal registration. It _______ all corporate entities, registered co-operatives, trusts and other legal entities which do not confirm with the conditions.

i. Without

ii. Lacking

iii. Excludes

iv. Includes

v. Discusses

vi. Owner

A. vi, i, iii **B.** v, iv, iii

C. iv, ii, vi **D.** ii, iv, v

E. None of these

Q.153 Life on earth depends on energy from the _______. About 30 percent of the sunlight that beams toward Earth is deflected by the outer atmosphere and scattered back into _______. The rest reaches the planet's surface and is reflected upward again as a type of slow-moving _____ called infrared radiation.

i. power

ii. Milky way

iii. Energy

iv. Space

v. Sun

vi. Sunlight

A. vi, i, iii **B.** v, iv, iii

C. iv, ii, vi **D.** ii, iv, v

E. None of these

Q.154 JNNURM requires certain reforms to be undertaken by states/ cities in Community Participation, with the ______ of institutionalizing citizen participation as well as _______ the concept of the Area Sabha in urban areas. The larger objective is to _____ citizens in municipal functions, e.g. setting priorities, budgeting provisions, etc.

i. Introduction

ii. Introducing

iii. Ornery

iv. Objective

v. Involvement

vi. Involve

A. vi, i, iii **B.** v, iv, iii

C. iv, ii, vi **D.** ii, iv, v

E. None of these

Q.155 While the greenhouse effect is an essential environmental _____ for life on Earth, there really can be too much of a good thing. The problems begin when human activities ______ and accelerate the natural process by creating more greenhouse gases in the atmosphere than are necessary to warm the planet to an _____ temperature.

i. Straighten

ii. Prerequisite

iii. Energy

iv. Distort

v. Ideal

vi. Idle

A. vi, i, iii **B.** v, iv, iii

C. iv, ii, vi **D.** ii, iv, v

E. None of these

Ques (156-160):Direction: Read the passage given below carefully and then answer the questions that follow.

American children's book ____(1)____ Beverly Cleary, who responded to a young reader's plea for realistic characters by bringing rare insight and humour to the lives of Ramona Quimby, Henry Huggins and the other children who ____(2)____ her more than 40 books, has died at age 104, publisher HarperCollins said. Cleary died on Thursday at her home in Carmel, California, where she had lived since the 1960s, a statement from HarperCollins said. No ____(3)____ of death was given. The author said she had aspirations of writing as a sixth-grader but first became a librarian. At a ____(4)____ in Yakima, Washington, a young boy provided the impetus for her writing career when he asked Cleary where he could find books about "kids like us." Cleary decided she wanted to write about ordinary "grubby kids," she told the Los Angeles Times, rather than the English schoolboys and girls who seemed to dominate the plots of children's ____(5)____ at the time.

Q.156 Which of the following is the most appropriate answer for blank no. (1)?

A. wrestler **B.** author

C. critic **D.** columnist

E. enjoyed

Q.157 Which of the following is the most appropriate answer for blank no. (2)?

A. depreciated **B.** subduing

C. characterize **D.** populated

E. polluted

Q.158 Which of the following is the most appropriate answer for blank no. (3)?

A. substitute **B.** phrase

C. communal **D.** cause

E. behind

Q.159 Which of the following is the most appropriate answer for blank no. (4)?

A. cafeteria **B.** mosque **C.** cathedral **D.** library

E. school

Q.160 Which of the following is the most appropriate answer for blank no. (5)?

A. probability **B.** science

C. literature **D.** chemistry

E. english

Hindi Language

Q.161 सपूत मातृभूमि के,रुको न शूर साहसी।
अराति सैन्य सिन्धु में, सुबाड़वाग्नि से जलो।
प्रवीर हो जयी बनो, बढ़े चलो बढ़े चलो।
इन पंक्तियों में प्रयुक्त छंद का नाम बताइये?

A. सोरठा छंद **B.** दिग्पाल छंद

C. दोहा छंद **D.** उल्लाल छंद

E. गीतिका छंद

Q.162 मेरी भव बाधा हरो, राधा नागरि सोई।
जा तन की साँई परे स्याम हरित दुति होई
उपर्युक्त पंक्ति में कौन-सा रस है?

A. भक्ति रस   B. श्रृंगार रस
C. अदभुत रस   D. वीर रस
E. वात्सल्य रस

Ques (163-172):निर्देश: नीचे दिए गए गद्यांश को ध्यानपूर्वक पढ़िए और उस पर आधारित प्रश्नों के उत्तर दीजिए।

लोक+गीत अर्थात लोगों के गीत। स्थानीय भाषाओं में जो गीत गाए जाते हैं उसे लोकगीत कहा जाता है। लोक गीत शास्त्रीय संगीत से भिन्न हैं। लोकगीत सीधे जनता के संगीत हैं। भारत के विभिन्न घरों गांव और नगरों में यह गीत आज भी गाए जाते हैं। इनको गाने के लिए किसी विशेष अभ्यास की जरूरत नहीं होती है। यह लोकगीत मुख्य त्योहारों और विशेष अवसरों पर ही गाए जाते हैं। लोकगीतों को रचने वाले ज्यादातर लोग गांव के ही हैं। स्त्रियों का भी इनकी रचना में विशेष स्थान रहा है। इन गीतों को बाजो की मदद के बिना ही साधारण ढोलक, झांझ, करतार, बांसुरी आदि की मदद से गाए जाते हैं। लोकगीतों में कोरी कल्पना को सत्य माना हुआ समझकर गीतों को रोजमर्रा के विषय से रचा जाता है। लोकगीत के कई प्रकार हैं, जैसे भोजपुरी में बिदेशिया का अत्यधिक प्रचार हुआ है गाने वालों के अनेक समूह इन्हें गाते हुए देहात में फिरते हैं। पहाड़ियों के अपने-अपने गीत हैं इनमें मुख्य रूप से गढ़वा किन्नौर कांगड़ा आदि के अपने-अपने गीत और उन्हें गाने की अपनी-अपनी विधियां हैं। चैता, कजरी, बारहमासा सावन आदि उत्तर प्रदेश, बाउल और भतियाली बंगाल के, पंजाब में माहिया तथा राजस्थानी में ढोला मारू आदि गीत बड़े चाव से गाए जाते हैं। आधुनिकता के इस दौड़ में आज हम अपनी संस्कृति को भूल रहे हैं और पाश्चात्य सभ्यता को अपना रहे हैं। हमें अपनी रीति रिवाजों और परंपराओं को सहेज कर रखना चाहिए।

Q.163 'संगीत' शब्द में कौन सा उपसर्ग है?

A. सम्   B. स   C. कु   D. दु
E. अन

Q.164 लोकगीत किसकी मदद से नहीं गाए जाते ?

A. ढोलक   B. झांझर   C. करतार   D. बांसुरी
E. बाजा

Q.165 'पाश्चात्य' शब्द के लिए सही वाक्यांश होगा -

A. जिसका संबंध पश्चिम से हो
B. जिसका संबंध पूर्व से हो
C. जिसका संबंध दक्षिण से हो
D. जिसका संबंध किसी से न हो
E. जिसका संबंध प्राचीन काल से हो

Q.166 'सभ्यता' शब्द में कौन सा प्रत्यय है?

A. ता   B. आ   C. ई   D. ऊ
E. आई

Q.167 लोकगीतों का रचयिता कौन होता है?

A. शास्त्रीय संगीतकार   B. पढ़े - लिखे लोग
C. ग्रामीण लोग   D. शहरी लोग
E. सभी लोग

Q.168 भोजपुरी में कौनसा लोकगीत प्रचलित है?

A. बिदेशिया   B. कजरी
C. चैता   D. बाउल
E. शास्त्रीय गान

Q.169 लोकगीत कब गाए जाते हैं?

A. साल में एक बार
B. मुख्य त्योहारों और विशेष अवसरों पर
C. रुदन करते समय
D. सोते समय
E. दिन के समय

Q.170 'नगर' का पर्यायवाची शब्द कौन सा है?

A. पृथ्वी   B. नग   C. गाँव   D. घर
E. शहर

Q.171 'विशेष' शब्द का विलोम शब्द बताएं -

A. सामान्य   B. सरल   C. स्वच्छ   D. काला
E. विख्यात

Q.172 लोकगीत शब्द की उत्पत्ति किन शब्दों से हुई है?

A. लोक+ आयत   B. लोक+आहार
C. लोक + प्रीत   D. लोग+जन
E. लोक + गीत

Ques (173-174):निर्देश: दिए गए विकल्पों में से सही विकल्पों का चयन करके वाक्य पूर्ण करें।

Q.173 'देश में राजनीति के प्रति लोगों की_______को देखते हुए 25 जनवरी को देश में मतदाताओं को_______करने के लिए राष्ट्रीय मतदाता दिवस मनाये जाने का संकल्प लिया गया है।'

A. अंधविश्वास, प्रोत्साहित   B. स्नेह, शिक्षित
C. उत्सुकता, इकट्ठा   D. उदासीनता, जागरूक
E. इनमें से कोई नहीं

Q.174 __________ की मानसिक प्रक्रिया के अंतर्गत वास्तव में दो प्रकार की मानसिक प्रक्रियाएँ निहित हैं – प्रथम, विगत संवेदनशीलता का प्रतिस्मरण, द्वितीय, उन प्रतिस्मृत अनुभवों की एक नए संयोजन में रचना।

A. विचार   B. कल्पना
C. चिंतन   D. भाव
E. इनमें से कोई नहीं

Q.175 'अंक' का अनेकार्थी शब्द होगा:

A. विष्णु   B. कामदेव
C. संख्या   D. चौसर के पासे
E. ईश्वर

Q.176 मूर्धन्य का अनेकार्थी शब्द है:

A. हाथ   B. श्रेष्ठ   C. जड़   D. कीमत
E. आजन्म

Q.177 दिए गए विकल्पों में से 'एकाधिकार' शब्द का विलोम क्या होगा?

A. पराधिकार   B. सर्वाधिकार
C. परमाधिकार   D. प्रतिपूरक
E. इनमें से कोई नहीं

Q.178 दिए गए विकल्पों में से 'कृपण' शब्द का विलोम क्या होगा?

A. कर्षण   B. दरिद्र   C. उदार   D. स्थूल
E. बलवान

Q.179 निम्न विकल्पों में 'अव' उपसर्ग से बना शब्द नहीं है।

A. अवकाश   B. अवतार   C. अनुराग   D. अवमान
E. अवतारी

Q.180 क्रिया के अंत में लगकर बने यौगिक शब्दों को क्या कहते हैं?

A. प्रत्यय   B. स्त्री प्रत्यय
C. तद्धितान्त   D. कृदन्त
E. इनमें से कोई भी नहीं

Q.181 'कपास ओटना' का अर्थ है:

A. शीघ्र नष्ट होने वाली वस्तु
B. सांसरिक काम-धन्धों में लगे रहना
C. पूर्णतः स्वस्थ होना

D. बहुत साधन संपन्न होना
E. बुद्धि भ्रष्ट होना

Q.182 'का बरखा जब कृषि सुखाने' का अर्थ है:
A. समय पर काम नहीं हो
B. समय को व्यर्थ गवां दिया जाता हो
C. समय का लाभ न उठाता हो
D. समय का पालन करता है
E. स्नेह से लिपटा लेना

Q.183 'मधुवन की छाती को देखो, सूखी कितनी इसकी कलियाँ' में अलंकार है-
A. उत्प्रेक्षा B. श्लेष C. यमक D. रूपक
E. उपमा

Q.184 'चरण-कमल बंदौ हरिराई' में कौन सा अलंकार है?
A. उत्प्रेक्षा B. उपमा C. यमक D. रूपक
E. श्लेष

Q.185 निम्नलिखित वाक्यों में से शुद्ध वाक्य चयन कर उत्तर चिन्हित करें।
A. माँ को अपने पुत्र में ममता होती है।
B. माँ को अपने पुत्र पर ममता होती है।
C. माँ को अपने पुत्र से ममता होती है।
D. माँ को अपने पुत्र की ममता होती है।
E. माँ को अपने पुत्र को ममता होती है।

Q.186 निम्नलिखित में से कौन सा वाक्य अशुद्ध है?
A. क्या आप जाएँगे?
B. भीड़ में पटना के चार व्यक्ति भी थे।
C. छात्रों ने मुख्य अतिथि को एक फूलों की माला पहनाई।
D. बैंक के कई कर्मचारियों ने प्रदर्शन किया।
E. इनमें से कोई नहीं

Q.187 दिए गए विकल्पों में 'प्रभुत्व' कौन-सा शब्द है?
A. तत्सम B. तद्भव
C. देशज D. विदेशज
E. इनमें से कोई नहीं

Q.188 दिए गए विकल्पों में से 'कर्पूर' किस श्रेणी का शब्द है?
A. देशज B. विदेशी
C. तत्सम D. तद्भव
E. इनमें से कोई नहीं

Ques (189-190):निर्देश: दिए गए वाक्यांश के लिए एक शब्द बताएं।

Q.189 'जिसकी आशा न की गई हो'
A. अप्रत्याशित B. प्रत्यक्ष
C. अनायास D. आश्रित
E. असम्भव

Q.190 'जिसका वर्णन नहीं हो सकता'
A. अवर्णनीय B. अल्पभाषी C. अभेद्य D. दर्शनीय
E. अकथ

Q.191 निम्नलिखित में किस शब्द में त्रुटि नहीं है-
A. अगामी B. आगमी
C. आगामी D. अगमी
E. उपरोक्त सभी सही हैं

Q.192 निम्नलिखित में किस शब्द में त्रुटि नहीं है-
A. सुभच्छा B. शुभेच्छा C. शुभ एच्छा D. शुभीक्षा

E. षुभिक्षा

Q.193 'निधन' का पर्यायवाची है:
A. दिवावसान B. देहावसान C. देहान्तर D. आमरण
E. जन्म

Q.194 'यक्षराज' का पर्यायवाची शब्द है:
A. बादल B. कल्पवृक्ष C. कुबेर D. चपला
E. यमराज

Q.195 निम्नलिखित में से पुल्लिंग शब्द का चयन कीजिए -
A. खुशकिस्मती B. खबर
C. खुशी D. सौभाग्य
E. खुशखबरी

Q.196 निम्नलिखित में कौन-सा शब्द पुल्लिंग नहीं है?
A. अकाल B. खटमल C. जीभ D. आयोजन
E. कामयाब

Q.197 नीचे दिए गए शब्द का सही बहुवचन रूप वाला विकल्प पहचानिए।
नेता
A. नेते B. नेतों
C. नेताओं D. नेता
E. इनमे से कोई नहीं

Q.198 'छात्र परीक्षा की तैयारी में व्यस्त हैं।' इस वाक्य में प्रयुक्त 'छात्र' का बहुवचन बताइए।
A. छात्रों B. छात्रजन
C. छात्रे D. छात्रगण
E. इनमे से कोई नहीं

Q.199 'प्रयागराज' संज्ञा की दृष्टि से है
A. जातिवाचक संज्ञा B. द्रव्यवाचक संज्ञा
C. भाववाचक संज्ञा D. व्यक्तिवाचक संज्ञा
E. परिमाणवाचक संज्ञा

Q.200 हथियाना, चिकनाना किस प्रकार की क्रिया है?
[UPSSSC Forest Guard, 2018]
A. नामधातु क्रिया B. प्रेरणार्थक क्रिया
C. यौगिक क्रिया D. संयुक्त क्रिया
E. इनमें से कोई नहीं

Quantitative Aptitude & Data Interpretation

Q.201 एक समूह में 30 लोग होते हैं। यदि सभी एक दूसरे से हाथ मिलाते हैं, तो कितने हाथ मिलाना संभव है?
A. 870 B. 435 C. 500 D. 625
E. 258

Ques (202-206):निर्देश: नीचे दी गयी जानकारी का ध्यानपूर्वक अध्ययन कीजिए और प्रश्न का उत्तर दीजिए।

निम्नलिखित लाइन ग्राफ सात अलग-अलग संस्थानों - A, B, C, D, E, F और G में विज्ञान पढ़ने वाले छात्रों के प्रतिशत के अनुसार वितरण के बारे में जानकारी देता है। नीचे दी गई तालिका सात अलग-अलग संस्थानों - A, B, C, D, E, F और G में कला पढ़ने वाले छात्रों के प्रतिशत के अनुसार वितरण के बारे में जानकारी देती है।

विज्ञान पढ़ने वाले छात्रों की कुल संख्या = 4700

विज्ञान पढ़ने वाले छात्रों का प्रतिशत

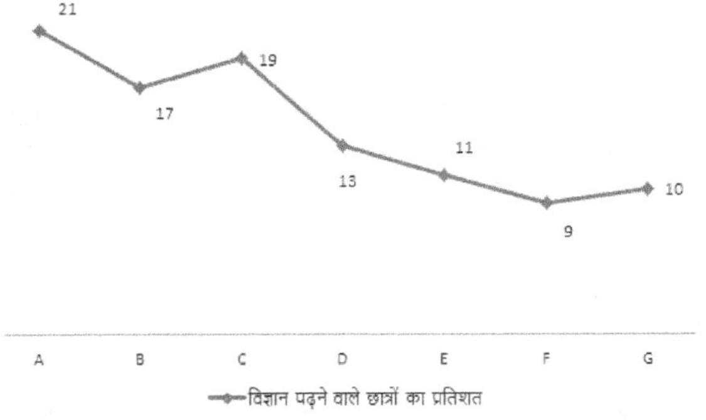

कला पढ़ने वाले छात्रों की कुल संख्या = 4300

संस्थान	कला पढ़ने वाले छात्रों का प्रतिशत
A	19
B	23
C	17
D	12
E	15
F	8
G	6

Q.202 संस्थान B से कितने छात्र विज्ञान और कला पढ़ने वाले हैं?

A. 1728

B. 1698

C. 1788

D. 1798

E. इनमें से कोई नहीं

Q.203 संस्थान C से विज्ञान और कला पढ़ने वाले छात्रों की संख्या के बीच संबंधित अनुपात ज्ञात कीजिए।

A. 19 : 17

B. 893 : 721

C. 883 : 731

D. 893 : 731

E. 893 : 701

Q.204 संस्थान F और G से एक साथ कला पढ़ने वाले कितने छात्र हैं?

A. 602

B. 658

C. 612

D. 648

E. इनमें से कोई नहीं

Q.205 संस्थान B से विज्ञान पढ़ने वाले छात्रों की संख्या और संस्थान A से कला पढ़ने वाले छात्रों की संख्या के बीच संबंधित अनुपात है:

A. 789 : 817

B. 799 : 827

C. 799 : 817

D. 789 : 827

E. इनमें से कोई नहीं

Q.206 संस्थान C से विज्ञान पढ़ने वाले छात्रों की संख्या और संस्थान F से कला पढ़ने वाले छात्रों की संख्या के बीच संबंधित अनुपात है:

A. 930: 425

B. 425: 930

C. 980: 315

D. 893 : 344

E. 326: 986

Ques (207-208):निर्देश: एक दुकानदार उसकी वस्तुओं को x% हानि पर बेचने का दावा करता है लेकिन वह 30% कम वजन का इस्तेमाल करता है और 40% का निश्चित लाभ अर्जित करता है।

Q.207 x का मान ज्ञात कीजिये।

A. 3

B. 4

C. 2

D. 5

E. इनमें से कोई नहीं

Q.208 यदि उसने खरीदते समय भी 40% की बेईमानी की थी, तो वास्तविक लाभ ज्ञात कीजिये।

A. 50%

B. 100%

C. 150%

D. 75%

E. इनमें से कोई नहीं

Q.209 A एक कार्य का $\frac{2}{5}$ भाग 10 दिनों में कर सकता है। B उस कार्य का $\frac{1}{2}$ भाग 10 दिनों में कर सकता है। वे एक साथ 5 दिनों के लिए कार्य करते हैं और उसके बाद A कार्य छोड़ देता है। शेष कार्य को B कितने दिनों में पूरा कर लेगा?

A. 8

B. 10

C. 11

D. 9

E. 15

Q.210 A किसी कार्य को 10 घंटे में पूरा कर सकता है, B और C मिलकर इसे 12 घंटे में पूरा कर सकते हैं, जबकि A और C मिलकर इसे 6 घंटे में पूरा कर सकते हैं। इसे अकेले पूरा करने में B को कितना समय लगेगा?

A. 30 घंटे

B. 40 घंटे

C. 50 घंटे

D. 60 घंटे

E. 70 घंटे

Q.211 एक मोबाइल और एक स्पीकर के मूल्यों का अनुपात 5 : 2 है। दो मोबाइलों और एक स्पीकर का औसत मूल्य 20000 रूपये है। एक मोबाइल और एक स्पीकर के मूल्य का कुल योग है:

A. 25000 रु

B. 35000 रु

C. 30000 रु

D. 45000 रु

E. 40000 रु

Q.212 50 छात्रों की एक कक्षा में से कुछ छात्रों को गणतंत्र दिवस परेड के लिए यादृच्छिक रूप से चुना गया था लेकिन शर्त यह थी कि संख्या या तो 2 का गुणक या 5 का गुणक होना चाहिए। जिन छात्रों का चयन नहीं किया गया उनका औसत वजन 56 किग्रा था और चुने गए सभी छात्रों का औसत वजन 58 किलो था। कक्षा का औसत वजन (किग्रा में) क्या था?

A. 57.8

B. 57.2

C. 56.9

D. 57.6

E. इनमें से कोई नहीं

Q.213 नाव A की गति शांत पानी में नाव B की गति से 50% अधिक है, यदि दोनों नावें एक ही समय में धरा के अनुकूल बिंदु P से बिंदु Q की तरफ जाती है दोनों की बीच की दूरी 72 किमी है। नाव A ने यात्रा के दौरान 120 मिनट गंवाए क्योंकि इंजन ठीक से काम नहीं कर रहा था। नाव A द्वारा तय की गए धारा के प्रतिकूल अपनी गति के 50% से तय करने में लिया गया समय ज्ञात कीजिए?

A. 8 घंटा

B. 10 घंटा

C. 6 घंटा

D. 12 घंटा

E. 14 घंटा

Q.214 कुलदीप दैनिक आधार पर एक वृत्ताकार खेल के मैदान के चारों ओर चक्कर लगाकर अपनी दौड़ में सुधार करने का फैसला करता है। महीने के पहले दिन, उन्होंने खेल के मैदान का एक चक्कर 10 किमी/घंटा की गति से 6 मिनट में पूरा किया। और महीने के आखिरी दिन, उन्होंने खेल के मैदान का एक चक्कर 4 मिनट में पूरा किया। एक महीने में कुलदीप ने अपनी गति (मीटर/सेकंड में) कितना सुधार किया?

A. 25 मीटर/सेकंड

B. $\frac{25}{18}$ मीटर/सेकंड

C. $\frac{18}{25}$ मीटर/सेकंड

D. 5 मीटर/सेकंड

E. 8 मीटर/सेकंड

Ques (215-217):निर्देश: दिए गए प्रश्न में, I और II से अंकित दो समीकरण दिए गए हैं। आपको दोनों समीकरणों को हल करना है और सही उत्तर चिह्नित करना है-

Q.215 I. $\sqrt{2}x^2 + x - \sqrt{2} = 0$

II. $y^2 - 5y + 6 = 0$

A. x > y
B. x < y
C. x ≥ y
D. x ≤ y
E. x = y या x और y के बीच कोई संबंध स्थापित नहीं किया जा सकता है

Q.216 I. $x^2 = 841$

II. $y^2 - 15y - 76 = 0$

A. x > y
B. x < y
C. x ≥ y
D. x ≤ y
E. x = y या x और y के बीच कोई संबंध स्थापित नहीं किया जा सकता है

Q.217 I. $x = \sqrt{784}$

II. $y^2 - 32y + 87 = 0$

A. x > y
B. x < y
C. x ≥ y
D. x ≤ y
E. x = y या x और y के बीच कोई संबंध स्थापित नहीं किया जा सकता है

Q.218 एक गाँव ने पंचायत के अगले प्रमुख के लिए चुनाव कराया जिसमें A और B ने भाग लिया। 20% मतदाताओं ने वोट नहीं दिया और कुछ वोटों को अमान्य टैग मिला। विजेता को वैध वोटों का 70% मिलता है और 1000 वोटों से जीतता है। यदि पंजीकृत मतदाताओं की कुल संख्या 5000 है तो अमान्य मतों की संख्या ज्ञात कीजिए।

A. 1200
B. 1000
C. 1500
D. 1800
E. 2000

Q.219 एक व्यक्ति अपने दो बेटों के बैंक खाते में 8400 रुपये इस तरह से निवेश करना चाहता है कि जब वे 18 साल के हो जाएं तो उन्हें समान ब्याज प्राप्त हो। उसके 2 बेटों की वर्तमान आयु 13 वर्ष और 15 वर्ष है। यदि साधारण ब्याज की दर 5% प्रतिवर्ष है। छोटे बेटे के खाते में निवेश ज्ञात कीजिये?

A. 4050
B. 3650
C. 3150
D. 4500
E. 2500

Ques (220-222):निर्देश: निम्न प्रश्न में प्रश्न चिह्न '?' के स्थान पर कौन सा अनुमानित मान आएगा?

Q.220 59.99 ÷ 60.01 + 17.91 × 3.05 – 10.97 = ?

A. 44
B. 47
C. 46
D. 42
E. 43

Q.221 (179.8 × 19.91 – 23.99 × 6.03) ÷ (67.95 × 36.03 ÷ 17.95 + 35.97) = ?

A. 20
B. 21
C. 22
D. 23
E. 24

Q.222 24.45 × 28 + 86.5 × 82 + 45 × 55.46 + 62.8 × 35 = ?

A. 15460
B. 14472
C. 13861
D. 12445
E. 12000

Ques (223-226):निर्देश: निम्नलिखित संख्या श्रृंखला में, कोई एक संख्या गलत है। गलत संख्या ज्ञात कीजिए।

Q.223 64, 33, 34, 53, 105, 263.5

A. 64
B. 33
C. 53
D. 105
E. 34

Q.224 105, 116, 94, 138, 55, 226

A. 94
B. 55
C. 138
D. 116
E. 226

Q.225 40, 56, 124, 264, 520, 920

A. 56
B. 40
C. 124
D. 264
E. 920

Q.226 10, 12, 40, 228, 1450, 13060

A. 40
B. 1450
C. 228
D. 12
E. 13060

Q.227 निर्देश: निम्नलिखित कथनों को पढ़िए और ज्ञात कीजिए कि वे दिए गए प्रश्न का उत्तर देने के लिए पर्याप्त हैं या नहीं हैं।

कार से संग्रहालय जाने वाले छात्रों की संख्या कितनी है? यदि तीन अलग-अलग माध्यम अर्थात बस, ट्रेन और कार से यात्रा करने वाले छात्रों का अनुपात 5 : 14 : 8 है?

I. संग्रहालय जाने वाले छात्रों की संख्या, संग्रहालय में जाने वाली छात्राओं की संख्या से 45 अधिक है। सभी छात्राएं केवल ट्रेन से संग्रहालय गईं और केवल 30 पुरुष ट्रेन से गए।

II. बस और कार से संग्रहालय जाने वाले पुरुषों की कुल संख्या 195 है।

A. यदि प्रश्न का उत्तर देने के लिए केवल कथन I में दी गयी जानकारी पर्याप्त है जबकि प्रश्न का उत्तर देने के लिए केवल कथन II में दी गयी जानकारी पर्याप्त नहीं है।

B. यदि प्रश्न का उत्तर देने के लिए केवल कथन II में दी गयी जानकारी पर्याप्त है जबकि प्रश्न का उत्तर देने के लिए केवल कथन I में दी गयी जानकारी पर्याप्त नहीं है।

C. यदि प्रश्न का उत्तर देने के लिए या तो केवल कथन I या केवल कथन II में दी गयी जानकारी पर्याप्त है।

D. यदि कथन I और II दोनों में भी दी गयी जानकारी एक साथ प्रश्न का उत्तर देने के लिए पर्याप्त नहीं है।

E. यदि कथन I और II दोनों में दी गयी जानकारी एक साथ प्रश्न का उत्तर देने के लिए आवश्यक है।

Q.228 एक समद्विबाहु त्रिभुज ABC में यदि AB = AC = 26 सेमी और BC = 20 सेमी, त्रिभुज ABC का क्षेत्रफल ज्ञात कीजिए।

[RRB (NTPC), 2021]

A. 180 सेमी²
B. 240 सेमी²
C. 220 सेमी²
D. 260 सेमी²
E. इनमें से कोई नहीं

Ques (229-233):निर्देश: ये प्रश्न नीचे दी गयी सारणी और दंड आलेख पर आधारित हैं।

2008 से 2013 तक बिग बैंक की शाखाएँ

शाखाएँ↓ वर्ष→	2008	2009	2010	2011	2012	2013
महाराष्ट्र	17	28	49	68	99	111
हरयाणा	0	13	27	43	71	89
मध्य प्रदेश	0	0	17	31	45	72
पश्चिम बंगाल	0	0	0	12	29	51

सूचना: बैंक ऊपर दिए गए केवल चार राज्यों में कार्यरत है।

वर्ष 2008 से 2013 तक बैंक के द्वारा अग्रिम ऋण (करोड़ में) और जमा (करोड़ में)

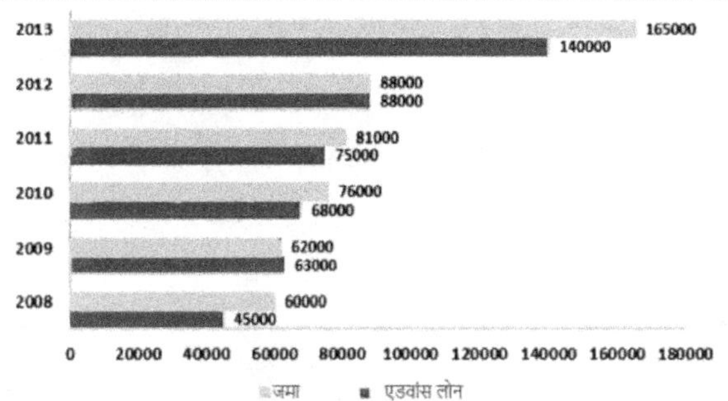

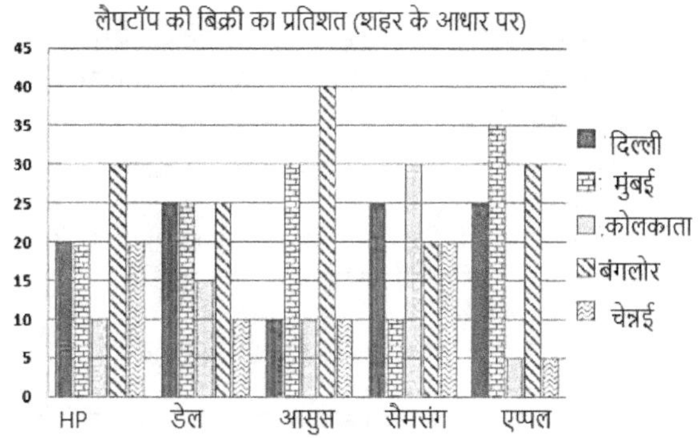

Q.229 पिछले वर्ष से तुलना करने पर निम्नलिखित में से किस वर्ष में जमा, द्वितीय सबसे अधिक प्रतिशत वृद्धि को दर्शाता है?

A. 2009 B. 2010 C. 2011 D. 2012
E. 2008

Q.230 2008 - 2013 अवधि के दौरान प्रति राज्य में बिग बैंकों की औसत संख्या क्या है?

A. 218 B. 228 C. 238 D. 248
E. 200

Q.231 यदि 2010 और 2012 दोनों वर्षों में बैंक की प्रत्येक शाखा में ग्राहकों की संख्या 13,587 है, तो 2010 से 2012 में बैंक के ग्राहकों की कुल संख्या में प्रतिशत वृद्धि क्या है?

A. 150% B. 162%` C. 143% D. 132%
E. 160%

Q.232 यदि 2011 में, बैंक की प्रत्येक शाखा में ग्राहकों की औसत संख्या 700 है, तो प्रति ग्राहक अनुमानित औसत जमा क्या है?

A. 55 लाख B. 75 लाख C. 65 लाख D. 85 लाख
E. 80 लाख

Q.233 यदि 2011 से 2012 में बैंक की शाखाओं की कुल संख्या में वार्षिक वृद्धि 28% है, तो 2012 में बैंक की कितनी शाखाएँ थीं?

A. 200 B. 197 C. 187 D. 177
E. 190

Ques (234-238):निर्देश: निम्न रडार आलेख के द्वारा तीन विभिन्न वर्षों में पांच विभिन्न कंपनियों द्वारा निर्मित लैपटॉप की संख्या (लाख में) दर्शाई गयी है।

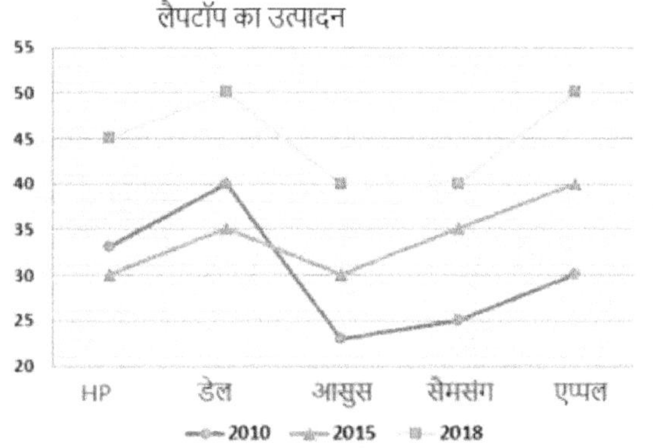

इन कंपनियों के विभिन्न शहरों में तीन वर्षों 2010, 2015 और 2018 के एकत्रित विक्रय आंकड़ों का प्रतिशत निम्न रेखा आलेख द्वारा द्वारा दर्शाया गया है।

Q.234 मुंबई में बेचे गए HP लैपटॉप की कुल संख्या, बैंगलोर में बेचे गए एप्पल लैपटॉप की कुल संख्या का कितने प्रतिशत है?

A. 60 % B. 65 %
C. 68 % D. 62 %
E. इनमें से कोई नहीं

Q.235 वर्ष 2010 में निर्मित आसुस लैपटॉप का दिल्ली और कोलकाता में HP लैपटॉप के संयुक्त विक्रय से अनुपात क्या है?

A. 117 : 163 B. 123 : 161
C. 115 : 162 D. 114 : 167
E. इनमें से कोई नहीं

Q.236 आसुस कंपनी द्वारा प्रत्येक वर्ष में निर्मित लैपटॉप की औसत संख्या क्या है?

A. 32.64 लाख B. 30. 65 लाख
C. 35. 65 लाख D. 31 लाख
E. इनमें से कोई नहीं

Q.237 बैंगलोर में डेल लैपटॉप और चेन्नई में सैमसंग लैपटॉप के विक्रय के बीच अंतर क्या है?

A. 8.45 लाख B. 11.25 लाख
C. 16.25 लाख D. 6.35 लाख
E. इनमें से कोई नहीं

Q.238 चेन्नई में HP लैपटॉप और मुंबई में एप्पल लैपटॉप के विक्रय का योग क्या है?

A. 63.6 लाख B. 63.5 लाख
C. 63.4 लाख D. 63.3 लाख
E. इनमें से कोई नहीं

Ques (239-240):निर्देश: निम्नलिखित प्रश्न में तीन कथन (I), (II) और (III) दिये गए हैं।आपको यह निश्चित करना होगा कि निम्नलिखित प्रश्न का उत्तर देने के लिए कौन सा कथन पर्याप्त/आवश्यक हैं।

Q.239 एक कक्षा में छः छात्रों के एक समूह में देखा गया कि उनकी आयु का योग अभाज्य संख्या के वर्ग से 23 कम है। तो समूह की औसत आयु ज्ञात कीजिये।

I.दो बड़े छात्रों की औसत आयु 27.5 वर्ष है और एक छोटे छात्र की आयु 20 वर्ष है।

II. सभी छात्रों की आयु 19 वर्ष से 30 वर्ष के बीच है।

III.सबसे कम और सबसे अधिक आयु के छात्र की आयु में 8 वर्ष का अंतर है।

A. केवल I
B. केवल II
C. केवल III
D. या तो I या II और III
E. तीन में से कोई दो कथन का उत्तर देने के लिए पर्याप्त हैं

Q.240 एक त्रिभुज के कोण x, y और z हैं। z का मान ज्ञात कीजिए।

I. x और y के लघुत्तम समापवर्त्य और महत्तम समापवर्त्य का गुणनफल 3600 है और y = 60 है।

II. x + y = 120

III. त्रिभुज एक समबाहु त्रिभुज है।

A. प्रश्न का उत्तर देने के लिए किसी एक कथन की जानकारी पर्याप्त है।

B. प्रश्न का उत्तर देने के लिए तीनों कथनों की एकत्रित जानकारी आवश्यक है।

C. प्रश्न का उत्तर देने के लिए कथन I और II की एकत्रित जानकारी पर्याप्त है।

D. प्रश्न का उत्तर देने के लिए कथन II और III की एकत्रित जानकारी पर्याप्त है।

E. प्रश्न का उत्तर देने के लिए कथन I और III की एकत्रित जानकारी पर्याप्त है।

// स्माट उत्तर पुस्तिका //

सही उत्तर — उन छात्रों का प्रतिशत जिन्होंने प्रश्नों का सही उत्तर दिया था। **छोड़ दिया** — उन छात्रों का प्रतिशत जिन्होंने प्रश्नों को छोड़ दिया था।

प्रश्न संख्या	उत्तर	सही उत्तर / छोड़ दिया	प्रश्न संख्या	उत्तर	सही उत्तर / छोड़ दिया	प्रश्न संख्या	उत्तर	सही उत्तर / छोड़ दिया	प्रश्न संख्या	उत्तर	सही उत्तर / छोड़ दिया	प्रश्न संख्या	उत्तर	सही उत्तर / छोड़ दिया
1	A	49.67 % / 39.64 %	17	C	16.71 % / 76.94 %	33	C	28.94 % / 67.19 %	49	D	69.13 % / 30.83 %	65	A	66.36 % / 30.1 %
2	A	46.74 % / 31.1 %	18	B	16.03 % / 72.98 %	34	E	14.27 % / 83.57 %	50	A	54.06 % / 33.54 %	66	C	44.65 % / 43.78 %
3	C	57.53 % / 32.19 %	19	B	24.06 % / 72.54 %	35	A	26.2 % / 69.25 %	51	B	59.52 % / 33.3 %	67	A	49.84 % / 46.66 %
4	C	32.52 % / 67.43 %	20	C	22.63 % / 69.15 %	36	B	17.95 % / 68.35 %	52	B	42.06 % / 32.46 %	68	A	27.31 % / 69.29 %
5	D	46.62 % / 32.38 %	21	A	56.52 % / 33.97 %	37	B	45.2 % / 39.77 %	53	C	85.29 % / 13.44 %	69	D	40.05 % / 54.06 %
6	C	23.46 % / 72.39 %	22	C	69.35 % / 30.63 %	38	C	60.87 % / 34.95 %	54	D	52.7 % / 32.16 %	70	A	83.28 % / 13.95 %
7	C	25.51 % / 67.69 %	23	A	46.63 % / 30.3 %	39	B	43.69 % / 43.62 %	55	B	79.03 % / 13.61 %	71	A	78.83 % / 12.59 %
8	A	59.21 % / 38.15 %	24	D	51.69 % / 33.5 %	40	D	67.57 % / 32.04 %	56	B	87.25 % / 10.66 %	72	D	43.51 % / 49.76 %
9	D	43.25 % / 34.02 %	25	A	61.53 % / 32.99 %	41	D	51.74 % / 38.03 %	57	D	81.02 % / 16.41 %	73	A	52.23 % / 36.73 %
10	E	10.47 % / 83.78 %	26	D	64.62 % / 30.65 %	42	B	43.05 % / 50.13 %	58	D	58.42 % / 33.55 %	74	A	66.99 % / 31.09 %
11	B	47.14 % / 45.4 %	27	A	40.99 % / 50.4 %	43	E	58.97 % / 37.04 %	59	B	17.74 % / 72.26 %	75	C	41.93 % / 47.69 %
12	C	58.08 % / 32.32 %	28	D	29.31 % / 70.4 %	44	A	49.04 % / 44.99 %	60	C	21.35 % / 76.1 %	76	B	48.65 % / 50.73 %
13	D	62.47 % / 35.93 %	29	C	27.07 % / 71.3 %	45	A	52.35 % / 33.24 %	61	D	54.29 % / 36.0 %	77	B	42.4 % / 39.83 %
14	D	60.84 % / 33.93 %	30	C	11.92 % / 67.48 %	46	E	54.84 % / 34.14 %	62	B	57.93 % / 35.13 %	78	C	56.34 % / 31.78 %
15	E	58.23 % / 38.66 %	31	D	32.49 % / 67.43 %	47	A	79.62 % / 17.81 %	63	B	65.47 % / 34.12 %	79	E	67.53 % / 31.01 %
16	E	22.07 % / 71.28 %	32	B	19.16 % / 80.11 %	48	C	51.55 % / 36.42 %	64	A	52.19 % / 41.46 %	80	A	57.0 % / 39.78 %

प्रश्न संख्या	उत्तर	सही उत्तर / छोड़ दिया	प्रश्न संख्या	उत्तर	सही उत्तर / छोड़ दिया	प्रश्न संख्या	उत्तर	सही उत्तर / छोड़ दिया	प्रश्न संख्या	उत्तर	सही उत्तर / छोड़ दिया	प्रश्न संख्या	उत्तर	सही उत्तर / छोड़ दिया
81	D	55.61 % / 31.69 %	97	D	62.56 % / 37.36 %	113	B	40.86 % / 30.69 %	129	A	62.81 % / 32.58 %	145	C	59.91 % / 31.92 %
82	C	23.58 % / 75.08 %	98	C	64.06 % / 32.27 %	114	C	63.31 % / 31.39 %	130	C	46.13 % / 42.73 %	146	D	63.74 % / 34.0 %
83	B	56.59 % / 37.55 %	99	B	89.58 % / 10.33 %	115	B	42.98 % / 37.3 %	131	B	88.99 % / 10.47 %	147	D	68.23 % / 30.0 %
84	A	43.9 % / 49.72 %	100	C	46.73 % / 38.07 %	116	C	41.41 % / 54.68 %	132	A	76.59 % / 20.71 %	148	D	50.29 % / 34.97 %
85	C	45.91 % / 41.39 %	101	D	84.02 % / 12.59 %	117	D	67.64 % / 30.0 %	133	A	43.78 % / 47.04 %	149	D	31.81 % / 68.12 %
86	A	20.99 % / 72.81 %	102	D	81.02 % / 10.03 %	118	C	58.26 % / 35.58 %	134	B	54.4 % / 35.01 %	150	A	59.44 % / 38.67 %
87	A	65.44 % / 33.91 %	103	E	86.81 % / 12.03 %	119	B	41.72 % / 40.43 %	135	C	41.03 % / 58.13 %	151	B	66.28 % / 31.16 %
88	B	46.48 % / 45.71 %	104	E	47.32 % / 48.13 %	120	A	60.13 % / 39.01 %	136	D	62.36 % / 35.75 %	152	A	56.06 % / 38.77 %
89	C	50.99 % / 43.54 %	105	A	52.26 % / 32.98 %	121	D	52.77 % / 44.85 %	137	C	49.98 % / 38.12 %	153	B	61.54 % / 37.6 %
90	A	65.5 % / 32.59 %	106	C	41.53 % / 43.96 %	122	B	69.29 % / 30.02 %	138	D	66.3 % / 30.01 %	154	C	59.56 % / 38.88 %
91	E	79.41 % / 16.77 %	107	B	49.13 % / 47.22 %	123	C	60.18 % / 31.06 %	139	C	81.18 % / 11.77 %	155	D	40.2 % / 40.33 %
92	B	68.26 % / 31.28 %	108	C	49.8 % / 37.78 %	124	C	63.21 % / 35.09 %	140	D	76.91 % / 14.69 %	156	B	43.3 % / 39.1 %
93	B	10.79 % / 84.68 %	109	A	45.97 % / 51.34 %	125	D	65.83 % / 30.55 %	141	C	58.01 % / 32.97 %	157	D	60.42 % / 30.86 %
94	E	22.29 % / 73.11 %	110	B	50.09 % / 41.72 %	126	A	64.31 % / 30.07 %	142	D	58.41 % / 34.89 %	158	D	46.92 % / 31.75 %
95	C	50.27 % / 43.37 %	111	B	69.03 % / 30.7 %	127	E	64.39 % / 35.12 %	143	B	53.14 % / 46.07 %	159	D	47.96 % / 49.83 %
96	A	40.8 % / 56.27 %	112	C	47.1 % / 36.65 %	128	A	48.97 % / 40.07 %	144	E	68.35 % / 31.09 %	160	C	60.38 % / 34.27 %

प्रश्न संख्या	उत्तर	सही उत्तर / छोड़ दिया	प्रश्न संख्या	उत्तर	सही उत्तर / छोड़ दिया	प्रश्न संख्या	उत्तर	सही उत्तर / छोड़ दिया	प्रश्न संख्या	उत्तर	सही उत्तर / छोड़ दिया	प्रश्न संख्या	उत्तर	सही उत्तर / छोड़ दिया
161	B	27.68 % / 70.53 %	177	B	48.31 % / 42.5 %	193	B	68.8 % / 31.03 %	209	C	65.61 % / 33.45 %	225	C	58.61 % / 40.33 %
162	A	11.55 % / 85.26 %	178	C	48.02 % / 41.91 %	194	C	48.38 % / 51.49 %	210	D	68.2 % / 30.86 %	226	C	68.84 % / 30.31 %
163	A	79.23 % / 19.84 %	179	C	85.71 % / 13.99 %	195	D	69.27 % / 30.46 %	211	B	65.65 % / 32.17 %	227	E	66.06 % / 31.08 %
164	E	58.36 % / 32.39 %	180	D	88.73 % / 11.09 %	196	C	49.86 % / 47.6 %	212	B	55.27 % / 30.71 %	228	B	57.46 % / 42.01 %
165	A	45.15 % / 54.08 %	181	B	56.11 % / 30.65 %	197	D	68.53 % / 30.52 %	213	A	52.25 % / 46.84 %	229	B	11.64 % / 75.84 %
166	A	81.04 % / 11.67 %	182	A	61.49 % / 34.93 %	198	D	66.98 % / 31.77 %	214	B	59.53 % / 33.91 %	230	A	21.55 % / 73.07 %
167	C	41.75 % / 36.02 %	183	B	55.73 % / 30.73 %	199	D	66.99 % / 30.1 %	215	B	45.76 % / 43.76 %	231	B	24.11 % / 68.68 %
168	A	53.33 % / 42.0 %	184	D	67.91 % / 31.73 %	200	A	69.04 % / 30.74 %	216	E	40.19 % / 35.52 %	232	B	18.5 % / 78.37 %
169	B	69.41 % / 30.43 %	185	C	61.84 % / 38.03 %	201	B	55.16 % / 34.28 %	217	E	69.02 % / 30.84 %	233	B	15.83 % / 72.75 %
170	E	58.25 % / 35.64 %	186	C	62.93 % / 32.61 %	202	C	60.75 % / 30.16 %	218	C	58.9 % / 35.38 %	234	A	16.76 % / 75.88 %
171	A	83.64 % / 14.44 %	187	A	43.26 % / 37.81 %	203	D	69.8 % / 30.08 %	219	C	43.83 % / 53.9 %	235	C	23.75 % / 68.11 %
172	E	86.58 % / 10.22 %	188	C	52.25 % / 32.71 %	204	A	48.13 % / 44.88 %	220	A	58.39 % / 37.05 %	236	D	19.5 % / 69.97 %
173	D	65.85 % / 30.83 %	189	A	78.43 % / 13.82 %	205	C	86.18 % / 13.54 %	221	A	85.98 % / 11.03 %	237	B	27.95 % / 70.46 %
174	B	44.94 % / 54.01 %	190	A	63.45 % / 30.54 %	206	D	45.83 % / 51.16 %	222	D	41.63 % / 43.16 %	238	A	30.3 % / 69.0 %
175	C	83.93 % / 12.95 %	191	C	40.16 % / 35.37 %	207	C	89.25 % / 10.38 %	223	C	40.31 % / 37.87 %	239	B	52.13 % / 38.45 %
176	B	89.09 % / 10.26 %	192	B	51.77 % / 32.8 %	208	B	84.2 % / 14.02 %	224	B	63.66 % / 30.57 %	240	A	27.25 % / 71.63 %

//संकेत और समाधान//

1. उपरोक्त गद्यांश हमें छात्रवृत्ति और उनके लाभों के विषय में बताता है।

हमें उन कथनों को खोजने की आवश्यकता है जो छात्रवृत्ति प्राप्त करते समय आने वाली समस्याओं को उजागर करते हैं।

पहला कथन एक ऐसी समस्या पर चर्चा करता है जिसमें छात्रों को सामने आने वाली कठोर आवश्यकताओं के रूप में छात्रवृत्ति प्राप्त करने में कठिनाई होती है।

यह केवल कुछ संस्थानों और कुछ पाठ्यक्रमों तक ही सीमित है।

इसलिए, यह छात्रवृत्ति प्राप्त करने में एक संभावित समस्या है।

दूसरे कथन में इस तरह की छात्रवृत्ति के लिए उपलब्ध सीमित सीटों के विषय में भी उल्लेख किया गया है, जिसके कारण अधिकांश योग्य छात्र अपने प्रवेश के वर्ष के दौरान इसका लाभ उठाने का अवसर चूक जाते हैं।

इसलिए, यह छात्रवृत्ति प्राप्त करने में आने वाली संभावित समस्या भी है।

तीसरा विकल्प छात्रवृत्ति का एक लाभ है इसलिए यह कभी भी छात्रवृत्ति प्राप्त करने में समस्या साबित नहीं हो सकता है।

इसलिए, यह पूछे गए प्रश्न के प्रासंगिक नहीं है और इसलिए यह गलत है।

अतः विकल्प (A) सही है।

2. दिए गए कथन: B @ C; C @ A; A @ E; E @ D

B @ C का अर्थ है कि B > C

C @ A का अर्थ है कि C > A

A @ E का अर्थ है कि A > E

E @ D का अर्थ है कि E > D

इसे इस प्रकार संयोजित किया जा सकता है B > C > A > E > D

निष्कर्ष:

I. A # B → A # B का अर्थ A < B → सत्य (चूंकि B > C > A → B > A)

II. E # B → E # B का अर्थ E < B → सत्य (चूंकि B > C > A > E → B > E)

III. E # C → E # C का अर्थ E < C → सत्य (चूंकि C > A > E → C > E)

IV. D # B → D # B का अर्थ D < B → सत्य (चूंकि B > C > A > E > D → B > D)

इसलिए, सभी निष्कर्ष अनुसरण करते हैं।

अतः विकल्प (A) सही है।

3. दिए गए कथन: K @ L; L @ M; M $ N; N # O

K @ L का अर्थ है कि K > L

L @ M का अर्थ है कि L > M

M $ N का अर्थ है कि M = N

N # O का अर्थ है कि N < O

इसे इस प्रकार संयोजित कर सकते हैं K > L > M = N < O

निष्कर्ष:

I. K @ M → K @ M का अर्थ है कि K > M → सत्य (चूंकि K > L > M → K > M)

II. L $ N → L $ N का अर्थ है कि L = N → असत्य (चूंकि L > M = N → L > N)

III. M # O → M # O का अर्थ है कि M < O → सत्य (चूंकि O > N = M → O > M)

IV. L @ O → L @ O का अर्थ है कि L > O → असत्य (चूंकि L > M = N < O → यह संभव है लेकिन निश्चित नहीं है)

इसलिए, केवल कथन I और III अनुसरण करते हैं।

अतः विकल्प (C) सही है।

Ques (4-5):छ: बसें P, Q, R, S, T और U को एक पंक्ति में उत्तर को सम्मुख कर खड़ा किया जाता है और दो निकटतम बसों के बीच की दूरी क्रमागत पूर्णांक 5 के गुणक में बाएं से दाएं बढ़ जाती हैं।

1) P और U के बीच केवल दो बसें खड़ी हैं, उनमें से एक पंक्ति के दाएं छोर पर खड़ी है।

2) S, P के निकटतम बाएं ओर खड़ा है।

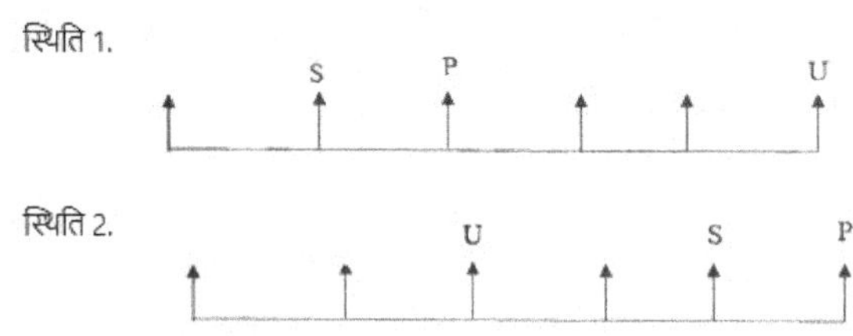

3) S और T के बीच केवल एक बस खड़ा है। (यह स्थिति 2 को रद्द करता है।)

4) T और U के बीच की दूरी 95 मीटर है।

5) T किसी स्थान पर U के बाएं ओर खड़ी है।

6) R और T के बीच की दूरी 105 मीटर है।

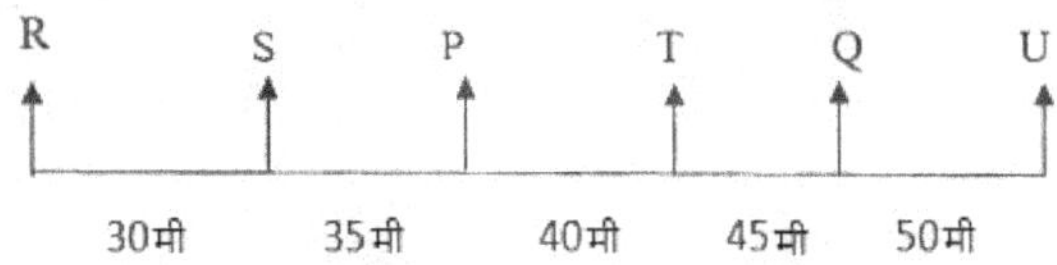

7) बस U उत्तर की ओर खुलती है और, 30 मीटर चलने के बाद, यह अपने दाएं ओर मुड़ जाती है और 10 मीटर चलती है। पुन: यह बाएं ओर मुड़ कर 5 मीटर चलती है और यह बिंदु A पर पहुंचती है।

8) बस P, दक्षिण दिशा में 10 मीटर की दूरी तक चलती है और फिर अपने बाईं ओर मुड़कर 50 मीटर चलती है। इसके बाईं ओर एक और बार मुड़ कर यह 5 मीटर जाने के बाद बिंदु B पर रुक जाती है।

10) बस R, पश्चिम की ओर चलती है और अपने दाएं मुड़ने से पहले 10 मीटर की यात्रा करती है। 20 मीटर चलने के बाद यह दाएं मुड़ती है और फिर 5 मीटर चलती है। इसके बाएं एक और बार मुड़ कर यह 15 मीटर जाने के बाद बिंदु C पर रुक जाती है।

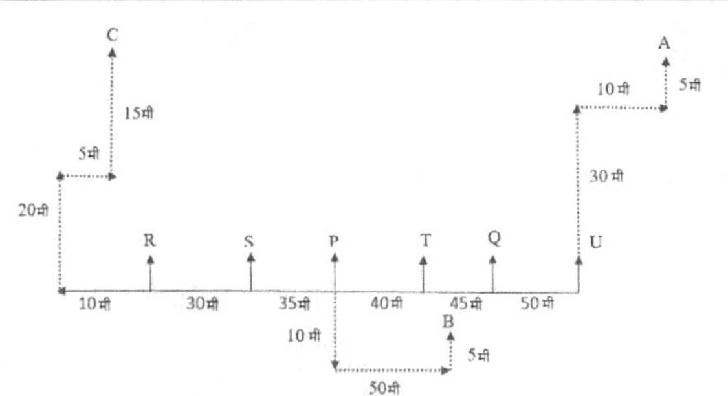

T	T	T
R	R	R
V/U	P	V/U
V/U	V/U	P
P	V/U	V/U
S	S	S
Q	Q	Q
W	W	W

I और II के संयोजन के बाद:

T
R
V
P
U
S
Q
W

इसलिए, 4 व्यक्ति P से नाटे हैं।

इसलिए, कथन II और III में दी गई जानकारी प्रश्न का उत्तर देने के लिए पर्याप्त है और कथन I में दी गई जानकारी प्रश्न का उत्तर देने के लिए आवश्यक नहीं है।

अतः विकल्प (C) सही है।

7. दिया है:

1. D, A के दाईं ओर तीसरे स्थान पर है, जो E का निकटतम पड़ोसी है।

2. C, E के बाएँ से दूसरे स्थान पर बैठा है, जो अन्दर के सम्मुख है।

3. F अन्दर के सम्मुख है और D के निकटतम बाईं ओर बैठा है।

तो, तदनुसार आरेख,

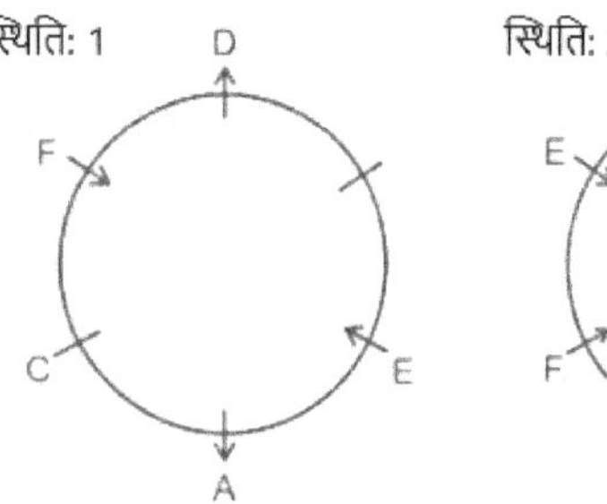
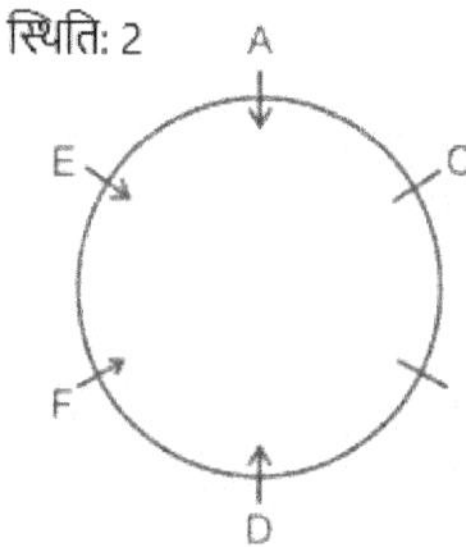

कथन I: B, D का निकटतम पडोसी है और वह A के बाएँ से दूसरे स्थान पर बैठा है।

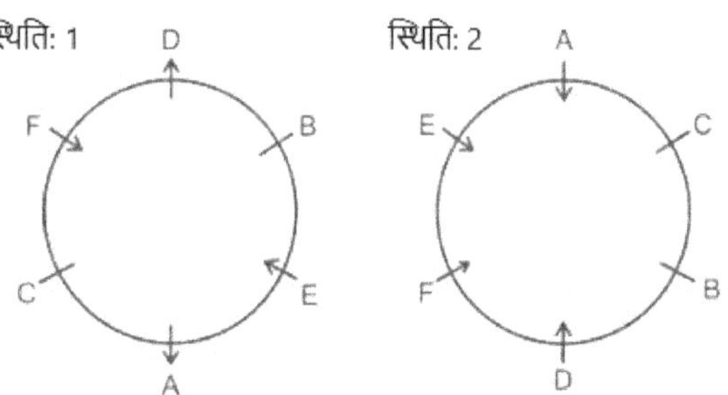

कथन II: E, C के बाईं ओर दूसरे स्थान पर बैठता है, जो A के निकटतम दाएं है।

---

4. इसलिए, S और U के बीच तीन बसें है।

अतः विकल्प (C) सही है।

5. बिंदु A और C के बीच की दूरी = 5 + 30 + 35 + 40 + 45 + 50 + 10 = 215 मी

इसलिए, बिंदु A और बिंदु C के बीच की दूरी 215 मी है।

अतः विकल्प (D) सही है।

6. दिया है:

1. P, R और T से नाटा है लेकिन Q से लम्बा है और Q सबसे नाटा व्यक्ति नहीं है।

तो, हम प्राप्त करते हैं: R/ T > P > Q >

2. R, U और V से लम्बा है, लेकिन सबसे लम्बा नहीं है।

तो, हम प्राप्त करते हैं: > R > U / V

3. S, P से नाटा है लेकिन Q और W से लम्बा है।

तो, हम प्राप्त करते हैं: P > S > Q / W

अब, हम दिए गए कथनों के माध्यम से जाँच करेंगे।

कथन I: V, P से लम्बा है लेकिन T से नाटा है।

स्थिति 1	स्थिति 2	स्थिति 3	स्थिति 4	स्थिति 5	स्थिति 6
T	T	T	T	T	T
R	R	R	R	R	R
V	U	V	V	V	V
U	V	P	P	P	P
P	P	U	S	S	S
S	S	S	U	Q	Q
Q	Q	Q	Q	U	W
W	W	W	W	W	U

कथन II: P, U से लम्बा है, जो S से लम्बा है और V, S से नाटा नहीं है।

स्थिति 1	स्थिति 2	स्थिति 3
T	T	T
R	R	R
V	P	P
P	V	U
U	U	V
S	S	S
Q	Q	Q
W	W	W

कथन III: U और V, S से लम्बे हैं।

स्थिति 1	स्थिति 2	स्थिति 3

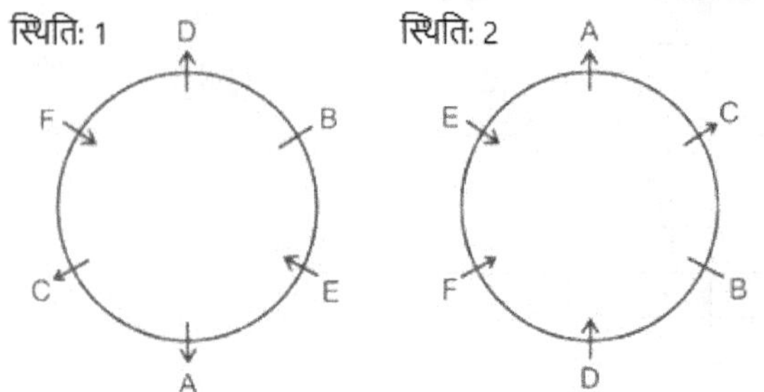

कथन III: तीन व्यक्ति वृत्त के अन्दर के सम्मुख हैं। A वृत्त के अन्दर के सम्मुख नहीं बैठा है।

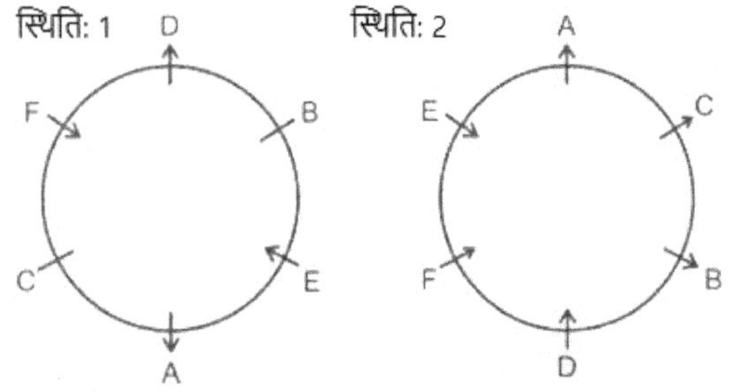

कथन II और कथन III एक साथ:

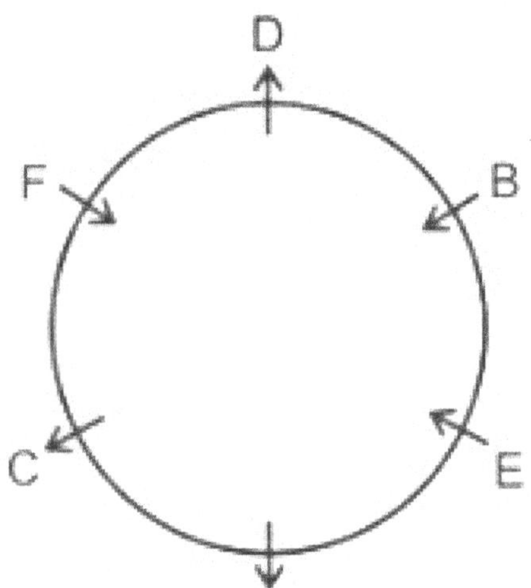

इसलिए, F, B के दाएं से दूसरे स्थान पर बैठता है।

इसलिए, कथन II और III में दी गई जानकारी प्रश्न का उत्तर देने के लिए पर्याप्त है और कथन I में दी गई जानकारी प्रश्न का उत्तर देने के लिए आवश्यक नहीं है।

अतः विकल्प (C) सही है।

8.

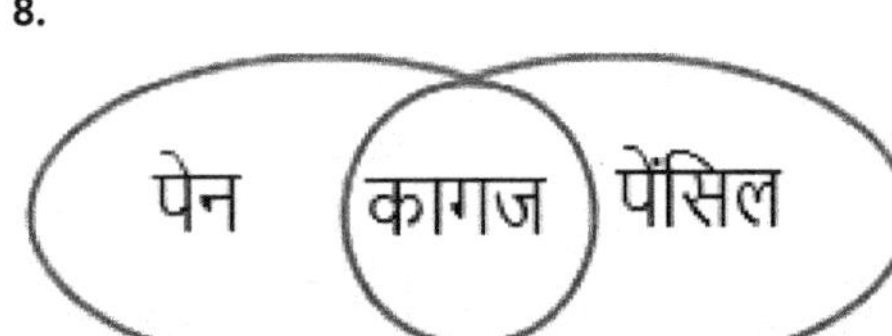

निष्कर्ष:

I. कुछ पेन पेंसिल हैं → सत्य (जो कागज पेन हैं वे पेंसिल हैं क्योंकि सभी कागज पेंसिल हैं)

II. सभी पेंसिल पेन हैं → असत्य (यह संभव है लेकिन निश्चित नहीं है)

इसलिए, केवल निष्कर्ष I अनुसरण करता है।

अतः विकल्प (A) सही है।

9. दिए गए कथनों के लिए न्यूनतम संभावित आरेख निम्नानुसार है

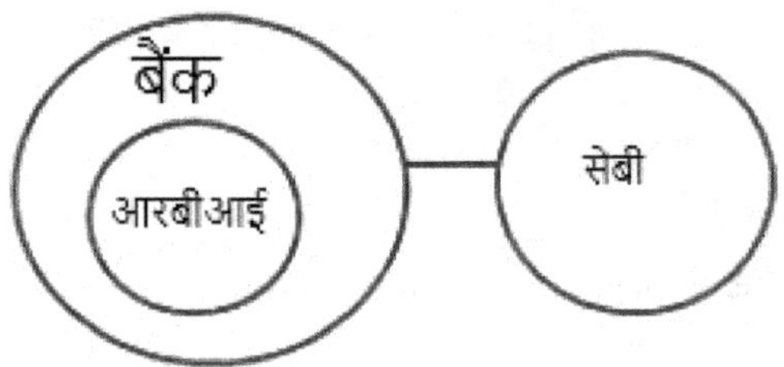

निष्कर्ष:

I. कोई आरबीआई सेबी नहीं है। → सत्य है (यह निश्चित रूप से सत्य है क्योंकि आरबीआई बैंक के अधीन है)

II. कुछ आरबीआई सेबी है। → असत्य (यह निश्चित रूप से असत्य है)

इसलिए, केवल I अनुसरण करता है

अतः विकल्प (D) सही है।

Ques (10-14): दिया है:

आठ लोग: P, Q, R, S, T, U, V और W

तल (नीचे से ऊपर): 1 से 8

1) P एक सम संख्या वाले तल पर रहता है, लेकिन दूसरे या चौथे तल पर नहीं।

2) P और Q के बीच केवल तीन तल हैं।

3) V, P के ठीक नीचे रहता है।

स्थिति 1:

तल (ऊपर से नीचे)	लोग
8	
7	
6	P
5	V
4	
3	
2	Q
1	

स्थिति 2:

तल (ऊपर से नीचे)	लोग
8	P
7	V
6	
5	
4	Q
3	
2	
1	

4) T और Q के बीच तलों की संख्या तथा P और T के बीच तलों की संख्या समान हैं।

5) R और T के बीच केवल दो लोग रहते हैं।

यहाँ, स्थिति 1 पुनः दो स्थितियों में विभाजित होती है:

स्थिति 1A:

तल (ऊपर से नीचे)	लोग
8	
7	R
6	P
5	V
4	T
3	
2	Q
1	

स्थिति 1B:

तल (ऊपर से नीचे)	लोग
8	
7	
6	P
5	V
4	T
3	
2	Q
1	R

स्थिति 2:

तल (ऊपर से नीचे)	लोग
8	P
7	V
6	T
5	
4	Q
3	R
2	
1	

6) W, S के ठीक नीचे रहता है।

7) U, S से एक तल ऊपर रहता है।

स्थिति 1A:

तल (ऊपर से नीचे)	लोग
8	
7	R
6	P
5	V
4	T
3	
2	Q
1	

स्थिति 1A यहां विफल होती है क्योंकि W और S को समायोजित करने के लिए ऐसी कोई जगह नहीं है।

स्थिति 1B:

तल (ऊपर से नीचे)	लोग
8	S
7	W
6	P
5	V
4	T
3	
2	Q
1	R

स्थिति 1B यहां विफल होती है क्योंकि यह उस दूसरी स्थिति जहाँ U, S से ऊपर के तल पर रहता है का पालन नहीं करती है।

स्थिति 2:

तल (ऊपर से नीचे)	लोग
8	P
7	V
6	T
5	
4	Q
3	R
2	S
1	W

इस प्रकार, हम स्थिति 2 को ही अंतिम क्रम मानते हैं।

तल (ऊपर से नीचे)	लोग
8	P
7	V
6	T
5	U
4	Q
3	R
2	S
1	W

10. इसलिए, T, V के ठीक नीचे रहता है और R, T से तीन तल नीचे रहता है।

अतः विकल्प (E) सही है।

11. V, W, R और U विषम संख्या वाले तल पर रहते हैं जबकि T सम संख्या वाले तल पर रहता है।

अतः विकल्प (B) सही है।

12. इसलिए, T, U के ठीक ऊपर रहता है।

अतः विकल्प (C) सही है।

13. इसलिए, S और P के बीच पांच लोग रहते हैं।

अतः विकल्प (D) सही है।

14. इसलिए, R तीसरे तल पर रहता है।

अतः विकल्प (D) सही है।

15. उपरोक्त दो कथनों में प्रशीतन के लाभों का उल्लेख है।

पहला निष्कर्ष इस प्रकार है कि उपरोक्त कथनों में दी गई जानकारी यह कहती है कि प्रशीतन का उद्देश्य भोजन को ठंडा और ताजा रखना है।

इस प्रकार हम यह निष्कर्ष निकाल सकते हैं कि ठंडा तापमान भोजन को अधिक समय तक ताजा रखता है।

इसलिए, निष्कर्ष 1 अनुसरण करता है।

दूसरा निष्कर्ष इस प्रकार है कि दी गई जानकारी से यह निष्कर्ष निकाला जा सकता है कि भोजन को ठंडा करने से जीवाणु की गतिविधि धीमी हो जाएगी और इसलिए वे भोजन को बहुत जल्द खराब नहीं होने देंगे।

अतः विकल्प (E) सही है।

Ques (16-20):आठ व्यक्ति: P, Q, R, S, T, U, V, और W

आयु: 9, 12, 26, 36, 40, 48, 50, और 97

1. R, जो उसके सामने बैठा है, जो Q के निकटतम बैठा है, जिसकी आयु 36 है।

2. U, W के सामने बैठा है, जिसकी आयु 97 है। T, U के निकटतम दाएँ बैठा है।

3. U और W दोनों केन्द्र के बाहर सम्मुख हैं।

4. R और W एक दूसरे के निकटतम नहीं हैं। T की आयु 10 का गुणज है।

5. वह व्यक्ति जिसकी आयु अभाज्य संख्या है वह वृत्त के केन्द्र के विपरीत सम्मुख है।

इसलिए, T की आयु या तो 40 या 50 है।

स्थिति 1(a):

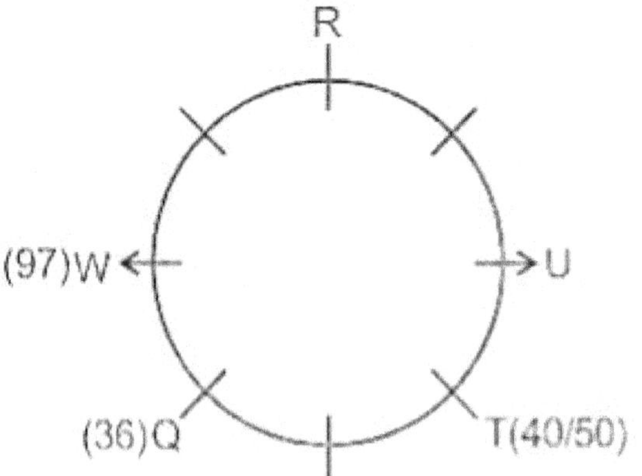

स्थिति 1(b):

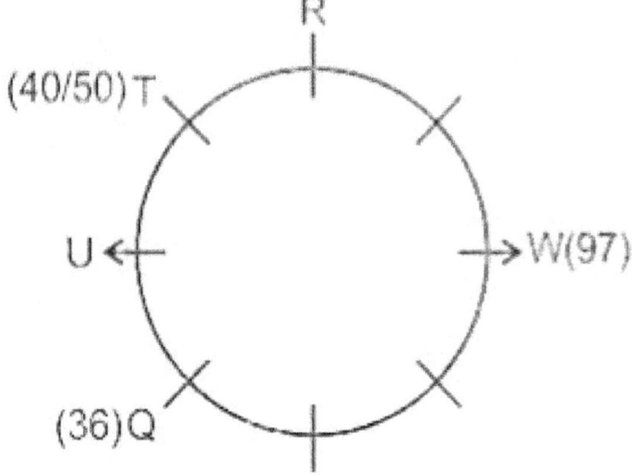

स्थिति 2(a):

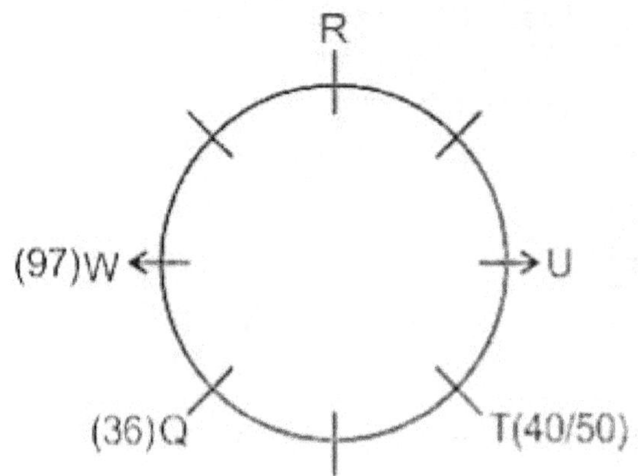

स्थिति 2(b):

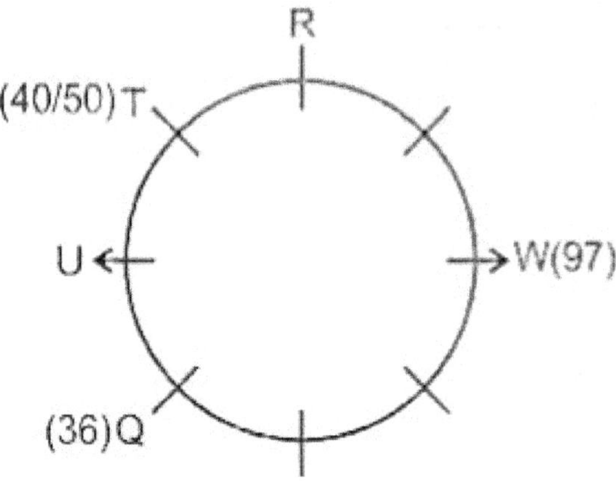

6. अब, S की आयु 26 है और वह V के निकटतम नहीं है। V और Q एक दूसरे के निकटतम हैं और एक ही दिशा के सम्मुख हैं।

7. जिस व्यक्ति की आयु 48 है वह उस व्यक्ति के निकटतम दाएँ बैठा है, जिसकी आयु 12 है।

(V की आयु 12 वर्ष है क्योंकि V किसी एक व्यक्ति से ऊँचा है)

8. S के सामने बैठा हुआ व्यक्ति उससे वयस्क है। S और P, Q के सामने नहीं बैठे हैं।

इसलिए, स्थिति 2(a) रद्द हो जाती है। इसलिए, 1(b) और 2(b) रद्द हो जाती हैं।

अंतिम व्यवस्था नीचे दर्शाई गई है,

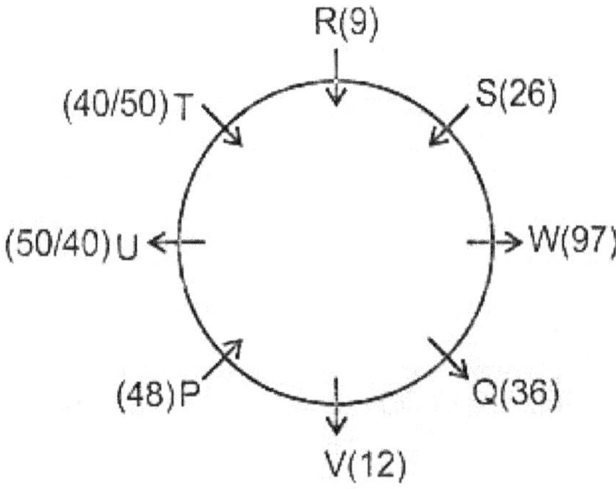

9. R, W से ऊँचा है, जो Q से ऊँचा है। V केवल एक व्यक्ति से ऊँचा है, जो P के सामने बैठा है।

10. T उस व्यक्ति से ऊँचा नहीं है जो T के सामने बैठा है।U, P, से ऊँचा है जो R से ऊँचा है।

इसलिए, S सबसे नाटा व्यक्ति है। U सबसे ऊँचा व्यक्ति है। Q, T से ऊँचा है।

अंतिम व्यवस्था निम्न प्रकार है:

U > P > R > W > Q > T > V > S

16. इसलिए, चौथा सबसे नाटा व्यक्ति Q है, और तीसरा Q के बाएँ R है।

अतः विकल्प (E) सही है।

17. इसलिए, V के सामने R बैठा हुआ है।

अतः विकल्प (C) सही है।

18. इसलिए, V की आयु 12 वर्ष है।

अतः विकल्प (B) सही है।

19. इसलिए, T और U की आयु का अंतर 10 है।

अतः विकल्प (B) सही है।

20. इसलिए, R दूसरे सबसे ऊँचे व्यक्ति के बाएँ तीसरे स्थान पर बैठा है जो P है।

अतः विकल्प (C) सही है।

21. विकल्प (A) सही उत्तर है। कथन के अनुसार, केंद्र सरकार ने धोखाधड़ी के कारण लॉटरी द्वारा खेले जाने वाले जुएँ पर प्रतिबंध लगाने का आदेश दिया। यहाँ धारणा I निहित है, क्योंकि यह सच है कि निर्दोष नागरिकों के धोखाधड़ी की जाती है और सरकार आम तौर पर जनता के हितों की रक्षा करता है। 'किसी अन्य तरीके' के कारण धारणा II यहाँ निहित नहीं है। जुए के अन्य साधन हो सकते हैं जिन्हें सरकार लोगों के लिए हानिकारक नहीं मानती है। इसलिए, यहाँ धारणा I निहित है।

अतः विकल्प (A) सही है।

Ques (22-26):आठ संख्याओं के एक सेट से, सबसे छोटी संख्या और सबसे बड़ी संख्या क्रमशः बाएं छोर और दाएं छोर पर स्थानांतरित होती है।

सबसे छोटी संख्याओं में अंकों को जोड़ा जाता है और परिणाम को बाएं छोर पर लिखा जाता है। सबसे बड़ी संख्या के लिए अंक का अंतर लिया जाता है और दाएं छोर पर लिखा जाता है

इनपुट से चरण 1 तक, सबसे छोटी संख्या के अंकों के जोड़ को बाएं छोर पर स्थानांतरित किया जाता है और सबसे बड़ी संख्याओं के अंकों के अंतर को दाएं छोर पर स्थानांतरित किया जाता है।

चरण I से चरण 2 तक, दूसरी सबसे छोटी संख्या के अंकों के जोड़ को बाएं छोर पर स्थानांतरित किया जाता है। दूसरी सबसे बड़ी संख्या के अंकों का अंतर दाएं छोर पर स्थानांतरित किया जाता है।

उपरोक्त प्रक्रिया का अनुसरण तब तक किया जाता है जब तक कि हम वांछित आउटपुट प्राप्त नहीं करते।

इनपुट: 59 23 78 91 35 84 63 97

चरण 1: 05 59 78 91 35 84 63 02

चरण 2: 08 05 59 78 84 63 02 08

चरण 3: 14 08 05 78 63 02 08 04

चरण 4: 09 14 08 05 02 08 04 01

22. चरण 3 में, दाएं छोर से तीसरी संख्या '02' है, '02' के बाएं से चौथा तत्व '08' है। दाएं से तीसरा तत्व '63' है।

अतः विकल्प (C) सही है।

23. इसलिए, इनपुट के लिए अंतिम चरण, चरण 4 होगा।

अतः विकल्प (A) सही है।

24. चरण 4 में दाएं छोर से तीसरी संख्या '08' है। चरण 3 में बाएं छोर से पहली संख्या '14' है। अंतर 06 है।

अतः विकल्प (D) सही है।

25. इसलिए, चरण II में 59 और 63 के बीच में दो तत्व हैं।

अतः विकल्प (A) सही है।

26. चरण 2 में दाएं छोर से तीसरी संख्या '63' है। चरण 4 में बाएं छोर से पाचवीं संख्या '02' है। योग 65 है।

अतः विकल्प (D) सही है।

Ques (27-31):मानसिक रोगी:

पंक्ति 1: अनुज, करण, विराज और प्रेम (दक्षिण दिशा के सम्मुख)

पंक्ति 2: कुश, अजय, चेतन और दक्ष (उत्तर दिशा के सम्मुख)

मानसिक अस्पताल के स्थान: पंजाब, गुजरात, हरियाणा, बिहार, झारखंड, महाराष्ट्र, केरल और असम

1) करण, असम के व्यक्ति के दाएं से दूसरे स्थान पर बैठा है।

2) चेतन, असम के व्यक्ति के निकटतम पड़ोसी के सम्मुख बैठा है।

3) चेतन और बिहार के व्यक्ति के बीच में केवल एक व्यक्ति बैठा है।

स्थिति-1

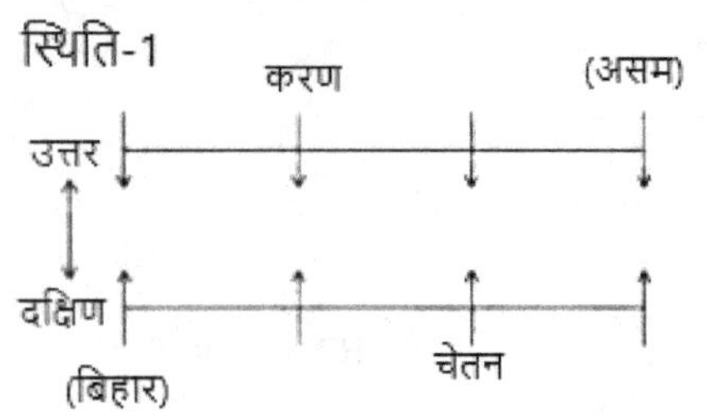

स्थिति-2

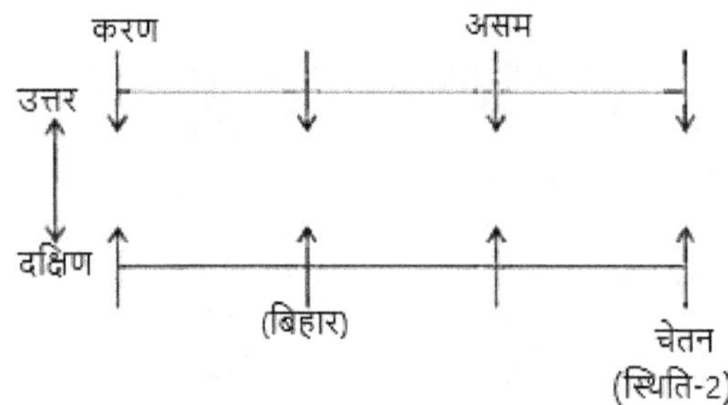

स्थिति-3

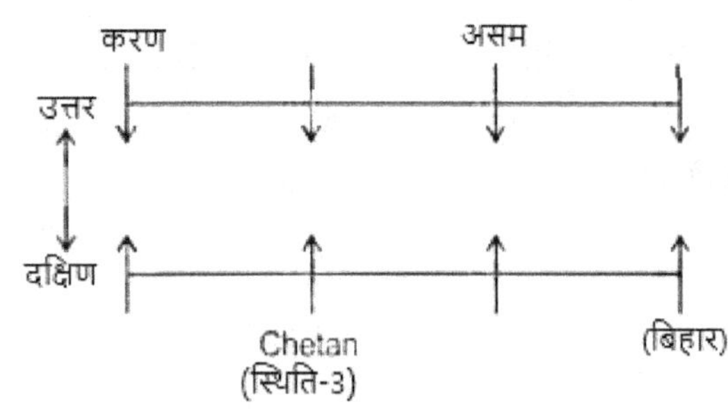

4) दक्ष और केरल के व्यक्ति के बीच में दो व्यक्ति बैठे हैं।

5) कुश, पंजाब के व्यक्ति के सम्मुख बैठा है।

स्थिति-1

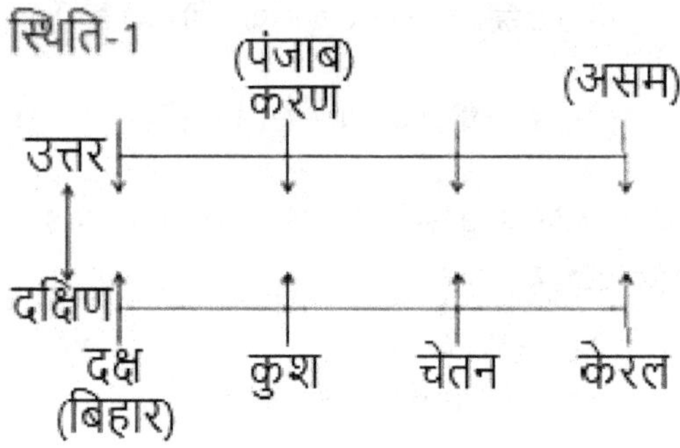

स्थिति-2

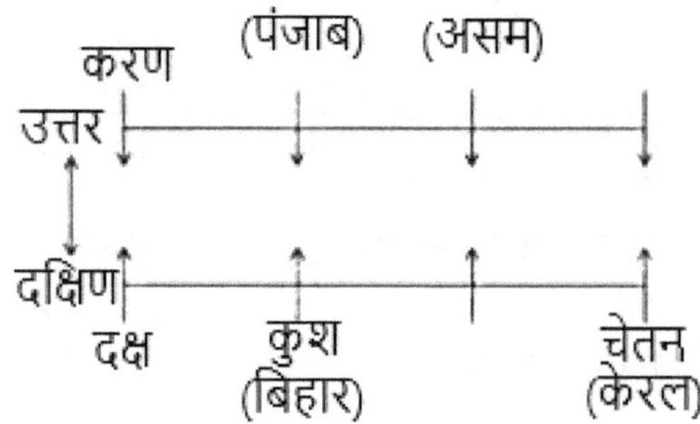

स्थिति-3

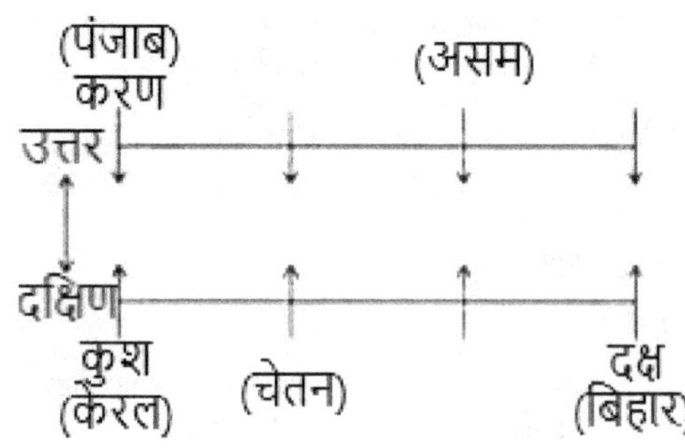

6) हरियाणा के व्यक्ति और विराज के बीच में केवल एक व्यक्ति बैठा है।

7) हरियाणा का व्यक्ति, पंक्ति के किसी भी छोर पर नहीं बैठता है।

(इसलिए स्थिति – 2 रद्द हो जाती है)

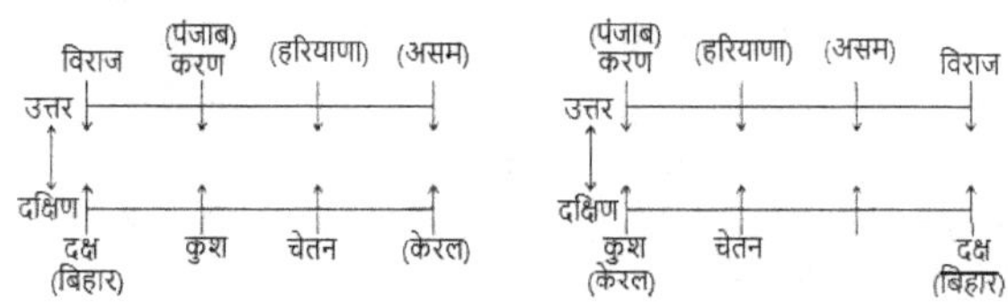

8) प्रेम, बिहार के व्यक्ति के निकटतम पड़ोसी के सम्मुख है।

9) प्रेम, गुजरात के व्यक्ति के सम्मुख बैठा है।

10) अजय, हरियाणा से नहीं है।

11) केरला का व्यक्ति महाराष्ट्र के व्यक्ति के बगल में नहीं है।

(यहाँ स्थिति – 1 रद्द हो जाती है)

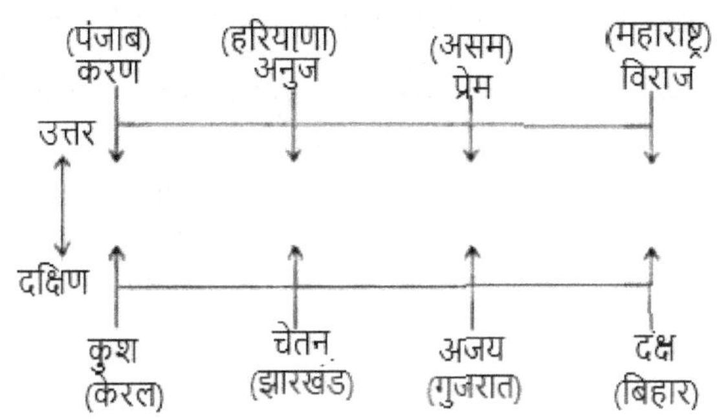

27. इसलिए, चेतन के निकटतम दाएं अजय बैठा है।

अतः विकल्प (A) सही है।

28. इसलिए, पंक्ति के अंतिम छोरों पर बैठे व्यक्तियों के समूह में करण, विराज, दक्ष, कुश है।

अतः विकल्प (D) सही है।

29. प्रेम, गुजरात के व्यक्ति के सामने बैठा है और प्रेम के ठीक दाएं अनुज बैठा है।

अतः विकल्प (C) सही है।

30. विराज महाराष्ट्र से है, वह करण के बाएं ओर तीसरे स्थान पर है।

अतः विकल्प (C) सही है।

31. इसलिए, अनुज, हरियाणा से है।

अतः विकल्प (D) सही है।

Ques (32-36):दिया है:
क्रिकेट टीमें: भारत, ऑस्ट्रेलिया, पाकिस्तान, वेस्ट इंडीज, श्रीलंका, इंग्लैंड और न्यूजीलैंड।
वर्ष: 1995, 1999, 2003, 2007, 2011, 2015 और 2019
मेजबान देश: भारत, ऑस्ट्रेलिया, पाकिस्तान, वेस्ट इंडीज , श्रीलंका, इंग्लैंड और न्यूजीलैंड।
अब,
वेस्ट इंडीज ने विश्व कप जीता जब श्रीलंका ने इसकी मेजबानी की लेकिन वर्ष 1999 में नहीं। पाकिस्तान विश्व कप जीतने वाला तीसरा देश था। श्रीलंका के जीतने से ठीक पहले भारत ने विश्व कप की मेजबानी की। विश्व कप खिताब की मेजबानी करने से ठीक पहले श्रीलंका ने विश्व कप जीता। दूसरे संकेत के अनुसार पाकिस्तान ने वर्ष 2003 में विश्व कप जीता था। शेष संकेतों के अनुसार, निम्नलिखित तीन केस संभव हैं।
केस-1: यदि 2007 में श्रीलंका जीता।

वर्ष	विजेता विश्व कप	मेजबान विश्व कप
1995		
1999		
2003	पाकिस्तान	भारत
2007	श्रीलंका	
2011	वेस्ट इंडीज	श्रीलंका
2015		
2019		

केस-2: अगर 2011 में श्रीलंका जीता।

वर्ष	विजेता विश्व कप	मेजबान विश्व कप
1995		
1999	वेस्ट इंडीज	श्रीलंका
2003	पाकिस्तान	

वर्ष	विजेता विश्व कप	मेजबान विश्व कप
2007		भारत
2011	श्रीलंका	
2015	वेस्ट इंडीज	श्रीलंका
2019		

केस-3: अगर श्रीलंका 2015 में जीता।

वर्ष	विजेता विश्व कप	मेजबान विश्व कप
1995		
1999	वेस्ट इंडीज	श्रीलंका
2003	पाकिस्तान	
2007		
2011		भारत
2015	श्रीलंका	
2019	वेस्ट इंडीज	श्रीलंका

भारत के विजेता वर्ष और मेजबानी वर्ष के बीच 2 विश्व कप टूर्नामेंट आयोजित किए गए।भारत ने उस वर्ष विश्व कप जीता था जिसमें न्यूजीलैंड ने इसकी मेजबानी की थी। भारत की जीत के ठीक बाद इंग्लैंड की जीत हुई। केवल इंग्लैंड ने उस वर्ष विश्व कप जीता था जिसमें उसने टूर्नामेंट की मेजबानी की थी।

केस-1: यदि 2007 में श्रीलंका जीता।

वर्ष	विजेता विश्व कप	मेजबान विश्व कप
1995		
1999	वेस्ट इंडीज	श्रीलंका
2003	पाकिस्तान	भारत
2007	श्री लंका	
2011	वेस्ट इंडीज	श्री लंका
2015	भारत	न्यूजीलैंड
2019	इंग्लैंड	इंग्लैंड

केस-2: अगर 2011 में श्रीलंका जीता।

वर्ष	विजेता विश्व कप	मेजबान विश्व कप
1995	भारत	न्यूजीलैंड
1999	इंग्लैंड	इंग्लैंड
2003	पाकिस्तान	
2007		भारत
2011	श्रीलंका	
2015	वेस्ट इंडीज	श्रीलंका
2019		

केस-3: यदि श्रीलंका 2015 में जीता।
यह केस समाप्त हो जाता है क्योंकि दिए गए संकेतों के अनुसार इंग्लैंड का पता लगाने के लिए कोई जगह नहीं है।

वर्ष	विजेता विश्व कप	मेजबान विश्व कप
1995		
1999	भारत	न्यूजीलैंड
2003	पाकिस्तान	
2007		
2011		भारत
2015	श्रीलंका	
2019	वेस्ट इंडीज	श्रीलंका

ऑस्ट्रेलिया द्वारा जीते जाने से ठीक पहले न्यूजीलैंड ने विश्व कप जीता था। ऑस्ट्रेलिया ने उस वर्ष विश्व कप जीता था जिसकी मेजबानी पाकिस्तान ने की थी। ऑस्ट्रेलिया न तो आखिरी था और न ही विश्व कप जीतने वाला पहला खिलाड़ी। श्रीलंका ने वेस्ट इंडीज में विश्व कप नहीं जीता।

केस-1: यदि श्रीलंका 2007 में जीता।

पहले संकेत के अनुसार, न्यूजीलैंड विश्व कप जीतने वाला पहला खिलाड़ी होना चाहिए और ऑस्ट्रेलिया ने विश्व कप की मेजबानी उस वर्ष की थी जब श्रीलंका ने वही जीता था।

वर्ष	विजेता विश्व कप	मेजबान विश्व कप
1995	न्यूजीलैंड	
1999	ऑस्ट्रेलिया	पाकिस्तान
2003	पाकिस्तान	भारत
2007	श्री लंका	ऑस्ट्रेलिया
2011	वेस्ट इंडीज	श्रीलंका
2015	भारत	न्यूजीलैंड
2019	इंग्लैंड	इंग्लैंड

केस-2: यदि 2011 में श्रीलंका जीता।

केस-2: अंतिम संकेत को संतुष्ट करने में विफल रहता है, इस प्रकार यह समाप्त हो जाता है।

वर्ष	विजेता विश्व कप	मेजबान विश्व कप
1995	भारत	न्यूजीलैंड
1999	इंग्लैंड	इंगलैंड
2003	पाकिस्तान	
2007		भारत
2011	श्रीलंका	
2015	वेस्टइंडीज	श्रीलंका
2019		

इस प्रकार एकमात्र बचा हुआ देश वेस्ट इंडीज ने पहले विश्व कप की मेजबानी की।

वर्ष	विजेता विश्व कप	मेजबान विश्व कप
1995	न्यूजीलैंड	वेस्ट इंडीज
1999	ऑस्ट्रेलिया	पाकिस्तान
2003	पाकिस्तान	भारत
2007	श्रीलंका	ऑस्ट्रेलिया
2011	वेस्ट इंडीज	श्रीलंका
2015	भारत	न्यूजीलैंड
2019	इंग्लैंड	इंग्लैंड

32. इसलिए, वेस्टइंडीज ने वर्ष 1995 में पहले विश्व कप की मेजबानी की।

अतः विकल्प (B) सही है।

33. इसलिए, इंग्लैंड ने 2019 में विश्व कप की मेजबानी की।

अतः विकल्प (C) सही है।

34. इसलिए, भारत ने 2003 में विश्व कप की मेजबानी की और 2015 में जीता।

अतः विकल्प (E) सही है।

35. इसलिए, वर्ष 2011 में, वेस्टइंडीज ने विश्व कप जीता जिसकी मेजबानी श्रीलंका ने की थी।

अतः विकल्प (A) सही है।

36. तो, पाकिस्तान ने ऑस्ट्रेलिया की मेजबानी और जीत के वर्षों के बीच विश्व कप जीता।

अतः विकल्प (B) सही है।

37. 17वें अक्षर के बायें से छठा, बायें से 7वें अक्षर के दायीं ओर = बायें से छठा (17 + 7 =) बायें से 24वाँ अक्षर = (24 - 6 =) बायें से 18वाँ अक्षर।

इस प्रकार, हमें बायें से गिनना है और हमें बायें से 18वाँ अक्षर ज्ञात करना है जो अंग्रेजी वर्णमाला के दूसरे खंड में आता है।

यहां अंग्रेजी वर्णमाला के पहले आधे और दूसरे आधे हिस्से को उलट दिया गया है और हमें बाएं छोर से गिनना है, तो नीचे दिए गए सूत्र का उपयोग करके आवश्यक अक्षर का पता लगाया जा सकता है। मान लीजिए, अंग्रेजी वर्णमाला के पहले और दूसरे उलटे खंड क्रमशः α और β हैं। फिर,

आवश्यक अक्षर $= 2\alpha + \beta + 1 -$ बाईं ओर से अक्षरकी आवश्यक स्थिति इसलिए, आवश्यक अक्षर $= 26 + 13 + 1 - 18 = 22 = V$

अतः विकल्प (B) सही है।

Ques (38-39): दी गयी जानकारी से हमें प्राप्त होता है,

(i) T, V की मां है। R, V की नानी है।

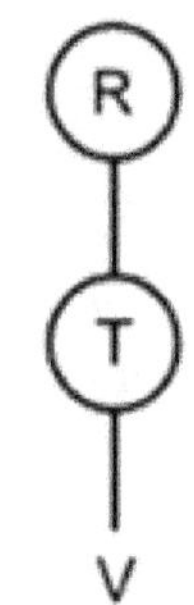

(ii) Q, R का पति है। S, Q का साला है।

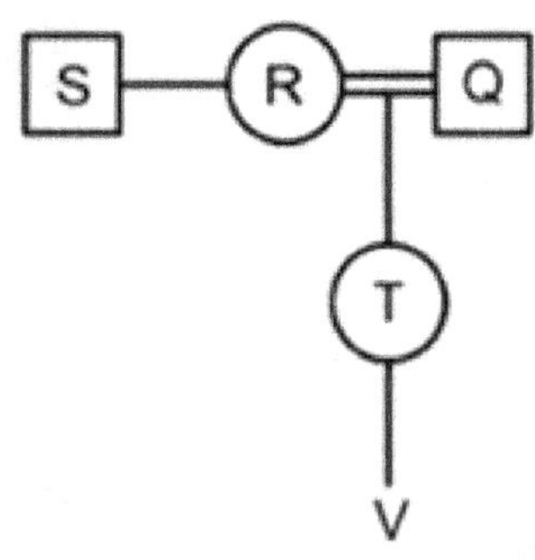

(iii) U, Q का दामाद है। P, S का भतीजा है।

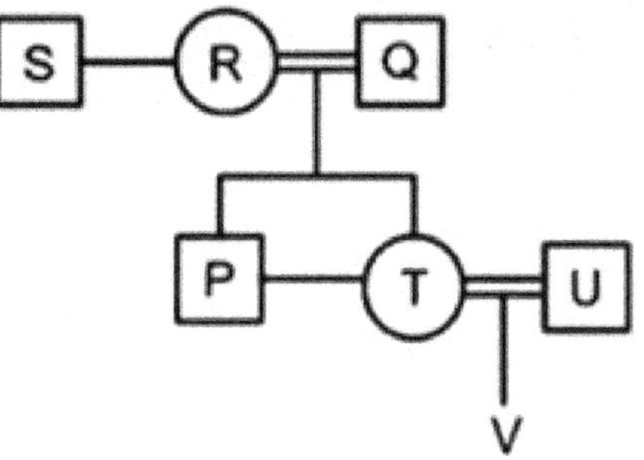

(iv) परिवार में 4 पुरुष हैं। इसका अर्थ है कि V महिला है।

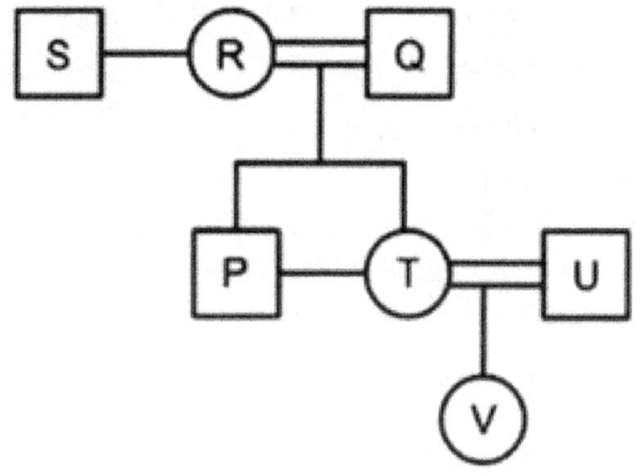

38. इसलिए, V, P की भतीजी है।

अतः विकल्प (C) सही है।

39. इसलिए, P, Q का पुत्र है।

अतः विकल्प (B) सही है।

40. प्रश्न में दी गई जानकारी के अनुसार आकृति इस प्रकार होगी:

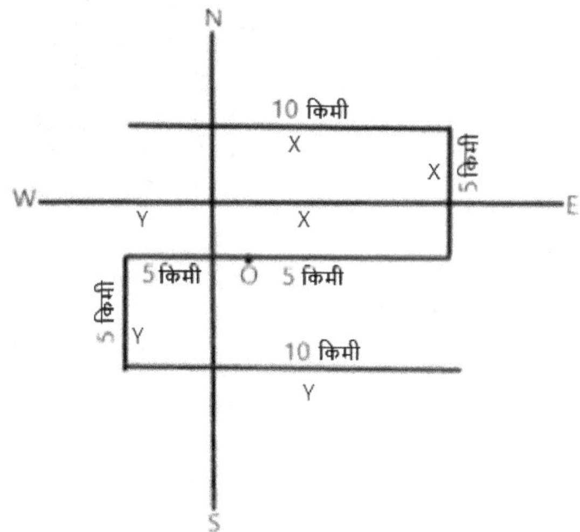

इसलिए, X के संदर्भ में Y उत्तर-पूर्व दिशा में है।

अतः विकल्प (D) सही है।

41. वॉर्म्स एक प्रकार का वायरस है जो आपके कंप्यूटर के माध्यम से अन्य ड्राइव, सिस्टम और नेटवर्क पर डुप्लिकेट बनाकर फैलता है। कंप्यूटर स्वयं की कार्यात्मक प्रतियों को दोहराते हैं और उसी प्रकार की क्षति का कारण बन सकते हैं। वायरस के विपरीत, इनके लिए एक संक्रमित होस्ट फ़ाइल के प्रसार की आवश्यकता होती है, वॉर्म्स स्टैंडअलोन सॉफ़्टवेयर होते हैं और उन्हें प्रचार करने के लिए एक होस्ट प्रोग्राम या मानव सहायता की आवश्यकता नहीं होती है।

अतः सही विकल्प (D) है।

42. एडवेयर एक ऐसा सॉफ्टवेयर है जो अवांछित (और कभी-कभी परेशान करने वाले) पॉप-अप विज्ञापन प्रदर्शित करता है जो आपके कंप्यूटर या मोबाइल डिवाइस पर दिखाई दे सकते हैं। कुछ एडवेयर में कीलॉगर और स्पाइवेयर प्रोग्राम में अंतर्निहित होते हैं, जिससे आपके कंप्यूटर को अधिक नुकसान होता है और आपके निजी डेटा पर संभावित आक्रमण होने की सम्भावना बढ़ जाती है।

अतः विकल्प (B) सही है।

43. स्पाइवेयर एक मलिसियस कंप्यूटर प्रोग्राम है, जो ठीक वही करता है जो इसके नाम का तात्पर्य है-यानी, जासूसी करता है। आपके द्वारा खोले गए ईमेल, आपके द्वारा देखी गई वेबसाइट, या आपके द्वारा डाउनलोड किए गए प्रोग्राम के माध्यम से आपके कंप्यूटर पर स्वयं को डाउनलोड करने के बाद, स्पाइवेयर व्यक्तिगत जानकारी और आपकी इंटरनेट ब्राउज़िंग आदतों के लिए आपकी हार्ड ड्राइव को स्कैन करता है। कुछ स्पाइवेयर प्रोग्राम में कीलॉगर होते हैं जो आपके द्वारा वेबसाइटों में दर्ज किए गए व्यक्तिगत डेटा को रिकॉर्ड करेंगे, जैसे कि आपके लॉगिन उपयोगकर्ता नाम और पासवर्ड, ईमेल एड्रेस, ब्राउज़िंग इतिहास, ऑनलाइन खरीदारी की आदतें आदि।

अत: विकल्प (E) सही है।

44. एथिकल हैकर्स और सुरक्षा प्रोफेसनल्स के लिए यह जानना महत्वपूर्ण है कि साइबर अपराधी कैसे सोचते हैं और किसी भी सिस्टम या नेटवर्क को टारगेट करने के लिए कैसे काम करते है। यही कारण है कि एथिकल हैकर्स और पेनेट्रेशन परीक्षकों को ऐसे परिदृश्यों का अनुकरण करने के लिए उचित नैतिकता के साथ प्रशिक्षित किया जाता है ताकि यह देखा जा सके कि वास्तविक साइबर हमला कैसे होता है।

अत: विकल्प (A) सही है।

45. एथिकल हैकिंग वह है जिसका उपयोग व्यावसायिक संगठनों और फर्मों द्वारा फर्म की कमजोरियों को दूर करके सुरक्षित करने के लिए किया जाता है। एथिकल हैकर्स किसी भी संगठन या फर्म की अपनी आईटी और सूचना संपत्तियों की सुरक्षा में क्षमताओं को बढ़ाने में मदद करते हैं।

अत: विकल्प (A) सही है।

46. आमतौर पर रीयूजेबल ऑप्टिकल स्टोरेज का संक्षिप्त नाम सीडी-आरडब्ल्यू है। सीडी-आरडब्ल्यू (कॉम्पैक्ट डिस्क-रीराइटेबल) एक डिजिटल ऑप्टिकल डिस्क स्टोरेज फॉर्मेट है। सीडी-आरडब्ल्यू डिस्क एक कॉम्पैक्ट डिस्क है, जिसे कई बार रीड और राइट किया जा सकता है, मिटाया जा सकता है, और फिर से राइट जा सकता है।

त: विकल्प (E) सही है।

47. सर्च इंजन एक सॉफ्टवेयर सिस्टम है, जिसे वेब सर्च करने के लिए डिज़ाइन किया गया है। वे टेक्स्ट वेब सर्च केरी में निर्दिष्ट विशेष जानकारी के लिए वर्ल्ड वाइड वेब को व्यवस्थित तरीके से सर्च करते हैं। जानकारी वेब पेज इमेज, वीडियो, इन्फोग्राफिक्स, आर्टिकल, रिसर्च पेपर और अन्य प्रकार की फाइलों के लिंक का मिश्रण हो सकता है।

अत: विकल्प (A) सही है।

48. ओएसएस का मतलब ओपन सोर्स सॉफ्टवेयर है। यह सॉफ्टवेयर है जो अपने सोर्स कोड के साथ वितरित किया जाता है, जो इसे अपने मूल अधिकारों के साथ उपयोग, संशोधन और एक्सेस के लिए उपलब्ध कराता है। ओपन सोर्स कोड आमतौर पर एक सार्वजनिक स्टोरेज में संग्रहीत किया जाता है और सार्वजनिक रूप से साझा किया जाता है। कोई भी स्वतंत्र रूप से कोड का उपयोग करने के लिए स्टोरेज तक पहुंच सकता है।

अत: विकल्प (C) सही है।

49. सॉफ्टवेयर की दो व्यापक श्रेणियां सिस्टम और एप्लीकेशन सॉफ्टवेयर हैं।

सॉफ्टवेयर के दो मुख्य प्रकार हैं: सिस्टम सॉफ्टवेयर और एप्लीकेशन सॉफ्टवेयर।

सिस्टम सॉफ्टवेयर में वे प्रोग्राम शामिल होते हैं जो कंप्यूटर के मैनेजिंग के लिए स्वयं जिम्मेदार होते हैं, जैसे ऑपरेटिंग सिस्टम, फ़ाइल मैनेजमेंट यूटिलिटीज और डिस्क ऑपरेटिंग सिस्टम (या डॉस)।

एप्लिकेशन सॉफ्टवेयर एक प्रकार का कंप्यूटर प्रोग्राम है जो एक विशिष्ट व्यक्तिगत, शैक्षिक और व्यावसायिक कार्य करता है। प्रत्येक प्रोग्राम को एक विशेष प्रोसेस के साथ उपयोगकर्ता की सहायता के लिए डिज़ाइन किया जाता है, जो उत्पादकता, रचनात्मकता और/या संचार से संबंधित हो सकता है।

अत: विकल्प (D) सही है।

50. वर्ल्ड वाइड वेब (World Wide Web) (जिसे WWW या W3 के रूप में और आमतौर पर वेब के रूप में भी जाना जाता है) इंटरलिंकड हाइपरटेक्स्ट दस्तावेजों की एक प्रणाली है जो इंटरनेट के माध्यम से एक्सेस की जाती है। एक वेब ब्राउज़र की सहायता से, कोई भी वेब पेज देख सकता है जिसमें पाठ, चित्र, वीडियो और अन्य मल्टीमीडिया हो सकते हैं और हाइपरलिंक के माध्यम से उनके बीच नेविगेट कर सकता है।

अत: विकल्प (A) सही है।

51. राइट बैक एक स्टोरेज विधि है जिसमें डेटा हर बार परिवर्तन होने पर कैश में लिखा जाता है, लेकिन मुख्य मेमोरी में संबंधित स्थान पर केवल विस्तृत अंतराल पर या कुछ शर्तों के तहत लिखा जाता है।

अत: विकल्प (B) सही है।

52. असेंबलर एड्रेस सिंबल टेबल के पहले पास के दौरान उत्पन्न होता है जिसमें प्रोग्रामर द्वारा उपयोग किया गया लेबल और संग्रहीत प्रोग्राम के संदर्भ में इसका वास्तविक एड्रेस होता है।

अत: विकल्प (B) सही है।

53. सूचना सुरक्षा (इन्फोसेक के रूप में संक्षिप्त) अनधिकृत उपयोगकर्ताओं द्वारा परिवर्तन, विनाश, विलोपन या प्रकटीकरण के लिए महत्वपूर्ण जानकारी की सुरक्षा के लिए उपयोग की जाने वाली प्रक्रिया या प्रक्रियाओं का समूह है।

अत: विकल्प (C) सही है।

54. नेटवर्क मैपर (एन मैप) एक पॉपुलर ओपन-सोर्स टूल है जिसका उपयोग नेटवर्क की खोज के साथ-साथ सुरक्षा ऑडिटिंग के लिए किया जाता है। यह आमतौर पर होस्ट द्वारा उपयोग की जाने वाली विभिन्न सेवाओं की जांच करता है, कि यह किस ऑपरेटिंग सिस्टम पर चल रहा है और किस प्रकार का फ़ायरवॉल उपयोग कर रहा है।

अत: विकल्प (D) सही है।

55. एएनएसआई का पूर्ण रूप अमेरिकन नेशनल स्टैण्डर्ड इंस्टिट्यूट है। एएनएसआई संयुक्त राज्य अमेरिका में प्रौद्योगिकी मानकों के विकास को बढ़ावा देने वाला प्राथमिक संगठन है। एएनएसआई उद्योग समूहों के साथ काम करता है और अंतर्राष्ट्रीय मानकीकरण संगठन (आईएसओ) और अंतर्राष्ट्रीय इलेक्ट्रोटेक्निकल कमीशन (आईईसी) का एक अमेरिकन सदस्य है।

अत: विकल्प (B) सही है।

56. बेसिक का पूर्ण रूप बिगिनर्स ऑल-पर्पस सिम्बोलिक इंस्ट्रक्शन कोड है। बेसिक सभी ऑपरेटिंग सिस्टमों में सबसे सरल और शुरुआती उच्च-स्तरीय प्रोग्रामिंग भाषा में से एक है। जॉन जी. केमेनी और थॉमस ई. कर्ट्ज़ ने मूल बेसिक भाषा डार्टमाउथ बेसिक को 1964 में इस उद्देश्य से डिजाइन किया था कि सभी छात्र हर क्षेत्र में कंप्यूटर का उपयोग करने में सक्षम हों।

अत: विकल्प (B) सही है।

57. एफडीसी का फुल फॉर्म फ्लॉपी डिस्क कंट्रोलर है। यह एक विशेष-उद्देश्य वाली चिप और संबद्ध डिस्क नियंत्रक सर्किटरी है जो कंप्यूटर के फ्लॉपी डिस्क ड्राइव (FDD) से पढ़ने और लिखने को निर्देशित और नियंत्रित करती है। कंट्रोलर कंप्यूटर के सिस्टम बस से जुड़ा होता है और सीपीयू को I/O पोर्ट के सेट के रूप में दिखाई देता है।

अत: विकल्प (D) सही है।

58. डीडीएल डेटा डेफिनिशन लैंग्वेज का संक्षिप्त नाम है, जो डेटाबेस स्कीमा और विवरण से संबंधित है कि डेटा को डेटाबेस में कैसे रहना चाहिए। डेटा डेफिनिशन लैंग्वेज, संरचना संबंध को परिभाषित करने में संबंध और संबंधित स्कीमा को हटाने जैसे अन्य सभी आवश्यक कार्यों को करने के लिए उपयोग की जाती है।

अत: विकल्प (D) सही है।

59. जॉइन क्लॉज कॉमन कॉलम का मिलान करके दो टेबल को जोड़ता है।

इसलिए, हम ज्वाइन के लिए निम्नलिखित कोड का भी उपयोग कर सकते हैं-

Select name, course_id from instructor natural join teaches;

अत: विकल्प (B) सही है।

60. वेतन को उच्चतम से न्यूनतम राशि तक क्रमबद्ध करने और कर्मचारी के नाम को वर्णानुक्रम में प्रदर्शित करने के लिए, ऊपर दिए गए प्रश्न में "Desc और Asc" का उपयोग कर सकते हैं।

अत: विकल्प (C) सही है।

61. फ़्लैश मेमोरी एक नॉन-वोलेटाइल मेमोरी है।

फ्लैश मेमोरी एक इलेक्ट्रॉनिक डेटा स्टोरेज डिवाइस है जिसका उपयोग डिजिटल सूचनाओं को स्टोर करने के लिए किया जाता है। ये आमतौर पर पोर्टेबल इलेक्ट्रॉनिक उपकरणों, जैसे डिजिटल कैमरा, मोबाइल फोन, लैपटॉप कंप्यूटर, टैबलेट, एमपी3 प्लेयर और वीडियो गेम कंसोल में उपयोग किए जाते हैं। नॉन-वोलेटाइल मेमोरी की वजह से जब पॉवर ऑफ हो जाता है, तो आपका डाटा लॉस नहीं होता हैं।

अत: विकल्प (D) सही है।

62. डिस्क एक्सेस टाइम मिलीसेकंड में मापा जाता है। डिस्क एक्सेस समय हमेशा औसत के रूप में दिया जाता है क्योंकि सीक समय और लेटेंसी हेड और प्लाटर की वर्तमान स्थिति के आधार पर भिन्न होती है। जबकि फ़ास्ट हार्ड डिस्क का एक्सेस टाइम आमतौर पर 5 से 10 मिलीसेकंड सॉलिड-स्टेट ड्राइव (एसएसडी) होता है, एक्सेस टाइम 25 से 100-माइक्रोसेकंड रेंज में होता है। डिस्क एक्सेस समय को मिलीसेकंड में मापा जाता है जिसे अक्सर एमएस डिफिकल्टी-मॉडरेट के रूप में संक्षिप्त किया जाता है।

अत: विकल्प (B) सही है।

63. रन टाइम पर मेमोरी एलोकेशन को डायनामिक मेमोरी एलोकेशन के रूप में जाना जाता है। एग्जैक्ट साइज या क्वेन्टिटी (उदाहरण के लिए किसी सरणी के साइज की तरह) को पहले से कम्पाइलर द्वारा ज्ञात नहीं किया जाना चाहिए। यह मेमोरी रन टाइम सिस्टम द्वारा आवंटित की जाती है। मेमोरी को डायनामिकल रूप से आवंटित करने के लिए हमें पॉइंटर्स का उपयोग करना पड़ता है।

अत: विकल्प (B) सही है।

64. माइक्रोसॉफ्ट फ्रंटपेज एमएस ऑफिस का एक पैक है, यह वेब पेजेस बनाने के लिए बहुत उपयोगी है।

माइक्रोसॉफ्ट फ्रंटपेज का पूरा नाम माइक्रोसॉफ्ट ऑफिस फ्रंटपेज है | यह माइक्रोसॉफ्ट द्वारा प्रदत्त माइक्रोसॉफ्ट विंडोस लाइन ऑपरेटिंग सिस्टम का एक बंद WYSIWYG HTML संपादक और वेबसाइट व्यवस्थापन उपकरण है। इसे 1997 से 2003 तक माइक्रोसॉफ्ट ऑफिस सुट के हिस्से के रूप में ब्रांडेड किया गया था।

अत: विकल्प (A) सही है।

65. एमएस-एक्सेल में सेल की संख्या गिनने के लिए COUNTIF फंक्शन का उपयोग करते है।

एक्सेल में किसी श्रेणी में सेल की संख्या को गिनने में मदद करने के लिए कई फंक्शन होते हैं जो रिक्त होते हैं या उसमें कुछ प्रकार का डेटा होता है। COUNTIF का उपयोग उन सेल को गिनने के लिए किया जाता है जो निर्दिष्ट मानदंडों को पूरा करते हैं।

अत: विकल्प (A) सही है।

66. ट्रांस्पोज फ़ंक्शन किसी कॉलम में रो डेटा या एक रो में कॉलम डेटा प्रदर्शित करता है।

रो को कॉलम में और कॉलम को रो में बदलने के लिए ट्रांसपोज़, सिम्पली, वर्कशीट की टेबल (डेटा एरिया) को घुमाता है। यह फ़ंक्शन सेल की एक हॉरिजॉंटल रेंज को सेल की एक वर्टिकल और वर्टिकल रेंज में एक क्षैतिज में परिवर्तित करेगा।

अतः विकल्प (C) सही है।

67. स्ट्रॉंग आर्टिफिशियल इंटेलिजेंस एक कंप्यूटर के अंदर ह्यूमन इंटेलेक्चुअल कैपेबिलिटीज का एम्बोडिमेंट है। कंप्यूटर प्रोग्राम का एक सेट जो आउटपुट उत्पन्न करता है जिसे इंटेलिजेंस को प्रतिबिंबित करने के लिए माना जाएगा यदि यह ह्यूमन द्वारा उत्पन्न किया गया हो। स्ट्रॉंग आर्टिफिशियल इंटेलिजेंस (एआई), जिसे आर्टिफीसियल जनरल इंटेलिजेंस (एकजीआई) या सामान्य एआई के रूप में भी जाना जाता है, एआई का एक सैद्धांतिक रूप है जिसका उपयोग एआई डेवलपमेंट की एक निश्चित माइंडसेट का वर्णन करने के लिए किया जाता है। स्ट्रॉंग एआई का उद्देश्य ऐसी इंटेलीजेंट मशीनें बनाना है जो ह्यूमन माइंड से अभभेद्य हों।

अतः विकल्प (A) सही है।

68. रिप्रजेंटेशन वेरिफिकेशन नॉलेज के रिप्रजेंटेशन की प्रॉपर्टी नहीं है। एक अच्छे नॉलेज रिप्रजेंटेशन के लिए निम्नलिखित गुणों की आवश्यकता होती है:

1. रिप्रजेंटेशन एक्यूरेसी: यह सभी प्रकार के आवश्यक नॉलेज का रिप्रजेंट करना चाहिए।

2. इन्फेरेंटाइल एडक्वासी: यह एक्सिस्टिंग स्ट्रक्चर के अनुरूप न्यू नॉलेज को प्रोड्यूज करने के लिए रेप्रेसेंटेशनल स्ट्रक्चर में मैनिपुलेट करने में सक्षम होना चाहिए।

3. इन्फेरेंटाइल एफिशिएंसी: उपयुक्त गाइडों को स्टोरिंग करके इन्फेरेंटाइल नॉलेज तंत्र को सबसे अधिक प्रोडक्टिव डायरेक्शन में निर्देशित करने की क्षमता।

4. एक्यूसिनेशन एफिशिएंसी: आटोमेटिक मेथड्स का उपयोग करके आसानी से न्यू नॉलेज प्राप्त करने की क्षमता।

अतः विकल्प (A) सही है।

69. विजुअल क्लूज़ जो कंप्यूटर विज़न में सहायक होते हैं उनमेंकलर और मोशन की डेप्थ और टेक्सचर शामिल हैं। कंप्यूटर विज़न आर्टिफिशियल इंटेलिजेंस (एआई) का एक क्षेत्र है जो कंप्यूटर और सिस्टम को डिजिटल इमेज वीडियो और अन्य विजुअल इनपुट से सार्थक जानकारी प्राप्त करने और उस जानकारी के आधार पर कार्रवाई करने या सिफारिशें करने में सक्षम बनाता है। एआई-आधारित कंप्यूटर विज़न विभिन्न वस्तुओं, जैसे पैदल चलने वालों, ट्रैफिक सिग्नल और सड़क पर और अधिक की पहचान करने के लिए परिवेश को समझ सकती है।

अतः विकल्प (D) सही है।

70. प्रोलॉग का मतलब प्रोग्रामिंग इन लॉजिक है। प्रोलॉग कॉमन प्रोग्रामिंग लैंग्वेज से अलग है क्योंकि यह एक डेक्लेरेटिव लैंग्वेज है। इसका मतलब है कि प्रोग्रामर को विस्तार से निर्दिष्ट करना होगा कि किसी प्रॉब्लम को कैसे हल किया जाए। प्रोलॉग एक प्रकार की लॉजिक प्रोग्रामिंग है। उल्लिखित विकल्प (A), (B), (C) और (D) प्रोग्रामिंग की चार श्रेणियां हैं।

अतः विकल्प (A) सही है।

71. जेआईटी का मतलब जस्ट इन टाइम है। जेआईटी कंपाइलर रन टाइम पर नेटिव मशीन कोड में बाइटकोड को कम्पाइल करके जावा प्रोग्राम के प्रदर्शन में सुधार करने में सहायता करता है। जब कोई मेथड अप्लाई की जाती है, तो जेआईटी कंपाइलर सक्रिय हो जाता है। कंपाइलेशन मेथड के लिए, जेवीएम सीधे कम्पाइल्ड कोड को इन्टरप्रेट करने के बजाय कॉल करता है।

अतः विकल्प (A) सही है।

72. तीसरी पीढ़ी की अवधि 1965-1971 थी। तीसरी पीढ़ी के कंप्यूटरों में ट्रांजिस्टर के स्थान पर इंटीग्रेटिंग सर्किट का उपयोग किया जाता था। इंटीग्रेटेड सर्किट के आविष्कार ने हमें तीसरी पीढ़ी के कंप्यूटर में प्रवेश कराया। इस

आविष्कार के साथ कंप्यूटर छोटे, अधिक शक्तिशाली और अधिक विश्वसनीय हो गए और वे एक ही समय में कई अलग-अलग प्रोग्राम चलाने में सक्षम हो गए।

अतः विकल्प (D) सही है।

73. पहली पीढ़ी में कंप्यूटर का आकार बहुत बड़ा था, और यह 1000 से अधिक वैक्यूम ट्यूबों का उपयोग करता है जिन्हें विशाल आकार के रूप में बहुत अधिक जगह बनाने की आवश्यकता होती है। 1946 में वैक्यूम ट्यूबों के साथ निर्मित पहला कंप्यूटर ENIAC या इलेक्ट्रॉनिक न्यूमेरिकल इंटीग्रेटर एंड कंप्यूटर कहलाता था।

अतः विकल्प (A) सही है।

74. एक हार्ड डिस्क ड्राइव (HDD), हार्ड डिस्क, हार्ड ड्राइव, या फिक्स्ड डिस्क एक इलेक्ट्रोमैकेनिकल डेटा स्टोरेज डिवाइस है जो मेगनेटिक स्टोरेज और मेगनेटिक स्टोर्स के साथ एक या अधिक तीव्र से घूमने वाले प्लेटर्स का उपयोग करके डिजिटल डेटा को संग्रहीत और पुनर्प्राप्त करता है।

अतः विकल्प (A) सही है।

75. माइक्रोसॉफ्ट एक्सेल में, Ctrl + डाउन एरो कुंजी स्प्रेडशीट पर कॉलम के अंत की ओर विस्थापित होती है।

अतः विकल्प (C) सही है।

76. विभिन्न एप्लिकेशन के बीच स्विच करने की शॉर्टकट कुंजी Alt + टैब है। इस सुविधा का समर्थन करने वाले अनुप्रयोगों में प्रोग्राम समूह, टैब या डॉक्यूमेंट विंडोज़ सभी के बीच स्विच कर सकते हैं। उसके विपरीत Ctrl + शिफ्ट + टैब दबाकर इसी प्रोसेस को रिवर्स सकते हैं।

अतः विकल्प (B) सही है।

77. कोड ब्रैकेट्स को वर्ड में मैन्युअल रूप से जोड़ने के लिए, आपको एक ही रागय पर Ctrl और F9 कुंजियों को दबाना होगा। यह वह पहली चीज़ है जो आप कोड को उस फ़ील्ड में टाइप करने से पहले करते हैं, जिसमें आप कोड को मैन्युअल रूप से जोड़ते हैं।

अतः विकल्प (B) सही है।

78. डोमेन-संचालित डिज़ाइन (डीडीडी) दृष्टिकोण सॉफ्टवेयर के विकास को सक्षम बनाता है जो उन लोगों की जटिल आवश्यकताओं पर केंद्रित होता है जिन्हें इसकी आवश्यकता होती है और अनावश्यक किसी भी चीज़ पर प्रयास बर्बाद नहीं होता है। डोमेन-संचालित डिज़ाइन के ग्राहक अक्सर उद्यम-स्तर के व्यवसाय होते हैं।

अतः विकल्प (C) सही है

79. WAN एक संचार नेटवर्क है जो एक बड़े भौगोलिक क्षेत्र जैसे शहरों, राज्यों या देशों में फैला है। ये व्यवसाय के कुछ हिस्सों को जोड़ने के लिए निजी हो सकते हैं या ये छोटे नेटवर्क को एक साथ जोड़ने के लिए अधिक सार्वजनिक हो सकते हैं।

अतः विकल्प (E) सही है।

80. लोकल एरिया नेटवर्क (लैन) दस मीटर की दूरी तक, एक साथ उपकरणों को जोड़ सकता है। ऑफिस या स्कूल में, लैन सैकड़ों मीटर से अधिक डिवाइस कनेक्ट कर सकता है। एक वाइड एरिया नेटवर्क (वैन) एक बहुत बड़े क्षेत्र में कार्य करता है, क्योंकि ये लैन को डेटा को एक्सचेंज करने लिए आपस में जोड़ता है।

अतः विकल्प (A) सही है।

81. फरवरी 2018 में जारी भारत में वनों की स्थिति रिपोर्ट के अनुसार भारत का 24.40% भाग वन-क्षेत्र के अंतर्गत आता है।

- वन और वृक्ष आवरण संयुक्त रूप से 8,02,088 वर्ग किमी है जो कुल भौगोलिक क्षेत्र का 24.39% है।

- रिपोर्ट के अनुसार, 2015 की तुलना में भारत में भी वन कवर में 1.36% की वृद्धि हुई है।
- वन के अंतर्गत कुल भूमि क्षेत्र का 24.4% के साथ भारत दुनिया में 10वें स्थान पर है।
- वन आच्छादन के क्षेत्र के संदर्भ में, शीर्ष 5 राज्य मध्य प्रदेश, अरुणाचल प्रदेश, छत्तीसगढ़, उड़ीसा और महाराष्ट्र हैं।

अत: विकल्प (D) सही है।

82. 33वें हुनर हाट का आयोजन अल्पसंख्यक मामलों के मंत्रालय द्वारा उस्ताद योजना के तहत नई दिल्ली में किया गया था।

- इसे "वोकल फॉर लोकल" के प्रति प्रतिबद्धता को मजबूत करने के लिए सिल्वर मेडल -'इंडिया इंटरनेशनल ट्रेड फेयर (आईआईटीएफ), 2021 प्राप्त हुआ।
- हुनर हाट अल्पसंख्यक समुदायों के कारीगरों द्वारा बनाए गए हस्तशिल्प और पारंपरिक उत्पादों की एक प्रदर्शनी है।

अत: विकल्प (C) सही है।

83. सभी ज्ञात जोखिमों का लेखा जोखा रखने के लिए उपयोग किए जाने वाले दस्तावेज़ को जोखिम रजिस्टर कहा जाता है।

जोखिम रजिस्टर एक दस्तावेज है जिसमें पहचाने गए जोखिमों, जोखिम विश्लेषण के परिणाम (संघात, संभावना, प्रभाव) के साथ-साथ जोखिम प्रतिक्रिया योजनाओं के बारे में जानकारी शामिल है। आप पूरे परियोजना जीवन चक्र के दौरान जोखिमों की निगरानी और नियंत्रण के लिए जोखिम रजिस्टर का भी उपयोग करते हैं।

अत: विकल्प (B) सही है।

84. एक प्रक्रिया जिसमें प्रभाव और घटना की संभावना का आकलन करके आगे की कार्रवाई या विश्लेषण के लिए जोखिमों को प्राथमिकता देना शामिल है, गुणात्मक जोखिम विश्लेषण कहलाती है। गुणात्मक जोखिम विश्लेषण परियोजना की सफलता की संभावनाओं को नाटकीय रूप से बढ़ा देता है। गुणात्मक जोखिम विश्लेषण प्रक्रिया हितधारकों के लिए जुड़ाव के अवसर पैदा करती है।

अत: विकल्प (A) सही है।

85. जोखिम प्रबंधन गतिविधियों में व्यावहारिक रूप में अधिक से अधिक हितधारकों को शामिल किया जाना चाहिए। चुनौतियों और परियोजना जोखिमों पर प्रत्येक हितधारक का एक अनूठा दृष्टिकोण हो सकता है। सभी संभावित हितधारकों को शामिल करके आप अधिक जोखिमों की पहचान कर सकते हैं।

अत: विकल्प (C) सही है।

86. गैर निष्पादित आस्तियां:

एक गैर-निष्पादित परिसंपत्ति (एनपीए) एक ऋण या अग्रिम है जिसके लिए मूलधन या ब्याज भुगतान 90 दिनों की अवधि के लिए अतिदेय है।

बैंकों को एनपीए को उप-मानक, संदिग्ध और हानि वाली संपत्तियों में वर्गीकृत करने की आवश्यकता है।

1. उप-मानक संपत्तियां: ऐसी संपत्तियां जो 12 महीने से कम या उसके बराबर की अवधि के लिए एनपीए बनी हुई हैं।

2. संदिग्ध संपत्ति: एक परिसंपत्ति को संदिग्ध के रूप में वर्गीकृत किया जाएगा यदि वह 12 महीने की अवधि के लिए घटिया श्रेणी में बनी हुई है।

3. हानि संपत्ति: आरबीआई के अनुसार, "हानि संपत्ति को गैर-संग्रहणीय और इतने कम मूल्य का माना जाता है कि एक बैंक योग्य संपत्ति के रूप में इसकी निरंतरता जरूरी नहीं है, हालांकि कुछ बचाव या वसूली मूल्य हो सकता है।"

अतः विकल्प (A) सही है।

87. वृद्ध लेनदार विश्लेषण से पता चलता है कि कितने समय से कर्ज बकाया है।

एक वृद्ध लेनदार रिपोर्ट उन सभी चालानों की कुल सूची है, जिनके लिए आपके ग्राहकों ने अभी तक आपको भुगतान नहीं किया है, इनमें से कोई भी क्रेडिट नोट शामिल नहीं है जो आपने अपने ग्राहकों को जारी किए हैं और अभी तक उन्हें वापस नहीं किया है।

अत: विकल्प (A) सही है।

88. संदिग्ध ऋणों के लिए प्रावधान बनाने के लिए कुल क्रेडिट बिक्री आमतौर पर इस्तेमाल किया जाने वाला आधार है।

संदिग्ध ऋणों के लिए प्रावधान खराब ऋण की अनुमानित राशि है जो प्राप्य खातों से उत्पन्न होगी जो जारी किए गए हैं लेकिन अभी तक एकत्र नहीं किए गए हैं। यह संदिग्ध खातों के लिए भत्ते के समान है।

अत: विकल्प (B) सही है।

89. एडीबी विश्व बैंक की एजेंसी नहीं है।

विश्व बैंक समूह पाँच अंतर्राष्ट्रीय संगठनों का एक समूह है जो आर्थिक विकास के उद्देश्यों के लिए वित्त और सलाह प्रदान करने और गरीबी दूर करने के लिए उत्तरदायी होती है।

अत: सही विकल्प (C) है।

90. भारत में वाणिज्यिक बैंकों में एक इलेक्ट्रॉनिक बैंकिंग (ई-बैंकिंग) पहल रीयल-टाइम ग्रॉस सेटलमेंट (आरटीजीएस) है।

भारत में मार्च 2004 में शुरू की गई रियल-टाइम ग्रॉस सेटलमेंट प्रणाली (आरटीजीएस), एक ऐसी प्रणाली है जिसके माध्यम से इलेक्ट्रॉनिक्स निर्देश बैंकों द्वारा अपने खाते से दूसरे बैंक के खाते में धनराशि स्थानांतरित करने के लिए दिए जा सकते हैं आरटीजीएस प्रणाली को आरबीआई द्वारा बनाए रखा और संचालित किया जाता है और बैंकों के बीच निपुण और तीव्रतर फंड ट्रांसफर का साधन प्रदान करता है जिससे उनके वित्तीय संचालन में आसानी होती है।

अत: सही विकल्प (A) है।

91. एक ट्रस्ट जो कई व्यक्तियों की बचत को एक साथ रखता है और फिर पूंजी बाजार के साधनों में निवेश करता है उसे म्यूचुअल फंड कहा जाता है। म्यूचुअल फंड के कस्टोडियन को एसईबीआई के साथ पंजीकृत होना चाहिए। म्यूचुअल फंड निवेशकों की वित्तीय आवश्यकताओं के आधार पर ऋण प्रतिभूतियों और अन्य प्रतिभूतियों में निवेश कर सकते हैं। भारत में, भारत सरकार और भारतीय रिजर्व बैंक की एक पहल के रूप में यूनिट ट्रस्ट ऑफ इंडिया के गठन के साथ, 1963 में म्यूचुअल फंड उद्योग शुरू हुआ।

अत: सही विकल्प (E) है।

92. फ़िशिंग उपयोगकर्ता नाम, पासवर्ड आदि जैसी संवेदनशील जानकारी अधिग्रहण करने का एक प्रयास है।

फ़िशिंग एक इलेक्ट्रॉनिक संचार में एक भरोसेमंद इकाई के रूप में अपने आप को छिपाने के द्वारा गुप्त जानकारी या डेटा, जैसे कि उपयोगकर्ता नाम, पासवर्ड और क्रेडिट कार्ड विवरण प्राप्त करने का धोखाधड़ी प्रयास है। फ़िशिंग सोशल इंजीनियरिंग तकनीकों का एक उदाहरण है जिसका उपयोग उपयोगकर्ताओं को धोखा देने के लिए किया जाता है।

अत: सही विकल्प (B) है।

93. वह स्थिति जिसमें विदेशी मुद्रा की कमी के कारण वस्तुओं का व्यापार किया जाता है, वस्तु विनिमय कहलाती है।

वस्तु विनिमय सबसे पुरानी प्रतिव्यापार व्यवस्था है। यह बिना नकद निपटान के समान मूल्य के साथ वस्तुओं और सेवाओं का प्रत्यक्ष आदान-प्रदान है। वस्तु विनिमय लेनदेन को एक व्यापार के रूप में जाना जाता है। उदाहरण के लिए,

कॉफ़ी बीन्स या मांस के लिए नट्स के एक बैग का आदान-प्रदान किया जा सकता है।

अत: सही विकल्प (B) है।

94. ऋणों के पुनर्गठन के लाभ हैं:

- लेनदारों से देनदार की कानूनी सुरक्षा
- देनदारियों की माफी के आधार पर समाज की वसूली (कर्ज उन्मूलन)
- संपत्ति की सुरक्षा
- दिवालियेपन की तुलना में लेनदारों की अधिक संतुष्टि
- देनदार की आर्थिक स्वतंत्रता और कानूनी व्यक्तित्व का रखरखाव। आदि

अत: सही विकल्प (E) है।

95. OTR ढांचे के लिए सिफारिशें के वी कामथ के नेतृत्व वाली कामथ समिति द्वारा प्रदान की गई थीं।

6 अगस्त, 2020 को, RBI ने OTR योजना की घोषणा की, जिससे बैंकों को उन उधारकर्ताओं के ऋणों का पुनर्गठन करने की अनुमति मिली, जो उनके पुनर्भुगतान में नियमित थे और उनके परिसंपत्ति वर्गीकरण को गैर-निष्पादित संपत्ति में डाउनग्रेड किए बिना 1 मार्च 2020 तक 30 दिनों से अधिक का अतिदेय नहीं था। .

अत: सही विकल्प (C) है।

96. एआरसीआईएल भारत में पहली एसेट रिकंस्ट्रक्शन कंपनी थी।

एआरसीआईएल एसेट रिकंस्ट्रक्शन कंपनी (इंडिया) लिमिटेड देश की सर्वश्रेष्ठ एसेट रिकंस्ट्रक्शन कंपनियों में से एक है। इसे 2002 में स्थापित किया गया था। कंपनी ने भारतीय बैंकों और अन्य गैर-बैंकिंग वित्तीय कंपनियों के पास 780 अरब रुपये से अधिक की गैर-निष्पादित संपत्तियों (एनपीए) का समाधान किया है। एआरसीआईएल मुंबई में स्थित है। यह कंपनी भारतीय बैंक संघ की सहयोगी सदस्य है।

अत: सही विकल्प (A) है।

97. 31 मई, 2021 तक, 28 एसेट रिकंस्ट्रक्शन कंपनियां हैं जो भारतीय रिजर्व बैंक के तहत पंजीकृत हैं।

एसेट रिकंस्ट्रक्शन कंपनी एक विशेष वित्तीय संस्थान है जो बैंकों और वित्तीय संस्थानों से एनपीए या खराब संपत्ति खरीदता है ताकि बाद वाले अपनी बैलेंस शीट को साफ कर सकें। दूसरे शब्दों में, एआरसी बैंकों से खराब ऋण खरीदने के व्यवसाय में हैं।

अत: सही विकल्प (D) है।

98. क्रेडिट जोखिम या डिफ़ॉल्ट जोखिम में ऋण देने, व्यापार, हेजिंग, निपटान और अन्य वित्तीय लेनदेन के संबंध में प्रतिबद्धताओं को पूरा करने के लिए ग्राहक या प्रतिपक्ष की अक्षमता या अनिच्छा शामिल है।

क्रेडिट जोखिम एक उधारकर्ता द्वारा ऋण नहीं चुकाने के कारण नुकसान का जोखिम है। अधिक विशेष रूप से, यह एक ऋणदाता के अपने नकदी प्रवाह को बाधित होने के जोखिम को संदर्भित करता है जब कोई उधारकर्ता मूलधन या ब्याज का भुगतान नहीं करता है। क्रेडिट जोखिम को तब अधिक माना जाता है जब उधारकर्ता के पास लेनदार को भुगतान करने के लिए पर्याप्त नकदी प्रवाह नहीं होता है, या उसके पास लेनदार को चुकाने के लिए पर्याप्त संपत्ति नहीं होती है।

अत: सही विकल्प (C) है।

99. बेसल II ढांचा तीन स्तंभों के तहत संचालित होता है।

ये 3 स्तंभ हैं न्यूनतम पूंजी आवश्यकता, पर्यवेक्षी समीक्षा प्रक्रिया और बाजार अनुशासन।

पहला स्तंभ: न्यूनतम पूंजी आवश्यकता

पहला स्तंभ न्यूनतम पूंजी आवश्यकता मुख्य रूप से क्रेडिट जोखिम, बाजार जोखिम के साथ-साथ परिचालन जोखिम सहित कुल जोखिम के लिए है।

दूसरा स्तंभ: पर्यवेक्षी समीक्षा प्रक्रिया

दूसरा स्तंभ यानी पर्यवेक्षी समीक्षा प्रक्रिया मूल रूप से यह सुनिश्चित करने के लिए है कि बैंकों के पास अपने व्यवसायों से जुड़े सभी जोखिमों का समर्थन करने के लिए पर्याप्त पूंजी है।

तीसरा स्तंभ: बाजार अनुशासन

तीसरे स्तंभ का विचार पहले और दूसरे स्तंभ का पूरक है। यह मूल रूप से बैंक द्वारा पूंजी संरचना जैसे कि टियर-I और टियर-II पूंजी को प्रकट करने और पूंजी पर्याप्तता का आकलन करने के दृष्टिकोण के लिए पालन किया जाने वाला अनुशासन है।

अत: सही विकल्प (B) है।

100. बेसल III का कार्यान्वयन 1 अप्रैल 2013 से शुरू हुआ। रिज़र्व बैंक ने 2 मई 2012 को पूंजी विनियमन पर बेसल III सुधारों पर आधारित दिशानिर्देश जारी किए, जो भारत में कार्यरत बैंकों के लिए लागू सीमा तक है। बैंकों ने भारत में 1 अप्रैल 2013 से चरणबद्ध तरीके से दिशानिर्देशों को लागू करना शुरू कर दिया है।

अत: सही विकल्प (C) है।

101. सूची - I और सूची - II का सही मिलान है:

सूची – I	सूची – II
a. आरबीआई राष्ट्रीयकरण	ii. 1949
b. इंपीरियल बैंक का राष्ट्रीयकरण	iii 1955
c. 14 वाणिज्यिक बैंकों का राष्ट्रीयकरण	iv. 1969
d. आईडीबीआई की स्थापना	I. 1964

अत: विकल्प (D) सही है।

102. एचडीएफसी का पूर्ण रुप हाउसिंग डेवलपमेंट फाइनेंस कॉर्पोरेशन है।

एचडीएफसी बैंक लिमिटेड एक भारतीय बैंकिंग और वित्तीय सेवा कंपनी है, जिसका मुख्यालय मुंबई, महाराष्ट्र में है। एचडीएफसी बैंक अप्रैल 2021 तक संपत्ति और बाजार पूंजीकरण के हिसाब से भारत का सबसे बड़ा निजी क्षेत्र का बैंक है। यह भारतीय स्टॉक एक्सचेंज में बाजार पूंजीकरण के हिसाब से तीसरी सबसे बड़ी कंपनी है।

अत: विकल्प (D) सही है।

103. कृषि सेवाओं को गैर-बैंकिंग वित्तीय कंपनी (एनबीएफसी) की सेवाओं के रूप में नहीं माना जाता है।

एनबीएफसी अपने ग्राहकों को कई प्रकार की वित्तीय सेवाएं प्रदान करती हैं। गैर-बैंकिंग वित्तीय सेवाओं के अंतर्गत सेवाओं के प्रकारों में निम्नलिखित शामिल हैं:

- हायर परचेज सेवाएं
- लीजिंग सेवाएं
- हाउसिंग फाइनेंस सेवाएं
- एसेट मैनेजमेंट सेवाएं
- वेंचर कैपिटल सेवाएं
- म्युचुअल बेनिफिट फाइनेंस सेवाएं (निधि बैंक)

अत: विकल्प (E) सही है।

104. एक ट्रस्ट जो कई व्यक्तियों की बचत को एक साथ रखता है और फिर पूंजी बाजार के साधनों में निवेश करता है उसे म्यूचुअल फंड कहा जाता है।

म्यूचुअल फंड के संरक्षक को सेबी के साथ पंजीकृत होना चाहिए। म्यूचुअल फंड निवेशकों की वित्तीय आवश्यकताओं के आधार पर ऋण प्रतिभूतियों और अन्य प्रतिभूतियों में निवेश कर सकते हैं।

भारत में, भारत सरकार और भारतीय रिजर्व बैंक की एक पहल के रूप में यूनिट ट्रस्ट ऑफ इंडिया के गठन के साथ, 1963 में म्यूचुअल फंड उद्योग शुरू हुआ।

अतः विकल्प (E) सही है।

105. बैंक दर (ब्याज) मौद्रिक नीति का घटक है।

बैंक दर वह ब्याज दर है जो एक वाणिज्यिक बैंक को ऋण देते समय एक केंद्रीय बैंक द्वारा वसूला जाता है। फंड की कमी की स्थिति में, बैंक किसी देश के केंद्रीय बैंक से पैसा उधार ले सकता है। भारत के मामले में वह भारतीय रिजर्व बैंक होगा।

अत: सही विकल्प (A) है।

106. राजकोषीय नीति का उद्देश्य यह स्पष्ट करना है कि वर्तमान राजकोषीय नीतियां किस प्रकार सुदृढ़ वित्तीय प्रबंधन सिद्धांतों के अनुरूप हैं।

राजकोषीय उत्तरदायित्व और बजट प्रबंधन अधिनियम, 2003 की धारा 3(4) के तहत संसद में राजकोषीय नीति की रणनीति का वक्तव्य प्रस्तुत किया जाता है। राजकोषीय नीति मौजूदा वित्तीय वर्ष के लिए कराधान, व्यय, उधार से संबंधित सरकार की रणनीतिक प्राथमिकताओं की रूपरेखा तैयार करती है।

अत: सही विकल्प (C) है।

107. एचएसबीसी का अर्थ हांगकांग और शंघाई बैंकिंग कॉर्पोरेशन लिमिटेड है।एचएसबीसी दुनिया के सबसे बड़े बैंकिंग और वित्तीय सेवा संगठनों में से एक है जो हमारे वैश्विक व्यवसायों के माध्यम से 40 मिलियन से अधिक ग्राहकों को सेवा प्रदान करता है। इसकी 64 देशों में शाखाएँ हैं। इसने 3 मार्च, 1865 को संचालन शुरू किया। यह स्कॉटिश बैंकिंग सिद्धांतों के अनुसार काम करने वाला पहला स्थानीय स्वामित्व वाला बैंक था। एचएसबीसी पहला बैंक है जिसने भारत में एटीएम (ऑटोमेटेड टेलर मशीन) की शुरुआत की।

अत: विकल्प (B) सही है।

108. SEBI ने वैकल्पिक निवेश कोष और उद्यम पूंजी कोष की विदेशी निवेश सीमा को दोगुना कर 1,500 मिलियन अमेरिकी डॉलर कर दिया। इस कदम से वैश्विक कंपनियों में अधिक भारतीय भागीदारी की अनुमति मिलेगी। वर्तमान में, SEBI-पंजीकृत वैकल्पिक निवेश कोष (AIF) या उद्यम पूंजी कोष (VCF) को विदेशों में, 750 मिलियन अमेरिकी डालर की समग्र सीमा के अधीन, निवेश करने की अनुमति है। भारत सरकार के स्वामित्व में SEBI, भारत में प्रतिभूतियों और कमोडिटी बाजार का नियामक है। इसकी स्थापना 12 अप्रैल 1988 को हुई थी। इसका मुख्यालय मुंबई में है।

अत: विकल्प (C) सही है।

109. 1955 में इम्पीरियल बैंक को भारतीय स्टेट बैंक में बदल दिया गया था। जॉन मेनार्ड कीन्स को इंपीरियल बैंक ऑफ इंडिया के संस्थापक के रूप में जाना जाता है। प्रेसीडेंसी बैंक ऑफ बंगाल, बैंक ऑफ बॉम्बे और बैंक ऑफ मद्रास थे। इम्पीरियल बैंक 80% था जबकि शेष राज्य के स्वामित्व में था। भारतीय स्टेट बैंक का मुख्यालय मुंबई में है। भारतीय स्टेट बैंक के अध्यक्ष रजनीश कुमार हैं। (अप्रैल 2020)

अत: विकल्प (A) सही है।

110. भारत का पहला बैंक 1770 में स्थापित बैंक ऑफ हिंदुस्तान है। यह बैंक यूरोपीय प्रबंधन के तहत कलकत्ता में स्थापित किया गया था। इसे 1830-32 में समाप्त कर दिया गया था।

अत: विकल्प (B) सही है।

111. केंद्रीय वित्त मंत्री निर्मला सीतारमण ने बजट में वर्चुअल डिजिटल करेंसी पर टैक्स को लेकर बड़ा ऐलान किया है। वर्चुअल डिजिटल एसेट (Digital Assets) से होने वाली इनकम पर अब 30 प्रतिशत की दर से टैक्स लगेगा।

वित्त मंत्री ने कहा कि रिजर्व बैंक ऑफ इंडिया (RBI) अपना डिजिटल करेंसी लॉन्च करेगा।

अतः विकल्प (B) सही है।

112. केंद्रीय वित्त मंत्री निर्मला सीतारमण ने बजट 2022-23 पेश करते हुए बताया कि वित्त वर्ष 2023 में 25,000 किलोमीटर का हाईवे तैयार किया जाएगा। इस दौरान सीतारमण ने कहा कि वित्त पोषण के नवोन्मेषी तरीकों से 20,000 करोड़ रुपये जुटाए जाएंगे। वहीं उन्होंने आगे कहा कि केंद्रीय बजट अमृत काल के अगले 25 वर्षों का ब्लू प्रिंट है।

अतः विकल्प (C) सही है।

113. आर्थिक सर्वेक्षण 31 जनवरी 2022 को जारी किया गया, जिसमें इस साल जीडीपी वृद्धि दर का अनुमान 9.2 प्रतिशत रखा गया है। आर्थिक समीक्षा वित्त वर्ष 2021-22 में अर्थव्यवस्था के विभिन्न क्षेत्रों की स्थिति के साथ ही वृद्धि में तेजी लाने के लिए किए जाने वाले सुधारों का ब्योरा दिया गया है। आर्थिक समीक्षा भारतीय अर्थव्यवस्था (Economy of India) की स्थिति को मजबूत बनाने हेतु आपूर्ति-पक्ष के मुद्दों पर केंद्रित है।

अतः विकल्प (B) सही है।

114. भारत अमेरिका और चीन के बाद दुनिया का तीसरा सबसे बड़ा स्टार्ट-अप इकोसिस्टम है। 44 भारतीय स्टार्ट-अप ने 2021 में यूनिकॉर्न का दर्जा हासिल किया है, जिससे यूनिकॉर्न की कुल संख्या 83 हो गई है। अधिकांश यूनिकॉर्न सेवा क्षेत्र में हैं।

अतः विकल्प (C) सही है।

115. राष्ट्रीय परिवार स्वास्थ्य सर्वेक्षण-5 के अनुसार, (i) कुल प्रजनन दर (TFR) 2019-21 में घटकर 2 हो गई, जो 2015-16 में 2.2 थी, (ii) शिशु मृत्यु दर (IMR), पांच साल से कम उम्र की मृत्यु दर और संस्थागत वर्ष 2015-16 की तुलना में 2019-21 में जन्मों में सुधार हुआ है।

अतः विकल्प (B) सही है।

116. भारत सरकार ने भारतीय स्टेट बैंक द्वारा भोजन, दवाओं, गैसोलीन और औद्योगिक कच्चे माल जैसी महत्वपूर्ण वस्तुओं और सेवाओं के अधिग्रहण के वित्तपोषण के लिए श्रीलंका को दिए गए $ 1 बिलियन के ऋण की गारंटी दी।

अतः विकल्प (C) सही है।

117. भारत के सबसे बड़े निजी क्षेत्र के बैंक एचडीएफसी बैंक ने रिटेलियो के साथ सह-ब्रांडेड क्रेडिट कार्ड की एक नई श्रृंखला शुरू करने की घोषणा की, जिसका उद्देश्य बड़े पैमाने पर व्यापारी बाजार में केमिस्ट और फार्मेसियों को लक्षित करना है।

अतः विकल्प (D) सही है।

118. भारतीय रिजर्व बैंक (RBI) ने ग्राहकों के हितों की सुरक्षा के लक्ष्य के साथ विनियमित फर्मों में ग्राहक सेवाओं का आकलन और समीक्षा करने के लिए एक छह सदस्यीय समिति की स्थापना की।

अतः विकल्प (C) सही है।

119. भारतीय रिजर्व बैंक (RBI) ने गैर-बैंक संस्थाओं के लिए भारत बिल भुगतान परिचालन इकाइयों को स्थापित करने के लिए मानदंडों को आसान बना दिया है, जिससे इस खंड में अधिक खिलाड़ियों को प्रोत्साहित करने की दृष्टि से निवल मूल्य की आवश्यकता को घटाकर 25 करोड़ रुपये कर दिया गया है।

अतः विकल्प (B) सही है।

120. वित्त मंत्री निर्मला सीतारमण ने केंद्रीय बजट में अंतरिक्ष विभाग को 13,700 करोड़ रुपये आवंटित किए हैं।

- आवंटन पिछले बजट में 12,642 करोड़ रुपये के संशोधित अनुमान से 1,058 करोड़ रुपये की वृद्धि थी।

- आवंटन का एक बड़ा हिस्सा - 10,534 करोड़ रुपये - अंतरिक्ष प्रौद्योगिकी के तहत बनाया गया है जो ISRO के अधिकांश केंद्रों को कवर करता है।

अतः विकल्प (A) सही है।

121. The given sentence informs us about the 'usefulness' of Instagram.

It is clear that we should use a verb' after the word 'not' as the preposition 'to' is already used before it. Option (A) begins with the word 'young' which is an adjective. Therefore we should eliminate option (A). Option (B) is inappropriate because we cannot use verb form after the word 'not'.

Option (C) is not the answer because it begins with the word 'laughter' which is a noun.

Option (D) is the best fit because 'make' is a verb and it is appropriate for the paragraph.

Option (E) is not the answer because it begins with a preposition which is not required here.

Hence, the correct option is (D).

122. The given sentence is about India's central government. Option (A) and option (C) are about climate. So, we cannot choose these options. Option (D) is explaining a reason and it is not relevant to the context.

We should eliminate option (E) as it begins with the preposition 'in' and 'in' is also written before the blank. Option (B) is the best fit because it mentions something about India and it completes the paragraph appropriately.

Hence, the correct option is (B).

123. The given sentence is about financial literacy and awareness.

Option (A) is not appropriate because it is not relevant to the context.

Option (B) is not the suitable answer because it talks about something which is not relevant to the context. Option (C) is the best fit. In the previous sentence the achievement of something is mentioned. In order to indicate the process or the action which is previously mentioned we can begin the next sentence with the words 'the task'.

Option (D) and option (E) are not relevant to the context. Hence, we cannot choose these options.

Hence, the correct option is (C).

124. There are two main subjects in the given sentences 'Canadian Prime Minister Justin Trudeau' and 'the conference'. Sentence (F) has 'conference' as the subject, and the only sentence that has 'conference' as the subject is the sentence (D). So, sentence (D) comes before (F).

Of the remaining sentences, only sentence (A) uses the full name and title of the subject. Thus, sentence (A) comes first in the sequence.

Sentence (A) says that Trudeau speaks about gender inequality. Sentence (C) starts with what he spoke, so naturally, (C) comes next in the sequence. Sentence (E) mentions 'did not mention' which can be interpreted as 'did not speak'. But since (E) doesn't directly say 'speak', (E) will come after (C).

This makes (B) statement to be placed between (E) and (D). So, the final sequence becomes (A)(C)(E)(B)(D).

So, the second sentence is (C).

Hence, the correct option is (C).

125. Sentences (B) & (C) do not relate to the flow of information of the passage. Sentence (A) might make sense but there is no previous mention of 'five-part series' to which 'this' would refer to. Sentence (D), on the other hand, fits perfectly as 'he' refers to Trudeau talking about injustice against women.

Hence, the correct option is (D).

126. There are two main subjects in the given sentences 'Canadian Prime Minister Justin Trudeau' and 'the conference'. Sentence (F) has 'conference' as the subject, and the only sentence that has 'conference' as the subject is the sentence (D). So, sentence (D) comes before (F).

Of the remaining sentences, only sentence (A) uses the full name and title of the subject. Thus, sentence (A) comes first in the sequence.

Sentence (A) says that Trudeau speaks about gender inequality. Sentence (C) starts with what he spoke, so naturally, (C) comes next in the sequence. Sentence (E) mentions 'did not mention' which can be interpreted as 'did not speak'. But since (E) doesn't directly say 'speak', (E) will come after (C).

This makes (B) statement to be placed between E and D. So, the final sequence becomes (A)(C)(E)(B)(D).

(E)-(B) is a part of the sequence.

Hence, the correct option is (A).

127. Seep(s) means to move or spread slowly out of or through something.

Bleed means to drain liquid or steam.

Drain means to flow off gradually.

Flow means to move or progress freely as if in a stream.

Transcend means to be superior or better than some standard.

The sentence says that the hostile environment created by social media is affecting the personal views of the public. The toxic ideas are making themselves home in the minds of the people. To covey this, "seeps" is the aptest response out of the given words to describe that action.

Hence, the correct option is (E).

128. So, A would be the FOURTH sentence after rearrangement.

Hence, the correct option is (A).

129. The other side of the coin means **the other point of view.**

Example: I'd love to go out with you tonight, but, **on the other side of the coin.** I could use some extra sleep too.

Hence, the correct option is (A).

130. Close the door on someone means **you no longer deal with it.**

Example: I think this company should remain open to ideas and not **shut the door** on change.

Hence, the correct option is (C).

131. Replace 'so many' with 'so much'.

When 'much' and 'many' are used, it's to describe a large quantity of noun. Countable and uncountable nouns are going to use different adjectives.

- Many describes the countable noun.

- Much describes the uncountable noun.

Here, the amount of care Sameer does for his mother can't be measured, it(care) is an uncountable noun. That's why we use 'much'.

The correct sentence would be, **'Sameer didn't care so much about anyone else as much as he cared for his mother'.**

Hence, the correct option is (B).

132. 'Having lived to' is incorrect.

'Having lived in' should be used to make the sentence correct.

The context here is of residing inside Paris and 'to' fails to convey this meaning.

Thus, the correct sentence would be- **Having lived in Paris for two years, Prakash understands French reasonably well.**

Hence, the correct option is (A).

133. The phrase which we should choose to connect the given sentences.

- 'Where' is used to express 'to, at or in what place'. So, the phrase 'where previously only' would connect these sentences appropriately.

'When' is used to express 'at what time'. Clearly, the phrase 'When previously only' is incorrect.

'and' is used to join two sentences and words which should be written together. The phrase 'and previously only' is cannot make the sentence grammatically and contextually correct.

The sentence after using the phrase is: Indian textiles were in demand in the North Atlantic region of Europe where previously only wool and linen were available.

Hence, the correct option is (A).

134. The phrase which we should choose to connect the sentences is Only 2.

- The word 'following' means 'after'. So, the phrase 'Following the accession' would connect the sentences properly.

'Even' means 'still or yet'. The phrase 'Even the accession' is incorrect as we cannot form a grammatically or contextually correct sentence.

'With' means 'accompanied by'. The phrase 'with the accession' is not making the sentence grammatically or contextually correct.

The sentence after using the phrase is: Following the accession of George I to the throne of Great Britain in 1714, the kingdom was in a personal union with the Electorate of Hanover.

Hence, the correct option is (B).

135. The phrase which we should choose to join the given sentences is Only 3.

- 'Yet' is used to join two clauses that are contrasting with each other. So, the phrase 'Yet he could not' would connect the sentences appropriately.

'And' is used to connect the sentences and words which should be written jointly. Clearly, the phrase is incorrect as it cannot form a grammatically and contextually correct sentence.

'As' is used to express the reason for something. We should not use 'as' to connect the given sentences.

Hence, the correct option is (C).

136. The meaning of the word 'Accordance' is to be harmonious or consistent with.

- Sentence A has correctly used the given word. Here, it means that his theory of representing history is in tally with, or corresponding with that of ancient Greece.

- Sentence B has correctly used the given word. Here, it means that the two souls acted together, in harmony.

- Sentence C 'accord' is incorrectly used. It is a question asking who will come forward to a notorious criminal like him. Here, the correct word should be 'Challenge' instead of Accordance.

Hence, the correct option is (D).

137. The meaning of the word Altruistic is showing a disinterested and selfless concern for the well-being of others; unselfish. It is an adjective.

- Sentence A has incorrectly used the word 'Altruistic'. Instead of altruistic the correct word should have been Selfish. Because in the latter part of the sentence it is given 'who is so concerned excessively with oneself.' The meaning of selfish is- one who is so concerned excessively with oneself.

- Sentence B has incorrectly used the word 'Altruistic'. Instead retiring will be a suitable word.

- As the sentence says that "Rajesh is 58 so he will be retiring from his job in two years' time."

- Sentence C has correctly used the given word. Here it means that animals be more loving and selfless than humans.

Hence, the correct option is (C).

138. The meaning of the word 'Sacrilegious' is involving or committing sacrilege; impious, sinful, irreverent, irreligious, unholy, disrespectful.

- Sentence A has correctly used the given word. Here, it means that churches were sacked and disrespectful acts were committed.

- In sentence B, 'sacrilegious is incorrectly used. Here, the sentence is talking to behave and give respect to the old prince. Instead, it will be replaced by the word 'Respectful'. The corrected sentence will be "Above all, try to be respectful and cautious with the old prince."
- Sentence C has correctly used the given word. Here, it means the clerics abandoned, destroyed, the book which is a disrespectful attack on their faith.

Hence, the correct option is (D).

139. The meaning of the word Honest is- telling the truth; not lying to people or stealing, showing honest qualities. It is an adjective.

- Sentence A has correctly used the given word.
- Sentence B has also correctly used the given word.
- In sentence C the correct word will be dishonest instead of honest.

Hence, the correct option is (C).

140. The word lying means: It is the present participle of the word lie.

- Sentence A has correctly used the word. Here, lying means that Sarah was not telling the truth.
- Sentence B has correctly used the word. Here lying means that he was in some particular place.
- In Sentence C, the word Lying doesn't give a proper meaning to the sentence. Instead, it'll be: "There is no simple road to success".

Hence, the correct option is (D).

141. The complete sentence will be: In 2018, one million newborn babies died before they reached one month of age.

The sentence conveys a situation that happened in past. 'died' signifies that the sentence is written in 'Simple Past tense'. So, we must use 'reached' to maintain parallelism in the given sentence.

Hence, the correct option is (C).

142. The complete sentence will be: Which airline flight is she traveling on?

As the interrogative sentence needs a present tense auxiliary 'is' to ask a question and as travel is 'on' a flight hence the preposition 'on ' is the right fit for the second blank. 'To' would have been correct if a place would have mentioned. E.g. Which country is she travelling to? But here 'on' is the correct preposition.

Hence, the correct option is (D).

143. Reading the passage we find that:

The given passage highlights the author's personal views on 'Consensus Management' while taking Japan as one of the key examples. He very confidently speaks out against the concept and is very sly while making his remarks. He exposes the hypocrisy of the Japanese and seems to be mocking them. To find the tone of the given passage we need to look at the given words and it's meanings.

Let's look at the meaning of the marked option.

Sarcastic: Marked by or given to using irony in order to mock or convey contempt.

Let's look at the meaning of the other options.

Optimistic: Hopeful and confident about the future; positive.

Sensitive: Having or displaying a quick and delicate appreciation of others' feelings

Empathetic: Showing an ability to understand and share the feelings of another.

The author speaks in a negative way and does not seem to be empathetic or sensitive towards the Japanese or the concept of Consensus Management.

Hence, the correct option is (B).

144. Reading the passage we find that:

'To do something in letter and spirit' means 'to follow the rules surrounding it and their intentions completely' and nowhere in the entire passage does the author ask the Japanese to practise consensus management. Thus, Option (A) is incorrect.

The last paragraph states: 'What's to admire about consensus management anyway? By its very nature, it's slow. It can never be daring.' Thus, Option (B) is also incorrect.

Nowhere in the passage does the author talk about 'India' or about 'Japan's army'. Which shows that Option (C) and (D) are incorrect.

Thus, it is clear that the first four options are factually incorrect as they completely disregard what's been said in the passage.

Hence, the correct option is (E).

145. Reading the passage we find that:

The author tries to convey that consensus management is impractical, especially in a free enterprise system. Even the Japanese pretend to follow it but they actually don't. No one can actually follow it in order to become a superpower.

"The Japanese believe in their workers' involvement early on in the decision-making process and in feedback from employees. And they probably listen better than we do. But you can bet that when the chips are down, the yen stops at the top guy's desk. So, we're wasting time trying to emulate something I don't think really exists."

A general agreement regarding something sounds great, but it is impossible to practise it as it would result in anarchy or a state of disorder.

So, it can be concluded that consensus management exists more in theory than practice. The phrase 'in theory' is used to say that something seems to be true or possible as an idea but may not actually be true or possible.

Other options are rejected because Option (A) is an integral message of the passage but cannot be stated as the central idea of the passage. Option (B) and (D) are factually incorrect.

Hence, the correct option is (C).

146. Reading the passage we find that:

The first three options are incorrect for the following reasons.

Option (A) is incorrect because the passage says: 'There were no corporations in the fifteenth century.'

Option (B) is incorrect because the author's origin has not been revealed.

Option (C) is incorrect because the passage says: 'They still remember Douglas MacArthur with respect, and they still bow down to their Emperor.'

Thus only Option (D) can be correctly concluded from the passage as it says:

'The Japanese believe in their workers' involvement early on in the decision-making process and in feedback from employees. And they probably listen better than we do'.

Hence, the correct option is (D).

147. Reading the passage we find that:

The marked option clearly explains the given line from the passage and thus is the correct answer.

It points out to the reverence that the Japanese have for people in power and this conveys their respect for authority.

Through the passage, the author is trying to convey that consensus management is only a theory and not a reality. Even Japan, which is considered to be the great pioneer of consensus management, only appears to be following it and not actually follows it.

Option (A), (B), and (C) are factually incorrect and cannot be considered as correct answers.

Hence, the correct option is (D).

148. The error lies in Part (C) of the given sentence because the tense used here is present perfect tense in which the main verb should be used in its third form or participle form. But in this part, we have used the verb seek and it is the present indefinite form of the verb. It should have been sought to make the sentence grammatically correct.

The correct sentence would have been:

The Ministry of Home Affairs (MHA) has issued an advisory to the West Bengal government and sought a report on the rising political violence in the State.

Hence, the correct option is (D).

149. The error lies in Part (B) of the given sentence. Here we are talking about the report to be sent based on the ongoing strike by the doctors. We know that if a verb is to be modified, we should use an adverb to do the same and an adjective is not the suitable one to do this job. Here, we have used urgent and it is certainly not the correct word. It is an adjective and fails to modify the verb send. It should have been urgently in order to make the sentence grammatically correct.

The correct sentence would have been:

It is requested that a detailed report be sent urgently on the representations and ongoing strike by the doctors.

Hence, the correct option is (D).

150. There is an error in the Part (B) of the given sentence and the issue lies in the subject verb agreement of the given sentence. Here we are using the plural noun that they enquired about the baby and they were informed about the status of the girl. However in this part we have used the singular verb was. That is why a plural verb should have been used here.

The correct statement would have been:

As they enquired about the girl and were informed that she had been shifted to the hospital, they volunteered to help her.

Hence, the correct option is (A).

151. The first sentence in the given passage talks about the identifying features of a 'compact city'.

The second sentence talks about the advantages associated with such a city. Since 'urban sprawl' (Sprawl: spread out over a large area in an untidy or irregular way) is considered a negative aspect of urbanization, 'compact cities' would more likely try to decrease its spread.

Thus, alternatives (ii) and (v) can be used in the first blank. But alternative (ii) is a more suitable word for the second blank as a decrease in vehicular transport will support sustainable development.

As per the passage, the compact city has numerous advantages. Thus, older urban areas can be 'revamped' which means to give them a new and improved form, structure, or appearance.

Hence, the correct option is (B).

152. The given passage defines the associated words with the word 'enterprise'. If 'partnership' is because of two or more 'owners' then by association 'propriety' should also depend on the number of owners. Thus, alternative (vi) is appropriate for the first blank.

This makes options A and C viable. To maintain continuity, the second blank should have 'without' in it to show opposition to 'with'. The basis of classification of an enterprise has already been provided and it can be inferred that those entities which do not conform with the requisites will not fall under this category.

Thus, alternative (iii) is correct for the third blank.

Hence, the correct option is (A).

153. The given passage is about Sunlight as a source of energy and its propagation on Earth. The sentence after the first blank mentions the amount of sunlight entering the Earth's atmosphere.

Thus the first blank should have 'sun' in it as it is the source of said light. For the second blank, possible options are (ii) and (iv) but since there is no definite article before the second blank, 'space' is the appropriate choice. The third blank should have 'energy' in it as 'radiation' is defined as the emission of energy.

Hence, the correct option is (B).

154. The last blank should have a verb in its base form (as a 'to-infinitive' structure takes the base form of the verb) which denotes the participation of the citizens. 'Involvement' is a noun while 'involve' is a verb which makes alternative (vi) appropriate for the last blank. The concept of 'Area Sabha' needs to be introduced to the citizens in the urban areas.

Thus, the present participle form (used in the case of verbs of perception such as look, hear, listen, feel, and introduce) of the verb 'introducing' should be used in the second blank.

This makes option C viable for the given blanks. 'Objective' means a goal and fits correctly in the first blank making option C the correct answer.

Hence, the correct option is (C).

155. The meaning of the given alternatives is listed below:

Straighten – make or become straight.

Prerequisite – a thing that is required as a prior condition for something else to happen or exist.

Energy – the strength and vitality required for sustained physical or mental activity.

Distort – give a misleading or false account or impression of.

Ideal – most suitable

Idle – lazy

'Distort' is correct for the second blank while 'ideal' is correct for the third blank.

Off the other alternatives, in the given context 'prerequisite' is ideal for the first blank.

Hence, the correct option is (D).

156. The given passage talks about the passing of Beverly Cleary, who died at the age of 104 and had written over 40 books and how her work brought a new outlook on children's literature.

The sentence with the first blank talks about how Beverly Cleary responded to readers requests to come up with a more realistic representation by coming up with relatable characters like Ramona Quimby and others.

The blank in the sentence will refer to a profession that can be used to describe Beverly Cleary. The words 'children's book' precede the blank which is followed by a reference to 'young readers'. This means that the profession that Beverly Cleary belonged to was that of a writer.

Hence, the correct option is (B).

157. Populated (past tense): fill or be present in

The given passage talks about the passing of Beverly Cleary, who died at the age of 104 and had written over 40 books and how her work brought a new outlook on children's literature.

The sentence with the second blank talks about the realistic characters that Clearly came up with - like Ramona Quimby, Henry Huggins - in her books.

This means that these children were the characters in her books.

Since the books have already been written and the characters have been created the verb in the blank has to be in the past tense.

Hence, the correct option is (D).

158. Cause: a person or thing that gives rise to an action, phenomenon, or condition

The given passage talks about the passing of Beverly Cleary, who died at the age of 104 and had written over 40 books and how her work brought a new outlook on children's literature.

The sentence with the third blank talks about how Cleary died in California where she had lived from the 1940s and how there are no details about her death.

When it comes to the death of a public personality the details of their death are usually given in newspapers and news channels.

This includes the reason the person died officially called the 'cause of death'.

Hence, the correct option is (D).

159. Library: a building or room containing collections of books, periodicals, and sometimes films and recorded music for people to read, borrow.

The given passage talks about the passing of Beverly Cleary, who died at the age of 104 and had written over 40 books and how her work brought a new outlook on children's literature.

The sentence with the fourth blank talks about a location in Yakima, Washington where a young child asks Cleary something which prompted her writing career.

The question that the child asked Cleary is key here as in the question the kid asks Cleary about finding a particular kind of books.

This hints at the location of Cleary being in a place related to books.

The passage also mentions that Cleary was a librarian before being a writer.

Hence, the correct option is (D).

160. Literature: books and writings published on a particular subject

The given passage talks about the passing of Beverly Cleary, who died at the age of 104 and had written over 40 books and how her work brought a new outlook on children's literature.

The sentence with the fifth blank talks about how Cleary wanted to write about ordinary 'grubby kids' rather than writing about school boys and girls which were a common feature.

The whole passage talks about Cleary and how she was a children's books author. This means that the blank requires a noun that ideally refers to a type of subject that can be referred to as 'children's'.

Since the whole passage is about writing and books it is most likely that the missing noun is 'literature'.

Hence, the correct option is (C).

161. उपर्युक्त पंक्तियों में दिग्पाल छंद है।

दिग्पाल छंद-

24 मात्रिक छंद है

12, 24 पर यति अनिवार्य है

उदाहरण:

असंख्य कीर्ति रश्मियाँ,विकीर्ण दिव्य दाह-सी।

सपूत मातृभूमि के,रुको न शूर साहसी।

अराति सैन्य सिन्धु में, सुबाड़वाग्नि से जलो।

प्रवीर हो जयी बनो, बढ़े चलो बढ़े चलो।

अतः विकल्प (B) सही है।

162. उपर्युक्त पंक्ति में भक्ति रस है।

राधा जी के पीले शरीर की छाया नीले कृष्ण पर पड़ने से वे हरे लगने लगते है।

दूसरा अर्थ है कि राधा की छाया पड़ने से कृष्ण हरित (प्रसन्न) हो उठते हैं।

मेरी भव बाधा हरो भारत के प्रसिद्ध साहित्यकार, कहानीकार और उपन्यासकार रांगेय राघव द्वारा लिखा गया एक श्रेष्ठ उपन्यास है। यह उपन्यास 'राजपाल एंड संस' प्रकाशन द्वारा प्रकाशित किया गया था। राघव जी का यह उपन्यास महाकवि बिहारीलाल के जीवन पर आधारित अत्यंत रोचक मौलिक रचना है। यह उपन्यास उस युग के समाज, राजनीति और धार्मिक जीवन का भी सजीव चित्रण करता है।

जहाँ ईश्वर के प्रति प्रेम या अनुराग का वर्णन होता है वहाँ भक्ति रस होता है।

अतः विकल्प (A) सही है।

163. 'संगीत' में 'सम्' उपसर्ग का योग है।

सम् + गीत = संगीत।

'सम्' उपसर्ग से बनने वाले अन्य शब्द - संयम, संयोग, संकीर्ण आदि।

'सम्' का अर्थ – जोड़ना

अतः विकल्प (A) सही है।

164. लोकगीत बाजे की मदद से नहीं गाए जाते।

लोकगीत साधारण ढोलक, झांझ, करतार, बांसुरी आदि की मदद से गाए जाते हैं।

सन्दर्भ पंक्ति - यह लोकगीत मुख्य त्योंहारों और विशेष अवसरों पर ही गाए जाते हैं। लोकगीतों को रचने वाले ज्यादातर लोग गांव के ही हैं स्त्रियों का भी इनकी रचना में विशेष स्थान रहा है इन गीतों को बाजो की मदद के बिना ही साधारण ढोलक, झांझ, करतार, बांसुरी आदि की मदद से गाए जाते हैं।

अतः विकल्प (E) सही है।

165. 'जिसका संबंध पश्चिम से हो' वाक्यांश के लिए एक शब्द 'पाश्चात्य' होगा।

सन्दर्भ पंक्ति - आधुनिकता के इस दौड़ में आज हम अपनी संस्कृति को भूल रहे हैं और पाश्चात्य सभ्यता को अपना रहे हैं।

अतः विकल्प (A) सही है।

166. 'सभ्यता' में 'ता' प्रत्यय का योग है।

- सभ्य + ता = सभ्यता।
- अभिव्यक्ति का अर्थ - सभ्य होने का भाव है।
- इसमें तद्धित प्रत्यय है।

सन्दर्भ पंक्ति - आधुनिकता के इस दौड़ में आज हम अपनी संस्कृति को भूल रहे हैं और पश्चात्य सभ्यता को अपना रहे हैं।

अतः विकल्प (A) सही है।

167. लोकगीतों के रचयिता ग्रामीण लोग होते है।

सन्दर्भ पंक्ति - लोकगीतों को रचने वाले ज्यादातर लोग गांव के ही हैं स्त्रियों का भी इनकी रचना में विशेष स्थान रहा है इन गीतों को बाजो की मदद के बिना ही साधारण ढोलक, झांझ, करतार, बांसुरी आदि की मदद से गाए जाते हैं।

अतः विकल्प (C) सही है।

168. भोजपुरी में बिदेशिया लोकगीत प्रचलित है।

सन्दर्भ पंक्ति - जैसे भोजपुरी में बिदेशिया का अत्यधिक प्रचार हुआ है गाने वालों के अनेक समूह इन्हें गाते हुए देहात में फिरते हैं।

अतः विकल्प (A) सही है।

169. लोकगीत मुख्य त्योहारों और विशेष अवसरों पर गाए जाते हैं।

सन्दर्भ पंक्ति - यह लोकगीत मुख्य त्योंहारों और विशेष अवसरों पर ही गाए जाते हैं।

अतः विकल्प (B) सही है।

170. 'नगर' का समानार्थी शब्द 'शहर' होगा।

कानून के अन्य समानार्थी शब्द - पुरी, पुर, नगरी आदि।

सन्दर्भ पंक्ति - लोकगीत सीधे जनता के संगीत हैं। भारत के विभिन्न घरों गांव और नगरों में यह गीत आज भी गाए जाते हैं।

अतः विकल्प (E) सही है।

171. 'विशेष' का विलोम शब्द 'सामान्य' होगा।

विशेष का अर्थ - असाधारण

सामान्य का अर्थ - मामूली

सन्दर्भ पंक्ति - लोकगीतों को रचने वाले ज्यादातर लोग गांव के ही हैं स्त्रियों का भी इनकी रचना में विशेष स्थान रहा है इन गीतों को बाजो की मदद के बिना ही साधारण ढोलक, झांझ, करतार, बांसुरी आदि की मदद से गाए जाते हैं।

अतः विकल्प (A) सही है।

172. लोकगीत = लोक + गीत

अतः लोकगीत यौगिक शब्द है।

सन्दर्भ पंक्ति - लोक+गीत अर्थात लोगों के गीत।

अतः विकल्प (E) सही है।

173. 'देश में राजनीति के प्रति लोगो की उदासीनता को देखते हुए 25 जनवरी को देश में मतदाताओं को जागरूक करने के लिए राष्ट्रीय मतदाता दिवस मनाये जाने का संकल्प लिया गया है।'

उक्त वाक्य व्याकरणिक दृष्टि से शुद्ध और सार्थक है।

अतः विकल्प (D) सही है।

174. उपरोक्त वाक्य तथा दिए गए विकल्पों का अध्ययन करने से ज्ञात होता है कि विचार का अर्थ है-सोचकर निश्चित किया गया भाव, कल्पना का अर्थ है मन की वह शक्ति जो अप्रत्यक्ष विषयों का रूप सामने ला देती है, चिंतन का अर्थ है किसी बात के महत्व का विचार तथा भाव का अर्थ है मन में उत्पन्न होने वाला विचार।

इन सभी विकल्पों के शाब्दिक अर्थों का अवलोकन करने के बाद ज्ञात होता है कि 'कल्पना' ही वह मानसिक प्रक्रिया है जिसकी दो मानसिक प्रक्रिया होती हैं।

अतः पूर्ण वाक्य- कल्पना की मानसिक प्रक्रिया के अंतर्गत वास्तव में दो प्रकार की मानसिक प्रक्रियाएँ निहित हैं – प्रथम, विगत संवेदनशीलता का प्रतिस्मरण, द्वितीय, उन प्रतिस्मृत अनुभवों की एक नए संयोजन में रचना।

अतः विकल्प (B) सही है।

175. ऐसे शब्द, जिनके अनेक अर्थ होते है, अनेकार्थी शब्द कहलाते है। दूसरे शब्दों में- जिन शब्दों के एक से अधिक अर्थ होते हैं, उन्हें 'अनेकार्थी शब्द' कहते है।

अंक के अनेकार्थी शब्द हैं - भाग्य, गिनती के अंक, नाटक के अंक, चिन्ह, संख्या, गोद।

अतः विकल्प (C) सही है।

176. ऐसे शब्द, जिनके अनेक अर्थ होते है, अनेकार्थी शब्द कहलाते है। दूसरे शब्दों में- जिन शब्दों के एक से अधिक अर्थ होते हैं, उन्हें 'अनेकार्थी शब्द' कहते है।

मूर्धन्य का अर्थ सिर पर रखने योग्य, श्रेष्ठ, सिर, मस्तक, माथा, शिखर, चोटी है।

अतः विकल्प (B) सही है।

177. दिए गए विकल्पों में से 'एकाधिकार' शब्द का विलोम सर्वाधिकार है।

एकाधिकार का अर्थ - किसी एक का अधिकार

सर्वाधिकार का अर्थ - सभी का अधिकार

अतः विकल्प (B) सही है।

178. दिए गए विकल्पों में से 'कृपण' शब्द का विलोम उदार है।

कृपण का अर्थ - कंजूस

उदार का अर्थ - दानी

अतः विकल्प (C) सही है।

179. अनुराग शब्द 'अव' उपसर्ग से नहीं बना है। अनुराग शब्द में 'अनु' उपसर्ग से बना है। अन्य विकल्प में 'अव' उपसर्ग प्रयुक्त हुआ है।

अतः विकल्प (C) सही है।

180. क्रिया के अंत में लगकर बने यौगिक शब्दों को कृदन्त कहते हैं।

क्रिया या धातु के अन्त में प्रयुक्त होने वाले प्रत्ययों को 'कृत् प्रत्यय' कहते है और उनके मेल से बने शब्द को 'कृदन्त' कहते है। जैसे - मानव + ता = मानवता, अच्छा + आई = अच्छाई, अपना + पन = अपनापन, एक + ता = एकता। यहाँ क्रमशः मानवता, अच्छाई, अपनापन, एकता आदि कृदन्त हैं।

अतः विकल्प (D) सही है।

181. 'कपास ओटना' मुहावरे का अर्थ 'सांसरिक काम-धन्धों में लगे रहना' होता है।

वाक्य प्रयोग – विजय कपास ओटने के कारण अपने परिवार को समय नहीं दे पाता है।

अतः विकल्प (B) सही है।

182. 'का बरखा जब कृषि सुखाने' का अर्थ- जब कोई काम समय पर नहीं हो।

वाक्य प्रयोग: कुलदीप ने मेरी मदद तो की थी पर समय बीत जाने पर यही है का बरखा जब कृषि सुखाने।

अतः विकल्प (A) सही है।

183. 'मधुवन की छाती को देखो, सूखी कितनी इसकी कलियाँ' पद में श्लेष अलंकार है। यहाँ पर कलियाँ शब्द एक बार प्रयुक्त होने पर भी दो अर्थ अभिव्यंजित कर रहा है। एक 'कलियाँ' का अर्थ 'खिलने से पूर्व फूल की स्थिति' है और एक 'कलियाँ' का अर्थ 'यौवन से पूर्व की अवस्था' है।

जब किसी शब्द का प्रयोग एक बार ही किया जाता है पर उसके एक से अधिक अर्थ निकलते हैं तब श्लेष अलंकार होता है।

अत: विकल्प (B) सही है।

184. 'चरण-कमल बंदौ हरिराई' में रूपक अलंकार है। यहाँ बहुत अधिक साम्य के आधार पर प्रस्तुत में अप्रस्तुत का आरोप करके अर्थात् उपमेय या उपमान के साधर्म्य का आरोप करके और दोनों भेदों का अभाव दिखाते हुए उपमेय या उपमान के रूप में ही वर्णन किया गया है। अर्थात् यहाँ 'हरि के चरणों' (उपमेय) में 'कमल' (उपमान) का अभेद आरोप है।

जहाँ पर उपमेय और उपमान में कोई अंतर न दिखाई दे वहाँ रूपक अलंकार होता है अथार्त जहाँ पर उपमेय और उपमान के बीच के भेद को समाप्त करके उसे एक कर दिया जाता है वहाँ पर रूपक अलंकार होता है।

अत: विकल्प (D) सही है।

185. 'माँ को अपने पुत्र से ममता होती है' शुद्ध वाक्य है क्योंकि इसमें कोई त्रुटि नहीं है। अन्य सभी वाक्यों में कारक संबंधी त्रुटि है।

वाक्य अशुद्धि: 'वाक्य' भाषा की महत्त्वपूर्ण इकाई है, अत: वाक्य को बोलते व लिखते समय उसकी शुद्धता, स्पष्टता और सार्थकता का ध्यान रखना आवश्यक है। अत: वाक्य को व्याकरण के नियमों के अनुसार शुद्ध करना ही 'वाक्य अशुद्धि' कहलाता है।

अत: विकल्प (C) सही है।

186. दिये गए विकल्पों में से 'छात्रों ने मुख्य अतिथि को एक फूलों की माला पहनाई।' अशुद्ध वाक्य रूप है।

'छात्रों ने मुख्य अतिथि को एक फूलों की माला पहनाई।' अशुद्ध वाक्य है क्योंकि इसमें पदक्रम संबंधी त्रुटि है।

अशुद्ध वाक्य	शुद्ध वाक्य
छात्रों ने मुख्य अतिथि को एक फूलों की माला पहनाई।	छात्रों ने मुख्य अतिथि को फूलों की एक माला पहनाई।

अत: विकल्प (C) सही है।

187. 'प्रभुत्व' शब्द तत्सम है जिसका तद्भव रूप 'आधिपत्य' होता है।

तत्सम दो शब्दों से मिलकर बना है – तत् + सम्, जिसका अर्थ होता है ज्यों का त्यों।

जिन शब्दों को संस्कृत से बिना किसी परिवर्तन के ले लिया जाता है उन्हें तत्सम शब्द कहते हैं।

इनमें ध्वनि परिवर्तन नहीं होता है।

समय और परिस्थिति की वजह से तत्सम शब्दों में जो परिवर्तन हुए हैं उन्हें तद्भव शब्द कहते हैं।

अतः विकल्प (A) सही है।

188. 'कर्पूर' शब्द तत्सम है जिसका तद्भव रूप 'कपूर' होगा।

कपूर सफ़ेद रंग का ज्वलनशील एक सुगंधित पदार्थ होता है जो वायु में वाष्प बनकर उड़ जाता है।

तत्सम दो शब्दों से मिलकर बना है – तत् + सम्, जिसका अर्थ होता है ज्यों का त्यों।

जिन शब्दों को संस्कृत से बिना किसी परिवर्तन के ले लिया जाता है उन्हें तत्सम शब्द कहते हैं।

इनमें ध्वनि परिवर्तन नहीं होता है।

समय और परिस्थिति की वजह से तत्सम शब्दों में जो परिवर्तन हुए हैं उन्हें तद्भव शब्द कहते हैं।

अतः विकल्प (C) सही है।

189. दिए गए वाक्य के लिए उपयुक्त एक शब्द अप्रत्याशित है।

प्रत्यक्ष - वह वस्तु जो आँखों के सामने हो।

अनायास - बिना प्रयत्न के।

आश्रित - किसी और पर निर्भर होना।

असम्भव - जो सम्भव न हो।

अतः विकल्प (A) सही है।

190. दिए गए वाक्य के लिए उपयुक्त एक शब्द अवर्णनीय है।

अल्पभाषी - जो ज़्यादा न बोलता हो

अभेद्य - जिसको भेदा न जा सके

दर्शनीय - दर्शन करने या देखने योग्य

अकथ - जो कहने योग्य न हो

अतः विकल्प (A) सही है।

191. दिए गये विकल्पों में 'आगामी' शब्द में त्रुटि नहीं है जिसका अर्थ है 'भावी, आनेवाला, अगला, होनेवाला'।

अतः विकल्प (C) सही है।

192. उपर्युक्त विकल्पों में से 'शुभेच्छा' शब्द की वर्तनी शुद्ध है।

'शुभेच्छा' में गुण स्वर संधि है, 'शुभ + इच्छा = शुभेच्छा' इसका नियम 'अ + इ = ए' है।

अतः विकल्प (B) सही है।

193. 'निधन' के पर्यायवाची हैं – मृत्यु, स्वर्गवास, काशीवास, देहांत, गंगालाभ, देहावसान, अंत, पंचत्व, मौत, इंतकाल, निर्वाण, मरण इत्यादि।

अतः विकल्प (B) सही है।

194. 'यक्षराज' का पर्यायवाची शब्द है- कुबेर।

इसके अन्य पर्यायवाची हैं - किन्नरेश, धनद, धनाधिप, राजराज।

अतः विकल्प (C) सही है।

195. उपर्युक्त विकल्पों में से 'सौभाग्य' शब्द पुल्लिंग है।

दिए गए अन्य सभी शब्द स्त्रीलिंग हैं।

सौभाग्य का अर्थ होता है अच्छा भाग्य, मंगल।

अतः विकल्प (D) सही है।

196. जीभ स्त्रीलिंग है, बाकी सब दिए गए विकल्प पुल्लिंग है।

उदहारण के साथ स्त्रीलिंग पुल्लिंग का अर्थ:

अक्षत और नीतू भाई बहन है वो दोनों माता पिता के साथ चिड़िया घर गए वहाँ उन्होंने शेर शेरनी देखा एवम बाहर आकर बन्दर बंदरिया देखा।

इसमें शेर भाई पिता बन्दर ये सब पुरुष जाति की पहचान करा रहे है। इसलिए ये पुल्लिंग है

माँ बहन शेरनी बंदरिया स्त्री जाति के बारे में बता रहे है इसलिए ये स्त्रीलिंग है।

अर्थित जिन शब्दों से पुरुष जाती का बोध हो उसे पुल्लिंग कहेंगे जिन शब्द से स्त्री जाति का बोध हो उसे स्त्रीलिंग कहेंगे।

अतः विकल्प (C) सही है।

197. 'नेता' शब्द का सही बहुवचन वाला रूप है - नेता।

- नेता एक संज्ञा है, किसी भी संज्ञा का एकवचन और बहुवचन हमेशा एक ही होता है।
- इसी तरह नेता का एकवचन नेता ही होगा और इसका बहुवचन भी नेता ही होगा।
- नेता का अर्थ - अगुआ, नायक।
- नेता के पर्यायवाची शब्द - नायक, अग्रणी, मुखिया, मार्गदर्शक, पथदर्शक।

अतः विकल्प (D) सही है।

198. 'छात्र परीक्षा की तैयारी में व्यस्त हैं।' इसमें 'छात्र' का बहुवचन शब्द 'छात्रगण' होगा।

- **एकवचन**: शब्द के जिस रूप से उसके एक होने का बोध हो, एकवचन कहलाता है।
- **बहुवचन**: शब्द के जिस रूप से उसके एक से अधिक होने का बोध हो, बहुवचन कहलाता है।

अतः विकल्प (D) सही है।

199. प्रयागराज शब्द व्यक्तिवाचक संज्ञा शब्द है।

व्यक्तिवाचक संज्ञा:

वह शब्द जो किसी एक व्यक्ति , वस्तु , स्थान आदि का बोध करवाता है उसे व्यक्तिवाचक संज्ञा कहते है।

जैसे-

- राम - व्यक्ति का नाम है
- श्याम - व्यक्ति का नाम है
- टेबल - बैठक का एक साधन है किन्तु एक नाम को सूचित कर रहा है इसलिए यह व्यक्तिवाचक है।

अतः विकल्प (D) सही है।

200. दिए गए विकल्पों में से 'हथियाना, चिकनाना' शब्द नामधातु क्रिया है।

हथियाना, चिकनाना = नामधातु क्रिया

संज्ञा, सर्वनाम, विशेषण इत्यादि से बननेवाली क्रिया को नामधातु क्रिया कहते हैं।

अतः विकल्प (A) सही है।

201. दिया गया है,

लोगों की संख्या = 30

हाथ मिलाने के लिए 2 लोगों की जरूरत होती है। तो दो लोगों के एक दूसरे से हाथ मिलाने के कुल तरीके $= {}^{30}C_2$

हम जानते है,

$$ {}^{n}C_r = \frac{n!}{r!(n-r)!} $$

जहां n = 30 और r = 2

इसलिए,

$$ {}^{30}C_2 = \frac{30!}{2!(30-2)!} $$

$$ = \frac{30 \times 29}{2} $$

= 435

अतः विकल्प (B) सही है।

202. दिया गया है,

विज्ञान पढ़ने वाले छात्रों की कुल संख्या = 4700

कला पढ़ने वाले छात्रों की कुल संख्या = 4300

संस्थान B से विज्ञान पढ़ने वाले छात्रों की संख्या = 4700 का 17%

$$= \frac{4700 \times 17}{100}$$

= 799

संस्थान B से कला पढ़ने वाले छात्रों की संख्या = 4300 का 23%

$$= \frac{4300 \times 23}{100}$$

= 989

आवश्यक योग = 799 + 989

= 1788

अतः विकल्प (C) सही है।

203. दिया गया है,

विज्ञान पढ़ने वाले छात्रों की कुल संख्या = 4700

कला पढ़ने वाले छात्रों की कुल संख्या = 4300

संस्थान C से विज्ञान पढ़ने वाले छात्रों का प्रतिशत = 19%

संस्थान C से कला पढ़ने वाले छात्रों का प्रतिशत = 17%

संस्थान C से विज्ञान पढ़ने वाले छात्रों की संख्या = 4700 का 19%

संस्थान C से कला पढ़ने वाले छात्रों की संख्या = 4300 का 17%

$$अनुपात = \frac{19 \times 4700}{100} : \frac{17 \times 4300}{100}$$

893 : 731

अतः विकल्प (D) सही है।

204. दिया गया है,

विज्ञान पढ़ने वाले छात्रों की कुल संख्या = 4700

कला पढ़ने वाले छात्रों की कुल संख्या = 4300

संस्थान F से विज्ञान पढ़ने वाले छात्रों का प्रतिशत = 8%

संस्थान G से विज्ञान पढ़ने वाले छात्रों का प्रतिशत = 6%

संस्थान F और G से एक साथ कला पढ़ने वाले छात्रों की संख्या = 4300 का (8 + 6)%

= 4300 का 14%

$$= \frac{14 \times 4300}{100}$$

= 602

अतः विकल्प (A) सही है।

205. संस्थान B से विज्ञान पढ़ने वाले छात्रों की संख्या = 4700 का 17%

$$= 4700 \times \frac{17}{100}$$

= 799

संस्थान A से कला पढ़ने वाले छात्रों की संख्या = 4300 का 19%

$$= 4300 \times \frac{19}{100}$$

= 817

आवश्यक अनुपात = 799 : 817

अतः विकल्प (C) सही है।

206. संस्थान C से विज्ञान पढ़ने वाले छात्रों की संख्या = 4700 का 19%

$$= 4700 \times \frac{19}{100}$$

= 893

संस्थान F से कला पढ़ने वाले छात्रों की संख्या = 4300 का 8%

$$= 4300 \times \frac{8}{100}$$

= 344

आवश्यक अनुपात = 893 : 344

अतः विकल्प (D) सही है।

207. मान लीजिये कि डीलर के लिए 1000 ग्राम वस्तु का क्रय मूल्य 1000 रूपये है।

चूँकि, वह 30% कम वजन का इस्तेमाल करता है,

⇒ बेची गयी वास्तविक मात्रा = 1000 – 1000 का 30% = 700 ग्राम

⇒ वास्तविक क्रय मूल्य = 700 रूपये

दिया है कि, 700 रूपये पर लाभ 40% है

⇒ विक्रय मूल्य = 700 + 700 का 40% = 700 × 1.4 = 980 रूपये

⇒ हानि जिसपर दुकानदार वस्तुओं को बेचने का दावा करता = $\left\{\dfrac{(1000 - 980)}{1000}\right\} \times 100 = 2\%$

∴ x = 2

अतः विकल्प (C) सही है।

208. मान लीजिये कि डीलर के लिए 1000 ग्राम वस्तु का क्रय मूल्य 1000 रूपये है।

चूँकि, वह बेचते समय 30% कम वजन का इस्तेमाल करता है,

⇒ 1000 रूपये के लिए बेची गयी वास्तविक मात्रा = 1000 – 1000 का 30% = 700 ग्राम

साथ ही, उसने खरीदते समय भी 40% की बेईमानी की थी,

⇒ 1000 रूपये के लिए खरीदी गयी वास्तविक मात्रा = 1000 + 1000 का 40% = 1400 ग्राम

⇒ 700 ग्राम खाने का क्रय मूल्य = $\left(\dfrac{700}{1400}\right) \times 1000 = 500$ रूपये

⇒ लाभ प्रतिशत = $\left\{\dfrac{(1000 - 500)}{500}\right\} \times 100 = 100\%$

अतः विकल्प (B) सही है।

209. दिया है:

A एक कार्य का $\dfrac{2}{5}$ भाग 10 दिनों में कर सकता है।

B उस कार्य का $\dfrac{1}{2}$ भाग 10 दिनों में कर सकता है।

गणना:

माना, कुल कार्य 100 इकाई है।

इसलिए, $\left(\dfrac{2}{5}\right) \times 100 = 40$ इकाई

A, 10 दिनों में 40 इकाई कार्य सकता है।

और, $\left(\dfrac{1}{2}\right) \times 100 = 50$ इकाई

B, 10 दिनों में 50 इकाई कार्य सकता है।

A की कार्यक्षमता = $\dfrac{40}{10} = 4$ इकाई/दिन

B की कार्यक्षमता = $\dfrac{50}{10} = 5$ इकाई/दिन

(A + B) की कार्यक्षमता = 9 इकाई/दिन

वे एकसाथ 5 दिनों के लिए कार्य करते हैं।

5 दिनों में किया गया कार्य = 9 इकाई/दिन × 5 दिन = 45 इकाई

शेष कार्य = कुल कार्य – किया गया कार्य

= 100 – 45 = 55 इकाई

अकेले कार्य को पूर्ण करने में लगा समय = $\dfrac{55}{5} = 11$ दिन

अतः विकल्प (C) सही है।

210. दिया है:

A किसी कार्य को पूरा कर सकता है = 10 घंटे

B और C मिलकर इसे पूरा कर सकते हैं = 12 घंटे

A और C मिलकर इसे पूरा कर सकते हैं = 6 घंटे

सूत्र:

कुल कार्य = क्षमता × लिया गया समय

गणना:

कुल कार्य = 60 इकाई (10, 12, 6 का ल.स.प)

A की क्षमता = $\dfrac{60}{10} = 6$ इकाई/दिन

C की क्षमता = $\left(\dfrac{60}{6}\right) - 6 = 4$ इकाई/दिन

B की क्षमता = $\left(\dfrac{60}{12}\right) - 4 = 1$ इकाई/दिन

∴ B अकेले इस कार्य को पूरा कर सकता है = $\dfrac{60}{1} = 60$ घंटे

अतः विकल्प (D) सही है।

211. दिया है:

एक मोबाइल और एक स्पीकर के मूल्यों का अनुपात 5 : 2 है

दो मोबाइलों और एक स्पीकर का औसत मूल्य 20000 रूपये है

सूत्र से:

औसत = (सभी प्रेक्षणों का योग)/(प्रेक्षणों की कुल संख्या)

माना कि एक मोबाइल और एक स्पीकर का मूल्य क्रमशः 5M और 2M है।

प्रश्नानुसार,

दो मोबाइलों और एक स्पीकर का औसत मूल्य 20000 रूपये है

$\Rightarrow \dfrac{(2 \times 5M + 2M)}{3} = 20000$

$\Rightarrow$ 10M + 2M = 60000

$\Rightarrow$ M = 5000

$\Rightarrow$ एक मोबाइल का मूल्य = 5 × 5000 = 25000 रूपये

$\Rightarrow$ एक स्पीकर का मूल्य = 2 × 5000 = 10000 रूपये

∴ अभीष्ट योग = 25000 + 10000 = 35000 रूपये

अतः विकल्प (B) सही है।

212. दिया गया है:

छात्रों की कुल संख्या 50 है और चयनित छात्रों की संख्या या तो 2 या 5 की गुणज होनी चाहिए।

जिन छात्रों का चयन नहीं किया गया उनका औसत वजन = 56 किग्रा

चुने गए छात्रों का औसत वजन = 58 किग्रा

कुल छात्र जिनकी संख्या 2 की गुणज थी = 25

कुल छात्र जिनकी संख्या 5 की गुणज थी = 10

कुल छात्र जिनकी संख्या 5 और 2 दोनों अर्थात 10 की गुणज थी = 5

कुल छात्र जिनकी संख्या या तो 2 की गुणज या 5 की गुणज थी = (25 + 10 - 5)

= 30

इसका मतलब है, 30 छात्रों का चयन किया गया और 20 छात्रों का चयन नहीं किया गया।

प्रश्न के अनुसार,

सभी छात्रों के वजन का योग = (56 × 20 + 58 × 30) किग्रा

= 2860 किग्रा

सभी छात्रों का औसत वजन = $\dfrac{2860}{50}$

= 57.2 किग्रा

अतः विकल्प (B) सही है।

213. हम जानते हैं कि झील में धारा की कोई गति नहीं है क्योंकि झील का पानी स्थिर होता है।

माना कि, शांत जल में नाव B की गति = x किमी/घंटा

इसलिए,

नाव A कि गति शांत पानी में = $1.5x$ किमी/घंटा

प्रश्न के अनुसार,

(दुरी/गति) नाव B - (दुरी/गति) नाव A = दोनों नावों के बीच समय का अंतर

$$\Rightarrow \frac{72}{x} - \frac{72}{1.5x} = \frac{120}{60}$$

$$\Rightarrow \frac{72}{x} - \frac{48}{x} = 2$$

$$\Rightarrow x = \frac{24}{2}$$

$$\Rightarrow x = 12 \text{ किमी/घंटा}$$

नाव A कि गति $= 1.5 \times 12$

$= 18$ किमी/घंटा

नाव A की धारा के प्रतिकूल गति $= 18 \times \frac{1}{2}$

तो, नाव द्वारा धारा के प्रतिकूल दूरी तय करने में लिया गया समय $= \dfrac{72}{18 \times \frac{1}{2}}$

$= 8$ घंटे

अतः विकल्प (A) सही है।

214. दिया है:

कुलदीप 10 किमी/घंटा की गति से 6 मिनट में एक चक्कर पूरा करता है और 4 मिनट में एक चक्कर पूरा करता है।

गणना:

महीने के पहले दिन कुलदीप की गति = तय की गई दूरी / समय

माना पहले दिन की गति S_1 है और समय T_1 है,

आखिरी दिन की गति S_2 है और समय T_2 है।

$\Rightarrow S_1 = \dfrac{D}{T_1}$

$\Rightarrow D = S_1 \times T_1$

$\Rightarrow D = 10 \times \left(\dfrac{6}{60}\right)$

$\Rightarrow D = \dfrac{60}{60}$

$\Rightarrow D = 1$ किमी

अब, महीने के अंतिम दिन कुलदीप की गति = तय की गई दूरी / समय

$\Rightarrow S_2 = \dfrac{D}{T_2}$

$\Rightarrow S_2 = \dfrac{1}{\left(\frac{4}{60}\right)}$

$\Rightarrow S_2 = \dfrac{60}{4}$

$\Rightarrow S_2 = 15$ किमी/घंटा

अब, कुलदीप की गति में सुधार $= (S_2 - S_1)$

$= 15 - 10$

$= 5$ किमी/घंटा

इसलिए, मीटर/सेकंड में कुलदीप की गति में वृद्धि $= (S_2 - S_1) \times \left(\dfrac{5}{18}\right)$

$= 5 \times \left(\dfrac{5}{18}\right)$

$= \dfrac{25}{18}$ मीटर/सेकंड

$\therefore$ कुलदीप ने एक महीने में अपनी गति में $\dfrac{25}{18}$ मीटर/सेकंड की वृद्धि की।

अतः विकल्प (B) सही है।

215. दिया है

I. $\sqrt{2}x^2 + x - \sqrt{2} = 0$

$\Rightarrow \sqrt{2}x^2 + 2x - x - \sqrt{2} = 0$

$\Rightarrow \sqrt{2}x(x + \sqrt{2}) - 1(x + \sqrt{2}) = 0$

$\Rightarrow (x + \sqrt{2})(\sqrt{2}x - 1) = 0$

इसलिए, $x = \dfrac{1}{\sqrt{2}}, x = -\sqrt{2}$.

II. $y^2 - 5y + 6 = 0$

$\Rightarrow y^2 - 3y - 2y + 6 = 0$

$\Rightarrow y(y-3) - 2(y-3)$

$\Rightarrow (y - 2)(y - 3)$

इसलिए, $y = 2, y = 3$.

x का मान	y का मान	सम्बन्ध
$\frac{1}{\sqrt{2}}$	2	x < y
$\frac{1}{\sqrt{2}}$	3	x < y
$-\sqrt{2}$	2	x < y
$-\sqrt{2}$	3	x < y

इसलिए, x < y

अतः विकल्प (B) सही है।

216. दिया है

I. $x^2 = 841$

$\Rightarrow x = +29, -29$

II. $y^2 - 15y - 76 = 0$

$\Rightarrow y^2 + 4y - 19y - 76 = 0$

$\Rightarrow (y - 19)(y + 4)$

इसलिए, $y = 19, y = -4$.

x का मान	y का मान	सम्बन्ध
29	19	x > y
29	-4	x > y
-29	19	x < y
-29	-4	x < y

इसलिए x और y के बीच कोई संबंध स्थापित नहीं किया जा सकता है।

अतः विकल्प (E) सही है।

217. दिया है

I. x = $\sqrt{784}$

इसलिए, x = 28,

II. $y^2 - 32y + 87 = 0$

$\Rightarrow y^2 - 3y - 29y + 87 = 0$

$\Rightarrow (y - 29)(y - 3)$

इसलिए, y = 29, y = 3.

x का मान	y का मान	सम्बन्ध
28	29	x < y
28	3	x > y

इसलिए x और y के बीच कोई संबंध स्थापित नहीं किया जा सकता है।

अतः विकल्प (E) सही है।

218. दिया है:

मतदाताओं की कुल संख्या = 5000

विजेता को वैध मतों का 70% मिला

20% मतदाताओं ने मतदान नहीं किया

अवधारणा:

कुल वैध वोट = विजेता उम्मीदवार को वोट मिला + हारने उम्मीदवार को वोट मिला

विजेता उम्मीदवार को वोट मिला - हारने उम्मीदवार को वोट मिला = जीतने वाले वोट की संख्या

मान लीजिये कि अमान्य वोटों की संख्या x है

वोट की कुल संख्या = 5000 - 20% का 5000 = 4000

वैध मत की कुल संख्या = 4000 - x

विजेता उम्मीदवार को मिले वोटों की संख्या = 70% (4000 - x)

हारे हुए उम्मीदवार को मिले वोटों की संख्या = 40% (4000 - x)

अब, प्रश्नानुसार,

(4000 - x) × (70 - 30)% = 1000

$\Rightarrow$ 4000 - x = 2500

$\Rightarrow$ x = 1500 वोट

∴ अवैध वोट की कुल संख्या 1500 है।

अतः विकल्प (C) सही है।

219. माना कि छोटे और बड़े बेटे पर निवेश की गई राशि क्रमशः ' y ' और ' x ' है जब वे 18 साल के होंगे, तो उन्हें समान राशि प्राप्त होगी

समय जब बेटे की उम्र 13 वर्ष है $= 18 - 13 = 5$ वर्ष

समय जब बेटे की उम्र 15 वर्ष है $= 18 - 15 = 3$ वर्ष

प्रश्न के अनुसार:

$$\frac{(x \times 5 \times 5)}{100} = \frac{(y \times 3 \times 5)}{100}$$

$$\Rightarrow \frac{25x}{100} = \frac{15y}{100}$$

$\Rightarrow \frac{x}{y} = \frac{3}{5}$ या $x:y = 3:5$

दिया गया है कि उसने निवेश किया $(3 + 5) = 8$ इकाई $= 8400$ रुपये

∴ छोटा बेटा 13 वर्ष का है और उस पर निवेश की गयी राशि

$$= \left(\frac{8400}{8}\right) \times 3 \text{ इकाई}$$

$$= 3150 \text{ रुपये}$$

अतः विकल्प (C) सही है।

220. प्रश्न को हल करने के लिए BODMAS नियम का पालन करेंगे,

$59.99 \div 60.01 + 17.91 \times 3.05 - 10.97 = ?$

$\Rightarrow 60 \div 60 + 18 \times 3 - 11 = ?$

$\Rightarrow 1 + 54 - 11 = ?$

$\Rightarrow 55 - 11 = ?$

∴ ? = 44

अतः विकल्प (A) सही है।

221. प्रश्न को हल करने के लिए BODMAS नियम का पालन करेंगे,

$(179.8 \times 19.91 - 23.99 \times 6.03) \div (67.95 \times 36.03 \div 17.95 + 35.97) = ?$

$\Rightarrow (180 \times 20 - 24 \times 6) \div (68 \times 36 \div 18 + 36)$

$\Rightarrow (3600 - 144) \div (68 \times 2 + 36)$

$\Rightarrow 3456 \div (136 + 36)$

$\Rightarrow 3456 \div 172$

$\Rightarrow 20.09 \approx 20$

∴ ? का मान 20 है।

अतः विकल्प (A) सही है।

222. प्रश्न को हल करने के लिए BODMAS नियम का पालन करेंगे, दिए गए समीकरण को ध्यान में रखते हुए:

$24.45 \times 28 + 86.5 \times 82 + 45 \times 55.46 + 62.8 \times 35 = ?$

$24 \times 28 + 86.5 \times 82 + 45 \times 55 + 63 \times 35 = ?$

$\Rightarrow 672 + 7093 + 2475 + 2205 = ?$

$\Rightarrow ? = 12445$

अतः विकल्प (D) सही है।

223. दी गई श्रृंखला है:

64, 33, 34, 53, 105, 263.5

पैटर्न है:

$64 \times 0.5 + 1 = 33$

$33 \times 1 + 1 = 34$

$34 \times 1.5 + 1 = 52$

$52 \times 2 + 1 = 105$

$105 × 2.5 + 1 = 263.5$

इसलिए गलत संख्या 53 है।

अतः विकल्प (C) सही है।

224. दी गई श्रृंखला है:

105, 116, 94, 138, 55, 226

पैटर्न है:

$105 + 11 = 116$

$116 - 22 = 94$

$94 + 44 = 138$

$138 - 88 = 50$

$50 + 176 = 226$

इसलिए गलत संख्या 55 है।

अतः विकल्प (B) सही है।

225. दी गई श्रृंखला है:

40, 56, 124, 264, 520, 920

पैटर्न है:

$40 + 4^2 = 56$

$56 + 8^2 = 120$

$120 + 12^2 = 264$

$264 + 16^2 = 520$

$520 + 20^2 = 920$

इसलिए गलत संख्या 124 है।

अतः विकल्प (C) सही है।

226. दी गई श्रृंखला है:

10, 12, 40, 228, 1450, 13060

पैटर्न है:

$10 × 1 + 2 = 12$

$12 × 3 + 4 = 40$

$40 × 5 + 6 = 206$

$206 × 7 + 8 = 1450$

$1450 × 9 + 10 = 13060$

इसलिए गलत संख्या 228 है।

अतः विकल्प (C) सही है।

227. माना कि बस, ट्रेन और कार से संग्रहालय जाने वाले छात्रों की संख्या 5x, 14x और 8x है।

कथन I का उपयोग करने पर:

माना छात्राओं की कुल संख्या y है।

छात्रों की कुल संख्या = y + 45

सभी छात्राएं केवल ट्रेन से संग्रहालय गईं और 30 पुरुष ट्रेन से गए।

∴ ट्रेन से संग्रहालय जाने वाले छात्रों की संख्या = y + 30

केवल कथन I में दी गई जानकारी प्रश्न का उत्तर देने के लिए पर्याप्त नहीं है।

कथन II का उपयोग करने पर:

बस और कार से संग्रहालय जाने वाले पुरुषों की कुल संख्या 195 है।

केवल कथन II में दी गई जानकारी प्रश्न का उत्तर देने के लिए पर्याप्त नहीं है।

कथन I और II दोनों का मिलाकर उपयोग करने पर:

छात्रों की कुल संख्या = y + 45

30 छात्रों ने ट्रेन से यात्रा किया

∴ बस और कार से यात्रा करने वाले पुरुष छात्रों की संख्या

$⇒ y + 45 - 30 = 195$

$⇒ y = 180$

∴ ट्रेन से संग्रहालय जाने वाले छात्रों की संख्या = y + 30 = 180 + 30 = 210

$⇒ 14x = 210$

$⇒ x = 15$

कार द्वारा संग्रहालय जाने वाले छात्रों की संख्या = 8x = 8 × 15 = 120

∴ कथन I और II दोनों में दी गयी जानकारी एक साथ प्रश्न का उत्तर देने के लिए आवश्यक है।

अतः विकल्प (E) सही है।

228. दिया है:

एक समद्विबाहु त्रिभुज ABC में,

$AB = AC = 26$ सेमी और $BC = 20$ सेमी

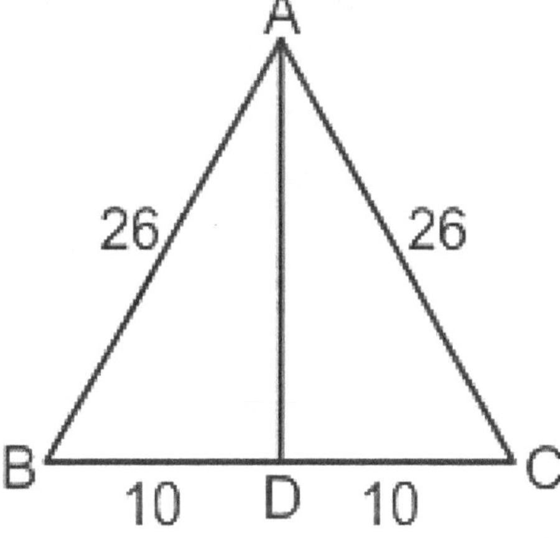

त्रिभुज ABC में

$\triangle ADC = 90°$ (समद्विबाहु त्रिभुज में सम्मुख शीर्ष से एक रेखा द्वारा असमान भुजा के मध्य बिंदु पर बनाया गया $\triangle ADC = 90°$ (सम द्विब कोण $90°$ होता है)

अतः,

$AD^2 + BD^2 = AB^2$ (पाइथागोरस प्रमेय से)

$\Rightarrow AD^2 = 576$

$\Rightarrow AD = 24$

त्रिभुज का क्षेत्रफल $= 1/2(\text{आधार} \times \text{ऊँचाई})$

$\Rightarrow 1\frac{1}{2}(20 \times 24)$ (त्रिभुज का क्षेत्रफल $= (1/2)$ आधार $\times$ ऊँचाई)

$\Rightarrow 240$ सेमी ^{2}

अतः विकल्प (B) सही है।

229. 2008 की तुलना में 2009 में जमा में % वृद्धि = [(62000 – 60000)/60000] × 100 = 3.33%

2009 की तुलना में 2010 में जमा में % वृद्धि = [(76000 – 62000)/62000] × 100 = 22.58%

2010 की तुलना में 2011 में जमा में % वृद्धि = [(81000 – 76000)/76000] × 100 = 6.57%

2011 की तुलना में 2012 में जमा में % वृद्धि = [(88000 – 81000)/81000] × 100 = 8.64%

2012 की तुलना में 2013 में जमा में % वृद्धि = [(165000 – 88000)/88000] × 100 = 87.5%

∴ पिछले वर्ष से तुलना करने पर जमा में द्वितीय सबसे अधिक प्रतिशत वृद्धि वर्ष 2010 में थी।

अतः विकल्प (B) सही है।

230. कुल बिग बैंकों की संख्या = 872

2008 - 2013 अवधि के दौरान प्रति राज्य में बिग बैंकों की औसत संख्या = $\frac{872}{4}$ = 218

अतः विकल्प (A) सही है।

231. 2010 में बैंक की शाखाओं की संख्या = 93

2012 में बैंक की शाखाओं की संख्या = 244

2010 से 2012 में बैंक के ग्राहकों की कुल संख्या में प्रतिशत वृद्धि = $\left[\frac{((244 - 93) \times 13587)}{(93 \times 13587)}\right] \times 100$ = 162%

अतः विकल्प (B) सही है।

232. 2011 में बैंक की कुल शाखाओं की संख्या = 154

2011 में जमा = रु. 81,000 करोड़

प्रति ग्राहक अनुमानित औसत जमा = $\left(\frac{81000}{154 \times 700}\right) \approx 0.75$ करोड़ = 75 लाख

अतः विकल्प (B) सही है।

233. 2011 में बैंक की शाखाओं की संख्या = 154

2012 में बैंक की शाखाओं की संख्या = 154 + (154 का 28%) = 154 + (0.28 × 154) ≈ 197

अतः विकल्प (B) सही है।

234. निर्मित HP लैपटॉप की कुल संख्या = वर्ष 2010 में निर्मित HP लैपटॉप की कुल संख्या + वर्ष 2015 में निर्मित HP लैपटॉप की कुल संख्या + वर्ष 2018 में निर्मित HP लैपटॉप की कुल संख्या

निर्मित HP लैपटॉप की कुल संख्या = 33 लाख + 30 लाख + 45 लाख = 108 लाख

मुंबई शहर में HP लैपटॉप के विक्रय की कुल संख्या = कुल निर्मित लैपटॉप की संख्या का 20% = $\frac{20 \times 108}{100} = \frac{108}{5}$ लाख

एप्पल के निर्मित लैपटॉप की कुल संख्या = (30 + 40 + 50) लाख = 120 लाख

बैंगलोर में एप्पल के लैपटॉप के विक्रय की कुल संख्या = 30 × $\frac{120}{100}$ = 36 लाख

इसलिए अभीष्ट प्रतिशत = $\frac{108 \times 100}{5 \times 36} = \frac{6 \times 100}{10}$ = 60%

अतः विकल्प (A) सही है।

235. वर्ष 2010 में आसुस के द्वारा निर्मित लैपटॉप की कुल संख्या = 23 लाख

HP के द्वारा द्वारा निर्मित लैपटॉप की कुल संख्या = (33 + 30 + 45) लाख = 108 लाख

दिल्ली में HP लैपटॉप के विक्रय की संख्या = 108 का 20%

कोलकाता में HP लैपटॉप के विक्रय की संख्या = 108 का 10%

इसलिए, दिल्ली और कोलकाता में HP लैपटॉप के विक्रय की कुल संख्या

$= \left(\frac{20 \times 108}{100} + \frac{10 \times 108}{100}\right)$ लाख

$= \frac{(216 + 108)}{10} = \frac{324}{10}$ लाख

इसलिए, अभीष्ट अनुपात = $\frac{23}{\frac{324}{10}} = \frac{230}{324} = \frac{115}{162}$

अतः विकल्प (C) सही है।

236. वर्ष 2010 में आसुस कंपनी द्वारा निर्मित लैपटॉप की कुल संख्या = 23 लाख

वर्ष 2015 में आसुस कंपनी द्वारा निर्मित लैपटॉप की कुल संख्या = 30 लाख

वर्ष 2018 में आसुस कंपनी द्वारा निर्मित लैपटॉप की कुल संख्या = 40 लाख

इसलिए, आसुस के द्वारा निर्मित लैपटॉप की कुल संख्या = 23 + 30 + 40 = 93 लाख

वर्षों की कुल संख्या = 3 वर्ष

इसलिए, अभीष्ट औसत = $\frac{93}{3}$ = 31 लाख

अतः विकल्प (D) सही है।

237. डेल के द्वारा निर्मित लैपटॉप की कुल संख्या = 40 + 35 + 50 = 125 लाख

बैंगलोर में डेल लैपटॉप के विक्रय की कुल संख्या = 125 लाख का 25% $= \frac{25 \times 125}{100} = \frac{125}{4} = 31.25$

सैमसंग के द्वारा निर्मित लैपटॉप की कुल संख्या = 25 + 35 + 40 = 100 लाख

बैंगलोर में सैमसंग लैपटॉप के विक्रय की कुल संख्या = 100 लाख का 20% $= \frac{20 \times 100}{100} = 20$

इसलिए अभीष्ट अंतर = 31.25 – 20 = 11.25 लाख

अतः विकल्प (B) सही है।

238. HP के द्वारा निर्मित लैपटॉप की कुल संख्या = (33 + 30 + 45) लाख = 108 लाख

चेन्नई में HP लैपटॉप के विक्रय की कुल संख्या = 108 का 20%

$$= \frac{108 \times 20}{100} = \frac{108}{5} \text{ लाख} = 21.6 \text{ लाख}$$

एप्पल के द्वारा निर्मित लैपटॉप की कुल संख्या = 30 + 40 + 50 = 120 लाख

मुंबई में एप्पल के लैपटॉप के विक्रय की कुल संख्या = 120 का 35%

$$= \frac{35 \times 120}{100} = 7 \times 6 = 42 \text{ लाख}$$

इसलिए अभीष्ट योग = (21.6 + 42) लाख = 63.6 लाख

अतः विकल्प (A) सही है।

239. माना कि इन छः छात्रों के आयु का योग S वर्ष है

। से

माना कि दो कम आयु के छात्रों की आयु E1 और E2 और सबसे छोटा Y है

(E1 + E2)/2 = 27.5

⇒ E1 + E2 = 55 वर्ष

Y = 20 वर्ष

कथन । अकेले उत्तर देने के लिए पर्याप्त नहीं है

॥ से

माना कि प्रत्येक छात्र की औसत आयु x, 19 < x < 30 है

⇒ 19 × 6 < S < 30 × 6

⇒ 114 < S < 180

इस श्रेणी में, केवल 169 एक अभाज्य संख्या का वर्ग है (13)

⇒ अभीष्ट योग = 169 - 23 = 146

औसत आयु = 146/6 = 24.3 वर्ष

कथन ॥ उत्तर देने के लिए पर्याप्त है।

॥। से

E1 - Y = 8   (E1 = सबसे बड़े छात्र की आयु, Y = सबसे छोटे छात्र की आयु)

कथन ॥। उत्तर देने के लिए पर्याप्त नहीं है।

∴ केवल ॥ उत्तर देने के लिए पर्याप्त है।

अतः विकल्प (B) सही है।

240. कथन I:

⇒ लघुत्तम समापवर्त्य × महत्तम समापवर्त्य = xy

⇒ 3600 = 60 × x

⇒ x = 60

अब,

⇒ z = 180 – 60 – 60

⇒ z = 120

कथन ॥

त्रिभुज के कोणों का योग

⇒ x + y + z = 180

⇒ z = 180 – 120

⇒ z = 60

कथन ॥।

⇒ x = y = z = 60

∴ z का मान किसी भी कथन से ज्ञात किया जा सकता है।

अतः विकल्प (A) सही है।

// टिप्पणियाँ //

9 789355 562814